TAMI HOAG

Feuermale · Dunkle Pfade

BÜCHER

Feuermale

Im nächtlichen Park von Minneapolis wird die sechzehnjährige Angie DiMarco Zeugin eines brutalen Mordes – dem vorerst letzten einer Serie, die die ganze Stadt in Atem hält. Zu ihrem Schutz bekommt Angie die ehemalige FBI-Agentin Kate Conlan zur Seite gestellt. Schon bald beginnt Kate, an der Rolle von Angie als Zeugin zu zweifeln. Als Angie plötzlich spurlos verschwindet, bestätigt sich ein entsetzlicher Verdacht: Der Täter befindet sich in Kates unmittelbarer Umgebung – und er hat sie als sein nächstes Opfer auserkoren ...

Dunkle Pfade

Der grauenvolle Mord an der jungen Pamela Bichon versetzt eine Kleinstadt in Louisiana in höchsten Aufruhr. Doch der vermeintliche Täter wird aus Mangel an Beweisen freigesprochen. Die Öffentlichkeit sieht rot. Nur die Polizistin Annie Broussard versucht, den Fall nach den Regeln des Rechtsstaates aufzuklären. Da geschehen weitere Frauenmorde – und Annie gerät plötzlich selbst ins Fadenkreuz des Killers. Ausgerechnet Annies Intimfeind Detective Nick Fourcade beginnt, sich auf ihre Seite zu stellen – nicht zuletzt aus privaten Gründen ...

AUTORIN

Seit Beginn ihrer Schriftstellerkarriere im Jahr 1988 eroberten Tami Hoags Romane regelmäßig die Bestsellerlisten. Die erfolgreiche TV-Verfilmung von »Sünden der Nacht« war erst der Auftakt zu weiteren Filmprojekten, die auf Tami Hoags Romanen basieren. Tami Hoag lebt in Los Angeles.

VON TAMI HOAG BEREITS ERSCHIENEN:

Tödlich ist die Nacht (36837) · Sünden der Nacht (36377) · Engel der Schuld (36430) · In aller Unschuld (37127) · Taxi ins Glück (36797) · Kaltherzig (37032) · Ich hab dich nie vergessen (37119) · Mein kleines Geheimnis (37161)

TAMI HOAG

Feuermale

Dunkle Pfade

Zwei Romane in einem Band

Deutsch von Dinka Mrkowatschki

blanvalet

Die Originalausgabe von »Feuermale« erschien 1998 unter dem Titel »Ashes to Ashes« bei Bantam Books, a division of Bantam Doubleday Dell Publishing Group, Inc., New York.
Die Originalausgabe von »Dunkle Pfade« erschien 1997 unter dem Titel »A Thin Dark Line«, Bantam Books, a division of Bantam Doubleday Dell Publishing Group, Inc., New York.

FSC
Mix
Produktgruppe aus vorbildlich bewirtschafteten Wäldern und anderen kontrollierten Herkünften

Zert.-Nr. SGS-COC-1940
www.fsc.org
© 1996 Forest Stewardship Council

Verlagsgruppe Random House FSC-DEU-0100
Das FSC-zertifizierte Papier *München Super* für dieses Buch liefert Arctic Paper Mochenwangen GmbH.

1. Auflage
Taschenbuchausgabe Oktober 2009 bei Blanvalet, einem Unternehmen der Verlagsgruppe Random House GmbH, München.

Umschlaggestaltung: HildenDesign, München
Umschlagmotiv: Templer / zefa Select / Corbis
ES · RF
Druck und Einband: GGP Media GmbH, Pößneck
Printed in Germany
ISBN: 978-3-442-37278-2

www.blanvalet.de

Feuermale

Kapitel 1

Manche Menschen werden als Mörder geboren. Manche Menschen werden zu Mördern gemacht. Und manchmal verlieren sich die Hintergründe für den Wunsch zu töten im Gewirr jener Wurzeln, aus denen eine häßliche Kindheit und eine gefährliche Jugend erwuchsen, so daß vielleicht nie jemand erfährt, ob der Drang angeboren war oder irgendwann geweckt wurde.

Er hebt die Leiche aus dem Kofferraum wie eine alte Rolle Teppich für den Müll. Die Sohlen seiner Stiefel schlurfen über den Teer des Parkplatzes, verstummen dann auf dem toten Gras und der harten Erde. Für November in Minneapolis ist es eine milde Nacht. Eine wirbelnde Windbö wirft Laub durcheinander. Die kahlen Äste der Bäume klappern wie Säcke voller Knochen gegeneinander.

Er weiß, daß er unter die dritte Kategorie von Mördern fällt. Er hat viele Stunden, Tage, ja Monate mit dem Studium seines Zwangs und dessen Ursprung zugebracht. Er weiß, was er ist, und fügt sich in diese Wahrheit. Er kennt weder Schuldgefühle noch Reue. Er ist überzeugt, daß Gewissen, Regeln, Gesetze für den einzelnen keinen praktischen Sinn haben und lediglich die menschlichen Möglichkeiten einschränken.

»Der Mensch betritt durch Angst und nicht durch Liebe die ethische Welt.« (Paul Ricoeur, Symbolik des Bösen)

Sein wahres Ich unterwirft sich nur einem Kodex: dominieren, manipulieren, kontrollieren.

Eine Scherbe von Mond bestrahlt die Szene, ein schwaches Leuchten, das die Szenerie durchsickert. Er arrangiert die Leiche zu seiner Zufriedenheit und tastet nach den beiden sich überschneidenden X über der linken Brust. Mit Sinn für die Zeremonie gießt er die Brennflüssigkeit aus. Die Toten salben. Symbolik des Bösen. Sein wahres Ich sieht den Begriff des Bösen als Macht. Brennstoff für das innere Feuer.

»Asche zu Asche.«

Die Geräusche sind geordnet und deutlich, verstärkt von seiner Erregung. Das Kratzen des Streichholzes auf der Reibefläche, das Popp, mit dem es entflammt, das Zischen des Feuers, als es zum Leben erwacht und verzehrt. Und während das Feuer brennt, läßt er im Geist noch einmal den Klang von Schmerz und Angst aufleben. Er erinnert sich an das Zittern ihrer Stimme, als sie um ihr Leben bettelte, den einmaligen Tonfall und die Beschaffenheit jedes einzelnen Schreis, während er sie folterte. Einen Augenblick lang gestattet er es sich, die Dramatik des Szenarios zu genießen. Er gestattet es sich zu fühlen, wie die Hitze der Flammen sein Gesicht mit Zungen der Leidenschaft liebkost. Er schließt die Augen und lauscht dem Prasseln und Zischen, atmet tief den Geruch brennenden Fleisches ein.

Begeistert und erregt, nimmt er seine Erektion in die Hand. Er treibt sich fast bis zum Höhepunkt, achtet aber darauf, nicht zu kommen. Hebt es für später auf, wenn er richtig feiern kann.

Sein Ziel ist in Sichtweite. Er hat einen Plan, akribisch durchdacht, der mit Perfektion ausgeführt werden muß. Sein Name wird weiterleben, berüchtigt, mit all den Großen – Bundy, Kemper, dem Würger von Boston, dem Green-River-Killer. Die Presse hier hat ihm auch schon einen Namen gegeben: der Feuerbestatter.

Das bringt ihn zum Lächeln. Das macht ihn stolz. Er zündet ein weiteres Streichholz an, hält es sich direkt vors Gesicht, studiert die Flamme, liebt ihre sinnliche, schlangengleiche Bewegung. Er hält sie noch näher an sein Gesicht, öffnet den Mund und verschlingt sie.

Dann wendet er sich ab und geht weg. Er denkt bereits an das nächste Mal.

MORD.

Der Anblick brannte sich tief in ihre Erinnerung ein, in die Tiefen ihrer Augäpfel, so daß sie es sehen konnte, während sie gegen die Tränen anblinzelte. Der Körper, der sich in langsamer Agonie gegen sein gräßliches Schicksal windet. Orangefarbene Flammen zeichnen einen Hintergrund für das Alptraumbild.

Brennen.

Sie rannte, mit brennender Lunge, brennenden Beinen, brennenden Augen, brennender Kehle. In einem abstrakten Winkel ihres Verstandes war sie die Leiche. Vielleicht sah der Tod so aus. Vielleicht war es ihr Körper, der brannte, und dieses Bewußtsein war ihre Seele, die versuchte, den Höllenfeuern zu entrinnen. Sie hatte es immer wieder gehört, daß sie darin unweigerlich enden würde.

Nicht allzuweit entfernt konnte sie eine Sirene hören und sehen, wie sich das seltsame Blitzen roter und blauer Lichter gegen die Nacht abzeichnete.

Sie rannte in Richtung Straße, schluchzend, stolpernd. Ihr rechtes Knie schlug auf den gefrorenen Boden auf, aber sie zwang sich, ihre Füße weiterzubewegen.

Lauflauflauflauflauf.

»Keine Bewegung! Polizei!«

Der Streifenwagen am Randstein wippte noch. Die Tür war offen. Der Polizist stand mit gezogener Pistole auf der Straße und zielte direkt auf sie.

»Hilfe!« Die Worte kratzten in ihrem Hals.

»Hilfe!« keuchte sie. Tränen trübten ihre Sicht.

Ihre Beine krümmten sich unter dem Gewicht ihres Körpers und der Last ihrer Angst und der Bürde ihres Herzens, das wie ein riesiges angeschwollenes Wesen in ihrer Brust hämmerte.

Der Polizist war sofort bei ihr, steckte die Pistole ins Halfter und ging in die Knie, um ihr zu helfen. Muß ein Anfänger sein, dachte sie benommen. Sie kannte Vierzehnjährige mit besserem Instinkt für die Straße. Sie hätte seine Waffe schnappen können. Wenn sie ein Messer gehabt hätte, hätte sie sich aufrichten und ihn erstechen können.

Er zog sie sanft an den Schultern hoch. Sirenen heulten in der Ferne.

»Was ist passiert? Bist du okay?« fragte er. Er hatte ein Gesicht wie ein Engel.

»Ich hab ihn gesehen«, sagte sie zitternd, Galle drängte sich in ihrer Kehle nach oben. »Ich war da. Oh – Gott. Oh – Scheiße. Ich hab ihn gesehen!«

»Wen gesehen?«

»Den Feuerbestatter.«

Kapitel 2

»Warum bin ich nur immer diejenige, die zur falschen Zeit am falschen Ort ist?« murmelte Kate Conlan vor sich hin.

Der erste Tag nach ihrer Rückkehr von dem, was ein Urlaub hätte sein sollen – eine von Schuldgefühlen veranlaßte Fahrt zu ihren Eltern in den Vergnügungspark der Hölle (Las Vegas). Sie kam zu spät zur Arbeit, hatte Kopfschmerzen, wollte einen gewissen Sergeant für Sexualdelikte erwürgen, weil er einen ihrer Klienten verängstigt hatte – ein Schlamassel, für das *sie* beim Staatsanwalt geradestehen mußte. All das sowie der modische Blockabsatz ihres nagelneuen Wildlederpumps waren aus den Fugen geraten.

Und jetzt das.

Sonst hatte anscheinend keiner bemerkt, wie er am Rand des weitläufigen Atriums im Hennepin County Government Center wie eine nervöse Katze herumstrich. Kate schätzte den Mann auf Ende dreißig, nur wenige Zentimeter größer als ihre eigenen, ein Meter fünfundsiebzig, mittlere bis schlanke Figur. Bis zum Zerreißen gespannt. Wahrscheinlich hatte er vor kurzem irgendeinen persönlichen oder emotionellen Schlag erlitten – seine Freundin oder seinen Job verloren. Er war entweder geschieden oder lebte getrennt; er lebte allein, war aber nicht obdachlos. Seine Kleidung war zerknittert, aber nicht vom Flohmarkt, und seine Schuhe sahen zu gut aus für einen Obdachlosen. Er schwitzte wie ein fetter Mann in der Sauna, behielt aber seinen Mantel an, während er immer wieder um die neue Skulptur kreiste, die die Halle verschandelte. Er murmelte vor sich hin, eine Hand umklammerte das offene Vorderteil seiner schweren Segeltuchjacke. Die Jacke eines Jägers. Sein innerer Streß verkrampfte seine Gesichtsmuskeln.

Kate streifte ihren Schuh mit dem lockeren Absatz ab und stieg aus dem anderen, ließ dabei den Kerl aber keine Sekunde aus den Augen. Sie steckte eine Hand in ihre Handtasche und holte ihr Handy hervor. Im selben Augenblick erweckte der Typ das Interesse einer Frau, die zwanzig Meter entfernt am Informationsschalter arbeitete.

Verdammt.

Kate richtete sich langsam auf, drückte den Knopf für Schnellwahl. Es war nicht möglich, die Sicherheitsleute von einem externen Telefon anzurufen. Der nächste Wachmann stand am anderen Ende des Atriums und unterhielt sich lachend mit dem Postboten. Die Informationsdame ging auf den Typen zu, den Kopf zur Seite gelegt.

Verflucht noch mal.

Das Bürotelefon klingelte einmal ... zweimal. Kate bewegte sich jetzt langsam vorwärts, das Telefon in einer Hand, den Schuh in der anderen.

»Kann ich Ihnen helfen, Sir?« sagte die Informationsdame, die noch dreieinhalb Meter entfernt war. Blut würde ihre elfenbeinfarbene Seidenbluse ein für allemal ruinieren.

Der Typ schnellte herum.

»Kann ich Ihnen helfen?« fragte die Frau noch einmal.

... viertes Klingeln ...

Eine Latinofrau mit einem Kleinkind im Schlepptau durchschnitt die Entfernung zwischen Kate und dem Typen. Kate glaubte zu sehen, wie das Zittern begann – sein Körper kämpfte darum, die Wut oder die Verzweiflung oder was immer ihn da bei lebendigem Leib auffraß, in Zaum zu halten.

... fünftes Klingeln. »Hennepin County Staatsanwaltsbüro!«

»Verflucht!«

Die Bewegung war unverkennbar – das Spreizen der Beine, der Griff in die Jacke, die Augen weit aufgerissen.

»Auf den Boden!« schrie Kate und ließ das Telefon fallen.

Die Informationsdame erstarrte.

»Jemand wird dafür bezahlen!« schrie der Typ, stürzte sich auf die Frau und packte ihren Arm mit seiner freien Hand. Er riß sie an sich und fuchtelte vor ihr mit der Pistole herum. Die Explosion des Schusses wurde durch die Höhe des Atriums verstärkt, betäubte alle Ohren für die Panikschreie, die sie auslöste. Jetzt registrierten ihn alle.

Kate rammte ihn von hinten und schwang den Absatz ihres Schuhs wie einen Hammer gegen seine Schläfe. Ein schockierter Schrei entwich ihm, dann konterte er hart mit dem rechten Ellbogen und erwischte Kate.

Die Informationsdame kreischte und kreischte. Dann versagten ihr die Beine oder die Sinne, und das Gewicht ihres fallenden Körpers prallte auf ihren Angreifer. Er fiel auf ein Knie, Unflätigkeiten brüllend, feuerte noch eine Kugel ab, und diese prallte vom Steinfußboden ab und landete weiß Gott wo.

Kate fiel mit ihm, ihre linke Hand umklammerte den Kragen seines Mantels. Er durfte ihr nicht entwischen. Was immer das für eine Bestie war, die er da in sich gefangen hielt, jetzt war sie frei. Wenn er ihr entkam, hätten sie weit mehr Sorgen als nur ein paar verirrte Kugeln.

Nachdem sie mit ihren Nylons keinen Halt auf dem glatten Boden fand, strampelte sie, um auf die Beine zu kommen und klammerte sich an ihm fest, während er versuchte, sich aufzurichten. Sie schwang den Schuh noch einmal und klatschte ihn gegen sein Ohr. Er wandte sich um und versuchte, ihr eine Rückhand mit der Pistole zu verpassen. Kate packte seinen Arm und preßte ihn nach oben; sie war sich der zwanzig Stockwerke Büros und Gerichtssäle über ihnen nur allzu bewußt, als die Pistole erneut losging.

Während sie um die Waffe rangen, hakte sie ein Bein um eines von seinen und warf sich mit ihrem ganzen Gewicht gegen ihn. Und plötzlich fielen sie, immer weiter hinunter, purzelten übereinander die scharfkantigen Metallstufen der Rolltreppe zur Straßenebene hinunter – wo sie mit dem Schrei »Keine Bewegung! Polizei!« empfangen wurden.

Kate sah durch einen Nebel von Schmerz in die grimmigen Gesichter über sich und murmelte: »Es wurde, verdammt noch mal, auch Zeit.«

»He, schaut!« schrie einer der stellvertretenden Staatsanwälte aus seinem Büro. »Es ist Dirty Harriet!«

»Sehr komisch, Logan«, sagte Kate, die den Gang hinunter zum Büro des Bezirksstaatsanwalts ging. »Das hast du doch in einem Buch gelesen, stimmt's?«

»Sie müssen Rene Russo für deine Rolle im Film engagieren.«

»Ich werd ihnen ausrichten, daß du das gesagt hast.«

Schmerzen nagten an ihrem Rücken und ihrer Hüfte. Sie hatte sich geweigert, in die Notaufnahme zu fahren. Statt dessen war sie zur Damentoilette gehumpelt, hatte ihre rotgoldene Mähne zu einem Pferdeschwanz gekämmt, das Blut abgewaschen, ihre kaputten Strumpfhosen weggeworfen und war zurück in ihr Büro gegangen. Sie hatte keine Verletzungen, die eine Röntgenaufnahme oder ein paar Stiche wert gewesen wären, und der halbe Morgen war ohnehin schon im Eimer. Der Preis dafür, eine taffe Braut zu sein: Heute abend würde sie sich mit Tylenol, kaltem Gin und einem heißen Bad begnügen müssen, statt mit echten Schmerzmitteln. Sie wußte bereits jetzt, daß sie es bereuen würde.

Vielleicht war sie zu alt, sich mit Irren anzulegen und sie die Rolltreppe runterzureiten, aber sie wehrte sich hartnäckig gegen die Vorstellung, daß zweiundvierzig zu alt für irgend etwas war. Außerdem hatte sie erst fünf Jahre von dem hinter sich, was sie als ihr »zweites Erwachsensein« bezeichnete. Der zweite Beruf, der zweite Versuch, Stabilität und Routine in ihr Leben zu bringen.

Das einzige, was sie sich auf dem Heimweg aus dem Wahnsinn Las Vegas gewünscht hatte, war die Rückkehr in das nette, normale, relativ wahnfreie Leben, das sie sich geschaffen hatte. Ruhe und Frieden. Die vertrauten Verwirrungen ihres Jobs als Opfer/Zeugen-Betreuerin. Der Kochkurs, den durchzuziehen sie wild entschlossen war.

Aber nein, sie hatte diejenige sein müssen, die den Verrückten entdeckte.

Von seiner Sekretärin vorgewarnt, öffnete ihr der Bezirksstaatsanwalt selbst seine Tür. Ted Sabin war ein großer, gutaussehender Mann mit herrischem Auftreten und einem Schopf grauer Haare, die er von einem sehr spitzen Haaransatz zurückkämmte. Eine runde Stahlbrille thronte auf seiner Adlernase und gab ihm etwas Gelehrtes. Sie half, die Tatsache zu kaschieren, daß seine blauen Augen zu tief lagen und zu nahe beisammen.

Er war selbst ein Starankläger gewesen, übernahm aber jetzt nur noch gelegentlich sehr wichtige Fälle. Seine Stellung als Obermacher betraf größtenteils Verwaltung und Politik. Er leitete ein geschäftiges Büro von Anwälten, die versuchten, die ständig wachsende Arbeitslast des Hennepin County Gerichtssystems auszujonglieren. Zum Lunch und Abendessen fand man ihn in den Reihen der Minneapolis Power Elite, wo er um Verbindungen und Gunst schnorrte. Es war allgemein bekannt, daß er sein Auge auf einen Sitz im Senat geworfen hatte.

»Kate, kommen Sie rein«, bat er sie mit besorgten Furchen im Gesicht. Er legte eine große Hand auf ihre Schulter und führte sie durchs Büro zu einem Stuhl. »Wie geht's Ihnen? Ich hab gehört, was heute morgen passiert ist. Mein Gott, Sie hätten sterben können! Was für eine erstaunlich mutige Tat.«

»Nein, ganz und gar nicht«, protestierte Kate und versuchte, sich ihm zu entwinden. Sie setzte sich in den Besucherstuhl und spürte sofort seinen Blick auf ihren bloßen Schenkeln, als sie die Beine verschränkte. Sie zog unauffällig am Saum ihres schwarzen Rocks und wünschte sie hätte, verdammt nochmal, die Ersatzstrumpfhose, die sie in ihrer Schreibtischschublade wähnte, gefunden. »Ich hab nur reagiert, mehr nicht. Wie geht's Mrs. Sabin?«

»Gut.« Die Antwort war gedankenlos. Sein Blick konzentrierte sich völlig auf sie, während er seine Nadelstreifenhose hochzog und sich mit einer Hüfte auf die Schreibtischkante hockte. »Einfach reagiert? So wie man es Ihnen beim FBI beigebracht hat.«

Er war von der Tatsache besessen, daß sie in dem, was sie jetzt als ihr früheres Leben einstufte, FBI-Agentin gewesen war. Kate konnte sich gut vorstellen, welche obszönen Fantasien wie Schnecken durch seinen Kopf schleimten. Dominaspielchen, schwarzes Leder, Handschellen, Peitschen …

Sie wandte ihre Aufmerksamkeit ihrem unmittelbaren Vorgesetzten zu, dem Direktor der Legal-Services-Einheit, der sich in den Stuhl neben sie gesetzt hatte. Rob Marshalls Aussehen war das krasse Gegenteil von Sabin – teigig, feist, zerknittert. Sein Kopf war rund wie ein Kürbis, gekrönt von einer schütteren Haarschicht, so kurz geschnitten, daß sie mehr einer Rostschicht als einer Frisur glich. Sein Gesicht war gerötet und von alten Aknenarben zerfurcht, und die Nase war zu kurz.

Er war seit achtzehn Monaten ihr Boß und von einer ähnlichen Position in Madison, Wisconsin, nach Minneapolis gekommen. Während dieser Zeit hatten sie mit mäßigem Erfolg versucht, die Balance zwischen ihren Persönlichkeiten und Arbeitsweisen zu finden. Rob war ein rückgratloser Anschleimer, und er hatte einen Hang zum Mikromanagement, der ihrem Gefühl für Autonomie sehr sauer aufstieß. Er fand sie herrschsüchtig, eingebildet und impertinent. Sie nahm das als Kompliment. Aber sie gestand ihm seine Sorge um die Opfer als Ausgleich für seine Fehler zu. Zusätzlich zu seinen Verwaltungsaufgaben nahm er oft an Konferenzen mit Opfern teil und widmete der Hilfsgruppe Zeit.

Jetzt schielte er sie durch seine randlose Brille an und schürzte den Mund, als hätte er sich gerade auf die Zunge gebissen. »Sie hätten getötet werden können. Warum haben Sie nicht einfach die Security gerufen?«

»Dazu war keine Zeit.«

»Instinkt, Rob!« sagte Sabin und fletschte seine großen weißen Zähne. »Ich bin überzeugt, weder Sie noch ich können je hoffen zu begreifen, welch rasiermesserscharfe Instinkte jemand mit Kates Ausbildung zur Perfektion geschliffen hat.«

Kate vermied es, ihn ein weiteres Mal daran zu erinnern, daß sie fast ihre gesamten Jahre beim FBI an einem Schreibtisch in der Behavioral Sciences Unit im National Center for Analysis of Violent Crime zugebracht hatte. Sie dachte lieber nicht daran, wie lange ihre Tage im Außendienst schon zurücklagen.

»Die Bürgermeisterin möchte Ihnen sicher einen Preis verleihen«, sagte Sabin begeistert, wohlwissend, daß er beim Fototermin dabeisein würde.

Publicity war das letzte, was Kate wollte. Als Zeugenbetreuerin war es ihre Aufgabe, Verbrechensopfern und Zeugen die Hand zu halten, sie durch das Justizsystem zu führen, sie zu beschwichtigen. Die Vorstellung, daß ein Betreuer von den Medienhunden gehetzt wurde, würde wahrscheinlich einige ihrer Klienten verschrecken.

»Mir wäre es lieber, wenn sie das nicht täte. Ich glaube, daß das für jemanden mit meinem Job nicht gerade die beste Idee ist. Richtig, Rob?«

»Kate hat recht, Mr. Sabin«, sagte er mit seinem unterwürfigen Lächeln – ein Ausdruck, der sich häufig seines Gesichtes bemächtigte, wenn er nervös war. Kate nannte es das Stiefelleckergrinsen. Dabei verschwanden seine Augen fast völlig. »Wir wollen ihr Foto nicht in der Zeitung haben, ... wenn man es bedenkt.«

»Da haben Sie wohl recht«, sagte Sabin enttäuscht. »Aber wie dem auch sei, was heute morgen passiert ist, war nicht der Grund, warum ich Sie habe kommen lassen, Kate. Wir teilen Ihnen einen Zeugen zu.«

»Warum die Fanfaren?«

Die meisten Klienten wurden ihr automatisch zugeteilt. Sie arbeitete mit sechs Anklägern zusammen und bekam alles, was sie zur Anklage brachten – mit Ausnahme der Mordfälle. Rob vergab sämtliche Morde, aber ein Auftrag erforderte nie mehr als einen Anruf oder einen Besuch in ihrem Büro. Sabin beteiligte sich ganz sicher nie an diesem Vorgang.

»Sind Sie mit den beiden Morden an Prostituierten vertraut, die wir diesen Herbst hatten?« fragte Sabin. »Die, bei denen die Leichen verbrannt wurden.«

»Ja, natürlich.«

»Es gab wieder einen. Gestern nacht.«

Kate sah von einem grimmigen Gesicht zum anderen. Hinter Sabin hatte sie Panoramaaussicht auf die City von Minneapolis aus dem zweiundzwanzigsten Stock.

»Diesmal war es keine Prostituierte«, sagte sie.

»Woher wissen Sie das?«

Weil du dir sonst nie selbst die Zeit dafür nehmen würdest.

»Gut geraten.«

»Sie haben es nicht auf der Straße gehört?«

»Auf der Straße?« Wie in einem Gangsterfilm. »Nein. Ich war mir nicht bewußt, daß es einen Mord gegeben hat.«

Sabin ging hinter seinem Schreibtisch auf und ab, mit einem Mal nervös. »Es besteht die Chance, daß dieses Opfer Jillian Bondurant war. Ihr Vater ist Peter Bondurant.«

»Oh«, sagte Kate bedeutungsvoll. Oh, nein, das war nicht einfach nur eine weitere tote Prostituierte. Gleichgültig, daß die anderen beiden Opfer auch irgendwo Väter hatten. Der Vater von diesem war wichtig.

Rob rutschte unruhig auf seinem Stuhl herum. Ob das am Fall lag oder an der Tatsache, daß er darauf bestand, seine Hosen um die Taille zu eng zu tragen, war unklar. »Ihr Führerschein lag in der Nähe der Leiche.«

»Und es ist bestätigt worden, daß sie vermißt wird?«

»Sie hat Freitag abend mit ihrem Vater bei ihm zu Hause zu abend gegessen. Seither wurde sie nicht mehr gesehen.«

»Das heißt noch nicht, daß sie es ist.«

»Nein, aber so hat's bei den anderen beiden funktioniert«, sagte Sabin. »Die Ausweise, die bei den Leichen der Prostituierten gefunden wurden, paßten.«

Hunderte von Fragen schossen Kate durch den Kopf. Fragen über den Tatort, darüber, welche Informationen die Polizei von den ersten beiden Morden veröffentlicht hatte und was zurückgehalten worden war. Das war das erste, was sie über Ausweise am Tatort hörte. Was sollte das? Warum die Leichen bis zur Unkenntlichkeit verbrennen und dann den Identitätsnachweis des Opfers direkt daneben liegenlassen?

»Ich nehme an, Sie überprüfen Zahnarztkarteien«, sagte sie.

Die Männer tauschten Blicke.

»Ich fürchte, die Möglichkeit besteht nicht«, sagte Rob vorsichtig. »Wir haben nur den Körper.«

»Großer Gott«, hauchte Kate, während es ihr eiskalt über den Rücken lief. »Er hat die anderen nicht geköpft. Ich hab nichts davon gehört.«

»Nein, hat er nicht«, sagte Rob. Er kniff wieder die Augen zusammen und legte den Kopf ein wenig zur Seite. »Was halten Sie davon, Kate? Sie haben doch Erfahrung mit so etwas.«

»Offensichtlich steigt sein Gewaltmaß. Es könnte bedeuten, daß er sich für etwas Großes rüstet. Bei den anderen gab es sexuelle Verstümmelungen, richtig?«

»Die Todesursache bei den beiden anderen wurde als Strangulation mit Hilfsmittel festgelegt«, sagte Sabin. »Ich brauche Ihnen sicher nicht zu sagen, Kate, daß Strangulieren eine sehr gewalttätige Mordmethode ist, aber eine Enthauptung wird die Stadt in Panik versetzen. Besonders wenn das Opfer eine anständige, gesetzestreue junge Frau ist. Mein Gott, die Tochter eines der prominentesten Männer im Staat. Wir müssen den Mörder schnell finden. Und das können wir auch. Wir haben eine Zeugin.«

»Und da kommt mein Auftritt«, sagte Kate. »Erzählt.«

»Sie heißt Angie DiMarco«, sagte Rob. »Sie kam aus dem Park gerannt, gerade als der erste Streifenwagen eintraf.«

»Wer hat es gemeldet?«

»Anonymer Anrufer über Handy, sagte man mir«, sagte Sabin. Sein Mund verzog und verkniff sich, als ob er an einem wehen Zahn saugte. »Peter Bondurant ist ein Freund der Bürgermeisterin. Ich kenne ihn auch. Er ist außer sich vor Kummer bei dem Gedanken, daß dieses Opfer Jillian ist, und er will den Fall so schnell wie möglich gelöst haben. Während wir hier reden, wird eine Soko aufgestellt. Ihre alten Freunde beim FBI sind angerufen worden. Sie schicken jemanden von der Investigative Support Unit. Wir haben hier zweifellos einen Serienmörder.«

Und einen prominenten Geschäftsmann, der uns Feuer unterm Hintern macht.

»Gerüchte schwirren bereits«, murmelte Sabin düster. »Das Polizeirevier hat ein Leck, das reicht, um den Mississippi abzulassen.«

Das Telefon auf seinem Schreibtisch blitzte und blinkte wie die Telefonzentrale bei einem Krankennotruf, klingelte aber nicht hörbar.

»Ich hab mit Chief Greer und mit der Bürgermeisterin gesprochen«, fuhr er fort. »Wir packen die Sache sofort gnadenlos an.«

»Deshalb haben wir Sie hinzugezogen, Kate«, sagte Rob und rutschte wieder auf seinem Stuhl hin und her. »Wir können nicht warten, bis jemand verhaftet wird, und dann erst dieser Zeugin jemanden zuteilen. Sie ist die einzige Verbindung, die wir zum Mörder haben. Wir möchten, daß jemand aus der Einheit von Anfang an bei ihr ist. Jemand, der sie bei Polizeiverhören begleitet. Jemand, der ihr beibringt, nicht mit der Presse zu reden. Jemand, der den Kontakt zwischen ihr und dem Büro des Bezirksstaatsanwalts aufrecht hält.«

»So wie sich das anhört, braucht ihr einen Babysitter. Ich habe laufende Fälle.«

»Wir werden ein paar von ihnen für Sie abwälzen.«

»Nicht Willis«, sagte sie, dann verzog sie das Gesicht. »So gerne ich ihn auch loswerden würde. Und unter keinen Umständen Melanie Hessler.«

»Ich könnte Hessler übernehmen«, sagte Rob hartnäckig. »Ich war beim ersten Treffen dabei. Ich bin mit dem Fall vertraut.«

»Nein.«

»Ich hab mit vielen Vergewaltigungsopfern gearbeitet.«

»Nein«, sagte sie, als wäre sie der Boß und es wäre an ihr, die Entscheidungen zu treffen.

Sabin sah verärgert aus. »Was ist das für ein Fall?«

»Melanie Hessler. Sie wurde von zwei Männern vergewaltigt, in der Gasse hinter dem Buchladen für Erwachsene, in dem sie in der Innenstadt arbeitet«, erklärte Kate. »Sie ist sehr zerbrechlich und hat entsetzliche Angst vor dem Prozeß. Sie könnte es nicht ertragen, wenn ich sie im Stich lasse – ganz besonders nicht, wenn ich sie an einen Mann weitergebe. Sie braucht mich. Ich lasse sie nicht gehen.«

Rob seufzte beleidigt.

»Na schön«, verkündete Sabin ungeduldig. »Aber dieser Fall hat absolute Priorität. Egal was es kostet, dieser Irre muß unschädlich gemacht werden. Jetzt.«

Jetzt, wo das Opfer mehr als eineinhalb Minuten in den Sechs-Uhr-Nachrichten kriegen würde. Kate fragte sich, wieviele tote Prostituierte nötig wären, um bei Ted Sabin dasselbe Maß an Dringlichkeit auszulösen. Aber sie behielt die Frage für sich und nickte und versuchte, das Angstgefühl, das sich bleiern in ihrem Magen einnistete, zu ignorieren.

Nur ein weiterer Zeuge, sagte sie sich. Nur ein weiterer Fall. Zurück zu den üblichen vertrauten Verwirrungen ihres Jobs.

Von wegen.

Die tote Tochter eines Milliardärs, ein Fall voller Seilschaften, ein Serienmörder und jemand, der aus Quantico hier einschweben würde. Jemand vom ISU. Jemand der vor fünf Jahren nicht dabeigewesen war, mußte sie hoffen – wohlwissend, daß diese Hoffnung ein sehr schwacher Schild war.

Mit einem Mal schien Las Vegas gar nicht mehr so furchtbar.

Kapitel 3

»Es ist nachts passiert. Es war dunkel. Wieviel kann sie gesehen haben?« fragte Kate.

Die drei gingen zusammen durch den unterirdischen Gang, der unter der Fifth Street verlief und das Regierungszentrum mit der deprimierenden gotischen Steinmonstrosität verband, in der die Stadtverwaltung und die Polizei von Minneapolis untergebracht waren. Im unterirdischen Gang herrschte reger Betrieb. Keiner nahm freiwillig die Straße. Der düstere Morgen rutschte ins Unerträgliche ab, als ein bleierner Himmel sich tief über die Stadt senkte und kalten, stetigen Regen herabließ. November: ein herrlicher Monat in Minnesota.

»Sie hat der Polizei erzählt, sie habe ihn gesehen«, sagte Rob, der neben ihr einherstapfte. Seine Beine waren zu kurz für seinen Körper, und wenn er schnell ging, hatte er den wiegenden Schritt eines Zwergs, obwohl er durchschnittlich groß war. »Wir müssen hoffen, daß sie genug gesehen hat, um ihn zu identifizieren.«

»Ich möchte rechtzeitig zur Pressekonferenz ein Phantombild«, verkündete Sabin.

Kate knirschte mit den Backenzähnen. O ja, das würde ein richtiger Leckerbissen von Fall werden. »Ein gutes Phantombild braucht Zeit, Ted. Es zahlt sich aus, so was richtig zu machen.«

»Ja, also, je eher wir eine Beschreibung unter die Leute bringen, ein Bild, desto besser.«

Sie konnte sich gut vorstellen, wie Sabin Informationen aus der Zeugin quetschte und sie dann wie einen Lumpen beiseite warf.

»Wir werden alles tun, um die Sache zu beschleunigen, Mr. Sabin«, versprach Rob. Kate warf ihm einen giftigen Blick zu.

Das Rathaus war einmal das Gerichtsgebäude von Hennepin County gewesen und als solches mit Sinn für nüchternen Prunk gebaut worden, um Besucher zu beeindrucken. Der Eingang von der Fourth Street, den Kate nur selten Grund hatte zu passieren, wirkte überwältigend wie ein Palast, mit einer doppelten Marmorfreitreppe, unglaublichen Bleiglasfenstern und der gigantischen *Vater der Gewässer* Skulptur. Der Hauptteil des Gebäudes hatte sie immer schon an ein Krankenhaus erinnert, mit seinen gekachelten Böden und der weißen Marmortäfelung. Das Gebäude wirkte immer verlassen, obwohl Kate wußte, daß es vor Cops und Gangstern, städtischen Beamten, Reportern und Bürgern auf der Suche nach Gerechtigkeit oder einem Gefallen aus allen Nähten platzte.

Die Abteilung für Verbrechensermittlung der Polizei quetschte sich in einen düsteren Irrgarten von Räumen am Ende einer höhlenartigen Halle, während die eigentlichen Räume umgebaut wurden. Überall stapelten sich Akten und Schachteln, zerbeulte graue Aktenschränke füllten jede verfügbare Ecke. An die Wand neben der Tür zu dem umgebauten Besenschrank, in dem jetzt die Ermittler für Sexualverbrechen saßen, war ein Schild geklebt, das verkündete: TRUTHAHNTOTENFEIER, 27. *November, Patrick's, 16 Uhr*

Sabin winkte der Empfangsdame und bog nach rechts zum Büro des Morddezernats. In dem Raum war ein Labyrinth von häßlichen Stahlschreibtischen in der Farbe schmutziger Knetmasse. Einige Schreibtische waren besetzt, die meisten nicht. Einige sahen ordentlich aus, die meisten erstickten in Papierkram. Notizen, Fotos und Cartoons waren an Wände und Schränke geklebt und getackert. Auf einer Seite der Tür befahl eine Aktennotiz: MORDDEZERNAT– SPERRT EURE PISTOLEN EIN!

Sam Kovac, mit Telefonhörer am Ohr, entdeckte sie, verzog grimmig das Gesicht und winkte sie zu sich. Kovac hatte achtzehn Dienstjahre auf dem Buckel und sah genauso aus, wie man sich den Durchschnittscop vorstellt: Standardschnurrbart und billiger Haarschnitt, beides hellbraun und heftig mit Weiß durchzogen.

»Ja, mir ist klar, daß du mit der Schwester meiner zweiten Frau befreundet bist, Sid.« Er zog ein frisches Päckchen Salems aus der

Stange auf seinem Schreibtisch und fummelte mit der Zellophanverpackung herum. Er hatte das Jackett seines zerknitterten braunen Anzugs abgestreift und die Krawatte gelockert. »Damit hast du aber noch lange keinen Anspruch auf Insiderinformationen zu diesem Mord. Alles, was du dafür kriegst, ist mein Mitgefühl. Ja? Ja? Sie hat das gesagt? Warum meinst du, hab ich sie verlassen? Mmhm. Mmhm. Ach ja?«

Er biß in die Banderole der Zigarettenpackung und riß sie mit den Zähnen auf. »Hast du das gehört, Sid? So hört sich das an, wenn ich dir den Arsch aufreiße, falls du auch nur ein Wort davon druckst. Hast du mich verstanden? Du willst Informationen? Dann komm mit allen anderen zur Pressekonferenz. Ja? Du mich auch.«

Er knallte den Hörer auf die Gabel und richtete seine grimmige Miene auf den Bezirksstaatsanwalt. Seine Augen waren grünbraun, wie feuchte Rinde, blutunterlaufen, hart und sie funkelten vor Intelligenz. »Scheiß Reporter, das wird noch häßlicher als meine Tante Selma, und die hat ein Gesicht, das eine Bulldogge zum Kotzen bringen kann.«

»Haben sie Bondurants Namen?« fragte Sabin.

»Natürlich haben sie.« Er zog eine Zigarette aus der Packung und ließ sie von der Unterlippe baumeln, während er den Kram auf seinem Schreibtisch durchwühlte. »Sie schwirren wie die Schmeißfliegen über einem Haufen Hundescheiße«, sagte er und warf ihnen einen Blick über die Schulter zu. »Tag, Kate – Herrje, was ist denn mit dir passiert?«

»Lange Geschichte. Du wirst sie sicher heute abend bei Patrick hören. Wo ist unsere Zeugin?«

»Den Gang runter.«

»Arbeitet sie schon mit dem Zeichner?« fragte Sabin.

Kovac blies Luft und machte ein Geräusch wie ein angewidertes Pferd. »Sie arbeitet noch nicht mal mit *uns*. Unsere Bürgerin ist nicht gerade begeistert davon, hier im Mittelpunkt zu stehen.«

Rob Marshall hob erschrocken den Kopf. »Sie ist doch wohl kein Problem, oder?«

Er bedachte Sabin mit seinem Stiefelleckerlächeln. »Sie ist sicher nur durcheinander, Mr. Sabin. Kate wird sie beruhigen.«

»Was für einen Eindruck haben Sie von der Zeugin, Detective?« fragte Sabin.

Kovac schnappte sich ein Bic Feuerzeug und eine schlampige Akte und ging in Richtung Tür. Weltmüde und angeschlagen, gebaut wie ein Eckbriefkasten, solide und viereckig zweckmäßig, nicht nur zur Zierde. Seine braune Hose war ein bißchen ausgebeult und ein bißchen zu lang, die Aufschläge schlappten über seinen schiefgetretenen Oxfords.

»Oh, sie ist ein Herzchen«, sagte er voller Sarkasmus. »Sie gibt uns einen sicherlich gestohlenen Führerschein aus einem anderen Bundesstaat, sagt uns, sie lebt in einer Wohnung im Phillips Viertel, hat aber keine Schlüssel und kann uns nicht sagen, wo sie sind. Wenn die kein Vorstrafenregister hat, rasier ich mir den Hintern und streich ihn blau an.«

»Also hast du sie durch den Computer laufen lassen – und?« fragte Kate. Sie zwang sich, mit ihm Schritt zu halten, so daß Sabin und Rob zurückbleiben mußten. Sie hatte vor langer Zeit gelernt, mit den Cops, die ihre Fälle bearbeiteten, Freundschaft zu schließen. Es war vorteilhaft, sie als Verbündete und nicht als Gegner zu haben. Außerdem mochte sie die Guten, wie Sam. Sie erledigten einen harten Job mit wenig Anerkennung und zu wenig Gehalt aus dem schlichten, altmodischen Grund, weil sie daran glaubten, daß er notwendig wäre. Sie und Kovac hatten sich in diesen fünf Jahren gut aufeinander eingespielt.

»Ich hab's mit dem Namen versucht, den sie heute benutzt«, sagte er. »Der Scheiß-Computer ist zusammengebrochen. Das wird wieder ein toller Tag. Ich hab momentan Nachtdienst. Ich sollte zu Hause im Bett sein. Mein *Team* hat Nachtdienst. Ich hasse dieses Teamkonzept. Scheiße. Gib mir einen Partner und ansonsten laß mich in Ruhe. Verstehst du, was ich meine? Ich hab gute Lust, mich zu Sexualverbrechen versetzen zu lassen.«

»Was, und all diesem Ruhm und Glanz den Rücken kehren?« neckte ihn Kate und gab ihm einen heimlichen Puffer zwischen die Rippen.

Er sah sie an, beugte den Kopf mit Verschwörermiene. Seine Augen funkelten spöttisch. »Scheiße. Ich mag meine Leichen unkompliziert, weißt du.«

»Das hab ich von dir gehört, Sam«, scherzte sie, wohlwissend, daß er der beste Ermittlungsbeamte der Polizei war. Ein ganz geradliniger, guter Mann, der seinen Job liebte und die dazugehörige Politik haßte.

Er lachte und zog die Tür zu einem kleinen Raum auf, aus dem man durch einen trüben Einwegspiegel in einen anderen sehen konnte. Nikki Liska, ein weiblicher Detective, lehnte an einer Wand, vertieft in ein Starrduell mit einem Mädchen, das auf der anderen Seite eines Tisches aus Holzimitat saß. Ein schlechtes Zeichen. Die Lage war bereits feindselig. Der Tisch war übersät mit Limodosen, Kaffeepappbechern, Doughnutbrocken.

Das Gefühl von Angst in Kates Bauch wurde um etliches schwerer, während sie durch das Glas sah. Sie schätzte das Mädchen auf vielleicht fünfzehn oder sechzehn. Sie war blaß und dünn, mit einer Knopfnase und dem üppigen reifen Mund eines teuren Callgirls. Ihr Gesicht war ein schmales Oval, das Kinn ein bißchen zu lang, so daß sie wahrscheinlich, ohne es zu wollen, trotzig wirken würde. Ihre Augen waren exotisch slawisch schräg und sahen zwanzig Jahre zu alt aus.

»Das ist ein Kind. Ich mach keine Kinder«, sagte Kate ohne Umschweife mit einem verwirrten, anklagenden Blick zu Rob. »Ich arbeite nicht mit Kindern. Das wissen Sie.«

»Wir brauchen Sie für dieses, Kate.«

»Warum?« fragte sie. »Sie haben eine ganze Abteilung für Jugendliche zur Verfügung. Die hat, weiß Gott, sowieso regelmäßig mit Mord zu tun.«

»Das hier ist anders. Das ist keine Bandenschießerei, mit der wir es hier zu tun haben«, sagte Rob. Womit er scheinbar einige der brutalsten Verbrechen in der Stadt in dieselbe Kategorie wie Ladendiebstahl und Verkehrsdelikte verbannte. »Hier geht es um einen Serienmörder.«

Selbst in einem Berufsstand, der routinemäßig mit Mord zu tun hatte, traf das Wort »Serienmörder« einen Nerv. Kate fragte sich, ob ihr Böser Bube sich dessen bewußt war, ob er in dieser Vorstellung schwelgte, oder ob er in seine kleine Welt des Jagens und Tötens zu verstrickt dazu war. Sie hatte beide Typen schon erlebt. Aber ihre Opfer endeten genauso mausetot.

Sie wandte sich vom Direktor ab und sah sich noch einmal das Mädchen an, die diesem neuesten Raubtier begegnet war. Angie DiMarco starrte den Spiegel an, ihr Haß pulsierte in unsichtbaren Wellen von ihr aus. Sie nahm einen fetten, schwarzen Stift vom Tisch und strich sehr bewußt mit der Kappe über ihre volle Unterlippe, eine ebenso ungeduldige wie sinnliche Geste.

Sabin präsentierte Kate sein Profil, als ob er für einen Medailliengraveur postierte. »Sie haben schon Fälle wie diesen gehabt, Kate. Beim FBI. Sie haben einen Rahmen für die Ermittlungen auf den Sie zurückgreifen können. Sie wissen, was Sie bei der Untersuchung und den Medien zu erwarten haben. Es ist gut möglich, daß Sie den Agenten, den sie von der Investigative Support Unit schicken, kennen. Das könnte eine Hilfe sein. Wir brauchen jeden Ansatz, den wir kriegen können.«

»Ich habe Opfer studiert. Meine Arbeit hat mit Toten zu tun.« Ihr gefiel die Angst nicht, die in ihr hochstieg. Sie mochte sie nicht, wollte ihren Ursprung nicht untersuchen. »Mit einem Toten arbeiten ist etwas ganz anderes als mit einem Kind. Nach meinen neuesten Informationen sind Tote kooperativer als Teenager.«

»Sie sind Zeugenbetreuerin«, sagte Rob, mit einem Winseln in der Stimme. »Sie ist eine Zeugin.«

Kovac, der sich gegen die Wand gelehnt hatte, um den Schlagabtausch zu beobachten, schenkte ihr ein dünnes Lächeln. »Verwandte oder Zeugen kann man sich nicht aussuchen, Red. Mir wär's auch lieber, wenn gestern abend Mutter Teresa aus dem Park gerannt wäre.«

»Nein, wär es nicht«, konterte Kate. »Die Verteidigung würde behaupten, sie hätte grauen Star und Alzheimer und argumentieren, daß jeder, der glaubt, ein Mensch könnte drei Tage nach Abgang von den Toten auferstehen, ein ziemlich unglaubwürdiger Zeuge ist.«

Kovacs Schnurrbart zuckte. »Anwälte sind das letzte.«

Rob sah nachdenklich aus. »Mutter Teresa ist tot.«

Kate und Kovac rollten gemeinsam die Augen.

Sabin räusperte sich und sah sehr betont auf die Uhr. »Wir müssen vorankommen. Ich möchte hören, was sie zu sagen hat.«

Kate zog eine Augenbraue hoch. »Und Sie glauben, sie wird es

Ihnen einfach mitteilen? Sie kommen zu wenig aus dem Büro, Ted.«

»Gnade ihr, wenn sie es uns nicht sagt«, drohte er, und steuerte zur Tür.

Kate sah einen letzten Augenblick durch das Glas, begegnete dem Blick ihrer Zeugin, obwohl sie wußte, daß das Mädchen sie nicht sehen konnte. Ein Teenager. Großer Gott, genauso gut hätten sie ihr einen Marsmenschen zuteilen können. Sie war niemandes Mutter. Eine Erinnerung, die sie weder brauchte noch wollte.

Sie schaute in das blasse Gesicht des Mädchens und sah Wut und Trotz und Erfahrung, die kein Kind in diesem Alter haben sollte. Und sie sah Angst. Begraben unter allem anderen, fest in ihr verwahrt wie ein Geheimnis, saß Furcht. Kate wollte sich nicht eingestehen, was in ihrer eigenen Seele dazu führte, das sie diese Angst erkennen ließ.

Im Vernehmungsraum ließ Angie DiMarco einen kurzen Blick zu Liska flackern, die gerade auf die Uhr sah. Sie richtete ihre Augen wieder auf den Einwegspiegel und steckte den gestohlenen Stift in den Ausschnitt ihres Pullovers.

»Ein Kind«, murmelte Kate als Sabin und Rob Marshall vor ihr auf den Gang traten. »Ich war nicht mal gut darin, eins zu sein.«

»Das ist perfekt«, sagte Kovac und hielt ihr die Tür auf. »Ist sie nämlich auch nicht.«

Liska, klein, blond, athletisch mit Bubenhaarschnitt, rollte sich weg von der Wand und schenkte ihnen ein erschöpftes Lächeln, als sie den Vernehmungsraum betraten. Sie sah aus wie Tinker Bell, die Fee aus Peter Pan, auf Anabolika – das hatte zumindest Kovac verkündet, als er sie Tinks taufte.

»Willkommen im Komödienstadel«, sagte sie. »Will jemand Kaffee?«

»Koffeinfrei für mich und einen für unsere Freundin am Tisch, bitte, Nikki«, sagte Kate leise, ohne das Mädchen eine Sekunde aus den Augen zu lassen. Sie versuchte, eine Strategie zu finden.

Kovac ergoß sich in einen Stuhl und lehnte sich mit einem Arm gegen den Tisch. Seine breiten Fingerkuppen kratzten an den Schokostreuseln, die sich wie Mäusekot über die Tischplatte verteilten.

»Katie, das ist Angie DiMarco«, sagte er beiläufig. »Angie, das ist Kate Conlan vom Zeugen/Opfer-Programm. Sie wird deinem Fall zugeteilt.«

»Ich bin kein Fall«, sagte das Mädchen giftig. »Wer sind die?«

»Bezirksstaatsanwalt Ted Sabin und Rob Marshall von Opfer/Zeuge.« Kovac zeigte zuerst auf den einen und dann auf den anderen, während die Männer die Plätze gegenüber ihrer wertvollen Zeugin einnahmen.

Sabin setzte seine beste Ward Cleaver Miene auf. »Wir sind sehr interessiert an dem, was du zu sagen hast, Angie. Dieser Mörder, hinter dem wir her sind, ist ein sehr gefährlicher Mann.«

»Ach nein.« Das Mädchen wandte sich wieder Kovac zu. Ihr wütender Blick zielte auf seinen Mund. »Krieg ich eine Kippe?«

Er zog die Zigarette von seinen Lippen und sah sie an. »Verdammt, nicht mal ich kann eine haben«, beichtete er. »Das Gebäude ist Nichtraucherzone. Ich wollte damit nach draußen.«

»Das stinkt mir. Ich werde in diesem Scheißraum die halbe Scheißnacht eingesperrt und krieg nicht mal eine Scheißkippe!«

Sie lehnte sich zurück und verschränkte die Arme über der Brust. Ihr braunes Haar war fettig, in der Mitte gescheitelt und fiel offen bis auf die Schultern. Sie trug zuviel Wimperntusche, die unter den Augen verschmiert war, und eine verschossene Calvin Klein Jeansjacke, die einmal jemandem namens Rick gehört hatte. Der Name stand mit unauslöschbarer Tinte über der linken Brusttasche. Sie behielt die Jacke trotz der Wärme im Zimmer an. Um sich sicherer zu fühlen oder weil sie Nadeleinstiche verstecken wollte, nahm Kate an.

»Ach, Herrgott, Sam, gib ihr eine Zigarette«, sagte Kate und schob ihre Pulloverärmel hoch. Sie nahm den leeren Stuhl auf der Tischseite des Mädchens. »Und wenn du schon dabei bist, gib mir auch eine. Wenn die Nazis vom PC uns erwischen, gehen wir alle gemeinsam unter. Was wollen sie schon machen? Uns bitten, dieses Rattenloch zu verlassen?«

Sie beobachtete das Mädchen aus dem Augenwinkel, während Kovac noch zwei Zigaretten aus dem Päckchen schüttelte. Angies Fingernägel waren völlig abgenagt und metallisch eisblau lackiert. Ihre Hand zitterte, als sie das Geschenk nahm. Sie trug eine Ansammlung billiger Silberringe und zwei kleine, grobe Kugelschreibertätowierungen entstellten ihre blasse Haut – ein Kreuz in der Nähe ihres Daumens und der Buchstabe A mit einer horizontalen Querlinie oben. Eine Profiarbeit umschloß ihr Handgelenk, ein zartes blaues Tintenarmband aus Dornen.

»Du warst die ganze Nacht hier, Angie?« fragte Kate und zog an der Zigarette. Sie schmeckte wie getrocknete Scheiße. Sie konnte sich nicht einmal mehr vorstellen, wie sie sich das während der Collegezeit hatte angewöhnen können. Der Preis fürs coole Image, nahm sie an. Und jetzt war es der Preis dafür, eine Verbindung herzustellen.

»Ja.« Angie feuerte eine Rauchsalve zur Decke. »Und die wollten mir auch keinen Anwalt holen.«

»Du brauchst keinen Anwalt, Angie«, sagte Kovac freundlich.

»Warum kann ich dann nicht die Fliege aus diesem Scheißloch machen?«

»Es gibt da eine Menge Komplikationen, die wir klären müssen. Zum Beispiel die Sache mit deiner Identifikation.«

»Ich hab euch meinen Ausweis *gegeben.*«

Er zog ihn aus der Akte und reichte ihn Kate mit bedeutungsvoll hochgezogener Augenbraue.

»Du bist einundzwanzig«, las Kate, ohne eine Miene zu verziehen, und streifte Asche in einen verlassenen Becher mit öligem Kaffee.

»Das steht da.«

»Hier steht, du bist aus Milwaukee –«

»*War* daher. Ich bin weggegangen.«

»Noch Familie da?«

»Die sind tot.«

»Tut mir leid.«

»Glaub ich nicht.«

»Irgendwelche Angehörigen hier? Tanten, Cousinen, Onkel, halbverwandte Zirkusfreaks? Irgend jemanden, den wir für dich anrufen können – der dir das hier durchstehen hilft?«

»Nein. Ich bin Waise. Ich armes Ding.« Sie versuchte ein sarkastisches Lachen. »Glaubt mir, ich brauch keine Familie.«

»Du hast keine ständige Adresse, Angie«, sagte Kovac. »Du mußt dir darüber klar werden, was hier passiert ist. Du bist die einzige, die einen Mörder identifizieren kann. Wir müssen wissen, wo du dich aufhältst.«

Sie rollte die Augen auf eine Art, wie es nur Teenager können, ungläubig und ungeduldig zugleich. »Ich hab euch meine Adresse *gegeben.*«

»Du hast mir die Adresse einer Wohnung gegeben, für die du keine Schlüssel hast, und du kannst mir nicht sagen, wie derjenige, bei dem du wohnst, heißt.«

»Ich hab's euch *gesagt.*«

Sie schob sich aus dem Stuhl hoch und wandte sich von Kovac ab. Die Zigarette in ihrer Hand regnete Asche auf den Boden. Der blaue Pullover, den sie unter der Jacke trug, war entweder abgeschnitten oder eingelaufen, darunter tauchten ein gepiercter Nabel und eine weitere Tätowierung auf – drei Tropfen Blut, die in den Bund ihrer schmutzigen Jeans fielen.

»Sie heißt Molly«, sagte sie. »Ich hab sie auf einer Party kennengelernt, und sie hat gesagt, ich kann bei ihr pennen, bis ich was eigenes habe.«

Kate entging das Zittern in der Stimme des Mädchens nicht, auch nicht die abwehrende Körpersprache, als sie sich in sich selbst zurückzog und von ihnen abwandte. Auf der anderen Seite des Raumes öffnete sich die Tür, und Liska kam mit dem Kaffee herein.

»Angie, hier versucht dich keiner einzuseifen«, sagte Kate. »Unser größtes Anliegen ist deine Sicherheit.«

Das Mädchen fuhr sie an, ihre Augen dunkelblau und funkelnd vor Zorn. »Euer *Anliegen* ist, daß ich gegen diesen Psycho Feuerbestatter aussage. Haltet ihr mich für durchgeknallt? Der wird mich aufspüren und mich auch umbringen!«

»Deine Kooperation ist von allergrößter Wichtigkeit, Angie«, intonierte Sabin voller Autorität. Der Mann am Ruder. »Du bist unsere einzige Zeugin. Dieser Kerl hat drei Frauen umgebracht, von denen wir wissen.«

Kate warf dem Bezirksstaatsanwalt einen vernichtenden Blick zu.

»Es ist Teil meines Jobs, dafür zu sorgen, daß du in Sicherheit bist, Angie«, erklärte sie und zwang sich, ruhig und gelassen zu klingen. »Wenn du einen Platz zum Wohnen brauchst, können wir das ermöglichen. Hast du einen Job?«

»Nein.« Sie wandte sich wieder ab. »Ich hab gesucht«, fügte sie fast trotzig hinzu. Ihr Körper strebte in die Ecke des Raumes, in der ein dreckiger Rucksack stand. Kate war bereit zu wetten, daß alles, was das Mädchen besaß, in dieser Tasche steckte.

»Es ist hart, wenn man in eine neue Stadt kommt«, sagte Kate leise. »Man kennt sich nicht aus. Hat keine Kontakte. Es ist hart, da ein Standbein zu finden, sein Leben in Gang zu bringen.«

Das Mädchen beugte den Kopf und kaute an einem Daumennagel, ihr Haar schwang nach unten, um das Gesicht zu verdecken.

»Man braucht Geld, um sich zu etablieren«, fuhr Kate fort. »Geld zum Essen. Geld für eine Wohnung. Geld für Kleidung. Geld für alles.«

»Ich komm über die Runden.«

Kate konnte sich genau vorstellen, wie. Sie wußte, wie das bei den Kids auf der Straße lief. Sie taten, was sie tun mußten, um zu überleben. Betteln. Stehlen. Ein bißchen Dope verkaufen. Ein, zwei Freier bedienen oder zehn. Es bestand kein Mangel an perversem Abschaum auf dieser Welt, der mehr als bereit war, Kinder ohne Zuhause und ohne Zukunftsaussichten auszunützen.

Liska stellte die dampfenden Kaffeetassen auf den Tisch, beugte sich zu Kovac hinunter und flüsterte ihm ins Ohr: »Elwood hat den Hausverwalter ausfindig gemacht. Der Typ sagt, die Wohnung steht leer, und wenn die Kleine da wohnt, will er fünfhundert Dollar Kaution, oder er erstattet Anzeige wegen unbefugten Eindringens.«

»Ein echter Philantrop.«

»Elwood sagt zu ihm: ›Fünfhundert? Was soll das? Einen Dollar pro Kakerlake?‹«

Kate nahm die geflüsterten Bemerkungen auf, den Blick immer noch auf Angie gerichtet. »Dein Leben ist momentan schon hart genug, ohne daß du Zeugin für einen Mord wirst.«

Das Mädchen hielt den Kopf immer noch gesenkt. Es schniefte und steckte die Zigarette in den Mund. »Ich hab nicht gesehen, wie er sie umgebracht hat.«

»Was *hast* du denn gesehen?« fragte Sabin. »Wir müssen das

wissen, Miss DiMarco. Jede Minute ist entscheidend für die Ermittlungen. Der Mann ist ein Serienmörder.«

»Ich glaube, dessen sind wir uns alle bewußt, Ted«, fügte Kate mit eisiger Stimme ein. »Sie müssen uns wirklich nicht alle zwei Minuten daran erinnern.«

Rob Marshall zuckte heftig. Sabin kreuzte ihren Blick, seine eigene Ungeduld war nicht zu übersehen. Er wollte eine Enthüllung, bevor er zu seinem Treffen mit der Bürgermeisterin davonstürmte. Er wollte die Möglichkeit, bei der Pressekonferenz vor die Kameras zu treten und dem Monster, das frei unter ihnen herumlief, einen Namen und ein Gesicht zu geben und zu verkünden, daß eine Verhaftung unmittelbar bevorstünde.

»Angie hat scheinbar ein paar Schwierigkeiten damit, sich zu entscheiden, ob sie kooperieren wird oder nicht«, sagte er. »Ich glaube, es ist von größter Wichtigkeit, ihr klarzumachen, wie ernst die Lage ist.«

»Sie hat beobachtet, wie jemand einen menschlichen Körper in Brand gesteckt hat. Ich glaube, sie versteht sehr genau, wie ernst die Lage ist.«

Kate sah aus dem Augenwinkel, daß es ihr gelungen war, die Aufmerksamkeit des Mädchens auf sich zu ziehen. Vielleicht könnten sie Freunde werden, die gemeinsam auf der Straße lebten, wenn Sabin sie gefeuert hätte, weil sie ihn vor Publikum angegriffen hatte. Was hatte sie sich nur dabei gedacht? Sie wollte diesen Mist gar nicht auf ihrem Schoß haben.

»Was hast du nachts zu dieser Zeit in diesem Park zu suchen gehabt?« fragte Rob und wischte sich mit dem Taschentuch die Stirn ab.

Das Mädchen sah ihm direkt in die Augen. »Mich um meinen eigenen Scheiß gekümmert.«

»Du kannst deine Jacke ausziehen, wenn du möchtest«, sagte er mit einem brüchigen Lächeln.

»Ich möchte nicht.«

Er biß die Zähne zusammen, und sein Grinsen mutierte zur Grimasse. »Fein. Wenn du sie anbehalten willst, fein. Warum erzählst du uns nicht mit deinen Worten, wie es dazu kam, daß du gestern nacht im Park warst, Angie?«

Ihr Blick war pures Gift. »Ich würde ja sagen, leck mich am Arsch, aber du bist so scheißhäßlich, daß ich dafür im voraus kassieren müßte.«

Sein Gesicht verfärbte sich knallrot, wie von einem bösen Ausschlag.

Ein Piepser ertönte, und alle im Raum außer der Zeugin griffen nach ihrem. Sabin runzelte grimmig die Stirn, als er die Nachricht auf seinem Display las. Er sah noch einmal auf die Uhr.

»Hast du den Mann richtig gut sehen können, Angie?« fragte Rob mit gepreßter Stimme. »Du könntest hier wirklich eine große Hilfe sein. Ich weiß, daß du etwas Schreckliches erlebt hast –«

»Einen Scheißdreck weißt du«, keifte das Mädchen.

Eine Ader bohrte sich aus Robs linker Schläfe, und Schweiß sammelte sich auf seiner glänzenden Stirn.

»Deswegen fragen wir dich ja, Mädel«, sagte Kate gelassen. Sie blies einen steten Strom Rauch in die Luft. Alle Zeit dieser Welt. »Hast du den Kerl richtig gut sehen können?«

Angie musterte sie einen Augenblick lang, Zeit und Schweigen dehnten sich, dann sah sie von Sabin zu Liska, zu Kovac und wieder zu Rob Marshall. Abwägend. Abschätzend.

»Ich hab ihn in den Flammen gesehen«, sagte sie schließlich und senkte den Blick. »Er hat die Leiche auf dem Feuerstoß angezündet und gesagt: ›Asche zu Asche‹.«

»Würdest du ihn wiedererkennen?« fragte Sabin.

»Klar«, murmelte sie und führte die Zigarette zu einem letzten Zug an den Mund. Die Spitze schimmerte wie Höllenglut vor ihrem blassen Gesicht. Als sie wieder redete, kamen die Worte auf einem Hauch von Rauch. »Er ist der Teufel.«

»Was sollte denn das?« Kate ging sofort in die Offensive, als sie aus dem Vernehmungsraum in den Korridor traten.

Sabin wandte sich ihr mit wütender Miene zu. »Genau dasselbe wollte ich Sie fragen, Kate. Wir brauchen die Kooperation dieses Mädchens.«

»Und Sie glauben, die kriegen Sie, wenn Sie wie eine Dampfwalze auf sie losgehen? Falls Sie es nicht bemerkt haben sollten, sie hat darauf nicht reagiert.«

»Wie hätte sie reagieren sollen, wo Sie sich jedesmal eingemischt haben, sobald ich ein bißchen Land gewonnen hatte.«

»Gewalt stößt immer auf Widerstand, Ted. Und es ist mein Job, mich einzumischen. Ich bin Zeugenbetreuer«, sagte sie, obwohl ihr klar wurde, daß sie sich damit den Zorn eines sehr mächtigen Mannes auflud. Er hatte die Macht, sie von diesem Fall abzuziehen.

So ein Glück sollte ich haben, dachte sie. Diese Ermittlung zeigte bereits alle Ansätze eines hundertprozentigen Megaficks. Sie konnte sich doch wohl nicht wünschen, da mitten drin zu stecken.

»Sie sind derjenige, der mich da hineingezogen hat«, sagte sie. »Sie wollten, daß ich mich mit dem Mädchen anfreunde, wissen Sie noch? Das wird schon schwer genug auch ohne, daß Sie uns als Gruppenmacht gegen sie aufstellen.

Sie muß uns erzählen wollen, was sie gesehen hat. Glauben Sie ernsthaft, sie vertraut darauf, daß Sie ihr nicht nehmen, was sie zu geben hat, und sie dann einfach ihrem Schicksal überlassen? Wie, glauben Sie, ist ein Mädchen wie Angie überhaupt in einem solchen Schlamassel gelandet?«

»Sie wollten diesen Fall zuerst nicht, weil sie noch ein Kind ist,« sagte Sabin verärgert. »Jetzt sind Sie plötzlich eine Expertin.«

»Sie wollten mich wegen meiner Erfahrung, meines Hintergrunds«, erinnerte sie ihn. »Dann müssen Sie auch darauf vertrauen, daß ich den Job erledige. Ich weiß, wie man einen Zeugen vernehmen muß.«

Sabin tat sie ab, indem er sich einfach Kovac zuwandte. »Sie sagten, das Mädchen wurde festgenommen, als es versuchte, vom Tatort zu fliehen?«

»Nicht direkt.«

»Sie kam aus dem Park gerannt, als der erste Streifenwagen eintraf«, sagte Sabin ungeduldig. »Sie rannte vor einer brennenden Leiche weg. Das macht sie zur Verdächtigen. Nehmt sie in die Mangel. Quetscht sie aus. Bedroht sie. Macht ihr solange Angst, bis sie mit der Wahrheit herausrückt. Mir ist völlig egal, wie ihr das macht. In zwei Minuten hab ich ein Treffen mit dem Polizeichef und der Bürgermeisterin. Die Pressekonferenz ist für fünf

Uhr anberaumt. Bis dahin will ich eine Beschreibung des Mörders.«

Er entfernte sich von ihnen, rückte sein Jackett zurecht und bewegte seine Schultern wie ein Boxer, der gerade fünf Runden durchgestanden hat. Kate sah zu Kovac, der angewidert das Gesicht verzog.

»Siehst du jetzt, mit welchem Scheiß ich mich ständig rumschlagen muß?« sagte er.

»Du?« Kate schniefte. »Er könnte meinen Arsch einfach feuern. Und trotzdem ist es mir egal, ob er auf dem Weg zu einem Rendezvous mit Janet Reno ist. Macht gibt ihm noch lange nicht das Recht, einen Zeugen zu drangsalieren – oder dir, es für ihn zu tun. Wenn du dieses Kind mit Nagelschuhen malträtierst, mach ich dein Leben zur Hölle, Sam.«

Kovac schnitt eine Grimasse. »Herrgott, Kate, der große Hund sagt, wirf sie in den Knast. Was soll ich machen? Ihm die Zunge rausstrecken? Der holt sich meine Eier für seinen Weihnachtsnußknacker.«

»Ich hol sie mir zum Tennis.«

»Tut mir leid, Kate. Du bist überstimmt. Sabin kann mich *und* meine Pension kastrieren. Du mußt das Gute daran sehen: Der Knast wird für die Kleine wie Club Med sein.«

Kate wandte sich hilfesuchend ihrem Boß zu. Rob trat von einem Fuß auf den anderen. »Die Umstände sind äußerst ungewöhnlich, Kate.«

»Das ist mir klar. Mir ist auch klar, daß es keine Pressekonferenz geben würde, wenn die Kleine zugesehen hätte, wie er eine von diesen Nutten in Brand steckt, und Ted Sabin wüßte auch ihren Namen nicht. Aber das ändert nichts an dem, was sie gesehen hat, Rob. Es ändert nichts daran, wer sie ist oder wie sie behandelt werden muß. Sie erwartet, schlecht behandelt zu werden. Das gibt ihr die Entschuldigung dafür, nicht kooperativ zu sein.«

Seine Miene wechselte zwischen Abgeklärtheit und Zustimmung. »Ich dachte, Sie wollen diesen Fall nicht.«

»Ich will ihn auch nicht«, sagte Kate ohne Umschweife. »Ich habe kein persönliches Verlangen danach, bis zum Hintern in Alligatoren zu stecken, aber wenn ich bei diesem Fall dabei bin, dann mit Haut und Haaren. Lassen Sie mich meine Arbeit mit ihr machen, oder teilen Sie mich woanders ein. Ich werde keine Marionette sein, und ich lasse mir auch nicht die Hände binden. Nicht einmal von seiner Hoch- und Machtwürden.«

Es war eine Art Bluff. Sie wollte vielleicht den Job nicht, aber sie war die beste Betreuerin für diesen Fall – das dachte zumindest Ted Sabin. Sabin mit dem Ständer bei der Vorstellung, daß sie eine FBI-Agentin war. So sehr Kate diese Besessenheit auch anwiderte, sie wußte, daß sie dadurch bei ihm den Hebel ansetzen konnte, und deshalb auch bei Rob.

Die wirkliche Frage lautete: Was würde es sie kosten? Und warum sollte es ihr wichtig genug sein, diesen Preis zu bezahlen? Sie konnte den Gestank dieses Falls schon aus einem Block Entfernung riechen, konnte spüren, wie die Verwicklungen wie die Tentakel eines Kraken nach ihr griffen. Sie hätte einfach nein sagen und abhauen sollen. Wenn sie einen Funken Vernunft besäße. Wenn sie nicht hinter Angie DiMarcos Bollwerke gesehen und einen Blick auf ihre Angst erhascht hätte.

»Was wird Sabin tun, Rob?« fragte sie. »Uns die Köpfe abschneiden und uns anzünden?«

»Das ist nicht mal entfernt komisch.«

»Das habe ich auch nicht damit bezweckt. Haben Sie doch ein bißchen Rückgrat und behaupten Sie sich gegen ihn, Herrgott nochmal.«

Rob seufzte und bohrte diskret einen Daumen in den Bund seiner Hose. »Ich werde mit ihm reden und sehen, was ich machen kann. Vielleicht identifiziert das Mädchen ja bis fünf Uhr einen aus dem Verbrecheralbum«, sagte er ohne Hoffnung.

»Sie müssen doch noch Verbindungen in Wisconsin haben«, sagte Kate. »Vielleicht finden Sie ja etwas über sie, finden heraus, wer sie wirklich ist.«

»Ich werde ein paar Anrufe machen. Ist das alles?« sagte er, betont spitz.

Kate spielte die Unschuldige. Sie war sich ihrer Tendenz, beim Tanz zu führen, sehr wohl bewußt und dachte gar nicht daran, sich zu entschuldigen, wenn es um ihren Boß ging. Er inspirierte sie nicht dazu, seinem Takt zu folgen.

Rob entfernte sich, sichtlich niedergeschlagen.

»Immer ein Mann der Tat, dein Boß«, sagte Kovac trocken.

»Ich glaube, Sabin hat seine Eier in einem Glas in seinem Medizinschrank.«

»Ja, also, ich möchte nicht, daß er meine seiner Sammlung einverleibt. Schau, ob du vor fünf aus dem Mädchen noch was anderes außer Lügen und Sarkasmus rausholen kannst.« Er schlug ihr eine tröstliche, glückwünschende Hand auf die Schulter. »Du hast noch einen langen Weg vor dir, Red. Sie gehört dir alleine.«

Kate sah ihm mit gerunzelter Stirn nach, wie er sich in die Herrentoilette zurückzog. »Und ich frage dich noch einmal: Warum muß immer ich diejenige sein, die zur falschen Zeit am falschen Ort ist?«

Kapitel 4

Supervisory Special Agent John Quinn verließ den Jetway und betrat den St. Paul's Flughafen von Minneapolis. Der sah aus wie fast jeder andere Flughafen, den er bis jetzt gesehen hatte: grau und freudlos; das einzige Zeichen von Gefühl, das von den grimmigen Reisemüden aufstieg, war die Feier einer Familie, die einen Jungen mit Bürstenschnitt und blauer Luftwaffenuniform abholte.

Er verspürte ein leichtes Aufflackern von Neid, ein Gefühl, das so alt schien wie er selbst – vierundvierzig. Seine eigene Familie war auf Wettbewerb konditioniert gewesen, nicht auf Feiern. Er hatte sie seit Jahren nicht gesehen. Zu beschäftigt, zu weit entfernt, zu abgenabelt. Du schämst dich ihrer zu sehr, hätte sein alter Herr gesagt …, und er hätte recht gehabt.

Er entdeckte den Agenten im Außendienst am Rande des Gate Bereichs. Vince Walsh. Laut der Akte war er zweiundfünfzig mit solider Laufbahn. Er würde im Juni in Pension gehen. Er sah wie ungesunde zweiundsechzig aus. Sein Teint hatte die Farbe von Tonmasse. Die Schwerkraft hatte das Fleisch seines Gesichtes nach unten gezogen und tiefe Furchen in seinen Wangen und über seiner Stirn hinterlassen. Er sah aus wie ein Mann mit zuviel Streß im Leben und keinem Ausweg außer einem Herzanfall. Er sah aus wie einer, der lieber was anderes getan hätte, als irgendeinen heißen Psychojäger aus Quantico abzuholen.

Quinn zwang seinen Energiepegel plus Mundwinkel in den oberen Bereich. Reagiere entsprechend: erscheine schuldbewußt, nicht aggressiv, nicht bedrohlich, nur ein Hauch von Freundlichkeit, aber nicht allzu vertraut tun. Seine Schultern hingen ganz natürlich vor Müdigkeit. Er machte sich nicht die Mühe, sich aufzurichten. »Sie sind Walsh?«

»Sie sind Quinn«, sagte Walsh streng, als Quinn seinen Ausweis aus der Innentasche seines Jacketts ziehen wollte. »Haben Sie Gepäck?«

»Nur was Sie sehen.« Einen prallen Kleidersack, der die vorgeschriebenen Handgepäckmaße überschritt und eine Aktentasche, beschwert von einem Laptop und einem Haufen Papieren. Walsh bot ihm keine Hilfe damit an.

»Bin dankbar, daß Sie mich abholen«, sagte Quinn, als sie sich auf den Weg durch die Ankunftshalle machten. »Ist für mich die schnellste Möglichkeit, direkt ins Spiel einzusteigen. Erspart mir, daß ich eine Stunde in der Gegend rumirre.«

»Gut.«

Gut. Kein toller Einstieg, aber immerhin. Er würde den Typen schon rumkriegen. Das wichtige hier war, abzuspringen und weiterzurennen. Der Fall hatte Priorität. Immer der Fall. Einer nach dem anderen, auf dem anderen und noch einer und noch einer, die schon hinter der Kurve lauerten ... Die Müdigkeit schauderte durch seinen Körper, trat ihn im Vorbeigehen in den Magen.

Sie gingen schweigend zum Hauptterminal, fuhren ein Stockwerk mit dem Aufzug hoch und überquerten die Straße zur Parkrampe, wo Walsh seinen Taurus verbotenerweise auf einem Behindertenplatz abgestellt hatte. Quinn stellte seine Sachen in den Kofferraum und lehnte sich für die Fahrt hinaus zum Highway zurück. Zigarettenrauch durchtränkte das gesamte Innenleben des Wagens und hatte den beigen Polstern denselben Farbton verpaßt wie dem Fahrer des Wagens.

Walsh griff nach einem Päckchen Chesterfields, sobald sie auf den State Highway Fünf trafen. Er hakte seine Lippe über die Zigarette und zog sie aus dem Päckchen. »Was dagegen?«

Er klickte sein Feuerzeug, ohne auf die Antwort zu warten.

Quinn öffnete das Fenster einen Spalt. »Es ist Ihr Auto.«

»Noch sieben Monate lang.« Er zündete die Zigarette an, nahm eine Lunge voll Teer und Nikotin und unterdrückte einen Huster. »Herrgott, ich werde diese verdammte Erkältung einfach nicht los.«

»Ekelhaftes Wetter«, bot Quinn an. Oder Lungenkrebs.

Der Himmel lastete wie ein Amboß auf Minneapolis. Regen und fünf Grad plus. Alle Vegetation lag im Winterschlaf oder war bereits tot, und das würde bis zum Frühling so bleiben – der, wie er vermutete, an diesem Ort noch in deprimierend weiter Ferne lag. In Virginia gab es zumindest im März schon Lebenszeichen.

»Könnte schlimmer sein«, sagte Walsh. »Könnte ein Scheiß Blizzard sein. Vor ein paar Jahren hatten wir einen an Halloween. Das war vielleicht ein Chaos. In dem Winter sind ungefähr dreieinhalb Meter Schnee gefallen und der ist bis Mai liegengeblieben. Ich hasse diese Stadt.«

Quinn fragte nicht, warum er blieb. Er wollte nicht die übliche Litanei gegen das Büro oder die gängigen Klagen des unglücklich verheirateten Mannes mit Schwiegereltern in der Nachbarschaft hören, oder irgendeinen anderen Grund, dessentwegen ein Mann wie Walsh sein Leben haßte. Er hatte seine eigenen Probleme – die Walsh sicher auch nicht hören wollte. »Utopia gibt es eben nicht, Vince.«

»Naja, aber für mich ist Scottsdale nah dran. Ich möchte, so lange ich lebe, nie wieder frieren. Nächsten Juni bin ich hier weg. Raus aus diesem Staat. Raus aus diesem undankbaren Job.«

Er warf Quinn einen mißtrauischen Blick zu, als hielte er ihn für einen FBI Kalfaktor, der, sobald er allein wäre, den leitenden Agenten anriefe.

»Der Job kann einen Mann aufreiben«, sagte Quinn mitfühlend. »Mich schafft die Politik«, meinte er und traf den heißen Nerv mit unbeirrbarer Präzision. »Im Außendienst arbeiten, da kriegt man's von beiden Seiten, von den Ortsansässigen und vom Büro.«

»Tatsache. Ich wünschte, verflucht nochmal, ich hätte gestern hier endgültig den Abflug gemacht. Der Fall wird nur ein Tritt in den Hintern nach dem anderen sein.«

»Hat das schon angefangen?«

»Na, Sie sind doch hier, oder?«

Walsh nahm eine Akte vom Sitz zwischen ihnen und reichte sie ihm. »Die Tatortfotos. Ich hab gewußt, daß Sie sie gleich wollen. Geben Sie sich's.«

Quinn nahm die Akten, ohne Walsh aus seinen dunklen Augen zu lassen. »Haben Sie ein Problem damit, daß ich hier bin, Vince?« fragte er geradeheraus, milderte aber die Frage durch seinen Gesichtsausdruck: halb ich bin dein Kumpellächeln, halb Verwirrung, die er nicht empfand. Er war so oft in dieser Lage gewesen, daß er jede nur mögliche Reaktion auf seine Ankunft am Tatort kannte: echtes Willkommen, vorgetäuschtes Willkommen, verhohlener Ärger, offene Feindseligkeit. Walsh war eine Nummer drei, der behaupten würde, er sage genau, was er dachte.

»Verflucht, nein«, sagte er endlich. »Wenn wir diesen Dreckskerl nicht ganz schnell erwischen, werden wir alle mit Zielscheiben auf dem Rücken rumlaufen. Ich hab kein Problem damit, daß Sie eine größere als ich haben werden.«

»Es ist immer noch Ihr Fall. Ich bin zur Unterstützung hier.«

»Komisch, dasselbe habe ich dem Lieutenant vom Morddezernat erzählt.«

Quinn sagte nichts, er begann bereits im Geiste, eine Teamstrategie zurechtzulegen. Es sah so aus, als müsse er um Walsh herumarbeiten, obwohl es ziemlich unwahrscheinlich schien, daß der ASAC (Assistant Special Agent in Charge) einen weniger brillanten Agenten diesem Fall zugeteilt hätte. Wenn Peter Bondurant die großen Hunde in Washington bellen lassen konnte, dann waren die Hiesigen sicher nicht darauf erpicht, den Mann vor den Kopf zu stoßen. Laut der Faxe hatte Walsh einen soliden Ruf, der viele Jahre umspannte. Vielleicht ein paar Jahre zuviel, ein paar Fälle zuviel, ein paar politische Spielchen zuviel.

Quinn hatte bereits ein Bild der politischen Lage hier. Inzwischen gab es drei Leichen – gerade genug, um offiziell als Serienmorde bezeichnet zu werden. Für gewöhnlich hätte man ihn in diesem Stadium per Telefon zu Rate gezogen – wenn überhaupt. Seiner Erfahrung nach versuchten die Ortsansässigen normalerweise, so etwas selbst zu regeln, bis es ein paar Leichen mehr waren. Und bei einer Fallbelastung von fünfundachtzig mußte er den schlimmsten Fällen Priorität geben. Ein Fall mit drei Morden erschien nur selten in seinem Reiseterminkalender. Seine körperliche Präsenz hier schien nicht notwendig – was seine Frustration und seine Erschöpfung noch verstärkte. Er schloß für zwei Sekunden die Augen und zügelte seine Gefühle.

»Ihr Freund Mr. Bondurant hat Freunde in sehr hohen Positionen«, sagte er. »Was gibt es über ihn zu erzählen?«

»Der übliche neunhundert Pfund Gorilla. Eigentümer einer Computerfirma, die einen Haufen Rüstungsaufträge hat – Paragon. Er hat Andeutungen gemacht, von wegen er will den Staat verlassen, weshalb der Gouverneur und jeder andere Politiker jetzt Schlange stehen, um ihm den Hintern zu küssen. Sie sagen, er ist eine Milliarde Dollar oder mehr wert.«

»Kennen Sie ihn?«

»Nein, er hat sich nicht die Mühe gemacht, übers Büro zu gehen, um Sie zu kriegen. Wie ich höre, hat er direkt die Chefetage genommen.«

Und innerhalb von Stunden hatte das FBI Quinn in ein Flugzeug nach Minneapolis gesetzt. Keine Rücksicht auf die normale Zuteilung der Fälle nach Regionen. Keine Rücksicht auf Fälle, die er gerade bearbeitete. Keine der üblichen bürokratischen Scheißverstrickungen wegen Reisegenehmigungen.

Er fragte sich verärgert, ob Bondurant ihn namentlich verlangt hatte. Er hatte im letzten Jahr verdammt oft im Rampenlicht gestanden. Nicht auf seinen Wunsch. Der Presse gefiel sein Image. Er paßte in ihr Profil davon, wie ein Special Agent der Investigative Support Unit aussehen sollte: athletisch, mit energischem Kinn, dunkel, eindringlich. Er war fotogen, sah im Fernsehen gut aus. George Clooney würde ihn im Film spielen. An manchen Tagen war das Image nützlich. An manchen Tagen fand er es amüsant. Aber immer öfter war es schlicht lästig.

»Er hat keine Zeit verschwendet«, fuhr Walsh fort. »Das Mädchen ist noch nicht mal kalt. Sie wissen auch nicht mit Bestimmtheit, ob es seine Kleine ist – schließlich ist der Kopf ab und so weiter. Aber Sie wissen ja, Leute mit Geld machen nicht lange Faxen. Die müssen nicht.«

»Wie weit sind wir mit der Identifizierung des Opfers?«

»Sie haben ihren Führerschein. Sie werden versuchen, ihre Fingerabdrücke zu kriegen, aber die Hände waren ziemlich übel verbrannt, wie man mir sagt. Der Pathologe hat Jillian Bondurants

Krankengeschichte verlangt, im Hinblick auf besondere Merkmale oder gebrochene Knochen, um zu sehen, ob irgend etwas übereinstimmt. Wir wissen, daß der Körper die richtige Größe und Statur hat. Wir wissen, daß Jillian Bondurant mit ihrem Vater Freitag abend gegessen hat. Sie hat sein Haus gegen Mitternacht verlassen und ist seither nicht mehr gesehen worden.«

»Was ist mit ihrem Wagen?«

»Bis jetzt hat ihn keiner gefunden. Die Autopsie ist für heute abend angesetzt. Vielleicht haben sie Glück, und der Mageninhalt stimmt mit der Mahlzeit überein, die Bondurant an diesem Abend mit ihrem Vater eingenommen hat, aber ich bezweifle es. Dazu hätte sie praktisch sofort umgebracht werden müssen. So arbeitet dieser Schizo nicht.«

»Die Pressekonferenz ist um fünf – auch wenn die Presse nicht darauf wartet«, fuhr er fort. »Die Story wird schon auf allen Kanälen gesendet. Und sie haben diesem Dreckschwein schon einen Spitznamen gegeben. Sie nennen ihn den Feuerbestatter oder Smokey Joe. Geht gut ins Ohr, was?«

»Wie ich höre, ziehen sie Vergleiche mit Morden, die vor ein paar Jahren passiert sind. Gibt es da eine Verbindung?«

»Die Wirth Park Morde. Keine Verbindung, aber ein paar Übereinstimmungen. Diese Opfer waren schwarze Frauen – und ein asiatischer Transvestit, den er aus Versehen erwischt hat. Prostituierte oder mutmaßliche Prostituierte – und die beiden Opfer dieses Typen waren Prostituierte. Aber Prostituierte werden ja dauernd umgebracht, sie sind einfache Zielscheiben. Diese Opfer waren meist schwarz und die hier sind weiß. Genau das deutet schon auf einen anderen Mörder – richtig?«

»Sexuelle Serienmörder bleiben im allgemeinen in ihrer eigenen ethnischen Gruppe, ja.«

»Wie dem auch sei, bei einem dieser Wirth Park Morde haben sie eine Verurteilung gekriegt und bei den anderen die Akten geschlossen. Sie haben ihren Mörder gekriegt, und es gab einfach nicht genug greifbare Beweise, um die anderen Fälle vor Gericht zu bringen. Außerdem, wie oft lebenslänglich kann ein Typ absitzen?«

»Ich hab heute früh mit einem dieser Bullen vom Morddezernat geredet«, sagte Walsh und drückte seine Zigarette in dem dreckigen Aschenbecher aus. »Er sagt, es besteht kein Zweifel, das hier ist definitiv ein anderes Dreckschwein. Aber, ehrlich gesagt, weiß ich auch nicht viel mehr über diese Morde als Sie. Bis heute früh hatten sie nur diese beiden toten Nutten. Ich hab über sie in der Zeitung gelesen, wie alle anderen. Ich weiß aber so sicher wie das Amen im Gebet, daß der Typ nie irgend jemandem den Kopf abgeschnitten hat. Das ist ein ganz neuer Dreh in dieser Gegend.«

Quinn sah aus dem Fenster in die graue Welt und den Regen, die wintertoten Bäume, die so schwarz und öde aussahen, als hätte man sie verkohlt, und hielt einen Augenblick des Mitleids für die namenlosen, gesichtslosen Opfer fest, die nicht wichtig genug waren, um mehr als eine Pauschalbezeichnung zu verdienen. In ihren Leben hatten sie Freud und Leid gekannt. Auf dem Weg zu ihrem Tod hatten sie wahrscheinlich Schrecken und Schmerz kennengelernt. Sie hatten Familie und Freunde, die sie betrauerten und denen sie fehlen würden. Aber die Presse und die Gesellschaft reduzierte ihr Leben und ihren Tod auf den niedrigsten, minderwertigsten gemeinsamen Nenner: zwei tote Nutten. Quinn hatte hundert gesehen ..., und er erinnerte sich an jede einzelne.

Seufzend rieb er sich den dumpfen Kopfschmerz, der sich wohl auf Dauer in seinen Schläfen eingenistet hatte. Er war zu müde für die Art Diplomatie, die man am Anfang eines Falles brauchte. Das war die Art von Müdigkeit, die bis ins Knochenmark eindrang und ihn wie Blei hinunterzog. In den letzten paar Jahren hatte es zu viele Leichen gegeben. Die Namen rollten nachts durch seinen Kopf, wenn er zu schlafen versuchte. Leichen zählen nannte er das. Nicht gerade der Stoff für süße Träume.

»Möchten Sie zuerst ins Hotel oder ins Büro?« fragte Walsh.

Als ob seine Wünsche dabei berücksichtigt würden. Was er vom Leben wollte, war für ihn schon lange außer Sichtweite verschwunden.

»Ich muß zum Tatort«, sagte er. Die ungeöffnete Akte lastete schwer wie eine Stahlplatte auf seinem Schoß. »Ich muß sehen, wo er sie gelassen hat.«

Der Park sah aus wie ein Campingplatz am Tag nach einem

Pfadfindertreffen. Der verkohlte Boden, wo das Lagerfeuer gewesen war, das gelbe Polizeiband wie Girlanden als Absperrung gespannt, das tote, zertrampelte Gras, Blätter, wie nasse Scherenschnitte in den Boden gedrückt. Zerknitterte Kaffeebecher, die der Wind aus dem Mülleimer geweht hatte, der direkt neben dem asphaltierten Weg am Hügel saß, und die jetzt über den Boden schwirrten.

Walsh parkte den Wagen, und sie stiegen aus und stellten sich auf den Weg. Quinn ließ den Blick über das gesamte Gelände von Norden nach Süden schweifen. Der Schauplatz des Verbrechens lag ein kleines Stück unter ihnen, in einer flachen runden Senke, die hervorragende Deckung lieferte. Der Park war voll von Bäumen, sowohl Laub- als auch Nadelbäume. Mitten in der Nacht war das hier eine ganz eigene Welt. Die nächsten Wohnhäuser – ordentliche Einfamilienhäuser des Mittelstandes – standen ausreichend vom Tatort entfernt. Die Wolkenkratzer der City von Minneapolis mehrere Meilen nördlich. Selbst der kleine Wartungsplatz, auf dem sie parkten, wurde von Bäumen verdeckt und von dem, was wahrscheinlich eine schöne Reihe Fliederbüsche im Frühling war – Tarnung für den einen kleinen abgesperrten Geräteschuppen und die Fahrzeuge. Der Täter hatte wahrscheinlich hier geparkt und die Leiche für seine kleine Zeremonie den Abhang hinuntergetragen. Quinn sah hoch zu dem Halogenalarmlicht, das auf einem dunklen Pfahl in der Nähe des Geräteschuppens montiert war. Das Glas war zerschmettert, aber es gab keine sichtbaren Scherben auf dem Boden.

»Wissen wir, wie lange das Licht schon kaputt ist?«

Walsh hob den Kopf, blinzelte und verzog das Gesicht, als der Regen gegen sein Gesicht prasselte. »Da müssen Sie die Cops fragen.«

Ein paar Tage schon, wettete Quinn. Nicht lange genug, daß die Parkwächter schon dazu gekommen wären, es zu richten, wenn der Schaden das Werk ihres Mannes war, als Vorbereitung für seinen mitternächtlichen Besuch ... Wenn er vorher hierhergekommen war, das Licht zertrümmert, das Glas aufgekehrt hatte, damit der Vandalismus nicht so schnell entdeckt und damit die Chancen verbessert würden, daß die Sicherheitsbeleuchtung nicht so schnell ersetzt wurde ... wenn das alles zutraf, hatten sie es hier mit einem hohen Grad an Planung und Vorsatz zu tun. Und Erfahrung. Der modus operandi war erlerntes Verhalten. Ein Krimineller lernte durch Versuch und Irrtum, was er bei der Ausführung seiner Verbrechen tun oder lassen sollte. Er verbesserte seine Methoden im Lauf der Zeit und durch Wiederholung.

Quinn ignorierte den Regen, der auf ihn herunterprasselte, duckte sich in seinen Trenchcoat und machte sich auf den Weg den Abhang hinunter, in dem Bewußtsein, daß der Killer diese Route mit der Leiche in seinen Armen genommen hatte. Es war eine ziemliche Distanz – fünfzig oder sechzig Meter. Die Tatorteinheit würde die genauen Maße haben. Es gehörte Kraft dazu, ein totes Gewicht so weit zu tragen. Die Todeszeit würde bestimmen, wie er sie getragen hatte. Über die Schulter wäre am leichtesten gewesen – falls die Starre noch nicht eingesetzt hatte, oder schon wieder vorbei war. Wenn er in der Lage war, sie über der Schulter zu tragen, dann konnte seine Größe stärker variieren; ein kleinerer Mann hätte das schaffen können. Wenn er sie in den Armen tragen mußte, dann hätte er größer sein müssen. Quinn hoffte, daß sie nach der Autopsie mehr wüßten.

»Was hat die Tatorteinheit alles untersucht?« fragte er. Die Worte kamen mit einer Dampfwolke aus seinem Mund.

Walsh trabte drei Schritte hinter ihm, hustend. »Alles. Diesen ganzen Bereich des Parks, einschließlich des Parkplatzes und des Geräteschuppens. Die Typen vom Morddezernat haben ihre eigenen Tatortleute und ein mobiles Labor noch dazu. Sie waren sehr gründlich.«

»Wann hat dieser Regen angefangen?«

»Heute früh.«

»Scheiße«, schimpfte Quinn. »Gestern abend – war der Boden da hart oder weich?«

»Wie Granit. Sie haben keine Schuhabdrücke gekriegt. Sie haben ein bißchen Müll aufgesammelt – Papierfetzen, Zigarettenkippen, sowas. Aber, Mann, es ist ein öffentlicher Park. Das Zeug könnte jeder verloren haben.«

»Irgend etwas besonderes an den ersten beiden Tatorten hinterlassen worden?«

»Die Führerscheine der Opfer. Abgesehen davon nichts, soviel ich weiß.«

»Wer macht die Laborarbeiten?«

»BCA. Sie sind ausgezeichnet bestückt.«

»Das hab ich gehört.«

»Sie sind sich bewußt, daß sie jederzeit das FBI Labor kontaktieren können, wenn sie Hilfe oder Klarstellung über etwas brauchen.«

Quinn blieb kurz vor dem verkohlten Stück Boden stehen, wo die Leiche zurückgelassen worden war. Wie immer am Tatort schnürte ihm ein schweres, düsteres Gefühl die Brust zusammen. Er hatte nie versucht zu bestimmen, ob dieses Gefühl so etwas Romantisches oder Mystisches war wie die Vorstellung eines simulierten Gefühls für Böses oder etwas psychologisch so Profundes wie verdrängte Schuldgefühle. Das Gefühl war einfach ein Teil von ihm. Er nahm an, er hätte das wohl als irgendeinen Beweis für seine Menschlichkeit begrüßen sollen. Nach all den Leichen, die er bis jetzt gesehen hatte, war er immer noch nicht völlig dagegen abgehärtet.

Vielleicht wäre das besser.

Zum ersten Mal öffnete er jetzt die Akte, die Walsh ihm gegeben hatte, und sah sich die Fotos an, die jemand umsichtigerweise in Plastikhüllen geschoben hatte. Das abgelichtete Szenario hätte wahrscheinlich den durchschnittlichen Betrachter entsetzt zurückweichen lassen. Tragbare Halogenleuchter waren in der Nähe der Leiche aufgestellt worden, um die Nacht und den Leichnam zu belichten, was den Fotos eine eigenartig künstlerische Note verlieh. Wie auch das verkohlte Fleisch und der geschmolzene Stoff der Kleidung der Toten. Farbe im Kontrast zur Abwesenheit von Farbe, die reiche Lebendigkeit eines Dreiecks von unbeschädigtem rotem Rock im Gegensatz zur brutalen Realität des gewaltsamen Todes seiner Trägerin.

»Waren die anderen angezogen?«

»Das weiß ich nicht.«

»Diese Fotos will ich auch sehen. Ich will alles sehen, was Sie haben. Haben Sie meine Liste?«

»Ich hab den Detectives vom Morddezernat eine Kopie gefaxt.

Sie werden versuchen, alles für das Treffen der Soko zusammenzukriegen. Ganz schön brutal, was?« Walsh deutete mit dem Kopf auf das Foto. »Da vergeht einem die Lust aufs Grillen, was?«

Quinn sagte nichts, während er das Foto weiter studierte. Durch die Hitze des Feuers hatten sich die Muskeln und Sehnen der Gliedmaßen zusammengezogen und die Arme und Beine des Opfers in das, was man technisch als Boxerstellung bezeichnet, gezerrt – eine Stellung, die Lebendigkeit suggerierte. Was durch das Fehlen des Kopfes sehr makaber wirkte.

Surrealistisch, dachte er. Sein Gehirn wollte glauben, daß er da eine weggeworfene Schaufensterpuppe ansah, etwas, das man zu spät aus der Müllverbrennungsanlage bei Macy's gezogen hatte. Aber er wußte, daß das, was er da sah, einmal Fleisch und Knochen gewesen waren, nicht Plastik, und die Frau noch vor drei Tagen lebendig herumgelaufen war. Sie hatte Mahlzeiten gegessen, Musik gehört, mit Freunden geredet, sich mit dem langweiligen Krimskrams eines Durchschnittslebens herumgeschlagen und nicht eine Sekunde daran gedacht, daß ihres schon fast vorbei war.

Die Leiche war so plaziert worden, daß die Füße in Richtung Innenstadt zeigten. Nach Quinns Meinung hätte das mehr Bedeutung gehabt, wenn auch der Kopf in der Nähe aufgestellt oder vergraben worden wäre. In einem der berüchtigten Fälle, die er vor Jahren studiert hatte, waren die beiden Opfer enthauptet worden. Der Mörder, Ed Kemper, hatte sie im Garten hinter seinem Elternhaus, unter dem Schlafzimmerfenster seiner Mutter begraben. Ein kranker Privatwitz, wie Kemper später zugegeben hatte. Seine Mutter, die ihn von Kindheit an emotionell mißbraucht hatte, wollte immer, daß »die Leute zu ihr aufschauen«, hatte er gesagt.

Der Kopf dieses Opfers war nicht gefunden worden, und der Boden war zu hart, der Mörder hatte ihn nicht vergraben können.

»Es gibt einen Haufen Theorien dazu, warum er sie verbrennt«, sagte Walsh. Er wippte ein bißchen auf den Fußballen, versuchte erfolglos zu verhindern, daß sich die Kälte wie mit Messern in seine Knochen bohrte. »Einige halten ihn bloß für einen Trittbrettfahrer der Wirth Park Morde. Andere meinen, es wäre Symbolik: Huren der Welt brennt in der Hölle – sowas in der Richtung. Einige glauben, er versucht, die forensischen Beweismittel und gleichzeitig die Identität des Opfers zu vernebeln.«

»Warum läßt er dann den Führerschein da, wenn er sie nicht identifiziert haben will?« sagte Quinn. »Jetzt nimmt er der hier den Kopf. Wodurch sie ziemlich schwer zu erkennen ist – er hätte sie gar nicht verbrennen müssen. Und trotzdem läßt er den Führerschein da.«

»Sie glauben also, er versucht, Spuren zu beseitigen?«

»Vielleicht. Was nimmt er denn als Zünder?«

»Alkohol. Irgendeinen hochprozentigen Wodka oder sowas.«

»Dann ist das Feuer wahrscheinlich eher ein Teil seiner Unterschrift als ein Teil seiner Vorgehensweise«, sagte Quinn. »Es könnte sein, daß er Spuren beseitigen will, aber wenn das alles ist, was er wollte, warum hat er dann nicht einfach Benzin genommen? Es ist billig. Es ist einfach zu bekommen, mit wenig oder keinem Umgang mit anderen Menschen. Er nimmt Alkohol eher aus einem emotionalen Grund als aus einem praktischen. Dadurch wird es ein Teil des Rituals, Teil der Fantasie.«

»Oder vielleicht ist er ein großer Trinker.«

»Nein. Ein Trinker verschwendet guten Schnaps nicht. Und genau so würde er das bezeichnen: Verschwendung von gutem Schnaps. Er trinkt vielleicht vor der Jagd. Er trinkt vielleicht während der Folter- und Mordphase. Aber er ist kein Säufer. Ein Säufer würde Fehler machen. So wie sich das anhört, hat der Typ bis jetzt noch keinen gemacht.«

Zumindest keinen, den jemand bemerkt hatte. Er dachte wieder an die beiden Nutten, deren Tod dem dieser Frau vorausgegangen war, und fragte sich, wer diese Fälle abgekriegt hatte: ein guter Cop oder ein schlechter Cop. Jede Abteilung hat ihren Anteil von beiden. Er hatte Cops gesehen, die achselzuckend und schlafwandelnd durch eine Ermittlung stolperten, als hätten sie das Gefühl, das Opfer wäre ihre Zeit nicht wert. Und er hatte gesehen, wie Veteranen in der Polizei zusammenbrachen und über den gewaltsamen Tod eines Menschen weinten, neben den sich die meisten Steuerzahler nicht einmal im Bus setzen würden.

Er klappte die Akte zu. Regen lief über seine Stirn und tropfte von seiner Nase.

»Das ist nicht der Platz, an dem er die anderen abgelegt hat, nicht wahr?«

»Nein. Eine wurde im Minnehaha Park und eine im Powderhorn Park gefunden. Verschiedene Stadtteile.«

Er würde sich Karten ansehen müssen, um zu prüfen, in welchem Verhältnis die Ablageplätze zueinander lagen, wo jede Entführung stattgefunden hatte und um zu versuchen, sowohl das Jagdgebiet als auch das Mord- und/oder Ablageterritorium abzugrenzen. Die Soko hätte Karten in ihrer Kommandozentrale an die Wand geheftet und mit kleinen rotköpfigen Stecknadeln gespickt.

Standardausrüstung. Er mußte nicht darum bitten. Sein Kopf wimmelte bereits vor Karten, die vor Nadeln strotzten. Fahndungen, die ineinander verschwammen wie Schulhofwettkämpfe, und Kommandozentralen und Einsatzzentren, die alle gleich aussahen und rochen, und Cops, die dazu tendierten, gleich auszusehen und gleich zu klingen und die nach Zigaretten und billigem Eau de Toilette mieften. Er konnte die Städte nicht mehr auseinanderhalten, aber er konnte sich an jedes einzelne Opfer erinnern.

Die Erschöpfung durchflutete ihn aufs neue, und er hätte sich am liebsten gleich hier auf den Boden gelegt.

Er warf einen Blick auf Walsh, gerade als den Agenten wieder ein heftiger Hustenanfall schüttelte.

»Gehen wir«, sagte Quinn. »Ich hab für den Augenblick hier genug gesehen.«

Er hatte genug für alle Ewigkeit gesehen. Und trotzdem brauchte er noch einen Augenblick, bis er seine Füße in Bewegung setzen und Vince Walsh zurück zum Auto folgen konnte.

Kapitel 5

Die Spannung im Konferenzraum der Bürgermeisterin war enorm, wie elektrifiziert. Verbitterte Erregung, Erwartung, Angst, latente Macht. Es gab immer solche, die Mord als Tragödie sahen, und solche, die Karrierechancen witterten. In der nächsten Stunde würden Typus A von Typus B getrennt und die Machthierarchie der beteiligten Persönlichkeiten festgelegt werden. In dieser Zeit würde Quinn sie analysieren, bearbeiten, sich entscheiden müssen, wie er sie ausspielen wollte, und ihnen ihre Plätze in seiner eigenen Ordnung zuweisen.

Er richtete sich auf, reckte seine schmerzenden Schultern, hob das Kinn und begann seinen Auftritt. Showtime. Die Köpfe drehten sich sofort, als er durch die Tür kam. Im Flugzeug hatte er die Namen einiger der Hauptakteure hier auswendig gelernt, die Faxe durchgeackert, die vor seiner Abreise aus Virginia ins Büro gekommen waren. Er versuchte, sich jetzt an sie zu erinnern, sie von den hunderten anderer zu unterscheiden, die er bei hunderten ähnlicher Anlässe im ganzen Land kennengelernt hatte.

Die Bürgermeisterin von Minneapolis löste sich aus der Menge, als sie ihn entdeckte, und kam entschlossen auf ihn zu, mit weniger wichtigen Politikern im Kielwasser. Grace Noble sah aus wie eine Wagnersche Walküre. Sie war über fünfzig, massig, gebaut wie ein Baumstamm, mit einem Helm starrer blonder Haare. Sie besaß praktisch keine Unterlippe, hatte sich aber sorgfältig eine gezogen und mit rotem Lippenstift passend zu ihrem Kostüm ausgemalt.

»Special Agent Quinn«, verkündete sie und reichte ihm eine breite, faltige Hand mit roten Fingernägeln. »Ich habe alles über Sie gelesen. Sobald wir vom Direktor von Ihnen erfahren hatten, habe ich Cynthia in die Bibliothek geschickt, damit sie jeden Artikel holt, den sie über Sie finden konnte.«

Er bedachte sie mit dem, was man schon als sein *Top Gun* Lächeln bezeichnet hatte – zuversichtlich, gewinnend, charmant, aber unterlegt mit seinem unverkennbaren, stählernen Funkeln. »Bürgermeisterin Noble. Ich müßte wohl sagen, daß Sie nicht alles glauben sollten, was Sie lesen, aber wie ich festgestellt habe, ist es nur vorteilhaft, wenn die Leute glauben, ich kann ihre Gedanken lesen.«

»Ich bin überzeugt, Sie brauchen keine Gedanken lesen zu können, um zu ermessen, wie dankbar wir sind, Sie bei uns zu haben.«

»Ich werde tun, was in meiner Macht steht, um zu helfen. Sagten Sie, Sie hätten mit dem Direktor gesprochen?«

Grace Noble tätschelte seinen Arm. Mütterlich. »Nein, mein Lieber. Peter hat mit ihm gesprochen. Peter Bondurant. Wie es der Zufall will, sind sie alte Freunde.«

»Ist Mr. Bondurant hier?«

»Nein, er bringt es nicht fertig, sich der Presse zu stellen. Noch nicht. Nicht zu wissen ...« Ihre Schultern senkten sich kurz unter der enormen Belastung. »Mein Gott, was ihm das antun wird, wenn es *tatsächlich* Jillie ist ...«

Ein kleingewachsener Afro-Amerikaner, mit der Figur eines Gewichthebers, im maßgeschneiderten grauen Anzug trat neben sie, den Blick auf Quinn gerichtet. »Dick Greer, Polizeichef«, sagte er präzise und reichte ihm die Hand. »Froh, Sie mit an Bord zu haben. Wir sind bereit, diese Bestie *festzunageln.*«

Als ob das irgend etwas damit zu tun hätte. Bei der Polizei einer Großstadt war der Chef ein Verwaltungsmensch und Politiker, ein Sprecher, ein Mann der Ideen. Die Männer in den Schützengräben erzählten sich wahrscheinlich, Chief Greer könne in einem dunklen Zimmer nicht mal seinen eigenen Schwanz finden.

Quinn hörte sich geduldig die Liste von Namen und Titeln an, als man ihm die Anwesenden vorstellte. Ein stellvertretender Chief, ein stellvertretender Bürgermeister, ein stellvertretender Bezirksanwalt, der staatliche Direktor für öffentliche Sicherheit, ein Anwalt der Stadt und zwei Pressesekretäre – zu verdammt viele Politiker. Ebenfalls anwesend waren der Sheriff von Hennepin County, ein Detective aus demselben Büro, ein Special Agent vom Minnesota Bureau of Criminal Apprehension mit einem seiner Agenten und der Lieutenant des Morddezernats der Polizei – Vertreter der drei Dienststellen, aus denen sich die Soko zuammensetzen würde.

Er stellte sich jedem mit einem festen Händedruck vor und hielt sich ansonsten sehr bedeckt. Die Leute aus dem mittleren Westen neigten zur Zurückhaltung und vertrauten Menschen, die dies nicht taten, nicht sonderlich; im Nordosten hätte er mehr Stahl aufgelegt. An der Westküste hätte er den Charme aufgedreht und Mister Leutselig, Mister Teamgeist gespielt. Verschiedene Gäule für verschiedene Rennplätze, hatte sein alter Herr immer gesagt. Und welcher davon der echte John Quinn war – selbst er wußte es nicht mehr.

»… und mein Mann, Edwyn Noble«, beendete die Bürgermeisterin das Vorstellen.

»Ich bin von Berufs wegen hier, Agent Quinn«, sagte Edwyn Noble. »Peter Bondurant ist sowohl mein Klient als auch mein Freund.«

Quinns Aufmerksamkeit konzentrierte sich auf den Mann vor ihm. Noble war eins neunzig bis fünfundneunzig groß, bestand nur aus Gelenken und Sehnen, ein übertriebenes Skelett von Mann mit einem Lächeln, das vollkommen viereckig und viel zu breit für sein Gesicht war. Er sah etwas jünger aus als seine Frau. Das Grau in seinen Haaren beschränkte sich auf Strähnen an den Schläfen.

»Mr. Bondurant hat seinen Anwalt geschickt?« sagte Quinn.

»Ich bin Peters persönlicher Rechtsberater, ja. Ich bin stellvertretend für ihn hier.«

»Warum das?«

»Der Schock war entsetzlich.«

»Da bin ich mir sicher. Hat Mr. Bondurant bereits seine Aussage bei der Polizei gemacht?«

Noble lehnte sich zurück, die Frage schien ihn körperlich zu brüskieren. »Eine Aussage im Hinblick auf was?«

Quinn zuckte nonchalant die Achseln. »Das übliche. Wann er seine Tochter zuletzt gesehen hat. Wie da ihr geistiger Zustand war. Die Qualität ihrer Beziehung.«

Röte zog über die vorstehenden Backenknochen des Anwalts. »Wollen Sie damit andeuten, daß Mr. Bondurant ein Verdächtiger beim Tod seiner eigenen Tochter ist?« sagte er in barschem, leisem Ton, sein Blick tastete den Raum nach Lauschern ab.

»Mitnichten«, sagte Quinn mit Unschuldsmiene. »Tut mir leid, wenn Sie mich falsch verstanden haben. Wir brauchen alle Stücke des Puzzles, um ein klares Bild zu bekommen, mehr nicht. Sie verstehen.«

Noble sah recht unglücklich drein.

Nach Quinns Erfahrung tendierten die Eltern von Opfern dazu, auf dem Polzeirevier zu kampieren. Sie verlangten Antworten, belästigten ständig die Detectives. Nach der Beschreibung, die ihm Walsh von Bondurant gegeben hatte, hatte Quinn erwartet, daß der Mann sich wie ein wilder Bulle im Rathaus gebärden würde. Aber Peter Bondurant hatte Verbindung mit dem FBI Direktor aufgenommen, seinen persönlichen Anwalt angerufen und war zu Hause geblieben.

»Peter Bondurant ist einer der feinsten Männer, die ich kenne«, verkündete Noble.

»Ich bin überzeugt, Agent Quinn wollte nichts anderes andeuten, Edwyn«, sagte die Bürgermeisterin und tätschelte den Arm ihres Mannes.

Die Aufmerksamkeit des Anwalts blieb auf Quinn gerichtet. »Man hat Peter versichert, Sie wären der beste Mann für diese Aufgabe.«

»Ich bin sehr gut in meinem Job, Mr. Noble«, sagte Quinn. »Und einer der Gründe dafür ist, daß ich keine Angst habe, meinen Job auch *auszuführen*. Ich bin überzeugt, Mr. Bondurant wird froh sein, das zu hören.«

Er beließ es dabei. Er wollte sich Bondurants Leute nicht zu Feinden machen. Wenn man einen Mann wie Bondurant beleidigte, fand man sich schnell zum Office of Professional Responsibility zitiert – und das war noch das wenigste. Andererseits hatte Peter Bondurant ihn wie einen Hund an der Leine hierhergezerrt, da wollte er zumindest klarstellen, daß er sich nicht manipulieren ließe.

»Uns läuft die Zeit davon, Leute. Setzen wir uns und fangen wir an«, verkündete die Bürgermeisterin und trieb die Männer wie eine Horde Erstklässler zum Konferenztisch.

Sie stellte sich an das prominente Ende des Tisches, während alle in Reih und Glied aufmarschierten, und holte gerade Luft, um anzufangen, als die Tür sich erneut öffnete und noch vier Personen hereinkamen.

»Ted, wir wollten gerade ohne Sie anfangen.« Das teigige Gesicht der Bürgermeisterin verzog sich verärgert über seinen Mangel an Pünktlichkeit.

»Wir hatten ein paar Komplikationen.« Er schritt quer durch den Raum direkt auf Quinn zu. »Special Agent Quinn. Ted Sabin, Bezirksstaatsanwalt von Hennepin County. Freut mich, Sie kennenzulernen.«

Quinn erhob sich unsicher. Sein Blick glitt von der Schulter des Mannes ab, zu der Frau, die ihm widerwillig folgte. Er murmelte Sabin etwas Angemessenes zu und schüttelte dem Bezirksstaatsanwalt die Hand. Ein Polizist mit Schnurrbart kam auf ihn zu und stellte sich vor: Kovac. Er registrierte den Namen wie durch einen Nebel. Der feiste Typ, der sie begleitete, stellte sich vor und sagte etwas von wegen, er hätte Quinn mal irgendwo reden hören.

»Und das ist Kate Conlan von unserem Opfer/Zeugen-Programm«, sagte Sabin. »Sie haben vielleicht –«

»Wir kennen uns«, sagten sie im Chor.

Kate sah Quinn nur für einen Moment an, weil es wichtig schien, ihn zu erkennen, ihn anzuerkennen, aber nicht zu reagieren. Dann wandte sie den Blick ab und verkniff sich den Drang, zu seufzen oder zu fluchen oder einfach das Zimmer zu verlassen.

Sie konnte nicht behaupten, daß sie überrascht war, ihn zu sehen. Es gab nur achtzehn Agenten, die der Einheit Investigative Support Child Abduction/Serial Killer zugeteilt waren. Quinn war das derzeitige Aushängeschild der CASKU, und Sexualmorde waren seine Spezialität. Ihre Chancen waren ziemlich mies gewesen, und ihr Glück heute war ohnehin schlicht Scheiße. Verflucht, sie hätte *erwarten* müssen, ihn im Konferenzraum der Bürgermeisterin stehen zu sehen. Aber sie hatte es nicht.

»Sie haben schon zusammen gearbeitet?« sagte Sabin, der nicht so recht wußte, ob er enttäuscht oder erfreut sein sollte.

Betretenes Schweigen hing für ein paar Sekunden über dem Raum. Kate ließ sich auf einen Stuhl fallen.

»Äh-ja«, sagte sie. »Ist aber lange her.«

Quinn starrte sie an. Niemand überraschte ihn. Niemals. Er hatte ein Leben damit verbracht, dieses Maß an Beherrschung aufzubauen. Daß Kate Conlan es schaffte, nach all der Zeit zur Tür hereinzuspazieren und ihm den Boden unter den Füßen wegzuziehen, war schwer zu verdauen. Er neigte den Kopf und räusperte sich. »Ja. Du wirst vermißt, Kate.«

Von wem? Wollte sie fragen, sagte aber statt dessen: »Das bezweifle ich. Das Bureau ist wie die chinesische Armee. Das Personal könnte ein Jahr lang ins Meer marschieren, und es gäbe immer noch reichlich warme Körper, um die Posten zu besetzen.«

Die Bürgermeisterin merkte nichts von den unguten Gefühlen am anderen Ende des Tisches und bat um Ruhe. Die Pressekonferenz sollte in weniger als einer Stunde stattfinden. Die Politiker mußten ihre Schäfchen ordnen. Wer zuerst reden würde. Wer wo stehen würde. Wer was sagen würde. Die Cops kämmten ihre Schnurrbärte, trommelten mit den Fingern auf den Tischen, voller Ungeduld mit den Formalitäten.

»Wir müssen eine *starke* Stellungnahme bringen«, sagte Chief Greer und stimmte dabei seine Rednerstimme ein. »Diesen Dreckskerl wissen lassen, daß *wir nicht ruhen werden,* bis wir ihn kriegen. Ihm von vorneherein klarmachen, daß wir den Nummer Eins Profiler des FBI hierhaben, daß wir über die gesammelten Ressourcen von vier Agencies verfügen, die Tag und Nacht an dieser Sache arbeiten.«

Edwyn Noble nickte. »Mr. Bondurant setzt eine Belohnung von hundertfünfzigtausend Dollar aus für Informationen, die zu einer Verhaftung führen.«

Quinn entzog Kate seine Aufmerksamkeit und erhob sich. »Ehrlich gesagt, Chief, würde ich für den Augenblick von all dem noch abraten.«

Greers Gesicht verzog sich. Edwyn Noble starrte ihn wütend an. Die kollektive Miene am politischen Ende des Tisches war die gerunzelte Stirn.

»Ich hatte noch keine Gelegenheit, den Fall gründlich durchzugehen«, begann Quinn, »was allein schon Grund genug ist, Zurückhaltung zu üben. Wir müssen erst einmal eine Spur haben, wer dieser Killer sein könnte, wie sein Verstand funktioniert. Zu diesem Zeitpunkt blindwütig Muskeln zeigen, könnte ein Schritt in die falsche Richtung sein.«

»Und das wäre wodurch begründet?« fragte Greer, seine massigen Schultern verkrampften sich unter der Last seiner Komplexe. »Wie Sie schon selbst sagten, Sie haben sich noch nicht mit dem Fall befaßt.«

»Wir haben einen Killer, der eine Show abzieht. Ich hab die Fotos vom letzten Tatort gesehen. Er hat die Leiche an einen öffentlichen Ort gebracht, um zu schockieren. Er lenkte mit Feuer die Aufmerksamkeit auf den Schauplatz. Das bedeutet wahrscheinlich, daß er ein Publikum will, und wenn es das ist, was er will, müssen wir sehr vorsichtig sein, wie genau wir ihm das geben.

Mein Rat ist, sich heute zurückzuhalten. Die Pressekonferenz auf das Minimum reduzieren. Versichern Sie der Öffentlichkeit, daß Sie alles tun, um den Mörder zu identifizieren und zu verhaften, aber gehen Sie nicht auf Einzelheiten ein. Halten Sie die Anzahl der Leute hinter dem Podium gering – Chief Greer, Bürgermeisterin Noble, Mr. Sabin, das genügt. Gehen Sie nicht näher auf die Soko ein. Reden Sie nicht über Mr. Bondurant. Sprechen Sie nicht vom FBI. Erwähnen Sie meinen Namen überhaupt nicht. Und nehmen Sie keine Fragen an.«

Wie vorauszusehen, schossen rund um den Tisch Augenbrauen nach oben. Er wußte aus Erfahrung, daß einige von ihnen damit gerechnet hatten, er selbst werde versuchen, sich ins Rampenlicht zu bringen: der FBI Rabauke, der sich die Schlagzeilen krallen will. Und zweifellos wollten ihn einige bei der Pressekonferenz wie eine Trophäe vorführen – *Schaut, wen wir auf unserer Seite haben: Mr. Super Agent!* Keiner hatte damit gerechnet, daß er seine Rolle so herunterspielen würde.

»In diesem Stadium des Spiels wollen wir keine feindselige Situation schaffen, die er möglicherweise als direkte Herausforderung für sich sieht«, sagte er, legte seine Hände auf die Taille und wartete auf die unvermeidlichen Gegenargumente. »Ich werde mich soweit wie möglich im Hintergrund halten. Ich werde mich den Medien gegenüber ganz bedeckt halten, solange ich kann oder bis ich es für vorteilhaft halte, es anders zu handhaben.«

Die Politiker blickten herb enttäuscht. Ihr Schönstes waren ein öffentliches Forum und die ungeteilte Aufmerksamkeit der Medien und dadurch der Massen. Greer war offensichtlich sehr verärgert darüber, daß man ihm die Show stehlen wollte. Die Muskeln in seinem Kiefer pulsierten kaum merklich.

»Die Menschen in dieser Stadt stehen kurz vor einer Panik«, sagte der Chief. »Wir haben drei tote Frauen, eine davon *geköpft*. Die Telefone in meinem Büro läuten durchgehend. Es muß eine *Stellungnahme* geben. Die Bürger wollen hören, daß wir dieses *Tier* mit allem, was wir haben, jagen.«

Die Bürgermeisterin nickte. »Ich tendiere dazu, Dick recht zu geben. Wir haben Geschäftskonferenzen in der Stadt, Touristen, die ins Theater wollen, in Konzerte, die Weihnachtseinkäufe machen wollen –«

»Ganz zu schweigen von der Angst der allgemeinen Bevölkerung vor der wachsenden Verbrechensrate in der Stadt«, sagte der stellvertretende Bürgermeister.

»Es war schlimm genug, nachdem über die beiden Prostituiertenmorde in den Nachrichten berichtet wurde«, fügte ein Pressesekretär hinzu. »Jetzt ist die Tochter eines sehr prominenten Bürgers tot. Die Leute werden anfangen zu denken, wenn es ihr passieren kann, dann kann es jedem passieren. Nachrichten wie diese schaffen ein Klima der Angst.«

»Gebt diesem Typen ein Gefühl von Bedeutung und Macht, und die Stadt hat möglicherweise einen guten Grund, in Panik zu geraten«, sagte Quinn barsch.

»Ist es denn nicht genauso wahrscheinlich, daß ein Herunterspielen des Falls in den Medien ihn in Rage versetzen könnte? Ihn dazu treiben, noch mehr Verbrechen zu begehen, um noch mehr Aufmerksamkeit auf ihn zu lenken?« fragte Greer. »Woher wollen Sie wissen, daß eine starke öffentliche Offensive ihn nicht verängstigen und aus der Deckung holen kann?«

»Gar nicht. Ich weiß nicht, was dieser Kerl tun könnte – und Sie genauso wenig. Wir müssen uns die Zeit nehmen, das herauszufinden. Er hat drei Frauen, von denen Sie wissen, ermordet, wird progressiv kühner und großspuriger. Er wird sich nicht so leicht Angst machen lassen, das kann ich Ihnen sagen. Es wird uns vielleicht letztendlich gelingen, ihn in die Ermittlungen hineinzuziehen – er beobachtet alles, das ist so sicher wie das Amen im Gebet –, aber wir müssen alles streng unter Kontrolle halten und uns alle Optionen offen halten.« Er wandte sich zu Edwyn Noble. »Und die Belohnung ist zu hoch. Ich würde Ihnen raten, sie für den Anfang auf höchstens fünfzigtausend zurückzuschrauben.«

»Bei allem Respekt«, sagte der Anwalt mit verkniffenem Mund, »die Entscheidung liegt bei Mr. Bondurant.«

»Ja, das tut sie. Und ich bin mir sicher, er hat das Gefühl, daß Informationen über den Mord an seiner Tochter jeden Preis wert sind. Mein Argument sieht so aus, Mr. Noble: Die Leute werden sich für wesentlich weniger als einhundertfünfzigtausend melden. Ein so außergewöhnlicher Betrag wird uns eine Flut von Irren und geldgeilen Opportunisten bescheren, die ihre eigene Großmutter verkaufen würden. Fangen Sie mit fünfzig an. Später können wir den Betrag vielleicht aus strategischen Gründen erhöhen.«

Noble seufzte gemessen und schob seinen Stuhl weg vom Tisch. »Ich muß mit Peter darüber sprechen.« Er entfaltete seinen langen Körper und ging quer durch den Raum zu einem Seitentisch mit Telefonen.

»Auf der Treppe des Rathauses kampieren praktisch die gesamten Reporter der Twin Cities«, sagte die Bürgermeisterin. »Sie erwarten etwas mehr als eine schlichte Stellungnahme.«

»Das ist deren Problem«, sagte Quinn. »Sie müssen sie als Werkzeug sehen, nicht als Gäste. Sie haben kein Recht auf Einzelheiten einer laufenden Ermittlung. Sie haben eine Pressekonferenz einberufen, aber ihnen nichts versprochen.«

Die Miene der Bürgermeisterin drückte etwas anderes aus. Quinn raffte seine strapazierte Geduld noch einmal zusammen. *Spiel den Diplomaten. Sachte. Bleib cool.* Herrgott wie er das satt hatte.

»Haben Sie?«

Grace Noble sah zu Sabin. »Wir hatten auf eine Phantomzeichnung …«

Sabin warf einen giftigen Blick auf Kate. »Unsere Zeugin ist alles andere als kooperativ.«

»Unsere Zeugin ist ein verängstigtes Kind, das beobachtet hat, wie ein Psychopath eine kopflose Leiche angezündet hat«, sagte Kate in scharfem Ton. »Sie hat ganz andere Dinge im Sinn, als Ihren Zeitplan einzuhalten ... Sir.«

»Sie hat den Typen deutlich gesehen?« fragte Quinn.

Kate breitete die Arme aus. »Sie behauptet, sie hat ihn gesehen. Sie ist müde, sie ist verängstigt, sie ist wütend – und das mit Recht – über die Behandlung, die sie erfahren hat. Diese Faktoren sind nicht gerade förderlich für die Zusammenarbeit.«

Sabin ging in Stellung, um das abzuschmettern. Quinn blockte ihn ab. »Fazit: Wir haben kein Phantombild.«

»Wir haben kein Phantombild«, sagte Kate.

»Dann bringen Sie es nicht zur Sprache«, sagte Quinn und drehte sich zurück zur Bürgermeisterin. »Lenken Sie ihre Aufmerksamkeit auf etwas anderes. Geben Sie ihnen ein Foto von Jillian Bondurant und eins von ihrem Wagen und fordern Sie die Bevölkerung auf, die Hotline anzurufen, falls sie eins von beiden seit Freitag abend gesehen haben. Reden Sie nicht über die Zeugin. Ihre erste Sorge hier muß sein, wie Ihre Aktionen und Reaktionen vom Mörder gesehen werden, nicht wie sie die Medien sehen.«

Grace Noble holte tief Luft. »Agent Quinn –«

»So früh werde ich sonst nie in einen Fall eingeschaltet«, unterbrach er sie, und verlor noch ein bißchen mehr die Kontrolle. »Aber nachdem ich schon mal hier bin, möchte ich alles tun, was in meiner Macht steht, um die Situation zu entspannen und die Ermittlung zu einem schnellen und befriedigenden Abschluß zu bringen. Das bedeutet, Sie alle in proaktiven Ermittlungsstrategien zu unterweisen und darin, wie der Fall in der Presse zu behandeln ist. Sie brauchen nicht auf mich zu hören, aber ich stütze mich auf beachtliche frühere Erfahrungen. Der Direktor des FBI hat mich persönlich für diesen Fall ausgesucht. Vielleicht überlegen Sie, warum, bevor Sie meine Vorschläge mißachten.«

Kate beobachtete, wie er zwei Schritte weg vom Tisch und der Auseinandersetzung trat, ihr sein Profil zukehrte und so tat, als sähe er aus dem Fenster. Eine subtile Drohung. Er hatte seine eigene Bedeutung klargestellt und sagte jetzt praktisch: »Fechtet sie an, wenn ihr euch traut«. Er hatte den Direktor des FBI an seine Position geheftet und *ihn* somit in die Herausforderung miteinbezogen.

Derselbe alte Quinn. Sie hatte ihn so gut gekannt, wie das bei John Quinn überhaupt möglich war. Er war ein Meister der Manipulation. Er konnte Menschen im Bruchteil einer Sekunde analysieren und wie ein Chamäleon die Farben wechseln. Er behandelte Gegner und Kollegen mit der Brillanz eines Mozarts auf den Tasten, brachte sie mit Charme auf seine Seite oder mit Druck oder Tücke, oder mit der nackten Gewalt seiner Intelligenz. Er war geschickt, er war hinterlistig, er war rücksichtslos, wenn es sein mußte. Und wer der Mann wirklich war, hinter all den raffinierten Verkleidungen und rasiermesserscharfen Strategien – nun ja, Kate fragte sich, ob *er* das wußte. Sie hatte einmal geglaubt, es zu wissen.

Körperlich hatte er sich in den fünf Jahren ein wenig verändert. Das dichte, dunkle Haar war von Grau durchsetzt und fast militärisch kurz geschoren. Er sah hagerer aus, von seinem Job ausgezehrt. Er war immer schon gut gekleidet gewesen, seine Anzüge italienisch und teuer. Aber der Mantel hing ein bißchen sehr locker auf den breiten Schultern, und die Hosen beulten auch ein bißchen schlaff. Aber es wirkte elegant, statt seine körperliche Präsenz zu untergraben. Die Flächen und Kanten seines Gesichts waren scharf. Er hatte Ringe unter den braunen Augen. Ungeduld ließ die Luft um ihn herum vibrieren, und sie fragte sich, ob das im Augenblick echt oder aufgesetzt war.

Sabin drehte sich plötzlich zu ihr. »Und, Kate, was denken Sie?«

»Ich?«

»Sie haben doch für dieselbe Einheit wie Special Agent Quinn gearbeitet. Was denken Sie?«

Sie spürte Quinns Blick und auch die aller anderen im Raum jetzt auf sich. »Nein, ich bin hier nur der Betreuer. Ich weiß gar nicht, was ich hier bei diesem Treffen zu suchen habe. John ist der Experte –«

»Nein, er hat recht, Kate«, sagte Quinn. Er stützte die Hände auf die Tischplatte und beugte sich zu ihr, die dunklen Augen wie Kohlen – sie hatte das Gefühl, ihre Hitze auf ihrem Gesicht zu spüren. »Sie waren ein Teil der alten Behavioral Sciences Unit. Sie haben mehr Erfahrung mit dieser Art von Fall als jeder andere an diesem Tisch, außer mir. Was halten Sie davon?«

Kate starrte ihn an, wohlwissend, daß ihr Haß klar in ihren Augen zu sehen sein mußte. Schlimm genug, daß Sabin sie so in die Bredouille gebracht hatte, aber daß Quinn es tat, war Verrat für sie. Aber wieso sie das überraschte, wußte sie auch nicht.

»Im Hinblick auf diesen Fall habe ich keine Grundlage, um mir eine gelehrte Meinung zu bilden«, begann sie hölzern. »Ich bin mir aber sehr wohl Special Agent Quinns Qualifikation und Erfahrung bewußt. Meine persönliche Meinung ist, daß Sie einen Fehler machen würden, wenn Sie seinen Rat nicht befolgen.«

Quinn sah zur Bürgermeisterin und dem Polizeichef.

»Man kann das Läuten einer Glocke nicht ungeschehen machen«, sagte er leise. »Wenn Sie jetzt zuviele Informationen da rausgeben, können Sie nichts mehr zurücknehmen. Sie können morgen noch eine Pressekonferenz einberufen, falls das nötig wird. Geben Sie nur dieser Soko die Chance, ihre Ressourcen zu sammeln und aus den Startlöchern zu kommen.«

Edwyn Noble kam mit ernster Miene von seinem Anruf zurück. »Mr. Bondurant sagt, er wird tun, was immer Agent Quinn vorschlägt. Wir werden die Belohnung auf fünfzigtausend festsetzen.«

Die Konferenz vertagte sich um sechzehn Uhr achtundvierzig. Die Politiker gingen ins Büro der Bürgermeisterin zu letzten Vorbereitungen, bevor sie sich der Presse stellten. Die Polizisten scharten sich am hinteren Ende des Konferenzraumes zusammen, um die Aufstellung der Soko zu besprechen.

»Sabin ist nicht glücklich mit Ihnen, Kate«, sagte Rob in vertraulichem Ton, als ob das irgend jemand anderen im Raum interessieren würde.

»Ich würde sagen, Sabin kann mich am Arsch lecken, aber er würde ja sofort auf die Knie fallen.«

Rob errötete und setzte ein strenges Gesicht auf. »Kate –«

»Er hat mich in die Sache reingezerrt, also muß er auch mit den Konsequenzen leben«, sagte sie und bewegte sich zur Tür. »Ich schau mal nach Angie. Ich will sehen, ob sie schon etwas in den Verbrecheralben gefunden hat. Gehen Sie zur Pressekonferenz?«

»Ja.«

Gut. Sie mußte eine Zeugin verschwinden lassen, während alle anderen wegsahen. Das nächste Problem war, wohin mit dem Mädchen. Sie gehörte in eine Einrichtung für Jugendliche, aber bis jetzt hatten sie noch nicht beweisen können, daß sie eine Jugendliche war.

»Sie haben also mit Quinn gearbeitet«, sagte Rob, immer noch mit Verschwörerstimme, als er ihr zur Tür folgte. »Ich habe ihn einmal bei einer Konferenz reden hören. Er ist sehr beeindruckend. Ich glaube, sein Schwerpunkt Opferkunde trifft genau ins Schwarze.«

»Das ist John, wie er leibt und lebt. *Beeindruckend* ist sein zweiter Vorname.«

Auf der anderen Seite des Raums wandte sich Quinn von seinem Gespräch mit dem Lieutenant ab und ihr zu, als hätte er ihre Bemerkung auf seinem Radar empfangen. Marshall's Piepser ging in diesem Moment los, und er entschuldigte sich, um zu telefonieren, mit sehr enttäuschter Miene angesichts der verlorenen Gelegenheit, noch einmal mit Quinn zu reden.

Kate wollte keine solche Gelegenheit. Sie wandte sich ab und ging weiter in Richtung Tür, als Quinn auf sie zukam.

»Kate.«

Sie sah ihn wütend an und entriß ihm ihren Arm, als er ihn ergreifen wollte.

»Danke für deine Hilfe«, sagte er leise und machte einen kleinen Diener, eine Geste, die ihn knabenhaft und reumütig aussehen ließ, obwohl er keines von beidem war.

»Werd ich morgen dieselben Lorbeeren kriegen, wenn du hier reinmarschierst und ihnen sagst, daß sie dieses Schwein herausfordern müssen, damit sie ihn in die Falle locken können? Sie werden alle mit dem Kopf gegen die Wand rennen.«

Er blinzelte mit Unschuldsmiene. »Ich weiß nicht, was du meinst, Kate. Du weißt genauso gut wie ich, wie wichtig es ist, in einer Situation wie dieser proaktiv zu sein – wenn der Zeitpunkt richtig ist.«

Sie wollte ihn fragen, ob er den Mörder oder die Politiker meinte, aber sie bremste sich. Quinns proaktive Theorien paßten in alle Lebenslagen.

»Spiel deine kleinen Psychospielchen nicht mit mir, John«, flüsterte sie verbittert. »Ich hatte nicht die Absicht, dir zu helfen. Ich hab dir nichts angeboten. Du hast genommen, und das schätze ich nicht. Du glaubst, du kannst Menschen so einfach manipulieren, wie die Figuren auf einem Schachbrett.«

»Der Zweck heiligt die Mittel.«

»Das tut er immer, nicht wahr?«

»Du weißt, daß ich recht hatte.«

»Komisch, trotzdem bleibst du ein Wichser für mich.« Sie wich einen Schritt in Richtung Tür zurück. »Entschuldige mich. Ich hab zu arbeiten. Wenn du Machtspielchen spielen willst, bitte laß mich aus dem Spielplan raus. Herzlichen Dank.«

»Es ist gut, dich wiederzusehen, Kate«, murmelte er, als sie sich entfernte, mit ihrem dichten, rotgoldenen Haar, das sanft über ihrem Rücken hin- und herschwang.

Jetzt erst registrierte Quinn den bösen Bluterguß auf ihrer Wange und die geplatzte Lippe. Er hatte sie so wahrgenommen, wie er sie in Erinnerung hatte, als Frau eines Exfreundes ... als die einzige Frau, die er je wirklich geliebt hatte.

Kapitel 6

Die Menschenmenge ist groß. Die Twin Cities quellen über vor Reportern. Zwei große Tageszeitungen, ein halbes Dutzend Fernsehstationen, Radiostationen so zahlreich, daß man sie gar nicht mehr zählen kann. Und die Story hat noch weitere Reporter aus anderen Orten angelockt.

Er hat ihre Aufmerksamkeit geweckt. Er genießt das Gefühl von Macht, das all dies mit sich bringt. Besonders die *Geräusche* erregen ihn – die hektischen Stimmen, die wütenden Stimmen, scharrende Füße, das Surren von Kameramotoren.

Er wünschte, er hätte nicht solange damit gewartet, an die Öffentlichkeit zu gehen. Seine ersten Morde hatten privat, versteckt stattgefunden, in großen Abständen, was Zeit und Raum anging, die Leichen in flachen Gräbern begraben.

Die Reporter versuchen, die besten Plätze zu erhaschen. Kameraleute und Fotografen bilden die Perimetrie der Versammlung. Blendende, künstliche Beleuchtung taucht die Szene in ein unwirkliches weißes Licht. Er steht knapp außerhalb des Medienrudels mit den anderen Zuschauern, am Rande einer Schlagzeile sozusagen.

Die Bürgermeisterin übernimmt das Podium. Die Sprecherin der Gemeinde bringt die kollektive moralische Entrüstung gegen sinnlose Gewaltakte zum Ausdruck. Der Bezirksstaatsanwalt plappert die Bemerkungen der Bürgermeisterin nach und verspricht Bestrafung. Der Polizeichef gibt eine Stellungnahme über die Gründung einer Soko ab.

Sie nehmen keine Fragen an, obwohl die Reporter lautstark eine Bestätigung der Identität des Opfers und der grausigen Einzelheiten des Verbrechens verlangen, wie Aasgeier, die geifernd auf die Chance warten, sich nach dem Festmahl des Räubers an der Karkasse zu laben. Sie bellen Fragen, brüllen das Wort *Enthauptung*. Es gibt Gerüchte über einen Zeugen.

Die Vorstellung, daß jemand die Intimität seiner Taten beobachtet hat, erregt ihn. Er ist überzeugt, jeder Zeuge seiner Taten ist davon genau so erregt wie er. Erregt auf eine Art, die das Verständnis überstieg; wie er es als Kind gewesen war, eingesperrt in einen Schrank, und dabei zuhörte, wie seine Mutter Sex mit Männern hatte, die er nicht kannte. Erregung, die man instinktiv als verboten erkannte, die aber trotzdem nicht zu unterdrücken war.

Fragen und noch mehr Fragen von den Medien.

Keine Antworten. Kein Kommentar.

Er sieht John Quinn seitlich bei einer Gruppe Polizisten stehen und spürt eine Flut von Stolz. Er ist mit Quinns Ruf, seinen Theorien vertraut. Das FBI hat seinen Besten für den Feuerbestatter geschickt.

Er möchte, daß der Agent das Wort ergreift, will seiner Stimme und seinen Gedanken zuhören, aber Quinn bewegt sich nicht. Die Reporter erkennen ihn scheinbar nicht, wie er da außer Reichweite der Scheinwerfer steht. Dann entfernen sich die Hauptdarsteller vom Podium, umringt von uniformierten Polizeibeamten. Die Pressekonferenz ist vorbei.

Enttäuschung lastet schwer auf ihm. Er hatte mehr erwartet, mehr gewollt. Braucht mehr. Er hatte prophezeit, daß *sie* mehr brauchen würden.

Mit einem Ruck wird ihm klar, daß er darauf gewartet hat zu reagieren, daß er für einen Augenblick zugelassen hat, daß seine Gefühle an die Entscheidung anderer gekoppelt waren. Inakzeptables Verhalten. Er ist *pro*aktiv, nicht *re*aktiv.

Die Reporter geben auf und hasten zu den Türen. Stories zu schreiben, Quellen, die angebaggert werden müssen. Die kleine Menschenmenge, in der er steht, beginnt, sich aufzulösen und setzt sich in Bewegung. Er bewegt sich mit ihnen, nur ein weiteres Gesicht.

»Los, Mädel. Wir hauen ab.«

Angie hob den Kopf von den Verbrecheralben auf dem Tisch, mißtrauisch, ihr strähniges Haar verdeckte ihr halbes Gesicht. Ihr Blick huschte von Kate zu Liska, als sie sich aus dem Stuhl erhob, als ob sie erwartete, der Detective würde eine Pistole ziehen und ihre Flucht verhindern. Liskas Aufmerksamkeit konzentrierte sich auf Kate.

»Du hast das Okay zu gehen? Wo ist Kovac?«

Kate sah ihr direkt in die Augen. »Ja ... äh, Kovac hängt mit dem Lieutenant auf der Pressekonferenz fest. Sie reden über Soko.«

»Da will ich dabei sein«, sagte Liska entschlossen.

»Das solltest du auch. Ein Fall wie dieser macht Karrieren.« Und zerbricht sie, dachte Kate und fragte sich, wieviel Ärger sie sich einhandelte, indem sie Angie DiMarco rausließ – und wie viele Probleme sie Liska bereiten würde.

Der Zweck heiligt die Mittel. Sie dachte an Quinn. Zumindest war ihr Ziel edler als egoistische Manipulation.

Rationalisierung: der Schlüssel zu einem reinen Gewissen.

»Rollen die Kameras?« fragte Liska.

»Während wir hier reden.« Kate beobachtete aus dem Augenwinkel, wie ihre Klientin ein Bic Feuerzeug nahm und in ihre Jackentasche steckte. Gott. Ein Kind und auch noch Kleptomanin. »Scheint mir ein guter Zeitpunkt, um Leine zu ziehen.«

»Zieh ab, solange du kannst«, riet ihr Liska. »Du bist heute ein doppelter Bonus. Ich hab deinen Namen im Zusammenhang mit einem Akt heroischen Irrsinns im Regierungszentrum heute früh gehört. Wenn dich die Reporter nicht wegen einer Geschichte festnageln, dann wegen der anderen.«

»Mein Leben ist viel zu aufregend.«

»Wohin bringen Sie mich?« fragte Angie, als sie zur Tür kam und ihren Rucksack über die Schulter schwang.

»Zum Abendessen. Ich bin am Verhungern und du siehst aus, als ob du schon seit einer Weile hungerst.«

»Aber Ihr Boß hat gesagt –«

»Scheiß auf ihn. Ich möchte erleben, wie einer Ted Sabin ein oder zwei Tage in ein Zimmer sperrt. Vielleicht würde er dann ein bißchen Empathie entwickeln. Gehen wir.«

Angie warf einen letzten Blick auf Liska, huschte aus der Tür und hievte ihren Rucksack hoch, während sie hinter Kate herlief.

»Werden Sie Ärger kriegen?«

»Interessiert dich das?«

»Es ist nicht mein Problem, wenn Sie gefeuert werden.«

»Das ist die richtige Einstellung. Hör mal, wir müssen rauf in mein Büro. Wenn mich unterwegs jemand aufhält, dann tu uns beiden den Gefallen und verhalte dich, als gehörten wir nicht zusammen. Ich möchte nicht, daß die Reporter zwei und zwei zusammenzählen, und du willst nicht, daß sie erfahren, wer du bist. Vertrau mir, was das angeht.«

Angie warf ihr einen listigen Blick zu. »Könnte ich in *Hard Copy* auftreten? Ich höre, die zahlen.«

»Wenn du das für Sabin vermasselst, bringt er dich auf die Liste von *Americas Ten Most Wanted*. Das heißt, wenn unser lieber Serienmörder aus der Nachbarschaft dich nicht zuerst in *Ungelöste Kriminalfälle* bringt. Wenn du mir auch sonst nichts glaubst, Mädel, hör auf das. Du willst nicht ins Fernsehen, du willst dein Bild nicht in einer Zeitung haben.«

»Wollen Sie mir Angst machen?«

»Ich sag dir nur, wie es ist«, fügte sie hinzu, als sie in die Halle des Regierungszentrums traten.

Kate setzte ihr »Versuch-nicht-mich-zu-verarschen«-Gesicht auf und ging so rasch sie konnte, angesichts aller Wehwehchen und der steifen Glieder von ihrem morgendlichen Ringkampf, die sich immer mehr breitmachten. Zeit ging den Bach hinunter. Wenn die Politiker Johns Rat befolgten und es irgendwie schafften, sich zurückzuhalten, würde sich die Pressekonferenz schnell auflösen. Einige der Reporter würden Chief Greer auf den Fersen bleiben, aber die meisten würden sich zwischen der Bürgermeisterin und Ted Sabin aufteilen, weil sie sich bei den gewählten Beamten mehr Chancen ausrechneten als bei einem Polizisten. Jede Sekunde würde es hier in der Halle von ihnen wimmeln.

Wenn sie Sabin in die Halle folgten und sie entdeckten, wenn jemand ihren Namen rief oder in Hörweite der hungrigen Meute auf sie deutete, würde man sie wegen des Pistolenschützen im Regierungszentrum festnageln. Schließlich würde jemand vielleicht den geistigen Sprung machen und sie mit den Gerüchten über einen Zeugen für den neuesten Mord in Verbindung bringen, und dann würden die nächsten paar Stunden verdientermaßen in die Annalen der beschissensten Tage aller Zeiten eingehen. Irgendwo auf dem unteren Drittel der Liste, nahm sie an, mit reichlich Platz darüber für die Reihe mieser Tage, die noch auf sie zukamen.

Aber dieses eine Mal war ihr das Glück heute hold. Nur drei Leute versuchten, sie auf dem Weg zum zweiundzwanzigsten Stock aufzuhalten. Alle machten clevere Bemerkungen über Kates morgendliche Heldentat. Sie wehrte sie mit ironischem Blick und einer witzigen Bemerkung ab, ohne langsamer zu werden.

»Was soll denn das?« fragte Angie, als sie aus dem Aufzug stiegen, ihre Neugier siegte über ihre zur Schau gestellte Teilnahmslosigkeit.

»Nichts.«

»Er hat Sie Terminator genannt. Was haben Sie denn getan? Jemanden umgebracht?« Die Frage kam mit einem Blick, halb Skepsis, halb Mißtrauen und einem kleinen widerwilligen Aufflackern von Bewunderung.

»Nichts so Dramatisches. Obwohl ich heute, weiß Gott, versucht war.« Kate tippte den Code in die Tastatur neben der Tür zur Legal Services Abteilung. Sie sperrte die Tür zu ihrem eigenen Büro auf und winkte Angie herein.

»Wissen Sie, Sie *müssen* mich nirgends hinbringen«, sagte das Mädchen und ließ sich auf den extra Stuhl fallen. »Ich kann auf mich selbst aufpassen. Es ist ein freies Land, und ich bin kein Verbrecher ... oder ein Kind«, fügte sie verspätet hinzu.

»Dieses Thema wollen wir im Augenblick nicht einmal antippen«, schlug Kate vor und warf einen Blick auf ihre ungeöffnete Post. »Du weißt, wie hier die Lage ist, Angie. Du brauchst einen sicheren Platz, an dem du bleiben kannst.«

»Ich kann bei meiner Freundin Michele wohnen –«

»Ich dachte, sie heißt Molly.«

Angie preßte ihren Mund zu einem schmalen Strich zusammen und kniff die Augen zu.

»Versuch nicht, mir Scheiß zu erzählen«, riet ihr Kate – auch wenn es nichts nützen würde. »Es gibt keine Freundin, und du hast keine Bude zum Pennen im Phillips Viertel. War aber eine nette Geste, ein mieses Viertel auszusuchen. Wer würde behaupten, da zu wohnen, wenn es nicht stimmt?«

»Wollen Sie behaupten, ich lüge?«

»Ich glaube, du hast deine eigene Tagesordnung«, sagte Kate, aber ihre Aufmerksamkeit war auf eine Aktennotiz gerichtet, auf der stand: *m. Sabin geredet. Zeuge nach Phoenix House – RM.* Erlaubnis. Seltsam, daß Rob das nicht im Büro der Bürgermeisterin erwähnt hatte. Die Notiz hatte jemand am Empfang geschrieben. Ohne Zeitangabe. Die Entscheidung war wahrscheinlich kurz vor der Pressekonferenz gekommen. All diese Heimlichtuerei vergeblich. Was soll's.

»Eine Tagesordnung, die sich wahrscheinlich darauf konzentriert, nicht ins Gefängnis oder in eine Einrichtung für Jugendliche zu kommen.«

»Ich bin keine –«

»Spar's dir auf.«

Sie drückte den Nachrichtenknopf auf ihrem Telefon und lauschte den Stimmen der Ungeduldigen und der Verlorenen, die versucht hatten, sie während des Nachmittags zu erreichen. Reporter, wild auf die Spur der Heldin einer Schießerei im Regierungszentrum. Sie drückte bei jeder auf schnellen Vorlauf. Unter die Medienmeute gemischt war die übliche Auswahl. David Willis, die momentan schlimmste Nervensäge unter ihren Klienten. Ein Koordinator einer Gruppe für Opferrechte. Der Ehemann einer Frau, die angeblich überfallen worden war, obwohl Kates Bauch ihr sagte, es war Betrug, das Ehepaar versuchte, Schmerzensgeld herauszuschlagen. Der Ehemann war schon einige Mal wegen geringer Drogenmengen verhaftet worden.

»Kate.« Die barsche Stimme aus der Maschine ließ sie zusammenzucken. »Quinn hier-äh, John. Ich wohne im Radisson.«

»Wer ist das?« fragte Angie. »Ihr Freund?«

»Nein, äm, nein«, sagte Kate und faßte sich mit einiger Mühe. »Verschwinden wir von hier. Ich bin am Verhungern.«

Sie holte tief Luft und atmete aus, als sie sich erhob, fühlte sich ertappt, etwas, das sie immer zu vermeiden versuchte. Noch ein Vergehen auf der Liste gegen Quinn. Sie durfte ihn nicht an sich heranlassen. Er würde hier sein und wieder verschwinden. Höchstens zwei Tage schätzte sie. Das Bureau hatte ihn geschickt, weil Peter Bondurant Freunde in hohen Positionen hatte. Es war eine Show von guten Absichten oder Stiefellecken, je nach Standpunkt.

Er brauchte nicht hier zu sein. Er würde nicht lange bleiben. Sie brauchte keinen Kontakt zu ihm zu haben, während er hier war. Sie war nicht mehr beim FBI. Er hatte keine Macht mehr über sie.

Herrgott, Kate, du klingst ja, als hättest du Angst vor ihm, dachte sie angewidert, als sie ihren Toyota Geländewagen aus der Parkrampe auf die Fourth Avenue steuerte. Quinn war Geschichte, und sie war erwachsen und kein pubertierendes Mädchen, das mit dem coolsten Typen der Klasse Schluß gemacht hatte, und es nicht ertragen konnte, ihm im Klassenzimmer gegenüber zu treten.

»Wohin fahren wir?« fragte Angie und drehte das Radio auf einen alternativen Rocksender: Alanis Morissette, die einen Exfreund vor einem Hintergrund von Bongos anwinselte.

»Uptown. Was willst du essen? Du siehst aus, als könntest du etwas Fett und Cholesterin brauchen. Spareribs? Pizza? Burger? Pasta?«

Die Antwort des Mädchens war dieses dreiste Achselzucken, das Eltern seit Adams Zeiten die Pros und Kontras der Ermordung ihrer Brut abwägen ließ. »Was auch immer. Solange es da eine Bar gibt. Ich brauche einen Drink.«

»Treib's nicht zu weit, Mädel.«

»Was? Ich hab einen gültigen Führerschein.« Sie ließ sich in den Sitz zurückfallen und legte die Füße aufs Armaturenbrett. »Kann ich einen Rauch schnorren?«

»Ich hab keinen. Ich hab aufgehört.«

»Seit wann?«

»Seit 1981. Ab und zu hab ich einen Rückfall. Nimm deine Füße von meinem Armaturenbrett.«

Ein großer Seufzer, während sie sich seitlich in dem Schalensitz umarrangierte. »Warum gehen Sie mit mir essen? Sie mögen mich nicht. Würden Sie denn nicht lieber zu Ihrem Mann nach Hause gehen?«

»Ich bin geschieden.«

»Von dem Typen auf dem Anrufbeantworter? Quinn!«

»Nein. Und außerdem geht dich das sowieso nichts an.«

»Haben Sie Kinder?«

Ein Herzschlag Schweigen, bevor sie antwortete. Kate fragte sich, ob sie je dieses Zögern oder die Schuldgefühle, die es auslösten, überwinden würde. »Ich hab eine Katze.«

»Sie wohnen also in Uptown?«

Kate sah sie von der Seite an, wandte den Blick kurz vom schweren Stoßverkehr ab. »Reden wir doch über dich. Wer ist Rick?«

»Wer?«

»Rick. Der Name auf deiner Jacke.«

»Die kam so.«

Übersetzung: Name des Typen, dem sie sie gestohlen hatte.

»Wie lange bist du schon in Minneapolis?«

»Eine Weile.«

»Wie alt warst du, als deine Eltern starben?«

»Dreizehn.«

»Dann bist du also wie lange allein?«

Das Mädchen starrte sie einen Moment wütend an. »Acht Jahre. Das war lahm.«

Kate zuckte mit den Achseln. »War einen Versuch wert. Und was ist mit ihnen passiert? Unfall?«

»Ja«, sagte Angie leise und hielt den Blick starr geradeaus. »Ein Unfall.«

Irgendwo war da eine Story, dachte Kate, als sie sich den verschlungenen Zubringer von der 94 zur Hennepin Avenue entlangarbeitete. Ein paar der entscheidenden Zutaten für den Plot konnte sie wahrscheinlich erraten – Alkohol, Mißbrauch, ein Zyklus unglücklicher Umstände und Dysfunktionen. Praktisch jedes Kind auf der Straße hatte eine Variation dieser Geschichte durchlebt. Ebenso jeder Mensch im Gefängnis. Familie war ein fruchtbarer Nährboden für die Art psychologischer Bakterien, die den Verstand verzerrten und Hoffnung verschlangen. Aber umgekehrt kannte sie jede Menge Leute im Rechtswesen und im Sozialbereich, die aus den gleichen Umständen kamen, Menschen, die an derselben Weggabelung gewesen waren und sich für den anderen Weg entschieden hatten.

Sie dachte wieder an Quinn, obwohl sie das gar nicht wollte.

Der Regen hatte sich zu einem nassen, unangenehmen Nebel verdichtet. Die Gehsteige waren menschenleer. Uptown lag, im Gegensatz zu seinem Namen, in einiger Entfernung südlich der Innenstadt von Minneapolis. Ein vornehm übertünchtes Viertel mit Läden, Restaurants, Kaffeebars, Kinos mit künstlerischem Anspruch. Das Zentrum bildete die Kreuzung Lake Street und Hennepin. Nur einen Steinwurf – und eine Welt – westlich der härteren Viertel von Whittier, das in den letzten Jahren zum Territorium schwarzer Gangs mit Schießereien aus fahrenden Autos und Drogenrazzias mutiert war.

Uptown stieß westlich an Lake Calhoun und Lake of the Isles und wurde momentan von Yuppies und den Schickies bewohnt. Das Haus, in dem Kate aufgewachsen war und das ihr jetzt gehörte, stand nur zwei Straßen von Lake Calhoun entfernt. Ihre Eltern hatten das solide Gebäude im Präriestil, Jahrzehnte bevor das Gebiet trendy wurde, gekauft.

Kate entschied sich für das La Loon, ein Pub weg von dem geschäftigen Bereich des Calhoun Square und stellte sich auf den fast leeren Parkplatz daneben. Sie war nicht in Stimmung für den Lärm einer Menschenmenge, und außerdem wußte sie, daß ihre Begleiterin beides als Schild benutzen könnte. Teenager sein allein genügte als Barriere, die es zu überwinden galt.

Innen war La Loon dunkel und warm, ganz Holz und Messing, mit einer langen Bar und wenigen Gästen. Kate ließ eine Nische links liegen, zu Gunsten eines Ecktisches, wo sie sich auf den Eckstuhl setzte, von dem aus sie den gesamten Speiseraum überblicken konnte. Der Paranoia Platz. Eine Gewohnheit, die auch Angie DiMarco sich bereits angeeignet hatte. Sie setzte sich nicht mit dem Rücken zum Raum Kate gegenüber, sondern seitlich, mit dem Rücken zur Wand, wo sie jeden, der sich dem Tisch näherte, sehen konnte.

Die Kellnerin brachte Speisekarten und nahm Getränkebestellungen auf. Kate sehnte sich nach einem strammen Glas Gin, begnügte sich aber mit Chardonnay. Angie bestellte Cola mit Rum.

Die Kellnerin sah zu Kate, die achselzuckend nickte: »Sie hat einen Ausweis.«

Ein verschlagen-triumphierender Ausdruck stahl sich über Angies Gesicht, als die Kellnerin wegging. »Ich dachte, Sie wollten nicht, daß ich trinke.«

»Ach, zum Teufel«, sagte Kate und kramte ein Fläschchen mit Schmerztabletten aus ihrer Handtasche. »Verderben kann es dich ja nicht mehr.«

Das Mädchen hatte offensichtlich eine Konfrontation erwartet. Sie lehnte sich zurück, etwas verwirrt, leicht enttäuscht. »Sie sind ganz anders, als alle anderen Sozialarbeiter, die ich bis jetzt kennengelernt habe.«

»Wieviele hast du denn schon kennengelernt?«

»Ein paar. Entweder waren sie Ekelpakete oder so brav und gut, daß ich am liebsten gekotzt hätte.«

»Ja, also, ein paar sind der Meinung, daß eine der Kategorien auf mich zutrifft.«

»Aber Sie sind anders. Ich weiß nicht.« Sie suchte mühsam nach der Definition, die paßte. »Es ist, als hätten Sie schon einiges mitgemacht oder so.«

»Sagen wir einfach, ich bin nicht auf dem üblichen Weg zu diesem Job gekommen.«

»Was soll das heißen?«

»Das heißt, ich krieg keine Schweißausbrüche wegen Kleinscheiß, und ich lasse mir nichts bieten.«

»Wenn Sie sich nichts bieten lassen, wer hat Sie dann zusammengeschlagen?«

»Ich habe lediglich etwas mehr getan, als die Pflicht verlangt.« Kate warf die Tablette ein und spülte sie mit Wasser hinunter. »Du solltest den anderen sehen. Und, irgendwelche vertrauten Gesichter gefunden in diesen Verbrecheralben von heute?«

Angies Stimmung änderte sich mit dem Thema. Die Winkel ihres Schmollmundes bogen sich nach unten, ihr Blick senkte sich auf die Tischplatte. »Nein. Ich hätt's gesagt.«

»Hättest du?« murmelte Kate, was ihr einen störrischen Blick einhandelte. »Sie werden verlangen, daß du morgen früh mit dem Zeichner arbeitest. Wie glaubst du, wird das laufen? Hast du ihn gut genug gesehen, um ihn zu beschreiben?«

»Ich hab ihn im Feuer gesehen«, murmelte sie.

»Wie weit warst du entfernt?«

Ein abgenagter Fingernagel strich eine Kerbe im Tisch entlang. »Ich weiß es nicht. Nicht weit. Ich bin quer durch den Park gegangen und mußte pinkeln, also hab ich mich hinter ein paar Büsche geduckt. Und dann ist er den Abhang heruntergekommen ... und er hat diesen –«

Ihr Gesicht verkniff sich, und sie nagte an ihrer Lippe, senkte ihren Kopf noch tiefer, in der Hoffnung, ihr Haar würde die aufwallenden Emotionen verdecken. Kate wartete geduldig; sie war sich der wachsenden Anspannung des Mädchens sehr wohl bewußt. Selbst für ein so straßenerfahrenes Kind wie Angie mußte das, was sie gesehen hatte, ein unvorstellbarer Schock gewesen sein. Dieser Streß und der Streß, den sie auf dem Polizeirevier durchgemacht hatte, gepaart mit Erschöpfung, würden schließlich ihren Preis fordern.

Und ich möchte da sein, wenn das arme Kind zusammenbricht, dachte sie, auch wenn ihr dieser Aspekt ihrer Arbeit nie Freude machte. Das System sollte eigentlich die Opfer unterstützen, aber dabei wurden sie oft erneut zu Opfern gemacht. Und der Betreuer hing in der Mitte – ein Angestellter des Systems, angeblich dazu da, den Bürger zu beschützen, der in den Schlund des Rechtssystems gezogen wurde.

Die Kellnerin kam mit ihren Drinks zurück. Kate bestellte Cheeseburger und Fritten für sie beide und gab die Speisekarten zurück.

»Ich-ich hab nicht gewußt, was er da trägt«, flüsterte Angie, als die Kellnerin wieder außer Hörweite war. »Ich hab nur gedacht, jemand kommt, und ich muß mich verstecken.«

Wie ein Tier, das nur allzu gut wußte, daß nachts die Raubtiere auf der Pirsch waren.

»Ein Park bei Nacht ist wohl beängstigend«, sagte Kate leise und ließ ihr Weinglas am Stiel kreisen. »Bei Tag geht jeder gern hin. Wir finden es so schön, so nett, raus aus der Stadt zu kommen. Dann kommt die Nacht, und plötzlich ist es wie im Wald des Bösen aus *The Wizard of Oz*. Keiner will mitten in der Nacht dort sein. Also, was hattest du dort zu suchen, Angie?«

»Ich hab's Ihnen doch gesagt. Ich wollte nur abkürzen.«

»Von wo nach wo wolltest du denn um diese Zeit abkürzen?« Sie versuchte, ganz beiläufig zu klingen.

Angie kauerte sich über ihre Cola mit Rum und nahm einen langen Zug durch den Strohhalm. Angespannt. Zwang die Wut wieder an die Oberfläche, um die Angst zu ersetzen.

»Angie, ich bin schon viel rumgekommen. Ich hab Dinge gesehen, die nicht einmal du glauben würdest«, sagte Kate. »Nichts, was du mir erzählst, könnte mich schockieren.«

Das Mädchen ließ einen humorlosen Lacher los und sah zu dem Fernseher, der über einem Ende der Bar hing. Der hiesige Nachrichtensprecher, Paul Magers, sah sehr ernst und attraktiv aus, während er die Story von einem Irren erzählte, der im Regierungszentrum Amok gelaufen war. Ein Polizeifoto wurde eingeblendet, dann folgte ein Bericht über die kürzliche Auflösung der Ehe des Mannes und, daß seine Frau vor einer Woche die Kinder genommen und Unterschlupf in einem Frauenhaus gesucht hatte.

Auslösende Streßfaktoren, dachte Kate.

»Keinen interessiert es, ob du das Gesetz gebrochen hast, Angie. Mord sticht alles andere aus – Einbruch, Prostitution. Eichhörnchen wildern – was ich persönlich als Dienst an der Gemeinde betrachte«, sagte sie. »Ich hatte letzten Monat eins in meinem Speicher. Schädlinge. Das sind nur Ratten mit buschigem Schwanz.«

Keine Reaktion. Kein Lächeln. Keine übertriebene Teenagerempörung über ihre Gefühllosigkeit gegenüber tierischem Leben.

»Ich versuche nicht, dich hier unter Druck zu setzen, Angie. Ich sage dir als deine Betreuerin: Je eher du mit allem, was gestern nacht passiert ist, rausrückst, desto besser ist es für alle Beteiligten – einschließlich dir selbst. Der Bezirksstaatsanwalt hat wegen dieses Falles Knoten in den Unterhosen. Er will, daß Sergeant Kovac dich als Verdächtige behandelt.«

Die Augen des Mädchens wurden rund vor Angst. »Scheiß auf ihn! Ich hab gar nichts getan!«

»Kovac glaubt dir, das ist der Grund, warum du jetzt nicht in einer Zelle hockst. Das und die Tatsache, daß ich es nicht zulassen würde. Aber diese Scheiße ist todernst, Angie. Der Killer ist

Staatsfeind Nummer Eins und du bist der einzige Mensch, der ihn gesehen und das überlebt hat. Das ist ein Schleudersitz.«

Das Mädchen stemmte die Ellbogen auf den Tisch, ließ ihr Gesicht in die Hände fallen und murmelte zwischen ihren Fingern. »Mein Gott, was für eine Scheiße!«

»Du hast es erkannt, Süße«, sagte Kate leise. »Aber so sieht es aus, schlicht und einfach. Dieser Irre wird weitermorden, bis ihn jemand aufhält. Vielleicht kannst du helfen, ihn zu stoppen.«

Sie wartete. Hielt den Atem an. Versuchte allein mit ihrem Willen, dieses Mädchen über diesen Punkt zu schubsen. Sie konnte durch das Gitter von Angies Fingern sehen, wie ihr Gesicht sich rot verfärbte von der Anstrengung, ihre Emotionen für sich zu behalten. Sie sah die Spannung in den schmalen Schultern, spürte die Erwartung, die die Luft um sie herum verdichtete.

Aber nichts an dieser Sache würde glatt oder einfach sein, dachte Kate, als ihr Piepser plötzlich in ihrer Handtasche schrillte. Der Augenblick, die Gelegenheit war vorbei. Sie fluchte innerlich, während sie in ihrer Tasche kramte, verfluchte die Unannehmlichkeit moderner Annehmlichkeiten.

»Denk darüber nach, Angie«, sagte sie, als sie sich aus ihrem Stuhl erhob. »Du bist *diejenige,* von der alles abhängt, und ich bin hier, um dir zu helfen.«

Was mich automatisch mit zur Zielscheibe macht, dachte Kate, als sie zum Telefon in der Nische neben den Toiletten ging.

Nein. Nichts an diesem Fall würde glatt oder einfach laufen.

Kapitel 7

»Was zum Teufel hast du mit meiner Zeugin gemacht, Red?« Kovac lehnte sich gegen die Wand des Autopsieraums, den Hörer des Telefons zwischen Schulter und Ohr geklemmt. Er steckte eine Hand in den Arztkittel, den er über seiner Kleidung trug, zog einen kleinen Topf Mentholsalbe aus seiner Jackentasche und schmierte sich etwas davon in jedes Nasenloch.

»Ich dachte, es wäre nett, sie wie ein menschliches Wesen zu behandeln und ihr eine echte Mahlzeit einzutrichtern, im Gegensatz zu dem Scheiß, den ihr den Leuten bei euch gebt«, sagte Kate.

»Du magst keine Doughnuts? Was bist du denn für eine Amerikanerin?«

»Eine von denen, die wenigstens ansatzweise begreift, was bürgerliche Rechte sind.«

»Ja, fein, in Ordnung, ich hab kapiert.« Er hielt sich mit dem Finger das freie Ohr zu, als die Klinge einer Knochensäge im Hintergrund gegen den Schleifstein jaulte. »Wenn Sabin fragt, werde ich ihm sagen, daß du sie geschnappt hast, bevor ich sie in den Knast stecken konnte – was stimmt. Besser, wenn er deine herrlichen Titten in die Mangel nimmt statt meines Willies.«

»Mach dir keine Sorgen wegen Sabin. Ich hab sein Okay auf einer Aktennotiz.«

»Hast du ein Foto von ihm, wie er unterschreibt? Ist das notariell beglaubigt?«

»Gott, du hast ja die galoppierende Paranoia.«

»Wie, glaubst du, hab ich solange in diesem Job überlebt?«

»Auf jeden Fall nicht durch in den Hintern kriechen und Anweisungen befolgen. Soviel ist verdammt sicher.«

Er mußte lachen. Kate nannte immer das Kind beim Namen. Und sie hatte recht. Er handhabte seine Fälle so, wie er es für am besten hielt, nicht mit einem Auge auf Publicity oder Beförderung. »Und wohin bringst du den Engel nach diesem Festmahl?«

»Ins Phoenix House, sagt man mir. Sie gehört in ein Heim für Jugendliche, aber da haben wir's wieder. Irgendwo muß ich sie hinbringen und ihr Ausweis sagt, sie ist erwachsen. Hast du ein Polaroid von ihr gemacht?«

»Ja. Ich werd's in der Abteilung für Jugendliche rumzeigen. Mal sehen, ob sie jemand kennt. Ich geb dir eine Kopie und der Sitte auch.«

»Ich mach dasselbe bei meinen Leuten, wenn du mir eine Kopie besorgst.«

»Mach ich. Halt mich auf dem laufenden. Ich will dieses Mädel an der kurzen Leine.« Er hob kurz die Stimme, als Wasser in ein stählernes Waschbecken prasselte. »Ich muß aufhören. Dr. Death wird jetzt unser Knuspermädchen aufmachen.«

»Mein Gott Sam, was bist du ein sensibles Kerlchen.«

»He, ich muß damit fertig werden. Du weißt, wie ich das meine.«

»Ja, ich weiß es. Nur laß es nicht die falschen Leute hören. Ist die Soko aufgestellt?«

»Ja, sobald wir die Lamettariege vom Hals haben, sind wir startbereit.« Er sah quer durch den Raum, dahin, wo Quinn stand und sich mit dem Pathologen und Hamill, dem Agenten vom BCA, unterhielt, alle mit Arztkitteln und Überschuhen angetan. »Und was ist das für eine Story mit dir und dem Superman aus Quantico?«

Ein minimales Zögern am anderen Ende der Leitung. »Wie meinst du das?«

»Was soll das heißen, wie ich das meine? Was läuft da? Was ist das für eine Story? Was war das für eine Geschichte?«

Wieder eine Pause, nur einen Herzschlag lang. »Ich kannte ihn, mehr nicht. Ich hab in der Rechercheabteilung in Behavioral Sciences gearbeitet. Die Wege der Leute vom BSU und von Investigative Support kreuzen sich regelmäßig. Und er war mal ein Freund von Steven – meinem Ex.«

Das am Schluß nachgeworfen, als wäre es ihr nachträglich noch eingefallen. Kovac speicherte alles zum späteren Durchdenken. *War einmal* ein Freund von Steven. Hinter dieser Geschichte steckte mehr, dachte er, als Liska sich aus der Menge um die Leiche löste und auf ihn zukam. Sie sah ungeduldig aus, und ihr war scheinbar übel. Er gab Kate seine Piepsernummer und Anweisung ihn anzurufen, dann legte er auf.

»Sie sind bereit loszurocken«, sagte Liska und zog eine Reisepackung Vicks Vaporub aus der Tasche ihres Blazers. Sie hielt ihre Nase über den Rand und atmete tief ein.

»Gott, dieser Geruch!« flüsterte sie, als sie sich umdrehte und mit ihm zurück zum Tisch ging. »Ich hab schon Wasserleichen gehabt, Besoffene im Müllcontainer. Ich hatte einmal einen Typen, den man übers Wochenende vom 4. Juli in einem Kofferraum gelassen hatte. Aber sowas hab ich noch nie gerochen.«

Der Gestank war eine Entität, eine Präsenz. Es war eine unsichtbare Faust, die sich allen Anwesenden in den Mund zwängte, über ihre Zungen rollte und sich in ihren Kehlen verfing. Der Raum war kalt, aber nicht einmal der stete Strom sauberer, eisiger Luft aus dem Belüftungssystem oder das klebrige Parfum der chemischen Luftverbesserer konnten den Geruch von gebratenem menschlichen Fleisch und Organen töten.

»Es geht doch nichts über Toasties«, sagte Kovac.

Liska hielt bedrohlich einen Zeigefinger auf ihn und kniff die Augen zusammen. »Keine Witze über Organe, sonst kotz ich dir auf die Schuhe.«

»Schwächling.«

»Und dafür, daß du mich so genannt hast, werde ich dir später in den Hintern treten.«

Es standen drei Tische im Raum, die an den Enden waren belegt. Sie gingen an dem einen vorbei, als ein Assistent vorsichtig einen Plastikbeutel voller Organe in der Bauchhöhle eines Mannes mit dicken gelben Zehennägeln plazierte. Über jedem Tisch hing eine Waage, wie die, mit denen man Trauben und Paprika im Supermarkt wiegt. Diese dienten dazu, Herzen und Gehirne zu wiegen.

»Wollten Sie, daß ich mit der Party ohne Sie anfange?« fragte die Pathologin mit hochgezogener Augenbraue.

Für das Personal des Hennepin County Medical Center hatte Amanda Stone einen ziemlichen Sprung in der Schüssel. Sie verdächtigte jeden jeder Untat, fuhr eine Harley Hog bei gutem Wetter, und es war bekannt, daß sie auch schon Waffen getragen hatte. Aber wenn es um ihren Job ging, war sie die Beste.

Leute, die sie in ihren zahmeren Jahren gekannt hatten, behaupteten, ihr Haar wäre von Natur aus mausbraun. Sam hatte noch nie ein gutes Gedächtnis für solche Einzelheiten gehabt – einer der vielen Gründe, wieso er zwei Exfrauen hatte. Er bemerkte aber, daß Dr. Stone jenseits der vierzig kürzlich von feuerrot auf platinblond umgestellt hatte. Ihr Haar war kurz geschoren, und ihre Frisur sah aus, als wäre sie gerade aus dem Bett gerollt und hätte sich böse erschreckt.

Sie starrte ihn an, während sie das kleine Mikrofon an den Kragen ihres Kittels klippte. Ihre Augen schimmerten unheimlich, durchsichtig grün.

»Fang mir diesen Dreckskerl«, befahl sie und deutete mit einem Skalpell auf ihn, mit bedrohlichem Unterton, als wolle sie sagen, wenn du ihn nicht kriegst, hol ich ihn mir. Dann wandte sie ihre Aufmerksamkeit der verkohlten Leiche auf dem Stahltisch zu, zusammengerollt wie eine Gottesanbeterin. Tiefe Ruhe erfaßte sie.

»Okay, Lars, versuchen wir, ob wir sie ein bißchen geradeziehen können.«

Sie ging zu einem Ende des Tisches und ergriff die Leiche fest, aber behutsam, während ihr Assistent, ein muskelbepackter Schwede, die Knöchel packte. Sie begannen langsam zu ziehen, was ein Geräusch wie brechende gebratene Hühnerflügel erzeugte.

Liska wandte sich mit der Hand über dem Mund ab. Kovac hielt die Stellung. Auf der anderen Seite des Tisches stand Quinn mit steinerner Miene, den Blick auf die Leiche gerichtet, die erst noch ihre Geheimnisse freigeben mußte. Hamill, einer der beiden Agenten vom BCA, der der Soko zugeteilt worden war, drehte die Augen zur Decke. Er war ein kleiner, ordentlicher Mann mit dem drahtigen Körper eines Läufers und einem Haaransatz, der sich rasch von seiner hochgewölbten Stirn entfernte.

Stone trat vom Tisch zurück und nahm eine Tafel.

»Dr. Amanda Stone«, sagte sie leise für das Tonband, obwohl es schien, als spräche sie die Tote an. »Fall Nummer 11-7820. Non nominata. Kaukasisch, weiblich. Der Kopf wurde vom Körper getrennt und ist im Augenblick nicht greifbar. Der Körper mißt 154 Zentimeter und wiegt 123 Pfund.«

Die Maße und das Gewicht hatte man bereits früher festgestellt. Eine gründliche Reihe von Röntgenaufnahmen und Fotos war angelegt worden, und Stone hatte den Leichnam sorgsam mit einem Laser abgetastet, um Spuren zu erleuchten und zu sammeln. Sie überprüfte jetzt visuell jeden Zentimeter der Leiche, beschrieb detailliert alles, was sie sah, jede Wunde, jedes Merkmal.

Die verbrannte Kleidung blieb auf der Leiche. Durch die Hitze an den Körper geschmolzen. Eine Warnung vor dem Tragen synthetischer Stoffe.

Stone notierte »schweres Trauma« am Hals des Opfers, stellte die Vermutung an, daß der Schaden von einer Klinge mit Sägeschliff stammte.

»Postmortem?« fragte Quinn.

Stone starrte in die klaffende Wunde als versuche sie, in das Herz der toten Frau zu sehen. »Ja«, sagte sie schließlich.

Weiter unten am Hals waren einige verräterische Würgemale – keine einzelne rote Furche, sondern Streifen, die andeuteten, daß die Schnur im Verlauf der Tortur des Opfers mehrmals gelockert und wieder festgezogen worden war. Das war wahrscheinlich die Todesursache – Ersticken durch Erwürgen mit einer Schnur; obwohl das wegen der Enthauptung nur schwer zu beweisen sein würde. Die eindeutigste Indikation eines Todes durch Erwürgen war ein zerquetschtes Zungenbein am Ansatz der Zunge, im oberen Teil der Luftröhre. Außerdem gab es keine Möglichkeit, die Augen nach petechialen Blutergüssen zu untersuchen, ein weiteres sicheres Zeichen für Erwürgen.

»Er hat mit den anderen auch so gespielt?« fragte Quinn im Hinblick auf die zahlreichen Würgemale am Hals.

Stone nickte und bewegte sich zum unteren Teil der Leiche.

»Ist das, grob gesagt, dasselbe Maß an Feuerschaden wie bei den anderen Leichen?«

»Ja.«

»Und die anderen waren bekleidet.«

»Ja. Nachdem er sie getötet hatte, glauben wir. Es gab Verletzungen an den Leichen ohne passenden Schaden an der Kleidung – der Kleidung, die nicht vom Feuer zerstört war.«

»Und nicht mit ihren eigenen Kleidern«, sagte Kovac. »Mit Zeug, das der Mörder für sie ausgesucht hat. Immer synthetische Stoffe. Feuer schmilzt diese Stoffe. Macht alle Spuren an der Leiche unbrauchbar.«

Zweifellos bedeutete das für den Psychojäger mehr, dachte er mit einem Anflug von Ungeduld. So wertvoll Profile von Mördern auch sein konnten, der altmodische Cop in ihm hatte immer den Vorbehalt, daß die Kopfriege diesen Monstern ein bißchen zuviel zutraute. Manchmal machten Killer so etwas einfach aus Daffke. Manchmal taten sie Dinge aus Neugier oder aus purer Bösartigkeit oder weil sie wußten, daß es die Ermittlungen behindern würde.

»Werden wir irgendwelche Fingerabdrücke kriegen?« fragte er.

»Nee«, sagte Stone, während sie den linken Handrücken untersuchte. Die oberste Hautschicht hatte sich schmutzig elfenbein verfärbt und löste sich ab. Die Schicht darunter war rot. Knöchel blitzten weiß, dort, wo die Haut völlig weggesengt war.

»Auf jeden Fall keine guten«, sagte sie. »Ich denke, er hat der Leiche die Hände über der Brust oder dem Bauch gekreuzt. Das Feuer hat sofort die Bluse geschmolzen und die daraus entstehende Masse ist in die Fingerspitzen geschmolzen, bevor sich die Sehnen in den Armen zusammengezogen haben und die Arme weg von der Leiche zerrten.«

»Besteht irgendeine Chance, die Stoffreste von den Fingerspitzen zu trennen?« fragte Quinn. »Der Stoff selbst könnte doch einen Abdruck der Rillen haben.«

»Dazu sind wir hier nicht ausgerüstet«, sagte sie. »Ihre Leute in Washington haben vielleicht den Mut, es zu versuchen. Wir können die Hände abtrennen, eintüten und sie einschicken.«

»Ich lasse das von Walsh telefonisch vorbereiten.«

Wie ein Tuberkulöser hustend hatte Walsh sich von der Autopsie entschuldigt. Es bestand kein Anlaß, die ganze Soko zur Anwesenheit zu zwingen. Sie würden morgen alle gebrieft, und alle würden Zugang zu den Berichten und Fotos haben.

Stone arbeitete sich methodisch an der Leiche entlang. Die Beine des Opfers waren unbekleidet, die Haut unregelmäßig versengt und voller Blasen, da wo der Zünder flammend verbrannt war.

»Fesselmale am rechten und linken Knöchel«, sagte sie. Ihre schmale, behandschuhte Hand bewegte sich behutsam, fast liebevoll über den Rist der Füße des Opfers – mehr Gefühl würde sie während des gesamten Vorgangs nicht zeigen.

Sam registrierte die Beschaffenheit der Wunden, die die Fesseln den Knöcheln des Opfers zugefügt hatte und versuchte krampfhaft, sich nicht vorzustellen, wie diese Frau im Horrorkabinett irgendeines Wahnsinnigen an ein Bett gebunden war, und in solcher Panik versuchte, sich zu befreien, daß die Fesseln Rillen in ihr Fleisch gegraben hatten.

»Die Fasern sind bereits ins BCA Labor geschickt worden«, sagte Stone. »Sie paßten scheinbar zu den anderen – ein weißer Polypropylen Zwirn«, präsentierte sie das für Quinn und Hamill. »Ungeheuer widerstandsfähig. Sie können das Zeug in jedem Bürobedarfsladen kaufen. Der Bezirk kauft jeden Monat genug, um den Mond einzuwickeln. Unmöglich zu verfolgen.«

»Tiefe Wunden in Doppel X Muster auf den Sohlen beider Füße.« Sie fuhr mit der Untersuchung fort, maß und katalogisierte jeden Schnitt, dann beschrieb sie, was scheinbar Zigarettenbrandmale waren, auf der Unterseite jeder Zehe.

»Folter oder Verstümmelung, um ihre Identität zu kaschieren?« überlegte Hamill laut.

»Oder beides«, sagte Liska.

»Sieht so aus, als wäre das alles gemacht worden, während sie noch lebte«, sagte Stone.

»Krankes Dreckschwein«, murmelte Kovac.

»Wenn sie sich befreit hätte, hätte sie nicht laufen können«, sagte Quinn. »Vor ein paar Jahren gab es einen Fall in Kanada, wo dem Opfer aus demselben Grund die Achillessehnen durchtrennt wurden. Hatten die anderen Opfer ähnliche Wunden?«

»Jede war auf verschiedene Arten gefoltert worden«, erwiderte Stone. »Keine auf die genau gleiche Art. Ich kann Ihnen Kopien von den Berichten besorgen.«

»Das ist bereits in die Wege geleitet, danke.«

Es bestand keine Hoffnung, die Kleidung des Opfers zu entfernen, ohne Haut abzunehmen. Stone und ihr Assistent schnipselten und schälten, zupften die geschmolzenen Fasern vorsichtig mit einer Pinzette weg. Stone fluchte alle paar Minuten leise vor sich hin.

Erwartung verkrampfte Kovacs Bauch, als die zerstörte Bluse und eine Schicht Fleisch von der linken Seite der Brust abgenommen wurden.

Stone sah ihn über die Leiche an. »Da ist es.«

»Was?« fragte Quinn und ging zum Kopf des Tisches.

Sam trat näher und sah sich das Machwerk des Killers an. »Das Detail, bei dem es uns gelungen ist, es den stinkenden Reportern vorzuenthalten. Dieses Muster von Einstichen – sehen Sie?«

Ein dichtes Muster von acht Malen, eineinhalb bis drei Zentimeter lang, perforierte die Brust der toten Frau etwa an der Stelle, wo das Herz liegt.

»Die ersten beiden hatten das«, sagte Kovac mit einem Blick zu Quinn. »Beide wurden erwürgt, und die Einstiche wurden ihnen danach beigebracht.«

»In genau diesem Muster?«

»Ja. Wie ein Stern. Sehen Sie?« Er hielt seine Hand zehn Zentimeter über die Leiche und zeichnete das Muster mit dem Zeigefinger in der Luft nach. »Die längeren Male bilden ein X. Die kürzeren ein weiteres. Smokey Joe schlägt wieder zu.«

»Es gibt da auch noch andere Ähnlichkeiten«, sagte Stone. »Schauen Sie: Amputation der Nippel und Aureola.«

»Postmortem?« fragte Quinn.

»Nein.«

Stone sah zu ihrem Assistenten. »Lars, laß sie uns umdrehen. Schaun wir, was wir auf der anderen Seite finden.«

Die Leiche war vor dem Anzünden auf den Rücken gelegt worden. Dadurch war der Brandschaden auf die Vorderseite beschränkt. Stone entfernte das unbeschädigte Stück Kleidung und tütete es für das Labor ein. Ein Stück roter Stretchrock. Ein Fetzen giftgrüne Bluse. Keine Unterwäsche.

»Aha«, murmelte Stone vor sich hin, dann hob sie den Blick zu Sam. »Ein Stück Fleisch fehlt aus der rechten Gesäßbacke.«

»Hat er das auch bei den anderen gemacht?« fragte Quinn.

»Ja. Beim ersten Opfer hat er einen Brocken aus der rechten Brust genommen. Beim zweiten war es auch die rechte Gesäßbacke.«

»Um einen Bißabdruck auszumerzen?« überlegte Hamill laut.

»Könnte sein«, sagte Quinn. »Beißen ist bei dieser Art Mörder nicht ungewöhnlich. Irgendwelche Anzeichen von Blutergüssen im Gewebe? Wenn diese Typen ihre Zähne reinhauen, dann ist das kein Liebesbiß.«

Stone nahm ein kleines Lineal, um die Wunden genau zu messen. »Wenn es irgendwelche Blutergüsse gab, hat er sie rausgeschnitten. Da fehlt ein beachtliches Stück Muskel.«

»Mein Gott«, murmelte Kovac angewidert, angesichts des glänzenden dunkelroten Vierecks auf dem Körper des Opfers. Das Fleisch war ganz präzise mit einem kleinen, scharfen Messer herausgeschnitten worden. »Für wen hält sich denn dieser Kerl? Hannibal Scheiß Lecter?«

Quinn warf ihm vom kopflosen Ende der Leiche einen Blick zu. »Jeder hat seinen Helden.«

Fall Nummer 11-7280, Non nominata, kaukasisch, weiblich, hatte keinen organischen Grund zu sterben gehabt. Sie war in jeder Hinsicht gesund gewesen. Gut genährt, mit den überflüssigen zehn bis fünfzehn Pfund, die die meisten Leute herumtrugen. Trotzdem war es Dr. Stone nicht gelungen, festzustellen, was sie zuletzt gegessen hatte. Wenn das Jillian war, hatte sie das Abendessen, das sie mit ihrem Vater vor ihrem Tod gegessen hatte, verdaut. Ihr Körper war frei von Krankheiten und natürlichen Defekten. Stone schätzte ihr Alter zwischen zwanzig und fünfundzwanzig. Eine junge Frau, die fast noch ihr ganzes Leben vor sich hatte, bevor sich ihre Wege mit denen des falschen Mannes kreuzten.

Dieser Typ von Mörder suchte sich nur selten ein Opfer, das bereit war zu sterben.

Quinn ließ sich diese Tatsache durch den Kopf gehen, als er auf dem nassen Asphalt der Auffahrt zum Leichenschauhaus stand. Die feuchte Kälte der Nacht sickerte in seine Kleidung, in seine

Muskeln. Nebel hing wie ein dünnes weißes Leichentuch über der Stadt.

Es gab zu verdammt viele Opfer, die junge Frauen waren: hübsche junge Frauen, normale junge Frauen, Frauen, die alles noch vor sich hatten und Frauen mit nichts in ihrem Leben, als einem Funken Hoffnung auf etwas Besseres. Alle von ihnen zerbrochen und verschwendet wie Puppen, mißbraucht und weggeworfen, als hätte ihr Leben nichts bedeutet.

»Ich hoffe, es liegt Ihnen nichts an dem Anzug«, sagte Kovac, als er sich zu ihm gesellte und eine Zigarette aus einem Päckchen Salem Menthols fischte.

Quinn sah an sich hinunter. Er wußte, daß der Gestank gewaltsamen Todes jede Faser seiner Kleidung durchtränkt hatte. »Berufsrisiko. Ich hatte keine Zeit, mich umzuziehen.«

»Ich auch nicht. Das hat meine Frauen immer zum Wahnsinn getrieben.«

»Frauen-Plural?«

»Hintereinander, nicht nebeneinander. Zwei. Sie wissen ja, wie das ist – der Job und so weiter ... Auf jeden Fall hat meine zweite Frau das immer Leichenklamotten genannt – was immer ich zu einem Tatort voller Verwesung oder einer Autopsie oder sowas getragen habe. Sie hat mich gezwungen, mich in der Garage auszuziehen. Man hätte meinen mögen, daß sie die Kleider dann verbrannt oder in den Müll gesteckt hätte, anziehen durfte ich sie nämlich garantiert nicht mehr. Aber nein. Sie hat das Zeug in Kartons gepackt und zur Selbsthilfe gebracht – weil sie ja noch nicht abgetragen waren, sagte sie.« Er schüttelte erstaunt den Kopf. »Dank ihr sind in ganz Minneapolis arme Leute mit Klamotten herumgelaufen, die nach Leichen stanken. Sind Sie verheiratet?«

Quinn schüttelte den Kopf.

»Geschieden?«

»Einmal, vor langer Zeit.«

Vor so langer Zeit, daß sein kurzer Versuch einer Ehe mehr wie ein halb vergessener böser Traum schien und nicht wie eine Erinnerung. Darüber zu reden war, wie gegen einen Haufen Asche treten, alte Brocken emotionalen Mülls in seinem Inneren aufwühlen – Gefühle von Frust und Versagen und Reue, die längst erkaltet waren. Gefühle, die stärker wurden, wenn er an Kate dachte.

»Jeder hat eine«, sagte Kovac. »Das liegt am Job.«

Er bot ihm die Zigaretten an. Quinn lehnte ab.

»Gott, ich muß diesen Geruch aus meinem Mund kriegen.« Kovac füllte seine Lungen und absorbierte ein Maximum an Teer und Nikotin, bevor er ausatmete und den Rauch über seine Zunge rollen ließ. Er schwebte davon und vereinte sich mit dem Nebel. »Also, glauben Sie, daß das da drin Jillian Bondurant ist?«

»Könnte sein, aber es besteht die Chance, daß sie es nicht ist. Der Täter hat sich verdammt viel Mühe gegeben, damit wir keine Abdrücke kriegen.«

»Aber er läßt Bondurants Führerschein am Tatort. Also hat er vielleicht Bondurant entführt, ist dann drauf gekommen, wer sie ist und hat beschlossen, sie zu behalten, Lösegeld zu fordern«, überlegte Kovac. »Inzwischen hat er eine andere Frau aufgegabelt, bringt sie um und läßt Bondurants Führerschein bei der Leiche liegen, um zu zeigen, was passiert, wenn Daddy nicht blecht.«

Kovac kniff die Augen zusammen, als ließe er die Theorie noch einmal Revue passieren. »Keine Lösegeldforderung soweit wir wissen, und sie wird seit Freitag vermißt. Trotzdem, vielleicht ... Aber Sie glauben das nicht.«

»Ich hab es noch nie so erlebt, mehr nicht«, sagte Quinn. »In der Regel hat man bei diesem Typ Mörder einen Killer, der nur eins im Sinn hat: seine Fantasie ausleben. Das hat nichts mit Geld zu tun – für gewöhnlich.«

Quinn wandte sich etwas mehr zu Kovac. Er wußte, daß dies das Mitglied der Soko war, das er am dringendsten für sich gewinnen mußte. Kovac war der Leiter der Ermittlungen. Sein Wissen um diese Fälle, diese Stadt und die Art von Kriminellen, die in ihrem Unterleib hausten, wäre unschätzbar. Das Problem war, Quinn wußte nicht, ob er noch genügend Energie hatte, die alte »Ich-bin-ein-Bulle-genau-wie-du«-Nummer abzuziehen. Statt dessen begnügte er sich mit etwas Wahrheit.

»Die Sache beim Profilstellen ist die: Es ist ein proaktives Werkzeug, das auf der reaktiven Nutzung von Kenntnissen, die man aus früheren Vorfällen gewonnen hat, basiert. Jeder Fall könnte möglicherweise etwas bringen, was wir noch nie gesehen haben.«

»Wie ich höre, sind Sie aber ziemlich gut«, gestand der Detective ihm ein. »Sie haben diesen Kindermörder draußen in Colorado festgenagelt, bis hin zu seinem Stottern.«

Quinn zog die Schultern hoch. »Manchmal passen alle Stücke zusammen. Wie lange brauchen Sie, um Bondurants Krankenberichte in die Finger zu kriegen, damit wir sie mit der Leiche vergleichen können?«

Kovac rollte die Augen. »Ich sollte mich in Murphy umtaufen. Murphy's Law. Nichts ist jemals einfach. Wie sich herausstellte, sind die meisten ihrer Krankenberichte in *Frankreich*«, sagte er, als wäre Frankreich ein obskurer Planet in einer anderen Galaxie. »Ihre Mom hat sich vor elf Jahren von Peter Bondurant scheiden lassen und einen Typen mit einer internationalen Baufirma geheiratet. Sie haben in Frankreich gelebt. Die Mutter ist tot, der Stiefvater lebt immer noch da. Jillian ist vor ein paar Jahren hierher zurückgekommen. Sie war an der U – der University of Minnesota eingeschrieben.«

»Das Bureau kann helfen, die Krankenkartei über unser Legal Attaché Büro in Paris zu kriegen.«

»Ich weiß. Walsh ist bereits dran. In der Zwischenzeit werden wir versuchen, mit allen zu reden, die Jillian nahe standen. Herausfinden, ob sie irgendwelche Leberflecke, Narben, Muttermale oder Tätowierungen hatte. Wir werden Fotos besorgen. Bis jetzt haben wir noch keine engen Freunde gefunden. Kein spezieller Freund, von dem jemand weiß. Soweit ich es beurteilen kann, war sie nicht gerade ein gesellschaftlicher Schmetterling.«

»Was ist mit ihrem Vater?«

»Er ist zu verzweifelt, um mit uns zu reden.« Kovac verzog den Mund. »›Zu verzweifelt‹ – das sagt sein Anwalt. Wenn ich glauben würde, daß jemand mein Kind abgemurkst hat, wäre ich auch scheißverzweifelt. Ich würde den Bullen ununterbrochen aufs Dach steigen, ihnen auf dem Kopf sitzen, alles machen, was in meiner Macht steht, um diesen Dreckskerl festzunageln.« Er zog fragend die Augenbraue hoch und sah Quinn an. »Würden Sie das nicht auch?«

»Ich würde die Welt auf den Kopf stellen, an den Knöcheln packen und schütteln.«

»Genau, verdammt. Ich geh rüber zu Bondurants Haus, um ihm schonend beizubringen, daß es Jillian sein könnte. Er kriegt einen Blick, als ob ich ihm eins mit dem Baseballschläger über den Kopf gezogen hätte. ›Oh, mein Gott. Oh mein Gott‹, sagt er, und ich dachte, er wird gleich kotzen. Also denk ich mir nicht viel dabei, als er sich entschuldigt. Der Mistkerl geht und ruft seinen Anwalt an und kommt überhaupt nicht mehr aus seinem Arbeitszimmer. Ich verbringe die nächste Stunde damit, mich via Edwyn Noble mit Bondurant zu unterhalten.«

»Und was hat er Ihnen erzählt?«

»Daß Jillian Freitag abend zum Abendessen im Haus gewesen war und er sie seither nicht mehr gesehen hat. Sie ging gegen Mitternacht. Ein Nachbar bestätigt das. Das Ehepaar auf der anderen Seite der Straße kam gerade von einer Party nach Hause. Jillians Saab fuhr in dem Moment los, als sie um elf Uhr fünfzehn in die Straße einbogen.«

»Peter Scheiß Verflucht Reich Bondurant«, schimpfte er. »Mein Glück. Wenn das hier vorbei ist, werde ich Strafzettel schreiben.«

Er nahm einen letzten Zug aus seiner Zigarette, ließ sie auf den Asphalt fallen und drückte die Kippe mit der Schuhspitze aus.

»Zu schade, daß DNS-Tests so verdammt lange dauern«, sagte er. Ein Gedankensprung zurück zu der Sache mit der Identifizierung. »Sechs Wochen, acht Wochen. Zu verdammt lange.«

»Überprüfen Sie die Berichte über vermißte Personen?«

»Minnesota, Wisconsin, Iowa, die Dakotas. Wir haben sogar Kanada angerufen. Bis jetzt paßt noch nichts. Vielleicht taucht ja der Kopf auf«, sagte er mit soviel Optimismus wie er für die Rückgabe einer Brille oder einer Brieftasche hätte.

»Vielleicht.«

»Also, genug von diesem Scheiß für heute abend. Ich verhungere sowieso«, sagte er abrupt und zog sein Jackett zusammen, als verwechselte er Hunger mit Kälte. »Ich weiß da ein Lokal mit tollem mexikanischem Takeout. So scharf, daß es einem den Leichengeschmack aus dem Mund brennt. Wir fahren auf dem Weg zum Hotel vorbei.«

Sie gingen weg von der Lieferauffahrt, gerade als ein Krankenwagen vorfuhr. Kein Blaulicht, keine Sirene. Noch eine Kundschaft. Kovac fischte seine Schlüssel aus der Tasche und warf Quinn einen Blick aus dem Augenwinkel zu. »Und Sie haben also unsere Kate gekannt?«

»Ja.« Quinn starrte in den Nebel und fragte sich, wo sie wohl heute abend war. Fragte sich, ob sie an ihn dachte. »In einem anderen Leben.«

Kapitel 8

Kate versenkte ihren schmerzenden Körper behutsam in der alten Wanne mit den Klauenfüßen und versuchte, die Spannung, die sich während des Tages aufgestaut hatte, wegzuatmen. Sie arbeitete sich als Schmerz aus ihrem Innersten durch ihre Muskeln. Sie stellte sich vor, wie sie mit dem Dampf und dem Duft von Lavendel aus dem Wasser aufstieg. Auf dem Messingdrahttablett, das die Wanne überspannte, stand ein Glas Bombay Sapphire mit Tonic in mieser Montagsgröße. Sie nahm einen tiefen Zug, lehnte sich zurück und schloß die Augen.

Die Stress-Management-Leute sahen Alkohol als Antwort auf Spannung gar nicht gern und predigten, er würde den Menschen in den Alkoholismus und den Untergang führen. Kate hatte die Straße in den Untergang schon in beiden Richtungen bereist. Sie war der Meinung, wenn sie zur Alkoholikerin verdammt wäre, wäre das schon vor Jahren passiert. Vor fünf Jahren, um genau zu sein. Es war nicht passiert, also trank sie heute abend Gin und wartete auf die angenehme Benommenheit, die er bringen würde.

Für den winzigen Bruchteil einer Sekunde huschte eine Montage von Gesichtern aus diesem trüben Abschnitt ihres Lebens an ihrem geistigen Auge vorbei. Stevens Gesicht, wie es sich im Verlauf dieses schrecklichen Jahres verwandelt hatte – abweisend, kalt, wütend, bitter, das Bedauern des Arztes, abgenutzt und schal von zu vielen Tragödien, das süße Gesicht ihrer Tochter, da und fort in einem einzigen schmerzlichen Herzschlag. Quinns Gesicht – eindringlich, mitfühlend, leidenschaftlich ... wütend, leidenschaftslos, teilnahmslos, eine Erinnerung.

Es erstaunte sie immer wieder, die plötzliche Schärfe des

Schmerzes, der sich durch die Watteschicht der Zeit bohrte. Ein Teil von ihr wünschte sich inständig, er würde abstumpfen, ein anderer wünschte, es würde nie geschehen. Der endlose Zyklus der Schuld, das Bedürfnis, ihm zu entrinnen, und das ebenso verzweifelte Bedürfnis, sich daran zu klammern.

Sie hatte zumindest die Oberflächen der alten Wunden überkrusten lassen und hatte ihr Leben weitergelebt, mehr konnte keiner ehrlich erhoffen. Aber wie leicht riß es auf, dieses alte Narbengewebe. Wie demütigend die Realität, daß sie den Schmerz, der der Erinnerung an John Quinn anhaftete, nicht überwunden hatte. Sie kam sich vor wie ein Narr oder ein Kind und gab dem Element der Überraschung die Schuld.

Morgen würde sie besser damit umgehen. Sie würde einen klaren Kopf haben und konzentriert bleiben. Sie würde keine Überraschung zulassen. Es hatte keinen Sinn, die Vergangenheit ans Licht zu zerren, wenn die Gegenwart ihre gesamte Aufmerksamkeit erforderte. Und Kate war immer schon die Vernunft in Person gewesen ... mit Ausnahme weniger kurzer Monate während des schlimmsten Jahres ihres Lebens.

Sie und Steve hatten sich auseinandergelebt. Eine erträgliche Situation, wäre alles andere gleich geblieben. Und dann fing Emily eine virulente Grippe ein, und innerhalb weniger Tage war ihr süßes sonniges Kind tot. Steven hatte Kate die Schuld gegeben, seinem Gefühl nach hätte sie die Ernsthaftigkeit der Krankheit früher erkennen müssen. Kate hatte sich selbst die Schuld gegeben, trotz der Versicherungen des Arztes, es sei nicht ihre Schuld, daß sie es nicht hätte wissen können. Sie hatte so dringend jemanden gebraucht, der sie in den Arm nahm, jemanden, der ihr Trost und Unterstützung und Absolution bot ...

Sie zog ein Handtuchende aus dem Regal hinter ihrer Schulter, tupfte sich die Augen, wischte sich die Nase, dann nahm sie noch einen Drink. Die Vergangenheit war außerhalb ihrer Kontrolle. Sie konnte sich zumindest vorgaukeln, daß sie etwas Kontrolle über die Gegenwart hatte.

Sie dirigierte ihre Gedanken auf ihre Klientin. Idiotisches Wort – *Klientin.* Es bedeutete, daß die Person sie gewählt, angeheuert hatte. Angie DiMarco hatte keines von beidem getan. Das war vielleicht ein Herzchen. Und Kate war viel zu erfahren in der wahren Welt, um anzunehmen, daß unter all dem ein Herz aus Gold versteckt war. Viel eher steckte da etwas Verzerrtes, Mutiertes, entstanden durch ein Leben, das weniger gnädig gewesen war als das einer durchschnittlichen streunenden Katze. Wie Leute ein Kind zur Welt bringen und es dann zu so etwas werden lassen konnten ... Die Vorstellung löste Empörung aus und einen unliebsamen Anflug von Eifersucht.

Es war eigentlich gar nicht ihr Job, Angie DiMarcos Identität herauszufinden, oder warum sie ein so traurig verdorbener Mensch war. Aber je mehr sie über einen Klienten wußte, desto besser konnte sie diesen Klienten verstehen und konnte entsprechend agieren und reagieren. Manipulieren. Das aus dem Zeugen rausholen, was Sabin von ihm wollte.

Sie ließ das Wasser ab, wickelte sich in einen dicken Frotteemantel und trug den Rest ihres Drinks zu einem kleinen antiken Schreibtisch in ihrem Schlafzimmer. Ihre feminine Zuflucht. Pfirsichtöne und üppiges dunkles Grün gaben dem Raum eine Atmosphäre von Wärme. Nancy Griffiths schrullige, süße Stimme schwebte aus der kleinen Stereoanlage im Bücherregal. Thor, die norwegische Waldkatze, die das Haus regierte, hatte sich Kates Bett als rechtmäßigen Thron erkoren und lag in königlicher, haariger Pracht genau in der Mitte ihrer Daunendecke. Er blinzelte sie mit der gelangweilten Überheblichkeit eines Kronprinzen an.

Kate zog ein Bein auf den Stuhl und setzte sich drauf, dann zog sie ein Stück Papier aus einem Fach im Schreibtisch und begann zu schreiben.

Angie DiMarco

Name? Wahrscheinlich falsch. Gehört zu irgendeiner Frau in Wisconsin. Veranlassen, es in Wisconsin durch den DMV Computer laufen zu lassen.

Familie tot – bildlich oder buchstäblich?
Mißbrauch? Wahrscheinlich. Sexuell? Sehr wahrscheinlich.

Tätowierungen: zahlreiche – professionelle und amateurhafte.

Bedeutung?
Bedeutung der einzelnen Motive?

Body Piercing: Mode oder etwas mehr?
Zwanghafte Verhaltensmuster: Nägelkauen. Raucht.
Trinkt: Wieviel? Wie oft?
Drogen? Möglich. Dünn, blaß, ungepflegt. Aber verhält sich konzentriert.

Sie konnte nur eine Miniskizze von Angies Persönlichkeit anlegen. Ihre Zeit zusammen war zu kurz gewesen und zu stark vom Streß der Situation belastet. Kate mochte gar nicht daran denken, welche Schlüsse irgendein Fremder bei *ihr* ziehen würde, wenn man sie in eine ähnliche Lage katapultiert hätte. Streß löste diese alten Kämpf-oder-Flieh-Instinkte bei jedem aus. Aber das zu verstehen, machte den Umgang mit diesem Mädchen nicht angenehmer.

Glücklicherweise war die Frau, die Phoenix House führte, an ein breites Spektrum mieser Einstellungen gewöhnt. Die Bewohner des Hauses waren Frauen, die freiwillig oder gezwungenermaßen auf den härteren Straßen des Lebens unterwegs gewesen waren und jetzt aussteigen wollten.

Angie war nicht gerade begeistert gewesen von dem Dach über ihrem Kopf. Sie war auf Kate losgegangen in einer Art und Weise, die Kate ziemlich übertrieben fand.

»Und was, wenn ich nicht hier bleiben will?«

»Angie, du hast sonst keinen Platz, an den du gehen kannst.«

»Das wissen Sie nicht.«

»Zwing mich nicht, das noch einmal durchzukauen«, sagte Kate mit einem ungeduldigen Seufzer.

Toni Urskine, Direktorin des Phoenix, blieb während des Schlagabtauschs mit gerunzelter Stirn in der Tür stehen. Dann überließ sie sie ihrem Streit in dem ansonsten verlassenen Raum, einem kleinen Zimmer mit billiger Täfelung und Sperrmüllmöbeln. Nicht zusammenpassende »Kunst« vom Trödel verlieh ihm das Ambiente einer Absteige.

»Du hast keine ständige Adresse«, sagte Kate. »Du sagst mir, deine Familie ist tot. Du hast es nicht geschafft, auch nur eine einzige echte Person zu nennen, die dich aufnehmen würde. Du brauchst einen Platz zum Wohnen, das ist ein Platz zum Wohnen. Vier Wände, Bett und Bad. Wo ist das Problem?«

Angie schlug gegen ein verflecktes Kissen auf einem abgesessenen karierten Loveseat. »Das ist ein verdammter Schweinestall, das ist das Problem.«

»Oh, pardon, hast du im Hilton residiert? Deine falsche Adresse war nicht so toll.«

»Wenn sie Ihnen so gut gefällt, dann bleiben Sie doch hier.«

»Ich muß hier nicht bleiben. Ich bin kein Mordzeuge ohne Wohnsitz.«

»Aber ich will nicht in diesem Scheißhaus bleiben«, schrie das Mädchen. Ihre Augen schimmerten wie Kristall, plötzliche Tränen, die sich anschickten, ihre Wangen hinunterzurollen. Sie wandte sich von Kate ab und rammte ihre Handballen in ihre Augen. Ihr dünner Körper krümmte sich wie ein Komma.

»Nein, nein, nein«, winselte sie leise vor sich hin. »Nicht jetzt ...«

Der plötzliche Umschwung erwischte Kate kalt. Das war doch, was sie gewollt hatte, nicht wahr? Einen Sprung in der harten Schale. Jetzt, da sie ihn hatte, war sie sich nicht ganz sicher, was sie damit anfangen sollte. Sie hatte nicht damit gerechnet, daß er jetzt käme, wegen dieser Lappalie.

Sie ging zögernd auf das Mädchen zu, unbeholfen und voller Schuldgefühle.

»Nein«, flüsterte das Mädchen, mehr zu sich selbst als zu Kate. »Nicht jetzt. Bitte, bitte ...«

»Du mußt dich nicht schämen, Angie«, sagte Kate und stellte sich dicht neben sie, machte aber keinen Versuch, sie zu berühren. »Du hast einen Scheißtag hinter dir. Ich würde auch weinen. Ich kann es nicht besonders gut – meine Nase läuft, es ist ekelhaft.«

»Warum kann ich nicht einfach bei Ihnen bleiben?«

Die Frage kam völlig unerwartet von links, traf Kate mitten zwischen die Augenbrauen und lähmte sie bis in die Zehen. Als ob dieses Kind noch nie von zu Hause weggewesen wäre. Als hätte sie nie unter Fremden gewohnt. Sie hatte wahrscheinlich, Gott weiß wie lange, auf der Straße gelebt, Gott weiß was angestellt, um zu überleben, und jetzt plötzlich diese Abhängigkeit. Es ergab keinen Sinn.

Bevor Kate antworten konnte, schüttelte Angie kurz den Kopf, rieb sich mit dem Ärmel ihrer Jacke die Tränen aus dem Gesicht und holte schluchzend Luft. So schnell schloß sich das Fenster der Gelegenheit, und das Visier war wieder gefallen.

»Vergessen Sie's. Ihnen ist es doch scheißegal, was mit mir passiert.«

»Angie, mir ist es nicht egal, was mit dir passiert, sonst hätte ich diesen Job nicht.«

»Ja, richtig. Ihr Job.«

»Hör mal«, sagte Kate, die keine Energie mehr zum Streiten hatte, »das ist immer noch besser, als in einem Pappkarton zu schlafen. Versuch's mal zwei Tage lang. Wenn du's gar nicht magst, werde ich versuchen, was anderes zu arrangieren. Du hast meine Handy Nummer: Ruf mich an, wenn du mich brauchst oder einfach nur, wenn du mit jemandem reden willst. Jederzeit. Was ich gesagt habe, ist mein Ernst – ich bin auf deiner Seite. Ich hol dich morgen früh ab.«

Angie sagte nichts, stand einfach da und sah bockig und klein aus in ihrer zu großen Jeansjacke, die jemand anderem gehörte.

»Versuch ein bißchen zu schlafen, Kleine«, sagte Kate leise.

Das Mädchen blieb allein in dem Zimmerchen zurück, stand da und starrte auf die Lichter des Hauses nebenan. Das wehmütige Bild löste Mitgefühl bei Kate aus. Die Symbolik eines Kindes außerhalb seiner Familie, das eine andere beobachtet. Ein Kind, das niemanden hat.

»Deswegen arbeite ich nicht mit Kindern«, sagte sie jetzt zu der Katze. »Die würden nur meinen Ruf als harte Braut ruinieren.«

Thor trillerte tief in seiner Kehle und rollte sich auf den Rücken, präsentierte ihr seinen haarigen Bauch zum Reiben. Sie tat ihm den Gefallen, genoß die Berührung mit einem anderen Lebewesen, das sie auf seine Art schätzte und liebte. Und sie dachte an Angie DiMarco, wie sie nachts wach lag, in einem Haus voller Fremder, deren einzige Verbindung im Leben, die irgend jemandem etwas bedeutete, ihre Verbindung zu einem Killer war.

Ein blinkender Nachrichtenknopf begrüßte Quinn, als er sein Zimmer im Radisson Plaza Hotel betrat. Er warf die Tüte mit dem mexikanischen Takeout in den Mülleimer neben dem Schreibtisch, rief den Zimmerservice an und bestellte Wildreissuppe und ein Truthahnsandwich, das er wahrscheinlich nicht essen würde. Sein Magen vertrug mexikanisch nicht mehr.

Er zog sich aus, stopfte alles bis auf seine Schuhe in einen Plastikwäschebeutel, band ihn zu und stellte ihn neben die Tür. Unten in der Wäscherei würde jemand eine unangenehme Überraschung erleben. Das Wasser prasselte wie ein Kugelhagel aus dem Duschkopf, so heiß, wie er es ertragen konnte. Er schrubbte sein Haar und seinen Körper und ließ das Wasser die Knoten in seinen Schultern bearbeiten, dann drehte er sich um und ließ es Gesicht und Brust behämmern. Bilder vom Tag purzelten durch seinen Kopf: das Meeting, Bondurants Anwalt, die Hetzjagd zum Flughafen, das Polizeiabsperrband, das um die Stämme massiger Ahornbäume flatterte, Kate.

Kate. Fünf Jahre waren eine lange Zeit. In fünf Jahren hatte sie sich eine neue Karriere aufgebaut, sie lebte ein neues Leben – was sie nach allem, was in Virginia schief gelaufen war, verdient hatte.

Und was hatte er sich in den fünf Jahren aufgebaut, abgesehen von seinem Ruf und einem Haufen ungenutzter Urlaubstage?

Nichts. Er besaß ein Stadthaus, einen Porsche und einen Schrank voller Designerklamotten. Den Rest seines Geldes bunkerte er für eine Pensionierung, die wahrscheinlich mit einem massiven Herzanfall enden würde, zwei Monate nach seinem Abschied von der Abteilung, weil er sonst nichts im Leben hatte. Wenn ihn der Job nicht vorher umbrachte.

Er drehte den Hahn zu, stieg aus der Dusche und trocknete sich ab. Er hatte den Körper eines Athleten, stramm, muskulös, schlanker als früher – im Gegensatz zu den meisten Männern Mitte vierzig. Er konnte sich nicht mehr erinnern, wann seine Freude am Essen in Gleichgültigkeit umgeschlagen war. Früher einmal hatte er sich als Gourmetkoch betrachtet. Jetzt aß er, weil er mußte. Der Sport, den er dazu benutzte, seine Spannung wegzubrennen, verbrannte auch alle Kalorien.

Der fette, würzige Geruch des weggeworfenen mexikanischen

Essens durchdrang das Zimmer. Immer noch besser als verbrannte Leiche, obwohl er aus Erfahrung wußte, daß der Geruch nicht so willkommen wäre, wenn er abgestanden war und er damit um drei Uhr früh aufwachte.

Der Gedanke brachte ein Gewirr von unangenehmen Erinnerungen an andere Hotelzimmer in anderen Städten und andere Mahlzeiten, gekauft, um den Nachgeschmack und den Geruch des Todes zu vertreiben. Vom Wachliegen, allein in einem fremden Bett, mitten in der Nacht, schwitzend wie ein Schwein vor Alpträumen, mit rasendem Puls.

Die Panik schlug wie ein Vorschlaghammer in seinem Bauch ein, und er setzte sich dann mit Jogginghose und einem grauen FBI Academy T-Shirt auf die Bettkante. Er legte für einen Augenblick den Kopf in die Hände, voller Angst vor dem Anfall – vor der Leere, dem Schwindelgefühl, dem Zittern, das in seinem Innersten begann und sich ausbreitete, seine Arme und Beine hinunter, vor dem Gefühl, daß von dem, der er wirklich war, nichts mehr übrig sein könnte, und voller Angst, daß er den Unterschied nicht erkennen würde.

Er verfluchte sich und griff tief in sich hinein nach der Kraft, das abzuwehren, wie er es im letzten Jahr immer und immer wieder getan hatte. Oder waren es jetzt schon zwei? Er maß die Zeit nach Fällen, maß die Fälle nach den Leichen. Er hatte den immer wiederkehrenden Traum, er sei in ein weißes Zimmer gesperrt und riß sich einzeln die Haare aus, taufte jedes nach einem Mordopfer und klebte sie einzeln mit Speichel an die Wand.

Er schaltete den Fernseher ein, damit der Lärm die Stimme der Angst in seinem Kopf ausschaltete, dann wählte er, um seine Nachrichten abzuhören. Sieben Anrufe zu anderen Fällen, die er mit sich hiergeschleppt hatte: eine Reihe von Überfällen und Foltermorden an Schwulen in Miami, die Giftmorde an fünf älteren Frauen in Charlotte, North Carolina, eine Kindesentführung in Blacksburg, Virginia, die seit 20 Uhr 19 Eastern Standard Time zum Mordfall geworden war, nachdem man die Leiche des Mädchens in einer bewaldeten Schlucht entdeckt hatte.

Verdammt nochmal, er hätte da sein sollen. Oder vielleicht hätte er im ländlichen Georgia sein sollen, wo eine Mutter von vier Kindern mit einem Hammer erschlagen worden war, in ähnlicher Weise, wie bei drei anderen Morden in den letzten fünf Jahren. Oder vielleicht sollte er in England sein und sich mit Scotland Yard über den Fall beraten, bei dem neun verstümmelte Leichen auf dem Hof eines verlassenen Schlachthofes aufgetaucht waren, mit herausgerissenen Augen und die Münder mit gewachstem Faden zugenäht.

»Special Agent Quinn, hier spricht Edwyn Noble–«

»Und wie hast du diese Nummer gekriegt?« fragte Quinn laut, während die Nachricht abgespielt wurde.

Er war nicht gerade begeistert über Nobles Beteiligung an diesen Ermittlungen. Weil er mit der Bürgermeisterin verheiratet war, hatte er einen Fuß in der Tür, was kein anderer Anwalt in der Stadt geschafft hätte. Und die Tatsache, daß er Peter Bondurants Anwalt war, öffnete die Tür noch weiter.

»Ich rufe für Mr. Bondurant an. Peter möchte sich morgen früh sehr gerne mit Ihnen treffen, falls möglich. Bitte rufen Sie mich heute abend zurück.«

Er hinterließ die Nummer, dann informierte Quinn eine verführerische Tonbandstimme, daß er keine weiteren Nachrichten hatte. Er legte den Hörer auf, ohne die Absicht, ihn noch einmal aufzunehmen, um Noble anzurufen. Sollte er doch schmoren. Wenn er etwas hatte, was für den Fall von Bedeutung war, könnte er Kovac oder Fowler, den Lieutenant vom Morddezernat anrufen. Quinn rief niemanden zurück, zog es vor zu warten, bis er sein Abendessen gegessen hatte.

Die Zehnuhrnachrichten eröffneten mit dem neuesten Mord, mit Aufnahmen davon, wie die Tatorteinheit den Müllplatz des Parkes durchkämmte, dann folgte ein Band von der Pressekonferenz. Ein Foto von Jillian Bondurant wurde gezeigt und ein weiteres von ihrem roten Saab. Gute dreieinhalb Minuten Bericht, insgesamt. Durchschnittliche Berichte hatten nur halb soviel Sendezeit.

Quinn holte die Akten der ersten beiden Morde aus seiner Aktentasche und stapelte sie auf dem Schreibtisch. Kopien von Ermittlungsberichten und Tatortfotos. Autopsieberichte, Laborberichte, erste und anschließende Ermittlungsberichte. Zeitungsausschnitte sowohl aus der *Minneapolis Star Tribune* als auch aus der *St. Paul Pioneer Press*. Beschreibungen und Fotos vom Schauplatz des Verbrechens.

Er hatte klar und deutlich gesagt, daß er keine Informationen über mögliche Verdächtige wollte, falls es welche gäbe, und es waren auch keine dabei. Er konnte nicht zulassen, daß die Überlegungen von irgend jemandem über einen möglichen Verdächtigen sein Urteilsvermögen trübten oder seine Analyse in die eine oder andere Richtung steuerten. Das war ein weiterer Grund, warum er das Profil lieber in seinem Büro in Quantico erstellt hätte. Hier war er zu nah, er war umgeben von dem Fall. Die daran beteiligten Persönlichkeiten konnten Reaktionen auslösen, die er nicht hätte, wenn er nur eine Ansammlung von Adjektiven und Fakten betrachtete. Es gab zuviel wertlosen Input, zu viele Ablenkungen.

Zu viele Ablenkungen, wie Kate. Die nicht angerufen hatte und die eigentlich auch keinen Grund dazu hatte. Außer, daß sie einmal etwas Besonderes geteilt hatten … und es einfach hinter sich gelassen hatten … es hatten sterben lassen.

Nichts im Leben eines Mannes hat soviel Ablenkungskraft wie die unreparierbare Vergangenheit. Das einzige Mittel, das er gegen die Vergangenheit gefunden hatte, war der Versuch, die Gegenwart zu kontrollieren, was darauf hinauslief, sich selbst in den augenblicklichen Fall einzugießen. Sich intensiv darauf zu konzentrieren, die Kontrolle über die Gegenwart zu behalten. Und die Kontrolle über seinen Verstand zu bewahren. Und wenn die Nächte sich lange hinzogen – was sie alle taten – und sein Verstand mit den Einzelheiten von hundert Morden raste, konnte er spüren, wie er den Halt bei beiden verlor.

Angie saß am Kopf des kleinen, harten Doppelbetts, den Rücken in eine Ecke gepreßt, damit sie spürte, wie der knubbelige Putz sich durch das lose Flanellhemd bohrte, das sie übergezogen hatte. Sie saß da, die Knie unters Kinn hochgezogen, die Arme fest um ihre Beine geschlungen. Die Tür war geschlossen, sie war allein. Das einzige Licht, das durch die Fenster fiel, stammte von einer fernen Straßenlampe.

Das Phoenix war ein Haus für Frauen, die sich »zu einem neuen

Anfang erhoben«. So stand es auf dem Schild draußen vor dem Haus. Es war ein großes, weitläufiges altes Gebäude mit knarzenden Böden und ohne Schnickschnack. Kate hatte sie hierhergebracht und einfach abgeladen unter den Ex-Nutten und Ex-Junkies und Frauen, auf der Flucht vor Freunden, die sie windelweich prügelten.

Angie hatte sich ein paar von ihnen angeschaut, als sie in einem großen Wohnzimmer voller mieser Möbel fernsahen, und dabei gedacht, wie dumm die sein mußten. Wenn sie eins im Leben gelernt hatte, dann, daß man miesen Umständen entfliehen konnte, aber man konnte nie dem entfliehen, der man war. Deine persönliche Wahrheit war ein Schatten. Das konnte man nicht abstreiten oder ändern oder loswerden.

Sie spürte, wie der Schatten jetzt über sie strich, kalt und schwarz. Ihr Körper zitterte und Tränen stiegen ihr in die Augen. Sie hatte den ganzen Tag, die ganze Nacht dagegen angekämpft. Vor Kate hatte sie Angst gehabt, es würde sie einfach ganz verschlingen – eine Vorstellung, die ihre Panik noch steigerte. Sie durfte vor niemandem die Beherrschung verlieren. Dann wüßten sie, daß sie verrückt war, daß bei ihr was nicht stimmte. Sie würden sie ins Irrenhaus schaffen. Dann wäre sie endgültig allein.

Sie war jetzt allein.

Das Zittern begann in ihrem Innersten, dann verstärkte es sich zu einem breiten, hohlen Gefühl. Gleichzeitig spürte sie, wie ihr Bewußtsein schrumpfte und schrumpfte, bis sie sich fühlte, als sei ihr Körper nur eine Hülle und sie ein winziges Wesen, darin gefangen, das Gefahr lief, von einem Vorsprung in irgendeine tiefe Kluft darin zu fallen, aus der sie nie wieder hochklettern könnte.

Sie nannte dieses Gefühl die Zone. Die Zone war ein alter Feind. Aber so gut sie sie auch kannte, sie machte ihr immer wieder entsetzliche Angst. Sie wußte, wenn sie nicht dagegen ankämpfte, würde sie die Kontrolle verlieren, und Kontrolle war alles. Wenn sie nicht dagegen ankämpfte, würde sie ganze Zeitblöcke ihres Lebens verlieren. Sie könnte sich selbst verlieren, und was würde dann passieren?

Es schüttelte sie jetzt, und sie fing an zu weinen. Stumm. Immer stumm. Sie durfte nicht zulassen, daß sie irgend jemand hörte, sie durfte sie nicht wissen lassen, wieviel Angst sie hatte. Ihr Mund öffnete sich mit Gewalt, aber sie erstickte die Schluchzer, bis ihr Hals schmerzte. Sie drückte ihr Gesicht gegen ihre Knie, kniff fest die Augen zu. Die Tränen brannten, fielen, glitten ihren bloßen Schenkel hinunter.

Vor ihrem inneren Auge sah sie die brennende Leiche. Sie rannte vor ihr weg. Sie rannte und rannte, kam aber nirgendwo an. In ihrer Vorstellung wurde sie die Leiche, aber sie konnte die Flammen nicht spüren. Sie hätte den Schmerz begrüßt, aber sie konnte ihn nicht mit dem Bewußtsein allein heraufbeschwören. Und währenddessen spürte sie, wie sie immer mehr in der Schale ihres Körpers schrumpfte.

Aufhören! Aufhören! Aufhören! Sie kniff sich fest in den Schenkel, bohrte die ausgefranste Kante ihres Fingernagels in die Haut. Und trotzdem spürte sie immer noch, wie sie tiefer und tiefer in die Zone gesogen wurde.

Du weißt, was du zu tun hast. Die Stimme entfaltete sich in ihr wie ein schwarzes Band. Sie erschauderte davor. Sie wand sich um ihre lebenswichtigen Organe, eine seltsame Matrix von Angst und Bedürfnis.

Du weißt, was du zu tun hast.

In Panik zerrte sie ihren Rucksack zu sich, fummelte am Reißverschluß und kramte in der Innentasche nach dem Ding, das sie brauchte. Ihre Finger krümmten sich um den Teppichschneider, der als kleiner Plastikschlüssel getarnt war.

Zitternd würgte sie die Schluchzer ab, kroch zu einem Streifen Licht auf dem Bett und schob den linken Arm ihres Flanellhemdes hoch, enthüllte einen dünnen weißen Arm, der von schmalen Narben gestreift war, eine neben der anderen, eine neben der anderen säumten sie ihren Arm wie die Pfähle eines Eisenzaunes. Die Klinge tauchte aus dem Ende des Schneiders auf wie eine Schlangenzunge und sie strich damit über die zarte Haut in der Nähe ihres Ellbogens.

Der Schmerz war scharf und löste scheinbar einen Kurzschluß in der Panik aus, die ihr Bewußtsein elektrisch geladen hatte. Blut erblühte aus dem Schnitt, ein glänzender schwarzer Tropfen im

Mondlicht. Sie starrte ihn an, hypnotisiert, während Ruhe sie durchflutete.

Beherrschung. Beim Leben ging es nur um Beherrschung. Schmerz und Beherrschung. Diese Lektion hatte sie vor langer Zeit gelernt.

»Ich überlege, ob ich meinen Namen ändern soll«, sagt er. »Was hältst du von Elvis? Elvis Nagel.«

Seine Gefährtin sagt nichts. Er nimmt ein Höschen von dem Stoß in der Schachtel und drückt es an sein Gesicht, begräbt seine Nase im Zwickel und atmet tief den Geruch von Muschi ein. Nett. Geruch ist kein so gutes Stimulans für ihn wie Geräusche, aber doch –

»Kapierst du?« sagt er. »Es ist ein Anagramm. Elvis Nagel – Elvis' Angel, sein Engel.«

Im Hintergrund laufen drei Fernseher mit Videos der lokalen Sechsuhrnachrichten. Die Stimmen vereinen sich zu einer Kakophonie, die er stimulierend findet. Der gemeinsame Faden, der alle Sendungen durchzieht, ist Dringlichkeit. Dringlichkeit erzeugt Angst. Angst erregt ihn. Ganz besonders genießt er den Klang von Angst. Die zittrige Spannung, mit der eine beherrschte Stimme unterlegt ist. Die wahllosen Wechsel in Betonung und Lautstärke von jemandem, der unverhohlen Angst hat.

Die Bürgermeisterin erscheint auf zwei Bildschirmen. Die häßliche Kuh. Er beobachtet, wie sie *spricht,* fragt sich, wie es wohl wäre, ihr die Lippen abzuschneiden, während sie noch am Leben ist. Vielleicht sie zwingen, sie zu essen. Die Fantasie erregt, wie seine Fantasien das immer schon tun.

Er dreht die Lautstärke des einen Fernsehers auf, dann geht er zu der Stereoanlage im Bücherregal, holt eine Kassette aus dem Regal und steckt sie in das Gerät. Er steht in der Mitte des Kellerraums, starrt den Fernseher an, die besorgten Gesichter der Nachrichtensprecher und die Gesichter der Leute bei der Pressekonferenz, aus drei Blickwinkeln aufgenommen, und läßt die Geräusche über sich branden – die Stimmen der Reporter, das Hintergrundecho der riesigen Halle, die Dringlichkeit. Gleichzeitig tönt aus den Stereolautsprechern die Stimme roher, ungeschminkter

Angst. Flehend. Nach Gott schreiend. Um den Tod bettelnd. Sein Triumph.

Er steht mitten in allem. Der Dirigent dieser makabren Opfer. Die Erregung baut sich in ihm auf, eine riesige, heiße, schwellende, sexuelle Erregung, die sich zu einem Crescendo steigert und Erlösung verlangt. Er sieht zu seiner Gefährtin für den Abend, überlegt, aber er behält die Kontrolle über das Bedürfnis. Kontrolle ist alles. Kontrolle ist Macht. *Er* ist Aktion. *Sie* sind Reaktion. Er will die Angst in all ihren Gesichtern sehen, sie in ihren Stimmen hören – die der Polizei, der Soko, John Quinns. Besonders Quinns, der sich nicht einmal die Mühe gemacht hatte, bei der Pressekonferenz zu sprechen, als wollte er den Feuerbestatter glauben machen, er sei seine persönliche Aufmerksamkeit nicht wert.

Er wird Quinns Aufmerksamkeit kriegen. Er wird ihren Respekt kriegen. Er wird kriegen, was immer er haben will, weil er die Kontrolle hat.

Er dreht die Fernseher zu einem dumpfen Gemurmel herunter, aber läßt sie an, damit er nicht in die Stille zurückfallen muß. Stille ist etwas, was er verabscheut. Er dreht die Stereoanlage ab, nimmt aber ein Diktiergerät mit Band mit.

»Ich gehe aus«, sagt er. »Ich hab genug von dir. Du langweilst mich.«

Er geht zu der Schaufensterpuppe, mit der er gespielt hat, verschiedene Kombinationen der Kleidung seiner Opfer ausprobiert.

»Aber ich weiß dich sehr wohl zu schätzen«, sagt er leise.

Er beugt sich vor und küßt sie, steckt seine Zunge in ihren offenen Mund. Dann hebt er den Kopf seines letzten Opfers von den Schultern der Schaufensterpuppe, steckt ihn zurück in seinen Plastikbeutel, trägt ihn zum Kühlschrank in der Waschküche und setzt ihn vorsichtig in ein Fach.

Die Nacht ist verhüllt von Nebel und Dunst, die Straßen schwarz und glänzend im Schein der Straßenlaternen. Eine Nacht, die an das London des Rippers erinnert. Eine Nacht zum Jagen.

Er lächelt bei dem Gedanken, als er in Richtung See fährt. Sein Lächeln wird noch breiter, als er das Diktiergerät auf Play drückt und das Gerät an sein Ohr hält. Die Schreie sind die pervertierte Metamorphose der geflüsterten Worte eines Liebhabers. Zuneigung und Verlangen, verdreht zu Haß und Angst. Zwei Seiten derselben Gefühle. Der Unterschied ist Kontrolle.

Kapitel 9

»Wenn die Reporter uns hier finden, freß ich meine Shorts«, verkündete Kovac und drehte sich in der Mitte des Raums im Kreis.

Eine Wand war mit einer Fotomontage von nackten Frauen tapeziert, die sich verschiedenem erotischem Zeitvertreib hingaben, die anderen drei mit billiger roter Textiltapete, die bestenfalls mottenzerfressenem Samt ähnelte.

»Eine innere Stimme sagt mir, daß man das hier für Sie erledigt hätte«, bemerkte Quinn trocken. Er schnupperte die Luft, identifizierte den Geruch von Mäusen, billigem Parfum und feuchter Unterwäsche. »Zum Diskountpreis.«

»Wenn die Reporter uns hier finden, gehört unsere Karriere der Katz«, sagte Elwood Knutson. Der große Sergeant vom Morddezernat zog einen riesigen Penis aus Ton aus der Schublade hinter der Theke und hielt ihn hoch, damit ihn alle sehen konnten.

Liska verzog das Gesicht. »Herrgott, Sam. Du hast wirklich ein Händchen.«

»Schau nicht mich an! Glaubst du, ich treib mich in Massagesalons herum?«

»Ja.«

»Sehr komisch. Diese herrlichen Räumlichkeiten haben wir der Empfehlung von Detective Adler, Büro des Sheriffs von Hennepin County zu verdanken. Chunk, mach einen Knicks.«

Adler, ein Muskelpaket mit ebenholzschwarzer Haut und kurzgeschorenen stahlgrauen Locken grinste verlegen und winkte dem Rest der Soko zu. »Meine Schwester arbeitet für Norwest Banks. Die haben die Hypothek auf dem Gebäude gekündigt, nachdem Sexualdelikte letzten Sommer das Haus geschlossen hat. Der

Standort ist perfekt, der Preis stimmt – was heißt, es ist umsonst –, und die Presse hat das Interesse daran verloren, nachdem die Nutten ausgezogen sind. Keiner wird vermuten, daß wir uns hier treffen.«

Und das war entscheidend, dachte Quinn, als er Kovac den schmalen Gang hinunter folgte. Der Detective drehte das Licht in vier aufeinander folgenden Räumen an – zwei auf jeder Seite des Gangs. Es war von allergrößter Wichtigkeit, daß die Soko ohne Unterbrechung oder Ablenkung arbeiten konnte, ohne Spießrutenlaufen vor Reportern. Sie brauchten einen Ort, wo der Fall unter Kontrolle gehalten und die Lecks auf ein Minimum reduziert würden.

Und wenn es weiterhin Lecks gäbe, dann hatte Elwood recht. Die Presse würde ihre Karrieren auf einem öffentlichen Lagerfeuer rösten.

»Ich liebe es!« verkündete Kovac und schritt den Gang zurück zum vorderen Raum. »Richten wir uns ein.«

Liska rümpfte die Nase. »Können wir es zuerst mit Sagrotan aussprühen?«

»Klar, Tinks. Du kannst alles neu gestalten, während wir übrigen diese Mordfälle lösen.«

»Ach, fick dich ins Knie, Kojak. Ich hoffe, du bist der erste, der sich Filzläuse vom Klositz einfängt.«

»Nöh, das wird Bärenarsch mit seinem *Reader's Digest* sein. Wenn die Filzläuse seinen haarigen Hintern sehen, kommen sie angerannt. Wahrscheinlich lebt schon eine ganze Zivilisation in seinem Pelz.«

Elwood, der ungefähr die Form und Größe eines Grizzly hatte, hob würdevoll den Kopf. »Im Namen haariger Menschen der Welt nehme ich Anstoß.«

»Ach ja?« sagte Sam. »Dann schlepp deinen Anstoß nach draußen und greif dir ein paar Sachen. Wir verschwenden Tageslicht.«

Zwei Vans ohne Aufschrift aus der Polizeiflotte parkten in der Gasse, beladen mit den notwendigen Büromöbeln und -geräten. Alles wurde in den ehemaligen Loving Touch Massagesalon getragen, zusammen mit Kisten voller Büromaterial, einer Kaffeemaschine und, das wichtigste, den Schachteln mit den Akten über alle drei Morde, die dem Mörder zugeschrieben wurden, den die Detectives unter sich Smokey Joe nannten.

Quinn arbeitete genau so wie anderen. Nur einer von den Jungs. Versuchte, sich einzublenden wie ein ungebundener Schläger, der von einem Baseballpark zum anderen wandert. Vom Management reingeholt, um in dem großen Spiel einen Superball zu schlagen, dann wieder losgelassen und zum nächsten entscheidenden Moment weitergeschickt. Die Witze wirkten gezwungen, die Versuche von Kameradschaft aufgesetzt. Einige der Leute würden das Gefühl haben, ihn zu kennen, bevor das alles vorbei war. Tatsächlich aber würde ihn niemand kennen.

Trotzdem tat er wie immer das Nötige, wußte, daß keiner derjenigen um ihn herum den Unterschied erkennen konnte – genausowenig wie die Menschen, die Seite an Seite mit diesem Serienmörder arbeiteten, etwas wissen oder vermuten würden. Die Leute verfügten meist nur über eine sehr begrenzte Sicht ihrer eigenen kleinen Welten. Sie konzentrierten sich auf das, was wichtig für sie war. Die verwesende Seele des Typen im nächsten Kabäuschen spielte für sie keine Rolle – bis seine Krankheit ihre Leben berührte.

Innerhalb kurzer Zeit wurde das Loving Touch von einem Bordell in einen taktischen War Room verwandelt. Bis neun Uhr war die gesammelte Soko versammelt: sechs Detectives von der Polizei in Minneapolis, drei aus dem Büro des Sheriffs, zwei vom staatlichen Bureau of Criminal Apprehension, Quinn und Walsh.

Walsh sah aus, als ob er Malaria hätte.

Kovac briefte sie zu allen drei Morden, endete mit der Autopsie der Unbekannten, komplett mit Fotos, die im Eiltempo vom Labor entwickelt und vergrößert worden waren.

»Wir werden heute einige vorläufige Laborergebnisse kriegen«, sagte er, als er die grausigen Bilder um den Tisch herumreichen ließ. »Wir haben eine Blutgruppe – O negativ – was zufällig auch Jillian Bondurants ist – und die von einer Million anderer Leute.

Ich möchte, daß Sie sich die Fotos dort genau ansehen, wo Fleischteile aus der Leiche geschnitten worden sind. Wir hatten ähnliche Wunden bei den ersten beiden Opfern. Wir meinen, der

Killer hat vielleicht Bißmale entfernt. Aber bei diesem neuesten hat er möglicherweise identifizierbare Male entfernt, die die Identität des Opfers beweisen könnten: Narben, Leberflecke und so weiter.«

»Tätowierungen«, sagte jemand.

»Bondurants Vater weiß nicht, ob Jillian irgendwelche Tätowierungen hatte. Laut seinem Anwalt kann er sich an gar keine typischen Merkmale erinnern. Jillian hat etwa die Hälfte ihres Lebens außerhalb seines eigenen gelebt, also ist das wohl nicht überraschend. Wir versuchen, irgendein Foto von ihr im Badeanzug aufzutreiben oder sowas, aber bis jetzt hatten wir noch kein Glück.«

»Wir gehen von der Annahme aus, daß Jillian Bondurant das Opfer ist«, sagte er, »bleiben aber offen für andere Möglichkeiten. Es gab ein paar Anrufe auf der Hotline, Leute die behaupten, sie hätten sie seit Freitag gesehen, aber bis jetzt gab's noch für keinen eine zweite Bestätigung.«

»Werdet ihr das große böse K reinbringen?« fragte Mary Moss vom BCA. Sie sah aus wie die typische Fußball Mom aus einem Vorort, mit Rollkragenpullover und Tweed Blazer. Ihr dicker blonder Pagenkopf müßte dringend ausgeschnitten werden.

»Es gab noch keine Lösegeldforderungen, von denen wir wissen«, sagte Sam, »aber es ist absolut möglich.«

»Big Daddy Bondurant hat auf jeden Fall nicht an Kidnapping gedacht«, sagte Adler. »Findet das irgendeiner außer mir seltsam?«

»Er hat von dem Führerschein, den man bei der Leiche gefunden hat, gehört und sich mit der Wahrscheinlichkeit abgefunden, daß es ihre Leiche ist.«

Adler breitete Hände von der Größe eines Baseballhandschuhs aus. »Ich sage noch einmal: Findet das irgend jemand außer mir seltsam? Wer will glauben, daß sein Kind das enthauptete Opfer eines wahnsinnigen Killers ist? Ein Mann, so reich wie Bondurant, denkt der nicht erst an Kidnapping, bevor er an Mord denkt?«

»Redet er schon?« fragte Elwood und kaute an einem Bran Muffin, während er sich die Autopsiefotos ansah.

»Nicht mit mir.«

»Das gefällt mir auch nicht.«

»Sein Anwalt hat mich gestern nacht angerufen und eine Nachricht hinterlassen«, sagte Quinn. »Bondurant will mich heute morgen sehen.«

Kovac trat überrascht zurück. »Ohne Scheiß? Was haben Sie ihm gesagt?«

»Nichts. Ich hab ihn über Nacht schmoren lassen. Ich bin nicht sonderlich erpicht darauf, ihn in diesem Stadium des Spiels zu sehen, aber wenn es dabei hilft, bei ihm einen Fuß in die Tür zu kriegen ...«

Kovac lächelte wie ein Hai. »Sie brauchen doch jemanden, der Sie zu Bondurants Haus fährt, nicht wahr, John?«

Quinn verkniff das Gesicht und legte den Kopf zur Seite. »Hab ich Zeit, meine Lebensversicherung anzurufen?«

Der ganze Tisch lachte. Kovac schnitt eine Grimasse.

»Er hat mich gestern vom Leichenschauhaus heimgefahren«, erklärte Quinn. »Ich dachte, ich würde dort wieder landen – im Leichensack.«

»He«, rief Kovac, gespielt verärgert. »Ich hab Sie in einem Stück hingebracht.«

»Ehrlich gesagt, ich glaub meine Milz ist irgendwo drüben auf der Marquette. Vielleicht können wir sie unterwegs einsammeln.«

»Er ist erst einen Tag hier und hat dich bereits durchschaut, Sam«, scherzte Liska.

»Ja, du hast es nötig, Tinks«, konterte jemand anders.

»Ich fahre nur wie Kovac, wenn ich PMS habe.«

Kovac hob eine Hand. »Okay, okay, zurück zum Geschäft. Zurück zu den Bißspuren. Wir haben dieses Merkmal beim ersten Mord durch die Datenbank laufen lassen und nach irgendwelchen bekannten Tätern in der Stadt gesucht – Mördern oder Sexualtätern –, die Opfer gebissen oder Kannibalismus betrieben haben, und eine Liste erstellt. Wir haben es auch durch das VICAP laufen lassen und noch eine Liste gemacht.« Er zeigte einen Stapel Computerausdrucke.

»Wie lange, bis wir bestätigen oder ausschließen können, daß diese Leiche die der Bondurant ist?«

Gary »Charme« Yurek vom Police Department war zum Mediensprecher für die Soko auserkoren worden, der jeden Tag der Presse ihr Quantum an offiziellem Quatsch zuteilte. Er hatte ein Gesicht, das eines Seifenopernstars würdig war. Die Leute ließen sich sehr leicht durch die vollkommene Perfektion seines Lächelns ablenken und verpaßten dabei, daß er ihnen eigentlich gar nichts erzählt hatte.

Kovac sah jetzt zu Walsh. »Vince, schon irgendwas über die Arztberichte dieses Mädchens?«

Walsh hustete heftig, schüttelte den Kopf. »Das Pariser Büro. Sie haben versucht, den Stiefvater zu erreichen, aber er ist irgendwo zwischen Baustellen in Ungarn und der Slowakei.«

»Scheinbar war sie seit ihrer Rückkehr in die Staaten ein Musterbeispiel für Gesundheit«, sagte Liska. »Sie hatte keine ernsthaften Verletzungen oder Krankheiten, nichts, was Röntgenaufnahmen erfordern würde – außer bei den Zähnen.«

»Er hat uns ganz schön die Tour vermasselt, als er den Kopf mitgenommen hat«, beklagte sich Elwood.

»Irgendwelche Ideen dazu, John?« fragte Kovac.

»Könnte sein, daß er damit die Ermittlungen blockieren wollte. Könnte sein, daß die Leiche nicht die von Jillian Bondurant ist und er irgendeine Botschaft schickt oder ein Spiel spielt«, schlug Quinn vor. »Vielleicht kannte er das Opfer – wer immer sie war – und hat sie geköpft, um ihr die Persönlichkeit zu nehmen. Oder die Enthauptung könnte ein neuer Schritt der Eskalation seiner gewalttätigen Fantasien sein und der Art und Weise, wie er sie ausspielt. Er könnte den Kopf als Trophäe behalten haben. Er könnte ihn dazu benutzen, seine sexuellen Fantasien auszuleben.«

»Judas«, murmelte Chunk.

Tippen, ein weiterer Detective des Sheriffs, runzelte die Stirn. »Sie grenzen das Gebiet nicht gerade ein.«

»Ich weiß noch nicht genug über ihn«, sagte Quinn ruhig.

»*Was* wissen Sie denn?«

»Grundlagen.«

»Zum Beispiel?«

Er sah zu Kovac, der ihm mit dem Kopf bedeutete, zur Stirnseite des Tisches zu gehen.

»Das ist *keinesfalls* eine komplette Analyse. Das möchte ich klarstellen. Ich hab die Berichte gestern nacht kurz überflogen, aber es dauert mehr als ein paar Stunden, um ein solides, genaues Profil zu erstellen.«

»Okay, Sie haben Ihren Hintern abgesichert«, sagte Tippen ungeduldig. »Also, wen glauben Sie, suchen wir?«

Quinn hielt seinen Zorn im Zaum. Ein Skeptiker in der Menge war nichts Neues. Er hatte vor langer Zeit gelernt, wie man sie ausspielte, wie man sie langsam Schritt für Schritt mit Logik und praktischem Verhalten für sich gewann. Sein Blick richtete sich auf Tippen, einen schlanken, hausbackenen Mann mit einem Gesicht wie ein irischer Wolfshund – nichts als Nase und Schnurrbart und buschige Brauen über scharfen dunklen Augen.

»Ihr unbekannter Verdächtiger ist nämlich ein Weißer, wahrscheinlich zwischen dreißig und fünfunddreißig. Sadistische sexuelle Serienmörder jagen in der Regel in ihrer eigenen ethnischen Gruppe.« Er deutete auf die Nahaufnahmen der Wunden aus der Reihe der Tatortaufnahmen und sagte: »Die Wunden haben ein sehr spezielles Muster, das bei jedem Opfer sorgfältig wiederholt wurde. Er hat lange Zeit damit zugebracht, diese Fantasie zu perfektionieren. Wenn ihr ihn findet, werdet ihr eine Sammlung sadomasochistischer Pornographie finden. Er ist schon eine ganze Weile dabei. Die Raffinesse der Verbrechen, die Sorgfalt, die er darauf verwendet, keine brauchbaren, physischen Beweise zu hinterlassen, deutet auf Reife und Erfahrung. Er hat möglicherweise ältere Vorstrafen als Sexualtäter. Aber ob Vorstrafen oder nicht, er ist bereits von spätem Teenageralter bis Anfang zwanzig dabei.

Wahrscheinlich hat er als Fensterspanner oder Fetischeinbrecher – Frauenunterwäsche stehlen und sowas – angefangen. Das kann immer noch ein Teil seiner Fantasie sein. Wir wissen nicht, was er mit der Kleidung der Opfer macht. Die Kleidung, die er ihnen anzieht, nachdem er sie getötet hat, wählt er für sie aus eigenen Quellen aus.«

»Glaubst du, er hat als Kind mit Barbiepuppen gespielt?« sagte Tippen zu Adler.

»Wenn ja, dann haben sie danach ein paar Gliedmaßen weniger gehabt«, sagte Quinn.

»Mein Gott, ich hab einen Witz gemacht.«

»Kein Witz, Detective. Abwegige Fantasien können bereits mit fünf oder sechs anfangen. Besonders in einem Zuhause, wo es sexuellen Mißbrauch oder sexuelle Promiskuität gibt – was in diesem Fall fast eine todsichere Wette sein dürfte.

Er hat wahrscheinlich lange vor eurem ersten Opfer gemordet und ist nicht erwischt worden. Daß er der Entdeckung entronnen ist, wird ihm das Gefühl geben, kühn, unverwundbar zu sein. Seine Präsentation der Leichen an öffentlichen Plätzen, wo man ihn hätte sehen können und wo die Leichen ganz sicher gefunden werden konnten, ist riskant und deutet auf Arroganz. Außerdem deutet es auf einen Typ Mörder, der von der Ermittlung angezogen wird. Er will Aufmerksamkeit, er schaut Nachrichten, schneidet Artikel aus der Zeitung aus.«

»Chief Greer hatte also gestern recht, als er sagte, wir sollten für diesen Irren eine Verlautbarung machen«, sagte Kovac.

»Er wird heute oder morgen genauso recht haben, wenn wir bereit sind, einen Zug zu machen.«

»Und es so aussieht, als wäre es deine Idee gewesen«, murmelte Tippen.

»Es wird mir eine Freude sein, das den Lamettaträgern vorzuschlagen, Detective«, sagte Quinn. »Mir ist scheißegal, wer dafür die Lorbeeren einheimst. Ich will meinen Namen nicht in der Zeitung haben. Ich will mich nicht im Fernsehen sehen. Zur Hölle, ich würde diesen Job genauso gern in meinem Büro zwanzig Meter unter der Erde in Quantico erledigen. Ich habe hier nur ein Ziel: euch zu helfen, diesen Dreckskerl festzunageln und ihn ein für allemal aus der Gesellschaft zu entfernen, Amen. Das ist alles, worum es mir geht.«

Tippen senkte den Blick auf seinen Notizblock, immer noch ein Ungläubiger.

Kovac seufzte. »Wißt Ihr, wir haben keine Zeit für Wettpinkeln. Ich bin mir sicher, der Öffentlichkeit ist es scheißegal, wer von euch den größten Schwanz hat.«

»Den hab ich«, zwitscherte Liska, und schnappte sich den riesigen Tonpenis, den Elwood als Tischdekoration aufgebaut hatte. Sie hielt ihn als Beweis ihrer Behauptung hoch.

Gelächter löste die Spannung.

»Auf jeden Fall«, fuhr Quinn fort, steckte seine Hände in die Hosentaschen und stellte sich bequemer hin, ließ Tippen auf subtile Art wissen, daß er nirgends hingehen würde und ihn seine Meinung kalt ließ. »Wir müssen vorsichtig sein, wie wir ihn einbeziehen. Ich würde vorschlagen, wir fangen mit einem groß angekündigten Gemeindetreffen an einem Standort zwischen den beiden Ablageplätzen an. Ihr bittet um Hilfe, Teilnahme der Gemeinde. Das ist unaggressiv, unbedrohlich. Er kann dieses Szenario betreten und sich dabei anonym und sicher fühlen.

Es wird nicht einfach sein, ihn hereinzulegen, außer, seine Arroganz gerät außer Kontrolle. Er ist organisiert. Er ist überdurchschnittlich intelligent. Er hat einen Job, aber der kann unter seinen Fähigkeiten sein. Er kennt das System der Stadtparks, also solltet ihr, wenn ihr das nicht schon habt, eine Liste der Angestellten des Parkdienstes besorgen, überprüfen, ob jemand Vorstrafen hat.«

»Passiert bereits«, sagte Kovac.

»Woher wissen Sie, daß er überhaupt einen Job hat?« fragte Tippen herausfordernd. »Woher wissen Sie, daß er kein Stadtstreicher ist, der mit den Parks vertraut ist, weil er sich dort rumtreibt?«

»Er ist kein Stadtstreicher«, sagte Quinn voller Überzeugung. »Er hat ein Haus. Die Schauplätze sind nicht die Todesorte. Die Frauen wurden entführt, irgendwo hingebracht und dort gefangen gehalten. Er braucht Privatsphäre, einen Ort, wo er sein Opfer foltern kann, ohne sich darum zu sorgen, daß es jemand hört.

Außerdem hat er möglicherweise mehr als ein Fahrzeug. Wahrscheinlich hat er Zugang zu einem Kleinlaster oder einem Pickup. Ein ganz normales Auto, älter, dunkle Farbe, ganz gut in Schuß. Etwas, mit dem er die Leichen transportieren kann, ein Fahrzeug, das nicht fehl am Platz ist, wenn es auf den Serviceparkplatz eines Stadtparks fährt. Aber möglicherweise ist das nicht der Wagen, mit dem er sie entführt, weil ein großes Auto auffällig ist und sich Zeugen leichter daran erinnern.«

»Woher wissen Sie, daß er unter seinem Leistungsniveau arbeitet?« fragte Frank Hamill.

»Weil das die Norm für diesen Typ Mörder ist. Er hat einen Job, weil es notwendig ist. Aber seine Energien, seine *Talente* wendet er auf sein Hobby an. Er verbringt viel Zeit mit Schwelgen in seinen Fantasien. Er lebt für den nächsten Mord. Ein leitender Angestellter hätte nicht soviel Freizeit.«

»Obwohl die meisten davon Psychopathen sind«, scherzte jemand.

Quinn zeigte sein Haifischlächeln. »Seid froh, daß manche von ihnen ihre Tagesjobs mögen.«

»Was sonst noch?« fragte Liska. »Irgendwelche Vorschläge, wie er aussehen könnte?«

»Was das angeht, hab ich ziemlich gemischte Gefühle, wegen der gegensätzlichen Opferauswahl.«

»Nutten fliegen auf Bares, nicht auf gute Typen«, sagte Elwood.

»Und wenn alle drei Opfer Nutten wären, würde ich sagen, wir suchen einen unattraktiven Kerl, der wahrscheinlich irgendein Problem hat, wie Stottern oder eine Narbe, etwas, das es ihm schwer macht, sich Frauen zu nähern. Aber wenn unser drittes Opfer die Tochter eines Milliardärs ist?« Quinn zog eine Augenbraue hoch.

»Wer weiß, worin die verwickelt war.«

»Gibt es irgendeinen Grund zu der Annahme, daß es Prostituion war?« fragte Quinn. »Oberflächlich gesehen scheint sie wohl mit den ersten beiden Opfern nicht viel gemeinsam zu haben.«

»Sie hat keine Vorstrafen«, sagte Liska. »Aber ihr Vater ist eben Peter Bondurant.«

»Ich brauche umfassendere Opferkunde für alle drei Frauen«, sagte Quinn. »Wenn es irgendeine Verbindung zwischen den dreien gibt, dann ist das ein fantastischer Ausgangspunkt für euch, um einen Verdächtigen zu entwickeln.«

»Zwei Nutten und eine Milliardärstochter – was könnte die denn verbinden?« fragte Yurek.

»Drogen«, sagte Liska.

»Ein Mann«, schlug Mary Moss vor.

Kovac nickte. »Wollt ihr diese Richtung bearbeiten?«

Die beiden nickten.

»Aber vielleicht hat der Typ diese Frauen einfach von hinten geschnappt«, schlug Tippen vor. »Vielleicht brauchte er sie nicht lange auszusuchen. Vielleicht hat er sie entführt, weil sie zur falschen Zeit am falschen Ort waren.«

»Wäre möglich. Aber ich hab ein anderes Gefühl dabei«, sagte Quinn. »Er ist zu geschickt. Diese Frauen sind einfach verschwunden. Keiner hat ein Gerangel beobachtet. Keiner hat einen Schrei gehört. Die Logik sagt mir, sie sind freiwillig mit ihm gegangen.«

»Und wo ist dann Bondurants Auto?« fragte Liska. »Wir leben in den Neunzigern. Vielleicht hat er ihren Wagen noch.«

»Also suchen wir einen Killer mit einer Dreiergarage?« fragte Adler. »Verdammt, ich hab den falschen Beruf.«

»Wenn du anfängst, als Lebensunterhalt Exfrauen umzulegen, könntest du die verfluchte Garage mit Porsches vollstopfen«, scherzte Kovac.

Liska puffte seinen Arm. »He! *Ich bin eine Exfrau!*«

»Anwesende ausgeschlossen.«

Quinn nahm einen kräftigen Zug aus seiner Kaffeetasse, während die Gruppe ihre Witze riß. Humor war ein Sicherheitsventil für Cops, mit dem man geregelt den Druck ablassen konnte, der sich bei dem Job innerlich aufbaute. Die Mitglieder des Teams standen in den Startblöcken von etwas, das ohne Zweifel ein langes, unangenehmes Spießrutenlaufen werden würde. Sie mußten Witze hineinquetschen, wo immer sie konnten. Je besser die Einheit sich verstand, desto besser für die Ermittlungen. Normalerweise warf er selbst gern ein paar Witze ein, um das Image vom steifen Agenten etwas aufzubessern.

»Was die Größe anbelangt«, fuhr er fort, »ist er wahrscheinlich mittelgroß, von mittlerer Statur – stark genug, um eine Leiche herumzuzerren, aber nicht so groß, daß er eine körperliche Bedrohung darstellen könnte, wenn er sich seinem Opfer nähert. Mehr kann ich euch im Augenblick noch nicht geben.«

»Was? Können Sie nicht einfach die Augen schließen und eine psychische Fotografie oder sowas heraufbeschwören?« sagte Adler, nur halb im Scherz.

»Tut mir leid, Detective«, meinte Quinn grinsend und hob die Schultern. »Wenn ich Hellseher wäre, würde ich mir meinen Lebensunterhalt auf der Rennbahn verdienen. Keine hellseherische Zelle im Körper, leider.«

»Hätten Sie aber, wenn Sie im Fernsehen wären.«

»Im Fernsehen hätten wir die Verbrechen in einer Stunde aufgeklärt«, sagte Elwood. »Das Fernsehen ist schuld daran, daß die Öffentlichkeit die Geduld verliert, wenn eine Untersuchung länger als zwei Tage dauert. Das ganze verdammte Land lebt nach Fernsehzeit.«

»Apropos Fernsehen«, sagte Hamill und hielt eine Videokassette hoch. »Ich hab das Band von der Pressekonferenz.«

Ein Fernseher mit eingebautem Videorecorder auf einem Metallwagen stand neben dem Kopfende des Tisches. Hamill schob die Kassette hinein, und sie lehnten sich alle zurück, um sich das anzusehen. Auf Quinns Bitte hatte man einen Videografen von BCA Special Operations diskret unter den Kameramännern der lokalen Sender stationiert, mit dem Auftrag, nicht das Ereignis, sondern die Zuschauer zu filmen.

Die Stimmen der Bürgermeisterin, Chief Greers und des Bezirksstaatsanwalts dröhnten im Hintergrund, während die Kamera die Gesichter der Reporter, der Polizisten und der Zeitungsfotografen scannte. Quinn starrte die Leinwand an, darauf geschult, die winzigsten Nuancen von Mimik auszumachen: das Funkeln von etwas Wissendem in einem Augenpaar, den Hauch von Selbstzufriedenheit, der Mundwinkel umspielte. Seine Aufmerksamkeit galt den Leuten an der Peripherie der Menge, Leuten, die scheinbar durch Zufall oder aus Versehen da waren.

Er suchte nach dem nicht greifbaren, fast nicht erkennbaren Etwas, das die Instinkte eines Detectives in Fahrt brachte. Die Erkenntnis, daß ihr Killer möglicherweise dort unter den Ahnungslosen gestanden hatte, daß er, ohne es zu wissen, in das Gesicht eines Mörders gesehen hatte, löste in ihm ein tiefes Gefühl von Frustration aus. Dieser Mörder würde nicht auffallen. Er würde nicht nervös wirken. Er hätte nicht die Spannung, diesen wirren Blick, der ihn verriete, wie das bei unorganisierten Verbrechern oft der Fall war. Er hatte mindestens drei Frauen getötet und war nicht erwischt worden. Die Polizei hatte keine greifbaren Spuren. Er hatte keinerlei Grund zur Sorge. Und das wußte er.

»Naja«, sagte Tippen ironisch. »Ich sehe keinen, der einen extra Kopf bei sich hat.«

»Wir könnten ihm direkt in die Augen sehen, ohne es zu wissen«, sagte Kovac und drückte den Ausknopf auf der Fernbedienung. »Aber wenn wir einen möglichen Verdächtigen finden, können wir zurückgehen und nochmal schauen.«

»Werden wir heute ein Phantombild von der Zeugin kriegen, Sam?« fragte Adler.

Kovac verzog ein bißchen den Mund. »Das hoffe ich doch sehr. Ich hatte deswegen schon Anrufe vom Chief und von Sabin.« Und sie würden ihm am Hintern kleben, bis er es hatte. Er war der erste in der Hierarchie. Er leitete die Ermittlung und kriegte das Fett ab. »In der Zwischenzeit werden wir Aufträge verteilen und ausschwärmen, bevor sich Smokey Joe entschließt, noch eine abzufackeln.«

Peter Bondurants Zuhause war ein weitläufiges altes Haus im Tudorstil mit einer teuren Aussicht auf den Lake of Isles vor dem hohen Eisenzaun. Große, kahle Bäume verteilten sich über den Rasen. Ein Netz von Weinranken umspannte eine breite Wand, zu dieser Jahreszeit trocken und braun. Es lag nur ein paar Meilen vom Herzen Minneapolis entfernt, zeigte aber diskrete Anzeichen von Städterparanoia entlang des Zauns und am geschlossenen Tor der Auffahrt in Form von weißblauen Schildern einer Securityfirma.

Quinn versuchte, das alles visuell zu registrieren und dabei dem Anruf auf seinem Handy zu folgen. Ein Verdächtiger war in der Kindesentführung in Blacksburg Virginia festgenommen worden. Der CASCU Agent vor Ort wollte eine Strategie für die Vernehmung bestätigt haben. Quinn war Schallboden und Guru. Er hörte zu, stimmte zu, machte einen Vorschlag und legte, so schnell er konnte, wieder auf. Er wollte sich auf die Sache hier konzentrieren. Mußte die Tatsache verdrängen, daß er an so vielen Plätzen gleichzeitig gebraucht wurde.

»Der gefragte Mann«, bemerkte Kovac, als er den Wagen zu schnell in die Einfahrt steuerte, auf die Bremse stieg und schaukelnd neben der Gegensprechanlage stehenblieb. Sein Blick wanderte an Quinn vorbei zu den Fernsehvans, die zu beiden Seiten der Straße parkten. Die Insassen der Vans starrten zurück. »Diese miesen Geier.«

Eine Stimme krächzte aus dem Lautsprecher. »Ja?«

»John Quinn, FBI«, sagte Kovac mit dramatischer Betonung und grinste Quinn zu.

Das Tor rollte auf und schloß sich wieder hinter ihnen. Die Reporter machten keine Anstalten hineinzustürmen. Manieren wie im mittleren Westen, dachte Quinn. Er wußte sehr wohl, daß es in diesem Land Orte gab, an denen die Presse das Haus gestürmt und Antworten gefordert hätte, als ob es ihr Recht wäre, den Kummer der Familie des Opfers zu zerpflücken. Er hatte schon gesehen, wie das passierte. Er hatte beförderungshungrige Reporter gesehen, die den Müll von Leuten nach Informationsfetzen durchwühlten, die man zu reißerischen Schlagzeilen machen könnte. Er hatte gesehen, wie sie sich unbefugt Zugang zu Beerdigungen verschafften.

Ein schwarzer Lincoln Continental, auf Hochglanz poliert, stand in der Einfahrt neben dem Haus. Kovac stellte seinen schmutzig braunen Caprice neben den Luxuswagen und drehte den Schlüssel. Die Maschine ratterte noch eine halbe Minute armselig weiter.

»Billiges Scheißteil«, murmelte er. »Achtzehn Jahre bei der Truppe, und ich krieg die schlimmste Karre der ganzen Flotte. Wissen Sie warum?«

»Weil Sie nicht den richtigen Hintern lecken wollen?« schlug Quinn vor.

Kovac lachte. »Ich küsse gar nichts, was einen Schwanz auf der B-Seite hat.« Er kicherte, während er den Haufen Gerümpel auf dem Sitz durchwühlte und schließlich ein Diktiergerät zutage förderte, das er Quinn anbot.

»Für den Fall, daß er immer noch nicht mit mir reden will ... Nach dem Gesetz von Minnesota braucht nur eine Partei eines Gesprächs zuzustimmen, damit das Gespräch aufgezeichnet werden kann.«

»Tolles Gesetz für einen Staat voller Demokraten.«

»Wir denken praktisch. Wir haben einen Mörder, den wir fangen müssen. Vielleicht weiß Bondurant etwas, das er gar nicht realisiert. Oder vielleicht sagt er etwas, bei dem es bei Ihnen nicht klingelt, weil Sie nicht von hier sind.«

Quinn steckte das Gerät in die Innentasche seines Jacketts. »Der Zweck heiligt die Mittel.«

»Sie kennen das.«

»Besser als die meisten.«

»Belastet es Sie?« fragte Kovac, als er aus dem Wagen stieg. »Vierundzwanzig Stunden sieben Tage die Woche lang Serienmorde und Kindesentführungen bearbeiten. Ich glaube, mich würde es fertigmachen. Zumindest haben ein paar von den Leichen, die ich kriege, verdient, daß man sie umgenietet hat. Wie werden Sie damit fertig?«

Ich werde es nicht. Die Antwort kam automatisch – und genauso automatisch blieb sie unausgesprochen. Er wurde nicht damit fertig. War noch nie damit fertig geworden. Er schaufelte einfach alles in den großen dunklen Graben in seinem Inneren und hoffte inständig, er möge nicht überfließen.

»Mich auf die Gewinnerseite konzentrieren«, sagte er.

Der Wind pfiff über den See, peitschte Schaumkronen hoch auf Wasser, das wie Quecksilber aussah, und jagte tote Blätter über den toten Rasen. Er flirtete mit den Schößen von Quinns und Kovacs Trenchcoats. Der Himmel sah aus wie schmutzige Wattierung, die sich allmählich über die Stadt senkte.

»Ich trinke«, beichtete Kovac freundlich. »Ich rauche und trinke.«

Ein Grinsen zupfte an Quinns Mundwinkeln. »Und jage Weiber?«

»Nöh. Das hab ich aufgegeben. Ist eine schlechte Angewohnheit.«

Edwyn Noble öffnete die Tür: Butler Lurch von der Addams-Family mit Juraabschluß. Seine Miene erstarrte, als er Kovac sah. »Special Agent Quinn«, begann er, als sie an ihm vorbei in eine mahagonigetäfelte Eingangshalle traten. Ein massiver schmiedeeiserner Lüster hing von der zweistöckigen Decke. »Ich kann mich nicht erinnern, daß Sie Sergeant Kovac erwähnten, als Sie anriefen.«

Quinn sah ihn voller Unschuld an. »Hab ich das nicht? Nun,

Sam hat mir angeboten, mich zu fahren, und ich kenn mich in der Stadt nicht aus, also ...«

»Ich wollte sowieso auch selber mit Mr. Bondurant reden«, sagte Kovac beiläufig und studierte die Kunstwerke an den Wänden der Halle. Die Hände stopfte er in die Taschen, als hätte er Angst, etwas zu brechen.

Die Ohren des Anwalts färbten sich an den Rändern rot. »Sergeant, Peter hat gerade sein einziges Kind verloren. Er hätte gern ein bißchen Zeit, um sich zu sammeln, bevor er sich irgendwelchen Verhören unterzieht.«

»Verhören?« Sams Brauen wölbten sich erstaunt, als er den Blick von der Plastik eines Rennpferdes hob. Er tauschte einen Blick mit Quinn. »Wie einen Verdächtigen? Denkt Mr. Bondurant, wir betrachten ihn als Verdächtigen? Mir ist ein Rätsel, wie er auf so etwas kommt. Verstehen Sie das, Mr. Noble?«

Hektische rote Streifen zogen über Nobles Backenknochen. »Verhör, Aussage, wie immer Sie es nennen mögen.«

»Ich möchte es ein Gespräch nennen, aber, he, was immer Sie wollen.«

»Was ich will«, ertönte eine leise Stimme aus einem Türbogen, »ist, meine Tochter wiederhaben.«

Der Mann, der aus der schwach erleuchteten inneren Halle auftauchte, war fünfzehn Zentimeter unter eins achtzig, schmächtig und wirkte trotz seiner Freizeithose und des Pullovers sehr ordentlich und präzise. Sein dunkles Haar war so kurzgeschoren, daß es fast wie eine hauchfeine Schicht Metallspäne aussah. Er musterte Quinn mit ernsten Augen durch die kleinen ovalen Gläser seiner Drahtbrille.

»Das möchten wir alle, Mr. Bondurant«, sagte Quinn. »Es könnte noch eine Chance geben, das wahrzumachen, aber wir werden alle Hilfe brauchen, die wir kriegen können.«

Die geraden Brauen zogen sich verwirrt zusammen. »Glauben Sie, Jillian könnte noch am Leben sein?«

»Es ist uns noch nicht gelungen, etwas anderes definitiv zu bestimmen«, sagte Kovac. »Solange wir das Opfer nicht eindeutig identifizieren können, besteht die Chance, daß es nicht Ihre Tochter ist. Wir haben ein paar nichtbestätigte Sichtungen –«

Bondurant schüttelte den Kopf. »Nein, das glaube ich nicht«, sagte er leise. »Jillie ist tot.«

»Woher wissen Sie das?« fragte Quinn. Bondurants Miene war düster, gequält, niedergeschlagen. Sein Blick rutschte irgendwo zu Quinns Linker weg.

»Weil sie mein Kind war«, sagte er schließlich. »Besser kann ich es nicht erklären. Da ist ein Gefühl – wie ein Stein in meinen Eingeweiden, als wäre ein Teil von mir mit ihr gestorben. Sie ist tot.«

»Haben Sie Kinder, Agent Quinn?« fragte er.

»Nein. Aber ich habe zuviele Eltern kennengelernt, die ein Kind verloren haben. Das ist ein furchtbarer Ort zum Verweilen. Wenn ich Sie wäre, hätte ich es nicht so eilig, dorthin zu kommen.«

Bondurant senkte den Blick auf Quinns Schuhe und seufzte kaum hörbar. »Kommen Sie in mein Arbeitszimmer, Agent Quinn«, sagte er, dann wandte er sich zu Kovac, sein Mund verkniff sich kaum merklich. »Edwyn, warum wartest du nicht mit Sergeant Kovac im Wohnzimmer auf uns?«

Kovac machte ein unzufriedenes Geräusch.

Besorgnis zerfurchte die Miene des Anwalts. »Vielleicht sollte ich dabeisein, Peter. Ich –«

»Nein. Laß dir von Helen Kaffee bringen.«

Noble, offensichtlich ganz unglücklich, beugte sich wie eine Marionette, die gegen ihre Drähte ankämpft, zu seinem Klienten vor. Bondurant wandte sich ab und ging.

Quinn folgte. Ein dicker Orientläufer dämpfte ihre Schritte. Er wunderte sich über Bondurants Strategie. Er wollte nicht mit der Polizei reden, aber er verbannte seinen Anwalt von einem Gespräch mit einem FBI Agenten. Wenn er sich schützen wollte, ergab das keinen Sinn. Andrerseits wäre alles Belastende, das er in Abwesenheit seines Anwalts sagte, vor Gericht wertlos, egal ob mit oder ohne Audiokassette.

»Wenn ich recht informiert bin, haben Sie eine Zeugin. Kann sie den Mann, der das getan hat, identifizieren?«

»Ich bin nicht befugt, darüber zu sprechen«, sagte Quinn. »Ich würde gerne über Sie und Ihre Tochter reden. Verzeihen Sie, daß ich so mit der Tür ins Haus falle, aber Ihr Mangel an Kooperation mit der Polizei bis jetzt ist, gelinde gesagt, rätselhaft.«

»Sie sind der Meinung, daß meine Reaktion nicht typisch ist für den Vater eines ermordeten Kindes? *Gibt es* denn eine typische Reaktion?«

»*Typisch* ist vielleicht nicht das richtige Wort. Einige Reaktionen sind häufiger als andere.«

»Ich weiß überhaupt nichts, was für den Fall von Bedeutung sein könnte. Deshalb habe ich der Polizei nichts mehr zu sagen. Ein Fremder hat meine Tochter entführt und ermordet. Wie können Sie erwarten, daß ich Informationen habe, die für einen solch sinnlosen Akt relevant sind?«

Bondurant ging voran in ein geräumiges Büro und schloß die Tür. Den Raum beherrschte ein massiver U-förmiger Mahagonischreibtisch, von dem ein Flügel der Computerausrüstung vorbehalten war, der andere dem Papierkram.

»Legen Sie Ihren Mantel ab, Agent Quinn. Setzen Sie sich.« Eine dünne Hand deutete auf ein Paar ochsenblutfarbene Ledersessel, während er um den Schreibtisch herumging, um seinen Platz in einem Chefsessel mit hoher Lehne einzunehmen.

Abstand und Autorität zwischen sie bringen, dachte Quinn und streifte seinen Mantel ab. *Mich auf meinen Platz verweisen.* Er machte es sich in einem Sessel bequem und registrierte sofort, daß die Beine etwas niedriger als üblich waren, um dem Sitzenden das Gefühl zu geben, etwas zu klein zu sein.

»Ein Wahnsinniger hat meine Tochter ermordet«, sagte Bondurant noch einmal ruhig. »Angesichts dessen kann es mir wirklich scheißegal sein, was irgend jemand über mein Verhalten denkt. Außerdem helfe ich doch bei der Ermittlung: Ich hab Sie hierher gebracht.«

Wieder eine Erinnerung an das Gleichgewicht der Macht, leise ausgesprochen.

»Und Sie sind bereit, mit mir zu reden?«

»Bob Brewster sagt, Sie sind der Beste.«

»Danken Sie dem Direktor von mir, wenn Sie das nächste Mal mit ihm reden. Unsere Wege kreuzen sich nicht allzu oft«, erwiderte Quinn, bewußt unbeeindruckt von der Andeutung, wie gemütlich vertraut dieser Mann mit dem Direktor des FBI war.

»Er sagt, dieser Typ Mord ist Ihre Spezialität.«

»Ja, aber ich bin kein käuflicher Revolverheld, Mr. Bondurant. Das möchte ich ein für allemal klarstellen«, sagte er, ein Spiegelbild von Bondurants Gelassenheit. »Ich werde tun, was ich kann, um ein Profil zu erstellen, und Ratschläge erteilen, was Ermittlungstechniken angeht. Falls es einen Prozeß gibt, werde ich als Sachverständiger aussagen und der Anklage meine Fähigkeiten im Hinblick auf das Verhören von Zeugen anbieten. Ich werde meinen Job machen, und ich werde ihn gut machen, aber ich arbeite nicht für Sie, Mr. Bondurant.«

Bondurant verdaute diese Information, ohne eine Miene zu verziehen. Sein Gesicht war so knochig und streng wie das seines Anwalts, aber ohne die Erleichterung des breiten Lächelns. Eine harte Maske, unmöglich zu durchschauen.

»Ich möchte, daß Jillians Mörder gefaßt wird. Ich werde mit Ihnen verhandeln, weil Sie der Beste sind und weil man mir gesagt hat, daß ich darauf vertrauen kann, daß Sie sich nicht verkaufen.«

»Verkaufen? In welcher Hinsicht?«

»An die Medien. Ich bin ein sehr auf Privatsphäre bedachter Mann in einer sehr öffentlichen Position. Ich hasse die Vorstellung, daß Millionen Fremder die intimen Details des Todes meiner Tochter erfahren werden. Meiner Meinung nach sollte das eine sehr persönliche, private Sache sein – das Beenden eines Lebens.«

»Das sollte es sein. Es ist das *Nehmen* eines Lebens, das man nicht geheimhalten kann – um aller willen.«

»Ich nehme an, was ich wirklich fürchte, ist gar nicht so sehr, daß die Leute über Jillians Tod alles wissen, sondern ihre Begierde, ihr Leben auseinanderzunehmen. Und meines – das gebe ich zu.«

Quinn rutschte auf seinem Stuhl nach vorn, verschränkte lässig die Beine und bot ihm die Andeutung eines mitfühlenden Lächelns. Sich einnisten. Die Ich-könnte-Ihr-Freund-sein-Masche. »Das ist verständlich. Hat die Presse Sie verfolgt? So wie's aussieht, kampieren sie vor Ihrer Tür.«

»Ich verweigere den Umgang mit ihnen. Ich hab meinen Pressesprecher aus Paragon abgezogen, um das in die Hand zu nehmen. Was mich am meisten in Rage versetzt, ist ihre Attitüde, dazu berechtigt zu sein. Weil ich reich bin, weil ich prominent bin, denken sie, sie haben das Recht, in meinen Kummer einzudringen. Aber haben sie ihre Vans vor den Häusern der Eltern der beiden Prostituierten geparkt, die dieser Irre umgebracht hat? Ich kann Ihnen versichern, das haben sie nicht.«

»Wir leben in einer Gesellschaft, die süchtig nach Sensationen ist«, sagte Quinn. »Manche Personen werden als nachrichtenwürdig eingeschätzt und manche als entbehrlich. Ich bin mir nicht sicher, was schlimmer ist. Ich kann praktisch garantieren, daß die Eltern dieser beiden ersten Opfer zu Hause sitzen und sich fragen, warum die Fernsehvans nicht vor *ihren* Häusern parken.«

»Glauben Sie denn, die möchten, daß die Leute erfahren, wie sie als Eltern versagt haben?« fragte Bondurant. Ein schlanker Schatten von Wut verdüsterte seinen Tonfall. »Glauben Sie, die möchten, daß die Öffentlichkeit weiß, wie ihre Töchter Huren und Drogensüchtige wurden?«

Schuld und Schuldzuweisung. Wieviel davon machte seinen eigenen Schmerz aus? fragte sich Quinn.

»Was diese Zeugin angeht«, sagte er, scheinbar ein bißchen erschüttert von seiner letzten Beinah-Enthüllung. »Glauben Sie, sie kann den Killer identifizieren? Sie klingt nicht zuverlässig.«

»Ich weiß es nicht«, sagte Quinn. Er wußte genau, woher Bondurant diese Information hatte. Kovac würde sein Bestes tun müssen, um dieses Leck zu stopfen, was bedeutete, daß er auf einige sehr empfindliche, einflußreiche Zehen steigen mußte. Die Familie des Opfers hatte das Recht auf gewisse Höflichkeiten, aber diese Ermittlung brauchte ein so eng abgegrenztes Umfeld wie möglich. Peter Bondurant durfte kein totaler Zugang gestattet werden. Er war in der Tat noch nicht als möglicher Verdächtiger ausgeschlossen.

»Also ... können wir nur hoffen ...« murmelte Bondurant.

Sein Blick wanderte zu einer Wand mit einer Ansammlung gerahmter Fotografien, viele von ihm selbst mit, wie Quinn annahm, Geschäftsfreunden oder Rivalen oder Würdenträgern. Er entdeckte Bob Brewster in der Menge, dann fand er das, dem sich Bondurant zugewandt hatte; eine kleine Gruppe von Fotos in der linken, unteren Ecke.

Quinn erhob sich aus dem Stuhl und ging zur Wand, um sie sich genauer anzusehen. Jillian in verschiedenen Stadien ihres Lebens. Er erkannte sie von einem Schnappschuß in der Fallakte. Ein Foto stach ihm besonders ins Auge: eine junge Frau, völlig fehl am Platz in einem spießigen schwarzen Kleid mit einem weißen Peter Pan Kragen und Manschetten. Ihr Haar war knabenhaft geschnitten und fast weiß gebleicht. Ein schockierender Kontrast zum dunklen Haaransatz und den dunklen Brauen. Ein halbes Dutzend Ohrringe verzierte ein Ohr. Ein winziger Rubin piercte einen Nasenflügel. Sie sah ihrem Vater überhaupt nicht ähnlich. Ihr Körper, ihr Gesicht, waren weicher, runder. Ihre Augen blickten riesig und traurig, die Kamera hatte die Verletzlichkeit eingefangen, die sie empfand, weil sie nicht der höflich-femininen Kreatur aus jemand anderes Vorstellung entsprach.

»Ein hübsches Mädchen«, murmelte Quinn automatisch. Es spielte keine Rolle, das es nicht direkt stimmte. Diese Feststellung diente einem anderen Zweck als Schmeichelei. »Sie muß sich Ihnen sehr nahe gefühlt haben, wenn sie aus Europa zurückkam, um hier aufs College zu gehen.«

»Unsere Beziehung war kompliziert.« Bondurant erhob sich aus seinem Stuhl und trat unschlüssig von einem Fuß auf den anderen, als wolle ein Teil von ihm zu den Fotos gehen, aber ein stärkerer Teil ihn zurückhalten. »Wir standen uns sehr nahe, als sie jung war. Dann ließen ihre Mutter und ich uns scheiden; Jillie war damals in einem sehr verletzlichen Alter. Eine schwierige Situation für sie – die Feindseligkeit zwischen Sophie und mir. Dann kam Serge, Sophies letzter Mann. Und Sophies Krankheit – sie mußte immer wieder in Sanatorien wegen Depressionen.«

Er schwieg für eine Weile und Quinn spürte das Gewicht von all dem, was Bondurant bei der Geschichte ausließ. Was hatte die Scheidung ins Rollen gebracht? Weswegen war Sophies mentale Krankheit eskaliert? War die Abscheu in Bondurants Stimme, wenn er von seinem Nachfolger sprach, Verbitterung über einen Rivalen oder etwas mehr?

»Was hat sie an der Universität studiert?« fragte er. Er war nicht so ungeschickt, die Antworten, die er haben wollte, direkt anzusteuern. Peter Bondurant würde seine Geheimnisse nicht so leicht preisgeben, wenn überhaupt.

»Psychologie«, sagte er mit einem Hauch staubtrockener Ironie, während er das Foto mit dem schwarzen Kleid und dem gebleichten Bubenhaarschnitt, den Ohrringen, der gepiercten Nase und den unglücklichen Augen betrachtete.

»Haben Sie sie oft gesehen?«

»Jeden Freitag. Sie kam zum Dinner.«

»Wieviele Leute wußten das?«

»Ich weiß nicht. Meine Haushälterin, mein persönlicher Assistent, ein paar enge Freunde. Einige von Jillians Freunden, nehm ich an.«

»Haben Sie noch zusätzliches Personal hier im Haus oder nur die Haushälterin?«

»Helen ist ganztags beschäftigt. Einmal in der Woche kommt ein Mädchen, um ihr beim Putzen zu helfen. Ein Team von drei Gärtnern kommt wöchentlich. Das ist alles. Meine Privatsphäre ist mir wichtiger als Personal. Meine Bedürfnisse sind nicht extravagant.«

»Freitag ist für gewöhnlich eine heiße Nacht zum Ausgehen für die College Kids. Gehörte Jillian nicht zur Discoszene?«

»Nein, der war sie entwachsen.«

»Hatte sie viele enge Freunde?«

»Keine, über die sie mit mir geredet hat. Sie war ein sehr verschlossener Mensch. Die einzige, die sie mit einiger Regelmäßigkeit erwähnte, war eine Kellnerin in einem Café. Michele irgendwie – Kind, Find. Ich hab sie nie kennengelernt.«

»Hatte sie einen Freund?«

»Nein«, sagte er und wandte sich ab. Glastüren hinter seinem Schreibtisch führten zu einem mit Steinplatten ausgelegten Hof voller leerer Bänke und leerer Blumentöpfe. Er starrte durch das Glas, als schaute er durch ein Portal in eine andere Zeit. »Jungs haben sie nicht interessiert. Sie wollte keine Beziehungen auf Zeit. Sie hatte soviel durchgemacht …«

Sein schmaler Mund zitterte leicht und tiefer Schmerz erfaßte seine Augen. Das stärkste Anzeichen für Gefühle, das er bis jetzt gezeigt hatte. »Sie hatte soviel Leben vor sich«, murmelte er. »Ich wünschte, es wäre nicht passiert.«

Quinn stellte sich ruhig neben ihn. Seine Stimme war leise und sanft, voller trauriger Erfahrung und Verständnis. »Das ist am schwersten zu bewältigen, wenn ein junger Mensch stirbt – besonders, wenn er ermordet wurde. Die unerfüllten Träume, das nicht verwirklichte Potential. Die Menschen, die ihnen nahe stehen – Familie, Freunde –, dachten, sie hätten noch soviel Zeit, Fehler wiedergutzumachen. Unendlich viel Zeit, dieser Person zu sagen, daß sie sie liebten. Plötzlich gibt es diese Zeit nicht mehr.«

Er sah, wie sich die Muskeln in Bondurants Gesicht gegen den Schmerz anspannten. Er konnte das Leid in seinen Augen sehen, diesen Anflug von Verzweiflung über die Erkenntnis, daß eine emotionale Flutwelle heranbrandete und er nicht genug Kraft haben könnte, sie aufzuhalten.

»Zumindest hatten Sie diesen letzten Abend zusammen«, murmelte Quinn. »Das sollte Ihnen ein kleiner Trost sein.«

Oder es könnte die bittere letzte Erinnerung an jede ungelöste Frage zwischen Vater und Tochter sein. Die offene Wunde verpaßter Gelegenheit. Quinn konnte das Bedauern fast schmecken.

»Wie war sie an diesem Abend?« fragte er leise. »Hatten Sie das Gefühl, sie war up oder down?«

»Sie war«, Bondurant schluckte mühsam und suchte nach dem passenden Wort – » sie selbst. Jillie schwankte ständig zwischen up und down. Unstet.«

Die Tochter einer Frau, die mit psychiatrischen Problemen von einem Sanatorium ins nächste wanderte.

»Sie hat keine Andeutung gemacht, daß sie Probleme hat, daß ihr irgend etwas Sorgen bereitet?«

»Nein.«

»Haben Sie über irgend etwas Spezielles gesprochen, oder wegen etwas gestritten –«

Bondurants Explosion kam plötzlich, heftig, überraschend. »Mein Gott, wenn ich angenommen hätte, da wäre etwas faul, da würde etwas passieren, glauben Sie etwa, ich hätte sie nicht daran gehindert zu gehen? Glauben Sie nicht, ich hätte sie hierbehalten?«

»Ich bin mir sicher, das hätten Sie«, sagte Quinn leise, seine Stimme voll Mitleid und Beschwichtigung, Gefühle, die er lange schon nur verhalten weitergab, weil sie ihn zuviel kosteten und keiner da war, der ihm half, den Brunnen neu zu füllen. Er versuchte, sich auf sein unterschwelliges Motiv zu konzentrieren: Informationen zu erhalten. Manipulieren, überreden, die Deckung unterwandern, die Wahrheit Splitter für Splitter herausziehen. Die Info kriegen, um den Killer zu kriegen. Immer daran denken, daß der Erste, dem er Loyalität schuldete, das Opfer war.

»Worüber haben Sie an diesem Abend geredet?« fragte er behutsam, während sich Bondurant sichtlich bemühte, seine Fassung wiederzufinden.

»Die üblichen Dinge«, sagte er ungeduldig und sah wieder aus dem Fenster. »Ihre Schulfächer. Meine Arbeit. Nichts.«

»Ihre Therapie?«

»Nein, sie –« Er erstarrte, ein wütender Blick richtete sich auf Quinn.

»Wir müssen solche Dinge wissen, Mr. Bondurant«, sagte Quinn, ohne sich zu entschuldigen. »Bei jedem Opfer müssen wir die Möglichkeit in Betracht ziehen, daß irgendein Teil ihres Lebens eine Verbindung zu ihrem Tod haben könnte. Es könnte ein Hauch von Faden sein, der eine Sache mit einer anderen verbindet. Es könnte etwas sein, das Sie überhaupt nicht für wichtig halten. Aber manchmal macht das den Unterschied und manchmal ist das alles, was wir haben.

Verstehen Sie, was ich Ihnen sagen will? Wir werden alles in unserer Macht stehende tun, um die Details geheimzuhalten, aber wenn Sie wollen, daß dieser Killer gefaßt wird, müssen Sie mit uns kooperieren.«

Die Erklärung milderte Bondurants Zorn in keiner Weise. Er wandte sich abrupt zu seinem Schreibtisch zurück und zog eine Karte aus dem Rolodex. »Dr. Lucas Brandt. Obwohl Ihnen das kaum etwas nützen wird. Ich bin mir sicher, ich muß Sie nicht darauf hinweisen, daß alles, was Jillian Lucas als Patientin erzählt hat, vertraulich ist.«

»Und wie ist das mit allem, was sie Ihnen als ihrem Vater erzählt hat?«

Wieder kochte sein Jähzorn hoch, brodelte über seine Beherrschung. »Wenn ich irgend etwas, *irgend etwas* wüßte, das Sie zum Mörder meiner Tochter führen könnte, glauben Sie etwa, ich würde es Ihnen nicht erzählen?«

Quinn schwieg, den Blick unverwandt auf Peter Bondurants Gesicht gerichtet, auf die Ader, die wie ein Blitzstrahl seine Stirn durchzog. Er nahm die Rolodex Karte aus Bondurants Hand.

»Das hoffe ich, Mr. Bondurant«, sagte er schließlich. »Das Leben einer anderen jungen Frau könnte davon abhängen.«

»Was haben Sie gekriegt?« fragte Kovac, als sie sich vom Haus entfernten. Er zündete sich ein Zigarette an und machte sich daran, soviel wie möglich davon in sich hineinzusaugen, bevor sie am Wagen anlangten.

Quinn sah die Einfahrt hinunter, vorbei an dem Tor, wo zwei Kameramänner standen, die Augen an die Sucher gepreßt. Er konnte keine Audioausrüstung für große Entfernungen sehen, aber die Objektive der Kameras waren fett und lang. Für seine Anonymität lief der Countdown.

»Tja«, sagte er. »Ein schlechtes Gefühl.«

»Herrgott, das hatte ich bei der Geschichte von Anfang an. Wissen Sie, was ein Mann wie Bondurant mit einer Karriere anstellen kann?«

»Meine Frage lautet: ›Warum sollte er das wollen?‹«

»Weil er reich ist und leidet. Er ist wie der Typ mit der Pistole gestern im Regierungszentrum. Er will, daß jemand anders auch leidet. Er will, daß jemand bezahlt. Wenn er jemand anderem das Leben schwer machen kann, wird er vielleicht seinen eigenen Schmerz nicht so spüren. Wissen Sie«, sagte er impulsiv, wie es so seine Art war, »Menschen sind irre. Also, was hat er gesagt? Warum will er nicht mit der Polizei hier sprechen?«

»Er traut euch nicht.«

Kovac richtete sich erbost auf und warf die Zigarette in die Einfahrt. »Na schön, scheiß auf ihn.«

»Er hat die totale Paranoia, daß Details an die Medien durchsickern könnten.«

»Was für Details? Was hat er denn zu verstecken?«

Quinn zog die Schultern hoch. »Das ist Ihr Job, Sherlock. Aber ich hab eine Stelle gefunden, an der Sie ansetzen können.«

Sie stiegen in den Caprice. Quinn zog den Kassettenrecorder aus seiner Jackentasche und legte ihn auf den Sitz zwischen sie, mit der Rolodex Karte obendrauf.

Kovac nahm die Karte und sah sie mit gerunzelter Stirn an. »Ein Seelenklempner. Was hab ich Ihnen gesagt? Leute sind irre. *Besonders* reiche Leute – die sind diejenigen, die es sich leisten können, was dagegen zu unternehmen. Das ist bei denen wie ein Hobby.«

Quinn sah hinauf zum Haus, rechnete fast damit, ein Gesicht in einem der Fenster zu sehen, aber da war keins. Alle Fenster leer und schwarz an diesem tristen Morgen.

»Wurde in der Presse irgend etwas erwähnt, daß eins der beiden ersten Opfer drogensüchtig war?« fragte er.

»Nein«, sagte Kovac. »Die eine war mal abhängig, aber das haben wir zurückgehalten. Lila White. ›Lily‹ White. Das erste Opfer. Sie hat eine Zeit lang Base geraucht, aber sie war inzwischen sauber. Hat ein Programm des County mitgemacht, hat eine Weile in einem Haus für Nutten, die aussteigen wollen, gelebt – hat aber wohl nicht hingehauen. Auf jeden Fall hat sich die Drogenschiene nicht entwickelt. Warum?«

»Bondurant hat da eine Bemerkung gemacht. Könnte eine Annahme seinerseits gewesen sein, aber das glaube ich nicht. Ich denke, er hat da entweder etwas über die anderen Opfer oder über Jillian gewußt.«

»Wenn sie kurz vor ihrem Tod was genommen hat, wird es bei der Drogenanalyse auftauchen. Ich hab ihr Stadthaus durchsucht. Ich konnte nichts stärkeres als Tylenol finden.«

»Wenn sie süchtig war, haben Sie vielleicht eine Verbindung zu den anderen Opfern.« Und deshalb eine mögliche Verbindung zu einem Dealer oder einem anderen Süchtigen, den sie als Verdächtigen aufbauen könnten.

Das raubtierhafte Lächeln eines Jägers, der eine frische Spur aufgenommen hat, ließ Kovacs Schnurrbartenden tanzen. »Networking. Ich liebe es. Die Firmen Amerikas denken, sie hätten da etwas Neues aufgetan. Gangster praktizieren Networking seit Judas Jesus Christus verkauft hat. Ich werde Liska anrufen, sie und Moss sollen rumschnüffeln. Dann werden wir überprüfen, was Sigmund Freudlos hier über den Preis von gesprungenen Schüsseln zu sagen hat.« Er klopfte mit der Rolodexkarte gegen das Steuerrad. »Sein Büro ist auf der anderen Seite dieses Sees.«

Kapitel 10

»Also, was hältst du von Quinn?« fragte Liska.

Mary Moss saß neben ihr und sah aus dem Fenster auf den Mississippi. Der Lastkahnverkehr war für dieses Jahr bereits eingestellt worden. Entlang dieses Stücks war der Fluß ein öder Streifen Braun zwischen schäbigen, halbverlassenen Industrie- und Lageranlagen. »Sie sagen, er ist eine ganz heiße Nummer. Eine künftige Legende.«

»Du hast nie mit ihm gearbeitet?«

»Nein. Roger Emerson bearbeitet normalerweise dieses Territorium von Quantico aus. Aber normalerweise ist auch das Opfer nicht die Tochter eines milliardenschweren Industriemagnaten mit Kontakten in Washington.«

»Ich fand gut, wie er Tippen gehandhabt hat«, fuhr Moss fort. »Kein ›Ich bin der FBI Agent, du die Landpomeranze-Quatsch.‹ Wahrscheinlich beängstigend intelligent. Was glaubst du?«

Liska grinste lüstern. »Nette Hosen.«

»Herrgott! Ich mach hier einen auf ernst und professionell, und du hast dir seinen Hintern angeschaut!«

»Nicht, wenn er geredet hat. Ach, komm schon, Mary, der Typ ist ein echter Schnuckel. Wolltest du da nicht ran, wenn du könntest?«

Moss sah verwirrt aus. »Frag mich sowas nicht. Ich bin eine alte verheiratete Frau! Ich bin eine alte verheiratete *katholische* Frau!«

».Solange das Wort *tot* nicht Teil dieser Beschreibung ist, ist es dir gestattet zu gucken.«

»Nette Hosen«, murmelte Moss und kämpfte mit dem Kichern.

»Diese großen braunen Augen, dieses Kinn aus Granit, dieser

sexy Mund. Ich glaube, ich könnte einen Orgasmus kriegen, wenn ich ihm zusehe, wie er über proaktive Strategien redet.«

»Nikki!«

»Oh, ja richtig, du bist eine verheiratete Frau«, spottete Liska. »Dir ist es nicht erlaubt, Orgasmen zu haben.«

»Redest du auch so, wenn du mit Kovac rumfährst?«

»Nur wenn ich ihn verrückt machen will. Er zuckt wie ein aufgespießter Frosch. Sagt mir, er will nichts über meinen Orgasmus wissen, sagt, der G-Punkt einer Frau sollte ein Geheimnis bleiben. Ich sage ihm, deshalb wäre er zweimal geschieden. Du solltest sehen, wie rot er anläuft. Ich liebe Kovac, er ist ein echtes Mannsbild.«

Moss deutete durch die Windschutzscheibe. »Da ist es – Edgewater.«

Die Stadthäuser von Edgewater bildeten eine Ansammlung makellos gestylter Gebäude, deren Vorbild ein ordentliches Fischerdorf in New England sein mußte – graues Clapboard, weiß abgesetzt, Dächer aus Zedernschindeln, Fenster mit kleinen Scheiben. Die Wohneinheiten waren wie ein Flecken wilder Pilze arrangiert, verbunden mit sich schlängelnden, von Landschaftsgärtnern verschönten Wegen. Alle Vorderfronten schauten zum Fluß.

»Ich hab den Schlüssel zu Bondurants Haus«, sagte Liska und steuerte den Wagen zur Einfahrt des Reihenhauskomplexes, »aber ich hab trotzdem den Verwalter angerufen. Er sagt, er hätte Jillian Freitag nachmittag wegfahren sehen. Ich denke, es kann nicht schaden, nochmal mit ihm zu reden.«

Sie parkte neben der ersten Wohneinheit, und sie und Moss zeigten ihre Marken dem Mann, der sie an der Eingangstreppe erwartete. Liska schätzte Gil Vanlees auf Mitte dreißig. Er war blond mit einem dünnen, schütteren Schnurrbart, ein Meter achtzig groß und sah weich aus. Seine Timberwolves Starter Jacke hing offen über einer blauen Wachmannsuniform. Der typische High School Sport Star, der sich gehen hatte lassen. Zu viele Stunden Sportfernsehen mit einer Bierdose in der Hand und einem Sack Chips neben sich.

»Sie sind also Detective?« Seine kleinen Augen funkelten Liska mit geradezu sexueller Erregung an. Das eine war blau, das andere hatte die seltsame, trübe Farbe eines Rauchtopas.

Liska lächelte ihn an. »Das ist richtig.«

»Ich find es toll, Frauen in diesem Job zu sehen. Ich mach die Security unten im Target Center, wissen Sie«, sagte er mit wichtiger Miene. »Veranstaltungen, Konzerte und sowas alles. Wir haben auch ein paar Mädels dabei. Ich finde es einfach toll. Mehr Macht für Euch.«

Sie war bereit, darauf zu wetten, daß er für diese Frauen, wenn er mit den Jungs einen trank, Ausdrücke gebrauchte, die nicht einmal sie in den Mund genommen hätte. Sie kannte Typen wie Vanlees aus erster Hand. »Sie arbeiten also für die Security dort und kümmern sich auch um diesen Komplex?«

»Ja, also, wissen Sie, meine Frau – wir leben getrennt – sie arbeitet für die Management Firma, und so haben wir das Haus gekriegt, denn ich muß Ihnen eins sagen, was sie für die Dinger verlangen, das ist nicht zu fassen.

Also bin ich irgendwie der Hausmeister, wissen Sie, obwohl ich jetzt nicht mehr hier lebe. Die Besitzer hier zählen auf mich, also halt ich durch, bis meine Frau sich entscheidet, was sie machen wird. Die Leute haben Probleme – sanitär, elektrisch, was auch immer –, ich sorg dafür, daß es gemacht wird. Heut nachmittag hab ich den Schlosser bestellt, damit er das Schloß bei Miss Bondurant austauscht. Und ich halt die Augen offen, wissen Sie. Inoffizielle Security. Die Bewohner wissen es zu schätzen. Sie wissen, daß ich den Job kenne, daß ich die Ausbildung habe.«

»Geht's da lang zu Miss Bondurants Wohneinheit?« fragte Moss und deutete zum Fluß.

Vanlees musterte sie mit gerunzelter Stirn, die Augen wurden noch kleiner. »Ich hab gestern mit ein paar Detectives geredet.« Als dächte er, sie könnte eine Betrügerin sein, mit ihrem Mäuschenaussehen, nicht die echte Nummer, wie Liska.

»Ja, also, wir verfolgen die Sache weiter«, sagte Liska locker. »Sie wissen ja, wie das ist.« Obwohl er offensichtlich keine Ahnung hatte, abgesehen von dem, was er im Fernsehen bei NYPD Blue und der Lektüre mieser Detektiv-Magazine aufschnappte. Manche kooperierten einfach besser, wenn sie das Gefühl hatten, mit von der Partie zu sein. Andere wollten alle möglichen Versicherungen, daß weder das Verbrechen noch die Ermittlung ihr Leben irgendwie besudeln würde.

Vanlees kramte einen Schlüsselring aus seiner Jackentasche und führte sie den Gehsteig entlang. »Ich hab mich einmal bei der Polizei beworben«, vertraute er ihnen an. »Sie hatten Einstellungsstop. Sie wissen schon, das Haushaltsbudget und so weiter.«

»Mann, das ist hart«, sagte Liska, ganz die smarte Bullenbraut. »Wissen Sie, wir haben einen ständigen Mangel an guten Leuten, aber diese Budgetgrenze schiebt uns immer den Riegel vor ...«

Vanlees nickte, der echte Eingeweihte. »Politische Kacke – aber das brauch ich Ihnen ja nicht zu sagen, richtig?«

»Das haben Sie richtig erkannt. Wer weiß, wie viele potentiell tolle Polizisten wie Sie in anderen Jobs arbeiten. Es ist eine Schande.«

»Ich hätte diesen Job machen können.« Jahrealte Bitterkeit färbte seinen Tonfall wie ein alter Fleck, der sich nicht ganz herauswaschen ließ.

»Sie kannten also die junge Bondurant, Gil?«

»Ja, klar. Ich hab sie oft gesehn. Sie hatte nie viel zu sagen. Unfreundliche Type. Sie ist tot, was? In den Nachrichten wollten sie sich nicht festlegen, aber das war sie, richtig?«

»Wir haben ein paar Fragen, die noch geklärt werden müssen.«

»Ich hab gehört, daß es einen Zeugen gab – wofür, frag ich mich. Hat der gesehen, wie er sie umgebracht hat oder was? Das wär doch was, mmh? Furchtbar.«

»Ich kann da nicht näher drauf eingehen, verstehen Sie?« sagte Liska reuevoll. »Ich würde es gern – wo Sie doch auf verwandtem Gebiet tätig sind und so –, aber Sie wissen ja, wie das ist.«

Vanlees nickte mit wichtiger Miene.

»Sie haben sie Freitag gesehen?« fragte Moss. »Jillian Bondurant?«

»Ja. Gegen drei. Ich war hier und hab an meinem Müllzerhacker gearbeitet. Meine Frau hat versucht, Sellerie durchlaufen zu lassen. Das war vielleicht eine Schweinerei. Die kleine Miss Collegeabschluß. Man möchte meinen, daß sie mehr in der Birne hat.«

»Jillian Bondurant …«, sagte Moss aufmunternd.

Er kniff wieder seine verschiedenen Augen zusammen. »Ich hab aus dem Küchenfenster gesehen. Hab sie wegfahren sehen.«

»Allein?«

»Jawohl.«

»Und das war das letzte Mal, daß Sie sie gesehen haben?«

»Ja.« Er wandte sich wieder zurück zu Liska. »Dieser Irre hat sie abgefackelt, stimmt's? Dieser Feuerbestatter. Mann, das ist krank«, sagte er, obwohl ihm die morbide Neugier aus den Augen funkelte. »Was wird nur aus dieser Stadt?«

»Da können wir beide nur raten.«

»Ich glaube, es ist das Millenium. Das glaube ich«, sagte er zögernd. »Die Welt wird immer verrückter. Das Jahrtausend ist vorbei und so weiter.«

»Millenium«, murmelte Moss und warf einen scheelen Blick auf einen Terrakottatopf mit toten Chrysanthemen auf der kleinen Veranda von Jillian Bondurant.

»Könnte sein«, sagte Liska. »Gott steh uns allen bei, was?«

»Gott steh uns bei«, wiederholte Moss sarkastisch.

»Zu spät für Miss Bondurant«, sagte Vanlees nüchtern und drehte den Schlüssel im Messingschloß. »Brauchen Sie hier irgendwelche Hilfe, Detective?«

»Nein, danke, Gil. Vorschriften und so weiter …« Liska wandte sich ihm zu, versperrte ihm den Zugang zum Haus. »Haben Sie Miss Bondurant jemals mit jemand Speziellem gesehen? Freunde? Einem Freund?«

»Ich hab ihren Dad hier ab und zu gesehen. Eigentlich gehört das Haus ihm. Kein Freund. Ab und zu eine Freundin. Wirkliche Freundin, nicht *Freundin*, zumindest glaub ich das nicht.«

»Irgendein spezielles Mädchen? Kennen Sie ihren Namen?«

»Nein. Und sie war auch nicht sonderlich freundlich. Sah irgendwie gemein aus. Fast wie eine Bikerbraut, aber doch nicht. Auf jeden Fall hatte ich nie was mit ihr zu tun. Sie – Miss Bondurant – war meistens allein, hat nie viel geredet. Sie hat nicht wirklich hierher gepaßt. Von den Bewohnern sind nicht besonders viele Studenten, und dann hat sie sich irgendwie seltsam angezogen. Armeestiefel und schwarze Kleidung und so was.«

»Kam Sie Ihnen je weggetreten vor?«

»Auf Drogen meinen Sie? Nein? War sie auf Drogen?«

»Ich will mich nur absichern, wissen Sie. Sonst wird mein Lieutenant ...«

Sie ließ diese Andeutung einfach in der Luft hängen, in der Absicht, Vanlees werde sich in ihre Lage versetzen, er, der Blutsbruder. Sie dankte ihm für seine Hilfe und gab ihm ihre Geschäftskarte mit Anweisung anzurufen, wenn ihm irgend etwas einfiel, was für den Fall wichtig sein könnte. Er wich von der Tür zurück, widerwillig und renkte sich den Hals aus, um zu erspähen, was Moss weiter drin in der Wohnung machte. Liska winkte ihm zum Abschied zu und schloß die Tür.

»O Gott, gönn mir eine Dusche«, flüsterte sie erschaudernd, als sie das Wohnzimmer betrat.

»Mensch, den haste wohl nicht gemocht, was Margie?« sagte Moss mit übertrieben ländlichem Akzent.

Liska verzog das Gesicht, auch wegen der seltsamen Kombination von Aromen, die in der Luft schwebte – süßer Luftverbesserer über abgestandenem Zigarettenrauch. »He, ich hab ihn zum Reden gebracht, oder nicht?«

»Du bist schamlos.«

»In Ausübung meiner Pflicht.«

»Da bin ich doch dankbar für meine Wechseljahre.«

Liska wurde wieder ernst, richtete den Blick auf die Tür. »Ernsthaft, diese Möchtegern-Bullen verursachen mir eine Gänsehaut. Sie haben immer diesen Autoritätswahn. Das Bedürfnis nach Macht und Kontrolle und ein tief verwurzeltes schlechtes Bild von sich selbst. Aber noch häufiger haben sie was gegen Frauen. He!« Mit einem Mal begann sie zu strahlen. »Ich werde diese Theorie Special Agent Ziemlich Gut Aussehend vorbringen müssen.«

»Schlampe.«

»Ich bevorzuge *Opportunistin.*«

Aus Jillian Bondurants Wohnzimmer hatte man Aussicht auf den Fluß. Die Möbel sahen neu aus. Ein dick gepolstertes Sofa und Stühle in der Farbe von Hafer. Rattan Couchtisch mit Glasplatte und Beistelltische, die mit dem feinen Ruß von Fingerabdruckstaub überzogen waren, den das Team des FBI hinterlassen hatte. Ein Entertainment Center mit einem großen Fernseher und einer erstklassigen Stereoanlage. In einer Ecke stand ein Schreibtisch mit passenden Bücherregalen voller Textbücher, Notizbüchern und allem, was Jillians Studien an der Uni sonst noch erforderten, alles geradezu lächerlich ordentlich aufgereiht. Entlang einer Wand thronte das neueste auf dem Markt an glänzenden elektrischen Klavieren. Die Küche, die vom Wohnzimmer aus leicht einsehbar war, schien makellos.

»Wir müssen herausfinden, ob sie eine Putzfrau hatte.«

»Nicht direkt die Bude einer durchschnittlichen, stieren College Studentin«, sagte Liska. »Aber ich glaube, nichts an diesem Mädchen war durchschnittlich. Sie hatte eine ziemlich untypische Kindheit, bei der sie quer durch Europa getrabt ist.«

»Und trotzdem ist sie fürs College hierher zurückgekommen. Wie soll man das verstehen? Sie hätte überall hingehen können – auf die Sorbonne, nach Oxford, nach Harvard, nach Südkalifornien. Sie hätte irgendwohin gehen können, wo es warm und sonnig ist. Sie hätte sich irgendeinen exotischen Studienort suchen können. Warum ist sie hierher gekommen?«

»Um nah bei Daddy zu sein.«

Moss durchquerte den Raum, suchte ihn ab nach etwas, das ihnen einen Hinweis auf ihr Opfer geben könnte. »Ich denke, das ergibt einen Sinn. Aber trotzdem … Meine Tochter Beth und ich hatten eine tolle Beziehung, aber sobald das Mädchen die High School hinter sich hatte, wollte sie das Nest verlassen.«

»Wohin ist sie gegangen?«

»University of Wisconsin in Madison. Mein Mann ist nicht Bondurant. Sie mußte an eine Uni, die am Austausch von Studiengebühren beteiligt ist«, sagte Moss und sah sich die Magazine an. *Psychology Today* und *Rolling Stones.*

»Wenn mein alter Herr eine Milliarde hätte und für so eine Wohnung löhnen würde, dann würde ich auch Zeit mit ihm verbringen wollen. Vielleicht kann ich Bondurant dazu überreden, mich zu adoptieren.«

»Wer war gestern hier?«

»Sie haben ein paar Uniformierte hergeschickt, nachdem man

die Leiche mit Bondurants Führerschein gefunden hatte – einfach nur um sicher zu gehen, daß sie nicht hier war, am Leben und ahnungslos. Dann ist Sam mit Elwood hierher gekommen, um sich umzusehen. Sie haben die Nachbarn befragt. Keiner wußte irgend etwas. Er hat ihr Adressbuch mitgenommen, ihre Kreditkartenquittungen, Telefonrechnungen und noch ein paar andere Sachen, hat aber nichts Brauchbares gefunden. Wenn sie drogensüchtig gewesen wäre, hätten die vom FBI sicher was aufgespürt.«

»Vielleicht hatte sie alles bei sich, in ihrer Handtasche.«

»Und hätte riskiert, ihren Vorrat an einen Handtaschendieb zu verlieren? Das glaub ich nicht. Außerdem ist es hier für einen Junkie viel zu sauber.«

Zwei Schlafzimmer mit zwei voll ausgestatteten Badezimmern auf der zweiten Ebene. In ihrem kleinen Haus in St. Paul hatte Liska die heimelige Freude, ein kleines, mieses Badezimmer mit ihren Söhnen von elf und neun zu teilen. Sie verdiente gut als Detective, aber Dinge wie die Hockeyliga und Kieferorthopäden kosteten Geld, und die Alimente, die ihr Ex auf Anweisung des Gerichts zahlen mußte, waren lächerlich. Ihr kam oft der Gedanke, daß sie sich lieber von einem reichen Kerl hätte anbumsen lassen sollen, anstatt von einem der nur Rich *hieß*.

Jillians Schlafzimmer war genauso unheimlich ordentlich wie der Rest des Hauses. Das Team vom FBI hatte das Doppelbett abgezogen und die Laken ins Labor geschickt, wo man sie auf Spuren von Blut oder Spermaflüssigkeit testen würde.

Es gab keine abgelegte Kleidung, die über Stühle drapiert war oder auf dem Boden herumlag, keine offenstehenden Schubladen, aus denen sich Wäsche ergoß, keinen Berg abgelegter Schuhe – nichts war wie in Liskas eigenem übervollen Zimmer, das aufzuräumen sie nie die Zeit oder das Bedürfnis hatte. Wer zum Teufel sah es denn schon, außer ihr und den Jungs? Wer sah je Jillian Bondurants Zimmer?

Keine Schnappschüsse eines Freundes steckten hinter dem Spiegel über der Eichenkommode. Keine Fotos der Familie. Sie zog die Schubladen der Nachtkästchen, die das Bett flankierten, auf. Keine Kondome, kein Diaphragma. Ein sauberer Aschenbecher und eine winzige Schachtel Streichhölzer aus dem D'Cup Coffee House.

Nichts an diesem Zimmer verriet etwas Persönliches über seinen Bewohner – für Liska ein Hinweis auf zwei Möglichkeiten: Jillian war eine Prinzessin der Verdrängung, oder jemand war nach ihrem Verschwinden in die Wohnung gekommen und hatte alles sterilisiert.

Zündhölzer und noch der Geruch von Zigaretten, aber jeder Aschenbecher im Haus war sauber.

Vanlees hatte einen Schlüssel. Wen konnten sie sonst noch auf diese Liste nehmen? Peter Bondurant. Jillians bösartig aussehende Freundin? Der Mörder. Der Mörder hatte jetzt Jillians Schlüssel, ihre Adresse, ihren Wagen, ihre Kreditkarten. Kovac hatte sofort jemanden auf die Karten angesetzt, um alle Aktivitäten einfangen zu können, die es nach dem Verschwinden des Mädchens Freitagabend gegeben hatte. Bis jetzt hatte sich nichts ergeben. Jeder Polizist im Großraum der Stadt hatte die Beschreibung und die Autonummer von Bondurants rotem Saab. Bis jetzt noch nichts.

Das große Bad war sauber. Malve und jadegrün mit Dekoseifen, die eigentlich nicht zum Gebrauch bestimmt waren. Das Shampoo im Regal über der Badewanne war von Paul Mitchell mit dem Aufkleber eines Salons im Dinkydale Shopping Center. Eine mögliche Informationsquelle, wenn Jillian zu den Frauen gehört hatte, die ihrem Friseur alles beichteten. Im Medizinschrank oder unter dem Waschbecken gab es nichts von Interesse.

Das zweite Schlafzimmer war kleiner, das Bett ebenfalls abgezogen. Sommerkleider hingen im Schrank, vom raschen Einbruch eines weiteren brutalen Minnesota Winters aus dem Hauptschlafzimmer verdrängt. In den Kommodenschubladen fand sich so dieses und jenes – einige Slips: schwarz, seidig, Größe fünf, ein schwarzer Spitzen-BH von Frederick's of Hollywood: winzig, verwaschen, 75 B, eine billige schwarze Leggings mit einem Loch in einem Knie, small. Die Kleidungsstücke waren nicht gefaltet, und Liska hatte das Gefühl, daß sie nicht Jillian Bondurant gehörten.

Die Freundin. Da waren nicht genug Sachen, um auf eine ständige Mitbewohnerin zu schließen. Die Tatsache, daß dieses zweite Schlafzimmer benutzt wurde, schloß die Vorstellung von einem Liebhaber aus. Sie ging wieder zurück zum Hauptschlafzimmer und überprüfte nochmals die Schubladen.

»Hast du irgendwas aufgetan?« fragte Moss und trat in die Tür des Schlafzimmers, darauf bedacht, sich nicht gegen den Türstock zu lehnen, den Fingerabdruckpuder verschmierte.

»Nichts außer Gänsehaut. Entweder war das Mädel komplett anal fixiert oder eine Phantomhausfee ist hier vor allen anderen durchgeschwebt. Sie wird seit Freitag vermißt. Damit hatte der Killer gute zwei Tage mit ihren Schlüsseln.«

»Aber es gab keine Berichte, daß irgendein Unbekannter oder Verdächtiger hier war.«

»Vielleicht war ja der Mörder nicht unbekannt oder verdächtig. Ich frage mich, ob wir ein Überwachungsteam kriegen können, das die Wohnung ein paar Tage beobachtet«, überlegte Liska. »Vielleicht taucht der Kerl auf.«

»Ich glaube eher, daß er bereits hier war und wieder weg ist. Er würde ein großes Risiko eingehen, wenn er zurückkommt, nachdem die Leiche gefunden wurde.«

»Er ist ein ziemlich großes Risiko eingegangen, als er die Leiche im Park angezündet hat.«

Liska zog ihr Handy aus der Tasche, wählte Kovac' Nummer und horchte ungeduldig, während es ungehört klingelte. Schließlich gab sie auf und stopfte das Telefon zurück in ihre Tasche. »Sam muß wieder mal seine Jacke im Auto gelassen haben. Er sollte das Telefon an einer Kette tragen wie die Trucker ihre Brieftaschen. Naja, du hast wahrscheinlich sowieso recht. Wenn Smokey Joe wirklich hierher zurückkommen wollte, dann nachdem er sie umgebracht, aber bevor man ihre Leiche entdeckt hat. Und wenn er schon hier war, laufen vielleicht gerade seine Abdrücke durch den Computer.«

»Soviel Glück sollten wir mal haben.«

Liska seufzte. »Ich hab im zweiten Schlafzimmer ein paar Kleidungsstücke gefunden, die wahrscheinlich einer Freundin gehören, und den Namen von Jillians Friseur und einen Streichholzbrief aus einem Café.«

»D'Cup?« sagte Moss. »Ich hab auch so ein Körbchen gefunden. Sollen wir probieren, ob es paßt?«

Liska grinste hämisch. »Ein D Körbchen? In den Träumen meines Exmannes vielleicht. Weißt du, was ich mal in seiner Sockenschublade gefunden habe?« sagte sie, als sie zusammen ins Wohnzimmer gingen. »Eines dieser miesen Magazine voller Frauen mit großen, riesigen, gigantischen Titten. Ich rede von Möpsen, die bis auf die Knie hängen würden. Seiten über Seiten davon. Titten, Titten, Titten, groß wie die Hindenburg. Und Männer halten *uns* für schlecht, weil wir erwarten, daß achtzehn Zentimeter wirklich achtzehn Zentimeter sind.«

Moss machte ein Geräusch zwischen Stöhnen und Kichern. »Nikki, nach einem Tag mit dir muß ich wahrscheinlich beichten gehen.«

»Naja, wenn du schon mal dort bist, dann frag doch den Priester, was das mit Jungs und Titten ist.«

Sie verließen die Wohnung und sperrten hinter sich zu. Der Wind blies den Fluß hinunter; er kehrte den Geruch von Schlamm und faulenden Blättern und das metallische Aroma der Stadt und der Maschinen, die sie bewohnten, vor sich her. Moss zog ihre Jacke eng zusammen. Liska rammte die Hände tief in die Taschen und zog den Kopf ein. Sie gingen zurück zum Wagen und beklagten sich im voraus darüber, wie lang der Winter sein würde. In Minnesota war der Winter immer zu lang.

Als sie rückwärts aus der Parklücke fuhren, stand Gil Vanlees an der Tür des Hauses, in dem er nicht mehr wohnte, und beobachtete sie mit ausdruckslosem Gesicht, bis Liska die Hand hob und zum Abschied winkte.

»Warum versuchen wir's nicht noch einmal, Angie?« fragte der Gerichtszeichner behutsam.

Sein Name war Oscar und seine Stimme hatte einen Schmelz wie warmes Karamel. Kate konnte sich erinnern, wie er Leute mit dieser Stimme fast eingeschläfert hatte: Angie DiMarco würde sich um keinen Preis einlullen lassen.

Kate stand hinter dem Mädchen, etwa zwei Meter entfernt, in der Nähe der Tür. Sie wollte vermeiden, daß ihre eigene Ungeduld

Angies Nervosität noch verstärkte. Das Mädchen saß in einem Stuhl und wand sich wie ein Kleinkind im Wartezimmer eines Kinderarztes, unglücklich, unbequem, unkooperativ. Sie sah aus, als hätte sie nicht gut geschlafen, obwohl sie sich die sanitären Anlagen im Phoenix zunutze gemacht und geduscht hatte. Ihr braunes Haar hing immer noch schlaff und gerade, aber es war sauber. Sie trug dieselbe Jeansjacke über einem anderen Pullover und denselben dreckigen Jeans.

»Ich möchte, daß Sie die Augen schließen«, sagte der Künstler. »Holen Sie langsam tief Luft und atmen Sie dann aus.«

Angie seufzte ungeduldig.

»– *laaangsaam* ...«

Kate mußte den Mann für seinen Langmut bewundern. Sie persönlich war kurz davor, jemanden zu ohrfeigen, irgend jemanden. Aber Oscar hatte ja auch nicht das Vergnügen gehabt, Angie aus dem Phoenix House abzuholen, wo Toni Urskine erneut ihren Frust über die Feuerbestatterfälle an Kate abgelassen hatte.

»Zwei Frauen brutal ermordet und nichts wird getan, weil sie Prostituierte waren. Mein Gott, die Polizei ist sogar soweit gegangen, zu behaupten, es gäbe keine Bedrohung für die Allgemeinheit – als ob diese Frauen nicht als Bürger dieser Stadt zählen! Es ist empörend!«

Kate hatte es sich verkniffen, ihr das Konzept von Opferpotential mit hohem oder niedrigem Risiko zu erklären. Sie wußte nur allzu gut, wie die Reaktion aussähe – emotional, aus dem Bauch, ohne Logik.

»Der Polizei sind Frauen, die aus Verzweiflung in die Prostitution oder in die Drogenabhängigkeit getrieben wurden, völlig gleichgültig. Was schert sie denn noch eine tote Nutte – ein Problem weniger auf der Straße. Eine Millionärstochter wird ermordet, und plötzlich haben wir eine Krise! Großer Gott, ein *echter* Mensch ist zum Opfer geworden!« hatte sie voller Sarkasmus gekeift.

Kate gab sich Mühe, ihre immer noch verkrampften Kiefermuskeln zu lockern. Sie hatte Toni Urskine noch nie gemocht. Urskine arbeitete rund um die Uhr daran, daß ihr Zorn ständig auf kleiner Flamme weiterbrannte. Wenn sie oder ihre Ideale oder

»ihre Opfer«, wie sie die Frauen im Phoenix nannte, nicht direkt benachteiligt worden waren, würde sie eine Möglichkeit finden, eine Beleidigung zu entdecken, damit sie auf ihre Seifenkiste klettern und jeden in Hörweite ankreischen konnte. Die Feuerbestattermorde würden diesem Feuer für lange Zeit Brennstoff geben.

Urskines Empörung war nicht ganz ungerechtfertigt, das mußte Kate zugeben. Ähnlich zynische Gedanken über diese Fälle waren ihr auch schon durch den Kopf gegangen. Aber sie wußte, daß die Cops die ersten beiden Morde bearbeitet und ihr Bestes versucht hatten mit dem begrenzten Personal und dem engen Budget, das die Lamettaträger ihnen für den durchschnittlichen gewaltsamen Tod zugestanden. Das Problem lag nicht bei der Polizei. Das Problem waren die Prioritäten der Politiker und der Medien.

Trotzdem war das einzige, was sie Toni Urskine an diesem Morgen antworten wollte: »Das Leben ist nicht fair. Werd damit fertig.« Ihre Zunge schmerzte noch immer vom Draufbeißen. Statt dessen sagte sie: »Ich bin keine Polizistin, ich bin Zeugenbetreuer. Ich bin auf Ihrer Seite.«

Eine Menge Leute wollten auch das nicht hören. Sie arbeitete mit der Polizei zusammen und war schuldig durch die Verbindung. Und es passierte sehr oft, daß die Cops sie als Feindin betrachteten, weil sie mit einem Haufen dauerbetroffener Liberaler zusammenarbeitete, die zuviel Zeit damit verbrachten, die Polizei schlecht zu machen. Sie saß genau in der Mitte fest.

Nur gut, daß ich diesen Job liebe, sonst würde ich ihn hassen.

»Sie sind im Park, Angie, aber Sie sind in Sicherheit«, sagte Oscar mit sanfter Stimme. »Die Gefahr ist vorbei, Angie. Er kann dir jetzt nicht mehr wehtun. Öffne dein inneres Auge und schau ihm ins Gesicht. Schau es dir lange und aufmerksam an.«

Kate bewegte sich langsam zu einem Stuhl, nur wenige Fuß von ihrer Zeugin entfernt, und setzte sich behutsam. Angie fing Kates steten Blick ein und rutschte in die andere Richtung, wo sie feststellen mußte, daß Oscar sie auch beobachtete, seine gütigen Augen zwinkerten wie polierter Onyx in einem Gesicht, das in Haaren ertrank – ein Vollbart und ein Schnurrbart und eine buschige Löwenmähne, die er offen um seine dicken Schultern trug.

»Du kannst es nicht sehen, wenn du nicht hinschaust, Angie«, sagte er weise.

»Vielleicht will ich es nicht sehen«, sagte das Mädchen herausfordernd.

Oscar sah sie traurig an. »Er kann dir hier nicht wehtun, Angie. Und du mußt nur sein Gesicht ansehen. Du mußt weder in seinen Verstand noch in sein Herz blicken. Du mußt nur sein Gesicht sehen.«

Oscar hatte zu seiner Zeit schon vielen Zeugen gegenüber gesessen, alle von ihnen fürchteten dieselben beiden Dinge: Rache durch den Kriminellen in der vagen Zukunft und die unmittelbarere Angst, das Verbrechen erneut durchleben zu müssen. Kate wußte, daß eine Erinnerung oder ein Alptraum genauso viel Streß verursachen konnte, wie das tatsächliche Ereignis. Egal, als wie hochentwickelt man die menschliche Rasse einschätzte, der Verstand hatte immer noch Schwierigkeiten, zwischen der echten sinnlichen Erfahrung und der gedachten zu unterscheiden.

Das Schweigen dehnte sich. Oscar sah zu Kate.

»Angie, du hast mir gesagt, du wirst das machen«, schaltete sie sich ein.

Die Miene des Mädchens wurde noch grimmiger. »Ja, also, vielleicht hab ich es mir ja anders überlegt. Ich meine, was, verdammt nochmal, ist da für mich drin?«

»Daß du sicher untergebracht wirst und daß ein Mörder ausgeschaltet wird.«

»Nein, ich meine *wirklich*«, sagte sie, mit einem Mal ganz geschäftlich. »Was springt da für mich raus? Ich hab gehört, es gibt eine Belohnung. Sie haben nie was von einer Belohnung gesagt.«

»Ich hatte noch keine Zeit, mit irgend jemandem darüber zu reden.«

»Na, das sollten Sie aber besser. Denn wenn ich das mache, dann will ich verdammt nochmal was dafür. Ich hab's verdient.«

»Das wird sich noch herausstellen«, sagte Kate. »Bis jetzt hast du uns noch gar nichts gegeben. Ich überprüfe das mit der Belohnung. Inzwischen bist du eine Zeugin. Du kannst uns helfen, und wir können dir helfen. Vielleicht fühlst du dich noch nicht bereit für das hier. Vielleicht glaubst du, deine Erinnerung sei nicht stark genug. Wenn es das ist, ist das okay. Die Cops haben Verbrecheralben bis unters Dach gestapelt. Vielleicht begegnet er uns da.«

»Und vielleicht kann ich einfach hier abhauen.« Sie stieß sich so heftig aus dem Stuhl hoch, daß seine Beine über den Boden scharrten.

Kate hätte sie zu gerne gewürgt. Genau das war der Grund, warum sie nicht mit Jugendlichen arbeitete. Ihre Toleranzschwelle für Drama und Schafscheiße war zu niedrig.

Sie musterte Angie und versuchte, eine Strategie zu finden. Wenn die Kleine wirklich gehen wollte, würde sie gehen. Keiner versperrte die Tür. Was Angie wirklich wollte, war, eine Szene machen, so daß alle um sie herumscharwenzelten und sie anflehten zurückzukommen. Anflehen war nicht im Angebot, was Kate betraf. Sie würde kein Spiel spielen, bei dem es nicht mal einen Ansatz von Kontrolle gab.

Wenn sie das Kind beim Namen nannte und die Kleine dann tatsächlich ging, sollte Kate wohl besser gleich mit ihr gehen. Sabin würde ihre Karriere durch den Reißwolf jagen, wenn sie seinen Star, seine einzige Zeugin verlieren sollte. Dies war bereits ihre zweite Laufbahn. Wieviele mehr könnte sie haben?

Sie erhob sich langsam und lehnte sich mit verschränkten Armen gegen den Türpfosten.

»Weißt du, Angie, ich glaube, es gibt einen Grund dafür, daß du uns überhaupt erzählt hast, du hättest diesen Kerl gesehen. Du hättest es nicht sagen brauchen. Du hast nichts von einer Belohnung gewußt. Du hättest lügen können, uns sagen, er wäre schon weg gewesen, als du die Leiche gefunden hast. Wie sollten wir wissen, daß es anders gewesen ist? Wir hätten uns auf dein Wort verlassen müssen, was du gesehen hast und was nicht. Also lassen wir den Scheiß, ja? Ich hab keine Lust, mir von dir auf der Nase rumtanzen zu lassen, obwohl ich auf deiner Seite bin. Ich bin diejenige, die zwischen dir und dem Bezirksstaatsanwalt steht, der deinen Hintern ins Gefängnis werfen und dich als Verdächtige betrachten will.«

Angie schob trotzig das Kinn vor. »Drohen Sie mir nicht.«

»Das ist keine Drohung. Ich bin ehrlich mit dir, weil ich glaube, daß es das ist, was du willst. Du möchtest genausowenig wie ich angelogen und verarscht werden. Das respektiere ich. Wie wär's, wenn du den Gefallen erwiderst?«

Das Mädchen nagte an einem zerfransten Daumennagel, ihr Haar schwang herunter, um ihr Gesicht zu verdecken, aber Kate merkte, daß sie heftig blinzelte und fühlte eine rasche Woge von Mitleid. Die Stimmungsumschwünge, die dieses Kind auslöste, würden sie todsicher auf Prozac bringen.

»Sie müssen mich für eine echte Nervensäge halten«, flüsterte Angie, ihr üppiger Mund verzog sich so, daß es tatsächlich wie Reue aussah.

»Ja, aber ich betrachte das nicht als fatalen, unverbesserlichen Makel. Und ich weiß, daß du deine Gründe hast. Aber du hast mehr Grund zur Angst, wenn du nicht versuchst, ihn zu identifizieren«, sagte Kate. »Jetzt bist du die einzige, die weiß, wie er aussieht. Besser, wenn es auch noch ein paar hundert Cops wissen.«

»Was passiert, wenn ich es nicht mache?«

»Keine Belohnung. Abgesehen davon, ich weiß nicht. Im Augenblick bist du eine potentielle Zeugin. Wenn du beschließt, daß du das nicht bist, dann liegt die Sache nicht mehr in meinen Händen. Der Bezirksstaatsanwalt legt dann vielleicht die harte Gangart ein, oder er läßt dich vielleicht einfach laufen. Egal wie, mich wird er auf jeden Fall abziehen.«

»Sie wären wahrscheinlich froh.«

»Ich hab mir diesen Job nicht ausgesucht, weil ich ihn für einfach oder angenehm halte. Ich möchte dich bei all dem nicht alleine sehen, Angie. Und ich glaube auch nicht, daß du das willst.«

Allein. Gänsehaut jagte über Angies Arme und Beine. Das Wort war ein ständiger Hohlraum in ihrem Innersten. Sie erinnerte sich, wie dieses Gefühl gestern nacht in ihr gewachsen war, ihr Bewußtsein in immer kleinere Winkel ihres Verstandes gedrängt hatte. Es war das, was sie auf dieser Welt und darüber hinaus am meisten fürchtete. Mehr als körperlichen Schmerz. Mehr als den Mörder.

»Wir werden dich alleine lassen. Wie gefällt dir das, Göre? Du kannst für immer allein sein. Bleib einfach da sitzen und denk drüber nach. Vielleicht kommen wir nie zurück.«

Sie zuckte zusammen, als sie sich erinnerte, wie die Tür zugeklickt war, die absolute Dunkelheit des Schrankes, das Gefühl des Alleinseins, das sie zu verschlingen drohte. Sie spürte jetzt, wie es als schwarzes Gespenst in ihr aufzog. Es schloß sich um ihren Hals wie eine unsichtbare Hand, und sie wollte schreien, wußte aber, sie konnte es nicht. Nicht hier. Nicht jetzt. Ihr Herz begann, schneller, heftiger zu klopfen.

»Komm schon, Kleine«, sagte Kate mit sanfter Stimme und deutete mit dem Kopf Richtung Oscar. »Versuch es doch. Es ist ja nicht so, als hättest du was Besseres zu tun. Ich werde wegen der Belohnung anrufen.«

Die Geschichte meines Lebens, dachte Angie. *Tu, was ich will, oder ich verlasse dich. Tu, was ich will, oder ich tu dir weh.* Eine Wahl, wo man eigentlich keine hatte.

»In Ordnung«, murmelte sie und ging zurück zum Stuhl, um ihre Anweisungen zum Zeichnen eines Porträts des Bösen zu geben.

Kapitel 11

Die Praxen von Dr. Lucas Brandt, zwei anderen Psychotherapeuten und zwei Psychiatern waren in einem Ziegelbau im Stil des achtzehnten Jahrhunderts mit anmutigen Proportionen untergebracht. Patienten, die hier Behandlung suchten, hatten wahrscheinlich das Gefühl, sie würden zum Fünfuhrtee kommen und nicht direkt, um ihre innersten Geheimnisse bloßzulegen und die psychologische Schmutzwäsche zu waschen.

Lucas Brandts Praxis lag im ersten Stock. Quinn und Kovac mußten zehn Minuten im Gang warten, während er die Sitzung eines Patienten beendete. Bachs drittes Brandenburger Konzert schwebte weich wie ein Flüstern in der Luft. Quinn starrte aus dem Fenster im Palladiostil, das Aussicht auf den Lake of Isles bot und einen Teil des größeren Lake Calhoun, beide grau wie alte Vierteldollarmünzen im düsteren Tageslicht.

Kovac tigerte im Gang auf und ab, sah sich die Möbel an. »Echte Antiquitäten. Echt Klasse. Warum haben reiche Irre Klasse, und die Sorte, die ich ins Gefängnis schleifen muß, will mir nur auf die Schuhe pissen?«

»Verdrängung.«

»Was?«

»Gesellschaftliche Leistungen gründen in Verdrängung. Reiche Irre wollen Ihnen auch auf die Schuhe pissen«, Quinn lächelte, »aber ihre guten Manieren hindern sie daran.«

Kovac kicherte. »Ich mag Sie, Quinn. Ich werd Ihnen einen Spitznamen geben müssen.« Er sah Quinn an, musterte den schicken Anzug, dann nickte er. »GQ, wie das Magazin.« Er strahlte geradezu vor Selbstzufriedenheit. »Ja, das gefällt mir.«

Er fragte nicht, ob es Quinn gefiel.

Die Tür zu Brandts Geschäftsräumen öffnete sich und seine Sekretärin, eine zierliche Frau mit rotem Haar, aber ohne Kinn, bat sie herein, im Flüsterton einer Bibliothekarin.

Der Patient, falls es einen gegeben hatte, mußte durch die Tür des zweiten Raumes entflohen sein. Lucas Brandt erhob sich hinter seinem Schreibtisch, als sie den Raum betraten, und ein unangenehmer Blitz der Erkenntnis traf Kovac. *Brandt.* Bei dem Namen hatte es geklingelt, aber er hätte den Brandt seiner Assoziation nie mit dem Brandt der *Neurosen der Reichen und Berühmten* gleichgesetzt.

Sie machten sich bekannt. Kovac wartete darauf, daß dieselbe Erkenntnis Brandt dämmerte, aber sie tat es nicht – was Sams ohnehin miese Stimmung noch verschärfte. Brandts Gesichtsausdruck war angemessen ernst. Der blonde, germanisch attraktive Mann mit gerader Nase und blauen Augen war von mittlerer Statur. Seine Haltung und seine Präsenz vermittelten den Eindruck, er sei größer als er wirklich war. Das Wort *solide* kam einem in den Sinn. Er trug eine modische Seidenkrawatte und ein blaues Hemd, das professionell gebügelt aussah. Ein stahlgraues Jackett hing über einem dieser Schicki-Micki stummen Diener in der Ecke.

Sam strich sich verlegen über seine J. C. Penney Krawatte. »Dr. Brandt, ich hab Sie im Gericht gesehen.«

»Ja, das haben Sie wahrscheinlich. Forensische Psychologie – ein Nebenzweig, den ich aufgegriffen habe, als ich anfing«, erklärte er für Quinn. »Damals brauchte ich das Geld«, gestand er mit einem verschwörerischen Lächeln, das sie in den Scherz einweihte, er hätte es jetzt nicht mehr nötig. »Ich stellte fest, daß mir die Arbeit Freude machte, also bin ich dabei geblieben. Es ist eine gute Ablenkung von dem, was ich Tag für Tag sehe.«

Sam zog eine Augenbraue hoch. »Eine Pause von reichen Mädchen mit Eßstörungen machen und statt dessen der Gutachter für irgendeinen Abschaum sein. Ja, das ist wirklich ein schönes Hobby.«

»Ich arbeite für diejenigen, die mich brauchen, Detective. Anklage oder Verteidigung.«

Du arbeitest für den, der zuerst die Brieftasche zieht. Aber er war nicht so dumm, es laut auszusprechen.

»Ich habe heute einen Gerichtstermin, um ehrlich zu sein«, sagte Brandt. »Und vorher habe ich eine Verabredung zum Lunch. Also, ich bin nur ungern unhöflich, Gentlemen, aber können wir bitte zur Sache kommen?«

»Nur ein paar rasche Fragen«, sagte Kovac und nahm den Spielzeugrechen, der zu dem Zen Garten auf der Anrichte neben dem Fenster gehörte. Er sah vom Rechen zu dem kleinen Garten, als erwarte er, daß man damit Katzenkot ausgraben würde.

»Sie wissen, daß ich Ihnen bei Ihren Ermittlungen keine große Hilfe sein kann. Jillian war meine Patientin. Die ärztliche Schweigepflicht bindet mir die Hände.«

»Ihre Patientin ist tot«, sagte Sam brutal. Er nahm einen glatten schwarzen Stein aus dem Sand, drehte sich um, lehnte sich an die Kredenz und rollte den Stein zwischen den Fingern. Ein Mann, der sich breitmacht, es sich gemütlich macht. »Ich glaube, ihr Anspruch auf Privatsphäre ist nicht mehr der alte.«

Brandt sah fast amüsiert aus. »Scheinbar können Sie sich nicht entscheiden, Detective. Ist Jillian nun tot oder nicht? Peter gegenüber haben Sie angedeutet, sie könnte noch am Leben sein. Wenn Jillian noch am Leben ist, hat sie Anspruch auf Privatsphäre.«

»Es ist höchstwahrscheinlich, daß die gefundene Leiche die von Jillian Bondurant ist, aber es ist keine Gewißheit«, sagte Quinn, bewegte sich wieder zurück in das Gespräch und nahm Kovac diplomatisch die Zügel aus der Hand. »Egal wie, wir arbeiten gegen die Uhr, Dr. Brandt. Dieser Killer wird wieder töten. Das ist abolut sicher. Eher bald als später, glaube ich. Je mehr wir über seine Opfer in Erfahrung bringen können, desto näher sind wir dran, ihn aufzuhalten.«

»Ich bin mit Ihren Theorien vertraut, Agent Quinn. Ich habe einige Ihrer Artikel gelesen. Um ehrlich zu sein, ich glaube, ich habe sogar irgendwo in diesen Regalen eine Ausgabe des Buches, dessen Coautor Sie waren. Sehr aufschlußreich. Kennst du die Opfer, kennst du ihren Mörder.«

»Das ist ein Teil davon. Die ersten beiden Opfer des Mörders stammten aus einer Risikogruppe. Jillian scheint nicht in das Schema zu passen.«

Brandt lehnte sich zurück, klopfte mit dem Zeigefinger an seinen Mund und nickte langsam. »Die Abweichung vom Muster. Ich verstehe. Das macht sie zum logischen Mittelpunkt des Puzzles. Sie glauben, er sagt mehr über sich selbst durch das Töten von Jillian als bei den anderen beiden. Aber was, wenn sie einfach nur zur falschen Zeit am falschen Ort war? Was, wenn er die ersten beiden nicht ausgewählt hat, weil sie Prostituierte waren? Vielleicht waren alle Opfer Zufallsopfer?«

»Nein«, sagte Quinn und beobachtete das subtile seltsame Leuchten von Herausforderung in Brandts Augen. »Die Trickkiste dieses Kerls hat nichts Zufälliges. Er hat all diese Frauen aus einem bestimmten Grund ausgewählt. Der Grund sollte bei Jillian offensichtlicher sein. Wie lange kommt sie schon zu Ihnen?«

»Zwei Jahre.«

»Wie ist sie zu Ihnen gekommen? Durch Empfehlung?«

»Durch Golf. Peter und ich sind beide Mitglieder im Minikahda. Ein ausgezeichneter Ort, um Verbindungen zu knüpfen«, gestand er mit einem Lächeln, befriedigt über sein kluges Geschäftsgebaren.

»In Florida könnten Sie mehr knüpfen«, scherzte Quinn. *Wir sind vielleicht Kumpels – so smart, so gewieft.* »Wie lange geht hier die Saison – volle zwei Monate?«

»Drei, wenn wir Frühling haben«, konterte Brandt, der sich dem Rhythmus des Schlagabtausches angepaßt hatte. »Viel Zeit wird im Clubhaus verbracht. Der Speisesaal ist bildschön. Golfen Sie?«

»Wenn ich Gelegenheit dazu habe.« Nie, weil er es genoß. Immer als Gelegenheit für einen Kontakt, eine Chance, seine Ideen an seinen SAC oder den Leiter der Einheit weiterzugeben oder als angebliche Ausfallzeit mit Justizbehördenpersonal, mit dem er quer durchs Land Fälle bearbeitete. Gar kein so großer Unterschied zu Lucas Brandt.

»Zu schade, daß die Saison vorbei ist«, sagte Brandt.

»Ja«, warf Kovac ein, »ziemlich rücksichtslos von dem Mörder, im November zu arbeiten, wenn man es so betrachtet.«

Brandt warf ihm einen Blick zu. »Das ist wohl kaum das, was ich gemeint habe, Detective. Obwohl, wenn Sie schon davon anfangen, es wirklich eine Schande ist, daß Sie ihn nicht in diesem Sommer gefangen haben. Dann gäbe es dieses Gespräch jetzt nicht.«

»Wie dem auch sei«, sagte er und wandte sich zu Quinn zurück. »Ich kenne Peter seit Jahren.«

»Auf mich macht er nicht den Eindruck eines gesellschaftlich sehr aktiven Mannes.«

»Nein. Golf ist für Peter ein ernsthaftes Geschäft. Bei Peter ist alles ernst. Er ist sehr motiviert.«

»Wie hat sich diese Qualität auf seine Beziehung mit Jillian ausgewirkt?«

»Ah!« Er hob warnend einen Finger und schüttelte den Kopf, immer noch lächelnd. »Da haben Sie die Grenze übertreten, Agent Quinn.«

Quinn akzeptierte das mit einem kurzen Nicken.

»Wann haben Sie zuletzt mit Jillian gesprochen?« fragte Kovac.

»Wir hatten Freitag eine Sitzung. Jeden Freitag um vier.«

»Ah, und dann ist sie zu ihrem Vater zum Abendessen gefahren?«

»Ja. Peter und Jillian haben sehr hart an ihrer Beziehung gearbeitet. Sie waren lange Zeit getrennt. Eine Menge alter Gefühle, die aufgearbeitet werden mußten.«

»Wie zum Beispiel?«

Brandt blinzelte ihn an.

»In Ordnung. Wie wäre es denn mit einer allgemeinen Zusammenfassung, sagen wir mal, über die Wurzel von Jillians Problemen? Vermitteln Sie uns einen Eindruck.«

»Tut mir leid, nein.«

Kovac seufzte. »Hören Sie, Sie könnten doch ein paar simple Fragen beantworten, ohne jemandes Vertrauen zu brechen. Zum Beispiel, ob sie Medikamente einnahm oder nicht. Wir müssen das für die toxikologische Untersuchung wissen.«

»Prozac. Um ihre Stimmungsschwankungen auszugleichen.«

»Manisch depressiv?« fragte Quinn.

Der Arzt warf ihm einen Blick zu.

»Hatte sie irgendwelche Probleme mit Drogen, von denen Sie wußten?« versuchte Kovac.

»Kein Kommentar.«

»Hatte sie Ärger mit ihrem Freund?«

Nichts.

»Hat sie ja davon geredet, daß jemand sie mißbraucht hat?«

Schweigen.

Sam strich sich über den Mund, streichelte seinen Schnurrbart. Er spürte, wie seine Beherrschung wie ein alter Korken zerbröselte. »Sie kennen dieses Mädchen zwei Jahre. Sie könnten uns vielleicht einen Hinweis zum Mord an diesem Mädchen geben. Und Sie verschwenden unsere Zeit mit diesem Scheißspiel – hin und her, heiß und kalt.«

Quinn räusperte sich diskret. »Sie kennen die Regeln, Sam.«

»Ja, schön, scheiß auf die Regeln!« bellte Kovac und stieß ein Buch mit Mapplethorpe Fotos von einem der Beistelltische. »Wenn ich ein Verteidiger wäre, der mit einem Bündel Bargeld winkt, können Sie darauf wetten, daß er ein Schlupfloch fände, durch das er schleimen kann.«

»Das nehme ich übel, Detective.«

»Oh, ja, es tut mir leid, daß ich Ihre Gefühle verletzt habe. Jemand hat dieses Mädchen gefoltert, Doktor.« Er stieß sich von der Anrichte ab, mit einer Miene so hart wie der Stein, den er in den Papierkorb schleuderte. Es knallte wie eine 22er. »Jemand hat ihr den Kopf abgeschnitten und als Souvenir behalten. Wenn ich dieses Mädchen kennen würde, glaube ich, wäre es mir wichtig rauszufinden, wer ihr das angetan hat. Und wenn ich helfen könnte, das kranke Dreckschwein zu fassen, würde ich es tun. Aber Ihnen ist Ihr gesellschaftlicher Status wichtiger als Jillian Bondurant. Ich frage mich, ob ihrem Vater das klar ist.«

Er lachte barsch, als sein Piepser losging.« Was zum Teufel red ich denn da? Peter Bondurant will ja nicht einmal glauben, daß seine Tochter noch am Leben sein könnte. Ihr beide verdient euch wahrscheinlich gegenseitig.«

Der Piepser trällerte erneut. Er prüfte das Display, fluchte leise vor sich hin und verließ das Büro, überließ es Quinn, mit den Nachwehen fertig zu werden.

Brandt gelang es, dem Ausbruch Kovacs etwas Amüsantes abzugewinnen. »Na, das ging aber schnell. Normalerweise braucht der durchschnittliche Polizist etwas länger, um bei mir auszurasten.«

»Sergeant Kovac steht durch diese Morde unter ziemlichem Streß«, sagte Quinn und ging zu der Anrichte und zum Zen Garten. »Ich entschuldige mich für ihn.«

Die Steine in der Schachtel waren zu einem X arrangiert, der Sand darum herum in Schlangenlinien gerecht. Ihm fielen die Wunden an den Füßen der Opfer ein – ein Doppel X Muster – und die Stichwunden in der Brust des Opfers – zwei sich überschneidende X.

»Hat das Muster eine Bedeutung?« fragte er beiläufig.

»Nicht für mich«, sagte Brandt. »Meine Patienten spielen mehr damit als ich. Ich habe festgestellt, daß es einige Leute beruhigt, den Fluß von Gedanken und Kommunikation anregt.«

Quinn kannte mehrere Agenten im NCAVC, die Zen Gärten hatten. Ihre Büros waren sechzig Fuß unter der Erde – zehnmal tiefer als die Toten, scherzten sie. Keine Fenster, keine frische Luft, und das Wissen, daß das Gewicht der Erde gegen alle Wände drückte, das alles war symbolisch genug, um Freud einen Ständer zu verpassen. Ein Mensch brauchte etwas, um die Spannung abzubauen. Er persönlich zog es vor, auf Dinge einzuschlagen – mit Wucht. Er verbrachte Stunden im Fitneßraum mit der Bestrafung eines Punching Balls für die Sünden der Welt.

»Sie brauchen sich für Kovac nicht zu entschuldigen.« Brandt bückte sich, um das Mapplethorpe Buch aufzuheben. »Ich bin ein alter Hase, was den Umgang mit der Polizei angeht. Für sie ist alles simpel. Entweder man ist ein Böser oder ein Guter. Sie begreifen scheinbar nicht, daß ich die Grenzen meiner professionellen Ethik auch manchmal frustrierend finde, aber sie sind, was sie sind, verstehen Sie?«

Er legte das Buch beiseite und lehnte sich gegen seinen Schreibtisch, seine Hüfte berührte einen kleinen Stapel Akten. Das Etikett lautete Bondurant, Jillian. Ein Diktaphon lag auf der Akte, als ob er gerade daran gearbeitet hätte oder die Notizen von seiner letzten Sitzung mit ihr noch bearbeiten wollte.

»Ich verstehe Ihre Position. Ich hoffe, Sie verstehen meine«, sagte Quinn vorsichtig. »Ich bin hier kein Polizist. Unser Endziel ist zwar dasselbe, aber Sergeant Kovac und ich haben verschiedene Agendas. Meine Profilerstellung verlangt nicht die Art von Beweisen, die vor Gericht zulässig sind. Ich suche nach Eindrücken, Gefühlen, Bauchinstinkten, Details, die manche als unbedeutend betrachten würden. Sam sucht nach einem blutigen Messer mit Fingerabdrücken. Verstehen Sie, was ich meine?«

Brandt nickte langsam, ohne Quinn aus den Augen zu lassen. »Ja, ich glaube schon. Ich werde darüber nachdenken müssen. Aber gleichzeitig sollten Sie in Betracht ziehen, daß die Probleme, über die Jillian mit mir gesprochen hat, möglicherweise gar nichts mit ihrem Tod zu tun haben. Ihr Mörder hat möglicherweise überhaupt nichts über sie gewußt.«

»Aber möglicherweise hat er auch die eine Sache gewußt, die der Auslöser für ihn war«, sagte Quinn. Er nahm eine Visitenkarte aus dem schmalen Etui in seiner Brusttasche und reichte sie Brandt. »Das ist meine Durchwahl im FBI Büro in der Stadt. Ich hoffe, von Ihnen zu hören.«

Brandt legte die Karte beiseite und schüttelte ihm die Hand. »Mit angemessener Rücksicht auf die Umstände war es doch eine Freude, Sie kennenzulernen. Ich muß gestehen, ich war derjenige, der Peter Ihren Namen vorgeschlagen hat, als er mir sagte, er wolle den Direktor anrufen.«

Quinn verzog den Mund, als er sich auf den Weg zur Tür machte. »Ich bin mir nicht so sicher, ob ich Ihnen dafür danken soll, Dr. Brandt.«

Er verließ das Büro durch den Empfangsbereich, warf einen Blick auf die Frau, die auf dem Kamelhöckersofa saß, mit präzise zusammengestellten Füßen, und ihre rote Hermès Tasche auf den Knien balancierte. Ihre Miene war eine sorgsam nichtssagende Maske, gestülpt über Ärger und Scham. Sie wollte hier nicht gesehen werden.

Er fragte sich, was Jillian dabei empfunden hatte, hierherzukommen und alles einem Speichellecker ihres Vaters anzuvertrauen. War es ihre Entscheidung gewesen oder eine Bedingung für Peters Unterstützung? Sie war zwei Jahre lang jede Woche erschienen und nur Gott und Lucas Brandt wußten warum. Und ziemlich wahrscheinlich Bondurant. Brandt konnte sich für sie aufplustern und seine Ethik zur Schau stellen wie ein Pfau, der ein Rad schlägt, aber Quinn vermutete, daß Kovac recht hatte: Wenn es hart auf hart ging, war Brandt als erstes sich selbst verpflichtet. Und Peter Bondurant bei Laune zu halten, würde sehr viel dazu beitragen, Lucas Brandt bei Laune zu halten.

Kovac wartete im Foyer im Erdgeschoß. Er starrte verwirrt auf das abstrakte Gemälde einer Frau mit drei Augen und Brüsten, die seitlich aus ihrem Kopf wuchsen.

»Großer Gott, das ist häßlicher als die Mutter meiner zweiten Frau, und die konnte aus fünfzig Fuß Entfernung einen Spiegel zerspringen lassen. Glauben Sie, daß sie sowas hier reinhängen, um den Irren einen kleinen Extratritt auf dem Weg rein oder raus zu verpassen?«

»Das ist ein Rorschachtest«, sagte Quinn. »Sie wollen damit die Kerle ausmustern, die glauben, es handelt sich um eine Frau mit drei Augen und Brüsten seitlich am Kopf.«

Kovac runzelte die Stirn und warf heimlich einen letzten Blick auf das Ding, bevor sie das Haus verließen.

»Ein Anruf von Brandt und mein armseliger Arsch gehört der Katz«, schimpfte er, als sie die Treppe hinunterstiegen. »Ich kann meinen Lieutenant jetzt schon hören – ›Was zum Teufel haben Sie sich dabei gedacht, Kovac?‹ Gott, Brandt wird wahrscheinlich den Chief auf mich hetzen. Sie sind wahrscheinlich in derselben Scheiß Backgammonliga. Wahrscheinlich gehen sie zusammen zur Maniküre. Greer wird sich auf eine Leiter stellen, mir den Kopf abreißen und dann ins Loch hinunterschreien: ›Was zum Teufel haben Sie sich dabei gedacht, Kovac? Dreißig Tage ohne Gehalt!‹«

Er schüttelte den Kopf. »Was zum Teufel habe ich gedacht?«

»Ich weiß es nicht. Was zum Teufel haben Sie denn gedacht?«

»Daß ich den Kerl *hasse,* das hab ich gedacht.«

»Wirklich? Ich hab gedacht, wir spielen guter Cop – böser Cop.«

Kovac sah ihn über das Dach des Caprice an. »Ein so guter Schauspieler bin ich nicht. Seh ich vielleicht aus wie Harrison Ford?«

Quinn kniff die Augen zusammen. »Vielleicht wenn Sie den Schnurrbart opfern ...«

Sie stiegen ein und Kovacs Lächeln erstarb mit einem Kopfschütteln. »Ich weiß nicht, worüber ich lache. Ich sollte es wirklich besser wissen und nicht wie eine Rakete hochgehn. Brandt reißt an meiner Kette, mehr nicht. Ich trete mir nur in den Hintern, weil ich erst wußte, wer er ist, als ich ihn gesehn habe. Ich hab einfach nicht erwartet ...«

Keine Entschuldigung war auch eine Entschuldigung. Er blies zwischen seine Lippen und starrte durch die Windschutzscheibe durch die nackten Finger von Zweigen eines Busches im Winterschlaf zum See in der Ferne.

»Kennen Sie ihn von einem Fall?« fragte Quinn.

»Ja. Vor acht oder neun Jahren hat er in einem Mordfall, den ich bearbeitet habe, für die Verteidigung ausgesagt. Carl Borchard, Alter neunzehn, hat seine Freundin umgebracht, nachdem sie versuchte, mit ihm Schluß zu machen. Hat sie erwürgt. Brandt kommt mit dieser Rührgeschichte daher von wegen Borchards Mutter hätte ihn ausgesetzt, und wie der Streß mit seiner Freundin ihn hat ausflippen lassen. Er sagt der Jury, wie wir alle Carl bemitleiden sollten, weil er es nicht so gemeint hat und er es so bereut. Daß er eigentlich gar kein Mörder wäre. Daß es ein Verbrechen aus Leidenschaft wäre. Daß er keine Gefahr für die Gesellschaft darstellt. Blah, blah, blah. Schluchz, schluchz.«

»Und Sie wußten es besser?«

»Carl Borchard war ein weinerlicher, soziopathischer kleiner Scheißer mit einem Jugendstrafregister voller Zeug, das der Anklage nicht zugelassen wurde. Er hatte bereits öfter Gewalt gegen Frauen gezeigt. Brandt wußte das genauso gut wie wir, aber er stand nicht auf unserer Lohnliste.«

»Borchard wurde freigesprochen.«

»Totschlag. Erste Straftat, verminderte Haftzeit, U-Haft angerechnet, et cetera, et cetera. Der kleine Arsch hatte kaum Zeit im Gefängnis, aufs Klo zu gehen. Dann haben Sie ihn in ein Rehazentrum geschickt. Während er dort lebt, vergewaltigt er eine Frau aus nächster Nachbarschaft und schlägt ihr den Kopf mit einem Klauenhammer ein. Danke, Dr. Brandt.«

»Wissen Sie, was er dazu zu sagen hatte?« sagte Kovac ungläubig. »Er sagte gegenüber der *Star Tribune,* er hätte gedacht, Carl hätte sein ›Opferpotential‹ mit dem ersten Mord erschöpft, aber, he, Scheiße passiert eben. Dann fügte er noch hinzu, man könnte ihn nicht wirklich für diesen kleinen Fehler verantwortlich machen, weil er gar nicht soviel Zeit mit Borchard verbracht hätte. Scheiß-erstaunlich.«

Quinn nahm diese Information ruhig auf. Das Gefühl, diesem Fall zu nahe zu kommen, drückte ihn erneut. Er spürte, wie die Beteiligten sich um ihn drängten, ihm zu nahe standen, als daß er sie wirklich sehen konnte. Er wollte sie zurück haben, weg von sich. Er wollte nichts über Lucas Brandt wissen, wollte keinen persönlichen Eindruck von diesem Mann. Er wollte das, was Brandt ihm aus sicherer Entfernung geben konnte. Er wollte gehen und sich in dem ordentlichen Büro einsperren, das ihm die SAC in dem Gebäude an der Washington Avenue zur Verfügung stellte. Aber so würde das hier nicht funktionieren.

»Ich weiß noch etwas über Ihren Dr. Brandt«, sagte er, als Kovac den Wagen startete und den Gang einlegte.

»Und das wäre?«

»Er stand bei der Pressekonferenz gestern im Hintergrund.«

»Da ist er ...«

Kovac drückte den Pausenknopf auf der Fernbedienung. Das Bild zuckte und zappelte, während der Recorder es an Ort und Stelle hielt. Neben dem Pressemob, in einem Rudel Anzüge, stand Brandt. Ein Muskel an Kovacs Zwerchfell ballte sich wie eine Faust. Er drückte auf Play und beobachtete, wie der Psychologe den Kopf neigte und etwas zu dem Mann neben sich sagte.

»Mit wem redet er da?«

»Ahh ...« Yurek neigte den Kopf für einen besseren Blickwinkel. »Kellerman, der Ankläger.«

»O ja, der Wurm. Ruf ihn an. Prüf nach, ob er und Brandt zusammen da waren«, befahl Sam. »Finde raus, ob Brandt einen legitimen Grund hatte, da zu sein.«

Adler zog eine Augenbraue hoch. »Hältst du ihn für einen Verdächtigen?«

»Ich halte ihn für ein Arschloch.«

»Wenn das gegen das Gesetz verstieße, wären die Gefängnisse voller Anwälte.«

»Er hat mich heute früh rumgeschubst«, beklagte sich Sam. »Er und Bondurant sind zu gute Kumpel, und Bondurant schubst uns auch rum.«

»Er ist der Vater des Opfers«, sagte Adler.

»Er ist der *reiche* Vater des Opfers«, fügte Tippen hinzu.

»Er ist der reiche, *mächtige* Vater des Opfers«, erinnerte Yurek, Mr. Public Relations, sie alle.

Sam warf ihm einen Blick zu. »Er ist Teil einer Morduntersuchung. Ich muß diese Ermittlung genauso streng führen wie jede andere. Das heißt, wir müssen uns alle ansehen. Die Familie kommt immer unter die Lupe. Ich möchte Brandt ein wenig auf die Zehen treten, ihn wissen lassen, daß wir nicht nur ein paar zahme Hunde sind, die Peter Bondurant herumscheuchen kann. Wenn er uns irgend etwas über Jillian Bondurant geben kann, dann will ich es haben. Und ich will ihm auch auf die Zehen treten, weil ich ihn für einen Scheiß Parasiten halte.«

»Das riecht nach Ärger, Kojak«, trällerte Yurek.

»Das ist eine Morduntersuchung, Charmie. Möchtest du Emily Post konsultieren?«

»Ich will da mit einer intakten Laufbahn rauskommen.«

»Deine Laufbahn ist Ermittlung«, erwiderte Sam. »Brandt hatte eine Verbindung zu Jillian Bondurant.«

»Gibt es irgendeinen Grund außer dem, daß du ihn nicht magst, daß dieser Miesnick von Seelenklempner zwei Nutten eingebracht und eine Patientin enthauptet haben soll?« fragte Tippen.

»Ich sage nicht, daß er ein Verdächtiger ist«, sagte er bissig. »Er hat Jillian Freitag gesehen. Er hat sie jeden Freitag gesehen. Er weiß alles, was wir über dieses Opfer wissen müssen. Wenn er Informationen zurückhält, haben wir das Recht, ihn ein bißchen auszuquetschen.«

»Damit er ›Schweigepflicht‹ kreischen kann.«

»Dieses Lied singt er bereits. Umgeht das. Bleibt an den Rändern. Wenn wir ihn nur dazu bringen, den Namen von Jillians

Freund zu erwähnen, ist das schon was. Sobald wir bestätigen können, daß die Leiche Jillian ist, muß die Privatsphäre nicht mehr gewahrt werden, und wir können Brandt unter Druck setzen für Einzelheiten.«

»Da ist noch etwas, was ich an dem Wichser nicht mag«, fügte Sam hinzu. Er stapfte neben dem Tisch auf und ab; sein Verstand lief auf Hochtouren. »Mir gefällt nicht, daß er mit Gott weiß wievielen Kriminellen Verbindung gehabt hat. Ich möchte eine Liste von allen Gewalttätern, für oder gegen die er je ausgesagt hat.«

»Ich besorg sie«, bot Tippen an. »Meine Ex arbeitet im Archiv für die Strafkammer. Sie haßt mich mit Inbrunst, aber diesen Killer wird sie noch mehr hassen. Im Vergleich dazu seh ich gut aus.«

»Mann, das ist traurig, Tip.« Adler schüttelte den Kopf. »Du rangierst kaum eine Stufe über dem Abschaum.«

»He, das ist schon eine Stufe höher als bei der Einreichung der Scheidungspapiere.«

»Und Bondurant«, sagte Sam und löste einen neuerlichen Chor von Gestöhne aus. »Bondurant will nicht mit uns reden, und das gefällt mir nicht. Er hat Quinn gesagt, er hätte Angst um seine Privatsphäre. Kann mir gar nicht vorstellen, warum«, fügte er mit einem listigen Grinsen hinzu und zog einen Minikassettenrecorder aus der Jackettasche.

Die fünf anwesenden Mitglieder der Soko drängten sich um ihn, um mitzuhören. Liska und Moss waren noch unterwegs, um Lebensumstände des Opfers zu klären. Die Bundesagenten waren in die FBI Büros zurückgekehrt. Walsh arbeitete die VICAP-Liste von ähnlichen Verbrechen aus anderen Teilen des Landes durch. Er würde Agenten in anderen Außendienststellen des FBI anrufen sowie Kontakte, die er in verschiedenen Justizbehörden dank seiner Verbindung mit dem National Academy Program des FBI unterhielt, das Justizbeamten außerhalb des FBI Ausbildung bot. Quinn war in Klausur gegangen, um an Smokey Joes Profil zu arbeiten.

Das Band von Bondurants Gespräch mit Quinn wurde abgespielt. Die Detectives lauschten, wagten kaum zu atmen. Sam versuchte, sich Bondurant vorzustellen. Es war ihm ein Bedürfnis, das Gesicht des Mannes zu sehen, den Gesichtsausdruck, der zu dieser meist ausdruckslosen Stimme gehörte. Er war das Gespräch mit Quinn durchgegangen und kannte dessen Eindrücke. Aber jemanden über einen dritten zu befragen, war in etwa so, wie Sex mit jemandem zu haben, der sich in einem anderen Zimmer befindet – viel Frust und nicht sonderlich viel Befriedigung.

Das Band war zu Ende. Die Maschine schaltete sich mit einem scharfen Klicken aus. Sam sah von einem Mitglied des Teams zum nächsten. Cop Gesichter: streng und mit angeborener, vorsichtiger Skepsis.

»Dieser magere weiße Knabe versteckt etwas«, sagte Adler schließlich und lehnte sich in seinem Stuhl zurück.

»Ich bin mir nicht sicher, ob es etwas mit dem Mord zu tun hat«, sagte Sam. »Aber ich würde sagen, er hält definitiv etwas vor uns zurück, was Freitagnacht passiert ist. Ich möchte noch einmal die Nachbarn befragen und mit der Haushälterin reden.«

»Sie war an diesem Abend nicht da«, sagte Elwood.

»Das ist mir egal. Sie kannte das Mädchen. Sie kennt ihren Boß.«

Yurek stöhnte und legte den Kopf in die Hände.

»Was hast du denn für ein Problem, Charmie?« fragte Tippen. »Du mußt den Reportern doch nur sagen, daß wir momentan noch keinen Kommentar abgeben.«

»Ja, im staatlichen Fernsehen«, sagte er. »Die großen Hunde haben diesen Scheiß gewittert und kommen angerannt. Die Nachrichtenleute reißen mir das Telefon ein. Bondurant allein ist schon eine Nachricht. Bondurant plus einer enthaupteten verbrannten Leiche, die seine Tochter sein könnte oder nicht, das ist Material, das Tom Brokaw auf die Plätze verweist, die Schlagzeile wird die Skandalpresse lastwagenweise an den Mann bringen. Wenn wir zu hart in Peter Bondurants Richtung schnüffeln und die Presse in diese Richtung lenken, dann sag ich euch eins, er wird explodieren. Wir werden bis zum Hals in Anzeigen und Suspendierungen stecken.«

»Ich werde Bondurant und Brandt bearbeiten«, sagte Sam, wohlwissend, daß er da wesentlich besseres liefern müßte, als er das heute morgen getan hatte. »Ich nehm den Stier bei den Hörnern, aber ich brauche Leute, die das Umfeld bearbeiten, mit Freunden und Bekannten reden und so weiter. Chunk, du und Hamill kümmert euch um Paragon? Um eventuell verstimmte Angestellte?«

»Wir haben in dreißig Minuten dort ein Meeting.«

»Vielleicht können wir mit jemandem reden, der das Mädchen in Frankreich kannte«, schlug Tippen vor. »Vielleicht können die vom FBI dort drüben was ausgraben. Uns ein bißchen was über ihren Hintergrund rausbringen. Die Kleine war aus irgendeinem Grund kaputt. Vielleicht kennt irgendein Freund dort die Ursache.«

»Ruf Walsh an und sieh, was er tun kann. Frag ihn, ob es schon irgend etwas über diese Krankenberichte gibt. Elwood, hast du schon etwas aus Wisconsin über den Führerschein, mit dem unsere Zeugin rumrennt?«

»Keine Fahndung, kein Haftbefehl. Ich hab die Auskunft angerufen, um eine Telefonnummer zu kriegen – sie hat keine. Ich hab die Post kontaktiert – sie sagen, sie ist umgezogen und hat keine Nachsendeadresse hinterlassen. Streich drei.«

»Hat sie uns schon eine Skizze geliefert?« fragte Yurek.

»Kate Conlan hat sie heute morgen reingebracht, damit sie mit Oscar arbeitet«, sagte Sam und erhob sich. »Ich werde mal nachsehen, wie's augenblicklich steht. Wir sollten zu Gott beten, daß das Mädchen ein Polaroidgedächtnis hat. Ein Durchbruch bei der Sache jetzt könnte unsere Ärsche retten.«

»Ich brauche so schnell wie möglich Kopien für die Presse«, sagte Yurek.

»Ich laß sie dir bringen. Um welche Zeit trittst du bei *America's Most Wanted* auf?«

»Um fünf.«

Kovac sah auf die Uhr. Der Tag verrann mit doppelter Geschwindigkeit, und bis jetzt hatten sie noch nicht viel aufzuweisen. Das war das Teuflische daran, eine Untersuchung dieses Umfangs in die Startlöcher zu bringen. Zeit war entscheidend. Jeder Cop wußte, daß sich nach den ersten achtundvierzig Stunden einer Ermittlung die Chancen, einen Mordfall aufzuklären, heftig verringerten. Aber der Berg von Informationen, der am Beginn einer Untersuchung bei mehrfachem Mord gesammelt, koordiniert, interpretiert und auf den reagiert werden mußte, war überwältigend. Und ausgerechnet ein kleines Stück, das man ignorierte, konnte dasjenige sein, das die Wende brachte.

Sein Piepser trällerte. Das Display zeigte die Nummer seines Lieutenants.

»Jeder der kann, Treffen hier um vier«, sagte er und raffte sein Jackett von der Stuhllehne. »Wenn ihr unterwegs seid, meldet euch übers Handy. Ich bin weg.«

»Sie war sich scheinbar nicht sehr sicher, Sam«, sagte Oscar und führte ihn zu dem schrägen Zeichenbrett in einem kleinen Büro, das die angesammelte Beute eines notorischen Aufhebers noch enger machte. Papiere, Bücher, Magazine füllten jeden verfügbaren Platz mit wackeligen Türmen und Haufen. »Ich hab es so behutsam wie möglich gemacht, aber sie war im Kern widerspenstig.«

»Widerspenstig wie bei ›lügen‹ oder widerspenstig wie bei ›verängstigt‹?«

»Sie hatte Angst. Und wie du sehr gut weißt, kann Angst Ausflüchte präzipitieren.«

»Du warst schon wieder am Thesaurus, stimmt's, Oscar?«

Ein strahlendes Lächeln spitzte aus üppiger Gesichtsbehaarung. »Bildung ist die Labsal der Seele.«

»Ja, also, du wirst wahrscheinlich drin ertrinken, Oscar«, sagte Kovac ungeduldig und kramte eine mit Fusseln verklebte Magentablette aus seiner Hosentasche.

»Also, laß uns das Meisterwerk anschauen.«

»Ich betrachte es als Werk in Entstehung.«

Er schälte die blickdichte Schutzfolie ab und enthüllte die Bleistiftzeichnung, die den Bewohnern der Twin Cities von ihren obersten gewählten und ernannten Beamten versprochen worden war. Der Verdächtige trug eine dunkle, aufgeplusterte Jacke – was seine Statur kaschierte – über einem Kapuzensweatshirt, Kapuze hochgezogen, womit die Farbe seiner Haare verdeckt war. Eine Pilotenbrille versteckte die Form seiner Augen. Die Nase war unscheinbar, das Gesicht von mittlerer Breite. Teile des Mundes bedeckte ein Schnurrbart.

Kovacs Magen fing an zu revoltieren. »Das ist der Scheiß Unabomber«, schrie er und stürzte sich auf Oscar. »Was zum Teufel soll ich denn damit anfangen?«

»Also, Sam, ich hab dir gesagt, es ist noch in Arbeit«, sagte Oscar mit dieser langsamen, leisen Stimme.

»Er trägt eine *Sonnenbrille!* Es war Scheiß Mitternacht und sie läßt ihn eine Sonnenbrille tragen!« tobte Sam. »Verfluchte Scheiße! Das könnte jeder sein. Das könnte keiner sein. Das könnte *ich* sein!«

»Ich hoffe, noch ein bißchen mehr mit Angie zu arbeiten«, sagte der Künstler, ungerührt von Sams Jähzorn. »Sie glaubt nicht, daß sie die Einzelheiten in ihrem Gedächtnis hat, aber ich glaube, sie hat sie. Sie muß nur ihre Angst loslassen, dann kommt die Klarheit. Mit der Zeit.«

»Ich habe *mit der Zeit* nicht, Oscar! Ich hab um fünf Uhr eine gottverdammte Pressekonferenz!«

Er prustete laut und drehte einen Kreis auf der kleinen, beengten, vollgeräumten Arbeitsfläche des Künstlers und sah sich um, als ob er etwas zum Werfen suchte. Herrgott, er klang schon wie Sabin, der Beweise nach Bedarf erwartete. Er hatte sich den ganzen Tag lang gesagt, er dürfe sich nicht auf dieses verlogene, diebische kleine Miststück verlassen, das er Zeugin nannte. Aber unter all dem Zynismus hatte er auf ein ›Genau-auf-den-Punkt, Jetzt-hab-ich-dich-am-Schwanz-Phantombild‹ gehofft. Achtzehn Jahre in diesem Job und der Optimist in ihm lebte immer noch. Erstaunlich.

»Ich arbeite an der Version ohne den Schnurrbart«, sagte Oscar. »Sie war sich, glaube ich, nicht sicher, was den Schnurrbart angeht.«

»Wie kann sie wegen eines *Schnurrbarts* unsicher sein! Entweder er hatte einen oder er hatte keinen! Scheiße! Scheiße! Scheiße!«

»Ich werde es heute einfach nicht weitergeben«, sagte er, hauptsächlich zu sich selbst. »Wir halten es zurück, holen das Mädchen morgen wieder rein und versuchen, ein paar bessere Details zu kriegen.«

Aus dem Augenwinkel sah er, wie Oscar seinen Kopf etwas hängen ließ. Er sah aus, als würde er sich in seinen Bart zurückziehen. Sam hörte auf, im Zimmer herumzulaufen und sah ihm direkt in die Augen.

»Das könnten wir doch tun, nicht wahr, Oscar?«

»Es wird mir eine Freude sein, morgen wieder mit Angie zu arbeiten. Nichts würde mich mehr befriedigen, als ihren Erinnerungsstau zu lösen. Sich der Erinnerung zu stellen, ist der erste Schritt zur Neutralisierung ihrer negativen Macht. Was das andere angeht, das mußt du mit Chief Greer klären. Er war vor einer Stunde hier, um sich eine Kopie zu holen.«

»Sie hat sein Gesicht zwei Minuten lang im Licht einer brennenden Leiche gesehen, Sam«, sagte Kate und führte ihn in ihr Büro, obwohl sie sich nicht sicher war, daß der kleine Raum für ihn ausreichte. Wütend war Kovac eine kaum kontrollierbare Energiesäule, die ständig in Bewegung bleiben mußte.

»Sie hat in hellem Licht direkt in das Gesicht eines Mörders gesehen. Komm schon, Red. Würdest du nicht glauben, daß die Details sozusagen in ihrer Erinnerung eingebrannt sind?«

Kate lehnte sich gegen ihren Schreibtisch, verschränkte die Beine, bedacht, ihre Zehen außerhalb Kovacs Reichweite zu halten. »Ich glaube, ihr Erinnerungsvermögen könnte sich durch Anwendung von etwas Barem dramatisch verbessern«, sagte sie sarkastisch.

»Was?!«

»Sie hat Wind von Bondurants Belohnung gekriegt und will einen Brocken abhaben. Kannst du es ihr verdenken, Sam? Die Kleine hat nichts. Sie hat niemanden. Sie hat auf der Straße gelebt, Gott weiß was getan, um zu überleben.«

»Hast du ihr erklärt, daß die Belohnungen bei *Verurteilung* ausbezahlt werden? Wir können niemanden verurteilen, den wir nicht erwischt haben? Wir können niemanden erwischen, wenn wir keine Ahnung haben, wie er aussieht.«

»Ich weiß. He, mir brauchst du das nicht predigen. Und – ein Wort der Warnung – Angie solltest du auch keine Predigten halten«, sagte Kate. »Sie hängt in der Schwebe, Sam. Wir könnten sie verlieren. Bildlich und buchstäblich. Wenn du denkst, das Leben ist jetzt beschissen, stell dir vor, was passieren wird, wenn deine einzige Zeugin abhaut.«

»Was sagst du da? Willst du damit sagen, daß wir jemanden auf sie ansetzen sollen?«

»Unauffällig und in sicherer Entfernung. Wenn du eine Uniform auf den Randstein vors Phoenix stellst, wird das alles nur noch verschlimmern. Sie findet sowieso schon, daß wir sie wie eine Kriminelle behandeln.«

»Wunderbar«, sagte Sam. »Und was wünscht ihre Hoheit sonst noch?«

»Reiß mir nicht den Kopf ab«, befahl Kate. »Ich bin auf deiner Seite. Und hör auf, im Kreis zu rennen, sonst wird dir schwindlig. *Mir* ist schon schwindlig vom Zugucken.«

Kovac holte tief Luft und lehnte sich gegen die Wand, direkt gegenüber von Kate.

»Du hast gewußt, was du von diesem Mädchen zu erwarten hast, Sam. Warum überrascht dich das? Oder wolltest du nur, daß das Phantombild abgerissen wie eine deiner Exfrauen aussieht?«

Sein Mund verzog sich verärgert. Er rieb sich mit der Hand übers Gesicht und wünschte sich eine Zigarette. »Ich hab ein mieses Gefühl bei diesem Deal«, gab er zu. »Ich hab wohl darauf gewartet, daß die Zeugenfee unsere kleine Miss Daisy mit ihrem Zauberstab berührt. Oder sie damit piekst. Oder ihn ihr an den Kopf hält wie eine Pistole. Ich hoffte, die Kleine wäre verängstigt genug, um die Wahrheit zu sagen. Oscar sagt mir, Angst präzipitiert Ausflüchte.«

»Er hat wieder diese Hausfrauenpsychologiebücher gelesen, stimmt's?«

»Oder sowas.« Er seufzte schwer. »Fazit: Ich brauche etwas, um diese Ermittlung in Gang zu kicken, oder ich werde in ein paar ekligen Kloaken graben müssen. Ich hatte wohl gehofft, das wär's.«

»Halt die Skizze einen Tag zurück. Ich werde sie morgen noch einmal reinbringen. Mal sehen, ob Oscar seine mystischen Kräfte anwenden und etwas aus ihr rausziehen kann – sollte kein Wortspiel sein.«

»Ich glaube nicht, daß ich sie zurückhalten kann. Großer Häuptling Kleiner Schwanz hat die Skizze vor mir in die Finger gekriegt. Er wird damit laufen wollen. Er wird sie selbst auf der Pressekonferenz präsentieren wollen.«

»Verfluchte Lamettaträger«, schimpfte er. »Bei so einem Fall sind sie schlimmer als Kinder. Jeder will die Lorbeeren. Jeder will sein Gesicht in den Nachrichten haben. Sie müssen alle wichtig aussehen, als ob sie irgendwas mit den Ermittlungen zu tun hätten, außer den echten Cops im Weg zu stehen.«

»Das ist es, was dir wirklich gegen den Strich geht, Sam«, sagte Kate. »Es ist nicht die Skizze, sondern deine natürliche Abneigung dagegen, unter Aufsicht zu arbeiten.«

Er sah sie grimmig an. »Hast du auch Oscars Bücher gelesen?«

»Ich hab einen Collegeabschluß im Gehirnleerpicken«, erinnerte sie ihn. »Was kann schlimmstenfalls passieren, wenn die Skizze rausgeht und sie nicht absolut genau ist?«

»Ich weiß es nicht, Kate. Dieser Schnarcher grillt Frauen und schneidet ihnen die Köpfe ab. Was ist das Schlimmste, was passieren könnte?«

»Die Skizze wird ihn nicht beleidigen«, sagte Kate. »Es ist wahrscheinlicher, daß sie ihn amüsiert, weil er denkt, er hat dich wieder überlistet.«

»Ah, dann wird er sich noch unbesiegbarer fühlen und dazu ermächtigt, rauszugehen und noch eine umzunieten! Toll!«

»Sei doch kein solcher Fatalist. Du kannst das zu deinem Vorteil nutzen. Frag Quinn. Außerdem, wenn das Phantombild auch nur teilweise stimmt, kommt vielleicht etwas dabei heraus. Vielleicht erinnert sich irgend jemand da draußen daran, ein ähnliches Individuum in der Nähe eines Trucks gesehen zu haben. Vielleicht erinnern sie sich an den Teil eines Nummernschildes, eine Beule im Kotflügel, einen Typen, der hinkt. Du weißt genauso wie ich, Glück spielt bei einer Untersuchung wie dieser eine große Rolle.«

»Ja, also«, sagte Sam und richtete sich widerwillig von der Wand auf. »Wir könnten eine Wagenladung davon gebrauchen. Bald. Und wo ist jetzt der kleine Sonnenschein?«

»Ich hab sie von jemandem ins Phoenix zurückbringen lassen. Sie ist nicht glücklich darüber.«

»Hart.«

»Dito«, sagte Kate. »Sie will ein Hotelzimmer oder eine Wohnung oder sowas. Ich will, daß sie unter Leuten ist. Isolation wird sie nicht öffnen. Außerdem möchte ich, daß sie jemand im Auge behält. Habt ihr den Rucksack durchsucht, den sie bei sich hat?«

»Liska hat ihn überprüft. Angie war stocksauer, aber he, sie kam von einer kopflosen Leiche. Wir konnten nicht riskieren, daß sie durchdreht und ein Messer zieht. Der Uniformierte, der sie aufgegriffen hat, hätte das am Tatort tun müssen, aber er war total durcheinander und konnte nur an Smokey Joe denken. Dämlicher Anfänger. Wenn er den Fehler beim Falschen macht, wird er nicht alt werden.«

»Hat Nikki etwas gefunden?«

Er schürzte die Lippen und schüttelte den Kopf. »Woran denkst du? Drogen?«

»Ich weiß es nicht. Vielleicht. Ihr Verhalten zieht alle Register. Sie ist up, sie ist down, sie ist hart, sie ist den Tränen nahe. Ich fang an zu denken, daß bei ihr irgendwas nicht stimmt, dann brems ich mich und denke: Mein Gott, überleg mal, was sie durchgemacht hat. Vielleicht ist sie bemerkenswert stabil und gesund, wenn man das bedenkt.«

»Oder vielleicht braucht sie einen Schuß«, überlegte Sam und bewegte sich zur Tür. »Vielleicht war es das, was sie in diesem Park um Mitternacht gesucht hat. Ich kenn ein paar Typen im Rauschgiftdezernat. Ich werde meine Fühler ausstrecken, vielleicht kennen sie die Kleine. Wir haben bis jetzt noch nichts anderes über sie. Wisconsin hatte nichts.«

»Ich hab mit Susan Freye in unserer Jugendlichenabteilung gesprochen«, sagte Kate. »Sie macht das schon eine Ewigkeit. Die hat ein tolles Netzwerk. Rob checkt seine Kontakte in Wisconsin. In der Zwischenzeit muß ich Angie irgendwas anbieten, Sam. Eine Geste der Anerkennung. Kannst du ihr aus der Portokasse was als Informantin besorgen?«

»Ich werde sehen, was ich tun kann.«

Noch eine weitere Pflicht auf seiner langen Liste. Armer Kerl, dachte Kate. Heute schienen die Falten in seinem Gesicht tiefer. Er trug das Gewicht dieser Stadt auf seinen stämmigen Schultern. Sein Jackett hing schlaff an ihm, als hätte er ihm irgendwie die Stärke entzogen, um seine schwindende Energie aufzupeppen.

»Hör mal, mach dir deshalb keinen Streß«, sagte sie, als sie die Tür aufzog. »Ich kann das deinem Lieutenant selbst aus dem Kreuz leiern. Du hast Besseres zu tun.«

Auf halbem Weg zur Tür drehte er sich um und schenkte ihr ein schiefes Lächeln. »Wie kommst du denn darauf?«

»Nur so eine Idee.«

»Danke. Bist du nicht zu beschäftigt, bewaffnete Pistolenhelden zu überwältigen?«

»Hast du auch schon davon gehört?« Kate schnitt eine Grimasse, sie war nicht glücklich über die Aufmerksamkeit, die ihr der gestrige Vorfall einbrachte. Sie hatte schon ein halbes Dutzend Anfragen für Interviews abgelehnt und zu viele Ausflüge aufs Damenklo gemacht, um ihr Make-up über den Blutergüssen zu erneuern.

»Falscher Ort, falsche Zeit, das ist alles. Geschichte meines Lebens«, sagte sie trocken.

Kovac sah nachdenklich aus, als wolle er etwas Tiefgründiges von sich geben, dann schüttelte er ein bißchen den Kopf. »Du bist ein Wunder, Red.«

»Kaum. Ich hab nur einen Schutzengel mit einem kranken Sinn für Humor. Geh und kämpf den Kampf, Sergeant. Ich kümmer mich um die Zeugin.«

Kapitel 12

Der Verkehr ärgert ihn. Er nimmt die 35W South aus der Stadt, um die Ampeln zu vermeiden und die nervigen Kurven der alternativen Strecke. Stop-und-Go-Verkehr, bis er am liebsten das Auto stehengelassen hätte, um dann am Bankett entlangzugehen und die Leute willkürlich aus ihren Wagen zu zerren und ihnen die Köpfe mit dem Radkreuz einzuschlagen. Es amüsiert ihn, daß andere Autofahrer sich wahrscheinlich ähnlichen Fantasien hingeben. Sie haben keine Ahnung, daß der Mann, der in dem dunklen Wagen hinter ihnen, neben ihnen, vor ihnen sitzt, diese Fantasien in die Tat umsetzen könnte, ohne mit der Wimper zu zucken.

Er sieht die Frau in dem roten Saturn neben sich an. Sie ist hübsch, mit nordischen Gesichtszügen und weißblonden Haaren, die mit viel Spray zu einer voluminösen, modisch zerzausten Frisur gestylt sind. Sie ertappt ihn dabei, und er lächelt und winkt. Sie erwidert das Lächeln, dann macht sie eine Geste und ein komisches Gesicht über den gestauten Verkehr vor ihnen. Er zuckt mit den Schultern, grinst und formt lautlos die Worte »was kann man tun«.

Er stellt sich ihr blasses, verzerrtes Gesicht vor, wenn er sich mit dem Messer über sie beugt. Er sieht, wie ihre nackte Brust sich im Takt mit ihrer flachen Atmung senkt. Er hört das Zittern in ihrer Stimme, als sie um ihr Leben bettelt. Er kann ihre Schreie hören, wenn er ihre Brüste abschneidet.

Begierde regt sich tief in seinem Unterleib.

»Der wahrscheinlich entscheidendste Faktor in der Entwicklung eines Serienvergewaltigers oder Mörders ist die Rolle der Fantasie.« – John Douglas, Mindhunter.

Seine Fantasien haben ihn nie schockiert. Nicht in der Kindheit, als er sich vorstellte, wie es wohl wäre, etwas Lebendiges sterben zu sehen, wie es wäre, seine Hände um den Hals einer Katze oder den des Kindes von nebenan zu legen und die Macht über Leben und Tod buchstäblich in Händen zu halten. Nicht in der Pubertät, als er sich vorstellte, die Nippel der Brüste seiner Mutter abzuschneiden oder ihren Kehlkopf rauszuschneiden und ihn mit dem Hammer zu zermatschen oder ihre Gebärmutter herauszuschneiden und sie in den Heizofen zu werfen.

Er weiß, daß für einen Mörder wie ihn diese Gedanken ein anhaltender Teil der internen Verarbeitung und kognitiven Operationen sind. Im Grunde sind sie für ihn natürlich. Natürlich und deshalb nicht deviant.

Er nimmt die Ausfahrt an der 36th und fährt Richtung Westen auf baumgesäumten Straßen zum Lake Calhoun. Die Blondine ist fort und mit ihr die Fantasie; er denkt wieder an das nachmittägliche Briefing für die Presse, amüsiert und frustriert zugleich. Die Polizei hatte eine Skizze – das amüsierte ihn. Er stand inmitten der Menge, als Chief Greer die Zeichnung hochhielt, die ein so genaues Abbild von ihm sein sollte, daß man ihn mit einem Blick auf der Straße erkennen würde. Und als das Briefing vorbei war, waren all diese Reporter einfach an ihm vorbeigegangen.

Die Ursache für seinen Frust war John Quinn. Quinn erschien nicht bei dem Briefing, und er hatte auch noch keine offizielle Verlautbarung herausgegeben, scheinbar eine gezielte Beleidigung. Quinn ist viel zu verstrickt in seine Schlußfolgerungen und Spekulationen. Wahrscheinlich konzentriert er seine ganze Aufmerksamkeit auf die Opfer. Wer sie waren, und was sie waren, und wieso ausgerechnet sie ausgewählt worden waren.

In gewissem Sinn formt und gestaltet das Opfer den Kriminellen … Um den einen zu kennen, müssen wir mit dem entsprechenden Gegenüber bekannt sein.« – Hans von Hentig.

Quinn glaubt das auch. Quinns Buch über Sexualmord steht unter vielen in seinem Regal. *Seductions of Crime* von Katz, *Inside the Criminal Mind* von Samenow, *Sexual Homicide: Patterns and Motives* von Ressler, Burgess und Douglas. Er hat sie alle studiert und noch mehr. Eine Reise der Selbsterforschung.

Er biegt in seine Straße ein. Auf Grund der Lage der Seen in diesem Teil der Stadt sind die Straßen in ihrer unmittelbaren Umgebung oft ganz unregelmäßig. Die hier zieht eine Kurve, wodurch die Häuser größere Grundstücke als gewöhnlich haben. Mehr Privatsphäre. Er parkt den Wagen auf der Betonschürze vor der Garage und steigt aus.

Die Nacht hat das magere Tageslicht von vorhin ausgeschwärzt. Der Wind bläst aus dem Westen und bringt den Geruch frischen Hundekots mit sich. Der Gestank trifft seine Nase den Bruchteil einer Sekunde vor dem Stakkatogebell eines Spielzeughundes.

Aus der Dunkelheit des Nachbargartens huscht Mrs. Vetters Bichon frise, eine Kreatur, die aussieht wie eine locker zusammengenähte Sammlung weißer Pompons. Der Hund rennt bis auf eineinhalb Meter an ihn heran, dann bleibt er stehen und hält seine Stellung, knurrt wie ein tollwütiges Eichhörnchen.

Der Lärm löst sofort seinen Jähzorn aus. Er haßt diesen Hund. Er haßt den Hund besonders jetzt, weil er die miese Laune aus dem Verkehrsstau wiedergebracht hat. Er will den Hund treten, so fest er kann. Er kann sich das schrille Japsen vorstellen, den schlaffen Körper des Tieres, wenn er es am Hals packt und die Luftröhre zerquetscht.

»Bitsy!« kreischt Mrs. Vetter von ihrer Vordertreppe. »Bitsy, komm her.«

Yvonne Vetter ist in den Sechzigern, eine Witwe, eine unangenehme Frau mit einem runden säuerlichen Gesicht und einer schrillen Stimme. Er haßt sie inbrünstig und denkt jedesmal, wenn er sie sieht, daran, sie umzubringen, aber etwas ebenso Tiefes und Fundamentales hält ihn zurück. Er weigert sich, dieses Gefühl zu untersuchen, und wird noch wütender, als er sich vorstellt, was John Quinn darauf machen würde.

»Bitsy! Komm her!«

Der Hund knurrt ihn an, dann dreht er um und läuft an der Garage auf und ab, bleibt stehen, um an die Ecken des Gebäudes zu pinkeln.

»Bit-sy!!«

In seinem Kopf beginnt ein Puls zu dröhnen, und Wärme durchflutet sein Gehirn und brandet durch seinen Körper. Wenn

Yvonne Vetter jetzt den Rasen überquert, wird er sie töten. Er wird sie packen und ihre Schreie mit den Zeitungen, die er in der Hand hält, ersticken. Er wird sie rasch in die Garage zerren, ihren Kopf gegen die Wand klatschen, um sie auszuschalten, dann zuerst den Hund töten, um sein infernalisches Bellen zu stoppen. Dann wird er ausrasten und Yvonne Vetter auf eine Art töten, die einen bösartigen Hunger, der tief in ihm begraben ist, befriedigen wird.

Sie schickt sich an, die Vordertreppe ihres Hauses hinunterzusteigen.

Die Muskeln um seinen Rücken und seine Schultern spannen sich an. Sein Puls beschleunigt.

»Bit-sy!! Komm jetzt!«

Seine Lunge füllt sich. Seine Finger krallen sich in die Zeitungen.

Der Hund bellt ihn ein letztes Mal an, dann huscht er zurück zu seinem Frauchen. In fünf Metern Entfernung bückt sich die Vetter und rafft das Tier in ihre Arme, als wäre es ein Kind. Die Gelegenheit stirbt wie ein ungesungenes Lied.

»Er ist aufgeregt heute abend«, sagt er lächelnd.

»Er wird so, wenn er zuviel drinnen ist. Er mag Sie auch nicht«, sagt Mrs. Vetter trotzig und bringt den Hund in ihr Haus zurück.

»Scheißluder«, flüstert er. Der Zorn wird noch weiter in ihm vibrieren, wie eine Stimmgabel, die noch lange, nachdem sie angeschlagen wurde, nachschwingt. Er wird die Fantasie, wie er Yvonne Vetter umbringt, immer und immer wieder durchspielen.

Er geht in die Garage, wo der Blazer und ein roter Saab stehen, und betritt das Haus durch die Seitentür, begierig darauf, in den beiden Zeitungen über den Feuerbestatter zu lesen. Er wird alle Artikel, die die Untersuchung betreffen, ausschneiden und sie fotokopieren, denn Zeitungsdruck ist billig und hält nicht lange. Er hat sowohl die nationalen als auch die lokalen Nachrichten aufgenommen und wird darauf achten, ob der Feuerbestatter erwähnt wird.

Der Feuerbestatter oder Smokey Joe. Die Spitznamen amüsieren ihn. Sie klingen wie etwas aus einem Comic-Heft. Sie beschwören Bilder von Nazikriegsverbrechern oder Monstern aus schlechten Filmen herauf. Der Stoff, aus dem Alpträume sind.

Er ist der Stoff, aus dem Alpträume sind.

Und wie die Kreaturen der Kindheitsalpträume geht er in den Keller. Der Keller ist sein persönlicher Raum, seine ideale Zuflucht. Der Hauptraum ist als Amateurtonstudio ausgebaut. Wände und Decke mit schallschluckenden Platten verkleidet. Schiefergrauer glatter Teppich. Er mag die niedrige Decke, den Mangel an natürlichem Licht, das Gefühl, in der Erde zu sein, umgeben von dicken Betonmauern. Seine eigene, sichere Welt. Genauso wie damals, als er noch ein Junge war.

Er geht den Gang hinunter und in das Spielzimmer, hält die Zeitungen vor sich, um die Schlagzeilen zu bewundern.

»Ja, ich bin berühmt«, sagt er lächelnd. »Aber sei nicht traurig. Du wirst auch bald berühmt sein. Es gibt nichts Vergleichbares.«

Er dreht sich zum Billardtisch, hält die Zeitungen schief, damit die nackte Frau, die mit gespreizten Händen und Füßen darauf gefesselt ist, einen Blick auf die Schlagzeilen werfen kann, wenn sie will. Statt dessen starrt sie ihn an, ihre Augen sind glasig vor Furcht und Tränen. Die Geräusche, die sie macht, sind keine Worte, sondern die elementarsten Vokalisierungen des elementarsten Gefühls – Furcht.

Die Geräusche berühren ihn wie elektrische Ströme, geben ihm Energie. Ihre Angst gibt ihm die Kontrolle über sie. Kontrolle ist Macht. Macht ist das ultimative Aphrodisiakum.

»Schon bald wirst du Teil dieser Schlagzeile sein«, sagt er und streicht mit dem Finger die fetten schwarzen Lettern auf Seite Eins der *Star Tribune* entlang. *»Asche zu Asche.«*

DerTag glitt in den Abend, in die Nacht. Quinns einziger Anzeiger war seine Uhr, auf die er nur selten sah. In dem Büro, das man ihm überlassen hatte, gab es keine Fenster, nur Wände. Er hatte den Tag damit verbracht, diese mit Notizen zu pflastern, oft mit dem Telefonhörer zwischen Ohr und Schulter geklemmt, im Blacksburg Fall beratend, wo der Verdächtige scheinbar kurz vor dem Geständnis war. Er hätte dort sein sollen. Sein Bedürfnis, alles zu kontrollieren, förderte die Einbildung, er könnte alle Fehler verhindern, obwohl er wußte, daß das nicht stimmte.

Kovac hatte ihm einen Platz in dem Bereich angeboten, den die Soko inoffiziell das Büro zum liebevollen Händchen des Todes getauft hatte. Er hatte abgelehnt. Er brauchte Trennung, Isolation. Er konnte nicht dabeisein, wenn ein Dutzend Cops Theorien und Namen von Verdächtigen wie Bälle jonglierte. Er fühlte sich ohnehin schon verseucht.

Jetzt war raus, daß John Quinn in den Fall Feuerbestatter eingeschaltet worden war. Kovac hatte die schlechte Nachricht nach dem Presse-Briefing durchtelefoniert. Es war nur eine Frage der Zeit, bis er selbst den Medien gegenübertreten mußte.

Verdammt, er hatte mehr Zeit gewollt. Er hatte diese nächsten paar Stunden. Er hätte sich einnisten und sich verlieren sollen, aber das war ihm scheinbar nicht möglich. Erschöpfung zerrte an ihm. Sein Magengeschwür brannte. Er hatte Hunger und wußte, daß er Brennstoff brauchte, um sein Gehirn in Gang zu halten, aber er wollte keine Zeit mit Rausgehen verschwenden. Zuviele Informationen und das Summen von zuviel Koffein schwirrten durch seinen Kopf. Und das war das vertraute Gefühl von Rastlosigkeit, das tief in seinem Inneren vibrierte – die Dringlichkeit, die bei jedem Fall aufstieg, dem er so nahe kam. Diesmal setzte sie sich aus mildernden Umständen und bruchstückhaften Erinnerungen aus der Vergangenheit zusammen und einem Gefühl, das sich in letzter Zeit immer häufiger bei ihm einschlich – Angst. Die Angst, daß er bei diesem Fall nicht schnell genug etwas bewirken würde. Die Angst, daß er Mist bauen würde. Die Angst, daß die Müdigkeit, die ihn belastete, plötzlich zuviel werden könnte. Die Angst, daß das, was er wirklich wollte, einfach sein könnte: vor allem wegzulaufen.

Um diesen Gefühlen zu entrinnen, mußte er sich bewegen, also begann er, vor der Wand mit Notizen auf und ab zu laufen, erfaßte kleine Abschnitte davon mit einem Blick. Die Gesichter von Bondurant und Brandt taumelten wie Blätter durch seinen Kopf.

Peter Bondurant hielt mehr zurück, als er ihnen gab.

Lucas Brandt hatte eine Lizenz, Geheimnisse zu wahren.

Quinn wünschte, er wäre keinem von beiden je begegnet. Er hätte sich heftiger dagegen wehren sollen, in einem so frühen Stadium der Ermittlungen hierherzukommen, dachte er und rieb einen Knoten in seiner rechten Schulter. Hier ging es um Kontrolle. Wenn er die Bühne mit durchgeplanter Strategie betrat, hatte er die Oberhand.

Diese Methode fand bei mehr als nur diesem Fall Anwendung. So steuerte er sein ganzes Leben – angefangen vom Umgang mit der Bürokratie bei seinem Job, über den Umgang mit den Chinesen, die die Postfächer betrieben, von denen er eines unterhielt, bis hin zum Lebensmittelkauf. In jeder und allen Situationen und Beziehungen war Kontrolle der Schlüssel.

Kate glitt in den Hintergrund seines Bewußtseins, als wolle sie ihn reizen. Wieviele Male hatte er im Lauf der Jahre durchgespielt, was zwischen ihnen passiert war, seine eigenen Aktionen und Reaktionen angepaßt, um ein anderes Ergebnis zu erhalten? Öfter, als er zugeben würde. Kontrolle und Strategie waren seine Schlagwörter. Er hatte keines von beiden bei Kate. Erst waren sie Bekannte gewesen, dann Freunde, dann steckten sie bis zum Hals drin. Keine Zeit zu denken, zu verstrickt in den Augenblick, um irgendeine Perspektive zu haben, gegenseitig angezogen von einem Bedürfnis und einer Leidenschaft, die stärker als sie beide waren. Und dann war es vorbei, und sie war weg und ... nichts. Nichts außer Reue, daß er es einfach hatte liegen lassen, überzeugt, daß sie beide letztendlich einsehen würden, daß es das Beste war.

Es *war* das Beste. Auf jeden Fall für Kate. Sie hatte hier ein Leben. Sie hatte eine neue Karriere, Freunde, ein Zuhause. Er hätte vernünftig genug sein müssen, sich von all dem fernzuhalten, keine schlafenden Hunde zu wecken, aber die Versuchung dieser Gelegenheit lockte ihn wie ein winkender Finger oder ein verführerisches Lächeln. Und die Wucht all dieser Reue schob ihn von hinten an.

Fünf Jahre waren wohl eine lange Zeit, Bedauern mit sich herumzutragen, aber anderes hatte er noch länger mit sich herumgetragen. Fälle, die nicht aufgeklärt waren, verlorene Prozesse, ein Kindesmörder, der entflohen war. Seine Ehe, der Tod seiner Mutter, der Alkoholismus seines Vaters. Vielleicht hatte er nie etwas losgelassen. Vielleicht war das der Grund, warum er sich innerlich so hohl fühlte: Da war kein Platz mehr für irgend etwas anderes, außer dem vertrockneten Müll seiner Vergangenheit.

Er fluchte vor sich hin, angewidert von sich selbst. Er sollte doch eigentlich in den Verstand eines Kriminellen eintauchen, nicht in seinen eigenen.

Er konnte sich nicht daran erinnern, sich gegen seinen Schreibtisch gelehnt zu haben, hatte keine Ahnung, wieviele Minuten weg waren. Er rieb sich mit seinen großen Händen übers Gesicht, leckte seine Lippen und entdeckte den Phantomgeschmack von Scotch. Ein seltsamer psychologischer Dreh und ein Bedürfnis, das unerfüllt bleiben würde. Er gestattete es sich nicht zu trinken. Er erlaubte es sich nicht zu rauchen. Er erlaubte sich nicht viel. Wenn er auch noch Bedauern in diese Liste aufnahm, was blieb ihm dann noch?

Er ging zu dem Teil der Wand, an dem er kurze Notizen über die Opfer des Feuerbestatters aufgeklebt hatte, von ihm selbst mit farbigen Markern gekritzelt. Alles Großbuchstaben. Eng, mit hartem Rechtsdrall. Die Art Handschrift, bei der Graphologen die Augenbrauen hochzogen und einen weiten Bogen um ihn schlugen.

Fotos von allen drei Frauen waren über seine Notizen geklebt. Ein Ringordner lag offen auf dem Tisch, angefüllt mit Seiten über Seiten ordentlich getippter Berichte, Karten, Maßstabzeichnungen der Tatorte, Autopsieprotokolle – seine tragbare Bibel des Falles. Aber er fand es hilfreich, ein paar grundlegende Informationen linear aufzureihen – deshalb die Notizen an der Wand und die Fotos der drei lächelnden Frauen – jetzt fort aus dieser Welt, ihr Leben ausgeblasen wie Kerzen, ihre Würde gewaltsam entrissen.

Drei weiße Frauen. Alle zwischen einundzwanzig und dreiundzwanzig. Größe zwischen eins fünfundsechzig und eins fünfundsiebzig. Statur von grobknochig bei Lila White bis zur zierlichen Fawn Pierce bis zur durchschnittlichen Fräulein Mustermann/Jillian Bondurant.

Zwei Prostituierte und eine College-Studentin. Sie hatten in verschiedenen Teilen der Stadt gelebt. Die Nutten arbeiteten in der Regel in zwei verschiedenen Vierteln, von denen Jillian Bondurant keines frequentierte. Lila und Fawn waren sich vielleicht gelegentlich über den Weg gelaufen, aber es war höchst unwahrscheinlich, daß Jillian dieselben Bars, Restaurants oder Läden besucht hatte.

Die Drogengeschichte hatte er in Betracht gezogen, aber bis jetzt hatten sie nichts, was sie untermauern könnte. Lila White war sauber geblieben, nachdem sie vor einem Jahr einem County Programm beigetreten war. Fawn Pierce hatte, soweit man wußte, nie Drogen konsumiert, obwohl sie im Ruf stand, gelegentlich tagelang billigem Wodka zu frönen. Und Jillian? In ihrer Wohnung hatte man keine Drogen gefunden, in ihrem Körper auch nicht. Sie hatte keine Vorstrafen wegen Drogenmißbrauchs. Bislang noch keine Anekdoten über Drogenkonsum.

»Glauben Sie etwa, sie möchten, daß die Leute wissen, warum ihre Töchter Huren und Drogensüchtige geworden sind?«

Er konnte immer noch die Verbitterung in Peter Bondurants Stimme hören. Woher kam sie?

Jillian war das Stück, das nicht in das Puzzle dieser Verbrechen paßte. Sie war es, die das Profil verzerrte. Es gab einen gewöhnlichen Verbrechertyp, der Prostituierte jagte. Prostituierte waren Opfer aus einer Risikogruppe, leichte Beute. Ihre Mörder waren meist gesellschaftlich inadäquate, unterbeschäftigte weiße Männer, die erniedrigende Erlebnisse mit Frauen gehabt hatten und versuchten, sich an dem Geschlecht zu rächen, indem sie die bestraften, die sie für die schlimmsten dieser Gruppe hielten.

Außer Jillian hatte ein heimliches Leben als Nutte geführt … Nicht total abwegig, nahm er an, aber bis jetzt gab es noch keinen Hinweis darauf, daß Jillian einen einzigen Freund hatte, geschweige denn eine Liste von Freiern.

»Jungs haben sie nicht interessiert. Sie wollte keine Beziehungen auf Zeit. Sie hatte soviel durchgemacht …«

Was hatte sie durchgemacht? Die Scheidung ihrer Eltern. Die Krankheit ihrer Mutter. Einen Stiefvater in einem neuen Land. Was sonst noch? Etwas Tiefergehendes? Dunkleres? Etwas, das sie in die Therapie mit Lucas Brandt drängte?

»… Sie sollten bedenken, daß die Probleme, die Jillian zu mir gebracht haben, möglicherweise überhaupt nichts mit ihrem Tod zu tun haben. Ihr Mörder hat möglicherweise gar nichts über sie gewußt.«

»Aber ich setze einen Dollar darauf, daß er es hat, Dr. Brandt«, sagte er leise und sah den Schnappschuß des Mädchens an. Er spürte es in seinem Bauch. Jillian war der Schlüssel. Etwas in ihrem Leben hatte sie in das Fadenkreuz dieses Mörders gebracht. Und wenn sie herausfinden könnten, was das war, dann hätten sie vielleicht wenigstens das Quentchen einer Chance, dieses Schwein zu fassen.

Er ging zurück zum Schreibtisch und durchblätterte den Ordner bis zu dem Teil mit den Fotos: 20 x 20 cm, Farbabzüge, ordentlich beschriftet nach Inhalt. Die Schauplätze der Verbrechen: allgemeine Aufnahmen, Beschaffenheit der Umgebung, Position der Leichen aus diversen Perspektiven, Nahaufnahmen der verbrannten, geschändeten Frauen. Und aus dem Büro des Gerichtsmediziners: allgemeine und Nahaufnahmen der Opfer vor und nach der Säuberung im Leichenschauhaus, Autopsiefotos, Nahaufnahmen von Wunden. Wunden, die vor dem Tod zugefügt wurden – Anzeichen für einen sexuellen Sadisten. Wunden, nach dem Tod beigebracht – die mehr fetischistisch als sadistisch waren, wesentlicher Bestandteil der Fantasien des Killers.

Ausgefeilte Fantasien. Fantasien, die er über eine sehr, sehr lange Zeit entwickelt hatte.

Er blätterte langsam die Nahaufnahmen der Wunden durch, untersuchte jedes Mal, was der Mörder hinterlassen hatte, verweilte bei den Stichwunden in der Brust der Opfer. Acht Stichwunden, in einer Gruppe gedrängt, längere Wunden, die sich mit kürzeren in einem spezifischen Muster abwechselten.

Von allen grausigen Aspekten der Morde machte ihm das am meisten zu schaffen. Mehr als das Verbrennen. Das Verbrennen schien mehr als Show, eine öffentliche Aussage. *Asche zu Asche.* Eine symbolische Bestattung, das Ende seiner Verbindung mit dem Opfer. Diese Stichwunden bedeuteten etwas Persönlicheres, Intimeres. Was?

Eine Kakophonie von Stimmen erfüllte Quinns Kopf: Bondurants, Brandts, die des Gerichtsmediziners, Kovacs, die der Cops, der Pathologen und Experten und Agenten von hunderten früherer Fälle. Alle von ihnen mit einer Meinung oder einer Frage oder einem Vorurteil. Alle von ihnen so laut, daß er sich selbst nicht mehr denken hören konnte. Und die Müdigkeit schien den Lärm noch zu verstärken, bis er jemanden anflehen wollte, ihn doch abzustellen.

The Mighty Quinn. So nannten sie ihn daheim in Quantico. Wenn sie ihn jetzt sehen könnten ... Er fühlte sich, als würde er an der Angst ersticken, ihm könnte etwas entgehen, oder er könnte die Untersuchung in die Irre leiten.

Das System lief auf overload, und er war derjenige am Schalter – und da war der beängstigendste Gedanke: daß nur er die Dinge ändern konnte, aber er würde die Dinge nicht ändern, weil, so furchtbar das auch war, die Alternative ihm noch mehr Angst machte. Ohne den Job gab es keinen John Quinn.

Ein feines Zittern begann tief in seinem Innersten und arbeitete sich heimlich in seine Arme vor. Er kämpfte dagegen an, haßte es, spannte seinen Bizeps und seinen Trizeps, versuchte, die Schwäche in sich zurückzuzwingen. Mit zugekniffenen Augen ließ er sich auf den Boden fallen und machte Liegestützen. Zehn, zwanzig, dreißig, mehr, bis seine Arme sich anfühlten, als ob die Haut platzte, unfähig, die schwellende Muskelmasse noch zu halten, bis der Schmerz den Lärm aus seinem Kopf brannte und er nur noch das Hämmern seines eigenen Pulses hören konnte. Und dann zwang er sich aufzustehen, schwer atmend, warm und feucht von Schweiß.

Er konzentrierte sich auf das Foto vor ihm, sah nicht das zerfetzte Fleisch oder das Blut oder die Leiche, sah nur das Muster auf der Wunde: X über X.

»Cross my heart«, murmelte er, fuhr mit der Fingerspitze über die Linien »Hope to die«. Das große Kinderehrenwort Amerikas.

»Ein Serienmörder streicht durch die Straßen von Minneapolis. Heute hat die Polizei von Minneapolis die Phantomzeichnung des Mannes freigegeben, der möglicherweise drei Frauen brutal ermordet hat und *das* ist unsere Top Story heute abend ...«

Die Frauen des Phoenix House saßen in, auf und um die nicht zusammenpassende Ansammlung von Stühlen und Sofas im Wohnzimmer. Ihre Aufmerksamkeit richtete sich auf den breitschultrigen Nachrichtensprecher von Channel Eleven mit dem energischen Kinn. Die Kamera machte einen Schnitt auf einen Filmbericht des nachmittäglichen Pressebriefings, bei dem der Chief der Polizei die Skizze des Feuerbestatters hochhielt, dann erschien die Skizze selbst auf dem Bildschirm.

Angie sah von der Tür aus zu, ihre Aufmerksamkeit galt den Frauen. Ein paar von ihnen waren kaum älter als sie. Vier Anfang zwanzig. Eine war älter, fett, häßlich. Die Fette trug ein ärmelloses Top, weil die Heizung verrückt spielte und das Haus so heiß und trocken wie die Wüste war. Ihre Oberarme schlabberten, frischbauchweiß. Ihr Bauch ruhte auf ihren Schenkeln, wenn sie sich setzte.

Angie wußte, daß die Frau eine Nutte gewesen war, aber sie konnte sich nicht vorstellen, daß ein Mann je so einen Notstand haben könnte, für Sex mit ihr zu bezahlen. Männer mochten hübsche Mädchen, junge Mädchen. Es spielte keine Rolle, wie alt oder häßlich der Mann war, sie alle wollten hübsche Mädchen. Das war Angies Erfahrung. Vielleicht war Fat Arlene deshalb hier. Vielleicht konnte sie keinen Mann mehr finden, der für sie zahlte, und das Phoenix wurde ihr Altersheim.

Eine Rothaarige mit dem blassen verletzten Aussehen einer Süchtigen fing an zu weinen, als die Fotos der drei Mordopfer auf dem Bildschirm erschienen. Die anderen Frauen taten so, als merkten sie es nicht. Toni Urskine, die das Phoenix leitete, setzte sich auf die Armlehne des Stuhls der Rothaarigen, beugte sich vor und berührte ihre Schulter.

»Ist schon okay«, sagte sie leise. »Weinen ist okay. Fawn war deine Freundin, Rita.«

Die Rothaarige zog ihre knochigen nackten Füße auf den Sitz ihres Stuhls, legte ihren Kopf auf die Knie und schluchzte: »Warum mußte er sie so umbringen? Sie hat doch niemandem wehgetan!«

»Da kann man keinen Sinn drin finden«, sagte eine andere. »Es hätte jede von uns sein können.«

Eine Tatsache, die ihnen allen klar war, selbst denjenigen, die versuchten, sie abzustreiten.

Fat Arlene sagte: »Du mußt schon schlau sein und wissen, mit wem du mitgehst. Du mußt ein Gespür dafür haben.«

Eine Schwarze mit räudigen Dreadlocks warf ihr einen bösen

Blick zu. »Als ob du dir die Freier aussuchen könntest. Wer will denn schon deinen fetten Arsch fesseln? Zuschauen, wie das ganze Fett wie Wackelpudding schwabbelt, während er dich aufschneidet.«

Arlenes Gesicht lief rot an und verzog sich, die Augen verschwanden in den Rundungen der Backen und Brauen. Sie sah aus wie ein Chow Chow, den Angie einmal gesehen hatte. »Halt bloß deine Fresse, du knochige Schlampe!«

Toni Urskine verließ wutentbrannt die weinende Rothaarige, stellte sich in die Mitte des Raums und hielt die Hände hoch wie ein Schiedsrichter. »He! Sowas läuft hier nicht. Wir müssen lernen, uns zu respektieren und füreinander zu sorgen. Vergeßt nicht: Respekt vor der Gruppe, Respekt vor dem Geschlecht, Respekt für euch *selbst*!«

Sie hatte leicht reden, dachte Angie und glitt weg von der Tür. Toni Urskine mußte nie einem alten Perversling einen blasen, um genug Geld für eine Mahlzeit zusammenzukriegen. Sie war eine kleine Miss Wohltätigkeit, mit ihren lässigen Outfits von Dayton's und ihrem Hundert-Dollar-Haarschnitt von Horst. Sie fuhr mit ihrem Ford Explorer hierher, in dieses ätzende Haus, aus irgendeinem schönen Heim in Edina oder Minnetonka. Sie wußte nicht, was es einem Menschen innerlich antat herauszufinden, daß er nur fünfundzwanzig Dollar wert ist.

»Uns *allen* gehen diese Mordopfer zu Herzen«, sagte Urskine voller Leidenschaft. Die dunklen Augen glänzten, ihr spitzes Gesicht strahlte. »Wir sind *alle* wütend, daß die Polizei bis jetzt praktisch nichts getan hat. Es ist empörend. Es ist ein Schlag ins Gesicht. Die Stadt Minnesota sagt uns einfach, daß das Leben von Frauen in verzweifelten Umständen nichts bedeutet. Wir müssen wütend darüber sein, nicht aufeinander.«

Die Frauen hörten zu, manche aufmerksam, manche halbherzig, manche spielten taub.

»Ich glaube, was wir hier brauchen, ist Engagement. Wir müssen proaktiv sein«, sagte Urskine. »Wir werden morgen zum Rathaus gehen. Die Presse kann sich unsere Seite anhören. Wir holen uns Kopien des Phantombildes und gehen damit ...«

Angie wich von der Tür zurück und bewegte sich lautlos den

Gang hinunter. Sie mochte es nicht, wenn die Leute anfingen, über die Smokey Joe Fälle zu reden. Die Phoenix Frauen sollten nicht wissen, wer sie war, oder daß sie in den Fall verwickelt war, aber Angie hatte immer das mulmige Gefühl, die anderen Frauen könnten sie anschauen und irgendwie dahinterkommen, daß sie die geheimnisvolle Zeugin war. Sie wollte nicht, daß es irgend jemand erfuhr.

Sie wollte nicht, daß es wahr war.

Plötzliche Tränen füllten ihre Augen, und sie rieb sie mit den Händen. Kein Gefühl zeigen. Wenn sie zeigte, was sie fühlte, dann würde jemand Schwäche in ihr sehen, oder ein Bedürfnis, oder den Wahnsinn, der sie in die Zone sog und sie dazu zwang, sich zu schneiden. Keiner würde verstehen, daß die Klinge die Verbindung zum Wahnsinn durchtrennte.

»Ist alles in Ordnung?«

Angie fuhr erschrocken herum und starrte den Mann an, der in der offenen Tür zum Keller stand. Ende dreißig, gutaussehend, mit beigen Chinos und einem Ralph Lauren Polohemd für die Arbeit an der Heizung: Er mußte irgendwie mit Toni Urskine verwandt sein. Sein Gesicht war schweiß- und dreckverschmiert. Er drehte einen grauen Lumpen zwischen Händen, die dunkel vor Dreck und etwas in der Farbe von Blut waren.

Sein Blick folgte dem Angies nach unten, dann hob er den Kopf und grinste. »Die alte Heizung hier«, sagte er zur Erklärung, »halte ich nur noch mit Willenskraft und ein paar Gummibändern in Betrieb.

Greggory Urskine«, sagte er dann und reichte ihr die Hand.

»Sie haben sich geschnitten«, sagte Angie. Ihr Blick war auf das Blut in seiner Handfläche gerichtet.

Urskine sah sie an und rieb mit dem Lumpen darüber, kicherte auf die nervöse Art, die manche Leute heimsucht, wenn sie einen guten Eindruck machen wollen. Angie starrte ihn nur an. Er sah ein bißchen aus wie Kurt Russell, dachte sie: ein breites Kinn und kleine Nase, zerzaustes bräunliches Haar. Er trug eine Brille mit silbernem Drahtgestell. Er hatte sich heute morgen beim Rasieren an der Oberlippe geschnitten.

»Ist dir denn nicht heiß in dieser Jacke?« fragte er.

Angie sagte nichts. Sie schwitzte wie ein Pferd, aber die Ärmel ihres Pullovers waren zu kurz und verdeckten nicht alle Narben auf ihren Armen. Die Jacke war eine Notwendigkeit. Wenn sie Kate irgendwelches Geld aus dem Kreuz leimen könnte, würde sie sich ein paar Klamotten kaufen. Vielleicht etwas brandneues und nicht von der Heilsarmee oder dem Flohmarkt.

»Ich bin Tonis Mann – ein Mädchen für alles«, sagte Urskine. Er kniff die Augen zusammen. »Ich denke, du bist wohl Angie.«

Angie starrte ihn einfach an.

»Ich werde es keinem sagen«, sagte Urskine in Verschwörerton. »Dein Geheimnis ist bei mir sicher.«

Irgendwie kam es ihr vor, als mache er sich lustig über sie. Angie beschloß, ihn nicht zu mögen, egal ob gutaussehend oder nicht. Etwas an den Augen hinter der teuren Designerbrille beunruhigte sie. So als ob er auf sie herabsähe, als ob sie ein Käfer oder sowas wäre. Sie fragte sich, ob er wohl je eine Frau für Sex bezahlt hatte. Seine Frau schien zu der Sorte Frauen zu gehören, die Sex dreckig fanden. Frauen davor zu retten, es zu machen, war Toni Urskines Mission in diesem Leben.

»Wir sind alle sehr besorgt über diesen Fall«, fuhr er mit ernster Miene fort. »Das erste Opfer – Lila White – hat hier eine Weile gewohnt. Toni hat es schwer getroffen. Sie liebt dieses Haus. Liebt die Frauen. Arbeitet wie ein Soldat für die Sache.«

Angie verschränkte die Arme. »Und was machen Sie?«

Wieder dieses strahlende Lächeln, das nervöse Gekicher. »Ich bin Ingenieur bei Honeywell. Momentan auf Urlaub, damit ich helfen kann, die Hütte hier vor dem Winter auf Vordermann zu bringen – und endlich meine Doktorarbeit fertigmache.«

Er lachte, als wäre das ein ungeheurer Witz. Er fragte Angie nicht, was sie machte, obwohl nicht alle Frauen hier Nutten waren. Er sah auf ihren Bauch. Auf die Nabelringe und Tätowierungen, die enthüllt wurden, als ihr zu kleiner Pullover weiter nach oben rutschte. Sie schwenkte die Hüften, zeigte ein bißchen mehr Haut und fragte sich, ob er wohl scharf auf sie war.

Er sah wieder hoch zu ihr. »Also haben sie jetzt eine gute Chance, den Kerl zu erwischen, dank dir«, sagte er, halb Feststellung halb Frage. »Du hast ihn tatsächlich gesehen.«

»Das sollte keiner wissen«, sagte Angie grob. »Ich soll nicht darüber reden.«

Ende der Konversation. Sie ignorierte die abschließenden Höflichkeiten, wich vor ihm zurück und ging die Treppe hoch. Sie fühlte, wie ihr Greggory Urskines Blicke folgten.

»Äh, dann gute Nacht«, rief er, als sie in der Dunkelheit des ersten Stocks verschwand.

Sie ging zu dem Zimmer, das sie mit einer Frau teilte, deren Ex-Freund sie festgehalten und ihr alle Haare mit einem Jagdmesser abgeschnitten hatte, weil sie sich weigerte, ihm ihren Wohlfahrtsscheck zu geben, damit er Crack kaufen konnte. Die Kinder der Frau waren jetzt in einer Pflegefamilie. Der Freund war nach Wisconsin abgehauen. Die Frau hatte einen Drogenentzug mitgemacht und war mit dem Bedürfnis zu beichten rausgekommen. Bei manchen Leuten hatte Therapie diese Wirkung. Angie war zu gerissen gewesen, um das mit sich geschehen zu lassen.

Behalt deine Geheimnisse für dich, Angel. Sie sind das einzige, was dich zu etwas Besonderem macht.

Etwas Besonderes. Sie wollte etwas Besonderes sein. Sie wollte nicht allein sein. Es spielte keine Rolle, daß andere Leute in diesem Haus waren. Keiner von ihnen war *mit* ihr dort. Sie gehörte nicht hierher. Man hatte sie hier abgesetzt, wie einen ungewollten Welpen. Scheißbullen. Sie wollten Sachen von ihr, wollten ihr aber nichts dafür geben. Sie war ihnen scheißegal. Es war ihnen ganz egal, was sie von ihnen wollen könnte.

Kate war zumindest halbwegs ehrlich, dachte Angie, während sie im Zimmer auf und ab lief. Aber sie konnte nicht vergessen, daß Kate trotzdem eine von *ihnen* war. Es war Kate Conlans Job zu versuchen, einen Fuß in die Tür ihrer Abwehr zu kriegen, damit die Cops und der Bezirksstaatsanwalt kriegten, was sie wollten. Und damit wäre die Sache beendet. Sie war nicht wirklich eine Freundin. Angie konnte die einzigen Freunde, die sie je gehabt hatte, an einer Hand abzählen und es waren noch Finger übrig.

Heute abend wollte sie einen haben. Sie wollte nicht in diesem Haus festsitzen. Sie wollte irgendwo hingehören.

Sie dachte an die brennende Frau im Park, dachte daran, wohin diese Frau gehört hatte, und fragte sich verträumt, was passieren würde, wenn sie einfach den Platz dieser Frau einnähme. Sie wäre dann die Tochter eines reichen Mannes. Sie hätte dann einen Vater und ein Zuhause und Geld.

Sie hatte einmal einen Vater gehabt. Sie hatte die Narben, um es zu beweisen. Sie hatte ein Zuhause gehabt: Sie konnte das saure Fett in der Küche immer noch riechen, konnte sich noch an die großen dunklen Schränke, die von außen zugesperrt wurden, erinnern. Geld hatte sie noch nie gehabt.

Sie legte sich mit Kleidern ins Bett und wartete, bis das Haus still war und ihre Zimmergenossin schnarchte. Dann glitt sie unter der Decke heraus und aus dem Zimmer, die Treppe hinunter und durch die Hintertür nach draußen.

Die Nacht war windig. Wolken rollten so schnell über den Himmel, daß es aussah wie eine Zeitrafferaufnahme. Die Straßen waren leer bis auf einen gelegentlichen Wagen, der eine der großen Querstraßen Richtung Norden und Süden entlangrollte. Angie bewegte sich in Richtung Westen, nervös, zappelig. Das Gefühl, beobachtet zu werden, kratzte ständig an ihrem Nacken, aber wenn sie über die Schulter sah, war da keiner.

Die Zone jagte sie wie ein Schatten. Wenn sie weiterging, wenn sie eine Absicht hätte, sich auf ein Ziel konzentrierte, dann würden sie sie vielleicht nicht erwischen.

Die Häuser entlang des Wegs waren dunkel. Äste klapperten im Wind. Als sie zum See kam, lag er da, schwarz und glänzend wie eine Öllache. Sie hielt sich an die dunkle Seite der Straße und ging Richtung Norden. Die Leute in diesem Viertel würden die Polizei rufen, wenn sie jemanden so spät nachts gehen sahen.

Sie erkannte das Haus aus den Nachrichten – wie etwas aus England, mit einem großen Eisenzaun drum herum. Sie bog ab und erklomm den Abhang auf der Hinterseite des Besitzes, die großen Bäume gaben ihr Deckung. Hecken versperrten drei Jahreszeiten lang den Blick auf das Haus, aber ihre Blätter waren jetzt abgefallen und sie konnte durch das Gewirr kleiner Äste schauen.

Im Haus brannte ein Licht, in einem Zimmer mit einer feinen verglasten Tür, die zum Patio führte. Angie stand am Zaun, sorgfältig darauf bedacht, ihn nicht zu berühren, und starrte in Peter

Bondurants Garten. Sie schaute vorbei am Swimmingpool und den Steinbänken und den schmiedeeisernen Tischen und Stühlen, die noch nicht für den Winter eingelagert waren. Sie sah sich den bernsteinfarbenen Schein im Fenster an und die Gestalt eines Mannes, der an einem Schreibtisch saß, und fragte sich, ob er sich auch so einsam fühlte wie sie. Sie fragte sich, ob ihm sein Geld jetzt ein Trost war.

Peter erhob sich von seinem Schreibtisch und bewegte sich durch sein Büro, rastlos, angespannt. Er konnte nicht schlafen, weigerte sich, die Pillen zu nehmen, die sein Arzt ihm verschrieben und ins Haus geliefert hatte. Der Alptraum war in seinem Bewußtsein lebendig: der orange Glanz der Flammen, der Geruch. Wenn er die Augen schloß, konnte er es sehen, die Hitze fühlen. Er konnte Jillians Gesicht sehen: den Schock, die Scham, den Schmerz. Er konnte ihr Gesicht frei schweben sehen, der Ansatz des Halses zerfetzt und blutig. Wenn sein Kopf schon im Wachzustand mit Bildern wie diesen gefüllt war, was würde er dann erst sehen, wenn er einschlief?

Er ging zu den Glastüren, starrte hinaus in die Nacht, schwarz und kalt, und glaubte, Augen zu spüren, die sein Starren erwiderten. *Jillian.* Er glaubte, ihre Gegenwart zu spüren. Ihr Gewicht drückte gegen seine Brust, als hätte sie ihre Arme um ihn geschlungen. Selbst nach dem Tod wollte sie ihn berühren, sich an ihn klammern, verzweifelt nach Liebe suchend, deren Bedeutung für sie verzerrt und verdreht war.

Eine seltsame dunkle Erregung flackerte tief in ihm, gefolgt von Ekel und Scham und Schuldgefühlen. Er wandte sich mit einem tierischen Brüllen vom Fenster ab und warf sich auf seinen Schreibtisch, wischte alles von seiner ordentlichen Oberfläche. Stift, Rolodex, Briefbeschwerer, Akten, Terminkalender. Das Telefon klingelte protestierend. Die Lampe knallte auf den Boden, die Birne explodierte mit einem *pop*! und tauchte das Zimmer in Dunkelheit.

Der letzte grelle Lichtblitz blieb in Peters Augen, zwei orange Flecken die sich mit ihm bewegten. Flammen, denen er nicht entrinnen konnte. Emotion war ein Stein in seiner Kehle, saß dort fest, hart und gezackt. Er fühlte einen Druck in seinen Augäpfeln, als könnten sie platzen, und er fragte sich wirr, ob er dann die Flammen möglicherweise immer noch sähe.

Ein harsches, trockenes, würgendes Geräusch entrang sich ihm, als er im Dunklen zu einer Stehlampe taumelte, über die Dinge stolpernd, die er vom Schreibtisch geschleudert hatte. Im Licht beruhigte er sich etwas und begann, das Chaos aufzuräumen. Er stellte die Sachen einzeln zurück, reihte sie präzise auf. Das mußte er tun: Sein Leben mit nahtloser Präzision wieder zusammensetzen. Die Risse an der Oberfläche glätten und weitermachen, genau wie damals als Sophie Jillian mitgenommen und ihn vor all den Jahren verlassen hatte.

Zuletzt hob er den Terminkalender auf und sah, daß er bei Freitag geöffnet war. *Jillian: Dinner* in seiner eigenen präzisen Schrift. Es klang so unschuldig, so schlicht. Aber bei Jillian war nie etwas unschuldig oder schlicht. Egal, wie sehr sie sich bemühte.

Das Telefon klingelte, riß ihn aus seinen dunklen Erinnerungen.

»Peter Bondurant«, sagte er, als wären das seine normalen Geschäftszeiten. Im Hinterkopf versuchte er, sich zu erinnern, ob er einen Anruf aus Übersee erwartete.

»Daddy, liebster Daddy«, sang die Stimme leise, verführerisch. »Ich kenne alle deine Geheimnisse.«

Kapitel 13

»Wir werden wie die Esel dastehen, wenn wir noch ein Phantombild veröffentlichen müssen«, beklagte sich Sabin, der hinter seinem Schreibtisch auf- und abtigerte. Seine Unterlippe war vorgeschoben wie bei einem trotzigen Zweijährigen, ein seltsamer Kontrast zu dem scharf weltmännischen Image, das er pflegte. Bereit, sich jederzeit der Presse zu stellen, hatte er sich mit einem zinngrauen Anzug ausstaffiert, mit einer zwei Nuancen dunkleren Krawatte und einem Hemd in Französisch-Blau. Sehr adrett.

»Ich sehe nicht, daß das ein schlechtes Licht auf Ihr Büro wirft, Ted«, sagte Kate. »Chief Greer war doch derjenige, der es so eilig hatte.«

Seine Miene verfinsterte sich noch, und er warf ihr einen vielsagenden Blick zu. »Ich weiß, wessen Schuld es ist.«

»Sie können der Zeugin nicht die Schuld geben«, sagte Kate, wohlwissend, daß er vorhatte, *ihr* die Schuld zu geben.

»Ich habe mir sagen lassen, daß sie nicht sehr kooperativ war«, meinte Edwyn Noble besorgt und drängelte sich in die Diskussion. Er saß in einem Besucherstuhl, für den sein Körper zu lang war, die Beine seiner dunklen Hose rutschten über knochigen Fesseln und Nylonsocken hoch.

Kate starrte ihn an, ein halbes Dutzend boshafter Bemerkungen auf der Zunge, von denen noch eine der milderen war: *»Was zum Teufel haben Sie hier zu suchen?«* Natürlich wußte sie, was er hier zu suchen hatte. Seine Anwesenheit kratzte an den Grenzen des Anstands, aber sie hatte sich die Streitfrage bereits durch den Kopf gehen lassen und wußte, wie das ausgehen würde. Das Büro des Bezirksstaatsanwalts betrieb Opfer/Zeugen-Betreuung.

Peter Bondurant war die unmittelbare Familie eines Opfers – falls sich die tote Frau als seine Tochter erwies – und deshalb berechtigt, über die Lage des Falles informiert zu werden. Edwyn Noble war Bondurants Abgesandter. Et cetera, et cetera.

Sie sah Noble an wie etwas, das sie von ihrem Schuh kratzen mußte. »Ja, solche Gerüchte werden immer gern in Umlauf gebracht.«

Die Andeutung traf genau ins Schwarze. Noble setzte sich in dem zu kleinen Stuhl auf, seine Augen wurden kalt.

Rob Marshall stellte sich als Friedensstifter zwischen sie, das Stiefelleckergrinsen breitete sich über sein Mondgesicht. »Kate meint, daß es nicht ungewöhnlich ist, wenn der Zeuge eines so brutalen Verbrechens ein bißchen zögerlich reagiert.«

Sabin schniefte verächtlich. »Sie ist nicht zögerlich, wenn es um die Belohnung geht.«

»Die Belohnung wird erst bei Verurteilung ausgezahlt«, erinnerte sie Noble, als ob sein Klient solange brauchte, um das Bare zusammenzukratzen. Als ob Bondurant fast hoffte, er könnte sich ganz davor drücken.

»Das Büro kauft keine Zeugen«, proklamierte Sabin. »Ich hab Ihnen gesagt, ich möchte, daß sie auf Spur läuft, Kate.«

Aus seinem Mund hörte sich das an, als wäre sie ein bezahlter Attentäter. »Ich arbeite daran.«

»Warum hat sie dann nicht Montagnacht im Gefängnis verbracht? Ich hab Kovac gesagt, er soll sie wie eine Verdächtige behandeln. Ihr ein bißchen Angst machen.«

»Aber sie –« begann Kate verwirrt.

Rob warf ihr einen warnenden Blick zu. »Diese Möglichkeit haben wir immer noch in der Hinterhand, Ted. Der erste Versuch mit Phoenix House könnte sie vielleicht ein bißchen weichklopfen, dem Mädchen den Eindruck vermitteln, daß Kate auf ihrer Seite ist. Ich bin mir sicher, das hatten Sie im Sinn, nicht wahr, Kate?«

Sie starrte ihren Boß mit offenem Mund wutentbrannt an.

Sabin formte einen Schmollmund. »Jetzt zu diesem Phantombildfiasko.«

»Es ist kein Fiasko. Keiner hätte gestern diese Skizze sehen sollen«, sagte Kate und wandte sich von Rob ab, bevor sie ihm an die

Gurgel ging. »Ted, wenn Sie die Kleine unter Druck setzen, haut sie ab. Wenn Sie ihr auf die harte Tour kommen, wird sie ganz furchtbare Amnesie kriegen. Das garantiere ich. Sie und ich, wir wissen beide, daß wir nichts haben, womit wir sie im Zusammenhang mit dem Mord festhalten können. Sie könnten sie nicht mal unter Anklage stellen. Ein Richter würde das wie einen Super Ball aus dem Gericht schleudern, und Sie stünden mit Ei im Gesicht und ohne Zeugen da.«

Er rieb sich das Kinn, als spürte er schon, wie der Dotter trocknete. »Sie ist eine Stadtstreicherin. Das ist gegen das Gesetz.«

»O ja, das wird in der Zeitung gut aussehen. *Teenager-Mordzeugin wegen Obdachlosigkeit angezeigt.* Wenn Sie das nächste Mal kandidieren, können Sie sich als Simon Legree Kandidat ablichten lassen.«

»Mein politisches Leben steht hier nicht zur Debatte, Mrs. Conlan«, keifte er, mit einem Mal ganz steif und starräugig. »Aber Ihr Umgang mit der Zeugin schon.«

Rob sah Kate an, als zweifle er an ihrem Verstand. Kate sah zu Edwyn Noble. *Nicht zur Debatte. Und ich bin Dornröschen.*

Sie hätte Sabin jetzt ein bißchen unter Druck setzen und sich neu einteilen lassen können. Sie hätte beichten können, daß sie völlig unfähig wäre, mit dieser Zeugin zu arbeiten, und so die Last, die Angie DiMarco darstellte, loswerden können. Aber in der Sekunde, in der Kate das dachte, sah sie sich, wie sie das Mädchen der Gnade der versammelten Wölfe auslieferte, und konnte es nicht tun. Die Erinnerung an Angie war noch zu frisch, daran, wie sie in der miesen Bude im Phoenix gestanden hatte, mit plötzlichen Tränen in den Augen und Kate gefragt hatte, warum sie nicht mit ihr nach Hause gehen konnte.

Sie erhob sich, glättete diskret ihren zerknitterten Rock. »Ich tue mein Bestes, um die Wahrheit aus diesem Mädchen rauszubringen. Ich weiß, daß dies aller Ziel ist. Geben Sie mir eine Chance, sie auf meine Art zu behandeln, Ted. Bitte.« Sie war sich nicht zu schade, ihm diesen hoffnungsvollen, großäugigen Blick, der ihn umstimmen würde, zuzuwerfen. Er mußte ja nicht darauf hereinfallen, wenn er nicht wollte. Das Wort *käuflich* kroch durch ihren Kopf und hinterließ eine kleine Schleimspur.

»Sie ist nicht das Kind von nebenan«, fuhr sie fort. »Sie hatte ein hartes Leben, und es hat sie zu einem harten Menschen gemacht. Es wird keinem etwas nützen, in diesem Stadium des Spiels ungeduldig zu werden. Wenn Sie eine Bestätigung meiner Meinung haben wollen, fragen Sie Quinn. Er weiß genausoviel über den Umgang mit Zeugen in dieser Art von Fall wie ich«, sagte Kate. Meinungsumschwung gehörte zum Fair play. John war ihr einen Gefallen schuldig. Zumindest einen.

Noble räusperte sich höflich. »Was ist mit Hypnose? Werden Sie das versuchen?«

Kate schüttelte den Kopf. »Darauf wird sie sich nie einlassen. Hypnose verlangt Vertrauen. Dieses Kind hat keins. Oscars mystisches Getue ist das einzige, wofür sie stillhalten wird.«

»Ich hasse es, den Advocatus diaboli zu machen«, sagte der Anwalt und entfaltete sich aus dem Stuhl, »aber wie sollen wir wissen, ob das Mädchen überhaupt etwas gesehen hat? Für mich klingt es so, als wäre sie der Typ, der für Geld alles tun würde. Vielleicht ist die Belohnung ihr einziges Ziel.«

»Und dieses Ziel hat sie anvisiert, bevor sie wußte, daß es überhaupt existiert?« sagte Kate. »Wenn das stimmt, dann ist sie bei diesem Fall mehr denn je wert, weil sie dann nämlich hellseherisch veranlagt sein müßte. Nach den ersten beiden Morden wurde keine Belohnung angeboten.«

Sie sah auf die Uhr und fluchte leise vor sich hin. »Ich fürchte, die Herren werden mich entschuldigen müssen. Ich muß in ein paar Minuten bei einer Anhörung sein, und mein Opfer ist wahrscheinlich schon in Panik, weil ich nicht da bin.«

Sabin war um den Tisch herumgekommen, um sich mit verschränkten Armen und seiner gestrengen Miene dagegen zu lehnen. Kate erkannte die Pose aus dem Profil, das das *Minnesota Monthly* vor einem Jahr über ihn gemacht hatte. Aber sie unterschätzte seine Macht und seine Bereitschaft, sie auszuüben, nicht. Ted Sabin hatte das, was er erreicht hatte, nicht geschafft, weil er ein Narr oder ein hübscher Junge war.

»Ich werde Ihnen mehr Zeit mit diesem Mädchen geben, Kate.« Er ließ es so klingen, als täte er das widerwillig, obwohl das ganze Arrangement seine Idee gewesen war. »Aber wir brauchen Ergebnisse, Kate, und wir brauchen sie bald. Ich dachte, wenigstens Sie von allen Betreuern in Ihrem Büro würden das verstehen.«

»Sie arbeitet heute nachmittag noch einmal mit Oscar«, sagte Kate und ging in Richtung Tür.

Sabin löste sich von seinem Schreibtisch und folgte ihr, legte seine Hand zwischen ihre Schulterblätter. »Sie werden bei Gericht rechtzeitig fertig sein, um bei ihr zu sein?«

»Ja.«

»Weil ich nämlich überzeugt bin, daß Rob etwas mauscheln kann und jemand anders einsetzt, der sich um diese Anhörung kümmert.«

»Nein, Sir. Die Anhörung wird nicht lange dauern«, versprach sie mit einem gequälten Lächeln. »Außerdem möchte ich diesen speziellen Klienten keinem meiner Kollegen zumuten. Sie wissen, wo ich wohne.«

»Vielleicht sollten wir Agent Quinn bei dieser Sitzung mit Oscar und dem Mädchen dabeihaben«, schlug er vor.

Die Hand an ihrem Rücken hielt plötzlich ein Messer.

»Ich verstehe nicht, was das helfen soll.«

»Nun, Sie hatten recht, Kate«, argumentierte er. »Diese Zeugin ist nicht gewöhnlich. Und wie Sie sagten, Quinn hat sehr viel Erfahrung. Ihm gelingt es vielleicht, etwas aufzuschnappen, eine Strategie vorzuschlagen. Ich werde ihn anrufen.«

Kate trat aus der Tür und blieb stehen, als sie sich hinter ihr schloß. »Ich und meine große Klappe.«

»Kate –« begann Rob Marshall mit leiser Stimme. Kate schnellte herum, als er in den Gang geschlichen kam.

»Sie Wiesel«, flüsterte sie wutentbrannt. Sie hatte größte Mühe, sich zu beherrschen und ihn nicht an den Ohren zu packen und kräftig durchzuschütteln. »Sie haben mir die Erlaubnis gegeben, Angie ins Phoenix zu bringen. Jetzt stehen Sie da und tun Sabin gegenüber, als wäre das alles auf *meinem* Mist gewachsen! Ich dachte, Sie hätten das mit ihm abgesprochen. Das hab ich Kovac gesagt. Und ich hab Kovac bezichtigt, paranoid zu sein, weil er dem nicht getraut hat.«

»Ich hab das Thema Phoenix bei ihm zur Sprache gebracht –«

»Aber er ist darauf nicht abgefahren.«

»Er hat nicht nein gesagt.«

»Eins ist verdammt sicher, er hat nicht ja gesagt.«

»Er hatte andere Sachen im Kopf. Ich wußte, daß Sie es so spielen wollten, sie dort hinbringen, Kate.«

»Versuchen Sie nicht, das auf mich abzuwälzen. Sie haben zur Abwechslung mal etwas Initiative ergriffen. Können Sie es denn nicht wenigstens zugeben?«

Er atmete schwer durch seine zu kurze Nase, und sein Gesicht wurde dumpfrot »Kate, kommt es Ihnen *jemals* in den Sinn, daß ich Ihr Vorgesetzter bin?«

Sie biß sich auf die Zunge, um nicht entsprechend zu kontern, und kratzte das bißchen Respekt, das sie übrig hatte, zusammen. »Tut mir leid, ich bin wütend.«

»Und ich bin Ihr Boß. *Ich* habe das Kommando«, sagte er. Sie konnte den Frust in seiner Stimme hören.

»Ich beneide Sie nicht um diesen Job«, sagte sie trocken. »Ich sollte sie wirklich vor den Kopf stoßen. Sie könnten mich von diesem Pulverfaß abziehen. Aber ich will nicht runter davon«, gab sie zu. »Das muß der schwedische Masochist in mir sein.«

»Sie sind genau die, die ich bei dieser Zeugin haben will, Kate«, sagte er, schob seine Brille die Nase hoch und lächelte wie ein Mann mit Zahnschmerzen. »Und wer ist jetzt der Masochist?«

»Tut mir leid. Ich mag es nur nicht, wenn man mir das Gefühl gibt, ein wertloser Bauer im Spiel zu sein.«

»Konzentrieren Sie sich auf den Ausgang. Wir haben gekriegt, was wir wollten.«

Seine Beziehung zu Sabin war intakt. Ihre scheinbaren Grenzübertritte würden ihrer wohlbekannten Arroganz zugeschrieben werden. Sabin würde ihr vergeben, weil er geil auf sie war, und Rob würde hinterher dastehen wie ein Diplomat, wenn nicht wie ein Führer. Wieder einmal heiligte der Zweck die Mittel. Nichts war verletzt außer ihrem Stolz.

»Ich bin einer Verschwörung nicht abgeneigt, wissen Sie«, sagte sie, immer noch eingeschnappt. Sie hatte klar die Absicht, Angie aus Sabins Klauen zu stehlen, und sie würde nie im Leben Rob Marshall in diesen Plan einweihen. Das war es, was ihr wirklich stank – daß Rob ihr einen voraus hatte. Sie wollte nie denken, daß er klüger oder geschickter oder ihr in irgendeiner Art und Weise überlegen wäre. Eine recht miese Einstellung gegenüber einem Boß.

»Haben Sie irgend etwas von Ihren Freunden in Wisconsin gehört?« fragte sie.

»Noch nichts.«

»Es wäre nett herauszufinden, wer zum Teufel diese Kleine ist. Ich hab das Gefühl, ich arbeite bei ihr mit Augenbinde.«

»Ich hab ein Videoband von Angies Interviews«, sagte er und stemmte die Hände in die Taille. »Ich dachte, es könnte vielleicht hilfreich sein, sich zusammenzusetzen und die nochmal durchzugehen. Vielleicht könnten wir Quinn auch dazunehmen. Ich möchte gerne seine Meinung hören.«

»Ja, warum nicht«, sagte Kate resigniert. »Lassen Sie mich wissen, wenn Sie das organisiert haben. Ich muß jetzt zum Gericht.«

An manchen Tagen war es anscheinend die bessere Option, zu Hause zu bleiben und sich mit dem Hammer auf den Daumen zu schlagen. Zumindest war das ein Schmerz, von dem sie sich leicht erholen konnte. John Quinn war eine ganz andere Angelegenheit.

»Ich hatte Angst, Sie kämen nicht«, sagte David Willis mit betont vorwurfsvoller Stimme. Er stürzte auf Kate zu, als sie den Knoten von Anwälten im Korridor vor den Strafkammern umrundete.

»Tut mir leid, Mr. Willis. Ich war in einer Besprechung mit dem Bezirksstaatsanwalt.«

»Wegen *meinem* Fall?«

»Nein, für Ihren Fall ist alles abfahrbereit.«

»Ich werde nicht aussagen müssen, richtig?«

»Heute nicht, Mr. Willis.« Kate dirigierte ihren Klienten in Richtung Gerichtssaal. »Das ist nur eine Anhörung. Der Ankläger, Mr. Merced, wird nur soviel Beweismaterial vorlegen, daß Mr. Zubek offiziell der Prozeß gemacht werden kann.«

»Aber er wird mich nicht als Überraschungszeugen aufrufen oder sowas?« Er sah aus, als wisse er nicht, ob er sich davor fürchten oder darauf freuen sollte.

Irgendwie wußte Kate, daß David Willis genauso in seinem High School Jahrbuch in den Siebzigern ausgesehen hatte. Altmodischer Messerschnitt und Trottelbrille, Hosen in einem seltsamen Grün, etwa drei Zentimeter zu hoch in der Taille. Menschen hatten ihn in seinem Leben wahrscheinlich mit steter Regelmäßigkeit angegriffen.

Zur Feier seiner Anhörung trug er die schwarze Hornbrille, die bei dem Überfall zerbrochen worden war. Sie wurde an zwei Stellen von Klebeband zusammengehalten. Sein linkes Handgelenk steckte in einem gegossenen Plastikgips, und er trug eine Halskrause wie einen dicken Rollkragenpullover.

»Überraschungszeugen gibt es nur bei *Matlock*«, sagte Kate.

»Weil ich nämlich dafür einfach noch nicht bereit bin. Ich muß mich darauf einstellen, wissen Sie.«

»Ja, ich glaube, dessen sind wir uns alle bewußt, Mr. Willis.« Weil er nämlich seit einer Woche täglich angerufen hatte, um sie daran zu erinnern: Kate, Ken Merced, Kens Sekretärin, die Empfangsdame von Legal Services.

»Ich werde doch nicht in körperlicher Gefahr schweben, oder? Er wird in Handschellen und Fußeisen sein, richtig.«

»Sie werden vollkommen sicher sein.«

»Weil, müssen Sie wissen, Situationsstreß kann Leute außer Kontrolle bringen. Ich habe es nachgelesen, treu und brav den Treffen der Opfergruppe beigewohnt, in die Sie mich eingeführt haben, Mrs. Conlan, und ich habe alles, was ich über den verbrecherischen Verstand in die Finger kriegen konnte, gelesen und über die Psychologie von Opfern und posttraumatischen Streßstörungen – genau wie Sie es mir empfohlen haben.«

Kate empfahl ihren Klienten häufig, sich selbst darüber zu informieren, was sie von ihren eigenen Reaktionen und Emotionen nach einem Verbrechen zu erwarten hatten. Es gab ihnen ein gewisses Verständnis und ein kleines Gefühl von Kontrolle. Sie empfahl es nicht als alles verschlingendes Hobby.

Sie wußte, daß Willis nahe am Geschehen sein wollte, also wählte sie die erste Reihe in dem Durchgang hinter dem Tisch des Anklägers. Willis prallte gegen sie, als sie stehenblieb, um ihm die Reihe zu zeigen, dann stolperte er bei dem Versuch, beiseite zu treten und Kate galant den Vortritt zu lassen, über seine eigenen Füße.

Kate trat kopfschüttelnd in die Reihe und setzte sich. Willis fummelte mit der billigen Aktentasche herum, die er mitgebracht hatte. Angefüllt mit Zeitungsausschnitten über seinen Fall. Polaroids, die man nach dem Überfall in der Notaufnahme gemacht hatte, Broschüren über Opfergruppen und Therapeuten und einer Ausgabe von *Coping after Crime*. Er zog einen gelben Notizblock heraus und schickte sich an, Notizen zu machen, genau wie bei jedem Treffen, das Kate bis jetzt mit ihm gehabt hatte.

Merced wandte sich ihnen mit freundlichem Pokergesicht zu. »Wir sind bereit, Mr. Willis. Das wird nicht lange dauern.«

»Sie sind sicher, daß Sie mich nicht als Zeugen brauchen?«

»Heute nicht.«

Er seufzte schaudernd. »Weil ich nämlich dafür noch nicht bereit bin.«

»Nein.« Merced wandte sich zurück zum Tisch. »Keiner von uns ist das.«

Kate lehnte sich zurück und konzentrierte sich darauf, die Verspannung in ihrem Kinn zu lösen, während Willis sich in seine einleitenden Notizen vertiefte.

»Insgeheim warst du immer viel zu weichherzig.«

Das leise Flüstern rollte hinter ihrer rechten Schulter, der Atem liebkoste die zarte Haut ihres Nackens. Kate fuhr mit grimmiger Miene herum. Quinn saß nach vorne gebeugt in seinem Stuhl, die Ellbogen auf die Knie gestützt; die dunklen Augen funkelten, das ›Kleiner-Junge-der-mit-der-Hand-in-der-Keksdose-ertappt-wird-Lächeln‹ fest und berechnend an seinem Platz.

»Ich muß mit dir reden«, murmelte er.

»Du hast meine Büronummer.«

»Stimmt«, gab er zu. »Aber wie es scheint, willst du nicht auf meine Nachrichten reagieren.«

»Ich bin ein sehr beschäftigter Mensch.«

»Das seh ich.«

»Verhöhn mich nicht«, sagte sie giftig.

David Willis faßte ihren Unterarm, und sie wandte sich wieder zurück. Die Seitentür hatte sich geöffnet und O.T. Zubek betrat den Gerichtssaal mit seinem Anwalt; ein Deputy folgte ihnen. Zubek sah aus wie ein menschlicher Feuermelder, vierschrötig, mit dicken Gliedmaßen und einem vorstehenden Bauch. Er trug einen billigen hellblauen Anzug, dessen Schultern Schuppen bestäubten, und ein hellblaues Jerseyhemd darunter, über der Hose und zu eng um die Mitte. Er sah Willis direkt an und zog eine grimmige Miene, sein Gesicht, die teigige Karikatur eines harten Kerls aus einem Cartoon, mit blauen Schatten um das Kinn.

Willis starrte ihn wie ein hypnotisiertes Kaninchen an, dann drehte er sich zu Kate: »Haben Sie das gesehen? Er hat mich bedroht! Das war bedrohlicher Augenkontakt. Ich betrachte das als Drohung. Warum trägt er keine Handschellen?«

»Versuchen Sie, ruhig zu bleiben, Mr. Willis, sonst wird Sie der Richter aus dem Gerichtssaal entfernen lassen.«

»*Ich* bin hier nicht der Verbrecher!«

»Das wissen alle.«

Der Richter kam aus seinem Zimmer, und alle erhoben sich und setzten sich dann wieder. Die Aktennummer und die Anklagepunkte wurden verlesen, die Anklage und die Verteidigung diktierten ihren Namen für das Protokoll, und die Anhörung über mögliche Ursachen lief vom Stapel.

Merced rief seinen ersten Zeugen, einen birnenförmigen Mann, der Slurpee Maschinen in 7 Eleven Läden im Großraum Twin Cities wartete. Er sagte aus, er habe Willis mit Zubek streiten hören über den Zustand einer Lieferung von Hostess Twinkies und verschiedener Snackkuchen an den Laden, den Willis leitete, und daß er die beiden die Chipsgasse entlangpurzeln gesehen habe. Zubek habe wiederholt auf Willis eingeschlagen.

»Und haben Sie gehört, wer diesen *mutmaßlichen* Streit angefangen hat?« fragte der Anwalt der Verteidigung beim Kreuzverhör.

»Nein.«

»Also könnte Mr. Willis den Streit provoziert haben?«

»Einspruch. Verlangte Spekulationen.«

»Ich ziehe die Frage zurück. Und haben Sie gesehen, wer bei diesem *sogenannten* Überfall den ersten Schlag getan hat?«

»Nein.«

»Könnte es Mr. Willis gewesen sein?«

Willis zuckte und zitterte neben Kate. »Ich war es nicht.«

»Pssst!«

Merced seufzte. »Euer Ehren ...«

Der Richter warf einen strengen Blick auf den Verteidiger, der kostümiert als betrügerischer Gebrauchtwarenhändler erschienen war. Er sah so mies aus, er hätte Zubeks Cousin sein können. »Mr. Krupke, das ist eine Anhörung, kein Prozeß. Das Gericht ist mehr an dem interessiert, was die Zeugen gesehen haben, als an dem, was sie nicht gesehen haben.«

»Nicht direkt der Richmond Ripper Fall, was?« murmelte Quinn in Kates Ohr. Sie warf ihm einen giftigen Blick über die Schulter zu. Die Steifheit ihres Kiefers breitete sich schon ihren Hals hinunter aus.

Merceds zweiter Zeuge bestätigte die Aussage des Slurpee Mechanikers. Krupke versuchte dasselbe Kreuzverhör mit denselben Einsprüchen Merceds, und der Richter wurde zusehends ungehaltener. Willis zappelte und legte umfangreiche Notizen in winziger Druckschrift an, die Beängstigendes über die Funktionen seines Gehirns nahelegten. Merced brachte als Beweis das Überwachungsvideo der Sicherheitsfirma, das einen Großteil des Kampfes zeigte, dann beendete er seinen Vortrag.

Krupke hatte keine Zeugen und legte keinerlei Einspruch ein.

»Wir streiten nicht ab, daß eine Meinungsverschiedenheit stattfand, Euer Ehren.«

»Warum verschwenden Sie dann unsere Zeit mit dieser Anhörung, Mr. Krupke?«

»Wir möchten klarstellen, daß die Ereignisse möglicherweise nicht *genau* so stattgefunden haben, wie Mr. Willis behauptet.«

»Das ist eine Lüge!« schrie Willis.

Der Richter schlug seinen Hammer auf den Tisch. Der Gerichtsdiener sah Willis grimmig an, bewegte sich aber nicht von seinem Posten. Kate packte den Arm ihres Klienten mit aller Kraft und flüsterte wutentbrannt: »Mr. Willis, seien Sie still!«

»Ich schlage vor, Sie hören auf Ihre Betreuerin, Mr. Willis«, sagte der Richter. »Sie kommen schon noch an die Reihe mit Aussagen.«

»Heute?«

»Nein!« Der Richter schnaubte, richtete seinen wütenden Blick auf Merced, der die Hände ausbreitete und die Schultern hochzog.

Er wandte sich zurück zur Verteidigung. »Mr. Krupke, schreiben Sie mir einen Scheck über zweihundert Dollar für die Verschwendung meiner Zeit. Wenn Sie nicht die Absicht haben die Anklagepunkte anzugreifen, hätten Sie auf die Anhörung verzichten und bei der Anklageerhebung um einen Prozeßtermin bitten müssen.«

Der Termin für den Prozeß wurde festgelegt und damit war die Anhörung vorbei. Kate atmete erleichtert auf. Merced erhob sich vom Tisch und sammelte seine Papiere ein. Kate beugte sich über die Schranke und flüsterte: »Können Sie den Typen nicht dazu kriegen mitzuarbeiten, Ken? Ich würde mir lieber die Augen ausstechen, als einen Prozeß mit diesem Mann durchstehen.«

»Herrgott, ich würde Zubek zahlen, damit er sich schuldig bekennt, wenn es mich nicht meine Zulassung kosten würde.«

Krupke bat jemanden, ihm einen Stift zu leihen, damit er den Scheck für Mißachtung des Gerichts ausstellen konnte. Willis sah sich um, als wäre er gerade von einem Nickerchen erwacht und hätte keine Ahnung, wo er sich befand.

»Das war's?«

»Das war's, Mr. Willis«, sagte Kate und stand auf. »Ich hab Ihnen gesagt, es würde nicht lange dauern.«

»Aber – aber –«, er schwang seinen blau eingegipsten Arm in Richtung Zubek. »Sie haben mich einen Lügner genannt! Darf ich mich denn nicht verteidigen?«

Zubek beugte sich mit verächtlicher Miene über das Geländer: »Jeder kann doch sehen, wie beschissen du das machst, Willis.«

»Wir sollten jetzt gehen«, schlug Kate vor und reichte Willis seine Aktentasche. Das Ding wog einen Zentner.

Er fummelte mit seiner Tasche, seinem Notizblock und seinem Stift herum, als sie ihn in Richtung Gang drängte. Kate machte sich mehr Sorgen darüber, was sie mit Quinn anfangen würde. Er war bereits im Gang und bewegte sich rückwärts zur Tür, den Blick auf sie gerichtet, und versuchte, sie dazu zu bringen, ihn anzusehen. Sabin mußte ihn in der Sekunde, in der sie das Büro verließ, angerufen haben.

»Aber ich versteh es nicht«, winselte Willis. »Da hätte mehr passieren müssen. Er hat mir wehgetan! Er hat mir wehgetan und hat mich einen Lügner genannt!«

Zubek zuckte mit den Schultern wie ein Boxer und setzte ein Bullengesicht auf. »Wiener Würstchen!«

Kate sah Quinns Reaktion in der Sekunde, als David Willis den Kriegsschrei ausstieß. Sie wirbelte herum, als Willis sich auf Zubek stürzte und weit ausholte. Die Aktentasche traf Zubek wie eine Bratpfanne seitlich am Kopf und warf ihn rückwärts über den Tisch der Verteidigung. Die Schlösser sprangen auf und der Inhalt explodierte.

Kate warf sich auf Willis, als er den Arm zurücknahm und erneut ausholte. Sie packte seine beiden Schultern, und die beiden stürzten kopfüber über das Geländer in ein Meer von Tischbeinen und zappelnden Zuschauern. Der Richter schrie den Gerichtsdiener an, der Gerichtsdiener schrie Krupke an, der Willis anschrie und versuchte, ihn zu treten. Seine Schuhspitze knallte gegen Kates Schenkel, sie fluchte und trat zurück, dann nagelte sie Willis fest.

Es schien eine Ewigkeit, bis wieder Ordnung hergestellt war und man Willis von ihr heruntergezogen hatte. Kate setzte sich langsam auf und flüsterte eine Litanei von Obszönitäten.

Quinn ging vor ihr in die Hocke, streckte die Hand aus und strich ihr eine rotgoldene Strähne hinters Ohr. »Du solltest wirklich zurück zum FBI kommen, Kate. Dieser Job wird dich noch umbringen.«

»Wage ja nicht, dich über mich lustig zu machen«, keifte Kate, während sie eine Bestandsaufnahme des Schadens an ihrer Kleidung und an sich selbst machte. Quinn lehnte sich gegen ihren Schreibtisch und beobachtete, wie sie an einem Loch in ihrem Strumpf zupfte, groß genug, um eine Faust durchzustecken. »Das ist meine zweite gute Strumpfhose diese Woche. Das war's: Ich geb's auf mit den Röcken.«

»Die Männer im Gebäude werden schwarze Armbinden tragen müssen«, sagte Quinn. Er hielt schützend die Arme hoch, als sie ihm einen weiteren Killerblick zuwarf. »He, du hattest immer schon ein schönes Paar Stelzen, Kate. Das kannst du nicht leugnen.«

»Das Thema ist unpassend und irrelevant.«

Er setzte seine Unschuldsmiene auf. »Politische Korrektheit verbietet, daß ein alter Freund einem anderen ein Kompliment macht?«

Sie richtete sich langsam in ihrem Stuhl auf, vergaß ihre kaputten Strumpfhosen. »Sind wir das?« fragte sie sehr ruhig. »Alte Freunde?«

Das ernüchterte ihn. Er konnte ihr nicht in die Augen sehen und lässig über die Vergangenheit plauschen, die hinter ihnen und zwischen ihnen lag. Die Peinlichkeit war geradezu greifbar.

»Das ist nicht ganz die Art und Weise, auf die sich unsere Wege getrennt haben«, sagte sie.

»Nein.« Er bewegte sich weg vom Schreibtisch, steckte seine Hände in die Hosentaschen und täuschte Interesse an den Notizen und Cartoons vor, die sie an ihr schwarzes Brett gepinnt hatte. »Das war vor langer Zeit.«

Und das bedeutete was, fragte sie sich. Daß alles olle Kamellen waren? Ein Teil von ihr wollte zustimmen, aber da war ein anderer Teil, der diese bitteren Erinnerungen in einer Faust umklammert hielt. Für sie war nichts vergessen. Die Vorstellung, daß es für ihn so sein könnte, entnervte sie auf eine Art, die ihr nicht paßte. Sie gab ihr das Gefühl, schwach zu sein, ein Wort, das sie nie mit sich in Verbindung bringen wollte.

Quinn sah sie aus dem Augenwinkel an. »Fünf Jahre ist eine lange Zeit, um sauer zu bleiben.«

»Ich bin nicht sauer auf dich.«

Er lachte. »Von wegen. Du weigerst dich, meine Anrufe zu erwidern. Du willst dich nicht mit mir unterhalten. Du wirst aggressiv, sobald du mich siehst.«

»Ich hab dich seit du hier bist, wie oft – zweimal gesehen? Das erste Mal hast du mich benutzt, um deinen Willen durchzusetzen, und das zweite Mal hast du dich über meinen Job lustig gemacht –«

»Ich hab mich nicht über deinen Job lustig gemacht«, protestierte er. »Ich hab mich über deinen Klienten lustig gemacht.«

»Oh, das ist natürlich etwas ganz anderes«, sagte sie voller Sarkasmus und vergaß dabei praktischerweise, daß sich alle über David Willis lustig machten, einschließlich ihrer selbst. Sie stand auf, wollte nicht, daß er noch mehr auf sie herabsah, als der Größenunterschied ohnehin erlaubte. »Was ich hier mache, ist wichtig, John. Vielleicht nicht auf dieselbe Art, wie das, was du tust, aber es *ist* wichtig.«

»Ich widerspreche dir nicht, Kate.«

»Nein? Soweit ich mich erinnere, hast du gesagt, als ich das FBI verließ, ich würde mein Leben wegwerfen.«

Diese Erinnerung schlug einen Funken, und alter Frust erwachte in seinen dunklen Augen. »Du hast eine solide Karriere weggeworfen. Du hattest wieviel? Vierzehn, fünfzehn Jahre dort gearbeitet. Du warst ein ungeheurer Schatz für das BSU. Du warst eine gute Agentin, Kate, und –«

»Und ich bin ein besserer Vertreter. Ich kann mit Leuten arbeiten, die noch am Leben sind. Ich kann ihnen helfen, von Angesicht zu Angesicht, helfe ihnen durch eine schwere Zeit, helfe ihnen, Kraft zu finden, helfe ihnen, Schritte zu wagen, die einen Unterschied in ihrem Leben machen. Wie soll das nicht wertvoll sein?«

»Ich habe nichts dagegen, daß du Zeugenbetreuerin bist«, argumentierte Quinn. »Ich war dagegen, daß du das Bureau verläßt. Das sind zwei verschiedene Dinge. Du hast dich von Steve rausdrängen lassen –«

»Hab ich nicht!«

»Den Teufel hast du nicht! Er wollte dich bestrafen –«

»Und ich hab ihn nicht gelassen.«

»Du hast gekniffen und bist abgehauen. Du hast ihn gewinnen lassen.«

»Er hat nicht gewonnen«, erwiderte Kate. »Sein Sieg wäre gewesen, wenn er das Leben aus meiner Karriere blutstropfenweise hätte herausquetschen können. Deswegen sollte ich die Stellung halten, oder nur um zu zeigen, wie hart ich bin? Was sollte ich denn tun? Mich immer wieder transferieren lassen, bis ihm die alten Kumpel in seinem Kameradennetzwerk ausgingen? Bis ich in der Agentur von Gallup, New Mexico geendet wäre, mit nichts zu tun außer Schlangen und Taranteln zählen, die die Straße überqueren?«

»Du hättest gegen ihn kämpfen können, Kate«, sagte er hartnäckig. »Ich hätte dir geholfen.«

Sie verschränkte die Arme und zog eine Augenbraue hoch.

»Ach wirklich? Soweit ich mich erinnere, wolltest du nicht mehr viel mit mir zu tun haben, nach deinem kleinen Zusammenstoß mit dem Office of Professional Responsibility.«

»Das hatte nichts damit zu tun«, sagte er wütend. »Das OPR hat mir nie Angst gemacht. Steven und seine miesen kleinen bürokratischen Scheißspielchen haben mir nie Angst gemacht. Ich war total im Streß. Ich jonglierte etwa fünfundsiebzig Fälle inklusive dem Cleveland Cannibal –«

»Oh, ich weiß alles darüber, John«, sagte sie bissig. »The Mighty Quinn trägt die Last der kriminellen Welt auf seinen Schultern.«

»Was soll denn das heißen?« fragte er. »Ich habe einen Job und den mache ich.«

Und zum Teufel mit dem Rest der Welt, dachte Kate, *einschließlich mir.* Aber sie sagte es nicht. Was würde das jetzt noch nützen? Es würde die Geschichte, so wie sie sie in Erinnerung hatte, nicht verändern. Und es würde nicht helfen, zu argumentieren, daß es ihm doch sicher nicht egal gewesen wäre, was die OPR in seine Akte schrieb. Es hatte keinen Sinn, das Argument vorzubringen, daß für Quinn die Arbeit alles war.

Langer Rede kurzer Sinn: Sie hatten eine Affäre gehabt, die einer bereits bis zur Unkenntlichkeit verunstalteten Ehe den Todesstoß versetzt hatte. Die Rache ihres Mannes hatte sie aus ihrer Berufslaufbahn gezwungen. Und Quinn hatte das Wrack einfach sitzenlassen und sich selbst in seiner ersten Liebe verloren – seiner Arbeit. Als es hart auf hart ging, war er zurückgetreten und hatte sie fallen lassen. Als sie sich zum Gehen wandte, hatte er sie nicht gebeten zu bleiben.

In fünf Jahren hatte er sie nicht einmal angerufen.

Sie hatte das auch gar nicht gewollt.

Das Streitgespräch brachte sie Schritt für Schritt einander näher. Er war jetzt nahe genug, daß sie den schwachen Hauch eines raffinierten Aftershaves riechen konnte. Sie spürte die Spannung seines Körpers. Und Fragmente tausender Erinnerungen, die sie weggesperrt hatte, stiegen an die Oberfläche. Die Kraft seiner Arme, die Wärme seines Körpers, der Trost, den er gespendet und den sie wie ein trockener Schwamm aufgesogen hatte.

Ihr Fehler war ihr Bedürfnis gewesen. Jetzt brauchte sie ihn nicht.

Sie wandte sich von ihm ab und setzte sich auf den Schreibtisch, versuchte, sich einzureden, es habe keine weitere Bedeutung, daß sie so bereitwillig in diesen Streit eingestiegen waren.

»Ich hab auch einen Job zu machen«, sagte sie mit einem betonten Blick auf die Uhr. »Ich nehme an, deswegen bist du aufgekreuzt. Hat Sabin dich angerufen?«

Quinn ließ die Luft heraus, die er in der Lunge gestaut hatte. Seine Schultern fielen um zehn Zentimeter. Er hatte nicht erwartet, daß die alten Emotionen so leicht ausbrechen würden. Es sah ihm nicht ähnlich, das zuzulassen. Es sah ihm auch nicht ähnlich, einen Kampf aufzugeben, ehe er ihn gewonnen hatte. Die Erleichterung, die er jetzt empfand, war stark genug, Scham auszulösen.

Er trat einen Schritt zurück. »Er möchte, daß ich mich bei dir und deiner Zeugin dazusetze, wenn sie wiederkommt, um an der Skizze zu arbeiten.«

»Es ist mir egal, was er will«, sagte Kate stur. »Ich dulde nicht, daß du dabei bist. Das Mädchen und mich verbindet nur ein seidener Faden. Wenn irgend jemand FBI flüstert, ist sie weg.«

»Dann werden wir diese Buchstaben vermeiden.«

»Sie wittert eine Lüge auf Meilen.«

»Sie muß gar nicht erfahren, daß ich da bin. Ich werde wie ein Mäuschen in der Ecke sitzen.«

Kate hätte fast gelacht. Ja, wem würde Quinn schon auffallen. Ein Meter achtzig dunkler, attraktiver Männlichkeit in einem italienischen Anzug. Nöö, ein Mädchen wie Angie würde ihn gar nicht bemerken.

»Ich hätte gerne eine Vorstellung von diesem Mädchen. Wie schätzt du sie ein? Ist sie eine glaubwürdige Zeugin?«

»Sie ist ein verlogenes, hinterlistiges kleines Luder, das den Mund nicht aufmachen kann, ohne eine Obszönität rauszulassen«, sagte Kate ohne Umschweife. »Sie ist wahrscheinlich eine Ausreißerin. Sie ist vielleicht sechzehn, auf dem besten Weg zu zweiundvierzig. Sie hat ein paar harte Schläge abbekommen, sie ist allein und hat die Hosen gestrichen voll vor Angst.«

»Das wohlgestaltete amerikanische Kind«, sagte Quinn trokken. »Und, hat sie Smokey Joe gesehen?«

Kate überlegte einen Moment, wägte alles ab, was Angie war oder nicht. Was immer das Mädchen hinsichtlich einer Belohnung zu gewinnen hoffte, was immer für Lügen sie möglicherweise aufgetischt hatte, das Gesicht des Bösen war für Angie Realität gewesen. Kate spürte die Wahrheit darin. Die Spannung des Mädchens jedesmal, wenn sie die Geschichte erzählen mußte, konnte es praktisch unmöglich vortäuschen. »Ja, ich glaube das hat sie.«

»Aber sie hält noch zurück?«

»Sie hat Angst vor der Vergeltung des Mörders – und vielleicht auch vor der der Cops. Sie will uns nicht sagen, was sie um Mitternacht in dem Park gemacht hat.«

»Und hast du's erraten?«

»Vielleicht Drogen kaufen. Oder vielleicht hat sie irgendwo in der Nähe einen Freier gehabt und ist quer durch den Park, um zurück zu der Gosse zu kommen, in der sie schläft.«

»Aber sie hat keine Vorstrafen?«

»Keine, die wir finden konnten. Wir zeigen ihr Bild bei Sexualverbrechen herum, bei den Rauschgiftleuten und der Jugendlichen Abteilung. Bis jetzt hat noch keiner angebissen.«

»Eine Frau voller Geheimnisse.«

»Ein Unschuldslamm ist sie nicht.«

»Zu schade, daß du ihre Fingerabdrücke nicht kriegen kannst.«

Kate schnitt eine Grimasse. »Wir hätten sie jetzt, wenn ich Sabin seinen Willen gelassen hätte. Er wollte, daß Kovac sie am Montag verhaftet und sie über Nacht im Gefängnis sitzen läßt, damit sie so richtig Angst kriegt.«

»Hätte funktionieren können.«

»Über meine Leiche.«

Quinn mußte über den Stahl in ihrer Stimme lächeln. Offensichtlich hatte sie den Drang, ihre Klientin zu beschützen, egal ob verlogenes, verschlagenes Luder oder nicht. Kovac hatte ihm gegenüber bemerkt, Kate wäre zwar der absolute Profi, würde ihre Opfer und Zeugen aber behandeln, als gehörten sie zur Familie. Eine interessante Wortwahl.

In fünf Jahren hatte sie nicht wieder geheiratet. Es gab keinen Schnappschuß eines Freundes in den Regalen über ihrem Schreibtisch. Aber in einem winzigen Silberfiligranrahmen war ein winziges Foto der Tochter, die sie verloren hatte. In eine Ecke gedrängt, weg vom Papierkram, weg vom zufälligen Blick eines Besuchers, vor ihrem eigenen Blick fast versteckt, das engelsgleiche Gesicht des Kindes, dessen Tod sie wie einen Stein auf ihrem Gewissen trug.

Der Schmerz über Emilys Tod hatte sie fast zermalmt. Die pragmatische, unerschütterliche Kate Conlan. Trauer und Schuldgefühle hatten sie mit der Wucht eines Mack Trucks getroffen, hatten sie zerschmettert, sie unter Schock gesetzt. Sie hatte keine Ahnung gehabt, wie man damit fertig wird. Sich ihrem Mann zuzuwenden, war keine Option, weil Steven Waterston bereitwillig seine eigenen Schuldgefühle und Schuldzuweisungen auf Kate abwälzte. Und so hatte sie sich an einen Freund gewandt ...

»Und wenn du Sabin sagst, es hätte funktionieren können«, fuhr sie fort, »dann wird die fragliche Leiche die deine sein. Ich hab ihm gesagt, du würdest mich dabei unterstützen, und das solltest du besser auch, John. Du schuldest mir einen Gefallen.«

»Ja«, sagte er leise, die alten Erinnerungen waren immer noch zu nahe an der Oberfläche. »Zumindest einen.«

Kapitel 14

Im Bereich Lowry Hill, knapp südlich des Gewirrs von Interstate Highways, die die Innenstadt von Minneapolis einzäunten, lag das D'Cup, genau die Art Café, funky genug für die Bohéme-Szene und gerade sauber genug für die Besucher des nahegelegenen Guthrie Theaters und des Walker Art Centers. Liska trat durch die Tür und atmete tief das reiche Aroma exotischer importierter Kaffeebohnen ein.

Sie und Moss hatten sich die Aufgaben für heute geteilt, um soviel wie möglich erledigen zu können. Mary mit ihren über zwanzig Jahren an mütterlicher Erfahrung hatte die wenig beneidenswerte Aufgabe übernommen, mit den Familien der ersten beiden Opfer zu sprechen. Sie würde die alten Wunden so sanft wie möglich öffnen. Liska traf sich nur zu gerne mit einer von Jillians wenigen bekannten Freundinnen: Michele Fine.

Die Fine arbeitete im D'Cup als Kellnerin, manchmal sang sie auch und spielte Gitarre auf der kleinen Bühne, die sich in eine Ecke in der Nähe des Vorderfensters quetschte. Die drei Kunden des Lokals saßen an kleinen Tischen in der Nähe des Fensters und genossen das schwache Sonnenlicht, das nach drei Tagen November-Trübsal hereinfilterte. Zwei ältere Männer – einer groß und schlank mit einem silbernen Spitzbart, einer kleiner und breiter mit einem schwarzen Barett – nippten an ihren Espressos und diskutierten über das Für und Wider der Nationalen Förderung der Künste. Ein jüngerer blonder Mann mit Wespenaugen-Sonnenbrille und einem schwarzen Rollkragenpullover nippte an einem *grande* irgendwas und bearbeitete ein Zeitungskreuzworträtsel. Eine Zigarette schmorte im Aschenbecher neben seinem Drink. Er hatte etwas Dünnes, vage Heruntergekommenes an sich, wie die meisten Schauspieler, die gerade dabei waren, sich zu etablieren.

Liska ging zum Tresen, wo ein muskelbepackter, italienisch aussehender Typ mit lockigem schwarzen Pferdeschwanz gemahlenen Kaffee in den kegelförmigen Korb einer Espressomaschine drückte. Er sah mit Augen in der Farbe schwarzer Godivapralinen zu ihr hoch. Sie widerstand dem Drang dahinzuschmelzen. Mit Mühe. Es fiel ihr zunehmend schwerer, nicht automatisch die Wochen seit ihrem letzten Sex zu zählen. Moss hätte dazu angemerkt, daß Mütter von neun- und sechsjährigen Jungen eigentlich keinen Sex haben sollten.

»Ich bin auf der Suche nach Michele.«

Er nickte, schob den Korb in die Maschine und ließ ihn einrasten. »Chell!«

Die Fine kam durch den Bogen, der zum Hinterzimmer führte, mit einem Tablett sauberer Kaffeetassen, groß wie Suppenschalen. Sie war groß und dünn, mit einem schmalen, knochigen Gesicht mit mehreren alten Narben, die Liska überzeugten, daß sie vor langer Zeit einen Autounfall gehabt haben mußte. Eine schlängelte sich neben einem Winkel ihres breiten Mundes hinunter. Eine andere ritt auf dem Grat eines hohen Backenknochens wie ein kurzer flacher Wurm. Ihr dunkles Haar schimmerte unnatürlich kastanienrot; sie trug es glatt zurückgekämmt und im Nacken zusammengebunden. Der Pferdeschwanz war kraus und dicker als der Schwanz eines Fuchses.

Liska zeigte diskret ihre Marke. »Danke, daß Sie damit einverstanden waren, mit mir zu reden, Michele. Können wir uns setzen?«

Die Fine stellte das Tablett beiseite und zog ihre Handtasche unter dem Tresen heraus. »Was dagegen, wenn ich rauche?«

»Nein.«

»Ich krieg es einfach nicht hin aufzuhören«, sagte sie mit einer Stimme so rostig wie ein altes Scharnier. Sie ging voran zu einem Tisch im Raucherbereich, soweit wie möglich von dem blonden Mann entfernt. »Diese ganze Geschichte mit Jillie ... meine Nerven liegen bloß.«

Ihre Hand zitterte leicht, als sie eine lange, dünne Zigarette aus einem billigen grünen Plastiketui zog. Vernarbtes, verfärbtes Fleisch verzerrte den Rücken ihrer rechten Hand. Um die Narbe war eine elegante, kompliziert gezeichnete Schlange tätowiert, die sich um Micheles Handgelenk wand. Der Kopf ruhte auf dem Handrücken, mit einem kleinen roten Apfel im Mund.

»Sieht aus wie eine böse Verbrennung«, sagte Liska und deutete mit ihrem Stift auf die Narbe, während sie ihr Taschennotizbuch aufklappte.

Fine streckte ihre Hand aus, als wolle sie sie bewundern. »Bratfettfeuer«, sagte sie leidenschaftslos. »Als ich noch klein war.«

Sie drückte auf ihr Feuerzeug und starrte in die Flamme, runzelte kurz die Stirn. »Es hat scheiß wehgetan.«

»Da wett ich.«

»Also«, sagte sie und schob energisch die alten Erinnerungen beiseite. »Was läuft denn da? Keiner will mit Sicherheit sagen, daß Jillie tot ist, aber sie ist es, nicht wahr? All dieses Gerede in den Zeitungen über ›Mutmaßungen‹ und ›Wahrscheinlichkeit‹. Aber Peter Bondurant ist daran beteiligt und setzt eine Belohnung aus. Warum sollte er das tun, wenn es nicht Jillie ist? Warum will denn keiner einfach *sagen,* daß sie es ist?«

»Ich fürchte, ich darf dazu nichts sagen. Wie lange kennen Sie Jillian?«

»Etwa ein Jahr. Sie kommt jeden Freitag hierher, entweder vor oder nach der Sitzung mit ihrem Seelenklempner. Wir haben uns angefreundet.«

Sie nahm einen tiefen Zug ihrer Zigarette und atmete durch weit auseinanderstehende Zähne aus. Ihre Augen waren braun, zu schmal und zu heftig schwarz geschminkt, die Wimpern stummelig und von Wimperntusche verkrustet. Bösartiger Blick hatte Vanlees gesagt. Nikki fand *hart* ein besseres Wort.

»Und wann haben Sie Jillian das letzte Mal gesehen?«

»Freitag, sie hat auf dem Weg zu ihrem Psychovampir kurz reingeschaut.«

»Ihnen mißfällt Dr. Brandt? Kennen Sie ihn?«

Sie musterte sie mit zusammengekniffenen Augen durch eine Rauchwolke. »Ich weiß, daß er ein geldsaugender Blutegel ist, dem nur was an sich selbst liegt, alle anderen sind ihm scheißegal.

Ich hab ihr immer wieder gesagt, sie soll ihn sausen lassen und zu einer Therapeutin gehen. Er war das letzte, was sie brauchte. Er war nur an einem interessiert: seine Hand immer wieder in Daddys Tasche stecken zu können.«

»Wissen Sie, warum Sie bei ihm in Behandlung war?«

Sie sah über Liskas Schulter aus dem Fenster. »Depressionen. Unaufgearbeitete Sachen mit der Scheidung ihrer Eltern und ihrer Mom und dem Stiefvater. Die übliche Familienscheiße, versteh'n Sie?«

»Bin froh, sagen zu können, daß ich keine Ahnung habe. Hat Sie Ihnen Einzelheiten erzählt?«

»Nein.«

Lüge, dachte Liska. »Hat sie Ihres Wissens je Drogen genommen?«

»Nichts Ernstes.«

»Was soll das heißen?«

»Ein bißchen Gras ab und zu, wenn sie zu aufgedreht war.«

»Von wem hat sie das gekauft?«

Micheles Gesicht verkrampfte sich, die Narben in ihrem Gesicht wurden dunkler und glänzten. »Von einem Freund.«

Also von ihr selbst, dachte sich Liska. Sie breitete die Hände aus. »He, ich bin nicht daran interessiert, irgend jemandem wegen ein bißchen Gras den Arsch aufzureißen. Ich will nur wissen, ob Jillian in dieser Richtung einen Feind gehabt haben könnte.«

»Nein. Sie hat es sowieso fast nie gemacht. Nicht so wie damals, als sie noch in Europa gelebt hat. Da war sie auf allem drauf – Sex, Drogen, Fusel. Aber sie hat das alles aufgegeben, als sie hierher gekommen ist.«

»Einfach so? Sie kommt hier rüber und lebt wie eine Nonne?«

Michele zuckte die Achseln, klopfte die Asche von ihrer Zigarette. »Sie hat versucht, sich umzubringen. Ich denk mir, das verändert einen Menschen.«

»In Frankreich? Sie hat versucht sich umzubringen?«

»Das hat sie mir erzählt. Ihr Stiefvater hat sie für eine Weile in eine psychiatrische Klinik einsperren lassen. Wirklich ironisch, wenn man bedenkt, daß sie seinetwegen langsam verrückt geworden ist.«

»Wie das?«

»Er hat sie gebumst. Sie hat tatsächlich eine Weile lang geglaubt, er wäre in sie verliebt. Sie wollte, daß er sich von ihrer Mutter scheiden läßt und sie heiratet.« Sie erzählte das ganz beiläufig, als wäre dieses Verhalten die Norm in ihrer Welt. »Schließlich hat sie einen Haufen Pillen geschluckt. Stiefpapi hat sie einweisen lassen. Als sie rauskam, ist sie hierher zurückgekommen.«

Liska kritzelte die Neuigkeit in einer Kurzschrift aufs Papier, die nur sie lesen konnte, und ihre Erregung machte sie noch unleserlicher. Hier stieß sie auf eine Goldader von Schmutz. Kovac wäre begeistert. »Ist ihr Stiefvater je hergekommen, um sie zu besuchen?«

»Nein. Die Selbstmordgeschichte hat ihn wahrscheinlich ausflippen lassen, denke ich. Jillie hat gesagt, er hat sie im Irrenhaus nie besucht.« Sie seufzte eine Wolke von Rauch und starrte an dem blonden Typen vorbei. »Es ist schon traurig, was so als Liebe durchgeht, was?«

»In was für einer Stimmung war sie Freitag?«

Die knochigen Schultern hoben und senkten sich. »Ich weiß es nicht. Irgendwie aufgedreht, denk ich. Es war ziemlich was los hier. Wir hatten keine Zeit zu reden. Ich hab ihr gesagt, ich würde sie Samstag anrufen.«

»Und haben Sie?«

»Ja. Hab den Anrufbeantworter gekriegt. Ich hab eine Nachricht hinterlassen, aber sie hat nicht zurückgerufen.«

Sie starrte wieder aus dem Fenster, aber ohne etwas auf der Straße zu sehen. Schaute zurück zu diesem Wochenende. Fragte sich, ob sie irgend etwas hätte tun können, was die Tragödie verhindert hätte. Liska hatte diesen Ausdruck schon viele Male gesehen. Tränen rutschten über Michele Fines bösartige Augen, und sie kniff ihren breiten vernarbten Mund zu einem Strich zusammen.

»Ich hab mir einfach gedacht, sie ist bei ihrem Dad geblieben«, sagte sie und bei den Worten schnürte es ihr die Kehle zu. »Ich hab daran gedacht, sie Sonntag zu erwischen, aber dann … ich hab einfach nicht …«

»Was haben Sie am Sonntag gemacht?«

Sie wiegte den Kopf hin und her. »Nichts. Hab lang geschlafen. Bin um die Seen spazierengegangen. Nichts.«

Sie preßte ihre freie Hand gegen den Mund und kniff die Augen zu, kämpfte um ihre Fassung. Ihr Gesicht lief rot an, als sie gegen das Bedürfnis zu weinen die Luft anhielt. Liska wartete einen Moment.

Die beiden alten Typen diskutierten jetzt über Performance Kunst.

»Wie soll in eine Flasche mit Kruzifixen pinkeln Kunst sein?« fragte Barettmann.

Der Ziegenbart breitete die Hände aus. »Es hatte eine Botschaft! Kunst hat eine Botschaft!«

Der blonde Typ blätterte in seiner Zeitung zu den »Gesucht« Anzeigen und warf einen heimlichen Blick auf Michele. Liska bedachte ihn mit dem bösen Cop-Blick, und er wandte sich wieder seinem Lesestoff zu.

»Und was ist mit dem Rest des Wochenendes?« fragte sie und drehte sich wieder zu Michele. »Was haben Sie Freitag abend nach der Arbeit gemacht?«

»Warum?« Instant-Mißtrauen, mit etwas Affront verziert und ein bißchen Panik.

»Das ist reine Routine. Wir müssen klarstellen, wo Jillians Familie und Freunde waren, für den Fall, daß sie versucht hat, sie zu kontaktieren.«

»Das hat sie nicht.«

»Sie waren also zu Hause?«

»Ich war in der Spätvorstellung im Kino, aber ich habe einen Anrufbeantworter. Sie hätte eine Nachricht hinterlassen.«

»Haben Sie je in Jillians Wohnung übernachtet?«

Michele schniefte, wischte sich Augen und Nase mit der Hand ab und nahm noch einen stockenden Zug an ihrer Zigarette. Ihre Hand zitterte. »Ja, manchmal. Wir haben zusammen Musik komponiert. Jillie will nicht auftreten, aber sie ist gut.«

Vergangenheit und Gegenwart wechselten sich willkürlich ab, wenn sie von ihrer Freundin sprach. Das war immer ein schwieriger Umdenkprozeß für die Leute nach einem Todesfall.

»Wir haben ein paar Kleidungsstücke in der Kommode des zweiten Schlafzimmers gefunden, die nicht so aussahen wie ihre.«

»Das ist mein Zeug. Es ist verdammt weit zu ihr drüben am Fluß. Manchmal haben wir bis spät in die Nacht an einem Song gearbeitet, und dann hab ich einfach dort übernachtet.«

»Haben Sie einen Schlüssel zu ihrer Wohnung?«

»Nein. Warum sollte ich? Ich hab ja nicht dort gewohnt.«

»Was für eine Art Hausfrau ist sie?«

»Was für einen Unterschied soll das denn machen?«

»Ordentlich? Schlampig?«

Michele war ungeduldig, weil sie nicht verstand, was das sollte. »Schlampig. Sie hat überall Zeug rumliegen lassen – Kleider, Geschirr, Aschenbecher. Welchen Unterschied macht das noch? Sie ist tot.«

Dann zog sie den Kopf ein, wurde rot und kämpfte gegen eine weitere Welle von Emotionen, die sie nach dieser letzten Aussage traf. »Sie ist tot. Er hat sie verbrannt. O Gott.« Zwei Tränen quollen durch ihre Wimpern und klatschten auf die papierne Unterlage.

»Wir wissen nicht mit Sicherheit, daß ihr etwas zugestoßen ist, Michele.«

Sie ließ ihre Zigarette in einen Aschenbecher fallen und nahm ihr Gesicht in die Hände. Sie schluchzte nicht, kämpfte aber gegen ihre Gefühle an.

»Vielleicht hat sie für ein paar Tage die Stadt verlassen«, sagte Liska. »Wir wissen es nicht. Und Sie?«

»Nein.«

»Wissen Sie, ob jemand Jillian wehtun möchte?«

Sie schüttelte den Kopf.

»Hat sie einen Freund? Ex-Freund? Einen Typen, der an ihr interessiert war?«

»Nein.«

»Und wie steht's mit Ihnen? Haben Sie einen Freund?«

»Nein«, erwiderte sie und sah hinunter auf die schwelende Kippe im Aschenbecher. »Warum sollte ich einen wollen?«

»Jillian hat nie etwas gesagt, daß ein Mann sie belästigt hat? Vielleicht beobachtet? Sie angemacht hat?«

Diesmal war ihr Lachen verbittert. »Sie wissen doch, wie Männer sind. Sie gaffen alle. Sie glauben alle, sie haben einen Schuß frei. Wer kümmert sich denn um die Verlierer?«

Sie schniefte, holte tief Luft, atmete langsam aus und griff dann nach der nächsten Zigarette. Ihre Nägel waren komplett abgenagt.

»Was ist mit der Beziehung zu ihrem Vater? Kommen sie miteinander aus?«

Die Fine verzog den Mund. »Sie betet ihn an. Ich weiß nicht, warum.«

»Sie mögen ihn nicht?«

»Bin ihm nie begegnet. Aber er kontrolliert sie, oder etwa nicht? Ihm gehört das Haus, er zahlt für die Schule, sucht den Therapeuten aus, zahlt den Therapeuten. Dinner jeden Freitag. Einen Wagen.«

Für Liskas Ohren klang das wie ein verlockendes Arrangement. Vielleicht könnte sie Bondurant dazu bringen, sie zu adoptieren? Sie ließ das Thema fallen. Allmählich klang es so, als mochte Michele nichts, was einen Penis hatte.

»Michele, wissen Sie, ob Jillian irgendwelche typischen Merkmale hatte: Muttermale, Narben, Tätowierungen?«

Die Fine sah sie verärgert an. »Woher soll ich das wissen? Wir waren kein Liebespaar.«

»Also nichts Offensichtliches. Keine Narbe an ihrem Arm. Keine Schlange um ihr Handgelenk tätowiert.«

»Jedenfalls ist mir nie etwas aufgefallen.«

»Wenn Sie sich in Jillians Wohnung umsähen, würden Sie merken, ob etwas fehlt? Wenn sie zum Beispiel ein paar Klamotten eingepackt hätte und verreist wäre?«

Sie hob die Schultern. »Ich denke schon.«

»Gut. Dann sollten wir versuchen, dorthin zu fahren.«

Während Michele Fine mit ihrem Boß, dem italienischen Hengst, eine freie Stunde abklärte, verließ Liska das Café, holte ihr Handy aus der Tasche und wählte Kovac an.

Die Luft war klar, eine steife Brise blies, wie für November üblich. Kein schlechter Tag. Eine blasse Kopie des herrlichen Wetters im späten September und frühen Oktober, das Minnesota zum Rivalen für jeden Staat der Nation in punkto Vollkommenheit machte. Ihre Jungs wären nach der Schule mit ihren Fahrrädern unterwegs und würden versuchen, noch jede Minute damit auszunutzen, bevor der Schnee flog und die Schlitten aus den Lagern auftauchten. Sie hatten Glück, daß es noch nicht soweit war.

»Moose Lodge«, bellte die grobe Stimme in ihr Ohr.

»Kann ich mit Bullwinkle sprechen? Wie ich höre, hat er einen Schwanz so lang wie mein Arm.«

»Herrgott, Liska. Kannst du denn nie an was anderes denken?«

»An das und meinen Kontostand. Bei beiden kann ich nie genug kriegen.«

»Du predigst dem Chor. Was hast du für mich?«

»Außer, daß ich auf dich geil bin? Eine Frage. Als du Montag Jillians Wohnung durchsucht hast, hast du da ein Band aus dem Anrufbeantworter genommen?«

»Der war digital. Keine Nachrichten.«

»Diese Freundin von ihr sagt, sie hätte Samstag angerufen und eine Nachricht hinterlassen. Also, wer hat sie gelöscht?«

»Uuuuh, ein Rätsel. Ich hasse Rätsel. Hast du sonst noch etwas?«

»Oh, ja.« Sie sah durch das Fenster zurück zum Café. »Eine Geschichte, die Shakespeare Konkurrenz macht.«

»Sie hat versucht, ihr Leben wieder in den Griff zu kriegen«, behauptete Lila Whites Mutter. Ihr Gesichtsausdruck war hart, wie von jemandem, der beim ständigen Wiederholen seiner Lüge dickköpfig geworden war. Eine Lüge, die sie unbedingt glauben wollte, es aber im Grunde ihres Herzens nicht konnte.

Mary Moss empfand eine tiefe Traurigkeit für die Frau.

Familie White lebte in der kleinen bäuerlichen Gemeinde von Glencoe, einer von diesen Orten, wo Klatsch ein übliches Hobby darstellte und Gerüchte wie zerbrochenes Glas schnitten. Mr. White war Mechaniker in einem Vertrieb landwirtschaftlicher Gerätschaften. Sie lebten am Rand der Stadt in einem ordentlichen Ranchhaus mit einer Schaukel hinter dem Haus. Die Schaukel war für die Enkelin, die sie aufzogen: Lilas Tochter Kylie, eine zerzauste Vierjährige, die Gottseidank der Tatsache des Todes ihrer Mutter gegenüber immun war. Noch.

»Sie hat uns an diesem Donnerstag abend angerufen. Sie hatte mit den Drogen aufgehört, wissen sie. Die Drogen, die haben sie runtergezogen.« Mrs. Whites klumpiges Gesicht zog sich zusammen, als ob die Bitterkeit ihrer Gefühle einen Nachgeschmack im Mund hinterließ. »Und an allem ist dieser Ostertag Junge schuld. Er hat sie auf die Drogen gebracht.«

»Aber Jeannie«, sagte Mr. White, mit der Erschöpfung endloser Wiederholung. Er war ein großer grobknochiger Mann. Farmerfalten durchzogen sein Gesicht von zu vielen Jahren, in denen er die Augen gegen die Sonne zusammengekniffen hatte.

»Hör mit dem ›aber Jeannie‹ auf«, keifte seine Frau. »Jeder in der Stadt weiß, daß er mit Drogen schachert, und seine Eltern stolzieren rum und tun so, als würde ihre Scheiße nicht stinken. Es macht mich krank.«

»Allan Ostertag?« sagte Moss nach einem Blick auf ihre Notizen. »Ihre Tochter ist mit ihm zur High School gegangen?«

Mr. White seufzte und nickte, erduldete den Vorgang und wartete auf das Ende, damit sie erneut mit dem Heilen anfangen konnten und hoffen, dies sei das letzte Mal, daß die Wunden wieder aufgerissen wurden. Seine Frau wetterte weiter über die Ostertags. Moss wartete geduldig. Sie wußte, daß Allan Ostertag weder jetzt noch früher ein möglicher Verdächtiger im Mordfall Lila White gewesen und deshalb für sie irrelevant war. Für die Whites war er nicht irrelevant.

»Hat sie erwähnt, daß sie letzten Sommer mit jemand speziellem unterwegs war?« fragte sie, als die Tirade zu Ende war. »Einen festen Freund? Jemanden, der möglicherweise für sie ein Problem hätte sein können?«

»Wir haben all diese Fragen schon einmal beantwortet«, sagte Jeannie White ungeduldig. »Es ist fast so, als ob ihr Leute euch nicht mal die Mühe macht, etwas aufzuschreiben. Weil es nämlich egal war, als nur unsere Kleine tot war«, sagte sie, ihr Sarkasmus spitz wie eine Nadel. »Wir haben keine Sonderkommission in den Nachrichten gesehen, als es bloß unsere Lila war, die ermordet worden ist. Der Polizei war es ganz egal –«

»Das ist nicht wahr, Mrs. White.«

»Es war ihnen auch egal, als sie letzten Herbst dieser Drogendealer zusammengeschlagen hat. Sie haben sich nicht mal die Mühe gemacht, es vor Gericht zu bringen. Es ist, als ob unsere Kleine gar nicht zählen würde.« Die Augen und die Kehle der Frau füllten sich mit Tränen. »Sie war für niemanden wichtig genug, außer für uns.«

Moss bot Entschuldigungen an, wohlwissend, daß sie nicht akzeptiert werden würden. Keine Erklärung konnte die Verletztheit durchdringen, die eingebildete Beleidigung, den Zorn, den Schmerz.

Für die Whites spielte es keine Rolle, daß ein einzelner Mord notwendigerweise anders gehandhabt wurde als eine Reihe verwandter Morde. Für sie war es wichtig, daß das Kind, das sie geliebt hatten, auf einem der dunkleren Pfade des Lebens abgestürzt war. Es spielte für sie eine Rolle, daß sie als Prostituierte starb. So würde sich die Welt an sie erinnern, wenn man sich überhaupt an sie erinnern würde. Opfer Nummer Eins, verurteilte Prostituierte und Drogensüchtige.

Die Whites sahen wahrscheinlich die Schlagzeilen im Schlaf. Die Hoffnungen, die sie gehabt hatten, daß ihre Tochter ihr Leben ändern würde, waren unerfüllt gestorben, und niemand sonst auf der Welt scherte sich darum, daß Lila Beraterin hatte werden wollen, oder daß sie in der High School eine gute Schülerin gewesen war, oder daß sie sich oft die Augen ausweinte, weil sie nicht fähig war, ihr eigenes Kind aufzuziehen.

In der Akte auf dem Beifahrersitz in Moss Wagen steckten Schnappschüsse von Lila und Kylie im Garten der Whites. Lächelnd und lachend, mit Partyhüten für Kylies vierten Geburtstag. Fotos von Mutter und Tochter, wie sie in einem grünen Plastikbecken herumspritzten. Drei Wochen später hatte jemand das Leben aus Lila White herausgefoltert, ihre Leiche geschändet und sie wie einen Müllhaufen angezündet.

Opfer Nummer Eins, verurteilte Prostituierte und Drogensüchtige.

Moss ging im Geiste die Beschwichtigungsfloskeln durch. Die Polizei konnte nicht für jeden Mord eine Sonderkommission bilden. Lila Whites Mord war umfassend untersucht worden. Sam Kovac hatte den Fall abgekriegt und Kovac hatte den Ruf, das Beste für jedes Opfer zu tun, egal, wer oder was es im Leben gewesen war.

Trotzdem konnte sie nicht umhin zu überlegen – was Jeannie White laut getan hatte – wie anders möglicherweise alles gelaufen wäre, wenn Jillian Bondurant Opfer Nummer Eins gewesen wäre.

Die Schlösser von Jillian Bondurants Townhouse in Edgewater waren ausgewechselt und ein neuer Schlüssel an die Polizei geliefert worden. Liska steckte den glänzenden neuen Schlüssel ins Schloß und öffnete die Tür. Sie ging mit Michele Fine in die Schlafzimmer und beobachtete, wie sie die Schränke durchging, ab und zu kurz bei etwas verweilte, das eine Erinnerung auslöste.

»Mensch, das ist vielleicht unheimlich«, sagte sie und sah sich um. »Die Wohnung so sauber zu sehen.«

»Jillian hatte keine Putzfrau?«

»Nein. Ihr alter Herr wollte ihr einmal einen Putzservice schenken. Er ist der analste Mann auf dem Planeten. Jillian hat nein gesagt. Sie wollte nicht, daß jemand in ihren Sachen rummacht.«

»Ich seh nicht, daß etwas fehlt«, sagte sie schließlich.

Sie stand vor Jillians Kommode, ihr Blick wanderte über die wenigen Gegenstände dort: ein Mahagonischmuckkästchen, ein paar Duftkerzen in nicht zusammenpassenden Leuchtern, die kleine Porzellanfigur einer eleganten Frau in einem fließenden blauen Kleid. Sie berührte die Figur vorsichtig, mit wehmütigem Blick.

Während Michele ihre paar Kleidungsstücke aus dem Gästezimmer einsammelte, ging Liska die Treppe hinunter und erfaßte die Haupträume mit einem Blick. Sie sah das Haus jetzt mit anderen Augen als vor ihrem Treffen mit Jillians Freundin. Es hatte verschlampt sein müssen, aber das war es nicht. Sie hatte noch nie erlebt, daß ein Killer Raumpflege als Teil seines Angebots mitbrachte, aber jemand hatte hier saubergemacht. Nicht nur alles abgewischt, um Fingerabdrücke zu entfernen. Saubergemacht, Kleidung gefaltet und aufgeräumt, Geschirr abgewaschen.

Ihre Gedanken wanderten zurück zu Michele Fine und Jillian

als Freundinnen. Ein recht unwahrscheinliches Paar: die Tochter eines Milliardärs und eine Kellnerin. Hätte Peter Bondurant eine Lösegeldforderung bekommen, dann wäre die Beziehung automatisch durchleuchtet worden. Selbst ohne das huschten aus Gewohnheit Mußmaßungen durch Liskas Kopf.

Durchdacht und abgelegt. Michele Fine kooperierte auf der ganzen Linie. Nichts, was sie getan oder gesagt hatte, schien fehl am Platz. Ihre Trauer schien echt und war gefärbt mit den Schattierungen von Wut und Schuldgefühlen, die Liska immer und immer wieder bei den Menschen, die ein Mordopfer hinterließ, festgestellt hatte. Trotzdem würde sie Michele Fines Namen durch den Computer laufen lassen und sehen, ob etwas dabei heraus kam.

Sie ging quer durch das Wohnzimmer zum elektrischen Klavier. Jillian Bondurant hatte Musik geschrieben, war aber zu schüchtern gewesen, um aufzutreten. Das war die Art von Detail, die sie zu einem echten Menschen machte, auf eine Weise wie die Erkenntnis, daß sie Peter Bondurants Tochter war, es nicht tat. Die Notenblätter, ordentlich auf dem Ständer gestapelt, waren klassisch. Noch ein Widerspruch bei Jillians Image. Liska hob den gepolsterten Sitz und sah die Sammlung darunter durch: Folk, Rock, Alternatives, New Age –

»Keine Bewegung!«

Ihr erster Impuls war, nach der Pistole zu greifen, aber sie blieb über dem Klavierstuhl gebückt, atmete durch. Dann drehte sie langsam den Kopf und Erleichterung durchströmte sie, dicht gefolgt von Zorn.

»Ich bin's, Mr. Vanlees. Detective Liska«, sagte sie und richtete sich auf. »Stecken Sie die Pistole weg, bitte.«

Vanlees stand in der Tür, in seiner Wachmannsuniform, und hielt einen Colt Python umklammert. Am liebsten hätte Liska ihm die Pistole entrissen und ihm eine über den Kopf gezogen.

Er blinzelte sie an und senkte die Waffe, ein gerade mal eben betretenes Lächeln zupfte an seinen Mundwinkeln. »Oh, Detective, das tut mir leid. Ich hab nicht gewußt, daß Sie vorbeikommen. Als ich gesehen hab, daß jemand hier drin ist, hab ich das Schlimmste befürchtet. Wissen Sie, wir hatten dauernd diese

Skandalreporter hier. Ich hab gehört, daß sie alles stehlen, was nicht niet- und nagelfest ist.«

»Sie haben also mein Auto nicht erkannt?« sagte Liska, etwas zu scharf.

»Äh, das hab ich wohl nicht. Tut mir leid.«

Von wegen, dachte sie. Möchtegerns wie Vanlees merkten sich alles über Cops, denen sie in der wirklichen Welt begegneten. Sie hätte darauf gewettet, daß er irgendwo ihre Autonummer aufgeschrieben hatte. Und ganz sicher hatte er Hersteller und Modell erkannt. Diese kleine Show hatte er abgezogen, um sie zu beeindrucken. Gil Vanlees: Ein Mann der Tat. Immer bereit. Immer im Einsatz. Immer gewissenhaft. *Gott steh uns allen bei.*

Liska schüttelte den Kopf. »Das ist ja eine recht beeindruckende Waffe, die Sie da haben, Gil«, sagte sie und ging auf ihn zu. »Ich brauch wohl nicht zu fragen, ob Sie einen Waffenschein dafür haben?«

Die Augen wurden ein bißchen kalt, und das Lächeln schlaffte aus seinem Gesicht. Es gefiel ihm nicht, daß sie ihn tadelte. Er wollte nicht daran erinnert werden, daß seine Uniform nicht die richtige war. Er steckte den Lauf der Python in seinen Gürtel und rückte sie neben seinem Bauch zurecht. »Ja, ich hab einen Waffenschein.«

Liska zwang sich ein Lächeln ab. »Das ist eine Mordskanone. Keine wirklich gute Idee, sich damit an Leute ranzuschleichen, Gil. Man kann nie wissen, was passiert. Reflexe ein bißchen zu heftig, und du bläst jemanden weg. Das wäre eine miese Vorstellung auf der ganzen Linie, wissen Sie.«

Jetzt wich er ihrem Blick aus, wie ein Kind, das gescholten wird, weil es ans Werkzeug seines Vaters gegangen ist.

»Sie sagen, Reporter haben hier herumgeschnüffelt? Aber im Haus war keiner, richtig?«

Seine Aufmerksamkeit verlagerte sich noch weiter, und er runzelte noch heftiger die Stirn. Liska warf einen Blick über die Schulter. Michele Fine stand am Fuß der Treppe und umklammerte ihren schlampigen Haufen schwarzer Kleidung. Vanlees Gegenwart schien ihr nicht zu passen.

»Mr. Vanlees?« sagte Liska und wandte sich wieder ihm zu, als

Michele zur Küche ging. »Soweit Sie wissen, war keiner im Haus, richtig?«

»Richtig.« Er machte einen Schritt zurück in Richtung Tür, die Hand ruhte auf dem Griff des Python. Sein Blick blieb auf Michele gerichtet, er beobachtete, wie sie ihre Kleidung auf den Tresen warf, der Küche und Eßbereich trennte. »Ich muß gehen«, sagte er verdrießlich. »Ich hab nur die Augen offengehalten, mehr nicht.«

Liska folgte ihm hinaus auf den Vorplatz. »He, Gil, tut mir leid, daß ich Sie angekeift habe. Sie haben mich überrascht. Hab mich richtig erschrocken, wissen Sie.«

Diesmal biß er nicht an. Sie hatte seine Ehre in Frage gestellt, seinen Status als Kollege, sein Ego verletzt. Die Beziehung, die sie vor zwei Tagen aufgebaut hatte, schwankte in ihren Grundfesten. Sie hatte erwartet, daß sie stabiler wäre, und fand ihre Zerbrechlichkeit aufschlußreich. Noch ein Punkt, den sie bei Quinn zur Sprache bringen sollte: Vanlees' Eigenimage.

Er sah sie kaum an, schmollte. »Klar. Kein Problem.«

»Ich bin froh, daß Sie die Augen offenhalten«, sagte sie. »Sie haben von dem Gemeindetreffen heute abend gehört, richtig? Vielleicht möchten Sie vorbeischauen, wenn Sie Zeit dazu haben.«

Liska sah ihm nachdenklich hinterher, als er wegging. Aus der Ferne sah Vanlees mit seiner schwarzblauen Uniform wie ein Stadtpolizist aus. Für einen Typen in Uniform wäre es leicht, eine Frau dazu zu kriegen, für ihn stehenzubleiben, mit ihm zu reden. Alle drei Opfer von Smokey Joe waren verschwunden ohne Berichte über einen Schrei, ohne verdächtige Aktivitäten in dem Gebiet. Andererseits hatte auch niemand in der Nähe eine Uniform gesehen.

»Ich bin fertig.«

Sie erschrak ein bißchen bei Michele Fines Feststellung, drehte sich um und sah sie in der Tür stehen, die Kleider hatte sie in eine Plastiktüte von Rainbow Foods gestopft.

»In Ordnung. Toll. Ich fahr Sie zurück.«

Sie sperrte das Haus ab. Die Fine wartete am Fuß der Treppe auf sie. Vanlees war auf dem verschlungenen Weg verschwunden, aber nicht aus Liskas Kopf.

»Kennen Sie den Typen?« fragte sie, als sie sich ins Auto setzten.

»Nicht persönlich«, sagte Michele und drückte ihre Tüte an sich wie einen Säugling. »Wie ich schon sagte, wer achtet schon auf die Verlierer?«

Keiner, dachte Liska, als sie den Gang ihres Wagens einlegte. Und während keiner auf sie achtete, war es den Verlierern gestattet, zu grübeln und zu fantasieren und sich vorzustellen, wie sie sich an all den Frauen rächten, die sie nicht wollten und sie nie lieben würden.

Kapitel 15

»Und, was denken Sie, John«, fragte Sabin. »Verschweigt uns das Mädchen etwas?«

Sie saßen im Konferenzzimmer des Büros der Bezirksstaatsanwaltschaft: Quinn, Sabin, Kate und Marshall. Quinn sah zu Kate, die ihm gegenübersaß, mit grimmig vorgeschobenem Kinn und Feuer in den Augen, die unmißverständlich Ärger signalisierten für den Fall, daß er sich bei dieser Auseinandersetzung für die falsche Seite entschied. Nur ein weiteres Minenfeld, das durchquert werden mußte. Sein Blick blieb auf sie gerichtet.

»Ja.« Das Feuer loderte heftiger. »Weil sie Angst hat. Sie hat wahrscheinlich das Gefühl, der Killer weiß irgendwie, was sie tut, so als ob er sie beobachtet, wenn sie mit der Polizei redet oder ihn dem Zeichner beschreibt. Das ist ein normales Phänomen. Das ist doch richtig, Kate?«

»Ja.« Jetzt ein eingedämmtes Feuer in ihren Augen. Das Recht vorbehaltend, ihn später zu verbrennen. »Ich hab es immer und immer wieder gesehen. Es ist faszinierend. Selbst die logischsten, vernünftigsten Opfer erleben das.«

Er spielte mit der Fernbedienung des Videorecorders, ließ das Band zum Anfang von Angie DiMarcos erstem Verhör zurücklaufen, eine Stunde, nachdem man sie aufgegriffen hatte. Sie waren das bereits einmal durchgegangen. Hatten das Band an wichtigen Stellen angehalten, wo Marshall und Sabin sich jedesmal umgedreht, Quinn angestarrt und auf eine Offenbarung gewartet hatten, wie die Jünger zu Jesus' Füßen.

»Hier ist sie ganz klar verängstigt«, sagte Marshall und wiederholte voller Autorität, was Quinn beim ersten Durchlauf gesagt hatte. »Man kann es in ihrer Stimme hören. Sie haben absolut recht, John.«

John, mein Kumpel, mein Freund, mein Kollege. Die Vertraulichkeit stieß Quinn sauer auf, obwohl er das absichtlich pflegte. Er hatte die Leute satt, die vorgaben, ihn zu kennen, und noch satter hatte er Leute, die von ihm übermäßig beeindruckt waren. Er fragte sich, wie beeindruckt Rob Marshall wohl wäre, wenn er wüßte, daß er fast jede Nacht aufwachte, zitternd, geplagt von Übelkeit, weil er das alles nicht mehr ertragen konnte.

Marshall drehte die Lautstärke um einen Punkt hoch, an der Stelle, wo das Mädchen die Fassung verlor und mit bebender Stimme schrie: »Ich *kenn* ihn nicht! Er hat eine Scheißleiche angezündet! Der ist so ein Scheißpsycho!«

»Das ist nicht gespielt«, verkündete er leise und starrte mit zusammengekniffenen Augen auf den Bildschirm, als würde ihm das gestatten, in den Verstand des Mädchens zu sehen.

Sabin sah verärgert aus, als hätte er einen Grund gesucht, das Mädchen auf die Streckbank zu bringen. »Vielleicht würde sie sich hinter Gittern *sicherer* fühlen.«

»Angie hat nichts verbrochen«, sagte Kate in scharfem Ton. »Sie hätte nicht mal zugeben müssen, daß sie dieses Ungeheuer gesehen hat. Sie braucht Hilfe von uns, keine Drohungen.«

Röte kroch vom Kragen des Bezirksstaatsanwalts den Hals hinauf.

»Wir wollen hier keine kontroverse Situation, Ted«, sagte Quinn ruhig. Mr. Ganz kontrolliert. Mr. Cool.

»Das Mädchen hat sich so etabliert«, warf Sabin ein. »Ich hatte von der ersten Sekunde an ein schlechtes Gefühl bei ihr. Wir hätten es darauf ankommen lassen sollen. Ihr zeigen, daß wir uns hier nicht verarschen lassen.«

»Ich glaube, daß Ihr Umgang mit ihr perfekt war«, sagte Quinn. »Ein Mädchen wie Angie mißtraut unserem System. Sie mußten ihr einen Freund geben, und Kate war die perfekte Wahl. Sie ist echt, sie ist direkt, sie ist nicht voller Scheiß und falschem Mitgefühl. Überlaßt sie Kate. Mit Drohungen werdet ihr nichts aus ihr herauskriegen. Sie erwartet Drohungen, sie werden einfach von ihr abprallen.«

»Wenn sie uns nichts gibt, was wir verwenden können, hat Kate auch nichts zu tun«, konterte Sabin. »Wenn sie uns nichts geben kann, dann hat es keinen Sinn, Countygelder an sie zu verschwenden.«

»Das ist keine Verschwendung«, sagte Kate stur.

»Was denken Sie denn hier, John?« fragte Marshall und zeigte mit der Fernbedienung auf den Bildschirm. Er hatte das Band wieder zurückgespult. »Ihr Gebrauch der Personalpronomen – *ich kenne ihn nicht.* Er ist *so eine Art Psycho.* Glauben Sie das könnte von Bedeutung sein?«

Quinn atmete heftig aus, Ungeduld machte sich bei ihm breit. »Wie soll sie denn den Kerl nennen – es?«

Einer von Kates Mundwinkeln zuckte.

Marshall schmollte. »Ich habe Kurse in Psycholinguistik belegt. Der Gebrauch von Sprache kann sehr aufschlußreich sein.«

»Dem stimme ich zu«, bot Quinn an, fing sich diplomatisch. »Aber es gibt so etwas wie überanalysieren. Ich glaube, das beste, was man mit diesem Mädchen machen kann, ist zurücktreten und sie Kate überlassen.«

»Verdammt, wir brauchen einen Durchbruch«, sagte Sabin, fast zu sich selbst. »Sie hat heute der Skizze praktisch nichts hinzugefügt. Sie hat direkt daneben gestanden und hat diesen Typen angeschaut und das Bild, das sie uns gibt, könnte praktisch jeder sein.«

»Vielleicht erlaubt ihr ihr Verstand nicht, mehr zu sehen«, sagte Kate. »Was wollen Sie denn von ihr? Daß sie einfach etwas erfindet, damit Sie glauben, daß sie sich mehr Mühe gibt?«

»Ich bin überzeugt, daß Mr. Sabin das nicht vorschlagen wollte, Kate«, sagte Marshall vorwurfsvoll.

»Ich hab versucht, witzig zu sein, um etwas zu unterstreichen, Rob.«

»Trotz allem ist sie wertvoll für die Ermittlungen«, sagte Quinn.

»Wir können sie als Bedrohung nutzen. Wir können Dinge an die Presse durchsickern lassen. Es so hinstellen, als hätte sie uns mehr gesagt, als sie es in Wirklichkeit hat. Wir können sie auf die verschiedenste Art benutzen. An diesem Punkt braucht sie keine

Pfadfinderin mehr sein und lückenlose Erinnerung muß sie auch nicht haben.«

»Ich habe Sorge, daß sie in der ganzen Geschichte lügt«, gab Sabin zu. Edwyn Nobles Skepsis hatte Wurzeln gefaßt.

Kate versuchte, nicht die Augen zu rollen. »Das haben wir schon durchgekaut. Es ergibt keinen Sinn. Wenn Geld das einzige wäre, was sie wollte, wäre sie Sonntagnacht aus diesem Park abgehauen und hätte kein Wort gesagt, bis die Belohnung angeboten wurde.«

»Und wenn sie nur das Geld im Sinn hätte«, fügte Quinn hinzu, »dann würde sie sich ein Bein ausreißen, um uns Details zu geben. In meiner Erfahrung übertrumpft Habgier die Furcht.«

»Was, wenn sie in irgendeiner Form beteiligt ist?« schlug Marshall vor. »Um uns von der Spur abzulenken oder um Insider Info –«

Kate fixierte ihn wutentbrannt. »Das ist doch absurd. Wenn sie mit diesem Ungeheuer unter einer Decke stecken würde, dann würde sie uns eine so genaue Phantomskizze geben, daß wir jagen können. Und sie ist in keine Informationen eingeweiht, die Smokey Joe nicht in der Zeitung lesen kann.«

Marshall senkte den Blick zum Tisch. Die Ränder seiner Ohren wurden knallrosa.

»Sie ist ein verängstigtes, verkorkstes Kind«, sagte Kate und erhob sich. »Und ich muß zurück zu ihr, bevor sie mein Büro ansteckt.«

»Sind wir hier fertig?« fragte Marshall spitz. »Ich denke ja. Kate hat gesprochen.«

Sie sah ihn mit unverhohlener Abscheu an und ging.

Sabin sah ihr nach – die Augen auf ihren Hintern gerichtet, dachte Quinn – und als sie zur Tür hinaus war, sagte er: »War sie im Bureau genau so dickköpfig?«

»Mindestens«, sagte Quinn und folgte ihr nach draußen.

»Du desertierst auch?« fragte sie, als er sie einholte. »Du wolltest nicht bleiben, damit Rob sich bei dir anschleimen kann? Das kann er am besten.«

Er grinste sie an. »Du hältst nicht viel von deinem Boss. Nicht, daß das was Neues wäre.«

»Du hältst auch nicht sehr viel von ihm.« Kate warf sicherheitshalber einen Blick über die Schulter. »Rob Marshall ist eine unterwürfige, übereifrige, arschkriechende Kröte. Aber um fair zu bleiben, unser Job liegt ihm am Herzen, und er versucht, ihm gerecht zu werden.«

»Ja, also, er *ist* in Psycholinguistik geschult.«

»Er hat dein Buch gelesen.«

Quinn zog die Augenbrauen hoch. »Gibt es Leute, die das nicht haben?«

Der Empfangsbereich außerhalb der gesicherten Absperrungen der Hauptstrafkammer war unbesetzt. Die Empfangsdame hatte sich von ihrem Posten hinter einer Scheibe aus kugelsicherem Glas davongeschlichen. Stapel der neuen Gelben Seiten lagen auf dem Boden. Die neueste Ausgabe von *Truth & Justice* lag auf dem Beistelltisch, neben einem halben Dutzend veralteter Nachrichtenmagazine.

Kate atmete laut aus und drehte sich zu ihm. »Danke, daß du mich unterstützt hast.«

Quinn zuckte zusammen. »Hat es wirklich so wehgetan? Mein Gott, Kate.«

»Tut mir leid. Ich bin nicht wie du, John. Ich hasse diese Spielchen, die bei einem Fall wie diesem gespielt werden. Ich wollte eigentlich nicht um deine Hilfe bitten müssen. Aber ich denke, das wenigste, was ich tun kann, ist, ein bißchen echte Dankbarkeit zu zeigen.«

»Nicht nötig. Ich mußte nur die Wahrheit sagen. Sabin wollte eine zweite Meinung, und er hat sie gekriegt. Du hattest recht. Das sollte dich glücklich machen«, sagte er trocken.

»Ich brauche dich nicht dazu, mir zu sagen, ich habe recht. Und zu dem, was mich glücklich machen würde: nicht viel, was mit diesem Fall zu tun hat.«

»Einschließlich meiner Anwesenheit hier.«

»Auf dieses Thema laß ich mich nicht ein«, sagte sie schlicht.

Sie ging durch die Tür in die Halle und bog links ab, in Richtung Atrium Balkon. Keine andere Menschenseele befand sich in diesem Stockwerk. Zweiundzwanzig Stockwerke voller Menschen und keiner von ihnen verfügbar, um als Puffer einzuspringen. Sie wußte, daß Quinn direkt hinter ihr war. Und dann war er neben ihr, seine Hand auf ihrem Arm, als ob er noch irgendein Recht hätte, sie zu berühren.

»Kate, tut mir leid«, sagte er leise. »Ich versuche nicht, Streit anzufangen. Wirklich.«

Er stand zu nahe, die dunklen Augen waren zu groß, die Wimpern lang und dicht und hübsch – ein fast femininer Zug in einem Gesicht, das im wesentlichen markant und männlich war. Die Art Gesicht, die das Herz der durchschnittlichen Frau aus dem Takt brachte. Kate spürte, wie sich etwas in ihr zusammenzog, als sie Luft holte. Der Knöchel seines Daumens drückte gegen die äußere Wölbung ihrer Brust. Beide wurden sich in derselben Sekunde der Berührung bewußt.

»Kate, ich –«

Sein Piepser ging los, und er fluchte leise und ließ sie los. Kate trat zurück und lehnte eine Hüfte gegen das Balkongeländer, verschränkte die Arme über der Brust und versuchte, die Gefühle zu ignorieren, die seine Berührung geweckt hatte. Sie beobachtete, wie er das Display prüfte, wieder fluchte und den Piepser gegen ein schmales Handy aus seiner Jackettasche tauschte.

Das Tageslicht, das durch das südliche Ende des Atriums hereinströmte, hob das Grau in seinen kurzgeschnittenen Haaren hervor. Sie fragte sich gegen ihren Willen, ob es eine Frau in Virginia gab, die sich um seine Gesundheit sorgte und das Maß an Streß, das er sich Tag ein Tag aus aufhalste.

»Verflucht nochmal, McCleary, können Sie denn keine zwei Stunden ohne eine Scheißkrise an diesem Fall arbeiten?« keifte er ins Telefon, dann hörte er eine Minute zu. »Ein Anwalt beteiligt? Scheiße ... Dagegen kann man jetzt nichts mehr machen. Das Verhör ist vermurkst ... Ziehen Sie sich zurück, und gehen Sie nochmal die Beweise durch. Schauen Sie, ob Sie irgendwas überdimensional aufbauschen können. Was ist mit diesen Tests auf dem Block? ... Naja, er weiß nicht, daß Sie die nicht haben. Um Himmels willen, benutzen Sie das! ... Nein, ich komme nicht runter. Ich bin hier angebunden. Werden Sie damit fertig.«

Er klappte das Telefon zu, seufzte und rieb sich gedankenverloren mit der Hand über den Bauch.

»Ich dachte, du wärst inzwischen Unit Chief«, sagte sie.

»Sie haben es angeboten. Ich hab abgelehnt. Ich bin kein Verwalter.«

Aber er war trotzdem der eigentliche Leiter von CASKU. Er war der Experte im Amt, an den sich das restliche Team wenden würde. Er war der Kontrollfreak, der annahm, daß kein Job effektiv erledigt werden könnte, wenn er nicht das Kommando hatte. Nein, Quinn würde seine Außendienstaufgaben nicht gegen den Posten des Unit Chiefs eintauschen. Statt dessen würde er im wesentlichen beide Jobs machen. Die perfekte Lösung für einen Mann, der von seiner Arbeit und von seinem Bedürfnis, die Menschheit vor ihrer dunkleren Seite zu retten, besessen war.

»Wieviele Fälle hast du denn augenblicklich am Hals?« fragte Kate.

Er tat das mit einem Schulterzucken ab. »Den üblichen Haufen.«

Also wie immer mehr als jeder andere in der Einheit. Mehr als irgendein Mensch bewältigen konnte, außer er hatte kein anderes Leben. Es hatte Zeiten gegeben, als sie die Besessenheit als Ehrgeiz deklarierte und andere, zu denen sie das Offensichtliche durchschaute und einen Blick darauf erhaschte, wie er am Rand eines tiefen, dunklen inneren Abgrunds stand. Gefährliche Gedanken, weil ihre instinktive Reaktion die war, ihn von diesem Abgrund zurückzuzerren. Sein Leben gehörte ihm. Sie wollte ihn nicht mal hier haben.

»Ich muß zurück zu Angie«, sagte sie. »Sie wird nicht glücklich darüber sein, daß ich sie einfach allein gelassen habe. Ich weiß nicht, warum mir das so nahe geht«, schimpfte sie.

»Du hast Herausforderungen schon immer gemocht«, sagte er mit dem Anflug eine Lächelns.

»Ich sollte meinen Geisteszustand untersuchen lassen.«

»Dabei kann ich dir nicht helfen, aber wie wär's mit Abendessen?«

Kate hätte fast laut gelacht, aber nicht amüsiert, sondern fassungslos. Einfach so – *wie wär's mit Abendessen*? Vor zwei Minuten hatten sie sich noch angegiftet. Fünf Jahre und eine Ladung emotionales Gepäck zwischen ihnen und ... *und was*? *Er ist drüber weg und ich nicht?*

»Ich glaube nicht. Trotzdem danke.«

»Wir würden über den Fall reden«, sagte er. »Ich hab ein paar Ideen, zu denen ich gerne deine Meinung hören würde.«

»Das ist nicht mein Job. Ich bin nicht mehr beim BSU«, sagte sie und bewegte sich zur Tür, die zum Opfer/Zeugen Dienst führte. Das Bedürfnis zu fliehen war so stark, es war peinlich. »Das BCA hat einen Agenten, der den Verhaltensanalysekurs gemacht hat, und der –«

»Augenblicklich für acht Wochen an der National Academy in Quantico ist.«

»Du kannst noch einen anderen Agenten anfordern, wenn du willst. Du hast das ganze CASKU, an das du dich um Unterstützung wenden kannst, ganz zu schweigen von jedem Experten und Pionier auf dem Gebiet. Du brauchst mich nicht.«

Mit flinken Fingern drückte sie den Code in die Schlüsseltafel neben der Tür.

»*Du* warst ein Experte auf diesem Gebiet«, erinnerte er sie. »Es ist die Opferanalyse –«

»Danke für deine Hilfe mit Sabin«, sagte sie, als das Schloß kapitulierte und sie den Knopf drehte. »Ich muß zurück in mein Büro, bevor meine Zeugin all meine guten Stifte stiehlt.«

Angie bewegte sich durch Kates Büro, rastlos, neugierig, nervös. Kate war stocksauer wegen der Zeichnung. Sie hatte auf dem Weg zurück zum Polizeirevier kaum ein Wort gesagt.

Schuldgefühle plagten Angie wie winzige Nadeln. Kate versuchte, ihr zu helfen, aber sie mußte auf sich selbst aufpassen. Sie beide paßten nicht notwendigerweise zusammen. Woher sollte sie wissen, was sie tun sollte? Woher sollte sie wissen, was richtig war?

Du bist eine totale Niete! Du machst nie irgendwas richtig!

»Ich versuch es«, flüsterte sie.

Dämliches kleines Luder. Du hörst nie zu.

»Ich *versuch* es.«

Angst hatte sie, aber sie würde das Wort nie aussprechen, nicht einmal in Gedanken. Die Stimme würde sich an ihrer Angst laben. Die Angst würde die Stimme laben. Sie spürte, wie beide Mächte in ihr stärker wurden.

Ich werd dir was geben, wovor du Angst haben kannst.

Sie hielt sich die Ohren zu, als könnte sie die Stimme aussperren, die nur in ihrem Kopf hallte. Sie wiegte sich eine Minute lang, mit weit offenen Augen, denn wenn sie sie schloß, würde sie Dinge sehen, die sie nicht wieder sehen wollte. Ihre Vergangenheit war wie ein Film, der immer und immer wieder in ihrem Kopf abgespielt wurde, immer direkt da, immer bereit, Emotionen an die Oberfläche zu ziehen, die besser tief begraben blieben. Haß und Liebe, heftiger Zorn, heftige Bedürfnisse. Haß und Liebe, Haß und Liebe, *Haßundliebe* – alles ein Wort für sie. Gefühle, so ineinander verstrickt, daß sie unzertrennlich waren, wie die verschlungenen Gliedmaßen zweier Tiere, die einander angriffen.

Die Angst schwoll ein bißchen an. Die Zone zoomte heran.

Du hast vor allem Angst, was, du irres kleines Luder?

Zitternd starrte sie auf die Flugblätter auf Kates Schwarzem Brett. Sie las die Überschriften, versuchte, sich auf etwas zu konzentrieren, bevor die Zone heranrauschen und sie ersticken konnte. *Community Resources for Crime Victims, Rape Crisis Center, The Phoenix: Women Rising to a New Beginning.* Dann verschwammen die Titel, und sie setzte sich, atmete ein bißchen zu heftig.

Wo zum Teufel blieb Kate so lange? Sie war ohne Erklärung gegangen, hatte nichts gesagt, außer, sie wäre in ein paar Minuten zurück, was – wie lange her war? Angie sah sich nach einer Uhr um, fand sie und konnte sich dann nicht erinnern, wann Kate sie verlassen hatte. Hatte sie da nicht auf die Uhr gesehen? Warum konnte sie sich nicht erinnern?

Weil du dämlich bist, deshalb. Dämlich und irre.

Sie begann zu zittern. Es fühlte sich an, als würde sich ihr Hals zuschnüren. Es war keine Luft in diesem dummen kleinen Zimmer. Die Wände rückten auf sie zu. Sie versuchte zu schlucken, als Tränen ihre Augen überschwemmten. Die Zone zoomte heran. Sie konnte spüren, wie sie näherkam, fühlte die Veränderung im Luftdruck, der sie umgab. Sie wollte fliehen, aber sie konnte weder der Zone noch der Stimme entrinnen.

Na, dann mach etwas. Mach, daß es aufhört, Angel. Du weißt, wie du das machen mußt.

In Panik schob sie die Ärmel ihrer Jacke und ihres Pullovers hoch und kratzte mit einem stumpfen Daumennagel die dünnen weißen Linien der Narben entlang, färbte sie rosa. Sie wollte an den Schnitt heran, den sie gestern gemacht hatte, ihn wieder bluten lassen, aber sie konnte den Ärmel nicht weit genug hochschieben. Und sie wagte es nicht, ihre Jacke auszuziehen, aus Angst, jemand könnte hereinkommen und sie erwischen. Kate hatte ihr gesagt, sie sollte hier warten, daß sie in ein paar Minuten zurück wäre. Die Minuten verticken.

Dann wird sie wissen, wie verrückt du bist, Angel.

Die Zone zoomte heran …

Du weißt, was du zu tun hast.

Aber Kate würde wiederkommen.

Tu es.

Das Zittern begann.

Tu es.

Die Zone zoomte heran …

Tu es!

Sie wagte nicht, das Teppichmesser aus ihrem Rucksack zu holen. Wie sollte sie es erklären? Sie könnte es in ihre Tasche stecken –

Die Panik setzte ein. Sie spürte, wie ihr Verstand zu zerspringen drohte, gerade als ihr verzweifelter Blick auf ein Tellerchen mit Büroklammern auf Kates Schreibtisch fiel.

Ohne zu zögern packte sie eine und bog sie gerade, prüfte das Ende mit einer Fingerspitze. Sie war nicht so scharf wie die Rasierklinge. Es würde schlimmer wehtun.

Feigling. Tu es!

»Ich hasse dich«, murmelte sie, kämpfte gegen die Tränen. »Ich hasse dich. Ich hasse dich.«

Tu es! Tu es!

»Sei still! Sei still! Sei still!« flüsterte sie, der Druck steigerte sich in ihrem Kopf, bis sie dachte, er würde platzen.

Sie zog das Stück Draht über eine alte Narbe auf ihrem Handgelenk, wo die Haut so dünn und weiß wie Papier war. Sie schnitt parallel zu einer dünnen blauen Ader und wartete darauf, daß ihr tränengetrübter Blick sich mit Blut füllte. Üppig und rot, eine dünne, flüssige Linie.

Der Schmerz war stark und süß. Die Erleichterung kam sofort. Der Druck verminderte sich. Sie konnte wieder atmen. Sie konnte denken.

Sie starrte einen Moment lang das scharlachrote Band an, irgendein verlorener Teil von ihr tief, tief in ihrem Inneren wollte weinen. Aber das überwältigende Gefühl war Erleichterung. Sie legte die Büroklammer beiseite und wischte das Blut mit dem Saum ihres Pullovers ab. Die Linie blühte erneut auf, brachte eine neue Woge von Ruhe.

Sie strich mit dem Daumen den Schnitt entlang, dann sah sie, wie das Blut sich in den Rillen und Wirbeln der Daumenspitze verteilte. Ihr Fingerabdruck, ihr Blut, ihr Verbrechen. Sie starrte ihn lange an, dann hob sie den Daumen zum Mund und leckte es langsam ab. Sie verspürte eine Art von Erleichterung, die fast sexuell war. Sie hatte den Dämon besiegt und es verzehrt. Sie strich mit ihrer Zunge den Schnitt entlang, nahm die letzten paar Tropfen Rot auf.

Mit immer noch wackeligen Knien und leichtem Schwindelgefühl zog sie ihren Ärmel zurecht und erhob sich aus dem Stuhl, um sich durch das Büro zu bewegen. Sie registrierte jedes Detail und merkte es sich.

Kates dicker Wollmantel hing an einer Wandgarderobe, zusammen mit einem witzigen Hut aus Pannesamt. Kate hatte coolen Geschmack in Klamotten für eine Frau ihres Alters. Angie wollte den Hut gern probieren, aber es gab keinen Spiegel, um sich damit anzuschauen.

Ein kleiner Cartoon zeigte einen Anwalt, der einen Zeugen in die Mangel nahm – ein Murmeltier. *»Also, Mr. Murmeltier, Sie behaupten, Sie hätten an diesem Tag ihren Schatten gesehen. Aber entspricht es nicht der Wahrheit, daß Sie ein Alkoholproblem haben?«*

Die Schreibtischschubladen waren abgesperrt. Keine Handtasche in Sicht. Sie probierte den Aktenschrank, hoffte, ihre Akte zu finden, aber der war auch abgesperrt.

Als sie die Papiere auf dem Schreibtisch durchging, fiel ihr plötzlich auf, daß sie noch vor ein paar Minuten in absoluter Panik gewesen war und sich jetzt stark und als Herrin der Lage fühlte, genauso wie im Phoenix House, als sie unbeobachtet ein- und ausgegangen war. Sie haßte den Teil von sich, der es zuließ, das die Zone überhandnahm. Sie haßte die Schwäche dieses Teils von ihr. Sie wußte, daß sie stark sein konnte.

Ich mache dich stark, Angel. Du brauchst mich. Du liebst mich. Du haßt mich.

Die frische Kraft ließ sie die Stimme ignorieren.

Sie blätterte das Rolodex durch und hielt bei dem Namen *Conlan* inne. Frank und Ingrid in Las Vegas. Kates Eltern nahm sie an. Kate hatte sicher normale Eltern. Einen Vater, der im Anzug zur Arbeit ging. Eine Mutter, die Braten machte und Plätzchen backte. Nicht die Art Mutter, die Drogen nahm und rumbumste. Nicht die Art Vater, dem seine Kinder scheißegal waren, der sie verließ und sie der Gnade der Wichser überließ, die ihre Mutter nach Hause brachte. Kate Conlans Eltern liebten Kate, wie normale Menschen ihre Kinder liebten. Kate Conlan war nie in einen Schrank gesperrt oder mit einem Drahtbügel geschlagen oder gezwungen worden, ihrem Stiefvater einen zu blasen.

Angie zog die Karte aus dem Rolodex, riß sie in winzige Stücke und stopfte sie in ihre Jackettasche.

Ein Stapel Post lag ungeöffnet im Eingangskorb. Ein weiterer Stapel im Ausgangskorb. Angie hob die Umschläge auf und sah sie durch. Drei amtliche Briefe in Hennepin County Government Center-Umschlägen. Ein knallgelber Umschlag handschriftlich adressiert an jemandem mit Namen Maggie Hartman, die Absenderadresse war ein goldener Aufkleber in der oberen linken Ecke: Kate Conlan.

Sie lernte die Adresse auswendig und stellte die Umschläge zurück. Ihre Aufmerksamkeit wanderte zu der Sammlung winziger Engel, die sie schon das erste Mal im Büro entdeckt hatte. Sie saßen auf dem Regalteil des Schreibtisches verteilt. Jeder war anders: Glas, Messing, Silber, Zinn, bemalt. Keiner war größer als drei Zentimeter. Angie suchte sich den aus bemaltem Ton aus. Er hatte schwarzes Haar und türkise Tupfen auf seinem Kleid. Gold umrandete seine Flügel und seinen Kopf mit einem Heiligenschein.

Angie hielt sich die kleine Figur vor die Nase und sah sich das runde Gesicht mit den schwarzen Punkten als Augen und dem schiefen kleinen Lächeln an. Er sah glücklich und unschuldig aus, schlicht und süß.

Alles, was du nicht bist, Angel.

Sie war nicht so dumm, die tiefe Traurigkeit, die in ihrem Herzen gähnte, zuzulassen. Angie wandte sich vom Schreibisch ab und steckte den Engel in ihre Jackentasche, gerade als der Türknopf klapperte. Einen Augenblick später kam Kate ins Zimmer.

»Wo zum Teufel waren Sie?« fragte Angie.

Kate sah sie an und verkniff sich die Antwort, die ihr auf der Zunge lag. »Schadenskontrolle«, war das diplomatischste, was sie sagen konnte. »Tut mir leid, daß es so lange gedauert hat.«

Angies Mut verblaßte. »Ich hab mein Bestes getan!«

Kate bezweifelte das, aber es zu sagen, würde nichts bringen. Was sie tun mußte, war, sich überlegen, wie sie der Kleinen die ganze Geschichte entlocken könnte. Sie fiel in ihren Stuhl, sperrte ihren Schreibtisch auf und holte eine Flasche Aleve aus der Bleistiftschublade. Sie schüttelte zwei heraus, schluckte sie mit kaltem Kaffee und einer Grimasse, dann hielt sie inne, um die Möglichkeit in Betracht zu ziehen, daß ihr Herzchen von Klientin sie vielleicht vergiften wollte.

»Mach dir keine Sorgen wegen der Zeichnung«, sagte sie und rieb sich die Verspannung in ihrem Nacken. Die Sehnen standen wie Stahlstäbe heraus. Ein automatischer Rundblick, der schon purer Reflex geworden war, wenn sie eine Klientin allein im Büro gelassen hatte. Einer ihrer Engel fehlte.

Angie rutschte nervös auf dem Besucherstuhl herum, stützte ihren Arm auf den Schreibtisch. »Was wird passieren?«

»Nichts. Sabin ist frustriert. Er brauchte etwas Großes, und er hat gehofft, du wärst es. Er redete davon, dich laufen zu lassen, aber ich hab ihm das ausgeredet. Für den Augenblick. Wenn er beschließt, daß du eine Betrügerin bist, die nur versucht, Belohnung zu kassieren, wird er dich laufen lassen, und ich werde dir nicht helfen können. Wenn du zu einem Skandalblatt gehst und versuchst, denen etwas mehr zu geben, als du der Polizei gegeben hast, wird Sabin deinen Hintern ins Gefängnis werfen, und keiner wird dir helfen können.«

»Da kommst du vom Regen in die Traufe, Angie. Und ich weiß,

dein erster Instinkt ist es, alles in dich reinzuziehen und den Rest der Welt auszuschließen, aber du darfst eins nicht vergessen. Dieses Geheimnis, das du bewahrst, das teilst du mit einem anderen Menschen – und der wird dich dafür umbringen.«

»Ich brauch das nicht, daß Sie mir Angst machen.«

»O Gott, ich hoffe, daß ich das nicht tue. Der Mann, den du gesehen hast, foltert Frauen, tötet sie und zündet ihre Leichen an. Ich hoffe, das macht dir mehr Angst, als irgend etwas, das ich sagen kann.«

»Sie haben ja keine Ahnung, was Angst haben heißt«, sagte Angie anklagend, ihre Stimme verbittert vor Erinnerungen. Sie sprang aus dem Stuhl und begann, auf und ab zu laufen, kaute heftig an einem Daumennagel.

»Dann erzähl's mir. Sag mir was, Angie. Irgend etwas, das ich Sabin und den Cops hinwerfen kann, um sie uns vom Hals zu halten. Was hast du an diesem Abend im Park gemacht?«

»Das hab ich Ihnen gesagt.«

»Du bist quer durchgegangen, von woher? Woher? Wenn du mit jemandem zusammen warst, sollte dir doch klar sein, daß er vielleicht den Kerl auch gesehen hat. Vielleicht hat er ein Auto gesehen. Er könnte schlechtestenfalls deine Seite der Geschichte bestätigen, und bestenfalls könnte er uns helfen, dieses Monster zu fangen.«

»Was glauben Sie eigentlich?« fragte Angie und raffte von irgendwoher Empörung zusammen. »Halten Sie mich für eine Hure? Glauben Sie, ich hätte dort irgendeinen Freier für Taschengeld gefickt? Ich hab Ihnen gesagt, was ich dort getan habe. Das heißt also, Sie halten mich für eine Hure *und* eine Lügnerin. Ficken Sie sich ins Knie.«

Sie war wie der Blitz aus der Tür, Kate dicht auf ihren Fersen.

»He! Diesen Scheiß kannst du dir sparen«, befahl Kate, packte den Arm des Mädchens und erschrak, weil er so dünn war.

Angie war genauso überrascht wie wütend. So sollte das eigentlich nicht laufen. So hätten die zahllosen Sozialarbeiter, die sie in ihrem jungen Leben schon getroffen hatte, nicht reagiert.

»Was ist?« fragte Kate. »Du hast gedacht, ich würde mich ganz reumütig entschuldigen? ›O je, ich hab Angie beleidigt. Sie hat sicher nie irgendwas Schlimmes getan, um auf der Straße zu landen!‹« Sie spielte die Schockierte, eine Hand an der Backe, dann legte sie das aber schleunigst wieder ab. »Hältst du mich für beschränkt? Ich weiß, was in der großen bösen Welt vor sich geht, Angie. Ich weiß, was Frauen ohne Zuhause und ohne Jobs gezwungenermaßen tun müssen, um zu überleben.«

»Ja, offen gesagt, ich glaube *tatsächlich,* daß du in diesem Park warst, um irgendeinen Freier für Taschengeld zu ficken. Und ich weiß verdammt genau, daß du eine Lügnerin bist. Du bist auch eine Diebin. Was ich dir sage, ist das: *Es ist mir egal.* Ich verurteile dich nicht. Ich kann nichts gegen irgend etwas machen, was dir passiert ist, bevor du in mein Leben getreten bist, Angie. Ich kann dir nur mit dem helfen, was jetzt passiert und was passieren wird. Du ertrinkst in dieser Geschichte, und *ich möchte dir helfen.* Kannst du das in deinen Dickschädel kriegen und aufhören, gegen mich anzukämpfen?«

Eine Sekunde lang war die Stille absolut. Sie standen im Gang der Legal Services, starrten einander an – die eine wütend, die andere mißtrauisch. Dann klingelte in irgendeinem Büro ein Telefon und Kate wurde sich bewußt, daß Rob Marshall aus seiner Tür am Ende des Ganges schaute. Sie konzentrierte sich weiter auf Angie und betete zu Gott, daß Rob seine Nase raushalten würde. Die Hoffnungslosigkeit in den Augen des Mädchens brach Kate das Herz.

»Warum sollte es Sie interessieren, was mit mir passiert?« fragte Angie leise. Die harte Fassade war verschwunden und enthüllte genau das, was sie war: ein verängstigtes, verletzliches Kind.

»Weil es sonst keiner tut«, sagte Kate schlicht.

Tränen stiegen in die dunkelblauen Augen des Mädchens. Die Wahrheit dessen, was Kate gesagt hatte, war greifbar. Keiner hatte sich je die Bohne um Angie DiMarco geschert, und sie wagte es nicht, darauf zu vertrauen, daß jemand jetzt damit anfangen würde.

»Alles, was ich zu gewinnen habe, ist ein Gratulationsklaps auf den Hintern von Ted Sabin«, sagte Kate und zerrte einen Fetzen Humor aus den schwereren Emotionen. »Glaub mir, das motiviert mich nicht.«

Angie starrte sie noch einen Moment lang an, wägte die Optionen ab. Das Gewicht dieser Wahl lastete schwer auf ihr. Eine einzelne Träne rollte über ihre Wange. Sie holte zitternd Luft.

»Ich mag es nicht tun«, flüsterte sie mit ihrer Kinderstimme, ihre Unterlippe zitterte.

Langsam und behutsam legte Kate ihren Arm um Angies Schultern und zog das Mädchen an sich. Das Bedürfnis, sie zu trösten, war so stark, daß es ihr Angst machte. Jemand hatte dieses Kind auf die Welt gebracht, sie nicht gewollt, nur um sie für ihre Fehler zu bestrafen. Die Ungerechtigkeit brannte in Kates Brust. *Deswegen arbeite ich nicht mit Kindern*, dachte sie. *Sie lösen zu viele Gefühle aus.*

Der Körper des Mädchens erschauderte, als sie noch einen Bruchteil der Emotionen losließ, die drohten, sie zu erdrücken. »Tut mir leid«, flüsterte sie. »Es tut mir so leid.«

»Ich weiß, Kleine«, murmelte Kate mit tränenerstickter Stimme und tätschelte Angies Rücken. »Mir tut es auch leid. Komm, wir setzen uns und reden darüber. Diese verdammten Absätze. Meine Füße bringen mich um.«

Kapitel 16

»Du kannst dir nicht vorstellen, was da für Zeug über die Hotline kommt«, sagte Gary Yurek und trug eine dicke Akte und einen Stoß Papier in den Loving Touch of Death Warroom. »Da hat tatsächlich eine Frau angerufen, die behauptet, ihr Nachbar wäre der Feuerbestatter, weil ihr *Hund* ihn nicht mag!«

»Was für eine Sorte Hund?« rief Tippen.

»Amerikanischer Flohbeutel-Spaniel«, sagte Elwood und zog einen Stuhl heraus. »Eine kräftige, fidele Rasse, dafür bekannt, daß sie Leichen ausgraben und fröhlich mit den Kadaverteilen tollen.«

»Klingt wie du, Elwood«, Liska puffte ihn im Vorbeigehen in den Arm.

»He, meine Hobbys gehen nur mich etwas an.«

»Noch irgendwelche Sichtungen von Jillian Bondurant?«

»Ja, ein Jiffy Lube, Mechaniker in Brooklyn Park, bei dem jedes dritte Wort *Belohnung* lautete.«

Quinn nahm am Tisch Platz, sein Kopf dröhnte, sein Verstand versuchte, sich in zu viele Richtungen auf einmal zu bewegen. Kate, Kates Zeugin. Bondurant. Das Profil, mit dem er kämpfte. Der Fall in Atlanta. Der Fall in Blacksburg. Die Anrufe, über ein Dutzend andere Fälle, die sich in seiner Mailbox stauten. Kate. Kate …

Sein Gehirn wollte ein Tasse Kaffee, aber sein Magen sagte in starker, schmerzlicher Sprache nein. Er fischte ein Tagamet aus seiner Tasche und wusch es mit einer Coke hinunter. Mary Moss reichte ihm einen Packen Fotos.

»Lila Whites Mutter hat sie mir gegeben. Ich weiß nicht, was die uns nützen können, aber für sie war es wichtig. Die Fotos wurden ein paar Tage vor ihrer Ermordung gemacht.«

»Berichte!« rief Kovac, streifte seinen Mantel ab und jonglierte drei Akten, als er an den Kopf des Tisches trat. »Irgend etwas über die Parkangestellten?«

»Haben einen verurteilten Kinderschänder gefunden, der bei der Bewerbung seine Vorstrafen verheimlicht hat«, sagte Tippen. »Abgesehen davon, keine schwarzen Schafe beim festangestellten Personal. Aber die Parkverwaltung holt sich auch Arbeitsteams von zu gemeinnütziger Arbeit Verurteilten. Wir kriegen eine Liste.«

»Jillians Telefonaufzeichnungen zeigen nichts Ungewöhnliches«, sagte Elwood. »Anrufe bei ihrem Vater, ihrem Seelenklempner, bei dieser Freundin, die Tinks besucht hat. Nichts Ungewöhnliches in den letzten paar Wochen. Ich hab die Aufzeichnungen von ihrem Handy Service angefordert, aber ihre Computer waren im Eimer, also hab ich die noch nicht.«

»Wir haben eine Liste der Angestellten, die in den letzten achtzehn Monaten bei Paragon gefeuert wurden«, sagte Adler. »Keiner von ihnen fiel durch besondere Rachsucht gegenüber Peter Bondurant auf. Wir haben ihre Namen durch das System geschleust und nur Kleinscheiß gefunden.«

»Ein Typ verurteilt wegen Verkuppelung einer Prostituierten«, sagte Hamill. »Aber das war eine einmalige Geschichte bei einer Junggesellenparty. Er ist jetzt verheiratet. Hat letztes Wochenende bei seinen Schwiegereltern verbracht.«

»Das könnte mich zum Mörder machen.«

»Ein Typ mit einer Anklage wegen Körperverletzung dritten Grades. Er hat seinen Manager angegriffen, als er die Nachricht bekam, daß Paragon ihn rauswirft«, sagte Adler. »Das war vor neun Monaten. Er ist aus der Stadt weggezogen. Lebt jetzt in Cannon Falls und arbeitet in Rochester.«

»Wie weit ist das?« fragte Quinn.

»Cannon Falls? Eine halbe Stunde, fünfundvierzig Minuten?«

»Keine lange Fahrt. Er ist noch nicht vom Haken.«

»Unser Außendienst Agent in Rochester überprüft ihn.«

»Allgemein«, fuhr Adler fort, »scheint keiner, der für Bondurant arbeitet, ihn sonderlich zu mögen. Aber es hatte auch keiner was Schlechtes über ihn zu sagen – mit einer nennenswerten Ausnahme. Bondurant hat Paragon in den späten Sechzigern mit einem Partner gegründet – Donald Thornton. Er hat Thornton '86 ausbezahlt.«

»Etwa zu der Zeit, als er sich scheiden ließ«, sagte Kovac.

»Genau zu der Zeit, als er sich scheiden ließ. Er hat Thornton eine Spitzensumme bezahlt, mehr als das, wie manche behaupten. Thornton bekam ernsthafte Probleme mit Schnaps und Glücksspiel und hat '89 seinen Cadillac in den Lake Minnetonka gefahren. Die Wasserwacht hat ihn rausgefischt, bevor er ertrank, aber nicht bevor er ernsthafte Gehirnschäden und eine Verletzung der Wirbelsäule erlitten hatte. Seine Frau gibt Bondurant die Schuld.«

»Wie das?«

»Das wollte sie am Telefon nicht sagen. Sie will ein persönliches Gespräch.«

»Das mach ich«, sagte Kovac. »Jeder, der was Schlechtes über Mr. Milliardär zu sagen hat, kann mein Freund sein.«

Walsh hob eine Hand und hielt sich die andere vor den Mund, während er versuchte, einen Teil seiner Lunge herauszuhusten. Als er schließlich Luft holte, um zu reden, war sein Gesicht violett. »Ich hab mit dem Büro des Justizattachés in Paris telefoniert«, sagte er mit dünner, gequälter Stimme. »Sie überprüfen den Stiefvater – Serge LeBlanc – bei Interpol und bei den französischen Behörden. Aber ich würde sagen, er ist eine Sackgasse. Kommt den ganzen weiten Weg hier rüber, um zwei Huren und dann seine Stieftochter abzumurksen? Ich glaube das nicht.«

»Er hätte jemand dafür anheuern können«, bot Tippen an.

»Nein«, sagte Quinn. »Das ist ein klassischer sadistischer Sexualmord. Der Killer hat seine eigene Agenda. Er tut es nicht für Geld. Er tut es, weil ihm dabei einer abgeht.«

Walsh zog ein eklig aussehendes Taschentuch aus seiner Tasche und starrte hinein, überlegte, ob er niesen sollte. »LeBlanc ist ziemlich sauer über die Ermittlungen und ist nicht sehr kooperativ. Er sagt, er wird Jillians Zahnarztakten freigeben – die uns nichts nützen werden. Er wird jedes Röntgenbild freigeben, das je von ihr gemacht wurde, aber das war's dann. Er gibt nicht die ganze Akte frei.«

Kovacs Miene klärte sich. »Warum das? Was versucht er zu verstecken?«

»Vielleicht die Tatsache, daß er Sex mit ihr hatte, sie zu einem Selbstmordversuch getrieben hat und sie dann in eine geschlossene Anstalt einweisen ließ«, bot Liska an, sehr mit sich zufrieden, weil sie mehr rausgefunden hatte als die Jungs. Sie informierte sie über das, was sie von Michele Fine erfahren hatte.

»Die Kassette aus dem Anrufbeantworter in Jillians Wohnung geht ins BCA Labor, um zu prüfen, ob die Technozauberer irgendwas drauf finden können. Außerdem hab ich die Fine gebeten, reinzukommen und sich Fingerabdrücke abnehmen zu lassen, damit wir ihre Abdrücke von denjenigen, die wir in Jillians Wohnung gefunden haben, trennen können. Die Fine sagt, Jillian war eine Schlampe. Die Wohnung ist viel zu sauber, und die Freundin sagt, sie hatte keine Putzfrau.«

»Vielleicht war der Killer in dieser Nacht in ihrer Wohnung«, überlegte Adler. »Wollte keine Spuren hinterlassen.«

»Ich kann verstehen, daß er alles wegen der Fingerabdrücke abwischt«, sagte Elwood. »Aber aufräumen? Das macht keinen Sinn.«

Quinn schüttelte den Kopf. »Nein. Wenn er da war, dann hätte er nicht aufgeräumt. Wenn überhaupt, dann hätte er noch mehr Chaos veranstaltet, als Zeichen seiner Verachtung für das Opfer. Er hätte alles zusammengeschlagen, vielleicht irgendwo an einem auffälligen Platz uriniert oder gekackt.«

»Also haben wir uns ein weiteres Rätsel eingehandelt«, sagte Kovac. Er wandte sich wieder zu Liska. »Hast du die Fine durch den Computer laufen lassen?«

»Kein Steckbrief, kein Haftbefehl, keine Vorstrafen. Kein Freund, sagt sie, und das würde ich glauben. Sie sagte, sie und Jillian wären kein Liebespaar gewesen. Irgendwo ist da eine Drogenconnection. Aber Kleinkram, würde ich sagen.«

»Aber es könnte vielleicht was bringen weiterzubohren«, sagte Moss. »Lila White hatte auch Connections. Eine von ihnen hat sie letzten Herbst zusammengeschlagen.«

»Willy Parrish«, sagte Kovac. »Er war Gast des County zur Zeit des Mordes an White. Hatte keine Verbindung zu Fawn Pierce.«

»Ich hab auch den Typen überprüft, dem die Eltern der White die Schuld daran geben, daß sie überhaupt auf Drogen kam«, sagte Moss. »Ein Einwohner von Glencoe namens Allan Ostertag. Keine Vorstrafen. Ganz kleiner Fisch. Arbeitet als Verkäufer im Autohandel seines Vaters. Er hat für das gesamte Wochenende ein Alibi.«

»Jullian und die Fine haben zusammen Musik geschrieben«, sagte Quinn und machte sich eine Notiz. »Was für Musik?«

»Ein alternatives Folkzeug«, sagte Liska. »Männerhassender weiblicher Betroffenheits-Quas, würde ich nach meinem Eindruck von der Fine sagen. Sie ist ein echter Trip. Alanis Morissette mit PMS.«

»Und wo ist diese Musik?« fragte Quinn. »Ich würde sie gerne sehen.«

»Superagent und Talent Scout in einer Person«, bemerkte Tippen abfällig.

Quinn warf ihm einen Blick zu. »Musik ist persönlich, intim. Sie verrät sehr viel über die Person, die sie geschrieben hat.«

Liskas Augenbrauen zogen sich zusammen. »Ich hab Notenblätter gesehen, wie man sie im Laden kaufen kann. Was Handgeschriebenes hab ich nicht gefunden.«

»Prüf nach, ob die Freundin Kopien hat«, schlug Kovac vor.

»Das werde ich, aber ich glaube, Vanlees ist die Richtung, in der wir schnüffeln sollten. Der Typ hat eine Schraube locker, und er paßt ziemlich gut in Johns vorläufiges Profil.«

»Kriminelle Vorgeschichte?« fragte Quinn.

»Nichts Ernstes. Einen Berg Strafzettel wegen Falschparkens und ein paar geringfügige Vergehen vor drei bis vier Jahren. Anklage wegen unbefugten Betretens und Trunkenheit am Steuer, alles über einen Zeitraum von achtzehn Monaten oder so verteilt.«

»Unbefugtes Betreten?« Bei dem Wort ging in Quinns Kopf eine Flagge hoch. »War das die ursprüngliche Anklage oder hat er sich mit einem Schuldbekenntnis von was anderem runtergehandelt?«

»Endgültiges Ergebnis.«

»Grabt tiefer. Viele Spanner handeln ihre ersten paar Vergehen runter. Sie scheinen zu armselig, um sie wegen eines geringfügigen Sexualvergehens anzuklagen. Überprüft auch die Strafzettel. Überprüft die Standorte, an denen die Tickets ausgegeben wurden und vergleicht sie mit den Adressen der Anzeigen für unbefugtes Betreten.«

Tippen beugte sich zu Adler. »Ja, wir könnten einem Serienwürstchenschwenker auf der Spur sein.«

»Sie fangen alle irgendwo an, Tippen«, sagte Quinn. »Der Boston Strangler hat als Fenstergucker angefangen, der sich einen runterholte; das hat auch irgendein Arschloch Cop als Witz abgetan.«

Der Detective fuhr aus seinem Stuhl hoch. »He, du Scheiß –«

»Steckt sie zurück in die Hosen, Jungs«, befahl Kovac. »Wir haben keine Zeit, die Meßlatte zu holen. Tinks, finde raus, ob dieser Klotz seine gemeinnützige Arbeit im Park abgedient hat.«

»Und findet raus, was für eine Art Auto er fährt«, fügte Quinn hinzu.

»Werden wir. Ich hab ihm extra von dem Meeting heute abend erzählt. Ich wette, er taucht auf.«

»Apropos«, sagte Kovac. »Ich möchte euch alle um halb acht dort sehen. Wir werden Überwachungseinheiten vom BCA und vom Rauschgiftdezernat da haben, die die Nummernschilder von den Autos auf dem Plarkplatz notieren. Yurek wird unser Conferencier sein. Der Rest von euch verteilt sich in der Menge und versucht, um Himmels willen nicht wie Bullen auszusehen.«

»Außer unserem Titelblatthelden«, sagte Tippen und hielt eine Ausgabe der *Star Tribune* vom Tag hoch, mit der Schlagzeile *Top Profiler des FBI eingeschaltet.* »Vielleicht kriegst du ja zweimal hintereinander die Schlagzeile, Mr. Aalglatt.«

Quinn runzelte die Stirn, zügelte seine Wut, bekämpfte den Drang, Tippen eine aufs Maul zu hauen. Herrgott, er war doch wohl nicht so dumm, sich von einem Wichser wie Tippen provozieren zu lassen. Er hatte allein letztes Jahr hunderte davon abgefertigt. »Ich will keine Schlagzeile. Ich werde ein paar Worte sagen, aber ich werde sie knapp und vage halten.«

»So, wie Sie das bei uns gemacht haben?«

»Was wollen Sie denn von mir hören, Tippen? Daß der Killer einen roten Schuh tragen wird?«

»Das wär doch schon mal was. Was zum Teufel haben Sie uns denn bis jetzt für unsere Steuergelder geliefert? Ein Alter von bis, die mögliche Beschreibung von zwei Fahrzeugen, die der Mann vielleicht fährt oder vielleicht auch nicht. Daß er mit seiner Mutter geschlafen und mit Pornomagazinen gewichst hat? Ganz toll.«

»Das wird es sein, wenn Sie einen Verdächtigen haben. Und ich glaube, ich habe nie etwas davon gesagt, daß er mit seiner Mutter geschlafen hätte.«

»Tips Erinnerungen an seine Kindheit.«

»Fick dich, du Sack.«

»Vielleicht«, sagte Quinn und beobachtete den nicht gerade attraktiven Sheriff, nur um ihn zucken zu sehen. »Das heißt natürlich den unbekannten Verdächtigen. Es ist wahrscheinlich, daß es sowohl in seinem Zuhause im allgemeinen als auch gegen den Mann speziell, als Kind, unangemessenes sexuelles Verhalten gab. Seine Mutter war wahrscheinlich promiskuitiv, möglicherweise eine Prostituierte. Sein Vater war abwesend oder eine schwache Figur. Disziplin war inkonsequent, schwankte zwischen nicht existent bis extrem.

Er war ein gescheites Kind, hatte aber viel Ärger an der Schule. Er konnte keine Beziehung mit anderen Kindern durchhalten. Sein Kopf war voller Gedanken vom Dominieren und Kontrollieren. Er war grausam zu Tieren und anderen Kindern. Er hat Feuer gelegt, Dinge gestohlen. Er war schon in jungen Jahren ein pathologischer Lügner.

In der High School hatte er Konzentrationsschwierigkeiten wegen seiner Sucht nach sexuellen Fantasien, die bereits damals gewaltträchtig wurden. Er bekam Ärger mit Autoritätsfiguren, vielleicht hatte er Zusammenstöße mit der Polizei. Seine Mutter bügelte diese Probleme aus, rationalisierte für ihn, holte ihn raus, wenn es eng wurde, womit sie ein Muster bekräftigte, bei dem er nie für seine zerstörerischen Taten gegenüber anderen verantwortlich gemacht wurde. Das ermächtigte und ermutigte ihn, noch extremeres Verhalten zu versuchen. Außerdem bestärkte es seinen Mangel an Respekt für seine Mutter.«

Tippen hob die Hände. »Und wenn sich heute abend der Typ, der neben mir sitzt, nicht einfach zu mir umdreht und sagt: ›Hallo, mein Name ist Harry. Meine Mutter hatte Sex mit mir, als ich noch ein Kind war‹, ist das alles nur ein Haufen Scheiße.«

»Ich finde, du hast die Scheiße im Kopf, Tippen«, sagte Liska. »Wenn ich was über Vanlees ausgrabe und auf eines von diesen Alarmsignalen treffe, dann kann ich das nutzen.«

»Analyse ist ein Werkzeug«, sagte Quinn. »Man kann es für sich arbeiten oder in der Werkzeugkiste lassen.

Wenn ihr heute abend Teil der Menge seid, dann haltet Ausschau nach jemanden, der überstimuliert ist – aufgeregt oder nervös oder sich der Menschen um ihn herum zu sehr bewußt. Haltet die Ohren offen, falls jemand zu viele Fakten über den Fall weiß, irgend jemand, der mit Polizeiarbeit ungewöhnlich vertraut scheint. Oder ihr könnt Detective Tippens Methode übernehmen und darauf warten, daß euch jemand erzählt, wie er seine Mutter gefickt hat.«

»G, weißt du, was du mit diesem cleveren Mundwerk machen kannst?« sagte Tippen und erhob sich erneut.

Kovac stellte sich zwischen sie. »Schwing deines rüber zu Patrick's und steck ein Sandwich rein, Tippen. Geh jetzt, bevor ich sauer werde und dir sage, daß du nicht wiederkommen sollst.«

Wut verzerrte Tippens Gesicht. »Ach, scheiß drauf«, murmelte er, packte seinen Mantel und ging.

Kovac warf einen scheelen Blick auf Quinn. Ein Telefon klingelte in einem der Räume am Ende des Korridors. Der Rest der Soko löste sich auf, jeder wollte noch schnell was essen oder trinken vor dem großen Event.

»Ein guter Cop und ein Arschloch sein sind keine Exklusivrechte«, sagte Liska und zog sich ihren Mantel an.

«Reden Sie von mir oder von ihm?« fragte Quinn erbost.

»He, Sam!« rief Elwood. »Komm her und schau dir das an.«

»Tippen ist ein Wichser, aber ein guter Polizist«, sagte Liska.

»Ist schon in Ordnung.« Quinn lächelte abwesend, als er seinen Trenchcoat überstreifte. »Skepsis macht einen guten Ermittler.«

»Finden Sie?« Sie kniff die Augen zu und sah ihn von der Seite an, dann lachte sie und gab ihm einen Klaps auf den Arm. »Nur ein bißchen Bullenhumor. Also, wir haben etwas mehr Hintergrundinformationen über Jillian und die beiden Huren. Möchten Sie die bei einem Abendessen durchgehen? Oder vielleicht könnten wir heute abend nach dem Treffen einen trinken gehen ...«

»He, Tinks«, bellte Kovac, als er mit einer Faust voller Faxpapier zurück in den Raum kam. »Die Feds anmachen ist nicht erlaubt.«

Liska errötete. »Geh, beiß dich selber, Kojak.«

»Du würdest zahlen, um das zu sehen.«

»Ich würde Pennys auf deinen häßlichen Hintern werfen.«

Er grinste Quinn an, als sie wegging. »Sie ist verrückt nach mir.«

Liska machte eine abfällige Handbewegung.

Kovac zuckte mit den Schultern und wandte sich wieder der Arbeit zu. »Wie wär's mit einer Mitfahrgelegenheit, GQ? Ich brauch einen extra Hammer in meiner Werkzeugkiste.«

»Zu welchem Anlaß?«

Seine Augen glänzten wie die eines Zeloten, als er das Fax hochhielt. »Jillian Bondurants Handyaufzeichnungen. Sie hat zwei Anrufe nach Mitternacht, Samstag morgen, gemacht – nachdem sie den heimatlichen Herd verlassen hatte. Einen bei dem Seelenklempner und einen beim lieben Papi.«

Er sah sie kommen. Er stand in dem makellosen Musikzimmer neben dem Flügel, auf dem eine kleine Galerie gerahmter Fotos von Jillian als Kind aufgereiht war, und sah den Wagen am Tor vorfahren. Ein dreckig brauner Schrotthaufen. Kovac.

Die Gegensprechanlage summte. Helen war noch nicht gegangen. Sie würde zur Anlage gehen, und sie würde Kovac hereinlassen, weil er bei der Polizei war, und genau wie jede andere ältere Amerikanerin der ländlichen Mittelklasse würde sie der Polizei nicht trotzen.

Nicht zum ersten Mal dachte er, er hätte seinen persönlichen Assistenten von Paragon mitbringen sollen, damit er Tore sowohl bildlich als auch buchstäblich bewachen würde, aber er wollte jetzt keinen anderen Menschen in seiner Nähe. Schlimm genug,

Edwyn Noble auf den Fersen zu haben, jedesmal, wenn er sich umdrehte. Er hatte mit Absicht seinen Pressesprecher von sich weg postiert, damit er die Nachrichten und die Sensationslüsternen abwimmelte, die trotzdem darauf bestanden, sein Tor zu belagern.

Autotüren. Quinn ging von der Beifahrerseite los, eine elegante Gestalt mit erhobenem Kopf, geraden Schultern. Kovac, zerknittert, Haare, die hinten hochstanden, zog ein letztes Mal an seiner Zigarette und warf sie in die Einfahrt. Sein Trenchcoat flatterte offen im Wind.

Peter starrte noch eine Minute die Fotos an. Jillian, zu ernst an ihrem Keyboard. Immer etwas Düsteres, Turbulentes, Trauriges in ihren Augen. Ihr erster Auftritt. Und ihr zweiter und dritter. Aufgetakelt in gerüschten Kleidern, die ihr nie gestanden hatten – zu unschuldig und prüde, ein Symbol sorgloser Mädchenhaftigkeit, die seine Tochter nie besessen hatte.

Er verließ den Raum, als die Türglocke ertönte, schloß die Tür zu diesem Segment seiner Reue, als Stimmen in der Eingangshalle ertönten.

»Ist er zu Hause?« fragte Quinn.

»Ich werde sehen, ob er verfügbar ist. Gibt es irgendwelche neuen Entwicklungen in dem Fall?«

»Wir arbeiten an einigen Dingen.« Kovac.

»Oh, nun denn –«

»Sie haben Anweisung erhalten, sich mit mir nur durch meinen Anwalt in Verbindung zu setzen«, sagte Peter statt einer Begrüßung.

»Das tut mir leid, Mr. Bondurant«, sagte Kovac, ohne die geringste Reue zu zeigen. »John und ich waren gerade auf dem Weg zu dem Gemeindetreffen, das wir arrangiert haben, um den Mörder Ihrer Tochter zu finden. Und da haben wir uns irgendwie spontan entschlossen, Ihnen ein paar Einzelheiten zu erzählen. Hoffentlich kommen wir nicht ungelegen.«

Bondurant fixierte ihn mit einem schweren Blick, dann wandte er sich an seine Haushälterin. »Danke, Helen. Wenn Sie mit der Küche fertig sind, warum gehen Sie dann nicht nach Hause?«

Die Haushälterin sah besorgt aus, weil sie etwas vermasselt

hatte. Quinn beobachtete Bondurant, als die Frau sich auf den Weg zurück zur Küche machte. Der Streß der letzten paar Tage war ihm anzusehen. Er sah aus, als hätte er weder gegessen noch geschlafen. Dunkle Augenringe und eine Blässe, die nur bei Menschen unter ungeheurem Druck zu finden war.

»Ich habe nichts Brauchbares, was ich ihnen sagen kann«, sagte er ungeduldig. »Meine Tochter ist tot. Ich kann nichts tun, um das zu ändern. Ich kann sie nicht einmal begraben. Ich kann nicht einmal ihre Beerdigung arrangieren. Das Büro des Gerichtsmediziners will ihre Leiche nicht freigeben.«

»Sie können die Leiche ohne eine einwandfreie Identifizierung nicht freigeben, Mr. Bondurant«, sagte Quinn. »Sie wollen doch nicht irrtümlich eine Fremde begraben, oder?«

»Meine Tochter war eine Fremde für mich«, sagte er geheimnisvoll, erschöpft.

»Wirklich?« sagte Kovac. Er bewegte sich langsam durch das Foyer, wie ein kreisender Hai. »Und ich hab gedacht, sie hat Ihnen vielleicht alles darüber erzählt, wer sie wirklich ist, als sie Sie in dieser Nacht angerufen hat – nachdem sie hier weggegangen war. Nachdem Sie angeblich nichts mehr von ihr gehört haben.«

Bondurant starrte ihn an. Kein Abstreiten. Keine Entschuldigung.

»Was haben Sie denn gedacht?« fragte Kovac. »Haben Sie gedacht, ich würde das nicht rausfinden? Halten Sie mich für dämlich? Glauben Sie, ich brauch eine Scheiß FBI Marke, um ein Hirn zu haben?«

»Ich habe gedacht, es wäre nicht relevant.«

Kovac sah baß erstaunt aus. »Nicht relevant? Vielleicht hat sie Ihnen einen Hinweis gegeben, wo sie war, als sie anrief. Das würde uns ein Gebiet geben, wo wir nach Zeugen suchen könnten. Vielleicht war da eine Stimme im Hintergrund oder ein typisches Geräusch. Vielleicht wurde der Anruf unterbrochen.«

»Nein in allen drei Fällen.«

»Warum hat sie angerufen?«

»Um gute Nacht zu sagen.«

»Und ist das auch der Grund, warum sie mitten in der Nacht ihren Seelenklempner anrufen würde?«

Keine Überraschung. Keine Wut. »Ich habe keine Ahnung, warum sie Lucas angerufen hat. Ihre Beziehung als Arzt und Patientin ging mich nichts an.«

»Sie war Ihre Tochter«, sagte Kovac, der immer schneller auf und ab lief, je größer sein Frust wurde. »Haben Sie auch gedacht, es geht Sie nichts an, als ihr Stiefvater sie gefickt hat?«

Volltreffer. Endlich, dachte Quinn, als er sah, wie Wut Peter Bondurants schmales Gesicht überzog. »Ich habe jetzt die Nase voll von Ihnen, Sergeant.«

»Ja? Glauben Sie, das war es, was LeBlanc zu Jillian gesagt hat, was sie dazu getrieben hat, in Frankreich einen Selbstmordversuch zu unternehmen?« reizte ihn Kovac, ohne Rücksicht auf Verluste. Er bewegte sich auf sehr dünnem Eis.

»Sie Bastard.« Bondurant machte keine Anstalten, sich ihm zu nähern, hielt sich statt dessen völlig starr. Quinn sah, wie er zitterte.

»*Ich bin* ein Bastard?« Kovac lachte. »Ihre Tochter ist vielleicht tot, und Sie machen sich nicht einmal die Mühe, uns auch nur das geringste über sie zu erzählen, und ich bin der Bastard? Das ist wirklich stark. John, können Sie das fassen?«

Quinn seufzte enttäuscht. »Wir stellen diese Fragen nicht leichtfertig, Mr. Bondurant. Wir stellen sie nicht, um Sie oder das Andenken Ihrer Tochter zu verletzen. Wir stellen sie, weil wir das ganze Bild brauchen.«

»Ich hab es Ihnen gesagt«, sagte Bondurant mit leiser, verkniffener Stimme, die Wut funkelte kalt und hart aus seinen Augen. »Jillians Vergangenheit hat nichts mit dem hier zu tun.«

»Ich fürchte, das hat sie. So oder so. Die Vergangenheit Ihrer Tochter war ein Teil von dem, wer sie war – oder wer sie ist.«

»Lucas hat mir gesagt, Sie würden darauf bestehen. Es ist lächerlich, anzunehmen, daß Jillian das irgendwie auf sich gezogen hat. Es ging ihr so gut –«

»Es ist nicht Ihre Aufgabe, das zu sezieren, Peter«, sagte Quinn, rutschte ins Persönliche. *Ich bin dein Freund. Mir kannst du's erzählen.* So gab er ihm die Möglichkeit, die Kontrolle langsam und freiwillig abzutreten. Quinn sah, wie der logische Teil von Bondurants Verstand mit den Emotionen kämpfte, die er so streng verpackt hielt. Er war so angespannt, wenn Kovac ihn hart genug bedrängte, und wenn er riß, dann wäre das, wie plötzlich einen Hochspannungsdraht zu lockern – absolut unkontrollierbar. Bondurant war gescheit genug, das zu erkennen, und realistisch genug, die Möglichkeit zu fürchten.

»Wir sagen nicht, daß es Jillians Schuld ist, Peter. Sie hat nicht darum gebeten, daß das passiert. Sie hat nicht verdient, daß das passierte.«

Ein Schleier von Tränen trübte Bondurants Augen.

»Mir ist klar, daß das schwer für Sie ist«, sagte Quinn leise. »Als Ihre Frau sie verließ, hat sie Ihre Tochter zu einem Mann gebracht, der sie mißbraucht hat. Ich kann mir vorstellen, welche Wut Sie empfunden haben, als Sie das herausfanden.«

»Nein, das können Sie nicht.« Bondurant wandte sich ab, suchte nach irgendeiner Fluchtmöglichkeit, war aber nicht bereit, die Eingangshalle zu verlassen.

»Jillian war einen Ozean entfernt, in Schwierigkeiten, leidend. Aber alles war schon vorbei, als Sie es herausfanden, also was konnten Sie tun? Nichts. Ich kann mir den Frust, den Zorn, das Gefühl von Ohnmacht vorstellen. Die Schuldgefühle.«

»Ich konnte nichts tun«, murmelte er. Er stand neben einem Tisch mit Marmorplatte und starrte auf eine Skulptur zerfledderter Bronzelilien, eine Vergangenheit vor Augen, die er lieber unter Verschluß gehalten hätte. »Ich hab es nicht gewußt. Sie hat es mir erst erzählt, als sie hierher zurückgekommen ist. Ich hab es erst erfahren, als es schon zu spät war.«

Mit zitternder Hand berührte er eine der Lilien und schloß die Augen.

Quinn stand neben ihm, überschritt knapp die Grenze von Bondurants persönlichem Freiraum. Nahe genug, um Vertrauen zu fördern, unterstützend, nicht einschüchternd. »Es ist nicht zu spät, Peter. Sie können noch helfen. Wir haben dasselbe Ziel – Jillians Mörder zu finden und aufzuhalten. Was ist in dieser Nacht passiert?«

Er schüttelte den Kopf. Was verneinte er? Er strahlte ein Gefühl von etwas aus – Schuld? Scham? –, fast so wie einen Geruch. »Nichts«, sagte er. »Nichts.«

»Ihr habt zu Abend gegessen. Sie ist bis Mitternacht geblieben. Was ist passiert, was sie dazu gebracht hat, Brandt anzurufen?«

Er schüttelte immer noch den Kopf. Was verneinte er? Ihren emotionalen Zustand, oder verweigerte er einfach die Antwort? Schüttelte er die Fragen als inakzeptabel ab, weil die Antworten eine Tür öffneten, durch die er nicht gehen wollte? Die Tochter, die nach all diesen Jahren zu ihm zurückgekommen war, war nicht als das unschuldige Kind von damals zurückgekommen, sondern anders – beschädigt. Wie würde sich da ein Vater fühlen? Verletzt, enttäuscht, beschämt. Schuldig, weil er nicht dagewesen war, um das zu verhindern, was seine Tochter dazu getrieben hatte, ihrem eigenen Leben ein Ende zu setzen. Schuldig, wegen der Scham, die er empfand, wenn er sie als beschädigt betrachtete, als nicht vollkommen. Emotionen, düster und verstrickt, zu einem Knoten gebunden, den zu lösen es des Geschicks eines Chirurgen bedürfte. Er dachte an das Foto in Bondurants Büro: Jillian, so unglücklich, in einem Kleid, das für eine andere Art Mädchen bestimmt war.

Kovac näherte sich Bondurant von rechts. »Wir sind nicht darauf aus, Jillian wehzutun oder Ihnen, Mr. Bondurant. Wir wollen nur die Wahrheit.«

Quinn hielt den Atem an, ohne Bondurant eine Sekunde aus den Augen zu lassen. Ein Augenblick verstrich. Eine Entscheidung wurde getroffen. Die Waagschale neigte sich weg von ihnen. Er konnte es in Peter Bondurants Gesicht sehen, als seine Hand von der zerfetzten Bronzelilie rutschte und er alles in sich eng zusammenraffte und diese innere Tür schloß, die kurz aufgeglitten war.

»Nein«, sagte Bondurant. Sein Gesicht war nur eine leere, knöcherne Maske, als er jetzt nach dem Hörer des eleganten schwarzen Telefons griff, das neben der Skulptur stand. »Sie werden keine Gelegenheit dazu haben. Ich werde nicht dulden, daß das Andenken meiner Tochter in den Dreck gezogen wird. Wenn ich ein Wort von dem, was Jillian in Frankreich passiert ist, in der Zeitung sehe, werde ich Sie beide ruinieren.«

Kovac atmete laut aus und bewegte sich weg vom Tisch. »Ich versuche nur, diese Morde aufzuklären, Mr. Bondurant. Das ist hier der einzige Punkt auf meiner Tagesordnung. Ich bin ein einfacher Mensch mit einfachen Bedürfnissen – wie zum Beispiel der Wahrheit. Sie könnten mich in einem Herzschlag ruinieren. Verflucht, alles was ich je hatte, was irgendeinen Wert hatte, hat die eine oder die andere Ex-Frau gekriegt. Sie können mich wie eine Fliege zerquetschen. Und wissen Sie was? Ich würde immer noch die Wahrheit erfahren wollen, weil ich eben so bin. Es wäre einfacher für uns alle, wenn Sie sie mir jetzt als später geben.«

Bondurant sah ihn nur an, mit steinerner Miene, und Sam schüttelte einfach den Kopf und ging weg.

Quinn bewegte sich einen Moment lang nicht, beobachtete Bondurant, versuchte abzuwägen, versuchte zu ergründen. Sie waren so nahe dran gewesen, ihn aus der Reserve zu locken ... »Sie haben mich aus einem Grund hierhergeholt«, sagte er leise, von Mann zu Mann. Er zog eine Visitenkarte aus der Tasche und legte sie auf den Tisch. »Rufen Sie mich an, wenn Sie bereit sind.«

Bondurant drückte einen Direktwahlknopf auf dem Telefon und wartete.

»Eine letzte Frage«, sagte Quinn. »Jillian hat gerne Musik geschrieben. Haben Sie je einen Auftritt von ihr erlebt? Je irgend etwas von ihrer Arbeit gesehen?«

»Nein, das hat sie nicht mit mir geteilt.«

Er wandte sich ab, als jemand am anderen Ende der Leitung abnahm.

»Peter Bondurant. Stellen Sie mich zu Edwyn Noble durch.«

Er stand in der Halle und wartete lange Zeit, nachdem das rüde Gerumpel von Kovacs Wagen verhallt war. Stand einfach da, in der Stille, dem Dämmerlicht. Zeit verstrich. Er wußte nicht, wieviel. Und dann ging er die Halle hinunter zu seinem Büro. Sein Körper und sein Geist arbeiteten scheinbar unabhängig voneinander.

Eine Bodenlampe brannte dämmrig in einer Ecke des Raumes. Er machte nicht mehr Licht. Die Nacht hatte sich in den späten Nachmittag eingeschlichen und das klare Licht gestohlen, das früher am Tag durch die Glastüren einfiel. Das Zimmer war düster, was zu seiner Stimmung paßte.

Er sperrte seinen Schreibtisch auf, nahm ein Notenblatt heraus und stellte sich ans Fenster, um zu lesen, als könnte die Realität der Worte, je weiter sie proportional vom Licht entfernt waren, gemildert werden.

Love Child

I'm your love child
Little girl
Want you more than all the world
Take me to that place I know
Take me where you want to go
Got to make you love me
Only one way how
Daddy, won't you love me
Love me now
Daddy, I'm your love child
Take me now!

– – – JB

Kapitel 17

Das Treffen ist ihm zu Ehren, in gewissem Sinn. Er sitzt in der Menge, beobachtet, lauscht, fasziniert und amüsiert. Die Menschen um ihn herum – er schätzt 150, viele von ihnen Medienvertreter – sind gekommen, weil sie ihn fürchten oder von ihm fasziniert sind. Sie haben keine Ahnung, daß das Monster neben ihnen sitzt, hinter ihnen, seinen Kopf schüttelt, als sie vom beängstigenden Zustand der Welt sprechen und von der bösartigen Mentalität des Feuerbestatters.

Er glaubt, einige von ihnen beneiden in Wirklichkeit den Feuerbestatter um seine Kühnheit, obwohl sie das nie zugeben werden. Keiner von ihnen hat den Nerv, die Klarheit der Vision, seine Fantasien auszuleben und die dunkle Macht in seinem Inneren loszulassen.

Ordnung kommt in die Versammlung, der Sprecher der Soko nennt den angeblichen Grund für das Treffen, eine Lüge. Hier geht es nicht darum zu informieren oder auch nur darum, der Gemeinde Tatkraft zu demonstrieren. Der Zweck des Treffens liegt bei Quinn.

»Ich sagte ihnen, noch wichtiger bei diesem andauernden Zyklus von Morden ist es, proaktiv zu werden, polizeiliche Bemühungen und die Medien dazu zu nutzen, den Kerl in eine Falle zu locken. Zum Beispiel schlug ich vor, die Polizei sollte eine Reihe von Gemeindeversammlungen einberufen, um über die Verbrechen zu ›diskutieren‹. Ich war mir sicher, daß der Killer bei einer oder mehreren auftauchen würde.«

– *John Douglas,* Profiljäger.

Zweck der Versammlung ist es, ihm eine Falle zu stellen, und dennoch sitzt er hier, kühl und ruhig. Nur ein weiterer besorgter Bürger. Quinn beobachtet die Menge, sucht nach ihm, sucht nach etwas, das die meisten Leute nicht erkennen würden: dem Gesicht des Bösen.

»Die Menschen erwarten, daß das Böse ein häßliches Gesicht hat, ein Paar Hörner. Das Böse kann attraktiv sein. Die Häßlichkeit ist innerlich: eine schwarze, krebsartige Fäulnis, die Gewissen und moralisches Gewebe zerstört und die Kontrollen, welche zivilisiertes Verhalten definieren. Zurück bleibt ein Tier, das sich hinter einer normalen Fassade versteckt ...«

– John Quinn, in einem Interview von People, 1997.

Sein schicker grauer Maßanzug hebt Quinn unter den lokalen Würdenträgern hervor. Er hat den gelangweilten, arroganten Gesichtsausdruck eines GQ Models. Das macht ihn wütend – Quinn hat sich endlich dazu herabgelassen, ihn öffentlich anzuerkennen, aber er sieht aus, als würde ihn das ganze null interessieren.

Weil du glaubst, du kennst mich, Quinn. Du glaubst, ich bin nur ein weiterer Fall. Nichts besonderes. Aber du kennst den Feuerbestatter nicht. Den Engel des Bösen. Und ich kenne dich so gut.

Er kennt Quinns Laufbahn, seinen Ruf, seine Theorien, seine Methoden. Am Ende wird er Quinns Achtung gewinnen, was für Quinn mehr bedeuten wird als für ihn. Sein dunkles, wahres Ich steht über dem Bedürfnis, anerkannt zu werden. Anerkennung suchen ist schwach, reaktiv, erzeugt Verletzlichkeit, lockt Lächerlichkeit und Enttäuschung an. Nicht akzeptabel. Nicht gestattet auf der dunklen Seite.

In Gedanken rezitiert er sein Credo: Dominieren. Manipulieren. Kontrollieren.

Lichter blitzen und Kameramotoren surren, als Quinn das Podium übernimmt. Die Frau neben ihm beginnt zu husten. Er bietet ihr ein saures Drops an und denkt daran, ihr die Kehle durchzuschneiden, weil sie seine Konzentration gestört hat.

Er denkt daran, es hier zu tun, jetzt – eine Faust voll blonder Haare zu packen, den Kopf zurückzubiegen und mit einer raschen Bewegung durch ihren Kehlkopf und ihre Jugularvene und ihre Karotis zu schneiden – bis hinten zu ihrer Wirbelsäule. Das Blut wird sich in einer Woge aus ihr ergießen, und er wird mit der hysterischen Menge verschmelzen und entkommen. Er lächelt bei dem Gedanken und nimmt sich auch ein Bonbon. Kirsche – seine Lieblingssorte.

Quinn versichert den Leuten, daß alle Ressourcen des Bureaus der Soko zur Verfügung stehen. Er spricht von den VICAP Computern, NCIC und NCAVC, ISU und CASKU.

Beschwichtigung mittels Verwirrung. Der durchschnittliche Zuhörer kann die Alphabetsuppe moderner Justizbehörden und Dienste nicht dechiffrieren. Die meisten Leute kennen nicht einmal den Unterschied zwischen der Polizei und dem Sheriffbüro. Sie wissen nur, daß Akronyme wichtig und offiziell klingen. Die hier Versammelten hören hingerissen zu und werfen heimlich Blicke auf die Person neben ihnen.

Quinn verrät nur ein Minimum an Details des Profils, das er erstellt. Seine Erfahrung erlaubt es ihm, das Bißchen Information wie eine ganze Akte aussehen zu lassen. Er spricht von dem gewöhnlichen Prostituiertenmörder: einem Versager, der Frauen haßt und die erwählt, die er für die Schlimmsten von allen hält, um für die Sünden seiner Mutter Rache zu üben. Quinn spekuliert, daß dies kein ganz exaktes Profil des Feuerbestatters ist, daß dieser Killer etwas Besonderes ist – hochintelligent, hervorragend organisiert, clever – und es wird nicht nur des Fleißes der Justizbehörden sondern der gesamten Gemeinde bedürfen, um ihn zu fangen.

In einer Sache hat Quinn recht – der Feuerbestatter hat nichts Gewöhnliches an sich. Er ist nicht nur adäquat, sondern überlegen. Die Frau, die ihn geworfen hat, ist ihm so gleichgültig, daß man ihn nie dazu inspirieren könnte, sich an ihrer Erinnerung zu rächen.

Und trotzdem hört er in seinem Hinterkopf, wie ihre Stimme ihn tadelt, kritisiert, verspottet. Und der Zorn, immer nur im Untergrund schwelend, beginnt, sich zu erhitzen. Dieser gottverfluchte Quinn und sein Freudscher Scheiß. Er weiß überhaupt nichts über die Macht und die Euphorie, die man empfindet, wenn man ein Leben nimmt. Er hat nie die exquisite Musik von Schmerz und Angst in Betracht gezogen, oder wie diese Musik den Musikanten entrückt. Das Töten hat nichts mit irgendwelchen Gefühlen der Unzulänglichkeit seines gewöhnlichen Ichs zu tun, aber alles mit Macht.

Auf der hinteren Seite des Raums stimmt das Kontingent aus Phoenix House seinen Kanon an. »Unser Leben ist auch was wert!«

Toni Urskine stellt sich selbst vor und stimmt ein. »Lila White und Fawn Pierce wurden durch widrige Umstände in die Prostitution gezwungen. Wollen Sie damit sagen, daß sie das, was ihnen passiert ist, verdient haben?«

»Das würde ich nie andeuten«, sagt Quinn. »Es ist nur Tatsache, daß Prostitution ein Risikoberuf ist, verglichen mit dem des Anwalts oder dem einer Grundschullehrerin.«

»Und somit betrachtet man sie also als entbehrlich? Lila Whites Mord war keine Soko wert. Lila White war einmal Bewohnerin des Phoenix House. Niemand von der Polizei in Minneapolis hat es für wert befunden, ihren Tod noch einmal zu untersuchen. Für Fawn Pierce hat das FBI niemanden nach Minneapolis geschickt. Eine unserer augenblicklichen Bewohnerinnen war eine Freundin von Ms. Pierce. Sie wurde nie von der hiesigen Polizei verhört. Aber Peter Bondurants Tochter wird vermißt, und plötzlich berichten die Nachrichten darüber und es gibt Gemeindeversammlungen.

Chief Greer, angesichts dieser Tatsachen, können Sie da ehrlich behaupten, daß die Stadt Minneapolis sich auch nur die Bohne um Frauen in Schwierigkeiten schert?«

Greer betritt das Podium, er sieht streng und stark aus. »Mrs. Urskine, ich versichere Ihnen, daß jede nur *mögliche* Maßnahme ergriffen wurde, um die Morde an den ersten beiden Opfern aufzuklären. Wir *verdoppeln* unsere Bemühungen jetzt, um dieses *Monster* aufzuspüren und zu finden. Und *wir* werden *nicht ruhen*, bis dieses Monster *dingfest gemacht ist*!«

»Ich möchte darauf hinweisen, daß Chief Greer den Begriff

Monster nicht im wörtlichen Sinne benutzt«, sagt Quinn. »Wir suchen nicht nach einem tobsüchtigen Irren mit Schaum vor dem Mund. Vom Aussehen her ist er ein gewöhnlicher Mann. Das Monster ist in seinem Kopf.«

Monster. Ein Wort, mit dem normale Menschen Kreaturen, die sie nicht verstehen, bezeichnen. Der Hai wird als Monster abgestempelt, wo er doch in Wirklichkeit einfach nur effizient und zielstrebig ist. Das ist der Feuerbestatter auch. Er ist effizient und zielstrebig, rein in Gedanken und Macht. Wenn er in Aktion ist, wankt er nicht. Er stellt den Zwang nicht in Frage. Er gibt sich ganz den Bedürfnissen seines dunklen Ichs hin, und in dieser völligen Unterwerfung erhebt er sich über sein gewöhnliches Ich.

»In diesem Augenblick, in dem die Opfer durch ihre Hand starben, berichten viele Serienmörder von einer so heftigen Erleuchtung, daß sie einem emotionalen Quasar gleichkommt, blendend in seiner Enthüllung der Wahrheit.«

Joel Norris, Der Serienmörder.

»Special Agent Quinn, was haben Sie für eine Theorie im Hinblick auf die Verbrennung der Leichen?«

Die Frage kam von einem Reporter. Die Gefahr bei diesen für die Allgemeinheit zugänglichen Gemeindeversammlungen war, daß sie sich in Pressekonferenzen verwandelten, und eine Pressekonferenz war das letzte, was Quinn wollte. Er brauchte eine kontrollierte Situation – für den Fall und für sich selbst. Er mußte gerade genug Informationen ausgeben, nicht zuviel. Ein bißchen Spekulation, aber nichts, was der Killer als Arroganz werten könnte. Er mußte den Mörder verdammen, aber darauf achten, daß diese Verdammung von einer gewissen Art Respekt durchzogen war.

Eine direkte Herausforderung könnte mehr Leichen zur Folge haben. Wenn er sich zu weich zeigte, weckte das in Smokey Joe vielleicht das Bedürfnis, Stellung zu beziehen. Mehr Leichen. Ein falsches Wort, eine achtlose Betonung – noch ein Tod. Das Gewicht dieser Verantwortung lastete wie ein riesiger Stein auf seiner Brust.

»Agent Quinn?«

Die Stimme traf ihn wie ein Stachel, brachte ihn in die Gegenwart zurück. »Das Verbrennen ist die Unterschrift dieses Killers«, erwiderte er und rieb sich mit einer Hand die Stirn. Ihm war heiß. Es war nicht genug Luft im Raum. Sein Kopf dröhnte wie ein Hammer gegen einen Amboß. Das Loch in seiner Magenschleimhaut brannte stärker. »Etwas, daß er gezwungen ist zu tun, um irgendein inneres Bedürfnis zu befriedigen. Was dieses Bedürfnis sein könnte, weiß nur er.«

Such dir ein Gesicht, irgendein Gesicht, sagte er sich, als sein Blick über die Menge schweifte. Nach all den Jahren und all den Fällen und all den Mördern dachte er manchmal, er müßte den Zwang zu töten erkennen, ihn wie eine satanische Aura sehen, aber so funktionierte das nicht. Die Leute machten immer viel Aufhebens um die Augen eines Serienmörders – die nackte, platte Leere, als ob man in einen langen schwarzen Tunnel schaut, in dem eine Seele sein sollte. Aber ein Killer wie dieser war gescheit und anpassungsfähig, und keiner, außer seinen Opfern, würde diesen Blick sehen, bis er für sein Polizeifoto posierte.

Jedes Gesicht in der Menge könnte die Maske des Mörders sein. Eine Person in dieser Gruppe hörte sich möglicherweise die Beschreibungen der Verbrechen an, roch dabei die Angst in diesem Raum und war begeistert, erregt. Er hatte tatsächlich schon gesehen, wie Mörder Erektionen bekamen, wenn ihre monströsen Taten einer schockierten, angewiderten Jury vorgetragen wurden.

Der Mörder würde auch hier seiner eigenen Agenda folgen. Um abzuwägen, zu beurteilen, seinen nächsten Schritt zu planen, um die Aufregung, die er auslöste, zu genießen. Vielleicht würde er sich als besorgter Bürger zu Wort melden. Vielleicht suchte er den Kick, daß er in ihrem Zugriffsbereich stehen und dann einfach gehen konnte. Oder vielleicht würde er sich sein nächstes Opfer unter den Frauen in diesem Raum suchen.

Quinns Blick wanderte automatisch zu Kate, die gerade durch eine Tür im hinteren Teil trat. Er musterte ihr Gesicht, bedacht, nicht zu lange zu verweilen, obwohl er das wollte. Er wollte es zu heftig, und sie wollte nichts mit ihm zu tun haben. Diesen Wink hatte er sofort verstanden. Und er sollte verdammt nochmal auch so schlau sein, ihn jetzt zu verstehen. Er hatte einen Fall, auf den er sich konzentrieren mußte. Achtzig oder neunzig davon.

»Wie beurteilen Sie die religiösen Untertöne?«

»Was ihn betrifft, gibt es möglicherweise keine. Wir können nur spekulieren. Er könnte sagen: ›Sünder brennen in der Hölle‹. Oder es könnte eine Reinigungszeremonie sein, um ihre Seelen zu retten. Oder er betrachtet das Verbrennen der Leichen als absolute Verachtung und Erniedrigung.«

»Ist es denn nicht Ihre Aufgabe, diese Möglichkeiten einzuschränken?« rief ein anderer Reporter. Quinn hätte fast Ausschau nach Tippen gehalten.

»Das Profil ist noch nicht vollständig«, sagte er. *Sag mir nicht, was mein Job ist. Ich weiß, was mein Job ist, Arschloch.*

»Ist es wahr, daß Sie von der Bennet Kindsentführung in Virginia abgezogen wurden, um an diesem Fall zu arbeiten?«

»Was ist mit den South Beach Schwulenmorden?«

»Ich habe immer eine Reihe laufender Fälle.«

»Aber Sie sind wegen Peter Bondurant hier«, sagte ein anderer. »Stinkt das nicht nach Elitedenken?«

»Ich gehe dahin, wo man mich hinschickt«, sagte er kühl. »Ich konzentriere mich auf den Fall, nicht darauf, woher er kommt oder warum.«

»Warum ist Peter Bondurant nicht offiziell verhört worden?«

Chief Greer trat auf das Podium, um Fragen in dieser Richtung offiziell abzublocken, um vor Edwyn Noble und dem PR Mann von Paragon, die als Vertretung für Bondurant erschienen waren, Peter Bondurants Tugenden darzulegen.

Quinn trat zurück neben Kovac und versuchte, wieder zu atmen. Kovac hatte sein Cop Gesicht aufgesetzt, die Augen gesenkt und ausdruckslos, die aber weit mehr registrierten, als sich irgend jemand im Publikum vorstellen konnte.

»Siehst du Liskas Möchtegern-Cop neben ihr sitzen«, flüsterte er. »Du meine Güte, er ist in Uniform gekommen.«

»Praktisch – da gehen die Opfer sicher problemlos mit«, sagte Quinn. »Er hat ein paar kleine Vorstrafen, die ein bißchen mehr sein könnten.«

»Es gibt eine Verbindung zu Jillian Bondurant«, sagte Kovac.

»Sagen Sie Liska, sie soll ihn bitten, sich mal mit uns zusammenzusetzen.« Quinn hätte zugern diesen Schwall von Bauchinstinkt verspürt, daß dies der Kerl sein könnte, aber dieser Spürsinn hatte ihn verlassen, und er fühlte nichts. »Geben Sie dem ganzen den Anschein einer Beratung. Wir bitten um seine Hilfe, wir möchten wissen, was er davon hält, seine Meinung als ausgebildeter Beobachter hören. Sowas in der Richtung.«

»Seinen Möchtegernarsch küssen. Herrgott.« Kovacs Schnurrbart zuckte angewidert. »Wissen Sie, er sieht dieser Scheißzeichnung, die wir haben, ziemlich ähnlich.«

»Sie aber auch. Machen Sie ein Polaroid, wenn er reinkommt. Macht eine Ansammlung von Fotos für die Zeugin. Vielleicht erkennt sie ihn.«

Greer beendete seine kleine Rede mit einem dramatischen Aufruf an die Öffentlichkeit, bei diesem Fall zu helfen. Dann stellte er die Detectives Liska und Yurek vor und sagte, sie würden heute abend zur Verfügung stehen, um Informationen zu notieren. Sobald er die Versammlung für beendet erklärt hatte, drängten die Reporter wie ein Rudel kläffender Hunde heran. Die Menge verwandelte sich in eine bewegte Woge, einige gingen zur Tür, andere zum Ende des Raums, wo Toni Urskine vom Phoenix House um Unterstützung für ihre Sache warb.

Kate drängte sich vor das Rudel. Ihre Aufmerksamkeit war auf Kovac gerichtet. Als Kovac auf sie zuging, kam Edwyn Noble, dräuend wie ein Gespenst, auf Quinn zu, sein breiter Mund nur noch ein scharfer Strich. Lucas Brandt stand neben ihm, die Hände in den Taschen seines Kamelhaarmantels.

»Agent Quinn, können wir Sie unter vier Augen sprechen?«

»Natürlich.«

Er führte sie weg vom Podium, weg von der Presse, in die Küche des Gemeindezentrums, wo Kaffeekannen in Gastronomiegröße auf der roten Resopaltheke aufgebaut waren. Über dem Waschbecken hatte jemand mit Klebeband ein Schild befestigt: BITTE WASCHEN SIE IHRE TASSEN.

»Peter war sehr aufgeregt über Ihren Besuch heute abend«, begann Noble.

Quinn zog seine Brauen hoch. »Ja, ich weiß. Ich war dabei.« Er steckte seine Hände in die Taschen und lehnte sich gegen die Kante der Theke. Mr. Relaxation. Alle Zeit dieser Welt. Er setzte ein mageres Lächeln auf. »Sie beide haben sich diese ganze Versammlung angehört, um mir das zu sagen. Und ich habe gedacht, Sie wären nur zwei weitere besorgte Bürger.«

»Ich bin hier, um Mr. Bondurants Interessen zu vertreten«, sagte Noble. »Ich denke, Sie sollten wissen, daß er daran denkt, Bob Brewster anzurufen. Er ist sehr ungehalten darüber, daß Sie anscheinend wertvolle Zeit verschwenden –«

»Verzeihung, Mr. Noble, aber ich kenne meinen Job«, sagte Quinn gelassen. »Peter muß nicht gefallen, wie ich ihn mache. Ich arbeite nicht für Peter. Aber wenn Peter unglücklich ist, dann steht es ihm frei, den Direktor anzurufen. Es wird nichts an der Tatsache ändern, daß Jillian zwei Anrufe gemacht hat, nachdem sie an diesem Abend sein Haus verlassen hat, oder daran, daß weder Sie noch Sie, Dr. Brandt, es für nötig befunden haben, diese gegenüber der Polizei zu erwähnen. Irgend etwas ist in dieser Nacht mit Jillian Bondurant passiert, und jetzt ist sie möglicherweise tot. Gewisse Fragen müssen beantwortet werden, so oder so.«

Die Muskeln in Brandts eckigem Kinn zuckten. »Jillian hatte Probleme. Peter liebte seine Tochter. Es würde ihn umbringen, wenn er erleben müßte, wie ihre Vergangenheit und ihre Schwierigkeiten in der Skandalpresse breitgetreten und allabendlich in den Nachrichten Amerikas vorgeführt würden.«

Quinn schob sich abrupt von der Theke weg, stellte sich in Brandts Territorium und fixierte ihn mit grimmigem Gesicht. »Es gehört nicht zu meinen Gewohnheiten, Fälle an die Medien zu verkaufen.«

Noble breitete die Hände aus. Der Friedensstifter, der Diplomat. »Natürlich nicht. Wir versuchen nur, in dieser Sache so diskret wie möglich zu sein. Deswegen sprechen wir ja lieber mit Ihnen als mit der Polizei. Peter und Lucas und ich haben das besprochen, und wir haben den Eindruck, daß Sie den Kurs in diesem Fall steuern könnten, sozusagen. Daß, wenn wir Sie im Hinblick auf die Anrufe, die Jillian in dieser Nacht gemacht hat, beruhigen können, die Angelegenheit beigelegt werden kann.«

»Und was sagt Ihre Ethik dazu?« fragte Quinn, der Brandt immer noch nicht aus den Augen ließ.

»Ein kleines Opfer für das größere Wohl.«

Sein eigenes, vermutete Quinn.

»Ich höre.«

Brandt holte Luft, rüstete sich für diesen Vertrauensbruch an seiner Patientin. Irgendwie glaubte Quinn nicht, daß es sein Gewissen so heftig belastete, wie es ihn finanziell und gesellschaftlich belasten würde, sich Peter Bondurant zu widersetzen.

»Jillians Stiefvater hatte in den letzten paar Wochen wiederholt Kontakt mit ihr aufgenommen, angedeutet, daß er ihre Beziehung kitten wollte. Jillian hatte sehr komplizierte, sehr gemischte Gefühle ihm gegenüber.«

»Wäre sie bereit gewesen, mit ihm wieder irgendeine Art von Beziehung einzugehen?« fragte Quinn. »Ihre Freundin deutete an, Jillian war in ihn verliebt, hätte gehofft, daß er sich ihretwegen von ihrer Mutter scheiden läßt.«

»Jillian war ein sehr unglückliches, verwirrtes Mädchen, als sie mit Serge involviert war. Ihre Mutter war immer eifersüchtig auf sie, schon als Jillian noch ein Kleinkind war. Sie hungerte nach Liebe. Ich bin mir sicher, Sie wissen, daß Menschen zu furchtbaren Dingen bereit sind, um sie zu kriegen – oder, besser gesagt, um das zu kriegen, was sie als Liebe betrachten.«

»Ja, ich habe die Ergebnisse auf Tatortfotos gesehen. Warum wurde der Stiefvater nie vor Gericht gebracht?«

»Es kam nie zur Anzeige. LeBlanc hat sie einer Gehirnwäsche unterzogen«, sagte Noble angewidert. »Jillian weigerte sich, auch nur mit der Polizei zu reden.«

»Peter hatte gehofft, sie könnte das alles hinter sich bringen durch den Umzug zurück nach Minnesota und die Therapie«, sagte Brandt.

»Und, konnte sie?«

»Therapie ist ein langer, anstrengender Prozeß.«

»Und dann hat LeBlanc angefangen, sie wieder anzurufen.«

»Freitag abend entschloß sie sich, Peter davon zu erzählen. Er war natürlich sehr aufgeregt. Er hatte Angst um Jillie. Sie hatte sich so gut gemacht.« Wieder ein strategisch plazierter Seufzer.

»Peter hat Schwierigkeiten, Emotionen zu äußern. Seine Besorgnis trat als Wut zutage. Es endete mit einem Streit. Jillian war sehr aufgeregt, als sie ging. Sie rief mich von ihrem Wagen aus an.«

»Wo war sie?«

»Irgendwo auf einem Parkplatz. Sie hat es nicht direkt gesagt. Ich hab ihr gesagt, sie soll zurück zu Peter fahren, und es mit ihm ausdiskutieren, aber sie war beschämt und verletzt, und am Ende hat sie ihn einfach angerufen«, sagte Brandt. »Das ist die ganze Geschichte. So einfach ist das.«

Quinn bezweifelte beides. Was Lucas Brandt ihm gerade erzählt hatte, war keinesfalls die ganze Geschichte, und nichts an Jillian Bondurants Leben oder Tod würde sich als einfach erweisen.

»Und Peter war nicht fähig, mir oder Sergeant Kovac diese Geschichte zu erzählen, als wir vor vier Stunden in seinem Foyer standen?«

Noble warf einen nervösen Blick über die Schulter auf die geschlossene Tür an der anderen Seite des Raumes, als erwarte er, daß die Reporter sie einrennen würden und mit den Mikrofonen wie Bajonette im Anschlag hereinstürmen könnten.

»Es ist nicht einfach für Peter, über solche Dinge zu reden, Agent Quinn. Er ist ein sehr privater Mensch.«

»Das ist mir klar, Mr. Noble«, sagte Quinn und fischte ein Pfefferminzbonbon aus seiner Tasche. Er redete weiter, während er es auspackte. »Das Problem dabei ist, daß wir es hier mit der Untersuchung eines Mordfalls zu tun haben. Und bei einem Mordfall gibt es so etwas wie Privatsphäre nicht.« Er legte das Bonbonpapier auf die Theke und steckte das Bonbon in den Mund. »Nicht einmal, wenn sie Bondurant heißen und der Direktor des FBI ihnen sein Ohr leiht – nicht, solange es mein Fall ist.«

»Na schön«, sagte Edwyn Noble und trat zurück. Sein langes Gesicht war kalt und hart wie Marmor. »Möglicherweise ist es nicht mehr lange Ihr Fall.«

Sie gingen wie zwei verzogene Kinder, die sofort nach Hause laufen und ihn verpetzen würden. Sie würden es Bondurant sagen. Bondurant würde Brewster anrufen. Brewster könnte vielleicht anrufen und ihn tadeln, nahm Quinn an. Oder er würde ihn vielleicht einfach durch ASAC von dem Fall abziehen und ihn zu einem anderen Stapel Leichen woanders hinschicken. Es gab immer noch einen anderen Fall. Und noch einen ... und noch einen ... Und was zum Teufel sollte er sonst mit seinem Leben anfangen? Er beobachtete, wie Noble und Brandt sich zum Ausgang durcharbeiteten, die Reporter hefteten sich an ihre Fersen.

»Was sollte denn das?« fragte Kovac.

»Die wollen uns auf den Holzweg führen, glaub ich.«

»Kate sagt, unser Herzchen hat bei ihr die Katze aus dem Sack gelassen. Der kleine Sonnenschein sagt, sie wäre in dieser Nacht im Park gewesen und hätte sich mit Spielchen mit irgendeinem Versager zwanzig Mäuse verdient.«

»Hat dieser Versager einen Namen?«

Kovac schnaubte verächtlich. »Hubert Humphrey hat er ihr gesagt. Sprich: Republikanisches Arschloch mit miserablem Sinn für Humor.«

»Das engt es natürlich ein«, sagte Quinn trocken.

Die Fernsehcrews packten Scheinwerfer und Kameras ein. Die letzten Reste der Menge zerstreuten sich. Die Party war vorbei, und mit ihr verschwand das Adrenalin, das seine Herzfrequenz beschleunigt und seine Nerven angespannt hatte. Er bevorzugte tatsächlich die Spannung, weil sie die Depression in Schach hielt und das Gefühl, überwältigt, erschöpft und verwirrt zu sein. Er zog Action vor, die Alternative war nämlich, allein in seinem Hotelzimmer zu sitzen, mit nichts außer der Angst als Gesellschaft. Die Angst, daß er nicht genug tat, daß er etwas verpaßte, daß trotz des angesammelten Wissens von tausend oder mehr Fällen er das Gefühl für diesen Job verloren hatte und nur herumstolperte wie ein frisch Erblindeter.

»Natürlich hat sie keine Autonummer«, fuhr Kovac fort. »Keine Adresse. Keine Kreditkartenquittung.«

»Kann sie ihn beschreiben?«

»Klar. Er war zehn Zentimeter lang und machte ein Geräusch wie ein Fleischwolf, als er kam.«

»Das wird eine interessante Gegenüberstellung.«

»Ja. Nur ein weiterer armseliger Yuppie mit einem SUV und einer Frau, die ihm keinen blasen will.«

Quinn sah ihn scharf an. »Einem was?«

»Einer Frau, die –«
»Der andere Teil. Er hat was gefahren?«
»Ein Sport Utility Vehi –« Kovacs Augen wurden groß und er warf die Zigarette weg, die er sich gerade hatte anstecken wollen. »O mein Gott.«

Er bewegt sich mit dem Rest der Menge durch die Türen des Gemeindezentrums nach draußen, schnappt Gesprächsfetzen über sich selbst auf.

»Ich wünschte, sie hätten mehr über das Brennen gesagt.«

»Ich meine, dieser Typ vom FBI sagt, der Killer sieht aus und verhält sich wie ein ganz normaler Mensch. Aber wie kann das sein? Leichen anzünden? Das Feuer zerstört Beweise.«

»Ja, aber jemandem den Kopf abschneiden ist irre.«

»Meinen Sie nicht, daß das Feuer symbolisch ist?« fragt er. »Ich glaube, der Typ hat vielleicht eine Art religiösen Wahn. Sie wissen schon: *Asche zu Asche* und so.«

»Vielleicht.«

»Ich wette, wenn die Cops ihn erwischen, stellt sich raus, daß er irgendeinen religiösen Fanatiker als Stiefvater hatte oder sowas. Einen Beerdigungsunternehmer vielleicht«, sagt er und denkt dabei an den Mann, der den Großteil seiner Jugend mit seiner Mutter liiert gewesen war. Der Mann, der geglaubt hatte, er wäre von Gott beauftragt, sie durch sexuelle Unterwerfung und Schläge zum Heil zu führen.

»Krankes Dreckschwein. Geht rum und foltert und tötet Frauen wegen seiner eigenen Unzulänglichkeiten. Hätte man bei der Geburt in einen Sack stecken und ersäufen sollen.«

»Und diese Fieslinge schieben immer alles auf ihre Mütter ab. Als hätten sie selber keinen Verstand.«

Er möchte diese beiden Frauen, die das sagen, packen. Sie an den Hälsen packen, seinen Namen in ihre violett anlaufenden Gesichter brüllen und ihre Luftröhren mit bloßen Händen zerquetschen. Der Zorn ist jetzt eine lebendige Flamme, mit blauem Kern und heiß.

»Er kann mich jederzeit verhören, wenn er will«, sagt die andere Frau. »George Clooney hat ihm nichts voraus.«

Sie lachen, und er will einen Klauenhammer aus dem Nichts ziehen, und ihnen die Schädel damit einschlagen. Er spürt die Hitze des Feuers in seiner Brust. Sein Kopf dröhnt. Das Bedürfnis ist ein Fieber, direkt unter der Oberfläche seiner Haut.

Draußen vor dem Gemeindezentrum auf dem Parkplatz hat sich alles heillos verkeilt. Er geht zum Wagen und lehnt sich dagegen, verschränkt die Arme –

»Hat keinen Sinn, es zu versuchen!« ruft er einem uniformierten Polizisten zu, der versucht, den Verkehr zu regeln.

»Kann's genau so gut abwarten.«

Der Idiot. Wer in diesem Bild ist jetzt unzulänglich? Nicht der Feuerbestatter, sondern diejenigen, die nach ihm suchen und ihn ansehen und einen gewöhnlichen Mann sehen.

Er beobachtet, wie andere aus dem Gebäude auf den Gehsteig treten. Das gelb-weiße Flutlicht brandet über sie. Einige sind Bürger. Einige sind Polizisten, die der Soko zugeteilt sind. Einige erkennt er.

Quinn taucht aus einer Seitentür am hinteren Teil des Gebäudes auf, ein Fleck, den die Medien bewußt ignoriert haben. Er läuft ohne Mantel heraus und steht gerade außerhalb der Deckung des Schattens im Türstock, die Hände auf den Hüften, die Schultern zurück, während sein Atem Wolken verursacht und er sich umsieht, nach etwas sucht.

»Suchen Sie mich, Agent Quinn? Den unzulänglichen Versager mit dem Mutterkomplex? Das mentale Monster. Sie werden demnächst herausfinden, was ein Monster wirklich ist.«

Der Feuerbestatter hat einen Plan. Der Feuerbestatter wird zur Legende werden. Der Killer, der John Quinn geliefert hat. Der ultimative Triumph des ultimativen Killers über den ultimativen Jäger seiner Spezies.

Er rutscht hinter das Steuerrad des Wagens, mit dem er hierhergefahren ist, startet den Motor, justiert die Heizung und verflucht die Kälte. Er braucht einen wärmeren Jagdgrund. Er fährt den Wagen rückwärts aus der Lücke und folgt einem silbernen Toyota Geländewagen aus dem Parkplatz auf die Straße.

Kapitel 18

Kate steuerte den Geländewagen vorsichtig in die schmale uralte Garage gleich neben der Gasse hinter ihrem Haus. Während der Wintermonate träumte sie regelmäßig von einer angebauten Garage, aber dann kam wieder der Frühling und im Garten hinter dem Haus blühten die Beete auf. Und dann vergaß sie wieder, wie lästig es war, durch den Schnee zu stapfen und wie gefährlich, durch eine dunkle Gasse zu gehen, in einer Stadt mit einer beunruhigenden Anzahl von Sexualverbrechen.

Der Wind rüttelte und zerstreute die toten Blätter, die in einer Wehe entlang der Seitenwand der Garage des Nachbars lagen. Ein kleiner Schauder schlängelte sich Kates Rücken hinunter, und sie blieb stehen und starrte zurück in die Dunkelheit hinter ihr – nur für alle Fälle. Aber es war nur ihre normale Paranoia, ausgelöst dadurch, daß die Versammlung, an der sie gerade teilgenommen hatte, nur inszeniert worden war, um einen Serienmörder zu ködern.

Alte Gefühle aus ihrer Zeit im BSU kamen wieder hoch. Erinnerungen an unsägliche Verbrechen, die das Thema beiläufiger Gespräche am Trinkwasserkühler bildeten. Serienmord war ein so eingebundener Bestandteil ihrer Welt gewesen, daß ihr diese Art von lockerem Gespräch nicht seltsam erschien. Erst am Ende ihrer Laufbahn passierte das – nachdem Emily gestorben war. Der Tod war plötzlich zu etwas Persönlicherem geworden, und sie hatte diese Lackschicht an Distanz verloren, die für Leute in der Justiz notwendig war. Schließlich hatte sie es nicht mehr ertragen können.

Sie fragte sich, wie John es noch konnte … *ob* er es noch konnte.

Heute abend hatte er blaß ausgesehen, hager und grau im grellen Licht. Früher war Mehrarbeit sein Rezept für Bewältigung gewesen. Er mußte mit Gefühlen nicht fertigwerden, wenn er zu beschäftigt war, sich ihnen zu stellen. Das hatte sich wahrscheinlich nicht geändert. Und was scherte es sie, ob ja oder nein?

Sie steckte den Schlüssel in den Riegel der Hintertür und hielt wieder inne, bevor sie ihn drehte. Ihre Nackenhaare stellten sich auf. Sie drehte sich langsam um, renkte sich den Hals aus, um außerhalb der Reichweite des Bewegungsmelders in die schattenverhangenen Ecken des Gartens zu spähen. Mit einem Mal fiel ihr ein, daß sie ihr Handy im Auto gelassen hatte. Im Auto, auf der anderen Seite des Gartens, in der unheimlichen Garage.

Und wenn schon. Sie konnte eventuelle Nachrichten vom Haustelefon abhören. Falls es einen Gott gab, hätte keiner ihrer Klienten heute nacht eine Krise. Und sie konnte sich mit einem Glas ihrer Lieblingsverarbeitungsmethode in eine heiße Wanne legen. Dieser Fall könnte sie umbringen, aber wenigstens würde sie sauber und angenehm betäubt sterben.

Kein Verrückter stürzte auf sie, um sich in die Tür hinter sie zu drängen, und keiner wartete in der Küche mit einem Messer. Thor lief ihr entgegen, um sich lauthals über die Verspätung seines Abendessens zu beschweren. Kate warf ihre Tasche auf den Tresen und schaltete den kleinen Fernseher ein, um sich die Nachrichten anzusehen. Mit einer Hand knöpfte sie sich den Mantel auf, mit der anderen holte sie das Katzenfutter aus dem Eisschrank und die Flasche Sapphire.

Der Aufmacher der Zehn-Uhr-Nachrichten war die Versammlung. Ein Clip von der Menge – Toni Urskine und ihre Phoenixfrauen in Großaufnahme – Chief Greer, wie er auf das Rednerpult schlug und John, der mit ernster Miene über die Rolle des Bureaus bei den Ermittlungen sprach.

Ernst und attraktiv. Die Kamera hatte immer schon sein Gesicht geliebt. Er war schwer gealtert, aber selbst das sah gut bei ihm aus – die Fältchen um seine Augen, das Grau in seinen kurz geschorenen Haaren. Seine körperliche, sexuelle Attraktivität traf sie auf einer fundamentalen Ebene, die sie nicht abschotten konnte. Sie konnte nur vorgeben, sie zu ignorieren.

Dann ging's wieder zurück zum Sprecher, der die Fakten des Falls noch einmal durchkaute, während in einer Ecke des Monitors Fotos von Jillian und Peter Bondurant eingeblendet wurden. Es folgten Informationen über Belohnung und Hot Line, und dann ging es weiter zum nächsten heißen Thema: Streifenpolizisten, die sich in diesen kühlen Nächten in den Stripclubs der City aufwärmten.

Kate überließ Thor die Nachrichten und wanderte ins Eßzimmer. Sie schaltete den alten Lüster, den sie selbst gerettet und neu verdrahtet hatte, ein und dachte über die Bondurant Connection nach und wie Jillian in das Opferprofil paßte oder nicht.

»Verflucht sollst du sein, John«, murmelte sie.

»Wir werden über den Fall reden. Ich hab ein paar Ideen, die ich gerne an dir ausprobieren würde.«

»Das ist nicht mehr mein Job. Ich bin nicht mehr bei der BSU.«

»Du warst Expertin auf diesem Gebiet ...«

Und er hatte Zugang zu jedem Experten auf dem Gebiet. Er brauchte sie nicht.

Sie hängte ihren Mantel über eine Stuhllehne und setzte sich an den Eichentisch, den sie im ersten Sommer nach ihrer Kündigung beim Bureau restauriert hatte. Sie war völlig gestreßt gewesen, immer noch unter Schock von Emilys Tod und den Totalschäden ihrer Ehe und ihrer Beziehung zu Quinn. Das Leben, wie sie es kannte, war zu Ende, und sie mußte neu anfangen. Alleine, bis auf die Gespenster.

Sie hatte nie jemandem, der ihr nahestand, von Quinn erzählt, weder ihren Eltern noch ihrer Schwester. Sie wußten nicht, daß ihre Kündigung beim Bureau von Skandal überschattet gewesen war. Sie hätte die Bindung, die sie zu Quinn empfunden hatte, während Steven auf einer Flut von Trauer und Kummer von ihr wegtrieb, nicht ausreichend erklären können. Selbst durchtrennt war diese Bindung zu kostbar gewesen, um sie mit Leuten zu teilen, die sie nicht verstehen würden. Und ihre Eltern hätten es genauso wenig verstanden wie ihre Kollegen damals in Quantico.

Sie hatte eine Affäre gehabt, hatte ihren Ehemann betrogen. Sie war ein Bösewicht. Das war es, was die Leute glauben wollten – das Schlimmste und Dreckigste. Keiner wollte wissen, wie allein sie sich gefühlt hatte, wie dringend sie Trost und Unterstützung gebraucht hatte. Sie wollten nichts darüber hören, daß sie irgend etwas, das weit über körperliche Anziehung hinausging, zu John Quinn getrieben hatte – und ihn zu ihr. Die Leute zogen es vor, das Schlimmste zu glauben, weil da weniger Gefahr bestand, daß es ihr eigenes Leben berühren könnte.

Und so hatte Kate das Geheimnis für sich bewahrt – und die Schuldgefühle, die Reue und den Herzschmerz, Teile des Pakets. Und sie hatte sich Bauklotz für Bauklotz ein neues Leben aufgebaut, darauf geachtet, daß es einen guten Grundstein und Gleichgewicht hatte. An den meisten Tagen dauerte ihr Job von acht bis fünf. Klienten kamen und gingen. Sie konnte ihnen in gewisser Hinsicht helfen, und dann bewegten sich ihre Leben weiter und aus ihrem heraus. Ihre Beteiligung war begrenzt und erträglich.

Und noch während sie das dachte, sah sie Angie vor ihrem inneren Auge und nahm einen langen Schluck von ihrem Sapphire Gin. Sie erinnerte sich an die Tränen des Mädchens, wie der harte Teenager, das Straßenkind, sich zusammengerollt und geheult hatte, wie das Kind, das sie noch war, aber nie eingestehen wollte. Verängstigt und beschämt – und das würde sie auch nie zugeben.

Kate hatte sich vor Angie hingekniet, den Kontakt mit einer Hand aufrecht gehalten – die Hand oder das Knie des Mädchens berührt oder ihren Kopf gestreichelt, während sie sich krümmte und versuchte, ihr Gesicht zu verstecken. Und die ganze Zeit spielte in Kates Kopf dieselbe Gefühlsschleife, dieselbe Kette von Gedanken – daß sie niemandes Mutter war, daß diese Verbindung, die sie mit dem Mädchen einging, tiefer ging, als Kate wollte, und doch weniger tief reichte, als Angie brauchte.

Doch es lief in Wahrheit auf eins hinaus: Kate war alles, was Angie hatte. Der Ball war in Kates Spielfeld, und es gab niemand sonst, an den sie ihn hätte abgeben können. Es gab keinen anderen Betreuer in diesem Büro, der Ted Sabin Paroli bieten würde. Es gab nicht so viele, auf die Angie sich einlassen würde.

Die Geschichte, die das Mädchen erzählte, war kurz und traurig. Jemand hatte sie auf der Lake Street aufgegabelt und draußen im Park abgeladen, ein wegwerfbares Sexspielzeug für einen Mann, der nicht mal nach ihrem Namen gefragt hatte. Er zahlte ihr zwanzig, trotz des üblichen Kurses von fünfunddreißig, sagte ihr, sie solle doch einen Bullen rufen, als sie sich beschwerte, schubste sie aus seinem Fahrzeug und fuhr weg. Er hatte sie mitten in der Nacht stehen lassen wie ein ungewolltes Kätzchen.

Das Bild, wie sie da allein gestanden hatte, zerzaust, nach Sex riechend, mit einem zerknitterten Zwanziger in der Tasche, setzte sich in Kates Kopf fest. Verlassen. Allein. Das Leben erstreckte sich vor ihr wie vierzig Meilen schlechter Straße. Sie war höchstens fünfzehn oder sechzehn. Nicht viel älter als Emily gewesen wäre, wenn sie überlebt hätte.

Tränen sammelten sich zu einem hinterlistigen Überfall. Kate nahm noch einen Schluck Gin und versuchte damit, den Kloß hinunterzuschlucken. Sie hatte keine Zeit zu weinen, und es hatte auch keinen Sinn. Emily war fort und Angie war kein Ersatz. Sie wollte nicht einmal einen Ersatz. Dem plötzlichen Gefühl von Leere konnte man ausweichen oder es betäuben. Darin war sie Weltmeister. Steck den Schmerz zurück in seine Schachtel. Halt die Mauern schön hoch. Gott bewahre, daß da jemand drüberschaut ... sie selbst eingeschlossen.

Die Müdigkeit und der Alkohol zerrten an ihr, als sie aufstand und sich zum Arbeitszimmer aufmachte. Sie mußte ihre Nachrichten abhören. Und sie wollte im Phoenix anrufen, um heute nacht noch ein letztes Mal Verbindung mit Angie aufzunehmen – um die Bindung, die sie heute nachmittag geschlossen hatten, zu kräftigen.

Sie erlaubte es sich nicht, daran zu denken, wie das Mädchen allein in ihrem Zimmer im Phoenix saß, sich verletzlich und verängstigt und enttäuscht fühlte, weil sie die Hand ausgestreckt hatte. Sie weigerte sich zu denken, sie hätte sich mehr Mühe geben sollen, um diese Bindung tiefer gehen zu lassen.

Den Hausflur erhellte ein Straßenlicht, einen halben Block weiter. Das Licht schimmerte weich und silbern durch zwei Seitenfenster, die Kate schon längst hatte abschaffen wollen. Es war ganz einfach, ein Seitenfenster zu zerschlagen, und in ein Haus einzudringen. Das fiel ihr immer unweigerlich abends ein, bevor sie nach oben zu Bett ging.

Eine schwache Lampe brannte in ihrem Lese- und Arbeitszimmer, einem Raum, den sie zum Großteil so gelassen hatte, wie sie es aus ihrer Kindheit kannte, als ihr Vater im mittleren Management von Honeywell arbeitete. Vollgestopft und maskulin, mit einem stabilen Eichenschreibtisch und ein paar hundert Büchern, die die Wände bedeckten, und es roch nach Lederpolstern und einem Hauch von Erinnerung an gute Zigarren. Das Lämpchen an ihrem Anrufbeantworter blinkte, aber das Telefon klingelte, bevor sie auf Wiedergabe drücken konnte.

»Kate Conlan.«

»Kovac. Schwing deinen Hintern ins Phoenix. Unsere Zeugin ist abgängig. Wir treffen uns dort.«

»Ich hätte bleiben sollen«, sagte Kate und lief, die Hände in die Hüften gestemmt, in dem schäbigen Zimmer im Phoenix auf und ab.

»Du kannst nicht rund um die Uhr sieben Tage die Woche bei ihnen sein, Red«, sagte Sam und zündete sich eine Zigarette an.

»Nein«, murmelte sie und warf einen wütenden Blick auf den Cop vom Rauschgiftdezernat, den Sam geborgt hatte, damit er Angie im Auge behielt, während sie im Phoenix war – ein schmuddlig aussehender magerer Typ mit einer Armeejacke, auf deren Tasche Iverson stand. »Das war Ihr Job.«

»He.« Er hielt schützend die Hände hoch. »Ich war hier, aber mir wurde gesagt, Sie wollten mich nicht zu nahe dran haben. Sie muß sich hinten rausgeschlichen haben.«

»Ach nee. Wo haben Sie denn geglaubt, daß sie ›rausschleichen‹ würde? Irgendwie fällt die Vordertür dabei schon aus, nicht wahr?«

Der Mann vom Rauschgiftdezernat legte den Kopf zurück und stolzierte auf Kate zu, hochnäsig und bösartig, eine Haltung, die bei Dealern und Hypes gute Wirkung zeigte. »Ich hab nicht um diesen lahmen Scheißjob gebeten, und ich muß mir von einer Scheiß Sozialarbeiterin nichts gefallen lassen.«

»He!« bellte Quinn.

Kate brachte Iverson mit einem Blick zum Stehen und schloß den Abstand zwischen ihnen selbst. »Sie haben den einzigen Zeugen, den wir hatten, verloren, Arschloch. Sie wollen mir keine

Antworten geben? Gut. Wie wär's dann mit dem Chief? Wie wär's mit dem Bezirksstaatsanwalt? Warum erzählen Sie der Bürgermeisterin nicht, wie Sie die einzige Zeugin für die Verbrennung der Leiche von Peter Bondurants Tochter verloren haben, weil Sie die Nummer vom Rauschgiftdezernat sind und denken, Babysitten sei unter Ihrer Würde?«

Iversons Gesicht verfärbte sich bis zu den Ohren violett. »Scheiß drauf. Ich hau ab.«

Kovac ließ ihn gehen. »Jeder Vorgesetzte in der Kommandokette wird ihm den Arsch aufreißen«, sagte er seufzend. »Er wird sich morgen nicht mal auf die Straßenkehrmaschine setzen können, der er zugeteilt wird.«

Kate begann wieder, hin- und herzulaufen. »Ist sie gegangen oder wurde sie geholt?«

»Iverson sagte, ihre Sachen wären weg aus ihrem Zimmer, und hinten gibt es keine Spuren gewaltsamen Eindringens. Eine andere Bewohnerin war die ganze Zeit hier. Sie hat nichts gehört oder gesehen. Quinn und ich sind gerade vor dir gekommen. Wir haben selbst noch nichts überprüft.«

Kate schüttelte den Kopf über ihre eigene Dummheit. »Ich hatte tatsächlich ein paar Fortschritte bei ihr gemacht. Ich hätte bleiben sollen.«

»Wann hast du sie denn abgesetzt?«

»Ich weiß es nicht. Es muß nach acht gewesen sein. Sie hat mir am späten Nachmittag von dem Freier im Park erzählt, aber dann hat sie sich geschämt und war durcheinander, ich wollte sie nicht bedrängen. Ich bin zum Essen mit ihr ins City Center, auch damit sie ein bißchen einkaufen konnte.«

»Lieutenant Fowler hat ein bißchen Kohle für sie locker gemacht?«

Kate schnitt eine Grimasse und winkte ab. Das Geld stammte aus ihrer eigenen Tasche, aber das spielte keine Rolle. »Dann hab ich sie zurück hierher gebracht.«

Wie Angie immer stiller geworden war, je näher sie dem Phoenix kamen. In ihre harte Schale zurückgekrochen war. Und ich hab sie gelassen, dachte Kate.

»Ich hab sie abgesetzt und bin weitergefahren zu der Versammlung, um euch Bescheid zu sagen – oh, Scheiße, ich hätte bleiben sollen.«

»Wer war sonst noch da, als du sie abgesetzt hast?«

»Gregg Urskine – aber er wollte auch zu der Versammlung – und eine andere Frau. Ich weiß nicht, wer. Ich hab sie nicht gesehen. Gregg hat mir gesagt, sie wäre da. Ich wollte nicht, daß Angie allein ist.«

Es war zu einfach, sich Angie in diesem großen alten Haus vorzustellen, praktisch allein. Falls Smokey Joe irgendwie erfahren hatte, wo sie war ... Seine drei Opfer waren ohne eine Spur von Widerstand verschwunden. Sie waren schlicht und einfach weg gewesen. Und Angie DiMarco behauptete, sie könnte ihn identifizieren.

So schnell, so einfach war das Mädchen fort. Eine leichtsinnige Entscheidung ...

»Ich hab's vermasselt, und jetzt haben wir sie verloren.«

Kate wußte, daß die Emotionen, die sie plötzlich überrollten, völlig überzogen waren, aber es fiel ihr schwer, sie zurückzuhalten. Ihr war ein bißchen übel, etwas schwindlig. Der Nachgeschmack von Gin, wie Metall in ihrem Mund.

Sie spürte, wie Quinn sich hinter sie stellte, wußte, daß er da war, ohne sich umzudrehen. Ihr Körper schwang noch immer mit seinem. Ein beunruhigender Gedanke: daß die körperliche Anziehungskraft in all den Jahren nicht verblaßt war.

»Es ist nicht deine Schuld, Kate«, sagte er leise.

Er legte eine Hand auf ihre Schulter, sein Daumen fand blind den Spannungsknoten in ihrem Trapezius und rieb ihn auf eine alte, vertraute Art. Zu vertraut. Zu tröstlich.

»Es spielt jetzt keine Rolle«, sagte sie und wandte sich steif ab. »Das einzig wichtige ist, sie zu finden. Also fangen wir an zu suchen.«

Sie gingen nach oben in das Zimmer, das Angie mit einer anderen Bewohnerin des Phoenix House geteilt hatte. Die Wände waren in einem ekligen Gelb gestrichen, die alten Holzeinbauten dunkel vor Alter und Lackschichten. Wie im ganzen Haus paßten die Möbel nicht zusammen und waren schlecht proportioniert.

Auf Angies Bett ein Wust ungemachter Laken. Mitten in dem

Chaos lag die Einkaufstüte von ihrem Ausflug ins City Center, aus der Seidenpapier quoll. Die Jeans und der Pullover, den sie gekauft hatte, waren nirgends zu sehen. Ebensowenig der schmutzige Rucksack, was darauf schließen ließ, daß das Mädchen aus eigenem Entschluß abgehauen war.

Auf dem Nachttisch neben der billigen Glaslampe stand die winzige Figur eines Engels.

Kate nahm ihn hoch und sah ihn an: ein drei Zentimeter hohes Tonfigürchen, das sie für fünf Dollar von einer Navajo Frau auf der Plaza von Santa Fe gekauft hatte. Sie hatte der fünfjährigen Enkelin der alten Frau einen extra Dollar zugeschoben, weil sie ihr das Püppchen sorgfältig in Seidenpapier eingewickelt hatte, die kleine Stirn gerunzelt von der Konzentration auf diese wichtige Aufgabe. Während sie das kleine Mädchen beobachtete, hatte sie an Emily gedacht und zu ihrer großen Beschämung fast angefangen zu weinen.

»Weißt du etwas darüber?« fragte Quinn leise und stand ihr schon wieder zu nahe.

»Klar. Sie hat ihn heute von meinem Schreibtisch gestohlen.« Sie berührte den goldbemalten Heiligenschein auf dem dunklen Kopf des Engels. »Ich hab eine Sammlung von Schutzengeln. Ironisch, was? Ich glaube nicht wirklich an sie. Wenn es so etwas wie Schutzengel gäbe, dann hätten du und ich keine Arbeit, und ich hätte meine Tochter nicht verloren, und es gäbe keine Kinder, die Leben wie das Angies leben.

Dumm«, sagte sie und rieb die Flügel des Engels behutsam zwischen ihren Fingern. »Aber ich wünschte, sie hätte ihn mitgenommen.«

Die Figur entglitt ihrer Hand und fiel auf den alten Teppich neben dem Bett. Kate kniete sich hin, um sie aufzuheben, und stützte sich mit der Linken auf dem Boden ab. Ihr Herz hämmerte heftig, und sie setzte sich auf die Fersen, hob die Hand und drehte die Handfläche nach oben.

»O mein Gott«, hauchte sie und starrte auf den Streifen verschmiertes Blut.

Quinn fluchte, packte ihre Hand und zog sie näher ans Licht.

Kate entwand sich ihm, drehte sich um, ging in die Hocke und versuchte, etwas auf dem dunklen Holz des alten Bodens zu erkennen. Das Licht mußte genau im richtigen Winkel treffen. Iverson hatte es nicht bemerkt, weil er nicht genau genug hingesehen hatte.

»Nein«, murmelte sie, als sie noch einen Tropfen fand, dann einen Fleck, den jemand zu hastig entfernt hatte. »Ich hätte bei ihr bleiben sollen.«

Die Spur führte in den Korridor. Der Korridor führte zum Bad.

Panik plumpste wie ein Stein in Kates Magen. »O Gott, nein.«

Ich hätte bei ihr bleiben sollen.

Sie richtete sich stolpernd auf, alle Sinne angespannt, ihr Herz wie ein Preßlufthammer in ihren Ohren.

»Rühr nichts an!« brüllte Kovac, der hinter ihr herkam.

Kate blieb vor der offenen Badezimmertür stehen und ließ Sam sie mit der Schulter aufstoßen. Er zog einen Kugelschreiber aus der Tasche und schaltete damit das Licht ein.

Das Zimmer schwamm in gehirnerweichend leuchtender pinker, oranger und silberner Tapete aus den Siebzigern. Die Armaturen waren älter, die kleinen Bodenkacheln seit Jahren nicht mehr weiß. Mit Blut gemustert. Ein Fleck hier, ein verwischter Schmierer da.

Warum bin ich nicht bei ihr geblieben?

»Komm raus, Schatz«, sagte Quinn und legte seine Hände auf Kates Schultern, als Kovac an ihr vorbeiging, um den Duschvorhang zurückzuziehen.

»Nein.«

Sie hielt ihre Stellung, zitternd, den Atem fast angehalten. Quinn legte einen Arm um sie, bereit, sie hinauszuziehen, als Kovac den Vorhang zurückzog.

Da war keine Leiche. Angie lag nicht tot in der Wanne. Trotzdem drehte sich Kate der Magen um, und eine eiskalte Woge brandete über sie. Quinns Arm packte sie fester, und sie ließ sich gegen ihn fallen.

Blut war in blassen Streifen über die Kacheln verschmiert, wie eine vergilbte Fingermalerei. Ein dünnes Rinnsal Wasser, rostig von verdünntem Blut, führte von der Mitte der Wanne zum Abfluß.

Kate drückte eine Hand auf den Mund und schmierte so das Blut auf ihrer Hand über ihr Kinn.

»Scheiße«, hauchte Kovac und wich von der Wanne zurück.

Er ging zu dem Plastikwäschekorb neben dem Waschbecken und öffnete ihn vorsichtig mit demselben Stift, mit dem er das Licht angemacht hatte.

»He, Kojak«, sagte Elwood und steckte seinen großen Kopf zur Tür herein. »Was ist los?«

»Ruf die Spurensicherung an.« Er zog ein Handtuch und dann noch eins aus dem Korb. Beide waren naß und blutig. »Sieht aus, als hätten wir hier einen Tatort.«

Kapitel 19

Toni Urskine betrat den Empfangsraum. Sie trug immer noch ihr Imponier-Outfit: eine schmale schwarze Hose und einen kardinalroten Blazer über einer weißen Bluse mit einer auffälligen Krawatte. Das Feuer rechtschaffener Empörung loderte hell in ihren Augen.

»Ich bin nicht sonderlich angetan von diesen Polizeiwagen vorm Haus. Könnten sie wenigstens ihre Scheinwerfer ausmachen? Es gibt hier eine Nachbarschaft, Sergeant, und unsere Nachbarn sind uns ohnehin nicht sonderlich wohlwollend gesonnen.«

»Die Störung tut mir leid, Ms. Urskine«, sagte Kovac trocken. »Entführungen, Morde, können einem echt auf den Arsch gehen, ich weiß.«

Eine Rothaarige mit dem mageren, brüchigen Aussehen einer Cracksüchtigen trat hinter Toni ins Zimmer, gefolgt von Gregg Urskine, der wie ein Model für Eddie Bauer aussah: abgestoßene Arbeitsstiefel und ein Flanellhemd mit offenem Kragen, der den Blick auf ein weißes T-Shirt freigab. Er legte eine Hand auf den Rücken der Rothaarigen und schob sie vor.

»Das ist Rita Renner. Rita war heute abend mit Angie hier, nachdem ich gegangen bin.«

»Ich war nicht wirklich mit ihr zusammen«, sagte die Renner kleinlaut. »Ich hab ferngesehen. Ich hab sie nach oben gehen sehen. Sie war lange im Bad – ich hab das Wasser laufen hören. Wir sollen nicht lange duschen.«

»Und um welche Uhrzeit haben Sie bemerkt, daß die Dusche nicht mehr läuft?«

»Hab ich nicht. Ich bin auf der Couch eingeschlafen. Ich bin erst bei den Nachrichten wieder aufgewacht.«

»Und während der Zeit, in der Sie wach waren, haben Sie da jemand anderen im Haus bemerkt – abgesehen von Angie?«

»Nicht, nachdem Gregg fort war.«

»Sind keine Türen aufgegangen? Gab es keine Schritte? Kein gar nichts?«

Renner schüttelte den Kopf und starrte auf ihre Füße.

»Sie hat uns bereits gesagt, daß sie nichts gehört oder gesehen hat«, sagte Toni Urskine ungeduldig.

Kovac ignorierte sie. »Warum sind Sie nicht mit den anderen zu der Versammlung gegangen?«

Toni Urskine erstarrte. »Steht Rita wegen irgend etwas unter Verdacht, Sergeant?«

»Reine Neugier.«

Die Renner sah nervös von einem Urskine zu dem anderen, als suche sie nach einem unsichtbaren Zeichen, das ihr Erlaubnis zum Reden erteilte. »Ich mag keine Menschenmengen«, sagte sie schuldbewußt. »Und außerdem ist es hart für mich, wissen Sie. Wegen Fawn.«

»Rita und Fawn Pierce – oder wie Sie sie nennen: Opfer Nummer zwei – waren gute Freunde.« Toni legte einen stützenden Arm um Renners knochige Schultern. »Nicht, daß das irgend jemand von Ihren Ermittlern interessieren würde.«

Kovac verkniff sich die grimmige Miene. »Tut mir leid, daß wir das übersehen haben. Ich werde morgen einen Polizisten vorbeischicken, der sie vernimmt. Heute abend ist meine Priorität Angie DiMarco. Wir müssen sie finden.«

»Sie glauben doch nicht, daß der Killer hierhergekommen ist und sie entführt hat?« fragte Toni, mit einem Mal erschrocken.

»Mach dich nicht lächerlich«, sagte Gregg und versuchte, seinen scharfen Ton mit einem Lächeln zu mildern. »Keiner ist hier eingebrochen.«

Seine Frau wandte sich ihm mit giftigem Blick zu. »Ich bin nicht lächerlich. Jeder hätte hier reinkommen können. Seit Monaten bitte ich dich, neue Schlösser einzubauen und die alte Sturmkellertür zu sichern.«

Urskine beschränkte seine Beschämung auf Erröten. »Die Sturmkellertür ist von innen abgeschlossen.«

Kovac sah zu Elwood. »Überprüf das.«

»Ich zeig's Ihnen«, bot Urskine an und ging gleich zur Tür. Er konnte es nicht erwarten, von seiner Frau wegzukommen.

Kate hielt ihn mit einer Frage auf. »Gregg, hat Angie irgend etwas gesagt, bevor Sie zur Versammlung aufgebrochen sind?«

Er lachte nervös, und sie dachte, wie entnervend diese Angewohnheit war, zu vergleichen mit Rob Marshalls Stiefelleckergrinsen.

»Angie hat mir nie etwas zu sagen. Sie meidet mich wie die Pest.«

»Wann sind Sie zu der Versammlung aufgebrochen?« fragte Kovac.

Urskines Brauen schossen über den Rand seiner Brille hoch. »Steh ich etwa wegen irgendwas unter Verdacht?« fragte er, gespielt amüsiert.

Toni fixierte Kovac wutentbrannt. »Wir werden bestraft, Gregg. Siehst du das denn nicht? Die Polizei schätzt es nicht, wenn man die Aufmerksamkeit auf ihre Mängel lenkt.«

Kovac zeigte ihr seinen Bullenblick. »Ich versuche nur, unsere Zeitlinie zweifelsfrei festzulegen, Ma'am. Mehr nicht.«

»Ich bin kurz nach Kate gegangen«, sagte Gregg. »Ich muß so gegen – wann, Schätzchen? – halb neun, viertel vor neun dort gewesen sein?«

»So in der Richtung«, sagte seine Frau mit Schmollmund. »Du bist zu spät gekommen.«

»Ich hab am Heizofen gearbeitet.« Ein Muskel zuckte in Urskines Kinn, und er wandte sich wieder Elwood zu. »Ich zeig Ihnen jetzt diese Kellertür.«

»Steht es uns frei zu gehen, Sergeant?« fragte Toni Urskine. »Es war ein sehr langer Abend.«

»Wem sagen Sie das«, murmelte Kovac und winkte sie weg.

Kate folgte ihnen aus dem Zimmer, bog aber an der Eingangstür nach rechts ab und ließ Toni Urskine zurück, die vor ihrem gebannten Publikum von Heimbewohnerinnen, die sich im Wohnzimmer versammelt hatten, eine Runde tobte.

Unser Leben spielt auch eine Rolle. Das Banner erstreckte sich über die vordere Veranda des Phoenix, das Öltuch knisterte, als der Wind zunahm.

»Es wird schneien«, sagte sie, begrub ihre Hände in ihren Jackentaschen und zog die Schultern hoch, nicht gegen das Wetter, sondern gegen eine innere Kälte. Sie schlenderte zum hinteren Ende der Veranda, fast außer Reichweite der gelben Insektenlampe, die man nach Ende des Sommers nicht ausgewechselt hatte, weg vom Verkehr, der durch die Eingangstür kam und ging.

Wenn Toni Urskine sich schon ärgerte, weil zwei Streifenwagen vor ihrer Tür standen, würde sie bald Tobsuchtsanfälle bekommen, dachte Kate, als die Spurensicherung ihren Van auf dem Rasen vor dem Haus abstellte. Uniformierte hatten bereits angefangen, die Nachbarn zu befragen, ob jemand ein fremdes Auto gesehen hatte oder einen Mann zu Fuß, oder einen Mann, der etwas getragen hatte, oder einen Mann und eine junge Frau zusammen – irgend etwas, das ihnen einen Zeitrahmen oder eine Spur geben konnte. Trotz der späten Stunde waren die Häuser der Nachbarschaft gut beleuchtet, und gelegentlich sah man eine Gestalt am Fenster, die die Vorhänge zurückzog, um zu sehen, was vorging.

»Kate, wir wissen nicht, was passiert ist«, sagte Quinn.

»Naja, ich denke, man kann ohne Risiko behaupten, daß Angie sich nicht beim Rasieren geschnitten hat.«

Ein Zittern durchfuhr sie, als sie im Geiste erneut das Blut sah. Das Blut auf dem Boden, die blutverschmierten Kacheln, die blutigen Handtücher. Sie wehrte sich gegen die Schwäche, die ihre Muskeln zersetzte.

Du mußt hart sein, Kate. Steck diese Gefühle in eine Kiste. Stell die Kiste in das richtige Fach. Halt die Mauern aufrecht.

»Für mich sieht das so aus«, sagte sie durch den Kloß in ihrem Hals. »Er schleicht sich von hinten ins Haus. Schnappt sie sich oben. Es gibt einen Kampf, nach den blutigen Handabdrücken in der Wanne zu schließen, – ich denke es sind Angies. Vielleicht tötet er sie, oder vielleicht fängt er nur damit an – wahrscheinlich das erstere. Und er läßt sie in der Wanne ausbluten, ansonsten wäre anderswo mehr Blut gewesen. Er will es so hindrehen, als wäre sie gerade gegangen, also versucht er sauberzumachen, aber er ist in Eile, und er macht das schlecht. Trotzdem, selbst die schlechte Nummer hätte ihm einige Zeit verschafft, wenn wir heute abend nicht Nachschauen gekommen wären.«

»Woher wußte er, daß sie hier war?«

»Ich weiß es nicht. Sie hatte das Gefühl, er würde sie beobachten. Vielleicht hat er das.«

»Und wie soll das alles gelaufen sein, ohne daß einer was gehört oder gesehen hat?«

»Es war ihm bereits gelungen, drei Frauen zu entführen, zu foltern und zu ermorden, ohne daß irgend jemand etwas gehört oder gesehen hat. Rita Renner hat unten bei laufendem Fernseher geschlafen. Es ist ein großes Haus.«

Quinn schüttelte den Kopf. »Irgendwas stimmt daran nicht.«

»Warum nicht? Weil du wolltest, daß er bei der Versammlung dabei ist?«

Er lehnte sich zurück gegen das Geländer, mit hochgezogenen Schultern unter seinem Trenchcoat. »Er könnte trotzdem bei der Versammlung gewesen sein. Wir sind nur ein paar Straßen entfernt, und die Versammlung war schon eine halbe Stunde vorbei, bevor Kovac und ich uns auf den Weg hierher machten. Meine Frage ist: Warum sollte er das riskieren? Das Mädchen hatte der Polizei nichts Brauchbares gegeben – keinen Namen, kein anständiges Phantombild, sie hat nichts aus den Verbrecheralben gezogen. Warum sollte er das riskieren?«

»Um uns zu zeigen, daß er es kann«, sagte Kate. »Eine verschärfte Version des Zunge Rausstreckens. In der Nacht, in der die Versammlung stattfindet, die ihn aus seinem Bau locken soll, schleicht er sich in ein Haus und holt sich den einzigen Zeugen für seine Verbrechen. Ein Mörder wie dieser wird einen Ständer wie ein Baseballschläger bei so was kriegen. Das wissen wir.«

Quinn sah, wie einer von der Spurensicherung einen Staubsauger ins Haus trug.

»Warum *bist* du denn heute abend hierhergekommen?« fragte Kate. »Kovac hat das nicht gesagt.«

»Als du ihm von Angie und ihrem Freier Sonntagnacht im Park erzählt hast, hast du erwähnt, daß der Typ in einem SUV unterwegs war. Ich glaube, es besteht eine ziemlich gute Chance, daß

Smokey Joe seine Leichen in irgendeinem Truck in die Parks bringt. Etwas, das einem Fahrzeug der Parkverwaltung ähnelt. Möglicherweise ein SUV.«

Kate spürte, wie sich ihr Magen umdrehte. Gänsehaut überzog von Kopf bis Fuß ihren Körper. »O Gott, John. Du glaubst doch nicht etwa, daß er ihr Kunde war?«

»Es würde genau auf den Punkt treffen. Er haßt Frauen, besonders die sexuell promiskuitiven. Er hat eine Tote hinten auf seinem Truck. Er reißt sich noch eine auf und bringt sie zu seiner Ablagestelle, um mit ihr Sex zu haben. Das erregt ihn. Diese Erregung erinnert ihn an den Kick und die Stimulation des Mordes. Gleichzeitig sichert er sich mental die Beherrschung und Kontrolle über die Frau, mit der er unterwegs ist. Das geheime Wissen, daß er mit seinem augenblicklichen Partner das machen könnte, was er seinem Opfer angetan hat, aber es freiwillig nicht tut, gibt ihm ein Gefühl der Kontrolle, sowohl über sie als auch über seinen Zwang zu töten.«

»Der Entschluß, nicht zu töten, gibt seinem Gefühl von Macht Auftrieb. Und alles baut sich für die Verbrennungszeremonie auf – die Vollendung des Zyklus«, beendete Kate.

»Auf dem Papier sieht es gut aus.«

»Angie sagte, der Typ hätte sie aus seinem Truck geschubst, und sie hätte ihm nachgesehen, wie er weggefahren ist. Von da, wo er sie gelassen hat, hätte er recht schnell zu dem Parkplatz zurückfahren müssen, damit sie sehen konnte, wie er die Leiche verbrannte.«

Quinn bewegte die Schultern. »Es ist nach wie vor nur eine Theorie.«

Eine Theorie von einem Mann, der mehr über sadistische Sexualmörder wußte, als vielleicht jeder andere im Land. Kate starrte hinaus in die Dunkelheit, beobachtete wie die Wolke ihres Atems davontrieb.

»Aber wenn es derselbe Kerl war, warum sollte sie es mir dann nicht erzählen. Und warum wollte sie uns kein besseres Phantombild geben? Sie hat diesen Kerl ganz aus der Nähe und sehr intim gesehen.«

»Das sind Fragen, die nur sie beantworten kann.«

»Und jetzt kann sie sie nicht beantworten«, sagte Kate leise. »Es war so schwer für sie, mir das heute nachmittag zu erzählen. Vom Anfang dieses Schlamassels an hat sie immer so abgebrüht dahergeredet, so überlegen getan, aber als sie mir endlich von diesem Freier erzählt hat, war es, als ob sie sich schämte. Sie hat immer wieder gesagt, daß sie es nur ungern gemacht hat, daß es ihr so leid täte. Und sie hat geweint und geweint.«

Bei der Erinnerung drohten ihre eigenen Emotionen wieder hochzubrodeln, genau wie an diesem Nachmittag mit Angie.

»Du magst dieses Mädchen«, sagte Quinn.

Sie prustete. »Was gibt's da zu mögen? Sie ist eine verlogene, diebische Prostituierte, mit einem Wortschatz, der nur aus Obszönitäten besteht.«

»Und sie braucht dich«, sagte er schlicht.

»Ja, nun schau, was ihr das eingebracht hat.«

»Das ist nicht deine Schuld, Kate.«

»Ich hätte bei ihr bleiben sollen.«

»Du hast nicht wissen können, daß das passieren würde.«

»Sie war an einem verletzlichen Punkt«, argumentierte sie. »Ich hätte bei ihr bleiben sollen und wenn auch nur aus dem Grund, etwas aus ihr rauszuholen. Aber ich hab es nicht getan, weil –«

Sie würgte sich selbst ab, wollte es nicht eingestehen. Nicht hier. Nicht vor Quinn. Er kannte sie zu gut – oder hatte es einmal getan. Er kannte jeden wunden Punkt ihrer Seele. Er hatte sie öfter, als sie zählen konnte, im Arm gehalten, wenn der Schmerz und die Schuldgefühle über Emilys Tod sie so mitnahmen, daß die Agonie mit Worten nicht mehr auszudrücken war. Er hatte ihr Trost gespendet und ihr seine Kraft geboten und ihr mit seiner Berührung geholfen. Sie konnte ihn das jetzt nicht tun lassen, und sie wollte nicht herausfinden, daß er es vielleicht gar nicht versuchen würde.

»Sie ist nicht Emily, Kate.«

Kate sog Luft ein, als hätte er sie geohrfeigt und wirbelte erbost herum. »Dessen bin ich mir sehr wohl bewußt. Meine Tochter ist tot.«

»Und du gibst dir immer noch die Schuld. Nach all der Zeit.«

»Soviel ich weiß, gibt es für Schuldgefühle keine Verjährung.«

»Es war nicht deine Schuld. Genauso wenig wie das hier.«

»Emily war meine Tochter, meine Verantwortung«, argumentierte sie stur.

»Wie viele von deinen Klienten nimmst du mit nach Hause?« fragte Quinn, bewegte sich weg vom Geländer, näher zu ihr.

»Keinen, aber –«

»Bei wievielen von deinen Klienten bleibst du rund um die Uhr?«

»Bei keinem, aber –«

»Dann gibt es für dich keinen Grund anzunehmen, du hättest bei ihr sein sollen.«

»Sie brauchte mich, und ich war nicht da.«

»Aber jedesmal, wenn du die Chance bekommst, dich selbst zu bestrafen, dann bist du, weiß Gott, gleich dabei«, sagte Quinn. Seine eigene alte Wut regte sich jetzt scharf und unverfälscht. Er konnte sich nur allzu gut an den Frust erinnern, als er versucht hatte, Kate von ihren Schuldgefühlen an Emilys Tod zu lösen. Er konnte sich nur allzu gut an das Bedürfnis erinnern, sie gleichzeitig durchzuschütteln und im Arm zu halten, weil er jetzt genau dasselbe empfand.

Sie stand vor ihm, heftig und zornig und trotzig. Und schön. Und verletzlich. Er wollte sie vor dem Schmerz beschützen, den sie sich selbst zufügen würde. Und sie würde ihn auf Schritt und Tritt mit Klauen und Zähnen bekämpfen.

»Ich übernehme Verantwortung – als ob du das nicht kennst«, sagte sie verbittert, Zehe an Zehe mit ihm. »The Mighty Quinn, der den Krebs der modernen Gesellschaft besiegt. Ganz allein alles Böse an den Wurzeln ausreißt. Du trägst die Welt auf deinen Schultern herum, als wärst du ihr alleiniger Wächter, und du hast die Chuzpe, dich hier hinzustellen und mich zu kritisieren? Mein Gott, du bist wirklich erstaunlich!«

Sie schüttelte den Kopf und wollte an ihm vorbei zur Vordertreppe zu gehen.

»Wohin gehst du?« Er griff nach ihr, als hätte er immer noch irgendein Recht, sie zu berühren. Sie trat beiseite und schickte ihm einen Blick, der Wasser auf fünfzig Schritt gefroren hätte.

»Ich werde etwas tun. Ich werde nicht hier sitzen und die ganze

Nacht Fingernägel kauen. Auf die geringe Chance hin, daß Angie hier aus eigener Kraft abgehauen ist, ist das wenigste was ich tun kann, helfen, sie zu suchen.«

Sie steckte die Hände in ihre Manteltaschen, kramte nach den Schlüsseln, trabte die Treppe hinunter und machte sich auf den Weg zu ihrem Truck. Quinn warf einen Blick auf die Eingangstür des Phoenix. Hier nutzte er niemandem etwas. Und der Anblick von Kate, die sich entfernte, löste eine Panik aus. Törichter Gedanke. Sie wollte ihn nicht hierhaben, wollte ihn nicht, basta. Eins war verdammt sicher: Ohne ihn war sie viel besser dran. Wäre er ein stärkerer Mann gewesen, hätte er es dabei belassen.

Aber er fühlte sich nicht stark, und er würde nicht länger als ein paar Tage hier sein, eine Woche. Was sollte es schon schaden, ein bißchen Zeit mit ihr zu stehlen? Nur, um ihr nahe zu sein. Eine frische Erinnerung, die er mit den alten einlagern könnte, die er hervorholen konnte, wenn die Einsamkeit seines Lebens ihn zu verschlingen drohte. Ihre Wege kreuzten sich nur für diese kurze Zeit ...

»Kate!« rief er und joggte hinter ihr her. »Warte. Ich komme mit dir.«

Sie zog hochnäsig eine Augenbraue hoch. »Hab ich dich eingeladen?«

»Zwei Paar Augen sehen mehr als eines«, argumentierte er.

Kate sagte sich: ›sag nein‹. Sie brauchte das nicht, daß er in alten Wunden herumstocherte. Das handhabte sie selbst schon gut genug. Dann dachte sie daran, wie er oben seine Arme um sie gelegt hatte, bereit, sie von dem Grauen wegzuzerren, das sie nicht auf der anderen Seite des Duschvorhangs gefunden hatten, bereit, sie aufzurichten, falls sie es brauchte, ihr seine eigene Kraft angeboten hatte, um sich daran anzulehnen. Sie dachte daran, wie problemlos sie ihm das erlaubt hatte und wußte, daß sie nein sagen sollte.

Er beobachtete sie, die dunklen Augen eindringlich, die Linien seines Gesichts ernst, dann kramte er von irgendwoher ein halbes charmantes Lächeln heraus, und sie spürte, wie sich etwas in ihrer Brust verkrampfte, genau wie vor all den Jahren. »Ich verspreche, mich zu benehmen. Und ich lasse dich fahren.«

Sie seufzte und drehte sich zu ihrem Geländewagen, drückte den Knopf der schlüssellosen Fernbedieung. »Na gut. Die Hälfte davon glaub ich dir.«

Sie klapperten die Lake Street ab, wo Kreaturen der Nacht die Stunden zwischen Dämmerung und Morgengrauen verbrachten. Billiardsalons, Bars und All-Night Diners. Ein Obdachlosenasyl voller Frauen mit Kindern. Ein Waschsalon, in dem ein Penner mit einem dichten Heiligenschein von dreckigen grauen Haaren in einem der Plastikschalensessel hockte und aus dem Fenster starrte, bis ihn der kaum besser gestellte Mann vom Nachtdienst wieder hinaus auf die Straße jagte.

Keiner hatte Angie gesehen. Die Hälfte von ihnen würdigte das Foto kaum eines Blickes. Kate weigerte sich, über den Mangel an Resultaten nachzudenken. Sie hatte keine Resultate erwartet, sie hatte Zeit totschlagen wollen. Sie konnte sich nicht entscheiden, was die größere Buße wäre: die Nacht damit verbringen, in diesem miesen Teil der Stadt Pflaster zu treten, oder zu Hause zu hocken und Gin zu trinken, bis sie die Blutflecke nicht mehr sah.

»Ich brauche einen Drink«, sagte sie, als sie ein Lokal namens Eight Ball betraten. Das Innere vernebelte eine Bank von Zigarettenrauch. Das scharfe Klacken von Billardbällen unterlegte Johnny Lang's Blues, der aus der Jukebox jammerte – Lie to me.

»Letzte Runde ist schon einige Zeit her, haste verpaßt, schöne Frau«, sagte der Barkeeper. Er hatte die Maße eines Minivan, mit rasiertem Kopf und einem wolligen Fu-Manchu Schnurrbart. »Heiße Tiny Marvin. Wie wär's mit was Schwarzem, Starkem wie mir?«

Quinn zeigte ihm seinen Ausweis und seinen gestrengen Agentenblick.

»Verdammt. Das sind ja Scully und Mulder«, sagte Marvin unbeeindruckt und zog eine Kaffeekanne von ihrer Wärmeplatte.

Kate plazierte ihren Hintern auf einem Barhocker. »Kaffee ist wunderbar, danke.«

Es spielten vielleicht ein Dutzend Ernsthafte an den Pooltischen. Ein paar Huren dienten als Verzierung. Sie sahen gelangweilt drein und ungeduldig über die Auszeit. Eine entdeckte Quinn und gab der anderen einen Stoß zwischen die Rippen, aber keine machte Anstalten, näher zu kommen.

Tiny Marvin schielte Quinn an. »He, Mann, hab ich dich nicht im Fernsehen gesehen? Bist du echt?«

»Wir suchen ein Mädchen«, sagte Quinn.

Kate schob das Polaroid über die Bar, in Erwartung, daß Marvin ihm genauso wenig Aufmerksamkeit schenken würde, wie bis jetzt jeder andere Barkeeper. Er nahm es mit Fingern so dick und kurz wie Wiener Würstchen hoch und kniff die Augen noch fester zusammen. »Ja, die war hier.«

Kate setzte sich auf. »Heute abend?«

»Nee. Sonntag abend, so gegen halb zehn, elf. Ist reingekommen, um sich aufzuwärmen, hat sie gesagt. Die fiel noch unters Jugendschutzgesetz. Ich hab ihren mageren weißen Hintern hier rausgejagt. Ich meine, mündige Erwachsene ist eine Geschichte, Mann – du weißt doch, was ich meine? Dieses Kind heißt Ärger. Mit diesem Scheiß will ich nichts zu tun haben.«

»Ist sie mit jemandem mitgegangen?« fragte Quinn.

»Nicht mit einem von hier. Sie ist zurück auf die Straße und ist 'ne Weile auf und ab gelaufen. Dann krieg ich so ein mieses Gefühl von wegen, wenn sie jetzt meine Nichte wäre, und ich finde raus, daß irgend so ein Sturkopf sie auf die Straße geworfen hat? Mann, dem würde ich den Arsch aufreißen. Also geh ich raus und sag ihr, sie kann eine Tasse Kaffee haben, wenn sie will, aber sie hat ein Auto aufgetan, und sie fahren gerade los.«

»Was für ein Auto?« fragte Kate.

»Irgendein Truck.«

Ihr Herz begann, noch ein bißchen heftiger zu klopfen, und sie sah zu Quinn, aber seine Aufmerksamkeit konzentrierte sich immer noch auf Tiny Marvin.

»Das Nummernschild haben Sie wohl nicht zufällig gesehen?«

»He, Mann, ich bin doch kein Blockwart.«

»Es hat Ihnen nichts ausgemacht, daß der Typ das Gesetz bricht«, sagte Kate.

Tiny Marvin sah sie grimmig an. »Hören Sie, ich kümmer mich um das, was hier drin passiert, Scully. Der Rest der Welt ist nicht mein Problem. Das Mädchen hat getan, was die Huren tun. Ging mich nichts an.«

»Und wenn sie Ihre Nichte gewesen wäre?«

Quinn warf ihr einen warnenden Blick zu und wandte sich dann wieder an den Barkeeper. »Haben Sie den Fahrer gesehen?«

»Hab nicht hingeguckt. Ich hab mir nur gedacht, Mann, was für ein armseliges Arschloch, der so ein Kind aufreißt. Die Welt ist ein kalter kranker Ort – Sie wissen, was ich meine?«

»Ja«, murmelte Kate. Sie nahm Angies Schnappschuß von der Bar, sah in das hübsche, exotische Gesicht, den pampigen Mund, die zornigen Augen, die zuviel gesehen hatten. »Ich weiß genau, was Sie meinen.«

Sie steckte das Foto zurück in ihre Tasche, warf einen Dollar auf die Bar für den Kaffee, den sie nicht angerührt hatte, und ging nach draußen. Der Schnee hatte mit kleinen Wirbeln angefangen, die Wolken schickten ihn handvollweise auf Böen kalten Windes herunter. Die Straße war verlassen, die Gehsteige leer, die schäbigen Läden dunkel bis auf den Kautionsvermittler auf der anderen Seite der Straße.

Sie lehnte sich an das Gebäude und wünschte sich, der Wind würde die Gefühle wegblasen, die sich in ihr aufstapelten. Sie hatten bereits ihren Hals erreicht, und sie konnte nicht mal damit anfangen, sie runterzuschlucken.

Sie wußte zuviel von dieser Welt, um ihre Ungerechtigkeiten und Grausamkeiten so einfach an sich heranzulassen. Natürlich würde sich ein Barkeeper in einem Billiardsalon an der Lake Street keine allzu großen Sorgen um das Leben einer Hure machen, egal ob jung oder nicht. Er sah es jeden Tag und schaute nie allzu genau hin. Er mußte sich um sein eigenes Leben kümmern ...

Es traf Kate so schwer, weil sie das nächste Kapitel der Geschichte kannte. Die Fahrt, die Angie DiMarco vom Eight Balls weggeführt hatte, brachte sie zum Tatort, und der Fahrer dieses unauffälligen Trucks war vielleicht der Killer gewesen. Selbst wenn er nur ein weiterer armseliger Versager war, bereit, für Sex zu zahlen, hatte er sie zum Rendezvous mit einem Schicksal abgeliefert, das sie möglicherweise umgebracht hatte.

Quinn kam aus dem Billardsalon, die Augen gegen die Kälte

und den Wind zusammengekniffen, und stellte den Kragen seines Trenchcoats hoch.

»Kovac würde sagen: ›Gute Polizeiarbeit, Red.‹ Wenn du das gemütliche Leben je aufgeben willst, wird er ein gutes Wort für dich einlegen.«

»Ach ja? Naja, ich wollte immer schon nachts, an Wochenenden und Feiertagen arbeiten bis zum Hals in Leichen. Das ist meine große Chance.«

»Er schickt ein Team raus, das mit dem Barkeeper redet und wen immer sie sonst noch finden können. Wenn sie jemanden auftreiben können, der sich an mehr über den Wagen erinnern kann oder in dieser Nacht den Fahrer gesehen hat, dann haben sie etwas, womit sie laufen können.«

Kate raffte ihren Mantel um den Hals zusammen und starrte über die Straße zu dem Kautionsvermittler. Ein rotes Licht glühte durch das vergitterte Fenster: WIR LÖSEN SCHECKS EIN.

»Timing ist alles«, sagte sie. »Hätte Angie nicht genau in diesem Moment an der Straße gestanden, als der Truck vorfuhr, wäre ich zu Hause im Bett und du würdest einen anderen Friedhof umgraben.«

Sie lachte sich selbst aus und schüttelte den Kopf. Der Wind verfing sich in ihrem Haar und peitschte es über ihr Gesicht. »Jetzt bin ich schon solange dabei und reg mich immer noch über das Schicksal auf. Wie dämlich ist das?«

»Du warst immer schon Champion in Sturheit.« Quinn streckte automatisch die Hand aus, um ihr die Haare zurückzustreichen, seine Fingerspitzen streiften ihre Wange. »Ein Zyniker ist ein enttäuschter Idealist, weißt du.«

»Ist das mit dir passiert?« konterte sie.

»Ich hab das Leben nie als ideal betrachtet.«

Das wußte sie natürlich. Sie wußte von seinem Leben, von seinem prügelnden, trunksüchtigen Vater und den traurigen Jahren seiner Jugend im Cincinnati der Arbeiterklasse. Sie war einer der wenigen Menschen, denen er einen Blick durch dieses Fenster gestattet hatte.

»Aber das hat dich nie vor Enttäuschung bewahrt«, sagte sie leise.

»Das einzige, was einen vor Enttäuschung bewahren kann, ist Hoffnungslosigkeit. Aber wenn man keine Hoffnung hat, macht es keinen Sinn zu leben.«

»Und was ist der Unterschied zwischen Hoffnung und Verzweiflung?« fragte sie und dachte an Angie, fragte sich, ob sie es wagte zu hoffen.

»Zeit.«

Die für Angie DiMarco vielleicht schon abgelaufen war – für sie beide schon vor einigen Jahren. Kate spürte, wie sich die Enttäuschung durch sie senkte. Sie wollte ihren Kopf an Quinns Schulter lehnen und spüren, wie seine Arme sie umfaßten. Stattdessen richtete sie sich von der Wand auf und machte sich auf den Weg zu ihrem Truck, der unten neben dem Waschsalon stand. Der Obdachlose spähte durch das Rückfenster, als zöge er den Wagen als Unterkunft für die Nacht in Betracht.

»Ich setz dich an deinem Hotel ab«, sagte sie zu Quinn.

»Nein. Ich fahr mit dir nach Hause und ruf mir ein Taxi. So hart du auch bist, Kate, ich will nicht, daß du alleine nach Hause gehst. Es ist nicht klug. Nicht heute abend.«

Wenn sie sich stärker gefühlt hätte, hätte sie vielleicht einfach aus Prinzip widersprochen, aber sie fühlte sich nicht stark, und die Erinnerung an die Phantomaugen, die sie beobachtet hatten, als sie erst vor wenigen Stunden ihre Hintertür aufgesperrt hatte, war noch zu frisch.

»In Ordnung.« Sie drückte auf die Fernbedienung des Schlosses. Das Alarmsystem des Trucks piepste laut, so daß der Obdachlose erschrocken in den Eingang des Persilodroms zurückwich. »Aber versuch ja nichts Komisches, sonst hetze ich meine Katze auf dich.«

Kapitel 20

»Schon irgend etwas von der Haus zu Haus Befragung?« fragte Kovac und zündete sich eine Zigarette an.

Tippen zog seine knochigen Schultern hoch. »Einen Haufen Leute, die stocksauer darüber waren, weil mitten in der Nacht Bullen an ihre Tür klopfen.«

Sie standen auf der vorderen Veranda des Phoenix, kauerten unter einer gelbsuchtfarbenen Insektenlampe. Der FBI Van stand noch im Garten. Der Garten war abgesperrt, um eine medienfreie Zone zu schaffen.

Die Presse war eingefallen wie ein Schwarm Geier, verdächtig synchron. Sam schielte durch den Rauch und den fallenden Schnee zum Ende des Gehsteigs, wo gerade Toni Urskine im unheimlichen Licht tragbarer Scheinwerfer interviewt wurde.

»Wieviel willst du drauf wetten, daß ich, wenn ich mir die Telefonaufzeichnungen für diese Ruine geben lasse, Anrufe bei allen Sendern finde?« murmelte er.

»Mittels Verbrechen und Tragödien Publicity absahnen«, sagte Elwood und drückte sich seinen doof aussehenden Filzhut auf den Kopf. »So macht man das in Amerika. Der ganze Medienzirkus, da kannst drauf wetten, daß die Spendengelder rollen werden.«

»Sie deutet sogar an, daß das, was hier vorgeht, mit unserer Zeugin zu tun hat. Ich brauch mich bloß noch zu bücken und meine Knöchel zu packen«, nörgelte Kovac. »Die Lamettaschwänze werden Schlange stehen, um mir den Arsch aufzureißen.«

»Schleim dich besser bei ihr ein, Sam«, schlug Liska vor. Sie wippte auf den Fußballen auf und ab, um sich warmzuhalten. »Oder ich könnte dir eine Tube Gleitcreme leihen.«

»Herrgott, Tinks.« Kovacs Gesicht verzog sich angewidert. Er wandte sich zu Elwood. »Was haben wir denn im Keller? Was ist das für eine Geschichte mit der Kellertür?«

»Die Tür ist von innen abgesperrt. Wir haben was, das wie Blutflecken auf dem Kellerboden aussieht. Nicht sehr viel. Urskine sagt, es wäre nichts, er hätte sich vor ein paar Tagen geschnitten, als er am Ofen gearbeitet hat.«

Kovac machte ein knurrendes Geräusch tief in der Kehle und sah dann wieder zu Liska. »Was ist mit deinem Trottel Vanlees?«

»Kann ihn nicht finden. Ich wollte ihm nach der Versammlung folgen, aber zwischen Menschenmenge und dem Verkehr hierher hab ich ihn verloren.«

»Er arbeitet heute abend nicht? Er ist in Uniform zu der Versammlung erschienen.«

»Ich wette, er schläft in der Uniform«, sagte sie. »Immer bereit, die Öffentlichkeit vor Kartendieben und undisziplinierten Baseballfans zu bewahren. Er hat eine billige Wohnung drüben an der Lyndale, aber da ist er nicht drin. Ich hab endlich mit seiner Ex-Frau in spe geredet. Sie sagt mir, er würde für jemanden Haussitter spielen. Sie weiß nicht für wen, und es ist ihr auch scheißegal.«

»He, wenn er Polizist werden will, liegt er mit einer Scheidung ganz gut im Rennen«, sagte Tippen.

»Hat sie irgendwelche Andeutungen gemacht, daß er auf schräge Sachen steht?« fragte Sam.

»Oh, das wird dir gefallen«, sagte sie und ihre Augen begannen zu funkeln. »Ich hab sie nach dieser Verurteilung wegen unbefugten Eindringens gefragt. Quinn hatte recht. Der gute alte Gil war geil auf irgendeine Frau, die mit seiner zusammenarbeitet. Er ist erwischt worden, als er versucht hat, einen heimlichen Blick auf ihre Höschen zu erhaschen.«

»Und er arbeitet immer noch im Wachdienst?« sagte Kovac.

»Er hat den Deckel drauf gehalten, hat sich schuldig bekannt, um Strafmilderung zu kriegen. Hat behauptet, es wäre alles nur ein großes Mißverständnis.«

»Ja.« Tippen schnaubte verächtlich. »Es war alles ein großer Fehler, Euer Ehren. Ich bin einfach so dahingefahren, hab mich um meinen eigenen Dreck gekümmert, als ich plötzlich den unkontrollierbaren Drang verspürte, die Sau rauszulassen.«

»Ich mag diesen Kerl, Sam«, sagte Liska. »Seine Frau hatte nur Verachtung für ihn. Ihr Sexualleben war praktisch nicht existent, als sie noch zusammen waren. Wenn das stimmt, würde er sogar noch besser in Quinns Profil passen. Eine Menge dieser Typen versagt beim Sex mit der Partnerin.«

»Ist das die Stimme der Erfahrung?« bohrte Tippen.

»Naja, ich hab nicht mit dir geschlafen, also denke ich nein.«

»Fick dich selbst, Tinker Bell.«

»Welchen Teil von nein verstehst du eigentlich nicht?«

»Ich werde einen Wagen vor seiner Wohnung plazieren. Ich möchte ihn pronto dort haben. Schaut, ob ihr dieses Haus finden könnt, das er sittet. Jemand muß wissen, wo er ist. Ruft seinen Boß an, ruft die Frau nochmal an. Heute nacht. Besorgt die Namen seiner Freunde. Ruft sie an.«

»Dabei helf ich«, sagte Moss.

»Tretet jedem, den er kennt, auf die Zehen«, sagte Kovac. »Das wird er erfahren, und es wird ihn durcheinanderbringen. Habt ihr herausgefunden, was er fährt?«

»Einen braunen GMC Jimmy.«

Sam fühlte sich, als hätte ihm jemand einen Schlag in den Magen versetzt. »Ein Wartender hat beobachtet, wie unsere Zeugin Sonntag nacht in einen dunklen Truck oder Jeep gestiegen ist. Das war der Freier, den sie im Park bedient hat, bevor sie Opfer Nummer Drei gesehen hat.«

»Hat sie den Namen dieses Freiers angegeben?« fragte Adler.

»Nein.«

»Hatte Vanlees irgendeine Möglichkeit zu erfahren, daß das Mädchen hier wohnte?« fragte Moss.

Liska schüttelte den Kopf. »Ich kann mir nicht vorstellen wie, außer er hat es irgendwie geschafft, ihr aus der Stadt hierher zu folgen. Scheint mir unwahrscheinlich.«

»Wer hat denn *tatsächlich* gewußt, daß unsere Zeugin hier war?« fragte Adler.

»Wir, Sabin, die Zeugen/Opfer-Leute, diese Herrentorte da draußen« – Kovac deutete mit dem Daumen in Richtung Toni Urskine – »und der Ehemann. Die Bürgermeisterin, Bondurants Leute –«

»Und der ganze Turnverein wahrscheinlich auch«, endete Elwood.

»Eines der anderen Opfer hatte eine Verbindung zu diesem Haus«, sagte Moss.

»Und als sie dann abgemurkst auftauchte, damals, haben wir alle im Haus befragt, Vorstrafen, Alibis, Bekannte, blah, blah, blah«, sagte Kovac. »Ich erinnere mich, daß die Leiche Freitag gefunden wurde. Sie war schon sechs Monate oder länger hier weg. Ich schaffte es am Sonntag hierher, um zu prüfen, ob sie noch mit jemandem engeren Kontakt hatte. Die Urskines waren in irgendeine Hütte im Norden gefahren, also konnte ich nicht mit ihnen reden, klar? Montag morgen um acht hängt Toni am Telefon und ruft meinen Lieutenant an, verlangt, daß er mir den Arsch aufreißt, weil ich sie noch nicht angerufen habe.«

»Und jetzt müssen wir das alles nochmal machen für eine frische Ladung Huren«, stöhnte Tippen. »Als ob wir noch mehr Scheiß-Papierkram bräuchten.«

»He, dafür zahlen sie dir ein Sklavengehalt und behandeln dich wie Dreck«, sagte Kovac.

»Und ich hab gedacht, es wäre was Persönliches.«

»Okay, wer will sich die Lake Street vorknöpfen?« fragte Sam. »Ob jemand zu finden ist, der gesehen hat, wie die kleine DiMarco Sonntag nacht in diesen Truck gestiegen ist? Wenn ihr eine Autonummer kriegt, küsse ich euch voll auf den Mund.«

»Das ist kein Ansporn, Kojak«, sagte Adler.

»Laß es doch Tippen machen«, sagte Liska. »Vielleicht findet er eine Freundin.«

»Schickt Charmie«, sagte Tippen. »Die Huren werden ihn bezahlen.«

»Ihr beide«, sagte Kovac und deutete auf Yurek und Tippen. »Ihr seid das perfekte Paar.«

»Gottesgeschenk und Gnadenfick«, kicherte Liska.

Tippen zerrte an dem Schal um ihren Hals. »Irgendwann kriegst du's, Liska.«

»Nicht, wenn ich mich zehn Zentimeter von dir entfernt halte.«

»Das Pflaster wartet«, sagte Kovac. »Zeit wird vergeudet, und dieser Fall beginnt zu kochen. Sollte kein Scherz sein. Schnappen wir uns diesen Haufen Dreck, bevor er noch jemanden abfackelt.«

»Das ist wirklich ein Mordskater«, bemerkte Quinn angesichts von Thor, der auf dem Tisch im Eingang saß und ihn beobachtete. »Aber ich könnte es mit ihm aufnehmen.«

Die Katze wog sicher neun Kilo. Fantastische Haarbüschel sprossen aus seinen Ohren. Seine Schnauzhaare sahen aus, als wären sie einen Viertelmeter lang. Er zog sein Kinn in eine große Halskrause aus Fell zurück und machte ein Geräusch wie »hmmm« tief in seiner Kehle. Dann hob er einen Hinterlauf übers Ohr in Jogastellung und leckte seine rückwärtige Hälfte.

Quinn schnitt eine Grimasse. »Jetzt ist wohl klar, was er von mir hält.«

»Nimm's nicht persönlich«, sagte Kate. »Thor steht über den kleinlichen Belangen armseliger Menschen.«

Sie hängte ihren Mantel in den Schrank im Korridor und hätte fast nach dem zweiten leeren Bügel gegriffen, bremste sich aber.

»Danke für deine Hilfe heute nacht«, sagte sie, schloß die Tür und lehnte sich dagegen. »Ich war nicht gerade gnädig bei deinem Angebot, aber ich weiß, daß Ermitteln nicht dein Job ist.«

»Deiner auch nicht.«

»Wahr, aber ich mußte etwas Handfestes tun. Du weißt, ich kann es nicht ertragen, mich zurückzulehnen und Dinge geschehen zu lassen. Was ist mit dir? Es war nicht dein Job, mit Kovac ins Phoenix zu gehen.«

»Dieser Fall war bis jetzt alles andere als normal.«

»Wegen Peter Bondurant. Ich weiß.« Sie streichelte Thor. Die Katze sah sie erst an, hüpfte dann herunter und trabte davon, ihr Bauch schleifte fast über den Boden.

»Geld ändert alle Regeln«, sagte Kate. »Es gibt keinen Politiker in den Twin Cities, der nicht die Brücke rückwärts machen würde, um Peter Bondurant den Hintern zu küssen und ihm zu sagen, daß er wie Rosen riecht. Weil er Geld hat und sie ihn hier halten wollen. Deshalb kann sein Anwalt an den Treffen mit Sabin teilnehmen, und er kann Einfluß auf die Bürgermeisterin ausüben und den FBI Direktor, darunter tut er's nicht. Ich wette, Lila Whites Eltern würden nicht an Direktor Brewsters Sekretärin vorbeikommen. Wenn es ihnen überhaupt in den Sinn käme, das zu versuchen.«

»Jetzt hörst du dich aber an wie Toni Urskine mit ihrer Behauptung, es gäbe keine Gleichberechtigung vor dem Gesetz.«

»Es ist ein wunderbares Ideal, von dem wir beide wissen, daß es in der wirklichen Welt nicht funktioniert. Geld kann und wird Gerechtigkeit kaufen – und Ungerechtigkeit – täglich.

Trotzdem kann ich Bondurant eigentlich keinen Vorwurf machen. Welcher Vater würde nicht alles in seiner Macht stehende tun, um sein Kind zurückzukriegen?« sagte sie mit düsterer Miene. »Ich hätte einen Pakt mit dem Teufel geschlossen als Em krank wurde. Um ehrlich zu sein, ich glaube, ich hab es versucht«, beichtete sie mit einem mühsamen schiefen Grinsen. »Keiner hat angebissen. Hat meinen Glauben an das Böse erschüttert.«

Ihr Schmerz war immer noch greifbar, und Quinn wollte sie in seine Arme raffen und sie einladen, ihn mit ihr zu teilen, wie in alten Zeiten.

»Bondurants Geld hat den Tod seiner Tochter auch nicht verhindert«, sagte er. »Wenn das Jillians Leiche ist. Er ist davon überzeugt.«

»Warum sollte er das glauben wollen?« fragte Kate, verwirrt von dieser Vorstellung. Sie hatte sich so heftig gegen die Nachricht von Emilys Tod gesperrt, daß sie selbst noch darauf bestanden hatte, es wäre nicht wahr, nachdem die Schwester sie in den Raum gebracht hatte, in dem die Leiche ihrer Tochter lag, und sie die kleine Hand berührt hatte, um selbst zu fühlen, daß da kein Puls, kein Atem mehr war.

»Was für ein seltsamer Mann«, sagte sie. »Ich war überrascht, ihn heute abend bei der Versammlung zu sehen. Er hat sich bis jetzt doch so bedeckt gehalten.«

Die beiläufige Bemerkung traf Quinn wie eine unsichtbare Faust. »Du hast Bondurant bei der Versammlung gesehen? Bist du sicher?«

»Für mich sah er auf jeden Fall so aus«, sagte Kate. »Ich hab ihn auf dem Weg nach draußen gesehen. Ich fand es seltsam, daß er nicht bei seinem Lager war, aber er wollte offensichtlich keine Aufmerksamkeit erregen. Er trug Kleider wie das gemeine Volk, Parka und einen zerknitterten Hut, versuchte, anonym auszusehen, und hat sich durch den Hinterausgang abgesetzt.«

Quinn runzelte die Stirn. »Irgendwie kriege ich den nicht in den Griff. Ich würde sagen, er verhält sich unkooperativ, andererseits ist er derjenige, der mich reingebracht hat, dann dreht er sich um und weigert sich, meine Fragen zu beantworten. Er ist ein Widerspruch nach dem anderen.

Mein Gott, ich kann nicht glauben, daß ich ihn da nicht gesehen habe.«

»Du hast nicht nach ihm gesucht«, sagte Kate beruhigend. »Du hast nach einem Mörder gesucht.«

Und hab ich den auch übersehen? fragte sich Quinn und rieb fester gegen den plötzlichen sengenden Schmerz in seinem Magen an. Was hatte er sonst noch verpaßt? Irgendein unscheinbares Zeichen: einen Blick, ein Schielen, den Anflug eines Lächelns. Und wenn er es gesehen hätte, wäre dann Angie DiMarco jetzt in ihrem Bett im Phoenix? Logischerweise wohl nicht. Aber einen Killer wie diesen zu fangen, verlangte mehr als nur Logik. Es verlangte Instinkt, aber wie es schien, tastete er sich momentan im Dunkeln durch eine Schicht Watte.

»Ich werde das Gefühl nicht los, daß seine Tochter der Schlüssel zu der ganzen Angelegenheit ist«, sagte er. »Falls sie das dritte Opfer ist. Smokey Joe ist bei diesem von seinem Muster abgewichen. Warum? Bei den ersten beiden hat er die Leichen verbrannt, aber nicht versucht, sie auf irgendeine andere Art und Weise unkenntlich zu machen. Bei Nummer drei vernichtet er ihre Fingerspitzen und ihre Fußsohlen. Er nimmt ihren Kopf mit. Er macht es so schwer wie möglich, sie zu identifizieren.«

»Aber er hat ihren Führerschein hinterlassen.«

»Warum beides tun?«

»Vielleicht das erste als Teil der Folter«, schlug Kate vor. »Als Teil der Depersonalisierung. Er hat sie zu einem Niemand reduziert. Es ist ihm egal, ob wir wissen, wer sie ist, nachdem sie tot ist, also hinterläßt er den Führerschein als wolle er sagen: ›He, seht her, wen ich umgebracht habe.‹ Aber vielleicht wollte er, daß sein Opfer sich in den letzten paar Augenblicken ihres Lebens wie ein Niemand fühlte. Er ließ sie in dem Glauben sterben, daß keiner sie identifizieren könnte oder sich um ihre Leiche kümmern oder sie betrauern würde.«

»Vielleicht«, sagte Quinn. »Und vielleicht ist diese extreme Depersonalisierung die Abweichung vom Muster, weil er Jillian kannte. Wenn wir zum Beispiel diesen Wachmann, der in Jillians Stadthaus lebte, als Täter entwickeln können, könnten wir überlegen, ob er die zwei Prostituierten als Übung getötet hat, seine Gefühle für Jillian auf sie projiziert hat. Aber das hat seine Bedürfnisse nicht befriedigt, also erledigt er Jillian, rastet aus und behält ihren Kopf, weil er sie besitzen will.

Oder er hat ihren Kopf behalten, weil die Leiche nicht Jillian Bondurant ist und er glauben möchte, sie sei es. Aber das ist definitiv ihr Führerschein, und wenn das nicht ihre Leiche ist, woher hat Smokey Joe ihn dann?« fragte er. »Wir wissen, daß das keine Entführung ist. Es sind schon Tage vergangen ohne Anruf, ohne Lösegeldforderung – zumindest soweit wir wissen. Bondurant erlaubt nicht, daß wir sein Telefon anzapfen – wieder ein Stückchen seltsames Verhalten seinerseits.«

»Und wenn Jillian am Leben ist«, sagte Kate, »wo ist sie dann, und wie ist sie in all das verstrickt?«

»Ich weiß es nicht. Und es scheint niemanden zu geben, der Jillian kannte und bereit oder fähig ist, uns das zu sagen. Ich hab ein schlechtes Gefühl bei dem Fall, Kate.«

»So eins dessentwegen man zum Arzt gehen sollte?« fragte sie mit einem betonten Blick auf die Hand, die seinen Bauch rieb. »Du machst das ständig.«

Er beendete die Geste. »Es ist nichts.«

Kate schüttelte den Kopf. »Du hast wahrscheinlich ein Loch in deiner Magenwand, groß genug, einen Buick durchzufahren. Aber Gott bewahre, daß du das zugibst. Stell dir vor, wie das der Quinn Mystik schaden könnte. Es könnte dich auf das Niveau von Superman mit seiner Schwäche bei Kryptonit runterziehen. Wie peinlich.«

Sie wollte ihn fragen, ob er mit jemandem in Psych Services geredet hätte, aber sie wußte, daß sie sich die Spucke sparen konnte. Jeder andere Agent von Investigative Support könnte vor der Tür des Seelenklempners Schlange stehen, ohne daß einer auch nur mit der Wimper zuckte. Störungen wegen Streß waren die Norm in der Einheit. Jeder verstand das. Sie sahen zuviel, drangen bei jedem entsetzlichen Fall zu tief in die Köpfe der Opfer und Killer ein. Sie sahen jeden Tag das Schlimmste, was die Welt zu bieten hatte, und trafen Entscheidungen auf Leben und Tod, die auf einer ungenauen Wissenschaft basierten: ihrer eigenen Kenntnis menschlichen Verhaltens. Aber John Quinn würde nie zugeben, daß er sich unter dieser Last verbiegen könnte. Verletzlichkeit stand einer Legende nicht gut zu Gesicht.

»Du bist nicht wirklich kugelsicher, John«, sagte sie leise.

Er lächelte, als amüsierte sie ihn ein wenig, aber er vermied es, ihr in die Augen zu sehen. »Es ist nichts.«

»Gut.« Wenn er nicht auf sich aufpaßte, dann war das sein Problem – oder das Problem irgendeiner gesichtslosen Frau daheim in Virginia, nicht ihres. »Ich mach mir jetzt einen Drink. Willst du etwas, bevor du gehst? Maalox? Gelusil? Eine Rolle Rennie fürs Taxi zum Kauen?«

Sie ging zur Küche und versetzte sich im Geiste einen Tritt, weil sie ihm Gelegenheit gegeben hatte zu verweilen, dann erklärte sie es als Belohnung. Sie war ihm für heute abend etwas schuldig. Außerdem sah er aus, als könnte er einen Drink gebrauchen.

Natürlich wußte sie, daß er sich keinen erlauben würde. Er war sich des Alkoholismus, der sowohl in seiner Familie als auch in seinem Beruf grassierte, nur allzu sehr bewußt. So dringend sein Frust und die Spannung, die der Job mit sich brachte, das Löschen gebraucht hätten: das Risiko zu ertrinken war zu groß.

»Tolles Haus«, sagte er und folgte ihr in die Küche.

»Ich hab es meinen Eltern abgekauft, als sie den Verstand verloren haben und nach Las Vegas gezogen sind.«

»Also bist du richtig heimgekehrt.«

Von dem Trümmerhaufen, der ihr Leben in Virginia gewesen war, in ein Haus mit warmen Erinnerungen und einem Gefühl von Sicherheit. Das Haus hatte wohl ersatzweise seinen Trost gespendet, statt des Trosts ihrer Familie – der sie, wie er annahm, nie die ganze Geschichte erzählt hatte. Als in Quantico alles zerbrochen war, war es ihr peinlich gewesen, und sie hatte sich geschämt. Der Gedanke daran tat ihm immer noch weh. Was sie verbunden hatte, war eine tiefere Verbindung als jede andere, die er je kennengelernt hatte, aber nicht tief genug oder stark genug, um den Streß drohender Entdeckung und Mißbilligung und Kates Hang zu Schuldkomplexen zu überstehen.

Jetzt beobachtete er, wie sie sich durch die Küche bewegte, eine Tasse aus dem Schrank holte und eine Schachtel mit Kräuterteebeuteln. Ihr langes Haar fiel in einer rotgoldenen Woge über ihren Rücken. Er wollte mit der Hand darüberstreichen, diese Hand auf ihren Rücken legen.

Er hatte immer ihre Weiblichkeit, ihre Verletzlichkeit gesehen. Er bezweifelte, daß es viele Menschen gab, die Kate ansahen und dachten, sie müßte beschützt werden. Ihre Stärke und Zähigkeit waren das, was den anderen auffiel. Aber gleich hinter dieser Mauer war eine Frau, die sich ihrer Sache nicht immer so sicher war, wie es schien.

»Wie geht es dir, Kate?«

»Hmm? Was?« Sie wandte sich von der Mikrowelle zu ihm, mit verwirrt gerunzelter Stirn. »Ich bin müde. Ich bin wütend. Ich hab eine Zeugin verloren –«

Quinn trat näher, legte einen Finger auf ihre Lippen. »Ich meine nicht mit dem Fall. Es sind fünf Jahre vergangen. Wie geht's dir wirklich?«

Kates Herz hämmerte gegen ihr Brustbein. Antworten verkeilten sich in ihrer Kehle. Fünf Jahre. An die erste Antwort erinnerte ein so scharfer Schmerz, daß es ihr den Atem raubte. Die zweite war, wie nach einem Schlaganfall wieder gehen und reden lernen. Dann kamen die dritte und die vierte und danach noch eine. In dieser Zeit hatte sie eine Karriere aufgebaut, sich ein Heim geschaffen, war ein bißchen gereist, ihr Leben hatte sich auf einer netten sicheren Schiene etabliert.

Wie geht's dir? Leer. Allein. Abgekapselt.

»Dieses Spiel sollten wir nicht spielen«, sagte sie leise. »Wenn es dich wirklich interessiert hätte, dann hätte es keine fünf Jahre gedauert zu fragen.«

Sie hörte das Bedauern in diesen Worten und wünschte, sie könnte sie zurücknehmen. Aber was machte das jetzt schon für einen Sinn, wenn ihnen doch sowieso nur ein paar Tage blieben. Besser so tun, als hätte es das Feuer nie gegeben, statt in der Asche rumzustochern und den Staub der Erinnerungen aufzuwühlen. Der Timer am Mikro ging los, und sie drehte ihm den Rücken zu und machte sich mit der Tasse Tee zu schaffen.

»Du hast mir gesagt, es wäre das, was du wolltest«, sagte er. »Du wolltest raus. Du wolltest gehen, neu anfangen. Was hätte ich denn tun sollen, Kate?«

Mich bitten, nicht zu gehen. Mit mir gehen. Die Antworten waren direkt da, so frisch wie gestern und genauso vergeblich. Bis zu dem Zeitpunkt, an dem sie Virginia verließ, hatten sie Zorn und Schmerz weit über den Punkt hinausgebracht, an dem er sie hätte bitten können, nicht zu gehen. Und sie wußte, ohne fragen zu müssen, daß er Investigative Support nie verlassen hätte, um mit ihr zu kommen. Der Job war John Quinn. Er war daran auf eine Art und Weise gebunden, wie er nie an eine Frau gebunden sein würde. Und, Gott, wie dieser Gedanke immer noch schmerzte.

»Was du hättest tun sollen? Nichts.« Flüsterte sie. »Du hast es gut gemacht.«

Quinn stellte sich dicht hinter sie, wollte sie gerne berühren, als könne das wie durch Zauberhand die Zeit und ihre Probleme ausradieren. Er wollte ihr sagen, daß das Telefon in beide Richtungen funktionierte, aber er wußte, daß ihr Stolz oder die Unsicherheit, die sie damit kaschierte, das nie erlaubt hätte. Ein Teil von ihm war erleichtert gewesen, daß sie nie angerufen hatte, denn dann hätte er sich selbst im großen Spiegel des Lebens gegenübertreten müssen und endlich die Frage beantworten, ob noch genug von ihm übrig war, um eine dauerhafte Beziehung aufzubauen. Seine Angst vor der Antwort hatte ihn lange, lange Zeit vor dieser Frage davonlaufen lassen.

Und jetzt stand er da, einen Zentimeter vom besseren Teil seiner Vergangenheit entfernt, und wußte, er sollte sie ruhen lassen. Wenn er vor fünf Jahren nicht genug für eine Beziehung zu geben hatte, dann hätte er es jetzt schon gar nicht.

Er hob eine Hand, um ihr Haar zu berühren, die Erinnerung an seine Beschaffenheit begegnete der Seide der Realität. Er ließ seine Hand auf ihrer Schulter ruhen und sein Daumen fand dort den vertrauten Spannungsknoten.

»Bedauerst du es, Kate? Nicht die Art und Weise wie es endete, sondern uns.«

Kate kniff die Augen zu. Sie schleppte eine Lastwagenladung voll Bedauern mit sich, die sie jeden Tag aus dem Weg räumen mußte, um mit ihrem Leben fortfahren zu können. Aber sie war nie imstande gewesen zu bedauern, daß sie sich ihm zugewandt hatte. Sie bedauerte, daß sie sich mehr gewünscht hatte. Sie bedauerte, daß er nicht mehr zu geben gehabt hatte. Aber sie konnte an keine einzige Berührung, keinen einzigen Kuß, keine einzige Nacht in seinen Armen denken und eine Sekunde davon bereuen. Er hatte ihr Liebe und Verständnis gegeben, Zärtlichkeit und Trost, Leidenschaft und Mitgefühl, als sie sie so dringend gebraucht hatte, als sie unter solchem Schmerz litt, sich so alleine gefühlt hatte. Wie könnte sie das bedauern?

»Nein«, sagte sie, drehte sich um und hielt den dampfenden Becher Tee zwischen sie. »Hier, das ist gut für das, was dir fehlt.«

Er ließ ihr Gesicht keine Sekunde aus den Augen – Augen dunkel und heiß und durchdrungen von Gefühlen –, nahm ihr die Tasse ab und stellte sie beiseite.

»Ich bedaure uns nicht«, sagte er. »Es gab Zeiten, zu denen ich dachte, ich sollte es, aber ich hab es nicht, und ich werde es auch nicht.«

Seine Fingerspitzen berührten ihre Wange und glitten zurück in ihr Haar, und er beugte sich vor und berührte ihren Mund mit seinem. Verlangen, scharf, bitter und süß, erwachte sofort in ihr. Ihre Lippen bewegten sich aus Erinnerung und aus Sehnsucht unter seinen. Sie paßten perfekt zueinander. Die perfekte Balance von Druck und Leidenschaft. Ihre Zungen verstrickten sich, suchend, kostend, berührend, vertieften den Kuß und die Emotionen, die er heraufbeschwor. Ihr Herz hämmerte heftig gegen die Wand ihrer Brust und seiner. Sie war sich sofort einer Empfindlichkeit ihrer Brüste bewußt, einer Sehnsucht nach der Berührung seiner Hand, seines Mundes, ein Bedürfnis, das über diesen simplen Akt hinausging. Sie konnte ihn hart an ihrem Bauch spüren, als er sich an sie drückte.

Er würde nur ein paar Tage hier sein, erinnerte sie ihre verblassende Logik. Er war wegen eines Falles hier, nicht, weil er sie brauchte oder sie ihm fehlte oder er lösen wollte, wovor sie gekniffen hatten. Das alles war zufällig.

»Nein«, sagte sie leise, als er den Kopf hob. »Ich bedaure es nicht. Aber das heißt nicht, daß ich es noch einmal durchmache, John. Ich bin nicht zu deiner Bequemlichkeit hier.«

»Glaubst du etwa, das erwarte ich?« fragte er verletzt. »Glaubst du etwa, ich erwarte, daß du mit mir ins Bett gehst, weil du greifbar bist und weißt, was ich mag? Ich dachte, du würdest mich besser kennen, Kate.« Seine Stimme wurde leise und rauh und schlitterte über ihr Herz wie eine schwielige Hand. »Mein Gott, du bist der einzige Mensch, der mich je gekannt hat.«

»Na ja, zumindest dachte ich das«, murmelte Kate. »Aber am Ende schien es mir, als würden wir uns gar nicht gut kennen.«

Er seufzte und ließ sie los.

»Nennen wir uns einfach alte Freunde und belassen es dabei, hmm?« sagte sie durch den Kloß in ihrem Hals. »Du bist nicht meinetwegen hierher gekommen, John. Das hättest du vor Jahren getan, wenn du es gewollt hättest. Ich geh und ruf dir ein Taxi.«

Kapitel 21

Das Haus war dunkel. Die Nachbarschaft war dunkel. Die Menschen, die am Lake of Isles wohnten, hielten zivilisierte Stunden ein. In Sams Nachbarschaft brannte immer irgendwo ein Licht – Leute, die spät nach Hause kamen, früh zur Arbeit gingen, Infomercials anschauten.

Kovac parkte an der Straße am Rand von Bondurants Besitz, dann drehte er zu Fuß eine Runde um das ganze Grundstück, durch den frischen Schnee. Frischer, nasser Schnee. Schwer und klebrig heftete er sich an seine Hosenbeine und arbeitete sich in seine Schuhe, aber er ignorierte ihn. Seine Aufmerksamkeit galt dem Herrenhaus, das in der Dunkelheit noch größer dräute als bei Tageslicht. Alarmlichter markierten die Eingänge auf der Hinterseite. Im Haus war kein Licht zu sehen. Wenn Peter Bondurant fernsah und lernte, wie man einen stählernen Hintern kriegt, dann war er in irgendeinem fensterlosen Zimmer im Herzen seines Heimes.

Das war vielleicht ein Heim. Es sah aus wie etwas aus dem mittelalterlichen England, wie etwas mit einer Folterkammer im Keller. Möglicherweise hatte es die ja.

Mein Gott, wäre das nicht wieder typisch sein Pech, wenn er der Welt sagen müßte, daß Peter Großkotz Bondurant ein mordlüsterner Wahnsinniger war? Die Bürgermeisterin würde ihm die Kehle durchschneiden und seine Leiche in den Fundamenten des neuen Gefängnisses verschwinden lassen. Die großen Bosse wollten einen Killer gefangen haben, in Ordnung. Und dieser Killer sollte vorzugsweise ein Exsträfling aus Wisconsin, mit basedowschem Blick und Sabber am Mund sein.

Er drehte die Runde zurück zu seinem Wagen, klopfte sich den Schnee von Beinen und Füßen, setzte sich hinters Steuer, ließ den Motor an und stellte die anämische Heizung auf volle Kanne. Die Knochen in seinen Füßen, Knöcheln und Schienbeinen hatten die Kälte in ihr Mark absorbiert, und jetzt arbeitete sie sich in seinen Beinen nach oben, wie Quecksilber im Thermometer.

Er kramte sein Handy aus dem Berg Schrott auf dem Sitz und wählte Bondurants Privatnummer. Quinn hatte ihn angerufen, um ihm zu sagen, daß Kate Bondurant hinten in der Versammlung entdeckt hatte, wo er sich unter dem gemeinen Volk versteckt hatte. Der Typ war verquer. Er verschwieg ihnen irgend etwas über diese letzte Nacht mit Jillian und Gott weiß was sonst noch.

Das Telefon läutete.

Es stank ihm ungeheuer, daß Bondurant spezielle Behandlung bekam, in Informationen eingeweiht wurde, nicht in die Stadt kommen mußte, um auszusagen. Es war falsch. Sie hätten auch an seinem Käfig rütteln müssen, wie bei jedem anderen.

Beim fünften Läuten übernahm der Anrufbeantworter, und eine gefühllose Stimme gab Anweisungen. Kovac hinterließ seinen Namen und seine Nummer und eine Bitte um Rückruf.

Er legte den Gang ein, rollte bis zur Gegensprechanlage am Sicherheitstor und drückte die Klingel. Niemand reagierte. Er blieb noch weitere fünf Minuten da sitzen, dann lehnte er sich wieder auf die Klingel und wieder, gut geschult darin, wie man sich als Arschloch aufführt, um die Aufmerksamkeit von jemandem zu kriegen. Keiner reagierte.

Die Patrouille einer privaten Wachfirma kam vorbei, und ein Gewichtheber in zackiger Uniform bat ihn um seinen Ausweis. Dann war er wieder allein, konnte weiter Peter Bondurants Haus anstarren und sich fragen, welche Geheimnisse es versteckte.

Manche gingen nicht an ihr Telefon, wenn es nach Mitternacht klingelte. Aber das galt nicht für die Eltern vermißter Kinder. Vielleicht reagierte Peter Bondurant nie auf seine Torglocke und kauerte in diesem Moment in seinem Bett und wartete darauf, daß der Mob der verzweifelten Armen hereinstürmte und sein Haus plünderte. Aber er hatte die Securityleute nicht angerufen. Routinecheck hatte der Gewichtheber gesagt.

Sam starrte das Haus an und ließ sich von siebzehn Jahren Erfahrung sagen, daß keiner zu Hause war. Peter Bondurant war nicht zu Hause, mitten in dieser Nacht, in der ihre Zeugin verschütt gegangen war. Peter Bondurant, der Antworten forderte, sich aber weigerte, welche zu geben. Peter Bondurant, der mit seiner Tochter in der Nacht, in der sie verschwunden war, gestritten und dann deshalb gelogen hatte. Peter Bondurant, der die Macht hatte, die Karriere eines Polizisten zu zerquetschen wie eine leere Bierdose.

Ich bin wahrscheinlich ein Trottel, weil ich hier sitze, dachte er. Vanlees war ihr heißer Tip. Vanlees paßte scheinbar in Quinns Profil. Er hatte eine Vorgeschichte. Er hatte Jillian gekannt, hatte Zugang zu ihrem Haus. Er fuhr sogar die richtige Art von Fahrzeug.

Aber trotzdem war da noch etwas an Peter Bondurant, das ihm sauer aufstieß. Er konnte es wie Bienenvölker unter seiner Haut spüren, und egal, was passierte, er würde rausfinden, was es war.

Er seufzte, verlagerte sein Gewicht in eine neue unbequeme Stellung, machte sich auf eine lange Nacht gefaßt und zündete eine Zigarette an. Wofür zum Teufel brauchte er überhaupt eine Rente?

Die Leichen trieben wie Baumstämme über ihm. Nackte, verfaulende Körper. Zerrissen, zerhackt, von Löchern durchsiebt. Verwesendes Fleisch, geschunden. Fischfutter. Aale schwammen durch die klaffenden Löcher in den Leichen aus und ein.

Quinn betrachtete die Leichen von unten, versuchte jede namentlich im dämmrig blauen wäßrigen Licht zu identifizieren. Er hatte keinen Sauerstoff mehr. Seine Lunge brannte. Aber er durfte erst an die Oberfläche, wenn er jede Leiche identifiziert und den dazugehörigen Mörder genannt hatte.

Die Körper schwankten und wechselten ihre Position. Faulende Gliedmaßen lösten sich von Torsi und sanken auf ihn zu. Unter ihm haschte ein Beet grünen Unkrauts wie die Tentakeln eines Kraken nach seinen Füßen.

Er überlegte fieberhaft. Namen. Daten. Fakten. Aber er konnte sich nicht an alle Namen erinnern. Er kannte nicht alle Mörder. Wahllose Fakten schwirrten durch seinen Kopf. Die Leichen schienen sich zu vervielfachen, trieben hin und her, auf und ab. Ihm ging die Luft aus.

Er konnte nicht atmen, konnte nicht denken.

Er schlug mit den Armen, versuchte, etwas zu greifen, um sich daran hochzuziehen. Aber die Hände, die er erwischte, waren kalt und tot und hielten ihn unter Wasser fest. Die Leichen und seine Verantwortung ihnen gegenüber hielten ihn unter Wasser. Sein Gedächtnis raste. Er könnte die Rätsel lösen, wenn nur die Stücke aufhören würden, sich zu bewegen, wenn nur seine Gedanken aufhören würden, vor ihm zu fliehen, wenn er nur atmen könnte.

Die Leichen über ihm wechselten wieder die Stellung, und er konnte Kates Gesicht auf der anderen Seite der Oberfläche sehen, wie es auf ihn heruntersah. Dann verrutschten die Leichen erneut, und sie war fort.

Gerade als er das Gefühl hatte, seine Lunge würde anfangen zu bluten, machte er einen letzten Stoß und durchbrach die Oberfläche des Wassers und des Traumes, nach Luft ringend sprang er vom Bett. Schweiß tränkte seinen Körper, lief von seiner Nase und das Tal seines Rückgrats hinunter.

Er taumelte weg vom Bett, mit wackligen Beinen, und fiel in den Stuhl neben dem Schreibtisch, inzwischen zitternd, weil die Luft ihn kühlte. Nackt, schwitzend, krank, den Geschmack von Galle und Blut bitter im Mund.

Er saß zusammengekrümmt über dem Abfalleimer, nicht ganz auf das schlängelnde Feuer in seinem Bauch konzentriert. Wie immer war da der Klang dieser inneren Stimme, die ihn immer mangelhaft fand und nie zögerte, ihm einen Tritt zu verpassen, wenn er ohnehin schon am Boden war. Sie sagte ihm, er hätte keine Zeit für diesen Scheiß. Er hatte Fälle zu bearbeiten, es gäbe Leute, die sich auf ihn verließen, wenn er seine Konzentration verlor und Mist baute, könnten Menschen sterben. Wenn er wirklich totalen Mist baute, wenn irgend jemand herausfand, was für ein Chaos in seinem Kopf herrschte, daß er seinen Nerv und seine Schärfe verloren hatte, dann wäre er arbeitslos. Und wenn er den Job nicht mehr hätte, hätte er gar nichts. Der Job war nicht nur einfach das, was er tat, er war alles, was er war, alles, was er hatte.

Der Traum war nichts Neues, nichts, weswegen man zittern mußte, nichts worauf er seine Energie verschwenden sollte. Es gab zahllose Variationen zu diesem. Sie waren alle idiotisch einfach zu interpretieren, und es war ihm immer etwas peinlich, daß er sie hatte. Er hatte keine Zeit für sowas.

Er konnte sich genau vorstellen, was Kate dazu zu sagen hätte. Sie würde ihn die scharfe Seite ihrer Zunge spüren lassen und ihm einen weiteren Vortrag über Superman halten und dann versuchen, ihm Kräutertee zu kochen. Sie würde ihre Besorgnis und ihre mütterlichen Instinkte mit dem smarten Sarkasmus kaschieren, der so viel sicherer und vertrauter schien und besser zu dem Image paßte, das andere von ihr hatten. Sie würde so tun, als wüßte auch er es nicht besser.

Und dann würde sie ihm ein Taxi rufen und ihn aus dem Haus schubsen.

»Laß uns einfach alte Freunde sein und es dabei belassen, hmm? Du bist nicht wegen meiner hier, John. Das hättest du vor Jahren getan, wenn es das gewesen wäre, was du wolltest.«

Das hatte sie gedacht, daß er nicht gekommen war, weil er sie nicht wollte. Vielleicht wollte sie das glauben. Sie war diejenige, die gegangen war. Es rechtfertigte diesen Schnitt, wenn sie geglaubt hatte, es gäbe keinen Grund zu bleiben.

Mit immer noch wackligen Knien ging er zum Fenster, das auf ein Stück City von Minneapolis schaute und auf eine Straße voller Schnee.

Was er wollte. Er war sich nicht einmal mehr sicher, was das war. Er gestattete sich nicht, etwas außerhalb des Spektrums seiner Arbeit zu wollen. Eine Spur, ein Beweisstück, einen neuen Einblick, der helfen könnte, den Kopf des Mörders aufzustemmen. Diese Dinge konnte er wollen. Aber was hatte es für einen Sinn, etwas zu wollen, was nicht zu haben war?

Das Entscheidende war, sollte er sich gestatten zu hoffen, ja oder nein?

»Das einzige, was dich vor Enttäuschung bewahren kann, ist Hoffnungslosigkeit. Aber wenn du keine Hoffnung hast, hat es keinen Sinn zu leben.«

Seine eigenen Worte. Seine eigene Stimme. Seine eigene Weisheit. Drehte sich einfach um und biß ihm in den Hintern.

Er mußte nicht nach dem Sinn eines Lebens fragen. Er lebte, um zu arbeiten und arbeitete, um zu leben. So einfach und armselig war das. Das war die Quinn-Maschine mit Dauerfunktion. Aber inzwischen spürte er, daß sich die Räder lockerten. Was würde passieren, wenn eines sich ganz löste?

Er schloß die Augen, sah wieder die Leichen und fühlte, wie die Panik durch ihn schwappte, ein kalter interner saurer Regen. Er konnte den Chef seiner Einheit hören, wie er Antworten forderte, Erklärungen, ihn um Ergebnisse bedrängte. *»Der Direktor hat mir eine halbe Stunde lang den Kopf abgerissen, John. Jemanden wie Bondurant sollte man nicht verärgern, John. Was zum Teufel ist denn los mit dir?«*

Tränen brannten in seinen Augen, als die Antwort aus dem Hohlraum in der Mitte seiner Brust kam: Ich hab's verloren. Seine Schärfe, seinen Nerv, seine Instinkte. Er fühlte, wie alles entzwei gerissen und auf zuviele Teile des Landes verstreut war. Er hatte nicht die Zeit, sich auf die Jagd nach den Teilen zu begeben. Er konnte nur so tun, als wäre er intakt und hoffen, daß ihn nicht zuviele Menschen durchschauten.

»Kommen Sie in der Sache irgendwie voran? Haben Sie schon einen Verdächtigen entwickelt? Sie wissen doch, wonach Sie suchen, oder? Das ist doch alles ziemlich klar, oder?« Klar war es das. Wenn man die Morde an den zwei Prostituierten betrachtete und die Tatsache ignorierte, daß Peter Bondurants Tochter möglicherweise das dritte Opfer war oder auch nicht. Wenn man sich einredete, Bondurants Verhalten wäre normal. Wenn man keine hundert unbeantworteten Fragen über das Rätsel Jillian Bondurant hätte. Wenn es hier einfach um den Mord an Prostituierten ginge, hätte er das Profil einem Sachbuch entnehmen können, ohne sich aus Quantico fortzubewegen.

Aber wenn es hier nur um den Mord an zwei Prostituierten ginge, dann hätte keiner je sein Büro angerufen.

Er würde ohnehin nicht mehr schlafen können, also putzte er sich die Zähne, duschte, zog eine Jogginghose und sein Sweatshirt von der Academy an. Er setzte sich mit dem Mordbuch und einer Flasche Antacid an seinen Schreibtisch, damit er beim Lesen direkt aus der Flasche trinken konnte.

Zwischen den Seiten stak das Päckchen mit Fotos, das Mary Moss von Lila Whites Eltern bekommen hatte. Fotos von Lila

White, lebendig und lachend bei der Geburtstagsfeier ihrer Kleinen. Ihr Lebensstil hatte sie vorzeitig altern lassen, aber es war leicht zu erkennen, was für ein hübsches Mädchen sie vor den Drogen und den desillusionierten Träumen gewesen sein mußte. Ihre Tochter war ein Püppchen mit blonden Zöpfen und einem Elfengesicht. Ein Schnappschuß hatte Mutter und Tochter in Badeanzügen in einem Plastikplanschbecken eingefangen: Lila auf Knien, das kleine Mädchen im Arm, beide mit demselben schiefen Lächeln.

Das zu sehen mußte ihren Eltern doch das Herz brechen, dachte Quinn. Im Gesicht des Babys würden sie ihre Tochter sehen, die von früher, als ihre Welt noch sonnig und voller wunderbarer Möglichkeiten gewesen war. Und in Lilas Gesicht würden sie die Falten harter Lektionen, Enttäuschung und Versagen sehen. Und die Hoffnung auf etwas besseres. Hoffnung, die mit einem brutalen Tod belohnt worden war, nicht lange, nachdem dieses Foto aufgenommen wurde.

Quinn seufzte, als er das Foto unters Lampenlicht hielt, sich Lila Whites Gesicht einprägte: ihre Frisur, das schiefe Lächeln, der kleine Höcker auf dem Nasenrücken, der Schwung, wo ihre Schulter auf den Hals traf. Sie würde sich zu den anderen gesellen, die ihn im Schlaf verfolgten.

Als er gerade das Bild beiseite legen wollte, stach ihm etwas ins Auge. Halb verdeckt durch den Träger ihres Badeanzuges war eine kleine Tätowierung auf ihrem oberen rechten Brustkorb. Quinn holte seine Lupe und hielt den Schnappschuß unters Licht, um ihn genauer anzusehen.

Eine Blume. Eine Lilie, glaubte er.

Mit einer Hand blätterte er den Mordkatalog durch bis zu den Autopsiefotos von Lila White. Ein Drittel der Fotos waren die des Opfers, das man für Jillian Bondurant hielt. Trotzdem fand er, was er suchte: die Aufnahme eines Stück Fleisches von Lila Whites oberer rechter Brusthälfte – und keine Tätowierung in Sicht.

Kate saß zusammengekuschelt auf dem alten grünen Ledersofa in ihrem Arbeitszimmer, mit einem weiteren Glas Sapphire neben sich auf dem Tisch. Sie hatte aufgehört zu zählen. Es war ihr egal.

Das Zeug nahm dem Schmerz, der sie von mehreren Fronten attackierte, die scharfen Kanten. Alles andere war heute abend unwichtig.

Wie konnte es angehen, daß ihr Leben plötzlich eine so scharfe Linkskurve nahm? Alles war so glatt gelaufen und dann BAM! Neunzig Grad hart steuerbord und alles fiel aus den kleinen ordentlichen Fächern und vereinte sich zu einem Chaos, das ihr bis zum Hals stand. Sie haßte das Gefühl, keine Kontrolle darüber zu haben. Sie haßte es, daß die Vergangenheit ihr von hinten in die Beine fuhr. Alles war so gut gelaufen für sie. Konzentriere dich nach vorn, auf das, was dich an diesem Tag erwartet, in dieser Woche. Sie versuchte, nicht zuviel über die Vergangenheit nachzudenken. Sie versuchte, nie an Quinn zu denken. Sie hatte sich nie und nimmer die Erinnerung an seinen Mund auf ihrem erlaubt.

Sie hob die Hand und berührte ihre Lippen, hatte das Gefühl, dort seine Hitze noch zu spüren. Sie nahm noch einen Schluck von ihrem Drink, glaubte, sie könnte ihn noch schmecken.

Es gab wichtigere Dinge, über die sie nachdenken mußte. Ob Angie noch am Leben war oder nicht. Ob auch nur der Funken einer Hoffnung bestand, sie wiederzufinden. Sie hatte den gefürchteten Anruf bei Rob Marshall gemacht, um ihn über die Lage zu informieren. Er hatte die wenig beneidenswerte Aufgabe, die Neuigkeit an den Bezirksstaatsanwalt weiterzugeben. Sabin würde den Rest der Nacht damit verbringen, sich Foltermethoden zu überlegen. Morgen würde man sie wahrscheinlich auf dem Scheiterhaufen verbrennen.

Aber eine Konfrontation mit Ted Sabin war ihre geringste Sorge. Nichts, was er ihr antun könnte, würde sie mehr bestrafen können, als sie sich selbst.

Jedesmal, wenn sie die Augen schloß, sah sie das Blut.

Ich hätte bei ihr bleiben sollen. Wenn ich dagewesen wäre, wäre sie jetzt noch am Leben.

Und jedesmal, wenn sie das dachte, verwandelte sich Angies Gesicht in Emilys, und der Schmerz biß tiefer und setzte sich fester. Quinn hatte sie bezichtigt, eine Märtyrerin zu sein, aber Märtyrerinnen litten ohne Sünde, sie hingegen nahm die volle Schuld auf sich. Für Emily. Für Angie.

Wenn sie nur mit dem Mädchen ins Haus gegangen wäre ... Wenn sie sich ein bißchen mehr Mühe gegeben hätte, ihr näher zu kommen ... Aber sie hatte sich zurückgezogen, weil ein Teil von ihr dem Mädchen nicht so nahe kommen wollte, nicht soviel Gefühl investieren mochte. Herrgott, das war der Grund, warum sie nicht mit Kindern arbeitete: Sie brauchten zuviel, und ihr war das Leidenspotential dabei viel zu bewußt, um soviel geben zu wollen.

»Und ich dachte, ich habe alles so gut im Griff.«

Sie erhob sich von der Couch, zweifelnd, ob sie noch ohne Hilfe stehen konnte, und ging zu dem massiven alten Eichenschreibtisch, der einmal ihrem Vater gehört hatte. Sie nahm das Telefon und wählte die Nummer ihrer Mailbox, spürte, wie der Kloß sich in ihrem Hals bildete, bevor sie den Code eingab. Sie hatte die Nachrichten bereits dreimal abgehört. Sie überging die von David Willis und ihrer Kochlehrerin, bis sie auf die traf, die sie suchte.

22:05, verkündete die mechanische Stimme. Ein langes Schweigen folgte dem Piepton.

22:08. Noch ein langes Schweigen.

22:10. Noch ein langes Schweigen.

Sie hatte das Handy im Auto gelassen. Hatte nicht wieder rausgehen wollen, weil sie sich fürchtete. Alle Anrufer würden eine Nachricht hinterlassen. Sie würde später die Mailbox abhören, an diesen Gedanken erinnerte sie sich.

Wenn diese Anrufe von Angie stammten ...

Aber es gab keine Möglichkeit, das herauszufinden, und nichts zu tun, außer grübeln und warten.

Der Anruf erreichte die 911 Zentrale von Hennepin County um 3:49 Uhr. Ein brennendes Auto. Kovac hörte aus Gewohnheit mit einem Ohr hin. Er war durchgefroren bis auf die Knochen mit Füßen wie Eisblöcke. Schnee blies durch das Fenster, das er einen Spalt offenhielt, um eine Kohlenmonoxydvergiftung zu vermeiden. Vielleicht sollte er diesen Wagen anzünden. Die Hitze könnte sein Blut auftauen und die Mächte, die den Fuhrpark regierten, würden ihm was besseres zuteilen – wie zum Beispiel einen Hyundai mit einem Laufrad samt Hamster unter der Haube.

Und dann kam die Adresse, und das Adrenalin brannte im Nu die Kälte weg.

Es war ihnen gelungen, Smokey Joe mit der Versammlung heute abend aus der Reserve zu locken, und wie. Er ließ den Motor aufheulen und ruckte den Wagen weg vom Randstein auf die Straße, einen halben Block von Peter Bondurants leerem Haus entfernt.

Ihr Killer hatte gerade sein viertes Opfer angezündet ... auf dem Parkplatz des Gemeindezentrums, in dem die Versammlung stattgefunden hatte.

Kapitel 22

Kate rannte zur Hintertür hinaus, mit halb angezogenem Mantel. Es war ihr gelungen, ein paar Schneestiefel anzuziehen, aber die schweren Sohlen halfen ihr nur wenig, als sie die vereiste Treppe hinunter rannte. Ein ungewollter Schrei entwich ihr bei dem Sturz in den Garten, wo etwa fünfzehn Zentimeter Schnee ihre Landung dämpften. Sie erlaubte sich nicht einmal, Luft zu holen, sondern hielt ihre Beine in Bewegung und rappelte sich hoch.

Kovac hatte auf dem Weg zum Gemeindezentrum angerufen. Ein brennendes Auto auf dem Parkplatz. Berichte, daß jemand im Auto saß.

Angie.

Zu diesem Zeitpunkt wußte das natürlich niemand, aber der Gedanke, daß es Angie sein könnte, brannte in Kates Bewußtsein, als sie zur Garage rannte, in ihrer Tasche hektisch nach den Schlüsseln suchend.

Quinn hatte ihr die Ohren mit seiner Meinung über die Garage vollgesungen. Furchtbarer Standort. Schlecht beleuchtet. Machte sie angreifbar. Das stimmte natürlich alles, aber jetzt hatte sie keine Zeit, darüber nachzudenken. Jeder, der sie überfallen oder vergewaltigen wollte, würde einfach warten müssen.

Hoffentlich würde sie nicht unterwegs angehalten, schoß es ihr durch den Kopf, als sie den Lichtschalter drückte. Sie sollte sich wahrscheinlich überhaupt nicht hinter das Steuer eines Fahrzeugs setzen, aber sie dachte nicht daran, auf jemanden zu warten, der sie mitnahm. Um diese Zeit war ohnehin keiner auf der Straße. Und bis zum Gemeindezentrum waren es höchstens fünf Minuten.

Sie war schon auf halbem Weg zu ihrem Geländewagen, bevor sie merkte, daß das Garagenlicht nicht anging.

Die Erkenntnis hielt sie einen Schritt lang auf, den Bruchteil einer Sekunde, in der all ihre Sinne auf Alarm schalteten und ihr Herz einen übertriebenen Plumpser machte. Sie drückte auf den Knopf der Fernbedienung, und die Innenbeleuchtung des Trucks ging an. *Bleib in Bewegung,* dachte sie. Solange sie in Bewegung blieb, gab sie niemandem Gelegenheit, sie aufzuhalten. Eine lächerliche Vorstellung, aber sie klammerte sich daran, riß die Tür des Trucks auf und hievte sich auf den Fahrersitz.

Mit einer raschen Reihe von Bewegungen sperrte sie die Türen ab, startete den Motor, legte den Geländegang ein und setzte dann den Truck in Bewegung. Er schaukelte rückwärts durch den Schnee, zog nach links. Der Außenspiegel verfehlte um Haaresbreite die Katastrophe. Die hintere Stoßstange küßte den Privatsphärenzaun des Nachbarn, dann rollte sie mit heulendem Motor vorwärts. Sie schlug das Steuerrad zu scharf ein, als sie auf die Straße traf, und schlitterte seitlich weg, hauchte gerade noch an der Vorderfront eines schwarzen Lexus vorbei, der auf der Straße parkte.

Dumm zu rasen, dachte sie und kämpfte gegen die aufsteigende Verzweiflung an, versuchte, ihren Bleifuß zu zügeln. Wer immer das in diesem brennenden Wagen war, weggehen würde er auf keinen Fall. Trotzdem brannte die Dringlichkeit in ihren Adern, in ihren Eingeweiden. Wenn es irgendeine Chance gab, ihre Angst zu widerlegen – und ihr damit die Absolution von einem Zentner Schuldgefühl zu erteilen –, wollte sie sie packen.

Notfallfahrzeuge verstopften die Straße vor dem Gemeindezentrum, rote, weiße und blaue Lichter rollten wie auf einem Jahrmarkt. Darunter mischten sich die allgegenwärtigen Nachrichtenvans, die Reporter, Kameramänner und Ausrüstung ausspuckten. Die Haus zu Haus Befragung hatte bereits begonnen, holte Nachbarn aus ihren Betten. Über ihnen kreiste der Hubschrauber der Staatspolizei über die Dächer, sein Scheinwerfer wusch über Rasenflächen, leuchtete in Fenster und blitzte kurz über zwei K-9 Hunde und ihre Führer.

Falls Smokey Joe den Wagen zum Parkplatz gefahren hatte, um

ihn anzuzünden, folgte daraus, daß er sich zu Fuß entfernen mußte. Es konnte gut möglich sein, daß er hier oder in der Nähe dieses Viertels wohnte. Keine fünf Minuten von Kate entfernt, obwohl sie sich nicht erlaubte, jetzt daran zu denken.

Sie stellte den Geländewagen hinter den KMSP Van, knallte den Schalthebel auf P und ließ ihn schief zum Randstein stehen. Trotz der späten Stunde waren Nachbarn aus ihren Häusern gekommen, um als erste zu erfahren, was los war, und um die Peripherie der Szene noch mehr zu blockieren. Einer von ihnen könnte der Killer sein, der zurückkam, um seine Batterien aufzuladen, indem er sich das Chaos ansah, das seine Tat ausgelöst hatte. Es gab keine Möglichkeit, das festzustellen, und Kate setzte ihre Priorität auf etwas anderes. Sie schlängelte sich durch die immer größer werdende Menge, stieß gegen Schultern, drängte, schubste.

Ihr Blick war auf das Notfallpersonal gerichtet, das in einem Kreis uniformierter Polizisten in einiger Entfernung von dem ausgebrannten Wagen arbeitete. Die Sanitäter schwirrten um das Opfer herum, schnatterten staccato Medizinisches.

Einer von ihnen packte Kate am Arm als sie vorbeigehen wollte, und hielt sie fest.

»Tut mir leid, Ma'am. Nur für Befugte.«

»Ich bin beim Opferdienst. Ich hab einen Ausweis.«

»Der hier wird sie nicht brauchen. Er ist Toast.«

»Er?«

Der Polizist zuckte die Achseln. »Es? Wer kann das schon sagen?«

Kates Magen schlug einen Salto. O Gott, Angie. »Wo ist Kovac?«

»Er ist beschäftigt, Ma'am. Wenn Sie bitte einfach zur Seite treten –«

»Unterstehen Sie sich, mich wie ein dummes kleines Frauchen zu behandeln«, keifte Kate. »Ich habe Grund, hier zu sein.«

»Ich kann für sie garantieren, Officer«, sagte Quinn und hielt seinen Ausweis hoch. »Sie sollten sie besser loslassen, bevor Sie eine Hand verlieren.«

Der Polizist war sauer über den Befehl und den FBI Ausweis, aber er ließ sie los. Kate rannte auf die Sanitäter zu. Vier Schritte näher, dann hatte Quinn sie von hinten erwischt und hielt sie fest als sie versuchte, sich loszureißen.

»Laß mich los!«

»Finden wir erst mal raus, was Kovac weiß. Wenn das Smokey Joe ist, dann sollte hier irgendwo eine Identifikation herumliegen.«

»Nein. Ich muß es sehen.«

»Es wird schlimm sein, Kate.«

»Ich weiß. Ich hab sowas schon gesehen. Gott, was *habe ich nicht* gesehen?«

Nichts. Sie hatte Jahre damit verbracht, Fotos von unsäglichem Grauen zu studieren. Sie kannte jede Bösartigkeit, die ein menschliches Wesen einem anderen antun konnte. Trotzdem gab es nichts Vergleichbares mit der krassen, rohen Realität eines tatsächlichen Verbrechensschauplatzes. Fotos konnten nie die Geräusche, die elektrisch geladene Luft, den Geruch des Todes einfangen.

Der Geruch von verbranntem Fleisch war entsetzlich, und er traf sie im Gesicht wie ein Knüppel. Das Gefühl, das er auslöste, hatte etwas von Schmerz. Ihr Magen, der bereits vor Angst und einem halben Tanklaster Gin rollte, schubste seinen Inhalt hoch in ihre Kehle, so daß sie sich fast umgedreht und übergeben hätte. Ihre Knie schienen wegzufließen. Sie konnte nicht verstehen, warum sie nicht fiel, dann merkte sie, daß Quinn sie wieder festhielt, von hinten seine Arme um sie schlang. Sie ließ sich gegen ihn fallen und nahm sich vor, sich später deshalb zu tadeln.

Von den hunderten Opfern, die sie gesehen hatte, war keines jemand gewesen, den sie vielleicht kannte.

Die Leiche, entsetzlich verkohlt und halb geschmolzen, lag auf einer Seite, die Gliedmaßen gebogen und in sitzende Position verschweißt. Die Hitze des Feuers mußte ungeheuer gewesen sein. Die Haare waren weg, die Nase war weg, die Lippen waren verzerrt und weggebrannt, daraus schimmerten in gräßlicher Grimasse die Zähne. Das Brustbein lag offen da, weißer Knochen glänzte, wo die dünne Schicht Fleisch weggesengt war. Der Uniformierte hatte recht. Auf einen Blick konnte man kein Geschlecht feststellen; außer, daß die Stoffetzen, die am Rücken der

Leiche klebten, einmal Frauenkleider gewesen sein könnten – ein Stück rosa Pullover, ein Fetzen Rock.

Ein stämmiger Sanitäter mit Ruß im Gesicht blickte hoch und schüttelte den Kopf. »Die hier ist für den Leichenfledderer. Sie war lange tot, bevor wir hier waren.«

Kate schwirrte der Kopf. Sie versuchte immer wieder zu überlegen, was sie tun sollte, wie sie herausfinden könnte, ob es Angie war. Die Ideen schienen sich zu biegen, zu verzerren und rauschten in ihrem Kopf herum.

Zahnärztliche Berichte kamen nicht in Frage. Sie wußten nicht, wer zum Teufel Angie DiMarco war oder woher sie gekommen war. Es gab keine Eltern, die ihnen einen Zahnarztbericht geben konnten, oder medizinische Aufzeichnungen, die alte Knochenbrüche aufwiesen, nach denen man suchen konnte, wenn die Leiche geröntgt würde. Es gab keine persönliche Habe, die man durchforsten könnte.

Ohrringe. Angie trug Ohrringe.

Die Ohren der Leiche waren zu verkohlten Knöpfen verbrannt.

Ringe. Sie hatte mindestens ein halbes Dutzend getragen.

Die Hände der Leiche waren schwarz und verkrümmt wie Affenpfoten.

Ein Schauder, der nichts mit der Kälte zu tun hatte, durchfuhr Kate. Quinn zog sie Schritt für Schritt weiter weg.

»Ich weiß es nicht«, murmelte sie, starrte immer noch die Leiche an. Die Zehen waren gestreckt, wie bei einem Turner, weil sich die Sehnen im Spann zusammengezogen hatten. »Ich weiß es nicht.«

Sie zitterte so heftig, daß Quinn es durch ihren schweren Wollmantel spüren konnte. Er zog sie aus der Menge und schob ihr die Haare aus dem Gesicht, bog ihren Kopf zurück, damit sie hochschauen mußte. Ihr Gesicht war aschfahl im Licht der Halogenscheinwerfer des Parkplatzes. Sie starrte hoch zu ihm, mit Augen, glasig vor Schock und Furcht. In diesem Augenblick hatte er keinen sehnlicheren Wunsch, als sie an sich zu ziehen und sie festzuhalten.

»Bist du in Ordnung, Schatz?« fragte er behutsam. »Mußt du dich hinsetzen?«

Sie schüttelte den Kopf, schaute weg von ihm zu der Mannschaft des Krankenwagens, zu den grellen Lichtern, die die Fernsehleute umgaben. »Ich-nein-am-oh, Gott«, stammelte sie, sie atmete zu heftig und zu schnell. Ihr Blick fand wieder den seinen und ihr Mund zitterte. »Oh, Gott, John, was, wenn sie es ist?«

»Wenn sie es ist, hast nicht *du* sie dahingebracht, Kate«, sagte er streng.

»Verfluchtes Kind«, murmelte sie und kämpfte gegen die Tränen. »Deswegen arbeite ich nicht mit Kindern. Nichts wie Ärger.«

Er beobachtete, wie sie kämpfte, wußte, daß sie nicht mal halb so abgebrüht war, wie sie tat. Wußte, daß es in ihrem Leben niemanden gab, an den sie sich wenden und lehnen konnte. Wußte, daß sie ihn wahrscheinlich jetzt nicht für diesen Job gewählt hätte. Und mit all diesem Wissen flüsterte er: »He, komm her«, und zog sie an sich.

Sie wehrte sich nicht – die starke, unabhängige Kate. Ihr Kopf fand seine Schulter, und sie schmiegte sich wie seine fehlende Hälfte an ihn. Vertraut, gemütlich, perfekt. Der Lärm und das Durcheinander des Tatorts verblaßten zu fernem Hintergrund. Er strich mit einer Hand über ihr Haar und küßte ihre Schläfe und fühlte sich das erste Mal seit fünf Jahren wieder komplett.

»Ich bin da für dich, Süße«, flüsterte er. »Ich halte dich.«

»Ist sie es?« Rob Marshall kam auf seinen zu kurzen Beinen angedackelt. Er steckte in einem fetten Daunenparka, der aussah, als würde er um seine Ohren hochkriechen, eine Wollmütze saß fest um seinen runden Kopf.

Beim Geräusch seiner Stimme erstarrte Kate, richtete sich auf und trat einen Schritt von Quinn zurück. Er konnte fast sehen, wie sie ihre Emotionen an die Kandare nahm und hastig die Wand um sich wieder errichtete.

»Wir wissen es nicht«, sagte sie mit belegter Stimme. Sie räusperte sich und wischte sich mit einer behandschuhten Hand unter den Augen. »Die Leiche ist unkenntlich. Bis jetzt hat, soweit wir wissen, noch keiner irgendeine Identifikation gefunden.«

Rob sah an ihr vorbei zu den Sanitätern. »Ich kann nicht glauben, daß das passiert. Sie nehmen an, daß sie es ist, nicht wahr? Sie glauben, daß das Ihre Zeugin ist.«

Ihre Zeugin, dachte Kate. Er distanzierte sich bereits von dem Desaster, genau wie er sich von der Entscheidung distanziert hatte, Angie überhaupt ins Phoenix zu bringen. Die armselige Kröte.

»Wie konnte das passieren?« fragte er. »Ich dachte, Sie würden auf sie aufpassen, Kate.«

»Es tut mir leid. Ich hab Ihnen am Telefon gesagt, daß es mir leid tut. Ich hätte bei ihr bleiben sollen.« Jetzt fiel ihr das Eingeständnis schwer, weil es ein Zugeständnis an ihren Boß war, aber sie wollte ihm automatisch widersprechen.

»Wir haben Sie aus einem bestimmten Grund für diesen Fall ausgesucht.«

»Dessen bin ich mir sehr wohl bewußt.«

»Ihr Hintergrund, Ihre starke Persönlichkeit. Dieses eine Mal habe ich gedacht, daß Ihr Dickkopf zu meinen Gunsten funktionieren würde –«

»Wissen Sie, ich mache mir genug Vorwürfe für uns beide, Rob«, sagte sie. »Also lassen Sie mich in Ruhe, herzlichen Dank.«

»Sabin ist wütend. Ich weiß nicht, wie ich ihn beschwichtigen soll.«

Den Zeugen hatte sie verloren, jetzt lag es an ihm, Frieden zu stiften. Kate konnte ihn schon hören, wie er bei Sabin winselte und bettelte, unbefugt bei jeder sich bietenden Gelegenheit ihren Namen ins Spiel brachte.

»Ich bin überzeugt, daß Sie das schaffen werden«, keifte sie, zu wütend für Umsicht. »Fallen Sie einfach auf die Knie und lecken Sie ihm die Stiefel, wie immer.«

Rob begann, von Kopf bis Fuß zu beben, der Zorn explodierte aus seinem Mund. »Wie können Sie es wagen, so mit mir zu reden! Wie können Sie es wagen! Sie haben die Zeugin verloren. Vielleicht zugelassen, daß sie getötet wird –«

»Das wissen wir nicht«, mischte sich Quinn ein.

»– und haben immer noch den Nerv, so mit mir zu reden! Sie haben noch nie auch nur ein Quentchen Respekt für mich gezeigt. Selbst jetzt. Nach dem hier. Ich kann es nicht fassen! Sie verfluchtes Miststück!«

»Zurück«, befahl Quinn. Er trat zwischen die beiden und schlug

Rob mit dem Handballen hart aufs Brustbein. Rob stolperte rückwärts, verlor im Schnee den Halt und landete auf dem Hintern.

»Warum schaun Sie sich nicht mal das an, was Kate gerade gesehn hat«, sagte Quinn und machte sich nicht die Mühe, ihm eine Hand anzubieten, um ihm aufzuhelfen. »Holen Sie sich eine neue Perspektive auf das, was hier gerade wichtig ist.«

Rob rappelte sich hoch, murmelnd, wandte sich abrupt ab und stapfte auf den Krankenwagen zu, dabei staubte er den Schnee mit raschen wütenden Bewegungen von seiner Jacke.

»Verflucht, John, *ich* wollte ihn umnieten«, sagte Kate.

»Dann hab ich dir wahrscheinlich gerade deinen Job gerettet.«

Die plötzliche Einsicht, daß ihre Karriere tatsächlich in Gefahr sein könnte, kam Kate viel zu spät. Herrgott, warum feuerte Rob sie nicht? Er hatte recht. Sie hatte ihm nie mehr als das absolut erforderliche Minimum an Respekt gezollt. Es spielte keine Rolle, daß er nichts anderes verdiente. Er war ihr Boß.

Sie beobachtete, wie er in der Nähe des Krankenwagens stand, mit einer Hand im Fäustling über dem Mund. Die Mannschaft schickte sich gerade an, die Überreste in einen Leichensack zu stecken. Als er zurückkam, war sein Gesicht wächsern und hochrot.

»Das-das-ist-grauenhaft«, sagte er, schwer durch den Mund atmend. Er nahm seine Brille ab und wischte sich mit einem Fäustling das Gesicht. »Unglaublich.« Er schluckte ein paarmal und verlagerte sein Gewicht von einem Fuß auf den anderen. »Dieser Geruch ...«

»Vielleicht sollten Sie sich setzen«, schlug Kate vor.

Rob öffnete den Reißverschluß seines Mantels ein Stück und zerrte an den Enden. Sein Blick war immer noch auf den Krankenwagen gerichtet. »Unglaublich ... gräßlich ...«

Der Suchhubschrauber rauschte heran, die Propeller behämmerten die Luft wie die Flügel eines riesigen Kolibris.

»Er fordert uns heraus, nicht wahr? Der Feuerbestatter«, sagte er und sah zu Quinn. »Holt sich dieses Mädchen. Macht das hier, wo die Versammlung abgehalten wurde.«

»Ja. Er will uns wie Narren aussehen lassen, während er sich selbst als unbesiegbar darstellt.«

»Ich würde sagen, das macht er verdammt gut«, sagte Rob mit starrem Blick auf die Sanitäter, die die Leiche in den Krankenwagen luden.

»Jeder sieht wie ein Genie aus, wenn er die Antworten vorher kennt«, sagte Quinn. »Irgendwann wird er Mist bauen. Das tun sie alle. Der Trick ist, sie dazu zu kriegen, daß es früher und nicht später passiert. Und ihn an den Eiern zu packen in der Sekunde, in der er stolpert.«

»Ich wäre gern dabei, wenn das passiert.« Rob wischte sich noch einmal das Gesicht ab und zog seinen Parka zurecht. »Ich geh und rufe Sabin an«, sagte er. »Solange wir noch für ihn arbeiten.«

Kate sagte nichts. Ihr Schweigen hatte nichts mit dem Bezirksstaatsanwalt oder ihrem plötzlich gefährdeten Job zu tun.

»Komm, suchen wir Kovac«, sagte sie zu Quinn. »Schaun wir, ob er schon den Führerschein gefunden hat.«

Kovac stritt gerade mit einer Afro-Amerikanerin in einem dunklen Parka mit der Aufschrift ARSON, Brandstiftung, auf dem Rücken um Zuständigkeit. Der Wagen, klein und rot, bildete das Mittelstück in einem Ring tragbarer Scheinwerfer. Das Feuer hatte ihn ausgeweidet und die Windschutzscheibe herausgesprengt. Die Fahrertür hing offen, verbogen durch die Werkzeuge, mit denen das Rettungsteam sie aufgebrochen hatte. Das Innere war ein Durcheinander von Asche, geschmolzenem Plastik und tropfendem Feuerlöschschaum. Das Feuer hatte den Fahrersitz weggefressen, die Flammen hatten nichts hinterlassen außer einer Karkasse verbogener Federn.

»Das ist eine Brandstiftung, Sergeant«, sagte die Frau stur. »Es obliegt meinem Büro, die Ursache festzustellen.«

»Das ist ein Mord, und die Ursache des Feuers ist mir scheißegal«, erwiderte Kovac. »Ich will die Spurensicherung in diesem Wagen haben, damit sie die Beweise sichern kann, die Ihre Leute noch nicht ruiniert haben.«

»Im Namen der Feuerwehr von Minneapolis entschuldige ich mich dafür, daß wir versucht haben, ein Feuer zu löschen und ein Leben zu retten. Vielleicht können wir das klarstellen, bevor jemand Ihren Wagen anzündet.«

»Marcell, so ein Glück sollte ich haben, daß jemand diesen Schrotthaufen in Brand steckt.«

Was Tatorte betraf war dieser hier eine Katastrophe, das wußte Kate. Wenn sie zu einem Feuer gerufen wurden, machten sich die Feuerwehrmänner keine Gedanken darüber, ob sie den Schauplatz zertrampelten. Ihr Job war es, Leben zu retten, nicht herauszufinden, wer eins beendet haben könnte. Und so zerstörten sie Autotüren und sprühten Schaum über jede Spur, die vielleicht innen überlebt hatte.

»Das Ding ist doch schon resch gebraten«, sagte Kovac zu der Brandstiftungsermittlerin. »Wieso haben Sie es so eilig? Ich hab einen flammenwerfenden Irren, der herumrennt und Frauen umbringt.«

»Vielleicht war das ein Unfall«, konterte Marcell. »Vielleicht hat das gar nichts mit Ihrem Killer zu tun. Und Sie stehen hier rum und streiten mit mir und vergeuden unsere Zeit für nichts.«

»Sam, wir haben die Antwort von den Nummernschildern.« Elwood watete durch den Schnee auf ihn zu. Er wartete, bis er nahe genug für Vertraulichkeit war, obwohl er keine Hoffnung hatte, die Nachricht lange geheimhalten zu können. »Es ist ein achtundneunziger Saab, der auf Jillian Bondurant zugelassen ist.«

Die Brandstiftungsermittlerin salutierte vor Kovac und machte ihm den Weg frei. »Was den Pinkelwettbewerb angeht, Sergeant, so haben Sie soeben Ihren Namen in den Schnee geschrieben.«

Die Spurensicherung schwärmte über dem ausgebrannten Saab wie Geier, die eine Elefantenkarkasse sauber picken. Kate saß hinter dem Steuer von Kovacs Wagen und sah zu. Sie fühlte sich erschöpft und betäubt. Die Leiche – wer immer sie war – war ins HCMC abtransportiert worden. Die Leiche von jemand anders war gerade auf Platz zwei von Amanda Stones Obduktionsordnung für diesen Tag, der schon bald dämmern würde, gerutscht.

Quinn öffnete die Beifahrertür und stieg mit einem Schwall kalter Luft ein. Schnee klebte wie Schuppen an seinem dunklen Kopf. Er verrieb ihn mit einer behandschuhten Hand.

»Es ist ziemlich klar, daß das Feuer auf der Fahrerseite gelegt wurde«, sagte er. »Dort hat es am längsten und heißesten gebrannt. Das Armaturenbrett und das Steuerrad sind geschmolzen. Unsere beiden besten Chancen auf Fingerabdrücke sind dahin.«

»Er zieht an«, sagte Kate.

»Ja.«

»Wechselt seine Vorgehensweise.«

»Er schaukelt sich zu etwas hoch.«

»Ja. Und ich würde alles drum geben zu wissen, was und wann.«

»Und warum.«

Quinn schüttelte denKopf. »Warum ist mir inzwischen egal. Es gibt keine gültigen Gründe. Es gibt nur Ausreden. Du kennst alle Faktoren, die dazu beitragen, genauso gut wie ich, aber du weißt auch, daß nicht alle Kinder mit Eltern, die sie mißbrauchen, auch zu Mißbrauchern heranwachsen, und nicht alle Kinder mit emotional distanzierten Müttern wachsen zu Mördern heran. An irgendeinem Punkt wird eine Wahl getroffen, und wenn das einmal geschehen ist, ist mir egal, warum. Ich will die Dreckschweine einfach von diesem Planeten haben.«

»Und du hast dich selbst dafür verantwortlich gemacht, sie alle einzufangen.«

»Es ist ein Scheißjob, aber was hab ich denn sonst noch?« Er zeigte das berühmte Quinn Lächeln, etwas ausgefranst an den Rändern, von zuwenig Schlaf und zuviel Streß.

»Du brauchst jetzt nicht hier zu sein«, sagte Kate. Sie spürte die Müdigkeit und den Druck in jeder Faser ihres Körpers. »Sie werden dich beim Morgenbriefing aufs laufende bringen. Du siehst aus, als könntest du ein paar Stunden Schlaf gebrauchen.«

»Schlaf? Das hab ich aufgegeben. Der hat meiner Paranoia die Schärfe genommen.«

»Vorsicht damit, John. Sie ziehen dich von CASKU ab und stecken dich in *Akte X*.«

»Ich seh besser aus als David Duchovny.«

»Um Längen besser.«

Komisch, dachte sie, wie sie in die alten Scherzmuster zurückfielen, selbst jetzt, selbst nach allem, was heute abend passiert war. Und dann war es vertraut und tröstlich.

»Du brauchst auch nicht hier zu sein, Kate«, sagte er, und sein Gesicht wurde ernst.

»O doch. Ich bin die einzige, die sich überhaupt um Angie DiMarco schert. Wenn sich herausstellt, daß das ihre Leiche ist, dann ist ein bißchen Schlaf verlieren, um die Nachricht abzuwarten, das wenigste, was ich tun kann.«

Sie erwartete eine neuerliche Predigt von Quinn über ihren Mangel an Schuld, aber er sagte nichts.

»Glaubst du, es besteht die Chance, daß die Leiche Jillian Bondurant ist?« fragte sie. »Daß sie nicht Opfer Nummer Drei war und sich das hier selbst angetan hat?«

»Nein. Selbstverbrennung ist selten, und wenn es passiert, dann will die Person im allgemeinen ein Publikum. Warum sollte Jillian mitten in der Nacht hierherkommen? Was ist ihre Verbindung zu diesem Ort. Nichts. Nach der Autopsie werden wir mit Bestimmtheit wissen, ob es Jillian ist, nachdem wir diesmal Zahnarztberichte zum Vergleich haben. Aber ich würde sagen, die Chancen, daß es sie ist und das Feuer von ihr selbst gelegt, sind gleich null.«

Kate zog ihre Mundwinkel zu einem Pseudolächeln hoch. »Ja, das alles weiß ich. Ich hatte nur gehofft, daß die Leiche jemand sein könnte, für den ich nicht verantwortlich bin.«

»Ich bin derjenige, der die Versammlung einberufen hat, Kate. Smokey Joe hat das getan, um ›Fick dich, Quinn‹ zu sagen. Und jetzt darf ich mir überlegen, was es ausgelöst hat. Hätte ich ihm gegenüber härter sein müssen? Hätte ich vorgeben sollen, daß ich Mitleid mit ihm habe? Hätte ich sein Ego streicheln und ihn als Genie darstellen sollen? Was hab ich getan? Was hab ich nicht getan? Warum hab ich es nicht getan? Warum hab ich es nicht besser gewußt? Wenn er bei der Versammlung war, wenn er da direkt vor mir gesessen hat, warum hab ich ihn dann nicht gesehen?«

»Ich denke, dein Superröntgenblick, der dir erlaubt zu erkennen, was in den Herzen der Menschheit Böses lauert, hat eine Störung.«

»Zusammen mit deiner Fähigkeit, die Zukunft vorauszusehen.«

Diesmal war das Lächeln echt. »Wir sind vielleicht ein Paar.«

»Waren.«

Kate starrte ihn an, sah den Mann, den sie gekannt und geliebt hatte, und den Mann, den die Jahre dazwischen aus ihm gemacht hatten. Er wirkte müde, gehetzt. Sie fragte sich, ob er bei ihr dasselbe feststellte. Es war demütigend sich einzugestehen, daß er das sollte. Sie hatte sich vorgegaukelt, es ginge ihr gut. Aber mehr war es nicht gewesen: ein Akt, eine List. Diese Wahrheit war ihr vor einer Stunde, als sie in der warmen Zuflucht seiner Arme gestanden hatte, absolut klar geworden. Es kam ihr vor als hätte sie gerade einen entscheidenden Teil von sich selbst zurückerhalten, dessen Abwesenheit sie jahrelang negiert hatte.

»Ich hab dich geliebt, Kate«, sagte er leise, und seine dunklen Augen ließen die ihren nicht los. »Was immer du von mir denkst und von der Art und Weise, wie alles auseinanderging, ich hab dich geliebt. Alles andere an mir kannst du bezweifeln. Ich tue das, weiß Gott, auch. Aber zweifle das nie an.«

Etwas flatterte in Kate. Sie weigerte sich, es zu benennen. Es konnte nicht Hoffnung sein. Sie wollte im Hinblick auf John Quinn auf nichts hoffen. Sie zog Irritation, Empörung, einen Schuß Zorn vor. Aber nichts davon entsprach dem, was sie wirklich empfand, und sie wußte das, und er wußte es genauso gut. Er hatte immer den leisesten Schatten, der durch ihr Bewußtsein zog, erkennen können.

»Verflucht sollst du sein, John«, murmelte sie.

Was immer sie sonst noch vielleicht gesagt hätte, war verloren, als plötzlich Kovacs Gesicht vor Quinns Fenster erschien. Kate zuckte zusammen und fluchte, dann öffnete sie das Fenster über den Kontrollschalter an der Fahrertür.

»He, Kinder, hier wird nicht rumgemacht«, scherzte er. »Ausgangssperre ist bereits in Kraft.«

»Wir versuchen, uns vor Unterkühlung zu retten«, sagte Quinn. »Mein Toaster gibt mehr Wärme ab als diese Heizung.«

»Hast du den Führerschein gefunden?« fragte Kate.

»Nein. Aber das haben wir gefunden.« Er hielt eine Mikrokassette in durchsichtiger Plastikhülle hoch. »Das lag etwa fünf Meter vom Wagen entfernt auf dem Pflaster. Es ist ein verdammtes Wunder, daß es keiner der Feuerwehrmänner zertreten hat.«

»Sind wahrscheinlich die Notizen irgendeines Reporters von der Versammlung«, sagte er. »Aber man kann nie wissen. Alle Jubeljahre einmal finden wir einen Beweis, daß es einen Gott gibt. Ich hab hier irgendwo auf dem Rücksitz ein Abspielgerät.«

»Ja, das und den Heiligen Gral«, murmelte Kate, als sie das Gerümpel durchwühlte: Berichte, Magazine, Hamburgerpapier. »Lebst du in diesem Wagen, Sam? Für Leute wie dich gibt's Asyle, weißt du.«

Sie entdeckte das Abspielgerät und reichte es Quinn. Er ließ die Kassette rausspringen und steckte die, die Kovac ihm gab, vorsichtig mit dem Ende eines Kugelschreibers rein.

Was aus dem Lautsprecher kam, durchbohrte Kate wie ein Speer. Die Schreie einer Frau, rauh vor Verzweiflung, unterbrochen von atemlosen, zerhackten Bitten um Gnade, die nie gewährt werden würde. Die Schreie von jemandem, der gefoltert wird und um den Tod bettelt.

Kein Beweis für die Existenz eines Gottes, dachte Kate. Ein Beweis, daß es keinen gab.

Kapitel 23

Euphorie, Ekstase, Erregung. Das sind die Dinge, die er bei seinem Triumph empfindet, eingerührt in die dunkleren Gefühle von Zorn und Haß und Frust, die ständig in ihm brennen.

Manipulieren, dominieren, Kontrolle. Seine Macht dehnt sich über seine Opfer hinaus, erinnert er sich. Er übt dieselben Kräfte auf die Polizei und auf Quinn aus.

Euphorie. Ekstase. Erregung.

Alles andere war ohnehin egal. Konzentrier dich auf den Sieg.

Die Intensität ist überwältigend. Er zittert, schwitzt, ist hochrot vor Aufregung, als er auf das Haus zufährt. Er kann sich selbst riechen. Der Geruch ist dieser Art von Erregung eigen – stark, moschusartig, fast sexuell. Er würde sich gerne die Achselhöhlen mit den Händen abwischen und den Schweiß und den Geruch über sein ganzes Gesicht reiben, in seine Nüstern, ihn von seinen Fingern lecken.

Er möchte sich ausziehen und sich alles von der Frau seiner Fantasien vom Körper lecken lassen. Von seiner Brust und seinem Bauch und seinem Rücken. In seiner Fantasie liegt sie schließlich vor ihm auf den Knien, leckt seine Hoden. Seine Erektion ist riesig und begierig, und er schiebt sie ihr in den Mund, ohrfeigt sie jedesmal, wenn sie würgen muß. Er ergießt sich über ihr Gesicht, dann zwingt er sie auf alle viere und penetriert sie anal. Mit den Händen um ihren Hals vergewaltigt er sie brutal, würgt sie zwischen Schreien.

Die Bilder erregen ihn, machen ihn geil. Sein Penis ist steif und pocht. Er braucht Entladung. Er muß die Geräusche hören, die so scharf und schön sind wie fein geschliffene Klingen. Er muß diese Schreie hören, diese rohe, reine Tonqualität der Angst, und sich einreden, daß die Schreie von der Frau in seiner Fantasie kommen. Er muß hören, wie sich das Crescendo aufbaut, als das Leben seine Grenze erreicht. Die verblassende Energie, die der Tod gierig absorbiert.

Er steckt eine Hand in die Tasche und sucht das Band, findet aber nichts.

Eine Woge von Panik rauscht über ihn. Er fährt an den Randstein und durchsucht alle Taschen, checkt den Sitz neben sich, checkt den Boden, den Kassettenrekorder. Das Band ist weg.

Zorn brennt durch seine Adern. Gewaltig und gewalttätig. Eine Wand von Wut. Fluchend klatscht er den Gang rein und biegt wieder auf die Straße. Er hat einen Fehler gemacht. Inakzeptabel. Er weiß, daß er nicht fatal sein wird. Selbst wenn die Polizei das Band findet, selbst, wenn es ihnen gelingt, davon einen Fingerabdruck zu nehmen, werden sie ihn nicht finden. Seine Fingerabdrücke sind in keiner Verbrecherdatenbank. Er ist seit seiner Jugend nicht mehr verhaftet worden. Aber allein die Vorstellung eines Fehlers macht ihn wütend, weil er weiß, daß dies die Soko und John Quinn ermutigen würde, wo er sie doch nur zerquetschen will.

Sein Triumph ist jetzt geschmälert. Seine Feier ruiniert. Seine Erektion ist abgeschlafft, sein Schwanz zu einem armseligen Stummel geschrumpft. Im Hinterkopf kann er die spöttische Stimme hören, die Verachtung, als die Fantasiefrau aufsteht und von ihm weggeht, gelangweilt und desinteressiert.

Er biegt in die Einfahrt, drückt auf die Fernbedienung für das Garagentor. Der Zorn ist jetzt eine Schlange, die sich in ihm windet, Gift tropfend. Das Geräusch des Spielzeughundgebells folgt ihm in die Garage. Dieser verfluchte Köter von nebenan. Seine Nacht ruiniert und jetzt auch noch das.

Er steigt aus dem Wagen und geht zur Mülltonne. Die Garagentür schließt sich langsam. Der Bichon schließt Augenkontakt mit ihm, kläfft unaufhörlich, hüpft rückwärts zur sich senkenden Tür. Er zieht einen Putzlumpen aus dem Müll und dreht sich zu dem Hund. Schon stellt er sich vor, wie er den Hund damit hochrafft und den improvisierten Sack hart immer und immer wieder gegen die Betonwand knallt.

»Komm schon, Bitsy, du mieser kleiner Scheißer«, murmelt er mit zuckersüßer Stimme. »Warum magst du mich nicht? Was hab ich dir je getan?«

Der Hund knurrt, ein Geräusch so bedrohlich wie ein elektrischer Bleistiftspitzer, und hält die Stellung, wirft einen Blick zurück auf die Tür, die kaum noch einen Fuß von der Besiegelung seines Schicksals entfernt ist.

»Weißt du, daß ich kleine Rattenhunde wie dich schon öfter getötet habe?« fragt er lächelnd, bückt sich. »Findest du, ich rieche nach Bösem?«

Er streckt eine Hand nach dem Hund aus. »Das kommt davon, daß ich es bin«, murmelt er, als sich der Hund mit gefletschten Zähnen auf ihn stürzt.

Das Mahlen des Garagentormechanismus verstummt.

Der Putzlumpen fällt und erstickt das überraschte Japsen.

Kapitel 24

Kate zitterte immer noch, als sie in ihrem Haus ankamen. Quinn hatte darauf bestanden, sie ein zweites Mal nach Hause zu bringen, und sie hatte nicht widersprochen. Die Erinnerung an die Schreie hallten durch ihren Kopf. Sie hörte sie, schwach aber konstant, als sie wortlos aus dem Truck stieg und die Garage verließ, als sie mit den Schlüsseln für die Hintertür herumfummelte, als sie durch die Küche in den Gang ging und das Thermostat hochdrehte.

Quinn folgte ihr die ganze Zeit wie ein Schatten. Sie erwartete, daß er etwas über das ausgebrannte Licht in der Garage sagen würde, aber wenn, dann hatte sie ihn nicht gehört. Sie hörte nur das Rauschen ihres Pulses, das verstärkte Rasseln der Schlüssel, Thor miauen, den Kühlschrank summen … und hinter all dem: die Schreie.

»Mir ist so kalt«, sagte sie und ging in das Arbeitszimmer, wo die Schreibtischlampe noch brannte und eine Chenilledecke zusammengeknüllt auf dem alten Sofa lag. Sie warf einen Blick auf den Anrufbeantworter – kein blinkendes Lämpchen – und dachte an die eingehängten Anrufe auf ihrem Handy um 22:05 Uhr, um 22:08 Uhr, 22:10 Uhr.

Ein halbvolles Glas mit Sapphire und Tonic stand auf der Schreibunterlage. Das Eis war längst geschmolzen. Kate hob es mit zitternder Hand hoch und nahm einen Schluck. Das Tonic war schal, aber sie bemerkte es nicht, schmeckte überhaupt nichts. Quinn nahm ihr das Glas aus der Hand und stellte es beiseite, dann drehte er sie behutsam mit dem Gesicht zu sich.

»Friert dich denn nicht?« plapperte sie weiter. »Die Heizung braucht eine Ewigkeit, bis es hier warm wird. Ich sollte sie wahrscheinlich ersetzen – sie ist so alt wie Moses –, aber ich denke nie dran, bis das Wetter umschlägt.«

»Vielleicht sollte ich ein Feuer machen«, schlug sie vor und spürte sofort, wie ihr das Blut aus dem Gesicht wich. »O Gott, ich kann nicht glauben, daß ich das gesagt habe. Alles, was ich rieche, ist Rauch und dieser gräßliche – Gott, was für ein furchtbarer –«

Sie schluckte heftig und schaute zu dem Glas, das jetzt nicht mehr so leicht greifbar war.

Quinn legte eine Hand an ihre Wange und drehte ihr Gesicht zu sich. »Still«, sagte er leise.

»Aber –«

»Still.«

So behutsam, als wäre sie aus gesponnenem Glas, faltete er sie in seine Arme und zog sie an sich. Eine weitere Einladung, sich an ihn zu lehnen, loszulassen. Sie wußte, daß sie es nicht tun sollte. Wenn sie jetzt auch nur eine Sekunde losließ, war sie verloren. Sie mußte in Bewegung bleiben, weiterreden, *etwas* tun. Wenn sie losließ, wenn sie sich stillhielt, wenn sie sich nicht mit irgendeiner hirnlosen bedeutungslosen Aufgabe beschäftigte, würde die Flut der Verzweiflung über sie branden, und wo bliebe sie dann?

Wehrlos in den Armen des Mannes, den sie immer noch liebte, aber nicht haben konnte.

Die volle Bedeutung dieser Antwort wog schwer genug, um das bißchen Kraft, das ihr noch blieb, zu verringern und verlockte sie ironischerweise noch stärker, die Hilfe, die Quinn ihr jetzt anbot, anzunehmen.

Sie hatte nie aufgehört, ihn zu lieben. Sie hatte es nur in ein Schließfach in ihrem geheimen Herzen gepackt, wo es für immer bleiben sollte. Vielleicht in der Hoffnung daß es vertrocknen und sterben würde, aber es war nur im Winterschlaf gewesen.

Wieder überflutete sie ein Kälteschauer, und sie ließ ihren Kopf die Kuhle seiner Schulter finden. Ihr Ohr drückte an seine Brust, sie konnte sein Herz schlagen hören, und sie erinnerte sich an all die anderen Gelegenheiten, bei denen er sie gehalten und getröstet und sie sich eingeredet hatte, was sie in einem gestohlenen Augenblick erlebten, könnte ewig halten.

Gott, wie gerne hätte sie sich das jetzt gesagt. Sie hätte sich gern vorgegaukelt, daß sie nicht gerade von einem Tatort kamen und daß ihre Zeugin nicht vermißt wurde und daß Quinn ihretwegen hierhergekommen war, statt wegen seines Jobs, den er immer an die erste Stelle setzte.

Wie unfair, daß sie sich bei ihm so sicher fühlte, daß Zufriedenheit so nahe schien, daß sie, wenn sie ihr Leben von seinen Armen aus betrachtete, mit einem Mal all die Löcher, die fehlenden Stücke, die abgestumpften Sinne erkennen konnte. Wie unfair, das alles erkennen zu können, nachdem sie gerade beschlossen hatte, daß es besser war, niemanden zu brauchen und ganz sicherlich am besten, ihn nicht zu brauchen.

Sie spürte, wie seine Lippen über ihre Schläfe strichen, ihre Wange. Gegen den schwächeren Teil ihres Willens hob sie ihr Gesicht und ließ seinen Mund den ihren finden. Warm, fest, das perfekte Gegenstück. Schmerz und Lust überfluteten sie zugleich bitter und süß. Der Kuß war zärtlich, behutsam, sanft – fragend, nicht nehmend. Und als Quinn seinen Kopf ein paar Zentimeter hob, las sie die Frage in seinen Augen, als wäre jeder ihrer Wünsche und Zweifel durch den Kuß auf ihn übertragen worden.

»Ich muß mich setzen«, murmelte Kate und trat zurück ... Seine Arme fielen von ihr ab, und die Kälte umfing sie wieder wie eine unsichtbare Stola. Sie schnappte sich das Glas vom Schreibtisch auf dem Weg zur Couch. Dort quetschte sie sich in eine Ecke und zog die Chenilledecke auf ihren Schoß.

»Ich kann das nicht tun«, sagte sie leise, mehr zu sich selbst als zu ihm. »Es ist zu hart. Es ist zu grausam. Ich will kein solches Chaos am Hals haben, wenn du nach Quantico zurückgehst.« Sie nippte an dem Gin und schüttelte den Kopf. »Ich wünschte, du wärst nicht gekommen, John.«

Quinn setzte sich neben sie, die Unterarme auf den Schenkeln. »Wünschst du dir das wirklich, Kate?«

Tränen klebten an ihren Wimpern. »Nein. Aber was spielt das jetzt für eine Rolle? Was ich mir wünsche, hatte noch nie einen Zusammenhang mit der Realität.«

Sie leerte das Glas, stellte es beiseite und rieb mit den Händen über ihr Gesicht.

»Ich hab mir gewünscht, daß Emily weiterlebt und das hat sie nicht. Ich hab mir gewünscht, daß Steven mir nicht die Schuld gäbe, aber er hat. Ich hab mir gewünscht –«

Jetzt verstummte sie. Was sollte sie denn sagen? Daß sie sich gewünscht hatte, Quinn würde sie mehr lieben? Daß sie geheiratet hätten und Kinder gehabt und in Montana lebten, Pferde züchteten und sich jede Nacht liebten? Fantasien, die eigentlich zu jemand Naiverem gehörten. Gott, sie fühlte sich wie eine Närrin, weil sie solche Gedanken überhaupt zuließ und sie in einer staubigen Ecke ihres Bewußtseins eingelagert hielt. Eins war sicher: Sie würde sie auf keinen Fall teilen und riskieren, noch bemitleidenswerter dazustehen.

»Ich hab mir viele Dinge gewünscht. Und wünschen hat nie geholfen, sie zu erfüllen«, sagte sie. »Und jetzt wünsche ich mir, meine Augen schließen zu können, ohne Blut zu sehen, und meine Ohren schließen zu können und keine Schreie zu hören, und diesen Alptraum auszuschließen und schlafen zu gehen. Und genauso gut könnte ich mir die Sterne vom Himmel wünschen.«

Quinn legte eine Hand auf ihre Schulter, sein Daumen fand den Knoten im Muskel und rieb ihn. »Ich würde dir die Sterne holen, Kate«, sagte er. Ein alter vertrauter Spruch, den sie wie ein geheimes Andenken hin und her jongliert hatten. »Ich möchte die Sterne abhängen und sie runterholen und sie dir als Halskette schenken.«

Gefühle brannten in ihren Augen, versengten den Rest ihres Entschlusses, stark zu bleiben. Sie war zu müde, und es schmerzte zu sehr – alles: der Fall, die Erinnerungen, der vergangene Traum. Sie begrub ihr Gesicht in den Händen.

Quinn legte seine Arme um sie, führte ihren Kopf noch einmal zu seiner Schulter.

»Ist schon in Ordnung«, flüsterte er.

»Nein, ist es nicht.«

»Laß dich von mir halten, Kate.«

Sie brachte es nicht fertig, nein zu sagen. Sie konnte die Vorstellung, sich zurückzuziehen, allein zu sein, nicht ertragen. Sie war zu lange allein gewesen. Sie wollte seinen Trost. Sie wollte seine Kraft, die Wärme seines Körpers. In seinen Armen hatte sie zum ersten Mal seit langer Zeit das Gefühl, dorthin zu gehören.

»Ich habe nie aufgehört, dich zu lieben«, flüsterte er.

Kate schlang ihre Arme fester um ihn, traute sich aber nicht, ihn anzusehen.

»Warum hast du mich dann gehen lassen?« fragte sie. Der Schmerz schwamm dicht unter der Oberfläche ihrer Stimme. »Und warum bist du weggeblieben?«

»Ich dachte, du wolltest es so, bräuchtest das. Ich hielt es für das Beste für dich. Am Ende hast du ja nicht direkt um meine Aufmerksamkeit gebuhlt.«

»Du lagst meinetwegen mit dem Bureau im Clinch –«

»Stevens wegen, nicht deinetwegen.«

»Semantik. Steven wollte dich meinetwegen bestrafen, unseretwegen.«

»Und du wolltest dich deshalb verstecken.«

Sie versuchte nicht, es abzustreiten. Was sie in ihrer geheimen Liebe geteilt hatten, war etwas so Besonderes gewesen: die Art von Zauber, die sich die meisten Menschen wünschten, aber nie fanden, die Art von Zauber, die sie beide nie zuvor erlebt hatten. Aber als das Geheimnis schließlich offenbart wurde, hatte keiner diesen Zauber gesehen. Im gnadenlosen Licht öffentlichen Interesses war ihre Liebe zur Affäre geworden, etwas Billiges, Zweifelhaftes. Keiner hatte es verstanden, keiner hatte es versucht, keiner hatte sich die Mühe machen wollen. Keiner hatte ihren Schmerz, ihre Einsamkeit gesehen. Sie war keine Frau, die in Kummer ertrank, ausgeschlossen von einem Ehemann, der verbittert und abweisend geworden war. Sie war eine Schlampe, die ihren trauernden Mann betrogen hatte, während ihre Tochter noch nicht mal richtig unter der Erde war.

Sie konnte nicht behaupten, daß ihr eigenes Schuldgefühl nicht einige dieser Gefühle genau reflektiert hatte, obwohl sie es besser wußte. Sie hatte nie das Zeug zum Lügen oder Betrügen gehabt. Sie war mit einer Mischung von katholischem Schuldbewußtsein und schwedischem Hang zur Selbstbeschimpfung aufgezogen worden. Und die Woge von Selbstverdammung durch Emilys Tod und ihr eigenes Gefühl gebrochener Moralität waren ihr über den

Kopf gestiegen, und ihr war es nicht gelungen aufzutauchen – besonders nicht, als der einzige Mensch, nach dem sie hilfesuchend die Hand ausgestreckt hatte, zurückgewichen war, mit seinem eigenen Zorn und Schmerz ringend.

Die Erinnerung an den Aufruhr ließ sie jetzt wieder aufstehen, rastlos, voller Widerwillen gegen die Emotionen, die mit den Erinnerungen kamen.

»Du hättest mir nachkommen können«, sagte sie. »Aber zwischen Karriere und Alltag warst du plötzlich nie mehr da.«

»Ich hab gedacht, du liebst den Job mehr als mich«, gab sie flüsternd zu, dann schenkte sie Quinn den Ansatz eines Lächelns. »Ich dachte, du wärst endlich zu dem Schluß gekommen, ich brächte mehr Ärger, als ich wert war.«

»Oh, Kate ...« Er trat näher, schob ihren Kopf zurück und sah ihr in die Augen. Seine waren dunkel wie die Nacht, glänzend und eindringlich.

Ihre quollen über von dieser Unsicherheit, die ihn immer am meisten gerührt hatte – die Unsicherheit, die unter Schichten von Politur und sturer Kraft begraben lagen. Eine Unsicherheit, die er vielleicht als mit seiner verwandt erkannte, das Ding, das er in sich versteckte und fürchtete.

»Ich hab dich gehen lassen, weil ich dachte, daß du genau das willst. Und ich hab mich in der Arbeit vergraben, weil es das einzige war, was den Schmerz dämpfte.«

»Ich habe alles, was ich je war, in diesen Job investiert«, sagte er. »Ich weiß nicht, ob noch etwas von mir übrig ist, daß dir wert erscheint. Aber ich weiß, daß ich nie etwas, weder den Job noch irgend jemanden oder irgend etwas anderes, so geliebt habe wie dich, Kate.«

Kate sagte nichts. Quinn war sich bewußt, wie die Zeit verstrich, einer Träne, die über ihre Wange rollte. Er dachte daran, wie sie sich getrennt hatten und an all die Zeit, die sie verloren hatten und wußte, daß es komplizierter war, als nur ein einfacher Mangel an Kommunikation. Die Gefühle, die Ängste, der Stolz und der Schmerz, die sich zwischen sie gedrängt hatten, waren alle echt gewesen. So scharf und echt, daß keiner von ihnen je den Nerv gehabt hatte, sich ihnen zu stellen und gegen sie anzugehen.

Es war leichter gewesen, einfach loszulassen, – aber das war der größte Fehler in seinem gesamten Leben.

»Wir sind vielleicht ein Paar«, flüsterte er, ein Echo dessen, was er in Kovacs Wagen gesagt hatte. »Was hast du gefühlt, Kate? Hast du aufgehört, mich zu brauchen? Hast du aufgehört, mich zu lieben? Hast du –«

Sie drückte zitternde Lippen an seinen Mund, schüttelte den Kopf. »Niemals«, sagte sie, so leise, daß das Wort kaum mehr als ein Gedanke war. »Niemals.«

Sie hatte ihn gehaßt. Sie hatte ihn verabscheut. Sie hatte ihm die Schuld gegeben und versucht, ihn zu vergessen. Aber sie hatte nie aufgehört, ihn zu lieben. Und was für eine beängstigende Wahrheit das war – daß in fünf Jahren das Bedürfnis nie gestorben war, daß sie nie etwas auch nur Ähnliches empfunden hatte. Jetzt erhob es sich in ihr wie eine erwachende Flamme, die die Erschöpfung und die Angst und alles andere brennen ließ.

Sie beugte sich vor, um seine Lippen mit ihren zu berühren. Sie kostete seinen Mund und das Salz ihrer eigenen Tränen. Seine Arme umfingen sie, drückten sie an sich, beugten sie nach hinten, schmiegten ihren Körper an seinen.

»O Gott, Kate, was hab ich dich gebraucht«, gestand er, und sein Mund strich über eine ihrer Ohrmuscheln. »Du hast mir so gefehlt.«

Kate küßte seine Wange, strich mit einer Hand über sein kurzgeschorenes Haar. »Ich habe noch nie jemanden so gebraucht, wie ich dich gebraucht habe … dich brauche …«

Ihm entging der Unterschied nicht, und er trat zurück, um sie einen Augenblick lang anzusehen. Er fragte nicht, ob sie sicher wäre. Aus Angst, sie könnte antworten, nahm Kate an. Genau wie sie. Sie fühlte keine Sicherheit in sich. Es gab keine Logik, keine Gedanken an irgend etwas, abgesehen von diesem Augenblick und dem Gewirr ungefilterter Gefühle und dem Bedürfnis, sich in Quinn zu verlieren … nur in ihm.

Sie führte ihn an der Hand nach oben. Er blieb dreimal stehen, um sie zu berühren, zu küssen, sein Gesicht in ihren Haaren zu begraben. In ihrem Schlafzimmer halfen sie sich gegenseitig beim Ausziehen. Verschlungene Hände, ungeduldige Finger. Sein

Hemd über der Stuhllehne, ihr Rock wie eine Pfütze auf dem Boden. Keinen Augenblick den Kontakt zueinander verlierend. Eine Liebkosung. Ein Kuß. Eine ängstliche Umarmung.

Für Kate war Quinns Berührung eine Erinnerung, die die Wirklichkeit überlappte. Das Gefühl seiner Hand auf ihrer Haut war in ihrem Bewußtsein und in ihrem Herzen eingeprägt. Es zog das Verlangen an die Oberfläche, das sie nur bei ihm erlebt hatte. Sofort da, in einem warmen Strom, ein süßer Schmerz. Als wären sie nur fünf Tage getrennt gewesen, nicht fünf Jahre.

Ihr stockte der Atem, als sie seinen Mund auf ihrer Brust spürte, und sie atmete schaudernd aus, als seine Hand zwischen ihre Beine glitt und seine Finger sie heiß und naß fanden. Ihre Hüften bäumten sich ihm automatisch in dem Winkel zu, den sie so viele Male gefunden hatten, vor so langer Zeit.

Ihre Hände wanderten über seinen Körper. Vertrautes Territorium. Grate und Ebenen von Muskel und Knochen. Glatte, heiße Haut. Die Senke seiner Wirbelsäule. Seine Erektion, die sich an sie drängte. Hart wie Marmor, weich wie Samt. Sein dicker, muskulöser Schenkel, der ihre Beine weiter auseinanderpreßte.

Sie führte ihn in sich, fühlte das absolute Prickeln, von ihm perfekt ausgefüllt zu sein, genauso wie jedes einzelne Mal, wenn sie sich geliebt hatten. Das Gefühl, das Wunderbare daran, war nie abgestumpft, war nur intensiver geworden. Für sie genau wie für ihn. Sie konnte es in seinen Augen sehen, als er im Lampenlicht auf sie hinuntersah: die intensive Lust, die Hitze, die Überraschung, der Hauch von Verzweiflung, den die Erkenntnis mit sich brachte, daß alles nur jeweils mit dem anderen passierte.

Die Erkenntnis weckte in ihr den Wunsch zu weinen. Er war derjenige, der einzige. Der Mann, den sie geheiratet hatte, dessen Kind sie geboren hatte, hatte es nicht einmal ansatzweise geschafft, sie das empfinden zu lassen, was John Quinn sie durch seine bloße Gegenwart im Raum empfinden ließ.

Sie hielt ihn fester, bewegte sich heftiger gegen ihn, krallte ihre Nägel in seinen Rücken. Er küßte sie eindringlich, besitzergreifend. Mit seiner Zunge, seinen Zähnen. Er bewegte sich mit wachsender Macht in ihr, dann zog er sich zurück, entrückte sie beide sanft dem Abgrund.

Zeit verlor ihre Bedeutung. Es gab keine Sekunden, nur Atemzüge und gemurmelte Worte; keine Minuten nur Ebbe und Flut der Lust. Und als schließlich das Ende kam, war es eine Explosion von Emotionen, die von einem Ende des Spektrums bis zum anderen rannten. Und dann folgte eine seltsame Mischung von Frieden und Spannung, Befriedigung und Erfüllung und Mißtrauen, bis die Erschöpfung alles andere übertrumpfte und sie eng umschlungen einschliefen.

Kapitel 25

»Herhören!«

Kovac lehnte sich schwer gegen ein Ende des Tisches im Loving Touch of Death. Er war gerade lange genug zu Hause gewesen, um auf einem Küchenstuhl einzuschlafen, während er darauf wartete, daß der Kaffee durchlief. Er hatte weder geduscht, noch sich rasiert und stellte sich vor, daß er aussah wie ein Penner mit demselben schlaffen, verknitterten Anzug, den er am Tag zuvor getragen hatte. Er hatte nicht einmal Zeit gehabt, sein Hemd zu wechseln.

Alle anderen im Team zeigten ähnliche Verschleißerscheinungen. Dunkle Ringe unter blutunterlaufenen Augen. Tiefe Sorgenfalten, die sich in blasse Gesichter eingruben.

Der Raum stank nach Zigaretten, Schweiß und bitterem Kaffee, was die ursprünglichen Duftspuren von Mäusen und Schimmel überlagerte. Ein tragbares Radio war auf WCCO eingestellt und konkurrierte mit einem Fernseher mit kleinem Bildschirm. Beide waren eingeschaltet, um die neuesten Berichte zu empfangen, die die Medien zu bieten hatten. Fotos von dem brennenden Auto und Opfer Nummer Vier waren hastig auf eines der Bretter gepinnt worden, so frisch vom Entwickeln, daß sie sich zusammenrollten.

»Die Medien laufen Amok mit dem, was gestern nacht passiert ist«, sagte Kovac. »Smokey Joe zündet praktisch vor unserer Nase ein Opfer an, und wir stehen da, als ob wir die ganze Zeit nur in der Nase gepopelt hätten. Der Chief und Lieutenant Fowler hingen mir heute schon wie Rodeoreiter im Kreuz. Lange Rede, kurzer Sinn: ›Wenn wir nicht schleunigst was liefern, werden wir im Gefängnis Dienst schieben und Körperöffnungen durchsuchen.‹«

»Da kriegt ja Tip mal endlich sowas wie Sex«, sagte Adler.

Tippen feuerte eine Büroklammer mit einer Gummibandschleuder. »Sehr komisch. Darf ich bei dir anfangen, Chunk? Was dagegen, wenn ich ein Brecheisen nehme?«

Kovac ignorierte sie. »Wir haben es geschafft, daß sie nichts von diesem Band erfahren haben.«

»Gottseidank hat es keiner von ihnen gefunden«, sagte Walsh und betrachtete den Zustand seines Taschentuchs. »Sie würden es in jedem Sender der Stadt spielen.«

Sam hatte es nicht geschafft, das Geräusch dieser Schreie aus dem Kopf zu kriegen. Die Vorstellung, daß dieses Band in jedem Haus in den Twin Cities gehört werden könnte, drehte ihm den Magen um.

»Das Band ist im BCA Labor«, sagte er. »Irgendein Techno-Zauberer untersucht es, versucht, Hintergrundgeräusche und sowas einzufangen. Wir werden später hören, was er zu sagen hat. Tinks hast du Vanlees gefunden?«

Liska schüttelte den Kopf. »Kein Erfolg. Scheinbar ist sein einziger enger Freund der, für den er auch den Haussitter spielt. Und neue wird er in nächster Zeit ganz sicher nicht finden. Mary und mir ist es gelungen, jeden, den er kennt, stocksauer zu machen, weil wir mitten in der Nacht angerufen haben. Ein Typ hat aber gesagt, Vanlees würde mit dem Haus angeben. Er meinte, es hätte sich angehört wie irgendwo Uptown oder so. In der Nähe eines Sees.«

»Ich hab einen Wagen auf seine Wohnung in Lysdale angesetzt. Einen anderen auf das Target Center und einen auf die Häuser in Edgewater. Und jeder Cop in der Stadt ist auf der Suche nach seinem Truck.«

»Du hast keinen triftigen Grund, ihn zu verhaften?« sagte Yurek.

»Den werdet ihr nicht brauchen«, sagte Quinn, der mitten im Gespräch hereinkam. Schneeflocken schmolzen in seinem Haar. Er streifte seinen Trenchcoat ab und warf ihn auf den Tresen. »Das ist keine Verhaftung. Wir bitten um seine Hilfe. Wenn dieser Typ Smokey Joe ist, dann fühlt er sich überlegen und selbstzufrieden. Er hat uns gestern nacht wie Idioten aussehen lassen. Die Vorstellung, daß Cops ihn um Hilfe bitten, wird seinem Ego ungeheuer schmeicheln.«

»Wir möchten nur nicht, daß uns der Kerl wegen eines Formfehlers durch die Lappen geht«, sagte Yurek.

»Dem ersten, der da was vermurkst, schieß ich persönlich in die Knie«, versprach Kovac.

»Also G«, sagte Tippen mit zusammengekniffenen Augen. »Sie glauben, dieser Typ ist es?«

»Er paßt ziemlich gut in das Bild. Wir werden ihn hier reinholen und ein Pläuschchen mit ihm halten, dann würde ich eine Überwachung mit der Nase an seiner Stoßstange empfehlen. Ihn zum Schwitzen bringen, ausprobieren, wozu wir ihn verleiten können. Wenn wir ihn durcheinanderbringen können, dazu bringen, daß er Panik kriegt, dann werden sich Türen öffnen. Wenn alles richtig läuft, haben wir am Schluß die Rechtfertigung für einen Durchsuchungsbefehl.«

»Ich mach mich auf den Weg nach Edgewater«, sagte Liska. »Ich möchte vor Ort sein, versuchen, ihn locker zu machen, dazu bringen, daß er unvorsichtig wird.«

»Was für einen Eindruck machte er denn gestern bei der Versammlung?« fragte Quinn.

»Fasziniert. Ein bißchen aufgeregt, voller Theorien.«

»Wissen wir, wo er Sonntagnacht war?«

»Das immer wieder beliebte allein zu Haus.«

»Ich möchte dabei sein, wenn ihr ihn im Verhörzimmer habt.« sagte Quinn. »Nicht im Raum, aber ich will zuschauen.«

»Sie wollen ihn nicht vernehmen?«

»Nicht gleich beim Abschlag. Sie werden drin sein und jemanden, den er noch nie gesehen hat. Wahrscheinlich Sam. Ich komm später dazu.«

»Piepst mich an, sobald ihr ihn habt«, sagte Kovac, als im Hintergrund ein Telefon läutete. Elwood stand auf, um ranzugehen. »Tip, Charmie, habt ihr jemanden gefunden, der gesehen hat, wie die kleine DiMarco Sonntagnacht in einen Truck gestiegen ist?«

»Nein«, sagte Tip. »Und der gängige Preis für diese Antwort ist zehn Dollar. Außer du bist Charmie, dann kriegst du diese Antwort und für ein Lächeln noch einen geblasen.«

Yurek warf ihm einen giftigen Blick zu. »Als ob das eine Belohnung wäre, wenn man ohne Aufpreis einen Tripper kriegt.«

»Für Tip ist es das«, sagte Liska.

»Charmie! Telefon!« rief Elwood.

»Bleibt am Ball«, befahl Kovac. »Laßt ein paar Flugblätter mit dem Foto des Mädchens und einem von einem GMC Jimmy drucken. Fragt Lieutenant Fowler wegen einer Belohnung. Mit ein bißchen Glück hat sich einer um die Zeit in der Gegend rumgetrieben, der bereit ist, seine Mutter für ein paar hundert Dollar zu verschachern.«

»Wird gemacht.«

»Jemand Diplomatisches muß ins Phoenix gehen und wieder mit dieser Nutte reden, die das zweite Opfer kannte«, fuhr Kovac fort.

»Das mach ich«, bot Moss an.

»Frag sie, ob Fawn Pierce eine Tätowierung hatte«, sagte Quinn und zwang sich, gerade zu sitzen. Er rieb sich einen Knoten im Nacken. »Lila White hatte eine Tätowierung genau da, wo das Stück Fleisch aus ihrer Brust fehlte. Smokey Joe könnte ein Kunstliebhaber sein. Oder Künstler.«

»Woher haben Sie das?« fragte Tippen skeptisch, als hätte Quinn das vielleicht gerade vom Himmel runtergeholt.

»Ich hab etwas getan, was kein anderer für nötig gehalten hat: genau hingesehen«, sagte er grob. »Ich hab mir die Fotos angeschaut, die Lila Whites Eltern Agent Moss gegeben haben. Sie wurden wenige Tage vor ihrem Tod aufgenommen. Wenn sich herausstellt, daß Fawn Pierce eine Tätowierung hatte, die der Mörder entfernt hat, dann müßt ihr herausfinden, wo beide Frauen sie haben machen lassen und die Tätowiersalons und alle, die damit zu tun haben, überprüfen.«

»Wissen wir, ob Jillian Bondurant irgendwelche Tätowierungen hatte?« fragte Hamill.

»Ihr Vater sagt, er weiß von keinen.«

»Ihre Freundin, Michele Fine, behauptet, auch von keiner zu wissen«, sagte Liska. »Und ich glaube, sie wüßte es. Sie ist selber ein wandelnder Schmierblock.«

»Hat man ihr jemals die Fingerabdrücke abgenommen?« fragte Kovac und wühlte in einem schlampigen Stapel Notizen.

»Ich hatte noch keine Zeit, das zu überprüfen.«

Ein Handy klingelte und Quinn fluchte, stand auf und kramte in der Tasche seines Jacketts.

Adler zeigte auf den Fernseher, wo Aufnahmen des brennenden Wagens den Bildschirm füllten. »He, da ist Kojak!«

Die Scheinwerfer bleichten Kovacs Haut zu Pergament. Er starrte mit heftig gerunzelter Stirn in die Kameras und erwehrte sich Fragen mit einer steifen Version von: »Die laufenden Ermittlungen sind äußerst sensibler Natur. Wir geben momentan keinen Kommentar.«

»Du mußt dir diesen Schnurrbart abrasieren, Sam«, sagte Liska. »Du siehst aus wie Mr. Peabody von Rocky und Bullwinkle.«

»Irgendwelche Verstümmelungen bei dem neuesten Opfer?« fragte Tippen von der Kaffeemaschine.

»Die Autopsie ist für acht Uhr angesetzt«, sagte Kovac und warf einen Blick auf die Uhr. Zwanzig vor. Er wandte sich zu Moss. »Rob Marshall von Legal Services wird Sie im Phoenix treffen. Das ist die Lamettariege, die bei den Urskines schön Männchen macht, nachdem die Miststückkönigin des Nordens gestern abend diesen Stunk veranstaltet hat.«

»Mir persönlich ist es egal, wie eingeschnappt sie sind. Ich möchte, daß jemand sich heute Vampiras Gespons auf dem Revier vorknöpft. Mary, bitte ihn reinzukommen und sei vage, wenn sie nach dem Grund fragen. Routine, sowas. Und frag, ob sie einen Kreditkartenbeleg oder einen stornierten Scheck von der Hütte haben, in der sie an dem Wochenende waren, an dem Lila White getötet wurde.

Gregg Urskine war einer der letzten, der gestern nacht unsere Zeugin gesehen hat. Das erste Opfer war einer ihrer Gäste. Das zweite war eine Freundin von einer ihrer momentanen Huren. Das sind zuviele Verbindungen für mich«, verkündete Kovac.

»Toni Urskine wird jede Nachrichtenagentur in der Metropolis anrufen«, warnte Yurek.

»Wenn wir höflich sind, läßt sie das bloß in einem schlechten Licht erscheinen«, sagte Kovac. »Wir sind nur gründlich, drehen jeden Stein um. Das wollte doch Toni Urskine.«

»Haben wir irgendwas von der Versammlung gestern abend gekriegt?« fragte Hamill.

»Bei den Autos nichts, was uns nützt«, sagte Elwood. »Nur das Band.«

Kovac warf noch einen Blick auf die Uhr. »Ich werd mir das später anschauen. Doc wird schon ihre Messer wetzen. Kommen Sie mit, GQ?«

Quinn hob zustimmend die Hand und klappte sein Handy zu. Sie packten ihre Mäntel und gingen durch die Hintertür hinaus.

Der Schnee hatte den Dreck der Gasse zugedeckt – inklusive Kovacs Wagen – Camouflage für potentielle Reifenschlitzer wie zerbrochene Thunderbird und Colt 45 Schnapsflaschen, die den Boden dieser Gassen in der Innenstadt wie gefallene Blätter übersäten. Sam holte einen Handbesen unter einem Haufen Gerümpel auf dem Rücksitz hervor und kehrte die Windschutzscheibe, die Haube und die Bremslichter frei.

»Sind Sie gestern nacht gut ins Hotel zurückgekommen?« fragte er, als sie eingestiegen waren und er den Motor angelassen hatte. »Ich hätte Sie wirklich hinfahren können. Ist kein großer Umweg für mich.«

»Nein, war alles in Ordnung. Ganz in Ordnung«, sagte Quinn, ohne ihn anzusehen. Er spürte Kovacs Blick. »Kate war so durcheinander von diesem Band, ich wollte sicher gehen, daß sie in Ordnung ist.«

»Aha. Und war sie? In Ordnung?«

»Nein. Sie glaubt, die Leiche wäre ihre Zeugin, und diese Schreie wären die Schreie ihrer Zeugin, als sie gefoltert wurde. Sie fühlt sich schuldig.«

»Naja, dann war's sicher gut, daß Sie sie nach Hause gebracht haben. Was haben Sie gemacht? Sich ein Taxi in die Stadt genommen?«

»Ja«, log er, während vor seinem inneren Auge die Szene von heute früh ablief.

Aufwachen und Kate im schwachen Licht übers Kissen ansehen, sie berühren, beobachten, wie diese unglaublich klaren grauen Augen sich öffneten, die Unsicherheit darin sehen. Er hätte viel lieber gedacht, daß ihre Liebesnacht alle Probleme gelöst hatte, aber das stimmte nicht. Sie hatte sie ein wenig getröstet, ihre Seelen neu verbunden – und alles kompliziert. Aber, mein

Gott, es war wie eine Rückkehr in den Himmel gewesen, nach all den Jahren im Fegefeuer.

Und was jetzt? Die unausgesprochene Frage, die verlegen zwischen ihnen schwebte, während sie sich wuschen, anzogen, sich ein Bagel schnappten und aus dem Haus eilten. Es hatte kein morgendliches Nachglühen gegeben, kein Berühren, Küssen, keine Reste von Leidenschaft. Sie hatten keine Zeit zu reden gehabt, und Kate hätte er ohnehin nicht dazu gebracht. Wenn sie in die Ecke gedrängt wurde, war ihre erste Reaktion immer, sich in sich zurückzuziehen, die Tür zuzumachen und im eigenen Saft zu schmoren. Er war aber weiß Gott nicht besser.

Sie hatte ihn am Radisson abgesetzt. Er hatte sich zu hastig rasiert, rasch einen frischen Anzug angezogen und war dann verspätet aus der Tür gerannt.

»Ich hab heute morgen versucht, Sie anzurufen«, sagte Kovac, legte den Rückwärtsgang ein, blieb aber auf der Bremse stehen. »Sie sind nicht rangegangen.«

»Da muß ich wohl in der Dusche gewesen sein.« Quinn verzog keine Miene. »Haben Sie eine Nachricht hinterlassen? Ich hab mir nicht die Zeit genommen nachzufragen.«

»Wollte nur schauen, wie es Kate geht.«

»Warum haben Sie sie dann nicht angerufen?« fragte Quinn und wurde allmählich wütend. Er wandte sich zu Kovac und drehte den Spieß um. »Wissen Sie, wenn Sie damals soviel Interesse am White Mord gezeigt hätten, wären wir vielleicht jetzt nicht hier.«

Kovac errötete. Mehr vor Schuldgefühlen als vor Wut, dachte Quinn, obwohl der Cop das letztere spielte.

»Sie haben die Schnellspur genommen, Sam. Wie erklären Sie sich sonst, daß Sie die Tätowierung übersehen haben?«

»Wir haben gefragt. Da bin ich mir sicher. Wir müssen gefragt haben«, sagte Kovac überzeugt, dann weniger, dann gar nicht mehr. Er verrenkte sich den Hals und sah aus dem Rückfenster, als er den Fuß von der Bremse nahm. »Vielleicht hat keiner das Scheißding bemerkt.«

»Ihre Eltern sind Spießer aus einer Farmerstadt. Glauben Sie, die hätten nicht bemerkt, daß ihre Tochter eine Calla Lilie auf der

Brust tätowiert hatte? Glauben Sie, keiner ihrer Stammfreier hat es bemerkt?«

Kovac ließ den Motor aufheulen, zwang den Wagen zu schnell von seinem Platz und stieg zu heftig auf die Bremse. Der Caprice schlitterte auf dem rutschigen nassen Schnee und die hintere Stoßstange krachte mit einem bösen Knall auf seine Mülltonne.

»Scheiße!«

Quinn zuckte zuammen, dann entspannte er sich, die Aufmerksamkeit immer noch auf Kovac gerichtet. »Sie haben das Alibi der Urskines nicht überprüft, als Lila White getötet wurde.«

»Ich hab sie nicht gezwungen, die Quittung zu bringen. Welches Motiv hatten sie denn, diese Frau umzubringen? Keines. Außerdem hat Toni Urskine uns so die Hölle heißgemacht, weil wir uns angeblich nicht genug Mühe gäben ...«

»Ich hab die Berichte gelesen«, sagte Quinn. »Sie haben eine Woche lang hart an dem Fall gearbeitet und dann immer weniger und weniger. Dieselbe Geschichte bei Fawn Pierce.«

Kovac öffnete das Fenster einen Spalt, zündete eine Zigarette an und blies die erste Lunge voll nach draußen. Der Caprice stand immer noch schief da, mit dem Hintern an der Mülltonne. Liska kam aus dem Gebäude, deutete auf ihn, schüttelte den Kopf und stieg dann in ihren Wagen.

»Sie haben schon genug von diesen Fällen gesehen; Sie wissen, wie das läuft«, sagte er. »Eine Hure gibt den Löffel ab, die Polizei ist etwa so besorgt, wie wenn ein streunender Hund überfahren wird. Zettel dran, ab in den Sack, Ermittlung ohne Flitterkram. Wenn der Fall nicht schnell gelöst wird, wird er auf kleine Flamme geschoben, um Platz zu schaffen für die steuerzahlenden Bürger, die von eifersüchtigen Männern und mit Crack vollgepumpten Autodieben ermordet werden.

Ich hab getan, was ich konnte, solange ich konnte«, sagte er und starrte durch die Windschutzscheibe auf den fallenden Schnee.

»Ich glaube Ihnen, Sam.« Obwohl Quinn der Meinung war, daß Kovac sich selbst nicht ganz glaubte. Das Bedauern war in die Falten seines verwitterten Gesichts eingegraben. »Wirklich Pech für die anderen drei Opfer, daß es nicht genug war.«

»Wie lange haben Sie Fawn Pierce gekannt?« fragte Mary Moss.

Im Aufenthaltsraum des Phoenix House saß sie an einem Ende einer erbsgrünen Couch, eine stumme Aufforderung für Rita Renner, sich ans andere Ende zu setzen, eine begrenzte Atmosphäre von Intimität zu schaffen. Eine Sprungfeder bohrte sich in ihren Hintern.

»Etwa zwei Jahre«, sagte Rita, so leise, daß Mary nach dem kleinen Kassettenrecorder auf dem Tisch griff und ihn näher rückte. »Wir haben uns in der Stadt kennengelernt und uns einfach angefreundet.«

»Habt ihr im selben Gebiet gearbeitet?«

Sie sah hoch zu Toni Urskine, die auf der Lehne der Couch saß und eine Hand beruhigend auf Renners Schulter gelegt hatte. Dann sah sie zu Rob Marshall, der auf der anderen Seite des Couchtisches von einem Fuß auf den anderen trat und so aussah, als könne er es kaum erwarten, woanders zu sein. Sein linkes Bein wackelte wie ein Motor im Leerlauf.

»Ja«, sagte sie. »Wir haben bei den Strip Clubs und dem Target Center gearbeitet.«

Ihre Stimme klang, als käme sie aus einer anderen Dimension. Sie war so still und mäuschenhaft mit ihren alten Jeans und dem Flanellhemd, daß man sich kaum vorstellen konnte, dieselbe Frau anzusehen, die ihre Reize für die geilen Fieslinge zur Schau stellte, die auf den schäbigeren Straßen von Minneapolis auf der Suche nach käuflichem Sex unterwegs waren. Aber das war ja auch die »bekehrte« Linda, nicht die Frau, die wegen Drogenbesitzes verhaftet worden war und ihre Crackpfeife in der Vagina aufbewahrt hatte. Was für einen Unterschied doch die Nüchternheit machte.

»Hatte sie irgendwelche Feinde? Haben Sie gesehen, wie jemand sie auf der Straße belästigt hat?«

Renner sah verwirrt aus. »Jede Nacht. So sind die Männer eben.« Sie warf einen verstohlenen Blick durch die Wimpern auf Rob. »Sie ist einmal vergewaltigt worden, wissen Sie. Die Leute meinen, man könnte eine Hure nicht vergewaltigen, aber man kann. Die Cops haben den Typen erwischt, und er ist eingebuchtet worden, aber nicht, weil er Fawn vergewaltigt hat. Er hat irgendeine Buchhalterin auf einer Parkrampe in der Stadt erwischt.

Dafür ist er eingefahren. Sie wollten nicht mal Fawns Aussage. So, als ob es keine Rolle spielte, was er ihr angetan hat.«

»Aussagen über andere mögliche Verbrechen, die der Angeklagte begangen hat, sind vor Gericht nicht zulässig, Mrs. Renner«, sagte Rob. »Das klingt recht unfair, nicht wahr?«

»Das stinkt.«

»Jemand hätte das Ms. Pierce erklären sollen. Wissen Sie, ob sie sich je mit jemandem vom Opfer/Zeugen-Programm zusammengesetzt hat?«

»Ja. Sie hat gesagt, das wär ein Haufen Scheiße. Sie sollte noch ein paarmal hingehen, aber sie hat es nie getan. Sie wollten immer nur alles nochmal durchkauen.«

»Die Ereignisse noch einmal darzulegen ist entscheidend für den Heilungsprozeß«, sagte Rob. Er lächelte auf eine Art, die irgendwie verlegen schien und seine kleinen Schweinsaugen verschwinden ließ. »Ich empfehle das allen meinen Klienten sehr. Ich rate ihnen sogar, sich selbst über einen gewissen Zeitraum aufzunehmen, wenn sie über ihr Erlebnis erzählen, damit sie tatsächlich die Veränderungen in ihren Gefühlen und ihrer Einstellung während des Heilungsprozesses hören. Es kann sehr befreiend sein.«

Rita Renner starrte ihn nur an, den Kopf ein wenig zur Seite geneigt, wie ein kleiner Vogel, der etwas Neues und sehr Seltsames betrachtet.

Mary verkniff sich ein ungeduldiges Seufzen. Wenn jemand, der nicht polizeilich tätig war, bei einer Vernehmung ›half‹, dann war das ungefähr so hilfreich wie ein zusätzlicher kleiner Finger. »Wissen Sie, ob es jemand Spezielles gab, der Fawn hätte wehtun wollen?«

»Sie sagte, irgendein Typ hätte sie ständig angerufen. Sie genervt.«

»Wann war das?«

»Ein paar Tage bevor sie starb.«

»Hatte dieser Typ einen Namen?«

»Ich kann mich nicht erinnern. Ich war damals ziemlich daneben. Einer ihrer Freier, denk ich. Können Sie denn nicht die Telefonaufzeichnungen kontrollieren?«

»Das würde nur funktionieren, wenn sie ihn angerufen hätte.«

Renner runzelte die Stirn. »Das ist nicht irgendwo in einem Computer?«

»Wenn Sie den Namen des Typen wüßten, könnten wir seine Telefonaufzeichnungen kontrollieren.«

»Ich weiß ihn nicht.« Tränen stiegen ihr in die Augen, und sie sah hoch zu Toni Urskine, die ihr wieder die Schulter tätschelte. »Fawn hat ihn ›die Kröte‹ genannt. Daran kann ich mich erinnern.«

»Unglücklicherweise wird das nicht der Name sein, den er bei der Telefongesellschaft benutzt«, sagte Rob Marshall.

Toni Urskine warf ihm einen bösen Blick zu. »Es besteht kein Anlaß, abfällig zu werden. Rita macht es, so gut sie kann.«

Rob versuchte hastige Wiedergutmachung. »Natürlich. Ich wollte nichts anderes unterstellen«, sagte er mit einem nervösen Lächeln, das er auf Rita Renner richtete. »Können Sie sich an ein Gespräch erinnern, das Sie mit Fawn über diese ... Kröte hatten? Wenn Sie sich das Gespräch im Geiste noch einmal vorspielen könnten, fällt es Ihnen vielleicht wieder ein.«

»Ich weiß es nicht!« jammerte Rita und drehte einen Hemdzipfel in ihrer Hand. »Damals war ich total auf Crack. Und-und-warum sollte ich mich überhaupt dran erinnern? Sie hatte ja nicht Angst vor ihm oder sowas.«

»Das ist schon okay, Rita, es fällt Ihnen vielleicht später ein«, sagte Moss. »Können Sie mir sagen, ob Fawn irgendwelche Tätowierungen hatte?«

Renner sah sie an, wieder verwirrt von dem plötzlichen Richtungswechsel. »Klar, ein paar. Warum?«

»Können Sie mir sagen, wo an ihrem Körper sie sich befanden?«

»Sie hatte eine Rose am Knöchel und ein Kleeblatt auf ihrem Bauch und einen Mund mit rausgestreckter Zunge auf ihrem Hintern. Warum?«

Moss wurde davor bewahrt, eine unverfängliche Lüge zu finden, da Gregg Urskine ausgerechnet in diesem Augenblick mit einem Kaffeetablett zur Tür hereinkam. Sie nahm ihren Recorder vom Tisch und erhob sich mit einem entschuldigenden Lächeln.

»Ich fürchte, ich kann nicht bleiben. Danke, war lieb gemeint.«

»Wollen Sie sich denn nicht aufwärmen, Detective, bevor Sie wieder in die Kälte hinausgehen?« fragte Urskine mit freundlicher, trotteliger Miene.

»Keine Zeit, aber trotzdem danke.«

»Ich nehme an, heute ist der Druck besonders groß«, sagte Toni Urskine mit einem Hauch boshafter Freude. »Nach allem, was gestern nacht passiert ist, steht die Soko besonders unfähig da.«

»Wir tun, was wir können«, sagte Moss. »Übrigens hat Sergeant Kovac gebeten, daß Sie heute später am Tag auf dem Revier vorbeisehen, Mr. Urskine, mit Ihrer Kopie der Quittung für das Gasthaus, in dem Sie an dem Wochenende waren, als Lila White ermordet wurde.«

Toni Urskine schoß von der Couch hoch, mit feuerrotem Gesicht. »Was! Das ist empörend!«

»Das ist eine Formalität«, versicherte ihr Moss. »Wir machen nur den Querstrich auf unseren Ts und die Tüpfelchen auf die Is.«

»Das ist Schikane, sonst nichts.«

»Eine einfache Bitte. Natürlich sind Sie diesmal in keiner Weise verpflichtet, es zu tun. Sergeant Kovac sah keine Notwendigkeit für eine richterliche Anordnung, angesichts dessen, wie sehr Ihnen eine gründliche Untersuchung am Herzen liegt.«

Gregg Urskine lachte nervös, seine Aufmerksamkeit war auf Toni gerichtet. »Schon okay, Schatz. Ich bin mir sicher, ich kann die Quittung finden. Das ist kein Problem.«

»Es ist empörend!« keifte Toni. »Ich werde unseren Anwalt anrufen. Wir waren in der ganzen Sache immer pflichtbewußte Bürger, und so wird uns das gelohnt! Sie können jetzt gehen, Mrs. Moss. Mr. Marshall«, fügte sie etwas verspätet hinzu.

»Ich glaube, wir haben hier ein schlichtes Kommunikationsproblem«, sagte Rob mit einem nervösen Grinsen. »Wenn mein Büro in irgendeiner Weise –«

»Raus hier.«

Gregg Urskine streckte die Hand aus. »Also, Toni –«

»Raus hier!« schrie sie und schlug seine Hand beiseite, ohne auch nur hinzusehen.

»Wir versuchen nur, die beste Arbeit für die Opfer zu liefern«, sagte Moss leise. »Ich dachte, das wollten Sie auch. Oder wollen Sie das nur, wenn die Kameras laufen?«

»Hattest du eine Chance, mit deiner Freundin in Milwaukee zu reden?« fragte Kate. »Sie haben ihr das Bild gefaxt, richtig?«

»Ja, am zweiten, nein am ersten«, antwortete Susan Frye. Kate dankte Gott, daß sie sich entschlossen hatte anzurufen, anstatt zum Büro der Frau zu gehen. Sie hätte ihren Frust und ihre Ungeduld nicht verbergen können, das wußte sie. Streß sprengte den Lack von Manieren und legte sämtliche Nervenspitzen offen. An diesem Punkt hatte sie das Gefühl, eine falsche Antwort würde sie über die Kante des Abgrunds schubsen, und dann würde sie enden wie der Kerl im Atrium.

»Sie ist sehr eingebunden in einen Prozeß«, sagte Susan Frye. »Ich werde anrufen und ihr eine Nachricht hinterlassen.«

»Heute.« Kate merkte zu spät, daß das Wort wie ein Befehl und nicht wie eine Frage rausgekommen war. »Bitte, Susan? Dieses Kind hat mich in eine Welt von Schmerz versenkt. Ich weiß nicht, was Rob sich dabei gedacht hat. Er hätte sie jemandem auf deiner Seite des Zauns zuteilen sollen. Ich arbeite nicht mit Kindern. Und jetzt ist sie verschwunden.«

»Ich hab gehört, sie ist möglicherweise tot«, sagte Frye ohne Umschweife. »Glaubst du denn nicht, daß sie das Opfer von gestern nacht ist?«

»Wir wissen es noch nicht mit Bestimmtheit.« Kates Mund formte das Wort Mistvieh danach. Das war vielleicht eine Freundin, die unter die Gürtellinie schlug. »Selbst wenn es wahr ist, müssen wir rausfinden, wer die Kleine ist, damit wir versuchen können, Kontakt mit ihrer Familie aufzunehmen.«

»Eins kann ich dir schon jetzt garantieren, Kate. Du wirst keinen finden, der sich auch nur die Bohne um sie schert, sonst wäre sie nie in diesem Schlamassel gelandet. Das arme Ding wäre besser dran gewesen, wenn man sie in den ersten drei Monaten abgetrieben hätte.«

Die Gefühllosigkeit dieser Bemerkung machte Kate schwer zu schaffen, als sie Susan Frye für ihre zweifelhafte Hilfe dankte und den Hörer auflegte. Sie löste die Überlegung aus, was genau Angie DiMarco eigentlich auf die Welt gebracht hatte – Zufall? Schicksal? Liebe? Das Verlangen nach einem Scheck vom Sozialamt? War ihr Leben von der Empfängnis an schiefgelaufen, oder waren die Fehler später gekommen, wie Patina, die langsam auf Silber wuchs, das glänzend aus der Produktion kommt?

Ihr Blick wanderte zu dem kleinen Bild von Emily in dem Fach des Regals über ihrem Kopf. Ein schönes kleines Leben, strahlend von der Aussicht auf eine Zukunft. Sie fragte sich, ob Angie je so unschuldig ausgesehen hatte, oder ob ihre Augen immer schon die Verbitterung eines freudlosen Daseins gezeigt hatten.

»Das arme Ding wär besser drangewesen, wenn man es in den ersten drei Monaten abgetrieben hätte.«

Aber Angie DiMarco lebte ihr trauriges Leben weiter, während es Emily genommen worden war.

Kate sprang aus ihrem Stuhl auf und begann, in dem winzigen Büro auf und ab zu laufen. Wenn sie bis zum Ende dieses Tages nicht den Verstand verlor, dann wäre das ein kleines Wunder.

Sie hatte damit gerechnet, daß sie als erstes in Sabins Büro zitiert werden würde, oder zumindest in Robs Büro für einen offiziellen Anschiß wegen der Dinge, die sie gestern nacht auf dem Parkplatz gesagt hatte. Bis jetzt war noch kein solcher Anruf gekommen ... bis jetzt. Und so hatte sie versucht, den Gedanken daran, daß Angie tot sein könnte, abzuwehren, indem sie proaktive Maßnahmen ergriff, um etwas über das Leben des Mädchens herauszufinden. Aber jedesmal, wenn sie ihren Denkprozeß auch nur verlangsamte, hörte sie die Schreie vom Band.

Und jedesmal, wenn sie an etwas ganz anderes denken wollte, dachte sie an Quinn.

Nachdem sie Quinn nicht im Kopf haben wollte, setzte sie sich, packte den Telefonhörer und wählte noch eine Nummer. Sie hatte andere Klienten, um die sie sich kümmern mußte. Zumindest bis Rob sie feuerte.

Sie rief David Willis an und bekam eine sehr lange, übermäßig detaillierte Anweisung, wie sie eine Nachricht auf seinem Anrufbeantworter hinterlassen konnte. Sie versuchte es bei ihrem Vergewaltigungsopfer zu Hause, mit ähnlichem Ergebnis. Dann versuchte sie es bei ihrer Arbeitsstelle und wurde von dem Geschäftsführer des Buchladens informiert, daß man Melanie Hessler gefeuert hätte.

»Wann?« fragte Kate.

»Heute. Sie war zu oft abwesend.«

»Sie leidet unter posttraumatischem Streß«, sagte Kate. »Wegen des Verbrechens, das auf Ihrem Grundstück an ihr begangen wurde, möchte ich hinzufügen.«

»Das war nicht unsere Schuld.«

»Posttraumatischer Streß ist gerichtlich als Behinderung anerkannt und fällt deshalb unter das Behindertengesetz.« Sie schlug ihre Zähne in diese Ungerechtigkeit, geradezu dankbar für die Chance, auf jemanden loszugehen. »Wenn Sie Melanie auf Grund dieser Behinderung diskriminieren, kann sie Sie verklagen, bis Sie bankrott sind.«

»Hören Sie, Lady«, sagte der Manager. »Vielleicht sollten Sie mit Melanie darüber reden, bevor Sie losgehen und Leute bedrohen. Ich glaube nämlich, daß sie deswegen gar nicht so sauer ist. Ich hab die ganze Woche nicht mal einen Pieps von ihr gehört.«

»Ich dachte, Sie hätten gesagt, Sie hätten sie gefeuert?«

»Hab ich. Ich hab's auf ihrem Anrufbeantworter hinterlassen.«

»Sie haben sie auf ihrem Anrufbeantworter *gefeuert*? Was für ein mieser Feigling sind Sie denn?«

»Die Sorte, die jetzt einhängt, Zicke«, sagte er und knallte den Hörer auf die Gabel.

Kate hing gedankenverloren auf und versuchte, sich zu erinnern, wann sie das letzte Mal mit Melanie Hessler geredet hatte. Es war höchstens eine Woche her, dachte sie. VF – vor dem Feuerbestatterfall. Seither war keine Zeit gewesen, sie anzurufen. Angie hatte ihre gesamte Zeit in Anspruch genommen. Es schien ihr zu lange, jetzt wo sie daran dachte. Melanies Anrufe waren immer häufiger geworden, je näher der Prozeß rückte und ihre Nerven sich anspannten.

»Ich hab die ganze Woche noch keinen Pieps von ihr gehört.«

Kate nahm an, sie könnte die Stadt verlassen haben, aber Melanie hätte sie das wissen lassen. Sie meldete sich regelmäßig bei Kate, wie bei einer Bewährungshelferin. Irgendwas stimmte da nicht. Das Gericht hatte es in seiner grenzenlosen Weisheit für angebracht gehalten, Melanies Angreifer auf Kaution freizulassen, aber die Cops hatten sie nicht aus den Augen gelassen, und der leitende Detective hatte die Situation gut unter Kontrolle gehabt.

Wegen Angie kommt mir alles seltsam vor, dachte Kate. Wahrscheinlich gab es keinen Grund zur Sorge. Trotzdem folgte sie ihrem Instinkt, nahm wieder das Telefon und wählte den Detective in Sexualverbrechen an.

Er hatte auch nichts von ihrem Opfer gehört, aber er wußte, daß einer ihrer Angreifer am Wochenende wegen eines Überfalls auf eine frühere Freundin aufgegriffen worden war. Kate erklärte, was sie wußte, und bat ihn, bei Melanie Hessler zu Hause vorbeizuschauen, nur zur Sicherheit.

»Ich mach mich nach dem Lunch auf den Weg.«

»Danke, Bernie. Du bist ein Schatz. Ich bin wahrscheinlich nur paranoid, aber ...«

»Nur weil du paranoid bist, heißt das noch lange nicht, daß das Leben dir keins auswischen will.«

»Wie wahr. Und mein Glück ist momentan nicht gerade auf dem Höchststand.«

»Halt durch, Kate. Es kann immer noch schlimmer kommen.«

Polizistenhumor. Heute fand sie nicht so richtig den Draht dazu.

Sie wandte ihre Aufmerksamkeit einem Stapel Papierkram zu, zog dann aber statt dessen Angies Akte hervor, in der Hoffnung, darin vielleicht etwas zu entdecken, auf dessen Basis sie handeln könnte. Wenn sie noch lange in diesem Büro saß und wartete, würde ihr Gehirn explodieren.

Die Akte war kläglich dünn. Mehr Fragen als Antworten. Könnte das Mädchen von sich aus das Phoenix verlassen haben? Wenn ja, woher kam dann das Blut? Sie ließ sich die Szene aus dem Badezimmer durch den Kopf gehen: der blutige Händeabdruck auf den Kacheln, das verwässerte Blut, das durch den Abfluß sickerte, die blutigen Handtücher im Korb. Mehr Blut als man mit einer vernünftigen Erklärung rechtfertigen könnte.

Aber wenn Smokey Joe sie sich geholt hatte, wie hatte er sie gefunden, und wie kam es, daß Rita Renner nichts gehört hatte – keine Türen, keinen Kampf, kein Garnichts?

Mehr Fragen als Antworten.

Das Telefon klingelte und Kate nahm ab, halb in Hoffnung halb in Angst, Kovac am anderen Ende der Leitung zu hören, mit Neuigkeiten von der Autopsie an Opfer Nummer Vier.

»Kate Conlan.«

Die polierte Stimme einer Sekretärin lieferte wenig willkommene Neuigkeiten einer anderen Sorte: »Ms. Conlan? Mr. Sabin möchte Sie sofort in seinem Büro sehen.«

Kapitel 26

»Also kommt dieser Sergeant Kovac jetzt oder nicht?«

Liska warf einen Blick auf ihre Uhr, als sie zurück in den Verhörraum ging. Es war fast zwölf und der Raum unangenehm heiß. Vanlees wartete schon seit fast eine Stunde, und es gefiel ihm nicht.

»Er ist unterwegs. Er sollte jeden Moment hier sein. Ich hab ihn sofort verständigt, nachdem Sie angerufen hatten, daß Sie reinkommen, Gil. Er will wirklich Ihre Meinung im Hinblick auf bestimmte Dinge bei Jillian hören. Aber wissen Sie, er ist drüben bei der Autopsie – die Frau, die gestern abend verbrannt wurde. Deshalb ist er zu spät dran. Es wird nicht mehr lange dauern.«

Sie hatte ihm diesen Spruch schon mindestens dreimal vorgebetet, und er war es offensichtlich leid, ihn zu hören.

»Ja, also, Sie wissen ja, daß ich helfen möchte, aber ich hab noch andere Sachen zu tun«, sagte er. Er saß ihr am Tisch gegenüber, in Arbeitskleidung – dunkelblaue Hose und Hemd. Was ein Hausmeister tragen könnte, dachte Liska. Oder wie eine Polizistenuniform ohne Schnickschnack. »Ich hab heute nachmittag zu arbeiten –«

»Oh, das geht in Ordnung.« Sie winkte ab. »Ich hab Ihren Boß angerufen und das geklärt. Wollte nicht, daß Sie Ärger kriegen, weil Sie ein guter Bürger sind.«

Er sah aus, als gefiele ihm das auch nicht sonderlich. Er rutschte auf seinem Stuhl hin und her. Sein Blick wanderte zu dem Spiegel an der Wand hinter Liska. »Sie wissen, daß wir so einen im Target Center haben, hinten im Büro. Jemand auf der anderen Seite?«

Liska blinzelte Unschuld. »Warum sollte da jemand auf der anderen Seite sein? Sie sind doch nicht verhaftet. Sie sind hier, um uns zu helfen.«

Vanlees starrte auf den Spiegel.

Liska drehte sich um und starrte auch, fragte sich, wie sie wohl für Quinn aussah. Wie irgendeine fertige Barbesucherin in einer verrauchten Kneipe, zweifellos. Wenn die Ringe unter ihren Augen noch größer würden, würde sie einen Gepäckkarren brauchen, um sie zu transportieren. Mitten in einer Serienmorduntersuchung war nicht der ideale Zeitpunkt, um jemandem mit ihrem frischen, guten Aussehen zu imponieren.

»Sie haben also von dem vierten Opfer gehört«, sagte sie und wandte sich wieder Vanlees zu. »Der Typ hat echt Mumm, sie einfach so auf dem Parkplatz anzustecken, was?«

»Ja, so als ob er eine Botschaft schicken will oder sowas.«

»Arrogant. Das sagt John Quinn. Smokey Joe zeigt uns die Zunge.«

Vanlees runzelte die Stirn. »Smokey Joe? Ich dachte, ihr nennt ihn den Feuerbestatter.«

»So nennt ihn die Presse. Für uns ist er Smokey Joe.« Sie beugte sich über den Tisch, ein Versuch, Intimität zu suggerieren. »Sagen Sie niemandem, daß ich das erzählt habe. Das soll eine Insidersache für Cops bleiben – verstehen Sie?«

Vanlees nickte, eingeweiht in die Methoden der Copwelt. Cool im Umgang mit Insidergeheimnissen. Mr. Professional.

»Sie ist gut«, sagte Quinn, der sie durch das Glas beobachtete. Er und Kovac standen schon seit zwanzig Minuten da, ließen sich Zeit, beobachteten, warteten, ließen Vanlees von seinen eigenen Nerven bearbeiten.

»Keiner vermutet je, daß Tinker Bell sie über den Tisch zieht.« Kovac roch am Revers seines Anzugs und verzog das Gesicht. »Mein Gott, ich stinke vielleicht. Eau de Autopsie mit einem Hauch von Rauch. Also, was halten Sie von diesem Idioten?«

»Er ist nervös. Ich glaube, wir können ihm hier ein bißchen Angst machen und uns, wenn er abzieht, an seine Fersen heften. Mal sehen, wie er reagiert. Wenn wir ihm genug Angst gemacht haben, könnte man da einen Durchsuchungsbefehl rausholen«, sagte Quinn, ohne Vanlees eine Sekunde aus den Augen zu lassen. »Er paßt in vieler Hinsicht, aber er ist nicht gerade das schärfste Messer in der Schublade, oder?«

»Vielleicht spielt er einfach den Dummen, damit die Leute weniger von ihm erwarten. Ich hab das schon öfter gesehen.«

Quinn machte ein unverbindliches Geräusch. In der Regel unternahm der Typ von Killer, den sie suchten, die größten Anstrengungen, um seine Intelligenz zu demonstrieren. Diese Eitelkeit war oft ihr Untergang. Ausnahmslos waren sie nicht so schlau, wie sie glaubten, und vermurksten alles, indem sie versuchten, den Polizisten zu imponieren.

»Laßt ihn wissen, daß ihr von der Spannerei wißt«, sagte Quinn. »Drückt auf diesen Nerv. Das wird ihm nicht gefallen. Er wird nicht wollen, daß die Cops ihn für einen Perversling halten. Und wenn er sich an das übliche Muster gehalten hat, wenn er durch Fenster gespannt hat, dann hat er vielleicht schon Fetischeinbrüche versucht. Diese Typen arbeiten sich hoch. Fischen Sie ein bißchen in dem Teich.

Bringen Sie ihn aus dem Gleichgewicht«, schlug er vor. »Lassen Sie ihn glauben, Sie könnten etwas Verrücktes tun, daß Sie mit sich kämpfen müssen, um sich zu beherrschen. Der Fall und die Brillanz des Killers bringen Sie an den Rand des Wahnsinns. Deuten Sie es an, geben Sie es nicht zu. Setzen Sie all ihre schauspielerischen Talente ein.«

Kovac lockerte mit einem Ruck seine Krawatte und zerwühlte sich das Haar. »Schauspielern? Sie werden mir den verdammten Oscar geben wollen.«

»Wissen Sie schon, wer das Opfer ist?« fragte Vanlees.

Das *Opfer.*

»Ich hab gehört, sie haben bei der Autopsie ihren Ausweis gefunden«, sagte Liska. »Kovac wollte es mir nicht erzählen, er hat nur gesagt, ihm wäre schlecht geworden. Er sagt, er will diesen kranken Hurensohn finden und was in ihn reinstecken.«

»Er war *in* ihrer Leiche?« sagte Vanlees mit einer Mischung aus Entsetzen und Faszination. »Ich hab mal über so einen Fall gelesen.«

»Lesen Sie über wahre Verbrechen?«

»Ja, manchmal«, gab er vorsichtig zu. »Da krieg ich Einsichten.«

In was? fragte sich Liska. »Ja, ich auch. Also wie war die Geschichte von diesem Kerl?«

»Seine Mutter war Prostituierte, deswegen haßte er Prostituierte und hat sie umgebracht. Und er hat ihnen immer etwas in ihre –« Er verstummte und wurde rot. »Naja, Sie wissen schon ...«

Liska verzog keine Miene. »Vagina?«

Vanlees schaute weg und rutschte wieder auf dem Stuhl herum. »Es ist wirklich heiß hier drin.«

Er nahm ein Glas, aber es war leer, genau wie der Plastikkrug auf dem Tisch.

»Was, glauben Sie, hat der Killer davon?« fragte Liska und beobachtete ihn, »das Gefühl hart zu sein? Mächtig? Was?«

»Ist das Verachtung auf erwachsener Ebene?« fragte sie. »Ich finde immer, das würde ein verrotzer kleiner Bengel machen – wenn er wüßte, was eine Vagina ist. Wie Bohnen in die Nase stecken oder einer toten Katze auf der Straße die Augen ausstechen wollen. Irgendwie kommt's mir kindisch vor, aber in diesem Job seh ich, wie erwachsene Männer das ständig machen. Wie denken Sie darüber, Gil?«

Er runzelte die Stirn. Ein einzelner Schweißtropfen rutschte seitlich an seinem Gesicht herunter. »Keine Ahnung.«

»Aber Sie müssen doch eine Meinung dazu haben, bei all dem Studieren und dem vielen Lesen über wahre Verbrechen. Versetzen Sie sich in die Rolle des Mörders. Warum sollten Sie irgendein fremdes Objekt in die Vagina einer Frau stecken? Weil Sie es mit Ihrem Schwanz nicht schaffen? Ist es das?«

Vanlees war rosa angelaufen. Er weigerte sich, sie anzusehen. »Sollte Kovac nicht inzwischen hier sein?«

»Jede Minute.«

»Ich muß mal auf Toilette«, murmelte er. »Vielleicht sollte ich da mal gehen.«

Die Tür schwang auf und Kovac kam herein – zerzaustes Haar, lose Krawatte, zerknitterter Anzug, der wie ein Sack an ihm hing.

Er warf Liska einen grimmigen Blick zu, dann wandte er sich zu Vanlees.

»Das ist er?«

Liska nickte. »Gil Vanlees. Sergeant Kovac.«

Vanlees schickte sich an, ihm die Hand zu reichen. Kovac starrte sie an, als wäre sie voller Scheiße.

»Ich hab vier Frauen, die man wie Halloweenkürbisse aufgehackt und dann knusprig gegrillt hat. Ich bin nicht in der Stimmung für irgendwelchen Scheiß. Wo waren Sie gestern nacht zwischen zweiundzwanzig Uhr und zwei Uhr früh?«

Vanlees sah aus, als hätte er einen Schlag ins Gesicht bekommen. »Was –?«

»Sam«, sagte Liska verärgert. »Mr. Vanlees ist reingekommen, um uns ein bißchen Einblick –«

»Ich will Einblick auf ihn gestern nacht zwischen zehn und zwei. Wo waren Sie?«

»Zuhause.«

»Zuhause wo? Wie ich höre, hat Ihre Frau Sie rausgeworfen, weil sie einer Freundin mit Ihrem Willy gewinkt haben.«

»Das war ein Mißverständnis –«

»Zwischen Ihnen und Ihrem Schniedel oder zwischen Ihnen und der Braut, durch deren Fenster Sie gespannt haben?«

»So war das nicht.«

»Das ist es nie. Sagen Sie mir: Wieviel Zeit haben Sie damit verbracht, durch Jillian Bondurants Fenster zu sehen?«

Sein Gesicht war jetzt scharlachrot. »Ich hab nicht –«

»Ach, kommen Sie. Sie war doch eine recht heiße kleine Nummer, nicht wahr? Gute Kurven. Exotisch. Ein bißchen provozierend angezogen – diese durchsichtigen kleinen Kleidchen und Kampfstiefel und Hundehalsbänder und solches Zeug. Ein Typ will vielleicht ein Stück davon abhaben – besonders, wenn zu Hause der Kamin ausgegangen ist, verstehen Sie, was ich meine?«

»Mir gefällt nicht, was Sie da sagen.« Vanlees sah zu Liska. »Brauch ich einen Anwalt? Sollte ich einen Anwalt hier haben?«

»Herrgott, Sam«, sagte Liska angewidert. Sie drehte sich zu Vanlees. »Tut mir leid, Gil.«

»Entschuldige dich nicht für mich!« keifte Kovac.

Vanlees sah mißtrauisch von einem zum anderen. »Was ist das? Guter Bulle – böser Bulle? Ich bin nicht dämlich. Ich brauch mir diesen Scheiß nicht gefallen zu lassen.«

Er wollte aus seinem Stuhl aufstehen. Kovac stürzte mit wildem Blick zu ihm hin, deutete mit einer Hand auf ihn und klatschte die andere auf die Tischplatte. »Setzen! Bitte!«

Vanlees ließ sich in den Stuhl zurückfallen, sein Gesicht wurde aschfahl. Kovac machte eine Show daraus, wie er sich beherrschte, zog sich Schritt für Schritt zurück, hob die Hände und senkte den Kopf, atmete schwer durch den Mund.

»Bitte«, sagte er etwas ruhiger. »Bitte. Sitzenbleiben. Tut mir leid, tut mir leid.«

Er lief etwa eine Minute zwischen den Tischen und der Tür auf und ab, beobachtete Vanlees aus dem Augenwinkel. Vanlees sah ihn an, wie er vielleicht einen wilden Gorilla betrachten würde, mit dem man ihn aus Versehen in einen Zwinger im Como Park Zoo gesperrt hatte.

»Brauche ich einen Anwalt?« fragte er Liska erneut.

»Warum sollten Sie einen Anwalt brauchen, Gil? Sie haben doch, soviel ich weiß, nichts Falsches getan. Sie sind nicht verhaftet. Aber wenn Sie glauben, Sie brauchen einen ...«

Er sah von einem Detective zum anderen, versuchte rauszufinden, ob er ausgetrickst wurde.

»Tut mir leid«, sagte Kovac, während er am Tischende einen Stuhl herauszog und sich setzte. Er schüttelte den Kopf, fischte eine Zigarette aus seiner Hemdtasche, zündete sie an und nahm einen langen Zug.

»Ich hab in der ganzen Woche ungefähr drei Stunden Schlaf gehabt«, sagte er durch eine Rauchschwade. »Ich komme gerade von einer der schlimmsten Autopsien seit Jahren.« Er schüttelte den Kopf und starrte auf den Tisch. »Was man dieser Frau angetan hat –«

Er ließ das Schweigen schleifen, rauchte seine Zigarette, als säßen sie alle im Pausenraum, fünfzehn Minuten Erholung von ihrem Schreibtisch. Schließlich drückte er sie auf seiner Schuhsohle aus und ließ die Kippe in eine leere Kaffeetasse fallen. Er rieb sich die Hände übers Gesicht und kämmte seinen Schnurrbart mit den Daumen.

»Wo leben Sie denn jetzt, Gil?« fragte er.

»Auf der Lyndale –«

»Nein, ich meine diesen Freund, für den Sie das Haus hüten. Wo ist das?«

»Drüben am Lake Harriet.«

»Wir werden eine Adresse brauchen. Geben Sie sie Liska, bevor Sie gehen. Wie lange machen Sie das schon – Haussitten?«

»Ab und zu. Der Typ reist viel.«

»Was macht er?«

»Er importiert Elektronik und verkauft sie übers Internet. Computer und Stereoanlagen und solches Zeug.«

»Warum ziehen Sie dann nicht gleich bei ihm ein und lassen die Wohnung sausen?«

»Er hat eine Freundin. Sie lebt bei ihm.«

»Ist sie jetzt da?«

»Nein, sie reist mit ihm.«

»Und wie steht's mit Ihnen, Gil? Haben Sie jemanden?«

»Nein.«

»Nein? Sie leben schon eine Weile getrennt. Ein Mann hat seine Bedürfnisse.«

Liska machte ein angewidertes Geräusch. »Ihr glaubt wohl, eine Frau hat das nicht?«

Kovac sah sie besorgt an. »Tinks, deine Bedürfnisse sind allgemein bekannt. Könntest du mal für eine Minute so tun, als wärst du nicht emanzipiert, und uns ein bißchen Wasser holen? Hier drinnen ist es heißer als in der Hölle.«

»Die Hitze macht mir nichts aus«, sagte sie. »Aber bei deinem Geruch würde sich sogar einer Kanalratte der Magen umdrehen.«

»Hol einfach das Wasser.«

Er streifte sein Jackett ab und ließ es mit dem Futter nach außen über die Stuhllehne fallen. Liska zog nörgelnd ab. Vanlees sah ihr traurig nach.

»Tut mir leid wegen des Gestanks«, sagte Kovac. »Wenn Sie je wissen wollten, wie eine verkohlte Leiche riecht, das ist ihre Chance. Tief einatmen.«

Vanlees sah ihn einfach an.

»Also, Sie haben noch immer nicht meine Frage beantwortet, Gil. Zahlen Sie dafür? Mögen Sie Huren? Da, wo Sie arbeiten, sieht man eine Menge. Wenn man denen genug zahlt, kann man mit ihnen machen, was man will. Einige von ihnen lassen sich sogar ein bißchen verprügeln, wenn man auf sowas steht. Sich fesseln und so Zeug.«

»Detective Liska hat gesagt, Sie wollten mit mir über Miss Bondurant reden«, sagte Vanlees steif. »Ich weiß nichts über diese anderen Morde.«

Kovac stutzte, rollte seine Hemdsärmel hoch und fixierte ihn mit Bullenblick. »Wissen Sie etwas über den Mord an Jillian?«

»Nein, das hab ich nicht damit gemeint.«

»Was wissen Sie wirklich über Jillian, Gil?«

»Einfach nur, wie sie in Edgewater war. Wie ich sie gesehen habe. Sowas.«

Kovac nickte und lehnte sich zurück. »Und, wie war sie? Hat sie Sie je angemacht?«

»Nein! Meistens hat sie den Kopf hängen lassen, hat nicht viel geredet.«

»Sie hat nicht mit Ihnen geredet oder sie hat mit niemandem geredet? Vielleicht hat ihr nicht gefallen, wie Sie sie angesehen haben, Gil«, sagte er und bohrte erneut in dem wunden Punkt.

Schweißtropfen sammelten sich auf Vanlees Stirn. »Ich hab sie nicht beobachtet.«

»Haben Sie mit ihr geflirtet? Sie angemacht?«

»Nein.«

»Sie hatten doch einen Schlüssel zu ihrem Haus. Waren Sie je da drin, als sie nicht zu Hause war?«

»Nein!« Die Verneinung kam ohne Augenkontakt.

Kovac richtete sich nach einer weiteren Eingebung Quinns. »Haben Sie je in ihrer Höschenschublade gekramt, vielleicht ein Souvenir mitgenommen?«

»Nein!« Vanlees schob seinen Stuhl vom Tisch zurück und stand auf. »Das gefällt mir nicht. Ich bin hierhergekommen, um Ihnen zu helfen. Sie sollten mich nicht so behandeln.«

»Dann helfen Sie mir doch, Gil«, sagte Kovac mit einem nonchalanten Achselzucken. »Geben Sie mir etwas, was ich brauchen kann. Haben Sie je einen Freund gesehen, der sich da rumgetrieben hat?«

»Nein, nur diese Freundin von ihr – Michele. Und ihren Vater. Er kommt manchmal vorbei. Ihm gehört ihr Haus, wissen Sie.«

»Ja, ich denke schon. Der Typ ist so reich wie Rockefeller. Sind Sie je auf die Idee gekommen, daß die Sache mit Jillian ein Kidnapping sein könnte? Jemand, der sozusagen die Goldmine von Papa anzapfen will? Haben Sie je irgendwelche Verdächtigen gesehen, die sich da herumtrieben, das Haus ausbaldowert haben?«

»Nein.«

»Und Sie haben sich oft genug dort rumgetrieben, um das zu bemerken, ist das richtig?«

»Ich arbeite da.«

»Nicht direkt, aber was soll's – das zu behaupten gibt Ihnen einen Grund, dort zu sein, die verschiedenen Wohnungen durchzuchecken, vielleicht ein bißchen Dessous zu schnüffeln.«

Vanlees verkündete mit violettem Gesicht: »Ich geh jetzt.«

»Aber wir haben ja noch nicht mal richtig angefangen«, protestierte Kovac.

Die Tür schwang wieder auf, und Liska kam mit dem Wasser herein. Quinn hielt sie ihr auf und folgte ihr dann in den Raum. Im Gegensatz zu Kovac sah er adrett und frisch aus, bis auf die dunklen Ringe unter seinen Augen und die tiefen Falten daneben. Sein Gesicht war eine harte, gefühllose Maske. Er ließ sich von Liska einen Pappbecher reichen, füllte ihn mit Wasser und trank ihn langsam, bevor er auch nur ein Wort sagte. Vanlees ließ ihn keine Sekunde aus den Augen.

»Mr. Vanlees, John Quinn, FBI«, sagte er und reichte ihm die Hand.

Vanlees packte sie hastig. Seine Hand war breit und feucht mit stummeligen Fingern. »Ich hab über Sie gelesen. Es ist eine Ehre, Sie kennenzulernen.«

Er setzte sich wieder; Quinn nahm den Stuhl ihm direkt gegenüber. Er legte seine dunkle Anzugjacke ab und hängte sie ordentlich über die Stuhllehne. Er strich seine graue Seidenkrawatte glatt und setzte sich.

»Sie wissen also ein bißchen etwas über mich, nicht wahr Mr. Vanlees?«

»Ja. Ein bißchen.«

»Dann haben Sie ja eine Vorstellung davon, wie mein Verstand funktioniert«, sagte Quinn. »Sie wissen wahrscheinlich, zu welchem Schluß ich komme, wenn ich mir die Geschichte eines Mannes ansehe, der Cop werden wollte, es aber nicht geschafft hat, ein Mann, der eine Vorgeschichte als Spanner hat –«

Vanlees Gesichtszüge entgleisten. »Ich bin nicht – Ich hab nicht –«

Liska nahm die Polaroidkamera, die auf dem Tisch stand, und schoß rasch ein Foto von ihm.

Vanlees machte einen Satz, als der Blitz losging. »He!«

»Ein Mann, dessen Frau ihn rausgeworfen hat und seine sexuellen Fähigkeiten kritisiert«, fuhr Quinn fort.

»Was? Sie hat was gesagt?« stotterte Vanlees. Sein Gesichtsausdruck war jetzt eine Mischung aus Agonie, Scham und Unglauben. Ein Mann, der wach in einem Alptraum gefangen ist. Er sprang wieder von dem Stuhl auf und begann, auf und ab zu laufen. Schweißränder erschienen unter den Achseln seines dunklen Hemdes. »Ich kann das nicht glauben!«

»Sie kannten Jillian Bondurant«, fuhr Quinn emotionslos fort. »Sie haben sie beobachtet.«

Er stritt es wieder ab, schüttelte den Kopf, den Blick zu Boden gerichtet, während er auf und ab lief. »Es ist mir egal, was dieses Luder Ihnen gesagt hat.«

»Welches Luder wäre das?« fragte Quinn ruhig.

Vanlees blieb stehen und sah ihn an. »Diese Freundin von ihr. Die hat was über mich gesagt, stimmt's?«

»Die Freundin, deren Namen Sie nicht gekannt haben?« fragte Liska. Sie stand zwischen Quinn und Kovac, ganz der abgebrühte Detective. »Sie haben mir erzählt, Sie hätten sie nicht gekannt. Aber es ist keine fünf Minuten her, daß Sie ihren Namen erwähnt haben, Gil. Michele. Michele Fine. Warum sollten Sie mich deswegen anlügen?«

»Das hab ich nicht. Ich kenne sie nicht. Ihr Name ist mir einfach entfallen, mehr nicht.«

»Und wenn Sie mich wegen so einer Kleinigkeit belügen«, sagte Liska, »dann muß ich mich fragen, worüber Sie sonst noch gelogen haben.«

Vanlees starrte sie wutentbrannt an, rot im Gesicht, Tränen in den Augen, sein Mund zitterte vor Zorn. »Scheiß auf euch. Ihr habt nichts gegen mich in der Hand. Ich gehe. Ich bin hierhergekommen, um euch zu helfen, und ihr behandelt mich wie einen gewöhnlichen Kriminellen. Fickt euch ins Knie.«

»Verkaufen Sie sich nicht zu billig, Mr. Vanlees«, sagte Quinn. »Wenn Sie der Mann sind, den wir suchen, sind Sie alles andere als gewöhnlich.«

Vanlees sagte nichts. Keiner hielt ihn davon ab, die Tür aufzureißen. Er stürmte hinaus, eilte mit raschen Schritten zur Männertoilette am Ende des Ganges.

Kovac lehnte sich in den Türstock und sah ihm nach »Empfindlicher Kerl.«

»Fast als gäbe es da bei ihm einen Grund, sich schuldig zu fühlen.« Liska sah zu Quinn hoch. »Was denken Sie?«

Quinn sah zu, wie Vanlees die Tür zur Herrentoilette mit der Schulter auframmte und mit der anderen Hand bereits nach dem Reißverschluß griff. Er rückte den Knoten seiner Krawatte zurecht und strich mit einer Hand über den Streifen Seide. »Ich glaub, ich geh mich frischmachen.«

Der Gestank auf dem Männerklo war heiß und frisch. Vanlees stand nicht an den Pinkelbecken. Ein Paar dickbesohlter schwarzer Arbeitsschuhe lugte unter einer Tür hervor. Quinn ging zu den Waschbecken, drehte einen Hahn auf, füllte seine Hände mit Wasser und wusch sich das Gesicht. Die Toilettenspülung wurde gezogen und einen Augenblick später tauchte Vanlees auf, blaß und verschwitzt. Er erstarrte, als er Quinn sah.

»Alles in Ordnung, Mr. Vanlees?« fragte Quinn ohne echte Besorgnis, während er sich die Hände mit einem Papiertaschentuch trocknete.

»Sie schikanieren mich«, sagte er anklagend.

Quinn zog die Augenbrauen hoch. »Ich trockne nur meine Hände.«

»Sie sind mir hierher gefolgt.«

»Ich wollte mich nur versichern, daß Sie in Ordnung sind, Gil.« *Mein Kumpel, mein Freund.* »Ich weiß, daß Sie durcheinander sind. Das kann ich Ihnen nicht verdenken. Aber ich möchte, daß Sie sich darüber klar werden, daß dies nichts Persönliches ist. Ich bin nicht hinter Ihnen persönlich her. Ich bin hinter einem Killer her. Ich werde tun, was ich tun muß, damit ich ihn erwische. Das verstehen Sie doch, oder? Mein Ziel ist die Wahrheit, Gerechtigkeit, nicht mehr und nicht weniger.«

»Ich hab Jillian nicht wehgetan«, sagte Vanlees trotzig. »Das würde ich nie tun.«

Quinn wägte diese Aussagen sorgfältig ab. Er erwartete nie, daß ein Serienmörder irgend etwas zugab. Viele von ihnen sprachen in der dritten Person von ihren Verbrechen, selbst nachdem man sie zweifelsfrei schuldig gesprochen hatte. Und viele sprachen über die Seite in ihnen, die fähig war, einen Mord zu begehen, als wäre sie eine getrennte Entität. Das Böser-Zwilling-Syndrom nannte er es. Es ermöglichte denen, die noch einen kleinen Rest Gewissen hatten, zu rationalisieren, die Schuld von sich weg, ihrer dunklen Seite zuzuschieben.

Der Gil Vanlees, der vor ihm stand, würde niemanden umbringen. Aber was war mit seiner dunklen Seite?

»Kennen Sie denn jemanden, der Jillian wehtun würde, Gil?« fragte er.

Vanlees starrte seine Füße mit gerunzelter Stirn an. »Nein.«

»Nun, für den Fall, daß Ihnen jemand einfällt.« Quinn hielt eine Visitenkarte hoch.

Vanlees nahm sie zögernd und sah sie von vorne und hinten an, als suche er nach einem kleinen Peilsender, der ins Papier eingebettet war.

»Wir müssen diesen Killer aufhalten, Gil«, sagte Quinn und sah ihm lange, eindringlich in die Augen. »Er ist ein verdammt schlechter Mensch, und ich werde tun, was ich tun muß, um ihn hinter Schloß und Riegel zu bringen. Wer immer er sein mag.«

»Gut«, murmelte Vanlees. »Ich hoffe, das schaffen Sie.«

Er steckte die Karte in seine Brusttasche und verließ die Toilette, ohne sich die Hände zu waschen. Quinn runzelte die Stirn und wandte sich wieder dem Waschbecken zu. Er betrachtete sich genau im Spiegel, als könne er in seinem Gesicht irgendein Anzeichen sehen, irgendeine geheime sichere Erkenntnis, daß Gil Vanlees derjenige war.

Die Stücke waren da. Wenn sie alle richtig zusammenpaßten ... Wenn die Cops nur ein richtiges Beweisstück finden könnten ...

Kovac kam einen Augenblick später herein und taumelte rückwärts, als er den Gestank roch. »Heiliger Strohsack! Was hat der Kerl gefrühstückt? Aas?«

»Nerven«, sagte Quinn.

»Warte, bis er rausfindet, daß er einen Cop am Schwanz hat, wo er steht und geht.«

»Hoffen wir, daß er abhaut. Wenn es Ihnen gelingt, in seinen Truck reinzukommen, stoßen Sie vielleicht auf eine Goldgrube. Oder vielleicht ist er auch nur ein weiterer armseliger Verlierer, der grade ein paar Klicks rechts davon ist, jemanden umzubringen. Und der echte Smokey Joe sitzt im Augenblick zu Hause und holt sich einen runter, während er sich eins seiner Folterbänder anhört.«

»Apropos, der Techno-Zauberer im BCA hat angerufen«, sagte Kovac. »Er meint, wir sollten hinkommen und uns das Band von gestern abend anhören, nachdem er damit gespielt hat.«

»Konnte er die Stimme des Killers rausfiltern?«

»Der Killer, Mehrzahl«, sagte Kovac nüchtern. »Er nimmt an, es gibt zwei von ihnen. Und jetzt wird's heiß. Er meint, einer ist eine Frau.«

Kate betrat Sabins Büro und dachte daran, daß es erst ein paar Tage her war seit dem Meeting, bei dem man ihr den Fall zugeteilt hatte. In einiger Hinsicht kam es ihr vor wie ein Jahr. In dieser Zeitspanne hatte sich ihr Leben verändert. Und es war noch nicht vorbei. Noch lange nicht.

Sabin und Rob erhoben sich aus ihren Stühlen. Sabin sah müde und finster drein. Rob sprang auf. Seine kleinen Augen strahlten unnatürlich aus seinem Kürbisgesicht, und er sah aus, als hätte er Fieber. Das Fieber selbstgefälliger Wut.

»Und, wo ist der Typ mit der Axt und der schwarzen Kapuze?« fragte Kate und blieb hinter dem für sie vorgesehenen Stuhl stehen.

Sabin runzelte die Stirn, als hätte sie gerade seinen Aufmacher verpatzt.

Rob sah ihn an. »Sehen Sie? Das ist genau das, wovon ich rede!«

»Kate, das ist wohl kaum der geeignete Zeitpunkt, um Witze zu reißen«, sagte Sabin.

»Hab ich einen Witz gemacht? Ich hab es geschafft, die einzige Zeugin im größten Mordfall, den die Twin Cities seit Jahren gesehen haben, zu verlieren. Sie geben mir nicht die Axt? Nach gestern abend bin ich überrascht, daß Rob sie nicht selbst hält.«

»Glauben Sie ja nicht, daß ich es nicht gerne täte«, sagte Rob. »Sie sind einfach zu schnippisch, zu lässig. Ich hab die Nase voll von Ihrer Einstellung mir gegenüber. Sie haben keinen Respekt.«

Sie wandte sich zu Sabin, disqualifizierte ihren Boß ohne ein Wort. »Aber ...«

»Aber ich interveniere, Kate«, sagte Sabin und setzte sich. »Wir haben hier eine höchst explosive Situation. Alle Nerven sind bis zum Zerreißen gespannt.«

»Aber sie behandelt mich immer so!«

»Hör auf zu winseln, Rob«, befahl Sabin. »Sie ist außerdem die beste Zeugenbetreuerin, die du hast. Das weißt du. Du hast sie selbst für diesen Auftrag vorgeschlagen, aus ganz bestimmten Gründen.«

»Muß ich dich daran erinnern, daß wir keine Zeugin mehr haben?«

Sabin starrte ihn wütend an. »Nein, du brauchst mich nicht zu erinnern.«

»Angie war meine Verantwortung«, sagte Kate. »Keinem tut das alles mehr leid als mir. Wenn ich irgend etwas tun könnte – wenn ich in den gestrigen Tag zurückgehen und etwas anders machen könnte –«

»Sie haben das Mädchen gestern nacht selbst im Phoenix abgeliefert. Stimmt das?« fragte Sabin mit seiner Anklägerstimme.

»Ja.«

»Und das Haus steht angeblich unter polizeilicher Beobachtung. Ist das richtig?«

»Ja.«

»Dann gebe ich denen die Schuld an diesem Alptraum. Was immer aus diesem Mädchen geworden ist – ob sie entführt wurde oder aus eigenem Antrieb fort ist –, ist ihre Schuld, nicht unsere.«

Kate sah auf ihre Uhr, dachte, daß die Autopsie inzwischen vorbei sein müßte. Wenn es irgendeinen definitiven Beweis gab, daß die Leiche gestern im Auto Angie war, würde es Sabin wissen.

»Ich möchte, daß Sie für diesen Fall verfügbar bleiben, Kate –«

»Wissen wir –« begann sie und ihr Puls beschleunigte, während sie sich mühte, die Frage zu formulieren, als ob die Antwort davon abhängig wäre. »Das Opfer im Auto – haben Sie gehört, wer es war?«

Rob warf ihr einen bösen Blick zu. »Oh, hat Sie denn keiner Ihrer Polizeikumpel aus dem Leichenschauhaus angerufen?«

»Ich bin sicher, sie sind heute ziemlich beschäftigt.«

»Der Führerschein des Opfers wurde während der Autopsie gefunden.« Er holte Luft, um die Neuigkeit schnell und hart loszuwerden, dann überlegte er es sich scheinbar anders. Kate spürte, wie ihre Nerven sich bei diesem Zögern verkrampften. »Vielleicht sollten Sie sich setzen, Kate«, sagte er übertrieben rücksichtsvoll.

»Nein.« Gänsehaut jagte bereits ihren Körper auf und ab. Ihre Finger verkrampften sich in der Stuhllehne. »Warum?«

Rob sah jetzt nicht mehr selbstzufrieden oder wütend aus. Sein Gesichtsausdruck war bedacht nichtssagend. »Das Opfer war Melanie Hessler. Ihre Klientin.«

Kapitel 27

»Tut mir leid«, sagte Rob.

Seine Stimme klang weit weg. Kate fühlte, wie alles Blut aus ihrem Kopf strömte. Ihre Beine versagten ihr den Dienst. Sie fiel auf ein Knie, hielt sich aber noch an der Stuhllehne fest und stand genauso schnell wieder auf. Emotionen wirbelten durch sie wie ein Zyklon – Schock, Entsetzen, Scham, Verwirrung. Sabin kam hinter dem Schreibtisch hervor, um ihren Arm zu nehmen, während Rob dastand und sie anstarrte, plattfüßig und verlegen aus eineinhalb Metern Entfernung.

»Sind Sie in Ordnung?« fragte Sabin.

Kate sank auf einen Stuhl, und dieses eine Mal war es ihr egal, als er seine Hand auf ihr Knie legte. Er kniete sich neben sie, sah sie besorgt an.

»Kate?«

»Äm-nein«, sagte sie. Ihr war schwindlig, wacklig und übel, und mit einem Mal schien alles etwas unwirklich. »Ich – äh – ich verstehe nicht.«

»Tut mir leid, Kate«, sagte Rob wieder und trat vor. Er sah aus, als wäre ihm gerade der Gedanke gekommen, daß er doch etwas tun sollte, nachdem es zu spät war. »Ich weiß, wie sehr Sie sich als ihre Beschützerin gefühlt haben.«

»Ich habe gerade versucht, sie anzurufen«, sagte Kate mit schwacher Stimme. »Ich hätte sie schon Montag anrufen sollen, aber dann war da auf einmal Angie, und alles ist mir irgendwie entglitten.« Eine Collage von Bildern von Melanie Hessler schwirrte durch ihren Kopf. Eine normale, fast schüchterne Frau, schmächtig, mit schlechter Heimdauerwelle. Ihre Arbeit in einem

Buchladen für Erwachsene war ihr peinlich, aber sie brauchte den Job, bis sie genug zusammengekratzt hatte, um wieder zur Schule gehen zu können. Nach einer Scheidung war sie ohne Bares und ohne Ausbildung zurückgeblieben. Der Überfall vor einigen Monaten hatte sie zerbrechlich zurückgelassen – emotional geschädigt, psychologisch, körperlich. Sie war seither chronisch ängstlich, nervös, wartete darauf, daß ihre Angreifer wiederkamen – eine weit verbreitete Angst bei Vergewaltigungsopfern. Nur waren es nicht die Männer, die sie vergewaltigt hatten, die Melanie hätte fürchten müssen.

»O mein Gott«, sagte Kate und legte den Kopf in die Hände.

Sie schloß die Augen und sah die Leiche, verkohlt und grausig, entstellt, verdreht, geschrumpft, stinkend, geschändet, verstümmelt. Kate hatte Melanies Hand gehalten und sie getröstet, während sie ihr die schrecklichen Einzelheiten ihrer Vergewaltigung erzählt hatte, das tiefe Gefühl von Scham und Erniedrigung, das sie empfunden hatte, die Verwirrung, daß ausgerechnet ihr so etwas Schreckliches passiert war.

Melanie Hessler, die solche Angst davor gehabt hatte, man werde ihr wieder wehtun. Gefoltert, brutal geschändet, bis zur Unkenntlichkeit verbrannt.

Und im Hintergrund konnte Kate die Stimme des Geschäftsführers hören: »Ich hab die ganze Woche noch keinen Pieps von ihr gehört.«

Wann hatte das Schwein sie geschnappt? Wie lange hatte er sie am Leben gehalten? Wie lange hatte sie um den Tod gebettelt und sich die ganze Zeit gefragt, welcher Gott sie so leiden lassen konnte?

»Verflucht.« Kate ließ den Zorn aufwallen, versuchte, Kraft daraus zu schöpfen. »Verflucht nochmal.«

Robs Stimme drang durch den Irrgarten ihrer Gedanken. »Kate, Sie wissen, es würde Ihnen helfen, über das zu reden, was Sie jetzt empfinden. Lassen Sie's raus. Sie kannten Melanie. Sie haben ihr durch so harte Zeiten geholfen. Daran zu denken, wie Sie sie gestern nacht gesehen haben –«

»Warum?« fragte sie. »Warum hat er ausgerechnet sie ausgesucht? Ich versteh nicht, wieso das passiert ist.«

»Wahrscheinlich hatte es mit ihrem Job in diesem Buchladen für Erwachsene zu tun«, bot Rob an.

Rob kannte den Fall genauso gut wie sie. Er hatte bei einigen Treffen mit Melanie dabei gesessen, hatte mit Kate die Bänder dieser Treffen durchgearbeitet und eine Hilfsgruppe für Melanie vorgeschlagen.

Bänder.

»O Gott«, flüsterte Kate und ihre Kräfte verließen sie schlagartig. »Das Band. O mein Gott.« Sie krümmte sich, legte den Kopf in die Hände.

»Welches Band?« fragte Rob.

Die Schreie vor Schmerz, Angst, Qual und Pein. Die Schreie einer Frau, die sie gekannt hatte, einer Frau, die ihr vertraut hatte und bei ihr Unterstützung und Schutz innerhalb des Justizsystems gesucht hatte.

»Kate?«

»Entschuldigt mich«, murmelte sie und erhob sich schwankend. »Ich muß mich übergeben.«

Das Schwindelgefühl ließ sie hin und her taumeln, und sie packte unterwegs jeden soliden Gegenstand, um sich daran festzuhalten. Die Damentoilette schien meilenweit entfernt. Die Gesichter, die ihr unterwegs begegneten, waren verschwommen und verzerrt, die Stimmen gedämpft, verfälscht und undeutlich.

Eine ihrer Klientinnen war tot. Eine wurde vermißt. Sie war die einzige Verbindung zwischen den beiden.

Sie kauerte neben der Toilette, hielt sich mit einer Hand das Haar zurück und verlor das bißchen, was sie gegessen hatte. Ihr Magen versuchte nicht nur, das Essen abzustoßen, sondern auch die Bilder und Vorstellungen, die man ihr gerade in Ted Sabins Büro mit Gewalt eingetrichtert hatte, und die Gedanken, die jetzt wie Gift in ihr Gehirn sickerten. *Ihre Klientin, ihre Verantwortung. Sie war die einzige Verbindung …*

Als die Krämpfe aufhörten, sank sie auf den Boden der Kabine. Sie fühlte sich schwach und klebrig feucht, ihr war egal, wo sie war, sie spürte die Kälte des Bodens nicht, die durch ihre Hose drang. Das Zittern, das ihren Körper schüttelte, kam nicht von der Kälte, sondern vom Schock und einem schweren schwarzen

Gefühl der Vorahnung, das wie eine Gewitterwolke über ihrer Seele aufzog.

Eine ihrer Klientinnen war tot. Gefoltert, ermordet, verbrannt. Eine wurde vermißt, unter Hinterlassung einer hastig weggewischten Blutspur.

Sie war die einzige Verbindung zwischen beiden.

Sie mußte sich logisch verhalten, klar denken. Es war Zufall, ganz sicher. Wie könnte es etwas anderes sein? Rob hatte recht. Smokey Joe hatte Melanie wegen ihrer Verbindung zu dem Erwachsenenbuchladen gewählt, der zufällig im selben Stadtteil war, der häufig von Huren wie die ersten beiden Opfer besucht wurde. Und Angie hatte bereits eine Verbindung zu dem Killer gehabt, als man Kate den Fall zuteilte.

Immer noch schwebte diese schwarze Wolke über ihr, drückte auf sie herunter. Eine seltsame instinktive Reaktion, die sie nicht abschütteln konnte.

Zuviel Streß. Zu wenig Schlaf. Zuviel Pech. Sie lehnte den Kopf gegen die Wand und versuchte, ihre Gedanken an den Bildern der Tatorte von gestern nacht vorbeizulotsen.

Tu etwas.

Diese Direktive hatte sie bis jetzt durch jede Krise gebracht. *Sitz nicht einfach rum. Tu was.* Handeln konterte Hilflosigkeit, egal was dabei herauskam. Sie mußte sich bewegen, gehen, denken, *etwas tun.*

Das erste, was sie tun wollte, war Quinn anrufen, ein instinktiver Drang, dem sie sofort trotzte. Nur weil sie eine Nacht zusammen verbracht hatten, hieß das noch lange nicht, daß sie sich an ihn lehnen konnte. In diesen paar Stunden hatte es keine Garantie für eine Zukunft gegeben. Sie wußte nicht einmal, ob sie überhaupt auf eine Zukunft mit ihm hoffen wollte. Sie hatten zuviel Vergangenheit.

Auf jeden Fall war jetzt nicht der Zeitpunkt, daran zu denken. Jetzt wo sie wußte, daß Angie nicht das Opfer im Wagen gewesen war, gab es noch ein bißchen Hoffnung, daß das Mädchen noch lebte. Es mußte etwas geben, das sie tun konnte, um zu helfen, sie zu finden.

Sie hievte sich vom Boden hoch, drückte die Spülung und verließ die Kabine. Eine Frau in einem zickigen, rotzgrünen Kostüm stand an einem der Waschbecken und restaurierte ihr bereits perfektes Make-up. Tuben und Tiegel hatte sie auf dem Waschtisch ausgebreitet. Kate schenkte ihr ein schwaches Lächeln und stellte sich zwei Waschbecken weiter, um sich Gesicht und Hände zu waschen.

Sie formte ihre Hände zu einer Schale und spülte sich den Mund. Sie sah sich im Spiegel an, die Make-up Frau stand am Rand ihres Sichtfeldes. Sie sah beschissen aus – zerschlagen, fertig, am Boden, blaß. Sie sah genauso aus, wie sie sich fühlte.

»Dieser Job wird noch dein Tod sein, Kate«, murmelte sie ihrem Spiegelbild zu.

Die Make-up Frau schwang ihren Mascarazauberstab, hielt inne und sah sie mit gerunzelter Stirn an.

Kate bedachte sie mit dem Lächeln einer Wahnsinnigen. »Naja, sie werden die Feststellung meiner Zurechnungsfähigkeit nicht ohne mich anfangen können«, sagte sie fröhlich und verließ die Toilette.

Rob wartete im Korridor auf sie, er sah beschämt aus, weil er sich in der Nähe einer Damentoilette herumtrieb. Er zog ein Taschentuch aus der Tasche und tupfte sich die Stirn. Kate fixierte ihn mit grimmiger Miene.

»Was ist?« fragte sie. »Nachdem Sabin jetzt außer Hörweite ist, werden Sie mir sagen, daß Melanie Hesslers Tod irgendwie meine Schuld ist? Daß ich, wenn ich Ihnen am Montag ihren Fall übertragen hätte, irgendwie hätte verhindern können, daß sie in die Hände dieses kranken Dreckschweines fällt?«

Er spielte den Brüskierten. »Nein! Warum sollte ich sowas sagen?«

»Vielleicht, weil ich das denke«, gab sie zu und ging zu dem Geländer, von wo aus man das Atrium überblicken konnte. »Ich glaube, keiner kann meinen Job so gut machen wie ich. Aber ich hab meinen Job nicht gemacht, und jetzt ist Melanie tot.«

»Wie kommen Sie darauf, daß Sie hätten verhindern können, was passiert ist?« Er musterte sie mit einer Mischung aus Verwirrung und Abneigung. »Halten Sie sich für Wonder Woman oder was? Glauben Sie, daß sich alles nur um Sie dreht?«

»Nein. Ich weiß nur, daß ich sie hätte anrufen sollen, aber das habe ich versäumt. Wenn ich das getan hätte, dann hätte es wenigstens jemand gewußt und sich gesorgt, daß sie vermißt wurde. Sie hatte sonst niemanden.«

»Und es war Ihre Verantwortung. Genau wie bei Angie.«

»Irgendwo muß der Schwarze Peter seine Grenzen haben.«

»Bei Ihnen. Kathryn die Große«, sagte er mit einem Anflug von bitterem Sarkasmus.

Kate schob ihr Kinn vor und warf ihm einen herrischen Blick zu. »Sie hatten es ja gestern abend sehr eilig, mir die Schuld vor die Füße zu werfen«, sagte sie. »Ich versteh Sie nicht, Rob. Sie sagen mir, ich wär genau die Person, die Sie für diesen Fall haben wollen, dann drehen Sie sich um und jammern über die Art, wie ich ihn handhabe. Sie wollen mir die Schuld geben für alles, was schief gegangen ist, aber Sie wollen nicht, daß ich diese Schuld akzeptiere.«

»Was ist Ihr Problem?« fragte sie. »Vermasselt meine Bereitschaft, Verantwortung zu übernehmen, irgendwie Ihre Strategie mit Sabin? Wenn ich bereit bin, die Schuld auf mich zu nehmen, können Sie für mich zerknirscht und unterwürfig sein. Ist es das?«

Die Muskeln in seinem breiten Kiefer arbeiteten, und in seinen kleinen Augen blitzte etwas Bösartiges. »Sie werden noch bedauern, wie Sie mich behandeln, Kate. Vielleicht nicht heute. Vielleicht nicht morgen. Aber eines Tages –«

»Sie können mich heute nicht feuern, Rob«, sagte sie. »Sabin läßt das nicht zu. Und ich bin nicht in der Stimmung, Ihre Posierspielchen zu spielen. Wenn Ihre Gegenwart hier einen Grund hat, bitte schießen Sie los. Ich habe einen Job, den ich erledigen muß – zumindest noch die letzten paar Stunden.«

Seine Augen verengten sich zu Schlitzen, und er trat von einem Fuß auf den anderen. Seine Miene wurde noch finsterer. Sie hatte ihn zu sehr bedrängt, eine Grenze überschritten, hinter der ein Zurück mit einer schlichten Entschuldigung und einem Versprechen, sich zu benehmen, nicht mehr möglich war, aber sie dachte gar nicht daran, jetzt noch vor ihm zu kuschen.

»Die Polizei möchte, daß Sie Melanies Vernehmungsbänder durchgehen, um festzustellen, ob sie etwas erwähnt hat, was für diesen Fall wichtig sein könnte«, sagte er steif. »Ich dachte, es wäre zuviel für Sie«, fuhr er im affektierten Tonfall eines verletzten Märtyrers fort. »Ich wollte meine Hilfe anbieten.«

»*Wollte?* Heißt das, das Angebot wird zurückgezogen, weil Sie beschlossen haben, daß ich doch ein undankbares Luder bin?«

Sein Lächeln war fies, die Augen verschwanden hinter seinen Brillengläsern. »Nein, ich werde nicht zulassen, daß Ihre Einstellung meine Arbeit beeinträchtigt. Wir werden uns die Bänder zusammen anhören. Sie achten auf Dinge, die Ihnen fehl am Platz scheinen, weil Sie sie kannten. Ich werde aus der linguistischen Perspektive zuhören. Wir treffen uns in fünf Minuten in meinem Büro.«

Kate sah ihm nach, wie er davonwatschelte und dachte, daß sie ihn fast genau so haßte wie diese neue Aufgabe.

»Warum kann ich mir nicht einfach einen Eispickel in die Stirn hauen?« murmelte sie und folgte ihm dann.

»Dieses Band ist eine Kopie«, erklärte der BCA Techniker.

Kovac, Quinn, Liska und ein hagerer Typ, den Kovac Ears nannte –, drängten sich um eine Ansammlung schwarzgekleideter elektronischer Geräte, die mit einer erstaunlichen Vielfalt von Knöpfen, Hebeln, Lichtern und Anzeigen versehen waren.

»Die Tonqualität ist wesentlich besser, als man sie von einem Diktiergerät kriegt«, sagte Ears. »Ich würde sogar sagen, der Mörder hat dem Opfer tatsächlich ein Mikrofon angeklippt, oder dicht bei ihr plaziert. Das würde die Verzerrung der Schreie erklären. Es würde außerdem erklären, daß die anderen Stimmen so undeutlich sind.«

»Sind Sie sicher, daß es zwei Stimmen sind?« fragte Quinn. Sein Kopf war erfüllt von den Auswirkungen dieser Möglichkeit.

»Ja. Hier, hören Sie.«

Der Techniker drückte einen Schalter und justierte einen Drehknopf. Ein Schrei erfüllte den kleinen Raum, alle vier verkrampften sich dagegen, wie gegen einen körperlichen Angriff.

Quinn kämpfte darum, sich nicht auf die Emotionen innerhalb des Schreis zu konzentrieren, sondern auf die individuellen Komponenten des Geräusches, versuchte, den menschlichen Faktor zu eliminieren und seine menschliche Reaktion darauf. Die Verbrechen noch einmal zu durchleben stellte eine unverzichtbare Komponente im Lebenszyklus eines Serienmörders dar – Fantasie, gewalttätige Fantasie, Erleichterung durch Mord, Mord, Fantasie, gewalttätige Fantasie und so weiter und so fort, immer im Kreis.

Billige Technologie machte es ihnen so leicht, wie einen Schalter zu drücken oder eine Linse scharf einzustellen, etwas Perfekteres als eine Erinnerung wiederzugeben. Billige Technologie kombiniert mit dem egoistischen Bedürfnis des Killers hatte auch in vergangenen Jahren viel belastendes Beweismaterial geliefert. Der Trick für Cops und Ankläger dabei war, es zu ertragen, es sich anzuhören, anzusehen. Schlimm genug, sich die Nachwehen von Verbrechen wie diesen anzutun. Im nachhinein noch zu Zeugen davon zu werden, wie sie begangen wurden, konnte schrecklich belasten.

Quinn hatte sich einen nach dem anderen angehört, einen nach dem anderen, nach dem anderen ...

Ears drehte einen Knopf herunter und schob zwei kleine Hebel nach oben. »Hier kommt es. Ich hab die Stimme des Opfers isoliert und leiser gemacht und die anderen rausgezogen. Hören Sie genau hin.«

Keiner wagte auch nur zu atmen. Die Schreie verblaßten im Hintergrund und die Stimme eines Mannes sagte, leise und undeutlich, »... Drehen ... tu's ...« gefolgt von Statik, gefolgt von einer noch undeutlicheren Stimme, die sagte, »... Möchte ... von mir ...«

»Besser wird es nicht«, sagte Ears, drückte Knöpfe, spulte das Band zurück. »Ich kann es lauter machen, aber die Stimmen werden nicht deutlicher. Sie waren zu weit weg vom Mikrofon. Aber den Werten der Anzeigen nach würde ich sagen, das erste ist ein Mann und das zweite eine Frau.«

Quinn dachte an die Stichwunden in der Brust jedes Opfers, das unverkennbare Muster: lange Wunde, kurze Wunde, lange Wunde, kurze Wunde ... *Cross my heart and hope to die* ... Ein Pakt, ein Versprechen, ein Vertrag. Zwei Messer – wie sich das Licht in einem spiegelte und dann im anderen, als sie sich in makabrem Rhythmus senkten.

Jetzt ergaben diese Wunden einen Sinn. Er hätte selbst drauf kommen müssen. Dabei hatte er das schon öfter erlebt. Aber ganz sicher wollte er das nicht noch einmal sehen, das wurde ihm klar, als ihn die Panik erfaßte.

Düsterer oder perverser konnte Mord nicht sein, als wenn die Mörder ein Paar waren. Die Dynamik dieser Art von Beziehung war typisch für die kränksten Extreme menschlichen Verhaltens. Die Zwänge und Besessenheiten, die Ängste und sadistischen Fantasien von zwei gleichermaßen gestörten Menschen ineinander verstrickt, wie zwei Vipern, die versuchten, einander zu verschlingen.

»Spielst du noch ein bißchen weiter mit dem Band, Ears?« fragte Kovac. »Vielleicht kannst du von einem oder beiden noch ein paar Worte rausziehen? Ich wüßte gerne, worüber sie reden.«

Der Techniker zog die Schultern hoch. »Ich werd's versuchen, aber ich verspreche nichts.«

»Tu, was du kannst. Die Karriere, die du damit rettest, könnte meine sein.«

»Dann schuldest du mir zwei Träger Bier, die ich in diesem Leben nicht mehr sehen werde.«

»Wenn du das für mich knackst, kriegst du einen Lebensvorrat Pig's Eye.«

Quinn ging voran, zurück in den Korridor, und versuchte bereits, das Knäuel in seinem Kopf zu entwirren, um sich von dem zugeschnürten Gefühl in seiner Kehle abzulenken. Konzentrier dich auf das vorliegende Problem, nicht auf das im Inneren. Versuch, nicht daran zu denken, daß, gerade als paar Fortschritte in Sicht waren, die Anzahl der Mörder sich verdoppelte, wie etwas in einem Alptraum.

Kovac ging als letzter und schloß die Tür hinter sich.

»Diesen Krähenfuß brauchen wir so nötig wie ein Loch im Kopf«, beklagte er sich. »Schlimm genug, wenn man einen Psycho suchen muß. Jetzt darf ich den Bossen mitteilen, daß wir zwei davon verfolgen.«

»Sagen Sie es ihnen nicht«, sagte Quinn. »Nicht sofort. Ich muß darüber nachdenken.«

»Wie wirkt es sich auf das Profil aus, wenn er einen Partner hat?« fragte Liska.

»Wie wirkt es sich auf das Profil aus, wenn der Partner eine Frau ist?« kam die Gegenfrage von Quinn.

»Mein Leben macht es auf jeden Fall scheiß kompliziert«, sagte Kovac.

Der Korridor war dunkel mit niedriger Decke und beinahe menschenleer um diese Tageszeit. Zwei Frauen in Laborkitteln gingen vorbei, vertieft in eine Diskussion über Büropolitik.

»Sind sie gleichberechtigte Partner, oder ist die Frau das, was wir ein ›williges Opfer‹ nennen? Macht sie mit, weil es ihr gefällt oder weil sie das Gefühl hat, sie muß es aus dem einen oder anderen Grund machen – sie hat Angst vor ihm, er kontrolliert sie, was auch immer.« Er wandte sich zu Liska. »Hat Vanlees eine Freundin?«

»Nicht, daß ich wüßte. Ich hab seine Frau, seinen Boß, Kollegen gefragt. Nichts.«

»Haben Sie die Frau wegen Jillian Bondurant gefragt? Ob sie Jillian gekannt hat, ob sie dachte, daß ihr Mann sie ein bißchen zu gut gekannt hätte?«

»Sie sagte, er sähe sich alles, was Titten hat, gern an. Sie sprach nicht speziell von Jillian.«

»Was denken Sie denn?« fragte Kovac.

»Ich glaube, es hat mich die ganze Zeit gestört, daß wir nie eine positive Identifizierung des dritten Opfers hatten. Warum die Enthauptung? Die zusätzliche Verstümmelung der Füße? Und jetzt der Einsatz von Jillians Wagen, um das vierte Opfer zu verbrennen. Warum soviel Betonung auf Jillian?« fragte Quinn. »Wir wissen, daß sie ein unglückliches, geplagtes Mädchen war. Was gäbe es für eine endgültigere Flucht aus einem unglücklichen Leben, wenn nicht den Tod – echt oder symbolisch.«

»Sie glauben, das könnte Jillians Stimme auf dem Band sein«, sagte Liska. »Sie denken, sie könnte Vanlees Partnerin sein.«

»Ich habe die ganze Zeit gesagt, daß der Schlüssel zu dieser Sache Jillian Bondurant ist. Sie ist das Stück, das nicht paßt. Erst jetzt ist mir der Gedanke gekommen, daß sie vielleicht nicht der Schlüssel ist. Vielleicht ist sie ein Killer.«

»Großer Gott«, sagte Kovac. »Naja, es war eine anständige Karriere, solang es sie gab. Vielleicht kann ich Vanlees Job übernehmen, Groupies vom Bühneneingang im Target Center fernhalten.«

Er sah auf die Uhr und klopfte auf das Zifferblatt. »Ich muß los. Ich hab eine Verabredung mit der Frau von Peter Bondurants Ex-Partner. Vielleicht finde ich da etwas Interessantes über Jillian raus.«

»Ich möchte mit dieser Freundin von ihr reden – Michele Fine. Prüfen Sie nach, ob sie Kopien von den Stücken besitzt, die sie mit Jillian geschrieben hat. Wir könnten ein bißchen Einblick in ihren Geisteszustand kriegen, vielleicht sogar in ihre Fantasien, durch die Texte. Ich möchte auch wissen, was diese Fine über Vanlees denkt.«

»Sie denkt da gar nicht«, sagte Liska. »Ich hab sie an dem Tag, an dem wir in der Wohnung waren und ihn gesehen haben, gefragt. Sie sagte: ›Wer achtet schon auf Versager‹?«

»Aber ein Raubtier erkennt das andere«, sagte Quinn. Er drehte sich zu Kovac. »Wer ist auf Vanlees angesetzt?«

»Tippen und Hamill.«

»Perfekt. Die sollen ihn fragen, ob dieser Freund, dessen Haus er hütet, Aufnahmegeräte importiert, Videokameras, solches Zeug.«

Kovac nickte. »Wird gemacht.«

»Es gibt noch ein paar Möglichkeiten außer Vanlees, die wir in Betracht ziehen müssen«, mahnte Quinn. »Wenn es in der Beziehung zwischen Smokey Joe und seiner Partnerin um Kontrolle, Dominanz und Macht geht, dann müssen wir Jillians Leben ausleuchten und uns fragen, welche Männer in dieser Weise über sie bestimmen konnten. Ich kann zwei nennen, die wir bereits kennen.«

»Lucas Brandt und der liebe Papi«, sagte Kovac mit grimmigem Blick. »Toll. Vielleicht sind wir da endlich an etwas dran, und es ist die Tochter eines der mächtigsten Männer im Staat, die ein völlig kranker Freakkiller ist – und vielleicht hat sie es von Dad. Ich bin einfach ein echter Glückspilz.«

Liska tätschelte seinen Arm und schickte sich an loszugehen. »Du kennst doch den Spruch, Sam: Deine Verwandten und deine Serienmörder kannst du dir nicht aussuchen.«

»Ich hab da noch einen besseren«, sagte Quinn, während eine Unzahl häßlicher Möglichkeiten als Lösung dieses Falls durch seinen Kopf schwirrten. »Es ist erst vorbei, wenn es vorbei ist.«

KAPITEL 28

Das D'Cup war fast leer, bis auf die zwei selben alten Knacker mit Barett und Ziegenbart, die heute über Pornographie diskutierten, und einen anderen aufstrebenden Künstler, der seine Mittelmäßigkeit am Fenster mit einer drei Dollar teuren *latte* neben sich kontemplierte.

Michele Fine hatte sich krank gemeldet. Liska entlockte diese Information dem italienischen Hengst hinter der Bar und machte sich eine geistige Aktennotiz, daß sie mit einer täglichen Cappuccinodröhnung anfangen würde. Ohne Rücksicht darauf, daß das D'Cup meilenweit von allem in ihrem Leben entfernt war. Das machte in der Tat einen Teil der Attraktionen aus.

»Haben Sie ihre Freundin überhaupt gekannt?« fragte Quinn. »Jillian Bondurant?«

Der römische Gott schürzte seine vollen Lippen und schüttelte den Kopf. »Nicht wirklich. Ich meine, sie ist oft hierhergekommen, aber sie war nicht sehr auf Gesellschaft erpicht. Sehr verinnerlicht, wenn Sie wissen, was ich meine. Sie und Chell waren dicke Freunde. Mehr weiß ich nicht, außer dem, was ich in der Zeitung gelesen habe.«

»Haben Sie sie je hier mit jemand anderem gesehen?« versuchte Quinn.

»Michele oder Jillian Bondurant?«

»Jillian.«

»Kann ich nicht behaupten.«

»Was ist mit Michele? Hatte sie einen Freund?«

Diese Frage schien ihm nicht zu gefallen, als ob sie zu persönlich sei, und er überlegte, ob er auf sein Recht auf Aussageverweigerung pochen sollte. Liska zog das Polaroid von Vanlees aus der Tasche und hielt es hoch.

»Haben Sie je eine von den beiden mit diesem Typen gesehen? Oder den Typen allein hier drin?«

Mr. Testosteron sah sich das Foto mit zusammengekniffenen Augen an, wie jemand, der seine Sehkraft und seine Erinnerung verbessern will. »Nöö, der sieht mir nicht bekannt aus.«

»Wie ist das mit ihrer Musik«, sagte Quinn. »Michele hat gesagt, sie würde manchmal hier auftreten.«

»Chell singt und spielt Gitarre, an Abenden mit offenem Mikrofon. Ich weiß, daß sie zusammen irgendwelches Zeug geschrieben haben, aber ich weiß nicht, wer was dazu beigesteuert hat. Jillian ist nie aufgetreten. Sie war eine Zuschauerin. Sie hat gerne Leute beobachtet.«

»Was für eine Art von Musik?« fragte Quinn.

»Die nervöse feministische Folknummer. Viel Zorn, viel Angst, irgendwie düster.«

»Düster in welcher Hinsicht?«

»Schlechte Beziehungen, perverse Beziehungen, ein Haufen emotionaler Schmerz.«

Er sagte das, als wolle er »das übliche« sagen, mit einem Hauch von Langeweile. Ein Kommentar zum modernen Leben.

Quinn dankte ihm. Liska bestellte einen Mokka zum Mitnehmen und gab ihm einen Dollar Trinkgeld. Quinn lächelte ein klein wenig, als er ihr die Tür aufhielt.

»He«, sagte Liska. »Ein bißchen Freundlichkeit kann nie schaden.«

»Ich hab nichts gesagt.«

»Das war auch nicht nötig.«

Es schneite immer noch. Die Straße vor dem Café war ein Chaos. Die Fahrbahnen waren unsichtbar, und so hatten die Fahrer die ›Der-Stärkste-kommt-durch-Mentalität übernommen. Während sie zusahen, hätte fast ein violetter Neon sein Leben an einen MTC Bus verloren.

»Sie machen diese Cop Nummer ziemlich gut«, sagte Liska und kramte ihre Autoschlüssel aus der Manteltasche. »Sie sollten sich überlegen, ob Sie nicht den Glamour von CASKU und dem FBI gegen die relative Schändlichkeit des Morddezernats von Minneapolis tauschen. Man wird von der Lamettariege genervt, von der Presse mißbraucht und darf in einem Schrotthaufen wie diesem rumfahren.«

»All das, und ich darf auch noch in diesem Wetter leben?« Quinn klappte seinen Kragen gegen den Wind und den Schnee hoch. »Wie kann ich einem solchen Angebot widerstehen?«

»Na schön«, sagte Liska resigniert, als sie sich hinters Steuer setzte. »Ich werf noch Sex, soviel Sie wollen, dazu. Aber Sie müssen versprechen, daß Sie viel wollen.«

Quinn lachte und sah durch das Rückfenster auf den Verkehr. »Tinks, Sie sind wirklich eine Nummer.«

Michele Fines Wohnung lag knapp eine Meile entfernt, in einem etwas dubiosen Viertel, voller abgewohnter alter Zweifamilienhäuser und eckiger, häßlicher Appartmenthäuser, in denen laut Liska eine unmäßige Anzahl von Kleinkriminellen auf Bewährung wohnte.

»Vanlees Wohnung auf der Lyndale ist nur ein paar Straßen südlich von hier«, sagte sie, als sie sich über den Gehsteig arbeitete und in die Spur trat, die andere in den nassen Schnee gestapft hatten. »Lieben Sie solche Zufälle auch so wahnsinnig?«

»Aber sie kannten sich nicht, als Sie in der Wohnung waren?«

Sie dachte zurück an die Szene, runzelte ihre Stirn. »Nicht mehr als flüchtig. Sie haben nicht miteinander geredet. Glauben Sie wirklich, sie könnte ihn erwischt haben, als er in Jillians Fenster gespechtet hat?«

»Das war ein Schuß ins Blaue, aber Ihr Knabe ist richtig drauf angesprungen. Was mir zu denken gibt, ist, wenn sie ihn bei sowas erwischt hat, warum sollte sie dann Ihnen nicht davon erzählen?«

»Gute Frage.« Liska versuchte, die Sicherheitstür des Gebäudes zu öffnen. Sie war nicht abgesperrt. »Holen wir uns eine Antwort.«

Der Aufzug roch nach schlechtem chinesischem Takeout. Sie fuhren in den vierten Stock zusammen mit einem ausgemergelten Nervenbündel von Mann, der in einer Ecke kauerte und versuchte, unauffällig zu sein, dabei aber gleichzeitig Quinns teuren

Trenchcoat beäugte. Quinn sah ihn teilnahmslos an und beobachtete, wie sich sofort Schweißperlen auf der teigigen Stirn des Mannes bildeten. Als die Tür aufging, blieb er im Lift und fuhr wieder nach unten.

»Am Pokertisch müssen Sie ein echter Knüller sein«, sagte Liska.

»Keine Zeit dafür.«

Sie zog eine Augenbraue hoch, und die blauen Augen schimmerten einladend. »Vorsicht. Nur Arbeit und kein Spiel machen John zu einem langweiligen Knaben.«

Quinn wich ihrem Blick aus und rang sich ein betretenes Lächeln ab. »Ich würde Sie einschläfern, Tinks.«

»Also das bezweifle ich, aber wenn Sie es wissenschaftlich beweisen wollen …«

Sie blieb vor Fines Tür stehen und sah ihn an. »Ich will Sie nur ein bißchen quälen, wissen Sie. Die traurige Wahrheit ist, Sie erscheinen mir wie ein Mann, der jemanden im Sinn hat.«

Quinn läutete und starrte auf die Tür. »Ja … Einen Mörder.« Obwohl zum ersten Mal seit sehr langer Zeit seine Gedanken nicht ganz bei der Arbeit waren.

Als ob Liska ihm die Erlaubnis gegeben hätte, richteten sich seine Gedanken jetzt auf Kate. Er fragte sich, ob seine Nachricht sie erreicht hatte, daß das Opfer im Wagen nicht ihre Zeugin gewesen war. Er haßte die Vorstellung, daß sie sich für das, was passiert war, die Schuld gab, und noch mehr haßte er die Vorstellung, daß ihr Boß sie ihr zuschob. Sein Beschützerinstinkt erwachte, und er hätte Rob Marshall gerne etwas Brutaleres angetan, als ihn nur umzunieten. Er fragte sich, ob es Kate amüsieren oder ärgern würde, wenn sie das wüßte.

Er läutete erneut.

»Wer da?« fragte eine Stimme aus der Wohnung.

Liska stellte sich vor den Türspion. »Sergeant Liska, Michele. Ich muß Ihnen noch ein paar Fragen über Jillian stellen.«

»Ich bin krank.«

»Es dauert nur eine Minute. Es ist sehr wichtig. Es hat wieder einen Mord gegeben, wissen Sie.«

Die Tür öffnete sich einen Spalt und Fine lugte von der anderen Seite der Kette nach draußen. Das Tortenstück Raum umrahmte den vernarbten Teil ihres schmalen, eckigen Gesichtes. »Das hat nichts mit mir zu tun. Ich kann Ihnen nicht helfen.«

Dann sah sie Quinn und ihr Blick wurde mißtrauisch. »Wer ist er?«

»John Quinn, FBI«, sagte Quinn. »Ich möchte gerne mit Ihnen ein bißchen über Jillian reden, Miss Fine. Ich versuche, eine bessere Vorstellung davon zu kriegen, wer sie war. Wie ich höre, waren Sie beide gute Freunde.«

Die Sekunden verticken, während sie ihn anstarrte, ihn abwägte auf eine Art, die für eine Kellnerin eines schicken Cafés ziemlich seltsam schien. Es war eher der Blick von jemandem, der zuviel auf der Straße gesehen hat. Als sie die Hand hob, um ihre Sicherheitskette zu öffnen, erhaschte er einen Blick auf die Schlange, die um ihr Handgelenk tätowiert war.

Sie öffnete die Tür und trat zögernd zurück.

»Sie haben seit Freitag nichts von ihr gehört?« fragte Quinn.

Fine warf ihm einen mißtrauischen, haßerfüllten Blick zu. »Wie könnte ich von ihr hören?« fragte sie, frustriert und verwirrt. »Es ist doch in allen Nachrichten. Ihr Vater hat eine Belohnung ausgesetzt. Was für ein Spiel versuchen Sie da zu spielen?«

Quinn ließ sie warten, während er sich im Zimmer umsah. Die Wohnung war echte Siebziger – original, nicht retro, und er nahm an, daß seitdem nichts verändert oder abgestaubt worden war. Die gewebten Vorhänge sahen aus, als würden sie jeden Moment von ihren Ringen faulen. Die Couch und der passende Sessel im Wohnzimmer, braun und orange kariert, waren abgewohnt. Reisemagazine voller Eselsohren lagen auf dem billigen Couchtisch wie aufgegebene Träume neben einem Aschenbecher, der vor Kippen überfloß. Alles war durchtränkt vom Geruch der Zigaretten- und Marihuanarauch.

»Ich brauch das nicht, daß Sie versuchen, mich kopfmäßig zu ficken«, sagte Fine. »Ich bin krank. Ich bin krank wegen Jillian. Sie war meine Freundin –« Ihr versagte die Stimme, und sie wandte sich ab, ihr Mund verkniff sich so, daß die Narbe, die an einem Winkel einhakte, betont wurde. »Ich – ich bin einfach krank. Also, was immer Sie wollen, fragen Sie danach, und dann verpissen Sie sich aus meinem Leben.«

Sie nahm ihre Zigarette hoch und trat zur Seite, drückte den freien Arm an ihre Taille. Sie war ungesund dünn, dachte Quinn, blaß und knochig. Vielleicht war sie wirklich krank. Sie trug einen riesigen, schäbigen schwarzen Cardigan und darunter ein schmuddeliges weißes T-Shirt, so klein, es sah aus wie für ein Kind gemacht. Ihre Beine ragten wie dünne Stangen in abgetragenen schwarzen Leggings drunter hervor. Ihre Füße auf dem dreckigen Teppich waren bloß.

»Und, was haben Sie?« fragte Liska.

»Hä?«

»Sie sagten, Sie wären krank. Was haben Sie denn?«

»Ääh ... Die Grippe«, sagte sie gedankenverloren und sah in den Fernseher, wo eine grotesk übergewichtige Frau, scheinbar Jerry Springer, alles über ihre Beziehungen zu dem pockennarbigen Zwerg und dem Transsexuellen, die links und rechts neben ihr saßen, erzählte. Fine nahm einen Krümel Tabak von ihrer Zunge und schnippte ihn in Richtung Bildschirm. »Magengrippe.«

»Wissen Sie, was bei Übelkeit gut sein soll?« sagte Liska, ohne eine Miene zu verziehen. »Marihuana. Sie setzen es bei Chemotherapiepatienten ein. Natürlich ist es ansonsten illegal ...«

Eine raffinierte Drohung. Vielleicht reichte sie gerade, um die Waage zu ihren Gunsten zu kippen, falls Fine mit der Idee der Kooperation noch kämpfte.

Fine starrte sie reglos an.

»Neulich, als wir dem Hausmeister von Jillians Haus begegnet sind«, sagte Liska, »hatten Sie ja nicht sonderlich viel über ihn zu sagen.«

»Was soll's da zu sagen geben?«

»Wie gut kannte Jillian ihn? Waren sie Freunde?«

»Nein. Sie wußte nur seinen Namen.« Sie ging zu dem briefmarkengroßen Eßtisch, setzte sich und stützte sich auf, als hätte sie nicht genug Kraft, alleine aufrecht zu sitzen. »Er hatte ein Auge auf sie geworfen.«

»In welcher Hinsicht?«

Michele sah Quinn an. »In der, die Männer eben so haben.«

»Hat Jillian je gesagt, daß er sie anmacht, sie beobachtet, sowas in der Richtung?« fragte Liska.

»Sie glauben, er hat sie umgebracht?«

»Was glauben Sie denn, Michele?« fragte Quinn. »Was denken Sie denn über den Kerl?«

»Er ist ein Versager.«

»Sind Sie je mit ihm zusammengerückt?«

Sie hob eine Schulter, so dünn wie ein Vogelflügel. »Vielleicht hab ich ihm ein- oder zweimal gesagt, er soll sich verpissen.«

»Warum?«

»Weil er uns immer angestarrt hat. So, als ob er sich uns beide zusammen nackt vorstellt. Der fette Schleimer.«

»Und was hatte Jillian dazu zu sagen?«

Erneut ein Schulterzucken. »Sie sagte einmal, wenn das sein größter Kick im Leben ist, dann soll er doch starren.«

»Sie hat nie etwas davon gesagt, daß er sie belästigen würde?«

»Nein.«

»Hat sie Ihnen gegenüber je etwas erwähnt in der Richtung, daß sie jemand beobachtet oder sowas?«

»Nein. Obwohl sie es wurde.«

Liska sah sie scharf an. »Wie das?«

»Ihr Vater und dieser Naziseelenklempner von ihr haben wie die Luchse auf sie aufgepaßt. Ihr Vater hatte einen Schlüssel zu ihrer Wohnung. Manchmal, wenn wir zu ihr kamen, hat er drinnen auf sie gewartet. Einmischung in die Privatsphäre vom Feinsten.«

»Hat es Jillian aufgeregt, wenn er das gemacht hat?«

Michele Fines Mund verzog sich zu einem seltsamen, bitteren Lächeln, und sie sah in den Aschenbecher, als sie ihre Zigarette ausdrückte. »Nein, Sie war schließlich Papis Mädchen.«

»Was soll das heißen?«

»Nichts. Sie hat nur geduldet, daß er alles steuert, mehr nicht.«

»Sie hat Ihnen von ihrer Beziehung mit ihrem Stiefvater erzählt. Hat sie je was über ihre Beziehung zu ihrem Vater gesagt?«

»Wir haben nicht über ihn geredet. Sie wußte, wie ich darüber dachte, daß er versuchte, sie zu kontrollieren. Das Thema war tabu. Warum?« fragte sie ganz sachlich. »Glauben Sie, er hat auch versucht, sie zu ficken?«

»Ich weiß nicht«, sagte Quinn. »Was denken Sie?«

»Ich glaube, mir ist noch nie ein Mann begegnet, der nein sagt zu einer kleinen Nummer, wenn er Gelegenheit dazu hat«, sagte sie, bewußt dreist. Ihr Blick glitt über Quinns Körper zu seinem Schritt. Er ließ es über sich ergehen, wartete, bis sie fertig war. Schließlich sah sie ihm wieder in die Augen. »Wenn er das hat, hat sie es nie direkt ausgesprochen.«

Quinn nahm sich einen Stuhl am Ende des kleinen Tisches und machte es sich so bequem, als hätte er vor, zum Abendessen zu bleiben. Er sah sich wieder in der Wohnung um, bemerkte, daß es nur sehr wenig gab, was der Zierde diente, nichts Heimeliges, nichts Persönliches. Keine Fotos. Das einzig gut Gepflegte war der kleine Turm mit Stereoanlage und Aufnahmeausrüstung in der hinteren Ecke des Wohnzimmers. Daneben lehnte eine Gitarre.

»Wie ich höre, haben Sie und Jillian zusammen Musik geschrieben«, sagte er. »Welche Rolle spielte Jillian dabei?«

Fine zündete sich noch eine Zigarette an und blies Rauch in den billigen Lüster. Quinns Blick verfing sich wieder in der Schlange an ihrem Handgelenk, die sich um Narben schlängelte, die vor so langer Zeit in ihre Haut gebrannt worden waren. Die Schlange aus ihrem Garten Eden mit einem kleinen roten Apfel im Mund.

»Manchmal Texte«, sagte sie und Rauch trieb durch die Lücke zwischen ihren Vorderzähnen. »Manchmal Musik. Wonach immer ihr gerade war. Wonach mir gerade war.«

»Haben Sie schon was veröffentlicht?«

»Noch nicht.«

»Worüber hat sie denn gerne geschrieben?«

»Das Leben. Leute. Beziehungen.«

»Schlechte Beziehungen?«

»Gibt es denn andere?«

»Hat sie Kopien von den Sachen aufbewahrt, die sie geschrieben haben?«

»Klar.«

»Wo?« fragte Liska.

»In ihrer Wohnung. In der Klavierbank und im Bücherregal.«

»Ich hab neulich nichts dort finden können.«

»Na, da war das Zeug aber«, sagte Fine trotzig und blies noch eine Rauchfahne.

»Haben Sie noch irgendwelche Kopien, die ich mir ansehen

könnte?« fragte Quinn. »Ich würde gerne ihre Texte lesen, sehen, was die über sie aussagen.«

»Poesie ist ein Fenster zur Seele«, sagte Fine mit seltsamer, verträumter Stimme. Ihr Blick trieb davon und Quinn fragte sich, was sie eingeworfen hatte und warum. Hatte sie der mutmaßliche Mord an Jillian über irgendeine mentale Grenze gestoßen? Scheinbar war sie Jillians einzige Freundin gewesen. Vielleicht war Jillian ihre einzige gewesen. Und jetzt war keiner mehr da – keine Freundin, kein Partner beim Komponieren, nichts außer dieser beschissenen Wohnung und einem Sackgassenjob.

»Damit rechne ich«, sagte er.

Jetzt sah sie ihn direkt an, hausbacken und leicht exotisch, fettiges Haar vom Gesicht weggekratzt, vage vertraut, wie es fast jedes Gesicht in der Welt schien, nach so vielen Fällen. Ihre kleinen Augen schienen mit einem Mal sehr klar, als sie sagte: »Aber reflektiert sie, wer wir sind und was wir wollen?«

Sie stand auf und ging durch den Raum zu einem Regal aus Betonziegeln und Holzplanken und kam zurück mit einem Aktenordner, den sie durchblätterte. Quinn erhob sich und griff danach. Fine drehte sich mit einem fast koketten Blick aus halbgeschlossenen Wimpern zur Seite.

»Es ist auch das Fenster zu meiner Seele, Mr. Fed. Vielleicht möchte ich nicht, daß Sie reinspitzen.«

Sie reichte ihm ein halbes Dutzend Notenblätter. Ihre Fingernägel waren bis zur Wurzel abgenagt. Dann drückte sie den Ordner an ihren Bauch, eine Bewegung, die ihre kleinen Brüste unter dem engen T-Shirt betonte. Sie trug keinen BH.

Liska legte ihre Aktentasche auf den Tisch, ließ sie aufspringen und holte ein Set für Fingerabdrücke heraus. »Wir brauchen noch Ihre Fingerabdrücke, Michele. Damit wir sie von all den Abdrücken, die wir in Jillians Haus genommen haben, streichen können. Ich wußte, daß Sie es nicht geschafft haben, auf dem Revier vorbeizuschaun, weil Sie so beschäftigt sind.«

Fine starrte das Tintenkissen und die Karte mißtrauisch und unglücklich an.

»Es wird nur eine Minute dauern«, sagte Liska. »Setzen Sie sich.«

Fine fiel auf ihren Stuhl und reichte ihr widerwillig die Hand.

»Wann genau haben Sie das letzte Mal von Jillian gehört?« fragte Quinn.

»Ich hab sie am Freitag vor ihrer Sitzung mit dem Hirnficker gesehen«, sagte Michele, als Liska ihren Daumen über das Tintenkissen rollte und ihn auf die Karte drückte.

»Sie hat Sie Freitag abend nicht angerufen?«

»Nein.«

»Sie hat Sie nicht besucht?«

»Nein.«

»Wo waren Sie gegen Mitternacht, ein Uhr?«

»Im Bett. Nackt und allein.« Sie sah ihn durch ihre Wimpern an. Schwül, sexy.

»Kommt mir komisch vor, finden Sie nicht?« fragte Quinn. »Sie hatte einen Streit mit ihrem Vater. Sie war so durcheinander, daß sie aus seinem Haus rannte. Aber sie hat nicht versucht, mit ihrer besten Freundin Kontakt aufzunehmen.«

»Also, Agent Quinn«, sagte sie, die Stimme trauriger Erfahrung. »Ich hab vor langer Zeit gelernt, daß man nie wirklich wissen kann, was im Herzen eines anderen vorgeht. Und manchmal ist das auch besser so.«

Sam quetschte den Caprice in eine für Polizeifahrzeuge reservierte Lücke auf der Fifth Street Seite des Rathauses und ließ ihn einfach stehen. Heftig fluchend versuchte er, durch die vom Schneepflug aufgetürmte Wehe, die den Randstein bedeckte, zu rennen; an einer Stelle sank er bis zum Knie ein. Stolpernd, taumelnd, gelang es ihm, den Hügel zu überwinden und die Treppe hoch ins Gebäude zu eilen. Er keuchte wie ein Blasebalg. Das Herz arbeitete zu heftig, um Blut und Adrenalin durch Arterien zu pumpen, die wahrscheinlich aussahen wie das Innere veralteter Installationsrohre.

Verflucht, er mußte sich wirklich wieder in Form bringen, wenn er noch einen Fall wie diesen überleben wollte. Aber seine Karriere würde wahrscheinlich ohnehin nicht mal diesen überleben.

Die Eingangshalle war voller wütender Frauen, die sich wie eine Flutwelle auf ihn stürzten, als er versuchte, sich zur Abteilung Verbrechensermittlung durchzumogeln. Erst als sie ihn von allen Seiten eingekreist hatten, sah er die Protestschilder, die über ihren Köpfen tanzten: UNSER LEBEN IST AUCH WAS WERT! GERECHTIGKEIT: EIN PHOENIX, DER SICH AUS DER ASCHE ERHEBT!

Ihre Stimmen attackierten ihn wie Sperrfeuer, wie ein Dutzend Gewehre, die gleichzeitig losgehen.

»Polizeiliche Willkür!«

»Nur die Urskines wollen wahre Gerechtigkeit!«

»Warum sucht ihr nicht den *wahren* Killer!«

»Das versuch ich ja, Schwester«, keifte Kovac eine Frau an, die ihm den Weg mit grimmiger Miene und einem Bauch in der Größe eines Bierfasses versperrte. »Also, warum schwingst du deinen Schwertransport mit Überbreite nicht zur Seite und läßt mich weitermachen?«

Und genau da bemerkte er die Medien. Blitzlichter links und rechts. *Scheiße.*

Kovac blieb in Bewegung. Die einzige Überlebensregel für eine Situation wie diese: Halt den Mund und bleib nicht stehen.

»Sergeant Kovac, ist es wahr, daß Sie Gregg Urskines Verhaftung angeordnet haben?«

»Niemand ist verhaftet!« schrie er und drängte sich durch die Menge.

»Kovac, hat er gestanden?«

»War Melanie Hessler Ihre geheimnisvolle Zeugin?«

Leck im Büro des Gerichtsmediziners, dachte er kopfschüttelnd. Genau das war faul in diesem Land – die Menschen würden für den richtigen Preis ihre eigene Mutter verkaufen und keinen Gedanken an die Konsequenzen für jemand anders verschwenden.

»Kein Kommentar«, bellte er und drängte sich an den letzten vorbei.

Er schlängelte sich durch die Ansammlung von Kartons und Aktenschränken ins Morddezernat, rechts vorbei an Lieutenant Fowlers provisorischem Büro. Toni Urskines Stimme kratzte über seine Nervenenden wie ein Sägemesser über rohes Fleisch.

»Und Sie können versichert sein, daß jeder Sender, jede Zeitung, jeder Reporter, der mir zuhören will, davon erfahren wird! Das ist absolut empörend! *Wir* sind durch diese Verbrechen zum

Opfer geworden. *Wir* haben Freunde verloren. *Wir* haben gelitten. Und das ist der Dank der Polizei von Minneapolis, nachdem wir alles getan haben, um zu kooperieren!«

Kovac duckte sich durch die Tür ins Büro. Yurek sprang von seinem Schreibtisch auf, den Telefonhörer ans Ohr geklemmt, machte Sam wilde Zeichen mit den Augen und hielt eine Hand hoch, um ihn in der Nähe zu halten. Sam hielt fünf Sekunden lang mit laufendem Motor an. Die Erregung, die er mit in das Gebäude gebracht hatte, summte wie Energieströme durch seine Arme, seine Beine, seine Adern und Arterien. Er wippte auf seinen Fußballen auf und ab wie ein Knabe, der pinkeln muß.

»Ich muß einige Plätze abgrasen und ein paar Leute über glühenden Kohlen rösten, Charmie.«

Yurek nickte und sagte ins Telefon: »Tut mir leid, Ma'am. Ich muß jetzt aufhören. Wir haben hier einen Notfall. Tut mir leid. Ja, jemand wird sich bei Ihnen melden. Tut mir leid, Ma'am.«

Er ging um seinen Schreibtisch herum, kopfschüttelnd. »Diese Leute treiben mich in den Wahnsinn. Da ist eine Frau, die behauptet, ihr Nachbar ist der Feuerbestatter und er hätte nicht nur brutal vier Frauen ermordet, sie denkt, er hätte ihren Hund umgebracht *und* gegessen.«

»Für solchen Scheiß hab ich genauso viel Zeit wie für eine Wurzelbehandlung«, keifte Kovac. »Ist Quinn hier?«

»Er ist gerade zurückgekommen. Er schaut sich Urskines Vernehmung an«, sagte Yurek und ging mit Kovac mit, der in Richtung Vernehmungsräume unterwegs war. »Ich hatte gerade einen Anruf von oben –«

«Und die Frau mit dem toten Pudel ist die Bürgermeisterin? So scheiß bizarr ist dieser Fall.«

»Nein, vor der Lady mit dem Hund. Du wirst im Büro der Bürgermeisterin erwartet. Sie haben versucht, dich über dein Handy zu erreichen.«

»Batterie hinüber. Und du hast mich nicht gesehen. Die alte Schachtel kann warten. Ich hab einen verdammt großen Fisch zu braten. Ich hab Jonas gottverdammten Walfisch.«

Sorgenfalten verunstalteten Yureks vollkommene Stirn. »Wie meinst du das, großer Fisch? Wo warst du?«

Kovac gab keine Antwort. In Gedanken war er schon bei der bevorstehenden Konfrontation. Quinn stand neben dem Einwegspiegel und sah fix und fertig aus. Er starrte unverwandt in den anderen Raum, wo Gregg Urskine Elwood an einem Tisch gegenüber saß.

»Wir haben bar bezahlt. Ich konnte die Quittungen nicht finden«, sagte Urskine entnervt. Er versuchte immer noch, das nette Yuppie Lächeln auf seinem Gesicht zu halten. »Heben Sie denn alle Ihre Quittungen auf, Sergeant? Könnten Sie eine Quittung finden für etwas, das Sie vor Monaten gemacht haben?«

»Ja, ich könnte. Ich unterhalte ein einfaches, aber sehr funktionelles Ablagesystem für den Hausgebrauch«, sagte Elwood in freundlichem Plauderton. »Man kann nie wissen, wann man eine Aufzeichnung über etwas braucht. Für die Steuer, für ein Alibi –«

»Ich brauche kein Alibi.«

»Ich weiß jemanden, der eins braucht«, sagte Kovac und schnappte sich damit Quinns Aufmerksamkeit. »Lust auf noch eine Spazierfahrt?«

»Was liegt an?«

»Ich hab gerade mit Mrs. Donald Thornton geredet, Peter Bondunrants Ex-Partner. Wollen Sie wissen, wie die emotional instabile Sophie Bondurant bei der Scheidung das Sorgerecht für Jillian bekommen hat? Das wird Ihnen gefallen«, versprach er voller Sarkasmus.

»Ich trau mich fast nicht zu fragen.«

»Sie drohte, ihn vor dem Gericht bloßzustellen und gegenüber den Medien. Wegen sexueller Belästigung von Jillian.«

Kapitel 29

»O Gott«, stöhnte Yurek angsterfüllt.

Kovac fuhr ihn an. »Was jetzt? Willst du, daß ich so tue, als wüßte ich nicht, daß Bondurant seine Tochter sexuell belästigt hat?«

»*Mutmaßlich* belästigt hat –«

»Glaubst du, ich weiß nicht, daß ich gerade bis zum Arsch reingetappt bin?«

»Ich glaube, du solltest dir besser anhören, was die Bürgermeisterin will.«

»Ich könnte –«

»Sie will dich in ihrem Büro haben, damit du Mr. Bondurant ganz persönlich über den Stand der Ermittlungen aufs laufende bringst. Sie sind jetzt da oben und warten auf dich.«

Es wurde für einen Augenblick still im Raum, dann kam erneut Elwoods Stimme aus dem Vernehmungsraum nebenan. »Haben Sie je für Sex bezahlt, Mr. Urskine?«

»Nein!«

»Ich wollte Sie nicht beleidigen. Nur könnte ich mir vorstellen, daß der ständige Umgang mit Frauen, die ihren Körper professionell verkauft haben, möglicherweise eine gewisse Neugier weckt.«

Urskine schob seinen Stuhl vom Tisch zurück. »Das war's. Ich gehe. Wenn Sie noch einmal mit mir reden wollen, dann machen Sie das über meinen Anwalt.«

»In Ordnung«, sagte Kovac zu Quinn mit einem riesigen Knoten im Bauch, vor Erwartung und Nervosität. »Bringen wir der Bürgermeisterin und Mr. Bondurant den aktuellen Stand. Ich erzähl Ihnen alles unterwegs.«

»Ich bin mir sicher, Sie verstehen Peter Bondurants Anspruch auf Abschluß dieser Angelegenheit«, sagte Edwyn Noble zu Chief Greer. »Haben wir irgendeinen Zeitrahmen im Hinblick auf die Freigabe der Leiche?«

»Keinen *spezifischen.*« Greer stand neben dem Kopfende des Konferenztisches der Bürgermeisterin, die Beine leicht gespreizt, die Hände vor sich verschränkt, wie ein Soldat, der bequem steht, oder ein Rausschmeißer mit Dünkeln. »Ich habe Sergeant Kovac anrufen lassen. Wie ich höre, wartet er auf ein paar Testergebnisse aus dem FBI Labor. *Möglicherweise* nachdem diese abgeschlossen sind, was *täglich* der Fall sein könnte –«

»Ich will meine Tochter begraben, Chief Greer.« Bondurants Stimme war verkniffen. Er sah den Chief nicht an, sondern schien in eine Dimension zu starren, die nur er sehen konnte. Er hatte das Angebot eines Stuhls ignoriert und bewegte sich ruhelos durch den Konferenzraum. »Der Gedanke, daß ihre Leiche in irgendeinem Kühlfach liegt, wie ein Stück Gefrierfleisch ... Ich will sie zurückhaben.«

»Peter, Schatz, wir verstehen das«, sagte Grace Noble. »Wir fühlen deinen Schmerz. Und ich kann dir versichern, die Soko tut alles, was in ihrer Macht steht, um diesen –«

»Wirklich? Ihr leitender Detective hat mehr Zeit damit zugebracht, mich zu schikanieren, als mit der Verfolgung von Verdächtigen.«

»Sergeant Kovac kann manchmal ein bißchen grob sein«, sagte Greer. »Aber seine Erfolge im Morddezernat sprechen für sich.«

»Selbst auf die Gefahr hin, abgedroschen zu klingen, Chief Greer«, sagte Edwyn Noble. »Ganz abgesehen von Sergeant Kovacs Erfolgen, was hat er in letzter Zeit für uns getan? Wir haben ein weiteres Opfer. Der Killer scheint uns die Zunge rauszustrecken, nicht nur der Soko, sondern der ganzen Stadt. Hat Sergeant Kovac überhaupt einen realistischen Verdächtigen zu diesem Zeitpunkt?«

»Lieutenant Fowler sagte mir, jemand wäre heute früh verhört worden.«

»Wer? Ein legitimer Verdächtiger?«

Greer runzelte die Stirn. »Ich bin nicht befugt –«

»Sie war *meine Tochter*!« schrie Peter. Der Zorn in seiner Stimme hallte von den Wänden. Er wandte sich von den Blicken der anderen ab und legte die Hände übers Gesicht.

Die Bürgermeisterin legte eine Hand auf ihren stattlichen Busen, als verursachte sein Anblick Brustschmerzen.

»Wenn jemand verhaftet worden ist«, sagte Noble, »dann ist es nur eine Frage von Stunden, bis die Presse diese Information enthüllt. Das ist kein Kommentar zur Sicherheit per se in Ihrer Behörde, Chief. In einem Fall dieser Größenordnung ist es einfach unmöglich, alle Lecks zu eliminieren.«

Greer sah von Bondurants Anwalt zur Frau von Bondurants Anwalt – seinem Boß. Unglücklich und unfähig, irgendeinen Ausweg zu finden, seufzte er schwer. »Der Hausmeister von Mr. Bondurants Reihenhauskomplex.«

Die Gegensprechanlage summte und Grace Noble beantwortete sie von einem Telefon auf einem Beistelltisch. »Bürgermeisterin Noble, Sergeant Kovac und Special Agent Quinn sind hier.«

»Schicken Sie sie rein, Cynthia.«

Sam war schon fast durch die Tür, bevor die Bürgermeisterin ihren Satz beendet hatte. Seine Augen fanden Peter Bondurant. Peter Bondurant sah dünner aus als am Tag zuvor, seine Gesichtsfarbe war noch schlechter. Er begegnete Kovacs Blick mit einem Ausdruck steinerner Abneigung.

»Sergeant Kovac, Agent Quinn, danke, daß Sie gekommen sind«, sagte die Bürgermeistern. »Setzen wir uns doch alle und reden.«

»Ich werde nicht auf die Einzelheiten des Falles eingehen«, verkündete Kovac stur. Er wollte sich nicht setzen und als bewegungsloses Ziel für Bondurant oder Edwyn Noble dienen.

Niemand setzte sich.

»Uns ist zu Ohren gekommen, daß Sie einen Verdächtigen haben«, sagte Edwyn Noble.

Sam fixierte ihn kurz mit einem Adlerauge, dann wandte er sich Dick Greer zu und dachte *Schwanzlutscher.*

»Es wurde niemand verhaftet«, sagte Kovac. »Wir verfolgen immer noch alle möglichen Richtungen. Ich hab mir gerade selbst eine interessante vorgenommen.«

»Hat Mr. Vanlees ein Alibi für die Nacht, in der meine Tochter verschwunden ist?« fragte Bondurant in scharfem Ton. Er sah zu Sam, der am Tisch auf und ab lief, ihn in dreißig Zentimeter Abstand passierte.

»Haben Sie ein Alibi für die Nacht, in der Ihre Tochter verschwand, Mr. Bondurant?«

»Kovac!« bellte der Chief.

»Bei allem Respekt, Chief, es gehört nicht zu meinen Gepflogenheiten, meine Fälle an irgend jemanden abzutreten.«

»Mr. Bondurant ist der Vater eines Opfers. Da gibt es einige mildernde Umstände.«

»Ja, ein paar Milliarden davon«, murmelte Kovac.

»Sergeant!«

»Sergeant Kovac glaubt, ich sollte für meinen Reichtum bestraft werden, Chief«, sagte Bondurant, der immer noch auf und ab lief. Jetzt hielt er den Blick zu Boden gerichtet. »Er glaubt vielleicht, ich hätte es verdient, meine Tochter zu verlieren, damit ich lerne, was wahres Leid ist.«

»Nachdem, was ich heute erfahren habe, glaube ich, daß Sie es nie verdient haben, eine Tochter zu haben«, sagte Kovac, was ein Keuchen der Bürgermeisterin zur Folge hatte. »Sie haben verdammt verdient, sie zu verlieren, aber nicht so, wie sie jetzt verloren ist. Das heißt, wenn sie überhaupt tot ist – und wir sind noch lange nicht soweit, daß wir das mit Bestimmtheit sagen können.«

»Sergeant Kovac, ich hoffe, Sie haben eine sehr gute Erklärung für dieses Verhalten.« Greer bewegte sich aggressiv auf ihn zu, zog seine Gewichtheberschultern hoch.

Kovac bewegte sich weg von ihm. Seine ganze Aufmerksamkeit galt Peter Bondurant. Und Peter Bondurants Aufmerksamkeit galt ihm. Er blieb stehen, kniff die Augen instinktiv mißtrauisch zusammen, wie ein Tier, das Gefahr spürt.

»Ich habe heute ein langes Gespräch mit Cheryl Thornton gehabt«, sagte Kovac und beobachtete, wie Peter Bondurants Gesicht fahl wurde. »Sie hatte ein paar sehr interessante Sachen über Ihre Scheidung von Jillians Mutter zu sagen.«

Edwyn Noble sah überrascht aus. »Ich begreife nicht welche Relevanz –«

»Oh, ich denke, das könnte sehr relevant sein.« Kovac sah immer noch Bondurant eindringlich an.

Bondurant sagte: »Cheryl ist doch eine verbitterte, rachsüchtige Frau.«

»Finden Sie? Nachdem sie ihren Mund solange gehalten hat? Ich würde sagen, Sie sind ein undankbarer Scheißkerl –«

»Kovac, das reicht!« schrie Greer.

»Wohl kaum«, sagte Kovac. »Wenn Sie den Arsch eines Kinderschänders küssen wollen, dann ist das Ihre Sache, Chief. Ich werde es nicht tun. Mir ist scheißegal, wie reich er ist.«

»Oh!« rief Grace Noble und drückte wieder eine Hand an die Brust.

»Vielleicht sollten wir unten weiterreden«, schlug Quinn mit milder Stimme vor.

»Mir soll's recht sein«, sagte Kovac. »Ein Verhörraum ist schon angewärmt.«

Bondurant zitterte jetzt sichtlich. »Ich habe Jillian wirklich nie mißbraucht.«

»Vielleicht denken Sie, daß Sie das nicht haben.« Kovac kreiste langsam um ihn, bewegte sich weg von Greer, konzentrierte Bondurants Blick auf sich und drehte seinem Anwalt den Rücken zu. »Ein Haufen Pädophiler redet sich ein, daß sie dem Kind einen Gefallen tun. Manche verwechseln sogar kleine Kinder ficken mit Liebe. Haben Sie sich das auch eingeredet?«

»Sie Hurensohn!«

Bondurant warf sich auf Kovac, packte ihn an seinem Revers und stieß ihn rückwärts durchs Zimmer. Sie krachten in einen Beistelltisch und ein Paar Messingleuchter purzelten wie Kegel davon.

Kovac verkniff sich den Drang, Bondurant herumzurollen und ihn windelweich zu prügeln. Nach allem, was er heute gehört hatte, hätte er das zu gerne getan, und wenn sie sich in einer dunklen Gasse begegnet wären, hätte er es auch. Aber Männer wie Peter Bondurant trieben sich nicht in dunklen Gassen herum und rauhe Gerechtigkeit berührte sie nie.

Bondurant landete einen guten Schwinger, streifte mit den Knöcheln einen Mundwinkel von Kovac. Dann packte ihn Quinn am Kragen und zog ihn weg. Greer sprang zwischen sie wie ein Schiedsrichter, mit ausgebreiteten Armen und rollenden Augen, die weiß in seinem dunklen Gesicht blitzten.

»Sergeant Kovac, ich denke, *Sie* sollten *vor die Tür* gehen«, sagte er laut.

Kovac rückte seine Krawatte und sein Jackett zurecht. Er wischte sich verschmiertes Blut aus dem Mundwinkel, und er grinste ein bißchen, als er Peter Bondurant ansah.

»Fragen Sie ihn, wo er gestern um zwei Uhr früh war«, sagte er. »Während jemand den Wagen seiner Tochter mit einer verstümmelten toten Frau drin angezündet hat.«

»Das werde ich nicht einmal eines Kommentars würdigen«, sagte Bondurant und machte sich an seiner Brille zu schaffen.

»Herrgott, Sie meinen wirklich, Sie können sich alles leisten«, sagte Kovac. »Sie betreiben ungestraft Kindesmißbrauch. Sie greifen ungestraft einen Beamten an. Sie verpesten diesen Fall wie eine schlimme Infektion. Glauben Sie etwa, Sie können auch ungestraft morden, wenn Sie wollen?«

»Kovac!« brüllte Greer.

Kovac sah zu Quinn, schüttelte den Kopf und ging raus.

Bondurant entwand sich Quinns Zugriff. »Ich will, daß er von dem Fall abgezogen wird! Ich will ihn aus der Polizei haben!«

»Dafür, daß er seine Arbeit macht?« fragte Quinn ruhig. »Es ist sein Job zu ermitteln. Er kann nichts für das, was er findet, Peter. Sie töten den Boten.«

»Er untersucht nicht den Fall!« schrie er und begann wieder, hin und her zu laufen, wild gestikulierend. »Er untersucht *mich*. Er schikaniert mich. Ich habe meine Tochter verloren, um Himmels willen!«

Edwyn Noble versuchte, ihn am Arm zu packen, als er vorbeiging. »Peter, beruhig dich. Kovac wird gemaßregelt werden.«

»Ich glaube, wir sollten das regeln, was Sergeant Kovac gefunden hat, oder nicht?« sagte Quinn zu dem Anwalt.

»Das ist Unsinn«, sagte Noble knapp. »Diese Mutmaßung ist völlig haltlos.«

»Wirklich? Sophie Bondurant war eine emotional labile Frau. Warum sollten ihr die Gerichte das Sorgerecht für Jillian zusprechen? Oder, genauer gesagt, warum haben Sie nicht dagegen angekämpft, Peter?« fragte Quinn und versuchte, Augenkontakt mit Bondurant herzustellen.

Bondurant blieb in Bewegung, höchst erregt, jetzt schwitzend, blaß auf eine Art, die Quinn auf den Gedanken brachte, daß er krank sein könnte.

»Cheryl Thornton sagt, der Grund, warum Sie nicht dagegen angekämpft haben, war Sophies Drohung, Sie als Schänder von Jillian zu entlarven.«

»Ich habe Jillian *niemals* wehgetan. Das würde ich nie tun.«

»Cheryl hat Peter immer die Schuld am Unfall ihres Mannes gegeben«, sagte Noble verbittert. »Sie wollte nicht, daß Donald sich aus Paragon auszahlen läßt. Sie hat ihn auch dafür bestraft. Hat ihn zum Trinken getrieben. Sie ist diejenige, die den Unfall verursacht hat – indirekt –, aber sie gibt Peter die Schuld.«

»Und diese verbitterte, rachsüchtige Frau hat bis jetzt nie etwas über diesen mutmaßlichen Mißbrauch gesagt?« sagte Quinn. »Das wäre schwer vorstellbar, wären da nicht die großzügigen monatlichen Zahlungen, die Peter an das Sanatorium schickt, in dem Donald Thornton den Rest seines Lebens verbringt.«

»Man könnte das als Großzügigkeit bezeichnen«, sagte Noble.

»Oder als Erpressung. Man könnte sagen, Peter kauft Cheryl Thorntons Schweigen.«

»Sie würden sich irren«, sagte Noble sehr bestimmt. »Donald und Peter waren Freunde, Partner. Warum sollte er nicht dafür sorgen, daß seine Bedürfnisse geregelt werden?«

»Er hat sehr gut für ihn gesorgt, als er ihn aus Paragon rauskaufte, was zufälligerweise zur gleichen Zeit geschah, als die Scheidung stattfand«, fuhr er fort. »Man könnte sogar sagen, der Abschluß war von Peters Seite mehr als großzügig.«

»Was hätte er denn tun sollen?« fragte Noble. »Versuchen, die Gesellschaft von dem Mann zu stehlen, der geholfen hatte, sie aufzubauen?«

Bondurant hatte, wie Quinn bemerkte, aufgehört zu reden; er beschränkte jetzt sein Auf- und Abgerenne auf die Ecke beim Fenster. Er zog sich zurück. Sein Kopf war gesenkt, und er legte immer wieder die Hand auf die Stirn, als taste er nach Fieber. Quinn bewegte sich unauffällig auf ihn zu. Halbierte sein Arreal. Bedrängte subtil seinen Freiraum.

»Ich habe das Geschäft übernommen. Ich konnte mich nicht auch noch um ein Kind kümmern.«

»Und deshalb haben Sie sie Sophie überlassen? Einer Frau, die immer wieder in eine psychiatrische Institution eingeliefert wurde.«

»So war es nicht. Sie war ja nicht wahnsinnig. Sophie hatte Probleme. Wir alle haben Probleme.«

»Aber keine so heftigen, daß wir Selbstmord begehen.«

Die Augen des Mannes füllten sich mit Tränen. Er hob die Hand, als wolle er seine Augen gegen Quinns Blick abschirmen.

»Worüber haben Sie und Jillian in dieser Nacht gestritten, Peter?«

Er schüttelte den Kopf ein bißchen, bewegte sich jetzt in einer engen, kurzen Linie. Drei Schritte vor, kehrt, drei Schritte vor, kehrt ...

»Ihr Stiefvater hatte sie angerufen«, sage Quinn. »Sie waren wütend.«

»Das haben wir schon durchgekaut«, sagte Edwyn Noble, der sich offensichtlich gerne zwischen Quinn und seinen Klienten drängen wollte. Quinn drehte eine Schulter, blockte ihn ab.

»Warum bestehen Sie immer wieder darauf, daß Jillian tot ist, Peter? Ich weiß nicht, daß sie es ist. Ich halte es für möglich, daß sie es nicht ist. Warum sagen Sie, daß sie es ist? Worüber haben Sie in dieser Nacht gestritten?«

»Warum tun Sie mir das an?« flüsterte Bondurant mit gequälter Stimme. Sein prüder, schmaler Mund bebte.

»Weil wir die Wahrheit erfahren müssen, Peter und ich glaube, daß Sie einige Stücke des Puzzles zurückhalten. Wenn Sie die Wahrheit haben wollen – wie Sie behaupten –, dann müssen Sie mir diese Stücke geben. Begreifen Sie das? Wir müssen das ganze Bild sehen.«

Quinn hielt den Atem an. Bondurant war kurz davor. Er konnte es fühlen, es sehen. Er versuchte, ihn mit seiner Willenskraft über die Schwelle zu schieben.

Bondurant starrte aus dem Fenster auf den Schnee. Jetzt stand er still, sah benommen aus. »Ich wollte doch nur eine Beziehung zwischen Vater und Tochter –«

»Das genügt, Peter.« Noble stellte sich vor Quinn und nahm seinen Klienten am Arm. »Wir gehen.«

Er warf Quinn einen zornigen Blick zu. »Ich dachte, wir verstehen einander.«

»Oh, ich verstehe Sie voll und ganz, Mr. Noble«, sagte Quinn. »Das heißt noch lange nicht, daß ich daran interessiert bin, in Ihrem Team zu spielen. Ich bin nur an zwei Dingen interessiert: der Wahrheit und der Gerechtigkeit. Ich sehe nicht, daß Sie auch nur an einem von beiden interessiert sind.«

Noble sagte nichts. Er führte Bondurant aus dem Zimmer wie ein Pfleger einen Patienten unter Beruhigungsmitteln.

Quinn sah zur Bürgermeisterin, die sich endlich gesetzt hatte. Sie wirkte teils schockiert, teils nachdenklich, als versuche sie, in alten Erinnerungen etwas zu finden, das Peter Bondurant auf eine Art verdächtig machte, die sie nie vermutet hätte. Chief Greer sah aus wie ein Mann im Frühstadium von Dickdarmentzündung.

»Das ist die Geschichte mit dem Löcher graben«, sagte Quinn. »Es gibt keine Bestätigung, daß man findet, was man will – oder will, was man findet.«

Bis fünf Uhr hatte jeder Nachrichtensender in den Twin Cities den Namen Gil Vanlees. Dieselben Medien, die diesen Namen in fetten Lettern drucken und Fernsehschirme mit schlechten Fotos von diesem Mann füllen würden, würden mit Fingern auf die Polizei deuten, weil sie Informationen durchsickern ließ.

Quinn hatte keine Zweifel, wo das Leck war, und es machte ihn stocksauer, daß Bondurants Leute die Art von Zugriff hatten, die den Fall trübte. Und angesichts von Sams Enthüllung an diesem Nachmittag, wirkte Bondurants Einmischung noch düsterer.

Diese Geschichte hatte keiner an die Presse durchsickern lassen. Nicht einmal die angeblich so verbitterte, rachsüchtige Cheryl Thornton, deren hirngeschädigter Mann von Peter Bondurant unterstützt wurde. Er fragte sich, wieviel Geld genau nötig war, um einen Haß wie diesen ein Jahrzehnt lang einzudämmen.

Was spielte sich im Leben von Jillian und ihrer Mutter in der entscheidenden Phase der Scheidung ab? fragte er sich in seinem fensterlosen Raum im FBI Büro. Von Anfang an hatte Bondurant auf ihn den Eindruck eines Mannes mit Geheimnissen gemacht. Geheimnisse über die Gegenwart. Geheimnisse über die Vergangenheit. Geheimnisse, so dunkel wie Inzest?

Wie hätte Sophie Bondurant sonst das Sorgerecht für Jillian bekommen sollen? So labil wie sie war. Mächtig wie Peter war.

Er blätterte durch das Fallbuch bis zu den Tatortfotos des dritten Mordes. Gewisse Aspekte des Mordes machten den Eindruck, daß der Mörder und das Opfer sich möglicherweise gekannt hatten. Die Enthauptung, obwohl keines der anderen Opfer enthauptet worden war, die extreme Depersonalisierung. Beide deuteten auf eine Art von persönlichem Zorn. Aber was war mit der neuesten Theorie, daß der Mörder mit einem Partner, einer Frau arbeitete? Das paßte nicht zu Peter Bondurant. Und was, wenn die beteiligte Frau möglicherweise Jillian Bondurant selbst war?

Eine Vorgeschichte von sexuellem Mißbrauch würde in das Profil einer in diesen Typ Verbrechen verwickelten Frau passen. Sie hätte eine verdrehte Vorstellung von Mann-Frau-Beziehungen, von sexuellen Beziehungen. Ihr Partner war wahrscheinlich älter, eine pervertierte Andeutung einer Vatergestalt, der dominante Partner.

Quinn dachte an Jillian, an das Foto in Bondurants Büro. Psychisch gestört, mit geringem Selbstwertgefühl, ein Mädchen, das sich wider Willen einredet, etwas zu sein, was sie nicht ist, um zu gefallen. Wozu wäre sie bereit, um die Anerkennung nach der sie gierte, zu bekommen?

Er dachte an ihre Beziehung zu ihrem Stiefvater – angeblich in beiderseitigem Einverständnis, aber das sind diese Dinge nie wirklich. Kinder brauchen Liebe und sind durch dieses Bedürfnis leicht zu manipulieren. Und wenn Jillian einer Mißbrauchsbeziehung mit ihrem Vater entronnen war, nur um dann in eine weitere durch ihren Stiefvater gezwungen zu werden, dann hätte das jede verschrobene Vorstellung von Beziehungen mit Männern noch weiter verstärkt.

Falls Peter sie mißbraucht hatte.

Falls Jillian nicht ein totes Opfer, sondern ein williges Opfer war.

Falls Gil Vanlees überhaupt ein Killer war.

Falls falls falls falls …

Vanlees paßte scheinbar perfekt – nur fand Quinn, daß er nicht die Intelligenz hatte, die Polizei so lange zu überlisten, oder den Mut dazu, dieses Lockspiel durchzustehen, das der Killer spielte. Nicht der Gil Vanlees, den er heute im Vernehmungsraum gesehen hatte. Aber er wußte aus Erfahrung, daß Menschen mehr als eine Seite haben konnten und daß eine dunkle Seite, die fähig war, so zu töten wie der Feuerbestatter, zu allem fähig wäre, auch dazu, sich sehr sehr gut zu verstellen.

Er stellte sich Gil Vanlees im Geiste vor und wartete auf den Kick in seinem Magen, der ihm sagte, das ist der Kerl. Aber das Gefühl kam nicht. Er konnte sich nicht erinnern, wann es das letzte Mal passiert war. Nicht einmal, nachdem es passiert war, nachdem ein Mörder gefangen worden war und Punkt für Punkt mit seinem Profil übereinstimmte. Das Gefühl, es zu wissen, kam nicht mehr. Die Arroganz der Gewißheit hatte ihn verlassen. Angst hatte ihren Platz eingenommen.

Er blätterte weiter im Mörderbuch, zu den frischen Fotos von Melanie Hesslers Autopsie. Wie beim dritten Opfer waren die Wunden, die sowohl vor als auch nach dem Tod zugefügt worden waren, brutal, unsäglich grausam, schlimmer als bei den ersten beiden Opfern. Während er die Fotos betrachtete, hörte er das Echo der Bandaufnahme durch seinen Kopf hallen. Schrei über Schrei über Schrei.

Die Schreie gingen ineinander über und wurden zu einer Kakophonie, die seine Alpträume erfüllte, immer lauter und lauter. Das Geräusch schwoll und dehnte sich in seinem Gehirn, bis er das Gefühl hatte, sein Kopf würde platzen und der Inhalt herausrinnen als widerlicher grauer Schleim. Und die ganze Zeit starrte er dabei die Fotografien an, dieses verkohlte, verstümmelte Ding, das einmal eine Frau gewesen war, und er dachte an die Art von Zorn, die es brauchte, um das einem anderen Menschen anzutun. Die Art von giftigen, schwarzen Emotionen, die man heftig unterdrückte, bis der Druck zu groß wird. Und er dachte an Peter Bondurant und Gil Vanlees und tausend namenlose Gesichter, die durch die Straßen dieser Städte wandern und nur darauf warten, daß die Hauptleitung von Haß explodiert und sie jenseits von Gut und Böse schubst.

Jeder von ihnen hätte dieser Killer sein können. Die notwendigen Komponenten ruhten in so vielen Menschen und brauchten nur den richtigen Katalysator, um freigesetzt zu werden. Die Soko setzte ihr Geld auf Vanlees, auf Grund von Umstand und Profil. Aber alles, was sie hatten, waren Logik und Gespür. Keine greifbaren Beweise. Könnte Gil Vanlees so vorsichtig, so clever gewesen sein? Sie hatten keinen Zeugen, der ihn in der Nähe eines der Opfer plazieren konnte. Ihre Zeugin war verschwunden. Sie hatten keine offensichtliche Verbindung zwischen allen vier Opfern oder irgend etwas, das Vanlees mit irgendeinem anderen Opfer außer Jillian in Verbindung brachte – vorausgesetzt, daß Jillian überhaupt das Opfer war.

Falls dies, falls das.

Quinn kramte ein Tagamet aus seiner Hosentasche und spülte es mit einer Cola light hinunter. Der Fall bedrängte ihn, er konnte keine richtige Perspektive finden. Die Spieler waren ihm zu nahe, ihre Ideen, ihre Emotionen bluteten in die nackten Fakten, die im Grunde alles waren, was er für eine Analyse brauchte.

Der Profi in ihm sehnte sich immer noch nach dem Abstand, den sein Büro in Quantico ihm liefern würde. Aber wenn er in Quantico geblieben wäre, dann wären er und Kate Vergangenheit geblieben.

Er packte spontan den Telefonhörer und wählte ihre Büronummer. Beim vierten Läuten schaltete sich ihr Anrufbeantworter an. Er hinterließ noch einmal seine Nummer, hängte ein, nahm erneut den Hörer und wählte ihre Privatnummer mit demselben Ergebnis. Es war jetzt sieben Uhr. Wo zum Teufel steckte sie?

Und sofort fiel ihm ihre heruntergekommene Garage in der dunklen Gasse hinter ihrem Haus ein, und er fluchte leise vor sich hin. Dann ermahnte er sich – wie es Kate sicher auch getan hätte –, daß sie in den letzten fünf Jahren sehr gut ohne ihn zurechtgekommen war.

Heute abend hätte er ihr Fachwissen gut gebrauchen können, ganz zu schweigen von einem langen, langsamen Kuß und einer warmen Umarmung. Er wandte sich wieder dem Fallbuch zu und blätterte zur Opferkunde, suchte nach der einen Sache, von der er überzeugt war, daß sie alles miteinander verbinden und ihm einen Fingerzeig geben würde.

Die Notizen über Melanie Hessler in seiner eigenen Handschrift, dürftig, zu knapp. Kovac hatte Moss darauf angesetzt, die Informationen über das neueste Opfer des Feuerbestatters zu sammeln, aber bis jetzt hatte sie ihm noch nichts gebracht. Er wußte, daß sie in einem Buchladen für Erwachsene arbeitete – was sie für den Killer wahrscheinlich in dieselbe Kategorie fallen ließ wie die beiden Huren. Sie war erst vor wenigen Monaten in der Gasse hinter dem Laden überfallen worden. Aber die beiden Männer, die sie vergewaltigt hatten, konnten solide Alibis vorweisen und waren im Hinblick auf ihren Tod nicht verdächtig.

Es war wirklich eine traurige Vorstellung, daß jede dieser Frauen in ihrem kurzen Leben wiederholt zum Opfer geworden war. Lila White und Fawn Pierce in einem Beruf und mit einem Lebensstil, die auf Mißbrauch und Demütigung ausgelegt waren. Lila war erst letzten Sommer von ihrem Drogendealer überfallen worden. Fawn war in zwei Jahren dreimal im Krankenhaus gewesen: einmal als Opfer ihres Zuhälters, einmal als das Opfer eines Überfalls und einmal als Vergewaltigungsopfer.

Jillian Bondurants Werdegang zum Opfer hatte hinter den geschlossenen Türen ihres Zuhauses stattgefunden. Falls Jillian ein Opfer war.

Er wandte sich wieder den Fotos von Opfer Nummer Drei zu und sah sich die Wunden in ihrer Brust an. Die Signatur. Lange Wunde, kurze Wunde, lange Wunde, kurze Wunde, wie die Arme eines Sterns oder die Blütenblätter einer grausigen Blume. *Lieb dich, lieb dich nicht. Cross my heart und hope to die.*

Er dachte an die kaum hörbaren Stimmen auf dem Band.

»... Drehen ... tu es ...«

»... Möchte ... von mir ...«

Zu leicht ließ sich das Bild heraufbeschwören, wie die Killer zu beiden Seiten des warmen, leblosen Körpers ihres Opfers standen, jeder mit einem Messer und abwechselnd ihre Unterschrift in die Brust der Frau stachen, den Pakt ihrer Partnerschaft besiegelten.

Diese Vorstellung hätte ihn entsetzen müssen, aber es war nicht das Schlimmste, was er je gesehen hatte. Längst nicht. Meist ließ es ihn gefühllos.

Das ließ ihn erschaudern.

Ein Mann und eine Frau. Er ließ die Möglichkeiten abrollen, mit Blick auf die Leute, von denen man wußte, daß sie irgendwie mit den Opfern verbunden waren. Gil Vanlees, Bondurant, Lucas Brandt. Die Urskines – da gab es Möglichkeiten. Die Hure, die gestern nacht, als die kleine DiMarco verschwand, im Phoenix war – und behauptete nichts gehört und gesehen zu haben, und die außerdem das zweite Opfer gekannt hatte. Michele Fine, Jillians einzige Freundin. Seltsam und zittrig. Voller Narben – körperliche und psychische. Eine Frau, die zweifellos eine lange düstere Geschichte hinter sich hatte – und kein gutes Alibi für die Nacht, in der Jillian verschwand.

Er griff nach den Notenblättern, die Fine ihm gegeben hatte, und fragte sich, welche Kompositionen Jillian wohl für sich behalten hatte.

Außenseiter
Außen
Auf der dunklen Seite
Allein
Schau herein
Eine Laune
Will ein Zuhause

Außenseiter
In meinem Blut
In meinen Knochen
Kann nicht haben
Was ich will
Verdammt umherzustreifen
Ganz alleine
Draußen
Laß mich rein
Will einen Freund
Brauch einen Lover

Sei bei mir
Sei mein Knabe
Sei mein Vater

Außenseiter
In meinem Blut
In meinen Knochen
Kann nicht haben
Was ich will
Verdammt umherzustreifen
Ganz allein
Draußen.

Knöchel trommelten gegen die Tür und Kovac steckte unaufgefordert den Kopf herein.

»Können Sie's riechen?« fragte er und kam rein. Er lehnte sich gegen Quinns Notizwand, Anzug zerknittert, Lippe geschwollen, dort wo Peter Bondurant ihn erwischt hatte, Krawatte schief. »Gekochte Gans, verbrannter Arsch, Toast.«

»Sie sind raus«, sagte Quinn.

»Gebt dem Mann eine Zigarre. Ich bin raus aus der Soko. Sie werden meinen Nachfolger bei der Pressekonferenz morgen irgendwann benennen.«

»Wenigstens hat es Bondurant nicht geschafft, Sie ganz aus der Polizei rauswerfen zu lassen«, sagte Quinn. »Diesmal haben Sie den bösen Cop ein bißchen zu hart gespielt, Sam.«

»Böser Cop«, sagte Kovac angewidert. »Das war ich, und ich hab jedes Wort davon ernst gemeint. Mir steht's bis an die Backenzähne mit Leuten wie Peter Bondurant und seinem Geld und seinen Seilschaften. Was Cheryl Thornton mir erzählt hat, hat mir den Rest gegeben. Ich mußte einfach immer wieder an die toten Frauen denken, die keinen interessierten, und wie Bondurant mit diesem Fall herumspielt, als wär das sein eigenes Scotland-Yard-Spiel. Ich mußte immer wieder an seine Tochter denken und was für ein tolles Leben sie hätte haben sollen, aber statt dessen – tot oder lebendig – ist sie auf ewig vermurkst, dank seiner.«

»*Falls* er sie mißbraucht hat. Wir wissen nicht, ob das, was Cheryl Thornton sagt, wahr ist.«

»Bondurant zahlt die Arztrechnungen ihres Mannes. Warum sollte sie so etwas Mieses gegen den Mann sagen, wenn es nicht stimmt?«

»Hat sie irgendwie angedeutet, daß sie glaubt, Peter hätte Jillian getötet?«

»So weit würde sie nicht gehen.«

Quinn reichte ihm das Notenblatt. »Machen Sie, was Sie wollen daraus. Ich würde sagen, Sie sind auf einer heißen Spur.«

Kovac runzelte die Stirn, als er den Text des Liedes las. »Du lieber Gott.«

Quinn breitete die Hände aus. »Könnte sexuell sein oder nicht. Könnte sich auf ihren Vater oder ihren Stiefvater beziehen oder gar nichts bedeuten. Ich möchte mich noch mal mit ihrer Freundin Michele unterhalten. Vielleicht hat sie eine Interpretation – falls sie sie mir gibt.«

Kovac drehte sich um und sah sich die Fotos an, die Quinn an die Wand geklebt hatte. Die Opfer, als sie noch lebten und lächelten. »Es gibt nichts, was ich mehr hasse, als Kinderschänder. Deswegen arbeite ich nicht bei Sexualdelikten, obwohl die bessere Arbeitszeiten haben. Wenn ich je bei Sexualdelikten arbeiten würde, würden sie mich so schnell in den Knast werfen, daß ich ein Schleudertrauma davon hätte. Wenn ich einen von diesen Dreckskerlen, der sein eigenes Kind vergewaltigt hat, in die Finger kriegen würde, würde ich ihm einfach den Hals umdrehen. Ihn aus dem Genpool eliminieren, wenn Sie wissen, was ich meine.«

»Ja, das tu ich.«

»Ich weiß nicht, wie ein Mann seine eigene Tochter ansehn und denken kann: ›He, da möchte ich ihn gern mal reinstecken.‹«

Er schüttelte den Kopf und kramte eine Zigarette aus dem Päckchen in der Brusttasche seines schlaffen weißen Hemdes. Im FBI Büro galt Rauchverbot, aber Quinn sagte nichts.

»Ich hab eine Tochter, wissen Sie«, sagte Kovac und blies die erste Lunge voll raus. »Naja, Sie wissen es *nicht*. Es weiß kaum einer. Aus meiner ersten Ehe, die ungefähr noch eineinhalb Minuten hielt, nachdem ich zur Polizei ging. Gina. Sie ist sechzehn. Ich seh sie nie. Ihre Mutter hat mit peinlicher Hast wieder geheiratet und ist nach Seattle gezogen. Ein anderer Typ ist ihr Dad geworden.« Er bewegte die Schultern und sah nochmal zu den Bildern. »Was werden Sie tun?«

Quinn sah das Bedauern in seinem Blick. Er hatte es so viele Male in sovielen Gesichtern quer durchs Land gesehen. Der Job forderte seinen Preis, und die Leute, die bereit waren, ihn zu zahlen, erhielten nicht angehend genug dafür zurück.

»Was werden Sie in dem Fall unternehmen?« fragte er.

Die Frage schien Kovac zu überraschen. »Mit der verdammten Soko arbeiten, das werd ich tun. Mir ist egal, was Klein Schwarz sagt. Es ist mein Fall. Ich hab die Leitung. Sie können *ernennen,* wen immer sie wollen.«

»Ihr Lieutenant wird Sie nicht auf einen anderen Fall ansetzen?«

»Fowler ist auf meiner Seite. Er hat mich in das Unterstützungsteam fürs QT gebracht. Ich soll den Kopf gesenkt und den Mund halten.«

»Wie lange kennt er Sie schon?«

»Lang genug, um es besser zu wissen.«

Quinn fand ein müdes Lächeln. »Sam, Sie sind mir schon einer.«

»Ja, das bin ich. Fragen Sie nur nicht zuviele Leute.«

Kovac grinste, dann wurde er wieder ernst. Er ließ seinen Zigarettenstummel in eine leere Cola light Dose fallen. »Es ist kein Egotrip, wissen Sie. Ich brauch es nicht, daß mein Name in der Zeitung steht. Ich hab mich nie um eine Beförderung bemüht, und ganz sicher rechne ich nicht damit, je wieder eine zu kriegen.

Ich will dieses Schwein haben«, sagte er mit Stahl in der Stimme. »Ich hätte so gnadenlos hinter ihm her sein müssen, als Lila White getötet wurde, aber Sie hatten recht: Ich hab einfach die Routinenummer abgezogen. Ich hab mich nicht reingehängt, nicht tief genug gebohrt. Als er sich nicht gleich klären ließ, hab ich ihn schleifen lassen, weil die Lamettas an meinem Fall dran waren, und sie eine Hure war, und Huren eben ab und zu dran glauben müssen. Berufsrisiko. Jetzt sind wir auf vier. Ich will Smokey Joes Arsch auf einem Tablett, bevor es noch mehr werden.«

Quinn hörte sich an, wie Kovac sein Verslein aufsagte, und nickte am Ende. Das war ein guter Cop, der da vor ihm stand. Ein guter Mann. Und dieser Fall könnte seine Karriere leichter zerbrechen als sie fördern – selbst, wenn er das Rätsel klärte. Aber ganz besonders, wenn sich herausstellte, daß die Antwort auf die Frage Peter Bondurant war.

»Was ist der neueste Stand bei Vanlees?« fragte er.

»Tippen hängt ihm am Schwanz wie die Katze der Maus. Sie haben ihn auf der Hennepin angehalten, um ihn wegen seines Kumpels, des Elektronikdealers, zu befragen. Tip sagt, der Typ hat sich fast in die Hosen geschissen.«

»Was ist mit der Elektronik?«

»Adler hat die Webside dieses Typen überprüft. Er ist auf Computer und verwandtes Zeug spezialisiert, wenn es sich in eine Steckdose stecken läßt, besorgt er es dir. Es spricht also nichts dagegen, daß er bis zum Hals in Aufnahmegeräten steckt. Ich wünschte, wir könnten einen Durchsuchungsbefehl für sein Haus kriegen, aber es gibt keinen Richter im Staat, der uns einen geben würde auf Grund dessen, was wir über den Typen haben – nämlich nichts.«

»Das macht mir zu schaffen«, gab Quinn zu und klopfte mit dem Stift gegen Vanlees Akte. »Ich glaube nicht, daß unser Gil der hellste ist. Er paßt gut in das Profil in vieler Hinsicht, aber Smokey Joe ist gescheit, und er ist kühn, und Vanlees scheint mir keines von beidem zu sein – was ihn auch zum perfekten Lückenbüßer macht.«

Kovac ließ sich auf einen Stuhl fallen, als wäre das der Strohhalm gewesen, der das Kamel zusammenbrechen ließ. »Vanlees steht mit Jillian in Verbindung *und* mit Peter. Das gefällt mir nicht. Ich hab ständig diesen Alptraum, daß Bondurant Smokey Joe ist und kein anderer ihn anschauen wird und der Schweinehund ungeschoren davonkommt.

Ich versuche, ein bißchen bei ihm nachzubohren, und er schafft es fast, mich feuern zu lassen. Das gefällt mir nicht.« Er zog noch eine Zigarette heraus und strich mit dem Finger darüber als hoffte er, das alleine könnte ihn beruhigen. »Und dann denke ich mir, Sam, du bist ein Idiot. Bondurant hat Quinn reingebracht. Warum sollte er das tun, wenn er der Killer ist?«

»Wegen der Herausforderung«, sagte Quinn, ohne zu zögern.

»Oder, um sich erwischen zu lassen. In diesem Fall würde ich zum ersten tendieren. Ihm würde einer abgehen, wenn ich hier bin und unfähig, ihn zu entlarven. Bei diesem Killer steht die Polizei Irreführen ganz oben auf der Liste. Aber wenn Peter Bondurant Smokey Joe ist, wer ist dann seine Komplizin?«

»Jillian«, bot Kovac an. »Und diese ganze Sache mit ihrem Mord ist ein Trick.«

Quinn schüttelte den Kopf. »Das glaube ich nicht. Bondurant glaubt, daß seine Tochter tot ist. Glaubt es heftiger als wir. Das ist nicht gespielt.«

»Also sind wir wieder bei Vanlees.«

»Oder den Urskines. Oder jemandem, den wir noch nicht in Betracht gezogen haben.« Er klemmte die Zigarette kurz zwischen seine Lippen, dann nahm er sie wieder weg. »Die Urskines. Wie verdreht wäre das? Sie nieten zwei von ihren Huren um und dann bringen sie noch zwei Bürger um die Ecke, um einen politischen Standpunkt zu beziehen.«

»Und den Verdacht von sich abzulenken«, sagte Kovac. »Keiner zieht in Betracht, daß die Person versucht, Aufmerksamkeit auf sich zu lenken.«

Quinn ging zu seiner Wand mit Notizen und überflog sie. Er las die Worte nicht wirklich, sah nur ein Gewirr von Buchstaben und Fakten, die sich in seinem Kopf mit den Gesichtern, den Theorien und den Namen vermischten.

»Schon irgendwas über Angie DiMarco?« fragte er.

Sam schüttelte den Kopf. »Keiner hat sie gesehen. Keiner hat von ihr gehört. Wir senden ihr Bild im Fernsehen, bitten Leute, die Hotline anzurufen, falls sie sie gesehen haben. Ich persönlich fürchte, daß die andere Person gestern abend in diesem Auto einfach nur ein Aufschub des Unvermeidbaren war. Aber, he«, sagte er und erhob sich mühsam aus seinem Stuhl. »Ich bin, wie meine zweite Frau mich immer genannt hat, dieser vermaledeite Pessimist.«

Er gähnte mit Inbrunst und sah auf die Uhr.

»Also, GQ, ich zieh Leine. Ich kann mich nicht erinnern, wann ich das letzte Mal in einem Bett geschlafen habe. Das ist mein Ziel für diese Nacht – wenn ich nicht in der Dusche umfalle. Wie steht's mit Ihnen? Ich kann Sie mit ins Hotel zurücknehmen.«

»Wozu? Schlafen? Das hab ich aufgegeben, es hat meine Angstanfälle gestört«, sagte Quinn und wich seinem Blick aus. »Trotzdem danke, Sam, aber ich werde noch ein bißchen dranbleiben. Da ist etwas hier, was ich einfach nicht sehe.« Er deutete auf das offene Fallbuch. »Vielleicht, wenn ich das alles noch ein bißchen länger anstarre ...«

Kovac beobachtete ihn ein paar Augenblicke lang, ohne etwas zu sagen, dann nickte er. »Wie Sie wollen. Bis morgen früh. Soll ich Sie abholen?«

»Nein. Danke.«

»Aha. Na dann gute Nacht.« Er ging in Richtung Tür. »Sagen Sie Kate hallo von mir. Falls Sie sie sehen sollten.«

Quinn sagte nichts. Volle fünf Minuten lang, nachdem Kovac gegangen war, tat er überhaupt nichts, stand einfach da und dachte, daß Kovac verdammt gut hinsah. Dann ging er zum Telefon und wählte Kates Nummer.

KAPITEL 30

»Kate, ich bin's. Äh – John. Ähm, ich bin im Büro. Ruf mich an, wenn du dazu kommst. Ich möchte ein paar Punkte dieser Opferkunde mit dir durchgehen und deine Meinung dazu hören. Danke.«

Kate starrte das Telefon an, als die Leitung verstummte und das Nachrichtenlämpchen zu blinken begann. Ein Teil von ihr fühlte sich schuldig, weil sie nicht abgenommen hatte. Ein Teil von ihr fühlte sich erleichtert. Aber tief in ihrem Inneren schmerzte die verlorene Gelegenheit, ihn auf irgendeine Art zu berühren. Ein schlechtes Zeichen, aber es war da.

Sie war erschöpft, völlig gestreßt, überwältigt, fühlte sich so niedergeschlagen wie seit Jahren nicht ... und sie wollte John Quinns Arme um sich fühlen. Und genau aus diesem Grund hatte sie seinen Anruf nicht angenommen. Sie hatte Angst.

Was für ein mieses, ungewolltes Gefühl das doch war.

Das Büro war still. Sie und Rob waren die einzigen in ihrer Abteilung, die noch da waren. Rob hatte sich in seinem Büro am Ende des Korridors abgeschottet und schrieb sicher einen langen, gesalzenen Bericht für ihre Personalakte. Auf der anderen Seite des Empfangsbereichs, im Büro des Bezirksstaatsanwalts, arbeiteten noch eine Reihe stellvertretender Staatsanwälte, bereiteten sich aufs Gericht vor, planten Strategien und recherchierten, verfaßten Schriftsätze und Anträge. Ansonsten war das Gebäude praktisch leer. Und sie war mehr oder minder allein.

Ihre Nerven schmerzten von den vielen Stunden, die sie damit verbracht hatte, sich die Stimme ihrer toten Klientin anzuhören, die ihr beichtete, welche Ängste sie hatte, verletzt zu werden, vergewaltigt, getötet, davor, allein zu sein. Und dann Kates eigene Stimme, die sie beschwichtigte, versprach, auf sie aufzupassen, ihr Hilfe zu besorgen, ein trügerisches Gefühl von Sicherheit in ihr förderte, das Melanie Hessler letztendlich auf die schrecklichste vorstellbare Art das Leben gekostet hatte.

Rob hatte darauf bestanden, die Bänder immer und immer wieder anzuhören, immer wieder anzuhalten und Teile noch einmal abzuspielen, hatte Kate immer wieder dieselben Fragen gestellt. Als ob das irgendeinen Unterschied machte. Die Cops wollten nichts über die subtilen Nuancen von Melanies Rede wissen. Sie wollten nur wissen, ob Melanie in den letzten paar Wochen ihres Lebens Angst vor irgend jemandem zum Ausdruck gebracht hatte.

Er hatte sie damit bestraft, das wußte Kate. Sie haßte ihn dafür, weigerte sich aber zusammenzubrechen. So sehr es ihr auch die Seele zerfetzte, sie saß da und ließ es Stunde über Stunde über sich ergehen, bewältigte all seine kleinen Seitenhiebe.

Sie hat Ihnen wirklich vertraut, Kate ... Es ist klar, daß sie zu Ihnen aufgeblickt hat, Kate ... Die arme Frau, sie hatte solche Angst ... Stellen Sie sich das vor: Ihr schlimmster Alptraum wurde wahr ... Stellen Sie sich vor, welch entsetzliche Angst sie gehabt hat ... Das muß sehr schwer für Sie sein, Kate ... Sie müssen sich furchtbar fühlen ... Ganz besonders, nachdem das mit Angie passiert ist ...«

Weiter und weiter und weiter. Kleine, hinterlistige Splitter unter die Haut mit dem meisterlichen Geschick eines Akupunkteurs, aber mit der Absicht, Schmerz zuzufügen, genau so gebohrt, daß der Widerhaken sich verfing.

Schließlich hatte er den Nerv einmal zu oft getroffen. Während er mit den Knöpfen am Tonbandgerät herumfummelte, um eine Vernehmung ein drittes Mal zurückzuspulen, stand Kate auf, beugte sich über den Tisch und drückte auf Stop.

»Sie haben Ihren Standpunkt klargemacht. Sie haben Ihre Rache gehabt. Genug ist genug«, sagte sie leise.

»Ich hab keine Ahnung, wovon Sie reden.« Er sagte es fast wie eine Herausforderung, ohne eine Spur von Ehrlichkeit. Er weigerte sich, ihr direkt in die Augen zu sehen.

»Wissen Sie, von all dem, was ich an Ihnen verachte, Rob, müßte das an der Spitze meiner Liste stehen. Sie sind ein passiv aggressiver kleiner Scheißer, und man sollte meinen, Sie würden mich für diese Bemerkung feuern, aber das wäre viel zu direkt für Sie.«

»Sollten Sie durch irgendein Wunder den Mumm dazu finden, ist mir das recht. Ich würde natürlich lieber hierbleiben. Ich mag dieses Büro. Ich mag die meisten Leute, mit denen ich arbeite. Aber ich bin verdammt gut in meinem Job, und ich kann sofort einen anderen kriegen. Ich werde mir nicht gefallen lassen, daß Sie mich manipulieren und mich zwingen, Ihre kleinen passiv aggressiven Psychospielchen mit mir zu treiben.«

»Entschuldigen Sie sich«, sagte er mit zusammengebissenen Zähnen. Er stemmte seine Hände auf den Tisch, schob sich schwer atmend ein Stück aus seinem Stuhl hoch. »Entschuldigen Sie sich für das, was Sie gerade zu mir gesagt haben.«

Kate trat zurück und schickte ihm einen langen, eisigen Blick. »In Ordnung. Ich entschuldige mich. Es tut mir leid, daß ich Sie nicht mag, Rob. Es tut mir leid, daß ich Sie nicht respektieren kann. Wenn ich dächte, daß Sie es verdienten, würde ich Ihnen bis zu meinem Todestag die Stange halten. Aber Sie haben sich meinen Respekt nicht verdient, und einfach so können Sie ihn nicht haben.«

»Und jetzt werden Sie mich entschuldigen müssen«, fuhr sie fort. »Ich habe nämlich gerade die drittschlimmsten vierundzwanzig Stunden meines Lebens hinter mich gebracht, und ich habe das Gefühl, am Rande eines Nervenzusammenbruchs zu stehen. Ich gehe nach Hause. Rufen Sie an, wenn Sie nicht wollen, daß ich zurückkomme.«

Er hatte kein Wort gesagt, als sie den Raum verließ. Zumindest hatte sie ihn nicht gehört, so heftig rauschte ihr Puls in ihren Ohren. Sie hatte erwartet, daß er einen seiner zischigen kleinen Anfälle bekäme, und sie hätte es, Gott weiß, wahrscheinlich verdient, gefeuert zu werden, aber ihr Taktgefühl war schlicht und einfach erschöpft. Die ganze Politur von Manieren und gesellschaftlichem Quatsch war abgekratzt, es blieben nur rohe Emotionen.

Sie spürte immer noch, wie es sie durchflutete, als wäre irgendeine lebenswichtige Arterie geplatzt. Sie hatte das Gefühl, daran zu ersticken, darin zu ertrinken.

Und alles, was sie wollte, war Quinn finden und in seine Arme fallen.

Sie hatte so hart daran gearbeitet, ihr Leben wieder zusammenzusetzen, Stück für Stück, auf einem neuen Fundament. Und jetzt geriet dieses Fundament in Bewegung. Nein. Noch schlimmer – sie hatte entdeckt, daß es direkt über der St. Andreas Spalte ihrer Vergangenheit gebaut war, sie nur verdeckte. Nicht neu, nicht stärker, nur eine Lüge, die sie sich in den letzten fünf Jahren jeden Tag vorgebetet hatte: daß sie John Quinn nicht brauchte, um sich ganz zu fühlen.

Tränen stiegen ihr in die Augen, und Verzweiflung gähnte durch sie, und sie blieb schmerzbeladen, leer, allein und voller Angst zurück. Aber sie unterdrückte die Tränen und stellte einen Fuß vor den anderen. Geh nach Hause, sammle dich, nimm einen Drink, versuch zu schlafen. Morgen war auch noch ein Tag.

Sie zog ihren Mantel an, raffte Angies Akte zusammen, schnappte sich ihre Post, die Nachrichten und die Faxe, die sich während des Tages angehäuft hatten, und warf alles in ihre Aktentasche. Sie streckte die Hand aus, um die Schreibtischlampe auszuschalten, aber dann wanderte ihre Hand zu den Regalen, und sie griff nach dem kleinen, gerahmten Foto von Emily.

Süße, lächelnde kleine Putte in einem sonnig gelben Kleid. Eine strahlende Zukunft lag vor ihr. Das hätte jemand mit normaler menschlicher Arroganz zumindest angenommen. Kate fragte sich, ob es vielleicht irgendwo in irgendeiner alten Schuhschachtel ähnliche Fotos gab von Angie DiMarco ... oder Melanie Hessler ... Lila White, Fawn Pierce, Jillian Bondurant.

Es gab im Leben keine Garantie. Nie gab es Versprechen, die nicht gebrochen werden konnten. Das wußte sie aus erster Hand. Sie hatte zu viele mit bester Absicht gegeben und dann mitangesehen, wie sie zerbrachen und zerfielen.

»Tut mir leid, Em«, flüsterte sie. Sie drückte das Bild zu einem Gutenachtkuß an ihre Lippen, dann steckte sie den Rahmen zurück in sein Versteck, wo die Putzfrau ihn finden und wieder herauskramen würde.

Sie verließ ihr Büro und sperrte die Tür hinter sich zu. Im Büro gegenüber lief ein Staubsauger. Die Tür zu Rob Marshalls Büro am Ende des Ganges war geschlossen. Möglicherweise war er noch da, und plante, wie er sie um ihre Abfindungssumme bringen könnte. Oder er war vielleicht nach Hause gegangen, wo ihn … was erwartete? Sie wußte nicht einmal, ob er eine Freundin – oder einen Freund hatte. Vielleicht war ja Donnerstag sein Abend in der Bowling Liga, sie hatte keine Ahnung. Er hatte innerhalb der Abteilung keine engen persönlichen Freunde. Kate hatte nie gesellschaftlich mit ihm verkehrt, abgesehen von der obligatorischen Weihnachtsparty. Jetzt fragte sie sich, ob er jemanden hätte, zu dem er nach Hause gehen und sich über das Luder im Büro beklagen konnte.

Der Schneefall hörte endlich auf, als sie den Übergang zur Rampe an der Fourth Street nahm. Achtzehn Zentimeter insgesamt hatte sie jemanden sagen hören. Die Straße unten bot ein Chaos, das die Stadtreinigung über Nacht beseitigen würde. Andererseits, um diese Jahreszeit könnten sie vielleicht beschließen, das Zeug einfach liegenzulassen und auf ein paar warme Tage zu hoffen, die der Stadt ein bißchen Geld sparen würden für die Stürme, die ganz sicher in den nächsten paar Monaten kämen.

Sie zog ihre Schlüssel heraus und ballte ihre Faust darum; der längste, schärfste ragte zwischen Zeige- und Mittelfinger heraus – eine Angewohnheit aus der Zeit, als sie in den Vororten der Hauptstadt gewohnt hatte. Die Rampe war gut beleuchtet, aber um diese Zeit nachts menschenleer und es machte sie immer nervös, dort allein zu gehen. Heute nacht noch mehr als sonst, nach allem, was vorgefallen war. Dank der Morde und ihrem Mangel an Schlaf lief ihre Paranoia auf Hochtouren. Ein Schatten, der zwischen die Autos fiel, das Kratzen eines Schrittes, das plötzliche Knallen einer Tür – ihre Nerven vibrierten jedesmal bis zum Zerreißen. Der Geländewagen schien meilenweit entfernt.

Dann saß sie drin, die Türen zugesperrt, mit laufendem Motor, fuhr Richtung Zuhause, eine Schicht Spannung löste sich ab. Sie versuchte, sich auf das Lösen der Knoten in ihren Schultern zu konzentrieren. Schlafanzug, einen Drink und Bett. Sie würde ihre Aktentasche mitschleifen und auf Kissen gestützt auf den Laken sitzen, die vom Liebesspiel noch ganz zerknittert waren.

Vielleicht würde sie die Laken wechseln.

Der unternehmungslustige Typ eine Straße weiter hatte fünf Monate im Jahr einen Schneepflug auf seinem Pickup montiert und besserte sein Einkommen auf, indem er Einfahrten freipflügte. Er hatte die Gasse geräumt. Kate würde ihm einen Scheck schreiben und ihn morgen in seinen Briefkasten werfen.

Sie fuhr in die Garage und erinnerte sich zu spät an die kaputte Lampe. Leise fluchend kramte sie die große Taschenlampe aus ihrem Handschuhfach, dann kletterte sie aus dem Truck, zu viele Dinge balancierend.

Der Geruch traf auf ihre Nase knapp eine Sekunde, bevor sie mit dem Fuß in den weichen quatschigen Haufen traf.

»O Scheiße!« Buchstäblich. »Scheiße!«

»Kate?«

Die Stimme kam aus der Richtung des Hauses. Quinns Stimme.

»Ich bin hier!« rief sie und kämpfte mit der Aktentasche, der Taschenlampe und ihrer Handtasche.

»Was ist los? Ich hab dich fluchen hören«, sagte er und kam herein.

»Ich bin gerade in einen Haufen Scheiße getreten.«

»Was – O Gott, ich riech es. Das muß ein Mordshund gewesen sein.«

Die Taschenlampe klickte an und sie leuchtete hinunter. »Das kann kein Hund gewesen sein. Die Tür war zu. Widerlich!«

»Das sieht menschlich aus«, sagte Quinn. »Wo ist deine Schaufel?«

Kate richtete den Lichtstrahl gegen die Wand. »Gleich hier. Mein Gott, glaubst du jemand ist in meine Garage gekommen und hat das gemacht?«

»Hast du eine bessere Theorie?«

»Ich kann mir nur nicht vorstellen, daß irgend jemand so etwas tut.«

»Es ist ein Zeichen von Verachtung.«

»Das weiß ich. Ich meine, warum bei mir? Wen kenne ich, der so etwas Seltsames, so etwas Primitives täte?«

»Wen hast du in letzter Zeit vor den Kopf gestoßen?«

»Meinen Boß. Aber irgendwie kann ich mir nicht vorstellen, daß er in meiner Garage in die Hocke geht. Ich möchte es auch nicht.« Sie humpelte mit ihm nach draußen, auf der Zehenspitze eines verdreckten Stiefels, um nicht noch mehr Fäkalien in ihrer Garage zu verteilen.

»Wissen deine Klienten, wo du wohnst?«

»Falls es welche von ihnen tun, dann nicht, weil ich ihnen die Information gegeben habe. Sie haben meine Büronummer – die nach Dienstschluß zu mir nach Hause durchgeschaltet wird – und sie haben meine Handynummer für Notfälle. Das war's. Meine Privatnummer steht nicht im Telefonbuch, nicht, daß das notwendigerweise jemanden daran hindern würde, mich zu finden. Es ist nicht so schwierig, wenn man weiß, wie man es machen muß.«

Quinn lud den Haufen zwischen der Garage und dem Zaun des Nachbarn ab. Er säuberte die Schaufel in einer Schneewehe, während Kate dasselbe mit ihrem Stiefel versuchte.

»Das ist nur das I-Tüpfelchen auf diesem Tag«, schimpfte sie, als sie zurück zur Garage gingen, um die Schaufel wegzustellen. Sie leuchtete herum, um zu prüfen, ob sonst noch etwas fehlte. Scheinbar nichts.

»Sind dir in letzter Zeit seltsame Dinge passiert?«

Sie lachte ohne jeden Humor. »Was ist an meinem Leben in letzter Zeit *nicht* seltsam?«

»Ich meine Vandalismus, eingehängte Anrufe, seltsame Post, etwas in der Richtung?«

»Nein«, sagte sie, dann fielen ihr automatisch die drei eingehängten Anrufe gestern nacht ein. Mein Gott, war das erst gestern nacht gewesen? Sie hatte sie Angie zugeschrieben. Das machte für sie am meisten Sinn. Die Idee, daß es ein Perverser sein könnte, war ihr nie in den Sinn gekommen. Es schien ihr immer noch nicht möglich.

»Ich glaube, du solltest auf der Straße parken«, sagte Quinn. »Das könnte irgendein Landstreicher gewesen sein, der durch das Viertel gezogen ist, oder ein Kind, das einen Streich spielt. Man kann nicht vorsichtig genug sein, Kate.«

»Ich werde es sein – ab morgen. Wie lange bist du schon hier?« fragte Kate, als sie in Richtung Haus losgingen.

»Nicht lange genug, um *das* zu tun.«

»Das hab ich nicht damit gemeint.«

»Ich bin grade gekommen. Ich hab versucht, dich im Büro anzurufen. Ich hab versucht, dich hier anzurufen. Ich bin ins Büro – du warst weg. Also hab ich ein Taxi genommen. Hast du meine Nachrichten abgehört?«

»Ja, aber es war spät, und ich war müde. Es war ein mieser, mieser Tag, und ich wollte einfach weg da.«

Sie öffnete die Küchentür, und Thor begrüßte sie mit einem erbosten Miau. Kate ließ ihre Stiefel im Eingang, warf ihre Aktentasche auf den Küchenstuhl und ging direkt zum Kühlschrank, um das Katzenfutter rauszuholen.

»Du bist mir nicht aus dem Weg gegangen?« fragte Quinn und streifte seinen Mantel ab.

»Vielleicht ein bißchen.«

»Ich hab mir deinetwegen Sorgen gemacht, Kate.«

Sie stellte den Teller auf den Boden, strich der Katze übers Fell und richtete sich mit dem Rücken zu Quinn auf. Schon dieser eine kleine Satz brachte all die explosiven Gefühle noch einmal zur Oberfläche, trieb ihr die Tränen in die Augen. Sie würde ihn das nicht sehen lassen, wenn sie es vermeiden könnte. Sie würde sie unterdrücken, wenn sie es schaffte. Er lud sie ein, ihn zu brauchen. Sie wollte es so gerne.

»Tut mir leid«, sagte sie. »Ich bin es nicht gewohnt, daß jemand sich Sorgen macht –«

Gott, was für eine dämliche Wortwahl. Sie war es nicht gewohnt, daß jemand sich Sorgen um sie machte. Die Wahrheit, aber es klang mitleiderregend und erbarmungswürdig. Es erinnerte sie an Melanie Hessler – eine Woche lang vermißt, ohne daß sich jemand die Mühe machte, herauszufinden warum.

»Sie war meine Klientin«, sagte sie. »Melanie Hessler. Opfer Nummer Vier. Ich hab es geschafft, zwei in einer Nacht zu verlieren. Wie ist das als Rekord?«

»Oh, Kate.« Er stellte sich hinter sie und legte seine Arme um sie, faltete sie mit seiner Wärme und Kraft ein. »Warum hast du mich nicht angerufen?«

Weil ich Angst davor habe, dich zu brauchen. Weil ich Angst davor habe, dich zu lieben.

»Es gibt nichts, was du dagegen hättest machen können«, sagte sie.

Quinn drehte sie in seinen Armen und strich ihr die Haare aus dem Gesicht. Er versuchte aber nicht, sie dazu zu bringen, ihm in die Augen zu sehen. »Ich hätte das tun können«, murmelte er. »Ich hätte kommen können, meine Arme um dich legen und dich eine Weile festhalten.«

»Ich weiß nicht, ob das eine so gute Idee gewesen wäre«, sagte sie leise.

»Warum nicht?«

»Darum. Du bist hier, um an einem Fall zu arbeiten. Du hast wichtigeres zu tun.«

»Kate, ich liebe dich.«

»Einfach so.«

»Du weißt, daß es nicht ›einfach so‹ ist.«

Sie trat zurück von ihm, und sofort fehlte ihr die Berührung. »Ich weiß, daß wir vor fünf Jahren ohne ein Wort, ohne einen Brief, ohne irgend etwas auseinandergegangen sind. Und jetzt sind wir nach eineinhalb Tagen wieder halb verliebt. Und in einer Woche bist du fort. Und was dann?« fragte sie, sich rastlos wiegend, die Hände auf den Hüften. »Was denke ich denn?«

»Offensichtlich nichts Gutes.«

Kate konnte sehen, daß sie ihn verletzt hatte, was gar nicht ihre Absicht gewesen war. Sie verfluchte sich, weil sie mit seinen zerbrechlichen Gefühlen so tolpatschig umgesprungen war. Aber sie war aus der Übung, sie hatte solche Angst, und Furcht machte sie ungeschickt.

»Ich denke an die unzähligen Male, die ich in diesen fünf Jahren versucht war, das Telefon zu nehmen und es nicht getan habe«, sagte Quinn. »Aber jetzt bin ich hier.«

»Zufällig. Siehst du denn nicht, wie mir das Angst macht, John? Wenn dieser Fall nicht gewesen wäre, wärst du dann je gekommen? Hättest du jemals angerufen?«

»Hättest du?«

»Nein«, sagte sie, ohne zu zögern, dann immer leiser und leiser, kopfschüttelnd. »Nein ... nein ... Ich hab genug Schmerzen für ein ganzes Leben erduldet. Ich hätte mich nicht auf die Suche nach dir gemacht. Ich will es nicht mehr. Lieber fühle ich gar nichts mehr. Und du läßt mich *soviel* fühlen«, sagte sie, und es schnürte ihr die Kehle zu. »Zuviel. Und ich vertraue nicht darauf, daß das nicht alles wieder einfach verschwindet.«

»Nein. Nein.« Er packte sie bei den Armen und hielt sie vor sich. »Schau mich an, Kate.«

Sie wollte es nicht, wagte es nicht, wollte überall sein nur nicht direkt vor ihm, den Tränen nahe.

»Kate, schau mich an. Es spielt keine Rolle, was wir getan hätten. Es ist nur wichtig, daß wir jetzt hier sind. Es ist wichtig, daß wir genau das fühlen, was wir damals gefühlt haben. Es spielt eine Rolle, daß unsere Liebesnacht das Natürlichste, Vollkommenste auf der Welt war – als wären wir nie getrennt gewesen. Das ist wichtig. Alles andere nicht.

Ich liebe dich, wirklich«, murmelte er. »Das zählt. Liebst du mich?«

Sie nickte. Mit gesenktem Kopf, als schämte sie sich, es zuzugeben. »Das hab ich immer.«

Tränen rollten ihr über die Wangen. Quinn fing sie mit seinen Daumen und wischte sie weg.

»Das ist es, was zählt«, flüsterte er. »Alles andere können wir umgehen.«

»Mein Leben war so leer, seit ich dich verlassen habe, Kate. Ich hab versucht, das Loch mit Arbeit zu füllen, aber die Arbeit hat einfach mehr von mir weggefressen, und das Loch wurde immer größer und größer, und ich hab wie verrückt weitergegraben, versucht wiederaufzuschütten. In letzter Zeit hatte ich das Gefühl, daß nichts mehr übrig ist. Ich hab dem Job die Schuld gegeben, hab gedacht, ich hätte soviele Stücke von mir selbst weggeben, daß ich nicht mehr weiß, wer ich bin. Aber ich weiß genau, wer ich bin, wenn wir zusammen sind, Kate. Das hat mir die ganze Zeit gefehlt. Dieser Teil von mir, den ich dir gegeben habe.«

Kate starrte ihn an, sicher, daß er meinte, was er sagte. Quinn mochte ein Chamäleon sein, wenn es um seinen Job ging, und seine Farben willkürlich wechseln, um das zu erreichen, was er wollte, aber in ihrer Beziehung war er immer ehrlich gewesen – zumindest bis zum Ende, als beide die Rüstungen eng um verletzte

Herzen geschnallt hatten. Und sie wußte, was es ihn kostete, sich so zu öffnen. Seine eigene Verletzlichkeit gehörte nicht zu den Dingen, die John Quinn gut handhabte. Es war etwas, das Kate selbst überhaupt nie versuchte. Aber jetzt spürte sie sie in sich, wie sie heftig gegen das Tor drängte.

»Ist dir schon aufgefallen, wie mies unser Timing ist?« sagte sie und rang ihm ein Lächeln ab. Er kannte sie gut genug, um zu wissen, daß sie versuchte, sie beide vom Rand des Abgrunds zurückzuziehen. Ein kleiner Scherz, um die Spannung zu mindern. Ein subtiles Zeichen, daß sie nicht bereit war, nicht die Kraft hatte, ausgerechnet jetzt alles anzugehen.

»Ach, ich weiß nicht«, sagte er und legte seine Arme um sie. »Ich glaube, momentan brauchst du es, gehalten zu werden, und ich brauche es, dich in meinen Armen zu spüren. Also das paßt doch schon mal ziemlich gut.«

»Ja, ich denke schon.« Sie gestattete sich, ihren Kopf auf seine Schulter zu legen. *Resigniert* war das Wort, das einem in den Sinn kam, aber sie kämpfte nicht dagegen an. Sie war zu müde zum Kämpfen, und sie sehnte sich tatsächlich danach, festgehalten zu werden. In letzter Zeit hatte sie nicht viel Gelegenheit dazu gehabt. Ihre eigene Schuld, das wußte sie. Sie sagte sich, sie wäre momentan zu beschäftigt, daß sie die Komplikation eines Mannes in ihrem Leben nicht brauchte, wenn es doch in Wahrheit nur einen Mann für sie gab. Sie wollte keinen anderen.

»Küß mich«, flüsterte er.

Kate hob den Kopf und lud seinen Mund ein, sich auf ihren zu legen, öffnete die Lippen und forderte die Intimität seiner Zunge auf ihrer heraus. Wie bei jedem Kuß, den sie je geteilt hatten, fühlte sie eine glühende Wärme, ein Gefühl von Erregung, aber auch von Zufriedenheit tief in ihrer Seele. Sie fühlte sich, als hätte sie unbewußt den Atem angehalten und könnte sich jetzt wieder entspannen und durchatmen.

»Ich brauche dich, Kate«, flüsterte Quinn und strich mit seinem Mund über ihre Wange zu ihrem Ohr.

»Ja«, flüsterte sie, und das Verlangen hämmerte in ihr wie Wogen gegen Felsen. Das Verlangen übertönte die Angst, daß all das in einem Tag oder einer Woche in Herzschmerz enden würde.

Er küßte sie wieder, eindringlicher, härter, heißer, ließ die Zügel des Hungers, der ihn durchtobte, schleifen. Sie spürte es in seinen Muskeln, seiner Hitze, sie konnte es in seinem Mund schmecken. Seine Zunge stieß gegen die ihre, eine Hand glitt über ihren Rücken und zog ihre Hüften eng an sich, ließ sie spüren, wie sehr er sie begehrte. Sie stöhnte tief in ihrer Kehle über die schockierende Intensität dieses Verlangens und das Gefühl, ihn hart an sich zu spüren.

Er unterbrach den Kuß, lehnte sich zurück und sah sie an. Seine Augen funkelten strahlend und dunkel, sein Mund war leicht geöffnet. Er atmete heftig.

»Mein Gott, wie ich dich brauche.«

Kate nahm seine Hand und führte ihn in den Korridor. Am Fuß der Treppe zog Quinn sie zu einem weiteren Kuß an sich: noch heißer und eindringlicher, fordernder. Er drückte ihren Rücken gegen die Wand. Seine Hände packten den Saum ihres Pullovers und zogen ihn zwischen ihnen hoch, entblößten ihre Haut seiner Berührung, gaben ihm Zugriff auf ihre Brüste. Sie keuchte, als er ihr BH Körbchen beiseite schob und seine Hand mit ihr füllte. Es spielte keine Rolle, wo sie waren. Es spielte keine Rolle, daß jeder, der vorbeikam, sie durch die Seitenfenster des Eingangs sehen könnte. So schnell hatte ihre Sehnsucht nach ihm alle Vernunft überflügelt. Da war nur noch Verlangen, urtümlich und heftig.

Sie keuchte erneut, als sein Mund ihre Brustwarze fand. Sie packte seinen Kopf und bäumte sich der Berührung entgegen. Sie hob ihre Hüften weg von der Wand, als er ihren engen Strickrock hochschob und ihre schwarzen Strümpfe herunterschob. Mit einem Mal war der Fall verschwunden, die Vergangenheit, da war nichts mehr, außer dem Verlangen und dem Gefühl seiner Finger, die sie erforschten, streichelten, ihr empfindlichstes Fleisch fanden, in sie glitten.

»John. O Gott, John«, hauchte sie, und ihre Finger gruben sich in seine Schultern. »Ich brauche dich. Ich brauche dich jetzt.«

Er richtete sich auf und küßte sie, schnell und hart, zweimal, dann sah er zur Treppe und wieder zu ihr, dann über seine Schulter zu ihrem Arbeitszimmer, wo die Schreibtischlampe einen bernsteinfarbenen Kegel warf, der gerade bis zur alten Ledercouch reichte.

Im nächsten Augenblick waren sie neben der Couch. Quinn zog ihr den Pullover über den Kopf und Kate zerrte ungeduldig an seiner Krawatte. Ein paar grobe Bewegungen fegten ihre Kleider vom Leib und verstreuten sie auf dem Boden. Sie sanken hinunter, verschlangen sich auf der Couch, der Atem stockte ihnen von der Kälte des Leders. Und dann war das Gefühl vergessen, fort, weggebrannt von der Hitze ihrer Körper und der Hitze ihrer Leidenschaft.

Kate schlang ihre langen Beine um ihn, nahm ihn mit einem geschmeidigen Stoß in sich auf. Er füllte sie perfekt, vollkommen aus, körperlich und bis tief in ihre Seele. Sie bewegten sich zusammen wie Tänzer, jeder Körper eine exquisite Ergänzung des anderen, die Leidenschaft steigerte sich wie ein mächtiges Musikstück, baute sich zu einem gewaltigen Crescendo auf.

Dann erreichten sie den Gipfel und stürzten in freiem Fall, hielten einander ganz fest, murmelten Worte des Trostes und der Beschwichtigung, von denen Kate bereits fürchtete, daß sie der Realität nicht standhalten würden. Aber sie versuchte, nicht den Zauber zu zerstören oder das Versprechen von »alles wird gut werden« zu brechen. Sie wußte, daß sie es beide glauben wollten, und sie konnten es auch in diesen wenigen stillen Minuten, bevor die wahre Welt wieder zu ihnen zurückkam.

Sie wußte, daß John dieses Versprechen geben mußte. Er hatte immer den starken Drang gehabt, sie zu beschützen. Das hatte sie immer zutiefst gerührt – daß er ihre Verletzbarkeit erkannte, obwohl sie noch nie jemand, nicht einmal ihr Mann, hatte erkennen können.

»Auf der Couch hab ich's das letzte Mal getrieben, als ich siebzehn war«, sagte sie leise und betrachtete im Schein der Lampe seine Augen. Sie lagen nebeneinander, eng aneinander geschmiegt, fast Nase an Nase.

Quinn grinste wie ein Haifisch. »Wie hieß der Kerl, damit ich gehen und ihn umbringen kann.«

»Mein Neandertaler.«

»Ich bin bei dir, das war ich immer.«

Kate sagte nichts dazu, obwohl ihr sofort die häßliche Szene einfiel, als Steven sie und John in seinem Büro zur Rede gestellt hatte. Steven hatte die Waffen gewählt, mit denen er am besten umzugehen verstand: grausame Worte und Drohungen. Quinn hatte geschluckt und geschluckt, bis Steven sie anging. Eine gebrochene Nase und ein paar Zahnarztsitzungen später hatte ihr Mann den Krieg auf ein neues Spielfeld verlagert und sein Bestes getan, um ihrer beider Karrieren zu ruinieren.

Quinn legte einen Finger unter ihr Kinn und hob ihren Kopf, damit er ihr in die Augen sehen konnte. Er wußte genau, woran sie sich erinnerte. Sie konnte es in seinem Gesicht sehen, in seinen gesenkten Brauen. »Tu's nicht«, warnte er.

»Ich weiß. Die Gegenwart ist verkorkst genug. Warum die Vergangenheit wieder aufwühlen?«

Er strich mit einer Hand über ihre Wange und küßte sie sanft, als könnte diese Geste die Tür zur Vergangenheit versiegeln. »Ich liebe dich. Jetzt. Genau jetzt. In der Gegenwart – selbst wenn sie verkorkst ist.«

Kate kuschelte ihren Kopf unter sein Kinn und küßte die Kuhle an seinem Halsansatz. Da war dieser Teil von ihr, der fragen wollte, was sie dagegen tun würden, aber dieses eine Mal hielt sie den Mund. Heute Nacht spielte das keine Rolle.

»Das mit deiner Klientin tut mir leid«, sagte Quinn. »Kovac sagt, sie hat in einem Buchladen für Erwachsene gearbeitet. Das ist wahrscheinlich die Verbindung für Smokey Joe.«

»Wahrscheinlich, aber mich hat es doch völlig verschreckt«, gab Kate jetzt zu und streichelte gedankenverloren seinen nackten Rücken – nur schlanke Muskeln und harte Knochen, zu dünn. Er paßte nicht auf sich auf. »Vor einer Woche hatte ich noch gar nichts mit diesem Fall zu tun. Heute habe ich zwei Klienten dabei verloren.«

»Dafür kannst du dir nicht die Schuld geben, Kate.«

»Natürlich kann ich das. Ich bin ich.«

»Wo ein Wille, da auch ein Weg.«

»Ich *will* es nicht«, protestierte sie. »Ich wünschte nur, ich hätte Melanie Montag angerufen, wie ich es gewöhnlich tue. Wenn ich nicht so mit Angie beschäftigt gewesen wäre, hätte ich mir Sorgen gemacht, weil ich nichts von ihr gehört habe. Sie war emotional von mir abhängig geworden. Ich war scheinbar ihr gesamtes Unterstützungsnetzwerk.

Ich weiß, das klingt komisch, aber ich wünschte, ich hätte mir wenigstens Sorgen um sie gemacht. Der Gedanke daß sie in einem solchen Alptraum gefangen war, ohne daß jemand auf sie gewartet hätte, sich gefragt hätte, wo sie ist, sich Sorgen um sie machte ... Es ist zu traurig.«

Quinn drückte sie fest an sich und küßte ihr Haar. Hinter all der Rüstung hatte sie ein Herz, weich wie Butter. Das war um so kostbarer für ihn, weil sie sich so große Mühe gab, es vor allen zu verstecken. Er hatte es immer gesehen, vom ersten Augenblick ihrer Begegnung an.

»Du hättest nicht verhindern können, daß das passiert«, sagte er. »Aber du könntest ihr vielleicht jetzt helfen.«

»Wie denn? Indem ich jedes meiner Gespräche mit ihr noch einmal durchlebe? Versuche, die Hinweise für ein Verbrechen herauszupicken, von dem sie nicht hat wissen können, daß es an ihr begangen werden würde? So habe ich meinen Nachmittag verbracht. Lieber hätte ich den Tag damit zugebracht, mit einer Nadel im Auge zu bohren.«

»Du hast auf den Bändern nichts gefunden.«

»Ängste und Depressionen, die in einem Streit mit Rob Marshall endeten, dank dessen ich vielleicht bald die Stellenanzeigen studieren muß.«

»Kate, du tanzt da wirklich auf dem Vulkan.«

»Ich weiß, aber ich kann scheinbar nicht anders. Er weiß genau, wie er mich zur Weißglut bringen kann. Was hast du für mich zu tun? Könnte ich das zu einer neuen Karriere ausweiten?«

»Es ist deine alte Karriere. Ich hab dir Kopien der Opferkunde mitgebracht. Ich habe ständig das Gefühl, daß ich genau den Schlüssel, den wir brauchen, vor der Nase habe und ihn nicht sehe. Ich brauche frische Augen ...«

»Das gesamte CASKU und Behavioral Sciences stehen dir zur Verfügung. Warum ich?«

»Weil du es brauchst«, sagte er schlicht. »Ich kenne dich, Kate. Du mußt etwas tun, und du bist genauso qualifiziert wie das Bureau. Ich habe alles nach Quantico weitergegeben, aber du bist direkt hier, und ich vertraue dir. Wirst du dir's anschauen?«

»In Ordnung«, erwiderte sie, aus genau dem Grund, den er genannt hatte: weil sie es brauchte. Sie hatte Angie verloren. Sie hatte Melanie Hessler verloren. Wenn es irgend etwas gab, was sie tun konnte, um das auszugleichen, würde sie es tun.

»Laß mich was anziehen.« Sie schlang die Chenilledecke um sich, als sie sich aufsetzte.

Quinn machte ein finsteres Gesicht. »Ich wußte, daß ein Haken dabei ist.«

Kate grinste, dann ging sie zu ihrem Schreibtisch, wo das Licht an ihrem Anrufbeantworter blinkte. Sie war eine Vision im bernsteinfarbenen Schimmer der Schreibtischlampe mit ihren flammend roten Haaren, der Schwung ihres Nackens wie der Traum eines Bildhauers. Er verging vor Sehnsucht, wenn er sie nur ansah. Welch unglaubliches Glück er doch hatte, eine zweite Chance zu bekommen.

Eine bockige Stimme jammerte aus der Maschine: »Kate, David Willis hier. Ich *muß* mit Ihnen reden. Rufen Sie mich heute abend an. Sie *wissen,* daß ich tagsüber nicht zu Hause bin. Ich habe das Gefühl, daß Sie mir absichtlich aus dem Weg gehen. *Jetzt* – wo das Niveau meines Selbstvertrauens *so* niedrig ist. Ich *brauche* sie –«

Kate drückte auf Vorlauf. »Wenn sie alle so wären, würde ich mir einen Job im Supermarkt suchen.«

Die nächste Nachricht war von der Leiterin einer Geschäftsfrauengruppe, die sie bat, bei einem Treffen zu reden.

Dann, als nächstes, langes Schweigen.

Kate konterte Quinns ernsten Blick mit ihrem eigenen. »Von denen hatte ich gestern abend ein paar. Ich dachte, es könnte Angie sein. Ich wollte es glauben.«

Oder es könnte, wer immer Angie gefangen hielt, gewesen sein, dachte Quinn. Smokey Joe. »Wir müssen eine Fangschaltung an deinem Telefon installieren. Wenn er Angie hat, hat er deine Nummer.«

Er konnte sehen, daß ihr dieser Gedanke noch nicht gekommen war. Er sah die Überraschung, gefolgt von Ärger über sich selbst, weil sie nicht daran gedacht hatte. Aber natürlich würde sich Kate nicht als potentielles Opfer betrachten. Sie war stark, hatte die Kontrolle, hatte alles im Griff. Aber sie war nicht unverwundbar.

Quinn erhob sich von der Couch und ging zu ihr.

»Gott. Was für ein Alptraum«, flüsterte sie. »Meinst du, sie könnte noch am Leben sein?«

»Sie könnte«, sagte er, weil er wußte, daß Kate das Bedürfnis hatte, das zu hören. Aber er wußte auch, daß sie sich der Chancen und der gräßlichen Möglichkeiten genauso bewußt war, wie er. Sie wußte genauso gut wie er, daß Angie DiMarco noch am Leben sein konnte und daß es gnädiger wäre zu hoffen, sie lebte nicht mehr.

Ich bin tot
Mein Verlangen lebt
Hält mich auf Trab
Bewahrt meine Hoffnung
Wird er mich wollen?
Wird er mich nehmen?
Wird er mir wehtun?
Wird er mich lieben?

Die Worte waren wie schneidende Messer. Die Musik krallte sich in seine Sinne. Er spielte das Band trotzdem. Ließ es schmerzen, hatte das Bedürfnis zu fühlen.

Peter saß in seinem Büro. Das einzige Licht fiel durch die Fenster, gerade genug, um Schwarz in Anthrazit zu verwandeln, Grau zu Aschgrau. Die Angst, das Schulgefühl, die Sehnsucht, der Schmerz, das Verlangen, die Emotionen, die er selten begreifen und nie ausdrücken konnte, waren in ihm gefangen, der Druck steigerte sich, bis er dachte, sein Körper würde einfach explodieren, und es bliebe nichts von ihm übrig außer Fetzen von Gewebe und Haaren, die an Wänden und der Decke und dem Glas der Fotografien klebten, der Fotografien von ihm mit Leuten, die er im letzten Jahrzehnt als für sein Leben wichtig erachtet hatte.

Er fragte sich, ob irgendein Teil von ihm die Bilder von Jillie treffen würde, die sich in einer Ecke der Ausstellung drängten. Aus dem Weg, keine Aufmerksamkeit heischend. Unterschwellige Scham – vor ihr, vor seinem Versagen, seinen Fehlern.

»*... Wir müssen die Wahrheit erfahren, Peter. Und ich glaube, Sie halten Stücke des Puzzles zurück ... Wir müssen das ganze Bild sehen.*«

Dunkle Stücke eines beunruhigenden Bildes, das er niemandem zeigen wollte.

Die Flut von Scham und Zorn rann wie Säure durch seine Adern.

Ich bin tot
Mein Verlangen lebt
Hält mich auf Trab
Bewahrt mir die Hoffnung
Wird er mich wollen?
Wird er mich nehmen?
Wird er mir wehtun?
Wird er mich lieben?

Das Geräusch des Telefons war wie eine Rasierklinge, die über seine Nerven schlitzte. Er packte den Hörer mit zitternder Hand.

»Hallo?«

»Da-ddy, Da-ddy, Da-ddy«, sang die Stimme wie eine Sirene. »Komm und besuch mich. Komm, gib mir, was ich will. Du weißt doch, was ich will. Ich will es jetzt.«

Er schluckte gegen die Galle in seinem Schlund an. »Wenn ich das tue, wirst du mich dann in Ruhe lassen?«

»Daddy, liebst du mich nicht?«

»Bitte«, flüsterte er. »Ich werde dir geben, was du willst.«

»Dann willst du mich nicht mehr. Dir wird nicht gefallen, was ich für dich auf Lager habe. Aber du wirst trotzdem kommen. Du wirst für mich kommen. Sag, daß du kommen wirst.«

»Ja«, hauchte er.

Er weinte, als er den Hörer auflegte. Tränen verbrühten seine Augenlider, verbrannten seine Wangen, trübten seine Sicht. Er öffnete die untere rechte Schublade seines Schreibtisches, hob eine mattschwarze Glock 9mm Halbautomatik heraus und steckte sie behutsam in die schwarze Sporttasche neben seinem Fuß. Er verließ den Raum, die Sporttasche wog schwer in seiner Hand. Dann verließ er das Haus und fuhr hinaus in die Nacht.

Kapitel 31

»Was ist dein Traumjob?« fragte Elwood.

»Technische Beraterin in einem Polizeifilm, der auf Hawaii spielt, mit Mel Gibson in der Hauptrolle«, sagte Liska ohne zu zögern. »Mach den Motor an. Mir ist so kalt.« Sie erschauerte und vergrub ihre Hände in den Manteltaschen.

Sie saßen auf einem Angestelltenparkplatz in der Nähe des Target Centers und beobachteten Gil Vanlees' Truck im weißen Schein einer Sicherheitslampe. Wie die Geier, mit denen man sie öfter verglich, kreisten Reporter um den Gebäudeblock, hockten auf den vielen kleinen Parkplätzen, die darin verstreut waren, und warteten. Sie hatten sich wie Zecken an Vanlees geheftet, sobald sein Name im Zusammenhang mit dem Mord an Jillian durchgesickert war.

Vanlees hatte das Gebäude immer noch nicht verlassen. Groupies, die sich nach einem Dave Andrews Konzert herumtrieben, erforderten seine volle Aufmerksamkeit. Von den Detectives im Target Center war zu hören, daß das Management ihn gezwungen hatte, hinter der Bühne zu bleiben – aus Angst vor einer Schadensersatzklage, wenn sie ihn auf bloßen Verdacht hin entließen, und aus Angst vor Schadensersatzklagen der Öffentlichkeit, wenn sie ihn wie gewöhnlich arbeiten ließen und etwas schief ging. Presseausweise von Musikkritikern waren an Polizeireporter weitergereicht worden, die jetzt durch die Gänge streiften und nach ihm suchten.

Das Funkgerät krächzte. »Unterwegs in deine Richtung, Elwood.«

»Roger.« Elwood hängte das Gerät ein und kaute nachdenklich

an seinem Snack. Der ganze Wagen roch nach Erdnußbutter. »Mel Gibson ist verheiratet und hat sechs Kinder.«

»In meiner Fantasie nicht. Da kommt er.«

Vanlees stapfte durch das Tor. Ein halbes Dutzend Reporter schwärmte wie ein Schwarm Schnaken hinter ihm her. Elwood öffnete das Fenster, um zu hören, was sie sagten.

»Mr. Vanlees, John Quinn hat Sie als Verdächtigen für die Feuerbestattermorde gebrandmarkt. Was haben Sie dazu zu sagen?«

»Haben Sie Jillian Bondurant ermordet?«

»Was haben Sie mit ihrem Kopf gemacht? Haben Sie Sex mit ihr gehabt?«

Elwood seufzte. »Die können einem wirklich das Recht auf Pressefreiheit vergällen.«

»Arschlöcher«, beklagte sich Liska. »Sie sind schlimmer als Arschlöcher. Sie sind die Bakterien, die sich an Arschlöchern sammeln.«

Vanlees hatte keinen Kommentar für die Reporter. Er blieb in Bewegung. Diese Überlebensregel hatte er scheinbar rasch kapiert. Als er direkt vor ihrem Wagen war, drehte Elwood den Schlüssel und startete den Motor. Vanlees machte einen Satz zur Seite und eilte auf seinen Truck zu.

»Ein nervöses, asoziales Individuum«, sagte Elwood und steckte den Rest seines Sandwiches in einen Plastikbeutel für Beweismittel, während Vanlees an der Tür seines Trucks fummelte.

»Der Typ ist Zucker«, sagte Liska. »*Mein* Zucker. Glaubst du, es springt was für mich dabei raus, wenn wir ihn wegen dieser Morde festnageln?«

»Nein.«

»Sei doch brutal ehrlich, tu dir keinen Zwang an. Ich will keine falschen Erwartungen.«

Vanlees ließ seinen Motor aufheulen, fuhr aus der Lücke und zerstreute damit die Reporter. Elwood reihte sich hinter ihm ein, dann ließ er kurz das Fernlicht aufblitzen.

»Eine Belobigung würde gut in meinem Lebenslauf aussehen, wenn ich ihn an Mel Gibsons Leute schicke.«

»Quinn wird die Lorbeeren einheimsen«, sagte Elwood. »Die Medien sind verliebt in Psychojäger.«

»Und er sieht toll im Fernsehen aus.«

»Er könnte der nächste Mel Gibson werden.«

»Noch besser – er verliert seine Haare nicht.«

Sie standen direkt hinter Vanlees, als er darauf wartete, in die First Avenue einzubiegen, und rollten mit ihm heraus, wodurch ein ankommender Wagen auf Bremse und Hupe steigen mußte.

»Ob Quinn mich als technische Beraterin engagieren würde, wenn er nach Hollywood geht?« fragte Liska.

»Mir scheint, Beratung ist nicht dein eigentliches Ziel«, bemerkte Elwood.

»Wahr. Ich hätte lieber eine teilnehmende Rolle, aber ich glaube nicht, daß das passieren wird. Ich glaube, ihn verfolgt irgend etwas. Kommt er dir nicht auch so vor?«

»Fanatisch.«

»Fanatisch *und* verfolgt. Doppelt irre.«

»Sehr romantisch.«

»Wenn man Jane Eyre ist.« Liska schüttelte den Kopf. »Ich hab keine Zeit für fanatisch *oder* verfolgt. Ich bin zweiunddreißig. Ich hab Kinder. Ich brauche Ward Cleaver.«

»Er ist tot.«

»Mein Glück, ja, ja.«

Sie blieben dem Truck auf den Fersen, schlängelten sich durch ein Labyrinth von Straßen auf die Lyndale zu. Elwood warf einen Blick in den Rückspiegel und schimpfte.

»Wir sehen aus wie eine Beerdigungsprozession. Das müssen neun Ladungen Reporter hinter uns sein.«

»Sie werden alles auf Video aufnehmen. Steck die Knüppel und die Totschläger weg.«

»Polizeiarbeit ist einfach nicht mehr so spaßig wie früher.«

»Paß auf«, sagte Liska, als sie zum schlimmsten Straßengewirr kamen. »Wir könnten ihn wegen eines Verkehrsvergehens drankriegen. Ich breche ungefähr neun Gesetze jedesmal, wenn ich hier durchfahre.«

Vanlees brach kein einziges. Er hielt seine Geschwindigkeit knapp unter dem Limit und fuhr, als transportierte er eine Nachnahmeladung Eier in Kristallbechern. Elwood hängte sich an die Stoßstange von Vanlees' Truck und stachelte ihn an.

»Was meinst du, Tinks? Ist er der Kerl, oder ist das eine Neuauflage des Bombenanschlags auf den Olympic Park?«

»Er paßt ins Profil. Er versteckt *etwas.*«

»Das macht ihn nicht zum Killer. Jeder versteckt irgend etwas.«

»Ich hätte gern eine Gelegenheit gehabt herauszufinden, was, ohne ein Rudel Reporter auf den Fersen. Er wäre ein Idiot, wenn er jetzt irgend etwas probiert.«

»Vielleicht sind sie gar nicht so lang auf unseren Fersen«, sagte Elwood, als er noch einmal in den Rückspiegel sah. »Schau dir diesen Scheißkerl an.«

Ein älterer Mustang Hatchback zog links mit ihnen gleich, zwei Männer, die sich ganz auf Vanlees' Truck konzentrierten.

»Das nenn ich Chuzpe«, sagte Liska.

»Die denken wahrscheinlich, wir sind Konkurrenz.«

Der Mustang beschleunigte, überholte sie, zog gleich mit Vanlees, und das Beifahrerfenster wurde geöffnet.

»Schweinehund!« brüllte Elwood.

Vanlees gab Gas. Das Auto hielt Schritt.

Liska packte das Mikrofon und funkte ihre Position, gab die Nummer des Mustangs durch und verlangte Identifikation. Elwood nahm das Blaulicht vom Sitz, rammte es in die Klammer am Armaturenbrett und schaltete es ein. Vor ihnen beugte sich der Beifahrer mit einem Teleobjektiv aus dem Fenster.

Vanlees raste weiter. Der Wagen blieb auf gleicher Höhe.

Der Blitz war gleißend, blendend.

Vanlees Truck schwankte gegen den Mustang, knallte ihn mit dem Hintern voran in die nächste Spur, direkt vor ein entgegenkommendes Auto. Es blieb nicht einmal Zeit für quietschende Reifen, keine Zeit für Bremsen, nur das gräßliche Geräusch von tonnenweise kollidierendem Metall. Der Fotograf wurde herausgeschleudert, als die Autos aufeinanderprallten. Er purzelte über die Straße wie eine Stoffpuppe, die man aus dem Fenster geworfen hatte. Ein Feuerball rollte durch den Mustang.

Liska sah alles in Zeitlupe – die Kollision, das Feuer, Vanlees' Truck vor ihnen, wie er gegen den Randstein schlingerte, ein Rad hinaufsprang, die vordere Stoßstange eine Parkuhr rausriß. Und dann schnalzte die Zeit zurück in Normaltempo, und Elwood schwang den Lumina an dem Truck vorbei, und stellte ihn im rechten Winkel gegen den Randstein, um den Fluchtweg abzuschneiden. Er knallte den Schalthebel auf Park und war schon aus der Tür. Liska umklammerte mit zitternder Hand das Telefon und rief Krankenwagen und Feuerwehr.

Einige der Wagen, die sie verfolgt hatten, fuhren seitlich ran, einige rasten vorbei, so daß Elwood ausweichen mußte, als er zu dem brennenden Wrack rannte. Liska schob die Tür auf und stürzte sich auf Vanlees, als er aus seinem Pickup stolperte. Sie konnte den Whiskey aus zwei Fuß Entfernung riechen.

»Ich hab's nicht getan!« schrie er schluchzend.

Kamerablitze zuckten wie Stroboskoplichter, erleuchteten sein Gesicht mit gleißend weißem Schein. Blut lief ihm aus Nase und Mund, wo sein Gesicht offensichtlich Bekanntschaft mit dem Steuerrad gemacht hatte. Er warf die Arme schützend hoch, um die Fotos zu verderben. »Verflucht nochmal, laßt mich in Ruhe!«

»Ich glaube nicht, Gil«, sagte Liska und griff nach seinem Arm. »Arme gegen den Truck. Sie sind verhaftet.«

»Jetzt weiß ich, wie sie Spione mit Schlafentzug weichklopfen«, sagte Kovac, als er auf Vanlees' Truck zuschritt, der immer noch halb überm Randstein hing. »Ich bin bereit, mich ins Archiv versetzen zu lassen, damit ich ein bißchen Schlaf kriege.«

Liska sah ihn grimmig an. »Komm dich bei mir ausweinen, wenn du einen Neunjährigen hast, der dich mit tränennassen großen blauen Augen ansieht und fragt, warum du nicht zu der Thanksgiving Aufführung in der Schule gekommen bist, wo er doch einen Pilgervater gespielt hat und alles.«

»Mein Gott, Tinks«, knurrte er und klebte eine Zigarette an seine Lippe. »Uns sollte man nicht erlauben, uns fortzupflanzen.«

»Sag das meinen Eierstöcken. Was zum Teufel machst du überhaupt hier?« fragte sie und drehte ihn von den Reportern weg. »Versuchst du ernsthaft, gefeuert zu werden? Du sollst dich bedeckt halten.«

»Ich bringe dir Kaffee.« Die Unschuld in Person reichte er ihr einen dampfenden Styroporbecher. »Ich versuche nur, das Hauptteam zu unterstützen.«

Während er das sagte, ließ er den Blick über Vanlees' Truck schweifen.

Der Pickup war von uniformierten Cops und der Spurensicherung eingekreist, die gerade mit ihrer Arbeit begannen. Tragbare Scheinwerfer beleuchteten ihn von allen Seiten, so daß die Szene wie eine Fotosession für Chevrolet wirkte. Die völlig ramponierten Fahrzeuge in der Mitte der Straße wurden gerade abgeschleppt.

Reporter trieben sich am Rande des Schauplatzes herum, in Schach gehalten von den Uniformierten. Ihre Eigenbeteiligung verschärfte ihr Interesse an dem Unfall.

»Schon irgendwas über deinen Ersatz gehört?« fragte Liska.

Kovac zündete sich eine Zigarette an und schüttelte den Kopf. »Ich hab bei Fowler ein gutes Wort für dich eingelegt.«

Sie sah überrascht aus. »Wow, danke Sam. Glaubst du, sie hören drauf?«

»Keine Chance. Ich setze auf Yurek, weil sie ihm Angst machen können. Und was ist hier das neueste?«

»Vanlees ist im Krankenhaus zur Untersuchung, bevor wir seinen traurigen Arsch in die Stadt schleifen. Ich glaube, er hat sich die Nase gebrochen. Abgesehen von ihm haben wir einen Toten, einen Kritischen und einen in gutem Zustand.« Liska lehnte sich gegen den Wagen, den sie und Elwood gefahren hatten. »Der Fahrer des Mustangs ist Toast. Der Taxifahrer hat sich beide Knöchel gebrochen und den Kopf angeschlagen, aber er wird gesund werden. Der Fotograf ist im OP. Sie gehen von einer Gehirnblutung aus. Ich wäre nicht zu optimistisch. Aber eigentlich hätte ich gesagt, er hat gar kein Hirn, so wie der sich aufgeführt hat.«

»Wissen wir, wer diese Typen sind – waren?«

»Kevin Pardee und Michael Morin. Freiberufler, die mit einem Exklusivfoto einen Coup landen wollten. Leben und Sterben im Zeitalter der Skandalpresse. Jetzt sind sie die Schlagzeile.«

»Wie ist Vanlees hinters Steuer gekommen, wenn er so betrunken war, daß du's riechen konntest?«

»Das müßtest du die Reporter fragen. Sie waren diejenigen, die sich um ihn drängten, als er das Gebäude verließ. Alle unsere Leute mußten ihn aus der Entfernung beobachten oder eine Schadensersatzklage wegen Belästigung riskieren.«

»Frag die Reporter«, schimpfte Sam. »Die werden die ersten sein, die Fragen wegen *unserer* Fahrlässigkeit stellen. Schleimlutscher. Wie geht's Elwood?«

»Hat sich ziemlich übel die Hände verbrannt, als er versucht hat, Morin aus dem Auto zu ziehen. Er ist im Krankenhaus. Hat sich auch die Augenbrauen abgesenkt. Sieht ziemlich bescheuert aus.«

»Das ist ja nichts neues.«

»Vanlees hatte 0,8 auf dem Pusteröhrchen. Glück für uns. Ich konnte den Truck beschlagnahmen. Muß eine Aufstellung von allem, was drin ist, machen«, sagte sie und blinzelte gespielt unschuldig. »Wer weiß, was man da findet.«

»Hoffen wir auf ein blutiges Messer unter dem Sitz«, sagte Kovac. »Er sieht aus, als wäre er so dumm, findest du nicht? Mann, ist das kalt. Und es ist noch nicht mal Thanksgiving.«

»Bingo!« rief einer von der Spurensicherung.

Kovac stürzte auf ihn zu. »Was? Was habt ihr? Sagt mir, daß Blut dran ist.«

Der Forensiker trat von der Fahrertür zurück. »Das Sparset für Selbstbefriediger«, sagte er, drehte sich um und hielt eine Ausgabe des *Hustler* und ein kleines ekliges schwarzes Damenseidenhöschen hoch.

»Die Perversenausgabe einer rauchenden Pistole«, sagte Kovac. »Tütet es ein. Vielleicht haben wir den Schlüssel, um den Kopf dieses Schweins aufzusperren.«

»Wie sieht es aus mit einem Durchsuchungsbefehl für Vanlees' Wohnung?« fragte Quinn und streifte seinen Trenchcoat ab. Er trug denselben Anzug wie am Abend vorher, bemerkte Kovac. Schwer zerknittert.

Kovac schüttelte den Kopf. »Mit dem, was wir haben, keine Chance. Nicht einmal mit Peter Bondurants Namen als Druckmittel. Wir haben jeden Zentimeter dieses Trucks abgesucht und nichts gefunden, was ihn direkt mit einem der Mordopfer in Verbindung bringen könnte. Vielleicht haben wir Glück mit dem Höschen – in ein paar Wochen, wenn die DNS Tests zurückkommen. Jetzt können wir nicht einmal die Tests machen. Die Unterhosen sind momentan einfach nur ein Teil der Inventur seiner Sachen. Wir wissen nicht, wem sie gehören. Wir können nicht sagen, daß er sie gestohlen hat. Und sich einen runterholen ist kein Verbrechen.«

»Hast du das gehört, Tippen«, sagte Liska. »Du bist im Reinen.«

»Ich hab gehört, das war dein Höschen, Tinks.«

»Tinks trägt Höschen?« sagte Adler.

»Sehr komisch.«

Sie standen im Konferenzraum des Polizeihauptquartiers, die Soko minus Elwood, der sich geweigert hatte, nach Hause zu gehen, und jetzt mit Vanlees in einem Raum am Ende des Korridors saß.

»Warum konnte er nicht so dämlich sein, ein blutiges Messer unter dem Sitz aufzubewahren?« fragte Adler. »Er sieht aus, als ob das zu ihm paßt.«

»Ja«, stimmte Quinn zu. »Das macht mir zu schaffen. Wir haben es hier nicht direkt mit einem Superhirn zu tun – außer, er ist ein Fall von multipler Persönlichkeit und eines der Alter egos behält das Hirn für sich. Was wissen wir über seinen Hintergrund, abgesehen von den jüngsten Eskapaden?«

»Ich überprüfe es«, sagte Walsh. Seine Stimme war fast weg, abgewürgt von der Kälte und seiner ›Ein-Päckchen-pro-Tag‹-Sucht.

»Liska und ich haben beide mit seiner Frau gesprochen«, sagte Moss. »Sollen wir sie fragen, ob sie herkommt?«

»Bitte«, sagte Quinn.

»Sie muß doch wissen, ob ihr Mann zu diesen kranken Perversen gehört«, sagte Tippen.

Quinn schüttelte den Kopf. »Nicht unbedingt. Es klingt, als wäre sie die dominante Partnerin in der Beziehung. Er hat wahrscheinlich sein Hobby vor ihr geheimgehalten, teils aus Angst, teils als Akt des Widerstands. Aber wenn er eine weibliche Partnerin hat – und wir glauben, das hat er –, wer ist sie dann?«

»Jillian?« schlug Liska vor.

»Möglich. Hat die Frau irgendwie angedeutet, daß er eine Freundin haben könnte?«

»Nein.«

Quinn warf einen Blick auf die Uhr. Er wollte Vanlees gerade so lange warten lassen, daß er nervös wurde. »Haben sie irgendwas über Michele Fines Fingerabdrücke gekriegt?«

»In Minnesota nichts.«

»Hat Vanlees einen Anwalt angerufen?«

»Noch nicht«, sagte Liska. »Er hat seine Logik eingeschaltet. Er sagt, er ruft keinen Anwalt an, weil ein unschuldiger Mann keinen braucht.«

Tippen schnaubte verächtlich. »Heiliger Strohsack, wie hat denn der je aus St. Cloud gefunden?«

»Das Glück der Dummen. Ich hab ihm gesagt, wir würden ihn nicht gleich unter Anklage stellen wegen des Unfalls. Ich hab ihm gesagt, wir müßten uns erst einmal hinsetzen und durchgehen, was passiert ist, bevor wir auf Fahrlässigkeit entscheiden könnten. Aber daß wir ihn wegen Trunkenheit am Steuer einsperren würden. Er kann sich nicht entscheiden, ob er erleichtert oder sauer sein soll.«

»Gehen wir zu ihm, bevor er sich entscheidet«, sagte Quinn. »Sam – Sie, Tinks und ich. Wir bearbeiten ihn wie neulich.«

»Das würde ich an deiner Stelle nicht tun, Sam«, warnte Yurek. »Fowler, Kleinschwanz Sabin und der stellvertretende Ankläger Logan – sie sind alle da, um zuzuschauen.«

»Fick mich«, sagte Kovac angewidert.

Liska zog eine Augenbraue hoch. »Wirst du mich hinterher noch respektieren?«

»Respektiere ich dich jetzt?«

Sie trat ihn gegen das Schienbein.

»Charmie«, sagte er mit zusammengebissenen Zähnen zu Yurek. »Wenn du ich wärst, würde ich nicht in diesem Schlamassel stecken.«

Greer, Sabin, Logan und Fowler standen im Gang vor dem Vernehmungsraum und warteten. Als er Kovac sah, machte Fowler ein Gesicht, als hätte er Angina. Greers Augen traten aus den Höhlen.

»Was machen Sie hier, Sergeant?« fragte er. »Sie sind offiziell von der Soko abgezogen worden.«

»Auf meine Bitte«, sagte Quinn gewandt. »Wir haben bereits eine gewisse Methode im Umgang mit Mr. Vanlees entwickelt. Ich möchte zu diesem Zeitpunkt nichts verändern. Ich brauche sein Vertrauen.«

Greer und Sabin schmollten, Logan sah ungeduldig aus. Fowler zog eine Rolle Magentabletten aus der Tasche und nahm eine.

Quinn beendete das Thema, bevor jemand auf die Idee kommen konnte, ihm zu widersprechen. Er hielt die Tür für Kovac und Liska auf, dann folgte er ihnen.

Gil Vanlees sah aus wie ein riesiger Waschbär. Beide Augen waren seit dem Unfall blau angelaufen. Er hatte eine geplatzte Lippe und ein breites Pflaster über der Nase. Er stand an einem Ende des Raumes, die Hände in die Hüften gestemmt. Er sah sauer und nervös aus.

Elwood saß in einem Stuhl mit dem Rücken zur Wand. Beide Hände waren verbunden. Sein Gesicht war rot versengt. Ohne Augenbrauen hatte er einen anhaltend unangenehm überraschten Blick.

»Wie ich höre, hatten Sie einen kleinen Unfall, Gil«, sagte Kovac und ließ sich in einen Stuhl am Tisch fallen.

Vanlees zeigte mit dem Finger auf ihn. »Ich werde euch verklagen. Ihr habt mich schikaniert, zugelassen, daß die Presse mich schikaniert –«

»Sie haben sich gut abgefüllt hinter das Steuer eines Trucks gesetzt«, sagte Kovac und zündete sich eine Zigarette an. »Hab ich Ihnen den Fusel gekauft? Hab ich Ihnen das Zeug in den Hals gegossen?«

»Ihre Leute haben zugelassen, daß ich mich hinter das Steuer setze«, begann Vanlees nun mit der ganzen rechtschaffenen Empörung eines Meisters der Rationalisierung. Er warf einen kurzen nervösen Blick zu Elwood.

Kovac schnitt eine Grimasse. »Als nächstes werden Sie mir sagen, es wäre meine Schuld, daß Sie Jillian Bondurant und diese anderen Frauen umgebracht haben.«

Vanlees lief rot an, seine Augen tränten. Er machte ein Geräusch wie einer, der auf der Toilette drückt. »Ich *hab das nicht getan.*« Jetzt wandte er sich zu Liska. »Sie haben mir gesagt, das hier wäre wegen des Unfalls. Sie sind eine so verlogene kleine Fotze!«

»He!« brüllte Kovac. »Sergeant Liska tut Ihnen einen Gefallen. Sie haben gestern nacht jemanden umgebracht, Sie Scheiß Säufer.«

»Das war nicht meine Schuld. Dieser Hurensohn hat mir direkt ins Gesicht geblitzt! Ich hab nichts gesehen!«

»Das sagt Sergeant Liska auch. Sie war dort. Sie ist Ihre Zeugin. Wollen Sie sie noch einmal Fotze nennen? Wenn ich Sie wäre, würde ich Ihnen Ihren Schwanz zum Abendessen füttern, Sie armseliger Sack Scheiße.«

Vanlees sah Liska reumütig an.

»Liska sagt, Sie sind unschuldig wie eine vestalische Jungfrau«, fuhr Kovac fort. »Und daß Sie keinen Anwalt wollen. Ist das richtig?«

»Ich habe nichts verbrochen«, sagte er schmollend.

Kovac schüttelte den Kopf. »Wow, Sie haben da eine recht weitläufige Definition der Realität, Gil. Wir haben Sie wegen Trunkenheit am Steuer am Wickel. Ich weiß, daß Sie heimlich durch Jillian Bondurants Fenster gespannt haben. Das könnte man als illegal betrachten.«

Vanlees setzte sich, den Stuhl seitlich zum Tisch gekehrt, präsentierte Kovac und den Beobachtern auf der anderen Seite des Einwegspiegels den Rücken. Er legte seine Unterarme auf die Schenkel und starrte auf den Boden. Er sah aus, als wäre er bereit, die ganze Nacht so da zu sitzen, ohne ein weiteres Wort von sich zu geben.

Quinn studierte ihn. Seiner Erfahrung nach war es nicht der Unschuldige, der einen Anwalt verweigerte, sondern jemand, der etwas auf dem Gewissen hatte, was er abladen wollte.

»Also, war das Jillians Höschen, das wir unter dem Fahrersitz rausgezogen haben, Gil?« fragte Kovac grob.

Vanlees hielt den Kopf gesenkt. »Nein.«

»Lila Whites? Fawn Pierces? Melanie Hesslers?«

»Nein. Nein. Nein.«

»Wissen Sie, wenn ich Sie so anschaue, wär ich nie drauf gekommen, aber Sie sind ein recht vielschichtiges Individuum, Gil«, sagte Kovac. »Wie eine Zwiebel. Und jede Schicht, die ich abziehe, stinkt noch schlimmer, als die vorherige. Sie sehen aus wie ein ganz durchschnittlicher Typ. Dann zieht man eine Schicht ab und – oh! – Ihre Frau verläßt Sie! Naja, das ist ja nicht so ungewöhnlich. Ich bin selber zweifacher Verlierer. Zieh noch eine Schicht ab und – herrje! – sie verläßt Sie, weil Sie ein Spanner sind. Ein Würstchenschwenker! Sie sind ein großer, schlechter, immer mieser werdender Witz. Sie sind ein Säufer. Ein Säufer, der Auto fährt. Sie sind ein Säufer, der Auto fährt und jemandes Tod verursacht hat.«

Vanlees senkte den Kopf noch tiefer. Quinn sah, wie der geschwollene Mund des Mannes zitterte.

»Ich wollte das nicht. Ich hab nichts gesehen«, sagte Vanlees mit belegter Stimme. »Sie wollen mich nicht in Ruhe lassen. Das ist *eure* Schuld. Ich hab gar nichts gemacht.«

»Sie wollen wissen, was mit Jillian passiert ist«, sagte Kovac. »Ich will auch wissen, was mit ihr passiert ist. Ich glaube, zwischen euch beiden ist mehr gelaufen, als Sie uns erzählen, Gil. Ich glaube, Sie waren geil auf sie. Ich glaube, Sie haben sie beobachtet. Ich glaube, Sie haben dieses Höschen aus ihrer Kommode gestohlen, damit Sie sich damit einen runterholen können und Ihre Fantasien über sie haben können, und das werde ich beweisen. Wir wissen bereits, daß das Höschen ihre Größe hat, ihre Marke ist«, bluffte er. »Es ist nur eine Frage der Zeit, bis wir den DNS Vergleich kriegen. Ein paar Wochen. Sie sollten sich besser an die Reporter gewöhnen, weil sie hinter Ihnen her sein werden wie die Schmeißfliegen hinter Aas.«

Jetzt weinte Vanlees. Stumm. Tränen tropften auf seine Handrücken. Er zitterte von der Anstrengung, sie zurückzuhalten.

Quinn sah zu Kovac. »Sergeant, ich hätte gerne ein paar Augenblicke allein mit Mr. Vanlees.«

»Oh, ja, klar, als hätte ich nichts besseres zu tun«, beklagte sich Kovac und stand auf. »Ich weiß, worauf das hinausläuft, Quinn. Ihr G-Men wollt alles für euch haben. Scheiß drauf. Sein Arsch gehört mir.«

»Ich will nur kurz mit Mr. Vanlees reden.«

»Aha. Ihnen gefällt nicht, wie ich mit diesem Stück Käse rede.

Sie sitzen da und denken, ich sollte ihn mit Samthandschuhen anfassen, weil seine Mutter, die Prostituierte, ihm den nackten Hintern mit einem Drahtbügel versohlt hat oder irgendein anderer Psychoquark. Gut. Ich werd Sie in den Schlagzeilen sehen, ganz sicher.«

Quinn sagte nichts, bis die Polizisten draußen waren, und auch dann sagte er lange nichts. Er nahm ein Tagamet und spülte es mit Wasser aus dem Plastikkrug auf dem Tisch hinunter. Ganz beiläufig drehte er seinen Stuhl senkrecht zu dem von Vanlees, beugte sich vor, legte seine Unterarme auf die Schenkel und blieb so sitzen, bis Vanlees zu ihm hochsah.

»Noch mehr von diesem Guter-Cop-Böser-Cop-Zeug«, sagte Vanlees schmollend. »Ihr haltet mich für doof.«

»Ich glaube, Sie sehen zuviel fern«, sagte Quinn. »Das hier ist die echte Welt, Gil. Sergeant Kovac und ich haben hier keine identischen Tagesordnungen.

Mich interessieren Schlagzeilen nicht, Gil. Ich hatte schon reichlich davon. Das wissen Sie. Ich krieg sie automatisch. Sie wissen alles, was mich interessiert, richtig? Sie wissen von mir. Sie haben über mich gelesen.«

Vanlees sagte nichts.

»Die Wahrheit und die Gerechtigkeit. Das ist es. Und es ist mir egal, wie die Wahrheit aussieht. Bei mir ist es nichts Persönliches. Bei Kovac ist alles persönlich. Er hat Sie in seinem Fadenkreuz. Ich will nur die Wahrheit, Gil. Ich will die Wahrheit kennenlernen. Ich hab das Gefühl, daß Ihnen etwas schwer auf der Brust lastet, und vielleicht wollen Sie es loswerden, aber Sie vertrauen Kovac nicht.«

»Ihnen vertrau ich auch nicht.«

»Sicher tun Sie das. Sie wissen von mir. Ich war immer ehrlich zu Ihnen, Gil, und ich glaube, das wissen Sie auf irgendeiner Ebene zu schätzen.«

»Sie glauben, ich hätte Jillian umgebracht.«

»Ich glaube, daß Sie in vieler Hinsicht in das Profil passen, das geb ich zu. Außerdem, wenn Sie diese Situation objektv betrachten, werden Sie mir zustimmen. Sie haben dieses Zeug studiert. Sie wissen, wonach wir suchen. Sie wissen, daß einige Ihrer Teile in das Puzzle passen. Aber das heißt nicht, daß ich glaube, Sie hätten sie getötet. Ich glaube nicht unbedingt, daß Jillian tot ist.«

»Was?« Vanlees sah ihn an, als dächte er, Quinn hätte den Verstand verloren.

»Ich glaube, hinter Jillian steckt wesentlich mehr, als man anfänglich sieht. Und ich glaube, Sie haben etwas dazu zu sagen. Haben Sie das, Gil?«

Vanlees sah wieder auf den Boden. Quinn fühlte, wie der Druck sich in ihm aufbaute, während er die Pros und Kontras einer ehrlichen Antwort abwägte.

»Wenn Sie sie beobachtet haben, Gil«, sagte Quinn sehr leise, »dann werden Sie deshalb keinen Ärger kriegen. Darum geht es hier nicht. Die Polizei läßt das gerne durchgehen im Austausch für etwas, das sie brauchen kann.«

Vanlees ließ sich das durch den Kopf gehen, ohne daran zu denken, da war Quinn sich sicher, daß das »Etwas«, wonach sie suchten, andererseits auch gegen ihn verwendet werden könnte. Er dachte an Jillian, überlegte, wie er sie in ein schräges Licht setzen könnte, weg von sich, weil die Leute dazu tendierten, das zu tun, wenn sie merkten, daß sie tief in der Tinte steckten – dem anderen die Schuld geben. Kriminelle gaben regelmäßig ihren Opfern die Schuld an den Verbrechen, die sie an ihnen begangen hatten.

»Sie fühlten sich von ihr angezogen, richtig?« sagte Quinn. »Das ist kein Verbrechen. Sie war ein hübsches Mädchen. Warum sollten Sie nicht hinsehen?«

»Ich bin verheiratet«, murmelte er.

»Verheiratet, aber nicht tot. Gucken kostet nichts. Also haben Sie geschaut. Ich hab damit kein Problem.«

»Sie war ... anders«, sagte Vanlees. Er starrte immer noch auf den Boden, sah aber Jillian Bondurant, dachte Quinn. »Irgendwie ... exotisch.«

»Sie haben Kovac erzählt, daß Sie nicht auf Sie abgefahren ist, aber das stimmt nicht ganz, nicht wahr?« sagte Quinn leise, ein intimer Plausch zwischen Bekannten. »Sie war sich Ihrer bewußt, nicht wahr, Gil?«

»Sie hat nie was gesagt, aber sie hat mich auf so eine gewisse Art angeschaut«, gab er zu.

»Als ob sie Sie haben wollte.« Eine Feststellung, keine Frage, als wäre das keine Überraschung.

Vanlees scheute davor zurück. »Ich weiß nicht. Als ob sie mich wissen lassen wollte, daß sie auch hinsieht, mehr nicht.«

»Irgendwie gemischte Signale.«

»Ja, gemischte Signale.«

»Ist irgendwas dabei rausgekommen?«

Vanlees zögerte, kämpfte. Quinn wartete, hielt den Atem an. »Ich will nur die Wahrheit, Gil. Wenn Sie unschuldig sind, wird sie Ihnen nicht wehtun. Es bleibt unter uns. Mann zu Mann.«

Das Schweigen dehnte sich.

»Ich – Ich weiß, daß es falsch war«, murmelte Vanlees endlich. »Ich wollte es nicht wirklich machen. Aber eines Abends hab ich die Gärten überprüft, hab die Runden gemacht –«

»Wann war das?«

»Diesen Sommer. Und ... ich war dort ...«

»Bei Jillians Haus?«

Er nickte. »Sie hat Klavier gespielt, mit einem seidigen Morgenmantel, der von ihrer Schulter rutschen wollte. Ich hab ihren BH-Träger sehen können.«

»Also haben Sie sie eine Zeitlang beobachtet«, sagte Quinn, als wäre das nur natürlich, jeder Mann würde es tun, nichts dabei.

»Dann hat sie den Morgenmantel abgestreift und ist aufgestanden und hat sich gestreckt.«

Vanlees sah alles vor seinem geistigen Auge. Seine Atemfrequenz hatte sich gesteigert, und ein feiner Schweißfilm beschlug sein Gesicht. »Sie hat angefangen, ihren Körper zu bewegen, wie bei einem Tanz. Langsam und sehr ... erotisch.«

»Hat sie gewußt, daß Sie da sind?«

»Ich glaube nicht. Aber dann ist sie zum Fenster gekommen und hat die Körbchen von ihrem BH runtergezogen und ihre Brüste direkt an das Glas gepreßt und dagegen gerieben«, sagte er, fast flüsternd, beschämt, erregt. »Sie hat das Fenster mit der Zunge abgeleckt.«

»Mann oh Mann, das muß ja sehr aufgeilend für Sie gewesen sein.«

Vanlees blinzelte verschämt, sah beiseite. An dieser Stelle würden Teile der Geschichte verlorengehen. Er würde nicht davon erzählen, daß er eine Erektion gekriegt hatte oder seinen Penis herausgeholt und masturbiert hatte, während er sie beobachtete. Aber das mußte er auch nicht. Quinn kannte seine Geschichte, kannte sein Verhaltensmuster, hatte es immer und immer wieder erlebt in den Jahren, in denen er kriminelles Sexualverhalten studiert hatte. Er erfuhr hier nichts neues über Gil Vanlees. Aber wenn die Geschichte wahr war, dann erfuhr er etwas sehr Bedeutsames über Jillian Bondurant.

»Was hat sie dann gemacht?« fragte er leise.

Vanlees rutschte auf seinem Stuhl hin und her, fühlte sich körperlich unwohl. »Sie hat – ihr Höschen runtergezogen, und sie ... hat sich zwischen die Beine gefaßt.«

»Sie hat vor Ihnen masturbiert?«

Er lief rot an. »Dann hat sie das Fenster aufgemacht, und ich hab Angst gekriegt und bin weggerannt. Aber später bin ich zurück, und sie hat ihr Höschen aus dem Fenster fallen lassen.«

»Und das ist das Höschen, das die Polizei in Ihrem Truck gefunden hat. Es *gehört* Jillian.«

Er nickte, legte eine Hand an die Stirn, als versuche er, sein Gesicht zu verstecken. Quinn beobachtete ihn, versuchte, ihn abzuschätzen. Die Wahrheit oder eine Geschichte, um seinen Hintern zu decken, weil er die Unterwäsche eines möglichen Mordopfers in seinem Besitz hatte? »Wann war das?« fragte er wieder.

»In diesem Sommer. Juli.«

»Ist so etwas noch einmal passiert?«

»Nein.«

»Hat sie je deswegen was zu Ihnen gesagt?«

»Nein. Sie hat praktisch nie mit mir geredet.«

»Gemischte Signale«, sagte Quinn wieder. »Hat Sie das wütend gemacht, Gil? Daß sie sich vor Ihnen auszieht, vor Ihnen masturbiert und dann so tut, als wäre nichts passiert? So tut, als würde sie Sie kaum kennen, als ob Sie nicht gut genug für sie wären. Hat Sie das sauer gemacht?«

»Ich hab ihr nichts getan«, flüsterte er.

»Sie hat Leute verarscht. Wenn eine Frau mir das antun würde – mich heiß und hart machen und dann mich abtörnen, dann wär ich stocksauer. Ich würde sie gut ficken wollen, damit sie mir Aufmerksamkeit schenken muß. Wollten Sie das nicht tun, Gil?«

»Aber ich hab es nie getan.«

»Aber Sie wollten Sex mit ihr haben, nicht wahr? Wollte ihr nicht irgendein Teil von Ihnen eine Lektion erteilen? Diese dunkle Seite, die wir alle haben, wo wir Rachegedanken hegen und Rache planen. Haben Sie keine dunkle Seite, Gil? Ich schon.«

Er wartete, die Spannung wie eine sprungbereite Kobra in seinem Bauch zusammengerollt.

Vanlees sah hoffnungslos aus, besiegt, als ob er die volle Bedeutung von allem, was heute abend passiert war, endlich begriffen hätte.

»Kovac wird versuchen, mir den Mord anzuhängen«, sagte er. »Weil dieses Höschen Jillians ist. Wegen der Dinge, die ich Ihnen gerade erzählt hab. Selbst, wenn sie die Schlechte war, nicht ich. Das wird doch passieren, oder?«

»Sie geben einen guten Verdächtigen ab, Gil. Das sehen Sie doch ein, oder?«

Er nickte langsam, überlegte.

»Ihr Vater war dort, in ihrem Reihenhaus«, murmelte er. »Sonntag früh. Sehr früh. Vor dem Morgengrauen. Ich hab ihn rauskommen sehen. Am Montag hat mir sein Anwalt fünfhundert Dollar gegeben, damit ich nichts sage.«

Quinn absorbierte diese Information schweigend, wägte sie ab, schätzte sie ab. Gil Vanlees steckte bis zum Hals in Alligatoren. Er könnte alles sagen. Er könnte sagen, er hätte einen Fremden gesehen, einen Landstreicher, einen einarmigen Mann in der Nähe von Jillians Wohnung. Er entschied sich dafür zu behaupten, er hätte Peter Bondurant gesehen, und Peter Bondurant hätte ihn bezahlt, um den Mund zu halten.

»Sonntag morgen sehr früh«, sagte Quinn.

»Vor dem Morgengrauen?«

»Ja.«

»Was haben Sie denn um diese Uhrzeit dort gemacht, Gil? Wo waren Sie, als Sie ihn gesehen haben – und er Sie gesehen hat?«

Diesmal schüttelte Vanlees den Kopf – über die Frage oder über etwas, das sich in seinem Kopf abspielte. Er schien in den letzten zehn Minuten um zehn Jahre gealtert zu sein. Er hatte etwas Mitleiderregendes, wie er da so saß, in einer Wachmannsuniform, der Möchtegern-Cop, der sich was vorgaukelt. Das beste, was er konnte.

Er sagte mit leiser, kleinlauter Stimme: »Ich möchte jetzt einen Anwalt anrufen.«

Kapitel 32

Kate saß auf der alten Ledercouch in ihrem Arbeitszimmer, in einer Ecke zusammengekuschelt, und bekämpfte die morgendliche Kühle des alten Hauses mit schwarzen Leggings, dicken Wollsocken und einem Sweatshirt, das sie seit Jahren nicht mehr getragen hatte. Quinn hatte es ihr damals geschenkt. Der Name des Fitneßstudios, das er besuchte, war vorne eingestickt. Daß sie es all die Jahre behalten hatte, hätte ihr ein Hinweis sein müssen, aber sie war immer schon selektiv taub gewesen.

Sie hatte es aus dem Schrank gezogen, nachdem Quinn zu dem Treffen mit der Soko aufgebrochen war, es ein paar Minuten im Wäschetrockner aufgefrischt und noch warm angezogen. Sie redete sich ein, es wäre seine Wärme. Ein armseliger Ersatz für seine Umarmung. Trotzdem gab es ihr das unbestimmte Gefühl, ihm näher zu sein. Und nach einer Nacht in seinen Armen war dieses Bedürfnis stark.

Himmel, einen unpassenderen Zeitpunkt für die Wiederentdeckung einer Liebe hätte sie sich gar nicht aussuchen können. Aber wenn man ihre Berufe und ihr Leben betrachtete, was hatten sie da für eine Wahl? Sie waren sich beide nur allzu bewußt, daß das Leben keine Garantien bot. Allzu bewußt, daß sie bereits zuviel Zeit vergeudet hatten, die sie nie zurückholen könnten, und das aus Angst und Stolz und Schmerz.

Kate stellte sich vor, sie könnte sie beide aus der Höhe einer anderen Dimension betrachten, während diese Zeit verstrichen war. Sie hatte ihre Zeit damit verbracht, sich kurzsichtig auf die Details des Aufbaus eines »normalen« Lebens für sich zu konzentrieren, mit einem Job und Hobbies und Menschen, mit denen sie gesellschaftlich bei erforderlichen Anlässen oder in den Ferien verkehrte. Nichts Tieferes. So tun als ob und sich einreden, daß die Taubheit ihrer Seele ihr nichts ausmachte. Weil es immer noch der Alternative vorzuziehen war. Quinns Zeit, die in den Job, den Job, den Job gegossen wurde. Wie er sich noch mehr Verantwortung aufhalste, um die Leere zu füllen, und unter dieser Last fast zusammenbrach. Wie er sich seinen Kopf mit Fällen und Fakten vollstopfte, bis er sich nicht mehr erinnern konnte, was echt war. Wie er den Brunnen seiner Kraft ausschöpfte, der einst fast unerschöpflich schien. Wie er das Vertrauen in seine Fähigkeiten und sein Urteilsvermögen so abgewetzt hatte, daß es genau so dünn wie seine Magenwände war.

Wie sie sich beide das einzige versagten, was sie nach allem, was passiert war, zu ihrer Heilung gebraucht hätten: einander.

Traurig, was Leute sich selbst antun und sich gegenseitig, dachte Kate. Ihr Blick überflog die Seiten der Opferkunde, die sie auf dem Couchtisch ausgebreitet hatte. Vier weitere Leben verpfuscht und ruiniert, bevor ihnen der Feuerbestatter überhaupt begegnet war. Mit Angie fünf. Ruiniert, weil sie Liebe brauchten und nichts fanden, außer einer verdrehten billigen Kopie. Weil sie Dinge außerhalb ihrer Reichweite ersehnten. Weil es einfacher schien, sich mit weniger zufrieden zu geben, als für mehr zu arbeiten. Weil sie glaubten, sie hätten nichts Besseres verdient. Weil die Menschen in ihrer Umgebung, die es verdient hätten, auch nicht daran glaubten, daß sie etwas Besseres verdient hätten. Weil sie Frauen waren, und Frauen sind automatisch Ziele in der amerikanischen Gesellschaft.

All diese Gründe machen ein Opfer.

Jeder war ein Opfer von irgend etwas. Die Menschen unterschieden sich nur in dem, was sie dagegen unternahmen – sich fügen oder sich darüber erheben und sich weiter bewegen. Die Frauen, deren Fotos vor ihr lagen, würden diese Wahl nie wieder haben.

Kate beugte sich über den Couchtisch und überflog die Berichte. Sie hatte im Büro angerufen und gesagt, sie bräuchte ein wenig Zeit für sich. Man sagte ihr, Rob wäre auch nicht da, und die Bürogerüchteküche ging davon aus, sie hätten sich gegenseitig verprügelt und wollten nicht, daß jemand die blauen Flecken sah. Kate sagte, es wäre wahrscheinlicher, daß Rob noch an der schriftlichen Beschwerde für ihre Personalakte arbeitete.

Endlich war sie ihn einen Tag lang los. Das wäre schön gewesen, wenn das nicht die Fotos verbrannter und verstümmelter Frauen wären, die sie ansehen mußte, und nicht all die Emotionen und deprimierenden Realitäten, die diese Fotos heraufbeschworen.

Jeder war das Opfer von irgend etwas.

Diese Gruppe präsentierte eine deprimierende Inventur. Prostitution, Drogen, Alkohol, Tätlicher Angriff, Vergewaltigung, Inzest – wenn das, was man Kovac über Jillian Bondurant erzählt hatte, stimmte. Opfer von Verbrechen, Opfer ihrer Erziehung.

Aus der Ferne betrachtet hätte Jillian Bondurant die Anomalie sein müssen, weil sie keine Prostituierte war und auch nicht in einem mit Sex verbundenen Beruf arbeitete. Wenn man sie jedoch vom Standpunkt ihres psychologischen Profils betrachtete, war sie gar nicht so weit entfernt von Lila White oder Fawn Pierce. Verwirrte und gegensätzliche Gefühle über Sex und über Männer. Niedere Selbstachtung. Emotional bedürftig. Nach außen hin hatte sie scheinbar kein so hartes Leben wie eine Straßenhure geführt, weil sie nicht so empfänglich war für diese Art Verbrechen und offene Gewalt. Aber es war überhaupt nicht einfach, stumm zu leiden, Schmerz und Schaden zu kaschieren, um das Image der Familie zu wahren.

Quinn sagte, es gäbe beträchtliche Zweifel an Jillians Tod, aber das hieß nicht, daß sie kein Opfer war. Als Smokey Joes Komplizin wäre sie nur eine andere Art von Opfer. Der Feuerbestatter selbst war einmal ein Opfer gewesen. Als Kind zum Opfer werden stellte eine der vielen Komponenten dar, derer es zur Entwicklung eines Serienkillers bedurfte.

Jeder war das Opfer von irgend etwas.

Kate wandte sich ihren eigenen Notizen über Angie zu. Dürftig. Hauptsächlich Eingebungen. Dinge, die sie in den Jahren gelernt hatte, in denen sie Menschen studiert hatte, um herauszufinden, was ihren Verstand und ihre Persönlichkeiten formte. Mißbrauch hatte Angie DiMarco geformt. Wahrscheinlich schon von frühestem Alter an. Sie erwartete das Schlimmste von Menschen, forderte sie heraus, es ihr zu zeigen, ihr recht zu geben. Und das war zweifellos immer und immer wieder passiert, weil die Art von Menschen, die in Angies Welt lebten, sich meist schlimmer als erwartet erwiesen.

Sie erwartete, daß Menschen sie nicht mochten, ihr mißtrauten, sie betrogen, benutzten und sorgte dann dafür, daß sie es taten. Dieser Fall war keine Ausnahme. Sabin und die Polizei hatten sie nur allzu gerne benutzen wollen, und Kate war ihr Werkzeug gewesen. Angies Verschwinden war für sie eine Unannehmlichkeit, keine Tragödie. Wenn sie nicht den Status als Zeugin gehabt hätte, dann hätte kein Mensch auf dieser Welt eine Belohnung ausgesetzt oder ihr Foto im Fernsehen gezeigt und gefragt: »Haben Sie dieses Mädchen gesehen?« Selbst so veranstaltete die Polizei keine umwälzenden Suchaktionen, um sie zu finden. Die Energien der Soko waren alle darauf konzentriert, den Verdächtigen zu finden, nicht die unerlaubt abwesende Zeugin.

Kate fragte sich, ob Angie vielleicht die Spots in den Nachrichten gesehen hatte. Sie hätte ihren berüchtigten Ruf, die Aufmerksamkeit genossen. Sie hätte sich vielleicht insgeheim eingeredet, daß jemandem tatsächlich etwas an ihr lag.

»Warum sollten Sie sich drum kümmern, was mit mir passiert?« hatte das Mädchen gefragt, als sie im Gang vor Kates Büro standen.

»Weil es sonst keiner tut.«

Und ich hab mich nicht genug gekümmert, dachte Kate mit schwerem Herzen. Sie hatte davor Angst gehabt. Genauso wie sie davor Angst gehabt hatte, John zurück in ihr Leben zu lassen. Angst, so tief zu empfinden. Angst vor dem Schmerz, den diese Art von Gefühl mit sich bringen könnte.

Was für eine armselige Art zu leben. Nein, das war nicht leben, das war schlicht existieren.

War das Mädchen am Leben? fragte sie sich, stand von der Couch auf und tigerte im Zimmer auf und ab. War sie tot? War sie entführt worden? War sie einfach gegangen?

Bin ich denn unrealisitisch, wenn ich denke, daß es da überhaupt eine Frage gibt?

Sie hatte das Blut selbst gesehen. Zuviel davon für eine beruhigende Erklärung.

Aber wie hatte Smokey Joe wissen können, wo sie war? Wie standen die Chancen, daß er sie bei der Polizei entdeckt hatte und ihr ins Phoenix gefolgt war? Gering. Was darauf hinaus lief, daß er es irgendwie anders herausgefunden haben mußte. Was wiederum bedeutete, daß er irgendwie Zugang zu dem Fall hatte … oder zu Angie.

Wer hatte gewußt, wo Angie untergebracht war? Sabin, Rob, die Soko, ein paar Uniformierte, die Urskines, Peter Bondurants Anwalt – und deshalb auch Peter Bondurant.

Die Urskines, die das erste Opfer gekannt hatten und eine periphere Verbindung zum zweiten. Sie hatten Jillian Bondurant nicht gekannt, aber ihre Verbindung zu diesen Verbrechen hatte Toni Urskine eine Plattform für ihre Sache gegeben.

Gregg war Mittwoch abend dort im Haus gewesen, als Kate Angie abgesetzt hatte. Nur Gregg und Rita Renner, die allem Anschein nach eine Marionette der Urskines war.

Kate kannte die Urskines seit Jahren. Toni könnte jemanden zum Mord treiben, aber sie konnte sich nicht vorstellen, daß das Paar selbst diesem Hobby frönte. Aber in Toronto hatte auch keiner die Ken und Barbie Mörder verdächtigt. Und dieses Paar hatte so grauenhafte Morde verübt, daß selbst Veteranen unter den Polizisten während des Prozesses weinend im Zeugenstand zusammengebrochen waren.

Gott, was für ein unheimlicher Gedanke – daß die Urskines Güte und Fürsorge als Front aufzogen und Frauen aufnahmen, um ihr sadistisches Jagdspiel zu spielen. Aber sie wären doch sicher nicht so dumm, ihre eigene Klientel zur Beute zu machen. Sie würden automatisch verdächtigt. Und wenn der Mann, den Angie in dieser Nacht im Park gesehen hatte, Gregg Urskine gewesen wäre, dann hätte sie ihn doch im Phoenix erkannt, oder?

Kate dachte an die vage Beschreibung, die das Mädchen von Smokey Joe gegeben hatte, die beinahe Allerwelts-Skizze, versuchte, darin einen Sinn zu finden. War sie so widerwillig, so vage gewesen, weil sie Angst hatte, wie Kate vermutete? Oder weil es – wie Angie behauptete – dunkel war, er eine Kapuze getragen hatte, alles so schnell gegangen war? Oder gab es eine andere Motivation?

Die Soko hatte einen heißen Verdächtigen, das wußte Kate. Quinn verhörte ihn wahrscheinlich gerade. Der Hausmeister von Jillians Häuserkomplex. Er hatte keine Insider-Verbindung zum Fall, aber sie nahm an, er könnte Angie gekannt haben, wenn sie in der Gegend des Target Centers, wo er als Wachmann arbeitete, angeschafft hatte.

Aber es ergab keinen Sinn, daß Angie eine Verbindung zu dem Killer hatte. Wenn sie ihn kannte und wollte, daß er erwischt wurde, hätte sie ihn verpfiffen. Wenn sie ihn gekannt hätte und nicht wollte, daß er erwischt wurde, hätte sie den Cops eine klare Beschreibung eines Phantoms zum Jagen geben können.

Und wenn sie in dieser Nacht im Park gar nichts gesehen hatte, warum sollte sie behaupten, sie hätte? Für ein paar Kröten und ein Dach über dem Kopf? Um Aufmerksamkeit zu erregen? Dann hätte es mehr Sinn gemacht, wenn sie sich hilfsbereit und nicht so schwierig verhalten hätte.

Alles an diesem Kind war ein Ratespiel in einem Puzzle, das in ein Rätsel eingewickelt war.

Deshalb arbeite ich nicht mit Kindern.

Aber dieses ist – war – ihre Verantwortung gewesen, und sie würde die Wahrheit über sie herausfinden oder bei dem Versuch sterben.

»Schlechte Wortwahl, Kate«, murmelte sie und machte sich auf den Weg nach oben, um sich umzuziehen.

Zwanzig Minuten später war sie zur Hintertür raus. In der Nacht hatte es weitere drei Zentimeter geschneit, so daß die Landschaft frisch weiß gepudert schien, die Hintertreppe ... wo ein Paar Stiefel Spuren hinterlassen hatte.

Quinn war heute morgen zur Vordertür raus, zu einem wartenden Taxi. Und die Spuren waren ohnehin zu klein. Sie hatten eher die Größe von Kates Füßen, obwohl das nicht unbedingt das Geschlecht bestimmte.

Kate ging vorsichtig an ihnen entlang, folgte ihnen die Treppe hinunter in den Garten. Die Spur führte am Ende der Garage vorbei, weiter nach hinten, durch den schmalen Gang zwischen dem

Gebäude und dem grau verwitterten Zaun hindurch, zum Seiteneingang der Garage. Alle Türen waren geschlossen.

Es lief ihr eiskalt über den Rücken. Sie dachte zurück zu gestern nacht, wie jemand ihre Garage besudelt hatte. Sie dachte an das plötzlich kaputte Licht, das Gefühl Mittwoch abend, daß jemand sie beobachtete, als sie von der Garage zum Haus ging.

Sie sah sich um, sah die verlassene Gasse entlang. Die meisten Nachbarn hatten Zäune, die die Erdgeschosse ihrer Häuser vor fremden Blicken schützten. Die Fenster im ersten Stock sahen schwarz und leer aus. Die Nachbarschaft war voller Büroangestellter, von denen die meisten bis sieben Uhr dreißig zur Arbeit aufgebrochen waren.

Kate wich vor der Garage zurück und kramte mit pochendem Herzen in ihrer Handtasche nach dem Handy. Sie bewegte sich in Richtung Haus, zog das Telefon heraus, klappte es auf und drückte den Power Knopf. Nichts. Die Batterie hatte während der Nacht den Geist aufgegeben. Die Unannehmlichkeiten moderner Annehmlichkeiten.

Sie hielt den Blick auf die Garage gerichtet, dachte, sie nähme eine Bewegung durchs Seitenfenster wahr. Autodieb? Einbrecher? Vergewaltiger? Verärgerter Klient? Feuerbestatter?

Sie stopfte das Telefon zurück in ihre Tasche und zog die Hausschlüssel heraus. Sie sperrte auf, sperrte hinter sich zu und begann wieder zu atmen.

»Das brauche ich wie ein Loch im Kopf«, murmelte sie und ging in die Küche. Sie stellte ihre Tasche und ihre Handtasche auf den Tisch und wollte gerade aus ihrem Mantel schlüpfen, als sie das Geräusch registrierte. Das leise Raubtierknurren einer Katze. Thor saß unter dem Tisch, fauchend, die Ohren angelegt.

Kates Nackenhaare stellten sich auf, und wieder kroch das beängstigende Gefühl in ihr hoch, beobachtet zu werden.

Die Möglichkeiten schossen ihr durch den Kopf. Sie hatte keine Ahnung, wie dicht hinter ihr diese Person sein könnte, oder wie dicht an der Tür. Das Telefon hing an der Wand am anderen Ende des Raums, zu weit weg.

Sie öffnete unauffällig die Tasche, sah sich darin nach einer Waffe um. Sie hatte keine Pistole. Die Dose mit Pfefferspray, die sie eine Weile lang bei sich getragen hatte, war abgelaufen gewesen, und sie hatte sie weggeworfen. Sie erspähte eine Plastikflasche mit Schmerztabletten, ein Päckchen Kleenex, den Absatz des Schuhs, der am Montag abgebrochen war. Sie kramte ein bißchen tiefer und fand eine Metallnagelfeile, packte sie und steckte sie in ihre Manteltasche. Sie kannte ihre Fluchtwege. Sie würde sich umdrehen, sondieren, nach links oder rechts ausbrechen. Der Plan war gefaßt, sie zählte bis fünf und drehte sich um.

Die Küche war leer. Aber umrahmt von der Tür zum Speisezimmer saß auf einem von Kates Eichenstühlen Angie DiMarco.

»Er gesteht, daß er Jillian Bondurants Unterhosen hat, und Sie glauben nicht, daß er der Kerl ist?« sagte Kovac ungläubig.

Seine Laune hatte direkte Auswirkung auf seinen Fahrstil, wie Quinn bemerkte. Der Caprice rauschte die 94er hinunter, rukkelnd wie ein Clownauto. Quinn stemmte seine Beine in den Boden, obwohl er wußte, daß sie bei einem Aufprall wie Zahnstocher brechen würden. Wahrscheinlich spielte es sowieso keine Rolle mehr, weil er tot wäre. Dieser Schrotthaufen würde zerknittern wie eine leere Bierdose.

»Ich hab nur gesagt, daß es da einiges gibt, das mir nicht gefällt«, sagte er. »Vanlees scheint mir kein Teamspieler. Ihm fehlt die Arroganz für den Leithammel, und der sadistische Mann ist praktisch immer der dominante Partner bei einem Paar, das tötet. Die Frau ist ihm unterworfen, ein Opfer, das sich glücklich schätzt, nicht selbst diejenige zu sein, die er ermordet.«

»Diesmal ist es dann eben umgekehrt«, sagte Kovac hartnäckig. »Die Frau leitet die Show. Warum nicht? Moss und Liska sagen, seine Frau hätte ihn schwer unterm Pantoffel gehabt.«

»Seine Mutter wahrscheinlich auch schon. Und ja, oft ist es eine dominante oder manipulierende oder ansonsten einflußreiche Frau in seiner Vergangenheit, die ein sexueller Sadist symbolisch tötet, wenn er seine Opfer umbringt. Das alles paßt, aber es gibt auch Löcher. Ich wünschte, ich könnte behaupten, ich seh ihn einfach an, und er paßt für diese Morde, aber ich fühle diesen Blitzstrahl nicht.«

Aber dieses Gefühl hatte ihn auch in den letzten Jahren mehr oder minder verlassen, ermahnte er sich. Zweifel war eher die Regel als die Ausnahme geworden, also was zum Teufel wußte er denn noch? Warum sollte er sich jetzt auf seinen Instinkt verlassen?

Kovac schoß quer über drei Spuren zu seiner Ausfahrt. »Was ich Ihnen sagen kann, den Mächten am Ruder gefällt dieser Kerl ganz gut. Sie reden von Blitz. Die haben alle richtige Gewitter in den Hosen wegen Vanlees. Er hat eine Vorgeschichte, er paßt ins Profil, er hat eine Verbindung zu Jillian, Zugang zu Huren, und er ist nicht Peter Bondurant. Wenn sie eine Möglichkeit finden, ihn anzuklagen, werden sie es tun. Wenn sie's schaffen, dann noch rechtzeitig zur Pressekonferenz heute.«

Und wenn Vanlees nicht ihr Mann war, dann riskieren sie, den wahren Killer dazu zu drängen, sich erneut zu beweisen. Bei dem Gedanken wurde Quinn übel.

»Vanlees sagt, Peter war Sonntag morgen vor dem Morgengrauen in Jillians Haus und hat Noble am Montag geschickt, damit er ihn fürs Maulhalten bezahlt«, sagte er, was ihm einen beängstigend langen Blick von Kovac einhandelte. Der Caprice begann, auf einen durchgerosteten Escort in der nächsten Spur zuzuschlittern.

»Verflucht nochmal! Passen Sie auf die Straße auf!« keifte Quinn. »Wie kriegt man denn in diesem Staat Führerscheine? Mit Korkensammeln oder was?«

»Bierdosenlaschen«, erwiderte Kovac und wandte seine Aufmerksamkeit wieder dem Verkehr zu. »Bondurant war also derjenige, der Jillians Haus geputzt und die Nachrichten auf dem Anrufbeantworter gelöscht hat.«

»Sieht so aus – falls Vanlees die Wahrheit sagt. Und ich denke, dann kann man auch mit ziemlicher Sicherheit annehmen, daß Peter der Grund ist, warum Sie keine von Jillians eigenen Kompositionen gefunden haben. Er hat sie möglicherweise mitgenommen, weil sie etwas über seine Beziehung zu Jillian verrieten.«

»Den sexuellen Mißbrauch.«

»Dreckschwein«, murmelte Kovac. »Sonntag morgen. Smokey Joe hat die Leiche erst Mitternacht angezündet. Warum sollte Bondurant dann Sonntag morgen in ihr Haus gehen, alles abwischen, die Musik mitnehmen, wenn er nicht schon wußte, daß sie tot war?«

»Warum hat er überhaupt alles abgewischt?« fragte Quinn. »Das Haus gehört ihm. Seine Tochter hat dort gelebt. Seine Fingerabdrücke wären nicht fehl am Platz.«

Kovac warf ihm einen Blick zu. »Außer, sie waren blutig.«

Quinn stützte sich mit einer Hand gegen das Armaturenbrett, als sie einen Abschleppwagen schnitten und Kovac auf die Bremsen stieg. »Fahren Sie einfach nur, Kovac. Oder wir leben nicht lange genug, um das rauszufinden.«

Dank der Gerüchte über einen Verdächtigen in Gewahrsam hatte sich der Medienzirkus erneut auf der Straße vor Peter Bondurants Haus etabliert. Kameramänner streiften den Boulevard auf und ab und machten Außenaufnahmen des Hauses, während Live-Talente ihre Soundchecks abspulten. Quinn fragte sich, ob sich jemand die Mühe gemacht hatte, die Familien von Lila White und Fawn Pierce auch nur anzurufen.

Zwei Sicherheitsbeamte von Paragon standen mit Walkie Talkies am Tor. Quinn zeigte seinen Ausweis, und sie wurden zum Haus durchgewunken. Edwyn Nobles schwarzer Lincoln parkte in der Einfahrt, neben einem stahlblauen Mercedes. Kovac stellte sich hinter den Lincoln, so dicht, daß sich die Stoßstangen fast berührten.

Quinn warf ihm einen Blick zu. »Versprechen Sie, daß Sie sich benehmen?«

Kovac spielte den Unschuldigen. Er war zum Fahrer degradiert worden und sollte den Wagen nicht verlassen. Er sollte Peter Bondurants Gesichtsfeld nicht betreten. Quinn hatte Gil Vanlees' Enthüllungen für sich behalten, als zusätzliche Vorsichtsnahme. Das letzte, was er brauchte, war Kovac, der sich mit dem Taktgefühl eines wildgewordenen Bullen einmischte.

»Lassen Sie sich Zeit, GQ. Ich werde einfach hier sitzenbleiben und Zeitung lesen.« Er fischte eine *Star Tribune* aus dem Stapel Gerümpel auf dem Sitz. Gil Vanlees nahm die Hälfte der Titelseite ein – Titelgeschichte, Seitenkolumne und ein Foto, auf dem er aussah wie Popeyes Erznemesis Bluto. Kovacs Blick richtete sich auf das Haus, musterte die Fenster.

Noble holte Quinn an der Tür ab, runzelte die Stirn und sah an ihm vorbei zum Caprice. Im Wagen hatte Kovac seine Zeitung aufgeschlagen. Er hielt sie so, daß er Edwyn Noble den Stinkefinger zeigen konnte.

»Keine Sorge«, sagte Quinn. »Sie haben es geschafft, den besten Cop an diesem Fall zum Chauffeur zu degradieren.«

»Wie wir hören, ist Vanlees in Gewahrsam«, sagte der Anwalt, als sie ins Haus gingen. Quinn ignorierte das als unwürdiges Thema.

»Er wurde wegen Trunkenheit am Steuer verhaftet. Die Polizei wird ihn festhalten, so lange sie kann, aber im Augenblick haben sie keine Beweise, daß er der Feuerbestatter ist.«

»Aber er hatte ... etwas von Jillian«, sagte Noble mit der Verlegenheit eines echten Prüden.

»Was ihm, wie er behauptet, Jillian gegeben hat.«

»Das ist grotesk.«

»Er erzählt eine sehr interessante Geschichte. Eine, in der Sie und ein Schweigegeld vorkommen.«

Angst blitzte in den Augen des Anwalts. Nur für einen Moment. »Das ist absurd. Er ist ein Lügner.«

»Den Markt hat er nicht unbedingt für sich gepachtet«, sagte Quinn. »Ich will mit Peter reden. Ich habe ein paar Fragen an ihn über Jillians Geisteszustand in dieser Nacht und im allgemeinen.«

Der Anwalt warf einen nervösen Blick zur Treppe. »Peter empfängt heute morgen niemanden. Er fühlt sich nicht wohl.«

»Er wird mich sehen.« Quinn begann, die Treppe hochzusteigen, als wisse er, wohin er ging. Noble eilte ihm hinterher.

»Ich glaube, Sie verstehen nicht, Agent Quinn. Diese Sache hat seinen Nerven entsetzlich zugesetzt.«

»Versuchen Sie, mir zu erzählen, daß er was ist: betrunken, voller Beruhigungsmittel, katatonisch?«

Nobles langes Gesicht hatte etwas von einem Maulesel, als ihm Quinn einen Blick über die Schulter zuwarf. »Lucas Brandt ist bei ihm.«

»Das ist noch besser. Da treff ich zwei Fliegen mit einer Klappe.«

Am oberen Treppenabsatz trat er beiseite und bedeutete Noble voranzugehen.

Das Vorzimmer von Peter Bondurants Schlafzimmersuite war das Glanzstück eines Innenarchitekten, der wahrscheinlich mehr über das Haus wußte als über Peter. Es war ein Raum, der für einen englischen Lord aus dem achtzehnten Jahrhundert angemessen gewesen wäre, nur Mahagoni und Brokat mit dunklen Jagdgemälden in Goldrahmen an den Wänden. Die mit Golddamast bezogenen Ohrensessel sahen aus, als hätte noch nie jemand darin gesessen.

Noble klopfte leise an die Schlafzimmertür und trat ein, Quinn mußte draußen warten. Einen Augenblick später kamen Noble und Brandt zusammen heraus, Brandt hatte sein Spielgesicht auf – ausgeglichen, bedacht neutral. Wahrscheinlich das Gesicht, das er im Gerichtssaal trug, wenn er, für wen auch immer, der gerade an diesem Tag das meiste Geld hatte, aussagte.

»Agent Quinn«, sagte er im gedämpften Tonfall einer Krankenstation. »Wie ich höre, haben Sie einen Verdächtigen.«

»Möglicherweise. Ich habe ein paar Fragen an Peter.«

»Peter ist heute morgen nicht er selbst.«

Quinn zog die Augenbrauen hoch. »Wirklich? Wer ist er denn?«

Noble sah ihn mit gerunzelter Stirn an. »Ich glaube, Sergeant Kovac war ein schlechter Einfluß für Sie. Das ist wohl kaum der Zeitpunkt für Wortklaubereien.«

»Noch ist es der Zeitpunkt, um Spielchen mit mir zu spielen, Mr. Noble«, sagte Quinn. Er wandte sich zu Brandt. »Ich muß mit ihm über Jillian sprechen. Wenn Sie mit im Zimmer sein wollen, dann ist mir das recht. Noch besser, wenn Sie Ihre Meinung über Jillians geistigen und emotionalen Zustand vorbringen wollen.«

»Diese Sache sind wir bereits durchgegangen.«

Quinn duckte den Kopf, versteckte seine Wut hinter einem betretenen Blick. »Gut, dann sagen Sie gar nichts.«

Er ging auf die Tür zu, als würde er Brandt notfalls einfach niederschlagen und über ihn steigen.

»Er steht unter Beruhigungsmitteln«, sagte Brandt und wich keinen Zentimeter. »Ich werde beantworten, was ich kann.«

Quinn musterte ihn mit zusammengekniffenen Augen, dann warf er einen kurzen Blick auf den Anwalt.

»Reine Neugier …«, sagte er. »… beschützen Sie ihn zu seinem Besten oder zu Ihrem?«

Keiner zuckte mit der Wimper.

Quinn schüttelte den Kopf. »Es spielt keine Rolle, zumindest nicht für mich. Das einzige, woran ich interessiert bin, ist, die ganze Wahrheit herauszufinden.«

Er erzählte Vanlees Geschichte über die Spannerszene.

Edwyn Noble negierte die Geschichte mit jeder seiner Fasern – intellektuell, emotional, körperlich –, betonte noch einmal, daß Vanlees in seinen Augen ein Lügner sei. Er lief auf und ab und schnalzte mit der Zunge und schüttelte den Kopf, stritt alles davon ab, außer der Vorstellung, daß Vanlees Jillian beobachtet hatte. Brandt dagegen stand mit dem Rücken zur Schlafzimmertür da, die Augen niedergeschlagen, die Hände vor sich verschränkt, und hörte aufmerksam zu.

»Was ich wissen will, Dr. Brandt, ist, ob Jillian zu dieser Art von Verhalten fähig war oder nicht.«

»Und Sie hätten Peter diese Geschichte erzählt und ihm diese Frage gestellt? Über sein Kind?« sagte Brandt empört.

»Nein. Ich hätte Peter was vollkommen anderes gefragt.« Er warf Noble einen Blick zu. »Zum Beispiel, was er am Sonntag vor Morgengrauen in Jillians Wohnung gemacht hat, das es wert war, einen Zeugen zu bestechen.«

Noble warf beleidigt den Kopf zurück und öffnete den Mund, um etwas zu sagen.

»Spar's dir, Edwyn«, riet ihm Quinn und wandte sich wieder Brandt zu.

»Ich hab es Ihnen bereits gesagt, Jillian empfand eine Menge widersprüchlicher Emotionen und Verwirrung im Hinblick auf ihre Sexualität wegen ihrer Beziehung zu ihrem Stiefvater.«

»Die Antwort ist also ja.«

Brandt bewahrte sein Schweigen. Quinn wartete.

»Sie hat sich manchmal unpassend verhalten.«

»Promisk.«

»So würde ich das nicht nennen, nein. Sie … provozierte gern. Absichtlich.«

»Manipulativ?«

»Ja.«

»Grausam?«

Das ließ seinen Kopf hochschnellen. Brandt starrte ihn an. »Wie kommen Sie darauf, so etwas zu fragen?«

»Wenn Jillian nämlich nicht tot ist, Dr. Brandt, dann gibt es nur eine logische Erklärung, was sie sein könnte: eine Verdächtige.«

Kapitel 33

Die Kleine sah beschissen aus, dachte Kate, totenblaß, die Augen glasig und blutunterlaufen, die Haare fettig. Aber sie war am Leben und Kates Erleichterung war ungeheuer. Sie brauchte die Last von Angies Tod nicht zu tragen. Das Mädchen war am Leben, wenn auch nicht gesund.

Und sie sitzt in meiner Küche.

»Angie, mein Gott, du hast mich zu Tode erschreckt!« sagte Kate. »Wie bist du reingekommen? Die Tür war abgesperrt. Woher hast du überhaupt gewußt, wo ich wohne?«

Das Mädchen sagte nichts. Kate kam ein bißchen näher, versuchte, ihren Zustand abzuschätzen. Ihr Gesicht war von blauen Flecken entstellt. Ihre volle Unterlippe war geplatzt und blutverkrustet.

»He, Kleine, wo warst du denn?« fragte sie. »Wir haben uns Sorgen um dich gemacht.«

»Ich hab die Adresse auf einem Umschlag in Ihrem Büro gesehen«, sagte das Mädchen. Ihr Blick war immer noch starr nach vorn gerichtet. Die Stimme ein tonloses heiseres Krächzen.

»Sehr raffiniert.« Kate rückte näher. »Wenn es uns jetzt nur noch gelingen würde, deine Talente zum Wohle der Menschheit einzusetzen. Wo warst du, Angie? Wer hat dich verletzt?«

Kate war jetzt in der Tür. Das Mädchen hatte sich auf ihrem Stuhl nicht bewegt. Sie trug dieselben räudigen Jeans vom ersten Tag, jetzt mit dunklen Flecken, die wie Blut aussahen, auf den Schenkeln, dieselbe dreckige Jeansjacke, die in diesem Wetter sicher nicht warm genug war, und einen schäbigen blauen Pullover, den Kate schon gesehen hatte. Am Hals entdeckte Kate eine Reihe

Würgemale, wo Finger so fest zugedrückt hatten, daß ihr die Luft abgeschnitten worden war – und die Blutzufuhr zu ihrem Gehirn.

Der Anflug eines verbitterten Lächelns huschte über Angies Gesicht. »Ich hab's schon schlimmer getroffen.«

»Ich weiß, daß du das hast, Süße«, sagte Kate leise. Aber erst, als sie in die Hocke gehen wollte, um sie besser ansehen zu können, sah Kate das Teppichmesser im Schoß des Mädchens – eine Rasierklingennase in einem glatten, dicken, grauen Metallgriff.

Sie richtete sich langsam auf und machte einen halben Schritt zurück. »Wer hat dir das angetan? Wo warst du, Angie?«

»Im Keller des Teufels«, sagte sie, was sie scheinbar verbittert amüsierte.

»Angie, ich werde einen Krankenwagen für dich rufen, okay?« sagte Kate und machte einen weiteren Schritt rückwärts zum Telefon.

Sofort füllten sich die Augen des Mädchens mit Tränen. »Nein, ich brauch keinen Krankenwagen«, sagte sie. Die Aussicht schien sie geradezu in Panik zu versetzen.

»Jemand hat dich übel zugerichtet, Kleine.« Kate fragte sich, wer dieser jemand sein könnte. War Angie geflohen und dann von selbst hierhergekommen, oder hatte man sie hergebracht? War ihr Entführer im nächsten Raum, beobachtete sie, wartete? Wenn sie das Telefon erreichen könnte, könnte sie 911 wählen, und die Polizei wäre in wenigen Minuten hier.

»Nein, bitte«, bettelte Angie. »Können Sie nicht einfach hierbleiben? Kann ich nicht einfach hier bei Ihnen sein? Nur ein Weilchen?«

»Schätzchen, du brauchst einen Arzt.«

»Nein. Nein. Nein.« Das Mädchen schüttelte den Kopf. Ihre Finger krallten sich um den Griff des Teppichmessers. Sie hielt die Klinge an die Handfläche ihrer linken Hand.

Blutstropfen erschienen, wo die Spitze der Klinge ins Fleisch biß.

Das Telefon klingelte, zertrümmerte die gespannte Stille. Kate machte einen Satz.

»Gehen Sie nicht ran!« schrie Angie, hielt die Hand hoch und zog das Messer Zentimeter für Zentimeter herunter, öffnete die oberste Hautschicht, ließ es bluten.

»Ich werd mich *richtig* schneiden«, drohte sie. »Ich weiß, wie man das macht.«

Wenn es ihr Ernst war und sie die Klinge noch die fehlenden Zentimeter bis zu ihrem Handgelenk herunterzog, würde sie verbluten, bevor Kate den Anruf bei 911 beendet hätte.

Das Klingeln hörte auf. Der Anrufbeantworter im Arbeitszimmer bat jetzt höflich, doch eine Nachricht zu hinterlassen. Quinn? Fragte sie sich. Kovac, mit irgendwelchen Neuigkeiten? Rob, der anrief, um sie zu feuern? Sie konnte sich vorstellen, daß er fähig wäre, nur eine Nachricht zu hinterlassen, wie Melanie Hesslers Boß es getan hatte.

»Warum solltest du dich schneiden wollen, Angie?« fragte sie. »Du bist jetzt in Sicherheit. Ich werde dir helfen. Ich werde dir helfen, das durchzustehen. Ich werde dir helfen, einen neuen Anfang zu finden.«

»Sie haben mir vorher auch nicht geholfen.«

»Du hast mir auch nicht viel Gelegenheit dazu gegeben.«

»Manchmal mag ich es, mich zu schneiden«, gab Angie zu, den Kopf beschämt gesenkt. »Manchmal muß ich es. Ich fühl mich dann ... es macht mir Angst. Aber wenn ich mich schneide, dann geht es weg. Das ist doch irre, oder?« Sie sah Kate mit so verzweifelten Augen an, daß es ihr fast das Herz brach.

Kate ließ sich Zeit mit der Antwort. Sie hatte über Mädchen gelesen, die das taten, was Angie schilderte, und ja, ihr erster Gedanke war, daß es irre war. Wie konnten sich Leute verstümmeln und nicht wahnsinnig sein?

»Ich kann dir Hilfe besorgen, Angie«, sagte sie. »Es gibt Leute, die dir beibringen können, mit diesen Gefühlen umzugehen, ohne daß du dir wehtun mußt.«

»Was wissen die schon?« sagte Angie mit verächtlich funkelnden Augen. »Was wissen die von ›fertigwerden‹? Einen Scheiß wissen die.«

Genau wie ich, dachte Kate. Mein Gott, warum hatte sie sich Montag nicht einfach krank gemeldet?

Sie überlegte und verwarf die Idee zu versuchen, dem Mädchen das Messer zu entwinden. Das Potential für ein Desaster war zu groß. Wenn sie sie dazu bringen könnte weiterzureden, könnte sie sie vielleicht nach einiger Zeit überreden, es wegzulegen. Sie hatten alle Zeit dieser Welt – vorausgesetzt, sie waren allein.

»Angie, bist du allein hierhergekommen?«

Angie starrte auf die Klinge, mit der sie behutsam die blauen Linien der Tätowierung neben ihrem Daumen entlangstrich, ein A, das oben eine horizontale Linie durchzog.

»Hat dich jemand hergebracht?«

»Ich bin immer allein«, murmelte sie.

»Und was war neulich nachts, nachdem ich dich zurück ins Phoenix gebracht hatte? Warst du da allein?«

»Nein.« Sie bohrte die Spitze der Klinge in die tätowierten Blutstropfen auf dem Dornenarmband, das ihr Handgelenk umrankte. »Ich weiß, daß er mich wollte. Er hat nach mir geschickt.«

»Wer wollte dich? Gregg Urskine?«

»Der Engel des Bösen.«

Kate hätte sie gerne gepackt und die Geschichte aus ihr herausgebeutelt, aber sie wußte, daß sie das nicht konnte. Wenn sie auf Angie losging, könnte das Mädchen das Messer drehen und ihr damit das Gesicht aufschlitzen.

»Wer ist das?« fragte Kate.

»Ich war unter der Dusche«, sagte sie, und ihre Augen wurden bei der Erinnerung glasig. »Ich hab mich geschnitten. Hab das Blut und das Wasser angeschaut. Dann hat er nach mir geschickt. Als ob er mein Blut gerochen hätte oder sowas.«

»Er?« versuchte Kate nochmal.

»Er war nicht glücklich«, sagte sie unheilschwanger. Ein hinterlistiges Lächeln verzog in unheimlichem Kontrast ihren Mund. »Er war sauer, weil ich die Befehle nicht befolgt habe.«

»Ich sehe, daß das eine lange Geschichte wird«, sagte Kate und beobachtete, wie das Blut von Angies Hand auf den Speisezimmerteppich tropfte. »Warum gehen wir nicht in das andere Zimmer und setzen uns? Ich kann Feuer im Kamin machen. Dich aufwärmen. Wie klingt das?«

Sie von den Messerspielen ablenken. Sie außer Sichtweite des Telefons bringen und in die Nähe eines anderen, so daß es ihr vielleicht gelänge, einen Anruf zu machen. Das Telefon mit Fax im

Arbeitszimmer hatte 911 auf der Schnellwahl. Wenn sie es fertigbrachte, Angie auf die Couch zu legen, könnte sie sich auf den Schreibtisch setzen, das Telefon unauffällig von der Gabel schieben und den Knopf drücken. Es könnte funktionieren. Auf jeden Fall war es besser, als dazustehen, und dem Mädchen beim Bluten zuzusehen.

»Ich hab kalte Füße«, sagte Angie.

»Gehen wir in das andere Zimmer. Da kannst du diese nassen Stiefel ausziehen.«

Das Mädchen sah sie mit zusammengekniffenen Augen an, hob ihre blutende Hand an den Mund und strich mit der Zunge die Wunde entlang. »Sie gehen voran.«

Vor einer Psychotischen mit einem Messer, möglicherweise auf einen wartenden irren Serienmörder zu. Toll. Kate machte sich auf den Weg zum Arbeitszimmer, ging fast seitwärts, versuchte, Angie im Auge zu behalten und gleichzeitig nach vorne zu spähen, und dabei noch die Konversation aufrechtzuhalten. Angie umklammerte ihr Messer mit einer Hand, bereit, es einzusetzen. Sie ging ein bißchen gekrümmt, mit der anderen Hand hielt sie sich den Bauch, offensichtlich hatte sie Schmerzen.

»Hat Gregg Urskine dir wehgetan, Angie? Ich hab das Blut im Badezimmer gesehen.«

Sie blinzelte verwirrt. »Ich war in der Zone.«

»Ich weiß nicht, was das bedeutet.«

»Nein, wie sollten Sie auch.«

Kate ging voran ins Arbeitszimmer.

»Setz dich.« Sie deutete auf die Couch, auf der sie und Quinn sich vor nicht allzu vielen Stunden geliebt hatten. »Ich mach das Feuer an.«

Sie überlegte, ob sie den Schürhaken als Waffe einsetzen sollte, verwarf aber die Idee sofort wieder. Wenn es ihr gelänge, Angie das Messer durch eine List abzunehmen, wäre das aus vielen Gründen besser als mit Gewalt, vor allem wegen ihres Geisteszustands.

Angie klemmte sich in eine Ecke der Couch und begann, die Blutflecken auf ihren Jeans mit der Messerspitze nachzuziehen.

»Wer hat dich gewürgt, Angie?« fragte Kate und ging zum

Schreibtisch. Ein Fax war gekommen. Der Anruf, den sie nicht entgegengenommen hatte.

»Ein Freund eines Freundes.«

»Du brauchst eine andere Sorte Freunde.« Sie setzte vorsichtig eine Hüfte auf die Schreibtischplatte, den Blick auf das Fax gerichtet – die Kopie eines Zeitungsartikels aus Milwaukee. »Hast du diesen Kerl gekannt?«

»Klar«, murmelte das Mädchen und starrte ins Feuer. »Sie kennen ihn auch.«

Kate hörte sie kaum. Ihre Aufmerksamkeit war von dem Fax gefesselt, das die Sekretärin von Legal Services ihr geschickt hatte, mit einer Notiz: *Dachte, Sie wollen das sofort sehen.* Der Artikel war datiert auf den 21. Januar 1996. Die Schlagzeile lautete: *Schwestern beim Brandtod der Eltern entlastet.* Es waren zwei schlechte, unscharfe Fotos, noch verschlechtert durch das Fax. Aber selbst so erkannte Kate das Mädchen auf dem rechten Foto: Angie DiMarco.

Peter saß in seinem Schlafzimmer, in einem kleinen Stuhl am Fenster, die schwarze Tasche im Schoß, die Arme darum gewickelt. Er trug dieselben Kleider wie am Abend – schwarze Hose und schwarzer Pullover. Er hatte auf den Pullover gekotzt. Der saure Geruch von Kotze und Schweiß und Angst hing über ihm wie eine giftige Wolke, aber er war nicht bereit, sich umzuziehen, wollte sich nicht duschen.

Er stellte sich vor, daß er blaß war. Er fühlte sich, als hätte man alles Blut aus ihm gezapft. Was jetzt durch seine Adern floß, war die Säure der Schuld, brennend, brennend, brennend. Er stellte sich vor, sie könnte ihn von innen heraus verbrennen, seine Knochen in Asche verwandeln.

Edwyn war gekommen, um ihm von der Verhaftung des Hausmeisters zu erzählen, und hatte ihn im Musikzimmer gefunden, wo er gerade den Flügel mit einem Radkreuz zertrümmerte. Edwyn hatte Lucas angerufen. Lucas war mit einer kleinen schwarzen Tasche voller Ampullen und Nadeln erschienen.

Peter hatte die Drogen verweigert. Er wollte sich nicht betäubt fühlen. Er hatte sich einen zu großen Teil seines Lebens betäubt gefühlt, hatte die Leben der Menschen seiner Umgebung ignoriert. Vielleicht, wenn er es gewagt hätte, früher etwas zu empfinden, dann wäre es nicht soweit gekommen. Jetzt fühlte er nur noch den sengenden Schmerz der Reue.

Er sah aus dem Fenster und beobachtete, wie Kovac die Nase seines Wagens gegen die Stoßstange von Edwards Lincoln stieß, dann zurückfuhr und umdrehte. Ein Teil von ihm verspürte Erleichterung, daß John Quinn das Haus verließ, ein anderer Teil Verzweiflung.

Er hatte sich das Gespräch vor der anderen Türseite angehört. Noble und Brandt, die für ihn Ausreden erfanden, für ihn logen. Quinn, der die definitive Frage stellte: Schützen Sie ihn um seinetwillen oder Ihretwillen?

Zeit verstrich, während er da im Stuhl saß, zurückdachte, alles noch einmal durchlebte, von Jillians Geburt an, jeden fatalen Fehler, bis zu diesem Augenblick und danach. Er starrte aus dem Fenster, sah den Nachrichten-Van nicht, die Reporter, die auf einen kleinen Auftritt von ihm hofften. Er umarmte die Tasche und wiegte sich hin und her und kam zu dem einzigen Entschluß, der für ihn einen Sinn ergab.

Dann sah er auf die Uhr und wartete.

Kate starrte das Fax an und Gänsehaut lief ihr vom Kopf bis zu den Zehenspitzen. Ihr Gehirn pickte sich die Schlüsselwörter heraus: *verbrannt, Mutter, Stiefvater, Trinken, Drogen, Pflegeeltern. Jugendstrafen, Mißbrauch.*

»Was ist denn los mit Ihnen?« fragte Angie.

»Nichts«, sagte Kate automatisch und riß sich von dem Artikel los. »Mir war nur gerade ein bißchen schwindlig.«

»Ich dachte schon, vielleicht sind *Sie* in der Zone.« Sie lächelte wie ein Gnom. »Wär das nicht komisch?«

»Ich weiß es nicht. Wie ist es denn in der Zone?«

Das Lächeln verschwand. »Es ist dunkel und leer, und verschluckt dich ganz, und du fühlst dich, als ob du nie mehr rauskommst und keiner je kommen wird, um dich zu holen«, sagte sie und ihre Augen starrten wieder verzweifelt. Nicht leer, sondern verzweifelt, voller Angst, Schmerz, was bedeutete, daß da noch etwas in ihr war, was man retten konnte. Was immer ihr in einer Kindheit passiert war, die im verdächtigen Tod ihrer Eltern gipfelte, irgendein Fetzen Menschlichkeit hatte überlebt. Und es hatte die letzten Tage im »Keller des Teufels« überlebt, wo immer das war.

»Aber manchmal ist es auch ein sicherer Platz«, sagte sie leise und starrte auf das Blut, das in Rinnsalen über ihre linke Hand lief, hinten und vorne und um ihr Handgelenk herum. »Ich kann mich dort verstecken ..., wenn ich mich traue.«

»Angie, wirst du mir erlauben, dir ein kaltes Tuch für deine Hand zu holen?« fragte Kate.

»Mögen Sie denn mein Blut nicht sehen? Ich schon.«

»Ich würde es lieber nicht auf meinen Teppich tropfen sehen«, sagte Kate mit einem Anflug ihrer üblichen Ironie, mehr, um bei Angie einen Funken zu schlagen, als aus echter Sorge um den Teppich.

Angie starrte einen Moment auf ihre Handfläche, dann hob sie sie an den Mund und wischte das Blut mit einer liebevollen Geste über ihre Wange.

Kate erhob sich unauffällig vom Schreibtisch und ging rückwärts zur Tür.

Das Mädchen sah sie an. »Werden Sie mich verlassen?«

»Nein, Schatz. Ich werde dich nicht verlassen, ich hole nur das kalte Tuch.« Und ruf 911 an, dachte Kate und machte einen weiteren Schritt in Richtung Tür; sie hatte Angst, das Mädchen allein zu lassen, weil sie fürchtete, was sie sich antun könnte.

Die Türglocke ging, als sie in den Gang trat, und sie erstarrte für eine Sekunde. Ein Gesicht erschien an einem der Seitenfenster, ein runder Kopf über einer aufgeblasenen Daunenjacke, der versuchte, durch den durchsichtigen Vorhang hereinzuschielen. Rob.

»Kate. Ich weiß, daß Sie zu Hause sind«, sagte er schmollend, klopfte, das Gesicht immer noch ans Fenster gedrückt. »Ich kann Sie da stehen sehen.«

»Was machen Sie denn hier?« flüsterte Kate barsch und zog die Tür auf.

»Ich hab vom Büro gehört, daß Sie heute nicht reinkommen. Wir müssen über diese –«

»Können Sie denn nicht einen Telefonhörer nehmen?« begann sie, dann fing sie sich und winkte ab. »Das ist nicht der richtige Zeitpunkt, um –«

Rob sah stur aus. Er kam ein bißchen näher. »Kate, wir *müssen* reden.«

Kate biß seufzend die Zähne zusammen. »Könnten Sie leiser sprechen?«

»Warum? Ist es ein Nachbarschaftsgeheimnis, daß Sie versuchen, mir aus dem Weg zu gehen?«

»Seien Sie kein Esel. Ich geh Ihnen nicht aus dem Weg. Ich hab hier ein Problem. Angie ist aufgetaucht, und ihr Geisteszustand ist ziemlich labil.«

Seine kleinen Schweinsaugen wurden rund. »Sie ist *hier*? Was tut sie hier? Haben Sie die Polizei angerufen?«

»Noch nicht. Ich will die Sache nicht noch schlimmer machen. Sie hat ein Messer, und sie ist bereit, es zu benutzen – an sich selbst.«

»Mein Gott, und Sie haben es ihr noch nicht weggenommen, Ms. Superwoman?« sagte er, als er sich an ihr vorbei in den Eingang drängte.

»Ich möchte gerne meine Extremitäten behalten, danke.«

»Hat sie sich verletzt?«

»Bis jetzt sind es nur oberflächliche Schnitte, aber einer muß genäht werden.«

»Wo ist sie?«

Kate deutete auf das Arbeitszimmer. »Vielleicht können Sie sie ablenken, während ich 911 rufe.«

»Hat sie Ihnen gesagt, wo sie war? Wer sie entführt hat?«

»Nicht direkt.«

»Wenn sie ins Krankenhaus kommt, wird sie aus Haß nichts sagen. Es könnte Stunden oder Tage dauern, bevor wir die Information aus ihr rauskriegen«, sagte er in eindringlichem Ton. »Die Pressekonferenz fängt bald an. Wenn wir sie dazu kriegen, uns zu erzählen, was passiert ist, können wir Sabin anrufen, bevor sie vorbei ist.«

Kate verschränkte die Arme und überlegte. Sie konnte Angie sehen, sie saß noch auf der Couch und zeichnete mit der Fingerspitze Muster in ihre blutige Hand. Wenn Sanitäter kämen, um sie wegzubringen, würde sie durchdrehen, soviel war klar. Aber andererseits, was täten sie ihr an? Versuchen, ihr das, was sie brauchten, aus der Nase zu ziehen, während sie blutend und verletzbar da saß.

Versuchen, einen Mörder zu fangen.

Sie seufzte. »In Ordnung. Wir versuchen es. Aber wenn sie mit diesem Messer ernst macht, ruf ich an.«

Rob schielte sie an. Das Zahnwehlächeln. »Ich weiß, daß Ihnen das wehtut, Kate, aber manchmal *habe* ich recht. Sie werden sehen, daß dies eins von diesen Malen ist. Ich weiß genau, was ich tue.«

»Was macht er denn hier?« Angie spuckte die Worte aus, als schmeckten sie faulig.

Rob gönnte ihr auch ein Zahnwehlächeln. »Ich bin nur hier, um zu helfen, Angie«, sagte er und lehnte sich an den Schreibtisch.

Sie starrte ihn lange und eindringlich an. »Das bezweifle ich.«

»Es sieht aus, als hättest du ein bißchen Ärger gehabt, seit wir uns das letzte Mal gesehen haben. Kannst du uns davon erzählen?«

»Ihr wollt es hören?« fragte sie mit zusammengekniffenen Augen, und ihre heisere Stimme klang fast verführerisch. Sie hob den Kopf und leckte langsam noch einmal das Blut von ihrer Hand, ohne ihn aus den Augen zu lassen. »Wollt ihr wissen, wer mir das angetan hat? Oder wollt ihr bloß was vom Sex hören?«

»Was immer du uns erzählen willst, Angie«, sagte er ruhig. »Es ist wichtig für dich, darüber zu reden Wir sind hier, um zuzuhören.«

»Da bin ich mir sicher. Du hörst gerne was vom Schmerz und vom Leid anderer Leute. Du bist ein krankes kleines Arschloch, stimmt's?«

Ein Muskel zuckte in Robs Wange. Er klammerte sich an seine Entschuldigung für ein Lächeln, aber es sah eher aus, als würde er auf eine Kugel beißen.

»Du strapazierst meine Geduld, Angie«, sagte er wütend. »Ich bin mir sicher, das ist nicht wirklich das, was du erreichen willst. Oder?«

Das Mädchen sah solange weg, ins Feuer, daß Kate dachte, sie würde nie wieder reden. Vielleicht war sie in die Zone abgedriftet, von der sie erzählt hatte. Sie hielt das Teppichmesser in ihrer rechten Hand, drückte die Fingerspitzen gegen die Klinge.

»Angie«, sagte Kate und bewegte sich hinter die Couch, nahm unauffällig im Vorbeigehen die Chenilledecke von der Lehne. »Wir versuchen, dir zu helfen.«

Sie setzte sich auf die Armlehne des unbesetzten Endes, hielt die Decke locker auf ihrem Schoß fest.

Tränen funkelten in Angies Augen und sie schüttelte den Kopf. »Nein, tut ihr nicht. Ich wollte das, aber ihr tut es nicht. Ihr wollt nur, was ich euch erzählen kann.« Ihr geschwollener Mund verzog sich zu einem verbitterten Lächeln. »Das Komische ist, ihr glaubt, ihr kriegt was ihr wollt, aber das tut ihr nicht, ihr irrt euch *so sehr*.«

»Erzähl uns, was in dieser Nacht im Phoenix passiert ist«, sagte Rob und versuchte, ihre Aufmerksamkeit auf sich zu lenken. »Kate hat dich abgeladen. Du bist nach oben, um zu duschen ... hat dich jemand gestört?«

Angie starrte ihn an, kratzte langsam mit der Spitze der Klinge immer wieder ihren Schenkel auf und ab.

»Wer ist gekommen und hat dich geholt, Angie?« drängte Rob.

»Nein«, sagte sie.

»Wer ist gekommen, um dich zu holen?« fragte er wieder, betonte jedes Wort.

»Nein«, sagte sie mit wütendem Blick auf ihn. »Ich werd es nicht tun.«

Die Klinge des Messers biß tiefer. Schweiß glänzte im Schein des Feuers auf ihrer blassen Haut. Der Jeansstoff zerfetzte. Blut blühte rot in den Tränen.

Kate wurde übel bei dem Anblick. »Rob, hör auf.«

»Sie muß das machen, Kate«, sagte er. »Angie, wer ist gekommen, dich zu holen?«

»Nein.« Tränen strömten über Angies zerschlagenes Gesicht. »Ihr könnt mich nicht zwingen.«

»Lassen Sie sie in Ruhe.« Kate rutschte von ihrem Sitz. Mein Gott, sie mußte etwas tun, bevor sich das Mädchen in Streifen schnitt.

Robs Blick bohrte sich in Angies. »Sag's uns, Angie. Keine Spiele mehr.«

Angie fixierte ihn wutentbrannt. Sie zitterte jetzt sichtlich.

»Fick dich!« fauchte sie. »Ich werde dein Spiel nicht spielen.«

»Doch, das tust du, Angie«, sagte er und seine Stimme wurde düsterer. »Das wirst du. Du hast keine Wahl.«

»Fick dich! Ich hasse dich!«

Sie sprang kreischend von der Couch auf, mit blitzender Messerklinge.

Kate bewegte sich wie der Blitz, warf die Chenilledecke über das Messer und sich fast gleichzeitig seitlich gegen Angie. Das Mädchen heulte auf, als sie zu Boden krachten, gegen den Couchtisch prallten und die Opferberichte verstreuten.

Kate hielt sie fest, während sie wild strampelte, die erste Woge der Erleichterung brandete über sie. Rob hob das Messer auf, schob die Klinge hinein und steckte es in seine Tasche.

Angie schluchzte. Kate kniete sich hin, zog das Mädchen in ihre Arme und hielt es fest.

»Ist schon in Ordnung, Angie«, flüsterte sie. »Du bist jetzt in Sicherheit.«

Angie stieß sie weg und starrte sie ungläubig und wütend an. »Du dämliches Luder«, krächzte sie. »Jetzt bist du tot.«

Kapitel 34

»Die Haie wittern das Blut im Wasser«, bemerkte Quinn, als sie zusahen, wie sich der Mob zur Pressekonferenz sammelte.

Kovac machte ein grimmiges Gesicht. »Ja, und einiges davon ist meins.«

»Sam, ich kann Ihnen garantieren, mit Vanlees auf dem Schafott kümmern Sie sie einen Scheiß.«

Die Vorstellung deprimierte Kovac scheinbar noch mehr. Quinns Laune war sie ebenfalls nicht gerade zuträglich. Schlimm genug, daß Bondurants Leute Informationen über Vanlees an die Presse hatten durchsickern lassen, aber daß die Polizei zu diesem Zeitpunkt offen mit der Presse über Vanlees redete, war gefährlich verfrüht. Er hatte das der Bürgermeisterin gesagt, Greer und auch Sabin. Daß sie es vorzogen, seinen Rat zu ignorieren, lag außerhalb seiner Kontrolle. Und dennoch fühlte er, wie die Besorgnis ein weiteres Loch in seine Magenwand sengte.

Er war derjenige, der das ursprüngliche Profil, das bis aufs i-Tüpfelchen auf Vanlees paßte, erstellt hatte. Rückblickend dachte er, er hätte nicht so voreilig mit seiner Meinung sein sollen. Die Möglichkeit von Tandem-Mördern änderte alles. Aber die Presse und diejenigen, die diese Show dirigierten, hatten jetzt Vanlees und schlugen nur zu gerne ihre Zähne in sein Fleisch.

Die Bürgermeisterin hatte den prachtvollen Eingang an der Fourth Street als Hintergrund für die Pressekonferenz gewählt. Eine Kathedrale aus poliertem Marmor mit einer beeindruckenden Doppeltreppe und Bleiglasfenstern. Einer von diesen Plätzen, an denen Politiker auf der Treppe über dem gemeinen Volk stehen und wichtig aussehen konnten, wo ihre Haut den Schimmer des

Marmors reflektierte und sie strahlender als den durchschnittlichen Bürger scheinen ließ.

Quinn und Kovac sahen sich aus einer schattigen Nische an, wie die Fernsehleute aufbauten und die Zeitungsleute um die Statusplätze kämpften. Auf der Treppe konferierten die Bürgermeisterin und Sabin, während die Assistentin der Bürgermeisterin Fusseln von ihrem Kostüm bürstete. Gary Yurek war in ein Gespräch mit Chief Greer, Fowler und zwei Captains vertieft, die scheinbar für den Fototermin aus der Täfelung gekrochen waren. Quinn würde sich gleich dem Zirkus anschließen und sein Scherflein dazu beitragen. Er wollte versuchen, der Ankündigung eines Verdächtigen in Polizeigewahrsam einen warnenden Dreh zu geben, auf den sowieso niemand hören würde. Sie würden sich lieber anhören, wie Edwyn Noble Lügen für Peter Bondurant spann: Er stand mit einem Reporter für MSNBC zusammen.

Keine Spur von Peter. Quinn hatte ihn zwar nicht erwartet – nicht nach heute morgen und angesichts der Möglichkeit, daß Inzestmutmaßungen an die Medien durchsickern könnten. Trotzdem konnte er nicht umhin, sich zu fragen, wie es mit Peter Bondurants mentalem Zustand aussah und was genau Lucas Brandt dazu gebracht hatte, mit seiner kleinen schwarzen Tasche angerannt zu kommen. Jillians angebliches Ableben oder die Enthüllung dessen, was vor all diesen Jahren passiert sein könnte?

»Charmie«, sagte Kovac verächtlich mit Blick auf Yurek. »Prädestiniert für ein Eckbüro. Sie lieben ihn in der Chefetage. Ein Millionen Dollar Lächeln auf den Lippen, das er ohne Zögern zum Arschküssen einsetzen würde.«

»Eifersüchtig?« fragte Quinn.

Er schnitt eine seiner Grimassen. »Ich bin dazu geschaffen, in Ärsche zu beißen, nicht sie zu küssen. Wofür brauch ich ein Eckbüro, wo ich doch einen beschissenen kleinen Schreibtisch in einem beschissenen kleinen Kabäuschen ohne anständige Aktenschränke haben kann?«

»Wenigstens sind Sie nicht verbittert.«

»Ich bin verbittert zur Welt gekommen.«

Vince Walsh kündete seine Ankunft mit einem schleimerschütternden Hustenanfall an. Kovac drehte sich um und sah ihn an.

»Herrgott, Vince, keuch doch einen Lungenflügel raus.«

»Die gottverdammte Kälte«, beschwerte sich Walsh. Sein Teint hatte den gelblichen Ton einer einbalsamierten Leiche. Er reichte Kovac einen großen Umschlag. »Jillian Bondurants Krankenberichte – oder was LeBlanc davon freigegeben hat. Es sind ein paar Röntgenaufnahmen dabei. Wollen Sie sie nehmen, oder soll ich sie beim Gerichtsmediziner vorbeibringen?«

»Ich bin raus, wissen Sie«, sagte Kovac, nahm aber den Umschlag. »Yurek ist jetzt der Boß.«

Walsh saugte den halben Inhalt seiner Stirnhöhle in seinen Rachen und machte ein säuerliches Gesicht.

Kovac nickte. »Ja, das hab ich doch gesagt.«

Peter wartete, bis die Pressekonferenz im Gang war, dann betrat er das Gebäude. Er hatte Edwyn einfach mit seinem Handy aus dem Wagen angerufen. Noble hatte keine Ahnung, daß er nicht mehr zu Hause war. Peter hatte die Angestellten, die Edwyn postiert hatte, damit sie ihn im Auge behielten, weggeschickt. Sie waren ohne Widerspruch gegangen. Er war schließlich derjenige, der ihre Gehälter zahlte.

Er kam in die Halle, mit seiner Tasche im Arm, sein Blick schweifte über fünf Dutzend Hinterköpfe. Greer war auf dem Podium und schwafelte in seiner überdramatischen Art über die Qualifikationen des Manns, den er als Nachfolger für Kovac zum Leiter der Soko gewählt hatte. Peter hatte keine Lust, sich das anzuhören. Die Soko interessierte ihn nicht mehr. Er wußte, wer Jillian getötet hatte.

Die Presse brüllte Fragen. Blitzlichtgewitter. Peter arbeitete sich seitlich an der Menge entlang, in Richtung Treppe, fühlte sich, als wäre er unsichtbar. Vielleicht war er es. Vielleicht war er bereits ein Gespenst. Sein ganzes Leben lang hatte er eine gewisse Leere gespürt, die nichts hatte füllen können. Vielleicht war er von innen heraus so lange erodiert, daß die Essenz dessen, was ihn menschlich machte, ganz verwittert war und ihn unsichtbar machte.

Quinn sah Bondurant kommen. Seltsamerweise nahm ihn sonst anscheinend niemand wahr. Keiner schaute genau genug hin, nahm er an. Sie konzentrierten sich auf das Podium und den neuesten Haufen Quatsch, den sie in den Nachrichten und den Zeitungen breitklopfen wollten. Und dann war da noch die Tatsache, daß er ein bißchen schäbig aussah – unrasiert, ungepflegt – nicht der Peter Bondurant mit den feinen Maßanzügen, jedes Haar an seinem Platz.

Seine Haut war so blaß, sie schien fast durchsichtig, als ob sein Körper sich selbst von innen heraus verschlänge. Seine Augen begegneten denen Quinns, und er blieb hinter den Kameraleuten stehen, ohne weiterzugehen. Er umklammerte eine schwarze Tasche.

Quinns Instinkte schlugen Alarm – gerade als Greer ihn aufforderte, das Podium zu betreten.

Die gleißenden Lichter blockierten ihm die Sicht auf Bondurant. Er fragte sich, ob Kovac ihn entdeckt hatte.

»Ich möchte betonen«, begann er, »daß das Verhör eines möglichen Verdächtigen noch nicht die Ermittlung beendet.«

»Glauben Sie, daß Vanlees der Feuerbestatter ist?« rief ein Reporter.

»Es wäre nicht ratsam, mich da in der einen oder anderen Richtung festzulegen.«

Er versuchte, einen Blickwinkel zu finden, aus dem er Bondurant wieder sehen konnte, aber Peter war nicht mehr an derselben Stelle. Seine Nerven spannten sich.

»Aber Vanlees paßt in das Profil. Er kannte Jillian Bondurant –«

»Stimmt es nicht, daß er Kleidungsstücke von ihr in seinem Besitz hatte, als er verhaftet wurde?« fragte ein anderer.

Diese verdammten Lecks, dachte Quinn. Er war mehr darauf konzentriert, Bondurant wieder ins Sichtfeld zu kriegen, als die Reporter. Was hatte er hier alleine zu suchen und noch dazu abgerissen wie ein Landstreicher?

»Special Agent Quinn ...«

»Kein Kommentar.«

»Haben Sie *irgend etwas* zum Fall Bondurant zu sagen?«

»Ich hab sie getötet.«

Peter trat hinter dem Kameramann am Fuß der Treppe hervor und stellte sich der Menge. Einen Moment lang realisierte keiner außer Quinn, daß dieses Geständnis von ihm stammte. Dann hob er eine 9mm Halbautomatik an seinen Kopf und Erkenntnis brandete wie eine Woge durch die Menge.

»Ich hab sie getötet!« schrie Peter noch lauter.

Er schien schockiert von seinem eigenen Geständnis – mit hervortretenden Augen, weiß wie die Wand und mit offenem Mund. Er sah die Pistole voller Entsetzen an, als hielte sie jemand anders. Er ging seitwärts die Treppe hoch, Augen huschten über die Menge, zu den Leuten in der Nähe des Podiums. Bürgermeisterin Noble, Chief Greer, Ted Sabin – sie wichen alle zurück, starrten ihn an, als hätten sie ihn noch nie zuvor gesehen.

Quinn hielt seine Stellung auf dem Podium.

»Peter, leg die Pistole weg«, sagte er streng, das Mikrofon griff seine Stimme auf und ließ sie durch die Halle dröhnen.

Bondurant schüttelte den Kopf. Sein Gesicht zitterte, zuckte, verzerrte sich. Er umklammerte die Tasche mit der linken Hand. Hinter ihm sah Quinn zwei uniformierte Beamte, die mit gezogenen Waffen in Stellung gingen.

»Peter, du willst das nicht tun«, sagte er leise, ruhig, rutschte unmerklich vom Podium weg.

»Ich hab ihr Leben ruiniert. Ich hab sie umgebracht. Jetzt bin ich dran.«

»Warum hier? Warum jetzt?«

»Damit es alle wissen«, sagte er mit erstickter Stimme. »Jeder soll wissen, was ich bin.«

Edwyn Noble bewegte sich vom vorderen Teil der Menge zur Treppe. »Peter, tu das nicht.«

»Was?« fragte Bondurant. »Meinen Ruf schädigen? Oder deinen?«

»Du redest Unsinn!« sagte der Anwalt streng. »Runter mit der Pistole!«

Peter hörte nicht zu. Seine Qual war fast greifbar. Sie war in dem Schweiß, der ihm das Gesicht hinunterlief. Sie war in seinem Geruch. Sie war in der Luft, die er zu schnell ausatmete.

»Das ist meine Schuld«, sagte er und die Tränen liefen noch heftiger. »Ich hab das getan. Ich muß zahlen. Hier. Ich kann es nicht mehr ertragen.«

»Komm mit mir, Peter«, sagte Quinn, kam ein bißchen näher und bot ihm seine Hand. »Wir werden uns hinsetzen, und dann kannst du mir die ganze Geschichte erzählen. Das ist es doch, was du willst, nicht wahr?«

Er war sich des Surrens der Kamera bewußt, mit dem der Fotograf ein Bild nach dem anderen schoß. Die Videokameras liefen ebenfalls, einige übertrugen live in ihre Sender. Alle zeichneten die Agonie dieses Mannes für ihr Publikum auf.

»Du kannst mir vertrauen, Peter. Ich hab dich von Tag eins an nach der Wahrheit gefragt. Mehr will ich nicht: die Wahrheit. Du kannst sie mir geben.«

»Ich hab sie umgebracht. Ich hab sie umgebracht«, murmelte er immer und immer wieder, und Tränen strömten ihm übers Gesicht.

Die Hand mit der Pistole zitterte heftig. Noch ein paar Minuten, dann würden ihn seine eigenen brennenden Muskeln dazu zwingen, sie zu senken. Wenn er sich nicht vorher den Kopf wegschoß.

»Du hast nach mir geschickt, Peter«, sagte Quinn. »Du hast aus einem bestimmten Grund nach mir geschickt. Du willst mir die Wahrheit geben.«

»Oh, mein Gott. Oh, mein Gott!« Bondurant schluchzte. Der Kampf in seinem Inneren war ungeheuer, mächtig, zerriß ihn in Stücke. Jetzt zitterte sein gesamter rechter Arm. Er spannte den Hahn.

»Peter, nein!« befahl Quinn und warf sich auf ihn.

Die Pistole explodierte. Gebrüll und Schreie hallten mit dem Schuß. Den Bruchteil einer Sekunde zu spät packte Quinn Bondurants Handgelenk und drückte es nach oben. Ein weiterer Schuß dröhnte. Kovac rannte von hinten auf Peter zu, dicht gefolgt von den Uniformen, und zog ihm die Pistole aus der Hand.

Bondurant brach schluchzend gegen Quinn zusammen, schluchzend, blutend, aber lebend. Quinn legte ihn behutsam auf die Marmortreppe. Der erste Schuß war schräg über seiner Schläfe losgegangen und hatte eine sechs Zentimeter lange Furche von Fleisch und Haaren herausgepflügt, auf dem Weg zum ersten Stock des Gebäudes. Pulverreste schwärzten die Haut. Er ließ den Kopf zwischen die Knie fallen und kotzte.

Der Geräuschpegel in der Halle war ohrenbetäubend. Fotografen rannten nach vorne, um einen besseren Schußwinkel zu erhaschen. Edwyn drängte sich an zweien vorbei, um zu seinem Boß zu kommen.

»Sag nichts, Peter.«

Kovac warf dem Anwalt einen angewiderten Blick zu. »Wissen Sie, ich glaube, dafür ist es ein bißchen zu spät.«

Ted Sabin übernahm das Podium und rief die Versammlung zur Ordnung. Die Bürgermeisterin weinte. Dick Greer keifte seine Captains an. Die Polizisten verrichteten ihre Arbeit, übernahmen die Pistole, räumten den Weg frei für die Sanitäter.

Quinn kauerte neben Peter, die Hand immer noch am Handgelenk des Mannes, und spürte wie sein Puls außer Kontrolle raste. Quinns eigenes Herz pochte heftig. Ein Bruchteil eines Zentimeters, eine ruhigere Hand, und Peter Bondurant hätte sich vor dem halben Land den Kopf weggeschossen. Ein Ereignis, das man in den allabendlichen Nachrichten senden konnte, mit der Warnung: »Achtung – was Sie jetzt sehen werden, könnte Sie beunruhigen ...«

»Sie haben das Recht zu schweigen, Peter«, begann er leise. »Alles, was Sie sagen, kann und wird vor Gericht gegen Sie verwendet werden.«

»Müssen Sie das jetzt machen«, flüsterte Noble ihm hektisch zu. »Die Presse schaut zu.«

»Sie hat auch zugeschaut, als er mit einer geladenen Waffe auf die Bühne kam«, sagte Quinn und zerrte an der Tasche, in der Peter die Waffe hereingeschmuggelt hatte. Bondurant, der hemmungslos schluchzte, versuchte, sie einen Augenblick lang festzuhalten, dann ließ er los. Sein Körper klappte zu einem knochigen Haufen zusammen.

»Ich glaube, die Leute haben schon zu viele Regeln schleifen lassen, was Peter angeht.«

Er reichte Vince Walsh die Tasche. »Sie ist schwer. Er könnte noch mehr Waffen drin haben.«

»Sie haben das Recht auf Anwesenheit eines Anwalts bei der Vernehmung«, fuhr Kovac fort und zog die Handschellen heraus.

»Großer Gott!« ertönte ein heiserer Schrei. Quinn hob den Kopf und sah, wie Walsh die Tasche fallen ließ und sich seitlich an den Hals faßte; sein Gesicht war violett.

Die Sanitäter sagten später, er wäre tot gewesen, bevor er auf dem Boden aufschlug ... direkt neben der Tasche mit Jillian Bondurants abgeschlagenem Kopf.

Kapitel 35

Kate trat von Angie zurück und versuchte nicht, zu dechiffrieren, was das Mädchen gesagt hatte. Sie atmete schwer, und sie hatte sich bei ihrem Sturz den Ellbogen am Kaffeetisch angeschlagen. Sie rieb ihn jetzt, während sie versuchte, ihre Gedanken zu ordnen. Angie saß auf den Knien und jaulte wie ein Tier, schlug sich immer und immer wieder mit ihren blutigen Händen auf den Kopf. Blut tränkte die Schenkel ihrer Jeans und sickerte aus den Wunden, die sie mit dem Messer geschnitten hatte.

»Mein Gott«, murmelte Kate, erschüttert von dem Anblick. Sie wich zum Schreibtisch zurück, wandte sich zum Telefon.

Rob stand einen Meter entfernt und starrte das Mädchen mit einem seltamen Interesse an, wie ein Wissenschaftler, der ein Versuchskaninchen betrachtet.

»Red mit uns, Angie«, sagte er leise. »Sag uns, was du fühlst.«

»Himmel nochmal, Rob«, keifte Kate, als sie den Hörer nahm. »Lassen Sie sie in Ruhe! Gehen Sie in die Küche und holen Sie ein paar Handtücher.«

Statt dessen ging er zu Angie, holte einen zwanzig Zentimeter langen Totschläger aus der Jackentasche und schlug ihr damit auf den Rücken. Das Mädchen schrie und fiel zur Seite, bäumte ihren Rücken als versuchte sie, dem Schmerz zu entrinnen.

Kate stand fassungslos da und starrte ihren Boß mit offenem Mund an. »W-was …?« begann sie, dann schluckte sie und fing noch einmal an. Ihr Puls raste. »Was zum Teufel ist denn mit Ihnen los?« fragte sie, atemlos vor Erstaunen.

Rob Marshall richtete mit unverhohlenem Haß den Blick auf sie. Seine Augen glühten geradezu davon. Der Blick durchfuhr

Kate wie ein Schwert. Sie spürte, wie Verachtung in heißen Wogen von ihm rollte, konnte riechen, wie sie aufstieg, sauer und widerlich, aus allen Poren. Sie stand da, die Zeit zog sich in die Länge, alle Instinkte erwachten zum Leben, als sie merkte, daß das Telefon tot war.

»Du respektierst mich nicht, Kate, du Scheißfotze«, sagte er mit leiser, knurrender Stimme.

Die Worte und der Haß dahinter trafen sie wie eine Faust, betäubten sie für einen Augenblick, dann fielen die Stücke an ihren Platz und ließen sie erheben.

»Wer hat dich gewürgt, Angie? Kennst du den Kerl?«

»Klar ... Sie auch ...«

»Schon in Ordnung, Angie. Du bist jetzt in Sicherheit.«

»Du dämliches Luder. Jetzt bist du tot.«

Rob Marshall? Nein. Die Vorstellung schien geradezu lächerlich. Beinahe. Abgesehen davon, daß das Telefon funktioniert hatte, bevor er aufgetaucht war, und er jetzt mit einer Waffe in der Hand vor ihr stand.

Sie legte den Hörer auf.

»Ich hab die Schnauze voll von dir«, sagte er ganz verbittert. »Zicken, zicken, zicken. Nörgeln, nörgeln, nörgeln. Mich runtermachen. Auf mich runterschauen.«

Er stand auf den Opferkundeberichten, die auf dem Boden verstreut waren. *Jeder ist das Opfer von irgend etwas.* Sie hatte das ein halbes Dutzend Mal gedacht heute morgen, als sie die Berichte durchgegangen war, aber sie hatte es nicht genau genug untersucht.

Lila White war das Opfer einer Körperverletzung gewesen.

Fawn Pierce war Opfer einer Vergewaltigung gewesen.

Melanie Hessler, ein weiteres Vergewaltigungsopfer.

Irgendwann waren sie alle mit dem Opfer/Zeugen-Programm in Berührung gekommen.

Die einzige, die nicht paßte, war Jillian Bondurant.

»Aber Sie sind *Betreuer* für Opfer, um Himmels willen«, murmelte sie.

Ein Betreuer, der sich auf Grund seiner Stellung Berichte über Berichte anhörte von Menschen – hauptsächlich Frauen –, die man zum Opfer gemacht, geschändet, geschlagen, vergewaltigt, erniedrigt hatte.

Wieviele Male hatte er sie gezwungen, sich die Vernehmungsbänder von Melanie Hessler anzuhören? Rob hatte eindringlich zugehört, das Band zurückgespult, Passagen davon immer und immer wieder gespielt.

Mit einem Mal war sie im Geiste in Kovacs Wagen am Hessler Tatort und hörte sich die Minikassette an, die der Mörder verloren hatte. Melanie Hessler, wie sie um ihr Leben flehte, in Agonie schrie, um den Tod bettelte.

Sie dachte daran, wie Rob sich den verkohlten Leichnam angesehen hatte und ganz aufgeregt, scheinbar völlig durcheinander zurückgekommen war. Aber das, was sie irrtümlich als Entsetzen gedeutet hatte, war in Wirklichkeit Erregung gewesen.

Oh, mein Gott.

Galle stieg ihren Rachen hoch, als jede miese Bemerkung, die sie ihm an den Kopf geworfen hatte, ihr wieder einfiel.

Oh, Gott, ich bin tot.

»Tut mir leid«, sagte sie, während sie wie rasend Fluchtmöglichkeiten durchspielte. Die Eingangstür war nur dreieinhalb Meter entfernt den Gang hinunter.

Ekel huschte wie ein Krampf über Robs Gesicht. Er kniff die Augen fast vollständig zu, sah aus, als hätte er gerade eine Nasevoll von einer offenen Kloake eingeatmet. »Nein, ist nicht wahr. Dir tut es nicht leid, wie du mich behandelt hast. Dir tut es leid, daß ich dich töten werde.«

»Angie, lauf!« schrie Kate. Sie riß die Faxmaschine vom Schreibtisch, riß das Kabel heraus und schleuderte die Maschine auf Rob. Sie traf ihn an der Brust und brachte ihn aus dem Gleichgewicht.

Sie rannte zur Tür, rutschte auf einem der Opferkundeberichte aus – ein Fehler, der sie den kostbaren Bruchteil einer Sekunde kostete. Rob haschte nach ihr, erwischte ihren Mantelärmel mit einer Hand und schlug mit dem Totschläger zu.

Selbst durch die dicke Wolle ihres Mantelkragens spürte Kate das Gewicht, als es auf ihrer Schulter landete. Schwer, tödlich, ernst. Wenn er sie am Kopf erwischte, würde sie wie ein Stein zu Boden gehen.

Sie scheute seitwärts, entzog sich seinem Zugriff, dann nutzte sie ihren eigenen Schwung, um ihn in den Gang zu stoßen. Sie packte seinen linken Arm und verdrehte ihn hinter ihm, als er vorbeikam, rammte ihn gegen den Tisch im Gang und war davon, bevor der Zusammenstoß vorbei war, rannte in Richtung Eingangstür, die mit einem Mal meilenweit entfernt schien.

Rob brüllte laut und warf sich von hinten auf sie. Sie knallten auf den Boden, und Kate schrie auf, als ihr rechter Arm sich unter ihr verdrehte und sie spürte, wie die Muskeln in ihrer Schulter rissen.

Schmerz ging durch sie wie ein Lauffeuer. Sie ignorierte ihn, so gut es ging, während sie versuchte, sich freizustrampeln und zur Tür zu krabbeln. Rob wickelte eine Faust in ihr Haar und riß ihr den Kopf zurück, schlug ihr mit seiner Faust gegen die rechte Schläfe. Ihr wurde schummrig vor Augen, ihr Ohr dröhnte wie eine Glocke und brannte wie der Teufel. Messerscharfer Schmerz schoß ihr quer übers Gesicht und den Kiefer hinunter.

»Du Mistvieh! Du Mistvieh!« schrie er immer und immer wieder.

Und dann waren seine Hände um ihren Hals, und er würgte sie, und seine Schreie verblaßten aus ihrem Kopf. Sie kämpfte automatisch, in Panik, krallte an seinen Händen, aber seine Finger waren kurz und dick und stark.

Sie konnte nicht atmen, hatte das Gefühl, ihre Augen würden bersten, hatte das Gefühl, ihr Gehirn schwoll an.

Mit dem letzten Rest Verstand, den sie noch aufbringen konnte, zwang Kate sich, schlaff zu werden. Rob drückte noch ein paar Sekunden, die wie eine Ewigkeit schienen weiter, dann knallte er ihren Kopf gegen den Boden. Sie wußte, daß er vor sich hingackerte, aber sie konnte die Worte nicht verstehen, als das Blut wieder in ihren Kopf zurückrauschte. Sie versuchte, nicht gierig nach Luft zu schnappen, die sie dringend brauchte. Sie versuchte, nicht auszuklinken. Sie mußte versuchen weiterzudenken – und zwar weder an den Tatort, den sie besucht hatte, noch an den verkohlten Leichnam ihrer Klientin, noch an die Autopsiefotos der vier Frauen, die dieser Mann gefoltert und verstümmelt hatte.

»Du glaubst, ich kann nichts richtig machen!« tobte Rob und

richtete sich auf. »Du hältst mich für einen Idioten. Du glaubst, du bist besser als alle anderen, und ich bin bloß ein Nichts!«

Kate konnte ihn nicht sehen, als sie mit ihrer linken Hand vorsichtig in ihre Manteltasche tastete.

»Du bist ein solches Scheißluder!« schrie er und trat sie. Er war so in sein Getobe vertieft, daß er ihr schmerzliches Grunzen nicht hörte, als sein Stiefel auf ihre Hüfte traf.

Kate biß die Zähne zusammen und konzentrierte sich darauf, die Hand Zentimeter für Zentimeter in ihre Jackentasche zu bewegen.

»Du kennst *mich* nicht«, verkündete Rob. Er packte etwas auf ihrem Tisch und warf es. Was immer es war, es krachte irgendwo in der Nähe der Küche herunter. »Du weißt gar nichts über *mich*, über mein *wahres Ich.*«

Und sie hätte nie Verdacht geschöpft. Gott im Himmel, sie hatte eineinhalb Jahre neben diesem Mann gearbeitet. Nie im Traum hätte sie gedacht, daß er zu so etwas fähig wäre. Nicht im Traum hatte sie seine Motive für die Berufswahl in Frage gestellt. Im Gegenteil, daß er Zeugenbetreuer war – so bereit ihnen zuzuhören, so bereit, Zeit mit ihnen zu verbringen – war sein einziger rettender Charakterzug gewesen. Das hatte sie zumindest immer gedacht.

»Du hältst mich für einen Niemand«, brüllte er. »ICH BIN JEMAND! ICH BIN DER ENGEL DES BÖSEN! ICH BIN DER SCHEISS FEUERBESTATTER! UND, WAS DENKST DU JETZT ÜBER MICH, MS. BITCH?«

Er hockte sich neben sie und rollte sie auf den Rücken. Kate hielt die Augen fast geschlossen, sah kaum mehr als Farbflecke durch ihre Wimpern. Ihre Hand war in der Tasche, Finger glitten um den Schaft der metallenen Nagelfeile.

»Ich hab dich für zuletzt aufgehoben«, sagte er. »Du wirst mich anbetteln, dich zu töten. Und es wird mir ein Genuß sein, es zu tun.«

Kapitel 36

»Was ist gestern nacht passiert, Peter?« fragte Quinn.

Sie saßen in einem kleinen, schäbigen, weißen Zimmer in den Eingeweiden des Rathauses, in der Nähe der Registratur einer Haftanstalt für Erwachsene. Bondurant hatte auf seine Rechte verzichtet und sich geweigert, ein Krankenhaus aufzusuchen. Ein Sanitäter hatte die Schußwunde an seiner Kopfhaut direkt vor Ort auf der Treppe versorgt, wo er versucht hatte, allem ein Ende zu setzen.

Edwyn hatte sich wie ein Veitstänzer aufgeführt, darauf bestanden, während des Verhörs anwesend zu sein, und darauf, Peter direkt ins Krankenhaus zu schicken, ob er nun gehen wollte oder nicht. Aber Peter hatte gewonnen, indem er vor einem halben Dutzend Kameras schwor, ein Geständnis ablegen zu wollen.

Im Raum anwesend waren Bondurant, Quinn und Yurek. Peter hatte nur Quinn gewollt, aber die Polizei hatte darauf bestanden, einen Repräsentanten dabei zu haben. Sam Kovacs Name wurde nicht erwähnt.

»Jillian kam zum Abendessen«, sagte Peter. Er sah klein und verschrumpelt aus wie ein alter Heroinjunkie. Blaß, rotäugig, mit leerem Blick. »Sie hatte eine ihrer Launen. Up, down, eine Sekunde lachend, in der nächsten bissig. Sie war einfach so – ein Irrwisch. Wie ihre Mutter. Selbst schon als Baby.«

»Worüber habt ihr gestritten?«

Er starrte quer durch den Raum auf einen rosa Flecken an der Wand, der vielleicht Blut gewesen war, bevor jemand versucht hatte, ihn wegzuschrubben. »Die Schule, ihre Musik, ihre Therapie, ihren Stiefvater, uns.«

»Sie wollte ihre Beziehung zu LeBlanc wiederaufnehmen?«

»Sie hatte mit ihm geredet. Sie sagte, sie würde mit dem Gedanken spielen, nach Frankreich zurückzugehen.«

»Das machte Sie wütend.«

»Wütend«, sagte er und seufzte. »Das ist eigentlich nicht das richtige Wort. Ich war aufgeregt. Ich fühlte ungeheure Schuld.«

»Warum Schuld?«

Er ließ sich lange Zeit mit der Formulierung der Antwort, als wählte er jedes Wort sorgfältig aus. »Weil es meine Schuld war – das, was mit Jillian und LeBlanc passiert ist. Ich hätte es verhindern können. Ich hätte mit Sophie um das Sorgerecht kämpfen können, aber ich hab es einfach sausen lassen.«

»Sie hat damit gedroht, Sie wegen sexueller Belästigung Jillians zu entlarven«, erinnerte ihn Quinn.

»Sie drohte damit, zu *behaupten*, ich hätte Jillian sexuell belästigt«, korrigierte ihn Peter. »Sie hat mit Jillian tatsächlich eingeübt, was sie sagen sollte, wie sie sich zu verhalten hätte, um die Leute davon zu überzeugen, daß es wahr wäre.«

»Aber das war es nicht?«

»Sie war mein Kind. Ich hätte ihr nie wehtun können.«

Er dachte über diese Antwort nach, seine Fassung hatte bereits viele Risse und begann zu bröckeln. Er bedeckte seinen Mund mit einer zitternden Hand und weinte einen Augenblick lang lautlos. »Wie hätte ich das wissen sollen?«

»Sie kannten Sophies Geisteszustand«, sagte Quinn.

»Ich war im Begriff, Don Thornton aufzukaufen. Ich kämpfte um mehrere riesige Regierungsaufträge, die in der Schwebe hingen. Sie hätte mich ruinieren können.«

Quinn sagte nichts, überließ es Bondurant, das selbst zu durchdenken, was er allein in der letzten Woche wohl tausend Mal getan hatte.

Bondurant seufzte niedergeschlagen und schaute auf den Tisch. »Ich habe meine Tochter einer Irren und einem Kinderschänder überlassen. Es wäre besser gewesen, sie gleich umzubringen.«

»Was ist Freitag abend passiert«, fragte Quinn wieder, zog ihn zurück in die Gegenwart.

»Wir haben wegen LeBlanc gestritten. Sie hat mir vorgeworfen, ich würde sie nicht lieben. Sie sperrte sich eine Zeit ins Musikzimmer. Ich hab sie in Ruhe gelassen. Ich ging in die Bibliothek, setzte mich vor den Kamin, trank ein bißchen Cognac.

Gegen halb zwölf ist sie hinter mir ins Zimmer gekommen, singend. Sie hatte eine schöne Stimme – wehmütig, ätherisch. Das Lied war obszön, widerlich, pervers. Es war alles, was Sophie ihr eingetrichtert hatte, damit sie es von mir erzählt, vor all diesen Jahren: die Dinge, die ich ihr angeblich angetan habe.«

»Das machte Sie wütend.«

»Es machte mich krank. Ich stand auf und drehte mich um, weil ich ihr das sagen wollte, und da stand sie nackt vor mir. ›Willst du mich denn nicht, Daddy?‹ sagte sie. ›Liebst du mich denn nicht?‹«

Selbst die Erinnerung erstaunte ihn, machte ihn krank. Er beugte sich über den Papierkorb, den man neben seinen Stuhl gestellt hatte, und würgte, aber er hatte nichts mehr im Magen. Quinn wartete ruhig, emotionslos, betont distanziert.

»Hatten Sie Sex mit ihr?« fragte Yurek.

Quinn fixierte ihn wütend.

»Nein! Mein Gott!« sagte Peter, empört von dieser Unterstellung.

»Was ist passiert?« fragte Quinn. »Sie haben sich gestritten. Sie ist schließlich davongelaufen.«

»Ja«, sagte er und wurde wieder ruhiger. »Wir haben gestritten. Ich hab einige Dinge gesagt, die ich nicht hätte sagen sollen. Sie war so zerbrechlich. Aber ich war so schockiert, so wütend. Sie ist rausgerannt, hat sich angezogen und ist dann gegangen. Das war das letzte Mal, das ich sie lebend gesehen habe.«

Yurek sah verwirrt und enttäuscht aus. »Aber Sie sagten, Sie hätten sie getötet.«

»Sehen Sie es denn nicht? Ich hätte sie retten können, hab es aber nicht. Das erste Mal habe ich sie gehen lassen, um mich zu retten, mein Geschäft, mein Vermögen. Es ist meine Schuld, daß sie das geworden ist, was sie ist. Ich hab sie Freitag nacht gehen lassen, weil ich mich nicht damit auseinandersetzen wollte, und jetzt ist sie tot. Ich hab sie getötet, Detective, genau so sicher als hätte ich ihr den Dolch ins Herz gestoßen.«

Yurek stieß seinen Stuhl zurück, stand auf und begann, hin und her zu laufen. Er sah aus wie jemand, dem gerade klar wurde, daß man ihn beim Murmelspiel betrogen hat. »Kommen Sie, Mr. Bondurant. Erwarten Sie etwa, daß wir Ihnen das glauben?« Er hatte weder die Stimme noch den Schliff, um den bösen Bullen zu spielen, selbst wenn er sich Mühe gab. »Sie haben den Kopf Ihrer Tochter in einer Tasche herumgetragen. Was sollte das? Ein kleines Andenken, das Ihnen der *wahre* Mörder geschickt hat?«

Bondurant sagte nichts. Die Erwähnung von Jillians Kopf regte ihn auf, und er zog sich wieder in sich zurück. Quinn sah, wie er ihnen entglitt, wie er zuließ, daß sein Verstand an irgendeinen anderen Ort gelockt wurde, nur weg von dieser häßlichen Realität. Er könnte dorthin abgleiten, und lange Zeit nicht zurückkommen.

»Peter, was haben Sie Sonntag morgen in Jillians Haus gemacht?«

»Ich wollte sie besuchen. Um zu sehen, ob sie in Ordnung ist.«

»Mitten in der Nacht?« fragte Yurek zweifelnd.

»Sie hat sich geweigert, mich zurückzurufen. Samstag habe ich sie auf Lucas Brandts Rat in Ruhe gelassen. Aber Sonntag nacht ... mußte ich etwas tun.«

»Also sind Sie hingefahren und haben sich selbst aufgesperrt«, sagte Quinn.

Bondurant sah zu einem Fleck auf seinem Pullover hinunter und kratzte gedankenverloren mit dem Daumennagel darauf herum. »Ich dachte, sie wäre im Bett ... dann habe ich mich gefragt, in *wessen* Bett sie war. Ich hab auf sie gewartet.«

»Was haben Sie gemacht, während Sie gewartet haben?«

»Geputzt«, sagte er, als wäre es völlig logisch und in keiner Weise seltsam. »Die Wohnung hat ausgesehen wie – wie – ein Schweinestall«, sagte er, und sein Mund verzog sich angewidert. »Verdreckt, schmutzig, voller Müll und Chaos.«

»Wie Jillians Leben?« fragte Quinn mit sanfter Stimme.

Tränen quollen aus Bondurants Augen. Das Putzen war eher symbolisch gewesen als zu hygienischen Zwecken. Er hatte es nicht geschafft, das Leben seiner Tochter zu ändern, aber er konnte ihre Umgebung ordnen. Ein Akt der Kontrolle und vielleicht der Zuneigung, dachte Quinn.

»Sie haben die Nachrichten auf ihrem Anrufbeantworter gelöscht?« fragte er.

Bondurant nickte. Die Tränen wurden heftiger. Er stützte die Ellbogen auf den Tisch, legte seine Hände vor die Augen.

»Gab es eine von LeBlanc?« versuchte Quinn.

»Dieses Dreckschwein! Er hat sie genauso umgebracht wie ich!«

Er krümmte sich über die Tischplatte, heftig schluchzend, ein schreckliches wieherndes Geräusch, das aus der Mitte seiner Brust durch seine Kehle hochfetzte. Quinn wartete ab, dachte daran, wie Peter Jillians Musik gefunden hatte, während er ordnete und aufräumte. Die Musik war möglicherweise sogar der Hauptgrund für seinen Besuch dort gewesen, nach dem Vorfall in seinem Arbeitszimmer Freitag abend. Aber Peter würde aus Schuldbewußtsein behaupten, das Jillians Wohlbefinden seine Priorität war.

Quinn beugte sich vor und legte seine Hand auf Peters Handgelenk, auf der anderen Seite des Tisches. Damit schuf er eine körperliche Verbindung, versuchte, ihn zurück in den Augenblick zu ziehen. »Peter? Wissen Sie, wer Jillian wirklich umgebracht hat?«

»Ihre Freundin«, sagte er mit dünner, erschöpfter Stimme, sein Mund verzog sich ironisch. »Ihre einzige Freundin, Michele Fine.«

»Wie kommen Sie da drauf?«

»Sie hat versucht, mich zu erpressen.«

»Hat?«

»Bis gestern abend.«

»Was ist gestern abend passiert?« fragte Quinn.

»Ich hab sie umgebracht.«

Edwyn Noble stürzte sich auf Quinn in der Sekunde, in der er aus der Tür des Vernehmungsraumes trat.

»Kein Wort davon wird vor Gericht zulässig sein, Quinn«, versprach er.

»Er hat auf seine Rechte verzichtet, Mr. Noble.«

»Er ist offensichtlich nicht zurechnungsfähig genug, um diese Entscheidungen zu treffen.«

»Klären Sie das mit dem Richter«, sagte Sabin.

Die Anwälte gingen aufeinander los wie zwei Kobras. Yurek zog den stellvertretenden Ankläger Logan beiseite, um mit ihm über einen Durchsuchungsbefehl für Michele Fines Wohnung zu reden. Kovac stand dreieinhalb Meter entfernt, lehnte an einer Wand, mit einer Zigarette, die er nicht rauchte. Der einsame Kojote.

»Brauchen Sie eine Mitfahrgelegenheit, GQ?« fragte er mit hoffnungslosem Blick.

Quinn schnitt eine Kovac-Grimasse. »Ich bin jetzt definitiv ein amtlich zugelassener Masochist. Ich kann es nicht glauben, daß ich das sage, aber ja, lassen Sie uns fahren.«

Sie mußten beim Verlassen des Gebäudes das Spießrutenlaufen durch die Medien über sich ergehen lassen. Quinn quittierte jede Frage mit steinerner Miene und »kein Kommentar«. Kovac hatte seinen Wagen an der Fourth Avenue Seite des Gebäudes abgestellt. Ein halbes Dutzend Reporter folgte ihnen den ganzen Weg. Quinn sagte kein Wort bis Kovac den Gang eingelegt hatte und vom Randstein losgeprescht war.

»Bondurant sagt, er hat Michele Fine erschossen und ihre Leiche im Minneapolis Sculpture Garden gelassen. Sie hat versucht, ihn mit einigen von Jillians belastenderen Musikstücken zu erpressen und mit dem, was Jillian ihr angeblich gestanden hat. Gestern nacht sollte der große Zahltag sein. Er würde das Geld bringen, sie würde ihm die Musik übergeben, die Bänder et cetera.

Zu diesem Zeitpunkt wußte er nicht, daß sie an Jillians Mord beteiligt gewesen war. Er sagte, er wäre bereit zu zahlen, um die Geschichte geheimzuhalten, aber er nahm eine Pistole mit.«

»Für mich hört sich das nach Vorsatz an«, sagte Kovac und klatschte das Blaulicht in eine Armaturenbretthalterung.

»Richtig. Dann taucht Michele auf mit dem Zeug in einer schwarzen Tasche. Sie zeigt ihm ein paar Notenblätter, ein paar Kassetten, macht den Reißverschluß der Tasche zu. Sie machen den Austausch. Sie will losgehen, ist sich sicher, daß er nicht noch einmal in die Tasche schauen wird.«

»Setz nie etwas voraus.«

Quinn stemmte sich in den Boden und klammerte sich an die Tür, als der Lumina an einer roten Ampel hart nach rechts abbog. Hupen plärrten.

»Er hat nachgesehen. Er hat ihr in den Rücken geschossen und sie da, wo sie gefallen ist, liegengelassen.«

»Was zum Teufel hat sie sich dabei gedacht, ihm den Kopf zu geben?«

»Sie hat sich gedacht, sie wäre längst weg, wenn er die Bullen ruft«, überlegte Quinn. »Ich hab Reisemagazine in ihrer Wohnung gesehen, als Liska und ich neulich dort waren. Ich wette, sie wäre direkt zum Flughafen gefahren und dort in eine Maschine gestiegen.«

»Was ist mit Vanlees? Hat er irgend etwas über Vanlees gesagt?«

Quinn hielt den Atem an, als Kovac zwischen einem städtischen Bus und einem Snap-On Tool Van durchzischte. »Nichts.«

»Sie glauben nicht, daß sie alleine gearbeitet hat?«

»Wir wissen, daß sie nicht alleine getötet hat. Sie hätte auch nicht allein versucht zu erpressen. Willige Opfer von sexuellen Sadisten sind praktisch Marionetten. Ihr Partner hat die Macht, er kontrolliert sie durch körperlichen Mißbrauch, psychologischen Mißbrauch, sexuellen Mißbrauch. Niemals hat sie das allein gemacht.«

»Und Vanlees war bereits in Gewahrsam, als es passiert ist.«

»Sie hatten den Plan wahrscheinlich fertig, und sie hat ihn durchgezogen, ohne zu wissen, wo er war. Sie hätte Angst gehabt, es nicht zu tun. *Wenn* er der Kerl ist.«

»Sie kannten sich.«

»Wir beide kennen uns auch. Wir haben niemanden getötet. Ich habe Schwierigkeiten, mir vorzustellen, wie Vanlees irgend jemand auf diesem Niveau manipulieren könnte. Er paßt ins falsche Profil.«

»Wer dann?«

»Ich weiß es nicht«, sagte Quinn, und seine finstere Miene galt wohl ihm selbst und nicht Kovac, der gerade wieder Vollgas gab und beinah einen Minivan seitlich rammte. »Aber wenn wir Fine haben, haben wir einen Faden, dem wir folgen können.«

Vier Streifenwagen waren vor ihnen da. Der Minneapolis Sculpture Garden war ein elf Morgen großer Park, in dem man mehr als vierzig Werke berühmter Künstler verteilt hatte. Die Hauptattraktion bildete ein zweiundfünfzig Fuß langer Löffel mit einer neuneinhalb Fuß hohen roten Kirsche. Der Ort hatte etwas Surrealistisches, dachte Quinn. Als Tatort kam er ihm vor wie ein Schauplatz aus *Alice im Wunderland*.

»Bericht von den hiesigen Notaufnahmen«, rief Yurek, als er aus seinem Wagen stieg. »Keine Schußwunden, die auf Michele Fines Beschreibung passen.«

»Er sagt, sie hätten sich am Löffel getroffen«, sagte Quinn, als sie rasch in diese Richtung gingen.

»Er ist sicher, daß er sie getroffen hat?« fragte Kovac. »Es war dunkel.«

»Er sagt, er hätte sie getroffen, sie hat geschrien und ist zu Boden gegangen.«

»Hier drüben!« rief einer der Uniformierten, winkte aus der Nähe der Brücke des Löffels. Sein Atem war wie ein Rauchsignal in der kalten grauen Luft.

Quinn joggte mit den anderen los. Die Nachrichtencrews waren sicher dicht hinter ihnen.

»Ist sie tot?« fragte Yurek, als er ankam.

»Tot? Von wegen«, sagte der Uniformierte und deutete auf einen großen, kirschroten Blutfleck im Schnee. »Sie ist weg.«

Kapitel 37

Rob packte Kate an den Haaren und zog sie hoch. Kates Finger umschlossen die Nagelfeile in ihrer Tasche. Wahrscheinlich die beste Waffe, die sie in die Finger kriegen konnte. Aber sie mußte sie akkurat einsetzen und im perfekten Moment. Strategien rannten wie Ratten im Labyrinth in ihrem Kopf hin und her, jede verzweifelt nach einem Ausweg suchend.

Rob ohrfeigte sie, und der Geschmack von Blut erblühte wie eine Rose in ihrem Mund.

»Ich weiß, daß du nicht tot bist. Du unterschätzt mich immer wieder, Kate«, sagte er. »Selbst jetzt reizt du mich noch. Das ist sehr dumm.«

Kate ließ den Kopf hängen, zog die Beine unter sich an. Er wollte sie verängstigt haben. Er wollte es in ihren Augen sehen. Er wollte es auf ihrer Haut riechen. Er wollte es in ihrer Stimme hören. Das war sein Ding. Das war es, woran er sich labte, wenn er sich die Bänder seiner Opfer anhörte – die seiner eigenen Opfer und der Opfer anderer. Ihr wurde übel bei dem Gedanken, wie viele Opfer ihm ihr Herz ausgeschüttet hatten. Und er hatte seine kranken Zwänge an ihrem Leid und ihrer Angst genährt.

Jetzt wollte er sie verängstigt und unterwürfig haben. Er wollte, daß sie jedes einzelne Mal bedauerte, daß sie ihn beschimpft hatte, jedes einzelne Mal, das sie ihm getrotzt hatte. Und wenn sie ihm gab, was er wollte, dann würde sein Gefühl, gesiegt zu haben, seine Grausamkeit nur noch fördern.

»Ich werde heute dein Meister sein, Kate«, sagte er dramatisch.

Kate hob den Kopf und schickte ihm einen langen, gefaßten, giftigen Blick, raffte all ihren Mut zusammen, während sie an dem Schnitt in ihrer Hand saugte. Er würde sie dafür bezahlen lassen, aber ihr schien es der richtige Weg.

Ganz überlegt, spuckte sie ihm das Blut ins Gesicht. »Den Teufel wirst du, du armseliger kleiner Scheißer.«

Wutentbrannt holte er mit dem Totschläger gegen sie aus. Kate duckte sich unter dem Schlag, warf sich nach oben und rammte ihm den rechten Ellbogen unters Kinn, knallte ihm die Zähne zusammen. Sie zog die Nagelfeile heraus und stieß sie ihm bis zum Heft in seinen Hals, direkt über dem Schlüsselbein.

Rob schrie und packte die Feile, fiel hintenüber und krachte gegen den Tisch. Kate rannte in Richtung Küche.

Wenn sie es nur aus dem Haus schaffen könnte, zur Straße kommen. Ganz sicher hatte er irgendwie ihren Wagen sabotiert, oder eingeparkt. Um Hilfe zu finden, mußte sie zur Straße.

Sie huschte durchs Speisezimmer, warf Stühle im Vorbeilaufen um. Rob kam hinter ihr her, grunzte, als er gegen etwas stieß, spuckte Worte wie Kugeln zwischen den Zähnen heraus.

Er konnte sie mit seinen stummeligen Beinen nicht einholen. Scheinbar hatte er keine Pistole. Durch die Küche, und sie war gerettet. Sie würde zum Nachbarn über die Straße laufen. Zu dem Graphikdesigner, der sein Büro im Speicher hatte. Er war immer zu Hause.

Sie stürmte in die Küche, stockte, dann blieb sie stehen, und ihr Herz rutschte in die Hose.

Angie stand gleich innerhalb der Tür. Tränen strömten ihr übers Gesicht, in einer Hand hielt sie ein Schlachtermesser – das direkt auf Kates Brust zeigte.

»Tut mir leid, tut mir leid. Tut mir leid«, schluchzte sie, am ganzen Körper zitternd.

Mit einem Mal nahm das Gespräch, das Angie und Rob im Arbeitszimmer geführt hatten, eine völlig neue Dimension an. Weitere Teile der Wahrheit fielen in die richtigen Lücken. Das Bild, das sie ergaben, war eine abartige Fratze.

Wenn Rob der Feuerbestatter war, dann war es Rob, den Angie im Park gesehen hatte. Aber der Mann auf der Skizze, die Oscar nach ihren Angaben gezeichnet hatte, sah genauso wenig nach Rob Marshall aus wie Ted Sabin.

Sie hatte ihm im Vernehmungsraum gegenüber gesessen, ohne auch nur anzudeuten …

In der nächsten Sekunde war Rob Marshall hinter ihr durch die Tür und 180 Gramm Stahl, in Sand gepackt und mit Leder gebunden, trafen auf ihren Hinterkopf. Ihre Beine knickten ein, und sie fiel auf den Küchenboden.

Das letzte, was sie sah: Angie DiMarco.

Deshalb arbeite ich nicht mit Kindern. Man weiß nie, was in den Köpfen vorgeht.

Dann wurde es Nacht um sie.

Die Reisemagazine lagen immer noch über Micheles Fines Kaffeetisch verstreut, mit eingeknickten Seiten und Zielen, die mit Randbemerkungen versehen waren. *Hol dir die Bräune! Nachtleben! Spaß!*

Der Mörder als Tourist, dachte Quinn beim Durchblättern.

Wenn die Polizei bei den Fluggesellschaften nachfragte, würden sie möglicherweise feststellen, daß sie Flüge zu einem oder mehreren dieser Ziele gebucht hatte. Wenn sie sehr viel Glück hatten, würden sie auch passende Buchungen auf den Namen ihres Partners finden. Wer immer er war.

Angesichts der Blutmenge, die man am Tatort im Sculpture Garden gefunden hatte, schien es höchst unwahrscheinlich, daß Fine sich selbst aus dem Park geschleppt hatte. Gil Vanlees war in Gewahrsam gewesen. Sowohl Fine als auch das Geld, das Peter Bondurant zum Tatort gebracht hatte, waren verschwunden.

Die Polizisten schwärmten wie Ameisen durch die Wohnung, drangen in jeden Schrank, jeden Riß, jede Öffnung ein, suchten nach irgend etwas, das ihnen einen Hinweis geben könnte, wer Fines Partner in Sachen Mord war. Eine gekritzelte Notiz, eine geschmierte Telefonnummer, einen Umschlag, ein Foto, etwas, irgend etwas. Adler und Yurek klapperten die Nachbarn nach Informationen ab. Kannten sie sie? Hatten sie sie gesehen? Hatte sie einen Freund?

Der Hauptwohnbereich der Wohnung sah genau wie am Tag zuvor aus. Derselbe Staub, derselbe dreckige Aschenbecher. Tippen fand eine Crackpfeife in der Schublade des Couchtisches.

Quinn ging den Gang hinunter, warf einen Blick in ein Badezimmer, das einer verkommenen Tankstelle würdig gewesen wäre, und bewegte sich dann weiter in Michele Fines Schlafzimmer. Das Bett war ungemacht. Kleider lagen im Zimmer herum, wie Silhouetten aus Kreide um die Stellen, wo Leichen gelegen hatten. Genau wie beim Rest der Wohnung gab es nichts Persönliches, nichts Dekoratives – außer an den Fenstern nach Süden und zur Hinterseite eines anderen Gebäudes.

»Schau dir die Sonnenfänger an«, sagte Liska und ging quer durchs Zimmer.

Sie hingen an kleinen Haken mit Saugnäpfen, die an den Fenstern klebten. Ringe, von etwa neun Zentimeter Umfang, jeder mit seinem eigenen Kunstwerk. Das Licht, das durch sie fiel, gab den Farben etwas Lebendiges. Die Luft von den Lüftungsschlitzen über dem Fenster ließ sie wie Schmetterlingsflügel gegen das Glas zittern und die Ornamente flattern, die an jedem angebracht waren: ein Perlknopf an einer Schnur, ein baumelnder Ohrring, ein fein geflochtener Zopf …

Liska entgleisten die Gesichtszüge, als sie neben Quinn stehenblieb und ihr klar wurde, was sie da sahen.

Lila Whites Lilie. Fawn Pierces Kleeblatt. Ein Mund mit rausgestreckter Zunge. Ein Herz mit dem Wort »Daddy«. Ein halbes Dutzend insgesamt.

Tätowierungen.

Tätowierungen, den Leichen der Opfer des Feuerbestatters aus dem Fleisch geschnitten. Über kleine Bastlerreifen gespannt, zum Trocknen in der Sonne. Dekoriert mit den Andenken an die Frauen, denen sie weggeschnitten worden waren. Souvenirs von Folter und Mord.

Kapitel 38

Sein Triumph steht vor der Tür. Sein glorreichster Auftritt. Sein Finale – für jetzt, für diesen Ort. Er hat das Luder zu seiner Zufriedenheit auf dem Tisch arrangiert und sie an Händen und Füßen mit Plastikschnur, die er im Postraum des Büros gestohlen hat, an die Tischbeine gefesselt. Ein Stück davon ist um den Hals des Luders gebunden, mit langen, losen Enden, die er sich um die Fäuste wickeln kann. Zur stimmungsvollen Beleuchtung hat er aus anderen Teilen des Hauses Kerzen in den Keller gebracht. Er findet die Flammen sehr sinnlich, sehr erregend, erotisch. Die Erregung wird durch den Geruch von Benzin, der schwer auf der Luft lastet, noch gesteigert.

Er tritt zurück und betrachtet das Tableau. Das Luder unter *seiner* absoluten Kontrolle. Sie ist noch angezogen, weil er sie für diese Erniedrigung bei Bewußtsein haben will. Er will, daß sie jede Sekunde ihrer Erniedrigung spürt. Er möchte es alles auf Band einfangen.

Er lädt das Diktiergerät mit einem neuen Band und stellt es auf einen schwarzen, plastikbezogenen Barhocker mit zerrissenem Sitz. Er macht sich keine Gedanken wegen der Fingerabdrücke. Die Welt wird in Kürze die »wahre« Identität des Feuerbestatters entdecken.

Er sieht keinen Grund, seinen Plan nicht auszuführen. Michele mochte ja raus sein, aber er hatte immer noch Angie. Falls sie den Test bestand, könnte er sie vielleicht mitnehmen. Wenn sie durchfällt, wird er sie töten. Sie ist nicht Michele – seine perfekte Ergänzung. Michele, die alles tun würde, was er verlangte, so lange sie glaubte, Gefügigkeit würde ihn dazu bringen, sie zu lieben.

Michele, die sich seiner Führung bei den Folterspielen gern unterworfen hatte, die ihn dazu angestiftet hatte, die Leichen zu verbrennen, und in ihren Tätowierungskünsten und -basteleien schwelgte.

Sie fehlt ihm nicht mehr als irgend jemand sonst. Mit vager Distanz. Mrs. Vetter wird ihr gräßlicher kleiner Hund mehr fehlen.

Angie beobachtet ihn, wie er die Lederrolle aufbindet, in der seine Lieblingswerkzeuge untergebracht sind, und sie auf dem Tisch ausbreitet. Sie sieht aus wie etwas aus einem Teenager-Blutrausch Film. Ihre Kleider sind zerfetzt, die Schenkel ihrer Jeans zerschlissen und blutgetränkt. Sie hält immer noch das Schlachtermesser aus der Küche, sticht sich heimlich mit der Spitze in den Daumen und beobachtet, wie sich Blutstropfen bilden. Verrücktes kleines Luder.

Er sieht sich die Würgemale an ihrem Hals an, denkt daran, wie sie sich ihm während der Durchführung seines großen Plans widersetzt hat. Hatte ihn während des ersten Verhörs dumm dastehen lassen, sich geweigert, den Namen der Bar zu nennen, in der er sie in dieser Nacht aufgegabelt hatte, um ihre Geschichte glaubhafter zu machen. Hatte sich geweigert, dem Polizeizeichner den Feuerbestatter so zu beschreiben, wie er sie angewiesen hatte. Er hatte beachtliche Zeit damit verbracht, das Bild eines Phantomkillers zu kreieren. Das Mädchen hatte vorsätzlich eine so vage Beschreibung geliefert, daß sie auf die halbe männliche Bevölkerung der Twin Cities paßte – einschließlich des unglückseligen Vanlees. Die Vorstellung, daß Vanlees die Lorbeeren des Feuerbestatters einheimst, macht ihn wütend. Und selbst nach den Schlägen, die er ihr seit Mittwoch verpaßt hatte, hatte sie ihm seinen perfekten Augenblick der Enthüllung in Kates Wohnzimmer verweigert.

»Wer hat dich geholt, Angie?«

»Nein.«

»Wer hat dich geholt.«

»Nein, ich werd's nicht tun.«

»Angie, wer hat dich geholt?«

»Nein. Du kannst mich nicht zwingen.«

Er hatte ihr doch eingetrichtert »Engel des Bösen« zu sagen. Es spielte keine Rolle, daß Michele diejenige gewesen war, die die kleine Schlampe davor bewahrt hatte, sich in der Dusche in Fetzen zu schneiden, die den ganzen Dreck aufgewischt und sie beide durch die Hintertür des Hauses hinausgeschmuggelt hatte. Das Mädchen hatte ihre Instruktionen gehabt und sich ihnen offen widersetzt.

Er beschließt, daß er sie doch töten wird, trotz ihrer Hilfe in der Küche. Sie ist zu unberechenbar.

Er wird sie hier töten. Nachdem das Luder tot ist. Er stellt sich selbst im Blutrausch vor, wild von der Euphorie, das Luder getötet zu haben. Er sieht sich, wie er das Mädchen auf den Tisch wirft, auf die blutverschmierte, verstümmelte Leiche, sie dort festbindet, sie fickt, sie würgt, ihr immer wieder ins Gesicht sticht, immer wieder. Sie bestraft, genauso wie er plant, das Luder zu bestrafen.

Er wird sie beide töten, sie dann zusammen verbrennen und das Haus dazu. Er hat bereits die Bühne für das Feuer vorbereitet, den Zünder gegossen – Benzin aus einem Kanister, den er selbst in die Garage des Luders gestellt hat, in der Nacht, als er dort auf den Boden geschissen hat.

Die Fantasien der Morde, die er gleich begehen wird, erregen ihn, wie ihn Fantasien immer erregt haben – intellektuell, sexuell, fundamental. Das Bewußtseinsmuster seiner Spezies: Fantasie, brutale Fantasie, dann Erleichterungsfaktoren, die Handlung auslösen: Mord. Der natürliche Zyklus des Lebens – und der Tod seines Opfers.

Entscheidung gefallen, wendet er seine Gedanken der anstehenden Angelegenheit zu: Kate Conlan.

Kate kam ruckweise wieder zu Bewußtsein, wie ein Fernseher mit schlechtem Empfang. Sie konnte hören, aber nicht sehen. Dann sah sie alles etwas verschwommen, hörte aber nichts außer einem gräßlichen Klingeln in ihren Ohren. Das einzig klare, konstante Signal war der Schmerz, der gegen ihren Nacken hämmerte. Ihr war übel davon. Sie konnte scheinbar ihre Arme und Beine nicht bewegen und fragte sich, ob Rob ihr den Hals gebrochen oder ihr das Rückenmark durchtrennt hatte. Dann merkte sie, daß sie ihre Hände noch fühlen konnte und daß sie teuflisch schmerzten.

Gefesselt.

Die gekachelte Decke, der Geruch, das vage Gefühl von Feuchtigkeit. Der Keller. Sie war mit gespreizten Armen und Beinen auf dem alten Ping Pong Tisch in ihrem eigenen Keller festgebunden.

Noch ein Geruch – fehl am Platz – drang an ihre Nase, dick, ölig und bitter. *Benzin*

Oh, gütiger Gott.

Sie sah zu Rob Marshall, der am Fuß des Tisches stand und sie anstarrte. Rob Marshall, ein Serienmörder. Die Deplaziertheit ließ sie wünschen, das Ganze wäre nur ein Alptraum, aber sie wußte es besser. Sie hatte, als sie noch Agentin war, zuviel gesehen. Die Geschichten waren in ihrem Gedächtnis gestapelt wie Akten im Schrank. Der NASA-Ingenieur, der Anhalter entführt und ihr Blut abgezapft hatte, um es zu trinken. Der Elektrotechniker, ein verheirateter Vater von zwei Kindern, der ausgewählte Körperteile seiner Opfer im Fleischgefrierschrank in der Garage aufbewahrt hatte. Der junge republikanische Jurastudent, der freiwillig bei einer Selbstmord-Hotline arbeitete und dann als Ted Bundy entlarvt wurde.

Noch einer für den Stapel: Ein Zeugenbetreuer, der seine Opfer von der Klientenliste der Justiz wählte. Sie fühlte sich wie ein Narr, weil sie es nicht gesehen hatte, obwohl sie doch wußte, daß ein so raffinierter Killer wie Smokey Joe eines der perfekten Chamäleons der Natur war. Selbst jetzt wollte sie noch nicht glauben, daß Rob Marshall so clever wäre.

Er hatte seinen Mantel ausgezogen. Der graue Pullover darunter war am Hals blutgetränkt von der Stichwunde mit der Nagelfeile. Nur ein paar Zentimeter in die richtige Richtung, und sie hätte die Halsschlagader erwischt.

»Hab ich was verpaßt?« fragte sie mit von seiner Würgerei heiserer Stimme.

Sie sah die Überraschung in seinem Gesicht, die Verwirrung. Ein Punkt an das Opfer.

»Immer noch das freche Maul«, sagte er laut. »Du lernst auch nichts, Miststück.«

»Warum sollte ich? Was wirst du tun, Rob? Mich foltern und

töten?« Sie versuchte verzweifelt, die Angst aus ihrer Stimme zu halten. Sie fühlte sich, als hätte er sie am Hals, dann erinnerte sie sich mit einem neuerlichen Adrenalinstoß an die Würgemale an den Hälsen seiner Opfer. »Du wirst es doch sowieso tun. Da kann ich mir doch die Freude gönnen, dir ins Gesicht zu sagen, daß du ein schwanzloser Versager bist.«

Angie, die seitlich neben dem Tisch stand, von hinten durch Kerzen beleuchtet, mit dem Metzgermesser in der Hand, machte ein armseliges Geräusch. Sie klammerte sich an das Messer, als wäre es ein wertvolles Spielzeug, ein Trost.

Robs Gesicht wurde hart. Er zog ein Federmesser aus der Tasche und rammte es bis zum Griff in die Sohle von Kates rechtem Fuß, und sie lernte sehr schnell und sehr schmerzhaft, welchen Preis sie für die Strategie, die sie gewählt hatte, bezahlen mußte.

Kate schrie auf, und ihr ganzer Körper bäumte sich gegen die Fesseln, die tief in die Haut ihrer Handgelenke und Knöchel bissen. Als sie zurückfiel, hatten sich die Fesseln gedehnt und ließen ihr ein bißchen mehr Bewegungsfreiheit.

Sie raffte ihren Verstand zusammen, indem sie sich auf Angie konzentrierte, eingedenk des Blickes, den sie vorhin in den Augen des Mädchens entdeckt hatte, als ihr mit einem Mal der Gedanke kam, daß Angies Augen gar nicht leer waren und, daß es, solange sie noch ein wenig Licht darin erkannte, auch noch Hoffnung gab. Sie dachte daran, wie das Mädchen sich mit dem Teppichmesser auf Rob hatte stürzen wollen.

»Angie, hau ab!« krächzte sie. »Rette dich!«

Das Mädchen zuckte zusammen und warf einen nervösen Blick auf Rob.

»Sie wird bleiben«, keifte er und rammte das Messer noch einmal in ihren Fuß, was ihm einen neuerlichen Schrei von Kate einbrachte. »Sie gehört mir«, sagte er, und seine Augen glühten von dem Rausch, den ihm das Zufügen von Schmerzen brachte.

»Ich glaube nicht«, Kate holte tief Luft. »Sie ist nicht dumm.«

»Nein, du bist die Dumme«, sagte er und wich einen Schritt zurück. Er nahm eine lange Kerze aus dem Leuchter, den er aus ihrem Eßzimmer geholt und auf den Wäschetrockner gestellt hatte.

»Weil ich weiß, was für eine armselige, verdrehte Entschuldigung von Mensch du bist?«

»Wie armselig bin ich jetzt, Luder?« fragte er und zog die Flamme von Zeh zu Zeh an ihrem rechten Fuß.

Kate trat instinktiv gegen die Quelle ihrer Pein, schlug ihm die Kerze aus der Hand.

»Scheißluder!« fluchte er. »Verdammtes Scheißluder!«

Der Geruch von Benzin legte sich über Kates Nase und Mund, und sie erschauderte bei dem Gedanken, bei lebendigem Leib verbrennen zu müssen. Die Angst saß wie eine Faust in ihrem Rachen. Der Schmerz, da wo Rob sie schon verbrannt hatte, war wie etwas Lebendiges, als hätte ihr Fuß Feuer gefangen und die Flammen schossen jetzt ihr Bein hoch.

»Was ist denn los, Rob?« fragte sie und kämpfte gegen das Bedürfnis zu weinen. »Ich dachte, du magst Feuer. Hast du Angst davor?«

Er rappelte sich auf, starrte sie wütend an. »*Ich* bin der Feuerbestatter!« schrie er. Die Kerze umklammerte er mit einer Faust. Sie sah seine wachsende Erregung in seiner Atemfrequenz, in der Abruptheit seiner Bewegungen. – Das hier lief nicht so wie in seinen Fantasien.

»*Ich* bin *überlegen!*« schrie er mit wildem Blick. »Ich bin der Engel des Bösen! Ich halte dein *Leben* in meinen Händen! Ich bin *dein* Gott!«

Kate lenkte ihren Schmerz in Wut um. »Du bist ein Blutegel. Du bist ein Parasit. Du bist *nichts!*«

Sie trieb ihn wahrscheinlich dazu, ihr siebenundvierzig Stichwunden beizubringen, ihr den Kehlkopf herauszuschneiden und ihn in den Müllzerhacker zu werfen. Dann dachte sie an die Fotos der anderen Opfer, das Band von Melanie Hessler, an die Stunden der Folter, Vergewaltigung, wiederholtes Würgen.

Sie würde es riskieren. Wer mit dem Schwert lebt, wird durch das Schwert sterben.

»Du machst mich krank, du rückgratloser kleiner Scheißer.«

Das war die Wahrheit. Sie hätte am liebsten gekotzt bei dem Gedanken, daß sie Tag ein Tag aus neben ihm gearbeitet hatte und jedesmal, wenn seine Gedanken gewandert waren, waren sie zu

Fantasien von Mißbrauch und Brutalität gewandert – genau die Dinge, die zu überstehen und überwinden sie ihren Klienten helfen sollten.

Er schritt am Fuß des Tisches auf und ab, murmelte vor sich hin, als spräche er mit Stimmen in seinem Kopf, obwohl Kate bezweifelte, daß er welche hörte. Rob Marshall war nicht psychotisch. Er war sich sämtlicher seiner Handlungen vollkommen bewußt. Seine Taten erfolgten mit eiskalter Berechnung – obwohl er sicher, falls man ihn erwischte, versuchen würde, den Behörden etwas anderes einzureden.

»Du kriegst ihn nicht hoch, wenn du nicht dominieren kannst, stimmt's?« Kate ließ nicht locker. »Welche Frau würde dich schon haben wollen, wenn du sie nicht festbindest?«

»Halt die Schnauze!« schrie er. »Halt die Schnauze!«

Er warf die Kerze nach ihr, verpaßte ihren Kopf um einen Meter. Er rannte zu ihr, packte das Filiermesser vom Tisch neben ihr und rammte ihr die Spitze gegen den Kehlkopf. Kate schluckte, ein reiner Reflex, und sie spürte, wie der Stahl sich in ihre Haut biß.

»Ich schneid ihn dir raus!« schrie er ihr ins Gesicht. »Ich schneid ihn verdammt nochmal raus! Ich hab die Nase so voll von deinem Gekeife! Ich hab die Nase so voll von deiner Stimme!«

Kate schloß die Augen und versuchte, nicht immer wieder zu schlucken, zwang sich, starr liegenzubleiben, als er die kleine, scharfe Klinge in ihren Hals drückte. Angst zerrte an ihrem Körper. Der Instinkt sagte ihr, reiß dich los. Die Logik sagte ihr, beweg dich nicht. Und dann ließ der Druck nach.

Rob starrte den Recorder an, den er auf den alten Barhocker gelegt hatte. Vielleicht wollte er ihre Kritik an ihm nicht hören, aber er wollte nur zu gerne die Schreie anhören, wie er sich die Schreie und das Weinen und das Betteln seiner anderen Opfer angehört hatte. Wahrscheinlich wollte er es von ihr mehr denn je. Wenn er ihr die Stimme herausschnitt, könnte er das nicht kriegen. Wenn er das nicht kriegen konnte, hatte der Akt, sie zu töten, seine Bedeutung verloren.

»Du willst es doch hören, nicht wahr, Rob?« fragte sie. »Du möchtest die Möglichkeit haben, es dir später anzuhören, genau den Moment zu hören, in dem ich Angst vor dir bekommen und dir die Kontrolle überlassen habe. Das willst du doch nicht aufgeben, oder?«

Er nahm den Kassettenrecorder und hielt ihn ihr dicht an den Mund. Er legte das Messer weg, nahm die Zange und packte damit die Spitze ihrer Brust, drückte brutal zu. Selbst mit dem Dämpfer von Pullover und BH war der Biß erst scharf, dann unerträglich, so daß sie schreien mußte. Als er endlich losließ, trat er mit einem bösen Grinsen zurück und hielt den Recorder hoch.

»Da«, sagte er. »Ich hab's.«

Es schien ihr, als verginge eine Ewigkeit, bis sie wieder klar denken konnte. Sie atmete so heftig, als wäre sie vierhundert Meter gesprintet, schwitzte, zitterte. Als sich ihr Blick wieder klärte, sah sie Angie vor sich. Das Mädchen stand immer noch an demselben Fleck, klammerte das Messer an ihre Brust. Kate fragte sich, ob sie inzwischen katatonisch war. Angie war ihre einzige Hoffnung, das schwächste Glied in Robs Szenario. Sie brauchte das Mädchen an ihrer Seite, klar und fähig zu handeln.

»Angie«, krächzte Kate. »Er besitzt dich nicht. Du kannst ihn bekämpfen. Du *hast* ihn bekämpft, nicht wahr?« Sie dachte an die Szene, die sich oben abgespielt hatte – Rob, der wollte, daß Angie schilderte, was er ihr angetan hatte, nachdem er sie aus Phoenix House entführt hatte, wie Angie sich geweigert hatte, sich ihm widersetzt, ihn herausgefordert hatte. Sie hatte das schon einmal getan – in den Büros.

Robs Gesicht lief rot an. »Hör auf, mit ihr zu reden!«

»Hast du Angst, sie könnte sich gegen dich stellen, Rob?« fragte Kate, aber nicht annähernd so unverschämt wie noch vor fünf Minuten.

»Halt die Klappe. Sie gehört mir. Und du gehörst mir auch!«

Er stürzte sich auf sie, packte den Hals ihres Pullovers und riß mit den Händen daran, versuchte vergeblich, ihn zu zerreißen. Fluchend, gackernd, durcheinander, beschämt, suchte er hektisch nach einem anderen Messer unter der Ansammlung von Werkzeugen, die er so sorgfältig auf dem Tisch ausgebreitet hatte.

»Du besitzt sie genausowenig, wie du mich besitzt«, sagte Kate und sah ihn voller Wut an, kämpfte gegen ihre Fesseln. »Und du wirst mich *nie, niemals* besitzen, du Kröte.«

»Halt die Schnauze!« schrie er wieder. Er drehte sich um und schlug ihr mit dem Handrücken auf den Mund. »Halt's Maul! Halt's Maul!«

Die Messer klapperten, und er hob ein großes auf. Kate holte tief Luft zu ihrem möglicherweise letzten Atemzug und hielt sie an. Rob packte wieder den Hals ihres Pullovers und durchschnitt ihn mit dem Messer, zerfetzte das Material. Die Spitze des Messers biß in ihre Brust, hüpfte über ihren Bauch, nagte an der Spitze ihrer Hüfte.

»Ich werd's dir zeigen! Ich werd's dir zeigen, Angie!« bellte er und schwang auf das Mädchen zu. »Komm her! Komm her, sofort!«

Er wartete nicht. Er rannte um das Tischende herum, packte das Mädchen am Arm und zerrte sie zurück zu Kate.

»Tu's!« sagte er ihr ins Ohr. »Für Michele. Du möchtest das für Michele tun. Du möchtest doch, daß Michele dich liebt, nicht wahr, Angie?«

Michele? Wild Card, dachte Kate, eine neuerliche Woge von Angst brandete durch sie. Wer zum Teufel war Michele und was bedeutete sie Angie? Wie sollte sie einen Feind bekämpfen, den sie nie gesehen hatte?

Angie liefen Tränen übers Gesicht. Ihre Unterlippe zitterte. Sie umklammerte das Schlachtermesser mit beiden zitternden Händen.

»Tu's nicht, Angie«, sagte Kate und ihre Stimme vibrierte vor Angst. »Laß dich nicht so von ihm benutzen.«

Sie wußte nicht einmal, ob das Mädchen sie hörte. Sie dachte, an das, was Angie ihr über die Zone erzählt hatte, und fragte sich, ob sie jetzt an diesen Ort fliehen würde, um diesem Alptraum zu entrinnen. Und was dann? Würde sie dann auf Autopilot agieren? War die Zone ein dissoziativer Zustand? Hatte er ihr erlaubt, schon früher an Robs Morden teilzuhaben?

Sie riß wieder an den Fesseln, dehnte das Plastik einen weiteren Zentimeter.

»Tu es!« schrie Rob gegen Angies Gesicht. »Tu's, du dämliche Fotze! Tu's für deine Schwester. Tu's für Michele. Du willst, daß Michele dich liebt!«

Schwester. Die Schlagzeile schoß wie ein Komet durch Kates Kopf. *Schwestern bei Brandtod der Eltern entlastet.*

Mit Schweinsaugen, die fast aus seinem häßlichen runden Schädel explodierten, schrie Rob vor Frust und hob das Messer, das er hielt. »Tu's!«

Licht reflektierte in einem gleißenden Stern von der Klinge, als es durch die Luft sauste, direkt in die Kuhle von Kates Schulter, gerade als es ihr gelang, ihren Körper wenige entscheidende Zentimeter zu drehen. Die Spitze des Messers traf auf Knochen und rutschte ab, und der Schmerz traf sie wie ein Blitzschlag.

»Tu's!« schrie Rob Angie an, schlug sie mit dem Blutmesser auf den Hinterkopf. »Du nichtsnutzige Hure!«

»*Nein!*« schluchzte das Mädchen.

»*Tu's!*«

Angie hob schluchzend das Messer.

»Wir haben mit Fines Abdrücken einen Treffer in Wisconsin gelandet«, sagte Yurek, als er in die Schlafzimmertür trat.

Die Spurensicherung entfernte die Tätowierungsfetische vom Fenster, faltete behutsam Seidenpapier um jeden und steckte sie einzeln in kleine Papiertüten.

»Ihr wirklicher Name ist Michele Finlow. Sie hat eine Handvoll geringfügiger Vergehen und eine abgeschlossene Jugendstrafakte.«

Kovac zog eine Augenbraue hoch. »Ist Menschen häuten in Wisconsin ein geringfügiges Vergehen?«

»Der Staat, der uns Ed Gein und Jeffrey Dahmer gebracht hat«, bemerkte Tippen.

»He, Tip, bist du nicht aus Wisconsin?« fragte einer von der Spurensicherung.

»Ja, aus Menominie. Hast du Lust, Thanksgiving bei mir zu Hause zu feiern?«

Quinn steckte sich einen Finger in sein freies Ohr und lauschte, wie Kates Privatnummer zum dritten Mal in zwanzig Minuten unbeantwortet klingelte. Ihr Anrufbeantworter hätte sich einschalten müssen. Er legte auf und versuchte dann ihr Handy. Es klingelte viermal, dann leitete es ihn weiter an ihre Mailbox. Ihre Klienten riefen sie übers Handy an. Angie DiMarco hatte die Nummer. Kate würde es nie ignorieren. Sie fühlte sich für Angie verantwortlich.

Er rieb mit der Hand gegen das Feuer in seinem Bauch an.

Mary Moss gesellte sich zu der Truppe. »Einer der Nachbarn am Ende des Ganges sagt, sie hätte Michele manchmal mit einem untersetzten Typen mit Brille und angehender Glatze gesehen. Sie hat nie seinen Namen gehört, aber sie sagt, er fährt ein schwarzes SUV, das einmal auf den Wagen des Typen in 3F aufgefahren ist.

»Ja!« sagte Kovac und legte mit der Hand an. »Smokey Joe, du bist Toast!«

»Hamill redet gerade mit Mister 3F, um die Versicherungsinfo zu kriegen.«

»Wir können den Feuerbestatter rechtzeitig zu den Sechs-Uhr-Nachrichten ausheben und es noch zur Happy Hour ins Patrick's schaffen«, sagte Kovac grinsend. »Allmählich entwickelt sich das zu einem Tag nach meinem Geschmack.«

Hamill drängte sich in die Wohnung, schlängelte sich durch die Leute von der Spurensicherung »Das werdet ihr nicht glauben«, sagte er in die Runde. »Michele Fines Freund war Rob Marshall.«

»Du heilige Scheiße.«

Quinn packte Kovac an den Schultern und schob ihn zur Tür. »Ich muß zu Kate. Gib mir die Schlüssel. Ich fahre.«

»Tu's! Tu's!«

Angie stieß einen langen, verzerrten Schrei aus, der in ihrem eigenen Ohr sehr weit entfernt klang, wie ein Heulen, das durch einen langen, langen Tunnel kommt. Die Zone reckte sich dräuend neben ihr, ein klaffendes schwarzes Maul. Und auf der anderen Seite hatte die Stimme Gestalt angenommen.

Du dämliche kleine Schlampe! Tu, was ich dir sage!

»Ich kann nicht!« weinte sie.

»TU'S!«

Die Angst war wie ein Softball in ihrem Hals, schnitt ihr die Luft ab, erstickte sie, würgte sie.

Keiner liebt dich, du verrücktes kleines Luder.

»Du liebst mich, Michele«, jammerte sie. Sie war sich nicht sicher, ob sie die Worte laut ausgesprochen hatte oder ob sie nur in ihrem Kopf existierten.

»Tu es!«

»Tu's!«

Sie sah hinunter zu Kate.

Die Zone bewegte sich über sie. Sie spürte ihren heißen Atem. Sie konnte da hineinfallen und nie mehr herauskommen. Sie wäre in Sicherheit. Sie wäre allein. Für immer.

»Tu es!«

Du weißt, was du zu tun hast, Angel. Tu, was man dir sagt, Angel.

Sie zitterte am ganzen Körper.

Feigling.

»Du kannst Michele retten, Angie. Tu das für Michele.«

Sie sah hinunter auf Kate, auf die Stelle ihrer Brust, die das Messer treffen sollte. Genau wie Michele das getan hatte. Sie hatte gesehen, wie es ihre Schwester tat. *Er* hatte sie gezwungen zuzusehen, als sie rechts und links neben der toten Frau standen, einer nach dem anderen zustießen, ihren Pakt schlossen, ihren Bund besiegelten, ihren Liebesschwur bekräftigten. Es hatte ihr Angst gemacht, und ihr war übel davon gewesen. Michele hatte sie ausgelacht und sie dann *ihm* zum Sex gegeben.

Er hatte ihr wehgetan. Sie haßte ihn. Michele liebte ihn. Sie liebte Michele.

Keiner liebt dich, du irres kleines Stück Dreck.

Das war alles, was sie je gewollt hatte, jemanden, dem sie am Herzen lag, jemanden, der verhinderte, daß sie alleine war. Alles, was sie je bekommen hatte, waren Mißbrauch und Ausbeutung. Selbst von Michele, die sie davor bewahrt hatte, allein zu sein. Aber Michele liebte sie. Liebe und Haß. Liebe und Haß. Liebehaß, Liebehaß, Liebehaß. Für sie gab es keine Trennung dazwischen. Sie liebte Michele, wollte sie retten. Michele war alles, was sie hatte.

»Tu es! Töte sie! Töte sie!«

Sie sah hinunter zu Kate, die sich gegen ihre Fesseln bäumte, mit angsterfülltem Gesicht.

»Wieso interessiert Sie, was mit mir passiert?«

»Weil es sonst keiner tut.«

»Tut mir leid«, winselte sie.

»Angie, tu's nicht!«

»Stich zu! Jetzt!«

Der Druck in ihrem Inneren war ungeheuer. Der Druck von außen war noch größer. Sie fühlte sich, als würden ihre Knochen zusammenbrechen und ihr Gewicht sie erdrücken. Aber die Zone würde den Schlamassel aufsaugen, und sie wäre für immer weg.

Vielleicht wäre das das Allerbeste. Wenigstens würde ihr nichts mehr wehtun.

»Tu's, oder ich laß deine Scheiß-Fotze von Schwester sterben!« schrie er. »Tu's, oder ich mach Michele vor dir fertig! TU ES!«

Sie liebte ihre Schwester. Sie konnte ihre Schwester retten. Sie hob das Messer.

»Nein!«

Kate holte tief Luft, wappnete sich, ohne Angie eine Sekunde aus den Augen zu lassen.

Das Mädchen stieß einen Schrei aus, als sie das Schlachtermesser mit beiden Händen über den Kopf hob, dann wirbelte sie herum und rammte Rob Marshall das Messer in den Hals.

Blut spritzte in einer Fontäne, als sie die Klinge herauszog. Blut an der Wand, auf dem Bett, auf Kate; es spritzte wie aus einem losen Feuerwehrschlauch. Rob zuckte erstaunt zurück, grapschte nach der Wunde, Blut schoß durch seine Finger.

Angie schrie weiter, holte noch einmal mit dem Messer aus, stach in seine Hand, stach in seine Brust. Sie folgte ihm, als er rückwärts stolperte, zu fliehen versuchte. Er wollte um Hilfe rufen oder um Gnade, erstickte aber an seinem eigenen Blut, es gurgelte laut in seiner Kehle. Seine Knie gaben nach, und er fiel gegen den Wäschetrockner, stieß den Kandelaber zu Boden.

Dann trat Angie zurück und starrte ihn einen Augenblick lang an, als hätte sie keine Ahnung, wer sie wäre, oder wie er dazu kam, zu Boden zu fallen; und der Rest seines Lebens pumpte und gurgelte und würgte als roter Schwall aus ihm heraus. Sie sah das Messer an, bluttriefend, ihre Hände waren davon bedeckt und klebrig, dann drehte sie sich langsam zu Kate.

Quinn fuhr ohne Rücksicht auf die Straßenverkehrsordnung oder die Gesetze der Physik, getrieben von einem wachsenden Gefühl der Panik in seinen Eingeweiden. Kovac klammerte sich fest, stemmte sich, schrie mehr als einmal, während Quinn den Caprice im Slalom zwischen anderen Autos hindurchjagte.

»Wenn er schlau ist, hat er die Stadt schon verlassen«, sagte Kovac über dem Röhren des Motors. »Er hat Kate als ein Teil des Spiels in den Fall eingebracht. Er hat Melanie Hessler getötet, weil sie ihre Klientin war. Er hat neulich nachts seine Visitenkarte bei Kate in der Garage hinterlassen. Er würde die Stadt nicht verlassen, ohne das zwischen ihnen zu beenden.«

Er konnte das Ganglicht sehen, als der Wagen vor Kates Haus schlitternd zum Stehen kam. Das Licht schimmerte durch die Stores an den gottverfluchten Seitenfenstern, die so gefährlich waren, wie sie verdammt nochmal hätte wissen können. Quinn knallte den Schalthebel auf P, bevor der Caprice ganz zum Stehen gekommen war, und das Getriebe machte ein ominöses Geräusch. Er war aus dem Wagen, bevor er aufhörte zu wippen, rannte auf das Haus zu, als zwei Streifenwagen die Straße hochrasten. Er stürmte auf die Veranda, versuchte die Türklinke. Abgesperrt.

»Kate! Kate!«

Er drückte die Nase an eins der Seitenfenster. Der kleine Tisch im Gang stand schief. Gegenstände lagen herum. Der Teppich war schief.

»Kate!«

Der Schrei kam von irgendwo aus dem Haus und durchbohrte ihn wie Stahl. »Nein!«

Quinn packte den Briefkasten, riß ihn von der Wand und schlug das Seitenfenster ein, gerade als Kovac die Treppe hochgerannt kam. Ein paar Sekunden später waren sie drin. Ihr Blick fiel auf einen Blutfleck an der Wand in der Nähe des Arbeitszimmers.

»Kate!«

Ihr Schrei kam von irgendwo tief im Haus. »Angie! NEIN!«

Angie drehte das Messer in ihren blutigen Händen, starrte die Klinge an. Sie ließ die Spitze die zarte Haut ihrer Handgelenke küssen.

»Angie, nein!« schrie Kate, bäumte sich gegen die Fesseln. »Tu's nicht! Bitte, tu's nicht! Komm schneid mich los. Dann besorgen wir Hilfe für dich.«

Sie konnte Rob nicht sehen, wußte aber, daß er zusammengebrochen neben dem Trockner auf dem Boden lag. Sie konnte gurgelnde Geräusche aus seinem Hals hören. Er hatte im Fallen den Leuchter umgeworfen und die Flammen hatten ein bißchen was von dem Benzin gefunden, das er wohl ausgegossen hatte, während Kate bewußtlos gewesen war. Es entzündete sich mit einem *Wusch.*

Die Flammen würden der Brennstoffspur folgen, auf der Suche nach mehr Brennstoff. Der Keller war mit Möglichkeiten vollgestopft – Schachteln voller Gelumpe, das ihre Eltern gerettet und dann abgelegt hatten, Zeug, das sie längst hatte wegwerfen wollen, aber es nie geschafft hatte, und dazu die obligaten halbleeren Farbdosen und anderen gefährlichen Chemikalien.

»Angie. Angie!« sagte Kate. Sie versuchte, die Aufmerksamkeit des Mädchens auf sich zu lenken. Angie, die dastand und ihrem eigenen Tod ins Gesicht sah.

»Michele wird mich nicht lieben«, murmelte das Mädchen und sah den Mann an, den sie gerade getötet hatte. Sie klang enttäuscht von sich selbst, wie ein kleines Kind, das mit Buntstift an die Wand geschmiert hat und dem dann einfällt, daß das schlimme Folgen haben wird.

»Kate!« ertönte Quinns Brüllen von oben.

Angie schien die Schreie oder das Donnern männlicher Schritte nicht zu hören. Sie drückte die Klinge des Messers der Länge nach gegen den Schatten einer Ader an ihrem Handgelenk.

»Kate!«

Sie versuchte »Im Keller!« zu schreien, aber ihre Stimme versagte. Die Flammen entfachten einen Karton mit Kleidern, die seltsamerweise für das Phoenix bestimmt waren, und tanzten begeistert – viel zu nah am Tisch. Kate riß an ihren Fesseln, aber es gelang ihr nur, sie noch fester um Handgelenke und Knöchel zu zurren. Sie verlor allmählich das Gefühl in den Händen.

Sie versuchte, sich zu räuspern. Rauch rollte dick und schwarz aus den Schachteln.

»Angie, hilf mir. Hilf mir, und ich werde dir helfen. Wär das kein guter Deal?«

Das Mädchen starrte das Messer an. Der Rauchmelder am oberen Treppenabsatz schaltete sich endlich ein und das Donnern von Füßen steuerte darauf zu.

Angie drückte die Klinge ein bißchen fester gegen ihr Handgelenk. Winzige Blutstropfen tauchten wie kleine Juwelen in einem Armband auf.

»Nein, Angie, bitte«, flüsterte Kate, obwohl sie wußte, daß das Mädchen sie nicht einmal hören würde, wenn sie gebrüllt hätte.

Angie sah ihr direkt ins Gesicht, und zum ersten Mal, seit Kate sie kennengelernt hatte, sah sie wie das aus, was sie war: ein Kind, das keiner je gewollt hatte, keiner je geliebt hatte.

»Schmerzen«, sagte sie.

»Rufen Sie die Feuerwehr!« schrie Quinn oben an der Treppe. »Kate!«

»Joh –« Ihre Stimme überschlug sich, und sie begann zu husten. Der Rauch rollte die Decke entlang zum Treppenschacht und der neuen Quelle von Frischluft.

»Kate!«

Quinn lief die Treppe voran mit der 38er, die Kovac ihm geliehen hatte, sein Herz löschte alle bekannten Regeln der Vorgehensweise. Als er unter die Rauchwolkengrenze tauchte, galt seine ganze Aufmerksamkeit Kate, die an Händen und Füßen auf den Tisch gefesselt war, der Pullover aufgeschnitten, voller Blut, das auf ihrer Haut eine Pfütze gebildet hatte. Und dann wurde er auf das Mädchen neben dem Tisch aufmerksam: Angie DiMarco mit einem Metzgermesser in ihren Händen.

»Angie, laß das Messer fallen!« schrie er.

Das Mädchen hob den Kopf zu ihm, das Licht in ihren Augen verblaßte. »Niemand liebt mich«, sagte sie und schlitzte sich mit einem raschen Schnitt das Handgelenk bis zum Knochen auf.

»NEIN!« schrie Kate.

»Großer Gott!« Quinn stürmte mit Pistole im Anschlag quer durchs Zimmer.

Angie fiel zu Boden, als das Blut aus ihrem Arm schwappte. Das Messer fiel zu Boden. Quinn trat es beiseite, packte den Arm des Mädchens mit einem Griff so fest wie eine Aortaklemme. Blut pumpte zwischen seinen Fingern hindurch. Angie fiel schlaff gegen ihn.

Kate beobachtete es voller Entsetzen, beachtete nicht einmal Kovac, als er sie losschnitt. Sie rollte vom Tisch auf ihre Füße, die sie nicht mehr fühlen konnte, und fiel in sich zusammen. Sie mußte auf Knien zu Angie krabbeln. Ihre Hände waren so nutzlos wie Keulen, geschwollen, violett, und sie konnte ihre Finger nicht bewegen. Trotzdem wickelte sie ihre Arme um das Mädchen.

»Wir müssen hier raus!« schrie Quinn.

Das Feuer leckte sich bereits die Treppe hoch. Ein uniformierter Beamter kämpfte sich mit einem Feuerlöscher nach unten. Aber kaum war die Treppe frei, arbeiteten sich die Flammen durch den Keller, stürzten sich auf alles Verzehbare unterwegs.

Quinn und ein Uniformierter brachten Angie die Kellertreppe hoch und zur Hintertür hinaus. Sirenen kreischten durch die Straßen, noch einige Blocks entfernt. Er übergab das Mädchen an die Uniformierten und rannte zurück zum Haus, wo Kovac gerade mit Kate herauskam, die sich schwer an ihn lehnte. Beide husteten heftig, dichter schwarzer Rauch kam, rollte hinter ihnen her, beißend vom Geruch der Chemikalien.

»Kate!«

Sie fiel gegen ihn, und er raffte sie in seine Arme hoch.

»Ich geh und hol Marshall!« schrie Kovac durch das Inferno. Das Feuer hatte sich durch den Boden gefressen und den Fluß von Benzin gefunden, den Rob durch das Haus gegossen hatte.

»Er ist tot!« schrie Kate, aber Kovac war weg. »Sam!«

Einer der Uniformierten rannte hinter ihm her.

Die Sirenen brüllten vor dem Haus, Feuerwehrzüge rammten sich den Weg durch die schmale Straße frei. Quinn tastete sich mit Kate in den Armen die Hintertreppe hinunter und lief seitlich am Haus zum vorderen Garten, auf die Straße. Er setzte sie gerade auf den Rücksitz von Kovacs Wagen, als eine Explosion im Innern des Hauses ertönte und die Fenster im Erdgeschoß zerbarsten. Kovac und der Uniformierte stolperten weg von der hinteren Ecke des Hauses und fielen auf allen Vieren in den Schnee. Feuerwehrmänner und Sanitäter rannten auf sie und das Haus zu.

»Bist du in Ordnung?« fragte Quinn und sah Kate in die Augen, seine Finger bohrten sich in ihre Schultern.

Kate sah hoch zu ihrem Haus, die Flammen waren jetzt schon durch die Fenster im Erdgeschoß zu sehen, und er dachte zurück an die Ereignisse der letzten paar Stunden. Hinter Kovacs Wagen wurde Angie in einen Krankenwagen geladen. Die Angst, die Panik, gegen die sie während ihrer Tortur angekämpft hatte, brandete jetzt mit Verspätung wie eine riesige Woge über sie.

Sie drehte sich zitternd zu Quinn. »Nein«, flüsterte sie, als die Flut von Tränen kam. Und er nahm sie in seine Arme und hielt sie fest.

Kapitel 39

»Ich hab ihn *nie* gemocht«, sagte Yvonne Vetter zu dem Beamten in Uniform, der vor Rob Marshalls Garagentür stand. Sie war in einen klumpigen Wollmantel gehüllt, der sie ganz verwachsen aussehen ließ. Ihr rundes säuerliches Gesicht schielte unter einem überraschend kessen roten Barrett heraus. »Ich habe *mehrmals* bei eurer Hotline angerufen. Ich glaube, er hat meinen Bitsy kannibalisiert.«

»Ihren was, Ma'am?«

»Meinen Bitsy. Meinen süßen kleinen Hund.«

»Wäre das nicht *animalisiert?*« überlegte Tippen.

Liska puffte ihm in den Arm.

Die Soko würde sich zuerst in Robs Horrorkabinett umsehen, bevor die Spurensicherung begann. Der Videograph folgte ihnen auf dem Fuß. Schon als sie das Haus betraten, fuhren bereits zu beiden Seiten der Straßen die Nachrichtenteams vor.

Es war ein nettes Haus, in einer ruhigen Straße, in einem ruhigen Viertel. Ein besonders großes mit Bäumen übersätes Grundstück in der Nähe eines der beliebtesten Seen der Stadt. Ein bildschön hergerichteter Keller. Immobilienmaklern würde das Wasser im Munde zusammenlaufen, wenn sie Gelegenheit hätten, es zu verkaufen, wäre da nicht die Tatsache, daß Rob Marshall darin mindestens vier Frauen gefoltert und ermordet hatte.

Sie fingen im Keller an, gingen durch den Medienraum, der mit mehreren Fernsehern, Videorecordern und Stereoanlage ausgestattet war, mit einem Bücherregal voller Video- und Musikkassetten.

Tippen wandte sich dem Videographen zu. »Fotografier die

Stereoanlage noch nicht. Ich brauch wirklich einen neuen Tuner und Kassettendecks.«

Der Videograph richtete sofort die Kamera auf die Aufnahmegeräte.

Tippen rollte die Augen. »Es war ein *Scherz*. Ihr Technofreaks habt keinen Humor.«

In einer Ecke des Raumes stand eine kopflose Schaufensterpuppe, ausgestattet mit einem knappen durchsichtigen schwarzen Spitzen BH und einem violetten Stretch-Mini.

»He, Tinks, du könntest dir ein paar neue Outfits mitnehmen«, rief er und beäugte einen klebrig aussehenden Rückstand auf den Schultern der Puppe. Möglicherweise Blut, gemischt mit einer anderen, klaren Flüssigkeit.

Liska ging die Halle hinunter, prüfte einen Bastelraum, ging weiter. Ihre Jungs hätten dieses Haus geliebt. Sie redeten ständig davon, daß sie ein Haus haben wollten wie ihr Freund Mark, mit einem coolen Freizeitraum im Keller – wo sie Moms Beobachtung entrinnen könnten – mit einem Poolbillard-Tisch und einem Fernseher mit Großbild.

Hier in dem Raum am Ende des Ganges stand ein Pooltisch. Er war mit blutverschmiertem weißen Plastik drapiert, und es lag ein Körper darauf. Der Geruch von Blut, Urin und Exkrementen hing schwer in der Luft. Der Gestank gewaltsamen Todes.

»Tippen!« brüllte Liska, stürzte auf den Tisch zu.

Michele Fine lag seltsam verrenkt auf dem Rücken und starrte auf das Licht, das ihr mitten ins Gesicht strahlte. Sie blinzelte nicht. Ihre Augen hatten den leeren Ausdruck einer Leiche. Ihr Mund klaffte, Speichel legte eine weißverkrustete Spur ihr Kinn hinunter. Ihre Lippen bewegten sich kaum merklich.

Liska beugte sich über sie, legte zwei Finger seitlich an Fines Hals, um nach einem Puls zu tasten. Fand aber keinen.

»... elft ... mir ... elft ... mir ...« Fragmente von Worten auf einem Hauch von Atemzug.

Tippen joggte herein und erstarrte. »Scheiße!«

»Hol einen Krankenwagen«, befahl Liska. »Vielleicht lebt sie noch lang genug, um die Geschichte zu erzählen.«

Kapitel 40

»Ich wollte nicht helfen«, sagte Angie leise.

Es klang nicht wie ihre Stimme. Der Gedanke trieb auf einer Wolke durch ihr drogenvernebeltes Gehirn. Es klang wie die Stimme des kleinen Mädchens in ihr, desjenigen, das sie immer versuchte zu verstecken, zu schützen. Sie starrte auf den Verband an ihrem linken Arm, das Verlangen, ihn wegzuzerren und die Wunde bluten zu lassen, lauerte am düsteren Rand ihres Verstandes.

»Ich wollte nicht tun, was *er* sagt.«

Sie wartete auf das verächtliche Schnauben der Stimme, aber sie war seltsam stumm. Sie wartete darauf, daß die Zone heransummte, aber die Drogen hielten sie fern.

Sie saß an einem Tisch in einem Raum, der nicht wie ein Teil des Krankenhauses aussehen sollte. Das blaue, gemusterte Hemd, das sie trug, hatte kurze Ärmel, so daß jeder ihre dünnen vernarbten Arme sehen konnte. Sie sah die Narben an, eine neben der anderen, neben der andern, wie Gitter in der Tür einer Gefängniszelle. Male, die sie sich selbst ins Fleisch geschnitten hatte. Eine ständige Erinnerung, damit sie nie vergessen konnte, wer und was sie war.

»War Rob Marshall derjenige, der dich in dieser Nacht in den Park gebracht hat, Angie?« fragte Kate leise. Sie saß auch an dem Tisch, neben Angie, den Stuhl ein Stück gedreht, damit sie das Mädchen ansehen konnte. »War er der Freier, von dem du mir erzählst hast?«

Angie nickte. Sie sah sich immer noch die Narben an. »Sein Großer Plan.«

Sie wünschte, die Medikamente würden die Erinnerungen vernebeln, aber die Bilder in ihrem Kopf waren klar, wie im Fernsehen. In dem Truck zu sitzen, zu wissen, daß hinten drin die Leiche einer Frau lag, zu wissen, daß der Mann am Steuer sie getötet hatte, zu wissen, daß auch Michele daran beteiligt gewesen war. Sie konnte sehen, wie sie immer und immer wieder zustachen, konnte sehen, wie ihre sexuelle Erregung mit jedem Messerstoß wuchs. Michele hatte sie *ihm* hinterher gegeben, und in dieser Nacht im Park hatte er sie wieder genommen, aufgegeilt von der toten Frau hinten drin und seinem Großen Plan.

»Ich sollte jemand anderen beschreiben.«

»Als den Mörder?« fragte Kate.

»Jemanden, den er erfunden hat. All diese Details. Er hat sie mich immer und immer wieder wiederholen lassen.«

Angie zupfte an einem losen Faden am Rand ihres Verbandes, wünschte, Blut würde durch die Schichten weißen Mulls sickern. Der Anblick würde sie trösten, sie daran hindern, sich so schrecklich zu fühlen, weil sie neben Kate saß. Nach allem, was passiert war, konnte sie ihr nicht mehr in die Augen sehen.

»Ich hasse ihn«, war ihre Antwort.

Gegenwart, dachte Kate. Als wüßte sie nicht, daß er tot war, daß sie ihn getötet hatte. Vielleicht wußte sie es wirklich nicht. Vielleicht gestattete ihr Verstand ihr diesen einen Trost nicht.

»Ich hasse ihn auch«, sagte Kate leise.

Immer noch trafen Fakten über Rob und die Finlow Schwestern aus Wisconsin ein und fügten sich zu einer gräßlichen, schmuddeligen Story zusammen, von der Amerika jeden Abend neue Episoden in den Nachrichten erfuhr. Das reißerische Element von Lover-Killern und der Fall eines Milliardärs brachten saftige Einschaltquoten. Michele Finlow, die noch zehn Stunden weiterlebte, nachdem man sie in Robs Keller gefunden hatte, hatte selbst einige der Lücken ausgefüllt. Und Angie würde die Fragmente liefern, die ihr ihr Bewußtsein erlaubte.

Michele und Angie, die Töchter zweier verschiedener Männer und einer Mutter mit einer Vergangenheit aus Drogenmißbrauch und verschiedenstem häuslichen Elend. Die beiden waren durch das Kinderwohlfahrtssystem geschleift worden, hatten nie die

Pflege gefunden, die sie brauchten. Kinder, die durch die Risse eines Systems fielen, das man bestenfalls ärmlich nennen konnte. Beide Mädchen hatten Jugendvorstrafen; Michele reichlich und stärker zu Gewalt neigend.

Kate hatte die Zeitungsartikel über das Feuer, das Mutter und Stiefvater tötete, gelesen. Die Ermittler waren sich einig, daß eins oder beide Mädchen es gelegt hatten, aber es gab nicht genug Beweise, um sie vor Gericht zu bringen. Ein Zeuge hatte sich daran erinnert, wie Michele ruhig im Hof stand, während das Haus brannte, und sich die Schreie der beiden Leute darin anhörte. Tatsächlich hatte sie zu nah an einem Fenster gestanden und erlitt schwere Brandverletzungen, als das Fenster explodierte und das Feuer herausrollte, um frischen Sauerstoff zu verzehren. Über das Justizsystem führte der Fall Rob Marshall in ihr Leben. Und Rob hatte die Mädchen nach Minneapolis gebracht.

Liebe. Oder so hatte es Michele genannt, obwohl es zweifelhaft war, daß sie einen tatsächlichen Begriff von der Bedeutung dieses Wortes hatte. Ein verliebter Mann ließ seine Partnerin nicht allein in einem Keller elend verrecken, während er aus dem Land floh, aber genau das hätte Rob getan.

Peter Bondurants Kugel hatte Michele in den Rücken getroffen und ihr Rückenmark durchtrennt. Rob, der alles aus der Ferne beobachtet hatte, hatte darauf gewartet, daß Bondurant sie verließ, und sie dann zurück zu sich nach Hause gebracht. Jede Schußverletzung, die in eine Notaufnahme gebracht wurde, mußte der Polizei gemeldet werden. Er war nicht bereit gewesen, das zu riskieren, nicht einmal, um das Leben dieser Frau zu retten, die ihn angeblich liebte.

Er hatte sie dort auf dem Tisch gelassen, wo sie beide ihre kranken sadistischen Fantasien ausgelebt und vier Frauen getötet hatten. Er hatte sie gelähmt, blutend, unter Schock, sterbend dort liegenlassen. Er hatte sich nicht einmal die Mühe gemacht, sie mit einer Decke zuzudecken. Das erpreßte Geld war in Robs Wagen gefunden worden.

Laut Michele hatte sich Rob aus Eifersucht auf Jillian fixiert, aber Michele hatte ihn abgehalten. Dann, an diesem schicksalhaften Freitagabend, hatte Jillian von einer Telefonzelle aus angerufen, nachdem die Batterie in ihrem Handy leer war. Sie wollte über den Streit reden, den sie mit ihrem Vater gehabt hatte. Sie brauchte die Unterstützung einer Freundin. Ihre Freundin hatte sie Rob Marshall ausgeliefert.

»Michele liebt ihn«, sagte Angie und zupfte an dem Verband. Ihr Mund verzog sich, und sie fügte hinzu: »Mehr als mich«.

Aber Michele war alles, was sie hatte, ihre einzige Familie, ihre Ersatzmutter, und so hatte sie eben getan, was immer Michele von ihr verlangte. Kate fragte sich, was wohl in Angies Kopf passieren würde, wenn man ihr endlich sagte, daß Michele tot war, daß sie alleine war – der eine Zustand, vor dem sie sich am allermeisten fürchtete.

Es klopfte leise an der Tür, ein Zeichen, daß Kates Zeit als Besucherin vorbei war. Wenn sie ging, würde sie von denen auf der anderen Seite des Beobachtungsfensters – Sabin, Lieutenant Fowler, Gary Yurek und Kovac – ausgequetscht werden.

Kovac war wieder in Gnaden aufgenommen worden, nachdem er sich als Retter in Kates Feuer Sendezeit gesichert hatte. Ein Foto von ihm und Quinn, die sie zur Hintertür ihres Hauses heraustrugen, hatte jede Zeitung der Cities geziert und es sogar auf das Cover von *Newsweek* geschafft. Sie dachten alle, Kate wäre auf ihre Bitte hier. Aber sie hatte die ihr aufgetragenen Fragen nicht gestellt, nicht auf bestimmte Antworten gedrängt. Sie war nicht in diese geschlossene psychiatrische Abteilung gekommen, um Angie Finlow auszunutzen. Sie war nicht als Betreuerin einer Klientin hier. Sie war gekommen, um jemanden zu sehen, mit dem sie ein gräßliches Erlebnis geteilt hatte. Jemanden, dessen Leben für immer mit ihrem verbunden war, auf eine Art, wie es kein anderes je sein würde.

Sie griff mit der Hand über die Tischplatte und berührte Angies Hand, versuchte, sie in der Gegenwart zu halten, im Augenblick. Ihre eigenen Hände waren immer noch verfärbt und aufgedunsen, die Male an ihren Handgelenken von jungfräulich weißen Verbänden verdeckt. Drei Tage waren seit dem Vorfall in ihrem Haus vergangen.

»Du bist nicht allein, Kleine«, flüsterte Kate leise. »Du kannst nicht einfach mein Leben retten und dann wieder daraus verschwinden. Ich werde dich im Auge behalten. Da hast du eine kleine Erinnerung daran.«

Mit der Geschicklichkeit eines Zauberers schob sie das Ding aus ihrer Hand in Angies. Den winzigen Tonengel, den Angie von ihrem Schreibtisch gestohlen und dann im Phoenix zurückgelassen hatte.

Angie starrte die Figur an, ein Schutzengel, in einer Welt, in der solche Dinge nicht wirklich existierten – das hatte sie zumindest immer geglaubt. Das Bedürfnis, es doch zu glauben, war jetzt so stark, daß es ihr Angst machte, und sie zog sich in die schattenverhangene Seite ihres Bewußtseins zurück, um der Angst zu entrinnen. Besser, an nichts zu glauben, als darauf zu warten, daß die unvermeidliche Enttäuschung wie eine Axt heruntersauste.

Ihre Hand schloß sich um die Figur und hielt sie wie ein Geheimnis. Sie schloß die Augen und schaltete ihren Verstand aus, merkte nicht einmal, daß ihr die Tränen übers Gesicht liefen.

Kate blinzelte ihre eigenen Tränen zurück, als sie sich langsam und vorsichtig erhob. Sie strich mit der Hand über Angies Haar, beugte sich vor und drückte einen sanften Kuß auf ihren Kopf.

»Ich komme wieder«, flüsterte sie, dann sammelte sie ihre Krücken ein und humpelte zur Tür, vor sich hinmurmelnd. »Kann wohl nicht mehr weiter behaupten, daß ich nicht mit Kindern arbeite.«

Der Idee folgte eine Woge von Emotionen, mit denen fertig zu werden ihr heute einfach die Kraft fehlte. Glücklicherweise warteten noch jede Menge Morgen auf sie, um an ihnen zu arbeiten.

Als sie in den Gang trat, öffnete sich die Tür zum Beobachtungsraum, und Sabin, Fowler und Yurek kamen heraus. Sie sahen frustriert aus.

Kovac folgte ihnen mit einem selbstzufriedenen Grinsen, als wolle er sagen: »Sieh dir die Clowns an«. Gleichzeitig dampfte ein kleiner attraktiver Mann mit italienischem Aussehen und einem 3500 Dollar Anzug den Gang entlang auf sie zu, mit grimmiger Miene und begleitet von Lucas Brandt.

»Haben Sie mit dem Mädchen ohne Anwesenheit ihres Rechtsbeistandes gesprochen?« fragte er.

Kate bedachte ihn mit einem tiefgekühlten Blick.

»Sie müssen das einstellen, bis sie für zurechnungsfähig erklärt ist«, sagte Brandt zu Sabin.

»Sagen Sie mir nicht, wie ich meinen Job zu machen habe.« Sabin zog die Schultern hoch, als würde er gleich die Fäuste hochnehmen. »Was machen Sie hier, Costello?«

Anthony Costello, Chefschleimer für die Reichen und Berühmten. »Ich bin hier, weil Peter Bondurant mich gebeten hat, Angie Finlow zu vertreten.«

Kate hätte fast gelacht. Gerade als sie dachte, nichts könnte sie mehr erstaunen ... da zahlte Peter Bondurant für Angies Rechtsbeistand. Wiedergutmachung dafür, daß er ihre Schwester in den Rücken geschossen hatte? Gute PR für den Mann, der selbst bald vor Gericht stehen würde? Oder vielleicht wollte er einfach etwas wiedergutmachen für das verpfuschte Leben seiner Tochter, indem er Angie aus ihrem verpfuschten Leben heraushalf. Karma.

»Alles, was sie Ihnen gesagt hat, fällt unter die Schweigepflicht«, bellte Costello sie an.

»Ich bin nur hier, um eine Freundin zu besuchen«, sagte Kate und humpelte davon. Sollten das doch die Männer austragen.

Ein neuer Akt für den Medizinzirkus.

»He, Red!«

Sie drehte sich um und blieb stehen, als Kovac auf sie zukam. Er sah aus, als wäre er am Strand eingeschlafen. Sein Gesicht hatte das üble Rot eines Sonnenbrandes. Seine Augen waren zwei blasse Ausrufezeichen, abgesengt. Der Pflichtschnurrbart für Cops war weg, wodurch er nackt und jünger aussah.

»Wie gefallen dir diese Brüder?« krächzte er und kämpfte gegen einen Hustenkrampf. Die Nachwirkungen einer Rauchvergiftung.

»Wunderlicher und immer wunderlicher.«

»Quinn schon zurück?«

»Morgen.«

Er war zurück nach Quantico, um alles abzuschließen und seinen ersten Urlaub in fünf Jahren einzureichen – Thanksgiving.

»Also, kommst du heute abend?«

Kate schnitt eine Grimasse. »Ich glaube nicht, Sam. Mir ist nicht nach Gesellschaft.«

»Kate«, knurrte er vorwurfsvoll. »Das ist die Truthahntotenfeier! Ich bin der verdammte Bischof, verflixt nochmal! Wir haben einiges zu feiern.«

Wahr, aber eine wilde Party mit Gummihühnern und einem Mob trunkener Polizisten und Justizpersonal schien ihr nicht passend. Nach allem, was passiert war, nach dem Mediensperrfeuer, das sie die letzten paar Tage hatte ertragen müssen, war Umgang mit Leuten das letzte, was sie wollte.

»Ich schau's mir in den Nachrichten an«, sagte sie.

Er seufzte resigniert und wurde ernst, als er zum wahren Grund seiner Flucht vom Rudel kam. »Das war vielleicht ein Fall. Du hast dich tapfer geschlagen, Red.« Der Anflug seines üblichen ironischen Grinsens umspielte seinen Mund. »Für einen Zivilisten bist du ganz okay.«

Kate grinste ihn an. »Du mich auch, Kojak.« Dann humpelte sie näher und küßte ihn auf die Wange. »Danke fürs Leben retten.«

»Jederzeit.«

Eine Warmfront hatte am Tag zuvor Einzug in Minnesota gehalten, Sonne und Temperaturen um fünfzehn Grad im Gepäck. Der Schnee war fast weg, darunter kamen abgestorbener gelber Rasen und kahle Büsche und Dreck zum Vorschein. Die Bürger von Minneapolis hatten immer ihre langen Winter vor Augen, also stürzten sie sich aus ihrem verfrühten Winterschlaf auf Fahrräder und Rollerblades. Kleine Rudel alter Damen beim Power Walk trabten Kates Straße entlang, den Weg zum See hinunter, und verlangsamten ihre Schritte, um die geschwärzten Außenmauern ihres Hauses anzugaffen.

Der größte Schaden beschränkte sich auf den Keller und das Erdgeschoß. Das Haus würde saniert, repariert und restauriert werden, und sie würde versuchen, nicht allzuviel an das zu denken, was darin passiert war, jedesmal, wenn sie in den Keller gehen mußte. Sie würde versuchen, nicht vor der Waschmaschine stehenzubleiben und daran zu denken, wie Rob Marshall tot dagelegen hatte und auf ihrem Boden zu einem verkohlten Klumpen verbrannt war.

Auf sie warteten härtere Aufgaben, als das Aussuchen neuer Küchenschränke.

Kate tastete sich durch das verkohlte Chaos, das einmal das Erdgeschoß gewesen war. Ein Kumpel von Kovac, der viele Brandstiftungsuntersuchungen durchgeführt hatte, hatte für sie das Haus überprüft, ihr gesagt, wohin sie nicht gehen sollte, was sie tun sollte und was nicht. Sie setzte einen gelben Schutzhelm auf, den er ihr gegeben hatte, um sich vor fallenden Putzstücken zu schützen. An einem Fuß trug sie einen dicken Wanderstiefel. Am anderen eine dicke Wollsocke und einen extra starken Müllsack.

Sie sortierte mit einer Zange mit langen Griffen den Müll, hielt Ausschau nach Dingen, die es wert waren, sie zu behalten. Die Arbeit deprimierte sie so, daß sie nicht einmal weinen konnte. Trotz des rechtzeitigen Eintreffens der Feuerwehr hatte die Explosion der Farben und Lösungsmittel im Keller einen Großteil des Erdgeschosses verwüstet. Und was das Feuer nicht verwüstet hatte, hatten die Feuerwehrschläuche ruiniert.

Der Verlust normaler Besitztümer machte ihr nichts aus. Sie konnte sich einen anderen Fernseher kaufen. Ein Sofa war ein Sofa. Ihre Garderobe war vom Rauch beschädigt, aber die Versicherung würde ihr eine neue bezahlen. Es war der Verlust von Dingen, an denen so viele Erinnerungen hingen, der schmerzte. Sie war in diesem Haus aufgewachsen. Das Ding, das jetzt aussah wie verbrannte Baumstümpfe, war einmal der Schreibtisch ihres Vaters gewesen. Sie konnte sich erinnern, wie sie beim Versteckspielen mit ihrer Schwester in den Fußraum geklettert war. Der Schaukelstuhl im Wohnzimmer hatte ihrer Großtante gehört. Fotoalben, mit einem Leben voller Erinnerungen, waren verbrannt, geschmolzen oder völlig durchnäßt, dann gefroren und wieder aufgetaut worden.

Sie hob die Reste eines Albums mit Bildern von Emily auf und begann, es durchzublättern. Die Tränen stiegen auf, als ihr klar wurde, daß die Fotos zum größten Teil ruiniert waren. Es war, als würde sie ihr Kind noch einmal verlieren.

Sie schloß das Album und drückte es an ihre Brust, sah durch tränengetrübte Augen die Zerstörung an. Vielleicht war das nicht der Tag für diese Arbeit. Quinn hatte am Telefon versucht, es ihr auszureden. Sie hatte darauf bestanden, sie wäre stark genug, und sie bräuchte jetzt etwas Positives.

Aber sie war nicht stark genug. Nicht so, wie sie dachte. Sie fühlte sich zu wund, zu müde, zu nahe an der Oberfläche. Sie fühlte sich, als hätte sie mehr verloren, als das Feuer genommen hatte. Ihr Glaube an ihr Urteilsvermögen war erschüttert worden. Die Ordnung ihrer Welt stand Kopf. Sie hatte das starke Empfinden, sie hätte fähig sein müssen, zu verhindern, was passiert war.

Der Fluch des Opfers. Sich selbst überlisten. Seinen Mangel an Kontrolle über die Welt um sich herum hassen. Die Frage war, ob ein Mensch sich darüber erheben konnte, sich daran vorbeidrängen, über die Erfahrung hinauswachsen.

Sie trug das Fotoalbum nach draußen und legte es in eine Schachtel auf der Hintertreppe. Der Garten war überflutet von gelb-orangem Licht, als die Sonne ihren frühen Rückzug vom Tag begann. Das diffuse Licht fiel wie Dunst über ihren wintertoten Garten und eine Statue, die sie vergessen hatte für den Winter einzumotten – eine Elfe, die auf einem Podest saß und ein Buch las. Nur von toten Stielen umgeben wirkte sie viel zu exponiert und verletzlich. Sie hatte den seltsamen Drang, sie hochzunehmen und wie ein Kind zu halten. Sie zu beschützen.

Eine weitere Woge von Emotionen trieb ihr die Tränen in die Augen, als sie daran dachte, wie Angie so klein und jung ausgesehen hatte in dem viel zu großen Krankenhaushemd, den Blick auf den winzigen Schutzengel in ihrer Hand gerichtet.

Vor dem Haus knallte eine Autotür, und als sie um die Hausecke herumspähte, sah sie Quinn von einem Taxi weggehen. Bei seinem Anblick wurde ihr sofort leichter ums Herz, so wie er aussah, wie er sich bewegte, die gerunzelte Stirn, als er zum Haus hochsah, ohne zu merken, daß sie ihn beobachtete, wärmte er ihre Seele. Und genauso schnell spannten sich ihre Nerven an.

Sie hatten in den Tagen seit dem Feuer nicht viel voneinander gesehen. Die Abwicklung des Falles hatte praktisch Quinns gesamte Zeit beansprucht. Die Medien hatten sich um ihn gerissen, als sie darauf bestanden, daß jeder Aspekt des Falls noch einmal durchgekaut, analysiert und noch einmal analysiert werden mußte. Und dann die offizielle Berufung zurück nach Quantico, wo mehrere Fälle auf ihn warteten, die alle gleichzeitig den Höhepunkt erreichten. Selbst ihre Telefonate waren kurz gewesen, und beide waren den großen Fragen ihrer Beziehung ausgewichen. Der Fall hatte ihn nach Minneapolis gebracht. Der Fall hatte sie zusammengebracht. Der Fall war vorbei. Was jetzt?

»Ich bin hinterm Haus!« rief Kate.

Quinn fixierte sie, als er den Weg am Haus entlang auf sie zuging. Sie sah lächerlich und schön aus in ihrem Schutzhelm und einem viel zu großen grünen Segeltuchmantel. Schön, obwohl sie durch und durch mitgenommen, durchgebeutelt, angeschlagen war.

Er hatte sie fast verloren. Wieder. Für immer. Der Gedanke traf ihn etwa alle fünf Minuten mit der Wucht eines Hammers in den Solarplexus. Und teils hätte er sie fast verloren, weil er nicht fähig gewesen war, das Monster vor seiner Nase zu sehen, das er eigentlich besser hätte kennen müssen als jeder andere auf dieser Welt.

»He, Schönheit«, sagte er. Er ließ die Koffer auf den Boden fallen, nahm sie in die Arme und küßte sie – nicht sexy, sondern auf eine Art, die sie beide tröstete. Der Helm kippte nach hinten und fiel hinunter, ließ ihr Haar wie einen Wasserfall über ihren Rücken strömen. »Wie läuft's denn?«

»Es kotzt mich an. Ich hasse es«, sagte sie ohne Umschweife, echt Kate eben. »Ich hab mein Haus gemocht. Ich hab meine Sachen gemocht. Ich mußte schon einmal neu anfangen. Ich möchte es nicht nochmal tun. Aber das Leben sagt: ›Hohe Latte‹, und was hab ich für eine Wahl? Zähne zusammenbeißen und weitermarschieren.«

Sie zog die Schultern hoch und brach den Augenkontakt ab. »Besser als Angies Deal mit dem Leben. Oder Melanie Hesslers.«

Quinn nahm ihr stures Kinn in seine Hand und drehte ihr Gesicht wieder zu sich. »Übst du wieder Selbstkasteiung, Kathryn Elizabeth?«

Sie nickte und ließ ihn die Tränen mit dem Daumen von ihrem Gesicht wischen.

»Das tu ich auch«, beichtete er und fand ein ironisches Lächeln.

»Wir sind vielleicht ein Paar. Stell dir vor, wie toll die Welt wäre, wenn du und ich sie wirklich kontrollieren würden.«

»Wir würden es auf jeden Fall besser machen als wer auch immer jetzt gerade dabei ist«, versprach sie, dann erschauderte sie. »Oder ich würde es vermasseln, und Menschen, an denen mir etwas liegt, würden verletzt werden.«

»Also, hier ist ein Gerücht, das ich heute gehört habe. Wir sind nur Menschen. Fehler kommen mit der Gattung.«

Kate runzelte die Stirn. »Menschen?« Sie nahm seine Hand und führte ihn zu einer alten, verwitterten Gartenbank aus Zedernholz. »Du und ich? Wer hat dir das erzählt? Ich geh sofort los und schmelze ihre Gehirne mit meinen Todesstrahlen.«

Sie setzten sich, und sein Arm legte sich automatisch um ihre Schulter, genau wie ihr Kopf automatisch seine fand.

»He du, du bist zu früh«, sagte sie.

»Naja, ich wollte die Truthahnbeerdigung nicht verpassen«, sagte er, ohne eine Miene zu verziehen. »Freust du dich, mich zu sehen?«

»Nach der Antwort nicht.«

Er lachte und hauchte einen Kuß an ihre Schläfe. Sie saßen schweigend ein paar Minuten da und starrten auf die geschwärzte Hintertür des Hauses, aus der Kovac und Quinn sie herausgetragen hatten.

»Ich bin hierher zurückgekommen und habe mir dieses ganz spezielle Leben aufgebaut«, sagte Kate leise. »Ich dachte, wenn ich es so mache, hätte ich alles im Griff und etwas Schlimmes könnte nicht mehr passieren. Ganz schön naiv, was?«

Quinn zog die Schultern hoch. »Ich dachte, wenn ich meine Welt am Schwanz packe, könnte ich alle Dämonen daraus vertreiben. Aber so funktioniert es nicht. Da kommt immer wieder ein neuer Dämon. Ich kann sie gar nicht mehr alle zählen. Ich kann sie gar nicht mehr auseinanderhalten. Zur Hölle, ich kann sie ja nicht mal vor meiner Nase sehen.«

Kate konnte den Anflug von Verzweiflung hinter der vermeintlichen Härte hören und wußte, daß auch sein Vertrauen in seine Fähigkeiten erschüttert war. The Mighty Quinn. Der immer recht hatte, sich immer sicher war, sich wie ein Pfeil vorwärtsbewegte.

Sie hatte immer seine unerschöpfliche Kraft geliebt, seine Sturheit bewundert. Und genau so sehr liebte sie ihn für seine Verletzlichkeit.

»Keiner hat das kommen sehen, John. Ich hab den Kerl vom ersten Tag an, als er den Job übernahm, gehaßt und *das* nicht einmal vermutet. Wir sehen, was wir erwarten. Beängstigend, wenn man bedenkt, was unter der Oberfläche liegen kann.«

Sie starrte den Garten an, tot und braun, unwirklich im verblassenden Licht. »Stell dir die grauenhafteste, widerlichste Grausamkeit vor, die ein menschliches Wesen an einem anderen begehen kann. Irgend jemand da draußen tut es gerade wieder. Ich weiß nicht, wie du es noch ertragen kannst, John.«

»Ich ertrag's eben nicht mehr«, gab er zu. »Du weißt doch, wie es ist, wenn man mit dem Job anfängt. Alles belastet einen. Man muß sich abhärten. Du mußt deine emotionale Rüstung anlegen. Dann erreichst du einen Punkt, an dem du soviel gesehen hast, daß dich nichts mehr tangiert, und du fragst dich allmählich, wie es mit deiner Empfindungsfähigkeit bestellt ist. Bleib lange genug dabei, dann fängt die Rüstung an zu rosten, das Böse beginnt, sich durchzunagen, und du bist wieder da, wo du angefangen hast, nur bist du älter und müder und du weißt, du kannst nicht alle Drachen töten, egal wieviel Mühe du dir gibst.«

»Und was dann?« fragte Kate leise.

»Dann trittst du entweder beiseite, oder frißt deine Pistole, oder fällst tot um wie Vince Walsh.«

»Oberflächlich gesehen scheint mir diese Wahl hirnlos.«

»Nicht wenn der Job alles ist, was du hast. Wenn du dich darin vergräbst, weil du viel zu große Angst davor hast, loszugehen und das Leben zu leben, das du wirklich willst. Porträt von mir in den letzten fünf Jahren«, sagte er. »Aber jetzt nicht mehr. Von heute an bin ich offiziell im Urlaub. Zeit, den Steß abzubauen, meinen Kopf wieder richtig rum festzuschrauben.«

»Zu entscheiden, was du willst«, bot ihm Kate für seine Liste an.

»Ich weiß, was ich will«, sagte er schlicht.

Er wandte sich ihr auf der Bank zu und nahm ihre Hände. »Ich brauche etwas Gutes in meinem Leben, Kate. Ich brauche etwas

Schönes, Herrliches in meinem Leben. Ich brauche dich. Ich brauche uns. Was brauchst du?«

Kate sah ihn an, mit ihrem zerstörten Heim am Rande ihres Blickfeldes und dachte ausgerechnet an einen Phoenix, der aus der Asche aufstieg. Die Ereignisse, die sie zu dieser Zeit an diesen Ort gebracht hatten, mochten wohl entsetzlich gewesen sein, aber es war ihre Chance auf einen neuen Anfang. Zusammen.

Zum ersten Mal seit fünf Jahren spürte sie warmen, süßen Frieden an der Stelle, an der bisher harte schmerzende Leere, gegen die sie fast abgestumpft war, geherrscht hatte. Sie hatte die Jahre ohne ihn mit einfachem Existieren verbracht. Jetzt war es Zeit zu leben. Nach all dem Tod, sowohl buchstäblich als auch bildlich gesprochen, war es für sie beide an der Zeit zu leben.

»Ich brauche deine Arme um mich, John Quinn«, sagte sie leise lächelnd. »Jeden Tag und jede Nacht in meinem Leben.«

Quinn blies seinen angehaltenen Atem hinaus. Ein Grinsen zog über sein attraktives Gesicht. »Du hast dir mit der Antwort lange genug Zeit gelassen.«

Er nahm sie behutsam in die Arme, mit Rücksicht auf ihre Verletzungen und zog sie an sich. Er bildete sich ein, er könnte ihr Herz trotz des schweren Segeltuchmantels klopfen hören.

»Du hast mein Herz, Kate Conlan«, sagte er und begrub seine kalte Nase in der dichten Seide ihres Haars. »Du hast es die ganze Zeit gehabt. Ich hab zulange ohne es gelebt.«

Kate lächelte an seiner Brust in der Gewißheit, daß *dies* ihr Zuhause war – seine Umarmung, seine Liebe.

»Naja, Pech für dich, John Quinn«, sagte sie und sah im letzten Licht des Sonnenuntergangs zu ihm hoch. »Ich geb's nämlich nicht wieder her.«

Danksagung

Meine tiefe Dankbarkeit gilt Special Agent Larry Brubaker vom FBI, der mir so großzügig seine Zeit und sein Wissen zur Verfügung gestellt hat. Ich möchte hiermit unmißverständlich festhalten, daß er nicht das Vorbild für Vincent Walsh war. (Tut mir leid, Bru.) An dieser Stelle möchte ich außerdem anmerken, daß sich während der Entstehung dieses Buches beim FBI einige Veränderungen ergeben haben. Früher – und auch in dieser Geschichte – trugen die in Frage kommenden Einheiten die Bezeichnungen Investigative Support and CASKU (Child Abduction Serial Killer Unit = Abteilung für Kindesentführung und Serienmörder). Jetzt gehören sie zum National Center for the Analysis of Violent Crime. Die Agenten arbeiten nicht mehr zwanzig Meter unter der Erde in der FBI Akademie in Quantico. Sie sind buchstäblich aufgestiegen; in ihrem neuen Domizil kriegen sie Fenster. Für Autoren nicht so interessant, aber die Agenten wissen es zu schätzen.

Meine aufrichtige Dankbarkeit auch den folgenden Polizei- und Justizexperten, die so großzügig ihre Zeit opferten, um meine Fragen zu beantworten. Wie immer habe ich mein Bestes getan, den Jobs, die ich hier schildere, Authentizität zu verleihen. Alle Abweichungen oder Fehler, die im Namen der dichterischen Freiheit auftreten, sind meine eigenen.

Frances James, Hennepin County Victim/Witness Program
Donna Dunn, Olmsted County Victim Services
Sergeant Bernie Martinson, Minneapolis PD
Special Agent In Charge Roger Wheeler, FBI
Lieutenant Dale Barsness, Minneapolis PD

Detective John Reed, Hennepin County Sheriff's Office

Andi Sisco: Millionenfachen Dank für die Kontakte, die du mir verschafft hast. Du bist ein Star.

Diva Karyn, alias Elizabeth Grayson: Meinen besonderen Dank für die genialen Vorschläge im Hinblick auf einen besonders grausigen Fetisch, der hier benutzt wird. Wer will da noch behaupten, Krimiautoren hielten ein Monopol auf ekelhaftes Wissen?

Der Autorin von *Brain Dead,* Eileen Dreyer: Danke für die wie immer zuverlässige Unterstützung, technisch wie anderweitig.

Diva Bush, alias Kim Cates: Für mehr vom selben.

Und meinen besonderen Dank, Rocket, für deine Unterstützung, deine Empathie, deine Ermunterung und den gelegentlichen Tritt in den Hintern. Elend liebt Gesellschaft, und du bist diejenige, welche …

Dunkle Pfade

Dieses Buch ist den vielen Opfern gewidmet,
die auf Gerechtigkeit warten,
und den Vertretern der Justiz,
die hartnäckig versuchen,
diese Gerechtigkeit durchzusetzen.

Prolog

Rot ist die Farbe von gewaltsamem Tod. Rot ist die Farbe starker Gefühle – Liebe, Leidenschaft, Gier, Zorn, Haß.

Gefühle – besser, keine zu haben.
Ein Glück, sie nicht zu haben!

Liebe,
Leidenschaft,
Gier,
Zorn,
Haß.

Die Gefühle zerren einander im Kreis herum. Schneller, heftiger, verschwimmen zu Gewalt. Ich war machtlos dem gegenüber.

Liebe,
Leidenschaft,
Gier,
Zorn,
Haß.

Die Worte pulsierten durch meinen Kopf, jedesmal wenn ich das Messer in ihren Körper stieß.

Haß,
Zorn,
Gier,
Leidenschaft,
Liebe.

Die Linie, die sie trennt, ist dünn und rot.

1

Ihre Leiche lag auf dem Boden. Die schlanken Arme ausgestreckt, Handflächen nach oben. Tod. Kalt und brutal, seltsam intim.

Die Leute erhoben sich wie ein Mann, als der Richter aus seinem Zimmer kam. Der Ehrenwerte Franklin Monahan. Die Galionsfigur der Gerechtigkeit. Die Entscheidung lag bei ihm.

Schwarze Pfützen von Blut im silbernen Mondlicht. Ihr Leben ausgeronnen zu einer Pfütze auf dem harten Boden aus Zypressenholz.

Richard Kudrow, der Verteidiger. Dünn, grau, mit hängenden Schultern, als hätte das Feuer der Gerechtigkeit allen Überschuß in ihm weggebrannt und bereits begonnen, die Muskelmasse zu verzehren. Sein scharfer Blick und die Kraft seiner Stimme straften den Anschein von Zerbrechlichkeit Lügen.

Ihr nackter Körper, mit der Spitze des Messers graviert. Ein Werk gewalttätiger Kunst.

Smith Pritchett, der Bezirksstaatsanwalt. Stämmig und aristokratisch. Das Gold seiner Manschettenknöpfe fängt das Licht, als er flehend die Hände hebt.

Schreie nach Gnade, erstickt durch den kalten Schatten des Todes.

Chaos und Empörung rollten in einer Woge von Geräuschen durch die Menge, als Monahan sein Urteil verkündete. Der kleine Amethystring war nicht auf dem Durchsuchungsbefehl für das Haus des Angeklagten aufgelistet und war deshalb nicht Bestandteil des Durchsuchungsbefehls, und es war gesetzlich nicht zulässig, ihn zu beschlagnahmen.

Pamela Bichon, siebenunddreißig, getrennt lebend, Mutter einer neunjährigen Tochter. Brutal ermordet. Ausgeweidet. Ihre nackte Leiche hatte man in einem leerstehenden Haus am Pony Bayou gefunden, die Handflächen mit Nägeln am Holzboden festgehämmert, die blinden Augen ins Nichts starrend durch die Schlitze einer Mardi-Gras-Maske.

Klage abgewiesen.

Die Menschenmenge ergoß sich aus dem Partout Parish Courthouse, vorbei an den dicken dorischen Säulen, die breite Treppe hinunter: ein summender Schwarm von Menschen mit den Schlüsselfiguren des Dramas, das sich in Richter Monahans Gerichtssaal abgespielt hatte, in seinem Zentrum.

Smith Pritchetts schmale Augen konzentrierten sich auf den marineblauen Lincoln, der ihn am Randstein erwartete, ein kurzes Sperrfeuer von »Kein Kommentar« in Richtung blutrünstiger Presse. Richard Kudrow dagegen blieb genau in der Mitte der Treppe stehen.

Ärger war das erste Wort, das Annie Broussard in den Sinn kam, als die Presse begann, den Verteidiger und seinen Klienten einzukreisen. Wie jeder andere Deputy des Sheriffsbüros hatte sie vergeblich gehofft, Kudrow würde mit seinem Antrag, den Ring als Beweismittel nicht zuzulassen, scheitern. Alle hatten gehofft, Smith Pritchett wäre derjenige, der triumphierend auf den Treppen des Gerichts stehen würde.

Sergeant Hooker krächzte durchs Funkgerät. »Savoy,

Mullen, Prejean, Broussard, stellt euch vor diese verfluchten Reporter. Wir müssen Abstand zwischen der Menge und Kudrow und Renard kriegen, bevor das in ein Scheiß-Handgemenge ausartet.«

Annie drängte sich zwischen den Leibern durch, die Hand am Griff ihres Schlagstocks. Sie richtete den Blick auf Marcus Renard, als Kudrow zu sprechen begann. Er stand neben seinem Anwalt und fühlte sich sichtlich unwohl dabei, so im Mittelpunkt des Interesses zu stehen. Er war kein Mann, der Aufmerksamkeit suchte. Still, bescheiden, ein Architekt in der Firma Bowen & Briggs. Nicht häßlich, nicht gutaussehend. Schütteres braunes Haar, ordentlich gekämmt, und braune Augen, die ein bißchen groß für ihre Höhlen schienen. Er stand mit hängenden Schultern und eingefallener Brust da, ein jüngerer Schatten seines Anwalts. Seine Mutter stand eine Stufe über ihm, eine magere Frau mit erstauntem Gesichtsausdruck und einem Mund, so gespannt und gerade wie ein Gedankenstrich.

»Einige Leute werden dieses Urteil als Verzerrung der Gerechtigkeit bezeichnen«, sagte Kudrow mit lauter Stimme. »Die einzige Verzerrung der Gerechtigkeit, die hier begangen wurde, war die des Sheriffsbüros von Partout. Ihre *Ermittlungen* gegen meinen Klienten waren in jedem Fall Schikane. Zwei vorhergehende Durchsuchungen von Mr. Renards Heim haben nichts erbracht, was ihn mit dem Mord an Pamela Bichon in Verbindung bringen könnte.«

»Wollen Sie damit andeuten, daß das Büro des Sheriffs Beweismaterial manipuliert hat?« rief ein Reporter.

»Mr. Renard ist das Opfer engstirniger und fanatischer Ermittlungen unter der Leitung von Detective Nick Fourcade. Sie alle kennen Fourcades Sündenregister beim New Orleans Police Department, Sie kennen seinen Ruf, den er hierher mitgebracht hat. Detective Fourcade hat *angeblich* den Ring in der Wohnung meines Klienten gefunden. Ziehen Sie Ihre eigenen Schlüsse.«

Während sie sich an einem Fernsehkameramann vorbeidrängte, sah Annie, wie Fourcade sich umdrehte, kaum sechs Schritte von Kudrow entfernt. Die Kameras schwenkten hastig auf ihn. Sein Gesicht war eine Maske aus Stein, die Augen hinter einer verspiegelten Sonnenbrille versteckt. Eine Zigarette schmorte zwischen seinen Lippen. Sein Jähzorn war Legende. In der Abteilung kursierten Gerüchte, er wäre ein bißchen irre.

Er gab keinen Kommentar zu Kudrows Anspielung, aber mit einem Mal schien sich die Luft zu verdichten. Die Menge hielt erwartungsvoll den Atem an. Fourcade zog die Zigarette aus dem Mund, schleuderte sie zu Boden und blies den Rauch aus seinen Nüstern. Annie machte einen halben Schritt auf Kudrow zu, ihre Finger schlossen sich um den Griff ihres Schlagstocks. Einen Herzschlag später sprang Fourcade die Treppe hoch – direkt auf Renard zu und schrie: »Nein!«

»Er bringt ihn um!« kreischte jemand.

»Fourcade!« dröhnte Hookers Stimme, als der fette Sergeant hinter ihm herstürzte und vergeblich versuchte, ihn am Hemd zu kriegen.

»Du hast sie umgebracht! Du hast mein kleines Mädchen umgebracht!«

Die schmerzgepeinigten Schreie kamen aus der Kehle von Hunter Davidson, dem Vater von Pamela Bichon, der die Treppe hoch auf Renard zustürzte. Ein Arm kreiselte wild, mit der anderen Hand umklammerte er eine 45er.

Fourcade stieß Renard mit einer bulligen Schulter zur Seite, packte Davidsons Handgelenk und stieß es gen Himmel, als ein Schuß aus der 45er peitschte und alles anfing zu schreien. Annie warf sich von rechts gegen Davidson. Ihr viel kleinerer Körper prallte gegen seinen, gerade als Fourcade sich mit seinem ganzen Gewicht von links gegen den Mann warf. Davidsons Knie gaben nach, und alle drei gingen in einem Gewirr von Armen und Beinen zu Boden, grunzend und schreiend polterten sie die Treppe hinunter, Annie zuunterst. Ihre Lunge entleerte sich mit einem Schlag, als vierhundert Pfund Mann auf sie knallten.

»Er hat sie umgebracht!« schluchzte Hunter Davidson, und sein großer Körper wurde schlaff. »Er hat mein Mädchen geschlachtet!«

Annie wand sich unter ihm heraus, setzte sich auf und schnitt eine Grimasse. Ihr einziger Gedanke war, daß kein körperlicher Schmerz mit dem vergleichbar war, was dieser Mann durchmachen mußte.

Sie strich eine Strähne ihres dunklen Haars zurück, die sich aus ihrem Pferdeschwanz gelöst hatte, und tastete vorsichtig über die pochende Beule in ihrem Nacken. Ihre Fingerspitzen waren voller Blut.

»Nehmen Sie das«, befahl Fourcade mit leiser Stimme und hielt Annie Davidsons Pistole mit dem Griff nach vorn hin. Er beugte sich mit gerunzelter Stirn über Davidson und legte eine Hand auf die Schulter des Mannes, während ihm Prejean die Handschellen anlegte. »Tut mir leid«, murmelte er. »Ich wünschte, ich könnte Ihnen erlauben, ihn umzubringen.«

Annie richtete sich auf und versuchte, die schußsichere Weste, die sie unter dem Hemd trug, geradezuziehen. Hunter Davidson war ein guter Mann. Ein ehrlicher, hart arbeitender Pflanzer, der seiner Tochter das College ermöglicht hatte und sie an dem Tag, an dem sie Donnie Bichon heiratete, zum Altar geführt hatte. Ihre Ermordung hatte ihn gebrochen, und der anschließende Mangel an Gerechtigkeit hatte ihn zu dieser Verzweiflungstat getrieben. Heute nacht würde Hunter Davidson der Mann sein, der im Gefängnis saß, während Marcus Renard in seinem eigenen Bett schlief.

»Broussard!« keifte Hooker gereizt. Plötzlich dräute er wie ein häßliches Schwein über ihr. »Geben Sie mir diese Pistole. Stehen Sie nicht einfach rum und halten Maulaffen feil. Bewegen Sie Ihren Hintern zu dem Streifenwagen, und machen Sie die gottverfluchte Tür auf.«

»Ja, Sir.« Mit etwas wackligen Beinen machte sie sich auf den Weg hinter die Menge.

Nachdem die Gefahr gebannt war, tobte die Presse wieder los, noch hektischer als vorher. Alles konzentrierte sich jetzt auf Davidson. Kameramänner schubsten sich gegenseitig, um den verzweifelten Vater vor die Linse zu kriegen. Smith Pritchett wurden Mikrofone unter die Nase gehalten.

»Werden Sie Anzeige erstatten, Mr. Pritchett?«

»Werden Sie ihn anzeigen, Mr. Pritchett?«

Pritchett fixierte sie mit grimmigem Blick. »Das wird sich noch zeigen. Bitte machen Sie Platz, und lassen Sie die Beamten ihre Arbeit machen.«

»Davidson konnte vor Gericht keine Gerechtigkeit kriegen, also hat er versucht, das Recht selbst in die Hand zu nehmen. Fühlen Sie sich verantwortlich, Mr. Pritchett?«

»Wir haben aus dem Beweismaterial, das uns zur Verfügung stand, das Beste gemacht.«

»Aus diesem zweifelhaften Beweismaterial?«

»Ich hab' es nicht gesammelt«, sagte er giftig und machte sich wieder auf den Weg, die Treppe zum Gericht hoch. Sein Gesicht strahlte feuerrosa wie frischer Sonnenbrand.

Annie hinkte die letzte Treppe hinunter und öffnete die Tür des blau-weißen Streifenwagens, der am Randstein stand. Fourcade brachte den schluchzenden Davidson zum Wagen, dicht gefolgt von Savoy und Hooker und flankiert von Mullen und Prejean. Die Menge brandete hinter ihnen und um sie herum wie Hochzeitsgäste, die das glückliche Brautpaar verabschiedeten.

»Werden Sie ihn offiziell verhaften, Fourcade?« fragte Hooker, als Davidson auf dem Rücksitz verschwand.

»Den Teufel werd' ich«, knurrte Fourcade und knallte die Tür zu. »Er hat nicht das schlimmste Verbrechen begangen. Verhaften Sie ihn doch selber.«

Der herausfordernde Ton ließ Hooker erröten, aber er

sagte nichts, als Fourcade die Straße überquerte, in seinen verbeulten schwarzen Ford 4×4 stieg und in entgegengesetzter Richtung zum Gefängnis wegfuhr.

Der Sheriff würde ihm später die Hölle heiß machen, dachte Annie auf dem Weg zu ihrem eigenen Streifenwagen. Aber eine nicht statthafte Vorgehensweise war die geringste von Fourcades Sorgen, und falls überhaupt etwas stimmte von dem, was Richard Kudrow sagte, auch die geringste seiner Sünden.

2

»Er ist schuldig«, verkündete Nick. Er ignorierte den Stuhl, den man ihm angeboten hatte, und tigerte in dem engen Sheriffsbüro hin und her. Das Adrenalin brannte wie ein hochgedrehter Gasbrenner in ihm.

»Und warum nageln Sie ihn dann nicht fest, Nick?«

Sheriff August F. Noblier blieb hinter seinem Schreibtisch sitzen. Der grobknochige, grobkantige Mann gab sich größte Mühe, Ruhe und Rationalität auszustrahlen, obwohl das von Fourcade offenbar wie Wasser auf Wachs abperlte. Gus Noblier hatte Partout Parish mit einigen Unterbrechungen fünfzehn seiner dreiundfünfzig Jahre lang regiert – drei aufeinanderfolgende Amtszeiten, eine Wahl verloren durch Stimmenfang und diverse Schweinereien von Duwayne Kenner, dann ein vierter Sieg. Er liebte seinen Job. Er war gut in seinem Job. Erst in den letzten sechs Monaten – seit der Einstellung von Fourcade – hatte er einen plötzlichen Heißhunger für Magentabletten entdeckt.

»Wir hatten den verdammten Ring«, sagte Fourcade wütend und strich sich das schwarze Haar mit einer Hand zurück.

»Sie wissen, daß er nicht auf dem Durchsuchungsbefehl stand. Sie haben gewußt, daß man ihn ablehnen würde.«

»Nein, ich dachte, daß dieses eine Mal das System ein bißchen Vernunft zeigen würde. *Mais sa c'est fou!*«

»Es ist nicht verrückt«, übersetzte Gus automatisch das Cajun-Französisch. »Wir reden hier über Regeln, Nick. Die Regeln gibt es aus einem bestimmten Grund. Manchmal müssen wir sie ein bißchen dehnen. Manchmal müssen wir drum rumschleichen. Aber wir können nicht einfach so tun, als würden sie nicht existieren.«

»Und was zum Teufel hätten wir dann tun sollen?« fragte Fourcade mit beißendem Sarkasmus und übertriebenem Achselzucken. »Den Ring in Renards Haus lassen und versuchen, einen neuen Durchsuchungsbefehl zu kriegen? Mit dem ›Offen-sichtbar‹-Argument hätten wir keinen gekriegt. Der Ring war verdammt noch mal nicht offen sichtbar. Und was dann? Ein paar Leute von Pamela Bichons Familie aufspüren und Quiz spielen?«

Er kniff die Augen zu und preßte die Fingerspitzen gegen die Stirn. »Ich denke da an etwas, was Pam gehörte, das vielleicht abgängig sein könnte. Könnt ihr denn nicht erraten, was dieses ›Etwas‹ sein könnte. Das wäre gegen die *Scheißregeln!*«

»Verflucht noch mal, Nick!«

Der Frust ließ Gus aufspringen und trieb eine ungesunde Röte in sein Gesicht. Sogar seine Kopfhaut glühte rosa durch seinen Bürstenhaarschnitt. Er rammte seine Hände in seine feisten Hüften und fixierte wutentbrannt Fourcade, der an seinem Schreibtisch lehnte. Mit seinen eins neunzig überragte er den Detective um einiges, aber Fourcade war wie ein Halbschwergewicht gebaut – nur Kraft und Muskeln und drei Prozent Körperfett.

»Und während wir dann alle hinter unseren Schwänzen hergejagt wären und versucht hätten, die Regeln zu befolgen«, fuhr Fourcade ungerührt fort, »glaubt ihr etwa, Renard hätte den Ring nicht in einen Bayou geworfen?«

»Sie hätten Stokes dortlassen und zurückkommen können. Und warum hatte Renard den Ring nicht bereits weggeworfen? Wir waren schon zweimal in seinem Haus –«

»Dreimal ist magisch.«

»So dämlich ist er nicht.«

Nick hatte mit allem möglichen von Gus Noblier gerechnet, aber damit nicht. Er kam sich vor, als hätte er Scheuklappen, dann fühlte er sich dumm, dann redete er sich ein, es spiele keine Rolle. Aber das stimmte nicht.

»Sie glauben, ich hätte diesen Ring untergeschoben?« fragte er mit gefährlich sanfter Stimme.

Gus seufzte. Der Blick aus seinen schmalen Augen glitt von Nicks Kinn und prallte woanders ab. »Das hab' ich nicht gesagt.«

»Das war auch nicht nötig. Verdammt, halten Sie mich etwa für so dämlich? Sie glauben doch nicht etwa, ich wäre so dumm gewesen, den Ring nicht vorher auf dem Durchsuchungsbefehl aufzulisten, wenn ich, bevor ich da hinging, gewußt hätte, was ich dort finden würde?«

Der Sheriff runzelte grimmig die Stirn, was die schlaffen Konturen seines Gesichts betonte. »Ich bin nicht derjenige, der Sie für einen Polizisten mit Dreck am Stecken hält, Nick. Das ist Kudrows Spiel, und die Presse spielt auf seiner Seite.«

»Und das soll mir nicht scheißegal sein?«

»Ihnen schon gar nicht. Der Fall macht alle Leute paranoid. Sie sehen in jedem Schatten einen Killer und wollen jemanden verhaftet sehen.«

»Renard –«

Gus hielt eine Hand hoch. »Sparen Sie sich die Spucke. Wir alle wollen bei der Geschichte eine Verurteilung. Ich sage Ihnen nur, wie das aussehen kann. Ich sage Ihnen nur, wie die Geschichte verdreht werden kann. Wenn Kudrow genug Zweifel sät, kriegen wir dieses Schwein nie. Ich sage Ihnen, daß Sie sich zusammenreißen sollen.«

Nick blies die Luft, die er angehalten hatte, raus, wandte sich von dem vollgeräumten Schreibtisch ab und begann, mit etwas weniger Energie auf und ab zu laufen. »Ich bin Detective und kein gottverdammter Kontaktpolizist. Ich hab' meine Arbeit zu machen.«

»Aber nicht auf Marcus Renards Buckel. Nicht jetzt.«

»Und was bitte soll ich dann tun? Mir von einem Zigeuner ein paar andere Verdächtige raufbeschwören lassen? Den Verdacht auf jemand anderen lenken, bloß um fair zu sein? Mich in diese Scheißtheorie einkaufen, daß der Mord die Arbeit eines Serienmörders ist, von dem jeder weiß, daß seine Karte vor vier Jahren gelocht wurde?«

»Sie können Renard nicht weiterhin unter Druck setzen, Nick. Nicht ohne solide Beweise oder einen Zeugen oder *irgend etwas*. Das ist polizeiliche Willkür, und er wird uns bis zum Jüngsten Tag verklagen.«

»Oh, ja, Gott bewahre, daß er uns anzeigen könnte!« zischte Nick verächtlich. »Ein Mörder!«

»Ein Bürger!« brüllte Gus und schlug zwischen die Stapel von Papieren auf dem Schreibtisch. »Ein Bürger mit Rechten und einem verdammt guten Anwalt, der dafür sorgt, daß wir sie respektieren. Das ist nicht irgendein Penner, mit dem wir es hier zu tun haben. Er ist Architekt, verdammt noch mal.«

»Er ist ein Mörder.«

»Dann nageln Sie ihn fest, und das strikt nach dem Gesetz. Ich hab' in dieser Gemeinde schon genug Ärger damit, daß die Hälfte der Leute glaubt, der Bayou-Würger wäre von den Toten auferstanden, und die andere Hälfte geifert danach, einen zu lynchen – Renard, Sie oder mich. Dieses Feuer brennt heiß genug, da brauch' ich nicht noch einen wie Sie, der Benzin draufschüttet. Nick, Sie werden sich mir bei dieser Geschichte nicht widersetzen, das sag ich Ihnen klipp und klar.«

»Was sagen Sie mir?!« sagte Nick herausfordernd. »Daß ich mich zurückhalten soll? Oder möchten Sie, daß ich mich ganz aus dem Fall raushalte, Gus?«

Er wartete voller Ungeduld auf Nobliers Antwort. Es machte ihm etwas angst, wieviel ihm das bedeutete. Der erste

Mord, den er untersuchte, seit er New Orleans verlassen hatte, und er hatte ihn aufgesogen, sein Leben verschlungen, *ihn* verschlungen. Der Bichon-Mord war wichtiger geworden als alles andere auf seinem Schreibtisch und in seinem Kopf. Manche würden das Besessenheit nennen. Er war der Meinung, diese Grenze hätte er noch nicht überschritten, aber vielleicht war er mitten im tiefsten Wald und sah vor lauter Bäumen nichts anderes. Es wäre nicht das erste Mal.

Seine Hände hatten sich zu Fäusten geballt. Klammerten sich an den Fall. Er brachte es nicht fertig loszulassen.

»Versuchen Sie doch wenigstens, nicht aufzufallen«, sagte Gus resigniert, als er sich in den Stuhl fallen ließ. »Überlassen Sie Stokes den größeren Teil des Falls. Kommen Sie Renard nicht in die Quere.«

»Er hat sie umgebracht, Gus. Er wollte sie haben, und sie wollte ihn nicht. Also hat er sie verfolgt. Er hat sie terrorisiert. Er hat sie gekidnappt. Er hat sie gefoltert. Er hat sie getötet.«

Gus machte eine Schale aus seinen Händen und hielt sie hoch. »Das sind unsere Beweise, Nick. Auch wenn jeder im Staat Louisiana wissen sollte, daß Marcus Renard es getan hat, wenn wir nicht mehr kriegen, als das, was wir bis jetzt haben, ist er ein freier Mann.»

»*Merde*«, murmelte Nick. »Vielleicht hätte ich doch zulassen sollen, daß Hunter Davidson ihn erschießt.«

»Dann würde jetzt Hunter Davidson wegen Mordes vor Gericht gestellt werden.«

»Prittchett erhebt Anklage?«

»Er hat keine andere Wahl.« Gus nahm ein Verhaftungsprotokoll von seinem Schreibtisch, warf einen kurzen Blick darauf und legte es beiseite. »Davidson hat versucht, Renard vor fünfzig Zeugen umzubringen. Lassen Sie sich das eine Lehre sein, wenn Sie darauf aus sind, jemanden umzubringen.«

»Kann ich gehen?«

Gus sah ihn lange an. »Sie haben doch nicht etwa vor, jemanden umzubringen, oder, Nick?«

»Ich hab' zu arbeiten.«

Fourcades Miene war undurchschaubar, ebenso wie seine dunklen Augen. Er setzte seine Sonnenbrille auf. Gus' Magen verlangte laut nach Maalox. Er richtete einen Zeigefinger auf seinen Detective. »Halten Sie Ihren Scheißjähzorn im Zaum, Fourcade. Der hat Sie bereits in so heißes Wasser gebracht, daß man Krebse drin kochen könnte. Heutzutage ist es schick, die Schuld auf die Bullen abzuwälzen. Und Ihr Name liegt bei allen ganz vorn auf der Zunge.«

Annie stand in der offenen Tür zum Einsatzraum und drückte einen tropfenden Beutel mit Eiswürfeln an die Beule in ihrem Nacken. Sie hatte ihre dreckige, zerrissene Uniform gegen Jeans und T-Shirt getauscht, die sie in ihrem Spind gehabt hatte. Sie versuchte, etwas von dem Streit im Sheriffsbüro am unteren Ende des Korridors mitzubekommen, aber nur der Tonfall war verständlich. Ungeduldig. Wütend.

Die Presse hatte bereits vor der Beweisanhörung spekuliert, ob Fourcade wegen dem Schlamassel mit dem Durchsuchungsbefehl seinen Job verlieren würde, aber die Presse machte gern viel Aufhebens und war schwer von Begriff, wenn es um die verschlungenen Wege der Polizeiarbeit ging. Sie hatten sehr viel über die Frustration der Öffentlichkeit wegen einer nichtstattfindenden Verhaftung durch das Sheriffsbüro geschrieben, aber den Frust der Beamten, die den Fall bearbeiteten, hatten sie verdrängt. Sie schrien praktisch nach einer öffentlichen Hinrichtung des Verdächtigen, trotzdem es eigentlich nur Beweise durch Hörensagen gab. Dann drehten sie sich um 180 Grad und zeigten mit Fingern auf den Detective, der die Ermittlungen leitete, als er endlich etwas Greifbares vorzuweisen hatte.

Keiner hatte irgendeinen Beweis dafür, daß Fourcade den Ring in Renards Schreibtischschublade manipuliert hatte. Es ergab keinen Sinn, daß er Beweise türken würde, aber diese nicht auf dem Durchsuchungsbefehl aufgelistet hatte. Es bestand jede Möglichkeit, daß Renard diesen Ring selbst in die Schublade gelegt, nie damit gerechnet hatte, daß dieses Haus ein drittes Mal durchsucht werden würde. Täter von sexuell bezogenen Morden neigten dazu, Andenken an ihre Opfer zu behalten. Alles mögliche, angefangen von Schmuckstükken bis hin zu Körperteilen. Das war Tatsache.

Annie hatte drei Monate vor dem Bichon-Mord an einem Seminar über Sexualtäter in der Akademie in Lafayette teilgenommen. Sie belegte so viele Extrakurse wie möglich, um sich darauf vorzubereiten, eines Tages Detective zu werden. Das war ihr Ziel – in Zivilkleidung arbeiten, tief in die Geheimnisse der Verbrechen einzudringen, mit denen sie jetzt nur am Anfang eines Falls zu tun hatte.

Die Tatortdias, die der Dozent ihnen gezeigt hatte, waren entsetzlich gewesen. Verbrechen von unsäglicher Grausamkeit und Brutalität. Opfer, die auf eine Art und Weise gefoltert und verstümmelt waren, die sich kein gesunder Mensch in seinen allerschlimmsten Alpträumen vorstellen konnte. Aber jetzt mußte sie sich das ohnehin nicht mehr vorstellen. Sie war diejenige, die Pamela Bichons Leiche entdeckt hatte.

Sie war nicht im Dienst gewesen an dem Wochenende, an dem die Immobilienmaklerin als vermißt gemeldet wurde. Beim Routinestreifendienst am Montag morgen hatte Annie sich zu einem leeren Haus am Pony Bayou hingezogen gefühlt. Das Haus stand schon seit Monaten zum Verkauf, obwohl die Mieter erst vor fünf oder sechs Wochen ausgezogen waren. Ein verrostetes Verkaufsschild von Bayou Realty lag umgefallen neben der überwucherten Einfahrt. Etwas, das sie im *Police* Magazin gelesen hatte, ließ Annie in die Einfahrt einbiegen – ein Artikel darüber, wie viele weibliche Immobilienmakler jährlich zu entlegenen Objekten gelockt und dann vergewaltigt und ermordet wurden.

In den Brombeerbüschen hinter dem Haus versteckt, stand

ein weißes Mustang Cabrio mit geschlossenem Verdeck. Sie erkannte den Wagen nach der Beschreibung in der Einsatzbesprechung, ließ ihn aber trotzdem sicherheitshalber durch den Computer laufen. Er war auf Pamela K. Bichon zugelassen, keine Mängel, keine ausstehenden Strafzettel. Sie war vor zwei Tagen als vermißt gemeldet worden. Und im Speisezimmer des alten Hauses fand sie Pamela Bichon … oder das, was von ihr übrig war.

Sie sah die Szene noch zu oft vor Augen, wenn sie sie schloß. Die Eisennägel in ihren Händen. Die Verstümmelung. Das Blut. Die Maske. Sie wachte nachts immer noch von den Flashbacks, den Rückblendungen, auf. Bilder verstrickten sich mit einem vier Jahre alten Alptraum, zwangen sie an die Oberfläche ihres Bewußtseins wie ein Schwimmer, der aus der Tiefe emporsteigt, weil ihm die Luft ausgeht. Immer noch brannte der Geruch von Zeit zu Zeit in ihrer Nase, immer dann, wenn sie am allerwenigsten damit rechnete. Das faulige Miasma gewaltsamen Todes. Klebrig, stickig, durchzogen vom Aroma der Angst.

Jetzt durchzuckten sie Kälteschauer, wanden und schlängelten sich in ihrem Magen.

Eisiges Wasser troff aus dem Beutel ihren Nacken hinunter. Sie zuckte zusammen und fluchte leise vor sich hin.

»He, Broussard.« Deputy Ossie Compton zog den Bauch ein und drückte sich an ihr vorbei zur Tür des Pausenraums. »Ich hab' gehört, du wärst 'ne ganz Eiskalte. Wie kommt's dann, daß das Eis schmilzt?«

Annie warf ihm einen sarkastischen Blick zu. »Muß die ganze heiße Luft aus deinem Hirn sein, Compton.«

Er zwinkerte ihr grinsend zu, seine Zähne blitzten weiß aus seinem dunklen Gesicht. »Mein heißer Charme, meinst du wohl.«

»Nennt man das jetzt so?« sagte sie spöttisch. »Und ich hab' gedacht, es wären Blähungen.«

Lachen erfüllte den Raum, Compton schloß sich an.

»Du hast wieder gepunktet, Annie«, sagte Prejean.

»Ich hab' aufgehört, Punkte zu zählen«, sagte sie und warf einen Blick den Gang hinunter zum Büro des Sheriffs. »Es grenzt allmählich an Grausamkeit.«

In zwanzig Minuten war Schichtwechsel. Die Typen von der Abendschicht trudelten langsam ein, um mit der Tagesschicht vor der Einsatzbesprechung ein bißchen zu tratschen. Heißes Thema des Tages war der Hunter-Davidson-Vorfall.

»Mann, ihr hätte Fourcade sehen sollen«, sagte Savoy mit breitem Grinsen. »Der bewegt sich wie ein gottverdammter Panther! Mann o Mann!«

»Ja, der ist so auf Davidson los.« Prejean schnippte mit den Fingern. »Und die Weiber haben gekreischt, die Pistole ist losgegangen, und dann war der Teufel los. Ein Riesenzirkus war das.«

»Und wo warst du währenddessen, Broussard?« fragte Chaz Stokes. Seine blassen Augen richteten sich auf Annie.

Ihr Körper verkrampfte sich schlagartig, als sie den Blick des Detectives erwiderte.

»Zuunterst«, kicherte Sticks Mullen und entblößte seine zahllosen gelben Zähne. »Wo eine Frau hingehört.«

»Woher willst du das wissen?« Sie warf den triefenden Eisbeutel in den Müll. »Hast du das in einem Buch gelesen, Mullen?«

»Glaubst du, er kann lesen?« sagte Prejean gespielt erstaunt.

»*Penthouse* vielleicht?« schlug jemand vor.

»Neee«, sagte Compton und gab Savoy einen Stoß zwischen die Rippen. »Er schaut sich nur die Bilder an und melkt seine Eidechse.«

»Fick dich, Compton.« Mullen stand auf und ging zum Süßigkeitenautomaten, zog seine Hose über die mageren Hüften hoch und kramte in seinen Taschen nach Kleingeld.

»Um Gottes willen, laß ihn drin, Zahnstocher!«

»Heiliger Strohsack«, murmelte Stokes angewidert.

Er war ein Typ, der Frauenblicke anzog. Groß, schlank, athletisch. Eine interessante Kombination von kurzen, dunklen krausen Haaren, Haut, die einen Tick mehr braun als weiß war, deutete auf seine gemischte Herkunft. Seine Nase war schmal, und sein Zahnpastareklame-Mund war von einem ordentlichen Schnurr- und Kinnbart umrahmt.

Sein Gesicht hätte gut auf ein Polizeiwerbeposter gepaßt, mit dem kantigen Kinn und den helltürkisfarbenen Augen, die von schweren schwarzen Brauen überlagert waren. Aber in jeder anderen Hinsicht war Stokes absolut nicht dieser Typ. Er pflegte das Image zurückhaltender Freigeist, das er durch seine unkonventionelle Kleidung unterstrich: Heute trug er eine weite graue Hausmeisterhose und ein Hemd, das mit bockenden Broncos, Indianerzelten und Kakteen bedruckt war. Er zog seinen schwarzen Strohhut über ein Auge.

»Hast du das von Chi Chi Rodriguez geklaut?« fragte Annie.

»Ach komm, Broussard«, murmelte er mit einem hinterhältigen Lächeln. »Du willst mich. Du schaust mich ständig an. Hab' ich recht oder hab' ich recht?«

»Du hast allein Scheiße im Kopf und bist nur schwer zu übersehen in dem Aufzug. Im übrigen: Wo warst du bei dem ganzen Spaß? Du arbeitest genauso am Bichon-Fall wie Fourcade.«

Er lehnte eine Schulter gegen den Türrahmen und warf einen Blick in die Halle. »Nick ist der Leithammel. Ich mußte nach St. Martinville. Sie haben meinen Methadondealer mit einem DUI verhaftet.«

»Und das bedurfte deines persönlichen Einsatzes?«

»He, ich arbeite seit Monaten daran, diese Ratte einzulochen.«

»Wenn die ihn in ihrem Gefängnis hatten, wozu dann die Eile?«

Stokes zeigte seine Zähne. »Besser heute als morgen. Du weißt, was ich damit sagen will. Die Haftbefehle kamen von dieser Gemeinde. Ich wollte Billy Thibidoux so bald wie möglich in meiner Akte haben.«

»Du hast Fourcade im Regen stehenlassen, damit du Billy Thibidoux für deinen Lorbeerkranz hast. He, ich wär' gern dein Partner, Chaz«, sagte Annie verächtlich.

»Nickie ist erwachsen. Er hat mich nicht gebraucht. Und was dich angeht...« Sein Blick wurde kalt, nur das Lächeln blieb wie gemeißelt. »Ich dachte, das hätten wir schon durchgekaut, Broussard. Du hast deine Chance gehabt. Aber, Mensch, ich bin großzügig. Ich wäre bereit, dir noch eine zu geben... minus Uniform, wie's so schön heißt.«

Lieber würd' ich nackt Schlammringkämpfe mit Alligatoren machen. Aber diese Bemerkung behielt sie für sich, auch wenn sie sie jedem anderen Kollegen sofort an den Kopf geworfen hätte. Sie wußte aus Erfahrung, daß Chaz Körbe nur schwer einstecken konnte.

Jetzt streckte er unvermittelt die Hand aus und strich mit dem Daumen über den langsam dunkler werdenden blauen Fleck über ihrem linken Wangenknochen. »Du kriegst ein Veilchen, Broussard.« Er ließ die Hand fallen, als sie zurückwich. »Wird dir gut stehen.«

»Du bist ein solcher Wichser«, murmelte sie angeekelt und wandte sich ab, wohlwissend, daß sie die einzige im Revier war, die so dachte. Chaz Stokes war jedermanns Kumpel... außer ihrer.

Die Tür zum Sheriffsbüro schwang auf, und Fourcade stürmte heraus, mit bedrohlicher Miene, die Krawatte lose am Hals seines beigefarbenen Hemds baumelnd. Er kramte eine Zigarette aus seiner Brusttasche.

»Wir sind im Arsch«, keifte er Stokes an, ohne stehenzubleiben.

»Ich hab's gehört.«

Annie sah ihnen nach, wie sie den Korridor hinuntergingen. Stokes hatte den Bichon-Fall bearbeitet, als Pam noch am Leben war und behauptete, Renard würde ihr nachstellen. Er hatte den Einsatz bei ihrem Mord verpaßt, aber hatte den Mord als Fourcades Partner bearbeitet. Doch vor der Öffentlichkeit wurden sie nicht als Team lächerlich gemacht. Fourcades Name stand allein in den Zeitungen. Fourcade, der mit einer dubiosen Vergangenheit nach Partout Parish gekommen war. Fourcade, der den Ring gebracht hatte. Stokes würde nach dem heutigen Urteil nicht über glühende Kohlen getrieben werden. Dafür hatte er gesorgt, indem er sich rar gemacht hatte.

»Billy Thibidoux, von wegen«, murmelte Annie vor sich hin.

Annie blieb länger, um ihren Bericht über den Davidson-Vorfall fertig zu machen. Als sie um 5:06 Uhr nachmittags das Gebäude verließ, war der Parkplatz hinter dem Justizzentrum verlassen bis auf ein paar Freigänger, die den neuen Suburban des Sheriffs wuschen. Die Deputies von der Tagesschicht waren bereits unterwegs nach Hause, zu ihren zweiten Jobs oder zu Hockern in ihren Lieblingsbars. Die Presse hatte Smith Pritchetts kurze offizielle Verlautbarung über die Lage Hunter Davidsons aufgenommen und war unterwegs, um den Redaktionsschluß nicht zu verpassen.

Im Augenblick herrschte trügerischer Frieden. Jeder Fremde, der durch Bayou Breaux spazierte, hätte bemerkt, was für ein wunderbarer Nachmittag das doch wäre. Der Frühling war unerwartet früh gekommen, und die Luft war erfüllt vom Duft von Flieder und Glyzinien. Die Blumenkästen an den Galerien im ersten Stock des historischen Geschäftsviertels flossen über von Farben und üppigem Grün, Efeu rankte sich an den schmiedeeisernen und hölzernen Geländern herunter. Schaufenster waren für den kommenden Mardi Gras dekoriert, die alte Tante Lucesse saß auf einem Klappstuhl, flocht einen Korb aus Kiefernnadeln und sang Kirchenlieder für die Passanten.

Aber unter diesem Schleier von Frieden lauerte etwas Bedrohliches. Ein bloßliegender Nerv von Unruhe. Während die Sonne über Bayou Breaux unterging, saß irgendwo ein Killer in der anbrechenden Dämmerung. Diese Erkenntnis besudelte die Schönheit wie ein Fleck, der sich übers Tischtuch ausbreitet. Mord. Egal, ob man nun glaubte, Renard wäre der Killer oder nicht. Auf jeden Fall lief ein Mörder frei unter ihnen herum, konnte ungehindert tun, was er wollte.

Es war nicht das erste Mal, und deshalb konnte es auch nicht als Verirrung abgetan werden. Der Tod war in diesem Teil von Louisiana bereits auf der Pirsch gewesen. Die Erinnerung war kaum schal geworden. Der Tod von Pamela Bichon hatte sie wieder an die Oberfläche gezerrt, hatte die Angst erweckt und Zweifel keimen lassen.

Sechs Frauen in fünf verschiedenen Bezirken waren in einem Zeitraum von achtzehn Monaten zwischen 1992 und 1994 vergewaltigt, erwürgt und sexuell verstümmelt worden. Zwei der Opfer waren aus Bayou Breaux gewesen – Savannah Chandler und Annick Delahoussaye-Gerrard, die Annie ihr ganzes Leben lang gekannt hatte. Die Verbrechen hatten die Menschen des French Triangle von Louisiana in panikähnlichen Zustand versetzt, und der Abschluß des Falles hatte sie noch mehr schockiert.

Die Morde hatten mit dem Tod von Stephan Danjermond aufgehört. Danjermond war der Sohn einer reichen Schiffsreederfamilie aus dem New Orleans Garden District gewesen. Die Untersuchung hatte eine lange Vorgeschichte von sexuellem Sadismus und Mord an den Tag gebracht, Hobbys, denen Danjermond seit seiner Collegezeit gefrönt hatte. Bei der Durchsuchung seines Hauses wurden Trophäen der Opfer entdeckt. Zum Zeitpunkt seines Todes hatte Danjermond seine erste Amtszeit als Bezirksstaatsanwalt von Partout Parish absolviert.

Die Geschichte hatte Bayou Breaux für kurze Zeit ins Rampenlicht gebracht, aber das grelle Licht war verblaßt, das Grauen verdrängt worden. Die Akte war geschlossen worden. Das Leben war wieder in normale Bahnen gelenkt worden. Bis zu Pamela Bichon.

Ihr Tod war beängstigend nahe, zu ähnlich. All die alten Ängste waren wieder hochgebrodelt, hatten sich geteilt und sich vervielfacht. Die Menschen fragten sich, ob Danjermond überhaupt der Killer gewesen war, ihre neue Panik vernebelte die Beweise gegen ihn. Er war bei einem Brand ums Leben gekommen, hatte nie öffentlich seine Verbrechen gestanden. Andere wiederum waren wild darauf, Renard als Verdächtigen im Bichon-Mord zu sehen – besser ein greifbares Übel als ein nebulöses. Aber selbst mit einem Ziel, auf das sie mit Fingern deuten konnten, blieb die unterschwellige Angst: ein Aberglaube, eine halbbewußte Überzeugung, daß das Böse tatsächlich ein Phantom war, daß dieser Ort verflucht worden war.

Annie spürte es selbst – eine gewisse Unruhe, ein Niederfrequenzsummen, das nachts ihre Nerven entlangstrich, ein Instinkt, der einen für jedes Geräusch sensibilisierte, ein Gefühl von Verletzlichkeit. Jede Frau in der Parish spürte es, vielleicht diesmal noch mehr als beim letzten Mal. Die Opfer des Bayou-Würgers waren Frauen von zweifelhaftem Ruf gewesen. Pam Bichon hatte ein normales Leben geführt, eine gute Stellung gehabt, stammte aus einer ordentlichen Familie – und der Killer hatte sie auserwählt. Wenn es Pamela Bichon passieren konnte …

Annie spürte jetzt diese Unruhe in sich, spürte, wie sie sie einengte, als hätte sich plötzlich die Luft ihrer Umgebung verdichtet. Das Gefühl, beobachtet zu werden, ließ ihre Nackenhaare hochstehen. Doch als sie sich umdrehte, war es kein böses Monster, das sie anstarrte. Ein kleines Gesicht mit großen, traurigen Augen lugte hinter dem Steuerrad eines Jeeps hervor. Josie Bichon.

»He, Josie«, sagte sie und stieg auf der Beifahrerseite ein. »Wo kommst du denn her?«

Das kleine Mädchen legte ihre Wange an das Steuerrad und zuckte die Achseln. Sie war ein schönes Kind mit glatten braunen Haaren, die in einem dichten Vorhang bis zu ihrer Taille hingen, und braunen Augen, die für ihr Alter viel zu traurig waren. Sie trug eine Jeansjacke und einen weichen Jeanshut, der vorne mit einer großen seidenen Sonnenblume hochgesteckt war, und sah aus wie von einem Werbeposter für Kinderkleidung.

»Mit wem bist du hier?«

»Ich bin mit Oma gekommen, um Opa zu besuchen. Die haben mich nicht reingehen lassen.«

»Tut mir leid, Josie. Aber es ist verboten, daß Kinder das Gefängnis betreten.«

»Ja, dauernd ist irgendwas verboten für Kinder. Ich wünschte, ich könnte auch was verbieten.« Sie streckte die Hand aus und klopfte mit dem Finger gegen den Plastikalligator, der vom Rückspiegel hing. Er trug eine Sonnenbrille, ein rotes Käppi und ein obszönes Grinsen, das zum Lachen bringen sollte. Aber Josie war an einem Ort, an dem Lachen unbekannt war. »Regel Nummer eins: Behandle mich nicht wie ein Baby, ich bin nämlich keins. Regel Nummer zwei: Nicht anlügen, weil das angeblich besser für mich ist.«

»Du hast gehört, was vor dem Gericht passiert ist?« fragte Annie behutsam.

»Es kam im Radio, als wir Zeichenstunde hatten. Opa hat versucht, den Mann zu erschießen, der meine Mom umgebracht hat. Zuerst hat Oma versucht, mir zu erzählen, er wär bloß gestolpert und die Stufen vom Gericht runtergefallen. Sie hat mich angelogen.«

»Ich bin mir sicher, sie wollte dich nicht anlügen, Josie. Stell dir vor, wieviel Angst sie gehabt hat. Sie wollte dir nicht auch noch angst machen.«

Josies Gesichtsausdruck sprach Bände darüber, was sie zu diesem Thema empfand. Von dem Augenblick an, in dem ihre Familie vom Tod ihrer Mutter benachrichtigt worden war, hatte man Josie mit Halbwahrheiten abgespeist, sie sanft beiseite geschoben, während die Erwachsenen sich Besorgnisse und Geheimnisse zuflüsterten. Ihr Vater und ihre Großeltern und Tanten und Onkel hatten ihr Bestes getan, um sie in einen Kokon von Fehlinformationen zu wickeln, und nicht im Traum daran gedacht, daß sie sie damit nur noch mehr verletzten. Aber Annie wußte alles.

»Mama, Mama. Wir sind wieder da! Schau, was mir Onkel Sos in Disney World gekauft hat! Es ist Minnie Mouse!«

Die Küchentür schlug zu, und sie blieb abrupt stehen. Die Person, die am Küchentisch saß, war nicht ihre Mutter. Pfarrer Goetz erhob sich mit ernster Miene von dem Chromstuhl, und Enola Meyette, eine fette Frau, die immer nach Wurst roch, kam vom Spülstein und trocknete sich die Hände mit einem rotkarierten Handtuch ab.

»Allons, chérie«, sagte Mrs. Meyette und reichte ihr eine feiste Hand. »Wir gehen runter in den Laden. Holen dir was Süßes, oui?«

Annie hatte sofort gewußt, daß etwas Furchtbares passiert war. Bei der Erinnerung wurde ihr wieder genauso speiübel wie an dem Tag, an dem sie Enola Meyette aus der Küche geführt hatte. Sie sah sich selbst deutlich mit neun, mit vor Angst weit aufgerissenen Augen, ihre Minniemaus fest umklammernd, wie man sie von der Wahrheit wegzerrte, die Pfarrer Goetz überbringen hatte wollen: daß Marie Broussard sich während Annies allererster Ferienreise mit Tante Fanchon und Onkel Sos das Leben genommen hatte.

Sie erinnerte sich an die sanften Lügen dieser wohlmeinenden Menschen und das Gefühl von Isolation, das mit jeder dieser Lügen wuchs. Eine Isolation, die sie seit langer, langer Zeit in sich trug.

Annie hatte es auf sich genommen, Josies Fragen zu beantworten, als das Sheriffsbüro seine Vertreter geschickt hatte, um Hunter Davidson und seiner Frau die Nachricht zu überbringen. Und Josie, die vielleicht eine verwandte Seele spürte, hatte sofort eine Verbindung zu ihr aufgebaut, die immer noch hielt.

»Du hättest ins Büro des Sheriffs kommen und nach mir fragen können«, sagte Annie.

Josie stupste noch einmal gegen den Alligator und beobachtete, wie er hin- und herschwang. »Ich wollte nicht unter Leuten sein. Schon gar nicht, wenn ich nicht mit Opa Hunt sprechen und ihn nicht fragen durfte, was wirklich passiert war.«

»Ich war dabei.«

»Hat er wirklich versucht, den Mann umzubringen?«

Annie wählte ihre Worte mit Bedacht. »Er hätte es vielleicht, wenn Detective Fourcade die Pistole nicht rechtzeitig gesehen hätte.«

»Ich wünschte, er hätte ihn totgeschossen«, verkündete Josie.

»Die Menschen dürfen das Gesetz nicht selbst in die Hand nehmen, Josie.«

»Warum? Weil es verboten ist? Der Kerl hat meine Mom umgebracht. *Er* hat auch was Verbotenes gemacht. Er sollte für das, was er gemacht hat, bezahlen.«

»Dafür sind die Gerichte da.«

»Aber der Richter hat ihn gehen lassen!« schrie Josie, Frust und Schmerz schnürten ihr wie ein Kloß den Hals zu. Derselbe Frust und derselbe Schmerz, den Annie bei Hunter Davidsons Schluchzern herausgehört hatte.

»Aber nur vorläufig«, sagte Annie in der Hoffnung, dieses Versprechen wäre nicht so leer, wie es ihr vorkam. »Nur bis wir bessere Beweise gegen ihn haben.«

Tränen quollen aus Josies Augen. »Warum kannst du sie dann nicht finden? Du bist Polizistin und meine Freundin. Du solltest es doch verstehen! Du hast gesagt, du würdest helfen! Du sollst dafür sorgen, daß er bestraft wird! Statt dessen habt ihr meinen Großvater ins Gefängnis gesteckt! Ich hasse das!« Sie schlug mit der Hand gegen das Steuerrad, und die Hupe ging los. »Ich hasse alles!«

Josie hangelte sich vom Fahrersitz und rannte auf das

Justizzentrum zu. Annie sprang aus dem Jeep und wollte hinter ihr herrennen. Aber sie blieb stehen, als sie Belle Davidson und Thomas Watson, den Anwalt der Davidsons, aus der Seitentür kommen sah.

Belle Davidson war eine respektgebietende Frau, die das hinter züchtigem Pullover und Perlenkette verbarg. Eine Stahlmagnolie reinsten Wassers. Der Mund der Frau wurde schmal, als ihr Blick auf Annie fiel. Sie löste sich aus Josies Umarmung und ging über den Parkplatz auf sie zu. »Sie haben vielleicht Nerven, Deputy Broussard«, sagte sie. »Meinen Mann ins Gefängnis zu werfen, anstatt den Mörder meiner Tochter, und dann wanzen Sie sich bei meiner Enkelin an, als hätten Sie ein Recht auf ihre Zuneigung.«

»Tut mir leid, wenn Sie so denken, Mrs. Davidson«, sagte Annie. »Aber wir konnten nicht zulassen, daß Ihr Mann Marcus Renard erschießt.«

»Nur die Inkompetenz von euch Leuten im Sheriffsbüro hat ihn zu dieser Verzweiflungstat getrieben. Dank eurer Schlamperei und Nachlässigkeit läuft ein schuldiger Mann frei in der Stadt herum. Mein Gott, am liebsten würde ich ihn selbst erschießen.«

»Belle!« winselte der Anwalt, dem es jetzt gelungen war, seine Klientin einzuholen. »Ich hab' Ihnen doch gesagt, daß Sie das nicht vor Leuten sagen sollen!«

»Mein Gott, Thomas! Meine Tochter ist ermordet worden. Die Leute würden es seltsam finden, wenn ich so etwas nicht sage.«

»Wir tun unser Bestes, Mrs. Davidson«, sagte Annie.

»Und was hat das gebracht? Nichts. Sie sind eine Schande für Ihre Uniform. Wenn Sie eine anhaben.«

Sie warf einen scharfen, zweifelnden Blick auf Annies verblaßtes T-Shirt, das wohl schon manchen Junior Leaguer heulend nach Hause getrieben hatte.

»Ich bearbeite den Fall Ihrer Tochter nicht, Ma'am. Der liegt in Händen der Detectives Fourcade und Stokes.«

Belle Davidsons Miene wurde noch bösartiger. »Sparen Sie sich Ihre Ausreden, Deputy. Wir haben alle Verpflichtungen in diesem Leben, die gewisse Grenzen überschreiten. Sie haben die Leiche meiner Tochter gefunden. Sie haben gesehen, was –« Sie verstummte, warf einen Blick auf Josie. Als sie sich wieder Annie zuwandte, funkelten ihre Augen vor Tränen. »Sie *wissen*, was ich meine. Wie können Sie das ignorieren? Wie können Sie das ignorieren und meiner Enkelin noch ins Gesicht sehen?«

»Es ist nicht Annies Schuld, Oma«, sagte sie, obwohl der Blick, den sie Annie zuwarf, voller Enttäuschung war.

»Sag das nicht, Josie«, ermahnte Belle sie leise, legte einen Arm um die Schulter ihrer Enkelin und zog sie an sich. »Genau das ist es, was an dieser Welt von heute faul ist. Keiner will die Verantwortung für irgend etwas übernehmen.«

»Ich will auch Gerechtigkeit, Mrs. Davidson«, sagte Annie. »Aber sie muß innerhalb des Systems stattfinden.«

»Deputy, das einzige, was wir bis jetzt innerhalb des Systems gekriegt haben, ist *Un*gerechtigkeit.«

Als die beiden sich entfernten, sah Josie mit riesigen, traurigen braunen Augen noch einmal über ihre Schulter. Einen Augenblick lang fühlte sich Annie, als beobachte sie sich selbst, wie sie in den schmerzerfüllten Nebel ihrer Vergangenheit davonging. Die Erinnerung wurde wie mit einer Schnur aus ihrem Innersten gezerrt.

»Was ist passiert, Tante Fanchon? Wo ist Mama?«

»Deine maman, sie ist im Himmel, ma 'tite fille.«

»Aber warum?«

»Es war ein Unfall, chérie. Gott hat nicht aufgepaßt.«

»Ich versteh' nicht.«

»Non, chère 'tite bête. Später mal. Wenn du älter bist.«

Aber es hatte genau in dem Moment weh getan, und die Versprechen von später hatten den Schmerz in keiner Weise gelindert.

3

»Wir kriegen ihn, so oder so, Partner.«

Fourcade warf Chaz Stokes einen Blick aus dem Augenwinkel zu, als er sein Glas hob. »Es gibt genug Leute, die glauben, wir hätten ›so‹ schon versucht.«

»Scheiß auf sie«, verkündete Stokes und kippte den Schnaps hinunter. Er stapelte das Glas auf der Bar mit dem halben Dutzend anderer, die sie angesammelt hatten. »Wir wissen, daß Renard unser Mann ist. Wir wissen, was er getan hat. Der kleine Wichser *irrt sich*. Du weißt es, und ich weiß es, mein Freund. Hab' ich recht oder hab' ich recht?«

Er schlug Fourcade mit der Hand auf die Schulter, eine Kumpelgeste, die mit eisigem Blick quittiert wurde. Kameradschaft war die Regel bei Polizeiarbeit, aber Fourcade hatte weder Zeit noch Energie darauf zu verschwenden. Er konzentrierte sich gezwungenermaßen auf seine Fälle und darauf, wieder auf den schmalen rechten Weg zurückzukehren, von dem er in New Orleans abgekommen war.

»Der Staat sollte seinen Schwanz in eine Steckdose stecken und ihn wie einen gottverdammten Weihnachtsbaum anzünden«, murmelte Stokes. »Statt dessen läßt ihn der Richter wegen einem Scheißverfahrensfehler laufen, und Pritchett steckt Davidson in den Knast. Die Welt ist ein Scheißnarrenhaus, aber das weißt du ja wohl schon.«

Keine große Überraschung, dachte Nick, behielt es aber für sich und betrachtete Stokes' Erkenntnisse als rhetorische Bemerkung.

Er redete nicht über seine Zeit bei der Polizei von New Orleans oder über den Vorfall, der ihn schließlich gezwungen hatte, New Orleans zu verlassen. Seiner Erfahrung nach interessierte die Wahrheit die meisten Leute nicht. Sie zogen es vor, sich ihre Meinung aufgrund von irgendeinem sensationellen Krümel der Geschichte, der sie gerade anmachte, zu bilden. Die Tatsache zum Beispiel, daß er derjenige gewesen war, der Pamela Bichons kleinen Amethystring gefunden hatte.

Er fragte sich, ob irgend jemand Chaz Stokes verdächtigt hätte, den Ring untergeschoben zu haben, falls Stokes derjenige gewesen wäre, der den Ring entdeckt hätte. Stokes war vor vier Jahren von irgendwo aus Crackerland Mississippi nach Bayou Breaux gekommen, ein echter Hans Niemand ohne nennenswerte Vergangenheit. Wenn Stokes den Ring gefunden hätte, würde sich dann jetzt alles nur auf die Ungerechtigkeit konzentrieren, daß man Renard hatte laufenlassen, oder wären die Wasser der öffentlichen Meinung trotzdem getrübt gewesen? Anwälte hatten es drauf, den Schlamm aufzuwühlen wie Welse, die sich ins Seichte verirrt hatten, und Richard war ein König dieses speziellen Schwarms von Gründlern.

Nick mußte glauben, daß Kudrow die Beweismittel in Frage gestellt hätte, ohne Rücksicht darauf, wer sie entdeckt hatte. Er wollte sich nicht vorstellen, daß die Tatsache, daß *er* sie gefunden hatte, sie ungültig gemacht hatten, wollte nicht glauben, daß seine Beteiligung an diesem Fall Pam Bichon daran hindern würde, ihr Recht zu bekommen.

Wollte nicht denken. Punkt.

Stokes goß noch einmal aus der Flasche Wild Turkey ein. Nick kippte das Zeug hinunter und zündete sich noch eine Zigarette an. Im Fernseher, der in einer Ecke der schummrig beleuchteten Bar hing, lief eine Komödie für ein kleines, desinteressiertes Publikum von Geschäftsleuten. Sie waren aus dem Hotel nebenan rübergekommen, um bei dicken Gläsern voll Johnny Walker und Cajun Chex Mix, das in Plastikaschenbechern serviert wurde, zu quatschen.

Sie waren die einzigen Kunden an der Bar. Deshalb hatte Nick Stokes diese Kneipe vorgeschlagen, anstatt der üblichen, in denen sich die Kollegen trafen. Nick hätte lieber allein vor sich hin gegrübelt. Er wollte keine Fragen. Er wollte kein Mitgefühl. Er wollte die Ereignisse des Tages nicht noch einmal durchkauen. Aber Stokes war sein Partner im Bichon-Fall, und deshalb hatte Nick dieses Zugeständnis gemacht – ein paar zusammen kippen, als würde sie mehr verbinden als nur die Arbeit.

Eigentlich hätte er gar nicht trinken sollen. Das war eines der Laster, die er versucht hatte, in New Orleans zurückzulassen. Aber das und noch ein paar andere waren ihm wie streunende Hunde nach Bayou Breaux gefolgt. Eigentlich hätte er zu Hause sein sollen und die komplizierten, seine gesamte Aufmerksamkeit erfordernden Übungen des Tai chi machen, versuchen sollen, seinen Kopf freizukriegen, sich auf die negative Energie konzentrieren und sie ausbrennen. Statt dessen saß er hier im Laveau's und kochte darin.

Der Whisky brodelte in seinem Bauch und seinen Adern, und er hatte festgestellt, daß er gerade soweit war, daß ihm egal war, wo er war. Na ja, auf dem Weg ins totale Vergessen, dachte er. Und er würde verdammt froh sein, wenn er das endlich erreicht hatte. Es war der einzige Ort, an dem er vielleicht Pam Bichon nicht tot auf dem Boden liegen sehen würde.

»Ich muß noch immer daran denken, was er ihr angetan hat«, murmelte Stokes und zupfte gedankenverloren Streifen vom Etikett seiner Bierflasche. »Du nicht auch?«

Tag und Nacht. Wach und bei dem, was als Schlaf durchgehen würde. Die Bilder blieben bei ihm. Wie blaß ihre Haut war. Die Wunden: gräßlich, grauenhaft, ein so krasser Gegensatz zu dem, was sie im Leben gewesen war. Der Ausdruck ihrer Augen, die durch die Maske starrten – nackt, hoffnungslos, erfüllt von dem Entsetzen, das sich keiner vorstellen konnte, der nicht einem brutalen Tod ins Auge gesehen hatte.

Und wenn die Bilder vor ihm auftauchten, dann kam auch das Gefühl von Gewalt, das zum Zeitpunkt ihres Todes die Luft verpestet haben mußte. Es traf ihn wie eine Wand von

Schall, intensiver, mächtiger, giftiger Zorn, von dem ihm übel und zittrig wurde.

Zorn war kein Fremder. Er brodelte jetzt in ihm.

»Ich muß dran denken, was sie durchgemacht hat«, sagte Stokes. »Was sie gefühlt haben muß, als ihr klar wurde... was er ihr mit dem Messer angetan hat. Mein Gott.« Er schüttelte den Kopf, als wolle er die Bilder losschütteln, die dort Wurzeln schlagen wollten. »Dafür muß er bezahlen, Mann, und ohne diesen Ring haben wir nicht so viel, wie Schwarzes unterm Fingernagel ist. Er kommt ungeschoren davon, Nicky. Er kommt ungestraft mit dem Mord davon.«

Das passierte immer wieder. Jeden Tag wurde die Grenze überschritten, und Seelen verschwanden in den Tiefen einer anderen Dimension. Es war eine Frage von Ergreifen der Chancen, eine Schlacht der Willen. Die meisten Leute kamen dem Abgrund nie so nahe, um das zu wissen. Zu nahe am Abgrund, und man konnte von der Macht über die Kante gerissen werden, wie durch eine Strömung.

»Wahrscheinlich sitzt er jetzt gerade in seinem Büro und denkt genau das«, fuhr Stokes fort. »Er arbeitet jetzt nur noch nachts, weißt du. Der Rest seiner Firma kann seine Nähe nicht ertragen. Sie wissen, daß er schuldig ist, genau wie wir. Können nicht ertragen, ihn anzusehen, weil sie wissen, was er getan hat. Ich wette, er sitzt jetzt gerade da und denkt daran.«

Direkt gegenüber. Das Architektenbüro Bowen & Briggs war in einem schmalen, übertünchten Backsteingebäude mit Blick zum Bayou untergebracht, flankiert von einem schäbigen Barbierladen aus Holz und einem Antiquitätengeschäft. Dasselbe Gebäude, in dem im Parterre Bayou realty seinen Sitz hatte. Bowen & Briggs war wahrscheinlich der einzige Ort im Block, in dem heute nacht jemand war.

»Weißt du, Mann, einer sollte Renard umlegen«, flüsterte Stokes mit einem mißtrauischen Blick auf den Barmann. Er stand am Ende der Bar und kicherte über die Komödie im Fernsehen.

»Gerechtigkeit, weißt du«, sagte Stokes. »Auge um Auge.«

»Ich hätte zulassen sollen, daß Davidson ihn erschießt,« murmelte Nick und fragte sich erneut, wieso er es verhindert hatte. Weil es da immer noch einen Teil von ihm gab, der glaubte, das System müßte funktionieren. Oder vielleicht hatte er nicht gewollt, daß Hunter Davidson auf die dunkle Seite hinübergezogen wurde.

»Er hätte einen Unfall haben können«, schlug Stokes vor.

»So was passiert doch dauernd. Der Sumpf ist gefährlich. Verschluckt manchmal einfach die Leute, weißt du.«

Nick sah ihn durch den Nebel von Rauch an und versuchte einzuschätzen, abzuwägen. Er kannte Stokes nicht gut genug. Kannte ihn überhaupt nicht, abgesehen von dem, was sie bei der Arbeit zusammenbrachte. Er hatte nur Eindrücke, ein paar Adjektive, übereilte Spekulationen, weil er keine Lust hatte, Zeit auf solche Dinge zu verschwenden. Er zog es vor, sich auf wichtige Dinge zu konzentrieren. Stokes war Teil der Peripherie seines Lebens. Nur ein weiterer Detective in einer Abteilung, die aus vier Mann bestand. Sie arbeiteten meist völlig unabhängig voneinander.

Stokes zog einen Mundwinkel hoch. »Wunschdenken, Partner, Wunschdenken. Machen sie das nicht unten in New Orleans? Die bösen Buben abknallen und sie in den Sumpf werfen?«

»Meistens in den Pontchartrain See.«

Stokes starrte ihn einen Augenblick lang an, verunsichert, dann beschloß er, daß es ein Witz wäre. Er lachte, kippte sein Bier hinunter, rutschte vom Barhocker und griff in die Hosentasche nach seiner Brieftasche. »Ich muß los. Muß mich morgen früh mit dem Staatsanwalt wegen Thibidoux treffen.« Wieder blitzte das Grinsen. »Und ich hab' heute abend ein heißes Date. Heiß und süß in der Kiste. Ehrlich.«

Er warf einen Zehner auf die Bar und schlug Nick ein letztes Mal auf die Schulter. »Schützen und dienen, Partner. Wir sehn uns später.«

»Schützen und dienen«, dachte Nick. Pamela Bichon war tot. Ihr Vater saß im Gefängnis, und der Mann, der sie getötet hatte, war frei. Wen hatten sie da eigentlich beschützt, und welchem Zweck war heute gedient worden?

»Pritchett ist kurz davor, jemand zu ermorden.«

»Ich würde Renard vorschlagen«, murmelte Annie und starrte grimmig in ihre Speisekarte.

»Wird wohl eher dein Idol, Fourcade, werden.«

Sie hörte sehr wohl den Unterton von Sarkasmus, von Eifersucht, und verdrehte die Augen. Ihren Begleiter zum Abendessen, A. J. Coucet, kannte sie schon ihr ganzes Leben lang. Er war einer von Tante Fanchons und Onkel Sos' Wurf von echten Nichten und Neffen, blutsverwandt und nicht wie sie nur seelenverwandt. Als Kinder hatten sie sich gegenseitig durch den großen Garten draußen um Corners gejagt – dem Café, Bootsanleger, Gemischtwarenladen, den Sos und Fanchon südlich der Stadt betrieben. A. J. hatte die oft wenig geschätzte Rolle des Beschützers angenommen. Seitdem war er vom Freund zum Geliebten und wieder zum Freund geworden, während er das College und die Jurafakultät absolvierte und dann im Büro des Bezirksstaatsanwalts von Partout Parish angefangen hatte.

Sie hatten sich bis jetzt noch nicht auf eine Bezeichnung ihrer augenblicklichen Beziehung geeinigt. Sie hatten sich im Lauf der Jahre ineinander verliebt, wieder entliebt, aber irgendwie war es ihnen nie gelungen, gleichzeitig dasselbe zu empfinden.

»Er ist nicht mein Idol«, sagte sie irritiert. »Er ist nur zufällig der beste Detective, den wir haben, mehr ist da nicht dahinter. Ich möchte auch Detective werden. Natürlich beobachte ich ihn. Im übrigen – was geht das dich an? Wir beide sind kein, ich wiederhole, *kein* Paar, A. J.«

»Du weißt auch, wie ich dazu stehe.«

Annie seufzte laut. »Können wir diese Geschichte für

heute abend streichen? Ich hatte heute einen miesen Tag. Du bist doch angeblich mein bester Freund. Verhalte dich gefälligst auch so.«

Er beugte sich über den kleinen, weißgedeckten Tisch zu ihr, seine braunen Augen sahen sie so eindringlich an, daß der Schmerz in ihnen sich in ihr Gewissen bohrte. »Du weißt, daß da mehr dahintersteckt, Annie, und verschon mich mit diesem ›praktisch verwandt‹ Gefasel. Du bist mit mir genausowenig verwandt wie mit dem Präsidenten der Vereinigten Staaten.«

»Was ohne weiteres sein könnte, wer weiß«, murmelte sie und lehnte sich zurück, zog sich auf die einzige Art zurück, bei der es nicht mit einer Szene enden würde.

Sie waren aber ohnehin bereits bei ein paar anderen Gästen in der intimen Enge von Isabeaus ins Gerede gekommen. Sie vermutete, daß es ihr blaues Auge war, das die andere Frau auf sie aufmerksam gemacht hatte. Ohne Uniform sah sie wahrscheinlich aus wie eine mißbrauchte Partnerin und nicht wie ein verprügelter Bulle.

»Pritchett sollte nicht auf die Cops sauer sein«, sagte sie. »Richter Monahan hat das entschieden. Er hätte den Ring zulassen können.«

»Und die Tür für eine Berufung offenlassen? Was hätte das für einen Sinn gehabt?«

Die Kellnerin machte der Diskussion mit ihren Drinks ein Ende, mit einem scheelen Blick von Annies verschlagenem Gesicht zu A. J.

»Sie wird dir in dein étouffée spucken, weißt du«, bemerkte Annie.

»Warum sollte sie glauben, daß ich dir dieses Veilchen verpaßt habe? Ich könnte doch dein hochdotierter, arschtretender Scheidungsanwalt sein.«

Annie nippte an ihrem Wein und ließ das Thema sein. »Er ist schuldig, A. J.«

»Dann bringt uns die Beweise – auf legale Weise beschafft.«

»Nach den Regeln, als ob es ein Spiel wäre. Josie lag gar nicht so falsch.«

»Wieso Josie?«

»Sie hat mich heute besucht. Eigentlich ist sie mit ihrer Großmutter gekommen, um Hunter Davidson im Gefängnis zu besuchen.«

»Die formidable Miss Belle.«

»Sie sind beide auf mich losgegangen.«

»Warum denn das? Es ist doch nicht dein Fall.«

»Ja, also…« Sie wich der Frage aus, spürte, daß A. J. die starke Anziehungskraft nicht verstehen würde. Alles mußte an seinem Platz sein – so war A. J. Jeder Aspekt des Lebens sollte in eine der ordentlichen kleinen Schubladen passen, die er eingerichtet hatte, während in Annies Leben alles in einem chaotischen großen Haufen dalag, den sie ständig durchsortierte und versuchte, einen Sinn darin zu finden. »Ich bin darin verstrickt. Ich wünschte, ich könnte mehr helfen. Ich sehe Josie an und…«

A. J.s Miene war mit einem Mal besorgt. Er sah besser aus, als gut für ihn war. Der Fluch der Doucet-Männer mit ihrem kantigen Kinn, den hohen Wangenknochen und dem hübschen Mund. Nicht zum ersten Mal wünschte sich Annie, zwischen ihnen wäre alles so einfach, wie er sich das wünschte.

»Der Fall hat alle ganz schön mitgenommen«, sagte er. »Du hast schon mehr getan als nötig.«

Genau da lag ja das Problem, dachte Annie, während sie in ihrem Essen herumstocherte. Was war denn nötig? Sollte sie die Grenze bei ihrer Pflicht ziehen und sich jeder weiteren Verantwortung entziehen?

»Wir alle haben Verpflichtungen im Leben, die Grenzen zu überschreiten.«

Sie hatte bereits weit mehr als ihre Pflicht getan, indem sie sich mit Josie eingelassen hatte. Aber selbst ohne Josie hätte sie gefühlt, wie dieser Fall an ihr zerrte, hätte gefühlt, wie

Pam Bichon an ihr zerrte aus diesem Limbo, das von den ruhelosen Seelen von Opfern bewohnt wird.

Durch all die Kontroversen, die diesen Fall umschwirrten, wurde Pam langsam, aber sicher außer Sicht gedrängt. Keiner hatte ihr geholfen, als sie noch am Leben war und glaubte, daß Marcus Renard ihr nachstellte, und jetzt, wo sie tot war, wurde die Aufmerksamkeit in andere Bahnen gelenkt.

»Vielleicht gäbe es gar keinen Fall, wenn Richter Edmonds Pam von Anfang an ernst genommen hätte«, sagte sie, legte die Gabel beiseite und ihre Mahlzeit zu den Akten. »Was für einen Sinn hat es, ein Gesetz gegen Stalking zu haben, wenn Richter einfach jede Beschwerde, die man ihnen vorträgt, mit ›Jungs sind eben mal so‹ abtun?«

»Dieses Gespräch hatten wir bereits«, erinnerte sie A. J.

»Damit Edwards diese einstweilige Verfügung erlassen hätte können, hätte das Gesetz so formuliert sein müssen, daß es bereits strafbar wäre, eine Frau von der anderen Straßenseite her anzugucken. Was Pam Bichon vor Gericht vorbrachte, hat nicht den Tatbestand des Stalking, der Verfolgung, erfüllt. Renard hat sie um Verabredungen gebeten, er hat ihr Geschenke gemacht –«

»Er hat ihr die Reifen zerstochen und ihre Telefonleitung durchschnitten und –«

»Sie hatte keinen Beweis dafür, daß Marcus Renard die Person war, die diese Sachen getan hatte. Er hat sie um eine Verabredung gebeten, sie hat abgelehnt, er war unglücklich. Von unglücklich zu psychopathisch ist ein ziemlicher Sprung.«

»Das hat auch Richter Edmonds gesagt, der es wahrscheinlich immer noch rechtens findet, wenn Männer Frauen mit Dinoknochen eins über den Kopf ziehen und an den Haaren in die Höhlen schleifen«, sagte Annie angewidert. »Aber damit gehört er ja hier zum guten Durchschnitt, nicht wahr?«

»He, Einspruch!«

Es gelang ihr, ihre grimmige Miene zu einer reumütigen zu verziehen. »Es ist doch wohl selbstverständlich, daß du über dem Durchschnitt liegst. Tut mir leid, daß ich heute abend so eine schlechte Gesellschaft bin. Ich laß den Film sausen, geh nach Hause, leg mich in die Wanne und geh dann gleich ins Bett.«

A. J. griff über den Tisch und hakte einen Finger in das schlichte Goldarmband, das sie trug, streichelte die zarte Haut innen an ihrem Handgelenk. »Das sind ja nicht unbedingt Dinge, die man allein machen muß«, flüsterte er, und seine Augen funkelten vor Versprechungen, die er in der Vergangenheit, wenn sich die Pfade ihrer Verliebtheit gerade mal kreuzten, erfüllt hatte.

Annie entzog ihm unter dem Vorwand, nach ihrer Tasche zu greifen, ihre Hand. »Nicht heute nacht, Romeo. Ich hab' Gehirnerschütterung.«

Sie verabschiedeten sich auf dem winzigen Parkplatz neben dem Restaurant. Annie bot A. J. ihre Wange zum Gutenachtkuß, als er auf ihre Lippen zielte. Der Abschied verstärkte nur noch die Rastlosigkeit, die sie den ganzen Tag gequält hatte, so als ob alles auf dieser Welt aus dem Takt geraten wäre. Sie setzte sich hinter das Steuer ihres Jeeps und lauschte mit einem Ohr dem Radio, als A. J. auf die La Rue Dumas hinausfuhr und nach Süden abbog.

»Sie hören KJUN, Talk rund um die Uhr. Heimat des Giant Jackpot Giveaway. Hier ist ihr *Teufels Advokat* Owen Onofrio. Unser Thema heute abend: die umstrittene Entscheidung im Fall Renard. Ich habe Ron aus Henderson auf Leitung eins. Schieß los, Ron.«

»Ich finde, es ist eine Schande, daß Kriminelle vor Gericht immer noch alle Rechte haben. Er hat den Ring dieser Frau im Haus gehabt. Mein Gott, genausogut hätte sie seinen Namen aufschreiben können. Schnallt ihn an und röstet ihn!«

»Aber was, wenn der Detective den Beweis eingeschmuggelt hat? Was passiert, wenn wir den Leuten, die geschworen haben, uns zu beschützen, nicht vertrauen können? Jennifer in Bayou Breaux auf Leitung zwei.«

»Also das macht mich alles ganz krank vor Angst. Was soll man denn da noch glauben? Ich meine, die Polizei hat diesen Renard ganz schön in der Mangel, aber was, wenn er's *nicht* getan hat? Ich hab' gehört, sie hätten geheimes Beweismaterial, das diese Morde mit diesen Bayou-Würger-Morden in Verbindung bringt. Ich bin eine Frau, die allein lebt. Ich arbeite in der Spätschicht in der Lampenfabrik –«

Annie drehte das Radio aus, war nicht in der Stimmung für so etwas. Sie hörte oft diesen Talk-Sender, um ein Gefühl für die öffentliche Meinung zu kriegen. Aber bei diesem Fall reichten die Meinungen von einem Ende des Spektrums zum anderen. Nur die Gefühle waren konstant: Zorn, Angst und Unsicherheit. Die Leute waren nervös, schreckhaft, Berichte von Herumschleichern und Spannern hatten sich verdreifacht. Die Wartelisten für Alarmanlagen waren lang. Die Waffenläden im Parish machten reichliche, grimmige Geschäfte.

Diese Gefühle waren Annie nicht fremd. Der Mangel an Ergebnissen, an Gerechtigkeit, trieb sie zum Wahnsinn. Das und ihre eigene minimale Rolle in dem Drama. Die Tatsache, daß sie, obwohl sie von Anfang an dabei gewesen war, zum Zuschauer abgedrängt worden war. Sie wußte, was für eine Rolle sie spielen wollte. Sie wußte auch, daß sie keiner je auffordern würde mitzuspielen. Sie war nur ein Deputy und noch dazu ein *weiblicher*. In Partout Parish gab es keine Überholspur. Und es trennten sie noch eine Menge Sprossen auf der Leiter von dem Punkt, den sie erklimmen wollte.

Sie sollte abwarten, bis sie an der Reihe war, ihre Streifen verdienen und inzwischen ... Inzwischen brodelte und wogte der Drang, der sie dazu gebracht hatte, Polizistin zu werden in ihr ... und in dem Gewirr ging Pam Bichon verloren ... und ein Killer lag auf der Lauer, beobachtete, wartete, konnte ungehindert verschwinden oder wieder töten.

Die Nacht war über die Stadt gekrochen und brachte feuchte Kühle mit sich. Durchsichtige Nebelschwaden stiegen vom Bayou auf und trieben wie Gespenster durch die Straßen. Auf der anderen Straßenseite, gegenüber von Annies Auto, schwang die schwarze, gepolsterte Tür von Laveau's auf, und Chaz Stokes trat heraus, blaues Neonlicht überflutete ihn. Er blieb einen Augenblick auf dem verlassenen Gehsteig stehen, rauchte eine Zigarette und ließ den Blick die Straße auf und ab schweifen. Er warf seine Zigarette in den Rinnstein, stieg in seinen Camaro und fuhr los, bog in die Seitenstraße, die zum Bayou führte, und hinterließ eine Lücke am Randstein vor einem verwitterten schwarzen Pick-up, Fourcades Pick-up.

Annie kam das komisch vor. Wieder etwas, was nicht ins Bild paßte. Keiner ging ins Laveau's. Die Voodoo Lounge war der übliche Treffpunkt für Cops in Bayou Breaux. Laveau's war die meist leere Zweigstelle des ebenso meist leeren Maison Dupré Hotels nebenan.

Paßt nicht ins Bild. Dieser Gedanke war es, der sie aus dem Jeep trieb. Und doch während sie sich diese Lüge einredete, sah sie deutlich A. J.s anklagendes Gesicht vor sich. Er dachte, sie wäre heiß auf Fourcade, als ob ihr das was genutzt hätte. Fourcade behandelte sie wie ein Möbelstück. Sie hätte genausogut eine Lampe oder ein Hutständer sein können, mit ebensolcher sexueller Anziehungskraft. Er hatte nichts gegen sie, schikanierte sie nicht, scherzte nicht mit ihr. Er hatte einfach keinerlei Interesse an ihr. Und ihr einziges Interesse war der Fall. Sie überquerte die Dumas zur Bar.

Laveau's war eine Höhle aus mitternachtsblauen Wänden und schwarz gealtertem Mahagoni. Wäre da nicht der Fernseher in der hinteren Ecke gewesen, hätte Annie geglaubt, sie wäre beim Betreten der Kneipe erblindet. Der Barkeeper warf einen kurzen Blick auf sie und goß dann weiter eine Runde Johnny Walker für den einzigen besetzten Tisch ein – ein Quartett von Männern in zerknitterten Geschäftsanzügen.

Fourcade saß am Ende der Bar, den Kopf in den Kragen seiner alten Lederjacke gezogen, den Blick auf einen Stapel Schnapsgläser vor sich gerichtet. Er blies einen Strahl von Rauch über sie und beobachtete, wie er sich im dämmrigen Licht verflüchtigte. Er drehte sich nicht um, aber als sie auf ihn zuging, hatte Annie das sichere Gefühl, daß er sich ihrer Gegenwart völlig bewußt war.

Sie schlängelte sich zwischen zwei Barhocker und lehnte sich seitlich gegen die Bar. »Böse Geschichten heute«, sagte sie und blinzelte von dem beißenden Rauch.

Die großen, dunklen Augen richteten sich blitzartig auf sie, überlagert von schweren Brauen. Klar, scharf, keinerlei Trübung von dem Whisky, den er getrunken hatte. Sie brannten vor Intensität, die tief aus seinem Innersten zu kommen schien. Er drehte sich immer noch nicht zu ihr, zeigte ihr sein Adlerprofil. Er trug sein schwarzes Haar glatt zurückgekämmt, aber eine Strähne war ihm in die Stirn gerutscht.

»Broussard«, sagte Annie etwas verlegen. »Deputy Broussard. Annie.« Sie strich sich mit einer nervösen Geste den Pony aus den Augen. »Ich – äh – war auf der Treppe des Gerichts. Wir haben Hunter Davidson überwältigt. Ich war die unterste im Haufen.«

Der Blick glitt ihr Gesicht hinunter, über ihre offene Jeansjacke und das dünne, weiße T-Shirt über ihren wadenlangen Blümchenrock, hinunter zu den Sandalen, die sie an den Füßen trug... und glitt wie eine Liebkosung wieder nach oben.

»Sie tragen keine Uniform, Deputy.«

»Ich bin nicht im Dienst.«

»Wirklich?«

Annie blinzelte ob dieser Antwort und dem Rauch. Zuerst wußte sie nicht, was sie davon halten sollte. »Ich war der erste Beamte am Tatort des Bichon-Mordes. Ich –«

»Ich weiß, wer Sie sind. Glauben Sie etwa, *chère*, das bißchen Whisky hat mir den Kopf vernebelt?« Er zog eine

Augenbraue hoch, knurrte und klopfte seine Zigarette in einen Plastikaschenbecher, der vor Kippen überfloß. »Sie sind hier aufgewachsen, haben sich 1993 in der Akademie eingeschrieben, sind von der Polizei in Lafayette angestellt worden, sind 95 hierher ins Sheriffsbüro gekommen. Sie waren die zweite weibliche Beamtin, die in diesem Parish auf Streife ging – die erste hatte gerade mal zehn Monate durchgehalten. Sie haben gute Bewertungen, aber Sie neigen dazu, neugierig zu sein. Ich halte das gar nicht für so schlecht, wenn Sie den Job wirklich machen wollen, wenn Sie aufsteigen wollen, und das wollen Sie.«

Annie klappte vor Erstaunen der Kiefer herunter. In den Monaten, seit Fourcade im Revier war, hatte sie von ihm nie freiwillig einen Satz gehört, der aus mehr als zehn Wörtern bestand. Und sie hätte sich ganz bestimmt nicht träumen lassen, daß er genug über sie wußte, um es zu tun. Daß er ziemlich viel über sie wußte, war beunruhigend – eine Reaktion, die er mühelos erkannte.

»Sie waren der erste Deputy am Tatort. Ich mußte wissen, ob Sie was taugen oder ob Sie vielleicht was vermasselt haben oder Pamela Bichon vielleicht gekannt haben. Vielleicht hattet ihr beide denselben Freund. Vielleicht hat sie Ihnen ein Haus mit Schlangen unterm Fußboden verkauft. Vielleicht hat sie Sie in der High-School bei der Wahl zum Head Cheerleader geschlagen.«

»Sie haben mich als Verdächtigen in Betracht gezogen?«

»Bei mir ist jeder verdächtig, bis ich das Gegenteil rausgefunden habe.«

Er nahm einen tiefen Zug aus seiner Zigarette und beobachtete sie, während er den Rauch rausblies. »Stört Sie das?« fragte er und machte eine Bewegung mit seiner Zigarette.

Sie versuchte vergeblich, nicht zu blinzeln. »Nein.«

»Doch, das tut es«, sagte er und drückte sie in dem überquellenden Aschenbecher aus. »Sagen Sie's ruhig. Das nimmt Ihnen keiner auf dieser Welt ab, *chère*.«

»Ich hab' keine Angst davor, meine Meinung zu sagen.«

»Nein? Haben Sie Angst vor mir?«

»Wenn ich Angst vor Ihnen hätte, würde ich nicht hier stehen.«

Sein Mund verzog sich zu einem kleinen Grinsen, und er zuckte sehr französisch die Achseln, als wolle er sagen: *Vielleicht, vielleicht auch nicht.* Annie spürte, wie sie langsam sauer wurde.

»Warum sollte ich Angst vor Ihnen haben?«

Seine Miene verdüsterte sich, während er langsam sein Schnapsglas auf der Bar drehte. »Sie hören sich keinen Klatsch an?«

»Ich nehm' ihn als das, was er wert ist. Halbwahrheiten, wenn überhaupt.«

»Und wie entscheiden Sie, welche Hälfte wahr ist?« fragte er. »Es gibt keine Gerechtigkeit auf dieser Welt«, sagte er leise, mit starrem Blick in seinen Whisky. »Wie wär's mit der Wahrheit, Deputy Broussard?«

»Kommt wohl darauf an, wie man die sieht.«

»Die Gerechtigkeit des einen ist das Unrecht des anderen ... die Weisheit des einen der Wahnsinn des anderen.« Er nippte an seinem Whisky. »Emerson. Kein Reporter kann aktuelle Ereignisse so gut zusammenfassen wie er ... oder so wahr.«

»Was Sie sagen, ändert nichts an den Tatsachen«, sagte Annie. »Sie haben den Ring in Renards Haus gefunden.«

»Sie glauben nicht, daß ich ihn da reingeschmuggelt habe?«

»Wenn Sie das hätten, dann hätte er auf der Durchsuchungsliste gestanden.«

»*C'est vrai.* Wie recht Sie haben, Annie.« Er sah sie nachdenklich an. »Annie – wovon ist das die Abkürzung?«

»Antoinette.«

Er nippte an seinem Whisky. »Das ist ein schöner Name. Warum benutzen Sie ihn nicht?«

Sie hob die Schultern. »Ich – na ja – alle nennen mich halt Annie.«

»Ich bin nicht alle, 'toinette«, sagte er leise.

Irgendwie schien er näher gekommen zu sein, dräute größer. Annie glaubte, sie könnte seine Hitze spüren, das alte Leder seiner Jacke riechen. Sie wußte, daß sie spürte, wie sein Blick den ihren gefangenhielt, und sagte sich, du mußt zurückweichen. Aber sie tat es nicht.

»Ich bin hierhergekommen, um Ihnen Fragen wegen des Falls zu stellen«, sagte sie. »Oder hat Noblier Sie abgezogen?«

»Nein.«

»Ich würde gern helfen, wenn ich kann.« Die Worte platzten einfach aus ihr heraus, zwangen den Gedanken heraus, bevor sie ihn schlucken konnte. Sie hielt eine Hand hoch, um seine Antwort abzuwehren, und machte eine nervöse Geste mit der anderen. »Ich meine, ich weiß natürlich, daß ich nur ein Deputy bin und es technisch gesehen nicht mein Fall ist und Sie der Detective sind, und Stokes will mich sicher nicht beteiligen, aber –«

»Sie sind vielleicht ein Verkäufer, 'toinette«, bemerkte Fourcade. »Sie geben mir lauter Gründe, nein zu sagen.«

»Ich hab' sie gefunden«, sagte Annie schlicht. Das Bild von Pam Bichons Leiche pochte in ihrer Erinnerung, ein toter Gegenstand, der zu lebendig war, der ihr keine Ruhe ließ. »Ich hab' gesehen, was er ihr angetan hat. Ich fühle ... eine Verpflichtung.«

»Sie fühlen es«, flüsterte Fourcade. »Schatten der Toten.« Er hob die linke Hand mit gespreizten Fingern und streckte sie aus, ohne sie direkt zu berühren. Dann glitt seine Hand an ihren Augen vorbei, seitlich an ihrem Kopf, seine Fingerspitzen strichen knapp über ihr Haar. Ein Schaudern durchzuckte ihren Körper.

»Es ist kalt dort, stimmt's?« flüsterte er.

»Wo?« murmelte Annie.

»Im Schattenland.«

Sie wollte Luft holen, ihm sagen, daß er nur Scheiße redete, das prickelnde Gefühl entschärfen, das in ihr und zwischen ihnen zum Leben erwacht war, aber ihre Lunge funktionierte anscheinend nicht. Sie war sich bewußt, daß irgendwo ein Telefon klingelte, hörte das künstliche Lachen im Fernsehen. Aber am meisten war sie sich Fourcades bewußt und des Schmerzes, der in seinen Augen schimmerte und von irgendwo tief aus seiner Seele kam.

»Sind Sie Fourcade?« rief der Barkeeper und hielt den Telefonhörer hoch. »Anruf für Sie.«

Er rutschte von seinem Barhocker und ging zum Ende der Bar. Luft rauschte in Annies Lunge, als er sich entfernte, so, als hätte seine Aura wie ein Amboß auf ihre Brust gedrückt. Mit zittriger Hand hob sie sein Glas an den Mund und nahm einen Schluck. Sie sah Fourcade an, wie er an der Bar stand und in den Hörer lauschte. Er mußte betrunken sein. Und jeder wußte, daß er selbst nüchtern nicht ganz dicht war.

Er legte den Hörer auf und ging auf sie zu.

»Ich muß los.« Er zog einen Zwanziger aus der Tasche und warf ihn auf die Bar.

»Halte dich fern von diesen Schatten, 'toinette«, warnte er sie leise, die Stimme der zu großen Erfahrungen. Er hob eine Hand und nahm ihr Gesicht, sein Daumen strich über ihren Mundwinkel. »Sie saugen dir das Leben raus.«

4

Nick ging den Boulevard zwischen der Straße und dem Bayou entlang, die behandschuhten Hände in den Taschen seiner Lederjacke. Die Schultern hatte er gegen die feuchte Kühle der Nacht hochgezogen. Nebel tanzte über das Wasser und schwebte wie Wolken ranzigen Parfüms vorbei, stinkend nach fauliger Vegetation, totem Fisch und Spinnenlilien. Etwas durchbrach mit einem Platsch die Oberfläche. Ein Barsch, der sich ein verspätetes Abendessen schnappte.

Oder jemand mit einem schweren Anfall von Langeweile, der Steine warf.

Er blieb am Stamm einer Eiche stehen, starrte vorbei an den Zweigen, an denen Fetzen von Moosranken hingen, und ließ den Blick das Ufer hinauf- und hinunterschweifen. Es war niemand unterwegs, kein Fußgänger, keine Autos, die über die kleine Zugbrücke fuhren, die den Bayou im Norden überspannte. Lichter glühten bernsteinfarben hinter den Fenstern der Häuser am Ostufer. Die Nachtluft war schwer geworden von einem dichten Dunst, der drohte, in Regen auszuarten. Eine regnerische Nacht, die keinen verlockte, ohne Grund vor die Tür zu gehen.

Und was für einen Grund habe ich?

Das blieb unklar.

Er war fast betrunken. Er hatte sich damit rausgeredet, daß es den Schmerz dämpfen würde, aber es hatte ihn nur noch verstärkt. Der Frust, die Ungerechtigkeit – sie brannten wie Feuer unter seiner Haut. Sie würden ihn verzehren, wenn er nicht etwas unternahm, um sie auszuräuchern.

Er schloß die Augen, holte Luft und atmete wieder aus, versuchte seine Mitte zu finden – diesen Kern tiefer Ruhe, den er sich mit soviel Zeit und Mühe erarbeitet hatte. Er hatte so hart daran gearbeitet, den Zorn unter Kontrolle zu bringen, doch er glitt ihm durch die Finger. Er hatte so hart an dem Fall gearbeitet, und er zerbröckelte um ihn herum. Er spürte, wie die Kälte an ihm vorbeistrich, durch ihn hindurch. Der Schatten der Toten. Er spürte, wie das Bedürfnis an ihm zerrte. Und ein Teil von ihm wollte unbedingt da hingehen, wo es ihn hinführte.

Er fragte sich, ob Annie Broussard denselben Sog verspüren oder ob sie ihn erkennen würde. Wahrscheinlich nicht. Sie war zu jung. Jünger, als er mit achtundzwanzig gewesen war. Frisch, optimistisch, unbefleckt. Er hatte die Zweifel in ihren Augen gesehen, als er von den Schatten gesprochen hatte. Und er hatte auch die nackte Wahrheit gesehen, als sie von der Verpflichtung sprach, die sie Pam Bichon gegenüber empfand.

Bei Mord war Abstand halten der Schlüssel dazu, sich den Verstand zu bewahren. Laß es nicht persönlich werden. Häng dich nicht rein. Nimm es nicht mit dir nach Hause. Überschreite nicht die Grenzlinie.

Er hatte es nie so richtig geschafft, diesen Rat zu befolgen. Er lebte seine Arbeit. Die Grenzlinie war immer hinter ihm.

Hatten die Schatten Pam Bichon in ihren Bann gezogen? Hatte sie das Phantom des Todes kommen sehen, seinen kalten Atem auf ihrer Schulter gespürt? Er kannte die Antwort.

Sie hatte sich bei Freunden über Renards hartnäckige, wenn auch subtile Annäherungsversuche beschwert. Trotz ihrer Abweisung hatte er damit begonnen, ihr Geschenke zu schicken. Dann begannen die Belästigungen. Kleine Akte von Vandalismus an ihrem Auto, ihrem Besitz. Gegenstände, die aus ihrem Büro gestohlen wurden – Fotos, eine Haarbürste, Arbeitspapiere, ihre Schlüssel.

Ja, Pam hatte die Phantome kommen sehen, und keiner hatte zugehört, als sie versuchte, es ihnen zu erzählen. Keiner hatte ihre Angst gehört, genausowenig, wie man ihre gequälten Schreie in jener Nacht im Pony Bayou gehört hatte.

»Ich muß immer noch dran denken, was er ihr angetan hat«, sagte Stokes. »Du nicht auch?«

Die ganze Zeit. Die Einzelheiten hatten sein Gehirn wie Blut durchtränkt.

Nick ging mit dem Rücken gegen den Baumstamm in die Hocke und starrte über die leere Straße auf das Gebäude, in dem Bowen & Briggs untergebracht waren. Im ersten Stock brannte ein Licht. Eine Schreibtischlampe. Renard, der am dritten Zeichentisch auf der Südseite des Raumes dort arbeitete. Bowen & Briggs entwarf kleine Geschäfts- und Wohnhäuser, die geschäftlichen Aufträge kamen aus New Iberia und St. Martinsville und auch aus Bayou Breaux.

Renard war einer der Partner der Firma, obwohl sein

Name nicht auf dem Logo stand. Er entwarf lieber Wohnhäuser, insbesonders Einfamilienhäuser, und hatte eine Vorliebe für historische Stilrichtungen. Sein gesellschaftliches Leben war ruhig. Er hatte keine längere Liebesbeziehung. Er lebte bei seiner Mutter, die Mardi-Gras-Masken sammelte und Kostüme für Karnevalsgänger entwarf, und mit seinem autistischen Bruder Victor, der um vier Jahre älter war. Ihr Haus war ein bescheidenes restauriertes Plantagenhaus – knapp fünf Meilen vom Schauplatz des Mordes an Pam Bichon entfernt. Mit dem Boot noch näher.

Laut der Schilderungen der Leute, mit denen Marcus Renard zusammenarbeitete und die ihn kannten, war er ein stiller, höflicher, gewöhnlicher Mensch, oder ein bißchen komisch – je nachdem, wen man fragte. Aber Nick kamen andere Worte in den Sinn. Pedantisch, zwanghaft, besessen, unterdrückt, kontrollsüchtig, passiv aggressiv.

Hinter seiner Maske von Gewöhnlichkeit war Marcus Renard ein völlig anderer Mensch als der, den seine Kollegen jeden Tag am Zeichentisch sitzen sahen. Sie konnten die Kernkomponente, die Nick schon bei ihrem ersten Treffen erahnt hatte, nicht sehen – Wut. Tief, tief in seinem Inneren, unter zahllosen Schichten von Manieren und der Maske gedämpfter Apathie. Wut, brodelnd unterdrückt, versteckt, begraben.

Es war Wut, die diese Nägel durch Pam Bichons Hände getrieben hatte.

Wut war kein Fremder.

Das Licht hinter dem Fenster im ersten Stock ging aus. Aus alter Gewohnheit warf Nick einen Blick auf seine Uhr: 21 Uhr 47 – und überprüfte die Straße in beiden Richtungen, alles frei. Renards fünf Jahre alter brauner Volvo stand auf dem schmalen Parkplatz zwischen dem Bowen-&-Briggs-Gebäude und dem Antiquitätenladen daneben, ein Bereich, der nur schwach von einer 75-Watt-Insektenlampe über der Seitentür erleuchtet wurde.

Renard würde aus dieser Tür kommen, in seinen Wagen steigen und nach Hause gehen zu seiner Mutter und seinem Bruder und seinem Hobby: Entwerfen und Bauen aufwendiger Puppenhäuser. Er würde heute nacht als freier Mann in seinem Bett schlafen und die bedrohlichen, euphorischen Träume träumen, die jemand, der ungeschoren mit Mord davongekommen war, hatte.

Er war nicht der erste.

»Beschützen und Dienen, Partner…«

Der Zorn wuchs…

»Klage abgewiesen.«

…und brannte heißer…

»Ich muß immer noch dran denken, was er ihr angetan hat…«

»Ich hab' gesehen, was er ihr angetan hat… seh's immer noch vor mir…«

»Du etwa nicht?«

Blut und Mondlicht. Das Blitzen des Messers, der Geruch der Angst, die Schmerzensschreie, die ominöse Stille des Todes. Die kalte Dunkelheit, als das Phantom vorbeistrich.

Die Kälte prallte heftig gegen das Feuer. Die Explosion ließ ihn aufstehen.

»Er wird freikommen, Nicky. Er wird ungeschoren mit Mord durchkommen…«

Nick überquerte die Straße, ging dicht an der Mauer des Bowen-&-Briggs-Gebäudes entlang, außer Sichtweite der erhöhten Parterrefenster. Er zog ein Taschentuch aus seiner Tasche, kletterte leise auf die Seitenschwelle, drehte die Glühbirne aus und sprang am hinteren Ende der Treppe hinunter.

Er hörte, wie die Tür aufging, hörte, wie Renard etwas vor sich hin murmelte, hörte das *klick, klick, klick,* als er den Lichtschalter suchte. Schritte auf der Betonschwelle. Ein schwerer Seufzer. Die Tür ging zu.

Er wartete, immer noch unsichtbar, bis Renards Mokassins auf den Asphalt trafen und er an Nick vorbei zu seinem Volvo ging.

»Es ist nicht vorbei, Renard«, sagte er.

Der Architekt zuckte zur Seite. Sein Gesicht war wachsweiß, die Augen traten wie gekochte Eier aus ihren Höhlen.

»Sie können mich nicht so schikanieren, Fourcade«, sagte er. Seine zittrige Stimme machte diesen Versuch, Mut zu zeigen, zunichte. »Ich habe Rechte.«

»Tatsache?« Nick trat hervor, seine behandschuhten Hände baumelten locker herunter. »Und was ist mit Pam? Hatte sie keine Rechte? Du nimmst ihr ihre Rechte, *tcheue poule,* und glaubst immer noch, du hättest Rechte?«

»Ich habe nichts getan«, sagte Renard, sein Blick flackerte nervös zur Straße auf der Suche nach einer Rettung, die nirgends in Sicht war. »Sie haben nichts gegen mich in der Hand.«

Nick trat noch einen Schritt vor. »Ich hab' alles, was ich gegen dich brauche, *pou.* Ich habe deinen Gestank in meiner Nase, du Stück Scheiße.«

Renard hob die Faust, sie bebte so heftig, daß seine Autoschlüssel klapperten. »Lassen Sie mich in Ruhe, Fourcade.«

»Oder was?«

»Sie sind ja besoffen.«

»Ja.« Ein Grinsen zerschnitt sein Gesicht wie ein Krummsäbel. »Und böse bin ich auch. Was willst du machen? Einen Bullen rufen?«

»Wenn Sie mich anfassen, ist Ihre Karriere gegessen, Fourcade«, drohte Renard und wich zurück, auf den Volvo zu. »Jeder weiß das von Ihnen. Sie sollten gar keine Marke haben. Sie sollten im Knast sein.«

»Und du solltest in der Hölle sein.«

»Mit welcher Begründung? Beweismittel, die Sie mir untergeschoben haben? Das ist ja für Sie nichts Neues. Sie werden bei der Geschichte ins Gefängnis gehen, nicht ich.«

»Glaubst du das wirklich?« murmelte Nick und kam näher. »Du glaubst, du könntest einer Frau nachstellen, sie foltern, sie umbringen und dann einfach davonspazieren?«

Die Alptraumbilder von Mord. Die trügerischen Erinnerungen an Schreie.

»Sie haben nichts gegen mich in der Hand, Fourcade, und Sie werden auch nichts gegen mich kriegen.«

Fall abgewiesen.

»Sie sind nichts weiter als ein Säufer und ein Schläger, Fourcade, und wenn Sie mich anfassen, das schwör ich, dann mach' ich Sie fertig.«

»Er wird freigelassen, Nicky. Er wird ungestraft mit Mord durchkommen...«

Ein Gesicht aus seiner Vergangenheit schwebte neben Marcus Renard. Ein höhnisches Gesicht, ein überlegenes, verächtliches Grinsen.

»Das werden Sie mir nicht anhängen, Detective. So läuft das nicht auf dieser Welt. Sie war doch bloß eine Hure...«

»Du hast sie umgebracht, du Schweinehund«, murmelte er, ohne sicher zu sein, mit welchem Dämon er eigentlich redete, mit dem echten oder dem eingebildeten.

»Das wirst du nie beweisen können.«

»Sie können mir nichts anhaben.«

»Er wird ungestraft mit Mord durchkommen...«

»Den Teufel wirst du.«

Der Zorn brannte den feinen Kontrollfaden durch. Emotion und Aktion wurden eins, und jede Zurückhaltung war vergessen, als seine Faust in Marcus Renards Gesicht donnerte.

Annie kam mit einer Riesenportion Chocolate Chip Eiscreme in einer Tüte und einer kleinen Maus, die an ihrem Gewissen nagte, in der anderen aus dem Quik Pik. Sie hätte sich ihre Leckerei im Corners holen sollen, aber sie hatte für heute die Nase voll von Leuten, und die beharrliche Ausfragerei von Onkel Sos hätte sie einfach nicht ertragen können. Die Verfahrensgeschichten beim Fall Renard brachten ihn so in Rage, daß er Schaum vorm Mund bekam. Sie wußte, daß er tatsächlich fünfzig Dollar auf den Ausgang der Beweisanhörung gesetzt – und verloren hatte. Das, gekoppelt mit seiner Meinung über ihre augenblickliche platonische Beziehung mit A. J. – da war er heute abend sicher in Hochform.

»*Warum heiratest du denn den Jungen nicht, 'tite chatte? André ist ein guter Junge. Was ist denn los mit dir, warum steht er dir nicht zu deiner hübschen kleinen Nase? Du jagst dauernd hinter weiß Gott was her, éspèces de tête dure.*«

Allein die Vorstellung an seine Gardinenpredigt verstärkte schon das Hämmern in ihrem Kopf. Und der Zweck des Eiscremekaufs war schließlich, sich etwas Gutes zu tun. Sie wollte nicht an A. J. oder Renard oder Pam Bichon oder Fourcade denken.

Sie hatte die Geschichten über Fourcade gehört. Die Mutmaßungen über seine Brutalität, die Gerüchte um einen ungeklärten Mordfall an einer Teenagerprostituierten im French Quarter, die unbelegten Anschuldigungen über frisierte Beweise.

»Halte dich fern von diesen Schatten, 'toinette... Sie saugen dir das Leben aus.«

Ein guter Rat, aber sie konnte ihn nicht annehmen, wenn sie an dem Fall beteiligt sein wollte. Sie kamen als Doppelpack, Fourcade und der Mord. Irgendwie paßten sie ein bißchen zu gut zusammen. Der Kerl konnte einem wirklich angst machen.

Sie ließ den Jeep an und bog in Richtung Bayou ein, schaltete die Scheibenwischer ein, um den dichten Dunst von der Windschutzscheibe zu kriegen. Im Radio bohrte Owen Onofrio immer noch bei seinen Zuhörern nach Reaktionen auf die Szene vor dem Gericht.

»Kent in Carencro, Sie sind auf Leitung zwei.«

»Ich finde, der Richter gehört suppendiert.«

»Sie meinen, suspendiert?«

Sie bremste gerade vor einem Stoppschild, und ihr Blick schweifte automatisch die Straße auf und ab … und traf auf einen schwarzen Ford Pick-up mit einer Delle auf der Fahrerseite. Fourcades Truck, geparkt vor einem Schuhmacher, der vor zwei Jahren sein Geschäft aufgegeben hatte.

Annie löschte ihre Lichter und blieb in zweiter Reihe stehen, mit brummendem Motor. Es gab kein offenes Geschäft. Ein Drittel der Häuser auf diesem Stück Straße stand leer … aber das Büro von Bowen & Briggs lag zwei Straßen südlich.

Sie legte den Gang ein und fuhr langsam los. Sie konnte das Gebäude sehen, in dem Bayou Realty und Bowen & Briggs untergebracht waren. Keine Lichter zu sehen. Auf der Straße parkten keine Autos. Der Sheriff hatte nach der Anhörung die Bewacher Renards abgezogen, in der Hoffnung, die Presse würde das Interesse verlieren. Renard hatte aus demselben Grund seitdem nachts gearbeitet. Fourcade parkte zwei Straßen davon weg.

»Die Gerechtigkeit des einen ist das Unrecht des anderen … Die Weisheit des einen ist der Wahnsinn des anderen.«

Annie fuhr vor Bobichaux Electric an den Randstein, stellte den Motor ab und griff sich ihre große schwarze Taschenlampe aus dem Müll hinter dem Beifahrersitz. Vielleicht wollte Fourcade auf eigene Faust die Überwachung fortsetzen. Aber, wenn das der Fall wäre, würde er nicht zwei Straßen entfernt parken oder sein Fahrzeug verlassen.

Sie holte ihre Sig P-235 aus ihrer Umhängetasche, steckte die Pistole in ihren Rockbund und kletterte aus dem Jeep. Sie schaltete die Taschenlampe nicht an und machte sich auf den Weg den Gehsteig entlang, ihre Turnschuhe machten keinen Laut auf dem feuchten Pflaster.

»Es gibt keine Gerechtigkeit auf dieser Welt. Wie wär's damit als Wahrheit, Deputy Broussard?«

»Scheiße, Scheiße, Scheiße«, zischte sie und ging schneller, als sie das erste Geräusch aus Richtung Bowen & Briggs hörte. Ein Kratzen. Ein Schuh auf Asphalt. Ein Knall. Ein erstickter Schrei.

»Scheiße!« Sie zog die Waffe, drückte den Schalter der Taschenlampe und rannte los.

Sie hörte, wie Fleisch auf Fleisch klatschte, noch bevor sie in den schmalen Parkplatz einbog. Instinkt trieb sie voran, ließ sie alle Verhaltensregeln vergessen. Sie hätte sich melden müssen. Sie hatte keine Verstärkung. Ihre Marke war in ihrer Tasche im Jeep. Keine dieser Tatsachen verlangsamte ihre Schritte.

»Sheriffsbüro, keine Bewegung!« brüllte sie und ließ den grellen Halogenstrahl über den Parkplatz schweifen.

Fourcade hatte Renard gegen einen Wagen gedrängt und schlug mit dem Rhythmus eines Boxers, der seinen Punching-Ball bearbeitet, auf ihn ein. Eine harte Linke riß Renards Gesicht in Richtung Annie, und sie keuchte entsetzt, als sie das Blut sah, das über das ganze Gesicht floß. Er warf sich mit ausgestreckten Armen in ihre Richtung, Blut und Speichel schäumten aus seinem Mund, und ein wildes animalisches Geräusch entfuhr seiner Kehle, die Augen rollten nach oben, so daß nur noch das Weiße zu sehen war. Fourcade traf ihn in den Bauch und knallte ihn zurück gegen den Volvo.

»Fourcade! Hören Sie auf!« schrie Annie, warf sich auf ihn und versuchte, ihn von Renard wegzustoßen. »Aufhören! Sie bringen ihn um! *Arrête! C'est assez!*«

Er streifte sie ab wie einen Moskito und brach Renards Kiefer mit einer Rechten.

»Aufhören!«

Sie schwang die Taschenlampe wie einen Knüppel und schlug ihn so fest sie konnte in die Nieren, einmal, zweimal. Als sie zum dritten Schlag ausholte, wirbelte Fourcade herum, bereit, anzugreifen.

Annie wich zurück. Sie hielt Fourcade den Strahl der Taschenlampe direkt ins Gesicht. »Halt!« befahl sie. »Ich hab' eine Pistole!«

»Hau ab!« brüllte er. Er sah aus wie ein Raubtier, die Augen glasig, wild, der Mund war zu einem Fauchen verzogen.

»Ich bin's, Broussard«, sagte sie. »Deputy Broussard. Zurück, Fourcade! Ich meine es ernst!«

Er bewegte sich nicht, aber seine Miene wurde etwas unsicher. Er sah sich zögernd um, als wäre er gerade zu sich gekommen, und wußte nicht, wo er war oder wie er da hingekommen war. Hinter ihm fiel Renard auf allen vieren auf den Asphalt, übergab sich und brach zusammen.

»Heilige Mutter«, murmelte Annie. »Bleiben Sie, wo Sie sind.«

Sie ging neben Renard in die Hocke, steckte die Pistole zurück in den Rockbund und tastete nach der Schlagader am Hals. Ihre Finger wurden klebrig von Blut. Sein Puls war stark. Er war am Leben, aber bewußtlos und wahrscheinlich dankbar dafür. Sein Gesicht sah aus wie Hackfleisch, die Nase war nur noch eine undefinierbare Masse. Sie wischte sich die Hand an seiner Schulter ab, zog die Sig erneut und richtete sich mit wackligen Knien auf.

»Was zum Teufel haben Sie sich dabei gedacht?« fragte sie und drehte sich zu Fourcade.

Nick starrte hinunter zu Renard, wie er in seiner eigenen Kotze lag, als würde er ihn zum ersten Mal sehen. Gedacht? Er konnte sich nicht daran erinnern, gedacht zu haben. Das, woran er sich erinnerte, ergab keinen Sinn. Echos von Stimmen von einem anderen Ort... Spott... Der rote Nebel verflüchtigte sich langsam, zurück blieb Übelkeit.

»Was wollten Sie denn tun?« fragte Annie Broussard. »Ihn umbringen und in den Sumpf werfen? Haben Sie denn geglaubt, das würde keiner merken? Mein Gott, Sie sind ein *Cop!* Sie sollen das Gesetz aufrechthalten, es nicht in die eigene Hand nehmen!«

Sie pfiff durch die Zähne. »So wie's aussieht, hab' ich doch der falschen Hälfte der Gerüchte über Sie geglaubt, Fourcade.«

»Ich – ich bin hierhergekommen, um mit ihm zu reden«, murmelte er.

»Ach ja? Na, Sie machen aber tolle Konversation.«

Renard stöhnte, wechselte die Stellung und versank wieder in Ohnmacht. Nick schloß die Augen, wandte sich ab und fuhr sich mit seinen behandschuhten Händen übers Gesicht. Der Geruch von Renards Blut auf dem Leder ließ ihn würgen.

»C'est une affaire à pus finier«, flüsterte er. Das ist eine Sache ohne Ende.

»Wie meinen Sie das?« fragte Broussard.

Schatten und Dunkelheit und die Art von Zorn, die einen Mann total verschlingen konnte. Aber sie wußte von alldem nichts, und er versuchte nicht, es ihr zu erklären.

»Gehen Sie und rufen Sie einen Krankenwagen«, sagte er resigniert.

Sie sah von ihm zu Renard, wägte die Möglichkeiten ab.

»Schon in Ordnung, 'toinette. Ich verspreche, ihn nicht umzubringen, solange Sie weg sind.«

»Unter den Umständen werden Sie mir verzeihen, wenn ich Ihnen kein Wort mehr glaube«, sagte Annie und warf noch einen Blick auf Renard. »Er wird nirgends hingehen. Sie kommen mit mir. Und übrigens,«, sagte sie und winkte ihn mit der Pistole zur Straße, »Sie sind verhaftet, Sie haben das Recht zu schweigen ...«

5

»Sie können Fourcade nicht verhaften, um Himmels willen, er ist Polizist!« tobte Gus, der hinter seinem Schreibtisch auf und ab lief.

Sein Sergeant vom Dienst hatte ihn von seinem Rotary Club Dinner gerufen, wo er Kalorien in flüssiger Form zu sich genommen und versucht hatte, die spitzen Kommentare der Rotarier, die mit dem heutigen Urteil unzufrieden waren, etwas abzumildern. Die führenden Bürger von Bayou Breaux hatten sich Renards Anklage als kleinen Extrabonus für die Mardi-Gras-Feier gewünscht. Trotzdem er bereits einen halben Liter Amaretto in sich hatte, fühlte sich Gus, als würde sein Blutdruck seinen Kopf explodieren lassen.

»Was zum Teufel haben Sie sich dabei gedacht, Broussard?« knirschte er.

Annie klappte der Kiefer runter. »Ich hab' gesehen, daß er eine Körperverletzung begangen hat! Ich hab' es mit eigenen Augen gesehen!«

»Na ja, hinter der Geschichte wird wohl mehr stecken, als *Sie* wissen.«

»Ich weiß, was ich gesehen hab'. Fragen Sie ihn selbst, Sheriff. Er wird es nicht abstreiten. Renards Gesicht sieht aus, als hätte er es in einen Mixer gesteckt.«

»Verfluchte Scheiße«, murmelte Gus. »Ich hab's ihm gesagt, ich hab's ihm gesagt! Wo ist er jetzt?«

»Verhörraum B.«

Es war ein ziemlicher Kampf gewesen, ihn da reinzukriegen. Fourcade hatte sich zwar in keinster Weise dagegen gewehrt, aber Rodriguez, der Sergeant vom Dienst, und Degas und Pitre – Deputys, die gerade sonst nichts zu tun hatten. *»Fourcade verhaften? Nee. Muß ein Fehler sein. Hör auf mit dem Scheiß, Broussard. Was hat er denn getan – dich in den Hintern gezwickt? Wir verhaften die Unseren nicht. Nick gehört zur Bruderschaft. Was ist denn los mit dir, Broussard – hast du nicht mehr alle? Er hat Renard zusammengeschlagen? Mein Gott, der sollte einen Orden kriegen! Können wir 'ne Party geben?«*

Am Ende hatte sich Fourcade an ihnen vorbeigedrängt und war selbst in den Verhörraum B gegangen.

Der Sheriff stapfte an Annie vorbei zur Tür hinaus. Sie rannte hinter ihm her und versuchte krampfhaft, ihre Wut zu zügeln. Wenn sie einen Zivilisten verhaftet hätte, hätte keiner ihr Urteil oder ihre Ansicht der Fakten in Frage gestellt.

Die Tür zum Verhörraum stand weit offen. Rodriguez stützte sich mit einer Hand am Türrahmen, ein Auge auf seinen verlassenen Schreibtisch gerichtet, und unterhielt sich grinsend mit jemandem im Raum, sein Schnurrbart schlängelte sich wie eine wollige Raupe über seine Oberlippe.

»He, Sheriff, wir finden, Nick sollte eine Parade kriegen.«

»Halt die Klappe«, zeterte Gus und drängte sich vorbei am Sergeant vom Dienst in den Raum, wo Degas und Pitre in Stühlen herumlümmelten. Auf dem kleinen Tisch dampften Kaffeetassen. Fourcade saß am hinteren Ende, rauchte eine Zigarette und sah desinteressiert drein.

Gus warf seinen Deputys einen vernichtenden Blick zu. »Habt ihr alle nichts Besseres zu tun? Warum seid ihr dann auf der Gehaltsliste? Verschwindet! Sie auch!« keifte er Annie an. »Gehen Sie nach Hause.«

»Nach Hause? Aber – aber, Sheriff«, stotterte sie. »Ich war da. Ich bin –«

»Er auch.« Er zeigte auf Fourcade. »Ich hab' mit Ihnen geredet, und jetzt werde ich mit ihm reden. Ist das ein Problem für Sie, Deputy?«

»Nein, Sir«, sagte Annie mit zusammengekniffenem Mund. Sie sah zu Fourcade, wollte, daß er ihr in die Augen sah, wollte sehen … was? Unschuld? Sie wußte, daß er nicht unschuldig war. Entschuldigung? Er war ihr nichts schuldig. Er nahm einen Zug aus seiner Zigarette und konzentrierte sich auf den Rauch.

Gus packte die Lehne eines leeren Stuhls und lehnte sich darauf, wartete, bis hinter ihm die Tür zugegangen war. Und als die Tür zu war, wartete er noch ein bißchen und wünschte, er wäre jetzt in seinem eigenen gemütlichen Bett mit seiner molligen, schnarchendenFrau, und ihm würde plötzlich klarwerden, daß dieser Tag nur ein schlechter Traum und mehr nicht gewesen war.

»Was haben Sie zu Ihrer Verteidigung vorzubringen, Detective?« fragte er schließlich.

Nick drückte die Kippe in den Aschenbecher, den Pitre ihm netterweise besorgt hatte, aus. Was sollte er denn sagen? Er hatte keine Erklärung, nur Ausreden.

»Nichts«, sagte er.

»Nichts. Nichts?« wiederholte Noblier, als wäre ihm das Wort fremd. »Schauen Sie mich an, Nick.«

Er tat es und fragte sich, was besser wäre: eine gefühlsmäßige Reaktion auf die Enttäuschung, die er sah, oder alles abblocken. Gefühle brachten ihn unweigerlich in die Bredouille. Er hatte das letzte Jahr seines Daseins damit verbracht, zu lernen, alles mit eiserner Faust tief in seinem Inneren festzuhalten. Heute nacht war es ausgebrochen, und jetzt saß er hier.

»Ich bin ein großes Risiko eingegangen, als ich Sie hier an Bord genommen habe«, sagte Gus ruhig. »Ich hab' es getan, weil ich Ihren Vater kannte und ihm von früher noch was schuldig war. Und weil ich Ihnen geglaubt habe, was die Geschichte in New Orleans angeht. Und ich habe gedacht, Sie würden hier gute Arbeit leisten. Und so danken Sie mir das?« fuhr er fort, und seine Stimme wurde lauter. »Sie vermasseln eine Untersuchung und schlagen einen Verdächtigen zusammen? Ich hoffe, Sie haben irgendwas zu Ihrer Verteidigung zu sagen oder, so wahr mir Gott helfe, werfe ich Ihren Arsch den Wölfen vor!

Warum sind Sie zu Renard, obwohl ich Ihnen gesagt habe, Sie sollen sich von ihm fernhalten? Warum mußten Sie ihn verprügeln? Großer Gott, haben Sie denn keine Ahnung, was er und sein einflußreicher Anwalt diesem Revier antun werden? Sagen Sie mir, daß Sie irgendeinen Grund gehabt haben, zu ihm zu gehen. Was hatten Sie überhaupt in diesem Teil der Stadt zu suchen?«

»Ich hab' getrunken.«

»Oh, toll! Gute Antwort! Sie sind stocksauer vor Wut aus meinem Büro gestürmt und haben dann noch ein bißchen Alkohol ins Feuer gekippt!«

Er schob den Stuhl gegen den Tisch. »Schadensbegrenzung«, murmelte er. »Wie zum Teufel sollen wir das drehen? Ich kann sagen, Sie waren auf Überwachung.«

»Sie haben der Presse gesagt, Sie hätten die Überwachung abgezogen.«

»Scheiß auf die Presse. Ich werd' denen sagen, was sie zu denken haben. Renard ist immer noch ein Verdächtiger. Wir haben Grund, ihn zu beobachten. Das gibt uns Grund, dort zu sein, und es zeigt, daß ich an Ihre Unschuld glaube, was diesen angeblichen Scheiß von wegen Beweise manipulieren angeht, den Kudrow da aufrühren will. Aber was dann? Hat er Sie provoziert?«

»Spielt das eine Rolle?« fragte Nick. »Ganz abgesehen davon, daß er ein Vergewaltiger und Mörder ist und das Gericht ihn einlochen hätte sollen –«

»Ja, das Gericht hätte, hat aber nicht. Dann hat Hunter Davidson versucht, ihn fertigzumachen, und Sie haben ihn aufgehalten. Sieht so aus, als wollten Sie den Job ganz für sich alleine haben.«

»Ich weiß, wie es aussieht.«

»Sieht aus wie ein tätlicher Angriff, im nettesten Denkmodell. Broussard meint, ich soll Ihren Arsch ins Gefängnis stecken.«

Broussard. Nick stand auf, Wut regte sich erneut. Broussard, die in den sechs Monaten, die er in Bayou Breaux war, kaum zehn Worte zu ihm gesagt hatte. Die plötzlich im Laveau's zu ihm gekommen war. Die aus dem Nichts mit einer Pistole und der Befugnis, ihn zu verhaften, aufgetaucht war.

»Und? Werden Sie?«

»Nein, außer ich muß.«

»Renard wird Anzeige erstatten.«

»Da können Sie Ihren Schwanz drauf verwetten.« Gus rieb sich mit der Hand übers Gesicht und wünschte sich insgeheim, er wäre vor all den Jahren bei der Geologie geblieben. »Er ist kein geistiger Invalide, dem Sie den Kopf ins Klo stecken und ein Geständnis rausspülen können und auf den keiner hört, wenn er es rausschreit. Kudrow droht schon die ganze Zeit mit Schadensersatzklage. Polizeiterror sagt er. Ungesetzliche Verhaftung. Also, ich freu mich schon darauf, was er hierzu zu sagen hat.«

Er ließ sich auf einen Stuhl fallen. »Alles in allem werde ich mir wohl wünschen, Sie hätten den Job zu Ende gebracht und Renard an die Krokos verfüttert.«

»Warum schleichst du denn noch hier rum, Broussard?« fragte Rodriguez. Der massige, fast kahlköpfige Beamte stand hinter seinem Schreibtisch und sortierte mit wichtiger Miene Papiere, als hätte man ihn nicht gerade selbst aus dem Vernehmungsraum geworfen.

Annie warf ihm einen trotzigen Blick zu. »Ich bin der verhaftende Beamte. Ich muß schriftliche Meldung über die Verhaftung eines Täters machen, einen Bericht einreichen und Beweise sicherstellen lassen.«

Rodriguez schnaubte verächtlich. »Es wird keine Verhaftung geben, Schätzchen. Fourcade hat nur getan, was jeder in der Parish gern getan hätte.«

»Als ich das letzte Mal nachgeschaut hab', war tätlicher Angriff noch gegen das Gesetz.«

»Das war kein tätlicher Angriff, das war Gerechtigkeit.«

»Ja«, stimmte Degas ein. »Und du hast ihn dabei gestört, Broussard. Das ist ein Verbrechen. Warum hast du ihn nicht den Job zu Ende bringen lassen?«

Weil das Mord gewesen wäre, dachte Annie. Daß Renard es verdiente, umgebracht zu werden, spielte dabei keine Rolle. Gesetz war Gesetz, und sie hatte geschworen, es aufrechtzuhalten, genau wie Fourcade und Rodriguez und Degas und Gus Noblier.

»Genau«, sagte Pitre. Er ging auf sie zu und zog seine Handschellen vom Gürtel. »Vielleicht sollten wir dich einbuchten, Broussard. Behinderung der Justiz.«

»Einen Beamten bei der Ausübung seiner Pflicht behindern«, fügte Degas hinzu.

»Ich glaube, eine Leibesvisitation wäre hier angebracht«, schlug Pitre vor und griff nach ihrem Arm.

»Fick dich selbst, Pitre«, zischte sie und riß ihren Arm weg.

Ein obszönes Grinsen zog über sein Gesicht. »Ich bin bereit, Süße, wenn du glaubst, daß es deiner Sache dient.«

»Geh und pinkel 'ne Schnur hoch.«

»Der Sheriff hat dir gesagt, du sollst nach Hause gehen, Broussard«, sagte Rodriguez. »Du widersetzt dich einem Befehl. Soll ich dich melden?«

Annie schüttelte ungläubig den Kopf. Er würde Brutalität gutheißen und sie fürs Rumstehen melden. Sie sah verunsichert zur Tür des Vernehmungsraums. Die übliche Routine schrieb eine gewisse Vorgehensweise vor, ihr Sheriff hatte eine andere befohlen. Sie hätte alles drum gegeben, zu wissen, was auf der anderen Seite dieser Tür gesprochen wurde, aber keiner würde sie da reinlassen, weder bildlich noch tatsächlich. Gus hatte übernommen, und Gus Noblier war der absolute Herrscher des Partout Parish Sheriffsbüros, wenn nicht gar von Partout Parish.

»Gut«, sagte sie widerwillig. »Ich mach' den Papierkram morgen früh.«

Sie spürte den ganzen Weg zur Tür, wie ihre Augen sich in ihren Rücken brannten, ihre Feindseligkeit war geradezu greifbar. Ihr wurde übel von dem Gefühl. Das waren Männer, die sie seit zwei Jahren kannte, Männer, mit denen sie gescherzt hatte.

Der Nebel hatte sich zu einem steten kalten Regen gemausert. Annie zog ihre Jeansjacke über den Kopf und rannte zum Jeep, wo ihre Eiscreme geschmolzen war und eine milchige Pfütze auf dem Boden vor dem Beifahrersitz bildete. Ein passendes Ende für ihren Abend.

Sie setzte sich hinters Steuer und versuchte, sich vorzustellen, was morgen passieren würde, aber es kam nichts. Sie hatte keine Vergleichsmöglichkeit. Sie hatte noch nie einen Kollegen verhaftet.

»Wir verhaften keinen von uns. Nick gehört zur Bruderschaft.«

Die Bruderschaft. Der Kodex

Ich hab' den Kodex gebrochen.

»Ja, was zum Teufel hätte ich denn tun sollen?« sagte sie laut.

Der Plastikalligator, der am Spiegel hing, erwiderte spöttisch ihren Blick. Annie schnippte mit dem Zeigefinger dagegen und lehnte sich zurück, während er an seiner Schnur tanzte. Sie warf einen Blick auf die Tüte, die sie zwischen die Schalensitze geklemmt hatte. Die Tüte, in der sie ihre Eiscreme geholt hatte. Die Tüte, mit der sie Fourcades blutige Handschuhe eingesammelt hatte. Jeder Handschuh hätte natürlich in eine separate Tüte gehört, aber sie hatte sich, so gut es ging, mit dem, was sie hatte, beholfen, einen Handschuh hineingesteckt, dann die Tüte gefaltet und den anderen in den oberen Teil der Falte, die das ergab, getan. Laut Vorschrift müßte sie die Beweise eintragen lassen, dafür sorgen, daß sie im Asservatenraum gesichert wurden. Instinkt hielt sie davon ab, mit der Tüte ins Revier zurückzulaufen. Sie spürte immer noch, wie sich die brennenden Blicke von Rodriguez und Degas und Pitre in sie gebohrt hatten. Sie hatte den Kodex gebrochen.

Und trotzdem hatte sie die Vorschriften umgangen. Zugeständnisse für Fourcade gemacht, die sie bei einem Zivilisten nie gemacht hätte. Sie hätte eine Streife zum Tatort rufen müssen, aber sie hatte es nicht getan. Die Zuständigkeit lag bei der Stadt Bayou Breaux und nicht bei Partout Parish. Aber es wäre ihr wie Verrat vorgekommen, wenn sie Fourcade einem anderen Revier überlassen hätte. Sie hatte einen Krankenwagen für Renard gerufen, den Sanitätern nichts erklärt und Fourcade in ihrem eigenen Fahrzeug aufs Revier gebracht. Sie hatte nicht mal bei der Einsatzleitung angerufen, um sie zu warnen, weil sie nichts über Funk sagen wollte.

Sie hatte Zugeständnisse für Fourcade gemacht, weil er ein Cop war, und trotzdem stellte man sie als Übeltäterin hin. Männer, mit denen sie gestern nacht noch gescherzt hatte, sahen sie plötzlich an, als wäre sie eine feindselige und unwillkommene Fremde.

Sie ließ den Jeep an und rollte aus dem Parkplatz, als zwei Wagen einbogen. Deputys, die zur Mitternachtsschicht antraten. Die Nachricht von Fourcades Zusammenstoß würde sich wie ein Lauffeuer verbreiten. Ihre Welt hatte sich plötzlich um 180 Grad gedreht. Alles Einfache war kompliziert geworden. Alles Vertraute mit einem Mal fremd. Alles Helle war dunkel geworden. Sie sah in den Regen und erinnerte sich an Fourcades geflüstertes Wort: *Schattenland*.

Die Straßen waren verlassen, machten die Ampeln zu überflüssigem Luxus. Die Mehrheit von Bayou Breaux' siebentausend Einwohnern waren Angehörige der arbeitenden Schicht, die an Wochentagen zu anständigen Zeiten zu Bett gingen und sich am Wochenende austobten. Berufsfischer, Ölarbeiter, Zuckerrohrfarmer. Das bißchen Industrie, das es in der Stadt gab, unterstützte genau diese Berufe.

Der Kern von Bayou Breaux war alt. Ein paar der Gebäude an der La Rue Dumas standen schon dort, seit die ersten Franzosen im achtzehnten Jahrhundert von ihren Booten gestiegen waren. Im Jahre 1763 konfiszierten die Briten ihren Besitz und warfen sie raus. Weit mehr Gebäude stammten daher aus dem neunzehnten Jahrhundert – einige aus Holz, einige aus Backstein mit falschen Fassaden, einige in gutem Zustand, einige nicht. Annie fuhr an ihnen vorbei, hatte aber momentan keinen Sinn für ihre Geschichte.

Eine Neonreklame für Dixie Bier glühte rot im Fenster von »T-Neg's«, dem Nachtclub, in dem, was man immer noch den »farbigen Teil« der Stadt nannte. Der moderne Wahn für politische Korrektheit war bis jetzt noch nicht in die tieferen

Nischen von Südlouisiana vorgedrungen. Sie bog rechts ab an Canray's Garage, einer heruntergekommenen Tankstelle, die wirkte, wie etwas aus einem deprimierenden postapokalyptischen Science-fiction-Film: überall Schrottautos und ausgeschlachtete Motoren. Die Häuser auf dieser Straße sahen auch nicht viel besser aus. Schäbige einstöckige Hütten erhoben sich auf schiefen Backsteinstützen vom Boden, die Häuschen drängten sich Schulter an Schulter mit Gärten von der Größe einer Briefmarke.

Die Grundstücke wurden allmählich größer, die Häuser respektabler und moderner, je weiter sie nach Westen fuhr. Die alten Viertel gingen über in die neuen am südwestlichen Ende der Stadt, wo Baufirmen Sackgassen mit arkadengeschmückten Backsteingebäuden und pseudokaribischen Plantagenhäusern gepflastert hatten. Hier lebte A. J.

Aber wie konnte sie zu ihm gehen? Er arbeitete für den Bezirksstaatsanwalt. Technisch gesehen waren die Polizei und die Ankläger zwar ein Team für die Gerechtigkeit, aber die Realität war eher Kontroverse als freundschaftliche Zusammenarbeit. Wenn sie den Sheriff einfach überging und die Linie ins Lager des Staatsanwalts überquerte, würde Noblier ihr die Hölle heiß machen, und der Rest der Abteilung würde das nur als weiteren Beweis dafür sehen, daß sie sich gegen sie stellte.

Doch wenn sie als Freundin zu A. J. ging, was dann? Konnte sie von ihm erwarten, daß er Beruf und Freundschaft trennte, wenn eine mögliche Anklage in der Schwebe hing?

Annie machte einen U-Turn und fuhr in Richtung Krankenhaus. Der Überfall auf Marcus Renard war offiziell ihr Fall, bis ihr jemand etwas anderes sagte. Sie mußte die Aussage eines Opfers aufnehmen.

Eine jungfräulich weiße Statue der Jungfrau Maria begrüßte die Verwundeten, die ins »Our Lady of Mercy« kamen, mit offenen Armen. Scheinwerfer, die in den Hibiskusbüschen zu

Füßen ihres Sockels nisteten, erleuchteten sie die ganze Nacht, ein Leuchtfeuer für die Geschlagenen. Das Krankenhaus selbst war in den Neunzigern gebaut worden, während des Ölbooms, als leichtes Geld und Menschenfreundlichkeit im Überfluß im Angebot waren. Das Gebäude war ein einstöckiger L-förmiger Backsteinbau, der sich über einen peinlich gepflegten Rasen erstreckte. Die Anlage war weit genug vom Bayou weg, daß sie sowohl eine gute Aussicht als auch genügend Sicherheitsabstand in der Hochwasserzeit hatte.

Annie parkte in der roten Zone vor der Notaufnahme und klappte die Sonnenblende mit den Insignien des Sheriffsbüros herunter. Dann machte sie sich mit ihrem Notizbuch in der Hand auf den Weg ins Krankenhaus und fragte sich, ob Renards Zustand es wohl erlauben würde, mit ihm zu reden. Falls er starb, würde das das Leben einfacher oder komplizierter machen?

»Wir haben ihn gerade in ein Zimmer gebracht.« Schwester Jolie führte sie einen Korridor hinunter, der durch die sanfte Nachtbeleuchtung wie eine Perle schimmerte. »Ich habe für den Boilerraum gestimmt – den Boiler selbst, um genau zu sein. Wissen Sie, wer ihn zusammengeschlagen hat? Ich könnte dem Mann die Füße küssen!«

»Er ist im Gefängnis«, log Annie.

Schwester Jolie hob eine feingeschwungene Braue. »Weshalb?«

Annie verkniff sich einen Seufzer, als sie vor der Tür zu Zimmer 118 stehenblieben. »Ist er wach? Unter Beruhigungsmitteln? Kann er reden?«

»Er kann durch das, was noch von seinen Zähnen übrig ist, reden. Dr. Van Allen hat ihm eine lokale Betäubung für seine Nase und seinen Kiefer gegeben. Schmerzmittel hat er keine gekriegt.« Ein hinterhältig sadistisches Lächeln umspielte den Mund der Schwester. »Wir wollen doch nicht, daß die Symptome eines ernsthaften Schädeltraumas durch Narkotika verfälscht werden.«

»Paß auf, daß du nie einen Mediziner verärgerst«, sagte Annie und tat, als würde sie sich eine Notiz machen.

»Richtig erkannt, Mädel.«

Jolie drückte die Tür zu Renards Zimmer auf und hielt sie offen. Es war ein Doppelzimmer, aber nur ein Bett war belegt. Renard lag mit leicht erhöhtem Kopf da, das Neonlicht schien ihm genau in die Augen, die fast zugeschwollen waren. Sein Gesicht sah aus wie ein mutierter Granatapfel. Kaum zwei Stunden waren vergangen, seit man ihn zusammengeschlagen hatte, und die Schwellung und Blutergüsse waren bereits so stark, daß er kaum noch erkennbar war. Eine Augenbraue war genäht. Eine weitere Naht verlief vom Kinn wie ein Tausendfüßler über seine Unterlippe. Seine Nasenlöcher waren mit Watte verstopft, und das, was von seiner Nase noch übrig war, war in Verband und Pflaster gehüllt.

»Kein Stecker zum Rausziehen«, sagte die Schwester voller Bedauern. Sie warf einen Blick auf Annie. »Sie hätten wohl nicht warten können, bis man dieses Arschloch ins Koma versetzt hätte?«

»Timing war noch nie meine Stärke«, murmelte Annie bitter ironisch.

»Zu schade.«

Annie sah ihr nach, wie sie davonging, zurück zum Schwesternzimmer.

»Mr. Renard, ich bin Deputy Broussard«, sagte sie, nahm die Kappe von ihrem Stift und ging auf das Bett zu. »Falls es irgendwie möglich ist, hätte ich gerne Ihre Aussage darüber, was heute abend passiert ist.«

Marcus musterte sie durch die Schlitze, die die Schwellung um seine Augen noch offengelassen hatte. Sein rettender Engel. Neben dem erhöhten Krankenhausbett sah sie klein aus, verschwand fast in ihrer Jeansjacke. Sie war hübsch, etwas burschikos, mit einem blauen Fleck über einem Wangenknochen und zerzausten braunen Haaren. Ihre Augen hatten die Farbe von Café noir, eine etwas exotische Form, und sie sahen ihn todernst an, während sie darauf wartete, daß er antwortete.

»Sie waren dabei«, flüsterte er, was einen stechenden Schmerz in seinem Gesicht auslöste. Das bißchen Lidocaine, das der Arzt ihm gegeben hatte, verlor schon seine Wirkung. Die Tampons in seiner Nase zwangen ihn, durch den Mund zu atmen, was das Gefühl, daß sein Kopf zur doppelten Größe angeschwollen war, nur noch verstärkte. Seine Stirnhöhlen entleerten sich in seinen Rachen und erstickten ihn halb.

»Ich muß wissen, was passiert ist, bevor ich eintraf«, sagte sie. »Wodurch wurde der Kampf augelöst?«

»Angriff.«

»Sie behaupten, Detective Fourcade wäre einfach auf Sie losgegangen? Es gab keinen Wortwechsel?«

»Ich kam aus dem ... Haus«, röchelte er stockend. Seine angeknacksten Rippen waren so stramm verpflastert, daß er die Luft teelöffelweise einatmen mußte. »Er war da. Wütend ... über das Urteil. Hat gesagt, es wäre nicht vorbei. Hat mich geschlagen. Wieder ... und wieder.«

»Sie haben nichts zu ihm gesagt?«

»Er will mich tot sehen.«

Sie hob den Kopf von ihren Notizen. »Da ist er wohl kaum der einzige, Mr. Renard.«

»Aber Sie nicht«, sagte Marcus. »Sie ... haben mich gerettet.«

»Ich habe meine Arbeit getan.«

»Und Fourcade?«

»Ich spreche nicht für Detective Fourcade.«

»Er hat versucht, mich ... umzubringen.«

»Hat er gesagt, er wolle sie umbringen?«

»Sehen Sie mich an.«

»Es steht mir nicht zu, Schlüsse zu ziehen, Mr. Renard.«

»Aber Sie haben es getan«, sagte er hartnäckig. »Ich hab' gehört, wie Sie gesagt haben: ›Sie bringen ihn um.‹ Sie haben mich gerettet. Danke.«

»Ich verzichte auf Ihren Dank«, sagte Annie ungeduldig.

»Ich hab'... Pam nicht umgebracht. Ich hab' sie geliebt... wie ein Freund.«

»Freunde stellen Freunden nicht nach.«

Marcus hob mahnend einen Finger. »Voreiliger Schluß...«

»Das ist nicht mein Fall. Mir steht es frei, die Fakten noch einmal zu überprüfen und zu jedem Schluß zu kommen, der mir gefällt. Haben Sie Detective Fourcade irgendwie provoziert?«

»Nein, er war nicht mehr normal... und war betrunken.«

Er versuchte, seine Lippen zu benetzen, und stieß dabei mit der Zunge gegen die scharfen Kanten einiger angebrochener Zähne und eine Lücke, wo ein Zahn fehlte. Sein Blick wanderte zu einem Wasserkrug aus Plastik zu seiner Rechten.

»Könnten Sie mir bitte... was zu trinken eingießen, Annie?«

»Deputy Broussard«, sagte Annie in scharfem Ton. Daß er ihren Vornamen gebrauchte, machte sie nervös. Sie wollte seine Bitte abschlagen, aber er hatte ohnehin schon genug, um das Revier auf Schadensersatz zu verklagen. Es hatte keinen Sinn, die Situation wegen einer solchen Lappalie noch weiter zu verschärfen.

Sie legte ihr Notizbuch auf den Nachttisch, goß ein halbes Glas Wasser ein und reichte es ihm.Die Knöchel seiner rechten Hand waren aufgeschürft und orange von Jod. Das war die Hand, die möglicherweise das Messer gehalten hatte, mit dem er eine Frau zerstückelt hatte, die er angeblich wie einen Freund geliebt hatte.

Er versuchte, das Wasser zu nippen, ohne die Naht an seiner Lippe zu berühren, indem er das Glas an den linken Mundwinkel preßte. Ein Rinnsal tropfte über sein Kinn auf sein Krankenhaushemd. Er hätte einen Strohhalm gebraucht, aber die Schwestern hatten ihm keinen dagelassen. Annie war der Meinung, er könnte von Glück reden, wenn die Schwestern sein Wasser nicht vergiftet hatten.

»Noch einmal danke… Deputy«, sagte er und versuchte ein Lächeln, wodurch er noch grotesker aussah. »Sie sind sehr gütig.«

»Wollen Sie Anzeige erstatten?« fragte Annie abrupt.

Er machte ein würgendes Geräusch, das vielleicht ein Lachen sein sollte. »Er hat versucht, mich umzubringen. Ja… ich werde Anzeige erstatten. Er sollte… im Gefängnis sein. Sie werden mir helfen, ihn dahin zu bringen – Deputy. Sie sind meine Zeugin.«

Der Stift erstarrte in Annies Hand, als diese Aussicht wie ein Spieß ihr Bewußtsein durchbohrte. »Wissen Sie, was, Renard? Ich wünschte, ich wäre heute abend nie in diese Straße eingebogen.«

Er versuchte, den Kopf zu schütteln. »Sie wollen mich… nicht tot haben… Annie. Sie haben mich heute gerettet. Zweimal.«

»Ich bereue es bereits.«

»Sie suchen nicht nach Rache. Sie suchen… Gerechtigkeit… die Wahrheit. Ich bin kein schlechter Mensch… Annie.«

»Mir wäre wohler, wenn das Gericht das entscheidet«, sagte sie und klappte ihr Notizbuch zu. »Jemand vom Revier wird sich mit Ihnen in Verbindung setzen.«

Marcus sah ihr nach, als sie ging. Dann schloß er die Augen und beschwor ihr Gesicht vor seinem inneren Auge herauf. Hübsch, knochig, ein Anflug von Grübchen am Kinn, Haut von der Farbe frischer Sahne und jungen Pfirsichen aus Georgia. Sie glaubte an das Gute im Menschen. Sie half gerne. Er stellte sich ihre Stimme vor – sanft, ein bißchen rauchig. Er dachte daran, was sie vielleicht hätte sagen können, wenn sie ihn nicht in ihrer Eigenschaft als Deputy besucht hätte. Worte des Mitleids und des Trostes, die seinen Schmerz lindern sollten.

Annie Broussard. Sein rettender Engel.

6

Der Regen fiel ohne Unterlaß, reduzierte die Sichtweite der Scheinwerfer, die Nacht wurde zum Tunnel. Der Himmel schien zu niedrig, die dichtstehenden Bäume dräuten über der Straße. Jennifer Nolans Phantasie lief Amok: Filmbilder von Monstern, die plötzlich vor sie sprangen, und Autos, die bedrohlich im Rückspiegel auftauchten. Sie haßte es, in der Spätschicht zu arbeiten, aber sie haßte es genauso, nachts zu Hause zu sein. Sie war dazu erzogen worden, praktisch alles an der Nacht zu fürchten: die Dunkelheit, die Geräusche im Dunkeln, die Dinge, die im Dunkeln lauern könnten. Sie wünschte, sie hätte eine Mitbewohnerin. Aber die letzte hatte ihren Schmuck und ihren Fernseher gestohlen und war mit irgendeinem Taugenichts abgehauen, also lebte sie jetzt allein.

Scheinwerfer tauchten hinter ihr auf, und Jennifer stockte der Atem. Alle Leute redeten dauernd nur von Mord und daß Frauen auf den Straßen nicht mehr sicher waren. Sie hatte gehört, daß die Bichon zerstückelt worden war. Das war zwar nicht in den Nachrichten gewesen, aber sie hatte es gehört und wußte, daß es wahrscheinlich wahr war. Gerüchte sickerten durch – wie das Detail mit der Mardi-Gras-Maske. Die Polizei wollte auch nicht, daß das einer erfuhr, aber trotzdem wußten es alle.

Allein der Gedanke, wieviel Angst diese Frau gehabt haben mußte, reichte dazu, Jennifers Alpträume zu wecken. Sie wollte nicht an Mardi Gras denken, der in kaum zwei Wochen stattfinden würde, nur wegen der Maskengeschichte. Und jetzt hatte sie diesen Wagen hinter sich. Möglicherweise war es Pam Bichon genauso ergangen Vielleicht hatte man sie von der Straße gedrängt und die Einfahrt hochgescheucht zu ihrem Tod.

Der Wagen setzte zum Überholen an, und ihre Panik

wurde noch größer. Dann rauschte das Auto vorbei, die Rücklichter glühten im schummrigen Licht. Erleichterung durchströmte sie wie Wasser. Sie drückte den Blinker und bog in den Wohnwagenpark ein.

Sie hatte ihren Schlüssel in der Hand, als sie die Treppe zu ihrer Tür hochging, so wie sie es in *Glamour* gelesen hatte. Halten Sie den Schlüssel bereit, damit Sie rasch die Tür aufsperren oder ihn als Waffe benutzen können, falls sich aus dem Geißblattbusch neben Ihrer Schwelle ein Angreifer auf Sie stürzen sollte.

Im Wohnzimmer brannte eine Lampe, um den Eindruck zu erwecken, daß den ganzen Abend jemand zu Hause wäre. Nachdem sie die Tür hinter sich abgesperrt hatte, hängte Jennifer ihre Jacke an die Garderobe. Sie nahm sich ein Handtuch vom Küchentisch, um ihre regennassen Haare zu rubbeln, während sie durch den geräumigen Wohnwagen ging und noch mehr Lichter anzündete. Sie achtete darauf, erst in eine Kammer zu treten, wenn das Licht an war und sie alles überschauen konnte. Sie überprüfte das Gästezimmer, das Badezimmer. Ihr Schlafzimmer war am Ende des schmalen Ganges. Alles war an seinem Platz, keiner war im Schrank. Auf dem Nachttisch stand eine Dose Haarspray. Das konnte sie wie Tränengas benutzen, wenn jemand während der Nacht einbrach.

Mit der Erkenntnis, in Sicherheit zu sein, legte sich allmählich die Spannung, und Müdigkeit packte sie. Zu viele Nächte mit zu wenig Schlaf, der Ärger mit ihrem Schichtleiter wegen der Länge der Kaffeepausen, die überfällige Telefonrechnung – jede Sorge war wie ein Stein um ihren Hals. Sie putzte sich deprimiert die Zähne, zog ihre Jeans aus und stieg mit dem T-Shirt, das sie schon den ganzen Tag trug mit der Aufschrift »I'M WITH STUPID« und einem Pfeil, der auf den leeren Platz im Bett neben ihr zeigte. Sie war allein. Bis 1 Uhr 57.

Jennifer Nolan schreckte aus dem Schlaf hoch. Eine behandschuhte Hand schlug ihr heftig ins Gesicht, als sie versuchte, sich hochzurappeln und zu schreien. Ihr Hinterkopf knallte gegen das Kopfteil. Sie versuchte noch einmal, sich aufzurichten, diesmal wurde sie von einer Klinge an ihrem Hals aufgehalten. Ihre Blase entleerte sich unkontrolliert, und Tränen quollen aus ihren Augen.

Trotzdem sah sie verschwommen ihren Angreifer. Seine Silhouette zeichnete sich vor dem grünen Schimmer des Weckers und dem Licht, das durch die Ränder der billigen Rollos hereinfiel, ab. Er dräute scheinbar riesenhaft über ihr, eine Vision der Verdammnis. Ihr Blick richtete sich entsetzt auf sein Gesicht – ein Gesicht, das zur Hälfte hinter einer federbesetzten Mardi-Gras-Maske vesteckt war.

7

Richard Kudrow war ein sterbender Mann. Zu der Crohn-Krankheit, die seine Gedärme die letzten fünf Jahre seines Lebens belagert hatte, hatte sich in den letzten paar Monaten ein gefräßiger Krebs gesellt. Trotz der Bemühungen der medizinischen Wissenschaft verschlang sein Körper sich buchstäblich selbst.

Man hatte ihm gesagt, er solle seine Kanzlei aufgeben und seine Zeit der hoffnungslosen Aufgabe der Behandlung widmen, aber das sah er nicht ein. Er wußte, daß sein Tod unvermeidlich war. Die Arbeit war das einzige, was ihn noch in Gang hielt. Zorn und Adrenalin gaben seinem geschwächten System Treibstoff. Die Konzentration auf Gerechtigkeit – ein erreichbares Ziel – war für ihn ein lohnenderes Ziel als Heilung – ein unerreichbares Ziel. Indem er sich seinen Ärzten und seiner Krankheit widersetzte, hatte er bereits alle Erwartungen seiner Lebensspanne übertroffen.

Seine Feinde sagten, er wäre einfach zu böse zum Sterben. So, wie er das sah, würden die Prügel, die Marcus Renard eingesteckt hatte, ihm weitere sechs bis acht Monate Wut geben, von der er leben konnte.

»Mein Klient ist von Ihrem Detective halb totgeschlagen worden, Noblier. Unter welchen Haufen Schafscheiße wollen Sie denn diese Tatsache verstecken?«

Gus kniff den Mund zusammen. Seine Augen wurden zu kleinen Schlitzen, aus denen er Kudrow, der ihm gegenüber saß, wütend fixierte. Kudrow, grau und verwittert wie ein modernder Pelikanbalg in einem zerknitterten, braunen Anzug.

»Sie sind doch der Experte für Schafscheiße, Kudrow. Und Sie erwarten, daß ich das Gefasel Ihres soziopathischen, mordlüsternen, perversen Klienten schlucke?«

»Er hat sich nicht selbst die Nase gebrochen. Er hat sich nicht selbst den Kiefer gebrochen. Er hat sich nicht mutwillig die Zähne ausgebrochen. Fragen Sie Ihren Deputy Broussard, oder noch besser, *ich* frage Ihren Deputy Broussard«, sagte Kudrow und hievte sich aus dem Stuhl. »Ihnen trau' ich höchstens so weit, wie ich ein Wildschwein schleudern kann.«

Gus erhob sich energisch und wedelte dem Anwalt mit einem Zeigefinger unter der Nase. »Halten Sie sich ja von meinen Leuten fern, Kudrow.«

Kudrow winkte ab. »Broussard ist eine wichtige Zeugin, und Fourcade ist ein Schläger. Er war bei der Polizei in New Orleans ein Schläger, und das haben Sie gewußt, als Sie ihn eingestellt haben. Das macht Sie in der Zivilklage schuldfähig, Noblier, und angesichts der Tatsache, daß Sie Fourcade im Bichon-Fall nicht suspendiert haben nach seinem offensichtlichen Versuch, Beweismittel unterzuschieben und zu manipulieren, sind Sie möglicherweise der Beihilfe zum tätlichen Angriff schuldig.«

Gus schnaubte verächtlich. »Beihilfe! Da werden Sie sich einen Bruch heben, wenn Sie dieses tote Pferd vor Gericht zerren wollen, Sie alter Ziegenbock. Sie werden arm sterben, bevor Sie aus meiner Dienststelle auch nur einen Zehner rausholen können. Was den Rest angeht, ich kann mich nicht erinnern, daß Sie irgend jemand zum Bezirksstaatsanwalt ernannt hat.«

»Smith Pritchett wird Anklage erheben, bevor Sie das Fett, das Sie zum Frühstück gegessen haben, verdauen können. Er wird Fourcades Arsch nur zu gerne im Gefängnis sehen.«

»Das werden wir ja sehen«, grummelte Gus. »Sie haben keinen blassen Dunst, was gestern abend passiert ist, und ich bin nicht verpflichtet, mit Ihnen darüber zu reden.«

»Das ist alles eine Frage des Protokolls.« Kudrow hob seine alte Aktentasche auf, und das Gewicht bog ihn etwas zur Seite. »Wehe, wenn nicht. Ihr Deputy hat gestern abend jemanden verhaftet. Sie hat die Aussage meines Klienten aufgenommen, ihn gefragt, ob er Anzeige erstatten will. Wenn es zu diesen Fakten nichts Schriftliches gibt, kostet Sie das Kopf und Kragen, Noblier.«

Gus' Miene verzog sich, als hätte er gerade einen Kadaver gerochen. »Ihr Klient hat Wahnvorstellungen und ist ein Lügner, und die beiden Sachen zählen zu seinen besseren Eigenschaften«, sagte er und drängte sich vorbei an dem Anwalt zu seiner Bürotür. »Verschwinden Sie hier, Kudrow, ich hab' was Besseres zu tun, als mir anzuhören, wie Sie aus dem Maul furzen.«

Kudrow entblößte die Zähne, die die Gifte in seinem Körper bernsteinfarben gemacht hatten. Energie brannte wie Raketentreibstoff in seinen Adern, und er stellte sich vor, wie sie den Krebs aus ihm herausbrannte. »Es war eine Freude, Sheriff, wie immer, aber keine so große Freude, wie ich daran haben werde, Sie und Ihren Schläger Fourcade fertigzumachen.«

»Warum tun Sie der Welt nicht einfach einen Gefallen und kippen tot um?« schlug Gus vor.

»So nett wäre ich nie zu Ihnen, Noblier. Ich habe vor, länger zu leben, als Sie noch in diesem Büro sind, wenn auch nur aus Bosheit.«

»Gott sollte so lang leben, aber Sie bestimmt nicht, zu meiner großen Freude.«

»Wir werden ja sehen, wer da das letzte Wort hat.«

Gus knallte Kudrow die Tür in den Rücken. »Ich, du modernder alter Scheißhaufen«, schimpfte er. Er riß die Seitentür zum Büro seiner Sekretärin auf und brüllte: »Kommen Sie rein, Broussard!«

Annie rutschte das Herz in die Hose, als sie sich von dem Stuhl erhob, auf dem sie gewartet hatte. Sie hatte mit großer Hingabe den wütenden Stimmen gelauscht, die durch die offene Tür sehr deutlich zu hören gewesen waren. Die Hitze des Streits hatte sie geradezu körperlich erfaßt. Sie spürte, wie ihr der Schweiß zwischen den Schulterblättern hinunterrann und die Achseln ihrer Uniform durchtränkte.

Valerie Comb, Nobliers Sekretärin, musterte sie aus dem Augenwinkel. Sie war blond, dank Chemie, und Annie in der Schule vier Jahre voraus gewesen, oberster Basketballcheerleader und zur besten Kandidatin im Wettbewerb »Wer am ersten absichtlich schwanger wird« geworden. Jetzt war sie geschieden, hatte drei Kinder zu ernähren, und ihre Loyalität gehörte ganz allein Noblier.

Annie holte tief Luft, betrat das Allerheiligste und schloß die Tür hinter sich. Der Sheriff stampfte mit Bulldoggenmiene auf sie zu, die Hände in den Gürtel gerammt. Annie spreizte die Füße ein bißchen und verschränkte die Hände am Rücken.

»Sie haben gestern nacht eine Aussage von Marcus Renard aufgenommen?«

»Ja, Sir.«

»Ich hatte Ihnen gesagt, Sie sollen nach Hause gehen, nicht wahr, Broussard? Krieg ich etwa Alzheimer oder so was? Hab' ich mir nur eingebildet, ich hätte gesagt, Sie sollen nach Hause gehen?«

»Nein, Sir.«

»Welcher Teufel hat Sie denn geritten, ins Krankenhaus zu gehen und eine Aussage von Renard aufzunehmen?«

»Es mußte getan werden, Sheriff«, sagte sie. »Ich war der Beamte am Tatort. Ich wußte, Renard wäre nur allzu froh, dem Revier Nachlässigkeit vorwerfen zu können –«

»Wagen Sie ja nicht, mir mit Vorschriften zu kommen, Deputy«, keifte er. »Meinen Sie, ich kenne die Vorschriften nicht? Glauben Sie, ich weiß nicht, was ich tue?«

»Nein, Sir – Ich meine, ja, Sir – Ich –«

»Wenn ich Ihnen eine Anweisung gebe, dann hat das seine Gründe, Deputy Broussard.« Er beugte sich zu ihr, sein ganzer Kopf war bis an die Ohrenspitzen radieschenrot. »Manchmal muß eine Situation erst überprüft werden, bevor wir den üblichen Weg beschreiten. Begreifen Sie, was ich damit sagen will, Deputy?«

Annie verkrampfte jeden Muskel in ihrem Körper vor Angst, genau zu wissen, was er da sagte. »Ich hab' gesehen, wie Nick Fourcade Marcus Renard halb tot geprügelt hat, Sheriff.«

»Das will ich ja auch nicht abstreiten, ich habe nur gesagt, Sie kennen die Umstände nicht. Ich sage lediglich, Sie haben den Notruf über den Verdächtigen im Park nicht gehört. Ich sage nur, Sie waren nicht dabei, als sich der Übeltäter der Verhaftung widersetzte.«

Annie starrte ihn lange an. »Sie meinen damit, ich war gestern nacht nicht mit im Raum, als alle ihre Geschichten aufeinander abgestimmt haben«, sagte sie schließlich, obwohl sie wußte, daß sie sich damit Nobliers Zorn sicherte. »Was Fourcade gestern abend gemacht hat, war ungesetzlich. Es war falsch.«

»Und das, was Renard dieser Bichon angetan hat, war es nicht?«

»Natürlich war es das, aber –«

»Lassen Sie sich eines sagen, Annie«, sagte er, plötzlich ruhiger, sanfter. Er ging einen Schritt zurück und setzte sich auf seine Schreibtischkante. Seine Miene war ernst, offen, ohne seine üblichen Grimassen.

»Die Welt ist nicht schwarz und weiß, Annie. Sie besteht aus Grauschattierungen. Die Welt hält sich an kein Handbuch über Vorschriften. Das Gesetz und Gerechtigkeit sind nicht immer ein und dasselbe. Ich will damit nicht sagen, daß ich das, was Fourcade getan hat, gutheiße. Ich will damit sagen, wir kümmern uns in diesem Revier um unsere Leute. Das heißt, Sie rennen nicht einfach blindlings drauf los und verhaften einen Detective. Das heißt, Sie rennen nicht los und nehmen eine Aussage zu Protokoll, wenn ich Ihnen sage, Sie sollen nach Hause gehen.«

»Ich kann die Tatsache, daß ich dort war, nicht ändern oder die, daß Renard weiß, daß ich dort war. Wie hätte es ausgesehen, wenn ich seine Aussage *nicht* aufgenommen hätte?«

»Es könnte so aussehen, als wäre er etwas verwirrt, was die Abfolge der Ereignisse angeht. Es hätte vielleicht so ausgesehen, daß wir ihm eine Nacht Erholung gönnen, bevor wir ihn weiter belästigen. Es könnte so aussehen, als hätten wir hier versucht, die Frage der Zuständigkeit zu klären.«

Oder es hätte vielleicht so ausgesehen, als würden sie das Opfer einer brutalen Schlägerei ignorieren, einfach die Augen zudrücken, weil der Übeltäter ein Polizist war. Es hätte vielleicht so ausgesehen, als versuchten sie Zeit zu schinden, bis ihnen eine passende Geschichte eingefallen war.

Annie drehte sich zu der Wand, auf der in Fotos die illustre Laufbahn von August F. Noblier dargestellt war. Der Sheriff in jüngeren, schlankeren Zeiten, grinsend, händeschüttelnd mit Gouverneur Edwards. Eine Ansammlung von Fotos im Lauf der Jahre mit weniger wichtigen Politikern und Prominenten, die in den Jahren von Gus' Regentschaft durch Partout Parish gezogen waren. Sie hatte ihn immer respektiert.

»Sie haben getan, was Sie getan haben, Deputy, und wir

werden das regeln«, sagte er, als wäre *sie* diejenige, die das Gesetz gebrochen hatte. Annie fragte sich, ob er Fourcade getadelt oder anerkennend auf die Schulter geklopft hatte. »Die Sache ist die, wir hätten die Geschichte sauberer handhaben können, wenn Sie dabeigeblieben wären. Wissen Sie, was ich damit sagen will?«

Annie sagte nichts. Es hatte keinen Sinn, ihn darauf hinzuweisen, daß sie gar keine Gelegenheit gehabt hatte, dabeizubleiben. Gestern nacht hatte man ihr die Tür vor der Nase zugeknallt, sie wie einen Außenseiter von allem ausgeschlossen. Sie war sich nicht sicher, was schlimmer war – ausgeschlossen oder an der Verschwörung beteiligt zu sein.

»Ich möchte nicht, daß Sie mit der Presse reden«, sagte Noblier, ging um den Schreibtisch herum und setzte sich in seinen ledernen Chefsessel. »Und ich möchte unter keinen Umständen, daß Sie mit Richard Kudrow reden. Haben Sie das verstanden?«

»Ja, Sir.«

»Kein Kommentar. Schaffen Sie das?«

»Ja, Sir.«

»Sie waren nicht im Dienst, deshalb haben Sie den Zehnsiebzigerruf nicht gehört, der gefunkt wurde. Sie sind in eine Situation hineingestolpert und haben Sie unter Kontrolle gebracht. War es so?«

»Ja, Sir«, flüsterte sie, und das üble Gefühl in ihrem Bauch schwoll wie Hefeteig.

Noblier starrte sie einenAugenblick lang schweigend an. »Woher hat Kudrow gewußt, daß Sie versucht haben, Fourcade zu verhaften? Hat er schon mit Ihnen geredet?«

»Er hat heute morgen, als ich beim Joggen war, eine Nachricht auf meinem Anrufbeantworter hinterlassen.«

»Aber Sie haben nicht mit ihm geredet?«

»Nein.«

»Haben Sie Renard gesagt, Sie hätten Fourcade verhaftet?«

»Nein.«

»Haben Sie Fourcade vor Renard seine Rechte vorgelesen?«

»Renard war bewußtlos.«

»Dann hat Kudrow geblufft, dieser häßliche Hurensohn«, murmelte Gus vor sich hin. »Ich hasse diesen Mann. Mir ist es egal, daß er todkrank ist. Ich wünschte, er würde sich beeilen und es hinter sich bringen. Haben Sie ein Verhaftungsprotokoll eingereicht?«

»Noch nicht.«

»Und Sie werden es auch nicht. Wenn Sie mit dem Papierkram angefangen haben, will ich, daß es in den Reißwolf geht. Nicht wegwerfen. In den Reißwolf.«

»Aber Renard wird Anzeige erstatten –«

»Das heißt noch lange nicht, daß wir's ihm leichtmachen müssen. Gehen Sie nur und nehmen Sie seine Beschwerde zu Protokoll, schreiben Sie Ihren vorläufigen Bericht, aber Sie haben Fourcade nicht verhaftet. Holen Sie sich die Unterschrift Ihres Sergeants auf den Papieren, und bringen Sie dann die Akte direkt zu mir. Ich werde persönlich die Leitung dieses Falles übernehmen«, sagte er, als versuche er, das für eine zukünftige offizielle Erklärung zu formulieren. »Wir haben hier eine ungewöhnliche Situation – Anschuldigungen, die gegen einen meiner Männer gemacht werden. Das erfordert meine ungeteilte Aufmerksamkeit, damit der Gerechtigkeit Genüge getan wird.« Er seufzte.

»Und schauen Sie mich nicht so an, Deputy«, sagte er und hob anklagend den Zeigefinger. »Wir machen nichts, was Richard Kudrow nicht schon hundertmal gemacht hat für den Abschaum, den er vertritt.«

»Dann sind wir nicht besser als er«, murmelte Annie.

»Von wegen«, knurrte Noblier und griff nach dem Telefon. »Wir sind die Guten, Annie, wir arbeiten für Justitia. Nur kann sie nicht immer alles sehen, wegen der verdammten Augenbinde. Sie können gehen, Deputy.«

Der Umkleideraum für Frauen im Partout Parish Sheriffsbüro war ursprünglich der Wandschrank des Hausmeisters gewesen. Es gab keine weiblichen Beamten, als das Gebäude in den späten Sechzigern entworfen wurde, und die seligen Chauvinisten im Planungskomitee hatten diese Möglichkeit nicht vorausgesehen. Dank ihrer Kurzsichtigkeit hatten also die männlichen Offiziere einen Umkleideraum mit Duschen und eigenem Klo, wohingegen das weibliche Personal einen Besenschrank bekam, der bei der Renovierung 1993 umgebaut worden war.

Die einzige Beleuchtung war eine kahle Glühbirne an der Decke. Vier zerbeulte Metallschließfächer waren aus der alten Junior High-School gerettet und an eine Wand transplantiert worden. Ein billiger Spiegel ohne Rahmen hing an der gegenüberliegenden Wand über einem winzigen Porzellanwaschbecken. Als Annie ihren Job hier angefangen hatte, hatte jemand ein Guckloch fünfzehn Zentimeter neben dem Spiegel aus dem Männerumkleideraum durchgebohrt. Jetzt überprüfte sie in regelmäßigen Abständen die Wand nach neuen Verletzungen ihrer Privatsphäre und füllte die Löcher mit Spachtelmasse, die sie neben ihrem Vorrat an Schokoriegeln im Schließfach aufbewahrte.

Sie war der einzige weibliche Deputy, der den Raum ziemlich regelmäßig benutzte, und augenblicklich der einzige weibliche Streifenpolizist. Es gab zwei Frauen, die im Gefängnis arbeiteten und eine weibliche Jungpolizistin, die alle angefangen hatten, bevor der Besenschrank umgebaut wurde und sich an das Leben ohne ihn gewöhnt hatten. Annie betrachtete den Raum als den ihren und hatte versucht, ihn ein bißchen aufzumotzen mit einer Plastikpalme und einem Teppichrest für den Betonboden. Ein Poster der »International Association of Women Police« verschönte eine Wand.

Annie saß auf ihrem Klappstuhl mit dem Gesicht zur Tür. Sie brachte es nicht fertig, die Frauen auf dem Poster anzusehen. Sie kam zu spät zu ihrer Streife, hatte das morgendliche Briefing verpaßt. Für sie stand außer Zweifel, daß jede Uniform im Gebäude wußte, daß Noblier sie zu sich ins Büro gerufen hatte und warum. Sergeant Hooker hatte das erste verkündet, sobald sie das Gebäude betreten hatte. Die Blicke, die ihr der Rest der Männer zugeworfen hatten, ließen das zweite kaum anzweifeln.

Sie warf einen Blick auf die Akte in ihrem Schoß. Sie hatte gestern nacht den Verhaftungsbericht für Fourcade getippt. Es hatte ihr ein bißchen das Gefühl gegeben, noch Herr der Lage zu sein, als sie zu Hause an ihrer Schreibmaschine gesessen und schwarz auf weiß festgelegt hatte, was sie gesehen, was sie getan hatte. Es hatte ihr, als sie so allein nachts dasaß, ein bißchen Bestätigung gegeben. Sheriff Noblier hatte das heute früh, unter dem Gewicht seiner Autorität, schlichtweg geplättet.

Er wollte, daß sie einen falschen Bericht zu den Akten gab. Sie sollte lügen, Brutalität gutheißen und Gott weiß wie viele Gesetze verletzen.

»Und keiner außer mir findet irgend etwas daran falsch«, murmelte sie.

Ängste brodelten wie Säure in ihrem Magen, als sie den Umkleideraum verließ und den Gang hinunterging.

Hooker rollte mit den Augen, als sie am Schreibtisch des Sergeanten vorbeikam. »Versuch doch heute mal, dich aufs Verhaften von *Kriminellen* zu beschränken, Broussard.«

Annie enthielt sich eines Kommentars, während sie sich ins Dienstbuch eintrug. »Ich muß um drei Uhr im Gericht sein.«

»Ach wirklich? Sagst du für uns oder gegen uns aus?«

»Hypolite Grangnon – Einbruch«, sagte sie.

Hooker musterte sie mit zusammengekniffenen Schweinsaugen. »Der Sheriff will diese Berichte bis mittags auf dem Tisch haben.«

»Ja, Sir.«

Sie hätte direkt in den Schreibraum gehen und die Sache hinter sich bringen sollen, aber sie brauchte Luft und Freiraum, ein bißchen Zeit auf der Straße, um ihren Kopf freizukriegen, und eine Tasse Kaffee, die nicht wie aufgebrühte Schweißsocken schmeckte. Sie verließ mit dem gesamten Schreibkram auf dem Arm das Gebäude und sog die Luft ein, die nach feuchter Erde und grünem Gras roch.

Der Regen hatte gegen fünf Uhr früh nachgelassen. Annie war die ganze Nacht wachgelegen und hatte zugehört, wie er das Dach über ihrem Kopf attackierte. Schließlich hatte sie Schlaf Schlaf sein lassen, sich gezwungen, aufzustehen und mit den fünf Gewichten und der Stange zu trainieren, die der Einrichtung ihres Gästezimmers einen so schicken Flair gaben.

Während sie ihre schmerzenden Muskeln malträtierte, wartete sie darauf, daß der Morgen über dem Atchafalaya-Becken anbrach. An manchen Morgen stieg die Sonne wie ein flammender Ball über dem Sumpf auf, und der Himmel verfärbte sich zu grellen, ungeheuer intensiven Orange- und Rosatönen. Dieser Morgen war mit rollenden, schiefergrauen Wolken gekommen, die arrogant die Drohung eines Sturms vor sich herschoben.

Ein Sturm hätte ihr gut gefallen. Aber Frühlingsstürme zogen schnell weiter und wurden vergessen, während der metaphorische Sturm, in den sie sich manövriert hatte, keines von beiden tun würde.

»Deputy Broussard, hätten Sie einen Moment Zeit für mich?«

Annies Kopf schnellte herum, um zu sehen, wem diese leise, aalglatte Stimme gehörte. Richard Kudrow lehnte an der Seite des Gebäudes und hielt seinen Regenmantel so krampfhaft zusammen wie ein Sittenstrolch.

»Tut mir leid. Nein. Ich habe keine Zeit«, sagte sie hastig, verließ den Gehsteig und ging über den Parkplatz zu ihrem Streifenwagen. Sie warf einen nervösen Blick über die Schulter zurück zum Gebäude.

»Sie werden früher oder später mit mir reden müssen«, sagte der Anwalt, der sie hartnäckig verfolgte.

»Dann wird es später sein müssen, Mr. Kudrow. Ich bin im Dienst.«

»Steuerzahlerzeit. Muß ich Sie wirklich darauf hinweisen, Miss Broussard, daß ich selbst einen kräftigen Beitrag in August Nobliers fette Schatztruhe zahle und deshalb technisch gesehen einer Ihrer Arbeitgeber bin?«

»Was Sie als technisch sehen, interessiert mich nicht.« Sie sperrte mit einer Hand den Wagen auf, während sie mit der anderen ihr Clipboard, die Akte und die Strafzettelbücher balancierte. »Mein Sergeant wird mir jedenfalls in den Hintern treten, wenn ich nicht an die Arbeit gehe.«

»Ihr Sergeant oder Gus Noblier – weil Sie mit mir reden?«

»Ich weiß nicht, was Sie meinen«, log sie. Sie fügte die Autoschlüssel dem Stapel in ihrem Arm hinzu und wollte die Tür des Streifenwagens aufziehen.

»Kann ich Ihnen etwas halten?« bot ihr Kudrow galant an und streckte die Hand aus.

»Nein«, sagte Annie scharf und drehte sich weg.

Die plötzliche Bewegung brachte den Stapel auf dem Clipboard ins Rutschen. Die Schlüssel, die Strafzettelbücher, die Akten purzelten zu Boden, der Inhalt der Renard-Akte ergoß sich aus dem Hefter. Annie ließ in Panik das Clipboard fallen und fiel fluchend auf der Straße auf die Knie und versuchte, die Papiere einzusammeln, ehe der Wind sie erfaßte. Kudrow ging in die Hocke und griff nach dem Notizbuch, das aufgegangen war. Die Seiten mit Einzelheiten und Beobachtungen und Verhörnotizen flatterten, für einen Anwalt so verlockend wie ein heimlich erhaschter Blick auf Spitzenunterwäsche. Annie riß es ihm aus der Hand, dann sah sie, wie seine von Leberflecken übersäte Hand nach dem Verhaftungsbericht griff, den sie weder zu den Akten noch in den Reißwolf gegeben hatte.

Sie stürzte sich drauf, schlug mit dem Ellbogen auf dem

Asphalt auf und zerknüllte das Formular in ihrer Hand, als sie es zu fassen kriegte.

»Ich hab' es, ich hab' es,« stammelte sie. Sie wandte ihr Gesicht von Kudrow ab und schickte Gott ein lautloses Danke, dann raffte sie das ganze Zeug an ihre Brust, erhob sich ungelenk und wich rückwärts zur offenen Tür des Streifenwagens.

Kudrow beobachtete sie interessiert. »Etwas, das ich nicht sehen sollte, Miss Broussard?«

Annies Finger umklammerten das zerknüllte Verhaftungsprotokoll. »Ich muß los.«

»Sie waren gestern nacht der Beamte am Tatort. Mein Klient behauptet, Sie hätten ihm das Leben gerettet. Da haben Sie wirklich Mut bewiesen, als Sie sich mit Fourcade anlegten«, sagte er und hielt die Tür auf, als Annie hinters Steuer rutschte. »Es gehört Mut dazu, das Richtige zu tun.«

»Woher sollten Sie das wissen?« giftete Annie. »Sie sind doch Anwalt.«

Diese Spitze prallte von seiner gelblichen Haut wie Wasser ab. Sie spürte die Hitze seines Blicks auf ihrem Gesicht, obwohl sie sich weigerte, ihn anzusehen. Ein schwacher, eitriger Geruch von Verfall berührte ihre Nase, und sie fragte sich, ob er vom Bayou oder von Kudrow kam.

»Der Mißbrauch von Macht, der Mißbrauch von Amtsgewalt, der Mißbrauch des öffentlichen Vertrauens – das sind schreckliche Dinge, Miss Broussard.«

»Genau wie Stalking und Mord. Und für Sie: *Deputy* Broussard.« Sie drehte den Schlüssel im Zündschloß und knallte die Tür zu.

Kudrow trat zurück, als der Wagen anrollte. Er zog seinen Mantel fester, um sich gegen die Frühlingsbrise, die jetzt über den Parkplatz fegte, zu schützen. Die Krankheit hatte sein inneres Thermometer völlig aus dem Tritt gebracht. Entweder er fror, oder er brannte vor Hitze. Heute war ihm kalt bis ins Mark, aber seine Seele brannte für eine Aufgabe. Wenn er nur einen halben Schritt schneller gewesen wäre, dann würde er jetzt den Verhaftungsbericht in Händen halten. Einen Verhaftungsbericht für Nick Fourcade, den Schläger, der heute morgen *nicht* in einer Gefängniszelle saß, dank August F. Noblier.

»Ich mach euch beide fertig«, murmelte er, während er dem Streifenwagen nachsah, der jetzt auf die Straße hinausfuhr. »Und das ist die Lady, die mir dabei helfen wird.«

8

Wie Annie vermutet hatte, war die Nachricht von Renards Zusammenstoß mit Fourcade bereits im Umlauf. Die Polizisten von der Spätschicht und die Schwestern im Krankenhaus hatten die Teile der Geschichte, die sie kannten, in »Madame Colette's Diner« getragen, wo die Frühstückskellnerinnen sie mit den Empfehlungen für das Sonderangebot des Morgens servierten. Der Geruch von Klatsch und Unzufriedenheit hing so schwer in der Luft wie der von Speckfett und Kaffee.

Annie ertrug den Hagel boshafter Bemerkungen, als sie zum Tresen ging, um sich Kaffee zu holen,wo ihr eine feindselige Kellnerin sagte, Kaffee wäre »aus«. Die Gäste von »Madame Colette's« hatten ihr Urteil gefällt. Der Rest von Bayou Breaux würde nicht weit hinterherhinken.

Sie wollen einen Schuldigen haben – in ihren Köpfen, wenn schon nicht im Gericht, dachte Annie. Die Leute fühlten sich verraten, betrogen von einem System, das mit einem Mal scheinbar zur falschen Seite tendierte. Sie wollten diese neuerliche Schandtat vergessen und weitermachen, als wäre sie nicht passiert. Sie hatten Angst, daß sie das nie tun könnten. Angst, daß vielleicht das Böse unterschwellig wie eine Wasserleitung unter der Parish entlangströmte, die jemand aus Versehen angebohrt hatte, und jetzt wußte keiner, wie man das Loch stopfen und diese Macht wieder unter die Erde verbannen könnte.

Bei »Po Richard's« reichte die Frau am Drive-In-Fenster Annie ihren Kaffee und wünschte ihr einen schönen Tag, offensichtlich war sie aus der Nachrichtenkette ausgeschlossen. Das Gebräu war das übliche von »Po Richard's«: zu schwarz, zu stark und bitter mit einem Nachgeschmack von Zichorie. Annie kippte ihn in ihre überschwappsichere Tasse, fügte drei Sahneersatz zu und machte sich auf den Weg aus der Stadt.

Das Funkgerät erwachte krächzend zum Leben und erinnerte sie daran, daß sie wohl kaum der einzige Mensch im Parish mit Problemen war.

»Alle Einheiten, die im Bereich sind. Ihr habt einen möglichen 261 draußen im Country Estates Trailer Park. Ende.«

Annie packte ihr Mikrofon und drückte aufs Gas. »Eins Anton Charlie nimmt an. Ich bin zwei Minuten entfernt. Ende.«

Als keine Antwort kam, versuchte sie das Mikrofon noch einmal. Das Funkgerät krächzte zurück.

»10-1, Eins Anton Charlie. Sie sind nicht zu verstehen. Muß an Ihrem Funkgerät liegen. Sie sind wo? Over.«

»Ich fahre zu dem 261er im Country Estates. Over.«

Keine Antwort kam. Annie hängte ihr Mikrofon auf, verärgert über die Panne, aber viel besorgter wegen des Notrufs: sexueller Überfall. Sie hatte in ihrer Laufbahn ein paar Vergewaltigungsfälle erlebt. Bei solchen Einsätzen gab es auch immer noch ein emotionelles Element zu bewältigen. Sie war nicht nur einfach ein Bulle. Es war nicht nur einfach ein weiterer Notruf. Sie ging da nicht nur als Beamtin hin, sondern als Frau, die dem Opfer die Art von Unterstützung und Mitgefühl geben konnte, die ihr kein männlicher Beamter bieten konnte.

Der Country-Estates-Wohnwagenpark saß genau in der Mitte von Nirgendwo zwischen Bayou Breaux und Luck, womit es sich als Land qualifizierte. Den hochtrabenden Namen Country Estates hatte der Platz in keiner Weise verdient. Der Name hatte einen Hauch ordentlicher Respektabilität. Die Wirklichkeit waren ein paar Dutzend rostender Wohnwagen, die man auf zwei Morgen Unkraut Anfang der Siebziger abgestellt hatte.

Jennifer Nolans Wohnwagen stand am hinteren Ende des Platzes, ein vormals rosa-weißes Modell mit einem OPERATION-ID-Schutzpolizei-Aufkleber an der Eingangstür. Annie klopfte und identifizierte sich als Deputy. Die innere Tür öffnete sich einen fünf Zentimeter großen Spalt, dann ging sie auf.

Falls das Gesicht, das sie anstarrte, vielleicht einmal hübsch gewesen war, so hatte Annie ihre Zweifel, daß es das je wieder sein würde. Beide Lippen waren wie Ballons aufgeschwollen, beide geplatzt. Die braunen Augen waren fast zugeschwollen.

»Gott sei Dank sind Sie eine Frau«, murmelte Jennifer Nolan. Ihre roten Haare hingen in zerzausten Strähnen herunter. Sie hatte sich in einen rosa Chenillemantel gewickelt, den sie fest über dem Herzen zusammenklammerte, als sie von der Tür wegschlurfte.

»Miss Nolan, haben Sie einen Krankenwagen gerufen?« fragte Annie und folgte ihr in das winzige Wohnzimmer.

Der Wohnwagen stank nach Tabakrauch und der Art Schimmel, die unter alten Teppichen wuchs. Jennifer ließ sich mit großer Vorsicht auf dem eckigen, karierten Sofa nieder.

»Nein, nein«, murmelte sie. »Ich wollte nicht... alle werden schauen.«

»Jennifer, Sie brauchen ärztliche Hilfe.«

Annie ging vor ihr in die Hocke, registrierte die unverkennbaren Zeichen für psychischen Schock. Es war gut möglich, daß Jennifer sich des Ausmaßes ihrer Verletzungen gar nicht bewußt war. Sie war wahrscheinlich wie betäubt, geschockt. Der geistige Abwehrmechanismus der Verdrängung hatte wohl eingesetzt. Wie konnte ihr so etwas Schreckliches passieren, das konnte doch nicht wahr sein, das mußte ein furchtbarer Alptraum sein. Ihr logisches Denkvermögen war total aus dem Gleis. Sie machte sich Sorgen darum, was die Leute denken würden, wenn ein Krankenwagen kam, aber der Streifenwagen war ihr egal.

»Jennifer, ich werde einen Krankenwagen für Sie rufen. Ihre Nachbarn werden nicht wissen, warum er hierherkommt. Unser Hauptanliegen ist Ihre Gesundheit. Verstehen Sie das? Wir möchten sichergehen, daß Sie versorgt sind.«

»Judas«, murmelte Sticks Mullen, der ohne anzuklopfen hereingekommen war. »Sieht aus, als hätte sie schon jemand versorgt.«

Annie warf ihm einen wütenden Blick zu. »Geh und ruf einen Krankenwagen. Mein Funk ist ausgefallen.«

Sie wandte sich wieder dem Opfer zu, obwohl Mullen keinerlei Anstalten machte, ihr zu gehorchen. »Jennifer? Wie lange ist es her, daß das passiert ist?«

Der Blick der Frau wanderte durch den Raum, bis er auf die Wanduhr traf. »In der Nacht. Ich – ich bin aufgewacht, und er – er war einfach da. Auf mir drauf. Er – er – er hat mir weh getan.«

Ihr Gesicht verzog sich, Tränen quollen aus ihren verschwollenen Augen. »Ich v-versuch immer, so vorsichtig zu sein. Warum – warum ist das passiert?«

Annie überging die Frage, wollte ihr nicht sagen, daß Vorsicht allein oft nicht genügte. »Wann ist er gegangen, Jennifer?«

Sie schüttelte den Kopf ein bißchen. Ob sie sich nicht erinnern konnte oder nicht wollte, war unklar.

»War es schon Morgengrauen? Oder war es noch dunkel?«

»Dunkel.«

Was hieß, daß der Vergewaltiger längst über alle Berge war.

»Toll«, murmelte Mullen.

Annie sah sich noch einmal genau Jennifer Nolan an – das strähnige Haar, der Bademantel. »Jennifer, haben Sie gebadet oder geduscht, nachdem er gegangen war?«

Die Tränen liefen heftiger. »Er – er hat mich gezwungen. Und – und, ich *mußte*«, flüsterte sie. »Ich konnte das Gefühl nicht ertragen – ich hab' – ich hab' ihn überall auf mir gespürt!«

Mullen schüttelte angewidert über den Verlust von Beweisen den Kopf. Annie legte sanft eine Hand auf Jennys Unterarm, vermied es sorgsam, die Fesselmale zu berühren, die die Frau an den Handgelenken hatte, nur für den Fall, daß sich doch noch eine Faser in der Haut festgesetzt hatte.

»Jennifer, kannten Sie den Mann, der Ihnen das angetan hat? Können Sie uns sagen, wie er aussieht?«

»Nein, nein«, flüsterte sie, den Blick starr auf Mullens Schuhe gerichtet. »Er – er hat eine Maske getragen.«

»So was wie eine Skimaske?«

»Nein, nein.«

Sie griff mit zitternder Hand nach einer Schachtel ›Eve 100‹ und dem weißen Bic-Feuerzeug auf dem Kaffeetisch. Annie nahm ihr die Zigaretten wortlos weg und legte sie beiseite. Es war wahrscheinlich vergebliche Liebesmüh' zu hoffen, daß Jennifer Nolan sich nicht die Zähne geputzt oder eine Zigarette geraucht hatte, nachdem der Vergewaltiger den Tatort verlassen hatte; trotzdem mußten orale Abstriche gemacht werden. Jede noch so geringe Spur, die ein Vergewaltiger hinterlassen hatte, könnte ein Schlüssel zu seiner Identifizierung sein.

»Grausig. Wie aus ei-einem Alptraum«, sagte die Frau, und Krämpfe schüttelten ihren Körper. »Federn, schwarze Federn.«

»Sie meinen eine richtige Maske«, sagte Annie. »Vom Mardi Gras.«

Chaz Stokes erschien, an einem Frühstücksburrito kauend, am Tatort. Er trug einen seiner üblichen Aufzüge: weite braune Anzughose mit einem braungelben Hemd, das in eine Bowlingbahn der Fünfziger gehörte. Ein zerknitterter, schwarzer Hut thronte über einer Insektensonnenbrille, Zeugen dafür, was für eine Nacht er hinter sich hatte. Die Sonne war nirgendwo in Sicht.

»Sie hat *gebadet*«, sagte Mullen, als er die rostige Treppe herunterstieg. »Wenigstens hat sie nicht auch noch Scheißwaschtag gemacht. Das ist vielleicht ein Tatort.«

Annie drängte sich hinter ihm aus der Tür. »Der Vergewaltiger hat *sie gezwungen* zu baden. Großer Unterschied, Wichser. Ausgerechnet du müßtest doch genau wissen, daß eine Frau sich nach Sex baden will.«

»Deine Sprüche kannst du dir sparen, Broussard«, sagte Mullen giftig. »Ich weiß gar nicht, was du nach gestern abend noch in Uniform zu suchen hast.«

»Oh, verzeiht, daß ich jemanden verhaftet habe, der das Gesetz gebrochen hat.«

»Nicky ist ein Bruder«, sagte Stokes und warf den Rest seines Frühstücks in die abgestorbenen Marigolds neben Jennifer Nolans Wohnwagen. »Du hast dich gegen einen von uns gestellt. Was ist denn da gelaufen, Broussard? Hat er dich angemacht oder was? Alle wissen ja, daß du zu gut bist, um mit einem Cop in die Kiste zu steigen.«

»Schaut euch mal die Auswahl an«, sagte Annie verächtlich. »Falls du interessiert sein solltest, da sitzt ein Vergewaltigungsopfer gleich hinter der offenen Tür. Sie sagt, der Typ hat eine Mardi-Gras-Maske aus schwarzen Federn getragen.«

Stokes zuckte zusammen. »Heiliger Strohsack, jetzt haben wir einen Trittbrettfahrer.«

»Vielleicht.«

»Was soll das denn heißen? Renard hat sie nicht flachgelegt, aber Pam Bichon schon. Oder hast du irgendeine andere Meinung über Bichon?«

Annie widerstand mit einiger Mühe der Versuchung, ihn darauf hinzuweisen, daß bis jetzt noch keiner Renard irgendeine Schuld nachgewiesen hatte. Stokes brachte sie immer auf die Palme. Er sagte schwarz, sie sagte weiß. Verdammt, sie *glaubte*, daß Renard ihr Mörder war.

»Was ist denn los mit dir«, sagte Mullen mit verächtlich verzogenem Mund. »Bist du heiß auf Renards verschrumpelten kleinen Schwanz oder so was? Plötzlich bist du sein kleiner Cheerleader. Nick und Chaz sagen, Renard hat Bichon umgelegt, also hat er Bichon umgelegt.«

»Geh los und klapper Haustüren ab«, befahl Stokes, als der Krankenwagen in den Wohnwagenpark einrollte. »Überlaß die Detektivarbeit einem echten Cop.«

»Ich kann helfen, den Tatort abzusichern«, sagte Annie, als er den Kofferraum seines Camaros öffnete.

Die Dienststelle war weder groß noch beschäftigt genug, daß sich eine eigene forensische Einheit lohnte. Der Detective, der den Notruf zugeteilt bekam, brachte immer die Ausrüstung mit und überwachte alles, während die Beamten am Tatort mithalfen, Fingerabdrücke zu suchen und Beweismaterial zu sichern.

Stokes Kofferraum quoll über vor Müll: ein verrosteter Werkzeugkasten, ein Stück Nylonabschleppseil, ein dreckiges gelbes Ölzeug, zwei Tüten von McDonald's. Drei grellbunte Plastikketten von irgendeiner früheren Mardi-Gras-Feier hatten sich um den Wagenheber gewickelt. Stokes zog ein Set für latente Fingerabdrücke und ein Set für das Einsammeln von allgemeinen Beweismitteln aus dem ordentlicheren Teil des Müllhaufens.

Stokes musterte Annie von der Seite. »Deine Art von Hilfe brauchen wir hier nicht.«

Sie ging weg, weil sie keine andere Wahl hatte. Stokes war der Ranghöhere. Bei der Vorstellung, wie er und Mullen den Tatort untersuchten, wurde ihr übel. Stokes war lasch und Mullen ein Kretin. Wenn sie etwas übersahen, wenn sie etwas vermasselten, könnte alles für die Katz sein. Aber wenn Jennifer Nolans Schilderung der Ereignisse genau war – wofür es bei einem so mitgenommenen Opfer keine Garantie gab –, gab es ohnehin nichts sicherzustellen.

Annie ging zur Rückseite des Wohnwagens, weil sie das Klinkenputzen noch etwas vor sich herschieben wollte. Der Angreifer war mitten in der Nacht in Jennifer Nolans Wohnwagen gekommen, hatte sich durch die Hintertür Zugang verschafft, die von den anderen Wohnwagen im Park nicht einsehbar war. Die Chance, daß ein Nachbar etwas gesehen hatte, war praktisch null. Die Telefonleitung war glatt durchgeschnitten worden. Nolan hatte ihren Anruf bei der Polizei vom Haus ihrer nächsten Nachbarin, einer älteren Frau namens Vista Wallace gemacht, die laut Nolan ziemlich schwerhörig war.

Annie machte ein Polaroidfoto von der zerrissenen Fliegengittertür und von der inneren, die mühelos aufgestemmt und offengelassen worden war. Fingerabdrücke würde es keine geben. Nolan sagte, ihr Angreifer hätte Handschuhe getragen. Er hatte sie im Bett angegriffen, sie mit weißen Stoffstreifen, die er mitgebracht hatte, an den Bettrahmen gefesselt. Auf den Laken gab es keine Spuren von Spermaflüssigkeit, ein Zeichen dafür, daß der Angreifer entweder ein Kondom benutzt oder während des Angriffs nicht ejakuliert hatte.

Von ihrem Studium wußte Annie, daß im Gegensatz zur allgemeinen Überzeugung sexuelle Störungen bei Sexualtätern ziemlich häufig waren. Bei Vergewaltigung ging es um Macht und Wut, darum, einer Frau weh zu tun, sie zu beherrschen. Motiviert waren sie meist durch die Wut auf eine bestimmte Frau aus der Vergangenheit des Vergewaltigers oder der Wut auf das gesamte Geschlecht durch irgendein früheres Ereignis. Der Angriff auf Jennifer Nolan war geplant, organisiert gewesen, ein Zeichen dafür, daß es hier hauptsächlich um Macht und Beherrschung ging. Der Vergewaltiger war gut vorbereitet gewesen, hatte eine Maske getragen, hatte etwas dabeigehabt, um die Tür festzuklemmen, und die weißen Stoffbandagen, mit denen er sein Opfer gefesselt hatte.

Das Markenzeichen des Bayou-Würgers war ein weißer Seidenschal um den Hals seiner Opfer gewesen. Die Bandagen bei diesem Fall waren dem ähnlich genug, daß es eine Menge Gerede geben würde, wenn etwas davon durchsickerte. Der Mangel an Sperma würde ebenfalls als Ähnlichkeit betrachtet werden. Aber bei den Bayou-Würger-Fällen waren die Frauen brutal verstümmelt und ihre Leichen den Elementen preisgegeben worden, so daß derartige Beweise ohnehin nicht mehr brauchbar gewesen wären.

Der Hauptunterschied zwischen den Bayou-Würger-Fällen und dem von Jennifer Nolan war, daß Jennifer Nolan noch am Leben war. Sie war in ihrer Wohnung angegriffen und nicht an einen anderen Platz gebracht worden; sie war zwar vergewaltigt worden, aber nicht ermordet oder verstümmelt. Das waren also die Unterschiede zwischen dem Fall Jennifer Nolan und dem von Pam Bichon, und trotzdem würde die Presse Verbindungen ziehen. Die Maske würde ein großer Schockfaktor sein.

Annie fragte sich, ob die Ähnlichkeiten oder die Unterschiede bei diesem Fall wohl absichtlich wären. Wenn sie sich das fragte, dann würde das auch jeder andere tun. Der Grad an Angst in Partout Parish würde Höhen erreichen wie seit vier Jahren nicht. Es war schon schlimm genug gewesen, als Pam Bichon getötet worden war. Aber zumindest hatten sich eine Menge Leute auf Renard als Killer eingeschossen. Marcus Renard aber war im Krankenhaus gewesen, als Jennifer Nolan überfallen worden war.

Gott, was für ein Schlamassel, dachte Annie mit starrem Blick auf den Boden. Die Sheriffsdienststelle hatte im Fall Bichon schon genug Kritik einstecken müssen. Jetzt hatten sie einen maskierten Vergewaltiger, der frei herumlief, und während Jennifer Nolan vergewaltigt wurde, waren die Cops damit beschäftigt gewesen, sich gegenseitig zu verhaften. So jedenfalls würde die Presse es darstellen. Und Annie würde das Mittelstück dieser Darstellung sein.

Der Boden hinter dem Wohnwagen bestand auf ein paar Metern aus unkrautdurchwachsenem Kies, dann ging das Grundstück über in Wald mit einem Boden aus weichen, vermoderten Blättern. Annie arbeitete sich von einem Ende des Wohnwagens zum anderen vor, suchte nach irgend etwas – Teil eines Fußabdrucks, eine Zigarettenkippe, ein weggeworfenes Kondom. Was sie am Nordende des Wohnwagens fand, war eine fächerförmige schwarze Feder, etwa drei Zentimeter lang; sie hatte sich in einem Büschel von Gras und Löwenzahn verfangen. Sie machte eine Aufnahme der Feder, da, wo sie lag, dann riß sie ein leeres Stück Papier aus ihrem Notizbuch, faltete es um die Feder und steckte es zur sicheren Aufbewahrung zwischen die Seiten ihres Notizbuches.

Wo hatte der Vergewaltiger sein Fahrzeug geparkt? Warum hatte er diesen Ort gewählt? Warum ausgerechnet Jennifer Nolan überfallen? Sie behauptete, es gäbe keine Männer in ihrem Leben. Sie lebte allein und arbeitete in der Nachtschicht in der »True-Light«-Lampenfabrik in Bayou Breaux. Die Fabrik schien der logische Ausgangspunkt, um sich nach Verdächtigen umzusehen.

Natürlich würde Annie keine Chance kriegen, irgend jemand außer den Nachbarn zu verhören. Der Fall gehörte jetzt Stokes. Wenn er Hilfe haben wollte, dann würde er ganz bestimmt nicht zu ihr kommen. Aber vielleicht war ja der Vergewaltiger ein Nachbar. Ein Nachbar müßte sich nicht den Kopf darüber zerbrechen, wie er sein Fahrzeug versteckte. Ein Nachbar würde Jennifer Nolans Zeitplan kennen und wissen, daß sie allein lebte. Vielleicht würde das Klinkenputzen gar nicht so langweilig sein.

Der Krankenwagen fuhr gerade aus dem Wohnwagenpark, als sie um die Ecke des Nolan-Wohnwagens bog. Eine Frau mit einem Kleinkind auf der Hüfte und einer Zigarette in der Hand stand in der Tür des übernächsten Wohnwagens in der Reihe. In einem anderen Wohnwagen hatte ein untersetzter alter Mann in Unterwäsche die Vorhänge aufgezogen und starrte hinaus.

Annie sicherte die Feder in einem Beutel und brachte sie in den Wohnwagen. Stokes war gerade dabei, im Badezimmer Schamhaare mit der Pinzette aus der Badewanne zu holen.

»Ich habe das hinter dem Wohnwagen gefunden«, sagte sie und stellte den Beutel auf den Toilettentisch. »Sieht aus wie eine von den Federn, die sie für Masken und Kostüme benutzen. Vielleicht war unser Täter in der Mauser.«

Stokes zog eine Augenbraue hoch. »*Unser?* Du hast hiermit überhaupt nichts zu tun, Broussard. Und was zum Teufel soll ich denn bitte mit einer Feder machen?«

»Ins Labor schicken. Sie mit der Maske vergleichen, die Pam Bichon anhatte –«

»Renard hat Bichon umgebracht. Das hat hiermit nichts zu tun. Das ist ein Nachäffer.«

»Gut. Dann schick sie ins Labor, laß Jennifer Nolan eine Skizze von der Maske zeichnen, die der Vergewaltiger getragen hat, und schau, ob sich der Hersteller finden läßt. Vielleicht –«

»Vielleicht weißt du überhaupt nicht, wovon du redest, Broussard«, sagte er und richtete sich von der Badewanne auf. Er faltete die Schamhaare in ein Stück Papier und legte sie auf die Toilette. »Ich hab's dir schon einmal gesagt, ich will dich nicht in meiner Nähe haben. Verschwinde hier. Raus hier. Geh und schreib ein paar Strafzettel. Trainier für deinen neuen Job als Parkuhrenüberwacherin. Mehr wirst du nicht mehr sein, Schätzchen. Das schwör ich dir. Jeder, der einen Bruder verrät, fliegt raus.«

»Ist das eine Drohung?«

Er streckte die Hand aus und preßte seinen Zeigefinger

gegen den blauen Fleck auf ihrer Wange. Seine Augen waren kalt wie Glas. »Ich mach' keine Drohungen, Süße.«

Annie biß die Zähne gegen den Schmerz zusammen.

»Kümmer dich besser drum, daß du deine Geschichte von dem, was gestern nacht mit Renard passiert ist, richtig hinkriegst«, sagte er.

»Ich weiß genau, was passiert ist.«

Stokes schüttelte den Kopf. »Ihr Schnecken habt einfach keinen blassen Dunst, was Ehre ist, stimmt's?«

Sie schob seine Hand weg. »Ich weiß auf jeden Fall, daß das Begehen einer Straftat nicht dazu gehört. Ich geh' jetzt und rede mit den Nachbarn.«

9

Nick stand in der Piroge, den Blick auf den wäßrigen Horizont gerichtet, und konzentrierte sein gesamtes Bewußtsein auf seine langsamen, präzisen Bewegungen. *Gleichgewicht… Anmut… Ruhe… atme… harmonisiere Verstand, Körper, Geist – spüre das Wasser unter dem Boot… flüssig, nachgiebig… werde wie das Wasser…* Trotz der Kühle war seine Stirn voller Schweißperlen und sein ärmelloses graues Sweatshirt schweißgetränkt. Bizeps und Trizeps bogen sich und zitterten mit jeder Bewegung. Die Anstrengung kam nicht vom Tai Chi, sondern von innen, von dem Kampf, konzentriert zu bleiben.

Bewege dich langsam… ohne Zwang… ohne Gewalt…

Einen Herzschlag lang durchbrach eine Szene von gestern nacht seine Konzentration. *Renard… Blut… Zwang… Gewalt…* Das Gefühl von Harmonie, das er gesucht hatte, entzog sich ihm und war verschwunden. Die Piroge machte einen Ruck unter seinen Füßen. Er ließ sich auf die Bank des Bootes fallen und nahm den Kopf zwischen die Hände.

Er hatte das Boot selbst aus Zypressenholz und Sperrholz

gebaut und es grün und rot gestrichen, wie die alten Sumpfbewohner es vor vielen Jahren getan hatten, um sich als ernsthafte Fischer und Trapper zu identifizieren. Er war froh darüber, wieder in den Sumpf zurückgekommen zu sein. New Orleans war ein unharmonischer Ort. Wenn er zurückdachte, hatte er sich dort immer geistig zerstückelt gefühlt. Er stammte von hier: dem Atchafalaya – über eine Million Morgen Wildnis, an den Kanten gesäumt mit einer Girlande kleiner Städte wie Bayou Breaux und St. Martinville und kleineren Städten wie Jeanerette und Breaux Bridge und Orten, die zu klein und unbedeutend schienen, um überhaupt einen Namen zu haben, die aber trotzdem einen besaßen.

Er hatte seine Kindheit ein paar Meilen entfernt von einem dieser Orte verbracht, auf einem Hausboot, das am Ufer eines namenlosen Sees vertäut war. Er erinnerte sich an seinen Vater, der ein Sumpfbewohner gewesen war, gefischt und Fallen gestellt hatte, bevor der Ölboom zuschlug und er eine Arbeit als Schweißer annahm und mit seiner Familie nach Lafayette gezogen war. Sie hatten dort reicher gelebt, aber nicht besser. Armand Fourcade hatte mehr als einmal gebeichtet, daß er einen Teil seiner Seele im Sumpf gelassen hatte. Erst seitdem er wieder hier war, war Nick klargeworden, was sein Vater gemeint hatte. Hier konnte er sich eins fühlen und seine Mitte finden. Manchmal.

Heute war dem nicht so.

Zögernd nahm er sein Paddel und setzte das Boot in Richtung nach Hause in Bewegung. Der Himmel hing tief, dämpfte die Farben des Sumpfs, überzog alles mit einem schäbigen Grau: die zarten jungen limonengrünen Blätter der Tupelobäume, die wie Wächter im Wasser standen, das spitzenartige Blattwerk der Weiden und Ulmen, die die Inseln überzogen, die wenigen Blumen, die die Wärme dazu verführt hatte, zu früh für die Jahreszeit aufzugehen. Der Tag war kühl, aber es war allgemein wärmer geworden. Bald würden die Ufer von bunten Blumen übersät sein, und weißköpfige Gänseblümchen und die üppige »Schwarzäugige Susanna« würden zum Wasserrand hinunterranken und sich dort mit Giftefeu und Sumpfgras verstricken.

Im Frühling explodierte der Sumpf förmlich vor Leben. Heute schien er den Atem anzuhalten. Zu warten, zu beobachten.

Genau wie Nick wartete. Er hatte gestern nacht etwas in Bewegung gesetzt. Jede Aktion zieht eine Reaktion nach sich, jede Herausforderung eine Antwort. Die Sache war damit, daß Gus ihn nach Hause geschickt hatte, nicht beendet. Sie hatte noch nicht einmal richtig begonnen. Er steuerte die Piroge durch einen Kanal, der von toten Zypressenstümpfen übersät war, und um die schmale Spitze einer Insel, die im Frühling doppelt so groß werden würde, wenn die Frühjahrsüberschwemmungen zurückgingen. Sein Haus stand auf einer Sandbank zweihundert Meter westlich, ein Relikt aus der Frühzeit, das mehr schlecht als recht renoviert worden war, als den Menschen des ländlichen Südlouisiana die Segnungen der Zivilisation zugänglich gemacht wurden.

Er modernisierte das Haus selbst, Zimmer für Zimmer, stellte seinen Charme wieder her und ersetzte billige Einbauten durch Qualität. Gedankenlose körperliche Arbeit war ein akzeptabler Ausgleich für die Ruhelosigkeit, die er früher immer versucht hatte, mit Schnaps zu dämpfen.

Er entdeckte den städtischen Streifenwagen sofort. Der Wagen parkte dicht neben seinem Geländewagen. Ein weißuniformierter Beamter stand, begleitet von einem untersetzten Schwarzen, daneben, der einen schicken Anzug und Krawatte und eine Aura von Arroganz trug, die sogar auf diese Entfernung spürbar war. Johnny Earl, Chief der Polizei von Bayou Breaux.

Nick steuerte die Piroge an das Dock und vertäute sie.

»Detective Fourcade«, sagte Earl und ging auf den Anlegesteg zu, seine goldene Marke im Anschlag. »Ich bin Johnny Earl, Chief der Polizei von Bayou Breaux.«

»Chief«, sagte Nick und nickte. »Was kann ich für Sie tun?«

»Ich denke, Sie wissen, warum wir hier sind, Detective«, sagte der Chief. »Laut einer Beschwerde, die heute morgen von Marcus Renard eingereicht wurde, haben Sie gestern abend innerhalb der eingemeindeten Bezirke von Bayou Breaux ein Verbrechen begangen. Im Gegensatz zu dem, was Sheriff Noblier zu glauben scheint, ist das eine Polizeiangelegenheit. Ich habe Bezirksstaatsanwalt Pritchett versichert, ich würde mich der Sache persönlich annehmen, obwohl es mich schmerzt, dazu Anlaß zu haben. Sie sind wegen des Überfalls auf Marcus Renard verhaftet – und diesmal ist es echt. Leg ihm die Handschellen an, Tarleton.«

Annie ging die Treppe des Gerichts hoch und zerbrach sich den Kopf, wie sie einem Gespräch unter vier Augen mit A. J. entgehen könnte. Wenn sie in den Gerichtssaal witschen könnte, genau zu dem Zeitpunkt, wenn der Fall gegen Hypolite Grangnon aufgerufen wurde, und dann verschwinden, sobald sie ihre Aussage gemacht hatte …

Für heute hatte sie schon genug Konfrontationen hinter sich. Sie hatte nicht mal ihren Streifenwagen auftanken können, ohne sich mit jemandem anzulegen. Aber daß man sie aufs Polizeirevier von Bayou Breaux zitiert hatte, war die Krönung gewesen.

Die Unterredung mit Johnny Earl war ihr wie die längste Stunde ihres Lebens vorgekommen. Er hatte persönlich die Leitung des Falls übernommen und sie persönlich wie eine Zitrone ausgequetscht, versucht, sie dazu zu bringen, zuzugeben, daß sie Fourcade am Tatort verhaftet hatte. Sie blieb bei der Geschichte, die ihr der Sheriff mit Gewalt eingetrichtert hatte, sagte sich immer wieder, sie wäre schließlich gar nicht so weit von der Wahrheit entfernt. Sie hatte keinen Funkruf über einen Herumtreiber gehört. Sie hatte Fourcade nicht wirklich verhaftet – weil das keiner im Revier zulassen würde.

Earl hatte kein Wort davon geschluckt. Er war schon zu lange Polizist. Aber Noblier den Hintern wegen der Vertuschung aufzureißen war auf seiner Tagesordnung erst an zweiter Stelle. Er hatte Fourcade in Haft und würde daraus soviel politisches Kapital wie möglich schlagen. Er brauchte ihr wahres Geständnis nicht, um den Sheriff in ein schlechtes Licht zu rücken, und das wußte er. Vielleicht war er sogar ohne besser dran. So konnte er behaupten, die Korruption im Sheriffsbüro wäre weit verbreitet, würde bis in die niederen Ränge reichen. Er konnte sie als Mitverschwörerin mit hineinziehen.

Verschwörung, falsche Aussage. Was kommt als nächstes? Wie tief kann ich als nächstes noch sinken? fragte sich Annie, als sie in den Gang einbog, der vorbei an den alten Gerichtssälen führte. *Meineid.* Früher oder später würde sie in diesen Gerichtssaal kommen, um gegen Fourcade auszusagen.

Die Halle war verstopft von Anwälten und Sozialarbeitern und Leuten, die an den zu Verhandlung kommenden Fällen interessiert waren. Die Tür zu Richter Edmonds Gerichtssaal schwang auf und mähte fast einen Pflichtverteidiger nieder. A. J. kam heraus. Sein Blick hatte Annie sofort erfaßt.

»Deputy Broussard, kann ich Sie in meinem Büro sprechen?« sagte er.

»A–aber der Grangnon-Prozeß –«

»Ist abgesetzt. Er hat sich schuldig bekannt.«

»Toll«, sagte sie ohne große Begeisterung. »Dann kann ich ja wieder auf Streife gehen.«

Er beugte sich zu ihr. »Zwing mich nicht dazu, dich hinzuschleifen, Annie, und glaub ja nicht, ich wäre nicht sauer genug, es zu tun.«

Die Sekretärinnen im Vorzimmer des Reiches des Bezirksstaatsanwalts machten Männchen wie Pudel bei einer Hundeschau, als A. J. hereinstürmte und ihre klimpernden Wimpern keines Blickes würdigte. Er warf seine Aktentasche in einen Stuhl, als er sein eigenes Büro betrat, und schlug hinter Annie die Tür zu.

»Warum zum Teufel hast du mich nicht angerufen?« fragte er.

»Wie zum Teufel hätte ich dich anrufen können, A. J.?«

»Du platzt dazwischen, wie Fourcade versucht, Renard umzubringen, und machst dir nicht die Mühe, das mir gegenüber zu erwähnen? Mein Gott, Annie, du hättest verletzt werden können.«

»Ich bin Polizist. Ich könnte jeden Tag verletzt werden.«

»Du warst noch nicht mal im Dienst!« tobte er und warf die Hände in die Luft. »Du hast mir gesagt, du würdest nach Hause gehen! Wie ist das passiert?«

»Eine grausame Laune des Schicksals«, sagte sie verbittert. »Ich war zur falschen Zeit am falschen Ort.«

»Ganz so hat es Richard Kudrow nicht geschildert, als er heute morgen seine kleine Bombe bei Pritchett losgelassen hat. Er hat dich als Heldin gefeiert, als einzigen Kämpfer für die Gerechtigkeit in einem ansonsten krankhaft korrupten Revier.«

»Das Revier ist nicht korrupt«, sagte sie und haßte sich für die Lüge. Was war denn eine Vertuschung von Polizeibrutalität, wenn nicht Korruption?

»Warum war dann Fourcade heute morgen nicht im Gefängnis? Du hast ihn verhaftet, nicht wahr? Kudrow behauptet, er hätte den Bericht gesehen, aber in den Akten im Sheriffsbüro gibt es keinen Bericht. Was ist da los? Hast du ihn verhaftet oder nicht?«

»Und du wunderst dich, warum ich dich nicht angerufen habe«, murmelte Annie und starrte links an ihm vorbei. Besser sein Diplom von der LSU anzuschauen als sein Gesicht. »Ich komm ganz gut ohne diesen Brutaloverhörscheiß zurecht, herzlichen Dank.«

»Ich will wissen, was passiert ist«, sagte er und stellte sich in ihr Blickfeld. Leider kannte er alle ihre Strategien. »Ich mache mir Sorgen um dich, Annie. Wir sind Freunde, richtig? Du bist diejenige, die es gestern nacht dauernd gesagt hat – wir sind beste Freunde.«

»O ja, *bester Freund«,* sagte sie sarkastisch. »Gestern nacht waren wir beste Freunde. Und jetzt bist du der Bezirksstaatsanwalt und ich der Deputy, und du bist sauer, weil du heute morgen vor deinem Boß schlecht ausgesehen hast. Das ist es doch, stimmt's?«

»Verdammt, Annie. Ich mein's ernst!«

»Genau wie ich! Sag mir, daß es nicht wahr ist«, forderte sie ihn auf. »Du schaust mir in die Augen und sagst mir, daß du nicht versuchst, unsere Freundschaft dazu auszunutzen, Informationen zu kriegen, die du sonst nicht bekommen würdest. Schau mich an und sag mir, daß du jeden anderen Deputy vor Dutzenden von Leuten unten in der Halle so angemacht und wie ein Kind hierhergeschleift hättest.»

A. J. klappte die Kiefer zusammen und wandte sich ab. Die Enttäuschung, die auf Annie lastete, war fast so schwer wie das Schuldgefühl, vor dem es kein Entrinnen gab. Sie umklammerte den Kopf mit den Händen und ging an ihm vorbei zum Fenster.

»Du hast ja keine Ahnung, wo ich da hineingeraten bin«, murmelte sie und starrte hinaus auf den Parkplatz.

»Es ist ganz einfach«, sagte er. Die Stimme der Vernunft. Ruhig und charmant näherte er sich ihr. »Wenn du Fourcade bei einer Gesetzesübertretung erwischt hast, dann gehört er ins Gefängnis.«

»Und ich muß gegen ihn aussagen. Einen anderen Cop verpfeifen – noch dazu einen Detective.«

»Gesetz ist Gesetz.«

»Recht ist recht. Falsch ist falsch«, sagte sie und nickte zu jedem Wort mit dem Kopf, als sie sich zu ihm umdrehte. »Ich bin froh, daß das Leben für dich so einfach ist, A. J.«

»Verschon mich damit. Du glaubst genauso an das Gesetz wie ich. Deshalb hast du Fourcade gestern nacht aufgehalten. Es ist Aufgabe der Gerichte zu bestrafen und nicht die Nick Fourcades. Und du wirst verdammt noch mal gegen ihn aussagen!«

»Bedroh mich nicht«, sagte Annie leise. Er machte reumütig einen Schritt auf sie zu, aber sie hielt abwehrend die Hände hoch und wich zurück. »Danke für dein Mitgefühl, A. J. Du bist ein echter Freund, wirklich. Ich bin so froh, daß ich mich in meinen Zeiten der Not an dich gewandt habe. Ich freue mich schon auf deine Vorladung.«

»Annie, bitte –«, begann er, aber sie winkte ab und drängte sich an ihm vorbei. »Annie, ich –«

Sie knallte die Tür zu, bevor er etwas sagen konnte. Gleichzeitig flog die Tür zu Smith Pritchetts Eckbüro auf, und ein Quartett wütender Männer stürmte in die Halle, angeführt von Pritchett selbst. Der Polizeichef folgte ihm dicht auf den Fersen, gefolgt von Kudrow und Noblier. Annie drückte sich gegen die Tür, um sie vorbeizulassen. Ihr Herz setzte kurz aus, als Kudrow ihr zunickte.

»Deputy Broussard«, sagte er gewandt. »Vielleicht sollten Sie sich uns anschließen bei –«

Noblier schob den Anwalt mit Brachialgewalt zur Seite. »Hauen Sie ab, Kudrow, ich muß kurz mit meinem Deputy reden.«

»Das kann ich mir denken«, sagte Kudrow kichernd. »Muß ich Sie daran erinnern, daß Zeugenbeeinflußung ein ernsthaftes Vergehen ist, Noblier?«

»Wenn ich Sie sehe, könnte ich schon kotzen, Anwalt«, fauchte Gus. »Sie holen einen Mörder raus und verfolgen Cops. Jemand sollte Ihnen ein bißchen Anstand in Ihren mageren Arsch prügeln.«

Kudrow schüttelte mit unbeirrtem Lächeln den Kopf. »Sie predigen ja sogar Brutalität. Da wird die Presse die Ohren spitzen, wenn sie das hört.«

»Seine Eingeweide sind nicht das einzige, was an dem krebsverseucht ist«, grummelte Gus, als Kudrow den anderen in die Halle folgte. »Die Seele dieses Mannes ist schwarz vor Fäulnis. Er hat Pritchett am Schwanz gezogen«, sagte er quasi zu sich selbst. »Das ist meine Schuld. Ich hätte Pritchett gestern nacht selbst anrufen sollen. Jetzt hat er sich in den Kopf gesetzt, daß das so eine Art Pinkelwettbewerb ist. Der Mann hat ein Ego, das größer ist als der Pimmel meines Großvaters.« Widerwillig schüttelte er den Kopf.

»Und Johnny Earl... ich hab' keine Ahnung, wer dem einen Stachel in den Arsch gesteckt hat. Der Mann ist konträr. Versteht den Lebensrhythmus hier nicht. Das passiert eben, wenn der Stadtrat Außenseiter einstellt. Sie bringen Johnny Scheiß-Earl von Cleveland oder irgendeinem anderen gottverdammten Ort, wo keiner eine Ahnung hat, wie das Leben hier läuft. Der Mann hat Dünkel. Er hält mich für irgendeinen faulen, rassistischen Cracker aus irgendeinem Film. Als würden in meinem Revier keine Schwarzen arbeiten. Als hätte ich keine schwarzen Freunde. Als hätte ich bei der letzten Wahl nicht dreiunddreißig Prozent aller schwarzen Stimmen gekriegt.«

Jetzt richtete er seine Aufmerksamkeit mit wütender Miene auf Annie und drängte sie rückwärts zu Pritchetts leerem Büro. »Ich hab' Ihnen gesagt, Sie sollen nicht mit Kudrow reden.«

»Ich habe nicht mit Kudrow geredet.«

»Und was verbreitet er dann für Scheiß über einen Verhaftungsbericht?« flüsterte er. »Und wie kommt es, daß Ihr Sergeant sagt, er hätte euch zwei auf dem gottverdammten Parkplatz keine zehn Meter vom Gebäude weg gesehen?«

»Ich habe ihm nichts gesagt.«

»Und genau das werden Sie bei dieser Pressekonferenz sagen, Deputy. Nichts.«

Annie schluckte. »Pressekonferenz?«

»Kommen Sie, los«, befahl er und schritt den Korridor hinunter.

Pritchett eröffnete die Show mit einer Stellungnahme über den *mutmaßlichen* Überfall auf Marcus Renard. Er verkündete, Detective Nick Fourcade wäre von der Polizei von Bayou Breaux in Gewahrsam genommen worden. Er versprach, den Anschuldigungen auf den Grund zu gehen, und drückte seine Empörung über die Vorstellung aus, daß irgend jemand versuchen würde, das Justizsystem zu umgehen.

Ein tragisch und blaß aussehender Kudrow erinnerte alle an Fourcades farbige Vergangenheit und bat darum, daß der Gerechtigkeit Genüge getan würde. »Ich betone noch einmal die Unschuld meines Klienten. Ihm ist bis jetzt keinerlei Schuld nachgewiesen worden. Tatsache ist, daß, während er gestern nacht im Krankenhaus lag, wohin ihn Detective Fourcade gebracht hatte, der wahre Kriminelle frei herumlief und möglicherweise eine brutale Vergewaltigung begangen hat.«

Und dann begann der Blutrausch.

Die Fragen und Kommentare der Journalisten waren mit Pfeilen und Widerhaken gespickt. Seit drei Monaten jagten sie hinter der Geschichte von Renard in der einen oder anderen Form hinterher, ohne greifbare Schlüsse, was seine Schuld oder Unschuld betraf. Sie waren zwar unfähig, Mitgefühl für die Beamten zu haben, die den gleichen Frust hatten ertragen müssen, aber sie zögerten nicht, ihren frei kundzutun. Sie griffen jeden an, ergriffen keinerlei Partei und nahmen die Spur einer Chance auf frisches Blut wie Spürhunde auf.

»Sheriff, ist es wahr, daß gestern nacht eine weitere Frau überfallen wurde?«

»Kein Kommentar.«

»Deputy Broussard, ist es wahr, daß Sie Detective Fourcade gestern nacht offiziell verhaftet haben?«

Annie kniff die Augen gegen das blendende Licht eines tragbaren Scheinwerfers zusammen, als Gus ihr einen Stups nach vorne gab. »Äh – ich kann dazu nichts sagen.«

»Aber Sie waren die Beamtin, die den Krankenwagen gerufen hat. Sie *sind* mit Detective Fourcade ins Revier zurückgekehrt.«

»Kein Kommentar.«

»Sheriff, wenn Renard im Krankenhaus war, während diese andere Frau überfallen wurde, beweist das nicht seine Unschuld?«

»Nein.«

»Dann bestätigen Sie, daß der Überfall stattgefunden hat?«

»Deputy Broussard, können Sie bestätigen, daß Sie gestern abend von Mr. Renard im Krankenhaus eine Aussage aufgenommen haben? Und wenn ja, warum war Detective Fourcade dann heute morgen nicht in Gewahrsam?«

»Äh – ich –«

Gus beugte sich vor sie zum Mikrofon. »Detective Fourcade fuhr auf Grund eines Berichts über einen Herumtreiber dorthin. Deputy Broussard war nicht im Dienst und hat den Notruf nicht gehört. Sie stieß auf eine Situation, die sie fragwürdig fand, brachte sie unter Kontrolle und begleitete Detective Fourcade zurück ins Sheriffsbüro. So einfach ist das.

Ich habe Detective Fourcade sofort mit Bezahlung suspendiert, bis zum Abschluß der Untersuchung. Und so steht es in diesem Fall, soweit es mich betrifft. Mein Revier hat nichts zu verbergen, nichts, wessen es sich schämen müßte.

Wenn der Bezirksstaatsanwalt will, daß die Polizei den Fall untersucht, so ist mir das nur recht. Ich stehe hundert Prozent hinter meinen Leuten, und mehr hab' ich zu dieser Sache nicht zu sagen.«

Pritchett trat wieder ans Mikrofon, entschlossen, das letzte Wort zu haben, während Gus Annie vom Podium zur Tür trieb. Annie heftete sich wie ein treuer Hund an Nobliers Fersen und fragte sich, ob sie das zu einer Heuchlerin machte. Sie erwartete, daß der Sheriff sie beschützte, aber nicht Fourcade. *Ich habe nicht versucht, jemanden umzubringen. Ich habe nur gelogen und einen falschen Bericht zu den Akten gegeben.*

Angewidert von sich selbst und ihrem Boß, floh sie aus dem Gericht zu ihrem Streifenwagen, dicht gefolgt von den Geiern, die versuchten, einen Happen von ihr zu erhaschen, aber sie hielt den Mund fest geschlossen, den Blick starr nach vorn gerichtet. Der Mob teilte sich jetzt in Fraktionen: einige rannten zurück zur Treppe des Gerichtsgebäudes, wo Kudrow gerade auftauchte, einige verfolgten Noblier, der in seinem Suburban davonfuhr. Ein halbes Dutzend heftete sich an Annie bis ins Justizzentrum und jagten sie über den Parkplatz zum Beamteneingang des Gebäudes.

Hoover stand im Foyer und sah sich die Show an, die Arme über seinem runden Bauch verschränkt. »Wo ist der Nachfolgebericht über diese Friedhofsschändung?«

»Ich habe ihn vor zwei Tagen eingereicht.«

»Den Teufel hast du.«

»Hab' ich doch!«

»Aber ich hab' ihn nicht, Broussard«, sagte er schroff. »Mach ihn noch mal. Heute.«

»Ja, Sir«, sagte Annie und verkniff es sich, Hoover einen Lügner zu nennen. Hoover war ein Arschloch, aber insoweit fair, weil er alle mit derselben Verachtung behandelte.

»Als ob es nicht schon schlimm genug wäre, den Papierkram einmal zu machen«, schimpfte sie, als sie in den Einsatzraum kam. »Ich muß meinen zweimal machen.«

»Wer will dich zweimal haben, Broussard?« sagte Mullen mit verächtlich verzogenem Mund. Er und Prejean standen im Gang und tranken Kaffee. »Dein kleiner perverser Freund Renard? Hab gehört, wenn der 'ne Frau nagelt, bleibt sie festgenagelt – am Boden.« Er kicherte, zeigte seine schlechten Zähne.

»Sehr witzig, Mullen«, sagte Annie. »Und so geschmackvoll. Vielleicht könntest du einen Job als Kabarettist im Beerdigungsinstitut kriegen.«

»Ich bin nicht derjenige, der sich nach einem neuen Job umsehen muß, Broussard«, erwiderte er. »Wir haben gehört, daß du zu den Städtern übergelaufen bist, um Johnny Earl den Schwanz zu lutschen.«

»Tut mir leid, wenn ich deine schmutzigen Phantasien enttäuschen muß, aber ich war da nicht freiwillig, und der Chief war nicht gerade glücklich, als ich gegangen bin.«

Mullen grinste obszön. »Kannste nicht mal richtig blasen?«

»Du wirst es ganz bestimmt nie erfahren.«

Annie warf einen Blick zu Prejean, der sonst immer gleich mit einem Grinsen und einer frechen Bemerkung dabei war, wenn sie Mullen eins vor den Bug geknallt hatte, aber jetzt sah er sie an, als ob er sie nicht kennen würde. Das tat weh.

»Schon okay, Prejean«, sagte sie. »Ich war's ja nicht, der dich gedeckt hat, als deine Frau nachts gearbeitet hat und du mittags ein bißchen extra Zeit haben wolltest, um, na ja, sagen wir, deinen Appetit zu stillen.«

Prejean starrte auf seine Schuhe. Annie schüttelte nur den Kopf und ging. Sie brauchte zehn Minuten allein, nur um sich hinzusetzen und sich zu sammeln. Zehn Minuten, um mit ihrer Enttäuschung fertig zu werden und die Angst zu zügeln, die sich wie ein Sack Flöhe in ihr ausbreitete. Sie war in ein tiefes Loch gefallen, und keiner reichte ihr die Hand, um ihr herauszuhelfen. Statt dessen standen die Männer, die sie für ihre Kameraden gehalten hatte, um den Rand herum und warteten darauf, sie wieder hineinzutreten.

Sie ging zu ihrem Umkleideraum. Und sie wußte bereits, bevor sie die Tür geöffnet oder auch nur einen Fuß hineingesetzt hatte, daß Eindringlinge in ihrer Zuflucht gewesen waren.

Der Geruch kam in einem Schwall, als sie den Türknopf drehte – würgend, verfault. Sie drückte den Lichtschalter und konnte sich gerade noch den Mund zuhalten, bevor der Schrei entwich.

An einem Stück brauner Schnur, die an die Glühbirne in der Decke gehängt war, festgebunden an dem langen, mageren Schwanz, hing eine tote Bisamratte.

Die Ratte war gehäutet worden, vom Schwanzansatz bis zum Schädel, der Balg hing ihr über dem Kopf. Annie starrte sie an, und sie begann zu würgen. Durch den Zug und das Körpergewicht schwankte der Nager wie ein groteskes Mobile hin und her. Ein Hinterfuß fehlte, was darauf deutete, daß die Ratte ihr frühes Ende in den Stahlkiefern einer Falle gefunden hatte, wie Tausende von ihnen alljährlich in Südlouisiana.

Annie war sich bewußt, daß das Schwein, das ihr das angetan hatte, sie möglicherweise durch ein neues Loch in der Wand beobachtete und ging ruhig auf die Ratte zu und dann um sie herum. Sie registrierte jede Einzelheit – den geknoteten Schwanz, die nackten Muskeln, das Stück Papier, das mit einem Nagel an den Kadaver geheftet war.

Auf dem Zettel stand: Verräterfotze.

10

»Broussard hat dich verpfiffen«, sagte Stokes und packte den Maschendraht der Untersuchungszelle. »Mann, ich kann nicht glauben, daß sie dir das angetan hat. Ich meine, daß sie nicht mit mir schlafen will, ist eine Sache. Einige Frauen sind in dieser Beziehung einfach Masochisten. Aber einen anderen Cop verpfeifen ... Mann, das ist vielleicht mies.«

Stokes hätte gar keinen Zugang zum Untersuchungsteil des Stadtgefängnisses haben dürfen. Zumindest nicht als Besucher. Untersuchungshäftlinge hatten das Recht, ihre Anwälte zu sehen, und mehr nicht. Aber wie immer hatte Stokes jemanden gekannt und sich den Weg freigequatscht.

»Verdammt, glaubst du etwa, sie ist ’ne Lesbe?« fragte er, als ihm plötzlich der Gedanke kam.

Nick, der in seiner Zelle auf und ab lief, sah plötzlich Annie Broussard vor sich – weit geöffnete Augen, den Hauch von Röte über ihren Wangen, als er ihr mit seiner Hand zu nahe gekommen war.

»Es ist mir egal«, sagte er.

»Dir vielleicht, aber sie hat gerade eine ganz neue Rolle in meiner Phantasiewelt gekriegt«, gab Stokes zu. »Verdammt, Lesben haben mich schon immer angemacht. Hübsche«, schränkte er ein. »Nicht die kessen Väter. Stellst du dir nie schöne Frauen nackt zusammen vor? Mann, da fängt mein Schwanz an zu tanzen.«

»Sie hat mich verhaftet«, sagte Nick in scharfem Ton. Stokes ging ihm auf den Wecker. Der Mann hatte keinerlei Ziele.

»Na ja, sie wird eben in meinen Phantasien als böse Lesbe auftreten. Ein Luder in schwarzem Leder mit Peitsche. Männerhasserin.«

»Wieso ist sie überhaupt da aufgetaucht?« fragte Nick.

»Verdammtes Pech war das auf jeden Fall.«

Nick hatte gemischte Gefühle, was das anging. Wenn Annie Broussard nicht dahergekommen wäre, hätte er Renard umgebracht. Sie hatte ihn tatsächlich vor sich selbst gerettet, und dafür war er dankbar. Aber ihre Motive beunruhigten ihn.

»Sie findet, ich soll mich dafür verantworten.«

Vielleicht war es tatsächlich so einfach. Vielleicht war sie so idealistisch. Nachdem er selbst nie ein Idealist gewesen war, hatte er Schwierigkeiten, das zu akzeptieren. Seiner Erfahrung nach waren die Leute meist nur durch eins motiviert – persönlicher Gewinn. Egal wie raffiniert sie ihre Absichten kaschierten, egal welche Ausreden sie parat hatten, meist war alles in einem Gedanken zusammenzufassen: *Was ist dabei für mich drin?* Was war dabei für Annie Broussard drin? Warum war sie plötzlich in seinem Leben aufgetaucht?

»Sie ist eine Nervensäge«, sagte Stokes. »Das kleine Fräulein Alles-nach-Vorschrift. Ich hab' heute morgen einen Vergewaltigungsfall draußen in dem Schmuddelwohnwagenpark in Richtung Luck eingefangen. Sie hat sich da draußen in alles eingemischt. »Wirst du dieses Nasenhaar ins Labor einschicken?« spöttelte er in Falsetto. »Vielleicht ist es ein Nasenhaar vom Vergewaltiger. Vielleicht hat der Kerl die Bichon umgebracht. Vielleicht ist er der Bayou-Würger.«

»Wie ist sie denn auf die Idee gekommen, daß das mit Bichon in Verbindung steht?«

Chaz rollte mit den Augen. »Der Typ hat eine Maske getragen. Als wär das eine originelle Idee, mein Gott«, murmelte er. »Wer hätte je gedacht, daß sie bei dem Job Weiber zulassen?«

Er warf einen Blick über die Schulter zur Tür. Das Stadtgefängnis war so gut wie tausend Jahre alt und hatte keine Überwachungskameras im Untersuchungshafttrakt. Stadtpolizisten mußten auf die altmodische Art Gespräche belauschen.

»Na ja, sie ist praktisch die einzige, die glaubt, daß du dafür bezahlen sollst, Mann«, murmelte er. »Nicht mal Gott selbst würde dich dafür bestrafen. Auge um Auge, weißt du, was ich meine?«

»Ich weiß, was du meinst, ich soll hier der Racheengel sein.«

»Verdammt, du hättest der Unsichtbare sein sollen. Keiner hätte was mitgekriegt, wenn Broussard nicht ihre Nase reingesteckt hätte. Renard würde in der Hölle schmoren. Fall abgeschlossen.«

»Hast du dir das so gedacht?« fragte Nick leise und ging auf den Maschendraht zu, der ihn gefangenhielt. »Als du mich im ›Laveau's‹ angerufen hast, hast du dir da gedacht, ich würde rüber zu Bowen & Briggs gehen und ihn umbringen?«

»Herrgott noch mal!« zischte Stokes. »Sprich leise!«

Nick beugte sich nahe an den Maschendraht und packte

ihn dicht über Stokes Fingern. »Was ist denn los mit dir, *Partner*? Hast du etwa Angst, die hängen dir was mit Verschwörung an?«

Stokes wich schockiert zurück, beleidigt, ja sogar verletzt. »Verschwörung? Scheiße, Mann, wir waren besoffen und haben einfach nur gequatscht. Selbst wenn ich dich angerufen und dir gesagt hätte, er wäre da drüben, wäre ich nie auf den Gedanken gekommen, daß du es wirklich tun würdest. Ich will nur sagen, daß ich dir keinen Vorwurf machen würde, wenn du es getan hättest, ich meine, um den wär's nicht schade – hab' ich recht oder hab' ich recht?«

»Du warst derjenige, der in diese spezielle Bar gehen wollte.«

»Weil dort sonst keiner hingeht, Mann! Du denkst doch nicht etwa, ich hätte das alles geplant! Herrgott, Nicky! Wir sind Brüder der Marke, Mann. Ich bin so ziemlich der einzige Freund, den du hast. Ich weiß nicht, wieso du so etwas überhaupt denken kannst. Es verletzt mich, Nicky. Ehrlich.«

»*Ich* werde dich verletzen, Chaz. Wenn ich dahinterkomme, daß du mich gefickt hast, wirst du dir wünschen, daß deine Mama und dein Daddy nie die erste Base passiert hätten.«

Stokes trat von der Zelle zurück. »Ich faß es nicht, was ich da höre. Mann o Mann! Hör bitte auf damit, so paranoid zu sein. Ich bin nicht dein Feind.« Er klopfte sich mit einem langen Finger auf die Brust. »Verflucht, ich hab' dir einen Anwalt angerufen. Die Jungs stehen dafür grade. Sie waren sich alle einig –«

»Ich zahl' selbst.«

»Du hast nichts gemacht, wovon nicht jeder von uns die letzten drei Monate einen Steifen gekriegt hätte.«

»Welchen Anwalt?«

»Wily Tallant aus St. Martinsville.«

»Dieser Bastard –«

»Ist mit allen Wassern gewachen«, beendete Stokes den

Satz für ihn. »Du mußt dran denken, daß er für dich jetzt nicht mehr auf der anderen Seite des Zauns ist. Sieh ihn als den Mann, der das Tor aufmachen wird, damit du wieder auf deine Seite zurückkommst. Der Junge läßt Luzifer wie das arme mißverstandene Kind einer gestörten Familie aussehen. Wenn der fertig ist, kriegst du wahrscheinlich eine Belobigung und die Schlüssel für die Scheißstadt, und das hast du auch verdient.«

Er beugte sich wieder an den Maschendraht, steckte seine Hand in seine Jacke und holte wie ein Zauberer eine Zigarette heraus. »Mehr will ich nicht, Partner«, sagte er und reichte ihm die Zigarette durch den Draht. »Ich möchte nur, daß jeder kriegt, was er verdient.«

Annie blieb zwanzig Minuten in ihrem Garderobenraum und versuchte, sich mit aller Gewalt in den Griff zu kriegen. Zwanzig Minuten, in denen sie die gehäutete Ratte anstarrte.

Es gab keine Möglichkeit, herauszufinden, woher sie kam oder wer sie aufgehängt hatte, ohne Leute zu befragen, nach Zeugen zu suchen, einen Aufstand zu machen. Mullen war ein wahrscheinlicher Kandidat, aber sie kannte noch ein halbes Dutzend Deputies, die Fallen stellten, um sich ein bißchen was dazuzuverdienen. Trotzdem, Häuten sah ganz nach Mullen aus. Annie hatte ihn immer als eins von den Kindern eingestuft, die Fliegen die Flügel ausrissen.

Verräterfotze.

Sie hielt den Atem gegen den süßlichen Aasgeruch des verwesenden Nagers an, schnitt das Ding mit einem Taschenmesser runter und zog eine Grimasse, als es auf den Boden klatschte. Sie zerriß den Zettel, holte sich einen Pappkarton aus dem Müll im Bürobedarfslager und benutzte ihn als Sarg. Sie hatte nicht die Absicht, das Ding zu Noblier zu bringen und eine üble Situation noch zu verschlimmern. Dalassen konnte sie das Ding auch nicht. Nachdem sie ihren

Abschlußbericht über die Friedhofsschändung neu geschrieben und einsortiert hatte, packte sie die Schachtel und ihre Tasche und ging. Sie konnte den Kadaver zu Hause in den Wald werfen, wo Mutter Natur ihn anständig entsorgen würde.

Die Fahrt nach Hause beruhigte sie normalerweise nach einem schlimmen Tag. Heute fühlte sie sich nur noch mehr entfremdet. Das Tageslicht war fast verschwunden und tauchte die Welt in das seltsame graue Zwielicht schlechter Träume. Die Wälder sahen abweisend aus, die Zuckerrohrfelder waren weite, unbewohnte Meere von Grün. Lampen brannten in den Häusern, an denen sie vorbeifuhr, drinnen saßen Familien zusammen, aßen zu Abend, schauten fern.

In Zeiten wie diesen wurde ihr ihr Mangel an traditioneller Familie schmerzhaft bewußt. Dann krochen die Erinnerungen an die Kindheit an die Oberfläche. Ihre Mutter, die in einem Schaukelstuhl saß und auf den Sumpf hinaussah, eine geisterhafte Frau, surreal, blaß, abwesend, nie ganz in der Gegenwart. Zwischen Marie Broussard und der Welt um sie herum hatte es immer einen Abstand gegeben. Annie hatte das sehr wohl erkannt und hatte Angst davor gehabt, Angst, daß ihre Mutter eines Tages einfach in eine andere Dimension entgleiten und sie allein bleiben würde. Und genau das war passiert.

Sie hatte Onkel Sos und Tante Fanchon gehabt, die sich um sie gekümmert hatten, und sie hätte sie gar nicht mehr lieben können, aber da war immer ein Ort in ihr, an dem sie sich wie eine Waise fühlte, ohne Bindung, abgeschottet von den Leuten um sie herum … genau wie ihre Mutter. Die Tür zu diesem Ort stand heute abend weit offen.

»Und wieder hören Sie Owen Onofrio, KJUN, Talk rund um die Uhr. Heimat des Giant Jackpot Giveaways. Wir stehen jetzt auf über neunhundert Dollar. Welcher glückliche Hörer wird diesen Scheck einstecken? Es könnte jederzeit passieren, jeden Tag.

Heute auf unserer Tagesordnung: Mordverdächtiger Marcus Renard wurde gestern nacht mutmaßlich von einem Detective des Sheriffsbüros angegriffen und verprügelt. Was haben Sie dazu zu sagen. Kay auf eins?«

»Ich sag', es gibt keine Gerechtigkeit, jawohl, das sag' ich. Die Welt ist total verrückt. Sie haben auch den Daddy von dieser toten Frau ins Gefängnis gesteckt, und alle, die ich kenn', sagen, der ist ein Held, weil er versucht hat, das zu tun, was das Gericht nicht gemacht hat. Killer und Vergewaltiger haben mehr Rechte als anständige Leute. Verrückt ist das!«

Annie schaltete das Radio aus, als sie zum Corners einbog. Dort standen drei Autos auf der Einfahrt aus Muschelkies. Onkel Sos' Pick-up, der rostige Fiesta des Nachtverkäufers und etwas abseits ein glänzender brauner Grand Am, bei dessen Anblick sie laut stöhnte. A. J.

Sie blieb einen Augenblick lang sitzen und starrte das Haus an, das sie ihr ganzes Leben lang als ihr Zuhause betrachtet hatte: ein schlichtes einstöckiges Holzhaus mit einem Wellblechdach. Das breite Vorderfenster diente als Reklametafel, mit einem halben Dutzend verschiedener Reklamen und Informationen über Produkte und Dienstleistungen. Eine rote Neonreklame für Budweiser, eine Tafel, auf der stand: ICI ON PARLE FRANCAIS, ein weiteres Schild, auf dem mit Leuchtstift stand: HEISSE WÜRSTCHEN UND SPECK.

Im Erdgeschoß war das Geschäft untergebracht, das Sos Doucet seit vierzig Jahren betrieb. Ursprünglich war es ein Gemischtwarenladen gewesen, der die Sumpfbewohner, die Swamper, und ihre Familien, die ein- oder zweimal im Monat per Boot kamen, versorgte. Im Lauf der Zeit und aus wirtschaftlicher Notwendigkeit hatte sich das Geschäft zu einem Landeplatz für Sumpftouren, einem Café und einem Laden entwickelt, der seine besten Verdienste am Wochenende machte, wenn Fischer und Jäger – »Sportskameraden«

nannte sie Onkel Sos – Vorräte einkauften, bevor sie sich auf den Weg ins Atchabalaya-Becken machten. Die Touristen liebten den rustikalen Charme des vernarbten alten Zypressenholzbodens und die uralten ächzenden Deckenventilatoren. Den Einheimischen waren die großen Ladenkühlschränke, die ihr Bier kalt und allzeit bereithielten und die zwei Videos für den Preis von einem am Montag abend wichtig.

Die Wohnung im ersten Stock war in den ersten Jahren ihrer Ehe das Zuhause von Sos und Fanchon gewesen. Der Wohlstand hatte es ihnen erlaubt, sich ein kleines Backsteinhaus im Ranchstil in hundert Meter Entfernung zu bauen. 1968 hatten sie die Wohnung an Marie Broussard vermietet, die eines Tages auf der Veranda stand, schwanger und verloren, so geheimnisvoll wie eine der streunenden Katzen, die sich hier im Corners eingenistet hatten.

»Wird aber auch Zeit, daß du heimkommst, *chère!*« rief Onkel Sos, der sich gerade aus der Fliegentür beugte.

Annie stieg mit der Tasche über einer Schulter und der Schachtel mit der Ratte in der anderen Hand aus dem Jeep.

»Was hast du denn in der Schachtel? Abendessen?«

»Nicht direkt.«

Sos kam auf die Veranda heraus, barfuß, in Jeans und einem weißen Hemd, dessen Ärmel er über seine sehnigen Arme hochgerollt hatte. Er war kein großer Mann, aber selbst mit sechzig strotzten seine Schultern noch vor Kraft. Sein Bauch war flach wie ein Waschbrett, die Haut permanent sonnengebräunt, sein Gesicht an manchen Stellen faltig wie feines altes Leder. Die Leute sagten ihm immer, er würde dem Schauspieler Tommy Lee Jones ähnlich sehen, was seine Augen zum Funkeln und unweigerlich die Retourkutsche brachte, verdammt, nein, Tommy Lee Jones sah *ihm* ähnlich, der hatte vielleicht ein Glück.

»Du hast Besuch, *chère*«, sagte Sos mit einem listigen Grinsen, das seine Augen fast verschwinden ließ. »André ist hier.« Er senkte verschwörerisch die Stimme, als sie die Veranda betrat. Sein Gesicht strahlte. »Hattet wohl ein kleines Geplänkel unter Liebenden, was?«

»Wir sind kein Liebespaar, Onkel Sos.«

»Bah!«

»Und überhaupt geht dich das sowieso nichts an. Zum hundertsten Mal.«

Er schob sein Kinn beleidigt vor. »Wieso geht mich das nichts an?«

»Ich bin erwachsen«, erinnerte sie ihn.

»Dann bist du hoffentlich auch schlau genug, den Jungen zu heiraten, *mais non?*«

»Wirst du's denn *nie* aufgeben?«

»Vielleicht«, sagte er und hielt ihr das Fliegengitter auf. »Vielleicht, wenn du mich zum Opa machst.«

Ein Bukett aus roten Rosen und Schleierkraut stand an der Ecke des Tresens, so fehl am Platz wie eine Ming-Vase. Der Nachtverkäufer, ein verpickelter Junge, dünn wie eine Lakritzschlange, ließ *Speed* auf dem Video laufen.

»He, Stevie!« rief Annie.

»He, Annie!« erwiderte er, ohne den Blick vom Schirm zu heben. »Was ist in der Schachtel?«

»'ne abgeschnittene Hand.«

»Cool.«

»Willst du denn André nicht guten Abend sagen?« sagte Sos irritiert. »Nachdem er den weiten Weg hierher gemacht hat. Und dir Blumen geschickt hat.«

A. J. hatte den Anstand, betreten dreinzusehen. Er lehnte vor einer Tischvitrine mit abgeschnittenen Alligatorenköpfen und anderen ebenso gruseligen Gegenständen, die Touristen anmachen. Er trug immer noch seinen Anzug, hatte aber die Krawatte abgelegt und den Hemdkragen geöffnet.

»Ich weiß nicht«, sagte Annie. »Sollte ich meinen Anwalt dabeihaben?«

»Ich hab' mich danebenbenommen«, gab er zu.

»Du warst so daneben, daß du schon gar nicht mehr im Spielfeld warst, wenn du mich fragst.«

»Siehst du, *chère*?« Sos strahlte und bedeutete ihr, näher ranzugehen. »André weiß, wann er klein beigeben muß. Er ist hier, und jetzt küßt euch und seid wieder gut.«

Annie ließ sich nicht so leicht einwickeln. »Ach ja? Er kann mir den Hintern küssen.«

Sos zog eine Augenbraue hoch. »He, das ist doch ein Anfang.«

»Ich bin müde«, sagte Annie und wandte sich wieder zurück zur Tür. »Gute Nacht.« Sie ging um die Ecke der Veranda herum zur Treppe ihrer Wohnung. »Du kannst nicht ständig vor mir davonlaufen.«

»Ich laufe nicht davon. Ich versuche dich zu ignorieren, was, das kann ich dir versprechen, wesentlich angenehmer ist, als die Alternative. Im Augenblick bin ich nicht gerade begeistert von dir.«

»Ich hab' gesagt, daß es mir leid tut.«

»Nein, du hast gesagt, du hast dich danebenbenommen. Ein Eingeständnis einer falschen Handlung ist noch keine Entschuldigung.«

Zwei Katzen huschten um ihre Füße und sprangen maunzend auf den Treppenabsatz. Eine Glückskatze hüpfte auf das Geländer und beugte sich sehnsüchtig nach der Rattenschachtel. Annie hielt sie außer Reichweite und öffnete die Tür zu ihrer Wohnung. Eigentlich hatte sie das Ding nicht in die Wohnung bringen wollen, aber mit A. J. im Nacken konnte sie es schlecht loswerden.

Sie stellte die Schachtel und ihre Tasche auf die kleine Bank im Eingang und ging am Telefontisch vorbei ins Wohnzimmer, wo das Licht an ihrem Anrufbeantworter wie ein wütendes rotes Auge blinkte. Sie konnte sich gut vorstellen, was da auf sie auf Band wartete. Reporter. Verwandte und erboste Fremde, die anriefen, um ihre Meinung kundzutun und/oder versuchten, ihr irgendwelche Informationen abzuluchsen. Sie ging an dem Gerät vorbei in die Küche und drehte das Licht an.

A. J. folgte ihr und stellte die Vase mit den Rosen auf den Küchentisch mit den Chrombeinen.

»Es tut mir wirklich leid, *wirklich*. Ich hätte dir wegen Fourcade nicht so ins Gesicht springen dürfen, aber ich war um dich besorgt, Schätzchen.«

»Und es hatte nichts damit zu tun, daß es Pritchett und dich kalt erwischt hat?«

Er seufzte. »Also gut. Ich gebe zu, die Nachricht hat mich unvorbereitet getroffen und, ja, ich fand, du hättest es mir erzählen können, wir haben schließlich eine Beziehung. Ich hatte gehofft, du würdest dich in so einer Situation an mich wenden.«

»Damit du dich an Smith Pritchett wenden und alles ausplaudern kannst, wie ein guter Leutnant.«

Annie stand auf der gegenüberliegenden Seite des Tisches, den Rücken an die Kante des Tresens mit dem Spülstein gelehnt.

»Das ist nur ein weiteres Beispiel dafür, warum diese Beziehung nicht funktionieren wird«, sagte sie, ihre Stimme wurde ein bißchen rostig unter dem Druck. »Hier bin ich, und da bist du, und da ist dieses – dieses – *Zeug* zwischen uns.« Sie unterstrich das mit einer Geste. »Mein Job und dein Job und wann es um den Job geht und wann um *uns*. Ich will mich nicht damit rumschlagen, A. J., tut mir leid, nein. Nicht jetzt.«

Nicht jetzt, wo sie mitten in dem Sturm gefangen war, den Fourcade ausgelöst hatte. Sie mußte all ihre Sinne beisammenhaben, um wenigstens den Kopf über Wasser zu halten.

»Ich glaube, das ist nicht der beste Zeitpunkt, um dieses Gespräch zu führen«, sagte A. J. leise, kam auf sie zu, mit sanfter, liebevoller Miene. »Es war ein harter Tag. Du bist müde, ich bin müde. Ich möchte nur nicht, daß wir sauer aufeinander sind. Dafür sind wir zu gute Freunde. Einen Kuß zur Versöhnung?« flüsterte er.

Sie ließ die Augen zufallen, als sein Mund den ihren berührte. Sie versuchte nicht, ihre Lippen daran zu hindern, sich zu bewegen oder ihre Arme daran, sich um seine Taille zu schlingen. Er zog sie fester an sich, und es schien so selbstverständlich wie atmen. Sein Körper war stark, warm. Seine Größe gab ihr das Gefühl, klein und behütet zu sein.

Es wäre zu einfach gewesen, mit ihm ins Bett zu gehen, Trost und Vergessen in Leidenschaft zu finden. A. J. genoß die Rolle des Liebhaber-Beschützers. Sie wußte genau, was für ein gutes Gefühl es war, wenn sie zuließ, daß er diese Rolle übernahm. Und sie wußte, daß sie das heute abend nicht konnte. Sex würde nichts lösen, alles nur komplizieren. Ihr Leben war ohnehin schon kompliziert genug.

A. J. spürte, wie sich ihre Begeisterung legte. Er hob den Kopf ein paar Zentimeter. »Weißt du, das kann einen Typen ganz schön verletzen, wenn du ihn so zwingst, aufzuhören.«

»Das ist eine Lüge«, sagte Annie, dankbar für seinen Versuch, die Sache mit Humor zu nehmen.

»Sagt wer?«

»Sagst du. Das hast du mir gesagt, als ich grade an die Uni kam und Jason Benoit mir einreden wollte, ich würde ihn zum Krüppel machen, wenn ich nicht richtig mit ihm schlafen würde.«

»Ja, also, *ich* hätte ihn zum Krüppel gemacht, wenn er es gemacht hätte.« Er berührte ihre Nasenspitze mit dem Zeigefinger. »Wieder Freunde?«

»Immer.«

»Wer hätte je gedacht, daß das Leben so kompliziert sein kann?«

»Du jedenfalls nicht.«

»Das ist eine Tatsache.« Er warf einen Blick auf seine Uhr. »Na ja, ich sollte wohl nach Hause gehen und eine kalte Dusche nehmen oder den Katalog von Victoria's Secret durchgehen oder so was.«

»Keine Arbeit?« sagte Annie und folgte ihm zur Tür.

»Tonnen. Aber das willst du sicher nicht hören.«

»Warum nicht?«

Er drehte sich mit ernster Miene zu ihr. »Fourcades Kautionsverhandlung.«

»Oh.«

»Ich hab's dir ja gesagt.« Er wollte die Tür öffnen, zögerte aber. »Weißt du, Annie, du wirst dich entscheiden müssen, auf welcher Seite du bei dieser Sache stehst.«

»Ich bin entweder für oder gegen dich?«

»Du weißt, was ich meine.«

»Ja«, gab sie zu. »Aber ich will heute abend nicht drüber reden.«

A. J. akzeptierte das mit einem Nicken. »Falls du dich entscheiden solltest, reden zu wollen, und das mit einem Freund... den Rest kriegen wir schon auf die Reihe.«

Annie behielt ihre Zweifel für sich. A. J. zog die Tür auf, und drei Katzen stürzten sich knurrend auf die Rattenschachtel.

»Was ist da drin?«

»Eine tote Ratte.«

»Mensch, Broussard, hat dir schon mal jemand gesagt, daß dein Sinn für Humor ziemlich morbide ist?«

»Hunderte von Malen, aber ich verdräng's einfach.«

Er lächelte und zwinkerte ihr zu, als er auf den Treppenabsatz hinaustrat. »Wir sehen uns später, Kleines. Ich bin froh, daß wir wieder Freunde sind.«

»Ich auch«, murmelte Annie. »Und danke für die Blumen.«

»Ah – tut mir leid.« Er schnitt eine Grimasse. »Ich hab' sie nicht geschickt. Onkel Sos hat angenommen...«

Annie hob die Hand. »Das genügt. Schon okay. Ich würde es auch nicht von dir erwarten.«

»Aber tu dir keinen Zwang an, sag mir einfach, von wem sie sind, damit ich dem Kerl eins auf die Nase verpassen kann.«

»Bitte, eine Körperverletzung pro Woche ist mein Limit.«

Er beugte sich vor und hauchte einen Kuß auf ihre Wange. »Sperr deine Tür ab. Da draußen laufen böse Buben rum.«

Sie scheuchte die Katzen aus dem Eingang und ging zurück in die Wohnung. Der Strauß stand exakt in der Mitte des Küchentisches, sah fast so fehl am Platz aus wie unten im Laden. Ihre Wohnung war ein Platz für wilde Blumen in Einmachgläsern, nicht für die Eleganz von Rosen. Sie zupfte den weißen Umschlag von seinem Plastikstiel und zog die Karte heraus.

Liebe Miss Broussard,
ich hoffe, Sie halten Rosen nicht für unangebracht, aber Sie haben mir das Leben gerettet, und ich möchte Ihnen gebührend danken.

Ihr ergebener
Marcus Renard

11

Er fragte sich, was sie wohl von den Rosen gehalten hatte. Inzwischen sollte sie sie gesehen haben. Sie arbeitete in der Tagesschicht. Er wußte das aus den Nachrichten über den Überfall auf ihn, die sie als »Sheriff Deputy außer Dienst« bezeichnet hatten. Sie war gestern im Gerichtsgebäude im Dienst gewesen und hatte geholfen, ihn vor Davidsons Angriff zu beschützen. Sie war an dem Morgen, als man Pams Leiche fand, im Dienst gewesen. Sie war es gewesen, die sie gefunden hatte.

Ein Faden der Kontinuität zog sich durch all das, überlegte Marcus, während er aus dem Fenster seines Arbeitszimmers starrte. Er war in Pam verliebt gewesen, Annie hatte Pams Leiche entdeckt. Pams Vater hatte versucht, ihn umzubringen, Annie hatte ihn aufgehalten. Der leitende Detective im

Fall Pams hatte versucht, ihn zu töten, Annie hatte ihn gerettet. Annie war erneut aufgetaucht, um ihn zu retten. *Kontinuität.* In seinem von Drogen betäubten Gehirn stellte er sich vor, wie sich die Buchstaben des Wortes auflösten und sich zu einem perfekten Kreis verbanden, seine dünne schwarze Linie ohne Anfang und ohne Ende. *Kontinuität.*

Er bewegte seinen Stift mit ordentlichen, federleichten Strichen übers Papier. Fourcade hatte seine Hände nicht verletzt. Er hatte Blutergüsse – Abwehrwunden –, und er hatte sich die Knöchel aufgeschürft, als er zu Boden fiel, aber es war nichts Schlimmeres passiert. Seine Augen waren immer noch fast zugeschwollen. Beide Nasenflügel waren mit Tampons verstopft und zwangen ihn, durch den Mund zu atmen, die Luft zischte zwischen seinen angebrochenen Zähnen rein und raus, weil sein Kiefer mit Draht gesichert worden war. Nähte wie bei einem Patchworkquilt durchzogen sein Gesicht. Er sah aus wie ein Kinderschreck, ein Monster.

Der Arzt hatte ihm ein Rezept für Schmerztabletten gegeben und ihn spät am Tag nach Hause geschickt. Keine seiner Verletzungen war lebensbedrohlich oder brauchte weitere Beobachtung, wofür er dankbar war. Er hatte keinen Zweifel daran, daß die Schwestern im »Our Lady of Mercy« ihn umgebracht hätten, wenn sich die Gelegenheit geboten hätte.

Das Schmerzmittel dämpfte das Pochen in seinem Kopf und Gesicht und nahm den Schmerzen in seiner Seite den Biß, da, wo Fourcade ihm drei Rippen angeknackst hatte. Außerdem ließ es die Kanten aller Wahrnehmung verschwimmen. Er fühlte sich isoliert, als würde er in einer Blase existieren. Die Lautstärke der Stimme seiner Mutter war halbiert worden. Victors unaufhörliches Gemurmel auf ein leises Summen reduziert.

Sie waren beide sofort angetreten, als Richard Kudrow ihn nach Hause gebracht hatte. Aufgeregt und irritiert von der Unterbrechung ihrer Routine.

»Marcus, ich war ganz krank vor Sorge«, sagte seine Mutter, als er sich schmerzvoll langsam Stufe für Stufe zur Veranda hochhievte.

Doll lehnte an einer Säule, als hätte sie nicht die Kraft, aufrecht zu stehen. Obwohl sie genauso groß war wie ihre beiden Söhne, wirkte sie doch zart wie ein Vogel, feinknochig, fast zerbrechlich. Sie hatte die Angewohnheit, eine Hand wie einen gebrochenen Flügel an ihrer Brust flattern zu lassen. Trotzdem sie eine ausgezeichnete Schneiderin war, trug sie schäbige Billighauskleider, die sie verschluckten und sie älter aussehen ließen, obwohl sie erst Anfang Fünfzig war.

»Ich wußte überhaupt nicht, was ich davon halten sollte, als das Krankenhaus anrief. Ich hatte nur entsetzliche Angst, daß du sterben könntest. Ich hab' vor lauter Sorge um dich kaum schlafen können. Was sollte ich denn ohne dich tun? Wie mit Victor fertig werden? Ich war fast krank vor Sorge.«

»Ich bin nicht tot, Mutter«, sagte Marcus irritiert.

Er hatte sie nicht gefragt, warum sie nicht ins Krankenhaus gekommen war, um ihn zu besuchen, weil er nicht hören wollte, wie sehr sie es haßte, Auto zu fahren, besonders nachts – auf Grund einer bis jetzt nicht diagnostizierten Nachtblindheit. Ohne Rücksicht darauf, daß sie ihn vor Jahren so lange getrietzt hatte, bis er ihr ein Auto gekauft hatte, damit sie sich nicht so abhängig fühlte. Sie holte das Ding nur sehr selten aus dem Kutschenschuppen, den sie als Garage benutzten. Und er wollte nicht hören, wie sehr sie fürchtete, Viktor allein zu lassen, und wie zuwider ihr Krankenhäuser waren und daß sie überzeugt wäre, daß sie Brutstätten für alle möglichen tödlichen Krankheiten wären. Das letztere würde Victors Bakterienlitanei in Gang setzen.

Sein Bruder stand seitlich an der Tür, das Gesicht abgewandt, aber seine Augen schielten zu Marcus, mißtrauisch. Victor hielt sich immer ganz steif und etwas schief, so als ob ihn die Schwerkraft anders beeinflussen würde als andere Leute.

»Ich bin's, Victor«, sagte Marcus, obwohl er wußte, daß er Victor nicht beruhigen konnte.

Victor war schon weit im Teenageralter, bevor er begriffen hatte, daß sich ein Mensch nicht in einen anderen verwandelte, wenn er sich einen Hut aufsetzte. Stimmen, die aus dem Telefon kamen, waren ihm bis ins Twenalter ein Rätsel und manchmal heute noch. Jahrelang konnte er nicht mehr machen als in den Hörer hecheln, weil er die Person, mit der er redete, nicht sah, und deshalb existierten diese Leute für ihn nicht. Nur verrückte Leute reagierten auf Stimmen von Leuten, die nicht existierten, und Viktor war nicht verrückt, deshalb sprach er nicht mit gesichtslosen Stimmen.

»Maske, keine Maske«, murmelte er. »Die Spottdrossel. *Mimus polyglotto*. Vierundzwanzig bis achtundzwanzig Zentimeter hoch. Keine Maske. Ton und Ton gleich. Häufiger als gewöhnliche Würger. Der gemeine Rabe. *Corvus corax*. Sehr klug, sehr gewitzt. Wie eine Krähe, aber keine Krähe.

Eine Maske, aber keine Maske.«

»Victor, hör auf!« sagte Doll, ihre Stimme kippte ins Schrille. Sie schickte Marcus einen Märtyrerblick. »Den ganzen Tag geht das schon so. Ich hab' vor Sorge um dich fast den Verstand verloren, und Victor hat immer weiter gelabert. Ich war kurz davor, rot zu sehen.«

»Rot, rot, sehr rot«, sagte Victor und schüttelte den Kopf, als wäre ihm ein Käfer ins Ohr gekrochen.

»Dieser Anwalt von dir wird hoffentlich die Sheriffsdienststelle für all das Leid zur Kasse bitten, das sie dieser Familie angetan hat«, keifte Doll und folgte Marcus ins Haus. »Diese Leute sind durch und durch korrupt, jeder einzelne von ihnen.«

»Annie Broussard hat mir das Leben gerettet«, sagte Marcus. »Zweimal.«

Doll verzog das Gesicht. »Annie Broussard. Ich bin mir sicher, die ist auch nicht besser als die anderen. Ich hab' sie im Fernsehen gesehen. Sie hat kein Wort über dich gesagt. Du übertreibst immer maßlos, Marcus. Das hast du schon immer.«

»Ich war da, Mutter, ich weiß, was sie getan hat.«

»Du findest sie hübsch, mehr ist es nicht. Ich weiß, wie dein Verstand funktioniert, Marcus. Du bist der Sohn deines Vaters.«

Das sollte eine Beleidigung sein. Marcus konnte sich an seinen Vater nicht erinnern. Claude Renard hatte sie verlassen, als Marcus kaum aus den Windeln war. Er war nie zurückgekommen, hatte alle Bande durchschnitten. Es gab Zeiten, zu denen Marcus ihn beneidete.

Er schloß jetzt die Augen und ließ die Erinnerung auf einer Woge Percodan aus seinem Gehirn spülen. Die Wunder moderner Chemie.

Er war direkt in sein Schlafzimmer gegangen und hatte das unaufhörliche Gequengel seiner Mutter mit einer Pille und zwei Stunden Bewußtlosigkeit ausgesperrt. Als er wieder zu sich kam, war es still im Haus. Alle waren wieder in ihre übliche Routine zurückgefallen. Seine Mutter zog sich jeden Abend um neun Uhr zurück, um Fernsehprediger anzuschauen und an ihren Worträtseln zu arbeiten. Um zehn Uhr würde sie im Bett sein und sich am nächsten Morgen beklagen, daß sie kaum geschlafen hatte. Wenn man ihr glaubte, hätte sie noch keine Nacht ihres Lebens durchgeschlafen.

Victor ging um acht zu Bett und stand um Mitternacht wieder auf, um seine Naturbücher zu studieren oder aufwendige mathematische Berechnungen aufzustellen. Er ging dann immer gegen vier Uhr wieder zu Bett und stand präzise um acht Uhr wieder auf. Routine war ihm heilig. Routine war für ihn gleichbedeutend mit Normalität. Die geringste Abweichung warf ihn total aus der Bahn, so daß er sich stundenlang wiegte und vor sich hin murmelte oder Schlimmeres.

Routine machte ihn glücklich.

Wenn doch nur mein eigenes Leben so einfach wäre. Marcus mochte es nicht, bei irgend jemandem im Zentrum der Aufmerksamkeit zu stehen. Er zog es vor, in Ruhe gelassen zu werden, um seine Arbeit zu machen und an seinen Hobbys zu arbeiten.

Sein Arbeitszimmer lag direkt neben seinem Schlafzimmer und war wahrscheinlich in früheren Zeiten ein Studierzimmer oder ein Kinderzimmer gewesen. Er hatte die kleine Zimmerflucht sofort für sich beschlagnahmt, als er das erste Mal mit Pam das Haus angesehen hatte. Sie war seine Immobilienmaklerin gewesen, als er zu seinem Vorstellungsgespräch bei Bowen & Briggs nach Bayou Breaux gekommen war – ein weiterer Faden im Strang der Kontinuität.

Die beiden Zimmer lagen im Erdgeschoß im hinteren Teil des Hauses, und man mußte durch ein Zimmer gehen, um ins andere zu gelangen. Auf einem Arbeitstisch stand sein neuestes Projekt: ein Queen-Anne-Puppenhaus mit aufwendigen Holzverzierungen und herzförmigen Schindeln auf dem Dach. Häuser, die er im Lauf der Jahre entworfen und gebaut hatte, waren in tiefen, maßangefertigten Regalen an einer langen Wand ausgestellt. Er reichte sie bei Wettbewerben auf Jahrmärkten ein und verkaufte sie, bis auf die, die ihm besonders am Herzen lagen.

Aber heute abend war es nicht das Puppenhaus, das seine Aufmerksamkeit fesselte. Heute abend war er aus seinem Bett aufgestanden, um an seinem Zeichentisch zu sitzen. Er arbeitete daran, ein mentales Bild zu Papier zu bringen.

Pam war eine bildschöne Frau gewesen – klein, feminin, die dunklen Haare schulterlang, das Lächeln strahlend, die braunen Augen vor Lebendigkeit funkelnd. Sie ließ sich jeden Freitag die Nägel machen. Sie kaufte in den exklusivsten Läden in Lafayette ein und sah immer aus, als wäre sie gerade den Seiten von *Southern Living* oder *Town and Country* entsprungen.

Annie war auf ihre eigene Art hübsch. Sie war größer als

Pam, aber nicht mehr als drei Zentimeter, stämmiger als Pam, aber immer noch klein. Er stellte sie sich nicht in der stahlblauen Sheriffsuniform vor, sondern in dem langen, geblümten Rock, den sie gestern abend getragen hatte. Er befreite sie von der schlampigen Jeansjacke und zog ihr statt dessen ein weißes Baumwollhemdchen an. Zart, fast durchsichtig lockte es ihn mit den Schatten ihrer kleinen Brüste.

Vor seinem geistigen Auge kämmte er ihr das Haar ordentlich zurück und band es in ihrem schlanken Nacken mit einer weißen Schleife. Sie hatte eine Stupsnase, und ein Hauch von Grübchen am Kinn gab ihr etwas Dickköpfiges. Ihre Augen waren tiefbraun, wie die von Pam, und ganz hinreißend leicht schräg. Er war fasziniert von ihrer Form – etwas exotisch, leicht mandelförmig, wie die einer Katze. Ihr Mund war fast genauso faszinierend. Ein sehr französischer Mund – die Unterlippe voll, die Oberlippe wie eine Schleife geschwungen. Er hatte nie ihr Lächeln gesehen. Bis er das hatte, würde er Pams Lächeln auf ihr Gesicht übertragen.

Er legte seinen Stift beiseite und begutachtete seine Arbeit.

Er hatte Pam in diesen vergangenen drei Monaten vermißt, aber jetzt spürte er, wie der Schmerz der Einsamkeit verebbte. In seinem Nebel von Chemie stellte er sich vor, er wäre die ganze Zeit am Verdursten gewesen. Jetzt schwappte eine neue Quelle von Wein näher heran, versuchte ihn. Er versuchte, sich den Geschmack auf seiner Zunge vorzustellen. Begierde regte sich genüßlich in seinem Blut, und er lächelte.

Annie. Sein Engel.

12

Kautionsanhörungen in Bayou Breaux fanden Montag-, Mittwoch- und Freitagnachmittag statt, ein Zeitplan, der sorgsam durchdacht war, um Einnahmen zu bringen. Jeder, der am Freitag auf Kaution freigelassen wurde, hatte das

Wochenende Zeit, um erneut ein oder zwei Gesetze zu brechen, für das er am kommenden Montag wieder Kaution stellen mußte. Der Mittwoch war als Dreingabe und zur Erfüllung der bürgerlichen Freiheiten gedacht.

Der Vorsitzende Richter, wie es der Zufall wollte, war der alte Monahan. Nick stöhnte innerlich, als Monahan aus seinem Zimmer erschien und seinen Platz am Richtertisch einnahm. Die Fälle wurden aufgerufen. Eine Mischung aus kleinen Vergehen war es diesen Freitag morgen – Trunkenheit, Ladendiebstahl, Hehlerei, Einbruch. Die Angeklagten standen mit niedergeschlagenen Augen wie Hunde, die man beim Pinkeln auf den Teppich erwischt hatte, neben ihren Anwälten. Einige der Beschuldigten sahen beschämt aus, einige peinlich berührt, einige waren es einfach gewohnt, das Spiel zu spielen.

Die Zuschauergalerie im Gerichtssaal füllte sich stetig, als die Fälle in kurzer Reihenfolge abgehandelt wurden, ein Verlierer nach dem anderen. Wenn diese Leute, die vor ihm drankamen, Verlierer waren, dachte Nick, was war er dann? Jede Person, die vors Gericht trat, behauptete, einen guten Grund gehabt zu haben für das, was sie getan hatte. Keiner war so gut wie seiner, aber er bezweifelte, daß er bei Monahan punkten könnte, wenn er aufstand und sagte, er hätte nur das getan, wovor sich das Gericht gedrückt hatte.

Die ehrenwerten Mitglieder der Presse füllten die Bänke hinter ihm und geiferten zweifellos nach genauso einer Aussage. Sie warteten ungeduldig, während die anderen Fälle abgehandelt wurden, begierig auf das Hauptereignis. Monahan schien von ihrer Anwesenheit irritiert, seine Laune schien noch mieser als sonst. Er keifte die Anwälte an und setzte Kautionen am oberen Ende der Schiene an.

Nick hatte genau dreitausendzweihundert Dollar auf der Bank.

»Mach Seine Ehren ja nicht sauer, Nicky, mein Junge«, murmelte Wily Tallant und beugte sich zu Nick. »Ich glaube, er hat heute sein irisches Kopfweh. Schau ihm nicht in die Augen. Wenn du nicht reumütig schauen kannst, versuch's mit nachdenklich.«

Nick wandte sich ab. Tallant war ein hinterhältiger, ausgebuffter Mistkerl – gute Qualitäten bei einem Strafverteidiger, aber das bedeutete noch lange nicht, daß er den Mann mögen mußte. Er mußte nur auf ihn hören.

Der Anwalt war fast einen Kopf kleiner als Nick, hager, mit einem Hauch europäischer Eleganz. Sein dünnes dunkles Haar war ordentlich glatt zurückgekämmt, betonte die distinguierten Linien seines Gesichts. Er trug das ganze Jahr über schwarze Anzüge und eine Rolex, die mehr kostete, als Nick in vier Monaten verdiente. Wilys Klienten waren vielleicht Abschaum, aber Abschaum mit Geld.

Nick ließ noch einmal den Blick über die Zuschauer schweifen. Eine Reihe von Polizisten saßen auf dem Balkon, der früher, in den Tagen öffentlicher Rassentrennung, den schwarzen Zuschauern vorbehalten gewesen war. Er entdeckte ein paar Deputys aus dem Sheriffsbüro und ein paar Uniformen aus Bayou Breaux. Broussard war nicht dabei. Er fand, sie hätte kommen können. Das wollte sie doch: ihn sehen, wie er sich verantworten mußte.

In der ersten Balkonreihe tippte sich Stokes kurz an die Baseballmütze, die er tief über seine Ray-Ban gezogen hatte. Quinlan, ein weiterer Detective des Sheriffsbüros, saß neben ihm, zusammen mit Z-Top McGee, einem Detective vom Stadtrevier, mit denen er ein- oder zweimal zusammengearbeitet hatte.

Nick fand es eigenartig, daß überhaupt jemand außer Stokes gekommen war. Er hatte hier keine Zeit damit vergeudet, Freundschaften zu pflegen. Sie fühlten sich wohl eher durch den Beruf mit ihm verbunden. Die Bruderschaft. Er war einer von ihnen und saß hier und durch Gottes Gnade nicht einer von ihnen, letztendlich galt ihre Sorge nur sich selbst, beschloß er. Ein tröstlicher, zynischer Gedanke.

Er senkte den Blick auf den Hauptzuschauerraum, überflog die Gesichter der Reporter, die ihn vom Anfang des Bichon-Falls an schikaniert hatten, und einen, der ihn schon länger verfolgte – ein vertrautes Gesicht aus New Orleans. Den Leuten in New Orleans war im allgemeinen ziemlich egal, was außerhalb des Big Easy passierte. Die Cajun Parishes waren eine getrennte Welt. Aber dieser hatte Nicks Blut im Wasser gerochen und war hungrig angekommen. Unerwartet, aber nicht überraschend.

Die Überraschungen saßen vor der Giftfeder aus New Orleans. Belle Davidson und zwei Reihen vor ihr ihr ehemaliger Schwiegersohn Donnie Bichon. Was hatten die hier zu suchen? Hunter Davidson war nicht unter den Unglücklichen, die darauf warteten, vor den Richter zu treten. Pritchett wollte diese Kautionsverhandlung sicher runterspielen. Anklage gegen einen trauernden Vater erheben war bei seinen Wählern nicht populär. Anklage gegen einen unberechenbaren Polizisten wegen des gleichen Verbrechens war da eine ganz andere Sache.

»Staat von Louisiana gegen Nick Fourcade!«

Nick folgte Tallant durch das Gatter zum Tisch der Verteidigung. Pritchett hatte sich bei allen vorhergehenden Verhandlungen ruhig verhalten, ließ seinen stellvertreter Doucet den Kleinkram handhaben. Jetzt erhob er sich, knöpfte sein Jackett zu, warf die Schultern zurück und strich sich über seine Seidenkrawatte. Er sah aus wie ein kleiner Gockel, der vor einem Kampf die Federn sträubt und im Dreck scharrt.

»Euer Ehren«, begann er mit lauter Stimme. »Die hier gemachten Vorwürfe sind ungeheuerlich: schwere Körperverletzung und versuchter Mord, begangen durch jemanden, der für die Durchführung der Gesetze verantwortlich ist. Hier haben wir es nicht nut mit einem Verbrechen zu tun, sondern mit einem groben Mißbrauch der Macht und einem Verrat an öffentlichem Vertrauen. Es ist eine absolute Schande –«

»Sparen Sie sich Ihre Predigt für eine andere Kanzel, Mr. Pritchett«, keifte Richter Monahan, schnippte den Deckel von seiner Flasche Excedrin und kippte zwei Pillen in seine Hand.

Der Richter fixierte Nick mit grimmiger Miene, schwarze Augenbrauen senkten sich bedrohlich über durchdringende blaue Augen.

»Detective Fourcade, mir fehlen die Worte, um meinem Ekel Ausdruck zu geben, Sie in dieser Sache vor meinem Tisch zu sehen. Sie haben es geschafft, aus einer häßlichen Situation eine gräßliche zu machen, und ich bin nicht geneigt, Milde walten zu lassen. Sollten Sie tatsächlich etwas zu Ihrer Verteidigung zu sagen haben?«

Wily beugte sich vor, stützte seine Fingerspitzen auf den Tisch der Verteidigung. »Revon Tallant für den Angeklagten, Euer Ehren. Mein Klient möchte hiermit auf nicht schuldig plädieren.« Er sprach jedes Wort so präzise wie ein Dichter. »Wie üblich hat Mr. Pritchett eine Menge voreiliger Schlüsse gezogen, ohne die Fakten dieser Situation zu kennen. Detective Fourcade hat nur seine Arbeit gemacht –«

»Leute windelweich zu schlagen?« schnappte Pritchett.

»Einen mutmaßlichen Einbrecher gestellt, der sich der Verhaftung widersetzt und eine Schlägerei angefangen hat.«

»Widersetzt und eine Schlägerei angefangen? Der Mann mußte ins Krankenhaus gebracht werden!« schrie Pritchett. »Er sieht aus, als wäre er mit dem Kopf voraus gegen einen Stahlträger gerannt!«

»Ich habe nie behauptet, er hätte es gut gemacht.«

Gelächter zog durch die Galerie. Monahan schlug mit seinem Hammer auf den Tisch. »Das ist keine Angelegenheit, um Witze zu reißen!«

»Da bin ich voll und ganz Ihrer Meinung Euer Ehren«, sagte Pritchett. »Wir sollten mit aller Strenge dagegen vorgehen, daß ein Justizbeamter zum Vigilanten wird. Ein Deputy des Sheriffsbüros hat Detective Fourcade auf frischer

Tat ertappt – buchstäblich mit Blut an den Händen. Sie wird bezeugen –«

»Mr. Pritchett, das hier ist keine Hauptverhandlung«, unterbrach ihn Monahan. »Ich bin nicht in der Stimmung, mir das Gefasel von Anwälten anzuhören, die der Presse imponieren wollen und in den Klang ihrer eigenen Stimme verliebt sind. Machen Sie weiter!«

»Ja, Euer Ehren.« Pritchett schluckte mit hochrotem Kopf seinen Stolz hinunter. »Angesichts der Schwere der Anschuldigungen und der Brutalität des Verbrechens fordert die Anklage eine Kaution in Höhe von hunderttausend Dollar.«

Die Worte trafen Nick wie ein Baseballschläger.

Wily warf den Kopf zurück und rollte seine großen Rehaugen. »Euer Ehren, abgesehen von Mr. Pritchetts Vorliebe für dramatische Auftritte –«

»Ihr Klient ist ein Justizbeamter, der beschuldigt wird, einen Mann bewußtlos geschlagen zu haben, Mr. Tallant«, sagte Monahan in scharfem Ton. »Mehr Drama brauche ich nicht.« Er beriet sich kurz mit seinem Protokollführer, wobei er die Pillen in seiner Hand wie Würfel schüttelte. »Vorverhandlung wird auf gestern in zwei Wochen festgesetzt. Kaution wird auf einhunderttausend Dollar festgesetzt, in bar oder Bürgschaft. Zahlen Sie an den Protokollführer, wenn Sie können. Nächster Fall!«

Nick und Tallant räumten den Tisch der Verteidigung für den nächsten Angeklagten und seinen Verteidiger. Nick sah Pritchett quer durch den Raum an. Der kleine Mund des Bezirksstaatsanwalts war zu einem selbstzufriedenen Grinsen verzogen.

»Ich werde Monahan vor der Vorverhandlung von diesem Fall abziehen lassen«, murmelte Wily, als er mit Nick zur Seitentür ging, wo ein Stadtpolizist darauf wartete, ihn zurück ins Gefängnis zu begleiten. »Er ist offensichtlich zu voreingenommen, um diesen Fall zu verhandeln. Aber gegen Pritchett kann ich nichts machen. Dieser Mann will deinen Kopf auf einer Lanze sehen, mein Junge. Du hast ihn neulich mit dieser Beweisgeschichte blöd aussehen lassen. Das ist in Smith Pritchetts Augen ein Verbrechen. Kannst du die Kaution stellen?«

»Verdammt, Wily. Ich kann dich kaum bezahlen. Ich könnte vielleicht zehntausend zusammenkratzen, wenn ich alles, was ich habe, verpfände«, sagte Nick abwesend, seine Aufmerksamkeit konzentrierte sich plötzlich auf die Galerie.

Donnie Bichon hatte sich von seinem Platz erhoben und kam nach vorn, mit zögernd erhobener Hand wie ein verunsicherter Schuljunge, der versucht, den Lehrer auf sich aufmerksam zu machen. Er war ein gutaussehender junger Mann – so zwischen sechsunddreißig und zwanzig – mit kurzer Nase und Ohren, die gerade so abstanden, daß er immer jungenhaft aussehen würde. Er hatte in Tulane Basketball gespielt und neigte dazu, mit nach vorn geschobenen Schultern zu gehen, als wäre er bereit, sofort auf den Korb loszustürmen. Alles, was auf der Gesetzesseite versammelt war, unterbrach seine Arbeit, um ihn anzusehen.

»Euer Ehren? Darf ich an den Richtertisch treten?«

Monahan fixierte ihn grimmig. »Wer sind Sie, Sir?«

»Donnie Bichon, Euer Ehren. Ich möchte Detective Fourcades Kaution bezahlen.«

»Das Baugeschäft muß bessergehen, als ich dachte«, sagte Nick, während er in Donnie Bichons Büro auf und ab lief, mit einem Zahnstocher im Mund, den er hin- und herrollte.

Er hatte zugelassen, daß das Drama sich im Gerichtssaal entfaltete, nicht weil er Bichons Geld wollte, sondern weil er das Motiv hinter dieser großzügigen Geste erfahren wollte.

Die Presse hatte total verrückt gespielt. Schlagzeilenrausch. Monahan hatte den Gerichtssaal räumen lassen. Smith Pritchett war wutentbrannt aus dem Saal gestürmt, weil man ihm die Show gestohlen hatte. Nachdem Donnie den Gerichtsdiener bezahlt hatte, hatten sie gemeinsam den

Spießrutenlauf durch die Medien aus dem Gerichtsgebäude absolviert und waren die Treppe hinuntergerannt. Das alte Déjà-vu-Gefühl.

Nick war in Wilys dollargrünen Infiniti gesprungen, und sie waren bis New Iberia durchgebraust, um den Schwanz von Reportern abzuhängen. Als sie dann endlich über lauter Nebenstraßen wieder in Bayou Breaux eintrafen, war die Presse losgezogen, um ihre Stories zu schreiben. Nick hatte sich von Wily am Haus absetzen lassen, wo er die Schlüssel zu seinem Truck packte und sofort wieder losfuhr, ohne Dusche und umziehen, was er dringend nötig gehabt hätte. Es gab da noch Dringenderes. Antworten.

Das Büro vermittelte den Eindruck, daß die Bichon Bayou Development eine gutsituierte Firma war – solide Eichenmöbel, maskuline Formen, ein kleines Vermögen an Stichen mit Naturmotiven an der Wand. Nicks Untersuchung hatte etwas anderes zu Tage gebracht. Donnie hatte die Firma auf dem Rücken von Bayou Realty, Pams Firma, aufgebaut und alle Gelegenheiten, diese auf eine solide finanzielle Basis zu stellen, versäumt. Laut einer Quelle hätte die Scheidung die Verbindung zwischen den beiden Firmen glatt durchtrennt, und Donnie hätte die Wahl gehabt: entweder Geschäftssinn entwickeln oder sterben.

Nick strich mit der Fingerspitze die anmutige Linie eines handgeschnitzten Erpels entlang, der zum Landeanflug auf die Anrichte ansetzte. »Als ich Ihre Firma überprüft habe, sah mir das aus, als wären Sie bis zum Arsch verpfändet, Donnie. Vor achtzehn Monaten haben Sie fast eine Bruchlandung gemacht. Sie haben Land in Pams Firma versteckt, um es nicht zu verlieren. Wie kommt es denn, daß Sie jetzt einen Scheck von hunderttausend Dollar ausstellen können?«

Donnie ließ sich lachend in den ochsenblutfarbenen Ledersessel hinter seinem Schreibtisch fallen. Er hatte seinen Kragen geöffnet und die Ärmel seines Nadelstreifenhemdes hochgekrempelt. Der junge Geschäftsmann bei der Arbeit.

»Sie sind ein undankbarer Bastard, Fourcade«, sagte er amüsiert, aber auch etwas verärgert. »Ich hab' grade Ihren Hintern aus dem Gefängnis geholt, und Ihnen gefällt der Geruch meines Geldes nicht? Arschloch.«

»Ich glaube, ich habe mich bereits bei Ihnen bedankt. Sie haben für meine Entlassung bezahlt, Donnie. Sie haben mich nicht gekauft.«

Donnie unterbrach den Augenkontakt und rückte einen Stapel Papiere auf seinem Tisch gerade. »Die Firma ist auf dem Papier einen Haufen wert. Besitztümer, wissen Sie. Land, Geräte, Häuser, die auf Spekulation gebaut wurden. Banker lieben Besitztümer mehr als Bares. Ich habe einen ganz netten Kreditrahmen.«

»Warum haben Sie's getan?«

»Sie machen Scherze, richtig? Nach dem, was Renard Pam angetan hat? Und der alte Hunter und Sie sitzen im Knast, und er rennt frei rum? Das ist verrückt. Die Gerichte sind heutzutage ein gottverdammter Zirkus. War höchste Zeit, daß jemand das Richtige macht.«

»Renard umbringen?«

»Ich träume davon. Perverser kleiner Wichser. Er ist der Kriminelle, nicht Sie. Das war meine Aussage. Diese Miss Deputy, die Sie eingelocht hat, hätte sich um ihren eigenen verdammten Kram kümmern, der Natur ihren Lauf lassen und der Sache endlich ein Ende machen sollen. Außerdem sagt man mir, ich hätte gar keinen Verlust, außer Sie entschließen sich, abzuhauen.«

»Warum bar?« fragte Nick. »Bei einem Kautionsversicherer hätten Sie nur zehn Prozent zahlen müssen.«

Und nur einen Bruchteil der Publicity gekriegt, dachte er. Als Donnie zum Richtertisch schritt, um einen gewaltigen Scheck auszuschreiben, war das ein orgasmischer Augenblick gewesen. Donnie hatte nicht das erste Mal Rampenlicht gekostet.

Er war immer zur Stelle gewesen, hatte sich darin geaalt

vom ersten Tag an, nachdem man Pams Leiche gefunden hatte. Er hatte sofort fünfzigtausend Dollar Belohnung für Informationen, die zu einer Verhaftung führten, ausgesetzt. Er hatte bei der Beerdigung wie ein Baby geheult. Jede Zeitung in Louisiana hatte die Nahaufnahme von Donnie mit seinem Gesicht in den Händen gebracht.

Im Vorzimmer klingelte das Telefon wie besessen. Wahrscheinlich Reporter auf der Suche nach Kommentaren und Interviews. Jede Geschichte, die gedruckt oder gesendet wurde, war kostenlose Werbung für Bichon Bayou Development.

Donnie sah erneut zur Seite. »Das hab' ich nicht gewußt. Ich hab' noch nie jemanden mit Kaution aus dem Gefängnis geholt. Herrgott, setzen Sie sich doch. Sie machen mich nervös.«

Nick ignorierte die Bitte. Er mußte sich bewegen, und Donnie nervös machen war gar keine so schlechte Sache.

»Werden Sie wieder an dem Fall arbeiten können?«

»Wenn die Hölle zufriert. Ich bin suspendiert. Meine Beteiligung würde dem Fall schaden, wegen meiner offensichtlichen Voreingenommenheit gegen den Hauptverdächtigen. Zumindest würde das der Richter sagen. Ich bin offiziell raus.«

»Dann hoffe ich doch sehr, daß Sie noch was haben, was Sie in Partout Parish hält, nicht wahr? Ich kann mir ganz sicher nicht leisten, hunderttausend Dollar zu verlieren.«

»Einige Leute würden sagen, Sie könnte es sich jetzt besser leisten als vor dem Tod Ihrer Frau«, sagte Nick.

Donnies Gesicht verhärtete sich. »Auf *der* Straße waren wir schon mal unterwegs, Detective, und ich nehm es Ihnen ziemlich übel, daß Sie da schon wieder entlangreiten.«

»Sie wissen, daß dies die ganze Zeit eine zweigleisige Untersuchung war, Donnie. Das ist Routine. Daß Sie für mich Kaution gestellt haben, ändert nichts daran.«

»Sie wissen ja, wo Sie sich Ihre zwei Gleise hinstecken können, Fourcade.«

Nick fuhr mit einem Achselzucken fort. »Ich für meinen Teil hatte in den letzten vierundzwanzig Stunden reichlich Zeit. Zeit, meine Gedanken wandern zu lassen, alles immer wieder vorbeiziehen zu lassen. Irgendwie scheint es doch... ein glücklicher Zufall... gewesen zu sein, daß Pam getötet wurde, bevor die Scheidung durchging. Sobald die Versicherungsgesellschaft mit der Kohle rüberkommt und Sie Pams Hälfte der Immobilienfirma verkaufen, werden Sie diesen Kreditrahmen nicht brauchen.«

Donnie sprang auf. »Jetzt reicht's, Fourcade! Raus aus meinem Büro! Ich hab' Ihnen einen Gefallen getan, und Sie kommen hierher und beschimpfen mich! Ich hätte Sie im Gefängnis verfaulen lassen sollen! Ich hab' Pam nicht umgebracht. Das hätte ich nie fertiggebracht. Ich hab' sie geliebt.«

Nick machte keine Anstalten zu gehen. Er zog den Zahnstocher aus dem Mund und hielt ihn wie eine Zigarette. »Sie hatten eine komische Art, das zu zeigen, hinter jedem Rock herzujagen.«

»Ich habe Fehler gemacht«, gab Donnie wütend zu. »Reife war nie meine Stärke. Aber ich habe Pam wirklich geliebt, und ich liebe auch meine Tochter wirklich. Ich könnte Josie nie weh tun.«

Allein der Gedanke war anscheinend eine Qual für ihn. Er wandte sich von dem Schulfoto seiner Tochter ab, das auf dem Schreibtisch stand.

»Lebt sie schon bei Ihnen?« fragte Nick leise.

Es hatte Gerüchte gegeben, daß sich im Scheidungskrieg eine Schlacht um das Sorgerecht anbahnte. Etwas, das eher nach kleinlicher Bosheit Donnies, als nach echter Sorge um das Wohlergehen gerochen hatte. Wie in zahllosen Scheidungsfällen war das Kind zum Werkzeug geworden, ein Besitz, um den man sich streiten konnte. Donnie liebte seine Freiheit viel zu sehr, um den Vollzeitvater zu spielen. Besuchsrecht würde viel besser zu seinem Lebensstil passen als Sorgerecht.

Nick hatte schon vor langer Zeit Josie als Motiv für den

Mord ausgeschlossen. Die Geldgeschichte machte ihm mehr Sorgen und das Land, das Donnie im Grundvermögen von Bayou Realty versteckt hatte. Selbst als er Stein und Bein geschworen hätte, daß Renard ihr Mann war, hatte ihm die Geldsache keine Ruhe gelassen. Es war ein loser Faden, und einen losen Faden konnte er einfach nicht baumeln lassen. Er würde so lange daran zupfen, bis er so oder so verknotet werden konnte. Wenn dazugehörte, daß er seinem Wohltäter auf die Zehen trat, dann mußte das sein. Donnie hatte sich ganz alleine dafür entschieden, seine Kaution zu bezahlen. Nick fühlte keinerlei Verpflichtung.

»Sie ist bei Belle und Hunter«, sagte Donnie. »Belle war der Meinung, sie würden ihr für den Augenblick eine gefestigtere Umgebung geben. Und dann geht Hunter mit einer Knarre los und versucht am hellichten Tag, einen Mord zu begehen! Die Presse stellt ihn natürlich als Helden des Tages hin. Wenn er nicht im Gefängnis landet, machen sie wahrscheinlich einen Film über ihn.«

Sein Kampfgeist war gebrochen. Er ließ die Schultern hängen und schien mit einem Mal älter.

»Warum zerren Sie denn das alles wieder aus der Versenkung? Sie glauben doch immer noch, daß es Renard war. Ich weiß, daß es ein paar Leute gibt, die nach der Vergewaltigung gestern nacht was anderes sagen – diesen ganzen Scheiß von wegen Bayou-Würger und so weiter. Aber das hat mit dem hier nichts zu tun. Sie sind derjenige, der Pams Ring in Renards Haus gefunden hat. Sie sind derjenige, der ihn ins Krankenhaus gebracht hat. Warum wollen Sie mir an die Wäsche? Ich bin der beste Freund, den Sie heute hatten.«

»Gewohnheit«, erwiderte Nick. »Ich bin von Natur aus mißtrauisch.«

»Was Sie nicht sagen. Aber ich bin nicht schuldig.«

»Jeder ist irgendwie schuldig.«

Donnie schüttelte den Kopf. »Sie brauchen Hilfe, Fourcade. Sie sind krankhaft paranoid.«

Nicks Mund umspielte ein sarkastisches Lächeln, als er seinen Zahnstocher in den Müll warf und sich zur Tür wandte. »*C'est vrai.* Wie wahr. Glücklicherweise bin ich einer der wenigen, die sich damit ihren Lebensunterhalt verdienen können.«

Nick verließ Bichon Bayou Development durch die Hintertür, ging zwei Gassen entlang und überquerte den Hinterhof eines Hauses, wo ein Teenager im gelben Bikini auf einer glänzenden Foliendecke lag und versuchte, ultraviolette Strahlen einzufangen. Er trug Kopfhörer und eine Sonnenbrille und bemerkte ihn gar nicht.

Nick hatte auf dem unkrautüberwucherten Parkplatz einer geschlossenen Schweißerwerkstatt geparkt, sein Pick-up fiel unter der Ansammlung von Schrott gar nicht auf. Er stieg in den Wagen, rollte die Fenster runter und saß da, rauchte eine Zigarette und überlegte, während das Radio vor sich hin murmelte.

»Sie hören KJUN, mit Dean Monroe. Unser Thema heute nachmittag: die Freilassung auf Kaution von Detective Nick Fourcade aus Partout Parish, dem vorgeworfen wird, den Mordverdächtigen Marcus Renard brutal zusammengeschlagen zu haben. Montel in Maurice, ich bitte um Ihre Meinung.«

»Er hat so was schon früher gemacht und ist ungestraft davongekommen. Ich finde, wir müssen alle Angst haben, wenn Bullen Beweise unterschieben und Leute zusammenschlagen und ihnen nix passiert –«

Nick brachte das Radio zum Schweigen und ließ seine Gedanken zurück nach New Orleans wandern. Er hatte mit viel Schlimmerem als Gefängnis bezahlt. Er hatte seinen Job verloren, seine Glaubwürdigkeit. Er hatte einen Totalschaden gebaut und war ausgebrannt, und er war immer noch mit dem Versuch beschäftigt, die Stücke wieder zusammenzusetzen. Aber heute beschäftigten ihn wichtigere Dinge als die Vergangenheit.

Vielleicht bedauerte Donnie Bichon tatsächlich das Scheitern seiner Ehe und den Tod der Frau, die er einmal geliebt hatte. Oder vielleicht galt seine Reue etwas total anderem. Abgesehen von der Brutalität des Mordes, war Donnie automatisch als Verdächtiger eingestuft worden. Ehemänner wurden das immer. Aber Donnie schien mehr der Typ, der seine Ex vielleicht in einem Anfall von blinder Wut erwürgen würde, aber nicht jemand, der einen Tod wie den Pams geplant und ausgeführt hatte. Für einen sochen Mord bedurfte es eiskalten Hasses.

»Renard hat es getan«, murmelte Nick. Die Spur, die Logik, führte zurück zu Renard. Renard hatte sich auf sie fixiert, sie verfolgt, sie getötet, als sie ihn abwies. Nick war der Meinung, er hatte es auch in Baton Rouge getan, kurz bevor er hierhergezogen war, aber der Tod dieser Frau war als Unfall eingestuft und nie als Mord untersucht worden.

Renard war ihr Mann, das spürte er in den Knochen, bis ins Mark. Trotzdem war an der ganzen Geschichte irgend etwas daneben.

Vielleicht war es die Tatsache, daß keiner je hatte beweisen können, daß Renard derjenige war, der Pam nachgestellt hatte. Verdammt, noch nicht mal das Wort *Stalking* war in den Berichten aufgetaucht. Solche Zweifel hatten die Cops und die Gerichte gehabt. Renard hatte ihr ganz offen Blumen geschickt und kleine Geschenke. Daran war nichts bedrohlich. Pam hatte ihm die Geschenke eines Tages im Büro von Bowen & Briggs vor die Füße geworfen, kurz vor ihrem Tod.

Keiner hatte je Renard in Pams Büro oder in ihr Haus draußen am Quail Drive gehen sehen, wenn sie nicht da war, und trotzdem hatte jemand Dinge aus ihrem Schreibtisch gestohlen und von ihrer Kommode. Jemand hatte eine tote Schlange in ihre Bleistiftschublade gelegt.

Renard hatte Zugang zu dem Bürogebäude, aber Donnie ebenso. Keiner hatte Renard als den Schleicher identifiziert, den Pam ein paarmal über die Notrufnummer gemeldet hatte, und doch hatte sich jemand in ihrer Garage eingeschlichen und die Reifen ihres Mustangs durchschnitten. Sie hatte so viele Anrufe, bei denen jemand wortlos einhängte oder ins Telefon hechelte, bekommen, daß sie sich eine Geheimnummer besorgt hatte. Aber in den Telefonaufzeichnungen von Renards Haus und seiner Geschäftsnummer hatte sich kein einziger Anruf mit Pam Bichons Nummer gefunden.

Renard war peinlich ordentlich, zwanghaft sogar. Vorsichtig. Intelligent. Er hätte es durchziehen können. Die Blumen und Pralinen hätten ein Teil des Spiels sein können. Vielleicht hatte er die ganze Zeit gespürt, daß sie ihn nie ranlassen würde. Vielleicht war es Haß, der seine Fixierung geschürt hatte. Zuneigung war die perfekte Deckung für tiefsitzenden Haß.

Aber vielleicht hatte Donnie mit ganz dümmlichen und fehlgeleiteten Spielchen versucht, Pam wieder für sich zu gewinnen? Donnie hatte nie die Scheidung gewollt. Er hatte argumentiert, es wäre nur in Josies Interesse, aber es war nicht in Donnies Interesse – finanziell gesehen. Pam hatte ihn im Februar gebeten, auszuziehen – jetzt vor einem Jahr. Bis Ende Juli war es für Pam klargewesen, daß ihre Ehe vorbei war, und sie hatte die Scheidung eingereicht. Donnie hatte diese Nachricht nicht gut aufgenommen.

Die Schikanen hatten Ende August begonnen.

Donnie hätte diese Geschichten abziehen können, um ihr angst zu machen. Er war genau der Typ für kindisches Verhalten. Aber auch da gab es wiederum keine Beweise. Keine Zeugen. Keine Telefonaufzeichnungen. Eine Durchsuchung seines Hauses nach dem Mord hatte nichts ergeben. Donnie war nicht so raffiniert.

»Du brauchst einen Glückstreffer, Fourcade«, murmelte er.

Doch dann war die Trance durchbrochen, als hätte der Hypnotiseur mit dem Finger geschnippt. Er war raus aus dem Fall. Er wollte ihn nicht aus den Händen lassen, und trotzdem hatte er ihn mit beiden weggeworfen, als er auf Renard losging.

Er hatte diese Nacht wohl hundertmal in seinem Kopf ablaufen lassen. Im Kopf hatte er die richtigen Entscheidungen getroffen. Er hatte Stokes Einladung ins »Laveau's« nicht angenommen. Er hatte keinen Whisky auf seinen verletzten Stolz gekippt. Er hatte sich Stokes' Quatsch von wegen Auge um Auge nicht angehört. Er hatte den Anruf nicht angenommen, war nicht die Straße hinuntergegangen.

Und Annie Broussard war nicht einfach in sein Leben hereingeschneit.

Woher zum Teufel war sie gekommen? Und warum?

Er glaubte nicht an Zufälle, hatte nie dem Schicksal vertraut.

Die Möglichkeiten rieben sich in seinem Kopf aneinander, hin und her und scheuerten seinen Jähzorn wund. Er legte den Gang des Trucks ein und rollte vom Parkplatz.

Von wegen, er war raus aus dem Fall…

13

Freitag. Zahltag. Alle hatten es eilig, zur Bank zu kommen, in die Bars, nach Hause, um das Wochenende zu beginnen. Freitag war der große Tag für Strafzettel wegen zu schnellen Fahrens. Freitagabend gab es reichlich Schlägereien und Trunkenheit am Steuer.

Annie schrieb lieber Strafzettel. Nachdem heutzutage immer mehr Leute Waffen trugen, waren Schlägereien ein bißchen zu unberechenbar, um Spaß zu machen. Dann war da noch die Angst vor Aids und die Bedrohung durch Schadensersatzklagen. Die einzigen Cops, die sie kannte, die Schlägereien mochten, waren die Betonköpfe, die Testosteron schwitzten, und kleine Typen mit großen Macken.

Kleine Männer wollten immer kämpfen, um ihre Männlichkeit zu beweisen. Der Napoleon-Komplex.

Nur wieder ein Grund mehr froh zu sein, daß sie keinen Penis hatte. Die wenigen Prügeleien, bei denen sie hatte eingreifen müssen, hatten ihr einen angeschlagenen Zahn, zwei angeknackste Rippen und den Respekt ihrer Deputy-Kollegen eingebracht. Männer waren so: Irgendwie war man ein besserer Mensch, wenn man eine Tracht Prügel einstecken konnte.

Sie fragte sich, ob sich wohl irgendeiner von ihnen an diese Schlägereien erinnerte. Anscheinend nicht. Als sie sich heute morgen in der Einsatzleitung zum Dienst gemeldet hatte, hatte sie sich an einen der langen Tische gesetzt, und jeder Deputy am Tisch war aufgestanden und hatte sich woanders hingesetzt. Kein Wort war gefallen, aber die Botschaft war klar: Sie betrachteten sie nicht mehr als einen der ihren. Wegen Fourcade, der sich mit keinem von ihnen befreundet hatte und von ihnen trotzdem verehrt wurde auf Grund der bloßen Tatsache, daß er äußerliche Geschlechtsmerkmale besaß. Männer.

Sie hatte etwas über die Nachuntersuchung von Jennifer Nolans Vergewaltigung hören wollen, aber das einzige, was sie in dieser Richtung bekam, war eine Neuerstellung des ersten Berichts, den Hooker »verlegt« hatte. Sie hatte gestern ein halbes Dutzend von Nolans Nachbarn vernommen und nur eine potentiell brauchbare Information bekommen: Nolans frühere Mitbewohnerin war mit einem Biker durchgebrannt. Hinter zwei der Türen, an denen sie geklopft hatte, hatte sich niemand gemeldet. Sie hatte alle Informationen an Stokes weitergegeben und bezweifelte, daß sie je wieder ein Wort darüber hören würde, ausgenommen, sie las es in der Zeitung.

Sie ließ sich die Vergewaltigung in Bruchstücken durch den Kopf gehen: die Maske, die Brutalität, der Mangel an Sperma, die Fesseln, die Tatsache, daß er sie gezwungen hatte, hinterher zu duschen. Die Tatsache, daß er während ihrer Tortur kein Wort gesprochen hatte. Verbale Einschüchterung und Erniedrigung waren Standardkost bei Vergewaltigungen. Sie fragte sich, was beängstigender wäre: ein Angreifer, der mit dem Tod drohte, oder die ominöse Unsicherheit von Schweigen.

Vorsichtig. Immer wieder kam ihr dieses Wort in den Sinn. Der Vergewaltiger hatte sorgsam darauf geachtet, keine Spuren zu hinterlassen. Er schien ganz genau zu wissen, was die Cops brauchten, um ihn festzunageln. Das deutete auf jemand mit Erfahrung und vielleicht Vorstrafen. Jemand sollte die Personalakten der True-Light-Lampenfabrik durchgehen, um zu sehen, ob irgendeiner von Nolans Kollegen ein Exsträfling war. Aber es war nicht ihr Job und würde es auch nie, wenn es nach Chaz Stokes ging.

Annie sah noch einmal auf die Uhr. Noch eine halbe Stunde, und sie konnte sich auf den Rückweg nach Bayou Breaux machen. Sie hatte den Streifenwagen in die Wendeschleife eines Gemüsestandes, den der letzte Sturm umgeweht hatte, abgestellt. Eine große Eiche spendete Schatten, und sie hatte einen guten Überblick über zwei Teerstraßen, die sich eine Viertelmeile südlich der kleinen Stadt Luck kreuzten – ein heißer Platz am Freitag abend. Jeder miese Typ in der Parish fuhr Freitagnacht zu Skeeter's Roadhouse runter. Biker, Schläger, Prolos und Kriminelle versammelten sich zu den Freuden der niederen Klassen: Bier, Wetten und Köpfe einschlagen.

Ein roter Chevy Pick-up kam aus der Stadt angerast. Annie stoppte seine Geschwindigkeit per Radar, als er vorbeifuhr, der Fahrer ließ eine Bierdose aus dem Fenster baumeln. Fünfundsechzig Meilen in einer Vierzigmeilenzone und dazu noch Trunkenheit am Steuer. Sie schaltete die Lichter und die Sirene ein und stoppte ihn eine halbe Meile weiter die Straße runter. Der Truck hatte eine Sonnenblende mit der Südstaatenflagge im Rückfenster und einen Stoßstangensticker mit *USA Kicks Ass.*

Genau der richtige krönende Abschluß für einen wunderbaren Tag: ein besoffener Prolo.

»Eins Anton Charlie«, funkte sie an die Einsatzleitung. »Ich habe einen Raser auf zwölf, zwei Meilen südlich von Luck. Sieht aus, als ob er trinkt. Louisiana-Nummernschild, Tango Whisky Echo sieben-drei-drei. Tango, Whisky Echo sieben-drei-drei. Over.«

Sie wartete kurz auf die Bestätigung, die nicht kam, dann versuchte sie es noch einmal. Immer noch keine Antwort. Das Schweigen war mehr als ärgerlich, es war beunruhigend. Der Funk war ihre Verbindung zur Unterstützung. Falls es bei einem Routinestopp Ärger gab, hatte die Einsatzleitung ihre Position und das Kennzeichen des Wagens, den sie gestoppt hatte. Wenn sie sich innerhalb eines angemessenen Zeitraums nicht meldete, würden sie andere Streifenwagen schicken.

»10-1, eins Anton Charlie. Wir haben das nicht verstanden. Ihr Funk ist wieder gestört. Wiederholen Sie. Over.«

Es war ganz einfach, einen Funkspruch zu unterbrechen. Ein anderer Deputy brauchte nur sein Mikro einzuschalten, wenn er ihren Ruf hörte, dann war sie unterbrochen. Abgeschnitten von jeder Kommunikation, jeder Unterstützung.

Angewidert von dieser Möglichkeit, packte Annie ihr Clipboard und ihren Strafzettelblock und stieg aus dem Wagen.

»Bitte steigen Sie aus dem Wagen«, sagte sie, als sie sich dem Truck von hinten näherte.

»Ich bin nicht zu schnell gefahren«, brüllte der Fahrer und steckte seinen Kopf aus dem Fenster. Er hatte kleine, böse Augen und einen verkniffenen Mund. Auf seiner dreckigen roten Baseballmütze war das gelbe Logo von TriStar Chemical eingestickt. »Ihr Bullen habt wohl nix Besseres zu tun, als mich aufzuhalten.«

»Im Augenblick nicht. Ihre Papiere bitte.«

»Das ist doch Scheiße, Mann.«

Er schwang die Tür des Trucks auf, und eine leere Miller-

Bierdose kullerte auf die Straße und unter das Führerhaus. Er tat so, als hätte er nichts bemerkt, und stieg mit der Vorsicht eines Mannes aus, der weiß, daß sein Gleichgewichtsgefühl dem Alkohol zum Opfer gefallen war. Er war nicht größer als Annie, ein kleiner Pit Bull von Mann, in Jeans und einem Bass-Master-T-Shirt, das sich über einen harten Bierbauch spannte. Ein *kleiner,* besoffener Prolo.

»Ich zahl' in dieser Parish nicht Steuern, damit ihr mich schikanieren könnt«, schimpfte er. »Scheißregierung will mein Leben kaputtmachen. Das soll doch angeblich ein scheißfreies Land sein.«

»Das ist es auch, solange Sie nicht betrunken sind und fünfundsechzig in einer Vierzigerzone fahren. Ihren Führerschein bitte.«

»Bin nicht betrunken.« Er zog eine große Truckerbrieftasche an einer Kette aus seiner Hüfttasche und fummelte herum, bis er seinen Führerschein fand, den er dann irgendwie in Annies Richtung hielt. Seine Finger waren dunkel von Schmieröl. Auf seinem Unterarm ruhte eine tätowierte nackte Frau mit roten Nippeln. Echt Klasse.

Vernel Poncelet. Annie steckte den Führerschein unter die Klammer ihres Clipboards.

»Ich bin nicht gerast. Diese Radarpistolen gehn immer falsch. Ihr könnt doch nicht mal einen Baum stoppen, der sechzig drauf hat.«

Plötzlich weiteten sich seine Schweinsaugen überrascht. »He, Sie sind ja 'ne Frau.«

»Ja, das ist mir schon seit einiger Zeit bewußt.«

Poncelet legte den Kopf zur Seite und musterte sie, bis er langsam umkippte. Er schwang einen Arm in ihre Richtung und richtete sich dabei auf.

»Sie sind die, die in den Nachrichten war! Ich hab' Sie gesehen! Sie ham den Cop eingelocht, der den Killerschänder verprügelt hat!«

»Rühren Sie sich nicht vom Fleck«, sagte Annie kühl und

wich zum Streifenwagen zurück. »Ich muß Ihren Namen und Ihre Nummernschilder überprüfen.« Und Unterstützung rufen. Sie hatte das Gefühl, Vernell würde sich nicht kampflos ergeben. Kleine Männer.

»Was für 'n Cop sind Sie denn überhaupt«, schrie Poncelet und stolperte hinter ihr her. »Wollen Sie, daß Mörder und Vergewaltiger frei rumlaufen? Und mir einen Strafzettel geben? Das ist doch Scheiße!«

Annie fixierte ihn giftig. »Bleiben Sie stehen!«

Er ging weiter auf sie zu, hielt den Zeigefinger, als wollte er sie damit durchbohren. »Von dir laß ich mir kein Scheißknöllchen geben!«

»Da werden Sie sich wundern.«

»Sie lassen einen Vergewaltiger frei rumlaufen. Vielleicht wollen Sie's ja, hmm? Sie Scheißfotze –«

»Das reicht!« Annie warf das Clipboard auf die Haube des Streifenwagens und griff nach den Handschellen an ihrem Gürtel. »Los, mach den Adler gegen den Truck! Sofort!«

»Fick dich!« Poncelet drehte sich um wacklige hundertachtzig Grad und machte sich auf den Rückweg zu seinem Truck. »Soll mich doch ein echter Cop aufhalten. Von einer Mieze laß ich mir nichts gefallen!«

»Gegen den Truck, Wunderstumpen, oder es wird so echt, daß es dir weh tut.« Annie trat hinter ihn. Sie ließ die Handschelle um sein rechtes Handgelenk zuschnappen und zog ihm den Arm hinter den Rücken. »An den Scheißtruck mit dir!«

Sie stieß gegen ihn, versuchte ihn mit Druck auf den Arm zu drehen. Poncelet stolperte und riß sie aus dem Gleichgewicht, dann versuchte er, ihr einen Schlag zu verpassen. Ihre Beine verhedderten sich zu einem ungeschickten Tanz, und sie landeten ringend und grunzend aufeinander neben der Straße.

Poncelet fluchte ihr ins Gesicht, sein Atem war heiß und sauer von den Biergasen, die aus seinem Bauch hochblubberten. Er suchte Halt, um sich aufzurichten und packte Annies linke Brust. Annie trat ihm gegen das Schienbein und erwischte mit dem Ellbogen seinen Mund. Poncelet gelang es, sich auf ein Knie zu stützen. Er versuchte aufzuspringen, wobei eine Hand hart gegen Annies Nase krachte.

»Du Saukerl!« schrie sie, als ihr das Blut über die Lippen lief. Sie sprang auf und rammte Poncelet Kopf voraus gegen den Truck.

»Du hast dir den falschen Tag ausgesucht, Kurzer, ich bin heute mit dem linken Bein voraus aufgestanden!« knurrte sie und schloß die andere Handschelle um sein freies Handgelenk. »Sie sind verhaftet für jedes miese Verbrechen, das mir einfällt!«

»Ich will einen echten Cop!« brüllte er. »Wir sind in Amerika. Ich habe Rechte. Ich habe das Recht zu schweigen – «

»Warum machst du's dann nicht?« schrie Annie und schob ihn in Richtung Streifenwagen.

»Ich bin kein Krimineller! Ich hab' Rechte!«

»Du hast Scheiße im Hirn, das hast du. Mann, du hast dir eine so tiefe Grube geschaufelt, daß du eine Leiter brauchen wirst, um den Boden zu sehen.«

Sie stieß ihn auf den Rücksitz und knallte die Tür zu. Ein paar Autos passierten die Teerstraße in Richtung Mouton's. Ein Junge mit einem Ziegenbart lehnte sich aus dem Fenster eines hochgelegten CTOs und zeigte ihr den Stinkefinger. Annie zeigte ihm den ihren und setzte sich hinter das Lenkrad ihres Wagens.

»Du bist ein Feminazi, das bist du!« schrie Poncelet und trat gegen ihren Sitz. »Ein scheißverfluchter Feminazi!«

Annie wischte sich mit dem Hemdsärmel das Blut vom Mund. »Paß bloß auf, Poncelet. Wenn du anfängst, Rush Linbaugh zu zitieren, bring ich dich raus in den Sumpf und erschieß dich.«

Sie warf einen Blick in den Rückspiegel, fluchte, als sie sich sah, und zog das Mikro zu sich. Mit dem Veilchen vom Mittwoch und der blutigen Nase sah sie aus, als hätte sie fünf Runden mit Mike Tyson hinter sich.

»Eins, Anton, Charlie, ich bringe einen Betrunkenen rein. Danke für nichts.«

Poncelet schrie immer noch, als Annie ihn zur Verhaftung vorführte. Sie hatte aufgehört zuzuhören, ihre eigene Wut dämpfte seine Wörter zu einem lästigen Dröhnen im Hintergrund. Was, wenn Poncelet sie verletzt hätte? Was, wenn er ihre Pistole erwischt hätte? Hätte irgend jemand es registriert?

Die Deputies' Association hatte dafür gestimmt, Fourcades Rechtsanwaltskosten zu tragen. Sie fragte sich, ob sie auch dafür gestimmt hätten, sie umzubringen. Sie war zu der Versammlung nicht eingeladen gewesen.

Es war gerade Schichtwechsel – Typen, die aus und in die Umkleidekabinen gingen, im Einsatzraum herumstanden. Zeit für Quatsch und schlechte Witze bei starkem Kaffee. Das entspannte Lächeln gefror auf den Gesichtern und verschwand, als Annie den Gang entlangkam.

»Was?« sagte sie herausfordernd. »Enttäuscht, mich in einem Stück zu sehen?«

»Enttäuscht, dich überhaupt sehen zu müssen«, murmelte Mullen.

»Ach, ja? Dann weißt du ja, wie die gesamte weibliche Bevölkerung sich fühlt, wenn sie dich kommen sieht, Mullen. Was habt ihr denn geglaubt«, fragte sie, »daß ich verschwinde, wenn ihr mir den Funk unterbrecht?«

»Ich weiß nicht, wovon du redest, Broussard. Du bist hysterisch.«

»Nein, ich bin stocksauer. Wenn du ein Problem mit mir hast, dann sei ein Mann und sag's mir ins Gesicht, anstatt diese dummen Jungenstreiche abzuziehen –«

»Du bist das Problem«, zischte er. »Wenn du mit dem Job nicht fertig wirst, dann geh doch.«

»Ich werde mit dem Job fertig. Ich habe meinen Job gemacht –«

»Was zum Teufel ist denn da draußen los?« brüllte Hooker und trat in die Halle.

Annie war zu wütend, um vorsichtig zu sein, sie drehte sich zum Sergeant. »Jemand stört meinen Funk.«

»Das ist doch Quatsch«, sagte Mullen.

»Muß was an deinem Gerät kaputt sein«, sagte Hooker. Annie hätte ihn am liebsten getreten.

»Komisch, daß ich plötzlich kein Funkgerät mehr kriegen kann, das funktioniert.«

»Du hast eine schlechte Ausstrahlung, Broussard«, sagte Mullen. »Vielleicht stört der Draht in deinem BH den Empfang.«

Hooker sah ihn wütend an. »Halt dein blödes Maul, Mullen.«

»Es ist nicht das Gerät«, sagte Annie, »sondern eure Einstellung. Ihr führt euch auf wie ein Haufen verwöhnter kleiner Jungs, als hätte ich allen den Spaß verdorben. Jemand hat das Gesetz gebrochen, und ich habe ihn aufgehalten. Das ist mein Job. Wenn ihr damit ein Problem habt, gehört ihr nicht in eine Uniform.«

»Wir wissen, wer nicht hierher gehört«, murmelte Mullen.

Die Stille war absolut. Annie sah von einem Deputy zum nächsten, eine Parade von steinernen Mienen und abgewandten Blicken. Sie empfanden vielleicht nicht alle so stark wie Mullen, aber es ergriff auch keiner ihre Partei.

Schließlich sagte Hooker: »Wenn du einen Beweis dafür hast, daß jemand dir etwas angetan hat, Broussard, dann leg Beschwerde ein. Ansonsten hör mit dem gottverdammten Gewinsel auf und mach deinen Papierkram über diesen Betrunkenen.«

Keiner bewegte sich, bis Hooker wieder in seinem Büro verschwunden war. Dann gingen Prejean und Savoy, durchbrachen die Starre. Mullen ging in Richtung Gang los und beugte sich im Vorbeigehen zu Annie.

»Ja, Broussard«, murmelte er. »Hör auf zu winseln, sonst gibt dir noch jemand wirklich Grund zu winseln.«

»Droh mir nicht, Mullen.«

Er zog gespielt ängstlich die Brauen hoch. »Was willst du tun? Mich verhaften?« Seine Miene wurde zu Stein. »Du kannst uns nicht alle verhaften.«

14

Ende Juli. Pam läßt im Büro verlauten, daß sie sich von Donnie scheiden lassen will. Sie leben schon seit Februar getrennt. Renard beginnt Interesse an ihr zu zeigen. Kommt auf ein Pläuschchen im Büro vorbei, kümmert sich um sie.

August: Renard ist ganz offensichtlich verknallt. Er schickt Pam Blumen und kleine Geschenke, lädt sie zum Mittagessen ein, auf einen Drink. Sie geht nur in der Gruppe mit, erzählt ihrem Partner, daß sie sichergehen will, daß Renard keine falsche Vorstellung über ihre Freundschaft kriegt, gibt aber zu, daß sie es ganz süß findet, wie er versucht, ihr den Hof zu machen. Sie versucht zu betonen, daß Renard und sie nur gute Freunde sind.

Ende August: Bei Pam beginnt Telefonterror zu Hause.

September: Kleine Gegenstände verschwinden aus Pams Büro und aus ihrem Haus. Ein Briefbeschwerer, eine kleine Flasche Parfüm, ein kleines, gerahmtes Foto von ihrer Tochter Josie und ihr, eine Haarbürste. Sie kann nicht genau sagen, wann die Gegenstände verschwanden. Renard treibt sich ständig in ihrer Nähe herum, zeigt mehr Besorgnis, als angemessen scheint. Pam beginnt, sich in seiner Nähe un-

wohl zu fühlen. Leidet weiter unter Gehechel am Telefon, Anrufern, die einhängen, sobald sie rangeht.

25. 9: Als sie zur Arbeit los will, entdeckt Pam, daß ihre Reifen aufgeschlitzt wurden (Wagen in nicht abgesperrter Garage geparkt). Sie ruft im Sheriffsbüro an. Deputy, der den Anruf entgegennimmt: Mullen. Pam äußert ihre Bedenken über Renard, aber es gibt keine Beweise, daß er das Verbrechen begangen hat. Detective, der mit der Untersuchung der mutmaßlichen Belästigung beauftragt wird: Stokes.

2:10 Uhr früh: Pam meldet einen Verdächtigen, der um ihr Haus schleicht. Kein Verdächtiger verhaftet. Renard wird in bezug auf den Vorfall verhört. Streitet Beteiligung ab. Bringt seine Sorge um Pam zum Ausdruck.

3:10 Uhr: Renard kommt in Pams Büro, bringt seine Sorge um ihre Person zum Ausdruck.

9. 10., 1:45 Uhr: Pam meldet erneut einen Verdächtigen im Garten. Kein Verdächtiger verhaftet.

10. 10: Beim Verlassen des Hauses, um zum Schulbus zu gehen, entdeckt Josie Bichon die verstümmelten Überreste eines Waschbären auf der Vordertreppe.

11. 10: Renard kommt erneut in Pams Büro, um seine Sorge um ihre und um Josies Sicherheit zum Ausdruck zu bringen. Pam wirft ihn entnervt aus dem Büro. Klienten, die auf einen Termin mit ihr warteten, bestätigen, wie aufgeregt sie war.

14. 10: Bei ihrer Ankunft im Büro entdeckt Pam eine tote Schlange in ihrer Schreibtischschublade. Später an diesem Tag sucht Renard sie erneut heim, um seiner Sorge für sie Ausdruck zu geben. Sagt etwas in der Richtung von wegen, eine alleinstehende Frau wie Pam hätte viel zu fürchten, es könnten ihr alle möglichen bösen Dinge passieren. Pam betrachtet das als Drohung.

22. 10: Bei ihrer Heimkehr nach der Arbeit stellt Pam fest, daß ihr Haus von Vandalen verwüstet wurde: Kleidung zerschnitten, Bettwäsche mit Hundekot verschmiert, Fotos von Pam zerstört. Keine Täterabdrücke am Tatort festgestellt. Keine Zeugen. Pam ruft Acadiana Services an, um sich einen Hausalarm installieren zu lassen. Merkt später, daß ein Reservehausschlüssel und einer fürs Büro fehlen. Kann nicht exakt sagen, wann sie sie zuletzt gesehen hat.

24.10: Renard schenkt Pam eine teure Halskette zum Geburtstag. Pam ist sehr aufgebracht, konfrontiert Renard in seinem Büro mit ihren Vermutungen, gibt ihm all die kleinen Geschenke zurück, die er ihr im Lauf von August und September gemacht hat. Vor Zeugen. Renard streitet alle Anschuldigungen, er hätte sie verfolgt, ab.

24. 10: Pam berät sich mit Anwalt Thomas Watson wegen einer einstweiligen Verfügung gegen Renald.

27. 10: Watson beantragt bei Gericht eine einstweilige Verfügung gegen Marcus Renard. Der Antrag wird aus Mangel an Gründen abgelehnt. Richter Edwards weigert sich »den Ruf eines Mannes anzuschwärzen«, da kein besserer Grund vorläge als »die unbegründete Paranoia einer Frau«.

31. 10: Pam sieht jemanden um ihr Haus schleichen. Versucht das Sheriffsbüro anzurufen. Haustelefone sind tot. Ruft vom Handy an. Telefonleitung wurde durchschnitten. Hintertür des Hauses mit menschlichen Exkrementen verschmiert.

7. 11: Pam Bichon wird als vermißt gemeldet.

Annie las ihre Notizen durch. So hintereinander aufgereiht erschien alles so einfach, so offensichtlich. Ein klassisches Eskalationsmuster. Anziehung, Verlieben, Verfolgung, Fixierung, wachsende Feindseligkeit durch Abweisung. Warum hatte kein anderer das erkannt und es unterbunden?

Weil ein Muster alles war, was sie hatten. Es gab absolut nichts, wodurch man Renard mit der Verfolgung hätte in Zusammenhang bringen können. Seine öffentliche Reaktion auf Pams Vorwürfe war Verwirrung, Verletztsein gewesen. Wie konnte sie überhaupt auf den Gedanken kommen, daß er ihr je weh tun könnte? In den Monaten vor dem Mord an Pam Bichon hatte Renard gegenüber seinen Kollegen kein einziges Mal von Wut oder Feindseligkeit ihr gegenüber gesprochen. Ganz im Gegenteil. Pam hatte sich bei ihren Freunden über Renard beklagt. Sie boten ihr scheinheilig ihre Unterstützung an und stellten hinter ihrem Rücken ihren Geisteszustand in Frage. Er schien so harmlos.

Bei der drohenden Scheidung und einem Urteil, das potentiell sein Geschäft bedrohte, schien Donnie Bichon ein weit plausiblerer Kandidat als Bösewicht. Aber Pam hatte darauf bestanden, daß Renard derjenige wäre, der sie verfolgte.

Was für ein Alptraum, dachte Annie. Sich so sicher zu sein, daß dieser Mann eine Gefahr war und trotzdem unfähig, irgendeinen anderen davon zu überzeugen.

Annie erhob sich von ihrem Küchentisch und begann, in der Wohnung umherzulaufen. Halb zehn. Seit einer Stunde starrte sie jetzt schon diese Notizen an, verglich Zeitungsartikel, las Fotokopien von Illustriertenartikeln und Passagen aus Büchern über Verfolger. Sie hatte den Fall die ganze Zeit verfolgt – aus einem Gefühl der Verpflichtung und um ihre Selbstschulung fortzusetzen, damit sie eines Tages den Detective schaffen würde. Sie hatte sich einen Ordner gekauft, alle Zeitungsausschnitte in einem Teil untergebracht, Notizen in einem anderen, persönliche Beobachtungen in einem anderen. Sie hatte keine Vernehmungen durchgeführt. Es war nicht ihr Fall. Sie war nur Deputy.

Fourcade hatte wahrscheinlich zwei Notizbücher – Mörderbücher nannten sie die Detectives. Aber Fourcade war aus dem Fall raus. Dadurch hatte Chaz Stokes die Leitung. Chaz Stokes war der Detective, den man mit der Überprüfung der ursprünglichen Belästigungsanschuldigungen beauftragt hatte. Wenn er damals etwas ans Licht gebracht hätte, wäre Pam vielleicht heute noch am Leben.

Annie wanderte ruhelos durch ihr Wohnzimmer. Aus alter Gewohnheit verfiel sie in langsame, gemessene Schritte entlang ihres Küchentischs und wieder zurück. Der Tisch bestand aus einer dicken Glasscheibe, die auf dem Rücken eines ein Meter fünfzig langen ausgestopften Alligators balancierte. Dieses Relikt hatte Sos früher an der Decke des Ladens aufgehängt gehabt, bis eines Tages einer der Drähte riß, der Alligator herunterkippte und einen Touristen umnietete. Annie hatte die Kreatur wie einen streunenden Hund aufgenommen und Alphonse getauft.

Sie schritt Alphonse von einem Ende zum anderen ab, ließ sich die augenblickliche Situation durch den Kopf gehen und ignorierte das gelegentliche Klingeln des Telefons. Sie überließ die Anrufe dem Anrufbeantworter: nichts als Reporter und Irre. Keiner, mit dem sie sich abgeben wollte. Keiner, der ihr Bedürfnis, Gerechtigkeit für Pam Bichon zu finden, erfüllen konnte.

Sie hätte Fourcade möglicherweise dazu überreden können, sie bei der Untersuchung mithelfen zu lassen, wäre da nicht die Geschichte mit Renard gewesen. Jetzt hatte Stokes den Fall, und Stokes würde sie nie darum bitten. Bei Stokes würde sie nie einen Fuß auf den Boden kriegen, selbst wenn sie Fourcade nicht verhaftet hätte. Stokes hatte nie überwinden können, daß sie ihn nicht unwiderstehlich fand. Und er ließ auch nicht locker. Er hatte ihr schlichtes, höfliches »Nein, danke« zuerst als Herausforderung und dann als persönliche Beleidigung betrachtet. Am Ende hatte er sie beschuldigt, Rassistin zu sein.

»Das ist doch nur, weil ich schwarz bin, stimmt's?« warf er ihr vor.

Sie waren auf dem Parkplatz der Voodoo Lounge. Eine heiße Sommernacht voller Käfer und Fledermäuse, die sich auf die Käfer stürzten. Hitzeblitze zischten über den südlichen Himmel draußen über dem Golf. Durch die Luftfeuchtigkeit fühlte sich die Luft wie Samt auf der Haut an. Sie waren in eine Bar gegangen, mit anderen, als Gruppe, wie oft am Freitagabend. Eine Truppe Cops, die versuchte, den Streß zu vergessen. Stokes hatte zuviel getrunken und sich bis zum Anschlag den Mund darüber zerrissen, daß sie frigide wäre, als Annie angewidert hinausging.

Angesichts seiner Anklage blieb ihr der Mund offenstehen.

»Nur zu. Du kannst es ruhig zugeben. Du willst nicht mit dem Mulattentypen gesehen werden. Du willst nicht mit einem Nigger ins Bett steigen. Sag es!«

»Du bist ein Idiot!« schrie sie. »Warum kannst du nicht einfach die Tatsache akzeptieren, daß ich dich schlicht nicht attraktiv finde? Und *warum* finde ich dich nicht attraktiv? Laß dir die Gründe aufzählen: es könnte daran liegen, daß du die Reife eines Schuljungen besitzt. Es könnte daran liegen, daß du ein Ego von der Größe Arkansas' hast. Vielleicht liegt es daran, daß du kein Interesse an einem Gespräch hast, bei dem du nicht der Mittelpunkt bist. Es hat nichts damit zu tun, was für Leute auf deinem Familienstammbaum herumklettern.«

»Klettern? Wie Affen? Du nennst meine Leute Affen?«

»Nein!«

Er kam mit wutverzerrtem Gesicht auf sie zu. Dann fuhr ein Wagen auf den Parkplatz, einige Leute kamen aus der Bar, und die Spannung des Augenblicks zerplatzte wie eine Seifenblase.

Die Szene war in Annies Erinnerung so lebendig, daß sie fast die Hitze jener Nacht auf ihrer Haut spüren konnte. Sie öffnete die Türen am Ende ihres Wohnzimmers und trat auf den kleinen Balkon, atmete die kühle, feuchte Luft und den fruchtbaren Geruch des Sumpfes ein. Das Mondlicht reichte gerade, um das Wasser zu versilbern und die unheimlichen Silhouetten der Zypressen zu betonen.

Komisch, sie hatte das nie bedacht, aber sie konnte sich ein bißchen in Pam Bichons Erfahrung hineinversetzen. Sie wußte, wie es war, sich mit Männern herumzuschlagen, denen ein bloßes Nein nicht genügte. Stokes, A. J., Onkel Sos, wenn man's genau nahm. Der Unterschied zwischen ihnen und Renard war der Unterschied zwischen normal sein und Besessenheit.

»Männer«, sagte sie zu der weißen Katze, die auf das Balkongeländer sprang, um Aufmerksamkeit zu erheischen. »Du kannst nicht mit ihnen leben, aber ohne sie kriegst du keine Gurkengläser auf.«

Die Katze äußerte keine Meinung.

Um fair zu bleiben, es waren nicht nur die Männer, das wußte Annie. Stalkers gab es bei beiden Geschlechtern. Neue Studien zeigten, daß diese Menschen unfähig waren, diesen Drang abzuschalten. Der Impuls, die Fixierung waren immer da. *Einfache Besessene* nannten es die Seelenklempner. Diese Männer und Frauen schienen oft völlig vernünftig und normal. Es waren Ärzte, Anwälte, Automechaniker. Der Grad an Schulbildung oder Intelligenz spielte keine Rolle. Nur in bezug auf das Objekt ihrer Fixierung waren ihre Gehirne nicht ganz richtig verdrahtet. Einige bewegten sich weiter, zu dem, was als Erotomanie eingestuft wurde, ein Zustand, in dem die Person sich einbildete und tatsächlich glaubte, es gäbe eine Liebesbeziehung zu dem Objekt ihrer Fixierung.

Ein einfacher Besessener oder ein Erotomane – sie fragte sich, welche Beschreibung auf Marcus Renard zutraf. Sie fragte sich, wie er das, egal welches von beiden es war, so gut vor seiner gesamten Umgebung verstecken konnte.

Irgendwo draußen im Sumpf ertönte der heisere Schrei eines Alligatorenmännchens. Dann spaltete das Kreischen eines Nutria wie der Schrei einer Frau die Luft. Das Geräusch ratschte wie ein Rasiermesser an Annies Nerven. Sie schloß die Augen und sah Pam Bichon auf dem Boden liegen, Mondlicht strömte durch das Fenster, ergoß sich über ihre nackte Leiche. Und tief in ihrem Verstand glaubte Annie Pams Schreie hören zu können... und die Schreie Jennifer Nolans... und der Frauen, die vor vier Jahren durch die Hand des Bayou-Würgers gestorben waren. Schreie der Toten.

»Es ist kalt da, nicht wahr?«

»Wo?«

»Im Schattenland.«

Annie jagten Kälteschauer über den Rücken. Sie trat zurück in die Wohnung, schloß die Türen und sperrte sie ab.

»Nett hast du's hier, 'toinette.«

Ihr stockte der Atem, und sie wirbelte herum. Fourcade stand gleich neben der Eingangstür, lehnte mit verschränkten Beinen an der Wand, die Hände in den Taschen seiner alten Lederjacke.

»Was zum Teufel machen Sie hier?«

»Das Schloß an deiner Tür ist nichts Berühmtes.« Er schüttelte tadelnd den Kopf und richtete sich von der Wand auf. »Man möchte doch meinen, daß ein Bulle das besser weiß. Ganz besonders ein weiblicher, oder?«

Er schlenderte täuschend lässig auf sie zu. Annie spürte seine Spannung schon auf halbem Weg. Sie trat langsam zur Seite, brachte den Couchtisch zwischen sie beide. Ihre Pistole war in ihrer Tasche, die sie beim Betreten der Wohnung in die Küche gestellt hatte. Unvorsichtig.

Ihre beste Chance war, abzuhauen. Und was dann? Das Geschäft hatte um neun Uhr geschlossen. Sos' und Fancons

Haus war hundert Meter entfernt, und sie waren zum Tanzen ausgegangen, wie an jedem anderen zweiten Freitag im Jahr. Vielleicht würde sie es bis zum Jeep schaffen.

»Was wollen Sie?« fragte sie und tastete sich langsam zur Tür. Ihre Schlüsel hingen an einem Haken über dem Lichtschalter.

»Wollen Sie mich auch zusammenschlagen? Haben Sie Ihre tägliche Sündenquote noch nicht erfüllt? Möchten Sie den Zeugen loswerden? Sie sollten wissen, daß man so etwas in Auftrag gibt. Sie wären der offensichtliche Verdächtige.«

Er hatte den Nerv, sich amüsiert zu geben. »Jetzt hältst du mich für den Teufel, stimmt's, 'toinette?«

Annie rannte zur Tür und griff mit einer Hand die Schlüssel. Mit der anderen Hand packte sie den Türknopf, drehte und zog. Die Tür rührte sich keinen Millimeter. Dann hatte Fourcade sie eingeholt, blockte sie ab, mit den Händen zu beiden Seiten ihres Kopfes gegen die Tür. »Läufst du mir weg, 'toinette?«

Sie spürte seinen Atem an ihrem Nacken, mit dem Duft von Whisky drin.

»Das ist nicht sehr gastfreundlich, *chère*,« murmelte er.

Sie zitterte. Und er genoß es, der miese Hund. Sie unterdrückte mit aller Macht das Zittern, zwang sich, sich umzudrehen und ihm ins Gesicht zu sehen.

Er stand so nahe bei ihr wie ein Liebhaber. »Wir haben so vieles zu besprechen. Zum Beispiel: ›Wer hat dich in dieser Nacht ins Laveau's geschickt?‹«

Nick beobachtete ihr Gesicht wie ein Adler. Ihre Reaktion war spontan – Überraschung oder Schock, ein Hauch Verwirrung.

»Was hast du denn gedacht, 'toinette? Daß ich zu betrunken war, um draufzukommen?«

»Worauf zu kommen? Ich hab' keine Ahnung, wovon Sie reden.«

Sein Mund verzog sich verächtlich. »Ich bin seit sechs Monaten in dieser Abteilung, du hast noch nicht mal ›buh‹ zu mir gesagt. Und plötzlich tauchst du in einem hübschen Rock im Laveau's auf und klapperst mit den Wimpern. Du willst bei dem Bichon-Fall mitmischen –«

»Ich *wollte* mitmischen.«

»Dann bist du auf dieser Straße. Kommst einfach zufällig vorbei –«

»Ich *war* –«

»Einen Scheiß warst du!« brüllte er und genoß, wie sie zusammenzuckte. Er wollte, daß sie sich vor ihm fürchtete. Sie hatte Grund, ihn zu fürchten. »Du bist mir gefolgt!«

»Bin ich nicht!«

»Wer hat dich geschickt?«

»Keiner!«

»Du hast mit Kudrow geredet. Hat er das inszeniert? Ich kann nicht glauben, daß Renard so was einfädelt. Was, wenn ich mit einer Pistole oder einem Messer auf ihn losgegangen wäre? Er wäre dämlich, so ein Risiko einzugehen, nur um mich zu ruinieren. Und dämlich ist er nicht.«

»Keiner –«

»Andererseits, vielleicht war das Kudrows Gerechtigkeit, hmm? Er muß wissen, daß Renard schuldig ist. Also holt ihn Kudrow raus, um seinen eigenen Ruf zu retten. Deichselt es so, daß ich Renard umbringe. Renard ist tot, und ich bin im Käfig mit den Red Hats in Angola, fünfundzwanzig Jahre bis lebenslänglich.«

Er ist wahnsinnig, dachte sie. Sie hatte gesehen, wozu er fähig war. Sie warf einen Blick zu ihrer Tasche, die in der Ecke auf der Bank lag. Sechzig Zentimeter entfernt. Der Reißverschluß war offen. Wenn sie schnell war ... Wenn sie Glück hatte ...

»Ich hab' keinen blassen Dunst, wovon Sie reden«, sagte sie, redete, um sich Zeit zu erkaufen. »Kudrow versucht, mir einen Linken beim Revier reinzuwürgen, damit ich mich an keinen wenden kann, außer an ihn. Ich würde nicht mal für ihn arbeiten, wenn er mich in Goldbarren bezahlt.«

Fourcade schien sie nicht zu hören.

»Würde er all das riskieren?« sagte er nachdenklich, mehr zu sich selbst. »Das ist die Frage. Natürlich müßte er das Erpressergeld nur zahlen, bis er tot ist, und das wird nicht lange dauern...«

Annie rammte mit aller Kraft, die sie aufbringen konnte, ihr rechtes Knie in seinen Unterleib und ließ sich zu Boden fallen, als Fourcade rückwärts taumelte, zusammengekrümmt, fluchend.

»*Fils de putain! Merde!* Mist! Mist!«

O bitte, o bitte, o bitte. Sie griff in ihre Tasche und suchte nach der Sig. Ihre Fingerspitzen streiften das Halfter.

»Suchst du das?«

Die Sig tauchte in ihrem Blickfeld auf, in der Hand Fourcades, ein Finger war um den Abzug gekrümmt. Er war hinter ihr auf die Knie gefallen, und jetzt zog er ihren Kopf an den Haaren zu sich, stieß seinen Körper gegen den ihren, rammte sie gegen die Bank.

»Du kämpfst mit miesen Tricks, 'toinette«, murmelte er. »Das mag ich bei einer Frau.«

»Hau ab, Fourcade!«

»Mmm...«, schnurrte er, preßte sich an sie, drückte seine rauhe Wange gegen die ihre. »Bring mich nicht auf dumme Gedanken, *'tite belle.*«

Jetzt erhob er sich langsam, hielt sie immer noch an den Haaren, zog sie mit sich hoch.

»Du bist keine Leuchte als Gastgeberin, 'toinette«, sagte er und dirigierte sie zur Küche, wo das Licht hell und freundlich war. »Du hast mir noch nicht einmal einen Stuhl angeboten.«

»Tut mir leid, daß ich auf der Haushaltsschule durchgefallen bin.«

»Ich bin mir sicher, du hast andere Talente. Ein Flair für Inneneinrichtung, wie ich sehe.«

Er sah sich erstaunt in der Küche um. Jemand hatte einen tanzenden Alligator auf die Tür eines antiken Kühlschranks gemalt. Auf einer Seite waren Teigmännchenblechdosen aufgereiht. Die Wanduhr war eine schwarze Plastikkatze, deren Augen und Schwanz mit den vergehenden Sekunden hin- und herzuckten.

Ein Stuhl war von dem Tisch mit den Chrombeinen weggeschoben. Er setzte sie darauf, schnappte sich den Stift, den sie auf dem Tisch hatte liegenlassen, und lehnte sich mit dem Rücken gegen denTresen.

Annie starrte ihn fassungslos an. Seine Augen waren nicht mehr ganz so wild, aber sein Blick war immer noch durchdringend. Er stand mit verschränkten Armen da, und ihre Pistole baumelte wie ein Spielzeug von seiner großen Hand.

»Also, wo waren wir stehengeblieben, bevor du versucht hast, mir die Eier in den Hals zu treten?«

»Oh, irgendwo zwischen Wahnvorstellungen und Psychose.«

»War es Kudrow? Hat er dich und Stokes gekauft?«

»Stokes?«

»Was? Du hast gedacht, du kriegst den ganzen Kuchen? Stokes hat mich in diese Bar gelockt. Warum dahin? Keiner geht da je hin. Damit er von den ewigen Meckerern weg ist, sagt er mir. Und Bowen & Briggs ist rein zufällig auf der anderen Seite der Gasse. Wie scheißpraktisch. Dann kommt die kleine 'toinette, um mich im Auge zu behalten, während der gute alte Chaz fröhlich davontanzt.«

»Warum sollte ich mich von Kudrow kaufen lassen?« fragte sie. Ein vergeblicher Versuch, das Ganze in vernünftige Bahnen zu lenken. »Deine Karriere ist nicht die einzige hier, die Schläge einstecken muß. Ich werde Gefängniszellen schrubben, bevor das hier vorbei ist. Kudrow hat nicht genug Geld, das wiedergutzumachen.«

Nick legte den Kopf zur Seite und überlegte. Er hatte den

ganzen Tag nichts gegessen, nur Ärger, Frust und Mißtrauen in sich hineingefressen und das mit ein paar Whiskys hinuntergespült. Und jetzt schwappte etwas Schwarzes, Fauliges an die Oberfläche des Gebräus und entglitt flüsternd seinem Mund.

»Duval Marcotte.«

Hurensohn. Die Stücke fügten sich wie geölt zusammen. Die Ähnlichkeit der Fälle würde Marcottes Sinn für Ironie reizen. Und er wußte verdammt genau, wie man Cops kaufte. Das Gesicht des Reporters aus New Orleans im Gerichtsgebäude fiel ihm wieder ein. Scheiße. Er hätte damit rechnen müssen.

Er stürzte sich auf Annie, die erschrocken in ihren Stuhl zurückfiel. »Was hat er dir gegeben? Was hat er dir versprochen?«

»Duval Marcotte?« fragte sie ungläubig und wechselte unbewußt zum Du. »Hast du den Verstand verloren? O Gott, wen frag' ich denn?«

Er beugte sich über ihr Gesicht, wedelte mit dem Lauf der Sig wie mit einem Finger. »Er wird deine Seele nehmen, *chère,* oder Schlimmeres. Du hältst *mich* für den Teufel? *Er* ist der Teufel!«

»Duval Marcotte ist der Teufel«, wiederholte Annie. »Duval Marcotte, der Immobilienmogul aus New Orleans? Der Philanthrop?«

»Der Hurensohn«, murmelte er und lief vor dem Tresen auf und ab. »Ich hätte ihn umbringen sollen, als ich die Gelegenheit dazu hatte.«

»Ich kenne Duval Marcotte nur aus dem Fernsehen. Keiner hat mich gekauft. Ich war zur falschen Zeit am falschen Ort. Glaub mir, das bereue ich.«

»Ich glaube nicht an Zufälle.«

»Also, es tut mir leid, aber ich habe leider keine andere Erklärung!« schrie sie. »Also erschieß mich, oder laß mich in Ruhe!«

Nick ließ sich die Möglichkeiten durch den Kopf gehen und kratzte sich mit der Pistole hinterm Ohr.

»Herrgott! Wirst du wohl vorsichtig sein mit diesem Ding!« brüllte sie. »Wenn du mich nicht erschießt, wär's mir ganz recht, wenn ich dein Gehirn nicht von den Tassen kratzen müßte.«

»Was, mit dieser Pistole?« Er ließ sie um seinen Finger kreiseln. »Sie ist nicht geladen, ich hab' mir gedacht, das könnte zu verführerisch sein.«

Annie seufzte vor Erleichterung und rieb sich mit den Händen übers Gesicht. »Warum ich?«

»Das war meine Frage.«

»Ich habe dir alles gesagt, was ich weiß, was praktisch null ist. Ich würde mich nie mit jemandem wie Chaz Stokes verbünden, genausowenig wie mit Marcotte. Stokes haßt mich. Außerdem, wer würde schon einem ein Verbrechen anhängen und sich total darauf verlassen, daß derjenige, dem er es anhängt, es tatsächlich begeht? Wenn dir einer etwas anhängen will, warum bringt er dann Renard nicht einfach um und dreht es so hin, als wärst du der Mörder? Das ist ein Kinderspiel. Warum gehst du also nicht einfach mit deinen schwülstigen Verschwörungstheorien zu Oliver Stone, vielleicht macht er ja einen Film draus.«

Nick legte die leere Pistole weg und lehnte sich gegen den Tresen. »Du hast vielleicht ein Mundwerk, *chère*.«

»Wenn ich terrorisiert werde, bringt das meine weniger schönen Charakterzüge an den Tag.«

Fast hätte er gelacht. Der Drang zu lachen überraschte ihn fast so sehr wie Annie Broussard. Er kniff den Mund zusammen und sah sie eindringlich an. Sie erwiderte den Blick, verärgert, wütend. Wenn sie tatsächlich so unschuldig war, wie sie vorgab, mußte sie ihn für wahnsinnig halten. Das war gut so. Erkannte Psychosen bargen gewisse Vorteile in sich.

»Sag mir eins«, sagte sie. »War es deine eigene Idee, in dieser Nacht zu Bowen & Briggs zu gehen?«

Er dachte an den Anruf, aber seine Antwort war die Wahrheit. »Ja.«

»Und du hat selbst den Entschluß gefaßt, Renard zu verprügeln?«

Er zögerte erneut, wußte, daß die Antwort nicht so einfach war, erinnerte sich an die Gedankenblitze, die in dieser Nacht wie ein Feuerwerk in seinem Kopf explodiert waren. Aber am Ende gab es nur eine Antwort. »*Oui.*«

»Wie sollte dann irgend jemand anders als du Schuld daran haben?«

Annie wartete auf seine Antwort. Sie hatte ihn nie als einen Mann betrachtet, der sich vor seiner Verantwortung drücken würde. Aber sie hatte ihn auch nicht für verrückt gehalten.

»Stokes hat dich nicht in diese Gasse gestellt«, sagte sie. »Keiner hat dir die Pistole an den Kopf gehalten. Du hast getan, was du getan hast, und ich hatte das Pech, dich dabei zu erwischen. Hör auf, allen anderen die Schuld zu geben. Du hast deine Wahl getroffen, und jetzt mußt du mit den Konsequenzen leben.«

»*C'est vrai*«, murmelte er. Von einer Sekunde zur anderen war die frenetische Energie abgeschaltet, und Ruhe breitete sich aus seinem tiefsten Inneren aus. »Ich, ich hab' getan, was ich getan habe. Ich hab' die Kontrolle verloren. Und eigentlich kann ich mir kaum jemanden vorstellen, der diese Prügel mehr verdient hätte als Renard. Ich bereue nicht, sie ihm verabreicht zu haben – abgesehen von den Folgen, die das für mein eigenes Leben haben wird.«

»Was du getan hast, war falsch.«

»Insofern, als Gewalt sich letztendlich selbst besiegt. Ich hab' mich in dieser Nacht selbst enttäuscht«, gab er zu. »Aber die Tendenz ist, daß jeder Aspekt dieser Existenz weiterhin das sein soll, was er ist, *mais oui?* Störe seinen natürlichen Zustand, und das Ding wird sich wehren. Grundsätzlich habe ich große Schwierigkeiten, eine Philosophie des

Nichthandelns zu leben. Darin liegt der Kern meines Problems.«

Er hatte wieder mal vor ihrer Nase einen linken Haken geschlagen. Vom rasenden Irren zum Philosophen, innerhalb von Sekunden.

»Du hast ›nicht schuldig‹ plädiert«, sagte sie. »Aber du gibst zu, daß du schuldig bist.«

»Nichts ist einfach, *chérie*. Wenn ich wegen eines Verbrechens verurteilt werde, bin ich den Job für immer los. Das ist keine Wahl.«

»Die Abwehr eines Wesens gegen Eingriffe in seinen natürlichen Zustand.«

Er lächelte unerwartet, flüchtig und war für einen Herzschlag lang unglaublich attraktiv. »Du bist eine gute Schülerin, *chère*.«

»Warum machst du das?«

»Was?«

»Mich *chère* nennen, als wärst du hundert Jahre alt.«

Diesmal war das Lächeln traurig, reumütig. Er ging langsam auf sie zu und hob mit einer Hand ihr Kinn. »Weil ich das bin, *jeune fille,* auf eine Art, wie du es nie sein wirst.«

Er war zu nahe, beugte sich hinunter, so daß sie jedes Jahr, jede Last in diesen Augen sehen konnte. Sein Daumen strich über ihre Unterlippe. Entnervt wandte sie ihr Gesicht ab.

»Was hast du für ein Ding mit Duval Marcotte laufen?« fragte sie, glitt aus dem Stuhl und ging zum anderen Ende des Tisches.

»Das ist etwas Persönliches«, sagte er und nahm ihren Platz ein.

»Vorhin hast du's aber ganz schnell zur Rede gebracht.«

»Als ich dachte, du bist möglicherweise beteiligt.«

»Also bin ich jetzt von Schuld befreit?«

»Für den Augenblick.« Jetzt richtete sich seine Aufmerksamkeit auf die Papiere auf dem Tisch. »Was ist denn das alles?«

»Meine Notizen zum Bichon-Mord.« Sie ging langsam zu ihm zurück. »Warum meinst du, daß Marcotte möglicherweise beteiligt ist? Gibt es irgendeine Verbindung zu Bayou Real Estate?«

»Bis zu diesem Punkt noch nicht. Alles schien ganz klar«, sagte Nick, während er kurz das überflog, was sie zusammengetragen hatte. »Warum machst du das?«

»Weil mir am Herzen liegt, was da passiert. Ich möchte, daß der Mörder bestraft wird, legal. Ich habe geglaubt, daß er das würde – bis Mittwoch. Sosehr es mich auch schmerzt, das jetzt zuzugeben, ich habe an deine Fähigkeiten geglaubt. Jetzt, wo Stokes die Untersuchung leitet und die Aufmerksamkeit auf andere Dinge gelenkt wird, bin ich mir nicht so sicher, daß Pam Gerechtigkeit kriegen wird.«

»Du vertraust Stokes nicht?«

»Er mag die Dinge einfach. Ich weiß nicht, ob er das Talent hat, diesen Fall zu klären, ich weiß nicht, ob er es anwenden wird, falls er es besitzt. Jetzt sagst du mir, du glaubst, er hätte dich da reinmanövriert. Warum sollte er das tun?«

»Geld. Der große Motivierer.«

»Und wer von den Leuten, die an diesem Fall beteiligt sind, abgesehen von Renard und Kudrow, möchte dich untergehen sehen?«

Er gab keine Antwort, aber der Name hatte sich in seinem Kopf wie ein hartnäckiges Unkraut eingenistet. Duval Marcotte. Der Mann, der ihn ruiniert hatte.

Annie ging auf den Tresen zu. »Ich brauche einen Kaffee«, sagte sie ganz gelassen, als wäre dieser Mann nicht in ihr Heim eingebrochen und hätte ihr die Pistole an den Kopf gehalten. Aber ihre Hände zitterten, als sie den Hahn aufdrehte. Sie hielt die Luft an, griff nach der Kaffeedose, die auf der Arbeitsplatte stand, und nahm vorsichtig den Deckel ab. Sie zuckte zusammen, als Fourcade erneut zu reden begann.

»Also, was wirst du tun, 'toinette?«

»Wie meinst du das?«

»Du möchtest Gerechtigkeit, aber du traust es Stokes nicht zu. Wenn ich mich Renard nur auf Spuckweite nähere, wandere ich wieder in den Knast. Also, was willst du tun? Dafür sorgen, daß die Gerechtigkeit siegt?«

»Was kann ich tun?« fragte sie. Ein Schweißtropfen kullerte über ihre Schläfe. »Ich bin nur ein Deputy. Momentan lassen sie mich nicht mal über Funk reden.«

»Du hast doch schon allein an diesem Fall gearbeitet.«

»Ich habe den Fall *verfolgt.*«

»Du wolltest daran beteiligt sein. So sehr, daß du mich gefragt hast, ob du mitmachen kannst. Du willst Detective werden, *chère.* Zeig ein bißchen Initiative. Du hast bereits das Geschick, deine hübsche Nase in Dinge zu stecken, wo sie nichts verloren hat. Sei frech.«

»Ist das frech genug für dich?« Sie drehte sich um, mit einer fünfzehn Zentimeter langen Kurz-Back-Up-Neun-Millimeter in der Hand, lud schnell und präzise durch und zielte genau auf Fourcades Brust.

»Ich hebe dieses kleine Schätzchen in der Kaffeebüchse auf. Ein Trick, den ich in *The Rockford Files* gelernt habe. Du kannst ja versuchen, ob ich nur bluffe, Fourcade. Keiner wird allzu überrascht sein, zu hören, daß ich dich erschossen habe, als du in mein Haus eingebrochen bist.«

Sie rechnete mit Wut, zumindest mit Ärger. Aber ganz bestimmt nicht mit lautem Gelächter.

»Immer ran, 'toinette! Braves Mädchen! Genau davon hab' ich geredet. Initiative. Kreativität. Mut.« Er erhob sich aus seinem Stuhl und ging auf sie zu. »Du hast wirklich Mumm.«

»Ja, und ich werde dir jetzt gleich eine Ladung davon in die Brust verpassen. Bleib genau da stehen.«

Dieses eine Mal gehorchte er, blieb ganz locker einen halben Meter vor dem Pistolenlauf stehen, ein Bein angewinkelt, die Hände an die Taille seiner ausgebleichten Jeans gelegt. »Du bist sauer auf mich.«

»Das wäre eine Untertreibung. Alle im Revier behandeln mich wegen dir wie eine Aussätzige. Du hast das Gesetz gebrochen, und ich werde dafür bestraft. Dann kommst du in mein Haus und – und terrorisierst mich. *Sauer* kommt nicht mal annähernd hin.«

»Das wirst du überwinden müssen, wenn du mit mir zusammenarbeiten wirst«, sagte er ohne Umschweife.

»Mit dir zusammenarbeiten? Ich will nicht mal im selben Zimmer mit dir sein!«

»Ah, das ...«

Er bewegte sich blitzschnell, schlug die Hand mit der Pistole zur Seite und nach oben. Die Kurz spuckte eine Runde in die Decke, und Gipsstaub rieselte herunter. In Sekunden hatte Fourcade sie entwaffnet, sie fest an sich gepreßt, mit einer Hand am Rücken.

»... das wäre gelogen«, endete er.

Er ließ sie abrupt los, ging zurück zum Tisch und überflog ihre Papiere zu dem Fall. »Ich kann dir helfen, 'toinette. Wir wollen dasselbe, du und ich.«

»Vor zehn Minuten hast du gedacht, ich wäre ein Teil der Verschwörung gegen dich.«

Er wußte immer noch nicht, ob sie nicht doch daran beteiligt war, erinnerte er sich. Aber sie hätte sich nicht die Mühe gemacht, alles zu Pam Bichons Mord schriftlich niederzulegen, wenn sie nicht wirklich daran interessiert wäre, daß dieser Fall gelöst wurde.

»Ich möchte, daß dieser Fall aufgeklärt wird«, sagte er. »Marcus Renard gehört in die Hölle. Wenn du willst, daß das passiert, wenn du Gerechtigkeit für Pam Bichon und ihre Tochter willst, dann wirst du zu mir kommen. Ich habe zehnmal soviel, wie du da auf dem Tisch liegen hast – Aussagen, Beschwerden, Fotos, Laborberichte, Kopien von allem, was in der Akte im Sheriffsbüro ist.«

Das war, was sie wollte, dachte Annie: mit Fourcade zusammenarbeiten, Zugang zu dem Fall haben – um Josies willen und um die Phantomschreie in ihrem Kopf verstummen zu lassen. Aber Fourcade war zu explosiv, zu gespannt, zu unberechenbar. Er war ein Krimineller, und sie war diejenige, die ihn verhaftet hatte.

»Warum ausgerechnet ich?« fragte sie. »Du solltest mich noch mehr hassen als die anderen.«

»Nur wenn du mich verkauft hast.«

»Das habe ich nicht, aber –«

»Dann kann ich dich nicht hassen«, sagte er schlicht. »Wenn du mich nicht verkauft hast, dann hast du nach deinen Prinzipien gehandelt, und scheiß auf die Konsequenzen. Dafür kann ich dich nicht hassen. Dafür würde ich dich respektieren.«

»Du bist ein sehr seltsamer Mann, Fourcade.«

Er berührte seine Brust. »So was wie mich gibt's nur einmal, 'toinette. Bist du nicht froh?«

Annie wußte nicht, ob sie lachen oder weinen sollte. Fourcade legte ihre Waffe auf den Tisch und ging auf sie zu, wieder ganz ernst.

»Ich will diesen Fall nicht sausen lassen«, sagte er. »Ich will, daß Renard für das, was er getan hat, bestraft wird. Wenn ich Stokes nicht vertrauen kann, dann kann ich nicht durch ihn weiter dran arbeiten. Also bleibst nur du. Du hast gesagt, du fühlst dich Pam Bichon gegenüber verpflichtet. Wenn du diese Verpflichtung erfüllen möchtest, dann wirst du zu mir kommen. Bis dahin ...«

Sein Kopf begann sich zu senken. Annie stockte der Atem. Erwartung spannte ihre Muskeln. Ihre Lippen öffneten sich ein bißchen, als wollte sie nein sagen. Dann berührten zwei seiner Finger ihre Stirn wie ein Salut, er wandte sich ab und ging aus ihrer Wohnung, verschwand in der Nacht.

»Ach du Scheiße«, flüsterte sie.

Sie blieb stehen, und die Minuten verstrichen. Schließlich ging sie hinaus auf den Treppenabsatz, aber Fourcade war fort. Keine Rücklichter, kein verhallendes Schnurren eines

Lastermotors. Die einzigen Geräusche waren die Nachtgeräusche des Sumpfes: der gelegentliche Ruf von Beute und Raubtier, das Klatschen, wenn etwas die Wasseroberfläche durchbrach und wieder untertauchte.

Lange Zeit starrte sie hinaus in die Nacht. Überlegte. Fragte sich. Versucht. Verängstigt. Sie dachte daran, was Fourcade in jener Nacht in der Bar zu ihr gesagt hatte. »*Halt dich fern von den Schatten, 'toinette ... Sie werden dir das Leben aussaugen.*«

Er war ein Mann voller Schatten, seltsame Schattierungen von Dunkelheit und unerwartetem Licht, tiefe Stille und wilde Energie. Brutal, doch voller Prinzipien. Sie wußte nicht, was sie von ihm halten sollte. Sie hatte das unbestimmte Gefühl, daß, wenn sie seine Herausforderung tatsächlich annahm, ihr Leben grundlegend verändert werden würde. Wollte sie das?

Sie dachte an Pam Bichon, allein mit ihrem Killer, wie ihre Schreie den Stoff der Nacht zerrissen, unbeachtet, unbeantwortet. Sie wollte einen Abschluß. Sie wollte Gerechtigkeit. Aber zu welchem Preis?

Sie fühlte sich, als stünde sie am Rand einer alternativen Dimension, als ob Augen von der anderen Seite sie beobachteten, erwartungsvoll ihres nächsten Schrittes harrten.

Kopfschüttelnd ging sie zurück ins Haus, nicht im Traum ahnend, daß die Augen echt waren.

»*Ich habe ein Gefühl von Schweben, als würde ich meinen Atem anhalten. es ist noch nicht vorbei. Ich weiß nicht, ob es überhaupt je vorbei sein wird.*

Die Handlungen einer Person lösen die einer anderen und noch einer anderen und einer anderen aus, wie Wellen.

Ich weiß, daß die Welle wieder zu mir kommen wird und mich mitreißen wird. Ich sehe es in meinem Verstand: eine Flut von Blut.

Ich sehe sie in meinen Träumen.
Ich schmecke sie in meinem Mund.
Ich sehe diejenige, die sie als nächste mitreißen wird.
Die Flut hat sie bereits berührt.«

15

Der Anruf kam um 12:31 Uhr nachts. Annie hatte die Schlösser an ihren Türen zweimal überprüft und war zu Bett gegangen, aber sie schlief nicht. Sie nahm beim dritten Läuten ab, weil ein Anruf mitten in der Nacht etwas Schlimmeres sein könnte als ein Reporter. Sos und Fanchon könnten einen Unfall gehabt haben. Einer ihrer vielen Verwandten könnte krank geworden sein. Sie sagte schlicht hallo. Es kam keine Antwort.

»Ahh ... ein Hechler, was?« sagte sie, lehnte sich in die Kissen zurück und stellte sich sofort Mullen am anderen Ende der Leitung vor. »Weißt du, was mich wundert? Daß ihr Typen nicht schon vor zwei Tagen mit euren Anrufen angefangen habt. Wir reden hier von schlichter, gehirnloser Belästigung. Genau dein Ding. Ich muß sagen, eigentlich habe ich mit der Schiene: ›Du Scheißhure‹ gerechnet. Großer, böser, gesichtsloser Mann am anderen Ende der Leitung. Huuu, da krieg ich richtig Angst.«

Sie wartete auf ein Schimpfwort, einen Fluch. Nichts. Sie stellte sich Mullens baß erstauntes Gesicht vor und grinste.

»Ich zieh dir Punkte für Mangel an Phantasie ab. Aber ich nehme an, ich bin nicht die erste Frau, die dir das sagt.«

Nichts.

»Also, das ist langweilig, und ich muß morgen arbeiten – aber das hast du ja schon gewußt, nicht wahr?«

Annie verdrehte die Augen und legte auf. Ein Hechler. Als ob sie das nach dem, was sie heute abend erlebt hatte, noch erschrecken könnte. Sie drehte die Lampe aus und wünschte, ihr Kopf wäre genauso leicht abzustellen.

Die Pros und Kontras von Fourcades Angebot prallten noch um fünf Uhr früh in ihrem Kopf gegeneinander. Während der Nacht war sie mehrmals vor Erschöpfung eingeschlafen, aber hatte dabei keine Ruhe gefunden, nur Träume voller Ängste. Schließlich gab sie auf und schleppte sich aus dem Bett, fühlte sich schlechter als um Mitternacht, als sie zwischen die Laken gekrochen war. Sie spritzte sich kaltes Wasser ins Gesicht, spülte sich den Mund und zog ihre Turnklamotten an.

Ihr Gehirn weigerte sich, abzuschalten, als sie ihre routinemäßigen Warm-up- und Stretchingübungen machte. Vielleicht war Fourcades Angebot ein Teil eines Rachekomplotts. Wenn seine Compadres im Revier sie so haßten, daß sie sich an ihr rächen wollten, warum dann nicht auch er?

»Wenn du mich nicht verkauft hast, dann hast du nach deinen Prinzipien gehandelt, und scheiß auf die Konsequenzen. Dafür kann ich dich nicht hassen. Dafür würde ich dich respektieren.«

Verdammt, sie glaubte doch tatsächlich, daß er das ehrlich meinte. Machte sie das zu einem guten Charakterkenner oder einem Narren?

Sie hakte ihre Füße in die Riemen des Schrägbretts ein und begann mit den Sit-ups. Fünfzig jeden Morgen. Sie haßte jeden einzelnen.

Fourcades Gefasel über Duval Marcotte, den Geschäftsgiganten aus New Orleans, hätte reichen sollen, um sie ein für allemal in die Flucht zu schlagen. Sie hatte nie von einem Skandal im Zusammenhang mit Marcotte gehört, was ihr schon verdächtig sein sollte. Jeder, der eine Machtposition in New Orleans hatte, bekam in regelmäßigen Abständen seinen guten Namen in den Dreck gezogen. Böse politische Machenschaften waren im »Big Easy« Nationalsport. Wie kam es, daß Marcotte so sauber geblieben war? Weil er so rein war wie Pat Boone … oder so schwarz wie der Teufel?

Welchen Unterschied machte das? Was ging sie Duval

Marcotte an? Er konnte unmöglich etwas mit Pam Bichons Tod zu tun haben ... außer es gab da eine Verbindung in Sachen Immobilien.

Annie ging vom Schrägbrett zum Reck. Fünfundzwanzig Klimmzüge jeden Morgen. Sie haßte sie fast so sehr wie die Sit-ups.

Was, wenn sie zu Fourcade ging? Er war suspendiert, hatte eine Anklage wegen mehrfacher Körperverletzung am Hals. Was für Probleme könnte ihr das beim Sheriff und bei Pritchett bringen? Herrgott, sie war eine Zeugin der Anklage. Fourcade hätte sich ihr nicht auf eine Meile nähern dürfen und umgekehrt.

Vielleicht hatte er ihr deshalb das Angebot gemacht. Vielleicht dachte er, er könnte ein paar Punkte gewinnen, sie ihm gegenüber weichklopfen. Wenn er ihr mit dem Bichon-Fall half, sie ermitteln ließ, vielleicht würde ihre Erinnerung an die Nacht vor Bowen & Briggs verblassen.

Aber Fourcade war kein Mann, dem man Täuschungsmanöver zutraute. Er war direkt, taktlos, geradeheraus. Er war komplizierter als französische Grammatik, voller Regeln mit Unregelmäßigkeiten und Ausnahmen.

Annie öffnete die Wohnungstür, joggte die Treppe hinunter und dann quer über den Parkplatz. Ein Lehmpfad führte auf den Uferdamm und über die nur für Berechtigte genehmigte Kiesstraße darauf. Sie lief jeden Morgen zwei Meilen, und jeder Schritt war ihr zuwider. Ihr Körper war nicht für Schnelligkeit gebaut, aber wenn sie darauf hörte, was ihr Körper wollte, hätte sie in kürzester Zeit einen Hintern wie ein Brauereipferd. Das Training war der Preis, den sie für ihre Schokoriegelsucht bezahlte. Und was noch wichtiger war, sie wußte, daß es ihr eines Tages das Leben retten könnte, fit zu sein.

Und was war diese Geschichte mit Stokes? Könnte ihn jemand gekauft haben, oder war Fourcade schlicht paranoid? Wenn er paranoid war, hieß das noch lange nicht, daß es *nicht doch* jemanden gab, der hinter ihm her war. Aber eine Falle ergab für Annie immer noch keinen Sinn. Stokes hatte Fourcade ins Laveau's gebracht, ja, aber Stokes war gegangen. Wie konnte er sicher sein, daß Fourcade den Weg zu Bowen & Briggs finden würde, um Renard zu stellen?

Der Anruf.

Fourcade hatte den Anruf entgegengenommen, dann war er abgehauen. Aber wenn Stokes Fourcade hatte eine Falle stellen wollen, hätte er da nicht Zeugen parat gehabt? War sie denn sicher, daß er das nicht hatte? Stokes hätte selbst die ganze Sache beobachten können mit irgendeinem zivilen Handlanger an der Seite, der nur darauf wartete, Zeuge der Anklage zu werden. Welch süße Ironie für ihn, daß Annie da hineingestolpert war. Sie und Fourcade konnten einander aus der Szene streichen.

Sie schleppte sich zurück in ihre Wohnung, duschte und zog sich eine frische Uniform an. Dann rannte sie mit einem Milky Way in der Hand zum Laden hinunter.

»Das ist doch kein Frühstück, du!« schimpfte Tante Fanchon. Sie richtete ihre schlanke Gestalt auf und unterbrach das Wischen der rotkarierten Wachstücher auf den Tischen, die im Caféteil des großen Raumes standen. »Du setzt dich. Ich mach dir ein paar Würstchen mit Ei, *oui?*«

»Keine Zeit. Tut mir leid, Tante.« Annie füllte ihre riesige Autofahrertasse mit Kaffee aus dem Topf auf dem Cafétresen. »Ich habe heute Dienst.«

Fanchon wedelte mit dem Lumpen in Richtung ihrer Pflegetochter. »Bah, du arbeitest die ganze Zeit soviel. Was ist das für eine Arbeit für so ein hübsches junges Ding?«

»Ich treffe viele heiratsfähige Männer«, sagte Annie grinsend. »Natürlich muß ich die meisten von ihnen ins Gefängnis werfen.«

Fanchon schüttelte den Kopf und versuchte, ein Lächeln zu unterdrücken. *»T'es trop grand pur tes culottes!«*

»Ich bin nicht zu groß für meine Hose«, konterte Annie

und wich zur Tür zurück. »Deswegen muß ich jeden Morgen laufen.«

»Laufen.« Fanchon schnaubte, als bekäme sie bei dem Wort einen schlechten Geschmack in den Mund.

Annie steuerte den Jeep aus dem Parkplatz auf die Bayou-Straße. Sie war inzwischen Meisterin im Jonglieren – Kaffeetasse zwischen die Schenkel geklemmt, Steuerrad und Schokoriegel in der linken Hand, während sie mit der rechten schaltete und das Radio andrehte.

»Sie hören KJUN. Talk den ganzen Tag und die ganze Nacht. Heimat des Giant Jackpot Giveaway. Jeder Anrufer wird namentlich registriert – auch Sie, Mary Margaret in Cade. Was liegt Ihnen auf dem Herzen?«

»Ich halte Glücksspiel für eine Sünde, und euer Jackpot ist Glücksspiel.«

»Wie bitte, Ma'am? Bei uns gibt's keinen Einsatz.«

»O doch. Das ist der Preis eines Ferngesprächs, wenn man nicht in Bayou Breaux lebt. Wie könnt ihr Leute nachts ruhig schlafen, wenn ihr wißt, daß die Leute ihren Kindern das Essen vom Teller nehmen, damit sie diese Anrufe machen können, um an Ihrem Jackpot beteiligt zu sein?«

Mit jeder Seitenstraßenkreuzung nahm der Verkehr zu. Die Leute fuhren nach Bayou Breaux, um ihre Samstagseinkäufe zu machen, oder fuhren weiter nach Lafayette, um einen Tag in der Stadt zu verbringen. Angler fuhren zum Basin, um zu fischen. Ein riesiges altes Schiff von Cadillac bog vor ihr auf die Asphaltstraße ein. Annie trat auf die Bremse und die Kupplung und griff nach dem Schalthebel, als sie etwas Ungewöhnliches aus dem Augenwinkel sah. Ihre Tasche, die auf dem Boden vor dem Beifahrersitz lag, bewegte sich, das hintere Ende hob sich ein bißchen vom Boden.

Sie drehte den Kopf, um sich das genauer anzusehen, und ihr Herz machte einen Satz. Unter der Tasche wand sich eine Schlange heraus, steuerte direkt am Schalthebel vorbei auf sie zu, eine gefleckte braune Schlange, so dick wie ein Gartenschlauch. *Kupfer*viper.

»Heilige Maria!«

Sie machte mit dem Auto einen Satz zur Seite, riß das Steuerrad nach links. Der Jeep schlingerte auf die Spur in Richtung Süden, was ihr wütendes Gehupe vom Gegenverkehr einhandelte. Annie sah hoch und fluchte, als sie einen Truck auf sich zuschießen sah, mit jaulender Hupe. Sie packte das Steuerrad, so fest sie konnte, trat aufs Gas und steuerte in den Graben.

Ihr kam es vor, als würde der Jeep eine Ewigkeit fliegen. Dann war die Welt nur noch ein undeutlicher Nebel vor jedem Fenster. Der Aufprall warf sie von ihrem Sitz und die Schlange zu Boden. Ihr dicker, muskulöser Körper schlug auf ihren Schenkel auf und fiel dann hinunter.

Annie merkte kaum, wie sie den Motor abstellte. Ihr einziger Gedanke war Flucht. Sie warf die Schulter gegen die Tür, purzelte aus dem Jeep und schlug die Tür hinter sich zu. Ihr Herz hämmerte wie besessen. Sie rang keuchend nach Luft und packte den vorderen Kotflügel, um nicht umzufallen.

»O mein Gott, o mein Gott, o mein Gott.«

Oben auf der Straße hielten mehrere Autos an. Ein Fahrer war aus seinem Pick-up gestiegen.

»Bitte bleibt bei euren Fahrzeugen, Leute! Fahrt weiter. Ich regle das.«

Annie hob ihren Kopf und spähte durch die Haarsträhnen, die ihr ins Gesicht gefallen waren. Ein Deputy kam auf sie zu, sein Streifenwagen parkte mit eingeschaltetem Blaulicht auf dem Bankett.

»Miss?« rief er. »Sind Sie in Ordnung, Miss? Soll ich einen Krankenwagen rufen?«

Annie richtete sich auf, damit er ihre Uniform sehen konnte. Sie erkannte ihn sofort, er sie aber nicht. York der Dork. Er ging, als hätte er einen Besen verschluckt. Ein Hitlerschnurrbart turnte über seinem spießigen kleinen Mund. Jetzt zuckte er, als ihm dämmerte, wer sie war.

»Deputy Broussard?«

»In meinem Jeep ist eine Kupferviper. Jemand hat sie mir in den Jeep getan.«

Wahrscheinlich wäre sie von einem Biß nicht gestorben, aber die Möglichkeit war da. Ganz sicher hätte sie bei dem Unfall sterben können, und sie wäre vielleicht nicht das einzige Opfer gewesen. Sie fragte sich, ob ihr Quälgeist das in Betracht gezogen hatte, als er seinen kleinen Reptilienfreund eingesetzt hatte, und fragte sich dann, welche Antwort sie mehr aufregen würde.

»Eine Kupferviper!« zwitscherte der Dork mit einem verächtlichen Schniefer. Er spähte in den Jeep. »Ich seh' nichts.«

»Warum steigst du nicht rein und kriechst auf dem Boden rum? Wenn sie dich in den Hintern beißt, werden wir wissen, daß sie echt ist.«

»Das war wahrscheinlich nur ein Gürtel oder so was.«

»Ich kenne den Unterschied zwischen einer Schlange und einem Gürtel.«

»Bist du sicher, daß du nicht gerade in den Spiegel geschaut und Lippenstift aufgelegt und dann die Herrschaft über den Wagen verloren hast? Es wäre besser, wenn du die Wahrheit sagst. Wär nicht das erste Mal, daß ich die Geschichte höre«, sagte er kichernd. »Ihr Mädels und euer Make-up ...«

Annie packte ihn am Hemdsärmel und riß ihn herum, damit er sie ansehen mußte. »Siehst du Lippenstift? Siehst du Lippenstift auf diesem Mund, du herablassender Wichser? Da ist eine Schlange in diesem Jeep, und wenn du mir noch einmal mit diesem ›Kleine-Lady‹-Scheiß kommst, wickle ich sie dir um den Hals und erwürge dich!«

»He, Broussard, du greift einen Beamten an!«

Der Schrei kam von der Straße. Mullen. Er hatte auf dem Bankett geparkt – einen Schrotthaufen von Chevy Truck mit einem Barschboot auf dem Hänger. Er trug hautenge Jeans, die seine mageren Storchenbeine betonten, was er mit einer aufgeblasenen grünen Baseballjacke zu kompensieren versuchte.

»Sie behauptet, da wär' eine Kupferviper drin«, sagte York und deutete mit dem Daumen auf den Jeep.

»Ja, als ob er das nicht schon längst wüßte.«

Mullen schnitt eine Grimasse. »Es geht schon wieder los. Hysterisch. Paranoid. Vielleicht mußt du dir deine Hormone einstellen lassen, Broussard.«

»Fick dich ins Knie.«

»Oh, verbale Beleidigungen, tätlicher Angriff auf einen Beamten, leichtsinniges Fahren ...« Er stolzierte zur Beifahrertür und schaute durchs Fenster. »Vielleicht ist sie betrunken. Du solltest sie auf dem Strich laufen lassen.«

»Den Teufel wirst du.« Annie kam um die Haube herum. »Es war noch nicht schlimm genug, mich aus dem Funk rauszuwerfen. Den Scheiß im Revier kann ich ertragen, aber bei diesem Stunt hier hätte jemand anders außer mir getötet werden können. Wenn ich auch nur den geringsten Beweis finde, der dich damit in Verbindung bringt –«

»Droh mir nicht, Broussard.«

»Das ist keine Drohung, das ist ein Versprechen.«

Er schnupperte. »Ich glaube, ich rieche Whisky. Am besten, du verhaftest sie. Der Streß macht dich fertig, Broussard. Trinken am Morgen auf dem Weg zur Arbeit. Wirklich eine Schande.«

York sah ängstlich aus. »Ich habe nichts gerochen.«

»Herrgott noch mal«, keifte Mullen. »Sie sieht Schlangen und fährt von der verdammten Straße runter. Registrier das Fahrzeug und verhafte sie!«

Annie stemmte die Fäuste in die Hüften. »Ich gehe nirgends hin, bevor ihr nicht die Schlange aus dem Jeep holt.«

»Widerstand«, fügte Mullen ihrer Sündenliste hinzu.

»Ich denke, wir fahren besser zum Revier, um das zu

regeln, Annie«, sagte York, sehr bemüht, reumütig dreinzuschauen.

Er griff nach ihrem Arm, und sie riß ihn weg. Es gab keinen Ausweg. York konnte sie nicht in ihren Wagen steigen lassen, wenn ihre Nüchternheit fraglich war, und sie dachte nicht im Traum daran, die Trunkenheitstests zu machen wie ein Zirkuspudel.

»Ah –, ich glaube, du solltest dich besser nach hinten setzen«, sagte er, als sie nach der Beifahrertür seines Streifenwagens griff.

Annie biß sich auf die Zunge. Sie hatte Fourcade wenigstens in ihrem eigenen Fahrzeug zur Wache gebracht, um alles möglichst unauffällig über die Bühne zu bringen. Keiner dachte daran, ihr die gleiche Höflichkeit zu erweisen.

»Ich brauche meine Tasche«, sagte sie. »Meine Waffe ist da drin. Und ich möchte, daß der Jeep abgesperrt wird.«

Sie beobachtete, wie er zurück in den Graben ging und etwas zu Mullen sagte. York ging zur Fahrerseite und zog die Schlüssel ab, während Mullen die Beifahrertür öffnete, ihren Rucksack herausholte und sich dann erneut in den Wagen beugte. Als er wieder auftauchte, hatte er eine Schlange in der Hand, die er direkt hinter dem Kopf gepackt hate. Sie war mindestens einen Meter zwanzig lang, groß genug, obwohl die Kupfervipern in diesem Teil des Landes sonst größer waren. Mullen sagte etwas zu York, und beide lachten. Dann schwang Mullen die Schlange hoch über den Kopf und schleuderte sie in ein Zuckerrohrfeld.

»Nur eine Königsschlange!« schrie er, als er sich Annie mit ihrer Tasche näherte. »Kupferviper! Du *mußt* besoffen sein, Broussard. Du kannst eine Schlange nicht von der anderen unterscheiden.«

»Das würde ich nicht sagen«, konterte Annie. »Ich weiß, was für eine Sorte Schlange du bist, Mullen.«

Den ganzen Weg nach Bayou Breaux kochte sie vor Wut.

Hooker war nicht in der Stimmung, sich mit den Nachwehen eines üblen Scherzes, ob nun bösartig oder nicht, abzugeben. Er tobte und fluchte von dem Moment an, in dem York sie ins Gebäude begleitete. Sein ganzer Zorn richtete sich gegen Annie.

»Jedesmal, wenn du dich umdrehst, stehst du mitten in einem Scheißhaufen, Broussard. Ich hab' die Nase voll von dir.«

»Ja, Sir.«

»Bist du irgendwie gestört oder so was? Deputys sollen sich nicht gegenseitig verhaften, sondern Verbrecher einbuchten.«

»Nein, Sir.«

»Wir hatten nie solche Probleme, als es hier nur Männer gab. Wirf ein Weib in die Mischung, und plötzlich hat jeder irgendeine Art Ständer.«

Annie verkniff es sich, darauf hinzuweisen, daß sie diesen Job schon seit zwei Jahren machte und es bis jetzt noch nie irgendwelchen nennenswerten Ärger gegeben hatte. Sie standen in Hookers Büro, das ein Handwerker chartreusegrün gestrichen hatte, während Hooker im Januar seine Herzoperation hatte. Der Anstifter dazu mußte erst noch Farbe bekennen. Die Tür stand weit offen, so daß jeder in Hörweite die Standpauke gut verstehen konnte. Annie klammerte sich an die Hoffnung, daß dies das Ende ihrer Demütigungen sein würde. Sie konnte diesen Sturm überstehen. Hooker würden irgendwann die Flüche ausgehen, oder er würde einen Schlaganfall kriegen, und dann konnte sie auf Streife gehen.

»Ich hab' die Nase voll, Broussard. Das sag' ich dir hier und jetzt.«

Vom anderen Ende des Ganges ertönte eine weitere laute Stimme.

»Was soll das heißen, *du findest es nicht?*« Annie erkannte Smith Pritchetts nasales Gewinsel. Am Ende des Ganges war die Funkzentrale. Was konnte Pritchett von ihnen wollen?

Was konnte so dringend sein, daß Pritchett an einem Samstag hier auftauchte?

»Ihr erzählt mir alle, daß ihr diese Notrufbänder auf scheißewig aufhebt, aber ihr habt nicht *ein* Band aus der Nacht, in der Fourcade verhaftet wurde?«

Eine Ader pochte wie ein Blitz auf Pritchetts breiter Stirn. Er stand im Gang vor der Einsatzzentrale, angetan mit einem sehr grünen Izod-Hemd, Khakishorts und Golfschuhen mit einem Neunereisen in der Hand.

Die Frau auf der anderen Seite des Tresens verschränkte die Arme. »Ja, Sir, das habe ich Ihnen doch schon gesagt. Nennen Sie mich etwa eine Lügnerin?«

Pritchett warf ihr einen wutentbrannten Blick zu, dann fuhr er A. J. an. »Wo zum Teufel ist Noblier? Ich hab' Ihnen gesagt, Sie sollen ihn anrufen.«

»Er ist unterwegs«, versprach A. J. Schlimm genug, daß Pritchett ihn am Samstag morgen auf diese Suche geschickt hatte – einen Überraschungsangriff nannte er es –, jetzt hatten sie auch noch einen Schlagabtausch mit der Fahrdienstleiterin am Hals. Sein Geld setzte er auf sie. Pritchett war zwar bewaffnet, aber sie brachte locker achtzig Pfund mehr auf die Waage.

Er hätte sich die Nachricht, daß das Band fehlte, aufgespart, aber Pritchett war wie ein übereifriger Fünfjähriger an Weihnachten. Er hatte vom dritten Loch mit seinem Handy angerufen. Während Fourcades Anwalt noch keinen schriftlichen Bericht der Version seines Klienten der Ereignisse vorgelegt hatte, hatte Noblier ausgesagt, der Detective wäre einem Notruf über einen möglichen verdächtigen Herumtreiber in der Nähe von Bowen & Briggs nachgegangen. Eine unverschämte Lüge, sicher. Die Notrufbänder würden das bestätigen, und die Einsatzleitung im Sheriffsbüro bearbeitete alle Notrufe über 911 in der Parish. Aber das 911-Band aus jener schicksalhaften Nacht war plötzlich nirgends zu finden.

Die Tür zum Sheriffsbüro schwang auf, und Gus betrat in Jeans und Cowboystiefeln und einem Jeanshemd den Korridor. Das durchdringende Aroma von Pferden umschwebte ihn wie ein schlechtes Rasierwasser. »Machen Sie sich ja keinen Knoten in die Unterhose, Smith. Wir werden das verdammte Tape finden. Hier ist immer viel los. Sachen werden verlegt.«

»Verlegt, meine Fresse.« Pritchett schwang drohend das Neunereisen in Richtung Sheriff. »Es gibt kein Tape, weil es keinen Scheißanruf auf dem Tape gibt, der einen verdächtigen Herumtreiber in der Nähe von Bowen & Briggs anzeigt.«

»Nennen Sie mich etwa einen Lügner? Nach all den Jahren, in denen ich Sie unterstützt habe? Sie sind ein kleiner, undankbarer Mann, Smith Pritchett. Wenn Sie mir nicht glauben, sprechen Sie mit meinen Deputys, die in dieser Nacht auf Streife waren. Fragen Sie sie, ob sie den Notruf gehört haben.«

Pritchett verdrehte die Augen und ging den Korridor hinunter auf den Sheriff zu. Seine Golfspikes donnerten auf dem harten Boden. »Die würden auch sagen, daß sie die Erzengel Dixieland singen gehört hätten, wenn sie glaubten, das würde Fourcade entlasten. Es ist eine Schande, daß so etwas zwischen uns kommen muß, Gus. Du hast einen faulen Apfel in deinem Faß. Schneid ihn raus und laß es gut sein.«

Gus kniff die Augen zusammen. »Vielleicht ist der Grund dafür, daß wir das Band nicht mehr haben, der, daß Wily Tallant es sich bereits geholt hat. Als entlastendes Beweismaterial.«

»Was?« quäkte Pritchett. »Sie würden so was einfach einem *Strafverteidiger* übergeben?«

Gus hob die Schultern. »Ich hab' nicht gesagt, daß es passiert ist. Ich sage nur, es könnte passiert sein.«

A. J. stellte sich zwischen die beiden. »Falls Tallant es hat, wird er es vorlegen müssen, Smith. Und wenn das Band verschwunden ist, haben wir nur subjektives Hörensagen dafür, daß es diesen Anruf tatsächlich gab. Keine große Sache.«

Abgesehen von der Tatsache, daß Pritchett gerade erneut blamiert worden war.

»Ich weiß nicht, Gus«, jammerte Pritchett, als sie in die warme Frühlingssonne hinaustraten. »Vielleicht machen Sie das schon zu lange. Ihr Sinn für Objektivität hat sich verschoben. Schauen Sie sich nur Johnny Earl an. Er ist jung, gescheit, unbefleckt von der Korruption der Zeit und Gewohnheit. Und er ist schwarz. Ein Haufen Leute finden es an der Zeit, daß diese Parish einen schwarzen Sheriff kriegt – das ist fortschrittlich.«

Gus spuckte auf den Gehsteig. »Glauben Sie, ich hätte Angst vor Johnny Earl? Darf ich Sie dran erinnern, daß ich bei der letzten Wahl dreiunddreißig Prozent der schwarzen Stimmen gekriegt habe? Und ich bin gegen zwei Schwarze angetreten.«

»Bringen Sie das nicht aufs Tapet, Gus«, sagte Pritchett. »Da erinnert man sich bloß an diese häßlichen Anschuldigungen, Sie hätten sich mit Druck Stimmen verschafft.«

Er machte sich auf den Weg zu seinem Lincoln, wo sein Caddy stand und darauf wartete, ihn in den Country Club zurückzubringen. »Doucet!« brüllte er. »Sie kommen mit mir. Wir haben Anklagen zu besprechen. Was wissen Sie über die Gesetze in punkto Verschwörung?«

Gus sah, wie die Anwälte in den Lincoln stiegen, dann stapfte er zurück ins Büro, vor sich hin murmelnd: »Dieser Wichser von Collegeboy, bedroht mich, der kleine –«

»Sheriff?«

Der Schrei kam von Hooker. Gus rieb sich mit der Hand über den Bauch. Dieser Samstag wurde immer beschissener. Er blieb vor Hookers offener Tür stehen und starrte verblüfft hinein.

»In mein Büro, Deputy Broussard.«

»Sie glauben, jemand hat diese Schlange in Ihren Jeep getan?«

»Ja, Sir. Es gibt keine andere Möglichkeit.«

»Und Sie glauben, ein anderer Deputy hat sie da reingetan?«

»Ja, Sir, ich –«

»Sonst hatte niemand Zugang zu diesem Fahrzeug?«

»Ja, also –«

»Zu Hause sperren Sie ihn immer ab, nicht wahr?«

»Nein, Sir, aber –«

»Haben Sie einen Beweis dafür, daß es ein anderer Deputy getan hat? Einen Zeugen?«

»Nein, Sir, aber –«

»Sie wohnen über einem gottverdammten Kramerladen, Deputy. Sie wollen mir weismachen, daß gestern abend keiner an dem Laden stehengeblieben ist? Sie wollen mir einreden, daß nicht dauernd Leute auf diesem Parkplatz waren, die Gelegenheit gehabt hatten, diese Tat zu begehen oder sie zu beobachten?«

»Der Laden schließt um neun.«

»Und danach hätte praktisch jeder die Schlange in Ihren Jeep werfen können. Stimmt das nicht?«

Annie atmete aus. *Fourcade.* Fourcade könnte es getan haben, hatte ein Motiv, es zu tun, war gestört genug, es zu tun. Aber sie sagte nichts. Die Schlange war ein Dummejungenstreich, und Fourcade war kein dummer Junge.

»Verflucht, Mädchen, ich hab' Ihren Jeep von innen gesehen. Die Schlange könnte da aus dem Nest geschlüpft sein, soweit ich das beurteilen kann.«

»Und Sie halten es für einen Zufall, daß York ausgerechnet an diesem Morgen auf genau diesem Stück Straße Streife gefahren ist«, sagte Annie. »Und daß Mullen zufällig vorbeigekommen ist.«

Gus sah ihr ruhig in die Augen. »Ich sage nur, daß Sie keine Beweise für etwas anderes haben. York war auf Streife. Sie sind von der Straße abgekommen. Er hat seine Arbeit gemacht.«

»Und Mullen?«

»Mullen war nicht im Dienst. Was er mit seiner Freizeit macht, geht mich nichts an.«

»Einschließlich sich in die Pflichten eines anderen Beamten einzumischen?«

»Ausgerechnet Sie müssen das sagen, Deputy«, sagte er. »York hat Sie reingebracht, weil er dachte, Sie hätten möglicherweise getrunken.«

»Ich habe nicht getrunken. Sie haben es getan, um mich zu erniedrigen. Und Mullen war der Rädelsführer. York war nur der Handlanger.«

»Sie haben eine halbleere Flasche Wild Turkey unter Ihrem Fahrersitz gefunden.«

Angst brodelte in Annies Magen. Dafür könnte sie suspendiert werden. »Ich trinke keinen Wild Turkey, und ich trinke nicht in meinem Fahrzeug, Sheriff. Mullen muß sie da hingetan haben.«

»Sie haben sich geweigert, den Test zu machen.«

»Ich mache den Röhrchentest.« Jetzt wurde ihr klar, daß sie am Schauplatz darauf bestehen hätte müssen. Jetzt zerbröckelte ihre Laufbahn unter ihren Füßen, weil sie zu stolz und zu stur gewesen war. »Ich mache einen Bluttest, wenn Sie wollen.«

Noblier schüttelte den Kopf. »Das war vor einer Stunde oder noch mehr, und Sie waren höchstens fünf Meilen von zu Hause entfernt, als Sie den Unfall hatten. Wenn da irgendwas in Ihrem Blut war, ist es inzwischen wahrscheinlich weg.«

»Ich habe *nicht* getrunken.«

Gus drehte seinen Stuhl hin und her. Er rieb seine Bartstoppeln am Kinn. Er rasierte sich samstags immer erst abends, bevor er seine Frau zum Essen ausführte. Er liebte seine Samstage. Dieser war auf einer Achterbahn in die Hölle unterwegs.

»Sie haben in der letzten Zeit sehr viel Streß gehabt, Annie«, sagte er vorsichtig.

»Ich *habe nicht* getrunken.«

»Und gestern haben Sie Stunk gemacht, gesagt, jemand hätte Sie aus dem Funk ausgeklinkt?«

»Ja, Sir, das stimmt.« Sie beschloß, den Vorfall mit der Ratte für sich zu behalten. Sie kam sich ohnehin schon wie ein petzendes Kind vor.

Sein Mund verzog sich verärgert. »Das ist alles nur wegen dieser Geschichte mit Fourcade. Ihre Hühner kommen zum Brüten nach Hause, Deputy.«

»Aber ich –« Annie verstummte und wartete, Vorahnung lastete wie ein Fels auf ihr, während die Minuten schweigend verstrichen.

»Das alles gefällt mir überhaupt nicht«, sagte Gus. »Das mit dem Trinken werden wir vergessen. York hätte Sie blasen lassen sollen, aber das hat er nicht. Aber was den Rest von diesem Scheiß angeht, ich hab' die Nase voll, Annie. Ich ziehe Sie von der Streife ab.«

Die Ankündigung traf sie wie ein körperlicher Schlag, betäubte sie. »Aber, Sheriff –«

»Es ist die beste Entscheidung, die ich für alle Beteiligten treffen kann. Es ist zu Ihrem Besten, Annie. Sie fahren keine Streife, bis sich das alles gelegt hat. So kann Ihnen nichts passieren, Sie sind außer Reichweite der Leute, denen Sie auf den Schlips getreten sind.«

»Aber ich habe nichts falsch gemacht!«

»Ja, das Leben ist zum Kotzen, stimmt's?« sagte er in scharfem Ton. »Zu mir kommen Leute, die sagen, Sie machen nichts als Ärger. Sie sitzen hier und sagen mir, daß alle hinter Ihnen her sind. Ich habe keine Zeit für solchen Quatsch. Jeder aufgeblasene Wichser in der Parish hängt mir wegen Renard und diesem Vergewaltiger im Kreuz, und in einer Woche ist Mardi-Gras-Karneval. Ich sag's Ihnen, ich hab' die Schnauze voll von diesem ganzen gottverdammten

Scheiß. Ich ziehe Sie von der Streife ab, bis sich alles wieder beruhigt hat. Ende der Geschichte. Haben Sie morgen Dienst?«

»Nein.«

»Gut, dann nehmen Sie sich den Rest des Tages frei. Melden Sie sich Montag morgen bei mir, dann kriegen Sie Ihren neuen Auftrag.«

Annie sagte nichts. Sie sah Gus Noblier an, und Enttäuschung und Verrat summten in ihr wie eine Starkstromleitung.

»Es ist zu Ihrem Besten, Annie.«

»Aber richtig ist es nicht«, erwiderte sie. Und bevor er etwas erwidern konnte, stand sie auf und verließ den Raum.

16

Es kostete 52,75 Dollar, den Jeep aus der Polizeiverwahrstelle rauszuholen. Finanzielle Beleidigung zu Egoverletzung. Kochend vor Wut, ließ Annie den Wärter den ganzen Müll auf dem Boden durchwühlen und jeden Zentimeter des Fahrgastraums nach unangenehmen Überraschungen absuchen. Er fand keine.

Sie fuhr die Straße hinunter zum Park und stellte sich auf den Parkplatz in den Schatten einer ausladenden, moosbehangenen Eiche und starrte hinaus auf den Bayou.

Wie einfach war es für Mullen und seine Kretinkohorten gewesen, das zu kriegen, was sie wollten – sie aus ihrem Job zu entfernen –, und sie war machtlos gewesen. Ein Daumen auf dem Mikrofonschalter, eine eingeschmuggelte Flasche Wild Turkey, und sie war weg von der Straße. Die Scheinheiligkeit machte sie so wütend, daß sie am liebsten gefaucht hätte. Gus Noblier war dafür bekannt, daß er sich nach dem Essen ein kleines Getränk für unterwegs bestellte, und trotzdem zog er sie mit dem lahmen und nicht von Beweisen untermauerten Vorwand ab, sie hätte vielleicht ihren Morgenkaffee ein bißchen aufgeputscht.

Ihre instinktive Reaktion war, sich rächen, aber wie? Eine größere Schlange in Mullens Truck legen? So verlockend diese Idee auch war, sie war dumm. Rache war nur eine Aufforderung, den Krieg zu eskalieren. Beweise brauchte sie, aber es würde keine geben. Keiner konnte Spuren so gut verwischen wie ein Cop. Die einzigen Zeugen würden Komplizen sein. Keiner würde freiwillig aussagen. Keiner würde einen Brudercop verpfeifen, um einen Cop zu retten, der sich gegen die eigenen Kollegen stellte.

»Dean Monroe, immer die Nase im Dreck für KJUN. Das heiße Thema heute morgen ist immer noch das große Urteil, das am Mittwoch im Gericht von Partout Parish gefällt wurde. Ein des Mordes Verdächtiger kommt auf Grund eines Verfahrensfehlers frei, und jetzt sitzen zwei Männer im Gefängnis, weil sie *seine* Rechte verletzt haben. Lindsay auf Leitung eins, was denken Sie?«

»Das ist Unrecht. Pam Bichon war meine Freundin und meine Geschäftspartnerin, und es macht mich wütend, daß sich in ihrem Fall jetzt alles auf die Rechte des Mannes konzentriert, der sie terrorisiert und verängstigt hat. Das Justizsystem hat nichts getan, um ihre Rechte zu schützen, als sie noch am Leben war. Ich meine, wach endlich auf, Südlou'siana. Wir leben in den Neunzigern. Frauen haben etwas Besseres verdient, als herablassend behandelt und beiseite geschoben zu werden und daß man unsere Rechte als geringer betrachtet als die von Vergewaltigern und Mördern.«

»Amen darauf«, murmelte Annie.

Eine Hochzeitsgesellschaft war zum Fotografieren in den Park gekommen. Die Braut stand in der Mitte des Rotary-Club-Pavillons und sah ungeduldig drein, während der Assistent des Fotografen sich an der Schleppe ihres weißen Satingewandes zu schaffen machte. Ein halbes Dutzend Brautjungfern in blaßgelbem Organdy tupften wie Riesennarzissen den Rasen um den Pavillon. Die Begleiter des Bräutigams spielten Fangen in der Nähe des Grabmals des unbekannten könföderierten Kriegshelden. Unten am Ufer des Bayous veranstalteten zwei kleine Buben in schwarzen Smokings Steinwettwerfen ins Wasser.

Annie starrte den Wellen nach, die sich mit jedem Aufklatscher bildeten. Ursache und Wirkung, eine Kette von Ereignissen, eine Handlung der Auslöser für die nächste und die nächste. Das Chaos, in dem sie sich jetzt befand, hatte nicht mit ihrer Verhaftung Fourcades oder mit Fourcades Angriff auf Renard begonnen. Es hatte auch nicht mit der Ablehnung des Beweismaterials durch Richter Monahan begonnen oder mit der Durchsuchung, die dieses Beweismaterial ans Licht gebracht hatte. Alles hatte mit Marcus Renard und seiner Besessenheit mit Pam Bichon begonnen. Darin lag das finstere Herz dieser Angelegenheit. Marcus Renard und das, was das Gerichtssystem ihm unabsichtlich erlaubt hatte zu tun. Ungerechtigkeit.

Annie gestattete sich nicht, die Folgen durchzudenken. Sie startete den Jeep und fuhr aus dem Park weg. Sie mußte positive Schritte unternehmen und sich nicht im Kielwasser der Handlungen anderer mitreißen lassen.

Sie mußte etwas tun – für Pam, für Josie, für sich selbst. Sie brauchte einen Abschluß für diesen Fall, aber wer würde das bewerkstelligen, wer würde die Wahrheit finden? Eine Abteilung, die sich gegen sie gewandt hatte? Chaz Stokes, den Fourcade des Verrats beschuldigte? Fourcade, der das Gesetz, dem zu dienen er geschworen hatte, verraten hatte?

Sie bog nach Norden ab und fuhr in Richtung des Gebäudes, in dem Bayou Realty und das Architekturbüro Bowen & Briggs untergebracht waren.

Die Büros von Bayou Realty waren heimelig, ganz auf den Geschmack von Frauen zugeschnitten, boten eine Atmosphäre, die den weiblichen Instinkt, Nester zu bauen, förderte. Zwei geblümte Chintzcouchen, dick gepolstert mit gerüschten Kissen, schufen ein gemütliches L auf einer Seite des Eingangsraumes. Gerahmte Verkaufsanzeigen mit Farbfotos der angebotenen Häuser standen in Gruppen auf dem Korbtisch mit der Glasplatte, wie Familienporträts. Farne sonnten sich in den tiefen Fensterbänken aus Backstein. Der Duft von Zimtbrötchen hing in der Luft.

Die Station der Empfangsdame war nicht besetzt. Eine Frauenstimme war aus einem der Büros entlang des Korridors zu hören. Annie wartete. Die Glocke der Eingangstür hatte ihr Kommen gemeldet. Ihre Nerven rasselten vor Spannung.

»Sei frech«, hatte Fourcade ihr gesagt.

Fourcade war ein Irrer.

Die Tür zum zweiten Büro rechts ging auf, und Lindsay Faulkner betrat den Korridor. Pam Bichons Partnerin sah aus wie eine von den Frauen, die man in der High-School und im College zur »Homecoming Queen« wählte und die dann Geld heiratete und schöne, manierliche Kinder mit perfekten Zähnen aufzog. Sie kam den Gang entlang mit dem soliden, sonnigen Lächeln einer Vorsitzenden des Bewirtungsausschusses einer Jugendmannschaft.

»Guten Morgen! Wie geht es Ihnen heute?« Sie sagte das mit solcher Vertrautheit und Herzlichkeit, daß Annie sich fast umgedreht hätte, um zu sehen, ob jemand hinter ihr hereingekommen wäre. »Ich bin Lindsay Faulkner. Wie kann ich Ihnen helfen?«

»Annie Broussard vom Sheriffsbüro.« Eine Tatsache, die nicht mehr so ohne weiteres erkennnbar war. Sie hatte ihre mit Kaffeeflecken übersäte Uniform gegen Jeans und Polohemd getauscht. Ihre Marke hatte sie in die Hosentasche gesteckt, brachte es aber nicht fertig, sie herauszuziehen. Sie würde sowieso genug Ärger kriegen, falls Noblier Wind davon bekam, was sie vorhatte. Lindsay Faulkners Begeisterung verblaßte rasch. Ihre grünen Augen flackerten irritiert. Sie blieb direkt hinter dem Schreibtisch der Empfangsdame stehen und verschränkte die Arme vor ihrer smaragdgrünen Seidenbluse.

»Wissen Sie, ihr Leute treibt mich zur Weißglut. Das war für uns die Hölle – für Pams Freunde, ihre Familie –, und was habt ihr getan? Nichts. Ihr wißt, wer der Mörder ist, und er läuft ungeschoren herum. Die Inkompetenz ist mir ein Rätsel. Mein Gott, wenn ihr von Anfang an euren Job richtig gemacht hättet, könnte Pam jetzt tatsächlich noch am Leben sein.«

»Ich weiß, wie frustrierend das alles ist. Für uns ist es genauso frustrierend.«

»Sie haben ja keine Ahnung, was Frustration ist.«

»Bei allem Respekt, doch, ich weiß es«, sagte Annie nachdrücklich. »Ich war diejenige, die Pam gefunden hat. Mein sehnlichster Wunsch ist, diesen Fall zum Abschluß zu bringen.«

»Dann gehen Sie nach oben, verhaften Sie ihn, und lassen Sie uns in Ruhe.«

Sie marschierte den Korridor hinunter. Annie folgte.

»Renard ist im Augenblick oben?«

»Ihr detektivisches Talent ist erstaunlich, Detective.«

Annie korrigierte die Rangbezeichnung nicht. »Es muß wie Salz auf der Wunde sein – mit ihm unter einem Dach arbeiten zu müssen.«

»Ich hasse es«, sagte sie unumwunden und ging in ihr Büro. »Das Gebäude gehört Bayou Realty. Wenn ich den Pachtvertrag morgen beenden könnte, würde ich den ganzen Haufen auf die Straße setzen, aber wieder einmal ist das Gesetz auf *seiner* Seite. Diese Unverfrorenheit des Mannes!« Ihre Miene war eine Mischung aus Entsetzen und Haß. »Hierherzukommen und zu arbeiten, als hätte er sich gar nichts zuschulden kommen lassen, während ich jeden Tag an diesem leeren Büro vorbeigehen muß, an Pams Büro –«

Sie saß einen Augenblick mit der Hand am Mund da und starrte aus dem Fenster auf den Parkplatz.

»Ich weiß, daß Sie und Pam sich sehr nahe standen«, sagte Annie leise und setzte sich behutsam in einen Stuhl vor dem Schreibtisch. Sie holte ein kleines Notizbuch und einen Stift aus ihrer Hosentasche und legte sich das Notizbuch auf dem Schenkel zurecht.

Lindsay zauberte ein kleines Leinentaschentuch aus dem Nichts und tupfte sich behutsam die Augenwinkel ab. »Wir waren von dem Tag an, an dem wir uns im College kennenlernten, die besten Freundinnen. Ich war Pams Brautjungfer. Ich bin Josies Patin. Pam und ich waren wie Schwestern. Haben Sie eine Schwester?«

»Nein.«

»Dann können Sie es nicht verstehen. Als dieses Tier Pam ermordet hat, hat er einen Teil von mir mit ermordet, einen Teil, der nicht in einem Grab beerdigt werden kann. Ich werde diesen Teil für den Rest meines Lebens mit mir herumtragen. Totes Gewicht, schwarz vor Fäulnis, etwas, das einmal so strahlend, so voller Lebensfreude gewesen war. Er muß dafür bezahlen.«

»Wenn wir ihn verurteilen können, wird er die Todesstrafe kriegen.«

Ein kleines Lächeln verzog Faulkners Mund. »Wir waren gegen die Todesstrafe, Pam und ich. Grausam und ungewöhnlich barbarisch, sagten wir. Wie naiv wir doch waren. Renard verdient kein Mitgefühl. Keine Strafe kann grausam genug sein. Ich habe diesen Mann in meiner Phantasie öfter zu Tode gequält, als ich zählen kann. Ich bin nächtelang wachgelegen und habe mir gewünscht, ich hätte den Mut…«

Sie sah Annie mit herausfordernd dunklen Augen an. »Werden Sie mich verhaften? So wie Sie Pams Vater verhaftet haben?«

»Er hat ein bißchen mehr gemacht, als sich Renard tot vorgestellt.«

»Pam war Hunters einzige Tochter. Er hat sie so sehr geliebt, und jetzt trägt er auch dieses tote Stück Erinnerung mit sich herum.«

»Haben Sie den Verdacht gehabt, daß Renard derjenige war, der Pam belästigte?«

Schuldbewußtsein huschte über das Gesicht der Frau, und sie senkte den Blick auf ihre Hände, die auf dem Schreibtisch lagen. »Pam hat gesagt, er wäre es.«

»Und Sie dachten ...«

»Ich habe das schon mit anderen durchgesprochen«, sagte sie. »Redet ihr denn nicht miteinander?«

»Ich versuche, eine neue Perspektive zu kriegen. Männliche Detectives haben eine männliche Art, Dinge zu sehen. Ich schnappe vielleicht etwas auf, was sie übersehen haben.« Ein gutes Argument, fand Annie. Sie mußte es sich merken, falls Noblier sie wegen Überschreitung ihrer Befugnisse zu sich zitierte.

»Er schien so harmlos«, flüsterte Lindsay Faulkner. »Wenn man Filme sieht, glaubt man, daß Irre ein bestimmtes Aussehen haben müssen, sich auf eine bestimmte Art verhalten. Man glaubt, daß ein Stalker irgendeine niedrige Lebensform ohne Arbeit und einem zweistelligen IQ ist. Man denkt nie: ›Oh, ich wette, der Archtitekt im ersten Stock ist ein Psychopath.‹ Er ist schon seit Jahren hier. Ich hätte nie – Er hatte nicht ...«

»Man kann Probleme nicht immer kommen sehen«, sagte Annie behutsam. »Wenn er Ihnen keinen Anlaß gegeben hat, ihn zu verdächtigen –«

»Aber Pam hat ihn verdächtigt. Nicht von Anfang an, aber seit letztem Sommer, nachdem sie und Donnie sich getrennt haben. Renard hat sich immer öfter hier rumgetrieben, und es war ihr zuwider – seine Geschenke, seine Art, sich in ihrer Nähe zu benehmen. Als die Belästigungen anfingen, wollte sie zuerst nichts sagen, aber sie war der Meinung, er wäre es.«

»Wen hielten Sie für –«

»Donnie«, sagte sie, ohne zu zögern. »Die Belästigungen fingen an, kurz nachdem sie ihm gesagt hatte, sie wolle die Scheidung. Ich dachte, er würde versuchen, sie einzuschüchtern. Irgendwie paßte das zu ihm. Donnies emotionelle Entwicklung setzte etwa mit sechzehn aus. Ich habe ihn sogar deswegen angerufen, ihm die Leviten gelesen.«

»Wie hat er reagiert?«

Sie verdrehte die Augen. »Er hat mich beschuldigt, ich würde Pam gegen ihn aufhetzen. Ich sagte ihm, das hätte ich vor Jahren versucht, und sie hätte ihn trotzdem geheiratet. Wenn Pam Donnie ansah, sah sie sein Potential. Sie konnte sich nicht vorstellen, daß er dem nicht gerecht werden würde.«

»Es muß für Sie jetzt sehr unangenehm sein – zu versuchen, die ganzen geschäftlichen Dinge zu klären.«

»Es ist ein Chaos. Die Scheidung hätte Donnie sauber von der Immobiliengesellschaft abgetrennt. Pam hätte ihr neues Testament so formuliert, daß ihre Hälfte des Geschäfts für Josie treuhänderisch verwaltet worden wäre. Ich hätte die Option gehabt, sie mit der Partnerversicherung, die wir vorhatten, abzuschließen, auszuzahlen. Dazu waren wir vorher nie gekommen – zu dieser Partnerversicherung. Wir haben einfach nicht daran gedacht. Ich meine, wir waren beide jung und gesund.« Sie hielt inne. »Wie dem auch sei, keine dieser Veränderungen passierte, bevor …«

Annie beschloß, daß sie diese Frau mochte, ihre Kraft und ihren Zorn über das, was mit ihrer Freundin passiert war, mochte. Sie hatte von einer ehemaligen Debütantin nicht soviel Fürsorge und Überzeugung erwartet. Sie hatte Taschentuchgewedel und passive Trauer erwartet. *Mein Vorurteil,* dachte sie.

»Und was passiert jetzt?« fragte sie.

»Jetzt muß ich mich mit Donnie herumschlagen, der den Geschäftsverstand einer Zecke hat. Er ist besonders ekelhaft, weil schon Monate vor der Trennung Donnies Gesellschaft in finanziellen Nöten war und Pam sich einverstanden erklärte, einiges Land für ihn in der Immobiliengesellschaft zu verstecken, damit es ihm die Bank nicht wegnahm.«

»Verstecken?«

»Bichon Bayou Development hat diese Grundstücke an Bayou Realty ›verkauft‹. In Wirklichkeit haben wir sie nur vor Schaden bewahrt.«

»Und Sie haben sie noch?«

Ihr Lächeln war bösartig. »Ja. Aber jetzt hat Donnie Pams Hälfte des Geschäfts, also gehören technisch gesehen die Grundstücke teilweise ihm. Aber, bevor er etwas mit ihnen machen kann, braucht er *meine* Einwilligung. Momentan sind wir in Warteschleife. Er will sein Eigentum zurück, und ich will Alleineigentümer des Geschäfts werden. Die neueste Schwierigkeit ist, daß Donnie plötzlich meint, Pams Hälfte des Geschäfts wäre das Doppelte von dem, was es eigentlich wert ist, wert. Er versucht, den harten Mann zu machen, droht mir mit irgendeinem nebulösen *anderen Käufer* aus New Orleans.«

Annies Stift erstarrte über dem Papier. »New Orleans?«

New Orleans. Immobilien. Duval Marcotte.

Lindsay schüttelte den Kopf ob der Lächerlichkeit dieses Gedankens. »Was sollte denn irgend jemand aus New Orleans mit Bayou Breaux wollen?«

»Sie glauben, er blufft?«

»Er denkt, er blufft. Ich denke, er ist ein Idiot.«

»Was würden Sie tun, wenn er seine Hälfte diesem Käufer verkauft?«

»Ich weiß es nicht. Pam und ich haben dieses Geschäft gemeinsam begonnen. Aus diesem Grund ist es für mich wichtig, als etwas, das wir aufgebaut und als Freundinnen miteinander geteilt haben. Es ist ein gesundes kleines Unternehmen, wir verdienen ganz gut. Ich habe Spaß daran. Ich werde aber dieses Gebäude verkaufen, wenn ich die Chance habe«, gab sie zu und wandte ihren Blick zum Parkplatz.

»Jetzt birgt es zu viele schlechte Erinnerungen. Und dieses Dreckschwein da oben. Ich stell mir immer wieder vor, wie Detective Fourcade ihn totprügelt. Ich –«

Sie hielt inne. Annie saß stocksteif da. Draußen im Eingangsraum öffnete sich die Tür, und die Klingel, die potentielle Kunden ankündigte, schrillte unangenehm.

»Broussard«, murmelte Faulkner anklagend. »Sie sind diejenige, die ihn aufgehalten hat. Mein Gott, ich dachte, Sie hätten gesagt, Sie wollen diesen Fall gelöst haben.«

»Das tue ich auch.«

Sie erhob sich mit der Grazie und Haltung alten Südstaatenadels. »Warum sind Sie dann nicht einfach weggegangen?«

»Weil das Mord gewesen wäre.«

Lindsay Faulkner schüttelte den Kopf. »Nein, das wäre Gerechtigkeit gewesen. Wenn Sie mich jetzt entschuldigen«, sagte sie und ging zur Tür. »Sie werden diese Büroräume sofort verlassen. Ich habe Ihnen nichts mehr zu sagen.«

Annie verließ das Immobilienbüro durch die Hintertür und stand im Korridor. Zu ihrer Rechten war die Tür zum Parkbereich, wo Fourcade Renard angegriffen hatte. Vor ihr erhob sich die Treppe zum ersten Stock und dem Büro von Bowen & Briggs. Renard war da oben.

Sie überlegte, ob sie die Treppe hochgehen sollte. Der Polizist in ihr wollte Marcus Renard studieren, versuchen, ihn zu zerpflücken, ihn zu durchschauen, zu sehen, wie er in das Spektrum von Stalkers paßte, die sie in ihren Büchern studiert hatte. Ein tieferer Instinkt hielt sie fest. Er hatte sie seine Heldin genannt, hatte ihr Rosen geschickt. Das gefiel ihr nicht.

Die Entscheidung wurde ihr abgenommen, als sich die Tür oben an der Treppe öffnete und Renard heraustrat. Er sah grotesk aus, wie ein Monster aus einem der grimmigeren Grimms Märchen. Der Troll unter der Brücke. Schwellungen verzerrten Gesichtszüge, die mit Blutergüssen in den Farbtönen fauler Früchte übersät waren. Einen Augenblick lang sah er Annie nicht, und sie überlegte, ob sie rasch ins Büro von Bayou Ralty zurückgehen sollte. Dann war die Sekunde verloren.

»Annie!« rief er, so gut er es mit seinem verdrahteten Kiefer konnte. »Was für eine unerwartete Freude!«

»Das ist kein Höflichkeitsbesuch«, sagte Annie barsch.

»Sie machen Nachuntersuchungen zu meinem Überfall?«

»Nein, ich habe Miss Faulkner besucht.«

Er legte eine Hand aufs Treppengeländer und lehnte sich dagegen. Unter den Blutergüssen war er blaß. »Lindsay ist eine harte Frau ohne Mitgefühl.«

»Ach ja? Und sie hat so nette Dinge über Sie gesagt.«

»Wir waren einmal Freunde«, behauptete er. »Wir sind sogar ein- oder zweimal miteinander ausgegangen. Hat sie das erwähnt?«

»Nein.« Lüge oder nicht, sie wollte mehr hören. Der Bulle in ihr schob die vorsichtige Frau beiseite. »Das wurde nirgendwo erwähnt.«

»Ich habe es nie zur Sprache gebracht«, sagte er. »Es schien mir sowohl irrelevant als auch taktlos.«

»Wie das?«

»Es ist schon Jahre her.«

»Sie nimmt kein Blatt vor den Mund und beschuldigt Sie öffentlich des Mordes. Ich kann mir vorstellen, daß Sie sie nur zu gerne in Mißkredit bringen würden. Warum haben Sie nichts gesagt?«

»Ich sage es jetzt«, sagte er leise, und sein bohrender Blick richtete sich nach unten, direkt auf sie. »Zu Ihnen.«

Es war ein Angebot. Er würde ihr Dinge geben, die er keinem anderen geben würde. Weil er glaubte, sie wäre sein Schutzengel.

»Ich wollte gerade Mittagspause machen«, sagte Renard und stieg vorsichtig die Stufen hinunter. »Würden Sie sich mir anschließen?«

Das Angebot schien so… normal. Sie hielt diesen Mann für ein Ungeheuer der übelsten Sorte. Der Anblick von Pam Bichons Leiche zuckte ihr durch den Kopf. Die Brutalität des Verbrechens schien größer, heftiger, mächtiger als der Mann, der vor ihr stand.

»Ich möchte nicht mit Ihnen gesehen werden«, sagte sie ohne Umschweife. »Mein Leben ist momentan schwierig genug.«

»Ich gehe nicht aus, ich kann es nicht«, gab er zu. »Mein Leben ist auch schwierig.«

Die Seitentür zum Parkbereich ging auf, und ein Lieferant mit einer weißen Imbißtüte trat ein.

»Mr. Briggs?« Er schaute hoch zu Renard und riß entsetzt die Augen auf. »Mann, das muß vielleicht ein Unfall gewesen sein.«

Renard zog ohne Kommentar seine Brieftasche.

»Ich teile mein Gumbo mit Ihnen«, bot er Annie an, nachdem der Lieferjunge gegangen war.

»Ich habe keinen Hunger«, sagte Annie, wandte sich aber nicht ab. Marcus Renard war der Kern des Ganzen, der Stein im Teich, der eine Welle nach der anderen durch das Leben von Bayou Breaux geschickt hatte.

»Ich bin kein Monster«, sagte Renard. »Ich hätte gerne die Chance, Sie davon zu überzeugen, Annie.«

»Sie sollten ohne Ihren Anwalt gar nicht mit mir reden.«

»Warum nicht?«

Warum eigentlich nicht, dachte Annie. Sie war allein. Sie trug kein Mikro, kein Tonband. Selbst wenn er gestand, würde es keine Rolle spielen. Kudrow war der bevollmächtigte Anwalt, ohne seine Anwesenheit war nichts, was Renard sagte, vor Gericht zulässig. Er könnte haufenweise Morde gestehen und würde für keinen hängen.

Sie wägte ihre Optionen ab. Sie waren in einem Bürohaus. Sie konnte noch gedämpfte Stimmen aus Bayou Realty hören. Sie war ein Cop. Er wäre sicher nicht so dumm, ihr irgend etwas anzutun, und außerdem war er in keiner körperlichen Verfassung dazu. Sie wollte wissen, was ihn trieb. Was hatte Pam Bichon gehabt, was diesen ansonsten anscheinend gewöhnlichen Mann gepackt und über den Rand des Abgrunds gezogen hatte?

»In Ordnung.«

Das Büro von Bowen & Briggs war ein einziger riesiger Raum mit einem Holzboden, der blond sandgestrahlt und mit Glanzlack versiegelt war. Graue, gepolsterte Wandelemente unterteilten Büro und Konferenzabteile auf der Westseite. An der Ostseite waren ein halbes Dutzend Zeichentische und Arbeitszentren verteilt. Renard trug seine Tüte zu einem Tisch in der südöstlichen Seite, einem Bereich, der zum Entspannen, Kaffee trinken und Essen vorgesehen war. Ein Radio auf dem Tresen spielte klassische Musik.

Annie folgte mit einem gewissen Abstand, nahm sich Zeit, um sich alles genau anzusehen, und wünschte, sie hätte ihre Reservewaffe dabei.

»Sie haben Ärger.«

Sie wirbelte zu Renard herum. Er holte gerade sein Essen aus der Tüte.

»Sie haben gesagt, Ihr Leben wäre jetzt schwierig«, sagte er. »Sie haben Ärger wegen Fourcade.«

»Ich habe Ärger wegen Ihnen.«

»Nein.« Er deutete auf einen Stuhl gegenüber von ihm und setzte sich. Aromatischer Dampf bauschte nach oben, als er den Deckel von dem Becher mit Gumbo nahm, dem louisianischen Spezialitäteneintopf, u. a. mit Gemüse, Krustentieren, Cayenne und Knoblauch. »Sie hätten Ärger wegen mir, wenn ich Pams Mörder wäre. Das bin ich nicht. Ich hätte gedacht, daß Sie das einsehen, nachdem diese arme Miss Nolan überfallen worden ist.«

»Kein Zusammenhang zwischen diesen Fällen. Das eine hat nichts mit dem anderen zu tun«, sagte Annie.

»Außer, sie sind beide das Werk des Bayou-Würgers.«

»Stephen Danjermond war der Bayou-Würger, und der ist tot. Die Beweise gegen ihn waren schlüssig.«

»Genau wie die Beweise, die Fourcade in meinen Schreibtisch geschmuggelt hat. Das macht mich noch nicht zum Mörder.«

Annie starrte ihn an. Sie hatte die Chronologie der Ereignisse durchgearbeitet. Alle Teile paßten zusammen. Aber er schwor, er wäre unschuldig. War er nur ein geübter Lügner, oder hatte er sich selbst von seiner Unschuld überzeugt? Sie hatte das schon erlebt. Menschen hüllten sich in Verfolgungswahn wie in eine Schutzdecke. Nichts war je ihre Schuld. Irgend jemand anders hatte sie dazu veranlaßt, Rauschgift zu verkaufen. Es war die Schuld der miesen Cops, daß man sie verhaftet hatte. Aber sie glaubte nicht, daß Verfolgungswahn zu Renard oder zu Pam Bichons Mord paßte. Hier ging es um etwas ganz anderes. Besessenheit.

»Ich möchte, daß Sie verstehen, Annie – darf ich Sie Annie nennen?« fragte er höflich. »Deputy Broussard ist im Augenblick etwas schwierig für mich.«

»Ja«, sagte Annie, obwohl ihr die Vorstellung, daß er ihren Vornamen benutzte, gar nicht gefiel. Die Vorstellung, daß ihr Name in seinem Mund war, ihm über die Zunge rollte. Ihr gefiel die Vorstellung nicht, ihm irgend etwas zu geben, ihm irgendeinen Wunsch zu erfüllen, gleichgültig, wie klein er war.

»Ich möchte, daß Sie verstehen, Annie«, begann er erneut. »Ich liebte Pam wie –«

»Wie ein Freund, ich weiß. Das sind wir schon durchgegangen.«

»Bearbeiten Sie jetzt ihren Fall? Werden Sie versuchen, den Mörder zu fangen?«

»Ich möchte, daß ihr Mörder seine gerechte Strafe bekommt«, sagte sie und vermied somit eine Antwort auf die spezifische Frage nach ihrer Beteiligung an dem Fall. »Sie verstehen, was das heißt, nicht wahr?«

»Ja.« Er führte einen Löffel Gumbo an seinen genähten Mund. »Ich frage mich, ob Sie das auch tun.«

Annie ignorierte die ominöse Andeutung und fuhr fort. »Sie haben gesagt, Sie wären mit Lindsay Faulkner ausgegangen. Verzeihen Sie mir, wenn ich sage, daß ich mir das nur sehr schwer vorstellen kann.«

»Ich sehe nicht immer so aus.«

»Sie scheinen mir nicht... kompatibel.«

»Das waren wir auch nicht, wie sich herausstellte. Ich glaube, Lindsay hat möglicherweise – Wie soll ich das sagen? Andere Präferenzen.«

»Sie halten sie für eine Lesbe?«

Er zuckte mit den Schultern und senkte den Blick auf sein Essen, das Thema, das er angeschnitten hatte, schien ihm peinlich. »Weil sie nicht mit Ihnen schlafen wollte?« sagte Annie grob.

»Du lieber Himmel, nein. Wir haben zu Abend gegessen. Ich habe nie mehr erwartet. Es war klar, daß es zwischen uns nie soweit kommen würde. Es war ihr... ihr *Verhalten* Pam gegenüber. Sie war sehr beschützend. Eifersüchtig. Sie mochte Pams Mann nicht. Sie mochte es nicht, wenn irgendein Mann Interesse für Pam zeigte.«

Er nahm noch einen Löffel Gumbo und schlürfte ihn durch die Zähne.

»Wollen Sie mir etwa einreden, Sie glauben, Pams Partnerin hätte sie getötet? In einem lesbischen Eifersuchtsanfall?«

»Nein, ich weiß nicht, wer sie getötet hat. Ich wünschte ich wüßte es.«

»Was wollen Sie dann damit sagen?«

»Daß Lindsay mich nicht mag. Sie möchte jemandem die Schuld an Pams Tod geben. Sie hat mich auserwählt.«

»*Jeder* hat Sie auserwählt, Mr. Renard. Sie *sind* der Hauptverdächtige.«

»Der *bequeme* Verdächtige«, korrigierte er. »Weil ich Pam gemocht habe. Weil die Leute hier mich als Fremden betrachten – sie vergessen, daß ich hier geboren wurde, hier als Junge gelebt habe. Sie finden es seltsam, daß ich ledig bin und bei meiner Mutter lebe, mit einem Bruder, der den Leuten mit seinem Autismus angst macht.«

»Weil Pam glaubte, daß Sie ihr nachstellten«, konterte Annie. »Weil Sie ständig in ihrer Nähe waren, obwohl sie Ihnen gesagt hatte, Sie sollten sich verziehen. Weil Sie ein Motiv hatten, Mittel, Gelegenheit und kein plausibles Alibi für die Nacht des Mordes.«

»Ich war in Lafayette –«

»Auf dem Weg in einen Laden, der schon geschlossen war, als Sie im Acadiana Mall ankamen. Wirklich Pech. Wenn der Laden offen gewesen wäre, hätten Sie vielleicht Zeugen, die Ihre Geschichte bestätigen könnten.«

Er sah ihr ruhig in die Augen und sagte gelassen: »Ich wollte dort Vorräte besorgen, kein Alibi.«

»Ersparen Sie mir die Geschichte«, sagte Annie. »Den Zeitablauf habe ich auswendig gelernt. Um fünf Uhr vierzig hat Lindsay Faulkner das Büro verlassen und bemerkt, daß Ihr Wagen noch auf dem Parkplatz stand. Pam traf sich mit Kunden, um ein Angebot für ein Haus aufzusetzen. Um acht Uhr zehn hielten Sie an Hebert's Hobbyladen an und kauften eine Reihe von Dingen, unter anderem Klingen für ein Exacto-Messer.«

»Ein ganz gewöhnliches Werkzeug für Puppenhausbauer.«

»Pams Klienten verließen das Büro um acht Uhr zwanzig. Sie waren die letzten, die Pam lebend sahen – mit Ausnahme ihres Mörders. Inzwischen hatte Hebert's nicht alles, was Sie brauchten –«

»Balkontüren für mein augenblickliches Projekt.«

»Also fuhren Sie zur Acadiana Mall in Lafayette, mit der Absicht, dort den Hobbyladen zu besuchen, aber er war geschlossen«, fuhr sie hartnäckig fort. »Und auf dem Heimweg, behaupten Sie, hätten Sie Ärger mit dem Auto gehabt – Grund unbekannt – und saßen zwei Stunden an einer Nebenstraße fest, bevor Sie den Wagen mit Hilfe eines anonymen gütigen Samariters wieder in Gang bringen konnten, den in den drei Monaten seither keiner hat ausfindig machen können. Sie sagen, Sie wären gegen Mitternacht nach Hause gekommen, aber Sie haben niemanden, der das bestätigen kann, weil Ihre Mutter nach Bogalusa gefahren war, um ihre Schwester zu besuchen. Das ist Ihre Geschichte.«

»Es ist die Wahrheit.«

»Inzwischen legt der Gerichtsmediziner in Lafayette Pams Todeszeit gegen Mitternacht fest, nur ein paar Meilen von Ihrem Haus entfernt.«

»Ich habe sie nicht umgebracht.«

»Sie waren von ihr besessen.«

»Ich war vernarrt«, gab er zu und erhob sich langsam aus seinem Stuhl. Er ging zu einem kleinen Kühlschrank, der in den unteren Schränken versteckt war, und holte zwei Flaschen Eistee heraus. »Ich wünschte, sie hätte meine Gefühle erwidern können, aber sie hat es nicht, und das habe ich akzeptiert.«

Er stellte die Flaschen auf den Tisch und schob eine in Annies Richtung.

»Ihr Mann hatte eine wesentlich zwanghaftere Besessenheit als ich.« Er setzte sich vorsichtig zurück in seinen Stuhl, nahm eine Papierserviette und tupfte die Spucke ab, die sich in den Winkeln seines verdrahteten Mundes gesammelt hatte, während er sich abmühte, zu sprechen. »Er wollte sie nicht gehen lassen. Ich glaube, sie hatte Angst vor ihm. Sie hat mir gesagt, sie würde sich nicht trauen, andere Männer zu treffen, bevor die Scheidung endgültig durch war.«

Eine recht praktische Geschichte, um sich einen Mann vom Leib zu halten, dachte Annie, obwohl die Möglichkeit, daß es stimmte, nicht auszuschließen war. Es war allgemein bekannt, daß Donnie die Scheidung nicht wollte. Lindsay Faulkner hatte gesagt, sie hätte geglaubt, Donnie wäre derjenige, der Pam belästigte. Gerüchte von einem Kampf um

Josie waren im Umlauf gewesen, obwohl Don in dieser Arena kaum eine Chance gehabt hatte. Er war derjenige, der in dieser Ehe betrogen hatte. Pam hatte nichts getan, was ihr das Sorgerecht hätte streitig machen können.

»Aber«, murmelte Renard mit starrem Blick in seinen Tee, »vielleicht war das nur eine Ausrede. Ich glaube, sie hat sich für kurze Zeit mit jemandem getroffen.«

»Wie kommen Sie darauf?«

Er konnte ihr nicht antworten. Es gab nur eine Möglichkeit, wie er das wissen konnte: wenn er sie beobachtet, sie verfolgt hatte. Er würde das nicht zugeben, konnte es nicht zugeben. Stalking war die Grundlage, auf dem der Fall gegen ihn aufgebaut war. Wenn er zugab, daß er Pam Bichon nachgestellt hatte und dabei enthüllte, daß er sie mit einem anderen Mann gesehen hatte, verstärkte das nur sein Motiv, sie umzubringen. Eifersucht. Sie hatte ihn für einen anderen abgewiesen.

Annie erhob sich vom Tisch. »Ich habe genug gehört, danke. Pam wurde von ihrem von ihr getrennt lebenden Mann, ihrer heimlichen lesbischen Partnerin und/oder einem geheimnisvollen Liebhaber gefoltert und ermordet, den Sie weder nennen noch identifizieren können. Sie könnten sie gar nicht umgebracht haben. Sie sind das Opfer einer bösartigen Verschwörung. Egal, ob Sie ein Motiv hatten, Mittel und Gelegenheit und ein beschissenes Alibi. Egal, daß die Detectives Pams gestohlenen Ring in Ihrem Haus gefunden haben.«

Renard erhob sich ebenfalls und humpelte neben ihr her, als sie zur Tür ging. »Es gibt mehr als nur eine Art von Besessenheit«, sagte er. »Fourcade ist von diesem Fall besessen. Er hat diesen Ring untergeschoben. Er hat so etwas schon einmal gemacht. Er hat eine Vorgeschichte. *Ich* habe keine Vorgeschichte. *Ich* habe noch nie jemandem weh getan. *Ich* bin vor dieser Sache nie verhaftet worden.«

»Vielleicht heißt das nur, daß Sie geschickt sind«, sagte Annie.

»Ich habe es *nicht* getan.«

»Warum sollte ich Ihnen glauben? Oder genauer gesagt: Warum sind Sie so darauf erpicht, mich zu überzeugen? Sie sind ein freier Mann. Der Staatsanwalt hat nichts gegen Sie in der Hand.«

»Im Augenblick. Wie lange? Bis Fourcade oder Stokes etwas anderes erfinden? Ich bin ein unschuldiger Mann. Mein Ruf ist ruiniert worden. Sie werden keine Ruhe geben, bis sie mein Leben haben, so oder so. Jemand muß die Wahrheit finden, Annie, und bis jetzt sind Sie die einzige, die danach sucht.«

»Ich suche«, sagte sie mit eisiger Stimme. »Aber ich garantiere nicht, daß Ihnen das, was ich finde, gefallen wird.«

Marcus hielt ihr die Tür auf und sah ihr nach, wie sie die Treppe hinunterging und das Gebäude verließ. Sie bewegte sich auf so unbewußte, frische Art. Sie war körperlich freier als Pam, auch in ihren Gesten. Pams Freigeist Seelenschwester. Der Gedanke war tröstlich. Kontinuität.

Er hatte sein Herz auf Pam gesetzt, aber Annie würde ihn befreien. Da war er sich sicher.

17

Das Bayou Realty Office war geschlossen und abgesperrt, als Annie zur Vorderseite des Gebäudes ging. Zu schade. Sie hätte gerne Lindsay Faulkners Gesicht gesehen, wenn sie ihr sagte, Marcus Renard hätte sie als Lesbe abgestempelt.

Natürlich bestand die Chance, daß es stimmte. Annie wußte nur wenig über sie. Keiner hatte Faulkner genauer unter die Lupe genommen, soweit Annie wußte. Es hatte keinen Grund gegeben. So wie das Geschäft zum Zeitpunkt von Pams Tod stand, hatte Faulkner kein finanzielles Motiv gehabt, sie zu töten, und kein anderes Motiv wäre in Betracht gezogen worden. Frauen brachten andere Frauen nicht so um, wie Pam Bichon gestorben war.

Annie überquerte die Straße zu ihrem Jeep und warf einen Blick nach oben auf das Gebäude, als sie den Schlüssel im Zündschloß drehte. Renard stand an einem Fenster im ersten Stock und sah herunter auf sie.

Er schwor, daß er unschuldig wäre, Pam geliebt hätte. Er wollte, daß Annie die Wahrheit herausbrachte.

Die Wahrheit herausbrachte oder das Wasser trübte? fragte sie sich. Sie war gerade in die Ermittlungen eingestiegen, und bereits waren Faktoren aufgetaucht, die sie vorher nicht gesehen hatte. Fourcade hatte diese verschlungenen Pfade bereits begangen. Sein Angebot schwebte wie ein verführerisches Versprechen in ihrem Kopf, etwas, dem sie widerstehen sollte.

Sie wandte sich von Renard ab, legte den Gang im Jeep ein und fuhr quer durch die Stadt.

Donnie beobachtete die Szene vom Sitz einer Egge aus, mit einer Flasche Abita-Bier in der Hand. Der Mardi-Gras-Paradewagen, der vor seinen Augen entstand, war für Josie. Sie hatte ihn dazu überredet, die großen braunen Augen hatten vor Aufregung gefunkelt. Er war unfähig, ihr etwas abzuschlagen, also hatte er ein Team aus dem Personal von Bichon Bayou Development zusammengestellt und sie an die Arbeit geschickt. Er hatte sich vorgestellt, Josie würde Stunden mit ihm hier verbringen, während sich die Ladefläche des Lasters in ein Märchenkönigreich aus Kreppapier verwandelte, aber Belle Davidson hatte sie zu einem Tagesausflug zum Lake Charles entführt, damit sie »aus der Atmosphäre« von Bayou Breaux wegkam.

»Wohl eher, damit sie von mir wegkommt«, murmelte er.

Er hob seine Flasche und mußte feststellen, daß sie leer war. Er schnitt eine Grimasse und warf sie in den Eimer der Egge, wo sie an den Überresten verschiedener anderer brauner Flaschen zerschmetterte. Das Geräusch überschrillte die Country-Musik, die aus dem Radio plärrte. Mehrere Köpfe wandten sich vom Paradewagen in seine Richtung, aber keiner sagte etwas.

Die Leute waren seit Pams Tod auf der Hut vor seinen Launen. Sie schlichen wie auf Eierschalen in seiner Nähe, hielten ihre Wetten zurück für den Fall, daß sich die Polizei bei Marcus Renard irrte, für den Fall, daß Donnie die Wiederauferstehung des Bayou-Würgers war. Er hatte die Nase voll davon. Er wollte alles hinter sich haben. Er *sollte* alles hinter sich haben.

»Scheißcops«, schimpfte er.

»Klingt, als ob ich besser ein andermal vorbeischauen sollte.«

Annie war durch die Seitentür des großen Schuppens hereingekommen, in dem die Baugesellschaft einen Teil ihres schweren Geräts lagerte.

Donnie fixierte sie wütend von seinem Thron aus. »Kenne ich Sie?«

»Annie Broussard, Sheriffsbüro.« Diesmal zückte sie ihre Marke. *Sei frech.*

»Du lieber Himmel, was denn jetzt schon wieder? War mein Scheck faul? Das ist mir egal. Ihr könnt Fourcade wieder in den Knast werfen, den undankbaren Scheißkerl.«

»Warum sagen Sie das?«

Er machte den Mund auf, um sich zu beschweren, schluckte es aber dann hinunter. Fourcade war suspendiert, raus aus dem Fall. Sinnlos, alte Verdachtsmomente mit einem neuen Cop auszubuddeln.

»Der Mann ist labil, Ende«, sagte er, als er von seinem Sitz heruntersteig. »Also, Sie sind Fourcades Ersatz. Was ist mit diesem anderen Typen, diesem Schwarzen – Stokes?«

»Nichts. Er arbeitet immer noch an dem Fall.«

»Es ist mir sowieso egal«, sagte er, bückte sich und holte eine neue Flasche aus einer alten Coleman-Kühlbox, die neben dem Reifen der Egge stand. »Wenn Sie meine Meinung hören wollen: Der Typ ist faul. Er hat bereits an dem Fall gearbeitet, als Renard anfing, Pam zu belästigen und sie nur aufs Kreuz legen wollte. Mir kam's immer so vor, als wäre Fourcade der Kopf bei den beiden. Wirklich blöd, daß er aus dem Fall raus ist, natürlich abgesehen davon, daß er spinnt.«

Er drehte den Verschluß von der Flasche und warf ihn in den Eimer zum übrigen Müll. »Verdammt schade, daß er den Fall in dieser Gasse nicht ein für allemal abschließen konnte. Wollen Sie ein Bier?«

»Nein, danke.« Annie senkte den Kopf ein bißchen, damit ihr Pony ihr über die Augen fiel, in der Hoffnung, Donnie würde nicht plötzlich dämmern, wer sie war, so wie es bei Lindsay passiert war.

»Im Dienst?« Er lachte. »Das hat noch keinen Cop, den ich kannte, gehindert – eingeschlossen Gus Noblier. Was sind Sie, neu?«

»Ich muß Ihnen ein paar Fragen stellen.«

»Ich schwöre, was anderes kennt ihr nicht – Fragen stellen. Ihr habt jetzt schon mehr Antworten, als ihr verarbeiten könnt.«

»Ich habe heute morgen mit Lindsay Faulkner gesprochen.«

Sein Gesicht verzog sich angewidert. »Hat sie Ihnen erzählt, ich wäre der Antichrist? Die Frau haßt mich. Man hätte meinen können, sie wäre Pams große Schwester. So nahe standen sich die beiden. So nahe sich Frauen sein können, ohne Lesben zu sein.«

»Sie hat mir gesagt, Sie wollen Pams Hälfte des Geschäfts verkaufen?«

»Ich hab' die Hände voll mit meinem eigenen Geschäft. Ich habe keinen Bock darauf, Lindsay als Partner zu haben, genausowenig wie umgekehrt.«

»Sie sagt, Sie haben vielleicht einen Käufer aus New Orleans. Ist das wahr?«

Er warf ihr einen listigen Blick zu. »Ein guter Geschäftsmann legt nicht alle Karten auf den Tisch.«

»Wollen Sie damit sagen, es wäre ein Bluff?« Sie erwiderte sein Lächeln wie ein Freund, der gerne in das Geheimnis eingeweiht werden möchte. »Weil ein Name aufgetaucht ist, und ich könnte einfach ein paar Anrufe machen...«

»Welcher Name?« Sie spürte, wie er sich von ihr zurückzog, seine Schilde hob.

»Duval Marcotte.«

»Es ist ein Bluff«, sagte er barsch. »Machen Sie ruhig Ihre Anrufe.«

Er kratzte sich die Stoppeln an seiner Kinnspitze und deutete auf den Wagen. »Was halten Sie von diesem Meisterwerk?«

Annie sah sich an, woran da gerade gearbeitet wurde: ein billiger Fichtenrahmen, der mit Maschendraht überzogen war. Es hätte alles mögliche sein können. Zwei Frauen in abgeschnittenen Jeans und engen T-Shirts stopften Maschendrahtlöcher mit Vierecken aus blauem Krepp, redeten und lachten, ohne einen Gedanken für die größeren Probleme der Welt.

»Es ist ein Schloß«, erklärte Donnie. »Die Idee meiner Tochter. Sie hat sich eine Szene aus *Viel Lärm um Nichts* ausgesucht. Können Sie sich das vorstellen? Neun Jahre alt und steht auf Shakespeare.«

»Sie ist ein sehr gescheites Mädchen.«

»Sie wollte beim Bauen helfen, aber ihre Großmutter hatte andere Vorstellungen. Ein weiterer Davidson, der sich gegen mich verschwört.«

»Werden Belle und Hunter Ihnen das Sorgerecht streitig machen?«

Er zog die Schultern hoch, den Blick immer noch auf den Wagen gerichtet. »Ich weiß es nicht. Wahrscheinlich. Ich nehme an, das hängt davon ab, ob Hunter ins Gefängnis geht. Das spricht zumindest für mich: Ich habe in letzter Zeit nicht versucht, jemanden umzubringen – überhaupt noch nie«, verbesserte er sich und sah hinunter zu Annie. »Das war ein Scherz.«

»Sie wollen, daß Josie ganz bei Ihnen wohnt?«

»Sie ist meine Tochter. Ich liebe sie.«

Als ob das so einfach wäre. Als ob er Donnie, den Daddy, so einfach von Donnie, dem Don Juan, trennen könnte.

»Den Gerüchten zufolge haben Sie mit Pam um sie gekämpft.«

»Herrgott, das schon wieder?« Er verzog ungeduldig das Gesicht wie ein schmollendes Kind. »Ihr habt euren Mörder. Warum hetzt ihr den nicht? Ich habe Pam nichts angetan. Ich habe sie nicht wegen der Versicherung oder wegen des Geschäfts oder in einem Wutanfall oder sonst was umgebracht. Ich hätte Pam nie etwas antun können. Und ich war, so sicher wie's Amen im Gebet, in dieser Nacht nicht in dem Zustand, um irgend jemandem irgendwas antun zu können. Ich hatte zuviel getrunken, bin von einem Freund heimgefahren worden und habe einen Filmriß gehabt.«

»Das weiß ich alles«, sagte Annie. »Ich betrachte Sie nicht als Verdächtigen, Mr. Bichon.« Obwohl ihr schon mehr als einmal der Gedanke gekommen war, daß Trunkenheit leicht vorzutäuschen war und Donnie Motiv genug hatte – mehr als die meisten.

Laut der Zeitungsberichte war er in jener Nacht zwischen neun und zehn in der Voodoo Lounge aufgetaucht und war gegen 11:30 Uhr von seinem Freund zu Hause abgesetzt worden. Pam war das letzte Mal um 8:20 Uhr abends gesehen worden und war um Mitternacht gestorben. Zu beiden Enden von Donnies Geschichte gab es Fenster von Gelegenheiten.

»Ich habe mich nur gefragt, mit welchen Argumenten Sie Pams Sorgerecht anfechten wollten.«

»Warum? Pam ist tot. Was macht das jetzt noch für einen Unterschied?«

»Wenn Pam mit jemand anderem liiert war –«

»Renard hat sie umgebracht!« schrie er plötzlich. Die Adern an seinem Hals schwollen an, spannten sich wie Drahtseile. Er schmetterte seine Flasche auf den Zementboden, Glasscherben explodierten, Bier schäumte wie Wasserstoffperoxyd auf einer offenen Wunde. »Er hat sie umgebracht! Jetzt macht euren Scheißjob und locht ihn dafür ein!«

Er drängte sich an Annie vorbei und eilte zur Tür. Die Crew am Paradewagen starrte ihm mit offenem Mund nach. Mary Chapin Carpenter schrie aus dem Radio: »I Take My Chances.«

Annie rannte hinter ihm her. Die grelle Nachmittagssonne ließ sie fast erblinden, als sie aus dem Schuppen trat. Sie kniff die Augen zusammen und hielt sich schützend die Hand darüber. Donnie stand an dem Eisenzaun, der den Besitz seiner Firma umspannte, und starrte auf die Schienen, die hinter dem Anwesen vorbeiliefen.

»Hören Sie, ich versuche nur, die ganze Wahrheit aufzudecken«, sagte sie und stellte sich neben ihn. »Ich würde meinen Job nicht machen, wenn ich keine Fragen stellen würde.«

»Es ist nur – es zieht sich schon so lange hin.« Er schluckte, und sein Adamsapfel hüpfte wie ein Korken. Sein Blick blieb auf die Schienen geheftet. »Warum kann es nicht einfach vorbei sein? Pam ist tot ... ich bin es so leid ...«

Er wollte, daß die Wunden heilten und ohne Narben verschwanden, ohne Erinnerungen. Es war die Aufgabe eines guten Detectives, immer und immer wieder in diesen Wunden zu picken. Der Trick dabei war, zu wissen, wann man graben und wann man sich zurückhalten mußte. Annie hatte gedacht, sie könnte Donnie Bichon durchschauen, ihn als Lügner erkennen, wenn er einer war. Aber die Emotionen, die ihn gefangenhielten, waren ein verworrener Knoten: Sie konnte Trauer nicht von Reue unterscheiden, Angst nicht von Arroganz.

»Ich hätte ein besserer Ehemann sein können«, murmelte er. »Sie hätte eine bessere Ehefrau sein können. Sie können von mir halten, was Sie wollen, weil ich so etwas sage.«

In der Ferne ertönte die Pfeife eines Zugs. Donnie schien sie nicht zu hören. Er war in seinen Erinnerungen verloren.

»Ich wollte nur haben, was mir gehört«, flüsterte er und blinzelte gegen die drohenden Tränen. »Ich wollte sie nicht verlieren. Ich wollte Josie nicht verlieren. Ich dachte, ich hätte sie vielleicht verängstigt… mit dem Sorgerecht gedroht…«

Wie hatte er sie »vielleicht verängstigt«? War das Sorgerecht die einzige Drohung, die er gemacht hatte? Annie holte Luft, um zu sagen, was er damit meinte, aber hielt sie an, als er sich zu ihr drehte.

»Sie sehen ihr ähnlich, wissen Sie«, sagte er mit seltsam verträumter Stimme. »Die Form Ihres Gesichts… die Haare… der Mund…«

Er streckte die Hand aus, als wolle er ihre Wange berühren, zog sie aber im letzten Moment zurück. Sie fragte sich, ob es Vernunft war oder die Angst davor, irgendeinen inneren Bann zu brechen, der ihn aufhielt. Egal wie, es beunruhigte. Sie wollte keinen Vergleich mit einer Frau, die ein so brutales Ende gefunden hatte.

»Sie fehlt mir«, gab Donnie zu. »Ich will immer, was ich nicht haben kann. Ich habe das früher für Ehrgeiz gehalten, aber es ist nur… Bedürfnis.«

»Was ist mit Pam? Was hatte sie für Bedürfnisse?«

Die Zugpfeife blies erneut, lauter, näher.

»Frei von mir zu sein«, sagte er mit deprimiertem Gesicht. »Und jetzt ist sie es.«

Annie sah ihm nach, wie er sich entfernte. Er ging nicht zurück ins Haus, sondern zu einem perlweißen Lexus, der in der Nähe des Seitentores geparkt war. Hinter ihr rauschte der Southern Pacific vorbei, die Räder ratterten über die Schwellen.

Sie arbeitete erst ein paar Stunden an dem Fall und fühlte sich bereits, als wäre sie in einen Irrgarten geraten, der von außen täuschend einfach schien, aber in Wirklichkeit ein kompliziertes Labyrinth war, ein dunkler Korridor voller Spiegel. Ein kleiner Teil von ihr wollte umdrehen. Ein größerer Teil von ihr wollte tiefer eindringen, mehr erfahren. Das Geheimnis zerrte an ihr, lockte sie. *Versuchung.* Das Wort kam zu ihr wie das geflüsterte Geheimnis eines versteckten Mitverschwörers.

Fourcade. Er war der Hüter an ihrem Tor, der selbsternannte Führer, wenn sie sein Angebot annahm. Er besaß die Karte des Irrgartens und wußte viel über die Spieler. Der Trick dabei wäre, sich zu entscheiden, ob er Freund oder Feind war, ob sein Angebot echt oder eine Falle war. Anscheinend gab es nur eine Möglichkeit, das rauszufinden.

18

Selbst an einem sonnigen Tag sah das Haus irgendwie bedrohlich aus. Die strahlende Frühlingssonne schaffte es nicht, den Schal von Schatten zu entfernen, der aus den frisch belaubten Bäumen fiel. In dämmriges Licht gehüllt und grau vor Vernachlässigung, kauerte es im wuchernden Gestrüpp wie eine zahnlose Vettel, häßlich und verlassen.

Nick betrachtete das Haus von seiner Piroge aus, fasziniert von der Möglichkeit, daß Böses wie ein Gestank an einem Ort haften konnte. Das Haus war zum Zeitpunkt des Mordes in ganz gutem Zustand gewesen. Kurz vorher waren erst Mieter ausgezogen, und Renovierungsarbeiten waren geplant. Seit dem Mord hatte man das Haus verwahrlosen lassen. Kinder hatten Steine durchs Fenster geworfen. Das Stigma des Todes klebte wie Dreck daran.

Nick wollte es nicht betreten. Einige Leute hätten ihm Aberglauben vorgeworfen, aber nur solche, die nie der

Grenze zwischen Gut und Böse nahe gekommen waren; sie kannten weder die Macht noch die Möglichkeiten. Trotzdem war es auffällig, daß an einem Tag, so schön wie dieser, wo sich in anderen Teilen von Pony Bayou Scharen von Wochenendfischern aufhielten, im Umkreis von einer Viertelmeile kein Mensch zu finden war.

Er war mit seiner Piroge losgefahren, um etwas Abstand zwischen sich und die Gedanken zu dem Fall zu bringen. Aber dieser Ort hatte ihn wie ein Magnet angezogen.

Eine weitere Schlacht verloren, und somit würde er sich dieser Besessenheit hingeben, bis er zu einem Schluß gekommen war.

Wäre es jetzt vorbei, fragte er sich, *wenn ich Renard in dieser Nacht umgebracht hätte?*

Der Pony Bayou war an der Stelle schmal, selbst um diese Jahreszeit, in der das braune Wasser Hochstand hatte und in den Wald überschwappte. Die Ufer waren übersät von verwitterten Ästen und Dickichten von Heidelbeeren und Giftefeu. Die Gliedmaßen der Schwarzweide und zahlreichen anderen Sumpfbäumen streckten sich wie Skelettfinger von beiden Seiten über den Wasserarm, als wollten sie sich berühren.

Die Bäume vibrierten vom Lärm der Vögel, die durch den frühen Frühlingseinbruch ganz aus dem Häuschen waren. Die Lieder, das Gekreische und Gequäke vereinten sich zu einer Kakophonie, die ganz besonders entnervend und disharmonisch war. Und auf jeden verfügbaren Ast, Stamm und Stumpf waren die Wasserschlangen herausgekrochen, um sich in einem unheimlichen Frühlingsritual zu sonnen. Der Wald entlang der Ufer war behangen mit Reptilien wie dunkle muskulöse Girlanden festlicher Dekoration.

Nick nahm seinen Stab, erhob sich im hinteren Teil der Piroge und steuerte sie in nordwestliche Richtung. Der Weg war verschlungen, keiner sah ihn vorbeiziehen. Hier beanspruchte die Natur für ein paar Meilen das Land für sich, und das hatte ihr kein Mensch, zumindest seit langer Zeit, streitig gemacht. Dann wurde der Kanal etwas breiter, und der Wald endete abrupt am westlichen Ufer, am Rande des ersten Stückes gezähmten Grundes nach dem Mordschauplatz. Marcus Renards Haus.

Das Haus stand etwa hundert Meter entfernt, elegant in seiner Einfachheit. Klare Linien, schlichte Säulen. Hohe Glastüren öffneten sich auf eine Backsteinveranda, auf der Victor Renard an einem Gartentisch saß.

Victor war etwas größer als Marcus, mit massigerem Körperbau. Sein soziales Bewußtsein war auf dem Stand eines kleinen Kindes, aber er hatte die körperliche Kraft eines siebenunddreißig Jahre alten Mannes. Man hatte ihn einmal aus einem Gruppenheim verwiesen, weil er in einem Anfall von Jähzorn ein Bett zerstört hatte. Emotionen – seine eigenen oder die anderer – waren für ihn schwierig zu verstehen oder zu verarbeiten. Der autistische Verstand war scheinbar unfähig, Gefühle zu entschlüsseln. Meist zeigte er gar keine Gefühle, aber manchmal lösten die seltsamsten Dinge Erregung und gelegentlich Wut aus. Trotz alldem war Victor mathematisch sehr begabt und konnte mühelos Gleichungen ausrechnen, die College-Studenten kaum schafften, und er konnte den Genus und die Spezies Tausender von Tieren und Pflanzen nennen und alles textbuchgetreu beschreiben.

Die Leute in der Umgebung von Bayou Breaux verstanden Victor Renards Zustand nicht. Sie hatten Angst vor ihm. Sie hielten ihn fälschlicherweise für behindert oder schizophren. Er war weder noch.

Nick hatte es sich zur Aufgabe gemacht, diese Dinge über Victor und seinen Autismus herauszufinden. Ein Arsenal von Informationen war für einen Detective weit wichtiger als alle anderen Waffen. Der kleinste, scheinbar unbedeutendste Faktor oder auch ein Detail könnte möglicherweise das Stück sein, das das gesamte Puzzle lösen würde.

Victor Renards Verstand war an sich ein sehr komplexes

Rätsel. Falls er irgendwo in diesem Labyrinth einen Hinweis auf die Schuld seines Bruders verborgen hielt, würden sie es wohl nie erfahren, vermutete Nick. Wenn es ihnen je gelang, Marcus vor Gericht zu bringen, würde Smith Pritchett nie versuchen, Victor als Zeugen auftreten zu lassen. Abgesehen von den familiären Verbindungen, schloß Victors Autismus ihn als zuverlässig oder zumindest verständlich vor Gericht aus.

Nick lehnte sich gegen seine Stechstange, hielt die Piroge gegen die langsame Strömung. Er stand am Rande seiner gesetzlichen Grenzen. Kudrow hatte eine vorläufige einstweilige Verfügung für seinen Klienten erwirkt, die genau festlegte, wie nahe ihm Nick kommen durfte. Wenn er diese Grenzen zu heftig oder zu oft testete, könnte man ihn für Stalking belangen. Die Ironie des Ganzen amüsierte und widerte ihn gleichzeitig an.

Er beobachtete, wie Victor sich seiner bewußt wurde, sich gerader setzte, dann nach einem Fernglas auf dem Tisch griff. Er sprang aus dem Stuhl hoch, als hätte ihn jemand angezündet, rannte zwanzig Meter über den Rasen, in seltsamer Haltung die Arme gerade herunterhängend. Dann ließ er das Fernglas um seinen Hals baumeln und begann sich ruckartig, unregelmäßig hin- und herzuwiegen, wie ein kaputtes Aufziehspielzeug.

»Nicht jetzt!« schrie Victor und deutete auf ihn. »Rot, rot! Sehr rot! Eintritt raus!«

Als Nick keine Anstalten machte, sich zu entfernen, rannte Victor wieder zehn Schritte nach vorn, die Arme fest um die Brust verschränkt, und wiegte sich im Kreis. Seltsame durchdringende Schreie entwichen seinem Mund.

Am Haus öffnete sich eine der Glastüren, und Doll Renard stürzte auf die Veranda. Sie war fast so aufgeregt wie ihr Sohn. Sie schickte sich an, zu Victor zu laufen, dann wandte sie sich zurück zum Haus. Marcus kam heraus und humpelte über den Rasen zu seinem Bruder.

»Sehr rot!« schrie Victor, als Marcus seinen Arm packte. »Eintritt raus!«

Er schrie erneut, als Marcus ihm das Fernglas wegnahm.

Nick erwartete Geschrei, dann fiel ihm Renards gebrochener Kiefer ein, er fühlte aber keine Reue, sondern nur Unbehagen über die Macht seiner Wut.

Renard ging zum Ufer.

»Sie verletzen den Gerichtsbeschluß«, sagte er, und seine Hände ballten sich zu Fäusten.

»Ich denke nicht«, sagte Nick. »Ich bin auf einer öffentlichen Wasserstraße.«

»Sie sind ein Verbrecher!«

Nick schnalzte mit der Zunge. »Das ist eine Frage der Perspektive.«

»Wir rufen die Polizei an, Fourcade!«

»Das fällt in den Amtsbereich des Sheriffsbüros. Glauben Sie wirklich, die kommen Ihnen zu Hilfe? Dort haben Sie keine Freunde, Marcus.«

»Da irren Sie sich«, sagte Renard trotzig. »Sie brechen das Gesetz. Sie belästigen mich.«

Ein paar Meter hinter ihm war Victor auf die Knie gefallen und wiegte sich. Sein Gejaule trieb die Vögel aus den Bäumen.

Nick schaute unschuldig drein. »Wer? Ich? Ich fische doch bloß.« Er richtete sich langsam von seiner Stechstange auf, drückte die Piroge vom Ufer weg. »Gegen Fischen gibt's kein Gesetz, nein.«

Er ließ das Boot rückwärts treiben, folgte der Biegung des Landes, bis Renards Haus und sein Bruder außer Sichtweite waren und nur noch Renard selbst zu sehen war. *Konzentration,* dachte er. *Konzentration, Ruhe, Geduld. Existiere innerhalb der Strömung, und du wirst das Ziel erreichen.*

Annie saß in einem alten Holzstuhl, dessen Sitz aus der Haut einer bedauernswerten, längst verstorbenen Kuh geflochten war. Die Aussicht von Fourcades kleinem Balkon auf den

Bayou war hübsch. Sie fragte sich, ob Fourcade seinen Motor je lang genug im Leerlauf hatte, um es zu schätzen. Er machte nicht den Eindruck eines Mannes, der sich etwas aus solchen Dingen machte, aber der Mann steckte voller Überraschungen, oder etwa nicht?

Es überraschte sie nicht, daß er an einem so abgelegenen, so unzugänglichen Ort lebte. Er war ein unzugänglicher Mann. Es überraschte sie, daß sein Garten ordentlich war, daß er offensichtlich an dem Haus arbeitete.

Ihr Magen knurrte. Sie wartete schon seit einer Stunde. Fourcades Truck war da, aber Fourcade nicht. Gott weiß, wo er hingegangen war. Die Sonne ging langsam unter, und ihre Entschlossenheit versickerte in direktem Verhältnis zu ihrem wachsenden Hunger. Um sich zu beschäftigen, versuchte sie sich ein Versteck im Jeep vorzustellen, wo sie vielleicht eine Notration Snickers versteckt und vergessen haben könnte. Das Handschuhfach hatte sie bereits durchgearbeitet, und auch unter den Sitzen hatte sie schon nachgeschaut. Sie kam zu dem Schluß, daß Mullen die Schokoriegel gestohlen hatte, und verbrachte ein paar fröhliche Minuten damit, ihn dafür zu hassen.

Eine Piroge kam in Sicht, glitt über einen Flecken abgestorbener Zypressenstümpfe. Annies Magen zog sich nervös zusammen, und sie erhob sich von dem Stuhl. Fourcade steuerte das Boot an das Dock, machte in aller Ruhe die Piroge fest und kam dann das Ufer hoch. Er trug ein schwarzes T-Shirt, das wie eine zweite Haut saß, und eine Armeearbeitshose, die in Springerstiefeln steckte. Er lächelte nicht. Er blinzelte nicht.

»Wie hast du hierhergefunden?« fragte er.

»Ich wäre eine schlechte Kandidatin als Detective, wenn ich keine Adresse rauskriegen kann.« Annie trat hinter den Stuhl und legte die Hände auf die Lehne.

»Da hast du recht, *chéri*. Aber nein. Du hast Initiative. Du bist gekommen, um den Stier bei den Hörnern zu nehmen, *oui?*«

»Ich möchte sehen, was du zu dem Fall hast.«

Er nickte. »Gut.«

»Aber ich möchte, daß du von vornherein weißt, daß das nichts an dem ändert, was Mittwoch nacht passiert ist. Wenn du darauf aus bist, dann sag es jetzt, und ich gehe nach Hause.«

Nick musterte sie einen Augenblick lang. Eine ihrer Hände lag direkt an der offenen Klappe ihrer Jeansjacke. Zweifellos hatte sie die Sig Sauer griffbereit. Sie traute ihm nicht. Er konnte es ihr nicht verdenken.

Er zog die Schultern hoch. »Du hast gesehen, was du gesehen hast.«

»Ich werde vor Gericht aussagen müssen. Macht dich das nicht wütend? Macht dich das nicht so sauer, daß du, na sagen wir mal, eine lebendige Schlange in meinem Jeep versteckst?«

Er beugte sich zu ihr und tätschelte ihr sanft die Wange. »Wenn ich dir weh tun wollte, *chère*, dann würde ich das nicht einer Schlange überlassen.«

»Sollte ich jetzt erleichtert sein oder um mein Leben bangen?«

Fourcade sagte nichts.

»Ich traue dir nicht«, gab sie zu.

»Ich weiß.«

»Wenn du noch mehr so verrückte Scheiße abziehst wie gestern nacht, bin ich weg«, sagte sie. »Und wenn ich dich erschießen muß, dann mach ich das.«

»Ich bin nicht dein Feind, 'toinette.«

»Hoffentlich stimmt das. Ich habe momentan genug davon. Und das habe ich dir zu verdanken«, sagte Annie spitz.

»Wer hat schon behauptet, das Leben wäre fair? Ich ganz bestimmt nicht.«

Er wandte sich ab und ging weg. Er lud sie nicht ins Haus ein, er erwartete, daß sie ihm folgte. Keine Höflichkeitsfloskeln für Fourcade. Sie gingen durchs Wohnzimmer, ein

Raum, dessen Möblierung aus einem Werkzeugkasten und einem Preßlufthammer bestand. Der Boden war mit einem dreckigen weißen Segeltuch zugedeckt. Die Küche war das absolute Gegenteil – sauber, hell, frisch verputzt und in der Farbe von Buttermilch gestrichen. Ordentlich wie eine Schiffskombüse. Keinerlei Verzierung an den Wänden. Frische Kräuter wuchsen in einem schmalen Kasten auf dem Fensterbrett über dem Spülstein.

Fourcade ging zum Spülstein, um sich die Hände zu waschen.

»Was hat dich dazu gebracht, deine Meinung zu ändern?« fragte er.

»Noblier hat mich vom Streifendienst abgezogen, weil die anderen Deputys die bösen Buben spielen. Ich muß mich wohl damit abfinden, daß er mich in nächster Zukunft nicht in deinen Job befördern wird. Wenn ich also bei diesem Fall dabeisein will, bist du meine Eintrittskarte.«

Er äußerte kein Mitgefühl und fragte nach keinen Einzelheiten ihrer Probleme mit Mullen und den anderen. Das war ihr Problem, nicht seins.

»Laß dich fürs Archiv und Beweissicherung einteilen«, sagte er, drehte sich um und trocknete seine Hände an einem einfachen weißen Handtuch ab. »Du kannst den ganzen Tag Akten lesen, Berichte studieren.«

»Ich werde sehen, was ich tun kann. Aber das hat der Sheriff zu entscheiden.«

»Sei nicht passiv«, sagte er wütend. »Bitte um das, was du willst.«

»Und du glaubst, ich kriege das einfach so?« Annie lachte. »Du bist wirklich nicht von diesem Planeten, was, Fourcade?«

Seine Miene verhärtete sich. »Du wirst überhaupt nichts kriegen, worum du nicht auf irgendeine Art bittest, Schätzchen. Diese Lektion solltest du schleunigst lernen, wenn du diesen Job haben willst. Die Leute geben nicht einfach freiwillig ihre Geheimnisse preis. Du mußt fragen, schnüffeln, graben.«

»Das weiß ich.«

»Dann mach es.«

»Ich werde. Ich habe«, sagte sie bockig. »Ich habe heute mit Donnie Bichon geredet.«

Fourcade sah überrascht aus. »Und?«

»Und er kommt mir vor wie ein Mann mit einem Gewissensproblem. Aber vielleicht willst du das gar nicht hören – wo ihr beide euch doch so nahe steht und so.«

»Ich habe keinerlei Verbindungen zu Donnie Bichon.«

»Er hat dich für schlappe hunderttausend Dollar aus dem Knast geholt.«

Er legte seine Hände an den Taillenbund seiner Arbeitshose. »Ich werde dir sagen, was ich schon zu Donnie sagte: Er hat meine Freiheit gekauft, nicht mich. Mich kauft keiner.«

»Eine erfrischende Einstellung für einen Polizisten aus New Orleans.«

»Ich bin nicht mehr in New Orleans. Ich hatte Schwierigkeiten, mich anzupassen.«

»Da habe ich aber etwas anderes gelesen«, sagte Annie. »Ich habe den größten Teil des Nachmittags in der Bibliothek verbracht. Laut der *Times Picayune* warst du der Inbegriff des korrupten Cops. Du hast da unten viel Tinte gekriegt. Und kein Tropfen davon gut.«

»Die Presse wird von mächtigen Leuten mühelos manipuliert.«

Annie zuckte zusammen. »Oh, oh, weißt du, genau solche Bemerkungen sind es, die die Leute dazu verführen, wenig schmeichelhafte Schlüsse über deine geistige Gesundheit zu ziehen.«

»Die Leute können denken, was sie wollen. Ich kenne die Wahrheit. Ich habe die Wahrheit gelebt.«

»Und deine Version der Wahrheit wäre?« Sie ließ nicht locker.

Er starrte sie an, und sie sah die Kälte einer Seele, die ein langes, hartes Leben geführt und nicht viel Gutes gesehen hatte.

»Die Wahrheit ist, daß ich meinen Job zu gut gemacht habe«, sagte er schließlich. »Und ich habe den Fehler gemacht, mich zu sehr für die Gerechtigkeit einzusetzen, an einem Ort, an dem es, existentiell gesagt, keine gibt.«

»Hast du diesen Verdächtigen geschlagen?«

Er sagte nichts.

»Hast du diese Beweise eingeschmuggelt?«

Er beugte seinen Kopf einen Augenblick lang, dann wandte er ihr den Rücken zu und holte eine Gußeisenpfanne aus einem der unteren Schränke.

Sie wollte zu ihm gehen, die Wahrheit fordern, aber sie hatte Angst, ihm so nahe zu kommen. Angst, daß etwas auf sie abfärben könnte – seine Inbrunst, seine Zwanghaftigkeit, die Dunkelheit, die sein Wesen durchdrang. Sie engagierte sich bereits weit mehr, als die Pflicht es gebot in diesem Fall. Sie wollte nicht die Grenzen der Vernunft überschreiten, und sie hatte das dumpfe Gefühl, Fourcade könnte sie da in Sekunden hinbringen.

»Ich brauche eine Antwort, Detective.«

»Das ist für den jetzigen Fall nicht relevant.«

»Frühere Vergehen, die nicht zugelassen sind auf Grund dessen, daß sie die Meinung des Gerichts verfälschen könnten? Quatsch. Sehr häufig dienen sie dazu, ein Verhaltensmuster festzustellen«, argumentierte Annie. »Außerdem sind wir nicht im Gericht, wir sind in der wirklichen Welt. Ich muß wissen, mit wem ich es zu tun habe, Fourcade, und ich hab's dir schon einmal gesagt, momentan hab' ich's nicht so mit Vertrauen.«

»Vertrauen bringt gar nichts bei einer Ermittlung«, sagte er und machte sich zwischen Ofen, Eisschrank und Hackbrett zu schaffen. Er legte eine Auswahl von Gemüse auf das Holzbrett und wählte ein Messer von beängstigenden Ausmaßen.

»Es geht hier um Partner«, sagte Annie hartnäckig. »Hast du diesen Ring in Renards Schreibtisch gelegt?«

Er sah sie an, zuckte mit keiner Wimper. »Nein.«

»Warum sollte ich dir glauben? Woher weiß ich, daß Donnie Bichon dich nicht dafür bezahlt hat, daß du ihn dort reinlegst? Er könnte dich sogar dafür bezahlt haben, daß du Renard neulich abend umbringst.«

Er schnitt eine rote Paprika auf, als wäre sie aus dünnem Papier. »Wer ist denn jetzt hier paranoid?«

»Es gibt einen Unterschied zwischen gesundem Verdacht und Wahnvorstellungen.«

»Warum sollte ich dich bitten, an einer Ermittlung teilzunehmen, wenn ich Dreck am Stecken habe?«

»Damit du mich zu deinen Zwecken wie eine Marionette benutzen kannst.«

Er lächelte. »Dafür bist du viel zu gescheit, 'toinette.«

»Spar dir die Schmeicheleien.«

»Ich glaube nicht an Schmeicheleien. Ich sage, was wahr ist.«

»Wenn es dir paßt.«

Sie seufzte, weil sie sich wieder einmal im Kreis bewegt hatten. Ein Gespräch mit Fourcade war wie Schattenboxen – nur Anstrengung und keine Befriedigung.

»Warum ich?« fragte sie. »Warum nicht Quinlan oder Perez?«

»Die Abteilung ist klein. Wir sitzen aufeinander. Den einen juckt's, der andere kratzt. Du bist außerhalb des Kreises – das ist ein Vorteil.«

Er grinste erneut, drehte voll den Charme auf, den er sonst nie einsetzte. »Du bist meine Geheimwaffe, 'toinette.«

Sie versuchte ein letztes Mal, sich aus diesem Irrsinn herauszureden. Aber im Grunde wollte sie nicht, und das wußte er.

»Du spürst eine Verpflichtung, eine Verbindung mit Pam Bichon«, sagte er, »und gegenüber denjenigen, die vor ihr starben. Du spürst die Schatten. Deshalb bist du hier. Deshalb und weil du weißt, daß du und ich dasselbe Ende wollen: Renard in der Hölle.«

»Ich möchte den Fall aufklären«, sagte Annie. »Wenn Renard es getan hat –«

»Er hat es getan.«

»– dann gut. Ich werde an dem Tag, an dem sie ihn von Angola ins nächste Leben schicken, auf der Straße tanzen. Wenn er es nicht getan hat –«

Er rammte die Spitze des Messers in den Hackstock. *»Er hat es getan.«*

Annie sagte nichts. Welcher Teufel hatte sie nur geritten, hierherzukommen?

»Es ist einfach«, sagte er, ruhiger. Er zog das Messer aus dem Block und begann, eine Zwiebel zu würfeln. »Ich habe, was du brauchst, 'toinette. Fakten, Aussagen, Antworten auf die Fragen, die du erst noch stellen mußt. Alles kann, falls nötig, überprüft werden. Du hast einen neugierigen Verstand, einen freien Willen, angemessene Skepsis. Ich habe keine Macht über dich...« Das Messer erstarrte. Er sah sie mit gerunzelter Stirn an. »Hab' ich?«

»Nein«, sagte sie leise und wandte den Blick ab.

»Dann können wir loslegen. Aber zuerst essen wir.«

19

Sie aßen. Pfannengerührtes Gemüse und braunen Reis. Kein Fleisch. Seltsam, daß ein Mann, der kettenrauchte, Vegetarier war, aber Annie wußte, daß sie aufhören mußte, sich an den Gegensätzen bei Fourcade zu stoßen. Das Unerwartete zu erwarten schien ein weiser Weg, wenn auch einer, der ihr nicht leichtfiel.

»Du warst zwei Jahre am College. Warum hast du aufgehört?« fragte er und rammte seine Gabel ins Essen. Er aß, wie er alles machte – heftig und ohne eine überflüssige Bewegung.

»Sie wollten, daß ich ein Hauptfach wähle.« Ihr war nicht sehr wohl bei der Vorstellung, daß er ihre Personalakte durchforstet hatte. »Es kam mir vor wie eine Zwangsjacke. Ich war an so vielen Dingen interessiert.«

»Mangel an Zielsetzung.«

»Neugier«, konterte sie. »Ich dachte, das gefiel dir an mir.«

»Du brauchst Disziplin.«

»Das sagst ausgerechnet du«, sagte Annie verärgert und schob ihren Reis mit der Gabel herum. »Was ist denn mit deinen taoistischen Prinzipien von widerstandsloser Existenz passiert?«

»Häufig nicht vereinbar mit Polizeiarbeit. Was Religionen betrifft, so nehme ich mir, was für mich nützlich ist, und wende es an, wo es paßt. Warum bist du Polizist geworden?«

»Ich mag Leuten helfen. Jeden Tag gibt es etwas anderes. Ich löse gerne Rätsel. Ich darf ein heißes Auto fahren. Und wie war das bei dir?«

Worte wie *Macht* und *Kontrolle* kamen ihr in den Sinn, aber die gab er ihr nicht.

»Es ist sachlich, logisch, unerläßlich. Ich glaube an Gerechtigkeit. Ich glaube an den Kampf des größeren Guten. Ich glaube, daß sich das kollektive Böse wie ein Krebsgeschwür in den Seelen der Individuen ausbreitet.«

»Es war also nicht nur die coole Uniform?«

Fourcade sah verwirrt aus.

»Du hast dich im August dreiundneunzig in der Akademie eingeschrieben«, sagte er. »Kurz nach dieser Bayou-Würger-Geschichte. Irgendeine Verbindung?«

»Du weißt doch so viel über mich. Sag's mir.«

Er ignorierte den beleidigten Unterton in ihrer Stimme. Er entschuldigte sich nicht für das Überschreiten gewisser Grenzen. »Du bist mit dem fünften Opfer zur Schule gegangen, mit Annick Delahoussaye-Gerard. Wart ihr befreundet?«

»Ja, wir waren befreundet«, sagte sie.

Sie brachte ihren Teller zum Spülstein und sah aus dem Fenster, sah aber nichts. Die Nacht hatte sich um das Haus gewickelt. Fourcade hatte kein Licht im Garten. Natürlich nicht. Fourcade würde eins sein mit der Dunkelheit.

»Sie war meine beste Freundin, als wir klein waren«, sagte sie. »Die Familien nannten uns ›die zwei Annies‹. Aber dann haben wir uns auseinandergelebt, waren mit verschiedenen Cliquen unterwegs. Ihre Familie betrieb eine Bar – jetzt ist es die Voodoo Lounge. Sie haben verkauft, nachdem Annick getötet wurde.

Etwa einen Monat bevor es passierte, bin ich ihr zufällig begegnet. Sie hat in einer Bar gekellnert. Sie wollte sich gerade scheiden lassen. Ich habe ihr gesagt, sie soll doch ein Wochenende nach Lafayette kommen, dann könnten wir uns erzählen, was wir inzwischen erlebt hatten und uns ein bißchen amüsieren. Aber dieses Wochenende hat nie stattgefunden. Ich glaube, ich wollte es auch nicht wirklich. Wir hatten nicht mehr sehr viel, was uns verband. Auf jeden Fall kam dann die Nachricht ... und dann die Beerdigung.«

Nick beobachtete ihr Spiegelbild im Fenster. »Warum glaubst du, hat es dich so schwer getroffen, wenn ihr euch doch so auseinandergelebt hattet?«

»Ich weiß es nicht.«

»O doch, das tust du.«

Sie schwieg für einen Augenblick. Er wartete. Die Antwort lag in ihrer Reichweite. Sie wollte nicht danach greifen.

»Wir waren einmal die zwei Seiten derselben Münze«, sagte sie schließlich. »Man schnippt die Münze, ein Dreh des Schicksals ...«

»Das Opfer hättest du sein können.«

»Sicher, warum nicht«, sagte sie. »Weißt du, man liest über ein Verbrechen in der Zeitung und denkt: Wie furchtbar für die Opfer, und dann blättert man um und geht weiter. Es ist ganz anders, wenn man die Leute kennt. Die Presse nannte sie eine Woche lang beim Namen, dann wurde sie Opfer Nummer fünf, und sie gingen über zur nächsten großen Schlagzeile. Ich habe gesehen, was das Verbrechen ihrer Familie, ihren Freunden angetan hat. Ich begann daran zu denken, daß es gut wäre, zu versuchen, etwas für Leute wie die Delahoussayes zu bewegen.«

Nick stand auf und trug seinen Teller zum Spülstein, wo er neben dem ihren stand. »Das ist ein guter Grund, 'toinette. Ehre. Soziale Verantwortung.«

»Vergiß nicht den heißen Wagen.«

»Das ist überflüssig.«

»Der Wagen?«

»Die Maske, die du trägst«, sagte er. »Die Mühe, die du dir gibst, die Wahrheit unter Schichten unbedeutender Manierismen und Humor zu verstecken. Das ist Energieverschwendung.«

Annie schüttelte den Kopf. »Man nennt das eine Persönlichkeit haben. Du solltest es gelegentlich versuchen. Ich wette, es würde dein gesellschaftliches Leben verbessern.«

Sie hatte reagiert, einen Augenblick bevor ihr klar wurde, was er wirklich sagte – nämlich, daß er so lebte: mit einer Seele bar jeder schützenden Verstellung, daß seine Gedanken, seine Gefühle wie nackte, bloßgelegte Nerven dalagen. Sie hätte ihn nie als verletzlich gesehen, wußte, daß er sich selbst nie so sehen würde. Wie seltsam, ihn so zu sehen. Sie war sich nicht sicher, ob das etwas war, was sie sehen wollte.

»Reine Zeitverschwundung«, sagte er wieder und wandte sich ab. »Wir haben einen Job zu erledigen. Packen wir's an.«

Er hatte das *grenier*, den Speicher, der den ersten halben Stock des Hauses einnahm, in ein Arbeitszimmer verwandelt. Das Bett, das in der hinteren Ecke versteckt war, schien wie ein Nachtrag, ein widerwilliges Zugeständnis an das gelegentliche Bedürfnis nach Schlaf. Ein maskuliner Raum, mit schweren Holzmöbeln und etwas geradezu Mönchhaftem in seinem Gefühl für Ordnung. Die Bücherregale waren voller Bücher, Hunderte von Büchern, die alphabetisch geordnet waren. Kriminologie, Philosophie, Psychologie, Religion. Alles von gestörtem Verhalten bis zu den Mysterien des Zen.

Ein dreieinhalb Meter langer Tisch beherbergte die Berge von Papierkram, die der Bichon-Mord erzeugt hatte. Fotokopien von jeder Aussage, jedem Laborbericht. Numerierte Mappen, die mit Fourcades Notizen gefüllt waren. Auf einem Schwarzen Brett hinter dem Tisch hingen Karten: eine des Drei-Parish-Gebietes, eine von Partout Parish, eine von der unmittelbaren Umgebung von Bayou Breaux einschließlich des Mordschauplatzes und Renards Haus. Rote Stecknadeln markierten bedeutende Schauplätze. Dünne rote Linien, die zwischen den Schauplätzen gezogen waren, waren mit genauen Meilenangaben versehen.

An einem zweiten Schwarzen Brett hingen Kopien der Tatortbilder – schonungslose, harte Realität im harschen Licht eines Blitzlichts.

»Wow«, murmelte Annie. »Du stehst wohl drauf, deine Arbeit mit nach Hause zu bringen.«

»Es ist eine Pflicht, kein Hobby.« Er stand vor einem der Bücherregale. »Wenn du eine Stechuhr und keine Sorgen haben willst, dann besorg dir einen Job in der Lampenfabrik. Wenn du den Schwarzen Peter bei den harten Nummern weitergeben willst, bleib in Uniform.« Ein eisiger Blick richtete sich auf sie. »Ist es das, was du willst, 'toinette? Willst du an der Oberfläche bleiben, wo alles einfach und sicher ist, oder willst du tiefer gehen?«

Wieder einmal hatte sie das Gefühl, daß er der Wächter am Tor zu einer geheimen Welt war, und wenn sie diese Schwelle überschritt, würde es kein Zurück geben. Die Vorstellung gefiel ihr nicht.

»Ich möchte Detective werden«, sagte sie. »Ich möchte diesen Fall klären. Ich werde weder dem Herrn der Finsternis den Treueid schwören noch ein Jedi-Ritter werden. Ich möchte den Job *machen*, nicht der Job *sein.*«

Das war Fourcade, der Zen-Detective. Mißfallen klebte an ihm wie Dunst.

»Es ist kein Job, keine Religion«, sagte Annie. »Du bist in der falschen Zeit geboren, Fourcade. Du hättest einen tollen Zeloten abgegeben.«

Ihr Blick wanderte zum Tisch, zum Schwarzen Brett und den Bildern von Pam Bichons grausigem Tod. Sie wollte Fourcades Ressourcen. Sie war nicht verpflichtet, sich seiner Doktrin besessen zwanghaften Verhaltens zu unterwerfen.

»Ich möchte, daß dieser Fall gelöst wird«, sagte sie. »Ende der Geschichte.«

Sie suchte Donnie Bichons Mappe heraus und öffnete sie.

»Warum bist du zu ihm gegangen?« fragte Fourcade. »Wir haben ihn unter die Lupe genommen, und er war sauber.«

»Weil Lindsay Faulkner sagt, er ist dabei, Pams Hälfte des Immobiliengeschäfts zu verkaufen.«

Diese Nachricht traf Nick wie ein Stein gegen die Brust. Er hatte Donnie erst gestern mit der Idee aufgezogen und nicht im Traum daran gedacht, daß der Mann dumm genug sein würde, einen solchen Schritt so kurz nach Pams Tod zu machen. »Wann hast du das gehört?«

»Heute morgen. Ich hab' im Immobilienbüro vorbeigeschaut.« Sie zögerte, wägte die Pros und Kontras ab, ihm die ganze Wahrheit zu erzählen.

»Du hast wo vorbeigeschaut und was getan?« fragte er. »Wenn wir Partner sind, *chère*, dann sind wir Partner. Da wird nichts zurückgehalten.«

Sie holte tief Luft und legte die Akte beiseite. »Sie sagte, Donnie hätte einen möglichen Käufer am Haken ... in New Orleans. Donnie hat mir gesagt, es wäre ein Bluff.«

Nick war es gelungen, die Idee von Marcottes Beteiligung

praktisch auszuschließen. Sie schien zu weit hergeholt. Er konnte sich nicht vorstellen, daß er für Marcotte je so wichtig gewesen war, daß er sich nach all dieser Zeit an ihm rächen wollte. Außerdem hatte Marcotte gekriegt, was er damals haben wollte, warum sollte er also das Spiel hinauszögern?

Außer, wenn das, was er jetzt wollte, Bayou Realty war und Nicks Beteiligung bloßer Zufall oder Karma war. Die Frage war: Wenn Marcotte beteiligt war, war der Mord ein Ergebnis dieser Beteiligung oder war die Beteiligung ein Nebenprodukt des Verbrechens?

»*C'est une affaire à pus finir*«, flüsterte Nick.

»Ich denke, es ist ein Bluff«, sagte Annie. »Wir – du hast Donnies Telefonaufzeichnungen aus dem Zeitraum, in dem Pam belästigt wurde. Wenn der Verkauf des Geschäfts ein Motiv für ihn war, sie loszuwerden, dann hätte er in dieser Zeit Kontakt mit seinem Käufer gehabt. Nicht von seinem Haus aus, wenn er einen Funken Verstand hat, aber keiner würde sich irgendwas dabei denken, wenn er von seinem Büro aus New Orleans anruft. Wir können das überprüfen. Aber ich sage, wenn Donnie diese fette Katze am Haken hat, warum würde er sich dann die Mühe machen, Spielchen mit Lindsay Faulkner zu treiben?« fuhr sie fort. »Und wenn er Angst hatte, daß bei einem Verkauf die rote Flagge bei den Cops hochgeht, warum dann überhaupt etwas offen machen? Es ist nicht schwer, solche Geschäfte zu verstecken. Tatsache ist, Donnie hat es schon einmal gemacht. Er hat sich von Pam Besitz verstecken lassen, damit er ihn nicht an die Bank verlieren konnte. Hast du davon gewußt?«

»Ja.«

Nick zwang sich, sich zu bewegen. *Vorwärts* war vor Monaten zu einem Mantra geworden. Vorwärts bewegen, körperlich, psychologisch, geistig, metaphorisch. Bewegung schien die Seile zu straffen, an denen sich Fakten und Ideen in seinem Kopf aufreihten. Bewegung hielt Ordnung aufrecht. Also bewegte er sich vorwärts und versuchte, sich nicht vor dem Schatten, der ihm folgte, zu gruseln.

»Ich werde die Aufzeichnungen durchgehen«, sagte er. »Aber ich bezweifle, daß der Verkauf des Geschäftes etwas mit dem Mord zu tun hat. Viel wahrscheinlicher ist, daß es Aasgeier sind, die ihre Chance wittern, die Gelegenheit ausnutzen. Eine Frau, die so getötet wurde wie Pam – das ist kein Geldmord. Leute, die aus finanziellen Gründen getötet werden – die fallen die Treppe runter, ertrinken, verschwinden.«

Er blieb vor dem Tisch stehen, sein Blick war auf die Fotos gerichtet. »Das ... das war persönlich. Das war Haß. Verachtung. Kontrolle. Wut.«

»Oder wurde nach der Tat so hingedreht.«

»Nein«, flüsterte er. »Ich kann es fühlen.«

»Hast du sie gekannt?« fragte sie leise.

»Sie hat mir dieses Haus verkauft. Nette Lady. Schwer zu glauben, daß jemand sie so hassen konnte.«

»Renard behauptet, er hätte sie geliebt – wie ein Freund. Er besteht darauf, daß man ihm das anhängen will. Er will, daß ich die Wahrheit herausfinde.« Sie verzog den Mund. »Mann, ich bin wirklich neuerdings sehr beliebt.«

Er ging nicht auf die Ironie ein. Statt dessen konzentrierte er sich auf Renard. »Du hast mit ihm geredet? Wann? Wo?«

»Heute morgen. In seinem Büro. Er hat mich eingeladen, hochzukommen. Er leidet unter dem Mißverständnis, daß ich Mitgefühl für ihn habe.«

»Er vertraut dir?«

»Ich hatte das große Glück, seinen armseligen Hintern zu retten – zweimal an einem Tag. Er scheint zu glauben, nur weil ich nicht zugelassen habe, daß einzelne Leute ihn umbringen,würde ich auch nicht zulassen, daß es der Staat tut.«

»Dann kannst du ihm nahekommen«, murmelte Fourcade. »Das ist etwas, was Stokes und ich nie schaffen würden. Er hat uns von Anfang an als Feinde betrachtet. Du kommst aus einer völlig anderen Richtung zu ihm.«

»Ich mag die Richtung nicht, die dein Kopf einschlägt«, sagte Annie. Sie ging zu einem der Bücherregale und fixierte die Titel.

»Ich habe ihm ganz offen gesagt, daß ich glaube, er hätte es getan.«

»Aber er will dich für sich gewinnen, ja?«

»Ich weiß nicht, ob ich es direkt so ausdrücken würde.«

Fourcade drehte sich um, seine Hände an ihren Schultern,und er sah sie an, als würde er sie das erste Mal sehen. »*Mais oui.* O ja. Die Haare, die Augen, etwa die gleiche Größe. Du paßt in das Opferprofil.«

»Wie die Hälfte der Frauen in Süd Lou'siana.«

»Aber *du* bist in *sein* Leben gekommen, *chère.* So, als ob es Bestimmung wäre.«

»Du machst mir angst, Fourcade.« Sie versuchte, sich seinem Zugriff zu entwinden. »Du redest, als ob er ein Serienmörder wäre.«

»Das Potential ist da. Die Psychopathologie ist da«, sagte er und begann auf und ab zu laufen. »Schau ihn doch an: Mitte Dreißig, weiß, ledig, intelligent, dominierende Mutter, abwesender Vater, keinen Erfolg mit Beziehungen bei Frauen. Ganz klassisch.«

»Aber er hat keine kriminelle Vorgeschichte. Kein Muster von eskalierendem gestörten Verhalten.«

»Vielleicht, vielleicht auch nicht. Bevor er hierhergezogen ist, hatte er eine Freundin in Baton Rouge. Sie ist überraschend gestorben.«

»In den Zeitungen stand, sie wäre bei einem Autounfall gestorben.«

»Sie wurde bis zur Unkenntlichkeit verbrannt bei einem Autounfall, in den kein anderer Wagen verwickelt war, auf irgendeiner Nebenstraße, kurz nachdem sie ihrer Mutter gesagt hatte, sie würde mit Renard Schluß machen. Sie fand ihn zu besitzergreifend. ›Erstickend‹ war das Wort, das sie ihrer Mutter gegenüber gebrauchte.«

Er hatte sich diese Information offensichtlich an der Quelle besorgt. Das einzige, was die Zeitungen aus Elaine Ingrams Mutter herausgekriegt hatten, war, daß sie Marcus Renard, »sehr angenehm und als Gentleman« empfand und daß sie wünschte, ihre Tochter hätte ihn geheiratet. Falls er damals ein Monster gewesen war, hatte es keiner gesehen... außer vielleicht Elaine.

»Die Mutter glaubt nicht, daß er sie getötet hat«, sagte Annie.

Fourcade sah ungeduldig aus. »Es spielt keine Rolle, was sie denkt. Es spielt nur eine Rolle, was er getan hat. Es spielt eine Rolle, daß er sie möglicherweise umgebracht hat. Es spielt eine Rolle, daß er vielleicht schon einmal diese Art Wut gehabt hat und daß er vielleicht aus dieser Wut heraus getötet hat. Schau dir diesen Mord an«, sagte er mit einer Geste zu den Fotos: »Zorn, Macht, Dominanz, sexuelle Brutalität. Ähnlich deinem Bayou-Würger?«

»Willst du damit sagen, daß du glaubst, Renard hätte vielleicht vor vier Jahren diese Frauen umgebracht?« fragte Annie. »Er ist dreiundneunzig hierher zurückgekommen. Glaubst du, er war der Bayou-Würger?«

Fourcade schüttelte den Kopf. »Nein, ich bin diese Akten durchgegangen. Ich habe mit den Leuten geredet, die es letztendlich Danjermond angehängt haben – Laurel Chandler und Jack Boudreaux. Sie leben jetzt an der Küste von Carolina. Zu viele schlechte Erinnerungen hier, nehme ich an, nachdem sie ihre Schwester durch den Würger verloren hat und so weiter. Sie erzählen eine ziemlich überzeugende Geschichte. Die Ermittlung hat sie untermauert.«

Er blieb stehen und richtete den Blick auf die Tatortbilder. »Außerdem gibt es Unterschiede bei den Morden. Pam Bichon wurde nicht erwürgt.«

Er legte einen Finger auf ein Foto, eine Nahaufnahme der Blutergüsse auf dem Hals. »Sie wurde manuell erwürgt – diese Flecken sind Daumenabdrücke – und ihr Zungenbein wurde gequetscht. Er hat sie wahrscheinlich irgendwann bewußtlos gewürgt. Das können wir um ihretwillen nur hoffen. Aber Ersticken war nicht die Todesursache.« Sein Finger bewegte sich weiter zu einer Aufnahme des brutal zugerichteten nackten Brustkorbs der Frau. »Auf Grund des Musters der Blutspritzer glaube ich, daß sie mehrmal in die Brust gestochen wurde, während sie stand und dann zu Boden fiel. Das Würgen fand irgendwann statt, nachdem sie gefallen war, aber bevor sie tot war. Ansonsten hätte sie keine solchen Blutergüsse.

Der Würger hat einen weißen Seidenschal um den Hals benutzt, um seine Opfer zu töten – das war sein Markenzeichen. Und er hat sie mit Streifen von weißer Seide gefesselt. Siehst du hier? Keine Fesselspuren an Bichons Handgelenken oder Knöcheln.«

»Aber die sexuellen Verstümmelungen –«

Er schüttelte den Kopf. »Ähnlich, aber bei weitem nicht die gleichen. Danjermond hat seine Opfer ausgiebig gefoltert, bevor er sie tötete. Die Verstümmelungen bei Bichon waren zum Großteil post mortem, ein Hinweis darauf, daß es sich hier um Zorn, Haß, Mißachtung und nicht erotischen Sadismus handelt – wie das beim Würger der Fall war. Diesem Jungen ist dabei ganz groß einer abgegangen, Renard aber war stocksauer.

Und dann ist da noch das Opferprofil«, fuhr er fort. »Der Würger hat Frauen gejagt, die leicht zugänglich waren: Frauen, die sich in Bars herumtrieben, nach Männern suchten, Spaß haben wollten. Das war Pam Bichon nicht.

Nein«, sagte er. »Die Fälle haben nichts miteinander zu tun. So wie ich das sehe, hat sich Renard auf Pam fixiert, als er dachte, sie würde für ihn verfügbar werden –, nachdem sie sich von Donnie getrennt hat. Er hat wahrscheinlich eine Phantasie um sie herum aufgebaut, und als sie sich weigerte, mitzuspielen, um die Phantasie in Realität zu verwandeln, hat er die Linie zur Seite der Finsternis überquert.«

Er drehte sich um, und sein Blick streifte Annie. »Und jetzt schaut er dir in die Augen, *chère.*«

»Ich hab' vielleicht ein Glück!«

Fourcade ignorierte ihren Sarkasmus. »O ja«, sagte er und kam näher. »Du bekommst hier eine seltene Chance, 'toinette. Du kannst ihm nahekommen, ihn öffnen, sehen, was in seinem Kopf ist. Wenn er dich nahe genug an sich ranläßt, wird er sich verraten.«

»Oder mich töten, wenn sich deine Theorie bewahrheitet. Ich würde lieber ein nettes Beweisstück finden, aber trotzdem danke. Die Mordwaffe. Eine Zeugin, die ihn am Tatort festnagelt. Eine Trophäe.«

»Wir haben seine Trophäe gefunden. Den Ring. Erwarte nicht, daß du noch eine findest. Wir haben nicht einmal die Geschenke gefunden, die Pam ihm zurückgegeben hat. Wir haben nie die anderen Dinge gefunden, die er ihr gestohlen hat. Er ist zu gescheit, denselben Fehler zweimal zu machen – und das brauchen wir, Schätzchen, daß er einen Fehler macht. Das könnte er sein.« Er bürstete ihren Pony mit den Fingerspitzen, streichelte ihre Wange. Sein Daumen huschte an ihrem Mundwinkel entlang. »Er könnte sich in dich verlieben.«

Ihr gefiel nicht, wie ihr Puls hämmerte. Sie mochte nicht, wie sie Pam Bichons Leiche aus jedem Blickwinkel sah – zerfetzt, zerlumpt, blutig, die Federmaske ein grotesker Kontrast.

»Ich bin kein Köder für deine Bärenfalle, Fourcade«, sagte sie. »Wenn ich etwas aus Renard rausholen kann, werde ich das tun, aber ich werde ihm nicht so nahe kommen, daß er Hand an mich legen kann. Ich möchte ihm nicht unter die Haut gehen. Ich möchte nicht in seinen Kopf – oder in deinen. Ich möchte Gerechtigkeit, mehr nicht.«

»Dann geh ran, *chère*«, sagte er, zu verführerisch. »Hol sie dir ... egal wie.«

20

»Sie müßten gezwungen werden, für das, was sie uns antun, zu bezahlen«, verkündete Doll Renard. Sie bewegte sich wie ein Kolibri durchs Speisezimmer, flatterte hierhin, flatterte dorthin, rastlos, ruhelos.

»Das hast du schon zehnmal gesagt«, knurrte Marcus.

»Acht.« Victor korrigierte ihn automatisch, ohne Selbstzufriedenheit. »Achtmal. Wiederholung. Multiplikation. Zweimal, viermal, achtmal. Gleich. Ist gleich, *macht* gleich. Ist gleich manchmal *gleich*, manchmal ungleich.«

Er schüttelte tadelnd den Kopf ob diesem Trick der Sprache.

Doll warf ihm einen angewiderten Blick zu. »Ich werde es sagen, bis ich blau im Gesicht bin. Das Partout-Parish-Sheriffsbüro hat unser Leben ruiniert. Ich kann nirgendwo hingehen, ohne daß die Leute mich anstarren und tuscheln, ›da ist diese Doll Renard‹ sagen. ›Wie kann sie unter die Leute gehen, nachdem, was ihr Junge getan hat?‹ Es ist sogar noch schlimmer als damals, als uns dein Vater verraten hat. Aber daran wirst du dich wohl nicht erinnern. Du warst nur ein kleiner Junge. Die Leute sind ekelhaft, das ist es.«

»Ich habe nichts Unrechtes getan«, erinnerte sie Marcus. »Ich bin unschuldig, bis man mir meine Schuld bewiesen hat. Sag ihnen das.«

Sie schniefte verächtlich und flatterte vom Sideboard zum Porzellaneckschrank. »Diese Befriedigung werde ich ihnen nicht geben. Außerdem würden sie mir einfach an den Kopf kotzen, daß alle wissen, daß du hinter dieser Bichon hergehechelt bist und sie dich nicht haben wollte.«

»Kotzen«, sagte Victor und wiegte sich im Stuhl hin und her.

Es hatte eine Stunde gedauert, ihn nach dem Anfall zu beruhigen, den Fourcade ausgelöst hatte, und er war immer noch aufgeregt. Er sollte eigentlich beim Silberputzen helfen, aber er hatte beschlossen, daß Patina Bakterien wären, und weigerte sich, irgend etwas davon anzufassen. Bakterien, so glaubte er, würden seine Arme hochrennen und sich durch seine Ohrkanäle Zugang zum Gehirn verschaffen. »Erbrochenes, Spucke. Speien. Rauswürgen. Reinwürgen. Entleeren – wie Exkremente.«

»Victor, hör auf!« keifte Dolly, ihre knochige Hand flatterte zum Herzen. »Uns wird schlecht.«

»Reden – Worte kotzen. Geräusch und Geräusch gleich«, sagte er, und sein Blick wurde glasig, als er sich auf etwas in seinem verworrenen Gehirn zu konzentrieren versuchte.

Marcus schaltete sie beide aus, starrte seine Hände an. Er rieb mit einem Poliertuch den Stiel eines Marklöffels auf und ab und dachte über die Nutzlosigkeit dieses Dings nach. Die Leute aßen kein Knochenmark mehr. Die Praxis zeugte von einer Gefräßigkeit, die nicht mehr in Mode war. Das Fleisch einer Kreatur zu verschlingen und dann die Knochen zu knacken, um sein Mark auszusaugen war ein zu räuberischer Akt. Die Gier, ein ganzes Wesen zu verschlingen, wurde nicht gern gesehen, unterdrückt.

Er fragte sich, ob ein Bedürfnis, das man tief genug unterdrückte, lange genug, letztendlich ins Mark einer Person einsickerte, nur noch erreichbar, wenn man die Knochen aufbrach. Er fragte sich, was wohl aus seinem Mark heraustropfen würde. Das seiner Mutter war sicher schwarz wie Teer.

»Er hat dich geschlagen«, wiederholte sie, als bräuchte er eine Erinnerung an Fourcades Sünden. »Du könntest auf Dauer entstellt sein. Du könntest behindert sein. Du könntest deinen Job verlieren. Es ist ein Wunder, daß sie dich nicht gefeuert haben nach dem ganzen Theater.«

»Ich bin ein Partner, Mutter. Sie können mich nicht feuern.«

»Wer wird dir denn noch Arbeit bringen? Dein Ruf ist ruiniert – und meiner. Ich habe jeden einzelnen Auftrag für Mardi Gras verloren. Und dieser Mann besitzt die Frechheit, hier aufzutauchen, uns zu belästigen, und das Sheriffsbüro macht nichts! Nichts! Ich schwöre, man könnte uns alle umbringen, und sie würden nichts tun! Sie sollten für das bezahlen müssen, was sie uns antun.«

»Neun«, sagte Victor.

Er erhob sich abrupt von seinem Stuhl, als die Uhr im Korridor acht schlug und hastete aus dem Zimmer.

»Da geht er hin«, murmelte Doll verbittert, mit verkniffenem Gesicht. »Er wird wie ein Toter schlafen. Ich weiß gar nicht mehr, wann ich das letzte Mal eine Nacht so richtig geschlafen habe. Jetzt träume ich jede Nacht von meinen Mardi-Gras-Masken. Die ganze Freude mit ihnen hat man mir geraubt. Du weißt, was die Leute sagen. Sie sagen, die Maske, die sie auf der toten Frau gefunden haben, war aus meiner Kollektion, und obwohl ich weiß, daß es nicht stimmt, obwohl ich nachweisen kann, wo jede einzelne von ihnen hingekommen ist, und obwohl ich weiß, daß die Menschen nur eifersüchtig sind, weil meine Kollektion Jahr für Jahr im Karneval Preise gewinnt, hat es mir einfach die Freude geraubt.«

Falls seine Mutter überhaupt je einen Augenblick Freude in ihrem Leben gehabt hatte, dann hatte Marcus immer nur davon erfahren, wenn man sie ihr »geraubt« hatte, als wäre ihr das Gefühl erst bewußt, nachdem es vorbei war. Er legte den Marklöffel beiseite und faltete das Poliertuch.

»Ich habe Annie Broussard angerufen«, sagte er. »Vielleicht kann sie etwas gegen Fourcade unternehmen.«

»Was könnte sie denn schon tun«, sagte Doll mit säuerlicher Miene, verärgert, weil die Aufmerksamkeit von ihrem eigenen Leid abgelenkt wurde.

»Sie hat ihn daran gehindert, mich zu töten«, sagte er. »Ich muß mich hinlegen. Mein Kopf dröhnt.«

Doll schnalzte mit der Zunge. »Kein Wunder. Du könntest

eine Gehirnverletzung haben. Ein Blutgefäß könnte erst nach Monaten in deinem Kopf platzen, und wo wären wir dann?«

Ich wäre frei von dir, dachte Marcus. Aber es gab einfachere Methoden zu flüchten als den Tod.

Er ging ins Schlafzimmer, blieb aber nur kurz, um sich eine Percodan aus der Schublade des Nachtkästchens zu holen. Man durfte keine Pillen im Medizinschrank lassen, wo Victor sie finden konnte. Victor glaubte, alle Pillen würden sowohl heilen als auch vorsorgen. Als Teenager war ihm zweimal der Magen ausgepumpt worden, um Aspirin, Magentabletten, Vitamine und Midol rauszuspülen.

Marcus zerbrach die Schmerztablette in Stücke, steckte sie in den Mund und spülte sie mit Coca-Cola hinunter – eine Angewohnheit, gegen die seine Mutter schon sein ganzes Leben lang wetterte. Doll glaubte, Coca-Cola würde mit Medikamenten wie Alkohol reagieren und einen Menschen einschläfern. Er nahm aus Bosheit noch einen Extraschluck und trug die Dose in sein Arbeitszimmer.

Spannung und Wut hielten ihn davon ab, zu seinem Zeichentisch zu gehen. Er bewegte sich gebeugt durchs Zimmer, weil seine Rippen besonders weh taten. Heute abend schmerzte alles mehr, wegen Fourcade. Wegen Fourcade war er über den Rasen gelaufen, hatte Muskeln überstrapaziert, seinen Blutdruck in die Höhe getrieben.

Dieses Dreckschwein würde, verdammt noch mal, für das, was er getan hatte, bezahlen. Kudrow würde dafür sorgen. Anklage, Zivilklage. Wenn sich der Staub gelegt hatte, würde Fourcades Karriere ein Trümmerhaufen sein. Die Vorstellung befriedigte Renard enorm – genau mit dem System, mit dem seine Folterknechte versucht hatten, ihn zu zerstören, würde er sie zerstören. Stokes würde er auch ruinieren, wenn er konnte. Donnie Bichon hatte bereits Pams Vertrauen zerstört und sie gegenüber allen Männern mißtrauisch gemacht. Aber Marcus hätte sie im Lauf der Zeit gewonnen, wenn sie nicht das Sheriffsbüro angerufen hätte. Stokes hatte keine

Gelegenheit versäumt, Pam gegen ihn aufzuhetzen, bei jeder Gelegenheit Zweifel in ihren Kopf zu säen.

Marcus fragte sich oft, was sein hätte können, wenn Pam sein Interesse nicht mißverstanden und das Sheriffsbüro angerufen hätte. Sie hätten zusammen etwas Schönes haben können. Er hatte sich das tausendmal vorgestellt: sie beide, wie sie ein schönes, friedliches Leben führten. Freunde und Liebende. Mann und Frau.

In den letzten paar Monaten hatte Marcus eine starke Abneigung und Verachtung für das Sheriffsbüro und seine Beamten entwickelt. Alle außer Annie. Annie war nicht wie die übrigen. Ihr Herz war rein. Die Machenschaften des Systems hatten ihren Sinn für Fairneß noch nicht korrumpiert.

Annie würde nach der Wahrheit suchen, und wenn sie sie gefunden hatte, würde er sie zur Seinen machen.

Victor stand um Mitternacht auf, wie immer. Er hatte nicht gut geschlafen. Bruchstücke von Träumen hatten sich wie Scherben bunten Glases in sein Gehirn gebohrt. Die Farben beunruhigten ihn. Sehr rote Farben. *Rot* wie Blut und auch *schwarz.* Dunkel *und* hell. Hell wie die Farbe von Urin.

Die Farben waren zu intensiv. Intensität war schmerzhaft. Intensität konnte sehr weiß oder sehr rot sein. Weiße Intensität kam von Weichheit und Kühle von gewissen Gefühlen, die er nicht nennen oder beschreiben konnte,von bestimmten visuellen Vorstellungen – Strichpunkte und Doppelpunkte, Phrasen in Klammern und Pferden. Weiße Intensität kam auch von einer Sammlung wertvoller Wörter: *leuchtend, mystisch, Marmor, fließendes Wasser.* Gegen diese Worte mußte er sich besonders wappnen. *Leuchtend* konnte so heftige weiße Intensität erzeugen, daß es ihm die Sprache verschlug und er wie gelähmt war.

Nur einen Strich nach rechts von der weißen Intensität war rote Intensität. Wie ein Kreis, auf dem *Start* und *Stopp* zusammen sind. Sehr rote Intensität kam von *Schwere,*

Druck, dem Geruch von Cheddarkäse und Tierkot – aber nicht von menschlichem Kot, obwohl Menschen Tiere waren. *Homo sapiens.* Rote Worte waren *Schleuse* und *Ballen* und manchmal *Melone,* aber nicht immer. *Sehr* rote Worte konnte er nicht verbalisieren, nicht einmal in seinen eigenen Gedanken. Er stellte sie sich als Objekte vor, auf die man nur kurze Blicke werfen durfte. *Zerklüftete, aufrecht, Platte, Speichel.*

Sehr rote Intensität quetschte sein Gehirn und sensibilisiere seine Sinne ums Hundertfache, bis das kleinste Geräusch ein durchdringender Schrei war und er jedes einzelne Haar am Körper und am Kopf einer Person sehen und zählen konnte. Die sensorische Überlastung verursachte Panik. Panik verursachte Abschaltung. Start und Stopp. Geräusch und Stille.

Seine Sinne waren jetzt voll, wie Wassergläser, die auf einem bebenden Vorsprung aufgereiht waren, das Wasser bewegte sich, schwappte gegen die Ränder und darüber. *Maske* dachte er. Maske war gleich *Veränderung* und manchmal *Täuschung,* je nachdem, ob rot oder weiß.

Victor stand lange Zeit in seinem Zimmer neben dem Schreibtisch und lauschte der fluoreszierenden Birne in der Lampe. Zisch, heiß *und* kalt. Ein fast weißes Geräusch. Er fühlte, wie die Zeit verstrich, spürte, wie sich die Erde in winzigen Huckeln unter seinen Füßen bewegte. Sein Gehirn zählte die verstreichenden Augenblicke in Bruchteilen bis zur magischen Zahl. Präzise in diesem Moment brach er aus seiner Reglosigkeit und verließ das Zimmer.

Das Haus war still. Victor bevorzugte Stille mit Dunkelheit. Er bewegte sich freier ohne die Last von Licht und Geräusch. Er ging den Gang hinunter und stellte sich vor die Tür des Hobbyraums seiner Mutter. Mutter hatte ihm den Zutritt zu diesem Raum verboten, aber wenn Mutter schlief, dann hörten ihre Gedanken und Wünsche auf zu existieren – wie Fernsehen, an und aus. Er zählte die Bruchteile in seinem Kopf bis zur magischen Zahl, und dann betrat er den Raum, wo er das kleine gelbe Licht der Nähmaschine einschaltete.

Schneiderpuppen standen hier und dort wie kopflose Frauen, gekleidet in die aufwendigen Kostüme, die Mutter für vergangene Karnevale gemacht hatte. Die Formen beunruhigten Victor. Er wandte sich von ihnen ab, drehte sich zur Wand, wo die Masken ausgestellt waren. Es waren dreiundzwanzig, einige klein, aus glattem, glänzendem Stoff, einige groß, einige mit Pailletten bestickt, einige wie Petit-point-Gesichter mit einem vorstehenden Penis, da, wo eine Nase hätte sein sollen.

Victor wählte seine liebste und setzte sie auf. Er mochte das Gefühl, das sie ihm innerlich gab, obwohl er dem Gefühl keinen Namen geben konnte. Maske war gleich Veränderung. Veränderung, Transformation, *Transmutation.* Er verließ erfreut das Zimmer, ging die Treppe hinunter und hinaus in die Nacht.

21

Kay Elsner hatte schon sehr früh gelernt, Männer zu hassen, dank eines Onkels, der sie als Siebenjährige zu verlockend fand. Kein Mann, den sie in den dreißig Jahren seitdem kennengelernt hatte, hatte sie dazu veranlaßt, ihre Meinung zu ändern. Sie lehnte das Buch ab, das behauptete, Männer wären vom Mars. Männer stammten aus der Hölle, und wieso das nicht jede Frau auf dem Planeten begriff, war ihr ein Rätsel. Krieg war ein blutiges Spiel, das von Männern gespielt wurde. Politik war ein Machtspiel, das Männer spielten. Verbrechen war ein Krebsgeschwür in der Gesellschaft, hauptsächlich von Männern begangen und verbreitet. Die Gefängnisse platzten vor Männern. Vergewaltiger und Mörder strichen auf den Straßen umher.

Es schmerzte sie, für einen Mann zu arbeiten, aber Männer regierten die Welt, was hatte sie also für eine Wahl? Arnold Bouvier war ihr Vorarbeiter, aber jede Hand, die in dieser Fabrik die Schmutzarbeit leistete und Welse ausnahm, gehörte einer Frau. Momentan arbeiteten sie in Extraschichten und machten Überstunden, weil die Fastenzeit bevorstand. Katholiken im ganzen Land würden sich mit gefrorenem Fisch eindecken.

Kay hatte die zweite Samstagsschicht gearbeitet und die ganze Zeit daran gedacht, daß das Geld für die Überstunden sie ihren Träumen von einem eigenen Geschäft ein ganzes Stück näherbringen würde. Sie wollte Sammelpuppen per Versandkatalog verkaufen und mit so wenig Männern wie möglich direkt zu tun haben.

Sie überprüfte die Schlösser an ihren Türen – vorne und hinten –, doppelt, bevor sie ins Badezimmer ging. Ihre Arbeitskleidung wanderte sofort in einen Windeleimer mit Wasser, Waschpulver und Bleiche, um gegen den Fischgestank anzukämpfen. Sie drehte die Dusche so heiß sie es aushalten konnte auf und schrubbte sich die Haut mit Lavendelseife von Yardley. Der Raum war voller Dampf, als das heiße Wasser zu Ende war.

Kay öffnete das Fenster einen Spalt zum Abkühlen. Sie trocknete sich ihr lockiges Haar mit einem fadenscheinigen Handtuch, ohne sich auch nur einmal im Spiegel über dem Waschbecken anzusehen. Sie konnte es nicht ertragen, den Körper anzusehen, der sie immer und immer wieder in ihrem Leben verraten hatte, indem er die Aufmerksamkeit von Männern auf sich lenkte.

Männer waren die Geißel der Erde. Das dachte sie mindestens zehnmal am Tag. Sie dachte es jetzt, zog sich ein ausgeleiertes Nachthemd an, verließ das Badezimmer und ging den Gang hinunter zu ihrem Schlafzimmer. Das offene Badezimmerfenster fiel ihr ein, als sie sich gerade zum Schlafen hinlegte. Ihr ganzer Körper schmerzte vor Müdigkeit. Sie konnte es nicht offenlassen. Ein Vergewaltiger streifte in der Parish herum.

Und als hätte ihn Kay aus ihren Alpträumen heraufbeschworen, tauchte er aus der Dunkelheit ihres Schrankes auf, als sie aufstehen wollte. Ein Dämon in Schwarz, gesichtslos, geräuschlos. Entsetzen durchbohrte sie wie ein Schwert. Sie schrie einmal, bevor er ihr brutal ins Gesicht schlug und sie zurück aufs Bett stieß. Sie warf sich auf ihren Bauch und versuchte, sich quer über die Matratze zu ziehen. Doch obwohl ihr Instinkt sie drängte, zu fliehen, erfüllte sie bereits ein fatalistisches Gefühl von Unvermeidbarkeit. Die Tränen, die kamen, als er sie an den Haaren packte, waren nicht nur vom Schmerz, sondern auch vom Haß. Haß für den Mann, der sie jetzt vergewaltigen würde und Haß für sich selbst. Sie würde nicht davonkommen. Sie hatte es nie geschafft.

22

Er erinnerte sich an eine Frau. Oder er hatte von einer Frau geträumt. Realität und ihr Gegenteil trieben durch sein Gehirn wie das Zeug in einer Lavalampe. Er stöhnte und wechselte die Stellung, flezte sich auf seinen Bauch. Das Rascheln der Laken wurde verstärkt mit dem Geräusch einer Zeitung, die direkt neben seinem Ohr zerknitterte. Jetzt fiel ihm der Schnaps ein – unendlich viel davon. Er mußte pinkeln.

Eine Hand legte sich in sein Kreuz und ein warmer Atem, schal von Zigaretten, strich über sein Ohr.

»Steh auf und jammere, Donnie. Sie haben einiges zu erklären.«

Fourcade.

Donnie schoß hoch, drehte sich um und wickelte sich das Laken um die Hüften. Er knallte mit dem Kopf gegen das Kopfteil und zuckte zusammen, als Schmerz wie eine Billardkugel in seinem Kopf herumrollte.

»Heiliger Strohsack! Scheiße! Was zum Teufel machen Sie hier?« fragte er. »Wie sind Sie in mein Haus gekommen?«

Nick bewegte sich weg vom Bett, registrierte den Zustand von Donnies Junggesellenwohnung. Auf dem Weg durch die Küche und das Wohnzimmer hatte er sich gedacht, daß Donnie eine Putzfrau, aber keine Köchin hatte. Der Mülleimer in der Küche war voller Schachteln von gefrorenen Fertigmenüs. Ein Innenarchitekt hatte seine Eigentumswohnung so gestaltet, daß sie eher an eine Hotelsuite erinnerte als an ein Zuhause. Das war ein Modell gewesen, um mögliche Käufer in die Quail-Court-Eigentumswohnungsanlage zu locken – bis zum unglücklichen Ableben von Donnies ehelichem Stand. Er hatte sich die Modellwohnung beschlagnahmt, als er sich von Pam trennte.

»Aber, aber, so schmutzige Worte an einem Sonntag morgen, Donnie«, sagte Nick. »Was ist denn los mit Ihnen? Haben Sie keinen Respekt für den Sabbat?«

Donnie starrte ihn mit verquollenen Augen an. »Sie sind ein Scheißirrer! Ich rufe die Cops.«

Er riß den Hörer vom Telefon auf dem Nachttisch. Nick ging hin und drückte die Gabel mit dem Ziegefinger hinunter.

»Stellen Sie meine Geduld nicht auf die Probe, Donnie. Sie ist auch nicht mehr das, was sie mal war.« Er nahm ihm den Hörer weg, legte ihn auf den Apparat und setzte sich auf die Bettkante. »Ich möchte jetzt gerne wissen, was für ein Spiel Sie spielen.«

»Ich hab' keine Ahnung, wovon Sie reden.«

»Ich rede davon, daß Sie Lindsay Faulkner auf die Zehen steigen, ihr sagen, daß Sie die Immobilienfirma verkaufen wollen. Sie sagen, Sie hätten irgendeinen großen Fisch aus New Orleans an der Angel. Haben Sie da das Geld hergehabt, um meine Kaution zu bezahlen, Donnie?«

»Nein.«

»Das wäre nämlich eine sehr poetische Ironie gewesen: Sie

töten Ihre Frau, kassieren die Versicherung, verkaufen ihr Geschäft und nehmen das Geld, um die Kaution für den Cop zu zahlen, der versucht hat, den Verdächtigen umzubringen.«

Donnie drückte seine Handrücken auf seine schmerzenden Augen. »Herrgott, ich hab' es Ihnen immer und immer wieder gesagt, ich habe Pam *nicht* umgebracht. Sie wissen, daß ich es nicht getan habe.«

»Aber Sie verschwenden keine Zeit, um daraus Kapital zu schlagen. Warum haben Sie mir nicht am Freitag von diesem bevorstehenden Deal erzählt?«

»Weil es Sie nichts angeht. Ich muß pinkeln.«

Er schlug die Decke zurück und stieg auf der anderen Seite aus dem Bett. Er ging wie ein Mann, der aus einem fahrenden Auto gefallen und schwer gegen den Randstein gekracht war. Schwarzseidene Boxershorts hingen tief auf seiner Hüfte. Er hatte es nicht geschafft, seine Socken auszuziehen, bevor er bewußtlos wurde. Sie hingen um seine Knöchel. Der Rest seiner Kleidung lag da, wo er sie auf dem Weg zum Bett hatte fallen lassen.

Nick erhob sich langsam, war aber trotzdem vor ihm an der Tür zum Badezimmer.

»Sie schleifen aber heute morgen ganz schön tief am Boden, Donnie. Lange Nacht?«

»Ich hab' ein paar gekippt. Sie wissen doch wohl, wie das ist. Lassen Sie mich ins Bad.«

»Wenn wir fertig sind.«

»Scheiße. Welcher Teufel hat mich geritten, mich mit Ihnen einzulassen?«

»Genau das möchte ich wissen«, sagte Nick. »Wer ist Ihr großer Geldmann, Donnie?«

Er wandte sich ab und ließ Luft ab. Er schnitt eine Grimasse ob seines eigenen Geruchs, als er einatmete – Rauch, Schweiß und Sex. Er fragte sich benebelt, wo die Frau war. »Keiner. Ich hab' gelogen. Es war ein Bluff. Ich hab's dem kleinen Cajun-Mädel gesagt.«

»Genau, und sie geht diese Telefonaufzeichnungen durch, die wir bei Ihnen mitgenommen haben, Donnie«, log er. »Wenn sie damit fertig ist, wird sie jeden kennen, den Sie kennen.«

»Ich dachte, Sie wären da raus, Fourcade. Sie sind aus dem Fall raus. Sie sind suspendiert. Was schert es Sie, wen ich angerufen habe und warum?«

»Ich habe meine Gründe.«

»Sie sind wahnsinnig.«

»Das höre ich immer wieder. Aber wissen Sie, es ist mir ziemlich egal, ob das wahr ist oder nicht. Meine Existenz ist meine Auffassung, meine Auffassung ist meine Realität. Sehen Sie, wie das funktioniert, Donnie? Also, wenn ich Sie frage, ob Sie versuchen, einen Deal mit Duval Marcotte zu machen, dann müssen Sie mir antworten, weil Sie jetzt direkt hier in meiner Realität sind.«

Donnie schloß wieder die Augen und trat von einem Fuß auf den anderen.

»Wir werden hier stehenbleiben, bis Sie sich in die Hose pinkeln, Donnie. Ich möchte eine Antwort.«

»Ich brauche Bares«, sagte er resigniert. »Lindsay will Pams Anteil an dem Geschäft aufkaufen. Aber Lindsay ist eine knallharte Braut und tut nichts lieber, als mir abzuluchsen, was sie kann. Ich möchte das Grundstück zurück, das Pam für mich versteckt hat, und ich möchte jeden Pfennig, den ich aus Lindsay rausholen kann. Ich hab' mir ein bißchen Druckmittel verschafft. Mehr nicht.«

»Halten Sie sie etwa für blöd?« sagte Nick. »Meinen Sie etwa, sie hat den Bluff nicht durchschaut?«

»Ich halte sie für ein Miststück, und ich bin mir nicht zu schade, etwas zu tun, was sie ärgert.«

»Sie werden sie nur sauer machen, Donnie, genau wie Sie mich sauer machen. Halten Sie etwa *mich* für blöd? Ich werd's rausfinden, wenn das, was Sie mir erzählen, gelogen ist.«

»Ich muß mal sehen, ob ich die Kaution zurückziehen kann«, murmelte Donnie in Richtung Decke.

Nick tätschelte ihm die Wange, als er von der Tür zurücktrat. »Tut mir leid, *cher*. Dieser Scheck ist eingelöst, und die Katze ist aus dem Sack. Ich hoffe, Sie werden es nicht irgendwann bereuen.«

»Das tue ich bereits«, sagte Donnie und duckte sich mit dem Penis in der Hand ins Bad.

Annie steuerte den Jeep in die Einfahrt von Marcus Renards Haus. Es war ein hübscher Fleck... und ein abgeschiedener. Der zweite Teil gefiel ihr nicht, aber sie hatte Renard am Telefon klargemacht, daß andere Leute wußten, daß sie ihn besuchte – eine kleine Versicherung für den Fall, daß er mit dem Gedanken spielte, sie zu zerlegen. Sie sagte ihm nicht, daß die Person, die von ihrem Besuch wußte, Fourcade war.

Während sie gestern nacht bei Fourcade war und sie ihre unbehagliche Allianz gebildet hatten, hatte Renard bei ihr zu Hause angerufen und eine Nachricht hinterlassen, daß Fourcade ihm heute einen Besuch abgestattet hätte. Durch seinen Anruf hatte Renard ihr erspart, eine Ausrede für ihren Besuch bei ihm zu finden.

»Ich wußte nicht, an wen ich mich sonst wenden sollte, Annie«, hatte er gesagt. »Die Deputys wollten nicht helfen. Ihnen wäre es lieber, wenn dieser Schläger mich umbringen würde. Sie sind die einzige, bei der ich das Gefühl habe, daß ich Sie um Hilfe bitten kann.«

Das würde Fourcade wahrscheinlich in einen Freudentaumel versetzen, aber Annie war gar nicht wohl dabei. Sie hatte Fourcade gesagt, daß sie nicht die Rolle des Köders spielen würde, aber schon war sie mittendrin. Den Verdächtigen in seiner Umgebung zu Hause einschätzen, sagte sie sich. Sie wollte Renard unvorbereitet erleben. Sie wollte ihn im Umgang mit seiner Familie sehen. Aber wenn Renard diesen Besuch als gesellschaftlichen betrachtete, dann war sie letzendlich ein Köder, ob sie es wollte oder nicht. Semantik. Erkenntnis war Realität, würde Fourcade sagen.

Der Dreckskerl. Warum hatte er ihr nicht gesagt, daß er hierhergekommen war? Ihr gefiel die Vorstellung nicht, daß er bei der ganzen Sache einen heimlichen Tagesplan hatte.

Die Einfahrt führte aus den Bäumen, und eine Rasenfläche in der Größe eines Polofeldes erstreckte sich zur Linken. Es war keine Luxusanlage, sondern nur eine kurzgeschorene Grenze, die die Wildnis daran hindern sollte, dem Haus zu nahe zu kommen. Sie fuhr an einem alten Kutschenschuppen vorbei, der passend zum Haus gestrichen war. Fünfzig Meter weiter stand das Haus selbst, anmutig und schlicht, in der Farbe alten Pergaments gestrichen, mit weißen Fensterumrahmungen und schwarzen Fensterläden. Sie parkte hinter dem Volvo und ging auf die vordere Veranda zu.

»Annie!«

Marcus kam heraus, achtete darauf, daß die Fliegentür nicht hinter ihm zuschlug. Die Schwellungen in seinem Gesicht waren zum Großteil abgeklungen, aber seine Gesichtszüge waren immer noch undefinierbar. Die meisten Menschen würden vor seinem Anblick zurückschrecken, trotz der Tatsache, daß er eine ordentliche frische Khakihose und ein grünes Polohemd trug.

»Ich bin so froh, daß Sie gekommen sind.« Heute konnte er ein bißchen deutlicher sprechen, aber es kostete Mühe. Er streckte ihr die Hände entgegen, als wäre sie eine entfernte Cousine und könnte sie tatsächlich ergreifen. »Ich hatte natürlich gehofft, daß Sie mich gestern nacht zurückrufen. Wir waren alle so durcheinander.«

»Ich bin spät nach Hause gekommen«, sagte sie, registrierte den leisen Vorwurf in seiner Stimme. »Aber so, wie es sich anhörte, hätte man ohnehin nichts unternehmen können.«

»Da mögen Sie recht haben«, gab er zu. »Der Schaden war bereits angerichtet.«

»Welcher Schaden?«

»Die Aufregung – für mich, meine Mutter und ganz besonders für meinen Bruder. Es hat Stunden gedauert, bis wir ihn beruhigt haben. Aber wir müssen das ja nicht hier draußen besprechen. Bitte, kommen Sie rein. Ich wünschte, Sie hätten meine Einladung zum Abendessen angenommen. Es ist schon so lange her, daß wir Gäste hatten.«

»Das ist kein gesellschaftlicher Besuch, Mr. Renard«, erinnerte ihn Annie, um eine klare Linie zwischen ihnen zu ziehen. Sie trat in die Halle, registrierte alles mit einem Blick – waldgrüne Wände, eine dämmrige Schäferszene in einem vergoldeten Rahmen, ein Schirmständer aus Messing. Victor Renard lugte durch die weiße Balustrade am Treppenabsatz im ersten Stock, wo er mit hochgezogenen Knien saß wie ein kleines Kind, als glaube er, er könne sich unsichtbar machen, indem er sich klein machte.

Marcus ignorierte seinen Bruder und führte sie durch das Speisezimmer auf die Backsteinveranda über dem Bayou. »Es ist ein so schöner Nachmittag, da dachte ich mir, wir könnten draußen sitzen.«

Er zog einen Stuhl für sie an den schmiedeeisernen Tisch. Annie wählte selbst ihren Stuhl und setzte sich, achtete darauf, daß der Recorder in ihrer Jackentasche nicht zu sehen war. Der Recorder war Fourcades Idee gewesen – eigentlich ein Befehl. Er wollte jedes Wort, das sie wechselten, wissen, wollte jede Nuance in Renards Stimme hören. Das Band würde vor Gericht nie zugelassen werden, aber wenn sie damit etwas Brauchbares kriegten, war es die Mühe wert.

»Sie sagen also, Detective Fourcade hätte die einstweilige Verfügung verletzt«, begann sie, holte Notizbuch und Stift heraus.

»Na ja, nicht direkt.«

»Was dann bitte genau?«

»Er hat sich von der Grundstücksgrenze ferngehalten. Aber die Tatsache, daß er so nahe kam, war für meine Familie sehr beunruhigend. Wir haben das Sheriffsbüro angerufen, aber bis der Deputy da war, war Fourcade bereits fort, und der Mann wollte nicht mal eine Aussage aufnehmen.« Er tupfte sich mit einem ordentlich gefalteten Taschentuch die Mundwinkel.

»Wenn der Detective kein Verbrechen begangen hat, dann bestand auch kein Anlaß, eine Aussage aufzunehmen«, sagte Annie. »Hat Fourcade Sie bedroht?«

»Nicht verbal.«

»Hat er Sie körperlich bedroht? Hat er eine Waffe gezeigt?«

»Nein, aber seine Anwesenheit war als wahrnehmbare Bedrohung zu werten. Ist das nicht ein Teil des Stalkinggesetzes – wahrnehmbare Bedrohungen?«

Die Tatsache, daß ausgerechnet er sich die Gesetze gegen Stalking zunutze machte, drehte ihr den Magen um. Sie hatte größte Mühe, unbeteiligt dreinzuschauen.

»Dieses spezielle Gesetz erlaubt viel Spielraum in der Auslegung«, sagte sie. »Wessen Sie sich inzwischen hinreichend bewußt sein müßten, Mr. Renard –«

»Marcus«, verbesserte er sie. »Ich bin mir bewußt, daß die Behörden jedes Gesetz so hinbiegen, wie es ihnen paßt. Diese Leute haben keinen Respekt vor dem, was Recht ist. Außer Ihnen, Annie. Ich habe doch recht gehabt, was Sie angeht, nicht wahr? Sie sind nicht wie die anderen. Sie wollen die Wahrheit.«

»Jeder, der an diesem Fall beteiligt ist, will die Wahrheit.«

»Nein, nein, das tun sie nicht«, sagte er und beugte sich vor. »Sie hatten bereits von Anfang an ihr Urteil gefällt. Stokes und Fourcade haben mich aufs Korn genommen und sonst niemanden.«

»Das ist nicht wahr, Mr. Renard. Andere Verdächtige wurden überprüft. Das wissen Sie. Sie wurden durch den Prozeß der Eliminierung ausgewählt. Das haben wir bereits besprochen.«

»Ja, das haben wir«, sagte er leise und lehnte sich wieder zurück. Er musterte sie einen Augenblick lang. Heute waren seine Augen sichtbarer, wie Murmeln in Teig. »Und Sie haben gesagt, Sie glauben an meine Schuld. Wenn dem so ist, warum sind Sie dann hier, Annie? Wollen Sie versuchen, mich zum Stolpern zu bringen? Ich glaube nicht. Ich glaube nicht, daß Sie sich die Mühe machen würden, wo Sie doch wissen, daß nichts, was ich zu Ihnen sage, gegen mich verwendet werden kann. Sie haben Zweifel. Deshalb sind Sie hier.«

»Sie behaupten, Sie wären unfair behandelt worden«, sagte Annie. »Wenn das stimmt, wenn die Detectives etwas übersehen oder ignoriert haben, was Sie entlasten würde, warum hat dann nicht Ihr eigener Ermittler – Mr. Kudrows Ermittler – diese Details für Sie geklärt?«

Marcus sah beiseite. »Er ist ein einzelner Mann. Meine Mittel sind begrenzt.«

»Was sollten wir uns Ihrer Meinung nach genauer ansehen?«

»Den Ehemann, zum einen.«

»Mister Bichon ist gründlich überprüft worden.«

Er widersprach nicht, fuhr einfach mit dem nächsten fort. »Es wurde keine wirkliche Anstrengung gemacht, den Mann zu finden, der mir in dieser Nacht half, mein Auto wieder in Gang zu bringen.«

Annie sah in den Notizen nach, die sie mitgebracht hatte. »Der Mann, den Sie nicht nach seinem Namen fragten?«

»Ich habe nicht daran gedacht.«

»Der Mann, der ›irgendeinen dunklen Truck‹ fuhr, mit einem Nummernschild, das möglicherweise die Buchstaben F und J enthielt?«

»Es war Nacht. Der Truck war dreckig. Und ich hatte ohnehin keinen Grund, mir die Nummernschilder zu merken.«

»Das wenige, was Sie uns gegeben haben, Mr. Renard, wurde von den Medien hinreichend verbreitet. Keiner hat sich gemeldet.«

»Aber hat das Sheriffsbüro *versucht,* ihn zu finden? Ich glaube nicht. Fourcade hat nie etwas geglaubt, was ich ihm gesagt habe. Können Sie sich vorstellen, daß er seine Zeit damit verschwendet, das zu überprüfen?«

»Detective Fourcade ist ein sehr gründlicher Mann«, sagte Annie. Furcade hatte aber auch einen Tunnelhorizont, wenn es um Renard ging. Er war sehr gründlich in seinen Bemühungen gewesen, Renards Schuld zu beweisen. Hatte er mit genau derselben Gründlichkeit versucht, die angebliche Unschuld des Mannes zu überprüfen? »Ich werde das überprüfen, aber es gibt nicht viele Anhaltspunkte.«

Renards dramatischer Seufzer der Erleichterung schien etwas übertrieben für ihr Angebot. »Danke, Annie. Ich kann Ihnen gar nicht sagen, wieviel es mir bedeutet, daß Sie das tun.«

»Ich habe Ihnen gesagt, erwarten Sie nicht, daß dabei etwas rauskommt.«

»Darum geht es nicht. Tee?« Er griff nach einem Krug, der in der Mitte des Tisches neben zwei Gläsern und einer Vase mit Narzissen stand.

Annie ließ sich einschenken und nahm sich zwischen den Schlucken einen Moment Zeit, sich im Garten umzusehen. Pony Bayou war einen Steinwurf weit entfernt. Stromabwärts verzweigte er sich um eine schlammige Insel von Weiden und Heidelbeeren. Irgendwo im Süden, hinter dem dichten Gehölz, in dem Frühlingsvögel zwitscherten, war das Haus, in dem Pam gestorben war. Annie fragte sich, ob der stämmige Fischer, der in seinem Boot an der Gabelung saß, sich darüber klar war, oder ob er vielleicht deshalb hierhergekommen war. Menschen waren in der Beziehung seltsam.

Panik erfaßte sie. Könnte der Fischer jemand aus dem Sheriffsbüro sein? Was, wenn Noblier die Überwachung wiederaufgenommen hatte? Was, wenn Sergeant Hooker an seinem freien Tag hierhergekommen war auf der Suche nach

Barschen und anderen Fischen? Wenn jemand sie mit Renard sah, dann steckte sie bis zum Hals in der Scheiße.

»Haben Sie irgend etwas in diesem Bootshaus?« Sie deutete mit dem Kopf auf einen kleinen, niedrigen Schuppen aus rostigem Wellblech, der in den Bayou hineinragte, und drehte sich mit dem Stuhl, so daß sie mit dem Rücken zu dem Fischer saß.

»Ein altes Barschboot. Mein Bruder hat Spaß daran, sich im Bayou umzusehen. Er ist ein bißchen ein Naturfreak. Nicht wahr, Victor?«

Victor trat hinter einem Vorhang innerhalb der Balkontür, die Marcus einen Spalt offengelassen hatte, hervor. Sein Gesicht zeigte keinerlei Schuldgefühle, keine Scham dafür, daß man ihn beim Lauschen ertappt hatte. Er starrte Annie an, drehte seinen Körper zur Seite, als könnte er sie damit überzeugen, daß er sie gar nicht ansah.

»Victor«, sagte Marcus vorsichtig, »das ist Annie Broussard. Annie hat mir das Leben gerettet.«

»Es wär mir lieber, Sie würden das nicht dauernd sagen«, murmelte Annie.

»Warum? Weil Sie bescheiden sind oder weil Sie wünschten, Sie hätten es nicht getan?«

»Ich hab' nur meine Arbeit gemacht.«

Victor rückte seitwärts zum Tisch, um sie besser sehen zu können. Seine Hose war ein paar Zentimeter zu kurz, und das karierte Sporthemd, das er trug, war bis zum Hals zugeknöpft. Er sah Marcus in seinem normalen, unauffälligen Zustand ähnlich: schlichte Gesichtszüge, feines braunes Haar, ordentlich gekämmt. Annie hatte ihn ab und zu in der Stadt gesehen, immer in Begleitung von Marcus oder seiner Mutter. Seine Haltung war immer betont ordentlich, und er stellte sich immer sehr nahe zu Leuten in Schlangen, so als ob sein Gefühl für Raum und die greifbare Welt verzerrt wäre.

»Ich freue mich, Sie kennenzulernen, Victor.«

Er kniff mißtrauisch die Augen zusammen. »Guten Tag.«

Er warf einen Blick auf Marcus. »Maske. Keine Maske. Geräusch und Geräusch gleich. *Mimus polyglottus.* Nachtigall. Nein. *Nein.*« Er schüttelte den Kopf. »*Dumetella carolinensis. Ähnelt* dem Gesang anderer Vögel.«

»Was soll das heißen?« fragte Annie.

Marcus versuchte ein nichtssagendes Lächeln. »Wahrscheinlich, daß Sie ihn an jemanden erinnern. Oder, genauer gesagt, daß Sie jemandem ähneln, der Sie nicht sind.«

Victor wiegte sich ein bißchen hin und her und murmelte: »Rot *und* weiß. Ab *und* zu.«

»Victor, warum gehst du nicht und holst dein Fernglas?« schlug Marcus vor. »Die Wälder sind heute voller Vögel.«

Victor warf einen nervösen Blick über die Schulter zu Annie. »Wechsel, Austausch, mutieren. Eins und eins. Rot *und* weiß.«

Er verhielt sich einen Augenblick lang reglos, als warte er auf irgendein stummes Signal, dann eilte er zurück ins Haus.

»Ich nehme an, er sieht eine Ähnlichkeit zwischen Ihnen und Pam«, sagte Marcus.

»Hat er sie gekannt?«

»Sie sind sich ein- oder zweimal im Büro begegnet. Victor bekundet in periodischen Abständen Interesse an meiner Arbeit. Und natürlich hat er ihr Bild in der Zeitung gesehen ... Er liest jeden Tag drei Zeitungen, von vorne bis hinten, jedes Wort. Beeindruckend, bis einem klar wird, daß er völlig fasziniert ist vom Anblick eines Strichpunkts, während der Bombenanschlag auf das Bundesgebäude in Oklahoma City ihn überhaupt nicht interessierte.«

»Es muß schwierig sein, mit seinem ... Zustand umzugehen«, sagte Annie.

Marcus sah durch die offene Tür und das Speisezimmer dahinter. »Das ist unser Kreuz, das wir tragen müssen, sagt meine Mutter. Natürlich ist es ihr eine große Befriedigung, daß sie diese Last auf ihren Schultern trägt.« Er drehte sich mit einem erneuten schwachen Lächeln zu Annie. »Die Verwandten kann man sich nicht aussuchen. Haben Sie Familie hier, Annie?«

»Sozusagen«, erwiderte sie, ohne sich festzulegen. »Das ist eine lange Geschichte.«

»Das sind Familiengeschichten immer. Sehen Sie sich Pams Tochter an. Was für eine Familiengeschichte wird sie haben, das arme kleine Ding. Was wird aus ihrem Großvater werden?«

»Da müßten Sie den Staatsanwalt fragen«, sagte sie, obwohl sie ihrer Meinung nach ziemlich genau wußte, was mit Hunter Davidson passieren würde: nicht sonderlich viel. Der Aufschrei gegen seine Verhaftung war beachtlich gewesen. Pritchett würde nie den Zorn seiner Wähler riskieren, indem er auf einen Prozeß drängte. Wahrscheinlich würde in aller Stille rasch etwas ausgehandelt – vielleicht war es schon passiert –, und Hunter Davidson würde für seine versuchte Sünde gemeinnützige Arbeit leisten.

»Er hat versucht, mich zu töten«, sagte Renard indigniert. »Die Medien behandeln ihn wie eine gefeierte Persönlichkeit.«

»Ja. Nicht nur die Medien. Sie sind kein beliebter Mann, Mr. Renard.«

»Marcus«, korrigierte er sie. »Sie behandeln mich wenigstens höflich. Ich würde mir gerne vorstellen, wir wären Freunde, Annie.«

Das Gefühl in seinen Augen war weich und verletzlich. Annie versuchte sich vorzustellen, was sich wohl in jener schwarzen Novembernacht in diesen Augen abgespielt hatte, als er Pam Bichon das Messer in den Leib gestoßen hatte.

»Angesichts dessen, was Ihrer letzten ›Freundin‹ passiert ist, halte ich das für keine sehr gute Idee, Mr. Renard.«

Sein Kopf schnellte herum, als hätte sie ihm eine Ohrfeige verpaßt, und er blinzelte Tränen weg, tat so, als würde er sich auf den Fischer unten im Bayou konzentrieren.

»Ich hätte Pam niemals weh getan«, sagte er. »Das habe

ich Ihnen gesagt, Annie. Diese Bemerkung war absichtlich verletzend. Von Ihnen habe ich Besseres erwartet.«

Er wollte ihre Reue. Er wollte, daß sie ihm ein paar weitere Zentimeter Kontrolle gab, genau wie zu dem Zeitpunkt, als er sie gebeten hatte, sie beim Vornamen nennen zu dürfen. Oberflächlich gesehen eine Kleinigkeit, aber der psychologische Trick war aalglatt und bedrohlich. Oder machte sie einen Elefanten aus einer Mücke und traute dem Mann mehr zu, als er verdiente?

»Das ist nur gesunde Vorsicht meinerseits«, sagte sie. »Ich kenne Sie nicht.«

»Ich könnte Ihnen nicht weh tun, Annie.« Er sah sie noch einmal mit seinen wäßrig-braunen Augen an. »Sie haben mir das Leben gerettet. In gewissen östlichen Kulturen würde ich Ihnen dafür mein Leben geben.«

»Ja, also, wir sind hier in Südlou'siana. Ein schlichtes Danke genügt.«

»Wohl kaum. Ich weiß, daß Sie für das, was Sie getan haben, leiden müssen. Ich weiß, was es heißt, verfolgt zu werden, Annie. Das verbindet uns.«

»Können wir weitermachen?« sagte Annie. Die Intensität seines Ausdrucks beunruhigte sie. Es schien, als hätte er bereits beschlossen, daß ihre Leben bis in alle Ewigkeit verstrickt wären. Begann so eine Fixierung? Als Mißverständis von Verpflichtung? War es so zwischen ihm und Pam gewesen? Zwischen ihm und seiner jetzt toten Freundin aus Baton Rouge?

»Nichts für ungut«, begann sie, »aber Sie müssen zugeben, daß Sie schlechte Ergebnisse haben. Sie wollten mit Pam liiert sein, und jetzt ist sie tot. Sie waren mit Elaine Ingram in Baton Rouge liiert, und sie ist tot.«

»Elaines Tod war ein furchtbarer Unfall.«

»Aber Sie sehen, wie man dabei stutzen kann. Es gibt ein Gerücht, daß sie die Beziehung mit Ihnen beenden wollte.«

»Das ist nicht wahr«, sagte er trotzig. »Elaine hätte mich nie verlassen können. Sie hat mich geliebt.«

Hätte nie, nicht *würde* nie. Annie fand die Wahl der Worte lehrreich. Nicht: Elaine würde ihn nie aus eigenen Stücken verlassen. Sondern: Elaine *könnte* ihn nie verlassen, wenn er es nicht gestatten würde. Marcus Renard wäre nicht der erste Mann, der »wenn ich sie nicht haben kann, kriegt sie keiner« als logische Grundlage benutzte. So dachte eben der schlicht Besessene.

Doll Renard wählte diesen Moment für ihren Auftritt auf der Terrasse. Sie trug ein getupftes Polyesterkleid, das zwanzig Jahre aus der Mode war, und eine riesige Küchenschürze. Die Bänder hatte sie zweimal um die Taille gewickelt. Sie war dünn auf eine Art, wie Richard Kudrow dünn war – so als wäre ihr Körper von innen heraus weggebrannt und es wären nur noch Knochen und harte Sehnen geblieben. Sie lächelte nicht. Ihr Mund war ein dünner Strich in ihrem schmalen Gesicht.

Annie dachte, sie hätte Marcus zusammenzucken gesehen. Sie erhob sich und reichte ihr die Hand.

»Annie Broussard, Sheriffsbüro. Tut mir leid, daß ich Ihren Sonntag störe, Mrs. Renard.«

Doll schniefte und reichte ihr dann widerwillig eine schlaffe Hand, die in Annies wie ein Beutel mit Zweigen einknickte. »Unser Sonntag ist noch das wenigste, was ihr Typen gestört habt.«

Marcus verdrehte die Augen. »Mutter, bitte. Annie ist nicht wie die anderen.«

»Na ja, *du* glaubst das natürlich«, murmelte Doll.

»Sie wird ein paar Dinge überprüfen, die vielleicht meine Unschuld beweisen könnten. Mein Gott, sie hat mir das Leben gerettet. Zweimal.«

»Ich habe nur meine Arbeit gemacht«, sagte Annie. »Ich mache auch jetzt nur meinen Job.«

Doll zog eine gemalte Augenbraue hoch und schnalzte mit der Zunge. »Dir ist es wieder einmal gelungen, die Situation falsch zu interpretieren, Marcus.«

Er wandte sich von seiner Mutter ab, lief rot an, die Luft knisterte vor Spannung. Annie beobachtete es und überlegte, daß sie vielleicht besser dran war ohne Blutsverwandte. Ihre Erinnerungen an ihre Mutter waren sanft und still. Besser Erinnerungen als bittere Realität.

»Ja, also«, fuhr Doll Renard fort, »es ist höchste Zeit, daß das Sheriffsbüro etwas für uns tut. Unser Anwalt wird Klage einreichen, wissen Sie, wegen all dem Schmerz und der Pein, die uns zugefügt wurden.«

»Mutter, vielleicht könntest du versuchen, die einzige Person, die bereit ist, uns zu helfen, nicht vor den Kopf zu stoßen.«

Sie sah ihn an, als hätte er ihr einen Schimpfnamen gegeben.

»Ich habe jedes Recht, meine Gefühle zu äußern. Wir sind in der ganzen Sache wie Abschaum behandelt worden, während diese Bichon wie eine Heilige hingestellt wird. Und jetzt ihr Vater – die ganze Welt nennt ihn einen Märtyrer und einen Helden, weil er versucht hat, dich zu ermorden. Er gehört ins Gefängnis. Ich hoffe doch sehr, daß der Bezirksstaatsanwalt ihn dort behalten wird.«

»Ich sollte jetzt wirklich gehen«, sagte Annie und raffte ihre Akte und ihr Notizbuch zusammen. »Ich werde sehen, was ich über diesen Truck rausfinden kann.«

»Ich bringe Sie zu Ihrem Auto.« Marcus schob seinen Stuhl zurück und warf seiner Mutter einen giftigen Blick zu.

Er wartete, bis sie am Ende des Hauses waren, bevor er wieder etwas sagte.

»Ich wünschte, Sie hätten länger bleiben können.«

»Haben Sie mir noch etwas im Zusammenhang mit dem Fall zu sagen?«

»Also – äh – ich weiß nicht«, stotterte er. »Ich weiß nicht, was für Fragen Sie vielleicht gestellt hätten.«

»Die Wahrheit ist nicht abhängig von den Fragen, die ich stelle«, sagte Annie. »Ich bin hinter der Wahrheit her, Mr.

Renard. Ich bin nicht darauf aus, Ihre Unschuld zu beweisen, und ich möchte ganz bestimmt nicht, daß Sie den Leuten das erzählen. Ich wünschte, Sie würden mich gar nicht erwähnen. Ich habe ohnehin schon Ärger genug.«

Er strich sich mit der Fingerspitze über den Mund. »Meine Lippen sind versiegelt. Es wird unser Geheimnis sein.« Diese Vorstellung schien ihm nur allzu gut zu gefallen. »Danke, Annie.«

»Das ist nicht nötig. Wirklich.«

Er öffnete die Tür ihres Jeeps, und sie stieg ein. Als sie rückwärts losfuhr, um zu wenden, lehnte er sich gegen den Volvo. Der erfolgreiche junge Architekt in seiner Freizeit. *Er ist ein Mörder,* dachte sie, *und er will mein Freund sein.*

Ein Blinken reflektierter Sonne stach ihr ins Auge, und sie sah hoch zum ersten Stock des Renard-Hauses, wo Victor an einem Fenster stand und sie mit dem Fernglas beobachtete.

»Mann, gegen euch ist die Familie Addams die reinste Trapp-Familie«, murmelte sie.

Sie dachte darüber nach, als sie in nordwestlicher Richtung durch das flache Zuckerrohrland fuhr. Hinter dem Gesicht jedes Killers war das angesammelte Nebenprodukt seiner Erziehung, seiner Geschichte, seiner Erfahrungen. All diese Dinge waren daran beteiligt, ein Individuum zu gestalten und es auf einen Weg zu führen. Man mußte sich nicht sonderlich anstrengen, um diese Faktoren in Renards Leben zusammenzuzählen und die Psychopathologie zu kriegen, von der Fourcade gesprochen hatte. Das Porträt eines Serienmörders.

Marcus Renard wollte ihr Freund sein. Ein Schauer lief ihr über den Rücken.

Sie drehte das Radio an, so laut, daß es die Statik des Scanners übertönte.

»... und ich glaube, daß all diese Verbrechen, diese Vergewaltigungen und das alles eine Reaktion auf die Freiheit der Frau ist.«

»Wollen Sie damit sagen, daß Frauen letztendlich darum bitten, vergewaltigt zu werden, indem sie Rollen außerhalb der Tradition annehmen?«

»Ich sage, wir sollten wissen, wo wir hingehören. Das sag' ich.«

»Okay, Ruth in Youngsville. Sie hören KJUN, Talk rund um die Uhr. Angesichts der berichteten Vergewaltigung einer Frau in Luck gestern abend ist unser Thema heute Gewalt gegen Frauen.«

Noch eine Vergewaltigung. Seit dem Mord an Pam Bichon und den wiederbelebten Geschichten vom Bayou-Würger lebte jede Frau in der Parish in gesteigerter Angst. Reiche Jagdgründe für eine bestimmte Art von Sexualstraftätern. Das war der Kick für einen Vergewaltiger – die Angst des Opfers. Er labte sich daran wie ein Drogensüchtiger.

Die Fragen tauchten ganz automatisch bei Annie auf. Wie alt war das Opfer? Wo und wann war sie angegriffen worden? Gab es irgendwelche Gemeinsamkeiten zwischen ihr und Jennifer Nolan? War der Vergewaltiger demselben Modus operandi gefolgt? Hatten sie es jetzt mit einem Serienvergewaltiger zu tun? Wer hatte den Fall erwischt? Stokes, nahm sie an, wegen der möglichen Verbindung zur Nolan-Vergewaltigung. Das war genau das, was er brauchte – noch einen heißen Fall, der ihn von der Bichon-Mordermittlung ablenkte.

Das offene Land ging langsam über in kleine Felder, zwischen denen gelegentlich ein heruntergekommener Wohnwagen stand, dann kamen die neuen westlichen Siedlungen außerhalb der Stadt. Die einzige L. Faulkner im Telefonbuch lebte in Cheval Court in der Quail-Run-Siedlung. Annie bremste den Jeep auf Schrittgeschwindigkeit und prüfte die Hausnummern auf den Briefkästen.

Das Viertel war vielleicht vier Jahre alt, war aber strategisch so angelegt, daß es viele alte Bäume integrierte, die schon hundert Jahre oder mehr auf diesem Boden wuchsen, wodurch das Ganze einen Anschein von Tradition bekam. Pam Bichon hatte nur einen Steinwurf von hier am Quail Drive gelebt. Faulkners Haus war ein ordentliches Backsteinhaus in karibischem Kolonialstil mit elfenbeinfarbenen Fensterumrandungen und wuchernden Blumenkästen auf der Vordertreppe.

Annie fuhr in die Einfahrt und parkte neben einem roten Miata Cabrio mit abgelaufenen Nummernschildern. Sie hatte sich nicht telefonisch angekündigt, hatte Linsay Faulkner nicht die Gelegenheit geben wollen, nein zu sagen. Die Frau hatte die Zugbrücke hochgezogen. Der beste Plan war wohl, sich dran vorbeizuducken.

Keiner antwortete auf ihr Läuten. Ein Teil des Hauses war durch die Seitenfenster an der Tür einsehbar. Es sah offen, einladend aus. Ein riesiger Farn hockte in einem Topf im Foyer. Eine Katze strich auf Samtpfoten an der Kante der Kücheninsel entlang. Hinter der Insel öffnete sich eine gläserne Schiebetür zur Terrasse.

Das hartnäckige Aroma von gegrilltem Fleisch hakte sich in Annies Nase ein, bevor sie die Ecke an der hinteren Seite des Hauses umrundete. Whitney Houstons Zeugnis über alles an Mann, was sie je brauchte, schwebte aus den Lautsprechern eines Ghettoblaster, unterbrochen vom kehligen Lachen einer Frau.

Lindsay Faulkner saß an einem Patiotisch mit Glasplatte, die Haare zu einem Pferdeschwanz gebunden. Eine attraktive Rothaarige mit Schildpattbrille kam durch die Tür des Patios mit einer Dose Pepsi Light in jeder Hand. Das Lächeln auf Faulkners Gesicht gefror, als sie Annie erblickte.

»Tut mir leid, daß ich Sie störe, Miss Faulkner. Ich hätte noch ein paar Fragen, wenn Sie nichts dagegen hätten«, sagte Annie und widerstand dem Drang, ihren zerknitterten Blazer glattzuziehen. Faulkner und ihre Gefährtin sahen frisch gewaschen und sportlich aus, die Art Leute, die nie schwitzten.

»Ich habe etwas dagegen, Detective. Ich dachte, ich hätte mich gestern klar ausgedrückt. Mir wäre es lieber, wenn ich nichts mit Ihnen zu tun hätte.«

»Tut mir leid, wenn Sie so empfinden, nachdem wir beide doch dasselbe wollen.«

»Detective?« sagte die Rothaarige. Sie stellte die Dosen auf den Tisch und ließ sich mit lässiger Grazie in ihrem Stuhl nieder, ein ironisches Lächeln umspielte ihren perfekt geschminkten Mund. »Was hast du denn jetzt angestellt, Lindsay?«

»Sie ist wegen Pam hier«, sagte Faulkner, ohne Annie eine Sekunde aus den Augen zu lassen. »Sie ist die, von der ich dir erzählt habe.«

»Oh!« Die Rothaarige runzelte die Stirn und musterte Annie von oben bis unten, sehr herablassend, wohl um ihr zu zeigen, wie minderwertig sie in ihren Augen war.

»Wenn ich überhaupt mit euch Typen etwas zu tun haben muß«, sagte Faulkner, »dann wäre mir Detective Stokes lieber. Mit ihm hatte ich die ganze Zeit zu tun.«

»Wir sind auf derselben Seite, Miss Faulkner«, sagte Annie ungerührt. »Ich möchte, daß Pams Mörder seiner gerechten Strafe zugeführt wird.«

»Das hätten Sie neulich nachts passieren lassen können.«

»Innerhalb des Systems«, sagte Annie. »Sie können mir helfen, daß es passiert.«

Faulkner wandte sich ab und seufzte heftig durch ihre schmale, edle Nase.

Annie nahm sich einen Stuhl, um den Eindruck zu vermitteln, daß sie sich wohl fühlte und keine Eile hatte, zu gehen. »Wie gut kennen Sie Marcus Renard?«

»Was soll denn das für eine Frage sein?«

»Haben Sie sich privat gesehen?«

»Ich, persönlich?«

»Er behauptet, Sie wären ein paarmal mit ihm ausgegangen. Ist das wahr?«

Sie lachte ohne jeden Humor, offensichtlich beleidigt. »Ich glaub' das einfach nicht. Fragen Sie etwa, ob ich mit diesem kranken Wurm eine *Verabredung* hatte?«

Annie blinzelte unschuldig und wartete.

»Wir sind ab und zu mit mehreren Leuten ausgegangen – Leute aus seinem Büro, aus meinem Büro.«

»Aber niemals nur zu zweit?«

Faulkners Blick huschte zu der Rothaarigen. »Er ist nicht mein Typ. Was soll das alles, Detective?«

»Deputy«, klärte sie Annie endlich auf. »Ich möchte nur ein klares Bild davon, in welcher Beziehung Sie alle zueinander standen.«

»Ich hatte keine ›Beziehung‹ mit Renard«, sagte sie wütend. »Vielleicht in seinem kranken Hirn. Was –«

Sie hielt plötzlich inne. Annie konnte geradezu sehen, wie der Gedanke sie traf – daß Renard sich genausogut auf sie hätte fixieren können wie auf Pam. Dem Anflug von Schuldbewußtsein in ihrer Miene nach zu urteilen, war es nicht das erste Mal, daß sie sich ihres Glücks auf Kosten ihrer Freundin bewußt wurde. Sie strich mit der Hand über ihre Stirn, als wolle sie den Gedanken wegwischen.

»Pam war zu süß«, sagte sie leise. »Sie wußte nicht, wie man Männer abwimmelt. Sie wollte niemanden verletzen.«

»Mich interessiert etwas anderes«, sagte Annie. »Donnie tönte herum, daß er Pam das Sorgerecht für Josie streitig machen wollte, aber ich sehe nicht, daß er dafür irgendeine Begründung hatte. Gab es da etwas? Einen anderen Mann vielleicht?«

Faulkner senkte den Blick auf ihre Hände auf dem Tisch und zupfte an einem imaginären Nagelhautfetzen. »Nein.«

»Sie ist mit niemandem gegangen?«

»Nein.»

»Wie kommt Donnie dann darauf –«

»Donnie ist ein Idiot. Wenn Sie das bis jetzt nicht gemerkt haben, dann müssen Sie auch einer sein. Er dachte, er könnte

Pam als schlechte Mutter verkaufen, weil sie abends arbeitete und sich mit männlichen Kunden auf Drinks und zum Dinner traf, so als ob die Immobilienfirma nur ein Vorwand für eine private Bekanntschaftsvermittlung wäre. Dieser Idiot. Es war lächerlich. Er haschte nach Strohhalmen. Er hätte sogar das Stalking gegen sie verwandt, wenn er es gekonnt hätte.«

»Hat Pam ihn ernst genommen?«

»Wir reden hier vom Sorgerecht für ein Kind. Natürlich hat sie ihn ernst genommen. Ich verstehe aber nicht, was das mit Renard zu tun hat.«

»Er sagt, Pam hätte ihm erzählt, sie würde sich nicht verabreden, bis die Scheidung durch wäre, weil sie Angst davor hätte, was Donnie tun könnte.«

»Ja, nun, wie sich herausstellte, war es nicht Donnie, den sie fürchten mußte, nicht wahr?«

»Sie sagten, es wäre ihr schwergefallen, Männer abzuwimmeln, die an ihr interessiert waren. Gab es viele, die um sie herumstrichen?«

Faulkner drückte zwei Finger an ihre rechte Schläfe. »Das bin ich alles mit Detective Stokes durchgegangen. Pam war das liebe Mädchen von nebenan. Männer flirteten gern mit ihr. Es war wie ein Reflex. Mein Gott, sogar Stokes hat es getan. Es bedeutete gar nichts.«

Annie wollte fragen, ob es nichts bedeutete, weil Pam nicht mehr an Männern interessiert war. Falls Pam und Lindsay Faulkner auch außerhalb des Büros Partner geworden waren und Donnie es herausgefunden hatte, dann hätte er es ganz bestimmt versucht, es bei der Scheidung zu benutzen. Diese Art von Entdeckung – die größte Beleidigung für die Männlichkeit – könnte einen Mann am Rande des Abgrunds *über* den Rand gestoßen haben. Ein Motiv, das genausogut auf Renard paßte wie auf Donnie.

Sie wollte fragen. Fourcade hätte gefragt. Ohne Umschweife, geraderaus. Waren Sie und Pam ein Liebespaar? Aber

Annie hielt den Mund. Sie konnte es sich nicht leisten, Lindsay Faulkner noch sauerer zu machen, als sie ohnehin schon war. Wenn Faulkner sich beim Sheriff oder bei Stokes über sie beschwerte, würde sie für den Rest ihrer gescheiterten Berufslaufbahn die Friedhofsschicht in der Ausnüchterung fahren.

Sie schob den Stuhl zurück und erhob sich langsam, zog eine Visitenkarte aus ihrer Jackentache. Sie hatte die Telefonnummer des Sheriffsbüros ausgestrichen und mit ihrer von zu Hause ersetzt. Sie schob Faulkner die Karte über den Tisch zu. »Wenn Ihnen noch irgend etwas einfällt, was von Nutzen sein könnte, wäre ich Ihnen dankbar, wenn Sie mich anrufen. Danke, daß Sie mir Ihre Zeit geopfert haben.«

Sie wandte sich an die Rothaarige. »Ich an Ihrer Stelle würde die Nummernschilder an dem Miata neu stempeln lassen. Kostet einen Haufen, die Strafe.«

Draußen im Jeep blieb Annie einen Augenblick lang sitzen, starrte das Haus an und versuchte, etwas Nützliches aus diesem Gespräch zu ziehen. Noch mehr »Was und Wenns«. Mehr Vielleichts. Stokes und Fourcade hatten diesen Boden schon so oft bearbeitet, daß er glattpoliert war. Was glaubte sie, könnte sie da noch finden?

Die Wahrheit. Den Schlüssel, das fehlende Stück, das alles verbinden würde. Es war hier irgendwo im Irrgarten, halb versteckt unter irgendeinem Stein, den sie nicht umgedreht hatten, lauerte zwischen Lügen und Sackgassen. Jemand mußte es finden, und wenn sie hart genug arbeitete, lange genug hinschaute, ein bißchen tiefer bohrte, würde sie dieser Jemand sein.

23

Die Existenz der Voodoo Lounge war das indirekte Ergebnis eines grausamen Mordes, eine Tatsache, die die hiesigen Cops anlockte, wie es keine andere Bar schaffte. Jahrelang war die Kneipe als Frenchie's Landing bekannt, Treffpunkt für Farm- und Fabrikarbeiter, Männer im Blaumann und Prolos. Sie war bekannt für ihre gekochten Krebse, kaltes Bier, laute Cajun-Musik und gelegentliche Schlägereien. Immer noch berühmt für all das hatte die Kneipe im Herbst 1993 den Besitzer gewechselt, einige Monate nach dem Mord an Annick Delahoussaye-Gerard durch den Bayou-Würger. Ausgelaugt von Kummer, hatten Frenchie Delahoussaye und seine Frau an den hiesigen Musiker und gelegentlichen Barkeeper Leonce Comeau verkauft.

Die Cops hatten unmittelbar nach dem Mord damit begonnen, sich dort zu treffen, ein Zeichen von Respekt und damit verbundenen Schuldgefühlen, aus denen rasch Routine wurde. Die Gewohnheit lebte weiter.

Der Parkplatz war zu zwei Dritteln voll. Das Gebäude stand am Ufer des Bayou, auf stämmigen Stelzen für die Zeit, in der der Bayou näher heranrauschte. Auf drei Seiten des Gebäudes wurde eine neue Veranda gebaut. Laute Rocking-Zydeco-Musik dröhnte durch die Wände und wurde noch lauter, als sich die Fliegengittertür öffnete und zwei Paare lachend die Treppe herunterkamen.

Nick ging hinein, vorbei an den gerahmten Fotos von Prominenten und Pseudoprominenten, die in den letzten vier Jahren hierhergekommen waren, um Atmosphäre zu tanken. Ein Blick genügte ihm, um alles zu registrieren. Die Hausband, unter der Leitung des Barbesitzers, spielte Zachary Richards »Ma Petite Fille Est Gone«, wobei sich Comeau verkrümmte, als hätte er ein Nervenleiden. Die Tanzfläche wimmelte vor jungen und alten Paaren, die zu dem ansteckenden Rhythmus sprangen und swingten. Rauch hing über der Bar und den Tischen. Der Geruch von fritiertem Fisch und Gumbo war wie ein schweres Parfüm.

Stokes stand an seinem üblichen Platz, in der Ecke der Bar, von wo aus er alles und alle Frauen überschauen konnte. Er trug ein graues Mechanikerhemd einer Texaco-Tankstelle mit dem Namen LYLE über der Brusttasche. Sein Halbzylinder balancierte wie eine mutierte Kippa auf seinem Hinterkopf. Jetzt entdeckte er Nick und hob sein Glas.

»He, Brüder, wenn das nicht unser besudelter Kamerad ist!« rief er, sein eckiges Lächeln strahlte aus seinem Ziegenbart. »Nicky, he, Mann, hast du dich plötzlich entschlossen, auf Tour zu gehen oder was?«

Nick schlängelte sich zwischen den Gästen durch, tolerierte die Klapse auf die Schulter von zwei verschiedenen Cops, deren Namen er nicht hätte nennen können, selbst wenn sein Leben davon abhängen würde. Er ging an einer Kellnerin mit einem engen T-Shirt und einem einladenden Lächeln vorbei, als wäre sie ein Pfosten, der im Boden steckte.

Stokes schüttelte den Kopf über die verpaßte Gelegenheit. Er küßte die Wange der gebleichten Blondine auf dem Hocker neben sich und zwickte sie zum Abschied in den Hintern.

»He, Sugar, wie wär's, wenn du dir dein hübsches Näschen puderst und meinem Mann Nicky hier die Gelegenheit gibst, seine müden Füße auszuruhen? Er ist eine Legende, falls du es nicht wissen solltest.«

Die Blondine rutschte vom Hocker, ließ ihre Brüste an Nicks Arm entlangstreifen. »Hoffe, Sie sind bald wieder auf Ihrem Posten, Detective.«

Stokes stieß ihn mit dem Ellbogen zwischen die Rippen, als die Frau wegging, den Hintern in Jeans verpackt, die eine Nummer zu klein waren, um bequem zu sein, aber gerade richtig für Wollust. »Diese Valerie, Mann, das Mädel ist vielleicht eine heiße Nummer, das kann ich dir sagen. Hat eine Muschi wie ein Schraubstock. Wenn das gelogen ist, fall ich tot um. Hast du sie schon mal gehabt?«

»Ich kenn' sie nicht mal«, sagte Nick ungeduldig.

»Herrgott, sie ist Nobliers Sekretärin. Heiß auf Cops. Mensch, Nicky, manchmal könnte ich schwören, deine Hormone sind alle im Winterschlaf«, sagte er angewidert. »In diesem Schuppen könntest du jede haben, weißt du.«

Nick ignorierte den leeren Hocker, lehnte sich gegen die Bar, bestellte ein Bier und zündete sich eine Zigarette an. Was Stokes über seine sexuellen Gelüste dachte, war ihm scheißegal. Für ihn war Sex kein flüchtiger Zeitvertreib. Er brauchte Bedeutung, Intensität. Aber er machte sich nicht die Mühe, das Stokes zu erklären.

Oben auf der Bühne hatte die Band eine Pause angekündigt, was den Dezibelpegel in der Bar etwas konversationsfreundlicher machte. Danny Collett und die Louisiana Swamp Cats grölten aus der Jukebox im vorderen Teil. Die Hälfte der Tänzer machte sich nicht die Mühe, die Tanzfläche zu verlassen.

»Fehlt dir die Arbeit?« fragte Stokes. Er hatte schon einige intus. Seine blassen Augen waren ein wenig abwesend, seine Wangen glänzten unnatürlich.

»Ein bißchen.«

»Hat Gus gesagt, wann er dich wieder reinbringt?«

»Hängt davon ab, ob ich diesen großen Urlaub in Angola mache oder nicht.«

Stokes schüttelte den Kopf. »Dieses Miststück Broussard. Die Braut macht mehr Ärger, als sie wert ist. Ich hab' mir das mit lesbisch bei ihr durch den Kopf gehen lassen, aber ich seh's nicht. Ich glaube nur, daß sie mal wieder richtig auf Touren gebracht werden muß, wenn du weißt, was ich meine.«

Nick sah ihm direkt in die Augen. »Hör auf, auf Broussard rumzuhacken. Sie hat das getan, was sie tun mußte. Dazu gehörte Mumm.«

Stokes Augen traten aus den Höhlen. »Was ist denn los mit dir, Mann? Sie hat deinen Schwanz in die Mangel –«

»*Ich* habe meinen Schwanz in die Mangel gesteckt. Sie war nur zufällig zu diesem Zeitpunkt da.«

Stokes machte ein abfälliges Geräusch. »Du singst ein

neues Lied. Was soll denn das?« Ein listiger Ausdruck huschte über sein Gesicht. Er beugte sich näher, strich über seinen Ziegenbart. »Vielleicht hast du sie dir genauer angesehen und beschlossen, daß du ihr die Ehre gibst, was? Ihre Einstellung ein bißchen mit dem guten alten Joystick korrigieren, was? Das ist eine echte Herausforderung, wenn du weißt, was ich meine.«

»Weißt du, Chaz, man sagt, das Schlimmste, was man verschwenden kann, ist ein Verstand«, sagte Nick. Er zog an seiner Zigarette und blies einen doppelten Kondensstreifen aus der Nase. »Hast du deinen in letzter Zeit gebraucht, oder hast du deine Pflichten dem Stück Fleisch übergeben, das dir zwischen den Beinen hängt?«

»Die beiden wechseln sich ab. Heiliger Strohsack, was ist denn dir heute über die Leber gelaufen?«

»Oh, das geht schon seit ein paar Tagen, *mon ami,* und ich bin mir immer noch nicht sicher, wo es herkommt. Vielleicht könntest du mir dabei helfen, ja?«

»Vielleicht. Wenn ich wüßte, wovon zum Teufel du redest.«

Nick beugte sich ein bißchen näher. »Machen wir einen kleinen Spaziergang an der Nachtluft, Chaz. Plaudern ein bißchen.«

Chaz zwang sich ein entschuldigendes Grinsen ab. »He, Nick, ich hab' heute nacht hier was vor. Ich swinge morgen mal vorbei. Wir reden uns den Mund fusselig. Aber heute –«

Nick trat zu ihm und packte seinen Stolz mit einer brutalen Faust. »Wechsle die Platte, Chaz«, befahl er, seine Stimme war nur ein leises Knurren. »Du gehst mir auf die Nerven.«

Er ließ los, und Stokes stolperte einen Schritt rückwärts, sein Gesicht war schlaff und blaß vor Erstaunen. Er keuchte kurz und schüttelte sich wie eine nasse Katze, sah sich um, ob jemand sie beobachtete. Das Leben ging für alle in der Bar weiter. Fourcade hatte das so lässig gemacht, daß es keiner bemerkt hatte.

»Verfluchtes Arschloch!« flüsterte er erbost. »Was zum Teufel ist mit dir los, Mann? Das kannst du doch nicht einfach machen! Du packst einfach meinen Willy und ziehst mal kurz dran! Welcher Teufel reitet dich denn? Das kannst du doch mit einem Bruder nicht machen!«

Nick nahm einen Schluck Jax und wischte sich mit dem Handrücken über den Mund. »Ich hab' es gerade getan. Jetzt hab' ich deine Aufmerksamkeit, gehen wir ein bißchen Luft schnappen.«

Er machte sich auf den Weg zu einer Seitentür, und Stokes kam zögernd hinterher, mißtrauisch, schmollend. Sie traten hinaus auf die halbfertige Veranda, wo ein Sägebock und ein BETRETEN-VERBOTEN-Schild den Weg zur Bayou-Seite des Gebäudes blockierte. Nick ignorierte die Warnung.

Die Veranda über dem Bayou hatte zu diesem Zeitpunkt der Bauarbeiten kein Geländer. Es waren etwa vier Meter nach unten. Genug für den durchschnittlichen Betrunkenen, hinunterzufallen und sich das Genick zu brechen. Nick trat an die Kante der Plattform, legte die Hände auf die Hüften und dachte, ruhig, such deine Mitte. Gewalt war ein Überraschungswerkzeug im Umgang mit Stokes. Etwas, um ihn aus dem Gleichgewicht zu stoßen. Ein Instrument, das man sparsam, vorsichtig einsetzen mußte. Sein Ziel war Wahrheit.

Stokes war immer noch völlig aus dem Häuschen, rannte auf und ab. »Mann, du bist doch scheißirre, packst mich so einfach am Schwanz. Was geht in deinem Kopf vor, Nick? Herrgott!«

»Fang dich wieder.«

Nick zündete sich eine weitere Zigarette an und starrte auf den Bayou hinaus. Der Mond schien auf ein halbes Dutzend Pontonhausboote, die weiter unten verankert waren, Wochenenddomizile für Leute aus der Stadt, sogar bis aus Lafayette. Heute abend waren keine Lichter in den Fenstern zu sehen.

Die Musik aus dem Inneren der Bar dröhnte als dumpfe Baßvibration durch die Wände. Wenn er sie aus seinem Kopf ausschloß und sich konzentrierte, konnte er gerade noch den Chor der Frösche und das Klatschen und Spritzen eines Fisches, der aus dem Waser sprang, hören. Im Osten zerrissen Blitze den Himmel – ein Sturm, der sich entlang des Mississippi vom Golf her aufbauschte. Ein ferner Sturm.

Er dachte an Marcotte. Der ferne Sturm.

»Und warum dröhnst du mir jetzt nicht die Ohren voll, Partner?« sagte Stokes, der sich allmählich beruhigt hatte. Er lehnte eine Schulter gegen den Stützpfosten und verschränkte die Arme über der Brust. »Du bist derjenige, der plaudern wollte.«

»Ich hab' gehört, es hat noch eine Vergewaltigung gegeben.«

»Ja. Und?«

»Hast du sie gekriegt?«

»Ja, ich hab's gekriegt. Sieht aus, als wär's derselbe Irre, der diese Nolan neulich nachts fertiggemacht hat. Ist gegen ein Uhr eingebrochen, hat sie herumgeprügelt, gefesselt, vergewaltigt, hat sie gezwungen, hinterher zu duschen. Der Hund ist raffiniert, das muß ich ihm lassen. Wir haben nicht soviel, wie Schwarzes unterm Fingernagel ist, dem wir nachgehen könnten.«

»Kein Sperma.«

»Nichts. Er nimmt's mit, egal wie. Wahrscheinlich benutzt er ein Kondom. Vielleicht findet das Labor ein paar Latexrückstände auf einem der Abstriche, aber das nützt einen Scheiß. Was soll das schon beweisen? Daß er lieber Blausiegel nimmt?«

»Trug er eine Maske?«

»Ja. Hat diese Frau zu Tode erschreckt, die Maske. Schatten des Bayou-Würgers und dieser ganze Scheiß.«

»Und Pam Bichon.«

»Und Bichon«, gab er zu. »Macht die ganze Geschichte

verworren, wenn du weißt, was ich meine. Die Maske war Renards Ding. Wenn also Renard nicht dieser Vergewaltiger ist, dann wollen die Leute wissen, ob dieser Vergewaltiger der ist, der Pam Bichon umgebracht hat. Die Leute sind so scheißdämlich, ich meine, es ist überall in den Nachrichten, daß Renard diese Maske bei Pamela gelassen hat. Dieser Typ ist ein Opportunist, mehr nicht.«

»Wer war die Frau?«

»Kay Elsner. Mitte Dreißig, Single, lebt drüben in der Nähe von Devereaux, arbeitet in einer Fischfabrik droben in Henderson. Wieso interessierst du dich für das alles?« fragte er und fischte eine Zigarette aus der Hemdtasche unter der Schrift LYLE. »Wenn ich du wäre, Nick, hätte ich was Besseres mit meiner Freizeit anzufangen.«

»Bin bloß neugierig«, sagte Nick. Er ließ seine Zigarette auf die Planken fallen und trat sie mit der Spitze seines Stiefels aus.

Drinnen in der Bar war die Band zurück auf die Bühne gekommen. Leonce Comeau jaulte die Einleitung zu »Snake Bite Love«. Der Trommler hämmerte los, und der Rest der Band sprang mit Elan ein.

»Die Vergangenheit überschattet die Gegenwart, wirft ihre Schatten auf die Zukunft.«

Stokes blinzelte ihn an wie ein Mann, der in der Kirche einnickt. »Nicky, Mann, für Philosophie bin ich noch nicht betrunken genug.«

»Wir haben alle eine Vergangenheit, die wir hinter uns herschleifen«, sagte Nick. »Manchmal schleicht sie sich an und beißt uns in den Hintern.«

Die veränderte Spannung zwischen den beiden war kaum merklich, aber sie war da. Ein Anspannen von Muskeln. Gesteigertes Bewußtsein. Nick beobachtet Stokes' Augen wie ein Pokerspieler.

»Was willst du damit sagen, Nick?« sagte Stokes leise.

Nick ließ die Stille hängen, wartete.

»Ich höre Zähne hinter mir schnappen«, sagte er. »Ich spüre den Schatten auf meinem Rücken.« Er trat näher. »Ganz plötzlich taucht ein Name immer und immer wieder auf wie eine falsche Münze. Ich meinerseits befinde mich in schlechter Position und höre ständig diesen Namen. Und da denke ich mir, Zufall gibt es nicht.«

»Welcher Name?«

»Duval Marcotte.«

Stokes blinzelte nicht einmal.

Vorahnung setzte sich wie ein Knoten in Nicks Bauch fest. Was wollte er? Den Blitz der Erkenntnis? Daß Stokes schuldig war? Daß ihn ein anderer Polizist betrogen hatte? Er wollte Marcotte. Nach all der Zeit, all der Arbeit, das alles hinter sich zu lassen, wollte er Marcotte – selbst wenn es die Ehre eines anderen Mannes kostete. Die Erkenntnis war schwer wie Stein, hart und rauh rieb sie sich an seinem Gewissen.

»Hängt er in der Sache mit drin, Chaz?« fragte er. »Ein ganz einfacher Auftrag, Kinderspiel. Bring mich ins Laveau's, füll mich mit Schnaps und Ideen ab, dirigier mich in die richtige Richtung, schau, ob ich wie eine entsicherte Pistole losgehe. Leichtes Geld, und davon hat er genug.«

Stokes' Miene entspannte sich, und er lachte vor sich hin. Sein Blick wanderte hinaus auf den Bayou und weiter, dorthin, wo der Sturm ein unheimliches Glühen innerhalb schwarzer Wolken war.

»Mann, Nicky«, flüsterte er kopfschüttelnd. »Du bist vielleicht ein Irrer. Wer zum Teufel ist Duval Marcotte?«

»Die Wahrheit, Chaz«, sagte Nick. »Die Wahrheit, oder ich geh diesmal mit deinem Schwanz in meiner Hosentasche.«

»Hab' nie von ihm gehört«, murmelte Stokes. »Wenn ich lüge, soll ich sofort tot umfallen.«

Annie begann zu schielen, und ihr fiel immer wieder der Kopf herunter. Der Autopsiebericht verschwamm vor ihren Augen und wurde wieder deutlich. Sie rieb sich mit einer Hand übers

Gesicht, wischte die widerspenstigen Strähnen hinter die Ohren und sah auf ihre Uhr. Fourcade hatte keine Uhren. Fourcade war wohl eins mit der Zeit – oder er glaubte nicht an das Konzept der Zeit, oder er vertrat Gott weiß was für eine Philosophie zu diesem Thema. Es war nach Mitternacht.

Sie saß jetzt seit vier Stunden an dem großen Tisch im Arbeitszimmer, Fourcade war nicht aufgetaucht. Er hatte ihr einen Schlüssel zum Haus anvertraut und ihr befohlen, alles, was er zu dem Fall hatte, genau durchzugehen. Sie fragte, ob er dann ein Quiz mit ihr veranstalten würde. Er fand das nicht amüsant.

Sie hatte keine Ahnung, wo er war. Annie redete sich ein, sie wäre froh über seine Abwesenheit. Leute, die sie nicht einmal kannte, beleidigten sie auf ihrem Anrufbeantworter. Sie war ein Gesellschaftsmensch – aus Notwendigkeit, dachte sie manchmal. Da war so ein kleines Gefühl von Einsamkeit in ihr, das in ihre Kindheit zurückreichte, ein Gefühl, das, wie sie fürchtete, auf die Distanz ihrer Mutter zurückzuführen war, also suchte sie die Gesellschaft anderer, ein Versuch, das Gefühl von Einsamkeit daran zu hindern, sich auszubreiten und sie ganz zu verschlingen.

Sie fragte sich, ob das vielleicht Fourcade passiert war.

Annie mußte sich einfach bewegen. Sie erhob sich von ihrem Stuhl und streckte sich. Sie macht einen Rundgang durch das Loft, musterte die Bücherregale, sah aus den Fenstern, wanderte in die kleine Ecke, die Fourcade zum Schlafen und Kleiderwechseln ausgespart hatte. Auf der Kommode lag nichts Persönliches, nicht einmal der übliche Kram aus Hosentaschen. Die Versuchung war natürlich da, aber sie machte keine Anstalten, eine Schublade zu öffnen. Sie würde nie die Intimsphäre eines Menschen ohne Durchsuchungsbefehl verletzen. Außerdem wußte sie, ohne nachzusehen, daß jede Socke, jedes T-Shirt ordentlich gefaltet und gestapelt sein würde. Das Bett war militärisch präzise gemacht, die Decke so gespannt wie ein Trampolin.

Sie fragte sich, wie er wohl schlafend aussehen würde. Stürzte er sich mit derselben heftigen Konzentration in den Schlaf, wie er sich auf alles andere in seinem Leben stürzte? Oder machte Bewußtlosigkeit die harten Kanten weicher?

»Überlegst du, ob du die Nacht hier verbringst, *chère*?«

Annie wirbelte herum, als sie seine Stimme hörte. Fourcade stand mitten im Zimmer, die Hände auf den Hüften, ein Bein angewinkelt. Sie hatte nicht mal das Knarzen eines Scharniers oder einen Schritt auf der Treppe gehört.

»Wie kannst du dich an eine Frau anschleichen, wenn ein Vergewaltiger frei rumläuft?« fragte sie. »Ich hätte dich erschießen können.«

Er schloß diese Möglichkeit ohne Kommentar aus.

»Ich hab' mir nur die Beine vertreten«, sagte sie und entfernte sich vom Bett. Sie wollte nicht, daß ihm der Gedanke kam, daß sie sich ihn darin vorgestellt hatte. »Wo warst du? Bei Renard?«

»Warum sollte ich dorthin gehen?« sagte er kühl.

»Setzen wir das in die Vergangenheit«, schlug Annie vor. »Warum *bist* du dorthin gegangen? Mein Gott, was hast du dir dabei gedacht? Er hätte dich wieder ins Gefängnis werfen lassen können.«

»Wie denn? Du warst ja nicht im Dienst.«

Annie schüttelte den Kopf. »Diese Nummer kannst du dir sparen, ich werde nicht lockerlassen. Du weißt bereits, daß ich nicht bereue, dich verhaftet zu haben, abgesehen davon, daß es mein Leben zur Hölle macht. Du mußt gestern abend direkt von seinem Haus hierhergekommen sein, und du hast kein Wort davon gesagt.«

»Da gab es nichts zu sagen. Ich war mit dem Boot unterwegs und bin in das Viertel geraten. Ich habe die Grundstücksgrenze nicht überschritten. Ich habe ihn nicht angefaßt. Ich habe ihn nicht bedroht. Tatsache ist, *er* hat sich mir genähert.«

»Und du hast dir nicht gedacht, das könnte für mich von Interesse sein, *Partner?*«

»Die Begegnung war irrelevant«, sagte er und wandte sich ab, für ihn waren Annie und ihre Argumente erledigt. Sie hätte ihm am liebsten einen Tritt versetzt.

»Es ist relevant, daß du es nicht mit mir geteilt hast.« Sie folgte ihm zu dem langen Tisch, an dem sie gearbeitet hatte. »Wenn wir Partner sind, sind wir Partner. Da erwarte ich Vertrauen, und du hast bereits fertiggebracht, es zu brechen.«

Er seufzte tief. »In Ordnung. Ich hab' kapiert. Ich hätte es dir sagen sollen. Können wir weitermachen?«

Annie lag es auf der Zungenspitze, eine Entschuldigung zu fordern, aber sie wußte, Fourcade würde es fertigbringen, daß sie sich am Ende wie eine Idiotin vorkam.

Er hatte seine Aufmerksamkeit den Papieren auf dem Tisch zugewandt. Er pickte die Verpackung eines Butterfingers aus den Akten, sah sie mit gerunzelter Stirn an und warf sie in den Müll. »Was hast du heute abend erfahren, 'toinette?«

»Daß ich wahrscheinlich eine Lesebrille brauche, aber ich zu eitel bin, zum Augenarzt zu gehen«, sagte Annie trocken.

Er sah sie von der Seite an.

»Ein Witz«, sagte sie. »Eine ironische Bemerkung, die eine heitere Note in das Ganze bringen sollte.«

Er wandte sich wieder den Aussagen und den Laborberichten zu.

Sie seufzte und rieb sich mit beiden Händen den Ansatz der Wirbelsäule. »Ich habe erfahren, daß nicht weniger als ein Dutzend Leute Donnies Grad an Betrunkenheit in dieser Nacht beschworen haben – einige von ihnen waren seine Freunde, einige nicht. Das läßt ihn nicht unbedingt vom Haken.«

»Ich hab' erfahren, daß bei der Autopsie kein Sperma gefunden wurde. Natürlich wäre es durch die Autopsie schwierig zu finden gewesen, aber vielleicht war es auch einfach nicht da. Das macht mich nervös.«

»Warum das?«

»Dieses Schwein läuft jetzt da draußen rum. Ich hab' den ersten Notruf angenommen – Jennifer Nolan. Kein Sperma, und der Typ hat eine Mardi-Gras-Maske getragen. Pam Bichon: kein Sperma, und eine Mardi-Gras-Maske wurde zurückgelassen.«

»Trittbrettfahrer«, sagte Fourcade. »Das mit der Maske war allgemein bekannt.«

»Und er wußte auch, daß er nicht kommen durfte?«

»Es gibt eine gewisse Rate an Störungen bei Vergewaltigern. Vielleicht konnte er nicht. Vielleicht hat er ein Gummi benutzt. Die Fälle haben keine Verbindung.«

»Das mag ich so an dir, Nick«, sagte Annie voller Sarkasmus. »Du bist so unvoreingenommen.«

»Laß dich nicht von irrelevanten externen Vorfällen beeinflussen.«

»Irrelevant? Seit wann ist ein Serienvergewaltiger nicht relevant?«

»Nach dem, was ich gehört habe, gibt es bei den Fällen mehr Diskrepanzen als Ähnlichkeiten. Der eine ist ein Killer, der andere ein Vergewaltiger. Die Vergewaltigungsopfer wurden gefesselt, Pam wurde angenagelt – danke Gott, daß es uns gelungen ist, das aus den Zeitungen rauszuhalten. Die Vergewaltigungsopfer wurden in ihren Wohnungen angegriffen, Pam nicht. Pam Bichon wurde verfolgt, belästig. Wurden das die anderen? Es ist ganz einfach, Süße: Marcus Renard hat Pam Bichon getötet, und jemand anders hat diese Frauen vergewaltigt. Du solltest dich besser entscheiden, worauf du dich konzentrieren willst.«

»Ich konzentriere mich auf die Wahrheit«, sagte Annie. »Es ist nicht mein Job, Schlüsse zu ziehen – und auch nicht deiner, Detective.«

»Du hast Renard heute gesehen«, sagte er und schob wieder einmal ihre Argumente beiseite.

Annie biß frustriert die Zähne zusammen. »Ja. Er hat gestern abend eine Nachricht auf meinem Anrufbeantworter hinterlassen und mich um Hilfe wegen eines kleinen zufälligen Treffens gestern gebeten. Anscheinend war der Deputy, der gestern seinen Anruf entgegennahm, nicht sehr mitfühlend.«

»Wo ist das Band?«

Sie kramte den Kassettenrecorder aus ihrer Tasche, drehte die Lautstärke auf und stellte die Maschine auf den Tisch. Fourcade starrte das Plastikrechteck an, als könne er Renard darin sehen. Er hörte es ab, ohne sichtbar zu atmen oder auch nur zu blinzeln. Als es zu Ende war, nickte er und wandte sich ihr zu.

»Eindruck?«

»Er hat sich eingeredet, daß er unschuldig ist.«

»Verfolgungswahn. Nicht seine Schuld. Alle hacken auf ihm rum.«

»Außerdem hat er sich eingeredet, daß ich sein Freund bin.«

»Gut. Genau das wollen wir.«

»Genau das willst *du*«, murmelte sie hinter seinem Rükken. »Als Familie wären sie eine großartige Besetzung für *Geschichten aus der Schattenwelt.*«

»Er haßt seine Mutter, mag seinen Bruder nicht. Fühlt sich an beide angekettet. Der Kopf dieses Typen ist ein psychologischer Dampfkochtopf voller Schlangen.«

Sie hatte nichts an Fourcades Diagnose auszusetzen. Nur seine Heftigkeit machte ihr Sorgen.

»Was er von diesem Laster gesagt hat – der Typ, der ihm angeblich in dieser Nacht mit seinem Wagen geholfen hat«, sagte sie. »Habt ihr das überprüft?«

»Wir haben das Bruchstück der Zulassung durch die Zulassungsstelle laufen lassen. Haben eine Liste von zweiundsiebzig dunklen Trucks gekriegt. Keiner der Besitzer hat in dieser Nacht einem gestrandeten Autofahrer geholfen. « Er sah sie scharf an. »Was denkst du denn, *chère* – denkst du etwa, ich mache meinen Job nicht?«

Annie wählte ihre Worte sorgfältig. »Ich glaube, du hast dich darauf konzentriert, Renards Schuld zu beweisen, nicht darauf, sein Alibi zu bestätigen.«

»Ich mache meinen Job«, sagte er mit zusammengebissenen Zähnen. »Ich möchte, daß meine Verhaftungen vor Gericht bestehen können. Ich mache den Job. Ich habe ihn hier gemacht. Ich *denke* nicht nur, daß Renard schuldig ist. Er *ist* schuldig.«

»Was ist mit New Orleans?« Die Worte waren raus, bevor sie überlegen konnte, wie dumm es war, ihn zu bedrängen. Die Notwendigkeit, ihm zu vertrauen, und der Widerwillen, ihm zu vertrauen, waren Probleme, die zu wichtig waren, um sie zu ignorieren, besonders nach seiner Unterlassungssünde in bezug auf seinen Besuch bei Renard.

»Was ist damit?«

»Du dachtest, du wüßtest, wer den Canid-Parmatel-Mord begangen hat –«

»Wußte ich auch.«

»Die Anklage gegen Allan Zander wurde abgewiesen.«

»Das macht ihn nicht unschuldig, Süße.« Er schritt zu einem ordentlichen Stapel Akten an einer Ecke des Tisches, zog eine heraus. »Hier«, sagte er und hielt sie ihr hin. »Die Zulassungsliste. Ruf sie selber an, wenn du mich für einen Lügner hältst.«

»Ich habe nie gesagt, daß ich dich für einen Lügner halte«, sagte Annie und warf einen Blick in die Akte. »Ich muß nur wissen, daß du nicht mit Scheuklappen durch diesen Fall galoppiert bist.«

»Renard, zieht er dich vielleicht auf seine Seite, *chère?*« fragte er spöttisch. »Vielleicht geht's ja hier darum, was? Er findet dich hübsch. Er findet dich niedlich. Er meint, du wirst ihm helfen. Gut. Genauso soll er denken. Nur, bitte, glaub nicht auch daran.«

Sie *war* hübsch, dachte Nick und ließ diese offensichtliche Wahrheit seinen Jähzorn bremsen. Selbst mit völlig zerzausten Haaren und einer Wolljacke, die zwei Nummern zu groß war und in der sie völlig verschwand. Sie hatte etwas so Ehrliches, was sich bei ihrem Job irgendwann abnützen würde. Es war nicht Naivität, aber das, was gleich danach kommt: Idealismus. Das, was einen guten Cop noch härter arbeiten ließ. Das, was einen guten Cop an die Grenze treiben konnte, damit ihn die Besessenheit darüberziehen konnte.

Seine Fingerspitzen glitten ihr Gesicht entlang. »Ich könnte dir sagen, daß du hübsch bist. Das ist keine Lüge. Ich könnte dir sagen, daß ich dich brauche, dich sogar in mein Bett mitnehmen. Würdest du mir mehr vertrauen, als du einem Mörder vertraust?« fragte er und beuge sich näher.

Die Tischkante biß sich in Annies Schenkel. Seine Beine streiften ihre. Sein Daumen berührte ihren Mundwinkel, und ihr ganzes Inneres wurde heiß und sensibel. Sie versuchte, Atem zu holen, versuchte, einen Sinn in ihrer Reaktion zu finden, mit einem Kopf, der plötzlich wie gelähmt war.

»Ich vertraue Renard nicht«, sagte sie mit dünner Stimme.

»Und mir vertraust du auch nicht.« Sein Mund war nur Zentimeter von ihrem entfernt, seine Augen brennendschwarz. Sein Daumen strich über ihren Hals zu der Kuhle an seinem Ansatz, wo ihr Puls pochte.

»Du bist derjenige, der gesagt hat, Vertrauen ist bei einer Ermittlung nutzlos.«

Er zog eine Augenbraue hoch. »Du ermittelst gegen mich, *chère*?«

»Nein, hier geht es nicht um dich.« Noch während sie es sagte, kamen ihr Zweifel. Bei diesem Fall ging es um den Tod einer Frau und die Schuld eines Mannes, aber es ging noch um soviel mehr.

»Nein«, sagte Nick, obwohl er sich nicht sicher war, ob er nur die Antwort wiederholte oder sich selbst einen Befehl gab. Er machte einen halben Schritt zurück, um den Kontakt zu brechen, seine Sinne von ihrem weichen, sauberen Duft abzurücken.

»Hilf ihm ja nicht, ’toinette«, sagte er und strich eine verirrte Strähne ihres Haares zurück. »Laß dich nicht von ihm benutzen. Kontrolle.« Er ballte seine Hand zu einer Faust, als er sie von ihrer Wange zurückzog. »Kontrolle.«

Ich bin nicht in Gefahr, sie zu verlieren, dachte Annie und ignorierte den verräterischen Schauer, der sie durchlief. Fourcade kramte eine Zigarette aus einer verirrten Schachtel auf dem Tisch und ging weg, mit einer Rauchfahne hinter sich. Die Wahrheit war, sie hatte nicht das Gefühl, je die Kontrolle verloren zu haben. Der Fall hatte sie gepackt und mitgerissen, sie an Orte gebracht, an die zu kommen sie nie erwartet hatte. Zu diesem Mann zum Beispiel.

»Ich sollte gehen«, sagte sie zu seinem Rücken, der vor einem der Fenster stand. »Es ist spät.«

»Ich bringe dich runter.« Sein Mund zuckte, als er sich umdrehte. »Einer muß nachschauen, ob Schlangen im Jeep sind.«

Die Nacht war weich vor Feuchtigkeit, kühl wie ein Wurzelkeller und reich mit dem fruchtbaren Geruch von Erde und Wasser. In der Schwärze hinter dem Kegel von Fourcades Verandalichtern ertönte der Ruf eines Pärchens Ohreulen in unheimlicher Harmonie.

»Onkel Sos hat allen Kindern immer die Geschichten vom *loup-garou* erzählt«, sagte sie und sah hinaus in die Dunkelheit. »Wie sie nachts herumstreiften und nach Opfern suchten, die sie verzaubern konnten. Wir haben uns vor Angst fast in die Hosen gemacht.«

»Es gibt schlimmere Dinge da draußen als Werwölfe, Süße.«

»Ja, und es ist unser Job, sie zu fangen. Irgendwie scheint mir das mitten in der Nacht eine wesentlich entmutigendere Aussicht.«

»Weil die Finsternis ihre Dimension ist«, sagte er. »Du und ich wir sollen auf dem Grat dazwischen balancieren und sie von ihrer Seite zur anderen ziehen, wo jeder sehen kann, was sie sind.«

Es klang wie eine mythische Aufgabe, die die Kräfte eines Herkules verlangte. Vielleicht hatte Fourcade deshalb Schultern wie ein Stier – wegen der Belastung, dem Gewicht der Welt.

Sie stieg in den Jeep und warf die Liste der Zulassungsstelle auf den Beifahrersitz.

»Paß auf dich auf, 'toinette«, sagte er und schloß die Tür. »Laß dich nicht vom *loup-garou* erwischen.«

24

Es war keine fiktive Kreatur, um die sie sich Sorgen machen sollte, dachte Annie, als sie die Straße entlangfuhr, die den dichten Wald durchschnitt. Alle Probleme, mit denen sie zu kämpfen hatte, hatten mit sterblichen Männern zu tun: Mullen, Marcus Renard, Donnie Bichon – und Fourcade.

Fourcade.

Er war so rätselhaft wie der *loup-garou*. Eine mysteriöse Vergangenheit, eine Natur, so dunkel und faszinierend wie seine Augen. Sie redete sich ein, ihr hätte nicht gefallen, daß er sie berührt hatte, aber sie hatte es gestattet, und ihr Körper hatte auf eine nicht sehr gescheite Art reagiert. Ihr Leben war im Augenblick schon chaotisch genug, ohne daß sie sich mit Fourcade einließ.

»Geh da nicht hin, Annie«, murmelte sie.

Sie schaltete das Radio ein, um sich von dem Geplapper ablenken zu lassen. Sonntagnacht war nicht viel los. Die wenigen Bars, die offen waren, hatten alle früh zugemacht, und die üblichen Störenfriede hielten sich aus Resten von Respekt für die Zehn Gebote zurück. Es gab keinen Verkehr. Die einzige Lebensform, die ihr begegnete, war ein Reh, das über die Straße huschte, und ein streunender Hund, der ein totes Gürteltier verspeiste. Die Welt schien ein verlassener Ort bis auf die einsamen Seelen, die Talk-Radiostationen anriefen, um über die mögliche Rückkehr des Bayou-Würgers zu spekulieren. Keiner war erwürgt worden, aber die Leute schienen zuversichtlich, daß das nur eine Frage der Zeit wäre.

Annie hörte teils fasziniert, teils angewidert zu. Das Maß an Angst in der Bevölkerung wuchs, und das Maß an Logik wurde in direktem Verhältnis kleiner. Der Bayou-Würger war von den Toten auferstanden. Der Bayou-Würger hatte Pam Bichon getötet. Verschwörungstheorien grassierten. Die meisten spannen sich darum, daß die Cops vor vier Jahren Beweise untergeschoben hätten, um die Morde Stephen Danjermond anzuhängen, nachdem er bereits tot war, was wunderbar an die augenblicklichen Theorien über untergeschobene Beweise, die Renard belasteten und Fourcade verdammten, anknüpfte.

Annie fragte sich, ob Marcus Renard zuhörte. Sie fragte sich, ob der Vergewaltiger irgendwo da draußen war und die Befriedigung seiner infamen Taten aufsog, zufrieden vor sich hin lächelte, während er zuhörte. Oder war er irgendwo da draußen und suchte sein nächstes Opfer aus?

Voller Angst holte sie die Sig aus ihrem Beutel, als sie bei den Corners auf den Parkplatz einbog. Sie sperrte den Jeep ab und ging zu ihrer Wohnung, alle Sinne darauf eingestellt, das geringste Geräusch einzufangen, die geringste Bewegung. Sie drehte sich zur Seite, als sie mit einer Hand aufsperrte und sah hinaus auf den Parkplatz und daran vorbei. In Sos und Fanchons Haus brannte kein Licht. Nichts schien sich zu rühren, aber sie wurde das Gefühl nicht los, beobachtet zu werden. Überstrapazierte Nerven, dachte sie, als sie das Haus betrat.

Sie hatte das Licht in der Wohnung angelassen und schaltete jetzt noch mehr Lichter an, während sie systematisch die Räume mit der Waffe in der Hand überprüfte. Erst nachdem sie diese Aufgabe beendet hatte, steckte sie die Sig Sauer weg und entspannte sich von der Angst, die ihre Schultermuskeln in harte Knoten verwandelt hatte. Sie zog eine Flasche Abita aus dem Kühlschrank, streifte ihre Turnschuhe ab und ging zu ihrem Anrufbeantworter.

Nach all den wütenden Anrufen seit dem Vorfall mit Fourcade hatte sie überlegt, ob sie das Ding ausstecken sollte. Was für einen Sinn hatte es, Leuten etwas zu bieten, die sie nur beschimpfen wollten? Aber da war immer die Chance, daß ein Anruf zu dem Fall kommen könnte, zumindest hoffte sie das.

Das Band ergoß seine Geheimnisse, eins nach dem anderen. Zwei Reporter, die Interviews wollten, zwei wüste Beschimpfungen, ein Hechler und dreimal aufgehängt. Jeder Anruf war auf seine Art beunruhigend, aber nur einer, der ihr die Gänsehaut über den Rücken laufen ließ.

»Annie. Marcus hier.« Seine Stimme war fast intim, so als würde er vom Bett aus anrufen. »Ich wollte nur sagen, wie sehr ich mich gefreut habe, daß Sie heute vorbeigekommen sind. Sie ahnen ja nicht, was es mir bedeutet, daß Sie bereit sind, zu helfen. Alle waren gegen mich. Ich hatte keinen Verbündeten, außer meinem Anwalt. Einfach nur die Tatsache, daß Sie zuhören … zu wissen, daß Ihnen die Wahrheit etwas bedeutet … Sie können gar nicht wissen, wie wertvoll –«

»Ich will es nicht wissen«, sagte sie, aber widerstand dem Drang, den Löschknopf zu drücken, und nahm statt dessen die Kassette heraus. Fourcade würde das hören wollen. Wenn sich die Geschichte mit Renard weiterentwickelte, könnte das möglicherweise Beweismaterial werden. Wenn er sich in sie verliebte … Wenn sich aus der Verliebtheit Besessenheit entwickelte … Er hielt sie bereits für einen Freund.

»Hilf ihm ja nicht, 'toinette … Laß dich nicht von ihm benutzen.«

»Und was glaubst du, machst du, Fourcade?« murmelte sie und steckte das Band in ihre Pullovertasche.

Schwacher Rauchgeruch haftete an ihrem Pullover. Sie ging durch die Glastüren hinaus auf den Balkon, um ein bißchen kühle Luft zu tanken.

Weit draußen wabbelte ein unheimliches grünes Glühen in der Dunkelheit – Gase, die durch die Natur entzündet worden waren und unbeachtet abbrannten. Etwas näher planschte etwas am Ufer. Wahrscheinlich ein Waschbär, der seinen Mitternachtssnack wusch, sagte sie sich. Aber die Erklärung klang hohl, da war wohl der Wunsch der Vater des Gedankens, und das Gefühl einer größeren Präsenz berührte sie wie Augen.

Mit aufgestellten Nackenhaaren ließ Annie langsam den Blick über den Garten wandern – soweit sie ihn sehen konnte –, von Sos und Fanchons Haus, das Ufer entlang und am Pier vorbei, wo die Sumpftourpontoons vertäut lagen, zur Südseite des Gebäudes, wo zwei rostige Müllcontainer standen. Nur die feinsten Leuchtpartikel der Sicherheitslampen auf dem Parkplatz reichten bis hierher. Nichts bewegte sich. Und trotzdem legte sich das Gefühl einer Präsenz wie eine Hand um ihren Hals.

Annie wich langsam rückwärts in die Wohnung zurück, dann ließ sie sich auf den Bauch fallen und kroch zurück zum Balkon, um zwischen den Stäben durchzuspähen. Sie suchte noch einmal alles ab, langsam, ihr Puls dröhnte in den Ohren.

Die Bewegung kam an den Müllcontainern. Schwach, mit einem Hauch von Geräusch. Der Umriß eines Kopfes. Ein Arm, der sich ausstreckte. Schwarz – alles davon. Ein solider Schatten. Bewegte sich zur Seite des Gebäudes auf die Treppe zu ihrer Wohnung zu.

Annie krabbelte hastig in ihre Wohnung zurück, schob die Türen zu und rannte ins Schlafzimmer, wo sie die Sig gelassen hatte. Sie setzte sich auf den Boden und überprüfte die Ladung der Pistole, während sie 911 anrief und den Verdächtigen meldete. Dann wartete sie und lauschte. Und wartete. Fünf Minuten vertickten.

Sie dachte an den, der da draußen herumschlich, was wohl seine Absichten wären. Er könnte der Vergewaltiger sein, aber genausogut ein Dieb. Ein Laden am Rand von nirgendwo war wohl ein einladendes Ziel, war schon mehrmals ein Ziel gewesen. Onkel Sos hatte sich angewöhnt, die Bargeldkassen unter seinem Bett aufzubewahren, und hatte immer ein geladenes Gewehr im Schrank – alles gegen Annies Rat. Wenn das ein Einbrecher war und das, was er wollte, im Laden nicht fand … wenn er auf der Suche nach Geld zum Haus ginge …

Bei dem Gedanken, was für ein Potential an Katastrophen das beinhaltete, drehte sich Annie der Magen um. Sie hatte Leute gesehen, die man wegen 50 Dollar in der Kasse eines Schnapsladens über den Haufen geschossen hatte. Als sie in Lafayette als Streifenpolizist gearbeitet hatte, hatte sie einen Sechzehnjährigen mit eingeschlagenem Schädel gesehen, weil ein anderer Junge seine Starterjacke haben wollte. Sie konnte nicht in ihrer Wohnung sitzen und warten, während irgendein Widerling die einzige Familie, die sie je gekannt hatte, aufs Korn nahm.

Sie zog ihre Turnschuhe an und tappte leise zum Badezimmer und der Tür hinter der alten Wanne mit den Klauenfüßen. Die Scharniere ächzten, als sie sie langsam aufschob. Sie glitt durch die Tür auf die selten benutzte Treppe, die steil ins Lager des Ladens hinunterführte. Mit dem Rücken zur Wand, die Pistole in der Hand, erhoben und entsichert, horchte sie auf irgendein Geräusch des Eindringlings. Nichts. Sie ging langsam, Stufe für Stufe nach unten.

Das Licht vom Parkplatz fiel durch die Vorderfenster des Ladens wie künstliches Mondlicht. Annie bewegte sich an den kurzen Regalen mit Waren entlang wie eine Katze auf der Jagd. Die Hände, die die Sig hielten, waren naß vor Schweiß. Sie trocknete rasch die eine und dann die andere am Bein ihrer Jeans ab.

Die Vordertür schien der am wenigsten riskante Ausgang. Ein Dieb würde versuchen, durch die Lagertür an der Südseite einzubrechen, außer Sichtweite des Hauses und der

Straße. Und wenn es kein Dieb war und sich Zugang zur Wohnung verschaffen wollte, dann war die Treppe an der Südseite des Hauses der einzige Weg nach oben.

Annie huschte nach draußen und um die Ecke zur Nordseite des Gebäudes. Wo zum Teufel blieb der Funkwagen? Seit dem Anruf waren schon fünfzehn Minuten vergangen. Die Kavallerie aus New Iveria hätte in der Zeit hier sein können.

Sie arbeitete sich am Gebäude entlang, duckte sich unter die Veranda, sobald sie konnte, in der Hoffnung, daß sie sich zwischen den Eindringling und das Haus stellte. Das Sicherste schien, ihn zur Dammstraße wegzuscheuchen, obwohl er wahrscheinlich da seinen Wagen versteckt hatte.

Der Geruch von totem Fisch war stark, als sie den Abhang hinunterschlich, sich mit einer Hand am Gebäude festhielt und vorsichtig einen Fuß vor den anderen setzte, um auf den zermahlenen Steinen und Muscheln nicht auszurutschen. Am Eckpfosten der Veranda kauerte eine Katze über erbeuteten Fischeingeweiden, leise knurrend.

Annie konnte in Richtung des Hauses keine Bewegung erkennen. Sie packte ihre Pistole fester, holte tief Luft und steckte den Kopf um die Ecke. Nichts. Sie holte noch einmal tief Luft und bog um die Ecke, die Sig im Anschlag. Die Müllcontainer standen hinter dem südlichen Ende der Veranda.

Sie bewegte sich rasch auf sie zu, immer noch dicht am Haus. Schweiß bildete sich auf ihrer Stirn, und sie widerstand dem Drang, ihn wegzuwischen. Sie war jetzt nah dran, sie spürte es, fühlte die Präsenz eines anderen Wesens. Ihre Sinne verschärften sich. Das Geräusch von Wasser, das irgendwo in der Nähe tropfte, dröhnte laut in ihren Ohren. Sie würgte vom Gestank der ausgenommenen Fische. Irgendwie schien der Geruch falsch, aber das war nicht der Zeitpunkt, um diese Information weiterzuverarbeiten.

Sie blieb an der südöstlichen Ecke des Gebäudes stehen, horchte auf das Kratzen eines Fußes auf dem Boden oder der

Treppe zu ihrer Wohnung. Sie sammelte sich für die Umrundung der Ecke, eilte in Gedanken voraus, stellte sich vor, wie sie die Pistole im Anschlag hielt, sie auf ihr Ziel richtete, die Warnung brüllte, stehenzubleiben. Aber als sie Luft holte, um zu schreien, ertönte eine Stimme hinter ihr.

»Sheriffsbüro! Pistole fallen lassen!«

»Ich bin Polizist!« schrie Annie, sicherte die Sig und warf sie zur Seite.

»Auf den Boden. Jetzt! Runter auf den Boden!«

»Ich wohne hier!« rief sie und fiel auf die Knie. »Der Verdächtige ist hinter dem Haus!«

Der Polizist wollte das nicht hören. Er stürzte sich wie ein angreifender Stier auf sie und schlug ihr mit seinem Stock zwischen die Schultern. »Ich hab' gesagt, runter! Verdammt noch mal, runter!«

Annie lag mit ausgebreiteten Armen und Beinen auf dem Boden und sah Sterne. Der Deputy riß ihre linke Hand hinter sie, ließ die Handschelle zuschnappen, drehte ihr dann den rechten Arm nach hinten und machte mit ihm dasselbe.

»Ich bin Deputy Broussard! Annie Broussard!«

»Broussard? Wirklich?« Die Überraschung war nicht ganz echt. Er rollte sie auf den Rücken und leuchtete ihr mit der Taschenlampe ins Gesicht, so daß sie völlig geblendet war.

»Ja, da schau einer an. Wenn das nicht unser kleiner Wendehals ist.«

»Fick dich ins Knie, Pitre«, keifte Annie. »Und mach mir die Handschellen ab, wenn du schon mal dabei bist.« Sie setzte sich mühsam auf. »Wieso hast du, verdammt noch mal, so lange gebraucht? Ich hab' das vor zwanzig Minuten gemeldet.«

Er zuckte desinteressiert mit den Achseln, während er die Handschellen öffnete. »Du weißt ja, wie das ist. Wir müssen die Anrufe nach Priorität einteilen.«

»Und an welcher Stelle war meiner? Wahrscheinlich gleich nach dem neuesten *Penthouse* durchblättern?«

»Du solltest wirklich nicht deinen hiesigen Streifenpolizisten beleidigen«, sagte er, erhob sich und klopfte die Knie seiner Uniformhose ab. »Du könntest ihn mal brauchen.«

»O ja.«

Annie nahm ihre Sig und erhob sich, verkniff sich ein Stöhnen.

Sie rollte die Schultern, um den brennenden Schmerz etwas zu verteilen. »Tolle Leistung, Pitre. Wie viele Wohnungsbesitzer greifst du im Lauf einer Schicht normalerweise an?«

»Ich dachte, du wärst ein Einbrecher. Du hast meinen Befehlen, dich auf den Boden zu legen, nicht gehorcht. Du solltest es wirklich besser wissen.«

»Wunderbar. Es ist meine Schuld, daß du mir eine verpaßt hast. Wie wär's, wenn du mir jetzt hilfst, den Verbrecher zu suchen? Auch wenn ich mir sicher bin, daß er nach deinem Gebrüll längst über alle Berge ist.«

Pitre ignorierte diese Spitze. Er schnupperte, während sie zusammen um die Ecke zur Südseite des Gebäudes gingen. »Meine Herren, hier stinkt's vielleicht«, sagte er und richtete die Taschenlampe auf den Weg vor ihnen. »Habt ihr Schweine geschlachtet oder so was?«

Annie holte ihre eigene Taschenlampe hinten aus dem Hosenbund. *Tropfen*, sie hörte immer noch das Tropfen. Und dann traf sie einer, als sie unter der Treppe durchging – ein Tropfen und dann noch einer –, sie fielen von der Treppe, die zu ihrer Wohnung führte. Sie streckte die Hand aus und richtete den Strahl auf ihre Handfläche, als sie ein weiterer Tropfen traf und noch einer. Blut.

»O mein Gott«, hauchte sie und sprang aus der grausigen Dusche.

»Allmächtiger Gott«, murmelte Pitre und wich zurück.

Die zerstampften Muscheln unter der Treppe waren rot davon, als hätte jemand eine Farbdose die Treppe heruntergerollt. Und zwischen den Stufen hingen wie grausiger Flitter Tiereingeweide.

Annie wischte sich die Hand an ihrem T-Shirt ab und ging zum Ende der Treppe. Sie richtete das Licht nach oben und erleuchtete ein Blutbad, Eingeweide waren wie Girlanden über die ganze Treppe drapiert.

»O mein Gott«, sagte sie wieder.

Eine dunkle Erinnerung tauchte aus einem finsteren Winkel ihres Kopfes auf. Pam Bichon – erstochen und ausgeweidet. Dann traf sie eine Möglichkeit wie ein Blitzschlag, und das Grauen war um das Zehnfache verstärkt. *Sos. Fanchon.*

»O Gott. O nein, nein!« schrie sie.

Sie stürzte von Pitre weg, rannte schlitternd und rutschend auf den zertrümmerten Muscheln den Abhang zum Dock hinunter. Der Strahl ihrer Taschenlampe zuckte wirr vor ihr her. *Sos, Fanchon. Ihre Familie.*

»Broussard!« schrie Pitre hinter ihr.

Annie warf sich gegen die Vordertür des Ranchhauses, hämmerte mit der Taschenlampe dagegen, drehte den Türknopf mit ihrer blutigen Hand. Die Tür schwang auf, und sie fiel gegen Sos, gerade als die Wohnzimmerlampe anging.

»O Gott! O Gott!« stammelte sie und umarmte ihn in Panik. »Oh, Gott sei Dank!«

»Das sind Schweineinnereien«, verkündete Pitre und stocherte mit seinem Stock an einem Darm herum. »Um diese Jahreszeit werden viele Schweine geschlachtet.«

Annie zitterte immer noch. Sie lief rauchend vor Wut am Fuß ihrer Treppe auf und ab. Pitre hatte den Zwanzigliter-Plastikeimer gefunden, mit dem das Zeug hergebracht worden war, und stellte ihn auf die Seite, die jetzt durch das Licht aus dem vorderen Fenster gut einsehbar war. Annie wollte ihn treten. Sie wollte ihn nehmen und Pitre damit schlagen, weil er greifbar und ein Wichser war. Er war wahrscheinlich an diesem Scherz beteiligt. Wenn es ein Scherz war.

»Ich will das vom Labor hören«, sagte sie.

»Was? Warum?«

»Warum? Wenn in den nächsten Tagen eine Leiche gefunden wird, der die Installationen fehlen, wird sie jemand zurückhaben wollen, Einstein.«

Pitre machte ein wütendes Geräusch. Wenn es Beweismaterial war, dann mußte er sich damit befassen, das Zeug in den Eimer zurückkratzen und mit seinem Wagen wegbringen.

»Das sind Schweineinnereien«, sagte er stur.

Annie fixierte ihn wutentbrannt. »Bist du dir so sicher, weil du nichts damit zu tun haben willst oder weil du es *weißt?*«

»Ich weiß überhaupt nichts«, grummelte er.

»Wenn Mullen dahintersteckt, dann sag ihm, ich trete seinen Arsch bis nach Lafayette.«

»Ich weiß überhaupt nichts davon!« schimpfte Pitre. »Ich bin auf deinen Notruf gekommen. Mehr hab' ich nicht gemacht.«

»Wer ist dieser Mullen, *chère*?« fragte Sos. »Warum soll er dir denn so was antun?«

Annie rieb sich mit der Hand über die Stirn. Wie sollte sie das erklären? Sos war von Anfang nicht glücklich über ihre Berufswahl gewesen. Er würde nur allzugern hören, wie die Deputys versuchten, sie aus dem Revier zu vertreiben. Und wenn es Mullen nicht war, wer dann?

»Ein schlechter Scherz, Onkel Sos.«

»Ein Scherz?« sagte er ungläubig. »*Mais non.* Als du zu mir gekommen bist, hast du nicht gelacht, *chéri.* Das ist überhaupt nicht komisch.«

»Nein, ist es nicht«, stimmte Annie zu.

Fanchon sah zur Treppe, wo inzwischen ein halbes Dutzend Katzen erschienen war, um sich an den Innereien gütlich zu tun. »Das ist vielleicht eine Schweinerei.«

»Deputy Pitre und ich werden das wegputzen, Tante. Es ist Beweismaterial«, sagte Annie. »Ihr beide geht zurück ins

Bett. Das ist meine Schweinerei. Tut mir leid, daß ich euch geweckt habe.«

Es dauerte weitere fünf Minuten, sie davon überzeugen, nach Hause zu gehen und alles ihnen zu überlassen. Annie wollte nicht, daß sie von dieser Tat mehr berührt wurden, als sie es ohnehin schon waren. Als sie sich endlich auf den Weg machten, packte sie noch einmal ein Rest von Panik für die beiden. Die Welt war völlig verrückt geworden. Daß sie hatte denken können, jemand hätte Sos und Fanchon zerstückelt, war der Beweis dafür. Tief in ihrem Innersten hatte sie genausoviel Angst wie alle anderen in der Parish, daß das Böse aus der Hölle hochgebrodelt war, um ihre Welt zu kontaminieren und sie alle zu verschlingen.

Sie wünschte, aus mehr als einem Grund, daß sie das zweifelsfrei Mullen anhängen könnte. Aber je mehr sie darüber nachdachte, desto weniger sicher war sie. Ihr den Funk auszuschalten war einfach, anonym. Die Schlange im Jeep war sehr einfach gewesen, aber das ... Zuviel Risiko, auf frischer Tat ertappt zu werden. Und die Übereinstimmungen zu Pam Bichon waren beunruhigend.

Nachdem Annie darauf bestand, ging Pitre hinauf zur Dammstraße und leuchtete mit seiner Lampe alles ab. Tieraugen glühten rot, als der Lichtstrahl durch Gehölz und Gebüsch streifte. Es gab keine blutigen Fußspuren. Reifen machten keine brauchbaren Abdrücke auf der Kiesstraße.

Es war fast drei Uhr früh, bevor Annie über die Treppe in ihre Wohnung stapfte. Ihre Muskeln schmerzten. Der Schmerz zwischen ihren Schulterblättern, wo Pitre sie geschlagen hatte, war inzwischen wie ein Messer in ihrem Rücken. Gleichzeitig war sie viel zu aufgedreht, um zu schlafen.

Sie holte noch ein Abita aus dem Kühlschrank, nahm ein paar Schmerztabletten und ließ sich in einen Stuhl am Küchentisch fallen, wo ihre eigenen Notizen zu Pam Bichons Mord immer noch ausgebreitet waren.

Sie nahm die Chronologie und überflog die Eintragungen.

10. 9., 1:45 Uhr: Pam meldet erneut einen Herumschleicher. Kein Verdächtiger verhaftet.

10. 10.: Als Josie Bichon das Haus verläßt, um zum Schulbus zu gehen, entdeckt Josie Bichon die verstümmelten Überreste eines Waschbären auf der Vordertreppe.

Marcus Renard wollte ihr Freund sein. Er hatte auch Pam Bichons Freund sein wollen. Pam hatte ihn abgewiesen. Annie hatte ihm ins Gesicht gesagt, daß sie ihn für einen Mörder hielt. Pam war tot. Und Annie schickte sich an, Pams Platz in seinem Leben einzunehmen, weil sie Detective spielen wollte, weil sie Gerechtigkeit für eine Frau haben wollte, die im Schattenland der Opfer gefangen war.

Sie hatte sich nie vorgestellt, daß sie eventuell riskieren könnte, selbst dort zu landen.

25

»Ich hab' mir gedacht, ich könnte vielleicht im Archiv und bei der Beweissicherung arbeiten«, sagte Annie, als sie sich in den Stuhl von Nobliers Schreibtisch setzte. Sie hatte ganze drei Stunden Schlaf gekriegt. Sie sah ohnehin schon beschissen aus, Mangel an Schlaf würde das nicht nennenswert verbessern.

Der Sheriff hatte offenbar den Sonntag damit verbracht, sich von der lausigen letzten Woche zu erholen. Seine Wangen und seine Nase waren von der Sonne verbrannt, Beweis für einen Tag auf seinem Barschboot. Er sah zu ihr hoch, als hätte sie sich freiwillig zum Toilettenputzen gemeldet.

»Archiv? Sie *wollen* ins Archiv?«

»Nein, Sir. Ich *will* auf Streife bleiben. Aber wenn ich das nicht kann, dann möchte ich irgendwo hingehen, wo ich noch nicht war. Etwas Neues lernen.«

Annie mühte sich, Begeisterung zu zeigen. Vereidigtes Personal wurde selten an Jobs wie das Archiv verschwendet, aber er würde sie verschwenden, egal, wohin er sie steckte.

»Ich denke, da können Sie keinen Ärger machen«, murmelte er und tätschelte seine Kaffeetasse.

»Nein, Sir. Ich werde versuchen, keinen zu machen, Sir.«

Er ließ sich das durch den Kopf gehen, während er einen Bissen von seinem Blaubeermuffin nahm, dann nickte er. »Also gut, Annie. Ab ins Archiv. Aber ich hab' noch etwas, was Sie heute zuerst machen müssen. Eine weitere Erfahrung, bei der Sie etwas lernen können, sozusagen. Gehen Sie zu meiner Sekretärin. Sie wird es Ihnen erläutern.«

»McGruff, der Verbrechenshund?«

Annie starrte entsetzt auf das Kostüm, das vor ihr im Lager hing: pelzige Gliedmaßen und ein Trenchcoat. Der riesige Hundekopf lag auf den riesigen Hundefüßen.

Valerie Comb grinste schadenfroh. »Tony Antoine macht das normalerweise, aber er hat sich krankgemeldet.«

»Da möchte ich drauf wetten.«

Nobliers Sekretärin reichte ihr einen Zeitplan. »Zwei Auftritte am Morgen und zwei heute nachmittag. Deputy York wird die Präsentation machen. Sie müssen nur rumstehen.«

»Angezogen wie ein riesiger Hund.«

Valerie schniefte und machte sich an dem Chiffonschal zu schaffen, den sie um den Hals gebunden hatte: ein etwas armseliger Versuch, einen Knutschfleck zu verstecken. »Sie haben Glück, daß Sie überhaupt noch einen Job haben, wenn Sie mich fragen.«

»Hab' ich nicht.«

»Sie haben zehn Minuten, um zu Wee Tots zu kommen«, sagte sie und schlenderte zur Tür. »Sie sollten die Beine in die Hand nehmen, Deputy. Oder sollte ich besser sagen, den Schwanz?«

»Da wissen Sie sicher besser Bescheid als ich«, murmelte

Annie, als die Tür zuging und sie mit ihrem neuen Alter ego allein war.

Eine Erfahrung, bei der Sie etwas lernen können...

Sie lernte, daß sie lieber den Riesenkopf gleich angezogen hätte und damit durch den Korridor des Reviers gegangen wäre, völlig verkleidet und dadurch nicht dem Spott ausgesetzt. Aber sie lernte auch, daß sie den Kopf nicht ohne Hilfe aufsetzen konnte. Er war so schwer und klobig wie ein Volkswagenkäfer. Ihr einziger Versuch, ihn anzulegen, brachte sie aus dem Gleichgewicht, und sie stolperte gegen ein Stahlregal, prallte ab und fiel Hundekopf voraus in eine Papiertonne.

Sie lernte, daß sie mit riesigen Hundefüßen nicht Auto fahren konnte. Sie lernte, daß der Anzug keine Belüftung hatte und daß das Ding schlimmer roch als jeder Hund, der ihr je begegnet war.

Sie lernte, daß York the Dork seine McGruff-Pflichten viel zu ernst nahm.

»Kannst du bellen?« fragte er, als er ihr den Kopf zurechtrückte. Sie standen auf dem kleinen Seitenparkplatz des Wee-Tots-Kindergartens. Seine Uniform war makellos, steif gestärkt, seine Bügelfalten waren so scharf, daß man wohl Käse damit hätte schneiden können.

Annie starrte wutentbrannt aus den winzigen Augenlöchern in McGruffs halbgeöffnetem Maul. »Kann ich was?« nuschelte sie.

»Bellen. Bell wie ein Hund für mich.«

»Ich werde mir einfach einreden, daß du das nicht zu mir gesagt hast.«

Yorks kleiner Pinselschnurrbart zuckte ungeduldig. Er stellte sich hinter sie und rückte den braunen Schwanz zurecht, der aus dem hinteren Schlitz des Trenchcoats ragte. »Das ist wichtig, Deputy Broussard. Diese Kinder verlassen sich auf uns. Es ist unsere Aufgabe, ihnen etwas über Sicherheit beizubringen und sie zu lehren, daß der Arm des Gesetzes ihr Freund ist. Jetzt sag etwas, so wie McGruff das sagen würde.«

»Nimm deine Hände von meinem Schwanz, oder ich beiße dich.«

»Das kannst du nicht sagen! Du machst ja den Kindern angst!«

»Ich hab' mit dir geredet.«

»Und deine Stimme muß viel tiefer, knurrender sein. So ungefähr.« Er stellte sich wieder vor sie, bereitete sich körperlich auf seine Rolle vor, zog die Schultern hoch und schnitt eine Grimasse, die wie Nixon aussah. »Hallo, Jungs und Mädels«, sagte er in seiner besten Cartoonhundstimme, die sich *anhörte* wie Nixon. »Ich bin McGrrruff der Verbrechenshund! Zusammen können wir dem Verbrechen den Garrraus machen!«

»Struppi würde vor Neid erblassen. Möchtest du das Kostüm anziehen?«

Er richtete sich indigniert auf. »Nein.«

»Dann halt die Klappe und laß mich in Ruhe. Ich bin nicht in der Stimmung.«

»Deine Einstellung ist das Problem, Deputy«, verkündete er, dann machte er auf dem Absatz kehrt und marschierte im Stechschritt zum Seiteneingang der Schule.

Annie watschelte hinterher, stolperte auf der Treppe, landete auf ihrer riesigen Hundeschnauze. York seufzte gequält, richtete sie auf und führte sie ins Gebäude.

Eine Erfahrung, bei der man etwas lernen kann.

Sie lernte, daß sie in dem Hundekostüm keinerlei Beweglichkeit hatte und daß sie mit den Pfoten keine geschickte Bewegung machen konnte. Sie lernte, daß es ein enormer Nachteil war, wenn man nur einen kleinen Ausschnitt der Welt durch McGruffs Maul sehen konnte. Kleinkinder existierten gänzlich außerhalb ihres Gesichtsfeldes – und sie wußten es. Sie stampften ihr auf die Füße und zogen sie am Schwanz. Einer sprang von einer Schulbank, mit Tarzanschrei und packte die große rosa Zunge, die aus McGruffs Maul hing. Ein anderer schlich sich an und pinkelte auf ihren Fuß.

Als sie schließlich am Nachmittag ihr Programm in der Sacred-Heart-Grundschule beendet hatten, fühlte sich Annie wie eine Pinata, die die Schläge von zu vielen Geburtstagsgästen überstanden hatte. York redete überhaupt nicht mehr mit ihr – aber erst nachdem er ihr versichert hatte, daß er ihr unkooperatives Verhalten Sergeant Hooker melden würde und vielleicht sogar dem Sheriff. Laut ihm war sie eine Schande für die Verbrechenshunde der Nation.

Annie stand auf dem Gehsteig vor der Sacred-Heart-Schule mit ihrem McGruff-Kopf unter dem Arm und sah York nach, der zu seinem Streifenwagen stürmte. Die Schule war gerade aus. Eine Herde Drittkläßler rannte bellend an ihr vorbei. Ein größeres Kind packte ihren Schwanz und wirbelte sie herum, dann rannte es weiter zu seinem Bus.

»Das sieht nicht besonders gut aus«, sagte Josie ernst. Sie stand auf der Treppe, den Rucksack mit beiden Händen umklammert, ihr Haar war mit einem breiten lila Band zurückgekämmt.

»He, Josie, wie steht's denn?« sagte Annie.

Das Mädchen zog die Schultern hoch, richtete den Blick auf den Boden.

»Du wirst deinen Bus verpassen.«

Josie schüttelte den Kopf. »Ich soll zum Anwaltsbüro gehen. Oma und Opa Hunt haben da ein Treffen. Sie haben ihn gestern aus dem Gefängnis gelassen, weißt du. Wir haben ihn abgeholt, statt in die Kirche zu gehen. Ich glaub', kaum jemand, der das Gesetz bricht, muß im Gefängnis bleiben, oder?«

»Sie haben ihn auf Kaution freigelassen?« fragte Annie. Wer hätte gedacht, daß Pritchett an einem Sonntag etwas unternehmen würde? Keiner – und genau das war der Punkt. Die Büros waren offiziell geschlossen, womit es der perfekte Tag für heimliche Manöver war. Die Familie wollte nicht, daß die Presse sie in die Mangel nahm. Pritchett wollte den Davidsons unnötige Aufregung ersparen. Die Davidsons hatten wesentlich mehr Freunde unter den Wählern als Marcus Renard.

Josie zog erneut die Schultern hoch, als sie die Treppe hinunter und in Richtung Spielplatz gingen. »Ich glaub' schon. Ich versteh' es nicht, aber keiner wollte drüber reden. Ganz besonders Opa Hunt nicht. Kaum war er zu Hause, ist er fischen gegangen, ganz allein, und als er zurückkam, ist er in sein Arbeitszimmer und ist nicht mehr rausgekommen.«

Anstatt zu der leeren Schaukel zu gehen, setzte sie sich auf eine dicke Eisenbahnschwelle, die einen Flecken Stiefmütterchen im Schatten einer immergrünen Eiche eingrenzte. Annie ließ den McGruff-Kopf auf den Asphalt fallen und setzte sich neben sie, arrangierte ihren Schwanz so gut es ging. Auf der anderen Seite der Schule röhrten die Busse davon.

»Ich weiß, daß es für dich verwirrend ist. Josie. Die Geschichte ist auch für Erwachsene ganz schön verwirrend.«

»Oma sagt, der Detective hat versucht, den Kerl, der meine Mom umgebracht hat, zu verprügeln, aber du hast ihn aufgehalten.«

»Er hat das Gesetz gebrochen. Polizisten sollen das Gesetz vertreten, sie sollten es niemals brechen. Aber nur, weil ich Detective Fourcade aufgehalten habe, heißt das noch lange nicht, daß ich nicht mehr versuchen werde, den Kerl zu finden, der deine Mom umgebracht hat. Verstehst du das?«

Josie drehte sich zur Seite und streckte die Hand nach einem lavendelfarbenen Stiefmütterchen aus. Eine einzelne Träne rollte über ihre Wange, und sie flüsterte: »Nein.«

Sie ließ ihren Kopf noch mehr hängen, ihr Vorhang dunkler Haare fiel herunter und verdeckte ihr Gesicht. Schließlich sagte sie mit winziger, zittriger Stimme: »M... mir fehlt meine Mom wirklich sehr.«

Annie streckte ihre Pfote und zog Josie eng an sich. »Ich weiß, daß sie dir fehlt, Schätzchen«, sagte sie. »Ich weiß genau, wie sehr sie dir fehlt. Es tut mir so leid, daß dir so etwas passieren mußte.«

»Ich will sie wiederhaben«, schluchzte Josie in ihren Trenchcoat. »Ich will, daß sie zurückkommt, und ich weiß, daß sie das nicht sein wird, und das hasse ich!«

»Ich weiß, Süße. Das Leben sollte dir nicht so weh tun.«

»Schwester Celeste sagt, ich s-soll nicht böse auf G-Gott sein, aber ich bin es.«

»Mach dir keine Sorgen um Gott. Er muß sich für einiges rechtfertigen. Auf wen bist du sonst noch böse? Bist du böse auf mich?«

Das kleine Mädchen nickte.

»Das ist okay. Aber ich möchte, daß du weißt, daß ich mein Bestes tue, um zu helfen, Josie«, murmelte sie. »Ich hab' es versprochen, und ich werde es tun. Aber du hast jedes Recht, auf wen und was du willst, böse zu sein. Auf wen bist du sonst noch böse? Auf deinen Dad?«

Sie nickte wieder.

»Und deine Oma?«

Ein weiteres Nicken.

»Und Opa Hunt?«

»N-nein.«

»Auf wen noch?«

Josie erstarrte für einen Augenblick. Annie wartete, Vorahnung, geboren aus harter Erfahrung, zog ihr das Herz zusammen. Eine lustlose Brise strich durch die Köpfe der Stiefmütterchen. Ein bemalter Wimpel flatterte von einem Azaleenbusch und zupfte an einer Brotkruste, die ein Kind von seinem Pausenbrot gepfriemelt und weggeworfen hatte.

»Wen sonst noch, Josie?«

Die Antwort kam mit einem kleinen Stimmchen, erstickt vor Schmerz. »Mich.«

»Oh, Josie«, flüsterte Annie und drückte sie fest an sich. »Was mit deiner Mom passiert ist, war nicht deine Schuld.«

»Ich war bei Kirsten zu H-Hause. Wenn ich vielleicht – wenn ich zu Hause gewesen wär …«

Annie hörte sich die gestammelte Beichte an, fühlte sich innerlich neun Jahre alt, erinnerte sich an die gräßliche Last von Schuld, von der keiner ahnte, daß sie sie mit sich herumschleppte. Sie war immer bei ihrer Mama gewesen, hatte sie bewacht, wenn sie ihre schlechten Phasen hatte und zu Gott gebetet, sie doch glücklich zu machen. Und das erste Mal, als sie von zu Hause weg war, hatte Marie ihrem eigenen Leben ein Ende gesetzt. Die Last war so erdrückend, daß sie geglaubt hatte, sie würde sie zermalmen.

Sie erinnerte sich, wie sie die Dammstraße entlanggegangen war, an den bitteren Geschmack der Tränen, als sie ihre Plüsch-Minnie-Mouse ins Wasser geworfen hatte. Das Spielzeug, das ihr nach ihrer allerersten Ferienreise so teuer gewesen war, die Reise, während der das Leben ihrer Mutter endete. Und sie erinnerte sich, wie Onkel Sos das Spielzeug aus dem Schilf gefischt und mit ihr auf dem Schoß am Ufer gesessen hatte, wie sie beide geweint hatten, mit der patschnassen Minnie Mouse zwischen sie gequetscht.

»Es war nicht deine Schuld, Josie«, murmelte sie schließlich. »Ich hab' das auch gedacht, als meine Mom gestorben ist. Daß ich es vielleicht hätte verhindern können, wenn ich zu Hause gewesen wäre. Aber wir können nicht wissen, wann schlimme Dinge in unser Leben kommen. Wir können nicht kontrollieren, was andere Leute tun.

»Es ist nicht deine Schuld, daß deine Mom gestorben ist, Schatz. Das ist die Schuld von jemand anderem, und er wird dafür bezahlen müssen, das verspreche ich dir. Alles, was ich von dir verlange, ist, daß du mir glaubst, wenn ich dir sage, daß ich deine Freundin bin. Ich werde immer deine Freundin sein, Josie. Ich werde versuchen, immer für dich dazusein, und ich werde immer mein Bestes für dich geben.«

Josie hob den Kopf und sah sie an. Sie versuchte zu

lächeln. »Wie kommt es dann, daß du wie ein Hund angezogen bist?«

Annie schnitt eine Grimasse. »Ein vorübergehender Rückschlag. Das geht vorbei. Man sagt mir, ich bin ein ziemlich mieser Verbrechenshund.«

»Du warst ziemlich schlecht«, gab Josie zu. Sie rümpfte die Nase. »Du riechst auch ziemlich schlecht.«

»He, Vorsicht mit den Beleidigungen«, neckte sie Annie. »Ich hetz' all meine Flöhe auf dich.«

»Iiii!«

»Komm, Zwerg«, sagte sie und richtete sich langsam auf. »Ich bring' dich in die Stadt. Du kannst mir helfen, meinen Kopf zu tragen.«

Lake Pontchartrain schimmerte türkismetallisch, flach wie eine Münze, erstreckte er sich nach Norden, so weit das Auge reichte, halbiert durch die Pontchartrain-Causeway-Mautbrücke. Mehrere Boote tuckerten in mittlerer Entfernung über die Oberfläche, deren Insassen die Arbeit schwänzten und sich somit dem üblichen Montagsstreß entzogen. Die Aussicht von diesem Teil des Ufers war teuer. Die Immobilien entlang dieses Stücks See waren in der Kategorie: »Wenn du fragen mußt, kannst du es dir nicht leisten.« Duval Marcotte konnte es sich leisten.

Sein Anwesen war in italienisch angehauchtem Stil und hätte wohl besser in die Toskana gepaßt als nach Louisiana. Sanftweißer Putz und ein rotes Ziegeldach. Gerade, elegante Linien und hohe, schlanke Fenster. Eine drei Meter hohe Mauer umgab den Besitz, aber die Eisentore standen offen und erlaubten Passanten einen Einblick auf smaragdgrünen Rasen und üppige Blumenbeete. Ein schwarzer Lincoln Town Car stand in der Einfahrt in der Nähe des Hauses. Eine Überwachungskamera lugte von einem Torpfosten.

Nick fuhr vorbei und um das Anwesen herum. Der Dienstboteneingang stand ebenfalls offen. Der Lieferwagen eines

Floristen stand in der Nähe des Kücheneingangs, mit weit offenen Türen. Nick parkte seinen Truck vor dem Tor, ging zum Haus und griff sich ein riesiges Arrangement Frühlingsblumen aus dem Wagen.

In der Küche herrschte rege Betriebsamkeit. Eine dünne Frau beaufsichtigte zwei beschürzte Assistentinnen beim Kanapeemachen. Zwei weitere Frauen luden Träger mit Champagnergläsern auf die Granitplatte einer zweiten Arbeitsinsel. Ein kräftiger junger Mann um die Zwanzig kam mit einer Kiste Champagner durch die Tür und trug sie zu einem Tisch zu einem sehr feminin wirkenden blonden Mann mit goldgeränderter Brille, der sich zu Nick drehte. »Bringen Sie das in den roten Salon. Es kommt auf den Mahagonitisch neben dem Kamin.«

Ein Hausmädchen öffnete ihm die Tür.

Er war zweimal in diesem Haus gewesen und hatte sich den Grundriß eingeprägt. Vor seinem inneren Auge konnte er jedes antike Möbelstück und jedes Gemälde an der Wand sehen. Der rote Salon war links im vorderen Teil des Hauses, ein Raum, der aussah, als könnte Napoleon dort zu Gast gewesen sein. Das Dekor war zweites Empire, schwülstig und angeberisch.

Nick stellte das Arrangement auf den runden Mahagonitisch und ging rasch den Gang zum Ostflügel hinunter. Seine Laufschuhe waren auf dem polierten Boden fast geräuschlos. Er ließ die Haupttreppe links liegen und nahm lieber die Treppe am hinteren Ende des Ganges. Marcottes Büro war im ersten Stock des Ostflügels. Er war ein Gewohnheitstier, arbeitete montags und freitags immer zu Hause. Geschäftspartner, mit denen sich Marcotte in seinem Büro an der Poydras Street im zentralen Geschäftsbezirk von New Orleans nicht sehen lassen wollte, kamen regelmäßig zu ihm nach Hause. Nick dachte an den Lincoln in der Einfahrt und runzelte die Stirn.

Es wäre besser gewesen, wenn er gewartet hätte, später gekommen wäre, um Marcotte in seinem Bett zu überraschen, aber das würde Marcotte eine zu gute Entschuldigung geben, ihn zu erschießen oder als Eindringling erschießen zu lassen. Er war geschäftlich hier, nicht um sich zu rächen, erinnerte er sich, als er in ein Badezimmer huschte und die Tür hinter sich schloß.

Er sah sich im Spiegel über dem Säulenwaschtisch an. Er trug eine lose schwarze Sportjacke über seinem weißen T-Shirt, deren Schnitt das Schulterhalfter und die Ruger P.94 kaschierte. Er hatte rote Flecken über den Wangenknochen. Sein Puls war ein bißchen zu schnell, und die Erwartung überzog seinen Mund mit einem Geschmack wie Kupfer. Er hatte Marcotte über ein Jahr nicht gesehen, hatte nicht vorgehabt, ihn je wiederzusehen. Er hatte sein Bestes versucht, die Tür zu diesem Kapitel seines Lebens zu schließen, und jetzt schlich er sich durch sie zurück.

Er schloß die Augen, atmete tief durch, füllte seine Lunge und versuchte, seinen Verstand zu beruhigen. *Ruhe, finde deine Mitte, konzentriere dich.* Warum war er hier? Es gab nichts Greifbares, was Marcotte mit dem Bichon-Fall in Verbindung brachte. Er hatte jede Nummer in New Orleans in Donnies Telefonaufzeichnungen von vor dem Mord überprüft und keine direkte Verbindung zu Marcotte gefunden. Eine Erleichterung. Er wollte Donnies Motiv, Pam zu töten, nicht erhärten, wo er doch instinktiv wußte, daß Renard der Mörder war. Falls Donnie sich nach Pams Tod mit Marcotte in Verbindung gesetzt hatte, hatte Nick keine Möglichkeit, es zu erfahren. Es gab keinen Anlaß, Bichons Telefonaufzeichnungen für diesen Zeitraum zu beschlagnahmen. Und falls Donnie sich nach der Tat mit Marcotte in Verbindung gesetzt hatte, dann war Marcotte aus der Schlinge, was den Mord anging.

Aber selbst nachdem er sich diese Logik vorgebetet hatte, blieb doch eine gewisse Unruhe. Das Gespenst Marcottes dräute in den Schatten an der Peripherie des Falls. Für Donnie mußte Pams Fall abgeschlossen sein, bevor er seine Verkaufspläne durchziehen konnte. Wenn Renard umgelegt werden würde, würde der Fall wahrscheinlich im Sand verlaufen. Falls Nick derjenige wäre, der Renard umlegte und dafür eingesperrt werden würde, dann würde er aus Marcottes neuem Spielfeld entfernt.

Er atmete langsam aus. *Ruhe. Suche deine Mitte. Konzentriere dich.* Er konnte nicht zulassen, daß die Vergangenheit sich hier hineindrängte. Er mußte die Gegenwart isolieren, mit dem Augenblick fertig werden, vorwärts denken. *Kontrolle.* Er trat zurück in den Gang und ging auf die Doppeltür aus lackiertem Zypressenholz zu.

Marcottes junger Sekretär saß an einem französischen Schreibtisch im kleinen Vorzimmer. »Kann ich Ihnen helfen?«

»Ich will zu Marcotte.«

Der Sekretär registrierte Nicks Erscheinung mit Mißtrauen und Mißbilligung. »Tut mir leid, Sie haben keinen Termin.«

»Es braucht Ihnen nicht leid zu tun. Er wird mich sehen.«

»Mr. Marcotte ist ein sehr beschäftigter Mann. Er ist in einer Konferenz.«

Nick beugte sich über den Schreibtisch und packte die Krawatte des Mannes dicht unter dem Knoten und drehte sie in seiner Faust. Die Augen des Sekretärs traten aus den Höhlen, und er quäkte vor Überraschung.

»Du bist sehr unhöflich, Student«, sagte Nick leise. Sie waren jetzt fast Nase an Nase. »Dein Glück, daß ich so ein geduldiger Kerl bin. Ich, für meinen Teil, glaube daran, Menschen eine zweite Chance zu geben. Also, ich denke, ich laß dich jetzt aus dem Würgegriff, und du klingelst Mr. Marcotte an. Sag ihm, Nick Fourcade ist da, geschäftlich.«

Nick ließ ihn los, und der Sekretär fiel in seinen Stuhl zurück und schnappte nach Luft. Er griff nach dem Telefon und drückte den Knopf der Gegensprechanlage.

»Tut mir leid, Sie zu stören, Mr. Marcotte.« Er versuchte, sich zu räuspern, aber seine Stimme blieb kratzig. »Hier ist ein Nick Fourcade, der Sie sehen will. Er hat darauf bestanden, Ihnen das mitzuteilen.«

Aus der Maschine kam keine Antwort. Nick klopfte ungeduldig mit dem Fuß. Einen Augenblick später schwang die Tür zu Marcottes inneren Sanctum auf, und vier Männer traten heraus.

Nick musterte die Gruppe rasch und wich zur nächsten Wand zurück. Zuerst kam Vic »The Plug«, DiMonti, ein Gangsterboß mittleren Rangs in New Orleans. Er war gebaut wie ein kleiner Würfel mit stummeligen Armen und Beinen. Im Gegensatz dazu waren die Muskelmänner, die ihn flankierten, übergroß, geklonte Kniescheibenzerhacker mit Bürstenschnitt, ohne Hals, und beide trugen runde Armani-Sonnenbrillen.

Marcotte blieb in der Tür stehen, als die Gangster hinausgingen. Er sah ganz normal aus, mit Anzughose und einem Nadelstreifenhemd mit aufgerollten Ärmeln und einer ordentlichen Krawatte mit blutroten Streifen. Schlank, sechzig, Halbglatze. Er war berühmt für sein Lächeln. Seine Augen waren gütig. Und das Herz in seiner Brust war ein kleiner, schwarzer, versteinerter Klumpen. Er war verschwenderisch in seinen guten Taten, beeindruckend bescheiden, insgeheim bösartig. Er hatte sich für sehr gutes Geld ein Spitzenimage erkauft, und die wenigen Leute in New Orleans' oberen Kreisen, die es wußten, stellten sich nur allzugerne blind.

»Ja, wenn das nicht mein alter Freund Nick Fourcade ist«, sagte er lachend, jovial, als würde er einen lieben, teuren Freund begrüßen. »Das ist eine Überraschung!«

»Ach wirklich?«

»Kommen Sie rein, Nick«, lud er ihn mit einer großen Geste ein. »Evan, wären Sie so gut und bringen uns Kaffee?«

»Ich bleib' nicht lange«, sagte Nick und ging an seinem Gastgeber vorbei in das Büro.

Ganz gegen seinen Willen war er beeindruckt von der Aussicht auf den See durch die Fenster im Palladiostil in der Mitte der Hauptwand. Der Raum selbst war nicht weniger beeindruckend. Der Teppich war plüschgrau, eine Nuance heller als die Wände. Kunstobjekte verzierten in wohldurchdachten Abständen die Wände. Die Möbel hatten Museumsqualität.

»Sie haben eine lange Fahrt zurück nach Hause«, sagte Marcotte und ging hinter seinen massiven Schreibtisch. »Wie ich höre, haben Sie sich draußen im Cajunland einen ziemlichen Namen gemacht.«

Nick sagte nichts. Er ging hinter einem Louis-XIV.-Sessel an einem Ende des Schreibtischs in Stellung, von wo aus er die Türen im Blickfeld hatte. Er legte seine Hände auf die Lehne. Marcotte war die Antithese all dessen, woran er glaubte: Moral, Gerechtigkeit, persönliche Verantwortung. Nick hatte davon geträumt, Marcotte dafür zu bestrafen, aber es gab keine Möglichkeit dafür, außer er korrumpierte sich selbst. Das steigerte seine Wut noch mehr.

»Was bringt Sie denn in mein lauschiges Stück Wald, Detective?« fragte Marcotte. »Abgesehen von erstaunlicher Unverfrorenheit?«

Er setzte sich und stützte die Ellbogen auf die Lehnen seines Chefsessels, legte die Fingerspitzen zu einer Pyramide aneinander und drehte langsam den Stuhl hin und her. »Ich würde ja sagen, es geht wohl um die Party, die ich heute abend gebe, aber ich fürchte, Ihr Name ist nicht auf der Gästeliste. Offizielle Gründe kann es nicht geben: Sie sind viel zu weit von Ihrem Zuständigkeitsbereich entfernt. Außerdem hatten Sie, soweit ich informiert bin, in letzter Zeit ein paar berufliche Rückschläge.«

»Was wissen Sie denn davon?«

»Was ich in den Zeitungen lese, Nick, mein Junge. Also, was kann ich für Sie tun?«

Marcottes Gelassenheit erstaunte ihn. Der Mann hatte ihn

ruiniert und saß da, als gäbe es nichts, was er ihm nachtragen könnte, als hätte ihm das alles gar nichts bedeutet.

»Beantworten Sie mir eine Frage«, sagte er. »Wann haben Sie das erste Mal über einen möglichen Verkauf von Bayou Realty mit Donnie Bichon geredet?«

»Wer ist Donnie Bichon?«

»Sie lesen doch die Zeitungen, Sie werden wissen, wer er ist.«

»Sie haben irgendeinen Grund zu glauben, ich hätte mit ihm geredet? Warum sollte ich an irgendeiner Hinterwäldler-Immobilienfirma interessiert sein?«

»Oh, lassen Sie mich überlegen.« Nick legte zwei Finger an die Schläfen, um zu betonen, wie er sich konzentrierte. »Geld? Geld verdienen. Geld verstecken. Geld waschen. Suchen Sie sich was aus. Vielleicht sucht Ihr Freund ›Vic the Plug‹ nach einer kleinen unbedeutenden Investition. Vielleicht haben Sie ein paar Senatoren in der Tasche, die Riverboat-Glücksspiel im Bassin einführen wollen. Vielleicht wissen Sie etwas, was der Rest von uns nicht weiß.«

Marcottes Gesicht wurde hart. »Sie beleidigen mich, Detective.«

»Ach ja? Na und? Sonst noch was Neues?«

»Nichts. Sie sind so langweilig wie immer. Ich bin ein hochgeachteter Geschäftsmann, Fourcade. Mein Ruf ist über jeden Zweifel erhaben.«

»Wieviel Geld braucht man, um sich einen solchen Ruf zu erkaufen? Kostet es extra, je nachdem mit welchen Gangstern man zusammenklüngeln will?«

»Mr. DiMonti besitzt eine Baufirma. Wir entwickeln gemeinsam ein Projekt.«

»Da möchte ich wetten. Werden Sie ihn und seine Gorillas mit nach Bayou Breaux bringen?«

»Sie sind geistig verwirrt, Fourcade. Ich habe kein Interesse an irgendeiner schlangenverseuchten Sumpfstadt.«

Nick hob warnend einen Finger. »Ah, seien Sie vorsichtig

mit dem, was Sie sagen, Marcotte. Das ist *meine* schlangenverseuchte Sumpfstadt – die, in die Sie mich getrieben haben. Ich will Ihr Gesicht da nicht sehen. Ich will den Gestank Ihres Geldes nicht riechen.«

Marcotte schüttelte den Kopf. »Sie lernen nie was dazu, Sie Sumpfratte. Ich spiele hier den perfekten Gastgeber für Sie, und Sie beleidigen mich. Ich könnte Sie verhaften lassen, wenn ich wollte. Wie würde das in Ihrer Akte aussehen? Als ob Sie nicht mehr ganz dicht wären, würde ich sagen. Verdächtige zusammenschlagen, den ganzen Weg nach New Orleans fahren, um einen bekannten Geschäftsmann und Philanthropen zu beleidigen. Sie sind lästig, Fourcade, wie ein Moskito. Das letzte Mal habe ich Sie verscheucht. Belästigen Sie mich nicht noch einmal.«

Die Tür schwang auf, und der Sekretär brachte ein Silbertablett mit kleiner Kaffeemaschine und hauchdünnen Porzellantäßchen herein. Das dunkle Aroma gebrannter Zichorie erfüllte den Raum.

»Vergessen Sie den Kaffee, Evan«, sagte Marcotte, ohne Nick aus den Augen zu lassen. »Detective Fourcade ist schon zu lange hier.«

Nick zwinkerte dem Sekretär zu, als er zur Tür ging. »Trinken Sie meinen, *mon ami*: Wie ich höre, soll das gut gegen Heiserkeit sein.«

Er lief die Seitentreppe hinunter und verließ das Haus durch das Solarium, um den Auflauf in der Küche zu vermeiden. Der Lieferwagen des Floristen war fort. Vic DiMontis Schläger nicht.

Einer kam hinter einem Pflanzschuppen hervor, um ihm den Weg zum Tor zu versperren. Nick blieb vier Meter vor ihm stehen und wägte seine Möglichkeiten ab. Sich stellen oder den Weg, den er gekommen war, zurücklaufen, obwohl er das dumpfe Gefühl hatte, daß Fleischklops Nummer zwei diese Möglichkeit bereits blockiert hatte. Das Schlurfen großer Füße auf dem Backsteinweg hinter ihm bestätigte das.

Dann tauchte DiMonti selbst aus dem Pflanzschuppen auf, mit einem Spatenstiel aus Hickoryholz in den dicken Pfoten.

»Mit Ihnen hab' ich keinen Streit, DiMonti«, sagte Nick. Er balancierte auf den Fußballen und ließ den Schläger vor sich nicht aus den Augen. Das Spiegelbild seines Zwillings konnte er in der Sonnenbrille des Mannes erkennen.

»Ich erinnere mich an Sie, Fourcade«, sagte DiMonti. Sein Akzent klang wie aus Brooklyn, stammte aber aus dem Irish-Channel-Viertel von New Orleans, sehr passend für einen Filmgangster. »Sie haben einen Dachschaden. Die Polizei hat Sie rausgeworfen.« Er lachte. »Da gehört schon einiges dazu. Sich aus dem NOPD werfen zu lassen.«

»Es war ein Kinderspiel. Fragen Sie Ihren Freund Marcotte.«

»Gut, daß Sie davon anfangen, Fourcade«, sagte DiMonti und klopfte mit dem Spatengriff gegen seine Handfläche. »Mr. Marcotte ist ein enger persönlicher Freund von mir und ein geschätzter Geschäftspartner. Ich möchte nicht, daß er sich aufregt. Verstehen Sie, was ich sagen will?«

»Absolut. Sagen Sie dem Zwerg hier, er soll beiseite gehen, und ich bin schon weg.«

DiMonti schüttelte traurig den Kopf. »Ich wünschte, es wäre so einfach, Nick. Darf ich Sie Nick nennen? Sehen Sie, ich bin der Meinung, Sie haben da etwas, was man ein Verhaltensmuster nennt. Sie brauchen vielleicht eine kleine Lektion von Bear und Brutus hier, damit Sie aus der Schiene kommen. Dann überlegen Sie es sich vielleicht, bevor Sie noch mal hierherkommen. Verstehen Sie, was ich damit sagen will?«

Er sah in Bears Sonnenbrille, wie Brutus jetzt größer hinter ihm dräute.

Ein Pirouettenkick traf Brutus ins Gesicht, brach seine Nase und seine Sonnenbrille, und er knallte wie ein gefällter Baum auf den Backsteinweg. Nick wirbelte herum und verpaßte Bear eine Rechte genau ins Zwerchfell. Es war, wie auf einen Backstein zu schlagen.

Der Schläger traf ihn mit einem linken Haken, und Nicks Mund lief voll Blut. Er riß seinen rechten Fuß hoch und kickte Bear direkt aufs Knie, das sich in einem Winkel beugte, den die Natur nicht vorgesehen hatte. Der Schläger krümmte sich heulend, umklammerte sein Knie, und Nick traf ihn mit einer Kombination, bei der ihm die Lippe platzte und eine Fontäne von Blut losspritzte.

Jetzt mußte Bear nur zu Boden gehen, dann könnte er zum Tor losrennen. Er wollte die Ruger nicht ziehen. DiMonti war nicht hierhergekommen, um ihn zu töten, und er wollte die Komplikationen nicht, aber er würde auch nicht zögern, es zu tun. Der »Plug« hatte schon Leichen genug im Sumpf abgeladen. Noch ein Schlag, und Bear wäre hinüber. Aber ehe Nick ausholen konnte, schwang DiMonti den Spatengriff wie einen Baseballschläger und traf ihn mit voller Wucht in die Nieren.

DiMonti holte noch mal aus, und Nick stolperte vorwärts, versuchte, auf den Beinen zu bleiben, in Bewegung. Wenn es ihm gelänge, loszurennen –

Der Gedanke wurde jäh unterbrochen, und er schlug mit dem Gesicht voraus auf die Backsteine auf. Dann wurde die Welt schwarz, und Nicks letzter Gedanke war, daß es wohl so besser wäre.

26

Annie prustete und kramte seufzend weiter durch die Stapel von Papieren und beförderte ein Päckchen Mikrokassetten mit der Aufschrift RENARD in Fourcades prägnanten Großbuchstaben hervor. Bänder von den Verhören, sicher aus der Tasche aufgenommen. Die offiziellen Bänder hätte er nie aus dem Sheriffsrevier rausschaffen können, aber Fourcade lebte nach seinen eigenen Regeln – von denen sie einige guthieß und andere …

Allein daran zu denken, machte sie schon unruhig. Wo sollte sie die Grenze ziehen? Und wo würde er sie ziehen? Sie brach Regeln, indem sie sich in diesen Fall einmischte, aber sie fühlte sich gerechtfertigt, glaubte einer höheren Instanz verantwortlich zu sein. Hatte das auch Fourcade gedacht, als er Renard auf dem Parkplatz stellte? Daß Gerechtigkeit eine höhere Macht wäre als das Gesetz?

Wo zum Teufel war er? fragte sie sich, als sie in ihrer Tasche nach ihrem Kassettenrecorder kramte. Für einen Mann, der suspendiert war und den man gewarnt hatte, sich aus dem Fall rauszuhalten, kam er wirklich erstaunlich weit herum.

»Vielleicht ist er unterwegs und türkt Beweise für dich, Annie«, murmelte sie, dann machte sie sich Vorwürfe, daß sie so etwas denken konnte.

Sie glaubte nicht, daß er den Ring untergeschoben hätte, nur weil man ihm vorwarf, so etwas schon einmal getan zu haben. Keiner hatte die Anschuldigungen bewiesen, die während der Parmatel-Mordermittlungen gegen ihn vorgebracht worden waren. Fourcade hatte seinen Dienst bei der Polizei von New Orleans quittiert, bevor jemand Gelegenheit dazu hatte. Das Trara hatte sich gelegt, und der Fall war abgewiesen worden.

Und genau das machte Annie stutzig. Irgend etwas an diesen Vorwürfen war faul. Der Fall war abgewiesen worden, und es war auch keine Zivilklage nachgereicht worden. Heutzutage reichte jeder, der auch nur die geringste Kleinigkeit gegen einen Cop in der Hand hatte, sofort Zivilklage ein. Allan Zander, der Mann, den Fourcade beschuldigt hatte, die Nutte Candi Parmatel umgebracht zu haben, war einfach zurück in die Anonymität gefallen.

Sie sagte sich, daß das alles keine Rolle spielte, während sie Band Nummer eins in das Gerät lud. Fourcade wollte seine Vergangenheit für sich bewahren, und alles, was sie wollte, war, diesen Mord abzuschließen. Der Rest war nur unnützes Gepäck.

Sie drückte auf Play und legte das Gerät auf den Tisch.

Fourcade sprach den Titel für das Verhör mit Marcus Renard. Er diktierte Datum, Zeit und Aktennummer; seinen eigenen Namen, Rang und Markennummer. Stokes diktierte seinen Namen, Rang und Markennummer. Stühle scharrten über den Boden, Papier raschelte.

Fourcade: »Was denken Sie über diesen Mord, Mr. Renard?«

Renard: »Es – es ist entsetzlich. Ich kann es nicht glauben. Pam ... Mein Gott ...«

Stokes: »Was können Sie nicht glauben? Daß Sie eine Frau so zermetzeln können? Haben sich selbst überrascht, was?«

Renard: »Was? Ich weiß nicht, was – Sie können doch nicht glauben, daß *ich* das tun könnte? Pam war – ich würde nie ...«

Stokes: »Ach, kommen Sie, Marcus. Das ist Ihr alter Kumpel Chaz, mit dem Sie reden. Ich bin nicht erst gestern vom Rübenlaster gefallen. Sie und ich, wir führen dieses gleiche Gespräch jetzt seit was – sechs, acht Wochen? Nur diesmal haben Sie etwas mehr getan als nur schauen. Hab' ich recht? Sie haben die Nase voll vom Schauen. Sie hatten die Nase voll davon, von ihr abgewiesen zu werden.«

Renard: »Nein. Es war nicht –«

Stokes: »Kommen Sie, Marcus, machen Sie reinen Tisch.«

Fourcade: »Chaz, tun wir ihm doch den Gefallen und glauben ihm. Sagen Sie uns, Mr. Renard. Wo waren Sie letzten Freitag abend?«

Renard: »Werde ich etwa beschuldigt? Sollte ich einen Anwalt dabeihaben?«

Fourcade: »Ich weiß das nicht, Mr. Renard. *Sollten* Sie einen Anwalt dabeihaben? Wir wollen nur reinen Tisch machen, mehr nicht.«

Renard: »Ihr habt nichts in der Hand, womit ihr mich damit in Verbindung bringen könnt. Ich bin ein unschuldiger Mann.«

Stokes: »Sie wollten sie haben, Marcus. Ich war die ganze Zeit dabei, wissen Sie noch? Ich weiß, daß Sie sie verfolgt haben, ihr kleine Briefchen, kleine Geschenke geschickt haben. Ich weiß, daß Sie sie angerufen haben, um ihr Haus geschlichen sind. Ich weiß, was Sie dieser Frau angetan haben, und es wäre das beste, wenn Sie es einfach zugeben, Marcus. Ich verwette meinen Hintern darauf, daß wir es beweisen werden, Nicky und ich. Und wenn ich lüge, will ich tot umfallen.«

Das Dröhnen eines Motors durchbrach Annies Konzentration. Sie schaltete den Kassettenspieler ab und wartete auf das Zuschlagen einer Autotür. Als das Geräusch nicht kam, erhob sie sich aus ihrem Stuhl und zog die Sig aus ihrer Tasche.

Das kleine Fenster am Ende des Hauses bot eine Aussicht auf nichts. Die Nacht war pechschwarz. Fourcades Zuflucht steckte in einer Hosentasche der Zivilisation, leicht zugänglich für die Tiere, die durch den Sumpf pirschten – eine stattliche Anzahl davon auf zwei Beinen. Wilddiebe und Diebe und Schlimmeres. Die zerfransten Ränder der Gesellschaft.

Die Erinnerung an gestern nacht brach plötzlich wie eine Sturzflut über sie. Wer würde hier ihr Feind sein?

Keiner hätte ihr folgen können, ohne daß sie etwas merkte, was alle aus dem Revier eliminierte. Ein zufälliger Überfall durch den herumstreifenden Vergewaltiger schien unwahrscheinlich. Dieser Straftäter kannte Lebensstil und Gewohnheiten seiner Opfer. Er hatte sie nicht zufällig ausgewählt.

Etwas prallte hart auf den Boden der Veranda. Annie brachte die Sig in Anschlag und ging nach draußen.

»Nick? Bist du's?«

Sie wartete, überlegte, wußte, daß sie bereits alles auf eine Karte gesetzt hatte. Dann hörte sie ein leises Stöhnen, unverkennbar ein Schmerzgeräusch.

»Fourcade?« rief sie und stieg langsam die Treppe hinunter. »Zwing mich nicht, dich zu erschießen. Ich hab' eine große Pistole, weißt du.«

Er lag auf dem Boden der Veranda, das Licht, das sich aus dem Fenster ergoß, beschien sein übel zugerichtetes Gesicht.

»O mein Gott!« Annie steckte die Pistole in ihr Taillenband und fiel neben ihm auf die Knie. »Was ist passiert? Wer hat das getan?«

Nick öffnete mühsam ein Auge und sah zu ihr hoch. »Gib dich nie zu erkennen, bevor du nicht die Lage kennst, Broussard.«

»Mann, du bist halb tot und mimst immer noch den Boß.«

»Hilf mir auf.«

»Dir aufhelfen? Ich sollte einen Krankenwagen rufen! Oder ich könnte dich erschießen und deinem Elend ein Ende machen.«

Er zuckte zusammen, als er versuchte, sich auf Händen und Knien hochzurappeln. »Mir geht's gut.«

Annie machte ein unanständiges Geräusch. »Oh, Verzeihung, ich hab' dich mit jemandem verwechselt, den man halb totgeschlagen hat.«

»*Mais oui*«, murmelte er. »Das muß ich sein. Es ist nicht das erste Mal, Schätzchen.«

»Warum überrascht mich das nicht?«

Er richtet sich langsam auf, Schmerz brandete durch seinen Körper. »Komm schon, Broussard, hör auf zu gaffen und hilf mir. Wenn wir Partner sind, sind wir Partner.«

Annie stellte sich neben ihn, und er legte einen Arm um ihre Schultern. »Ich muß leider sagen, daß du schwerer zu handhaben bist, als ich erwartet habe, Nick.«

Er lehnte sich schwer auf sie, und sie half ihm ins Haus. Sie taumelten ins Wohnzimmer wie zwei betrunkene Penner. Annie warf einen Blick auf das Blut, das die Vorderseite seines T-Shirts tränkte, und fluchte leise.

»Wer hat das getan?«

»Der Freund eines Freundes.«

»Ich glaube, du brauchst jemanden, der diesen Begriff neu für dich definiert. Wohin gehen wir?«

»Ins Bad.«

Sie dirigierte ihn den Korridor entlang und fiel fast in die Badewanne, als sie ihn langsam auf dem geschlossenen Toilettendeckel absetzte.

»Meine Güte, bist du sicher, daß du am Leben bist?« fragte sie und ging vor ihm in die Hocke.

»Sieht schlimmer aus, als es ist.«

»Ich nehme an, du wirst mir sagen, ich sollte erst mal den anderen sehen.«

»Die waren sowieso häßlich.«

»Sie. Plural?«

»Es ist nichts gebrochen«, sagte Nick und verkniff sich ein Stöhnen, als die Muskeln seines Rückens festfroren. »Ich werde morgen Blut pissen, mehr nicht.«

Er stützte seine Unterarme auf die Schenkel und versuchte sich darauf zu konzentrieren, das Schwindelgefühl zu klären. Sein Kopf dröhnte wie ein Zehnpfundhammer auf einem Gußeisentopf.

»Hol mir einen Whisky«, grummelte er.

»Kommandier mich nicht rum, Fourcade«, sagte Annie und kramte in dem kleinen Arzneischrank herum. »Laut einer zuverlässigen Quelle sollte man nie sein medizinisches Personal verärgern.«

»Hol mir bitte einen Whisky, Schwester Nörgel.«

Sie warf einen erstaunten Blick über ihre Schulter auf ihn. »Du *mußt* eine Gehirnerschütterung haben. Du hast gerade einen Witz gemacht.«

»Er steht in der Küche«, knirschte er mit zusammengebissenen Zähnen, von denen drei sich wackelig anfühlten. »Dritter Schrank von rechts.«

Sie ging hinaus und kam kurz darauf mit einem Glas Jack Daniels zurück. Den ersten Schluck nahm sie selber. »Ich will eine Erklärung, Fourcade. Und verarsch mich nicht. Ich hab' eine Flasche Wasserstoffperoxyd, und ich weiß damit umzugehen.«

Sie stellte den Whisky auf den Spülstein und wollte ihm aus der Jacke helfen.

»Ich kann es«, protestierte er.

»O Gott, spiel jetzt bitte nicht den starken Mann. Du kannst dich kaum rühren.«

Nick kapitulierte und ließ sich die Jacke und das Schulterhalfter mit der Ruger ausziehen.

Er war stinksauer auf sich selbst. Er hätte DiMontis Angriff erwarten müssen, hätte es besser wissen müssen und nicht denselben Weg rausgehen sollen, den er reingekommen war. Und er hätte besser mit diesem Knöchelkater fertig werden müssen. Und er hätte niemanden brauchen sollen, der sich um ihn kümmerte, und er konnte es nicht zulassen, daß er sich daran gewöhnte. Er war nicht die Art Mann, der diese Art von Trost erwarten konnte. Er war notwendigerweise eine einsame Existenz. Er hatte das Bedürfnis nach Gesellschaft weggestutzt, um sich besser darauf konzentrieren zu können, die zerbrochenen Teile seines Ichs wieder zu etwas Ganzem zu machen.

Aber der Job war noch längst nicht erledigt, und er war müde und übel zugerichtet, und Annie Broussards Berührung war nur allzu willkommen.

Er wollte sein blutverschmiertes T-Shirt ausziehen, doch dann peitschte der Schmerz wieder quer über seinen Rücken, als ob DiMonti mit seinem Spatenstiel direkt neben ihm stünde.

»Ich bin heilfroh, daß ich keine Hoden habe«, schimpfte Annie. »Sie beeinträchtigen offensichtlich den gesunden Menschenverstand.«

Sie begann, das T-Shirt über seinem Rücken hochzureißen, aber ihre Hände erstarrten auf halbem Weg. Feuerrote Wülste zogen sich über den Ansatz seiner Wirbelsäule, das Blut sammelte sich darunter zu Blutergüssen, dunkel wie Gewitterwolken.

»Heilige Maria«, murmelte sie. Es mußte ihm weh getan haben, als sie nur ihren Arm um ihn gelegt hatte, um ihm ins Haus zu helfen, aber er hatte keinen Mucks gemacht. Verdammter, sturer Mann, dachte sie. Er hatte wahrscheinlich genau das bekommen, was er verdient hatte.

»Es ist nichts«, sagte er wütend.

Sie schüttelte stumm den Kopf und versuchte, ihm das Hemd vorsichtig nach oben zu rollen. Seine Haut war heiß, der Geruch maskulin mit einem Hauch von Raubtier. Schweiß und Blut, sagte sie sich. Das war nichts Sexuelles, es war auch nichts Sexuelles an dem Akt, ihn auszuziehen.

Ihre Knöchel streiften sein Schlüsselbein. Seine Augen waren direkt vor ihren Brüsten. Das Zimmer schien mit einem Mal klein wie eine Telefonzelle.

Fourcade lehnte sich zurück, als sie zurücktrat, als ob er es auch gespürt hätte – diese seltsame magnetische Anziehungskraft. Er zog das T-Shirt von seinen Armen und warf es auf den Boden. Seine Brust war breit und sah hart aus, mit einer Matte dunkler Haare, die den Sechserpack von Bauchmuskeln bedeckte und im Hosenbund seiner Jeans verschwand.

Annie schluckte schwer und ging zum Spülstein.

»Ich warte immer noch auf diese Erklärung«, sagte sie. Sie wartete noch ein paar Minuten, während sie das Waschbecken mit warmem Wasser vollaufen ließ und einen Waschlappen naß machte.

»Ich war bei Marcotte. Einem seiner Freunde hat mein Besuch nicht gefallen.«

»Man stelle sich vor.« Sie tupfte vorsichtig an dem Blut, das sich entlang des Schnitts über seinem Wangenknochen gebildet hatte. »Ich bin mir sicher, du hast wieder deinen bekannten Charme versprüht – paranoide Wahnvorstellungen verstreut, ihn bezichtigt, der Teufel zu sein. Was wolltest du denn überhaupt dort? Hast du etwas in Donnies Telefonaufzeichnungen gefunden?«

»Nein, aber mir gefällt nicht, daß es bei der Sache nach Marcotte riecht. Ich will an seinem Käfig rütteln.«

»Und statt dessen hast du dir ein paar eingefangen. Leichtsinnig.«

Das war es. Er hatte sich das selbst zahllose Male auf der endlosen Fahrt nach Hause gesagt. Er war eingerostet, und außerdem konnte er keinen klaren Gedanken fassen, wenn es um Marcotte ging.

»Wer waren diese ›Freunde‹?«

»Ein paar Kniebrecher, die Vic DiMonti gehörten.«

»Vic DiMonti. Der Gangster Vic DiMonti?«

»*C'est vrai*. Du hast es sofort kapiert, Engelchen. Hast auch nicht geglaubt, daß ein so feiner, aufrechter Bürger wie Marcotte so jemanden kennen könnte, nicht wahr? Auf jeden Fall wirst du sie nie zusammen auf der Gesellschaftsseite sehen, da kannst du verdammt sicher sein.«

Er nippte an seinem Whisky, während sie das Blut aus dem Waschlappen wusch. Der Schnaps brannte in seinem Mund, da, wo seine Zähne das weiche Gewebe verletzt hatten. Er knallte mit einem sauren Zischen in seinen leeren Magen, dicht gefolgt von warmem, betäubendem Glühen. Er nahm noch einen Schluck.

»Das sollte genäht werden«, murmelte Annie angesichts des Schnittes, der seine Augenbraue aufgeschlitzt hatte.

Sie hatte gedacht, er wäre wahnsinnig, als er das erste Mal das Thema Marcotte angeschnitten hatte. Sie hatte gedacht, Marcotte wäre nur ein Teil der Last seiner Vergangenheit, die er hinter sich herschleppte und keinem zeigte, was drin war. Aber wenn Marcotte Donnies geheimer Käufer war und wenn Marcotte mit Mafiagangstern klüngelte ... vielleicht war Fourcade gar nicht so verrückt.

»Und was hatte Marcotte zu sagen?«

»Nichts. Aber die Art seines Schweigens gefiel mir nicht.«

»Aber wenn Donnie vor dem Mord keinen Kontakt mit ihm hatte, dann ist er kein Motiv. Was Donnie mit seiner Hälfte der Firma macht, geht jetzt nur ihn etwas an.«

Er hielt ihre Hand fest und drückte sie von seinem verletzten Kinn weg. »Wenn der Teufel an deine Tür klopft, 'toinette, dreh ihm ja nicht den Rücken zu, weil er zum ersten Tanz zu spät kommt.«

Annie stockte der Atem, als sie die gezügelte Kraft seiner Hand spürte, angesichts des dunklen Feuers in seinen Augen. Genau das war es, wovor sie sich selbst gewarnt hatte – seine Intensität, seine Besessenheit.

»Ich bin hier, um diesen Mordfall abzuschließen«, sagte sie. »Marcotte ist dein Dämon, nicht meiner. Ich weiß nicht einmal, was er getan hat, was ihm einen so erhabenen Platz in deinem Herzen verschafft hat.«

Sie war gerade damit fertig, sich einzureden, daß sie es gar nicht wissen wollte, und hielt doch den Atem an, als sie auf seine Erklärung wartete.

»Wenn wir Partner sind ...«, flüsterte sie.

Das Schweigen, der Augenblick wurden seltsam dicht, klar und dick wie Wasser. Die Luft der Erwartung: zu schwer zum Atmen, elektrisch geladen. Die Bürde dieses Moments war mehr, als er wollte, seine Wichtigkeit weit mehr als das, was er sich erlaubt hätte, in Betracht zu ziehen. Er fragte sich, ob sie es auch spürte und es als das erkannte, was es war. Dann holte er tief Luft und trat von diesem inneren Fenstervorsprung.

»Ich habe nach Gerechtigkeit gesucht«, sagte er leise. »Marcotte hat sie über meinem Kopf gebogen wie einen Schürhaken. Er hat mir eine Seite des Systems gezeigt, die so verknotet und ölig war wie die Innereien einer Schlange.«

»Glaubst du, Marcotte hat diese Nutte umgebracht?«

»O nein.« Er schüttelte den Kopf. »Allan Zander hat Candi Parmatel getötet. Marcotte, er hat das alles nur verschwinden lassen – und meine Karriere dazu.«

»Warum sollte er das tun?«

»Zander ist mit einer Cousine von Marcotte verheiratet. Er ist ein Niemand, kein gesellschaftlicher Aufsteiger, nur einer von den halbtoten Wichsern im dunklen Anzug. Frustriert von seiner Arbeit, enttäuscht von seiner Ehe, nur auf der Suche, wie er das an jemandem auslassen kann. Er hat dieses Mädchen, diese vierzehnjährige Ausreißerin, die ihren Körper verkauft hat, um essen zu können, einfach tot in einer Mülltonne in einer Gasse liegenlassen wie einen Haufen Unrat. Und Duval Marcotte hat es vertuscht.«

»Du weißt das?« fragte Annie vorsichtig. »Oder denkst du es?«

»Ich weiß es. Ich kann es nicht beweisen. Ich hab' es versucht, und alles, was ich versucht habe, ist mir in den Rücken gefallen. Ich war nicht derjenige, der das Beweismaterial oder die Laborarbeit manipuliert hat.«

»Hat denn keiner sonst das seltsam gefunden – daß bei einem Fall so viel schiefgeht?«

»Es hat keinen interessiert. Was bringt schon eine tote Nutte außer schlechte Presse? Außerdem war nichts davon besonders auffällig. Da ein schlechter Test, da ein Beweisstück verschwunden. Du weißt doch, was man sagt: New Orleans ist ein wunderbarer Platz für Zufälle.«

»Aber du warst nicht der einzige Detective, der an diesem Fall gearbeitet hat. Was war mit deinem Partner?«

»Er hatte ein Kind mit Leukämie. Riesige Arztrechnungen. Woran glaubst du, hatte er mehr Interesse – an seinem Kind oder an irgendeiner toten Prostituierten? Ich war der einzige Spieler, der sich überhaupt um das Mädchen geschert hat. Ich wollte Marcottes Geld nicht, ich wollte Marcotte, und vor allem wollte ich Zander. Marcotte hat mich wie einen Zweig gebrochen, und ich konnte überhaupt nichts beweisen. Je mehr Lärm ich machte, desto verrückter sah ich aus. Der Chief wollte meinen Hintern auf einem Tablett. Der Captain wollte mich mit einer Psychoanklage rauswerfen.

Mein Lieutenant hat den Kopf für mich hingehalten und mich kündigen lassen. Wie ich höre, arbeitet er jetzt beim Sicherheitsdienst irgendeiner Ölfirma in Houston.«

Er beugte sich vor, zuckte kurz zusammen und kramte seine Zigaretten und sein Feuerzeug aus seiner abgelegten Jacke. Er schüttelte eine raus und zündete sie an.

»Duval Marcotte, wenn er so etwas für einen kleinen Niemand, einen Scheißer wie Zander macht, was glaubst du, würde er erst für Vic DiMonti machen?«

Annie setzte sich auf den Badewannenrand und starrte ihre Hände an. Fourcade erzählte ihr nicht, daß er Totalschaden gebaut und ausgebrannt war. Die blaue Gerüchteküche aus New Orleans hatte Worte wie verrückt, paranoid, gewalttätig geflüstert. Sie erinnerte sich an das, was er in jener Nacht im Laveau's gesagt hatte.

»Haben Sie Angst vor mir?... Sie hören sich keinen Klatsch an?«

»Ich nehme ihn an als das, was er wert ist. Halbwahrheiten, wenn überhaupt.«

»Und wie entscheiden Sie, welche Hälfte wahr ist?«

»Glaubst du mir, 'toinette?« fragte er.

Einen Augenblick lang war das einziger Geräusch das Insektensummen der Neonlichter, die den Arzneischrank flankierten. Es war schon lange her, daß es ihm etwas bedeutet hatte, ob ihm jemand glaubte – nicht an Fakten oder Beweise glaubte, sondern *ihm*. Er hatte dieses Bedürfnis beiseite gelegt, aber jetzt fühlte er das seltsame Regen von Hoffnung in seiner Brust, fremde Finger, die ihn auf eine Art berührten, die irgendwie aufdringlich, verführerisch und letztendlich beunruhigend war.

»Es spielt keine Rolle«, sagte er und drückte die Zigarette auf dem Waschbeckenrand aus.

»Doch, das tut es«, korrigierte ihn Annie. »Natürlich tut es das.« Sie fuhr sich mit der Hand durch die Haare und atmete hörbar aus. »Es muß die Hölle gewesen sein. Ich kann mir nicht – nein, ich *kann* es mir ein bißchen vorstellen. Ich hab' in letzter Zeit viel darüber gelernt, was es heißt, auf der falschen Seite einer Streitfrage zu stehen.«

»Und ich hab' dich dahingebracht, nicht wahr, *chère*?« Er streckte die Hand aus und berührte ihr Kinn. Sein Lächeln war bitter und traurig. »Wir sind vielleicht ein Team, was?«

Sie versuchte ein Lächeln wie seines. »Ja. Wer sollte das glauben?«

»Keiner. Aber es ist richtig, weißt du. Wir wollen dasselbe... brauchen dasselbe...«

Seine Stimme erstarb zu einem Flüstern, als ihm klarwurde, daß ihr Gespräch auf eine neue Ebene gerutscht war, daß es Anziehung war, was zwischen ihnen war, daß das, was er brauchte, was er wollte, Annie war. Und sie wußte es. Er konnte es in ihren Augen sehen – die Überraschung, Angst, Erwartung.

Seine Finger glitten in ihr Haar, er beugte sich vor, und seine Lippen berührten ihre versuchsweise. Es durchfuhr ihn wie ein Blitz, eine heftige Strömung, die an ihm zerrte, ihn näher an sie zog. Sein Mund bemächtigte sich des ihren, kostete sie, whiskysüß mit einer Art von Unschuld, an die er sich kaum noch erinnern konnte. Seine Hand umfing ihren Hinterkopf, und er küßte sie eindringlich, ohne Zurückhaltung, seine Zunge stieß gegen ihre.

Annie saß erstarrt da, gelähmt von den Emotionen und Empfindungen, die sein Kuß ausgelöst hatte. Hitze, Angst, Bedürfnis, eine gefährliche Erregung. Es schockierte sie, daß sie ihm diese Intimität gestattete, daß sie das *wollte*. Ihre Zunge verschlang sich mit seiner, und er stöhnte leise.

Das Gefühl von Macht, das in ihr aufstieg, die Leidenschaft, die damit hochbrandete, entsetzten sie. Fourcade war ein Mann der Drachen und tiefer Geheimnisse. Wenn er mehr als Sex wollte, dann würde er ihre Seele wollen.

Sie entriß sich diesem Kuß, wandte ihr Gesicht ab und spürte, wie seine Lippen ihre Wange streiften.

»Ich kann das nicht tun«, flüsterte sie. »Du machst mir angst, Nick.«

»Was macht dir angst? Denkst du, ich bin verrückt? Denkst du, ich bin gefährlich?«

»Ich weiß nicht, was ich denken soll.«

»Doch, das tust du«, murmelte er. »Du hast nur Angst, es zuzugeben. Ich glaube, *chère*, du machst dir selbst angst.«

Er berührte ihr Kinn. »Schau mich an. Was siehst du denn in mir, was dir angst macht? Du siehst ihn mir das, was du Angst hast zu fühlen. Du denkst, wenn du so tief gehst, könntest du ertrinken, dich verlieren ... so wie ich.«

Ein leiser Schauer durchlief sie. Sie drängte sich an ihren Gefühlen vorbei, zwang sich, aufzustehen, trat die Sinne wach, die noch nicht ganz benommen waren.

»Du solltest im Bett sein – und nicht mit mir«, sagte sie und zog den Stöpsel aus dem Waschbecken. Ihr Herz klopfte zu schnell. Sie konnte nicht richtig atmen. Sie fummelte mit dem Stöpsel herum und ließ ihn auf den Boden fallen. »Nimm ein paar Aspirin. Nimm eine kalte Dusche. Du solltest wahrscheinlich nicht zuviel trinken, für den Fall, daß du –«

Er packte ihr Handgelenk, als könnte er sie körperlich daran hindern, weiterzuplappern. Annie sah ihn mißtrauisch an. Sie hatte zugelassen, daß er eine Grenze überquerte, und plötzlich konnte er sie berühren. Wenn er sie berühren konnte, konnte er sie an sich ziehen, buchstäblich und im übertragenen Sinn. Sie redete sich ein, sie wolle das nicht. Sie konnte nicht mit ihm umgehen, wußte nicht, ob sie ihm trauen könnte. Sie war am Rand eines dunklen Parkplatzes gestanden und hatte beobachtet, wie er einen Verdächtigen bewußtlos geschlagen hatte.

»Ich muß gehen«, sagte sie. »Wer weiß, was heute auf der Tagesordnung steht, nach gestern nacht.«

»Was ist gestern nacht passiert?« fragte er und erhob sich langsam.

Annie wich in die Halle zurück, versuchte, Lässigkeit zu verkaufen, die sie nicht empfand. Sie erzählte ihm alles in knappen Worten, so wie sie einen Bericht schreiben würde – ohne Emotion. Nick stützte sich an den Türrahmen des Bades, mit dem halbleeren Whiskyglas in der Hand. Er schien sich auf jedes Wort, das sie sagte, zu konzentrieren.

»Was hat das Labor über die Innereien gesagt?«

»Bis jetzt noch nichts. Sie werden morgen anrufen. Pitre hat darauf bestanden, es wären Schweineinnereien. Waren es wahrscheinlich auch. Wahrscheinlich waren es Mullen und seine Bande fröhlicher Wichser, die mich erschrecken wollten, aber …«

»Aber was?« fragte Fourcade. »Du hast eine Ahnung, 'toinette. Sag, was du auf dem Herzen hast. Sei nicht schüchtern.«

»Jemand, mutmaßlich Renard, hat im Oktober ein verstümmeltes Tier auf Pams Türschwelle gelegt. Jetzt arbeite ich an dem Fall, und *das* passiert.«

»Du glaubst, es könnte Renard gewesen sein?«

»Ich weiß es nicht. Ergibt das einen Sinn? Er hat erst angefangen, Pam zu belästigen, nachdem sie ihn abgewiesen hatte. Sie hat ihn abgewiesen, er hat sie bestraft. Er meint, ich würde ihm die Stange halten. Warum sollte er etwas tun, was das gefährden könnte?«

»Vielleicht war Bestrafung gar nicht sein Ziel bei Pam«, schlug Nick vor. »Er war immer sofort zur Stelle und spielte den Besorgten, nachdem etwas passiert war.«

Annie nickte nachdenklich. *»Ich weiß, was es heißt, verfolgt zu werden«*, hatte Renard erst gestern zu ihr gesagt. *»Das verbindet uns.«*

»Wer immer es getan hat – ich würde ihnen gern den Hals umdrehen«, murmelte sie. »Es hat mir angst gemacht. Ich hasse es, Angst zu haben. Ich werde stocksauer.«

Nick hätte fast gelächelt. Sie gab sich größte Mühe, hart zu sein, ein Cop zu sein. Aber sie war noch nie in so etwas verwickelt gewesen – das galt für den Fall und für ihn. Er hatte die Unsicherheit in ihren Augen gesehen. Er mußte ihr Punkte zugestehen, weil sie sich daran vorbeigekämpft hatte.

»Ruf mich an, wenn du zu Hause bist«, befahl er. »Partner.«

Annie sah in sein malträtiertes Gesicht und fühlte wieder diese seltsame Kraft, die sie zu ihm zog. Es machte ihr angst. Und es machte sie stocksauer. In zehn Tagen würde sie gegen ihn aussagen müssen.

»Ich muß…« Sie bewegte ihre Hand in Richtung Tür.

Er nickte kurz. »Ich weiß.«

Als sie aus dem Haus ging, hatte sie das eindeutige Gefühl, daß es bei ihren Abschiedsworten gar nicht ums Gehen gegangen war.

Sie wollte nur eins: ihren Job machen, für Josie einen Abschluß finden, für Pam. Sie hatte nie vorgehabt, in diese… mein Gott, wie sollte sie es nennen – diese Geschichte mit Fourcade hineinzustolpern. Gegenseitige Anziehung? Es war keine Beziehung. Sie wollte keine Beziehung. Sie wollte keine…

Scheiße.

Es brannte noch Licht im Laden, als sie am Corners vorfuhr, obwohl er eigentlich schon seit einer Stunde zu sein sollte. Sos hatte wahrscheinlich seine Kumpel mit der Geschichte seines Abenteuers von gestern nacht erfreut. Aber falls er Besuch gehabt hatte, dann war der inzwischen nach Hause gegangen. Es standen keine anderen Autos auf dem Parkplatz. Unten am Weg brannte ein schwaches Licht im Wohnzimmer der Doucets. Tante Fanchon würde es sich gerade für die Nachrichten bequem machen und ihre Hühneraugen in dem Fußbad einweichen, das Annie ihr vor zwei Jahren zu Weihnachten geschenkt hatte.

Annie machte den Jeep aus, blieb sitzen und sah hinauf zu ihrer Wohnung, ihre Gedanken wanderten zurück zu ihrer

Mutter. Die bildschöne Marie, so in sich selbst gekehrt, so kompliziert, so geheimnisvoll... so tief. So tief, daß sie sich ertränkt hatte, überwältigt von der Intensität ihrer Gefühle.

Es war nichts Falsches daran, das nicht zu wollen. Es war nichts Falsches daran, sicher auf dem Vorsprung über dem Abgrund zu bleiben.

Sie nahm einen reinigenden Atemzug, fühlte sich albern, weil sie überreagiert hatte. Sie kannte Fourcade kaum. Er hatte einen Kuß gestohlen. Na und?

Sie wollte ihn. Na und?

Sie sperrte den Jeep ab, schwang ihre Tasche über die Schulter und ging auf das Gebäude zu, als Sos auf die Veranda trat.

»He, *chère*, wieso schleppst du dich jetzt erst heim?« fragte er grinsend. »Heißes Date oder was?«

»Dasselbe könnte ich dich fragen«, erwiderte Annie und schlurfte zum Rand der Veranda. Sos hatte die Sicherheitslampen angelassen, etwas, das er nur selten machte, weil er auf das Elektrizitätswerk sauer war.

»Mais non!« Er lachte. *»T'es en érreur.* Deine *tante* Fanchon, sie würde mich mit dem Stock jagen, *chère*. Das weißt du.«

Annie gelang es, sich ein Lächeln abzuringen.

»Warst du mit André aus?«

»Nein.«

»Warum nicht? Wie sollst du denn den Jungen je heiraten, wenn du ihn nie siehst?«

»Onkel Sos...« Sie brachte es nicht fertig, auf dieses Thema einzusteigen, teils aus Müdigkeit und teils wegen eines vagen Schuldgefühls, das zu erforschen sie keine Lust hatte.

Sos trat von der Veranda, seine Stiefel scharrten auf dem Stein.

»He, *'tite chatte*«, sagte er leise, und sein Gesicht legte sich in Sorgenfalten. Seine schwieligen Finger strichen über ihr Gesicht. »Hast du schon wieder mit André gestritten?«

»André spukt dir ständig im Kopf herum«, murmelte Annie. »Ich bin einfach nur müde, mehr nicht.«

Er schniefte erbost und zog sie mit sich auf die Treppe. »Komm schon, meine Hübsche, setz dich zu deinem Onkel Sos, und erzähl ihm alles.«

Annie setzte sich und lehnte ihren Kopf gegen seine Schulter. Sie wünschte, sie könnte es Onkel Sos erzählen und alles klären, so wie sie es getan hatte, als sie klein war. Aber das Leben war soviel komplizierter geworden als damals mit zehn, als sie keine Mutter gehabt hatte, die sie zum Mutter-Tochter-Tee führen konnte. Sos und Fanchon waren damals für sie dagewesen, immer. Sie wollte nicht, daß sie von dem berührt wurden, was jetzt in ihrem Leben vorging. Sie würde sie mit allen ihr zur Verfügung stehenden Mitteln beschützen.

Sos schnalzte leise mit der Zunge und drückte sie an sich. »Dir eine Geschichte aus der Nase zu ziehen, ist schwieriger, als einem Huhn die Zähne mit einer Zange rauszuholen. Du warst schon immer so, sogar als du noch ein winziges kleines Ding warst. Du willst keinen belästigen. Wie oft muß ich dir noch sagen, *chéri*, daß eine Familie dafür da ist, kapiert?«

Annie schloß die Augen. »Es ist nur der Job, Onkel Sos. Momentan ist alles ziemlich schwer für mich.«

»Weil du diesen Detective daran gehindert hast, den Mann umzubringen, von dem alle sagen, er wäre schuldig?«

»Ja.«

Er summte einen Ton. »Na ja, also, ich würde ihn auch gern tot sehen, aber das heißt noch lange nicht, daß du etwas falsch gemacht hast. Und wenn jemand was anderes sagt, sollen sie zu mir kommen. Dieser Eselsarsch Noblier, du bist viel zu gut als Deputy für ihn, *chère*. Du kannst jederzeit bei deinem Onkel Sos arbeiten, weißt du. Du kriegst einen Vierteldollar, wenn du die Fischchen aus meinen Ködertanks siebst.«

Annie fand ein Lachen für seine Scherze, dann drehte sie sich zu ihm und umarmte ihn so fest sie konnte. »Ich liebe dich.«

Sos tätschelte ihr den Rücken und küßte ihren Kopf. »*Je t'aime, chéri*. Schau, daß du heute nacht schläfst. Überlaß die Schurken mir. Ich hab' frischen Schrot im Gewehr.«

»Oh, das ist beruhigend«, griente Annie trotz allem.

Sie schleppte sich die Treppe zur Wohnung hoch. Ein kleines Päckchen wartete auf dem Treppenabsatz auf sie. Es war in mit kleinen Veilchen bedrucktem Papier eingewickelt, mit einer lavendelfarbenen Schleife. Sie war ganz automatisch mißtrauisch und hob es vorsichtig auf, horchte daran, schüttelte es ein bißchen und trug es dann hinein.

Die Lampe an ihrem Anrufbeantworter blinkte ungeduldig. Sie drückte auf den Abspielknopf und hörte sich die Nachrichten an, während sie die Schachtel auspackte.

»Ich bin's«, sagte A. J. »Wo steckst du denn? Ich dachte, wir könnten heute abend ins Kino gehn, aber, ah… ich denke, das wird wohl nichts, mmh? Bist du immer noch sauer auf mich? Ruf mich an, ja?«

Die Verwirrung in seiner Stimme zerrte an Annies Herz.

Die Maschine piepte, und ein Reporter bat um ein paar Minuten ihrer Zeit. Genausogut hätte er sie bitten können, sich selbst ein paar mit dem Hammer zu verpassen.

»Hier spricht Lindsay Faulkner.«

Annies Hände erstarrten über der weißen Geschenkschachtel.

»Ich habe über ein paar der Fragen nachgedacht, die Sie mir neulich gestellt haben. Es tut mir leid, wenn ich den Eindruck machte, unkooperativ zu sein. Das war nicht meine Absicht. Das alles zieht sich so lange hin, und ich – bitte rufen Sie mich an, wenn Sie dazu kommen.«

Annie sah auf die Katzenuhr in der Küche – 10:27 Uhr. Nicht zu spät. Sie ließ das Päckchen auf dem Tisch liegen, blätterte im Telefonbuch und wählte dann die Nummer. Das

Telefon am anderen Ende klingelte viermal, bevor es abgehoben wurde.

»Hallo, Miss Faulkner, hier spricht –«

»Hier ist Lindsay Faulkner. Ich kann im Augenblick Ihren Anruf nicht entgegennehmen, aber wenn Sie Ihren Namen, Ihre Nummer und eine kurze Nachricht nach dem Pfeifton hinterlassen, rufe ich so schnell wie möglich zurück.«

Annie seufzte frustriert, wartete auf den Piepton und hinterließ ihren Namen und ihre Nummer. Die Erwartung, die beim Klang von Lindsay Faulkners Stimme hochgebrandet war, plumpste wie ein Stein herunter, und ihr blieben nur Fragen, die nicht beantwortet werden konnten.

Sie hatte die ganze Zeit das Gefühl gehabt, daß diese Frau ihr etwas vorenthielt. Aber als sie die Aussagen aus der Akte durchgelesen hatte, schien alles sehr klar. Stokes hatte keinerlei Notizen hinsichtlich Bedenken über Faulkners Offenheit oder irgend etwas anderes beigefügt. Er und nicht Fourcade hatte sich während der Mordermittlung mit ihr beschäftigt, weil er sie bereits durch die Stalking-Ermittlungen kannte. Ihn nach seiner Meinung zu fragen kam nicht in Frage.

Sie fand sich damit ab, daß sie auf Lindsays Enthüllungen warten mußte, und drückte noch mal auf den Abspielknopf ihres Anrufbeantworters.

Die nächste Aufnahme war ein hämischer, schleimiger Erguß von Lästerungen und obszönen Andeutungen. Annie rollte die Augen gen Himmel und schwor sich, nie wieder vor einer Fernsehkamera zu erscheinen.

Jetzt wandte sie sich wieder der Schachtel zu, hob vorsichtig den Deckel, wappnete sich für die Möglichkeit einer unangenehmen Überraschung. Noch eine tote Bisamratte vielleicht. Noch eine lebendige Schlange. Aber nichts sprang sie an. Kein Aroma des Todes bedrängte ihre Sinne. Eingebettet in Schichten von Seidenpapier, lag ein Seidenschal, elfenbeinfarben mit kleinen blauen Blümchen bedruckt.

Sie nahm ihn mit gerunzelter Stirn heraus, ließ ihn durch die Hände gleiten. Das kühle, sinnliche Gefühl hatte genau den gegenteiligen Effekt des offensichtlich damit bezweckten. Auf der Karte stand: »Etwas Wunderbares für einen wunderbaren Menschen. In tiefer Dankbarkeit – schon wieder. Marcus.«

Eines der Geschenke, das er Pam Bichon gegeben hatte, war ein Seidenschal gewesen.

Offensichtlich hatte er den Köder angenommen, den Annie nie hatte auswerfen wollen.

Sie legte den Schal beiseite und nahm das Telefon, um Fourcade anzurufen.

27

»Unser Thema heute nacht: zweierlei Maß im Justizsystem. Sie hören KJUN, Heimat des Giant Jackpot. Hier ist Ihr *Teufelsadvokat*, Owen Onofrio. Wir haben heute erfahren, daß Hunter Davidson aus dem ländlichen Partout Parish, der Vater des Mordopfers Pamela Bichon, dieses Wochenende aus der Haft entlassen wurde, nach einer bisher nie dagewesenen privaten Kautionsverhandlung. Quellen aus dem Büro des Bezirksstaatsanwalts sagen, es wurde heute nachmittag ein Deal ausgehandelt, nach dem Davidson wahrscheinlich für den Mordversuch an Marcus Renard nur zu gemeinnütziger Arbeit verurteilt werden wird.

Wie denkt ihr da draußen darüber? Jeder, der einen Fernseher besitzt, hat es letzte Woche in den Nachrichten gesehen: Mr. Davidson, wie er die Treppe des Gerichtsgebäudes mit einer Pistole in der Hand hochstürmt, als der Mann, der des Mordes an seiner Tochter beschuldigt wird, durch einen Formfehler freikam. Curtis aus St. Martinsville, sagen Sie uns, was Sie denken.«

»Ist das zweierlei Maß? Ich meine, sie haben Renard laufenlassen. Warum sollten sie Davidson nicht auch laufenlassen?«

»Aber das Gericht muß die Schuld Renards erst einmal beweisen. Davidson hat sein Verbrechen vor einer Ansammlung von Zeugen begangen. Verdient Davidsons offensichtliche Tötungsabsicht nicht etwas Schlimmeres als einen Klaps auf die Hand und gemeinnützige Arbeit? Statt dessen feiern wir diesen Mann als Helden und machen ihn zu einer Berühmtheit. Es wird berichtet, er hätte Angebote von Maury Povich, Larry King und Sally Jessy, in ihren Talk-Shows aufzutreten.«

Lindsay hörte angewidert zu, während sie in Richtung Bayou Breaux fuhr. Sie verabscheute Owen Onofrio. Der einzige Lebenszweck dieses Mannes war anscheinend, Menschen so lange zu reizen, bis sie explodierten. Sie haßte sein Teufelsadvokatenspiel. Sie hatte keine Geduld mit Menschen ohne solide Überzeugungen, und trotzdem hörte sie das Programm ziemlich oft, wenn sie von den Treffen der Gesellschaft der Immobilienhändlerinnen in Lafayette nach Hause fuhr. Ihr erhöhter Blutdruck hinderte sie daran, am Steuer einzuschlafen.

Seit sie Pam nicht mehr begleitete, fürchtete sie die monatliche Fahrt. Die Fahrt nach Hause hatten sie immer für Frauengespräche genutzt – Beichtzeit hatte Pam das genannt –, Gespräche, die man am besten im dämmrigen Licht eines Autoinneren auf einem dunklen Stück Straße hielt. Seelen analysieren, Seelen entblößen, Gespräche über das Leben, die Liebe, Mutterschaft, Schwesternschaft.

Sie sah zu dem leeren Beifahrersitz und fühlte bodenlosen Schmerz in ihrer Seele. Sie konnte nicht in die Nacht hinaussehen, wo Häuser selten und die einzigen Gesetze die der Natur waren, ohne an Pam zu denken, allein mit ihrem Mörder, wo keiner es sehen konnte, keiner ihre Hilfeschreie hören konnte.

Jetzt brauchte sie Zorn, um gegen die Verzweiflung anzukämpfen. Sie drückte den Schnellwahlknopf ihres Autotelefons. Sosehr sie Owen Onofrio auch haßte, er war ein Teil ihrer Selbsttherapie geworden.

»Sie sind auf KJUN. Talk rund um die Uhr.«

»Hier ist Lindsay aus Bayou Breaux.«

»He, Lindsay, ich bin's, Willy«, sagte der Assistent. Seine Stimme war etwas zu ölig und zu intim für ihren Geschmack. »Wenn Sie den Jackpot nicht bald gewinnen, wär's ein Wunder bei den vielen Versuchen.«

»Ich stifte ihn für Pams Tochter. Betrachtet es als Entschädigung von KJUN dafür, daß Sie ihre Familie der Öffentlichkeit vorgeworfen haben wie die Römer die Christen den Löwen.«

»He, Sie sind doch bei uns, oder?«

»Lassen Sie mich mit Owen reden.«

»Sie sind als nächste dran, Lindsay. Und nur, weil ich den Klang Ihrer Stimme so liebe.«

Lindsay seufzte gelangweilt in den Hörer.

Onofrios Stimme ertönte auf der Leitung. »Lindsay in Bayou Breaux, was ist denn Ihre Meinung heute abend?«

»Ich möchte darauf hinweisen, daß es ein gewaltiger Unterschied ist, ob ein Psychopath einen brutalen Sexualmord begeht, um irgendwelche perversen persönlichen Gelüste zu befriedigen, oder ein gesetzestreues, produktives Mitglied der menschlichen Rasse von den Unzulänglichkeiten des Justizsystems dazu getrieben wird, eine Verzweiflungstat zu begehen.«

»Sie befürworten also Lynchjustiz?«

»Natürlich nicht. Ich sage nur, daß die hier begangenen Verbrechen nicht austauschbar sind. Es wäre lächerlich und grausam, Hunter Davidson ins Gefängnis zu schicken. Er hat Marcus Renard de facto nicht getötet. Und hat er noch nicht genug gelitten? Er ist bereits dazu verurteilt, die Erinnerung an den gräßlichen Tod seiner Tochter mit sich herumzutragen.«

»Ein Punkt, der zum Nachdenken anregt. Danke, Lindsay.«

Nachdem sie ihre Adresse für den Jackpot bestätigt hatte, legte Lindsay auf und wechselte den Sender. Sie hatte gesagt, was sie zu sagen hatte, ihr tägliches Plädoyer für Pam. Sie fragte sich, wann es wohl aufhören würde – der Schmerz, die Wut, das Bedürfnis, zurückzuschlagen.

Der Schmerz war nicht mehr so intensiv wie anfangs. Sie konnte das Maß an Wut nicht aufrechterhalten und gleichzeitig ihren Verstand bewahren. Also hatte sie ein Maß gefunden, das leichter zu handhaben war. Sie fragte sich, wie lange sie noch damit durchkommen würde, es gesund zu nennen, fragte sich, wie lange sie sich daran festhalten könnte. Ihre Angst war, daß ohne die Angst, ohne die Empörung, nur Leere bleiben könnte. Die Aussicht entsetzte sie.

Vielleicht könnte sie das Geschäft verkaufen, nach New Orleans ziehen. Neu anfangen. Neue Leute kennenlernen, alte Bekanntschaften aus dem College wieder auffrischen. Bayou Breaux hatte, Gott weiß, wenig genug zu bieten, was Kultur oder schillerndes gesellschaftliches Leben anging. Was hielt sie hier noch außer Erinnerung und Bosheit?

Erinnerungen und Freunde. Eine einfache Lebensart. Gesellschaftliche Verpflichtungen, die immer mit Verpflichtungen in der Gemeinde gekoppelt waren. Sie liebte das Leben hier. Und dann war da Josie, ihre Patentochter. Sie konnte Josie nicht verlassen.

Die Uhr auf ihrem Armaturenbrett zeigte 12:24 Uhr, als sie sich der Abzweigung zu ihrem Haus näherte. Sie hätte nach dem Treffen nicht so lange bleiben sollen. Sie war nicht in der Stimmung gewesen für fröhliches Geplauder und gesellschaftliches Geplänkel, und trotzdem war sie geblieben, hatte die lange, einsame Fahrt nach Hause vor sich hergeschoben. Jetzt war es zu spät, Detective Broussard zurückzurufen. Aber es bestand auch kein Grund zur Eile. Sie konnte das morgen machen. Was sie hatte, war eigentlich nichts. Nur ein Gedanke und einer, den sie eigentlich nicht glauben wollte. Trotzdem hatte sie ein schlechtes Gewissen, wenn sie ihn für sich behielt.

Sie drückte auf den Garagenöffner und parkte den BMW neben dem neuen Fahrrad, das sie sich gekauft hatte, um sich zu zwingen, ein Hobby anzufangen. Sie ließ ihre Aktentasche auf den Eßzimmertisch fallen und ging direkt in ihr Schlafzimmer, ignorierte das blinkende Licht auf ihrem Anrufbeantworter. Es war zu spät. Sie war zu müde. Selbst die abendliche Routine, sich das Gesicht zu waschen und Feuchtigkeitscreme aufzutragen, schien zu mühsam. Aber sie zwang sich dazu, weil sie, wie ihre Mutter sie regelmäßig erinnerte, auch nicht jünger wurde. Der Streß der letzten Monate hatte seine Spuren unter ihren Augen und um ihren Mund hinterlassen.

Erschöpft kletterte sie ins Bett, schaltete das Licht aus und lag mit offenen Augen da, ein dumpfer Schmerz pochte hinter ihren Schläfen. Ein Gewicht prallte auf die Matratze neben sie, rollte sich in der Kuhle hinter den Knien zusammen und begann zu schnurren. Taffy, die Katze, die sie von den Davidsons adoptiert hatte in dem Jahr, in dem sie und Pam das Geschäft gegründet hatten. Die Katze schlief sofort ein, schnarchte leise.

Lindsay wußte von zu vielen Nächten der Erfahrung, daß sie nicht soviel Glück haben würde. Die Kopfschmerzen würden nicht einfach weggehen, sie würde nicht einfach einschlafen können. Sie hatte es mit Medikamenten, Entspannungsbädern und langweiligen Büchern versucht. Das einzige, was half, waren die Schlaftabletten, die ihr der Arzt nach Pams Tod verschrieben hatte. Sie hatte sich bereits das dritte Mal eine Packung verschreiben lassen, und er hatte ihr klar und deutlich gesagt, daß es keine weitere geben würde. Sie durfte gar nicht daran denken, was sie dann machen sollte.

Die Katze beschwerte sich lautstark, als sie die Decke zurückschlug.

»Du solltest froh sein, daß ich dir nie das Apportieren beigebracht habe«, murmelte Lindsay.

Sie bewahrte ihre Medikamente in einem Küchenschrank auf, weil sie in der Cosmopolitan gelesen hatte, daß die Feuchtigkeit im Bad die Qualität der Pillen und Kapseln beeinträchtigte. Sie machte sich nicht die Mühe, das Licht anzuknipsen, als sie den kurzen Gang entlang zur Küche ging. Sie hatte das Licht in der Abzugshaube angelassen und es war hell genug, alles zu sehen. Und als sie um die Ecke Küche/Eßzimmer bog, sogar hell genug, um den Mann, der durch die Patiotür kam, deutlich zu sehen.

Er sah sie direkt an, und sie sah die federbesetzte Maske. Die Zeit blieb für einen Augenblick stehen, als sich Jäger und Beute erkannten. Dann tickte die Uhr weiter, und plötzlich war die Welt ein Gewirr von Geräusch und Bewegung.

Lindsay packte das erste, was in Reichweite war, und schleuderte es ihm an den Kopf. Er schlug den Zinnleuchter beiseite und griff sie an, warf einen Stuhl neben dem Tisch um. Sie drehte sich um und rannte los. Wenn sie es bis zur Haustür schaffen konnte, auf den Rasen – was? Wer würde aus dem Fenster schauen und sie sehen? Es war nach ein Uhr früh. Ihre Nachbarn kuschelten in ihren Betten, ihre Häuser kuschelten weit hinten auf den exklusiven kleinen Grundstücken, die sie ihnen verkauft hatte. Wenn sie schrie, würden sie sie überhaupt hören?

Ein flüchtiger Gedanke an Pam sauste wie ein Speer durch ihren Kopf, und sie schrie tatsächlich um Hilfe.

Er traf sie von hinten, schlug sie zu Boden. Der Berberläufer im Gang schürfte die Haut von ihren Knien und Knöcheln, als sie loskrabbelte, versuchte aufzustehen, etwas zu erhaschen, irgend etwas, was sie als Waffe gebrauchen konnte. Ihre Finger packten das Ende einer Konsole mit dem Telefon und einer Ansammlung gerahmter Familienbilder.

Ihr Angreifer warf sich auf sie, als sie versuchte, sich hochzuziehen, der Tisch kippte, und alles, was darauf stand, krachte zu Boden.

Lindsay packte das Telefon und versuchte damit, gegen ihren Angreifer auszuholen. Er packte ihr Handgelenk und verdrehte ihr brutal den Arm. Sie bäumte sich unter ihm auf, trat um sich, mit der freien Hand versuchte sie, sich in die Maske zu krallen.

Das Wort *Nein*! brüllte immer und immer wieder aus ihrer Kehle, während sie kämpfte. Das Geräusch war in ihren Ohren nicht Sprache, sondern ein Schrei des Überlebenwollens, der Empörung.

Er lehnte sich zurück, wich ihren Händen aus und grunzte, als ihr Knie seinen Unterleib traf. »Scheißnutte!«

Lindsay schob sich rückwärts, als sein Gewicht für einen Augenblick nachließ. Die Tür war kaum einen Meter entfernt. Sie rollte sich erneut auf die Knie und versuchte, sich aufzurichten. Wenn es ihr gelang, zur Tür zu kommen –

Ihr Arm streckte sich dem Knopf entgegen, als sie etwas, hart wie ein Ziegelstein, zwischen den Schulterblättern traf. Sie landete auf ihrem Gesicht, ihr Kinn prallte gegen den Hartholzboden. Der nächste Schlag traf mit brutaler Wucht ihren Hinterkopf. Beim dritten verlor sie das Bewußtsein. Als sie auf die Leere zuglitt, war ihr letzter vager Gedanke, ob sie wohl Pam auf der anderen Seite sehen würde.

28

Der Schal schlang sich um ihre Handgelenke, der Kuß der Seide war wie ein kühler Atemzug auf ihrer fieberheißen Haut. Er zog sich fest und fesselte sie. Er zog ihre Arme über ihren Kopf. Sie war nackt. Entblößt, verletzlich. Sie konnte nicht fliehen, konnte sich nicht wehren.

Fourcade beugte seinen Kopf zu ihrer Brust, sein Mund

wanderte über ihren Bauch hinunter. Sie stöhnte und wand ihren Körper, Gefühle rissen sie auf der rasenden Flut ihres Pulses davon. Sie konnte nicht entfliehen. Es war sinnlos, zu kämpfen.

Seine Zunge berührte ihre Weiblichkeit, ließ die Hitze durch ihre Adern schießen. Dann hob sich der Kopf, und Marcus Renard lächelte sie an.

Annie erwachte, würgend. Die Laken hatten sich um sie gewickelt. Das T-Shirt, in dem sie schlief, war schweißgetränkt. Sie schlug den Wecker vom Nachtkästchen, stellte ihn ab, setzte sich auf und kämpfte gegen den Drang, sich zu übergeben. Sie schleppte sich aus dem Bett, stolperte ins Badezimmer und spritzte sich kaltes Wasser ins Gesicht, versuchte, die Bilder aus ihrem Gedächtnis wegzuspülen – alle.

Ihr Training machte sich schmerzhaft bemerkbar. Sie spürte jede Bewegung in jeder Muskelfaser. Lebe richtig, mach Sport und stirb trotzdem. Sie richtete ein paar vernichtende Gedanken an die höhere Macht, als sie mit größter Mühe Sit-up Nummer vierzig absolvierte. Was hatte es denn für einen Sinn, die Regeln zu befolgen, persönliche oder berufliche, wenn all das ihr nur Schmerz und Leid bringen würde? Dann dachte sie an Fourcade, der die Regeln ungestraft brach und sich glücklich schätzen konnte, wenn er heute aus dem Bett kriechen könnte. Vielleicht war Gott doch ein Verfechter der gleichen Chance für alle.

Die Zeit, die sie damit verbracht hatte, Nicks Wunden zu versorgen, war, nachdem die Nacht vorbei war, zu einer surrealen Erinnerung geworden. Vielleicht hatte sie gar nicht wirklich seine nackte Brust berührt. Vielleicht hatte sie ihn gar nicht Zungenballett spielen lassen. Vielleicht hatte sie nicht von ihm geträumt. Sie versuchte, ihn aus dem Kopf zu verdrängen, während sie die Reckstange packte und ihren Körper hochzog. Jeder Zentimeter war eine Qual.

Sie dachte statt dessen an die Geschichte, die ihr Fourcade über New Orleans und Duval Marcotte erzählt hatte. Das spielte keine Rolle, beschloß sie. Donnie Bichon hatte Marcotte nicht vor Pams Tod kontaktiert, deshalb war Marcotte kein Motiv für Donnie, sie umzubringen. Außer, *Marcotte* hatte *ihn* kontaktiert. Außer, ihre Gespräche hatten in Telefonzellen stattgefunden. Was Donnie geschickter machte, als er sich anmerken ließ. Wer konnte schon wissen, was alles in ihm steckte? Sie konnte sich zwar nicht vorstellen, daß er so etwas tat, was man Pam angetan hatte, aber die Prügel, die Fourcade von DiMontis Männern kassiert hatte, eröffneten die unschöne Möglichkeit von Handlangern.

Sie ging zur Tür und blieb stehen, als ihr der Schal auf dem Küchentisch plötzlich ins Auge stach. Warum vergeudete sie ihre Zeit damit, Verschwörungsszenarios aufzuzeichnen, während ein mutmaßlicher Mörder ihr Zeichen seiner Zuneigung hinterließ? Vielleicht wäre sie besser dran, wenn sie Fourcades beschränktes Blickfeld hätte. Vielleicht würde sie, was immer Lindsay Faulkner zu bieten hatte, auf die richtige Spur bringen.

Sie machte sich in langsamem Trab auf den Weg. Der Bodennebel reichte ihr bis zur Taille, wie etwas aus einem alten Horrorfilm. Die Sonne war ein riesiger fuchsienroter Ball, der im Osten aufstieg. Inseln von Bäumen schwebten in der Ferne auf dem Dunst. Annie lief durch die Schwaden hinunter zur Dammstraße. Fünfzig Meter entfernt stieg eine Schwadron von fünf blauen Reihern aus dem Schilf und schwebte über dem Nebel zu einer Weideninsel, ihre dünnen Beine flatterten wie Bänder hinterher.

Sie lief zwei Meilen, die ihr wie zehn vorkamen, duschte und zog sich an, dann ging sie zum Frühstück zu Fanchon und Sos ins Café.

»Jemand hat gestern ein Päckchen für mich hinterlassen«, sagte Annie und rührte Milch in ihren Kaffee. »Hat einer von euch ihn vielleicht gesehen?«

»Ein heimlicher Liebhaber?« Sos ließ seine Augenbrauen tanzen und grinste schalkhaft. »Das muß doch André sein, oder? Schickt dir Blumen, bringt dir Geschenke. Den Jungen hat's schwer erwischt, *'tite chatte*. Hör auf deinen Onkel Sos.«

Annie warf ihm einen vorwurfsvollen Blick zu. »Das war nicht A. J. Ich wollte nur wissen, ob ihn vielleicht einer von euch gesehen hat.«

Sos machte ein grimmiges Gesicht und murmelte etwas vor sich hin.

Fanchon machte eine abfällige Bewegung. »*Mais non, chère*. Wir waren so beschäftigt hier, ich vor allem. Ich bin um mein Leben gerannt. Zwei Busladungen voller Kinder aus Lafayette zur Bootstour. Als ob man hundert kleine Waschbären im Laden losläßt. Warum willst du denn das wissen?«

»Einfach so. Es ist nicht wichtig.« Annie packte ihre Kaffeetasse und stand vom Tisch auf. Sie gab jedem einen Kuß auf die Wange. »Ich muß los.«

»Und wer war er?« rief Sos. Seine Neugier war stärker als das Gekränktsein.

Annie schnappte sich ein Snickers aus der Schachtel, als sie am Süßigkeitenregal vorbeiging und winkte damit zum Abschied. »Niemand Spezielles.«

Nur möglicherweise ein Stalker und Mörder.

Ihr gefiel der Gedanke nicht, daß Renard hier auftauchte, in ihr Privatleben eindrang, mit Sos und Fanchon in Kontakt kam. Es schien unmöglich, daß Renard sich so schnell auf sie fixiert hatte. Sie hatte ihn nicht ermuntert, hatte sogar versucht, ihn abzuwimmeln. Genau wie Pam... und Pam Bichon hatte nie sein Leben gerettet.

Sie bog am Stadtrand nach Richtung Westen ab, in der Hoffnung, Lindsay Faulkner zu erwischen, bevor sie zur Arbeit fuhr. Annie konnte nicht umhin zu denken, daß ihre Geduld und ihre Hartnäckigkeit sich jetzt doch bezahlt machen würden. Sie hatte es bei Faulkner von Frau zu Frau versucht, und jetzt würde sie etwas kriegen, was Faulkner den männlichen Detectives nicht gegeben hatte. Sie gestattete sich ein bißchen Selbstzufriedenheit, als sie in Cheval Court einbog.

Faulkners Garagentür war geschlossen. Die Vorhänge der vorderen Fenster waren zugezogen. Annie ging zum Haus, drückte die Klingel, dann beugte sie sich vor, um einen Blick durch das schmale Seitenfenster zu werfen.

Linday Faulkner lag auf dem Boden des Eingangs, ihr Nachthemd war unters Kinn hochgeschoben, ihr rechter Arm streckte sich zu einem Telefon, das unter einer Ansammlung von Scherben auf dem Boden lag. Blut verklebte ihr blondes Haar an den Wurzeln. Ihr Gesicht war blutverschmiert. Ihre Katze lag neben ihr und schlief.

Annie rannte fluchend zum Jeep und schnappte sich das Mikrofon.

»Partout Parish 911. Partout Parish 911. Erbitte Beamte und Krankenwagen, Nummer 17 Cheval Court. Bitte beeilt euch. Und verständigt die Detectives. Das ist ein möglicher 261. Over.«

Sie bestätigte wie verlangt die Information, gab ihren Namen und ihren Rang an. Dann holte sie sich ihre Pistole aus der Tasche für den Fall, daß der Angreifer noch im Haus war, und lief zurück, um zu sehen, ob Lindsay Faulkner noch am Leben war.

Die Haustür war abgesperrt, aber der Angreifer hatte freundlicherweise die Patiotür weit offengelassen. Annie bedeckte Lindsays Körper mit einer Decke, die sie hastig aus einem Gästezimmer geholt hatte, kniete sich neben sie und tastete ihren schwachen Puls ab.

»Halt durch, Lindsay. Die Sanitäter sind unterwegs«, sagte sie mit lauter Stimme. »Du bist im Krankenhaus, ehe du dich's versiehst. Du mußt durchhalten, und wenn's noch so schwer ist. Wir brauchen dich, damit du uns sagst, wer dir das angetan hat, damit wir den Kerl fangen können und er für das, was er getan hat, bezahlen muß. Du mußt durchhalten, damit du uns dabei helfen kannst.«

Sie zeigte keine Reaktion. Keine Bewegung der Augenlider oder der Lippen. Faulkner klammerte sich offensichtlich nur noch an einen sehr dünnen Lebensfaden. Das einzig Gute war, daß sie noch nicht in Embryonalstellung war, was auf ernsthaften Gehirnschaden deuten würde, aber es bedeutete nicht, daß sie nicht sterben könnte.

Annie sah in das Gesicht, das irgendeine Bestie bis zur Unkenntlichkeit verunstaltet hatte. Wenn dies das Werk ihres Serienvergewaltigers war, warum hatte er sich Lindsay Faulkner ausgesucht? Weil sie Single war, attraktiv und allein wohnte? Sie war aber auch in eine Mordermittlung verstrickt. Erst gestern hatte sie etwas entdeckt, was ihrer Meinung nach im Hinblick auf den Mord relevant sein könnte, und hatte es weitergeben wollen. Hatte jemand sie zum Schweigen gebracht, bevor sie es erzählen konnte? Die Möglichkeiten brachten Annies Nerven zum Zucken.

Das Heulen sich nähernder Sirenen durchdrang die Stille des Hauses. Das Notarztteam stürmte zuerst ins Haus, dicht gefolgt von Sticks Mullen. Er fixierte Annie mit grimmigem Blick. Sie fixierte ihn mit grimmigem Blick.

»Was zum Teufel machst du hier, Broussard?«

»Dasselbe könnte ich dich fragen«, sagte Annie mit einem Blick auf ihre Uhr. »Um diese Zeit stopfst du dich doch normalerweise mit Donuts voll. Ich hab' vielleicht ein Glück, daß du ausgerechnet heute nicht schwänzt.«

Sie trat zurück ins Wohnzimmer, ein Auge auf die Sanitäter bei ihrer Arbeit gerichtet.

»Ich glaube, der Angreifer hat ihr den Kopf mit dem Telefon eingeschlagen.« Sie zeigte auf den blutigen Apparat, der zwischen den zertrümmerten Bilderrahmen lag. »Sie hat sich heftig gewehrt.«

»Hat ihr nicht viel genützt.«

»He, wenn irgendein Wichser auf mich losgeht, dann geh' ich kämpfend zu Boden«, sagte Annie. »Der Typ soll bereuen, daß er je ein Auge auf mich geworfen hat.«

»Da gibt's einige, denen das jetzt schon so geht.«

»Fang ja keinen Streit mit mir an«, keifte Annie.

Sie warf ihm einen herausfordernden Blick zu, dann ging sie zum Eßzimmerbereich. »Er ist hier durch die Patiotür gekommen. Sie muß ihn gehört haben, ist aus dem Schlafzimmer gekommen und hat ihn gestellt.«

»Sie hätte drin bleiben und 911 anrufen sollen.«

»Hätte ihr nichts genützt. Das Telefon ist tot. Du wirst feststellen, daß die Leitung durchgeschnitten ist, kann ich mir denken. Genau wie bei den anderen.«

Die Sanitäter hievten die Bahre hoch und rollten sie zur Haustür hinaus, Lindsay Faulkner lag reglos unter der Decke. Als sie draußen waren, kam Stokes herein, mit einem grauen Fedora auf dem Kopf und einem Stück Toilettenpapier, das mit einem Blutstropfen auf seiner linken Backe klebte. Seine hellen Augen waren blutunterlaufen.

»Mann, ich hasse diese frühen Einsätze«, schimpfte er.

»Ja, wie rücksichtslos von den Leuten, sich in deiner Freizeit überfallen zu lassen«, sagte Annie. »Sie könnten wenigstens bis zum Morgen damit warten, sich vergewaltigt, zusammengeschlagen und bewußtlos auffinden zu lassen.«

Stokes warf ihr einen bösen Blick zu. »Was hast du hier zu suchen, Broussard? Hat jemand McGruff gerufen?«

»Ich hab' sie gefunden.«

Er brauchte einen Moment, um das zu verdauen, und sah sie scharf an. »Und ich sage noch einmal, was machst du hier? Woher kennst du sie? Spielt ihr Titten vergleichen oder so was?«

Mullen kicherte. Annie verdrehte die Augen.

»Weißt du, Chaz, ich zerstör' nur ungern deine Illusionen, aber nur, weil eine Frau nicht mit dir schlafen will, heißt das noch lange nicht, daß sie lesbisch ist. Es heißt nur, daß sie Geschmack hat.«

»Stopp. Du verdirbst mir meine Phantasien.« Er nickte Mullen zu. »Geh und schau, ob die Telefonleitung durchschnitten ist. Und schau, ob es irgendwelche Fußabdrücke im Garten gibt. Der Boden ist weich. Vielleicht kriegen wir einen guten Abdruck.«

Mullen ging zur Haustür hinaus. Stokes zog seine weite braune Hose hoch und ging zwischen dem Zeug, das von der Gangkonsole gefallen war, in die Hocke.

»Wirst du meine Frage beantworten, Broussard?« fragte er, während er sich Gummihandschuhe überstreifte und das blutige Telefon hochnahm.

»Sie ist meine Immobilienmaklerin«, sagte Annie ganz automatisch. »Ich spiele mit dem Gedanken, mir ein Haus zu kaufen.«

»Ach wirklich?« sagte er. »Warum machst du dir denn den weiten Weg hierher, wenn ihr Büro kaum – wieviel? – vier Straßen vom Revier entfernt ist?«

»Sie wollte mir etwas hier draußen zeigen.«

»Diese Gegend ist etwas außerhalb deiner Preisgrenze, nicht wahr, Deputy?«

»Ein Mädchen darf doch träumen.«

»Mmhm. Und wann habt ihr das alles ausgemacht?«

»Lindsay hat mich gestern nacht angerufen und eine Nachricht auf meinem Anrufbeantworter hinterlassen.« Ihr Blick fiel auf Faulkners Anrufbeantworter. Ihre eigene Stimme würde auf dem Band sein. Gott sei Dank hatte sie nicht mehr als ihren Namen und ihre Rufnummer hinterlassen.

»Ich habe versucht, sie gegen halb elf zurückgerufen, aber ihr Anrufbeantworter war an. Warum all die Fragen?« fragte sie und drehte den Spieß um. »Glaubst du, ich hab' sie vergewaltigt und ihr den Schädel eingeschlagen?«

»Ich mach' nur meinen Job, McGruff.« Er kniff die Augen zusammen, als würde er sich Lindsay Faulkners Körper auf dem Boden vorstellen. Er rieb sich seinen Ziegenbart und summte vor sich hin. Die Blutpfütze, die aus ihrem Schädel getropft war, war dunkel auf der honigfarbenen Eiche angetrocknet. Spritzer und Schmierer waren in den cremefarbenen Berberläufer eingetrocknet. »Er hat sie sich gleich hier vorgenommen, was?«

»Sah so aus. Ihr Nachthemd war bis zu den Schultern hochgeschoben. Sie hatte reichlich Blutergüsse am ganzen Körper.«

»Also, ist das die Arbeit unseres lieben Serienvergewaltigers aus der Nachbarschaft?« sagte Stokes, mehr zu sich selbst als zu Annie. »Die anderen zwei hat er sich im Bett vorgenommen, hat sie gefesselt.«

»Für mich sieht's so aus, als hätte sie ihn kommen hören«, sagte Annie. »Er hatte keine Gelegenheit, sie im Bett zu überraschen. Und er mußte sie nicht fesseln, weil er sie mit dem Telefon bewußtlos geschlagen hat.«

Sie ging neben dem Teppich in die Hocke, ihr Blick zoomte auf den Fleck dunkler Fasern, die in den Läufer eingebettet waren, da, wo Faulkners Körper gelegen hatte. Sie kratzte vorsichtig mit dem Fingernagel an dem Fleck, zupfte an einem losen Ende, zog es ab und hob es hoch.

»Sieht aus wie ein Stück schwarze Feder«, sagte sie und sah Stokes direkt in die Augen, als sie es ihm reichte. »Beantwortet das deine Frage?«

»Untersteh dich und knick die Papiere, wenn du sie so reinschiebst«, keifte der Archivbeamte, dessen Stimme eine harte Konkurrenz für quietschende Kreide auf Tafel war.

Annie zuckte zusammen. »Tut mir leid, Myron.«

»Das heißt *Mr.* Myron. Wenn du auf der anderen Seite meines Tresens bist, dann nenn mich Myron. Wenn du auf *meiner* Seite bist, nennst du mich *Mr.* Myron. Du bist in *meinem* Herrschaftsbereich. Du bist *meine* Assistentin.«

Myron stemmte seine Hände in den Gürtel und nickte scharf. Er war ein schmächtiger, steifer, schwarzer Mann, der jeden Tag Polyesterkrawatten mit fertigem Knoten trug und sich jeden zweiten Freitag seine grauen Haare wie einen

Busch trimmen ließ. Er arbeitete schon seit zwanzig Jahren im Archiv- und Asservatenraum und sah die Präsenz einer Uniform hinter seinem Tresen als direkte Bedrohung seines Königreichs.

»Laß es dir nicht zu Kopf steigen«, murmelte Annie. Myron bot sie eine ernste Miene und sagte: »Ich werde mir größte Mühe geben.«

Myron warf ihr einen giftigen Blick zu und ging zurück an seinen Schreibtisch.

Annie schaltete seine Gegenwart aus und konzentrierte sich auf die Fakten des Überfalls auf Lindsay Faulkner. Sie war versucht zu glauben, daß dies ein Trittbrettfahrer ihres Vergewaltigers wäre, der wiederum eine Art Trittbrettfahrer von Pam Bichons Mörder war, jemand, der sich die ersten beiden Vergewaltigungen zunutze gemacht hatte, um Faulkner für seine Zwecke zum Schweigen zu bringen. Vielleicht war es seine Absicht gewesen, sie zu ermorden. Möglicherweise hatte er geglaubt, sie wäre tot, als er sie verlassen hatte.

Aber wenn das der Fall war, wer war dann der Trittbrettfahrer? Renard war anscheinend über jeden Verdacht in dieser Richtung erhaben. Er war geschwächt durch die Prügel, die er von Fourcade bezogen hatte, und hätte gar nicht die Kraft oder die Beweglichkeit gehabt, um eine starke, gesunde Frau wie Lindsay anzugreifen. Wenn nicht Renard, wer dann? Donnie? Es war kein Geheimnis, daß er Lindsay haßte. Wenn sie einem Verkauf der Immobilienfirma im Weg stand...

Könnte er sie töten? Es wie eine Vergewaltigung aussehen lassen? Wenn es Donnie war, könnte das heißen, er war an Pams Mord beteiligt? Falls er Pam ermordet hatte, wäre Lindsay zu töten vergleichsweise einfach gewesen.

Das Fragment der schwarzen Feder war der Aufhänger für die Trittbrettfahrertheorie. Die Feder war kein absichtlich hinterlassenes Indiz, das jemand anderen belasten sollte. Eigentlich war es eher das Gegenteil. Etwas, das zufällig hinterlassen worden war, verdeckt durch den bewußtlosen Körper des Opfers. Ihr Mann hatte auf jeden Fall nichts anderes hinterlassen, was ihn belasten könnte.

Aber vielleicht stammte die Feder gar nicht von einer Maske. Sie könnte Teil eines Katzenspielzeugs sein. Ein Besucher könnte sie am Schuh hereingetragen haben. Sie würden erst erfahren, ob sie mit der Feder im Fall Nolan identisch war, wenn sie den Bericht des Labors in New Iberia hatten.

»He, Myron, womit hast du das verdient, Mann?« fragte Stokes kichernd, als er den Vergewaltigungskoffer auf den Tresen stellte. »Wer hat dir den Verbrechenshund auf den Hals gehetzt?«

Annie unterbrach mit Freuden die Aktenablage und ging zum Tresen. »Ja, Chaz, wir haben diesen Witz alle kapiert, als du ihn die ersten zehnmal losgelassen hast. Ist das der von Faulkner? Du hast lange genug dazu gebraucht.«

»He, es dauert eben so lange, wie es dauert, wenn du weißt, was ich meine. Die Ärzte mußten erst mal dafür sorgen, daß ihr Zustand stabil wird. Ist doch sowieso egal. Wir haben nichts dabei gefunden. Sie hatte nichts unter den Nägeln. Die Abstriche werden auch nichts bringen, und alle Schamhaare sehen für mich gleich aus. Der Joker ist gut.«

»Er weiß auf jeden Fall ganz genau, wonach wir suchen werden«, sagte Annie. »Ich wette, er hat ein Vorstrafenregister. Hast du die staatlichen Verbrecherkarteien angefordert? Seinen Modus operandi durchs National Crime Information Center laufen lassen?«

Stokes wurde allmählich sauer. »Ich brauch' keine Ratschläge von dir, wie ich meine Ermittlung zu führen habe, Broussard.«

»Ich war der Meinung, ich hätte meine Bemerkung als Frage formuliert, Detective«, sagte sie mit zuckersüßer Stimme. »Ich weiß, wie überlastet du mit diesen Vergewaltigungen *und* dem Bichon-Mord und so weiter bist. Ich hätte dir vielleicht angeboten, diese Anrufe für dich zu machen.«

Myrons Kopf schoß hoch wie der eines wütenden Zwerggockels. »Das ist nicht dein Job!«

Annie zuckte die Schultern. »Ich wollte nur hilfsbereit sein.«

»Du versuchst nur, deine Nase da reinzustecken, wo sie nicht hingehört«, giftete Stokes. »Ich hab's dir schon mal gesagt, deine Art von Hilfe brauch' ich nicht. Halt dich ja raus aus meinen Fällen.«

Er wandte sich zu Myron. »Ich möchte, daß dieses Zeug eingetragen und gleich wieder ausgetragen wird. Ich bringe es selbst runter nach New Iberia, *persönlich*, damit sie es nicht husch, husch durchs Labor jagen und mir dann sagen, daß sie nichts finden können, genau wie bei den anderen zwei Vergewaltigungen.«

»Wer außer dir arbeitet denn an diesen Fällen?« fragte Annie.

Er schielte unter der Krempe seines Fedoras heraus. »Ich brauch' diesen Scheiß von dir nicht. Das sind meine Fälle. Quinlan hilft mir mit den Umfelduntersuchungen bei den anderen beiden Frauen – mit wem sie gearbeitet haben und so weiter. Ist das akzeptabel für Sie, *Deputy*?«

Annie hob die Hände zum Zeichen der Kapitulation.

»Ich meine, ich weiß, daß du glaubst, *ich* wäre nicht akzeptabel«, fuhr er mit schneidender Stimme fort. »Aber, he, wer läuft hier in Zivil rum, und wer rennt mit einem gottverdammten Hundekostüm in der Stadt rum?«

Myron hob den Kopf von seinen Papieren und warf ihr einen wütenden Blick zu. Offensichtlich war er sehr verärgert darüber, daß sie das Stigma des Hundekostüms in sein Reich eingeschleppt hatte.

Mullen kam den Korridor herunter und jaulte wie ein Hund. Annie versuchte, nicht mit den Zähnen zu knirschen.

»Ich hab' immer schon gesagt, du solltest ein Flohhalsband tragen, Mullen«, sagte sie und rutschte ein Stück den Tresen hinunter, weg von Stokes und Myron.

»Du bist ganz schön tief gesunken, Broussard«, sagte er

schadenfroh und stellte eine Plastikpinkeltasse auf den Tresen, randvoll mit der Spende eines Betrunkenen für die forensische Wissenschaft. »Haste in letzter Zeit ein Stück Verbrechen abgebissen? Kannst es damit runterspülen.«

Annie gähnte, als sie ein Beweismittelformular hervorholte und begann es, auszufüllen. »Weck mich, wenn du was Originelles zu sagen hast. Gehört dieser Urin jemandem, oder hast du mir das nur gebracht, um mich mit deiner Treffsicherheit zu beeindrucken?«

Nachdem er wieder mal keinen Eindruck geschunden hatte, hielt er sich für den Augenblick an die Fakten. »Ross Leighton. Wieder ein Fünfmartiniessen im Wisteria Club. Aber du schlägst ihn um Längen, stimmt's, Broussard? Wild Turkey auf dem Weg zur Arbeit nippen.«

Der Stift erstarrte über dem Formular, und Annie hob den Kopf. »Du weißt, daß das eine Lüge ist.«

Mullen hob die Schultern. »Ich weiß, was ich Samstag morgen in deinem Jeep gesehen habe.«

»Du weißt, was du Samstag morgen in meinen Jeep *gelegt* hast.«

»Ich weiß, daß dich der Sheriff vom Streifendienst abgezogen hat, und ich fahre immer noch«, sagte er selbstzufrieden und zeigte seine häßlichen gelben Zähne. Er legte seine Hände auf den Tresen und beugte sich vor, seine Augen waren böse wie die eines Wiesels. »Was wirst du denn für einen Zeugen gegen Fourcade abgeben?« flüsterte er. »Wie ich höre, hast du in der Nacht auch getrunken.«

Annie verkniff sich eine Retourkutsche. Sie hatte an diesem Abend vor dem Essen einen Drink im Isabeau's genommen. Ein Glas Wein zum Essen getrunken. Der Barkeeper im Laveau's konnte bezeugen, daß sie in der Bar gewesen war. Vielleicht konnte er sich nicht erinnern, ob er sie bedient hatte oder nicht. Vielleicht würde es sich jemand etwas kosten lassen, daß er sein Gedächtnis verlor. Sie war in dieser Nacht keineswegs betrunken gewesen, aber Fourcades Anwalt würde sich ein Fest daraus machen, es anzudeuten. Was das seinem Fall nützen würde, war zweifelhaft, was es für ihren Ruf tun würde, war offensichtlich.

Sie lachte ohne jeden Humor. »Eins muß ich sagen, Mullen. Ich hätte dir nicht zugetraut, daß du so gescheit bist«, murmelte sie. »Ich sollte dir die Hand schütteln.«

Sie streckte sie aus und schlug damit gegen den Probenbecher, der Deckel sprang ab, und Ross Leightons Urin schwappte vorne über Mullens Hose.

Mullen sprang zurück wie ein verbrühter Hund. »Du verfluchtes Scheißweib!«

»Oh, schau«, sagte Annie mit sehr lauter Stimme und nahm den Becher vom Tresen. »Mullen hat in die Hose gemacht!«

Vier Leute am Ende des Korridors drehten sich um und gafften. Eine der Sekretärinnen aus dem Geschäftsbüro streckte den Kopf zur Tür heraus. Mullen sah sie entsetzt an. »Sie hat das getan!« sagte er.

»Na, das wäre aber ein toller Trick«, sagte Annie. »Da bräuchte ich ja einen Schlauchanschluß. Sie wissen, was sie da sehen, Mullen.«

Sein Gesicht zuckte vor Wut. Seine schmalen Lippen wurden zu Strichen, wodurch seine Zähne wie die eines Pferds aussahen. »Das wirst du mir bezahlen, Broussard.«

»Ach ja? Was willst du tun? Noch einen Eimer Schweinedärme vor meine Tür kippen?«

»Was? Ich hab' keine Ahnung, wovon du redest, Broussard. Dir hat's wohl die Birne aufgeweicht, Broussard.«

Hooker drängte sich durch die Gaffer. »Mullen, was zum Teufel soll das? Du hast dich angepißt?«

»Nein!«

»Du lieber Gott, wisch das auf, und dann geh und zieh dich um.«

»Vergiß deine ›Always‹ nicht!« rief jemand vom Ende des Gangs.

»Broussard hat diesen Saustall gemacht«, schimpfte Mullen, wütend über das Gelächter. »Sie sollte das aufwischen.«

Annie schüttelte den Kopf. »Das ist nicht mein Job. Der Saustall ist auf deiner Seite des Tresens, Mr. Streifendienst. Ich bin hier auf meiner Seite des Tresens, die armselige Assistentin Myrons.«

Der Beamte hob würdevoll wie ein König seinen Kopf. »*Mr.* Myron.«

Annie merkte sehr schnell, daß die Arbeit im Archiv und Asservatenraum nur wenige Vorteile mit sich brachte. Ihr einziger Wurf an diesem Tag kam in Form eines Faxes von einem Regionallabor in New Iberia: die vorläufigen Testergebnisse über die Gedärme, die man Sonntag nacht über ihre Treppe drapiert hatte. Kein Detective war dem Fall zugeteilt worden, was hieß, daß das Fax im Archiv und Asservatenraum ankam und an den Deputy für diesen Fall weitergeleitet wurde. Nachdem sie direkt daneben stand, als die Nachricht aus der Maschine rollte, konnte Annie jeden Kontakt mit Pitre vermeiden.

Sie hielt den Atem an, als sie den Bericht las, als könnten die Wörter den Geruch zurückbringen. Die Szene blitzte durch ihren Kopf: das tropfende Blut, die blutige Girlande von Eingeweiden, die Angst um Sons und Fanchon.

Vorläufige Ergebnisse berichteten, daß die inneren Organe von einem Schwein stammten. Die Neuigkeit brachte nur ein kleines Maß an Erleichterung. Das Labor konnte ihr nicht sagen, woher das Zeug stammte. In Louisiana wurden täglich Schweine geschlachtet. Metzgerläden verkauften jeden Teil von ihnen an Leute, die ihre eigene Wurst machten. Keiner führte Buch über solche Dinge. Das Labor konnte ihr auch nicht sagen, wer die Gedärme auf ihre Treppe gekippt hatte. Wenn es Mullen nicht gewesen war, wer dann? Warum? Hatte es irgend etwas mit der Ermittlung im Mordfall Pam zu tun?

Hatte Pams Mord irgend etwas mit dem Überfall auf Lindsay Faulkner zu tun? Die Fragen führten eine zur anderen, zur anderen und kein Ende in Sicht.

Am späten Nachmittag wurde Lindsay Faulkners Zustand als kritisch, aber stabil registriert. Sie hatte einen Schädelbruch erlitten, Frakturen einer Reihe von Gesichtsknochen, zahlreiche Prellungen und einen Schock. Sie hatte das Bewußtsein noch nicht wiedererlangt. Die Ärzte berieten, ob sie sie vom »Our Lady of Mercy« ins »Our Lady of Lourdes« in Lafayette verlegen sollten. Bis sie entscheiden konnten, welche Erscheinung der Heiligen Jungfrau wundertätiger sein könnte, blieb Faulkner auf der Intensivstation des »Our Lady of Mercy«.

Die Nachricht vom Überfall war in die zivilen Radiowellen vorgedrungen. Der Sheriff berief für fünf eine Pressekonferenz ein. Die Gerüchteküche im Revier verlautete, daß eine Sonderkommission eingesetzt würde, um die panische Öffentlichkeit zu beruhigen. Bei den wenigen vorhandenen Spuren würde es nur wenig geben, worauf sie sich konzentrieren könnten. Aber alles würde noch einmal durchgekaut werden, bis nichts mehr übrig war. Wenn Stokes, der die Soko leiten würde, nicht bereits beim Staat kürzliche Entlassungen von Sexualtätern überprüft hatte oder beim National Crime Information Center einen Cross Check der Modus operandi bekannter Sexualtäter gemacht hatte, dann würde das jetzt passieren. Bekannte der Opfer würden erneut befragt werden, mit dem Ziel, einen Anhaltspunkt zu finden, eine Verbindung zwischen den Frauen, die vergewaltigt worden waren.

Während Annie an ihrem Schreibtisch auf Zeit im Archiv saß, plagte sie der Neid gegen die Leute, die in der Soko arbeiten würden. Es war die Art Job, die sie im Auge hatte, aber wenn ihr Glück im Revier nicht eine deutliche Wende erfahren würde, würde die Hölle eher zufrieren, bevor Noblier sie zum Detective beförderte.

Wenn es ihr gelänge, den Fall Bichon aufzuklären, würde das ihren Status entscheidend verbessern. Aber wenn irgend jemand herausfinden würde, daß sie ihre eigenen Ermittlungen durchführte – und mit wem –, wäre ihre Karriere im Eimer.

Sie dachte daran, als Myron widerwillig seinen Posten verließ, um sein nachmittägliches Fitneßprogramm auf dem Männerklo zu absolvieren. Was sollte sie denn tun, wenn sie Beweise finden würde? Wem sollte sie von Renards offensichtlicher Fixierung auf sie erzählen? Wenn Lindsay Faulkner ihr nützliche Informationen gegeben hätte, wo wäre sie damit hingegangen? Stokes wollte sie nicht mal in der Nähe seines Falls haben, und wenn sie ihm etwas Nützliches geben würde, würde er zweifellos die Lorbeeren dafür für sich beanspruchen. Wenn sie zu A. J. ging, würde sie die Nahrungskette auf eine Art und Weise überspringen, die ihr bei allen, die nicht im Büro des Staatsanwalts arbeiteten, keinerlei Punkte bringen würde. Sollte sie mit eventuellen Entdeckungen zum Sheriff gehen und seinen Zorn wegen der Überschreitung ihrer Grenzen riskieren? Oder würde Fourcade die Gelegenheit wahrnehmen, um seine eigene Karriere wieder ins Gleis zu bringen und sie im Staub zurücklassen?

Vielleicht war es das, was hinter dem Kuß steckte. Je näher er sie an sich zog, desto leichter wäre es, sie hinter sich zu schieben, wenn er hatte, was er brauchte.

Sie kritzelte auf ihrem Notizblock herum, während ihr Gehirn den Slalom von Möglichkeiten durchlief. Sie hatte Myrons Abwesenheit genutzt, um sich ein paar Akten des Bichon-Mordes vorzunehmen: Renards erste Aussage, wo er seine unwahrscheinliche Geschichte von seinem Alibi erzählte, für das es keine Zeugen gab. Er hatte Fourcade auf eine sinnlose Hatz nach seinem Phantom vom guten Samariter gehetzt, und er versuchte, sie auf dieselbe sinnlose Suche zu schicken. Ein Test ihrer Loyalität, nahm Annie an. Renard glaubte, sie wäre eine Art Retter, den man geschickt hatte, um sein Leben vor dem gierigen Maul der Hölle – oder

der Vollzugsanstalt Angola zu retten; nicht daß da ein großer Unterschied wäre zwischen den beiden.

Mr. Renard sagt aus, der Autofahrer hätte einen dunklen Pick-up unbestimmter Marke gefahren. Louisiana-Nummernschilder, die möglicherweise die Buchstaben FJ enthalten.

FJ. Annie zog die Buchstaben auf ihrem Block immer wieder nach. Fourcade hatte seine armselige Information durch die Zulassungsstelle laufen lassen, hatte die dadurch erhaltene Liste überprüft und nichts dabei gefunden. *FJ.* Sie machte einen Angelhaken aus dem J und zeichnete einen Fisch darunter, in dessen Schuppen das Wort *Zeuge* eingefügt war. Renard glaubte nicht, daß Fourcade irgend etwas mit der Information gemacht hatte, und hatte sich einfach geweigert, die Tatsache anzuerkennen, daß sein Anwalt ebenfalls keinen Alibizeugen für ihn gefunden hatte. Was glaubte er, könnte sie tun, was sonst keiner für ihn gemacht hatte?

Sie übertrieb die Balken beim *F* und fügte unter einen hinzu: E. *E.* Sie richtete sich auf. Renard hatte gesagt, es wäre Nacht gewesen und der Laster voller Schlamm.

Ein Anruf bei der Zulassungsstelle war kein Problem. Es war ein Häppchen, was sie Renard geben konnte, um sich noch ein bißchen mehr von seinem Vertrauen zu kaufen. Sie konnte die Anfrage in Fourcades Namen machen, die Liste direkt an die Maschine im Archiv faxen lassen, und keiner würde etwas merken.

Sie dachte an den Schal, der bei ihr zu Hause auf dem Tisch lag, und an den Mann in den Schatten von Sonntag nacht und erinnerte sich daran, mit wem sie da Spielchen spielte. Ein angeklagter und wahrscheinlicher Mörder. Donnie Bichon könnte möglicherweise ein Motiv gehabt haben, und die drei Vergewaltigungen hatten möglicherweise eine beängstigende Ähnlichkeit mit Pams Tod. Die Wasser, die diesen Fall umgaben, waren ziemlich eingetrübt, aber Renards Fixierung auf Pam Bichon war eine Tatsache.

Marcus Renard war auf Pam fixiert gewesen, Pam hatte ihn abgewiesen, und Pam war tot.

Sie machte den Anruf bei der Zulassungsstelle und legte, ein paar Sekunden bevor Myron von seiner Porzellanpilgerfahrt mit der neuesten Ausgabe von *U. S. News & World Report* zurückkam, den Hörer auf.

Am Ende ihrer Schicht hatte Annie ein halbes Dutzend Papierausschnitte und Kopfschmerzen von ihren überanstrengten Augen. Außerdem hatte sie zwei Platten an ihrem Jeep. Die Ventile waren glatt abgeschnitten worden. Keiner hatte irgend etwas gesehen. Übersetzung: Keiner hatte Mullen bei seinem Racheakt gesehen. Sie rief Meyette's Garage an, und man sagte ihr, daß es eine Stunde dauern würde, bevor jemand kommen konnte.

Der Nachmittag war warm und schwül mit einem Hauch von Sturm, der sich draußen über dem Golf zusammenbraute. Annie ging den Fußweg am Ufer des Bayou entlang. Der Mob würde sich zu Nobliers Pressekonferenz sammeln, das wußte sie, aber sie wollte damit nichts zu tun haben. Sie mußte glauben, daß der Sheriff ihren Namen bei der Story vom Überfall auf Faulkner raushalten würde. Er wollte sicher nicht, daß die Presse sich noch mehr für sie interessierte, als sie es ohnehin schon tat. Er würde das tun, was er für sein Revier und seine Leute für das beste hielt, und wenn er dazu die Wahrheit ein bißchen verbiegen oder weglassen mußte, dann zum Teufel mit der Wahrheit.

Und was gibt mir das Recht, jemanden zu kritisieren? dachte Annie, als sie gegenüber von Bayou Realty stehenblieb. Der Zweck heiligt die Mittel – solange der Zweck zum Besten der Menschheit oder für einen selbst oder jemanden, den man liebte oder ein höheres Prinzip war.

Sie hatte damit gerechnet, ein CLOSED-Schild im Fenster des Immobilienbüros zu sehen, aber sie sah, daß die Empfangsdame an ihrem Schreibtisch saß. Die Frau hob erwartungsvoll den Kopf, als Annie eintrat und die Glocke läutete, um sie anzukündigen.

»Sie bringen doch keine schlechten Nachrichten?« fragte die Frau und wurde blaß. »Das Krankenhaus hätte doch angerufen. Ich habe gerade mit – oh, mein Gott.«

Die letzten Worte quiekten aus ihr wie die letzte Luft aus einem Luftballon. Sie war etwa fünfzig, mit einem Matronenhelm von hartgespraytem, graublondem Haar. Gut angezogen, Nägel manikürt, Goldschmuck. Auf dem Schild auf ihrem Schreibtisch stand GRACE IRVINE.

»Nein«, sagte Annie, und jetzt wurde ihr klar, daß sie die Uniform erschreckt hatte. »Das letzte, was ich gehört habe, war, daß es keine Veränderung gab.«

»Keine«, sagte Grace. »Keine Veränderung. Das haben sie mir auch gerade gesagt. Oje.« Sie klopfte sich die Brust. »Sie haben mich erschreckt.«

»Tut mir leid«, sagte Annie und setzte sich ungebeten auf den Stuhl neben dem Schreibtisch. »Ich war überrascht, als ich sah, daß das Büro geöffnet ist.«

»Na ja, ich hab' praktisch erst gestern mittag erfahren, was passiert ist. Natürlich habe ich mir Sorgen gemacht, als Lindsay nicht zur üblichen Zeit erschien, aber ich nahm an, sie hätte ein überraschendes Treffen mit einem Kunden gehabt. Wir machen das doch, nicht wahr? Rationalisieren. Sogar nachdem Pam –«

Sie verstummte und hielt sich die Hand vor den Mund. Tränen strömten aus ihren Augen. »Ich kann nicht fassen, daß das passiert«, flüsterte sie. »Ich hab' versucht, sie auf dem Handy zu erreichen. Ich hab's bei ihr zu Hause versucht. Schließlich bin ich hingefahren, und da waren die Deputys und dieses gelbe Band vor der Tür.«

Sie schüttelte den Kopf, fand keine Worte. Für gewöhnliche Menschen war es wie der Eintritt in eine andere Realität, wenn sie an den Schauplatz eines Verbrechens kamen.

»Ich hab' das Büro offengelassen, weil ich nicht wußte,

was ich sonst tun sollte. Ich konnte den Gedanken nicht ertragen, zu Hause zu sitzen oder in diesem schrecklichen Warteraum im Krankenhaus. Das Telefon läutete und läutete. Da waren Termine, die man absagen mußte, und ich mußte Lindsays Familie verständigen… Ich hatte einfach das Gefühl, ich muß dableiben.«

»Sie kennen Lindsay schon lang?«

»Ich habe Pam ihr ganzes Leben lang gekannt. Ihre Mutter ist meine Cousine zweiten Grades von der Chandler-Seite. Ich kenne Lindsay, seit die Mädchen am College waren. Liebe Mädchen, alle beide. Sie haben alles getan, als mein Mann letztes Jahr starb, und mich hier aufgenommen. Sie sagten, ich müßte etwas tun, außer um meinen Mann trauern, und sie hatten recht.« Sie deutete auf die Bücher, die auf dem Schreibtisch ausgebreitet waren. »Ich studiere, damit ich meine Lizenz kriege. Ich habe überlegt, ob ich Pams Anteil des Geschäfts von Donnie kaufen soll.«

Sie wandte ihr Gesicht ab und nahm sich einen Moment Zeit, um sich zu sammeln, tupfte sich mit einem Leinentaschentuch die Augenwinkel ab.

»Tut mir leid, Deputy«, entschuldigte sie sich. »Ich quassele. Was kann ich für Sie tun? Arbeiten Sie an dem Fall?«

»Sozusagen«, sagte Annie. »Ich bin diejenige, die Lindsay heute morgen gefunden hat. Sie hatte gestern abend eine Nachricht auf meinem Anrufbeantworter hinterlassen, in der sie mir sagte, sie hätte mir etwas im Zusammenhang mit Pams Fall zu sagen. Ich wollte wissen, ob sie vielleicht Ihnen erzählt hat, was es war.«

»Oh, oh, nein, ich fürchte nicht. Hier war es gestern sehr hektisch. Lindsay hatte verschiedene Termine am Morgen. Dann tauchte Donnie unangemeldet auf, und sie hatten ein bißchen Streit über die Geschäfte und so. Sie haben sich nie vertragen, wissen Sie. Nachmittags hatte ich eine Verpflichtung an der Schule meines Enkels. Er ist in der zweiten Klasse im ›Sacred Heart‹. Es war eigenartigerweise Polizeitag. Mc

Gruff, der Verbrechenshund, ist mit einem Beamten gekommen. Die Großeltern waren dazu eingeladen.«

»Wie ich höre, ist das sehr beliebt«, sagte Annie.

»Ich fand es etwas seltsam, offen gesagt. Auf jeden Fall hatten Lindsay und ich gar keine Gelegenheit, miteinander zu reden. Ich weiß, daß sie etwas auf dem Herzen hatte, aber ich hab' angenommen, sie hätte es dem Detective erzählt. Vielleicht wollen Sie ihn fragen.«

»Dem –« Die Worte blieben Annie im Hals stecken. »Wer? Welcher Detective?«

»Detective Stokes«, sagte Grace Irvine. »Sie hat ihn in der Mittagspause getroffen.«

29

Mouton's war einer von den Orten, die nur wenige Männer ohne Pistole oder Messer betraten. Die Kneipe hockte auf Stelzen am Ufer des Bayou Noir, südlich von Luck, ein Treffpunkt für Wilderer, Diebe und andere, die am ausgefransten Saum der Gesellschaft lebten. Leute, die Ärger suchten, schauten im Mouton's rein, wo man praktisch alles kriegen konnte, wenn der Preis stimmte und keiner irgendwelche Fragen stellte.

Es war die letztere Tatsache, die Nick an einem Dienstag nachmittag dorthin zog. Er war nicht in der Stimmung für die Voodoo Lounge, wollte von niemanden den Rücken getätschelt haben oder sinnloses Mitgefühl für seine Lage hören. Er wollte Whisky, begnügte sich mit einem Bier und wartete darauf, daß Stokes auftauchte.

Er hatte sich mittags aus dem Bett geschleppt und sich durch die Tai-chi-Formen gezwungen, über die Bewegung jedes einzelnen schmerzenden Muskels meditiert, versucht, den Schmerz mit der Kraft seines Geistes zu vertreiben. Der Prozeß war qualvoll und erschöpfend gewesen, aber sein Gefühl des Seins war dadurch um so klarer geworden. Sein Geist war geschärft, die Nerven wie Federn gespannt, während er an seinem Bier nuckelte, den Rücken einer Ecke zugewandt.

Auf der anderen Seite des Raums spielten zwei Biker Billard mit einer Barschlampe, die in einem kurzen Rock und einem Wonderbra um sie herumschwirrte. Etwas näher saßen zwei Sumpfratten an einem Tisch, tauschten Geschichten und tranken Jax. John Lee Hooker stöhnte aus der Jukebox; Black Detal Blues in einer Bar für weiße Prolos. Im Hinterzimmer lief ein illegales Kartenspiel, im Farbfernseher über der Bar ein Pferderennen. Der Barkeeper sah aus wie Nosferatus böser Zwillingsbruder. Er beobachtete Nick mißtrauisch.

Nick nahm einen langsamen Zug von seinem Bier und überlegte, ob der Typ ihn unter Cop oder Ärger eingestuft hatte. Er wußte, daß er nach Ärger aussah, den keiner über seine Schwelle lassen wollte. Sein Gesicht war zerschnitten, voller blauer Flecken, der Griff seiner Ruger lugte aus seiner offenen Jacke. Er hatte seine verspiegelte Sonnenbrille angelassen, trotz des dämmrigen Lichts in der Bar.

Einer der Sumpfbewohner schob seinen Stuhl zurück, stand auf und kratzte an dem riesigen Mittelfinger, der auf sein schwarzes T-Shirt gedruckt war. Eine dreckige rote Baseballmütze klebte auf seinem Kopf, das Schild zu einem umgedrehten U gebogen, das zwei Augen rahmte, die für sein knochiges Gesicht zu klein waren. Nick beobachtete, wie er näher kam, rutschte ein Stück auf seinem Stuhl nach vorn, bereit zu springen. Die Prügel, die er von DiMontis Schlägern bezogen hatte, hatten zumindest den Rost von seinem Überlebensinstinkt geschüttelt, wenn auch sonst nichts.

»Mein Kumpel und ich, wir haben gewettet«, sagte der Mann und schwankte ein bißchen. »Ich hab' gesagt, du bist der Cop, der diesen Killer Renard verdroschen hat.«

Nick sagte nichts, nahm einen langen Zug von seiner Zigarette und blies den Rauch durch die Nase.

»Du bist es doch, oder? Ich hab' dich im Fernsehen gesehen. Laß dir die Hand schütteln, Mann.« Er kam ganz nahe und schlug Nick mit der Faust auf den Arm wie ein alter Kumpel, als wären sie durch die Tatsache, daß er ihn im Fernsehen gesehen hatte, in Freundschaft verbunden. »Du bist ein Scheißheld!«

»Sie irren sich«, sagte Nick ruhig.

»Ne, ne. Du bist es. Komm schon, Mann, gib mir die Hand. Ich hab' zehn Piepen drauf gesetzt.« Er stupste noch einmal Nicks Arm mit der Faust und zeigte seine schlechten Zähne. »Ich sage, sie hätten dir was zahlen sollen, damit du dieses Arschloch endgültig fertigmachst. Bißchen Bayou-Gerechtigkeit. Das spart dem Steuerzahler Geld, richtig?«

Er holte aus, um ihm noch einen freundlichen Stupser zu verpassen. Nick fing seine Faust ab, kam aus dem Stuhl hoch und drehte ihm den Arm so, daß das Gesicht des Mannes gegen die rauhe Bohlenwand stieß.

»Ich mag es nicht, wenn Leute mich anfassen«, sagte er leise, sein Mund war nur Zentimeter vom Ohr seines Freundes in spe entfernt. »Ich glaube nicht an lässige Intimitäten zwischen Fremden, und das sind wir: Fremde. Ich bin nicht dein Freund und ganz bestimmt kein Held. Siehst du, was du hier für einen Fehler gemacht hast.«

Die Sumpfratte versuchte zu nicken, rieb seine gequetschte Backe gegen die Wand. »He … he, tut mir leid, okay? Nimm's mir nicht krumm«, nuschelte er aus dem Mundwinkel, Speichel rann ihm übers Kinn.

»Aber schau, ich hab's dir schon krummgenommen, und deshalb bin ich zu dem Schluß gekommen, daß Entschuldigungen nicht effektiv und das Produkt falscher Logik sind.«

Aus dem Augenwinkel sah Nick, wie der Barkeeper sie beobachtete und mit einer Hand unter die Bar griff. Die Fliegentür knallte, ein Geräusch so scharf wie ein Pistolenschuß. Der Kumpel der Sumpfratte schoß aus seinem Stuhl hoch, machte aber keine Anstalten, näher zu kommen.

»Jetzt mußt du dich fragen«, murmelte Nick, »möchtest du die zehn Dollar deines Freundes nur, um sie zur Arztrechnung beizusteuern, oder möchtest du lieber als ärmerer, aber um so weiserer Mann Leine ziehen?«

»Heiliger Strohsack, Nicky«, ertönte Stokes' Stimme durch den Raum, begleitet vom Geräusch seiner Schritte auf dem Plankenboden. »Dich kann man keine zehn Minuten allein lassen. Wenn das so weitergeht, brauchst du bald eine Genehmigung, damit du überhaupt draußen rumlaufen darfst.«

Er stellte sich neben Nick und schüttelte den Kopf. »Ich sag' dir eins, Nick, die angeborene Dummheit der Menschheit bringt mich noch dazu, überhaupt die Hoffnung für diese Welt als Ganzes aufzugeben. Willst du einen Drink? Ich brauch' einen Drink.«

Nick ließ den Kerl los. Sein Jähzorn war verflogen, und in seinem Kielwasser folgte Enttäuschung über sich selbst. »Tut mir leid, daß ich ausgerastet bin«, sagte er. Seine Mundwinkel zuckten. »Siehste? Bedeutet gar nichts.«

Die Sumpfratte stolperte mit einer Hand an der Backe zurück zu ihrem Kumpel. Die beiden machten ihren Tisch frei und zogen ans hinterste Ende der Bar.

»Du spielst nicht gut mit anderen, Nicky«, beklagte sich Stokes, zog einen Stuhl vom Tisch weg und setzte sich verkehrt rum drauf. »Wo hast du denn deine gesellschaftlichen Umgangsformen gelernt – in einer Besserungsanstalt?«

Nick ignorierte ihn. Er schüttelte eine Zigarette aus der Packung und zündete sie unterm Gehen an. Er mußte ein bißchen auf und ab laufen, um die Reste seines Energieschubs zu verbrennen. *Beherrschen. Mitte suchen. Konzentrieren.* Für eine Weile hatte er das gehabt, und dann war es ihm entglitten wie eine Schnur einer schweißnassen Hand.

»Wenn ich schon beim Fragen bin: Was ist mit deinem Gesicht passiert? Bist du gegen die gefährliche Seite eines eifersüchtigen Ehemanns gelaufen?«

»Ich hab' ein Geschäftstreffen gestört. Mr. DiMonti hat sich daran gestoßen.«

Stokes' Augenbrauen schossen nach oben. »*Vic* The Plug DiMonti? Der Gangster?«

»Du kennst ihn?« fragte Nick.

»Ich weiß *von* ihm. Herrgott, Nicky, du bist vielleicht ein paranoider Scheißkerl. Zuerst denkst du, ich hab' dich gelinkt. Jetzt glaubst du, ich häng' bei der Mafia mit drin. Und hier bin ich – der beste Freund, den du in dieser gottverlassenen Gegend hast. Ich könnte Komplexe kriegen.« Er schüttelte traurig den Kopf. »Du bist derjenige, der in New Orleans gelebt hat, Mann, nicht ich. Was hat denn DiMonti mit dir zu schaffen?«

»Ich hab' Duval Marcotte besucht. Marcotte ist im Immobiliengeschäft. DiMonti besitzt eine Baufirma. Donnie Bichon will plötzlich seine Hälfte von Bayou Realty verkaufen. Diese Immobilienfirma besitzt einen ziemlichen Batzen an Grundstücken, die Pam von Bichon Bayou Development ›gekauft‹ hat, um Donnies Hintern aus dem Bankrott rauszuhalten. Und jetzt höre ich, daß Lindsay Faulkner von Bayou Realty gestern nacht überfallen wurde.«

»Vergewaltigt. Wahrscheinlich derselbe, der die anderen beiden vernascht hat«, sagte Stokes und gestikulierte, um den Barkeeper auf sich aufmerksam zu machen. »Das ist ein Härtefall, dessen Schwanz im Überschnappen ist. Herrgott, das war kein Mafiamord. Du hättest zum CIA gehen sollen, Nicky. Die stehen auf Gehirne, die wie deins funktionieren.«

»Ich sehe das nicht als Mafiamord. Ich mag nur einfach keine Zufälle. Hast du mit Donnie geredet?«

Er nickte, warf noch einmal einen Blick zur Bar. »Herrgott, du hast den Barkeeper verschreckt. Ich hoffe, du bist glücklich«, sagte er und warf einen abschätzenden Blick auf Nicks halbleere Flasche. »Trinkst du das? Ich sterbe, Mann.«

»Und was hat er zu sagen gehabt?«

»Daß er sich wünscht, er hätte nie etwas vom Partout-Parish-Sheriffsbüro gehört. Er sagt mir, er wäre bis um elf im Büro gewesen und hätte Papierkram erledigt, dann hat er sich im Voodoo ein paar genehmigt und ist dann alleine nach Hause.« Er kippte das Bier mit zwei Schlucken hinunter. »Ich hab' ihm gesagt, er soll sich eine feste Freundin besorgen. Der Junge hat nie einen, der sein Alibi bestätigen kann. Du weißt, was ich meine. Aber für einen Collegejungen ist er sowieso ziemlich beschränkt. Schau dir nur an, was er sausen hat lassen, um andere Röcke zu hetzen. Pam war eine tolle Frau, und außerdem hatte sie noch Kohle, und er hat sie nur schikaniert. Warum kaust du überhaupt auf diesem Knochen rum?« fragte er und nahm sich eine Zigarette aus der Packung auf dem Tisch. »Wenn dir ein Typ die Kaution bezahlt, damit du aus dem Knast kommst, dann zeigt der Durchschnittsmensch ein bißchen Dankbarkeit. Du versuchst, ihm irgendeine Verschwörung mit den großen bösen Buben anzuhängen.«

»Ich mag einfach die Verbindungen nicht, mehr ist es nicht.«

»Renard hat Pam umgelegt. Du weißt es, und ich weiß es, mein Freund.«

»Der Rest ist eine unangenehme Nebenerscheinung«, sagte Nick und setzte sich endlich auf einen Stuhl. »Was soll ich denn sonst mit meiner Zeit anfangen?«

»Geh fischen. Laß dich bumsen. Fang mit Golf an. Laß dich bumsen. Ich würde mich hauptsächlich bumsen lassen, wenn ich du wäre. Du brauchst es, Partner. Deine Feder ist zu verdammt hart gespannt, und das ist Tatsache. Deswegen gehst du dauernd auf Leute los.«

Er schaute auf die Uhr und lehnte sich zurück. Die Kneipe füllte sich, während der Tag langsam in Richtung Abend rückte. Eine Kellnerin tauchte aus dem Hinterzimmer auf. Gefärbte blonde Locken und eine enge weiße Corsage von Hooters in Miami. Er setzte sein bestes Verführerlächeln auf.

»Zwei Jax, Schatz, und dazu ein bißchen von allem, was du zu bieten hast.«

Sie beugte sich mit einem listigen Grinsen vor und griff sich an ihm vorbei die leere Flasche, wobei sie ihm einen ganz persönlichen Einblick in ihr stattliches Dekolleté bot. Er knurrte wie ein Tiger, als sie davonstolzierte. Auf der anderen Seite des Raums hob ein Biker, mit JUNIOR auf der Brusttasche seines Jeanshemds gestickt den Kopf von seinem Billardspiel hoch und fixierte ihn mit bösen Augen. Stokes ließ die Kellnerin nicht aus den Augen.

»Sie will mich. Ich will tot umfallen, wenn ich lüge.«

»Sie will ein gutes Trinkgeld.«

»Du bist ein Pessimist, Nicky. Das passiert, wenn du bei jedem Scheiß nach einer versteckten Bedeutung suchst. Du bist dazu verdammt, enttäuscht zu werden – verstehst du, was ich sage? Geh nach dem, was du siehst. So ist das Leben verdammt einfacher.«

»Wie Faulkners Vergewaltigung?« sagte Nick. »Du glaubst, es ist Teil eines Musters, weil das einfacher ist, Chaz?«

Stokes' Miene wurde grimmig. »Ich glaube es, weil das eine Tatsache ist.«

»Es gibt keine Änderung des Modus operandi zwischen diesem und den anderen beiden?«

»Es gibt schon ein paar Abweichungen, wahrscheinlich, weil sie ihn kommen gehört hat. Aber alles andere paßt genau. Es war böse und sauber, genau wie die anderen. Der Typ hat wahrscheinlich ein Vorstrafenregister, das eine Meile lang ist. Ich hab' beim Staat angerufen, um zu sehen, was da zu sehen ist.«

»Warum sie? Warum Faulkner?«

»Warum nicht? Sie sieht gut aus, lebt allein. Er hat vielleicht nicht gewußt, daß sie eine Lesbe ist.«

Nick zog eine Augenbraue über den Rand seiner Sonnenbrille hoch. »Sie wollte wohl auch nicht mit dir schlafen, was? In dieser Parish wimmelt es vor Lesben.«

»He, ich nenn' sie so, wie ich sie sehe.«

Jemand hatte den Fernseher über der Bar auf eine Station in Lafayette umgeschaltet. Laut Titel kam die Sendung live aus Bayou Breaux. Nobliers fleischiges Gesicht füllte die Leinwand. Er stand hinter einem Podium, aus dem Mikrofone sprossen, und sah so unglücklich aus wie die sprichwörtliche Katze in einem Raum voller Schaukelstühle. Pressekonferenz. Jeder fiktive Schaukelstuhl zielte auf seinen Schwanz.

Nick deutete mit dem Kopf auf den Fernseher. »Warum bist du nicht da? Wie ich höre, hast du die Soko.«

»Verflucht, ich *bin* die Soko«, murmelte Chaz. »Ich und Quinlan und ein paar Uniformen – Mullen und Compton von der Tagesschicht, Degas und Fortier von der Nachtschicht. Scheißspiel. Quinlan hat versucht, die Polizei von Bayou Breaux mit reinzunehmen – Z-Top und Riva. Keine Chance. Noblier und der Chief sind wie zwei duellierende Ständer wegen dir. Die offizielle Ausrede ist, daß die Vergewaltigungen außerhalb der Stadtgrenzen stattgefunden haben. Das ist unser Spielplatz, unser Fall, unsere Soko.« Er schüttelte den Kopf und zog an seiner Zigarette. »Das ist doch sowieso alles nur Show. Wir haben nix, null, dem wir nachgehen können. Das dient angeblich dazu, dem gemeinen Volk ein sicheres Gefühl zu geben.«

»Und wieso bist du dann nicht da oben und beschwichtigst all die alleinstehenden Damen, Hollywood?«

»Scheiße, ich hasse diesen Medienkram«, sagte er. »Einen Haufen Frisuren stellen dämliche Fragen. Ich passe, danke. Ich hab' schon genug Kopfweh. Rate mal, wer die Faulkner gemeldet hat?« sagte er mit gequälter Miene. »Broussard. Also, was glaubst du, hat sie da gemacht?«

Nick zuckte mit den Achseln, das personifizierte Desinteresse. Seine Aufmerksamkeit war von den Bikern gefangen. Der eine mit dem Namen Junior sah aus wie ein rotbärtiger Kühlschrank. Eine Tätowierung der arischen Bruderschaft war in seinen rechten Bizeps geätzt. Er fixierte Stokes mit Reptilienblick.

»Behauptet, sie will ein Haus kaufen. Ja, richtig. Das glaube ich«, sagte Stokes mit verächtlich verzogenem Mund. »Es war nur ein Zufall. Genauso, wie es nur ein Zufall war, daß sie dich mit Renard erwischt hat.« Er schüttelte den Kopf und nahm sich noch eine Zigarette. »Ich sag' dir eins, Mann, diese Braut ist ein böser Wind. Sie ist immer da, wo sie nicht sein sollte. Wenn du eine Verschwörung willst, dann geh und schau, was sie im Schild führt. Weißt du, die Gerüchte behaupten, sie bumst den stellvertretenden Bezirksstaatsanwalt – Doucet. Da hast du deine Verschwörung.«

Junior kam vom Billardtisch auf sie zu, fing die Kellnerin ab und nahm sich eins der Biere. Stokes fluchte leise und stand auf.

»He, Mann, laß deine Flossen von meinem Drink.«

Der Biker verzog verächtlich den Mund. »Wenn du einen Drink willst, dann steck deinen Kopf ins Klo.«

Stokes riß die Augen auf. »Hast du ein Problem damit, daß ich hier bin, Junior Pimmelkopf? Glaubst du vielleicht, daß ich ein bißchen zu braun für diese Bar bin?«

Junior nahm einen Schluck Jax und rülpste. Er warf einen Blick über die Schulter zu seinem Partner. »Solchen Ärger kriegt man, wenn Nigger mit weißen Frauen Bälger in die Welt setzen.«

Stokes senkte die Schulter und rammte ihn aus dem Lauf, schleuderte Junior auf den Billardtisch. Der Biker landete auf dem Rücken und knallte mit dem Kopf hart auf der Bande. Bälle prallten durcheinander, rollten weg. Der andere Biker trat zur Seite, hielt seine Queue wie einen Baseballschläger, als Chaz seine Marke zog und sie Junior unter die Nase hielt.

»Macht mich das vielleicht heller, Arschloch?« brüllte er. »Wie wär's damit?« Er zog eine Glock 9 mm aus dem Gürtelhalfter und rammte den Lauf in Juniors linkes Nasenloch.

»Du hältst dich für die überlegene Rasse, du Nazi-Schwanzlutscher? Was denkst du jetzt?«

Er klatschte dem Biker seine Marke gegen die Backe, ließ sie auf den Tisch fallen und rammte seine Hand unter das Kinn des Mannes. »Nenn mich ja nicht Nigger! Ich bin kein Nigger, du Stück Scheiße! Nenn mich Nigger, und ich blas' dir deinen gottverdammten Schädel weg und sage, du hättest einen Beamten angegriffen!«

Junior machte ein würgendes Geräusch, sein Gesicht wurde eine Nuance röter als sein Bart.

Nick registrierte die blinde Wut in Stokes' Augen, wußte, daß er nahe am Abgrund war, es überraschte ihn, überraschte ihn, das bei jemand anderem zu sehen. Vielleicht hatten sie doch mehr gemeinsam als nur den Job.

Nick stützte sich auf den Billardtisch und beugte sich in Juniors Basedowsches Gesichtsfeld. »Siehst du, was du heutzutage kriegst, wenn du nicht politisch korrekt bist, Junior? Die Leute lassen sich nicht mehr so leicht beleidigen wie früher.«

Stokes wich zurück, und Junior rollte sich zur Seite, würgte Schleim auf den grünen Filz.

Stokes atmete aus und rang sich ein Grinsen ab, rollte die Spannung aus seinen Schultern. »Verdammt, Nicky, du hast mir den Spaß verdorben.«

Nick schüttelte den Kopf und machte sich auf den Weg zur Tür. »Und du sagst, ich wäre der Verrückte.«

Stokes tat die Verantwortung mit einem Achselzucken ab. »He, was soll ich sagen? Er hat meine Grenze überschritten.«

Annie saß an ihrem Küchentisch, mit einer Gabel in einem Karton Kung-Pow-Huhn, im Hintergrund sang Jane Arden. Der seltsame voyeuristische Text von »Living Under June« löste Gedanken zu ihrer eigenen Situation aus. Die Erfahrungen einer Person, die in das Leben eines anderen sickert, und das Leben dieser Person berührt das eines anderen.

Hatte sie wirklich geglaubt, sie könnte sich in diese Ermittlung einklinken und in einer Blase von Unsichtbarkeit von Punkt zu Punkt schweben? Leute redeten miteinander. Der Fall war offen und ging weiter. Stokes sollte angeblich daran arbeiten, natürlich würde er mit Lindsay Faulkner reden. Lindsay hatte mit Annie geredet. Warum wollte sie es Stokes nicht sagen? Sie hatte keinen Grund dazu.

»Außer, daß es meinen Arsch kosten könnte«, murmelte Annie.

Wenn Stokes damit zum Sheriff ging... Sie bekam Magenschmerzen bei dem Gedanken, was Noblier dazu zu sagen hätte. Sie würden sie in dem gottverdammten Hundekostüm begraben müssen.

Aber Gus hatte nichts Direktes gesagt, als er sie wegen des Überfalls auf Faulkner in sein Büro gerufen hatte, was nur bedeuten konnte, daß Stokes es nicht zur Sprache gebracht hatte... noch nicht.

»Hooker hatte recht«, hatte Gus geknurrt, als er sie mit seinem klassischen verärgerten Blick fixierte. »Wenn ein Haufen Scheiße rumliegt, schaffen Sie es irgendwie, immer genau da reinzutreten. Wie bitte sind Sie dazu gekommen, in Lindsay Faulkners Haus zu sein, Deputy Broussard?«

Sie blieb bei der Lüge, die sie Stokes aufgetischt hatte, und fragte sich zu spät, ob sie sich da selbst in eine Falle manövriert hatte. Bei Bayou Breaux würde es keine Papiere geben, die das bestätigten. Was, wenn Stokes in das Immobilienbüro marschierte und eine Akte verlangte, die nicht existierte?

Sie würde sich mit dieser brennenden Brücke befassen, wenn sie sie erreicht hatte, beschloß sie und stellte ihr Abendessen beiseite. Die Frage, die sie mehr plagte, war: Wenn Stokes wußte, daß sie in seinem Fall herumschnüffelte und er sie da nicht wollte, warum war er dann nicht zum Sheriff gegangen?

Vielleicht hatte ihm Faulkner *nicht* von ihren Treffen erzählt. Es gab keine Möglichkeit, das zu erfahren, bis entweder Stokes etwas unternommen hatte oder Lindsay Faulkner ihr Bewußtsein wiedererlangte.

»Warum kannst du dich nicht einfach um deine Angelegenheiten kümmern, Annie?« überlegte sie laut.

Unten im Laden sah sich Stevie, der Nachtverkäufer, wieder *Speed* an, total abgefahren auf Sandra Bullock. Die Geräusche von Unfällen und Explosionen tönten durch den Boden, als wäre unten ein kleiner Krieg im Gange. Normalerweise konnte Annie diesen Lärm ausschalten. Aber heute nacht stellte sie fest, daß sie sich nach der Ruhe von Fourcades Arbeitszimmer sehnte, aber sie hatte nicht die Absicht, da hinzugehen. Sie brauchte einen freien Abend, Zeit, ihren Kopf zu klären und sich schonungslos anzusehen, worauf sie sich da eingelassen hatte. Viel würde ihr das ohnehin nicht mehr nützen.

Trotzdem fragte sie sich, was Fourcade jetzt wohl tat. Sie hatte ihn mittags von einer Telefonzelle aus angerufen und eine Nachricht über Lindsay Faulkner auf seinem Anrufbeantworter hinterlassen. Er hatte sie nicht zurückgerufen. Gelegentlich rutschte sie in panische Gedanken ab, sah ihn auf seinem Boden liegen, tot durch innere Blutungen, redete sie sich aber dann wieder aus. Es war nicht das erste Mal, daß er Prügel eingesteckt hatte. Er kannte das Ausmaß seiner Verletzungen wohl besser als sie.

Sein Kuß war jedenfalls nicht der eines Mannes gewesen, der auf der Schwelle des Todes stand.

Nein, er hatte sie geküßt wie ein blinder Mann, der Licht spürt, wie ein Mann, der eine Verbindung mit einer anderen Seele brauchte und nicht wußte, wie er das anstellen sollte.

»Sei nicht dämlich«, murmelte sie und wandte ihre Aufmerksamkeit den Papieren zu, die sie gestern nacht aus Nicks Wohnung mitgebracht hatte – die Berichte von den Belästigungen, die Pam Bichon vor ihrem Mord hatte erdulden müssen, Kopien der Berichte des Police Department von Bayou Breaux über Vorfälle in ihrem Büro.

Pam hatte um ihre und Josies Sicherheit gefürchtet. Aber ihr Maß an Angst schien den Beamten, die auf ihre Notrufe gekommen waren, völlig überzogen. Sie hatten keine Kommentare zu ihren Berichten gegeben, aber für einen anderen Cop war es nicht schwer, zwischen den Zeilen zu lesen. Sie dachten, sie würde überreagieren, wäre unvernünftig, verschwendete ihre Zeit. Warum hatte sie solche Angst vor Marcus Renard? Er schien so normal, so harmlos. Wieso kam sie darauf, daß er die Hechleranrufe machte? Welche Beweise hatte sie dafür, daß *er* derjenige war, der in den Schatten ihres Besitzes am Quail Run lauerte? Wieso war es möglich, daß es sie verängstigte, einen Seidenschal von einem unbekannten Bewunderer zu kriegen?

Gänsehaut kroch an Annies Arm hoch. Sie wußte, daß Renard Pam eine Reihe kleiner Geschenke gemacht hatte, aber das einzige Geschenk, das je im Detail im Papierkram oder den Zeitungsberichten erwähnt wurde, war eine Halskette mit einem herzförmigen Anhänger. Er hatte versucht, sie ihr an ihrem Geburtstag zu geben, kurz vor ihrem Tod.

Annie zog ihren Ordner mit den Zeitungsausschnitten heraus und blätterte die Taschen durch, suchte nach dem einen, der in ihrer Erinnerung brannte. Es war ein Artikel aus dem *Daily Advertiser* aus Lafayette, der kurz nach Renards Verhaftung erschienen war. Er befaßte sich speziell mit Pams Geburtstag, als sie im Büro von Bowen & Briggs erschienen war, mit einem Pappkarton, der alle Geschenke enthielt, die er ihr in den vorangegangenen Wochen gemacht hatte. Berichten zufolge hatte sie Renard die Schachtel vor die Füße geworfen und ihn angebrüllt, sie in Ruhe zu lassen, sie wolle nichts mit ihm zu tun haben.

Sie hatte ihm alles zurückgegeben, was er ihr geschenkt hatte, und unter diesen Geschenken war ein Seidenschal gewesen. Annie konnte keine detaillierte Beschreibung des Schals finden. Die Detectives hatten während einer Durchsuchung von Renards Haus die verschmähten Geschenke gesucht, hatten sie aber nie gefunden und betrachteten sie nicht als wichtig. Wie konnte irgend jemand einen schönen Seidenschal als Beweis für Belästigung betrachten?

Annie wurde mit einem Schlag übel, als ihr eine Idee kam. Sie streckte die Hand nach der Schachtel auf dem Tisch aus, nahm den Schal heraus und ließ ihn durch die Finger gleiten, während ihr Verstand fieberhaft arbeitete.

»Sie sehen ihr ähnlich, wissen Sie«, sagte Donnie mit seltsam verträumter Stimme. »Die Form ihres Gesichts... die Haare... der Mund...«

»Du paßt auf das Opferprofil«, sagte Fourcade, »...du bist in sein Leben gekommen, chère. Als wäre es Bestimmung... Er könnte sich in dich verlieben.«

Hatte Pam Bichon genau diesen Schal in ihren Händen gehalten, dasselbe seltsame Gefühl von Unruhe verspürt wie Annie im Augenblick?

Das Telefon klingelte, und sie machte vor Schreck einen Satz auf ihrem Stuhl. Sie warf den Schal beiseite und ging ins Wohnzimmer.

Der Anrufbeantworter hob nach dem vierten Klingeln ab, und sie hörte, wie sie selbst dem Anrufer Anweisungen gab.

»Wenn Sie jemand sind, mit dem ich tatsächlich reden möchte, dann hinterlassen Sie eine Nachricht nach dem Pfeifton. Wenn Sie ein Reporter, ein Vertreter, ein Hechler, ein Irrer oder jemand mit einer Meinung über mich, die ich nicht hören will, sind, sparen Sie sich die Mühe. Ich werde Sie einfach löschen.«

Die Warnung schien niemanden abzuschrecken. Das Band war voll gewesen, als sie nach Hause kam. Die Nachricht, daß sie in den Faulkner-Fall verwickelt war, war durch das Revier gesickert wie Öl aus einer schlechten Dichtung. Drei Reporter hatten auf der Ladenveranda auf sie gelauert, als sie nach Hause kam. Aber jetzt war es kein Reporter, der auf den Piepton wartete.

»Annie, hier ist Marcus.« Seine Stimme klang gespannt.

»Könnten Sie mich bitte zurückrufen? Jemand hat heute abend auf mich geschossen.«

Annie packte den Hörer. »Ich bin hier. Was ist passiert?«

»Genau, was ich sage. Jemand hat durch das Fenster einen Schuß auf mich abgegeben.«

»Warum rufen Sie mich an? Rufen Sie 911.«

»Das haben wir. Die Deputys, die kamen, haben gesagt, es wäre schade, daß der Typ so ein schlechter Schütze war. Sie haben die Kugel aus der Wand geholt und sind gegangen. Ich möchte, daß sich jemand hier umsieht, ermittelt.«

»Und Sie möchten, daß dieser Jemand ich bin?«

»Sie sind die einzige, der etwas daran liegt, Annie. Sie sind die einzige in diesem gottverdammten Revier, die will, daß Gerechtigkeit geübt wird. Wenn es nach den anderen ginge, wäre ich schon vor Wochen Alligatorfutter gewesen.«

Er schwieg für einen Augenblick. Annie wartete, Besorgnis wand sich in ihrem Magen wie ein Python.

»Bitte, Annie, sagen Sie, daß Sie kommen. Ich brauche Sie.«

Draußen über dem Atchafalaya rollte Donner wie fernes Kanonenfeuer. Er wollte sie. Er brauchte sie. Er war wahrscheinlich ein Killer. Sie stak bis zum Hals in diesem Fall. Sie holte Luft und ließ sich noch tiefer gleiten.

»Ich bin gleich da.«

30

»Wir haben hier gesessen und Kaffee getrunken wie zivilisierte Menschen«, sagte Doll Renard und gestikulierte in Richtung Eßzimmer wie eine Fremdenführerin. »Als plötzlich das Glas der Tür zerbarst. Ich hatte beinahe einen Herzinfarkt! Wir gehören nicht zu den Leuten, die Pistolen haben oder mit Pistolen Bescheid wissen! Sich vorzustellen, daß jemand in unser Haus schießt! In was für einer Welt leben wir eigentlich? Wenn ich mir vorstelle, daß ich immer an das Gute in den Menschen geglaubt habe!«

»Wo haben Sie gesessen? In welchen Stühlen?«

Doll schniefte. »Die anderen Beamten haben sich nicht mal die Mühe gemacht, das zu fragen. Ich war direkt hier, auf meinem üblichen Platz«, sagte sie und ging zu einem Stuhl am Ende des Tisches.

»Victor war hier auf seinem üblichen Platz.« Marcus zeigte auf einen Stuhl, wo der Rücken seines Bruders der Balkontür zugewandt war.

Als er seinen Namen hörte, schüttelte Victor den Kopf und klatschte eine Handfläche auf den Tisch. Er saß jetzt am Kopf des Tisches, wiegte sich hin und her und murmelte unaufhörlich. »Nicht jetzt. Nicht jetzt. *Sehr* rot. Eintreten raus. Eintreten raus *jetzt*!«

»Er wird tagelang toben«, sagte Doll verbittert.

Marcus warf ihr einen vorwurfsvollen Blick zu. »Mutter, bitte. Wir sind alle durcheinander. Victor hat genausoviel Anlaß dazu wie wir. Mehr als du – er hätte getötet werden können.«

Dolls Kinnlade fiel herunter, als hätte er sie geschlagen. »Ich habe nie gesagt, er sollte nicht aufgeregt sein! Wie kannst du es wagen, vor einem Gast so mit mir zu reden!«

»Tut mir leid, Mutter. Verzeih meinen Jähzorn. Meine Manieren lassen zu wünschen übrig. Vorhin wollte mich jemand töten.«

Annie räusperte sich, um seine Aufmerksamkeit zu bekommen. »Wo haben Sie gesessen?«

Er sah zu der zerschmetterten Tür. Dutzende von Insekten waren durch das Loch hereingeschwirrt und schwärmten jetzt um die Deckenlampe. Schnaken übersäten die Decke wie Flecken schwarzer Tinte. »Ich war nicht im Zimmer.«

»Sie saßen nicht hier, als der Schuß abgegeben wurde?«

»Nein, ich hatte wenige Momente zuvor den Raum verlassen.«

»Warum?«

»Um zur Toilette zu gehen. Wir hatten hier gesessen und Kaffee getrunken.«

»Besitzen Sie eine Handfeuerwaffe oder eine Pistole?«

»Natürlich nicht«, sagte er. Röte kroch an seinem Hals empor.

»Ich würde keine Pistole in diesem Haus dulden«, sagte Doll empört. »Ich habe Marcus nicht einmal ein Luftgewehr erlaubt, als er noch ein Junge war. Das sind dreckige Instrumente der Gewalt und mehr nicht. Sein Vater hatte Pistolen«, sagte sie angeekelt. »Ich habe jede einzelne davon entfernt. Versuchungen zur Gewalt.«

»Sie können nicht glauben, daß ich das inszeniert habe«, sagte Marcus mit einem scharfen Blick zu Annie.

»Inszeniert?« schrillte Doll. »Wie meinst du das – ›inszeniert‹?«

Annie drehte ihnen den Rücken zu und ging zu der Wand, in der sich die Kugel in den dicken Roßhaarputz gebohrt hatte. Es sah aus, als hätten die Deputys das Ding mit einer Axt herausgeholt. Die Kugel war gute dreißig Zentimeter über den Köpfen eventuell am Tisch Sitzender eingeschlagen. Der Boden war übersät mit Staub und kleinen Putzbrocken. Eins der Dinge, die jeder Schütze beim Zielen beachten mußte, war der Fall der Kugel auf ihrer Bahn aus dem Pistolenlauf. Um da zu treffen, wo dieser Schuß getroffen hatte, mußte der Schütze noch höher gezielt haben.

»Entweder er war ein armseliger Schütze, oder er hatte nie vor, jemanden zu treffen«, sagte sie.

»Was soll das heißen?« fragte Doll. »Jemand hat *auf uns geschossen*! Wir haben genau da gesessen!«

»Ist Ihnen heute im Lauf des Tages jemand aufgefallen, der sich in der Nähe des Hauses herumtrieb?« fragte Annie. »Heute oder in letzter Zeit?«

»Fischer fahren auf dem Bayou vorbei«, sagte sie und ließ eine knochige Hand in Richtung des Wassers flattern, während sie mit der anderen ihr ausgeleiertes Hauskleid zusammenhielt. »Und diese gräßlichen Reporter kommen und gehen, obwohl wir ihnen nichts zu sagen haben. Sie machen, was sie wollen. Ich habe in meinem ganzen Leben nicht so schlechte Manieren erlebt. Es gab eine Zeit in diesem Land, in der Etikette noch eine Bedeutung hatte –«

Marcus kniff die Augen zu. »Mutter, könnten wir bitte beim Thema bleiben? Annie ist nicht an einer Diskussion über den Verfall von Manieren und Moral interessiert.«

Dolls Gesicht bekam hektische rote Flecken, verkniff sich eine Bemerkung, Haut spannte sich über Knochen und Sehnen. »Na schön, verzeih mir, wenn meine Ansichten nicht wichtig für dich sind, Marcus«, sagte sie mit zusammengebissenen Zähnen. »Verzeih mir, wenn du glaubst, *Annie* will nicht hören, was ich denke.«

»Ich bin überzeugt, daß das hier für Sie alle traumatisch war«, sagte Annie diplomatisch.

»Unterstehen Sie sich, mich so gönnerhaft zu behandeln!« keifte Doll. Ihr Körper zitterte vor Wut. »Sie halten uns entweder für Kriminelle oder Narren. Sie sind auch nicht besser als die anderen.«

»Mutter –«

»Rot! Rot! Nein!« kreischte Victor und schaukelte so heftig, daß die Stuhlbeine vom Boden abhoben. Er klatschte immer wieder auf die Tischplatte.

»Wenn du glaubst, daß ihr irgend etwas an uns liegt, Marcus, dann bist du ein Narr.« Doll wandte sich von ihm ab, zu ihrem anderen Sohn. »Komm schon, Victor. Du wirst zu Bett gehen. Keiner hier braucht deine Anwesenheit.«

»Nicht jetzt! Nicht jetzt! Sehr rot!« Victors Stimme kreischte wie reißendes Metall, immer höher. Er rollte sich zu einem Ball zusammen, als seine Mutter ihn an der Schulter packte.

»Komm mit, Victor!«

Victor Renard entfaltete schluchzend seinen Körper aus

dem Stuhl und ließ sich von seiner Mutter aus dem Raum ziehen.

Marcus ließ den Kopf hängen und starrte den Boden an, sein geschundenes Gesicht war hochrot vor Scham und Wut. »Und, war das nicht wunderbar? Ein weiterer Abend im Leben der glücklichen Familie Renard. Tut mir leid, Annie. Manchmal glaube ich, daß meine Mutter genausowenig mit ihren Gefühlen anfangen kann wie Victor.«

Annie sagte nichts. Es war für sie nützlicher, zuzusehen, wie Renard sich langsam an den Rändern auflöste, als ihn beherrscht zu sehen. Sie ging auf die Balkontüren zu, um das zerbrochene Glas herum. »Ich würde mich gerne draußen umsehen.«

»Natürlich.«

Draußen auf der Terrasse füllte sie ihre Lungen mit Luft, die nach Kupfer schmeckte. Wolken schienen zu den Baumwipfeln herunterzuhängen, angeschwollen vom Regen, der erst noch fallen mußte.

»Nur um etwas klarzustellen«, sagte Marcus. »Meine Mutter hat niemals an das Gute im Menschen geglaubt. Sie wartet darauf, daß ein Lynchmob auf dem Rasen vor dem Haus erscheint, und versäumt keine Gelegenheit, darauf hinzuweisen, daß das alles meine Schuld ist. Ich bin überzeugt, daß sie auf ihre verdrehte Art insgeheim ihre Freude daran hat.«

»Ich bin nicht hierhergekommen, um über Ihre Mutter zu reden, Mr. Renard.«

»Bitte, nennen Sie mich Marcus.« Das Licht, das aus dem Haus filterte, machte seine Blutergüsse und Nähte weicher, weniger sichtbar. Die Schwellung war abgeklungen, und er sah jetzt nicht mehr grotesk aus, sondern nur hausbacken. Er sah nicht gefährlich aus. Er sah armselig aus. Er wandte sich ihr zu. »Bitte, Annie, ich muß mir zumindest einreden können, daß ich bei alldem einen Freund habe.«

»Ihr Anwalt ist Ihr Freund. Ich bin ein Cop.«

»Aber Sie sind hier, und das müßten Sie nicht sein. Sie sind meinetwegen gekommen.«

Sie wollte widersprechen, hatte ihn immer wieder ab- und zurechtgewiesen. Aber entweder hörte er gar nicht zu, oder er verdrehte die Wahrheit, wie er sie sich wünschte.

Das war die Art von Denken, die auf Stalker und andere obsessive Persönlichkeiten paßte. Die mangelnde Bereitschaft oder Unfähigkeit, die Wahrheit zu akzeptieren. Renards Verhalten zeigte nichts, worauf man den Finger legen könnte. Nichts, was man als verrückt bezeichnen könnte, und trotzdem war seine subtile Hartnäckigkeit im Verdrehen der Wahrheit beunruhigend.

Sie wollte Abstand von ihm kriegen. Aber die Wahrheit war, je näher sie ihm kam, desto größer war die Chance, etwas zu finden, was die Detectives übersehen hatten. Vielleicht würde er unvorsichtig, würde einen Fehler machen. *Er könnte sich in dich verlieben*... und sie wäre an Ort und Stelle, um ihn festzunageln.

»Also gut... Marcus«, sagte sie, und sein Name klebte wie ein Batzen Erdnußbutter an ihrem Gaumen.

Er atmete auf, als wäre er erleichtert, und steckte seine Hände in die Hosentaschen. »Fourcade«, sagte er. »Sie haben gefragt, ob in letzter Zeit jemand hier vorbeigekommen ist. Fourcade war am Samstag hier. Auf dem Bayou.«

»Haben Sie irgendeinen Grund zu der Annahme, daß Detective Fourcade derjenige ist, der den Schuß heute abend abgefeuert hat?«

Er lachte mühsam, zog ein Taschentuch heraus und tupfte sich die Mundwinkel ab. »Er hat letzte Woche versucht, mich umzubringen, warum nicht auch diese Woche?«

»In dieser Nacht war er nicht er selbst. Er hatte eine harte Entscheidung bei Gericht verloren. Er hatte getrunken. Er –«

»Sie werden doch wohl nächste Woche bei der Anhörung keine Ausreden für ihn vorbringen, oder?« fragte er und sah sie schockiert an. »Sie waren da. Sie haben gesehen, was er mir angetan hat. Sie haben selbst gesagt: Er hat versucht, mich umzubringen.«

»Wir reden hier nicht über letzte Woche. Wir reden über heute abend. Haben Sie ihn heute abend gesehen? Haben Sie ihn seit Samstag gesehen? Hat er Sie angerufen? Hat er Sie bedroht?«

»Nein.«

»Und Sie haben den Schützen natürlich nicht gesehen, weil Sie zufällig genau in diesem Moment im Badezimmer waren –«

»Sie glauben mir nicht.«

»Ich glaube, wenn Detective Fourcade Sie umbringen wollte, würden Sie jetzt vor Ihrem Schöpfer stehen«, sagte Annie. »Nick Fourcade würde Sie nicht mit Ihrem Bruder verwechseln oder dreißig Zentimeter über Ihrem Kopf in die Wand schießen. Er würde Ihnen den Schädel auseinanderblasen wie eine faule Melone, und ich bezweifle nicht, daß er das im Dunkeln aus hundert Metern Entfernung tun könnte.«

»Er ist am Samstag in einem Boot hierhergekommen. Er hätte auf dem Bayou sein können –«

»Jeder hier im Parish besitzt ein Boot, und etwa neunzig Prozent davon sind der Meinung, Sie sollten öffentlich zerstückelt werden. Fourcade ist hier wohl kaum die einzige Möglichkeit«, argumentierte Annie. »Um ganz offen zu sein, Marcus, *ich* bin tatsächlich der Meinung, daß Sie ein weit wahrscheinlicherer Kandidat als Fourcade sind.«

Jetzt wandte er sich von ihr ab, starrte hinaus in die Dunkelheit. »Ich habe das nicht getan. Warum sollte ich?«

»Um Aufmerksamkeit zu erregen. Um mich hierher zu kriegen. Um die Presse auf Fourcade zu hetzen.«

»Sie können meine Hände auf Pulverspuren testen, das Haus nach einer Pistole absuchen. Ich habe es nicht getan.« Er schüttelte angewidert den Kopf. »Anscheinend ist das mein Motto für die letzten Monate: Ich hab's nicht getan. Und während ihr alle damit beschäftigt seid, zu beweisen, daß ich ein Lügner bin, laufen Mörder und Mörder in spe frei herum.«

Er tupfte wieder seinen Mund ab. Annie beobachtete ihn, versuchte ihn zu durchschauen, fragte sich, wieviel von dem, was er ihr zeigte, nur Show war und wieviel er davon selbst glaubte.

»Wissen Sie, was das schlimmste an all dem ist?« fragte er mit so leiser Stimme, daß Annie näher treten mußte, um ihn zu hören. »Ich bin nie dazu gekommen, Pam zu betrauern. Es war mir nicht gestattet, meinen Kummer, meine Empörung, meinen Schmerz, meinen Verlust in Worte zu fassen. Sie war so ein wunderbarer Mensch. So hübsch.«

Er sah hinunter zu Annie, ein Blitz zuckte über den Himmel, und seine Miene wurde in Silber getaucht – ein seltsamer, glasiger verträumter Blick, als würde er eine Erinnerung sehen, die nicht ganz stimmte.

»Sie fehlt mir«, flüsterte er. »Ich wünschte ...«

Was? Daß er sie nicht getötet hätte? Daß sie seine Zuneigung erwidert und seine Geschenke nicht zurückgegeben hätte? Annie hielt den Atem an, wartete.

»Ich wünschte, Sie würden mir glauben«, murmelte er.

»Es ist nicht mein Job, Ihnen zu glauben, Marcus«, sagte sie. »Es ist mein Job, die Wahrheit zu finden.«

»Ich möchte, daß Sie die Wahrheit erfahren«, flüsterte er.

Die Intimität seines Tones war entnervend, und sie wich von ihm zurück, als der Wind wie der Atem eines Riesen vom Himmel fegte und die Bäume wie riesige Pompons schüttelte.

»Ich werde an der Sache dranbleiben«, sagte sie. »Sehen, ob die Deputys irgend etwas rausfinden. Aber mehr kann ich nicht tun. Ich stecke ohnehin schon bis zum Hals in Ärger. Ich wäre dankbar, wenn Sie niemandem erzählen, daß ich hier war.«

Er strich sich mit Daumen und Zeigefinger über die Lippen. »Unser Geheimnis. Jetzt sind es schon zwei.« Die Vorstellung schien ihm zu gefallen.

Annie runzelte die Stirn. »Ich bin dabei, diesen Truck zu überprüfen – Ihren barmherzigen Samariter in der Nacht, als Pam starb. Ich kann nicht versprechen, daß dabei irgend etwas herauskommt, aber ich möchte, daß Sie wissen, daß ich dran bin.«

Er versuchte zu lächeln. »Ich habe gewußt, daß Sie das tun werden. Sie möchten nicht glauben, daß Sie mein Leben aus keinem guten Grund gerettet haben.«

»Ich möchte nicht, daß gesagt wird, die Ermittlung wäre nicht in allen Punkten gründlich gewesen«, korrigierte sie ihn. »Fürs Protokoll: Detective Fourcade hat es überprüft. Er hat nur nichts gefunden. Wahrscheinlich, weil es da nichts zu finden gibt.«

»Sie werden die Wahrheit finden, Annie«, murmelte er und streckte die Hand aus, um ihre Schulter zu berühren. Seine Hand verweilte einen Herzschlag zu lang. »Das verspreche ich Ihnen.«

Annie kroch Gänsehaut über den Körper. Sie rollte die Schulter, um seine Berührung abzustreifen. »Ich werde mir meine Taschenlampe holen. Ich möchte mich im Garten umsehen, bevor der Regen anfängt.«

Der Garten gab keine Geheimnisse preis. Sie suchte zwanzig Minuten lang. Renard beobachtete sie eine Weile von der Terrasse aus, dann verschwand er im Haus und kam einige Zeit später mit seiner eigenen Taschenlampe zurück, um ihr beim Suchen zu helfen.

Annie wußte nicht, was sie gehofft hatte zu finden. Eine Patronenhülse vielleicht. Aber sie fand keine. Der Schütze könnte sie entfernt haben. Möglicherweise war sie im Bayou, wenn der Schütze da gewesen war – wenn der Schütze tatsächlich jemand anders als Renard selbst gewesen war.

Sie ließ sich die Möglichkeiten durch den Kopf gehen, als

sie aus der Einfahrt Renards in Richtung Hauptstraße fuhr. Es wäre nicht schlecht zu wissen, wo Hunter Davidson zum Zeitpunkt der Schießerei gewesen war, obwohl er ein alter Sportschütze war und sie sich nicht vorstellen konnte, daß er ein Ziel verfehlen könnte.

Vielleicht hatte er auf Victor Renards Hinterkopf gezielt, weil er ihn für Marcus hielt und hatte, während er durch das Fadenkreuz starrte, plötzlich erkannt, wie ungeheuerlich es wäre, ein menschliches Leben auszulöschen, und statt dessen in die Wand geschossen.

Es schien aber wahrscheinlicher, daß er Renard wutentbrannt durchs Zielfernrohr fixiert und übermannt von Emotionen abgedrückt hätte. Reue würde, falls überhaupt, erst nach der Rache kommen.

Genausowenig ergab es einen Sinn, Fourcade als Verdächtigen in Betracht zu ziehen, genau aus den Gründen, die sie Marcus genannt hatte. Renard selbst dagegen hatte alles zu gewinnen, wenn er diesen Vorfall inszenierte. Er gab ihm die Ausrede, sie anzurufen. Er brachte Fourcade in Verdacht, konnte dazu eingesetzt werden, die Medien anzulocken. Die Story hätte bereits in den Zehnuhrnachrichten rollen können, und bis zum Morgen wäre sie in voller Fahrt gewesen. Das war ganz bestimmt das, was Renards Anwalt gewollt hätte.

Aber wo waren dann die Reporter? Renard hatte sie nicht angerufen, er hatte sie, Annie, angerufen.

»Sie sind hier, und das müssen Sie nicht sein. Sie sind meinetwegen gekommen.«

Die Bayou-Straße war leer und dunkel, ein einsamer Graben zwischen den dichten Wänden von Wäldern, die sich zu beiden Seiten entlangzogen. Es hatte endlich angefangen zu regnen, ein wütendes Prasseln, das jeden Moment in eine Sintflut umschlagen würde. Annie drückte den Schalter für die Scheibenwischer und warf einen Blick in den Rückspiegel, als gerade ein Blitz grell aufleuchtete – und die Silhouette eines Autos hinter ihr erstrahlen ließ. Großes Auto. Zu nahe. Kein Licht.

Sie fluchte, weil sie nicht aufgepaßt hatte. Sie hatte keine Ahnung, wie lange der Wagen schon hinter ihr war oder wo er auf die Straße eingebogen war.

Jetzt flammten die Scheinwerfer auf, als hätte der Fahrer gemerkt, daß sie ihn gesehen hatte – Fernlicht, das in den Jeep strahlte und sie durch seine Grelle blendete. Gleichzeitig öffneten sich die Schleusen des Himmels, und Regen ergoß sich in einem Sturzbach. Annie schaltete die Scheibenwischer auf höchste Stufe und drückte aufs Gas. Der Jeep sprintete los, mit dem Verfolgerwagen direkt an seiner Stoßstange hängend.

Annie stieg noch einmal aufs Gas, der Tacho sprang auf die siebzig Meilen zu. Der Wagen folgte ihr wie ein Hund, der einem Hasen auf den Fersen ist. Sie packte das Mikrofon und merkte dann, daß die Schnur sauber vom Gerät abgetrennt war.

Vorsätzlich. Das war kein zufälliges Spiel. Sie war zum Spiel auserwählt worden. Aber mit wem?

Es blieb keine Zeit, Namen zu überlegen. Es blieb keine Zeit für irgend etwas außer handeln und reagieren. Sie überholte ihre Sichtweite, flog blind durch Vorhänge von Regen. Die Straße wand und schlängelte sich hier wie eine Viper parallel zum Bayou entlang. Jede Kurve testete die Haftung des Jeeps und drohte mit Aquaplaning. Noch eine Meile, und dann wurde die Straße praktisch eine Landbrücke zwischen zwei Gebieten dichtesten Sumpfes.

Der Verfolgerwagen schwang auf die linke Spur und raste neben sie. Er war groß – ein Cadillac vielleicht –, ein Panzer von Wagen. Annie spürte seine Masse neben sich. Zu groß für die Kurven, dachte sie und hoffte, er würde zurückfallen. Aber er blieb neben ihr, und sie ließ die Ablenkung der Hoffnung hinter sich, konzentrierte sich auf das Fahren, als der Jeep in eine Kurve schaukelte und die Räder gegen ihren Willen kämpften.

Der Verfolgerwagen nahm die Innenseite der Kurve und schlenkerte, traf den Jeep, Metall knirschte auf Metall, versuchte, sie vom Asphalt zu schieben. Ihr rechter hinterer Reifen traf auf das Bankett, und der Jeep machte unter ihr einen Satz. Annie trat das Gas durch und umklammerte das Steuerrad, versuchte, das Fahrzeug in der Spur zu halten. Die Aussicht, durch die Windschutzscheibe zu kippen, fand Annie nicht verlockend, doch da rumpelte auch schon alles mit Wucht wieder in die Gerade.

»Verdammtes Arschloch!« brüllte sie.

Sie drückte das Gaspedal bis zum Anschlag, als die Straße gerade wurde, und betete, daß nichts im Weg sein würde. Es regnete so heftig, daß das Wasser nicht mehr vom Asphalt ablaufen konnte, und Fontänen spritzten von den Rädern des Jeeps hoch. Das tiefliegende Verfolgerauto hätte eigentlich mehr Schwierigkeiten haben müssen, in der Spur zu bleiben, aber es blieb hartnäckig neben ihr, schlenkerte, um sie erneut zu rammen. Ihr Seitenfenster zerbarst, Brocken davon fielen auf sie.

Annie riß den Jeep gegen das Auto. Der Aufprall war wie eine Explosion von Statik. Der Wagen hielt seine Spur, ließ den Jeep abprallen wie einen Gummiball. Einen Herzschlag lang verlor sie die Kontrolle, während der Jeep auf das Bankett und die Tintenschwärze des Sumpfs dahinter zuschlitterte. Der rechte Vorderreifen knallte gegen das Bankett und fiel. Schlamm spuckte über die Haube, die Windschutzscheibe. Die Wischer verschmierten den Dreck über das Glas.

Annie riß das Steuer nach links und betete in Lichtgeschwindigkeit, als der Jeep weiterbockte, halb auf der Straße, halb daneben, und der Sumpf wie ein hungriges Monster daran sog. Aus dem Augenwinkel sah sie, wie der Wagen wieder auf sie zuschlenkerte, und für den Bruchteil einer Sekunde sah sie den Fahrer – eine schwarze Erscheinung mit funkelnden Augen und einem Mund, der gerade zu einem

Schrei aufgerissen wurde, den sie nicht hörte. Dann machte die Straße direkt vor ihr eine scharfe Rechtskurve, und der Jeep sprang zurück auf den Asphalt, ein Schauer von Funken zischte in den Regen.

Möglichkeiten schossen durch Annies Kopf wie Sternschnuppen. Sie konnte ihn nicht von der Straße drängen, und sie konnte ihn nicht abhängen, aber sie hatte vier gute Geländereifen und eine Maschine, die für ihre Größe recht wendig war. Wenn sie es bis zur Dammstraße schaffte, würde sie ihn abschütteln.

Sie trat auf die Bremsen und begann zu schlittern, schaltete runter. Als der Wagen an ihr vorbeischoß, ließ sie den Jeep um 180 Grad schleudern und trat aufs Gas. Im Rückspiegel sah sie die Bremslichter des Wagens wie rote Augen in der Nacht glühen. Bis er gewendet hatte, würde sie schon die Hälfte des Wegs zur Dammstraße hinter sich haben – wenn ihr das Glück treu blieb und der Weg zu Clarence Gauthiers Camp nicht unter einem halben Meter Wasser stand.

Ihre Scheinwerfer trafen auf das Schild. Am Stumpf einer Sumpfeiche, in die vor zwanzig Jahren der Blitz eingeschlagen hatte, war ein zersplittertes Brett aus Zypressenholz genagelt mit der grellorangen Aufschrift: BETRETEN VERBOTEN – ZUWIDERHANDELNDE WERDEN GEGESSEN.

Hinter ihr drehte der Wagen. Annie schwang den Jeep auf den unbefestigten Weg und trat auf die Bremse. Vor ihr lag Wasser über dem Weg, ein glänzendes schwarzes Tuch, dem der Regen Grübchen machte. Zu spät, dachte sie, es wäre vielleicht gescheiter gewesen, die paar Meilen zu Renards Haus zurückzusprinten, um bei einem Killer Zuflucht zu suchen, damit sie einem anderen entkommen konnte. Aber der Wagen raste jetzt auf sie zu, nutzte ihr Zögern.

Wenn sie es nicht schaffte, durchzukommen auf höher gelegenes Land, dann gehörte sie ihm, wer immer es war, für was immer zum Teufel er wollte. Dann mußte sie versuchen, die Sig aus ihrer Tasche auf dem Beifahrersitz zu holen und den Hurensohn in Schach zu halten, bis Hilfe kam.

Sie trat das Gas noch einmal voll durch und ließ die Kupplung los. Der Jeep knallte mit brüllendem Motor auf das Wasser, die Räder drehten durch. Drehten durch, und dann griffen sie. Drehten durch und sanken.

»Komm schon, komm schon, komm schon!« skandierte Annie.

Das Hinterteil des Jeeps scherte nach rechts, und der Hinterreifen rutschte auf den Rand des überfluteten Wegs zu. Der Motor brüllte. Annie brüllte. Im Spiegel erhaschte sie einen Blick auf das Auto, das jetzt hinter ihr auf der Straße stehenblieb.

Dann griffen die Vorderreifen auf festeren Boden, und der Jeep machte sich auf den Weg in die Sicherheit.

»O mein Gott. O Gott. O Scheiße«, keuchte Annie, während sie den verschlungenen Weg entlangraste und Äste gegen die Windschutzscheibe klatschten.

Jemand rannte aus dem Schuppen, in dem Clarence Gaulthier seine Kampfhunde hielt. Annie bog nach rechts ab, bevor sie zum Camp kam, und zuckte zusammen, als ein Gewehr zur Warnung abgefeuert wurde. Noch eine halbe Meile auf dem Pfad, der sich rapide in Morast verwandelte, und dann konnte sie endlich auf die Uferstraße hochklettern.

Als sie die Wälder hinter sich ließ, umfing sie der Regen wie ein flüssiger Vorhang. Nur die Blitze erlaubten ihr Alptraumeinblicke in die Welt außerhalb des Scheinwerferstrahls. Schwarz, tot, nichts Lebendiges in Sicht.

Ihr war übel. Sie zitterte.

Jemand hatte gerade versucht, sie zu töten.

Der Corners Laden war geschlossen. Das Licht in Sos und Fanchons Wohnzimmer glühte bernsteinfarben durch das Dämmerlicht über den Parkplatz. Annie fuhr den Jeep bis dicht an die Treppe an der Südseite des Gebäudes und rannte zu ihrem Treppenabsatz hoch. Ihre Hände zitterten, als sie versuchte, aufzusperren. Sie versuchte, ihren Nerven mental einzureden, sich zu beruhigen. Sie war schließlich und endlich ein Cop. Daß jemand versucht hatte, sie umzubringen, hätte ihr wahrscheinlich nicht soviel ausmachen dürfen. Vielleicht würde sie es das nächste Mal mit einem lockeren Achselzucken abtun. Alles im Rahmen. Nur ein weiterer Tag im Leben eines Polizisten.

Von wegen.

Sobald sie die Türe hinter sich geschlossen hatte, streifte sie ihre Turnschuhe ab, ließ ihre Tasche fallen und ging direkt in die Küche. Sie zog einen Stuhl über den Boden. Eine staubige Flasche Jack Daniels stand in dem Kästchen über dem Kühlschrank.

Sie dachte an Mullen, als sie den Whisky herunterholte und auf den Tresen stellte. Er hätte diesen Moment sicher gerne auf Video gebannt – Beweis für ihren plötzlichen Alkoholismus. Dieses Schwein. Falls sie herausfand, daß er heute abend am Steuer dieses Wagens gesessen hatte ... was? Die Konsequenzen würden weit mehr sein, als ihn wegen des Verbrechens anzuklagen.

Das Leben sollte soviel einfacher sein, dachte Annie, als sie die Flasche Jack Daniels öffnete und sich einen Doppelten eingoß. Sie nahm einen kräftigen Schluck und schnitt eine Grimasse, als das Zeug ihre Kehle hinunterlief.

»Wirst du mir etwas davon anbieten?«

Annie stockte der Atem, und sie wirbelte herum. Das Glas knallte auf den Boden und zerschellte.

»Ich hab' diese Tür zugesperrt, als ich gegangen bin«, röchelte sie.

Fourcade hob die Schultern. »Und ich hab' dir schon einmal gesagt: Es ist kein besonders gutes Schloß.«

»Wo ist dein Truck?«

»Außer Sichtweite.«

Nick schnappte sich ein Geschirrtuch und bückte sich, um aufzuwischen. »Du bist heute abend ein bißchen nervös, 'toinette.«

Er sah hoch zu ihr, wie sie neben dem kessen Alligator auf ihrem Kühlschrank stand. Ihr Gesicht war blaß wie der Tod, ihre Augen schimmerten wie Glasperlen, ihr Haar hing in feuchten Strähnen um ihr Gesicht. Er spürte die Spannung in ihr, sie vibrierte wie eine Stimmgabel.

»Da magst du recht haben«, sagte sie. »Jemand hat gerade versucht, mich umzubringen.«

»Was?« Er erhob sich mit einem Ruck und musterte sie, als erwarte er, Blut zu sehen.

»Jemand hat versucht, mich von der Bayou-Straße in den Sumpf zu drängen. Und es ist ihm fast gelungen.«

Annie sah sich in ihrer Küche um, die alten Schränke, der Fünfzigerjahretisch, die Kanister auf dem Tresen und der Efeu, den sie aus einem Zweig aus Serena Doucets Brautstrauß vor fünf Jahren gezogen hatte. Sie sah die Katzenuhr an, beobachtete, wie Augen und Schwanz sich mit jeder verstreichenden Sekunde bewegten. Alles sah irgendwie anders aus, als hätte sie all das sehr lange nicht gesehen und stellte jetzt fest, daß nichts davon ganz so war wie die Bilder in ihrer Erinnerung.

Der Whisky brodelte wie Säure in ihrem leeren Magen. Sie spürte immer noch den Weg, den er durch ihre Kehle genommen hatte.

»Jemand hat versucht, mich umzubringen«, murmelte sie erneut. Schwindelgefühl brandete wie eine Woge durch sie. Sie nahm all ihre Würde zusammen, sah hoch zu Nick und sagte: »Entschuldige mich bitte. Ich muß kotzen gehen.«

31

»Das ist nicht direkt einer meiner schönsten Momente im Leben.«

Annie kniete vor der Toilette, den Kopf auf einer Seite gegen die alte Badewanne gestützt. Sie fühlte sich wie eine verwelkte Hülse, zu ausgelaugt, um mehr zu empfinden als ein bißchen Scham. »Soviel zu meinem Image als Säuferin.«

»Hast du den Fahrer sehen können?« fragte Fourcade und lehnte eine Schulter gegen den Türrahmen.

»Nur für den Bruchteil einer Sekunde. Ich glaube, er hat eine Skimaske getragen. Es war dunkel. Es hat geregnet. Es ist alles so schnell gegangen. O Gott«, beklagte sie sich angewidert. »Ich hör' mich an wie jedes Opfer, wegen dem ich die Augen verdreht habe.«

»Nummernschilder?«

Sie schüttelte den Kopf. »Ich war viel zu sehr damit beschäftigt, meinen Hintern aus dem Sumpf rauszuhalten. Ich weiß nicht«, murmelte sie. »Ich dachte, Renard hätte die Schießerei nur inszeniert, um mich da rüberzulocken, aber vielleicht hat er das doch nicht. Vielleicht hat sich, wer immer den Schuß abgefeuert hat, noch länger dort rumgetrieben, die Cops beobachtet, gesehen, wie ich gekommen und gegangen bin.«

»Warum sollte er hinter dir herjagen? Warum nicht warten und noch mal auf Renard schießen?«

Die Antwort hätte sie vielleicht noch einmal zum Kotzen gebracht, wenn sie nicht schon völlig leer gewesen wäre. Wenn der Angreifer hinter Renard her war, dann ergab es keinen Sinn, sie zu verfolgen.

»Du hast wahrscheinlich recht, was die Schießerei angeht«, sagte er. »Renard wollte eine Entschuldigung haben, dich anzurufen. Die Geschichte, die er dir aufgetischt hat, ist so lahm wie ein dreibeiniger Hund.«

Annie hievte sich hoch und setzte sich auf den Badewannenrand. »Wenn das stimmt, dann war Cadillac Man nur aus einem Grund da – wegen mir. Er muß mir dahin gefolgt sein.«

Sie sah hoch zu Fourcade, der jetzt ins Zimmer kam, hoffte halbherzig, er würde nein sagen, nur um sie zu beruhigen. Er tat es nicht, würde es nicht tun, war nicht die Art Mann. Fakten waren Fakten, er sah sicher keinen Sinn darin, die Wahrheit zu beschönigen, um die Schläge zu mildern.

Mit einem zweifelnden Blick zog er ein Handtuch von der Keramikhand, die aus der Wand stand, und tränkte ein Ende mit kaltem Leitungswasser.

»Du hast es drauf, Leute sauer zu machen, 'toinette«, sagte er und setzte sich auf den geschlossenen Klodeckel.

»Das ist nicht meine Absicht.«

»Dir muß klarwerden, daß das etwas Gutes ist. Aber du paßt nicht auf. Du handelst erst und denkst später.«

»Du brauchst reden.«

Sie drückte das kalte Tuch zuerst gegen eine Wange, dann gegen die andere. Er sah besorgt aus und gar nicht reumütig. Mit dem letzteren wäre ihr wohler gewesen. Sie war sicherer, wenn sie ihn als Mentor sah und nicht über diese seltsamen Momente nachgrübelte, in denen er etwas anderes zu sein schien.

»Ich für meinen Teil denke immer zuerst, *chère*. Meine Logik hat gelegentlich ein paar Fehler, mehr nicht«, sagte er. »Wie geht's dir? Bist du okay?«

Er beugte sich vor und strich ihr eine Strähne aus dem Gesicht. Sein Knie streifte ihren Schenkel, und trotz allem fühlte Annie einen Hauch von Elektrizität.

»Klar, ich fühl' mich super. Danke.«

Sie stand auf und ging zum Waschbecken, um sich die Zähne zu putzen.

»Also, wer will dich tot haben?«

»Ich weiß es nicht«, murmelte sie durch einen Mund voller Schaum.

»Klar weißt du es. Du hast nur die Stücke noch nicht zusammengesetzt.«

Sie spuckte ins Waschbecken und warf ihm einen bösen Blick aus dem Augenwinkel zu. »Gott, das ist ja ärgerlich.«

»Wer könnte dich tot haben wollen? Benutz deinen Kopf.« Annie wischte sich den Mund ab. »Weißt du, im Gegensatz zu dir habe ich keine Vergangenheit voller Psychopathen und Schläger.«

»Hier geht es nicht um deine Vergangenheit«, sagte er und folgte ihr ins Wohnzimmer. »Was ist mit diesem Deputy – Mullen?«

»Mullen will mich aus dem Job raushaben. Ich kann nicht glauben, daß er versuchen würde, mich umzubringen.«

»Jeden Mann kann man an einen Punkt bringen, ab dem er zu allem fähig sein kann.«

»Ist das die Stimme der Erfahrung?« sagte sie sarkastisch. Sie wollte verletzen, zuschlagen. Wenn es ihr gelänge, ein paar Treffer bei ihm zu landen, würde sie vielleicht die Grenzen wieder neu ziehen können, die gestern nacht verschwommen waren.

Sie schritt den Alligatorcouchtisch ab, ihre nervöse Energie stieg in einer neuen Welle hoch. »Was ist mit dir, Nick? Ich habe dich verhaftet. Du könntest verurteilt werden. Vielleicht glaubst du, du hast nichts zu verlieren, wenn du dir den einzigen Zeugen vom Hals schaffst.«

»Ich besitze keinen Cadillac«, sagte er mit steinerner Miene.

»Ich muß davon ausgehen, wenn du versuchen würdest, jemanden zu töten, hättest du wahrscheinlich auch keine moralischen Skrupel, ein Auto zu stehlen.«

»Hör auf.«

»Warum? Du willst, daß ich meinen Kopf gebrauche. Du willst, daß ich objektiv bin.«

»Na, dann gebrauch deinen Kopf. Ich war hier und hab' auf dich gewartet.«

»Ich bin über die Uferstraße gekommen. Das ist langsamer. Du hättest den Caddie loswerden können und mit deinem Truck hierherfahren.«

»Du machst mich sauer, Broussard.«

»Ja? Das mach' ich wohl mit allen Leuten. Wahrscheinlich ein Wunder, daß mich nicht schon längst jemand umgebracht hat.«

Er packte ihren Arm, und Annie riß sich los, Tränen brannten in ihren Augen.

»Faß mich nicht an!« keifte sie. »Ich hab' nie gesagt, daß du mich anfassen kannst! Ich weiß nicht, was du von mir willst. Ich weiß nicht, wieso du mich da reingezerrt hast –«

»Ich hab' dich nicht gezerrt. Wir sind Partner.«

»Ach ja? Also, *Partner*, warum erzählst du mir nicht noch mal, warum du am Samstag zu Renards Haus gefahren bist? Hast du versucht, einen guten Standplatz für einen Heckenschützen zu erkunden?«

»Du denkst, *ich* hätte diesen Schuß abgefeuert?« sagte er ungläubig. »Wenn ich Renard tot haben wollte, wäre er jetzt in der Hölle.«

»Ja, ich weiß, ich hab' ja beim ersten Versuch irgendwie gestört.«

»*C'est assez!*« befahl er, und diesmal packte er sie an beiden Armen, zog sie zu sich.

»Was hast du vor, Nick? Mich verprügeln?«

»Was zum Teufel ist los mit dir?« fragte er. »Warum versuchst du hier, mir den Arsch aufzureißen? Ich hab' Renard am Samstag nicht angefaßt. Ich habe heute abend nicht auf ihn geschossen, und ich hab' ganz bestimmt nicht versucht, dich umzubringen!«

Er wollte sie schütteln, wollte sie küssen, Wut und sexuelle Aggression verschmolzen zu einer gefährlichen Mischung. Er zwang sich, sie wegzuschieben und wegzugehen.

»Wenn wir Partner sind, sind wir Partner«, sagte er. »Das heißt Vertrauen. Du mußt mir vertrauen, 'toinette. Mehr als du einem verdammten Killer traust, um Himmels willen.«

Er war erstaunt von den Worten, die da aus seinem Mund gekommen waren. Er hatte nie einen Partner bei diesem Job gewollt, er vergeudete keine Zeit damit, Leuten zu trauen. Er war sich nicht einmal sicher, warum er eine solche Wut auf sie hatte. Ihr Argument war logisch. Natürlich sollte sie ihn als Verdächtigen betrachten.

Annie atmete aus. »Ich weiß nicht, was ich glauben soll. Ich weiß nicht, wem ich glauben soll. Ich hab' nie gedacht, daß das so verdammt schwer ist! Ich komme mir vor, als hätte ich mich in einem Spiegelkabinett verirrt. Ich hab' das Gefühl, ich ertrinke. Jemand hat versucht, mich zu töten. Das passiert mir nicht jeden Tag. Tut mir leid, wenn ich nicht wie ein alter Profi reagiere.«

Sie standen an entgegengesetzten Enden des Raums. Ob es nun an der Entfernung oder dem Augenblick lag, sie sah so klein und zerbrechlich aus. Nick fühlte eine seltsame Regung von Mitgefühl und einen wenig willkommenen Anflug von Schuldgefühlen. Er hatte ihre Motive von Anfang an bezweifelt, die Quelle ihres Interesses am Bichon-Fall in Frage gestellt, dabei war sie genau das, wonach sie aussah: ein guter Cop, der besser sein wollte, der Gerechtigkeit für ein Opfer wollte. Schlicht und geradeaus.

»Ich war es nicht, 'toinette«, murmelte er und überwand die Entfernung zwischen ihnen. »Ich denke, du glaubst auch nicht, daß ich es war. Du willst nur nicht glauben, daß mehr als eine Person dich aus dieser Welt haben will, *oui*? Du willst nicht in diesem Loch bohren, nicht wahr, *chère*?«

»Nein«, flüsterte sie, als ihr Kampfgeist allmählich verebbte. Sie schloß die Augen, als wünschte sie, alles würde verschwinden. »Herrgott, wie schaff' ich es nur immer, so in den Dreck zu langen?«

»Du bist aus gutem Grund in diesem Fall drin«, sagte er. »Das ist deine Herausforderung, deine Verpflichtung. Du steckst bis zum Hals drin, aber du kannst schwimmen – tief Luft holen und anfangen zu treten.«

»Im Augenblick würde ich lieber aus dem Wasser steigen, trotzdem danke.«

»Nein, such die Wahrheit, 'toinette. Bei allen Dingen mußt du nach der Wahrheit suchen. Bei diesem Fall. Bei mir. Bei dir selbst. Du bist kein Kind, und du bist für niemanden ein Bauer auf dem Schachbrett. Das hast du bewiesen, als du mich daran gehindert hast, Renard ins Scheißjenseits zu prügeln. Du bist in diesem Fall mit drin, weil du es wolltest. Und du wirst dranbleiben, weil du weißt, daß du mußt. Bleib dran. Bleib hart.«

Er hob eine Hand und berührte ihr Gesicht, strich mit den Fingerspitzen zu ihrem Kinn. »Du bist stärker, als du ahnst.«

»Ich hab' Angst, das hab' ich«, flüsterte sie. »Ich hasse es, Angst zu haben. Es macht mich sauer.«

Annie sagte sich, sie sollte sich seiner Berührung entziehen, aber sie konnte sich nicht dazu zwingen. Diese Demonstration von Zärtlichkeit war zu unerwartet und zu dringend benötigt. Er war zu stark und zu nahe.

»Tut mir leid«, murmelte sie. »Ich hatte Angst, ich würde meinen Job verlieren. Das war schlimm genug. Jetzt muß ich mich auch noch davor fürchten, mein Leben zu verlieren.«

»Und du fürchtest dich vor mir«, sagte er, und seine Finger strichen unter ihr Kinn.

Sie hob den Kopf, sah in sein übel zugerichtetes Gesicht, in die Augen, die strahlten von der Intensität, die in ihm brannte. Sie hatte ihm erst gestern nacht gesagt, daß er ihr angst machte, aber die Angst galt nicht ihm.

»Nein«, sagte sie leise. »Nicht so. Ich glaube nicht, daß du in diesem Auto warst. Ich glaube nicht, daß du diesen Schuß gefeuert hast. Tut mir leid. Tut mir leid.«

Sie murmelte die Worte wieder und wieder, als das Zittern wiederkam.

Seine Umarmung schien sie zu verschlingen. Er strich mit der Hand über ihr Haar und ihren Rücken hinunter. Er küßte ihren Hals, ihre Wange. Blind drehte sie ihren Mund dem seinen zu, und er küßte sie mit einer Leidenschaft, die sofort außer Kontrolle geriet.

Sie öffnete ihren Mund unter seinem, und ein wilder Rausch packte sie, als seine Zunge die ihre berührte. Die Empfindungen des Lebens ließen sie zittern, schmerzten, sie war sich nur allzu bewußt, daß sie jetzt tot sein könnte. Hitze erblühte direkt unter ihrer Haut und sammelte sich dick und flüssig zwischen ihren Beinen. Sie konnte sein Bedürfnis schmecken – seines und ihr eigenes. Sie konnte es fühlen, wollte sich ihm hingeben und alles andere aus ihrem Verstand löschen. Sie wollte weder denken noch Vernunft, noch Logik. Sie wollte Fourcade.

Seine Hände glitten unter ihr T-Shirt und ihren Rücken hoch. Das Hemd wurde abgestreift, als sie auf dem Teppich auf die Knie sanken. Er warf sein eigenes zwischen Küssen beiseite. Sie kamen zusammen, fieberheiße Haut an fieberheiße Haut, Münder und Hände forschten. Annie zog ihn mit sich hinunter, stöhnte vom Gefühl, seine Zunge auf ihrer Brustwarze zu spüren.

Sie gestattete sich kein Bewußtsein außer dem seiner Berührung, seiner Kraft, dem maskulinen Duft seiner Haut. Sie gab sich ganz der Empfindung hin – die Dichte seiner Brusthaare, die glatte Härte seiner Bauchmuskeln, das Gefühl seiner Erektion in ihrer Hand.

Seine Finger streichelten sich hinunter durch die dunklen Locken zwischen ihren Schenkeln und prüften ihre Bereitschaft. Und dann war er in ihr, erfüllte sie, dehnte sie. Sie grub ihre Fingerspitzen in seinen Rücken, schlang ihre Beine um seine Hüften, ließ sich von der Leidenschaft und der Dringlichkeit des Akts verzehren. Sie ließ sich von ihrem Orgasmus blenden mit einer Explosion von Intensität, die geboren war aus Angst und dem Bedürfnis, ihre eigene Existenz zu bestätigen.

Sie schrie von seiner Heftigkeit. Sie klammerte sich an Nick und ihr Körper an ihn. Seine Arme umklammerten sie. Seine

Stimme war leise und rauh in ihrem Ohr, ein Strom von heißem, erotischem Französisch. Er ritt sie härter, schneller, brachte sie wieder zum Orgasmus und fand dann sein eigenes Ende, als er sich tief in sie stieß. Sie spürte, wie er kam, fühlte die plötzliche Starre seiner Rückenmuskeln, hörte ihn durch die Zähne stöhnen. Dann Stille… das einzige Geräusch ihr keuchender Atem. Keiner von beiden bewegte sich.

Vorwürfe stiegen in Annies Kopf auf wie Treibgut, als der Rausch physischer Empfindungen verebbte. Fourcade sollte der letzte Mann sein, den zu begehren sie sich erlauben durfte. Ganz sicher einer der letzten, den zu haben sie sich erlauben sollte. Er war zu kompliziert, zu extrem. Sie hatte gesehen, wie er ein Verbrechen begangen hatte. Sie hatte seine Motive in Frage gestellt, hatte seinen Verstand mehr als einmal in Frage gestellt. Und trotzdem konnte sie jetzt nicht wirklich bereuen, daß sie diese spezielle Grenze mit ihm überschritten hatte.

Vielleicht lag es am Streß ihrer Situation. Vielleicht war es der unvermeidliche Ausbruch sexueller Spannung, die zwischen ihnen beiden von Anfang an bestanden hatte. Vielleicht verlor sie allmählich ihren Verstand.

Während sie die letzte Möglichkeit in Betracht zog, hob Nick den Kopf und sah sie an.

»Also, das hat den ersten Durst gelöscht, *c'est vrai*«, knurrte er, und seine Arme umfingen sie fester. »Komm, jetzt suchen wir uns ein Bett, und dann wird's ernst.«

Mitternacht war vorbeigetickt, als Annie aus dem Bett glitt. Während sie sich ihren alten Flanellbademantel zuband, studierte sie Fourcade im sanften Schein der Hulatänzerlampe an ihrem Bett, überrascht, daß er nicht die Augen aufschlug und eine Erklärung ihres plötzlichen Abgangs aus den Laken verlangte. Sein Schlaf war leicht, wie der einer Katze, aber er rührte sich nicht. Er atmete tief und regelmäßig. Er sah zu gut aus in ihrem Bett.

»Worauf hast du dich da wieder eingelassen, Annie?« murmelte sie, als sie den Gang entlangtapste.

Sie hatte keine Antworten, hatte nicht die Energie, danach zu suchen. Aber das hinderte die Fragen nicht daran, in ihrem Kopf herumzuschwirren. Fragen zu dem Fall, zu Lindsay Faulkner und Renard und wer immer hinter dem Steuer dieses Cadillacs gesessen hatte. Fragen über sie selbst und ihr Urteilsvermögen und ihre Fähigkeiten.

Nick sagte, sie wäre stärker, als sie realisieren würde. Er hatte auch gesagt, sie hätte zu große Angst, um tief in sich selbst zu gehen. Sie nahm an, er hatte in beiden Fällen recht.

Sie schaltete das Küchenlicht ein und ging langsam um den Tisch herum, sah sich alles an, was sie da ausgelegt hatte. Sie griff nach dem Schal, mußte ihn berühren, angewidert, weil ihn möglicherweise ein Mörder zuerst in Händen gehalten hatte, entsetzt, weil es möglicherweise ein Geschenk für eine Frau gewesen war, die einen gräßlichen, brutalen Tod gestorben war.

»Renard, er hat dir das geschickt, ja?«

Sie riß den Kopf herum, als sie seine Stimme hörte. Er stand in der Tür mit Jeans, bei denen zwar der Reißverschluß, aber nicht die Knöpfe zu waren, mit freiem Oberkörper und barfuß.

»Ich wollte dich nicht aufwecken.«

»Das hast du nicht.« Er kam auf sie zu, griff nach dem Streifen blasser Seide. »Er hat dir das geschenkt?«

»Ja.«

»Genau, wie er es bei Pam gemacht hat.«

»Ich hab' das unheimliche Gefühl, daß es derselbe Schal ist«, sagte Annie. »Weißt du es?«

Er schüttelte den Kopf. »Ich hab' das Zeug nie gesehn. Was er damit gemacht hat, nachdem sie es ihm zurückgegeben hatte, ist ein Rätsel. Stokes könnte wissen, ob es derselbe ist, aber ich bezweifle es. Er hätte keinen Grund gehabt, genau hinzusehen. Es ist nicht gegen das Gesetz, einer Frau hübsche Sachen zu schenken.«

»Weiße Seide«, sagte sie. »Wie der Bayou-Würger. Glaubst du, das ist Absicht?«

»Wenn das eine Bedeutung für ihn gehabt hätte, dann hätte er sie, glaube ich, damit umgebracht.«

Annie erschauderte ein bißchen bei dem Gedanken, verschränkte die Arme und wanderte zurück ins Wohnzimmer. Sie drückte den Powerknopf auf ihrer kleinen Stereoanlage und beschwor eine bluesige Pianonummer hervor. Auf der anderen Seite der Glastüren regnete es immer noch, aber sanfter. Die Masse des Sturms war nach Lafayette weitergezogen. Blitze zogen ein Neonnetz über den nördlichen Himmel.

»Warum bist du Samstag zu Renard gegangen, Nick?« fragte sie und beobachtete sein Spiegelbild im Glas. »Er hätte dich verhaften lassen können. Warum das riskieren?«

»Ich weiß es nicht.«

»Klar weißt du es.« Sie warf ihm einen Blick über die Schulter zu, wie immer überrascht vom Strahlen seines plötzlichen Lächelns.

»Du lernst, *'tite fille*«, sagte er und hob vorwurfsvoll den Zeigefinger, als er sich zu ihr stellte.

Er zog eine der Türen auf und atmete tief von der kühlen Luft ein.

»Ich bin zu dem Haus gefahren, in dem Pam starb«, sagte er mit ernster Miene. »Und dann habe ich mir angesehen, wie ihr Mörder lebt. Empörung ist eine gierige Bestie, weißt du. Sie muß auf regelmäßiger Basis gefüttert werden, sonst stirbt sie schließlich. Ich will nicht, daß sie stirbt. Ich möchte sie in meiner Hand halten wie ein schlagendes Herz. Ich möchte ihn hassen. Ich möchte, daß er bestraft wird.«

»Was, wenn er es nicht getan hat?«

»Er hat es getan. Du weißt, daß er es getan hat. *Ich* weiß, daß er es getan hat.«

»Ich weiß, daß er irgendwie schuldig ist«, sagte Annie. »Ich weiß, daß er besessen von ihr war. Ich glaube, er hat sie verfolgt. Sein Denkprozeß beängstigt mich – die Art, wie er rechtfertigt, rationalisiert, Dinge umdreht. So subtil, so aalglatt, daß es die meisten Leute gar nicht merken würden. Ich glaube, er könnte sie umgebracht haben. Ich glaube, er hat sie wahrscheinlich umgebracht.

Andererseits hat jemand versucht, Lindsay Faulkner zu töten, und zwar genau an dem Abend, an dem sie mich angerufen hat, um mir etwas zu erzählen, das für den Fall von Bedeutung sein könnte. Und jetzt hat jemand versucht, mich zu töten, und es war nicht Renard.«

»Schön die Fäden getrennt halten, sonst bleibt dir nur ein Knoten, 'toinette«, sagte Nick in scharfem Ton. »Erstens: Da läuft ein Vergewaltiger frei rum. Er hat Faulkner gewählt, weil sie in sein Muster paßt. Zweitens: In Mullen hast du einen persönlichen Feind. Er will dir angst machen, dir vielleicht ein bißchen weh tun. Angenommen, er folgt dir rüber zu Renard, und das macht ihn verrückt – du hast dich nicht nur gegen einen aus deinen Reihen gestellt, du verkehrst mit dem Feind. Das hat ihn über die Grenze geschubst.«

»Vielleicht«, gab Annie zu. »Oder vielleicht mache ich jemanden nervös, weil ich in diesem Fall herumstochere. Vielleicht hat sich Lindsay an etwas über Donnie und diese Landgeschäfte erinnert. Du bist derjenige, der die mögliche Verbindung zwischen Donnie und Marcotte gezogen hat«, erinnerte sie ihn. »Du bist bereit, dir das anzusehen, aber nur in bezug darauf, wie die Zusammenhänge *nach* dem Mord sind. Sie sollten für alle Möglichkeiten offen bleiben, Detective, sonst schließen Sie vielleicht einen Killer aus.«

»Ich habe die Möglichkeiten in Betracht gezogen. Ich glaube immer noch, daß Renard sie getötet hat.«

»Natürlich tust du das. Denn wenn Renard nicht der Mörder ist, was bist du dann? Ein Racheengel ohne Motiv ist nur ein Schläger. Gerechtigkeit, die man an einem unschuldigen Mann ausübt, ist Ungerechtigkeit. Wenn Renard kein Krimineller ist, dann bist du es.«

Dieselben Gedanken waren Nick durch den Kopf gegangen, als er von New Orleans nach Hause fuhr, schmerzgepeinigt von den Prügeln, die ihm DiMontis Gorillas verpaßt hatten. Was, wenn er sich so auf Renard konzentriert hatte, daß er gar keine anderen Möglichkeiten mehr sehen konnte? Was war er dann?

»Denkst du das von mir, 'toinette? Denkst du, ich bin ein Verbrecher?«

Annie seufzte. »Ich glaube, daß das, was du Renard angetan hast, falsch war. Ich habe immer an die Regeln glauben wollen, aber ich sehe, wie sie täglich verdreht werden, und manchmal denke ich, es ist schlecht, und manchmal denke ich, es ist gut – solange mir gefällt, wie es ausgeht. Also, was bin ich dann?«

»Menschlich«, sagte er und starrte in die Nacht hinaus. »Der Regen hat aufgehört.«

Er ging hinaus auf den Balkon. Annie folgte barfuß über die kühlen, nassen Planken. Im Norden war der Himmel undurchsichtig von Gewitterwolken. Im Süden funkelten Sterne wie Diamanten über dem Golf.

»Was willst du wegen dem Cadillac Man unternehmen?« fragte Nick. »Du hast es nicht gemeldet.«

»Ich habe so ein Gefühl, daß das Zeitverschwendung wäre.« Annie wischte Wasser vom Geländer, schob die Ärmel ihres Morgenmantels hoch und legte ihre Unterarme auf das feuchte Holz. »Momentan will mir keiner im Revier zu Hilfe eilen. Ich will nicht behaupten, daß sie alle gegen mich sind, aber ich würde bestenfalls Gleichgültigkeit ernten. Außerdem habe ich kein Kennzeichen für den Wagen. Ich bin mir nicht sicher, was die Marke angeht. Ich kann den Fahrer nicht beschreiben.

Ich werde morgen früh einen Bericht einreichen und selbst in den Karosseriewerkstätten anrufen und versuchen, einen Wagen zu finden, der auf einer Seite meine halbe Lackierung hat. Ich würde wahrscheinlich bessere Quoten kriegen, wenn ich drauf wette, daß die ›Saints‹ das Super Bowl gewinnen.«

»Ich werde Mullens Alibi überprüfen«, bot Nick an. »Es ist sowieso an der Zeit, daß ich ein kleines Schwätzchen mit ihm mache.«

»Danke.«

»Ich habe Stokes heute abend getroffen. Er sagt, der Zustand von Faulkner ist stabil, aber sie ist immer noch bewußtlos.«

Annie nickte. »Sie hat ihn gestern zum Mittagessen getroffen. Hat er etwas darüber gesagt?«

»Nein.«

»Hat er etwas über mich gesagt?«

»Daß du eine Nervensäge bist. Immer dieselbe Leier. Glaubst du, sie könnte ihm etwas davon erzählt haben, daß du herumschnüffelst?«

»Ich kann mir nicht vorstellen, warum sie das nicht hätte tun sollen. Als ich sie am Sonntag gesehen habe, hat sie gesagt, sie würde lieber mit Stokes zusammenarbeiten. Sie war nicht glücklich darüber, daß ich Renards Haut gerettet habe. Also trifft sie sich mit Stokes zum Lunch, wahrscheinlich um ihm etwas über Pam zu erzählen. Dann ruft sie mich an diesem Abend an: entschuldigt sich, will sich mit mir treffen.«

»Warum dieser Sinneswandel?«

»Ich weiß es nicht. Vielleicht hat Stokes gedacht, das, was sie zu sagen hatte, wäre nicht wichtig. Aber wenn sie mich tatsächlich erwähnt hat, warum hat er mich dann nicht darauf angesprochen?« fragte sie. »Das kapier ich nicht. Heute nachmittag hat er mir gesagt, ich soll mich aus seinen Fällen raushalten, aber warum sollte er dann nicht zum Sheriff gehen? Er weiß, daß ich ohnehin schon Ärger habe. Er hätte vielleicht die Chance, dafür zu sorgen, daß ich suspendiert werde. Warum sollte er die nicht nützen?«

»Aber wenn er es Noblier erzählt, dann könnte er auch in Teufels Küche kommen, Schätzchen«, sagt Nick. »Wenn's so aussieht, als ob er nicht hart genug an dem Fall arbeitet, nimmt ihm Gus den Fall vielleicht weg – besonders jetzt, wo Stokes die Vergewaltigungssoko hat. Er will den Bichon-Mord genausowenig abgeben wie ich.«

»Ja ... da magst du wohl recht haben.« Sie versuchte, ihr ungutes Gefühl abzustreifen. »Vielleicht hat Lindsay nichts gesagt. Aber das werde ich wahrscheinlich erst genau wissen, wenn sie wieder zu sich kommt. *Falls* sie wieder zu sich kommt. Ich hoffe, sie kommt zu sich. Wenn ich doch nur wüßte, was sie mir sagen wollte.«

Die Geräusche der Nacht hüllten sie langsam ein – Wind in den Bäumen, ein Klatscher im Wasser, das Stakkatogeräusch eines schwarzköpfigen Nachtreihers auf einer der Weideninseln. Die Luft war erfüllt vom Geruch grüner Pflanzen und Fisch und Schlamm.

Seltsam, dachte Annie, während sie Fourcade dabei beobachtete, wie er die Nacht beobachtete, diese kurzen Augenblicke ruhiger Stille, die es manchmal zwischen ihnen gab, als wären sie alte Partner, alte Freunde. Und dann knisterte es wieder zwischen ihnen vor Sexualität, Jähzorn, Mißtrauen. Flüchtig, instabil, wie die Atmosphäre einer Welt, die neu entsteht. Die Beschreibung paßte sowohl auf Fourcade und was immer es war, was da zwischen ihnen wuchs.

»Du bist also hier aufgewachsen«, sagte er.

»Ja. Einmal, ich war gerade acht, habe ich ein Seil um diesen Eckpfosten gebunden und versucht, mich zum Boden runterzulassen. Ich hab' unten die Fliegengittertür eingetreten und bin mitten auf einem Tisch voller Touristen aus Frankreich gelandet.«

Er kicherte. »Von Kindesbeinen an auf Probleme abonniert.«

Seine Worte brachten unerwartet das Bild ihrer Mutter, wie sie hier allein und schwanger lebte, nie jemandem verriet, wer der Vater ihres Kindes war. Sie hatte eigentlich seit ihrer Empfängnis nur Ärger gemacht. Gelegentlich hatte sie deswegen ein bißchen Schuldgefühle, obwohl sie dabei nichts zu melden gehabt hatte. Der Schmerz erblühte rasch und grell, wie ein Tropfen Blut von einem Dornenstich.

Nick beobachtete, wie sich Melancholie wie ein Schleier über sie legte, und fragte sich, was der Grund dafür wäre, fragte sich, ob dieser Grund der Auslöser war, daß sie die Oberfläche den Tiefen des Lebens vorzog. Er empfand Traurigkeit über die plötzliche Abwesenheit ihres üblichen Funkens. War es dieses oberflächliche Licht, das ihn anzog oder die Kraftreserven, die er erst noch anzapfen mußte?

»Ich bin da draußen aufgewachsen«, sagte er und zeigte nach Südosten. »Das Zentrum von Nirgendwo war meine Welt. Zumindest bis ich zwölf war.«

Annie war überrascht, daß er ihr freiwillig diese Information bot. Sie versuchte, ihn sich als sorglosen Sumpfbalg vorzustellen, konnte es aber nicht.

»Wie bist du von dort nach hier gekommen?« fragte sie.

Der Ausdruck in seinen Augen wurde abwesend und nachdenklich. Seine Stimme klang reisemüde. »Auf dem langen Weg.«

»Ich habe tatsächlich gedacht, du könntest gestern nacht gestorben sein«, gab sie etwas zu spät zu.

»Enttäuscht?«

»Nein.«

»Einige Leute wären es. Marcotte, Renard, Smith Pritchett.« Er dachte an die Bemerkung, die Stokes an diesem Nachmittag gemacht hatte. »Was ist mit Mr. Doucet vom Büro des Bezirksstaatsanwalts?«

»A. J.?« sagte sie und sah ihn verwirrt an. »Was hat der denn mit dir zu tun?«

»Was hat er mit *dir* zu tun?« fragte Nick. »Den Gerüchten nach habt ihr was miteinander, du und Mr. Stellvertretender Bezirksstaatsanwalt.«

»Oh, das«, sagte Annie und wand sich innerlich. »Dem

würde es die Dichtung durchhauen, wenn er wüßte, daß du hier bist.«

»Wegen dem, was ich Renard angetan habe? Oder wegen dem, was ich mit dir gemacht habe?«

»Beides.«

»Und zum zweiten Anklagepunkt: Hat er Grund dazu?«

»Er würde sagen, ja.«

»Ich frage dich«, sagte Nick und hielt den Atem an, während er auf die Antwort wartete.

»Nein«, sagte sie leise. »Ich schlafe nicht mit ihm, wenn du das fragst.«

»Das frage ich, 'toinette«, sagte er. »Ich teile nicht gern.«

»Damit will ich nicht sagen, daß ich das hier für eine so tolle Idee halte, Nick«, gab Annie zu. »Ich sage nicht, daß ich heute nacht bereue. Ich tue es nicht. Ich *sollte*.« Sie seufzte und machte einen neuen Versuch. »Es ist nur… Schau dir unsere Situation an. Sie ist kompliziert genug und – und – ich *mach* so was einfach nicht, weißt du –«

»Ich weiß.« Er trat näher, legte seine Hände um ihre Hüften. Er wollte sie berühren, seinen Besitzanspruch grundsätzlich geltend machen. »Ich auch nicht.«

»Und ich sollte es ganz bestimmt nicht mit dir machen. Ich –«

Er drückte einen Zeigefinger auf ihre Lippen, ließ sie verstummen. »Hier geht es nicht um den Fall. Das hier hat nichts mit dem zu tun, was mit Renard passiert ist. Kapiert?«

»Aber –«

»Hier geht es um Attraktion, Bedürfnis, Begehren. Du hast es in dieser Nacht im Laveau's gespürt. Ich auch. Bevor irgend etwas anderes anfing. Es steht auf einem anderen Blatt. Es muß seinen eigenen Sinn finden außerhalb der Situation, in der wir uns befinden. Du kannst es akzeptieren oder nein sagen. Was willst du, 'toinette?«

Annie trat einen Schritt zurück. »Es muß schön sein, sich bei allem so sicher zu sein«, sagte sie. »Wer schuldig ist. Wer unschuldig ist. Was du willst. Was ich weiß. Bist du denn nie verwirrt, Nick? Bist du nie unsicher? Ich schon. Du hattest recht. Ich stecke da bis zum Hals drin, und wenn mich nur noch eine Sache mehr runterzieht, werde ich nie wieder zum Luftholen auftauchen.«

Sie suchte nach einer Reaktion, aber sein Gesicht war reglos wie Granit.

»Du willst, daß ich gehe.«

»Nein«, sagte sie verärgert. »Das ist nicht, was ich *will.*«

Jetzt kam er auf sie zu, bestimmt, wie ein Raubtier. »Dann werden wir den Rest später regeln, denn ich sag' dir eins, *chère*. Ich *weiß*, was ich will.«

Dann küßte er sie, und Annie ließ es zu, daß seine Bestimmtheit sie beide mit sich fortriß. Er trug sie zurück ins Haus, zurück ins Bett und hinterließ den Balkon als leere Bühne mit einem Publikum, bestehend aus einer Person, die in die Schatten der Mitternacht gehüllt war.

»Ich habe sie mit ihm gesehen.
Ihn berührend.
Ihn küssend.
DIE HURE.
Sie hat keine Loyalität. Genau wie vorher. In mir regte sich der Wunsch, ich hätte sie getötet.
Liebe,
Leidenschaft,
Habgier,
Zorn,
Haß.
Die Gefühle drehen sich endlos im Kreis, ein roter verschwimmender Fleck.
Weißt du, manchmal kann ich das eine nicht vom anderen unterscheiden. Ich habe keine Macht über sie. Sie haben alle Macht über mich. Ich warte auf ihren Urteilsspruch.
Nur die Zeit wird es lehren.«

32

Die Schwärze des Nachthimmels verblaßte im Osten bereits zu Marineblau, als Nick Annies Wohnung verließ. Er wollte nicht, daß irgend jemand ihn beim Morgengrauen hier entdeckte. Deshalb hatte er auch seinen Truck an einem abgeschiedenen Bootssteg neben der Uferstraße eine Viertelmeile entfernt abgestellt. Falls es sich herumsprach, daß es eine Verbindung zwischen dem Angeklagten und der Hauptzeugin in dem Brutalitätsverfahren gab, würde man ihnen beiden die Hölle heiß machen.

Er weckte Annie nicht auf. Er hatte keine Lust, mit noch mehr Fragen zu ringen. Sie hatte ihn gebraucht, er hatte sie begehrt – so einfach und so kompliziert war das.

Er wollte nicht darüber nachdenken, wie das weitergehen würde. Er wollte nicht darüber nachdenken, warum ausgerechnet Antoinette, nachdem er sich weiß Gott wie lange keine Frau mehr erlaubt hatte. Er hatte das letzte Jahr mit dem Versuch verbracht, sich wieder aufzubauen. Da war nichts übriggeblieben, außer dem, was er dem Job zu geben hatte. Er hätte nicht behauptet, daß er jetzt etwas zu geben hatte, er stand wieder mit dem Rücken zur Wand, und es bestand die Gefahr, daß er nicht nur seinen Beruf, sondern auch seine Identität verlieren könnte. Und trotzdem zog ihn diese Frau an. Seine Anklägerin.

Antoinette, jung, frisch, unverdorben. Er war keines von dem. War es das? Wollte er einfach etwas Gutes und Sauberes anfassen? Oder ging es hier um Befreiung, Rettung oder Zwang?

»Bist du denn nie verwirrt, Nick? Bist du nie unsicher?«

»Ständig, *chère*«, flüsterte er und fuhr los.

Im Telefonbuch von Bayou Breaux gab es nur einen Mullen. K. Mullen jr. lebte in einer Straße nördlich der Zuckerrohrmühle in einem Holzhaus, das in den fünfziger Jahren gebaut und seither einmal gestrichen worden war. Bäume hielten den Rasen so spärlich wie den Bart eines pubertierenden Jungen. Die Garage stand hinter dem Haus, ein Barschboot und ein Chevy Truck parkten auf dem rissigen Beton davor.

Nick ging an der Seite des Gebäudes entlang, lugte durch die Fenster, die seit einem Jahrzehnt nicht mehr geputzt worden waren. Der Raum war vollgestopft mit Schrott – alte Reifen, ein Motorrad, drei Rasenmäher, ein schlammbespritzter Geländewagen. Kein Cadillac. Hinter der Garage hatten zwei gefleckte Jagdhunde zwei Halbmonde des Gartens zu Dreck getrabt, zum Kacken liefen sie bis ans Ende der Reichweite ihrer Ketten. Die Hunde lagen zu Bällen zusammengerollt zwischen zwei kleinen Unterständen. Sie würdigten Nick keines Blickes.

Er ging zur Hintertür des Hauses und betrat es, ohne daß das Schloß Widerstand leistete. Die Küche war ein deprimierender kleiner Raum, auf jedem freien Platz stapelte sich dreckiges Geschirr. Wurfsendungen türmten sich auf dem kleinen Tisch neben einer halben Packung weißem Toastbrot, einer offenen Tüte Chips und drei leeren Bierflaschen. Mullens Sig Sauer lag in ihrem Halfter auf der neuesten Ausgabe von *Field & Stream*, einer Jägerzeitung.

Nick durchsuchte die Schränke und den Kühlschrank, zog eine billige Bratpfanne heraus, Eier und Butter. Während die Pfanne heiß wurde, schlug er die Eier in eine Schüssel, roch prüfend an der Milch, gab einen Spritzer dazu und Salz und Pfeffer und verquirlte es dann mit einer Gabel. Die Pfanne zischte befriedigend, als die Flüssigkeit auf die Oberfläche traf.

»Rühr dich nicht vom Fleck!«

Nick warf einen Blick über die Schulter. Mullen stand in der Tür, in Uniformhose, mit einem Gewehr an seine käsigweiße Schulter gedrückt.

»Du zielst mit einem Gewehr auf mich, nachdem du gesagt

hast, ich wäre dein guter Freund?« sagte Nick und strich mit einem Spatel durch die blubbernden Eier. »Schlechte Manieren, Deputy.«

»Fourcade?« Mullen senkte das Gewehr und schlurfte ein paar Schritte weiter in den Raum, als würde er seinen Augen auf eine Distanz von einem Meter fünfzig nicht trauen. »Was zum Teufel machst du denn hier?«

»Ich? Ich mache ein bißchen Frühstück«, sagte Nick. »Deine Küche ist eine Schande, Mullen. Weißt du, die Küche ist die Seele eines Hauses. So wie du deine Küche pflegst, pflegst du dein Leben. Schau dich mal hier um, ich würde sagen, du hast keine Achtung vor dir selbst.«

Mullen sagte nichts. Er legte die Schrotflinte auf den Tisch und kratzte seine dünnen, fettigen Haare. »Wa–«

»Hast du Kaffee?«

»Warum bist du in meinem Haus? Es ist sechs Uhr, scheißfrüh!«

»Na ja, ich hab' mir gedacht, nachdem wir so gute Freunde sind, hast du nichts dagegen. Hab' ich recht, Deputy?« Er rührte die Eier ein letztes Mal um, dann zog er die Pfanne vom Brenner und drehte sich um. »Tut mir leid, daß ich deinen Vornamen nicht weiß, aber weißt du, mir war nicht klar, daß wir uns so nahe stehen, und da war's mir einfach scheißegal.«

Mullens Miene war ein häßlicher Knoten von Ratlosigkeit. Er sah aus wie ein Mann, der auf dem Klo heftig drückt. »Wovon redest du überhaupt?«

»Was hast du gestern abend gemacht?« – Nick beugte sich über den Tisch und sah sich das Adressenetikett auf dem Umschlag an, der prahlte: INNEN IHR NEUER NRA-STICKER! – »Keith?«

»Warum?«

»Wir nennen das Konversation. Das machen Kumpel, wie ich höre. Warum erzählst du mir nicht alles, was du gestern abend gemacht hast?«

»Ich war im Gun Club. Warum?«

»Hast ein paar Runden geschossen, was?« sagte Nick und tränkte die Eier mit Tabascosauce aus der Flasche, die hinten am Ofen stand. »Womit hast du geschossen? Mit der Pistole, die du so leichtsinnig auf dem Küchentisch gelassen hast?«

»Ah...«

»Wie steht's mit Gewehren? Hast du Tontauben geschossen?«

»Ja.«

»Du hast keine sauberen Teller«, verkündete Nick vorwurfsvoll und hob die Bratpfanne hoch. Er kostete die Eier und nahm noch eine Gabel voll. »Hast du gehört, daß gestern abend jemand auf Renard geschossen hat?«

»Ja.« Da war immer noch deutlich die Unsicherheit in seinen kleinen, bösen Augen zu sehen, aber er hatte beschlossen, ein bißchen arrogant zu tun. Sie waren *compadres*... vielleicht. Er verschränkte die Arme über seiner nackten Brust. Ein selbstzufriedenes Grinsen verzog seinen Mund und enthüllte kreuz und quer stehende schlechte Zähne. »Zu schade, daß er nicht getroffen hat, was?«

»Du könntest annehmen, daß ich das denken würde, so wie du mich kennst«, sagte Nick. »Du hast wohl nicht versucht, der Gerechtigkeit ein bißchen auf die Sprünge zu helfen, oder, Keith?«

Mullen zwang sich ein Lachen ab. »Teufel, nein.«

»Das ist nämlich gegen das Gesetz, verstehst du. Also, du könntest natürlich sagen, das hat mich neulich nachts auch nicht aufgehalten. Das hat Deputy Broussard.«

Mullen machte ein obszönes Geräusch. »Dieses kleine Luder. Sie sollte sich um ihren eigenen Scheißkram kümmern.«

»Wie ich höre, versuchst du ihr dabei zu helfen, ja? Machst ihr das Leben schwer und so.«

»Die hat keine Ahnung, was Loyalität ist, stellt sich einfach gegen einen von uns. Die Fotze hat kein Recht, eine Uniform zu tragen.«

Nick zuckte bei dieser Obszönität zusammen, beherrschte sich aber. Sein Lächeln wurde grimmig, und er stellte sich vor, wie schön es wäre, die Bratpfanne wie einen Tennisschläger zu schwingen und wie Mullens spitzer Kopf vom Türrahmen abprallen, Blut aus seiner Nase und seinem Mund spritzen würde.

»Du hast es also auf dich genommen, das zu rächen, was sie mir angetan hat«, sagte Nick. »Weil wir so gute Kumpel sind, du und ich?«

»Sie hätte sich nicht mit der Bruderschaft anlegen dürfen.«

Nick schleuderte die Pfanne wie ein Frisbee durch die Küche. Sie landete unter lautem Getöse von brechendem Glas im Waschbecken.

»He!« brüllte Mullen.

Nick schlug ihn mit voller Wucht mit dem Handrücken gegen die Brust, warf ihn rückwärts gegen die Schränke und hielt ihn da fest, seine Knöchel bohrten sich in die weiche Kuhle unter Mullens Brustbein.

»Ich bin nicht *dein* Bruder«, knurrte er und starrte Mullen direkt in die Augen. »Die bloße Andeutung einer genetischen Verbindung ist eine Beleidigung für meine Familie. Und ich zähle dich auch nicht zu meinen Freunden. Für mich gibt's keinen Unterschied zwischen dir und etwas, was ich mir vom Schuh kratze. Und du hast heute morgen hier keinen sonderlichen Eindruck auf mich gemacht, Keith, das muß ich schon sagen. Also denke ich, du wirst es verstehen, wenn ich sage, es paßt mir nicht, daß du in meinem Namen handelst.

Ich schlage meine eigenen Schlachten. Ich regle selbst meine Probleme. Ich werde es nicht dulden, daß mich irgendein Prolo-Arschloch als Entschuldigung dafür vorschiebt, eine Frau zu schikanieren. Du hast deine eigenen Probleme mit Broussard, das ist eine Geschichte. Wenn du meinen Namen mit reinziehst, werde ich dir weh tun müssen. Du tätest gut daran, sie einfach in Ruhe zu lassen, damit es keine

Mißverständnisse meinerseits gibt. Hab' ich mich klar ausgedrückt?«

Mullen nickte heftig. Er rang keuchend nach Luft, krümmte sich und rieb sich mit der Hand übers Zwerchell, als Nick ihn losließ.

»Ich hätte mir denken können, daß ein Mann ohne Ehre seine Küche so zurichtet.« Nick schüttelte den Kopf, als er ein letztes Mal den Blick über das traurige Chaos schweifen ließ. »Traurig.«

Mullen hob den Kopf und sah ihn an. »Fick dich. Du bist genauso bescheuert, wie alle sagen, Fourcade.«

Nick grinste wie ein Krokodil. »Verkauf mich nicht zu billig, Keith. Ich bin *viel* irrer, als die Leute denken. Du tätest gut daran, das nicht zu vergessen.«

Annie beobachtete, wie sein Truck die Bayou-Straße hinunterfuhr. Ein hohles Gefühl gähnte in ihrer Mitte. Sie fiel nicht einfach wahllos mit Männern ins Bett, die sie kaum kannte. Sie konnte ihre Liebhaber an einer Hand abzählen und hatte die meisten Finger noch übrig. Warum Fourcade?

Weil irgendwo in dem dunklen Labyrinth von Fourcades Persönlichkeit ein Mann steckte, der mehr wert war, als seine Vergangenheit ihm beschert hatte. Er glaubte an Gerechtigkeit, an das Gute, eine höhere Macht. Er hatte seine Karriere für ein vierzehnjähriges Mädchen zerstört, um das sich sonst kein Mensch auf der Welt etwas geschert hatte.

Er hatte vor ihren Augen einen Verdächtigen blutig geschlagen. Seine Anhörung würde in kaum einer Woche stattfinden.

»Gott, Broussard«, stöhnte sie. »Worauf du dich immer einläßt...«

Letzte Nacht war es vielleicht um Begehren und Bedürfnisse gegangen, aber die Zukunft war nicht so einfach. Fourcade konnte sich vielleicht einreden, man könnte gegenseitige Anziehungskraft vom übrigen trennen. Aber was würde passieren, wenn sie bei der Anhörung in den Zeugenstand trat und dem Gericht erzählte, sie hätte gesehen, wie er eine Straftat begangen hatte? Und sie *würde* in den Zeugenstand gehen. Was immer für Gefühle sie jetzt für ihn hatte, das änderte nichts an dem, was passiert war, oder daran, was passieren würde. Sie hatte eine Pflicht – einen Cop für einen Killer zu verbrennen.

Annie rieb sich die Schläfen, ging zurück in die Wohnung, streifte sich Shorts und ein T-Shirt über und machte sich mit der Energie einer Schnecke an ihr Fitneßprogramm. Vom Laufen kehrte sie zu dem deprimierenden Anblick ihres zerbeulten Jeeps zurück, und zu allem Übel saß auch noch A. J. auf der Veranda.

Er war bereits fürs Büro angezogen und trug einen schicken Nadelstreifenanzug, ein frisch gestärktes weißes Hemd. Seine burgunderfarbene Krawatte flatterte im Wind, als er sich vorbeugte und die Unterarme auf die Schenkel stützte. Sein Blick war auf sie gerichtet, der Anflug eines Lächelns umspielte seinen Mund.

In diesem Augenblick schien er Annie so attraktiv wie nie zuvor, nie war er ihr teurer gewesen. Der Gedanke, daß sie ihm weh tun würde, brach ihr das Herz.

»Ich bin froh, dich in einem Stück zu sehen«, sagte er und erhob sich, als sie die Treppe hochkam. »Der Jeep hat mir richtig angst gemacht. Was ist passiert?«

»Seitlicher Zusammenstoß. Nichts Schlimmes. Sieht schlimmer aus, als es war«, log sie.

Er schüttelte den Kopf. »Fahrer in Lou'siana. Wir sollten endlich aufhören, die Führerscheine als Bonus mit Cornflakes auszugeben.«

Annie fand ein Lächeln für ihn und zog an seiner Krawatte. »Was bringt dich denn so früh hierher?«

»Das kommt davon, wenn man nie seine Nachrichten auf dem Anrufbeantworter erwidert.«

»Tut mir leid. Ich war sehr beschäftigt.«

»Womit? Nach allem, was ich höre, hast du momentan reichlich Zeit.«

Sie schnitt eine Grimasse. »Du hast also von der Veränderung in meiner Stellenbeschreibung gehört?«

»Ich hab' gehört, daß sie dir Verbrechenshunddienst aufgehalst haben.« Er wurde gerade so ernst, daß sie anfing, nervös zu werden. »Warum hab' ich nichts von dir gehört?«

»Ich war nicht gerade stolz.«

»Und? Seit wann rufst du mich an, um zu winseln und dich zu beschweren?« sagte er. Er war offensichtlich durcheinander, versuchte aber zu lächeln.

Annie biß sich auf die Lippe und fixierte eine Stelle links von seiner Schulter. Sie hätte alles drum gegeben, sich hier rauswinden zu können, aber das ging nicht, und sie wußte es. Besser gleich durch das Minenfeld rennen und es hinter sich bringen.

»A. J., wir müssen reden.«

Er holte Luft. »Ja, das glaub' ich auch. Gehen wir nach oben.«

Bilder ihrer Wohnung huschten durch Annies Kopf – der Küchentisch voller Akten des Bichon-Falls, ihre Laken zerknüllt vom Sex mit Fourcade. Sie fühlte sich billig und gemein, ein scharlachrotes Weib, jemand, der Welpen trat.

»Nein«, sagte sie und packte seine Hand. »Ich muß mich abkühlen. Komm, wir setzen uns auf ein Boot.«

Sie ging zu dem Ponton ganz am Ende des Docks, packte ein Handtuch aus einer Tonne und wischte den Tau von der letzten türkisfarbenen Plastikbank. A. J. folgte ihr widerwillig, warf einen Blick auf die Trinkgeldbox, die Sos neben dem Tor aufgestellt hatte – ein weißer Holzwürfel mit einem Fenster vorne und einem dreißig Zentimeter großen Alligatorkopf, der über das Loch oben montiert war. Mit offenem Maul in geldgieriger Pose. An der Seite stand per Hand geschrieben: TIPS (POURBOIRE) MERCI!

»Weißt du noch, wie Onkel Sos so getan hat, als hätte ihm

der Alligator den Finger abgebissen, und wir Kinder haben alle so geschrien?«

Annie lächelte. »Weil dein Cousin Sonny versucht hat, einen Dollar rauszuziehen.«

»Dann hat der alte Benoit diesen Trick gemacht, nur hatte er tatsächlich nur die halben Finger. Sonny hat sich fast in die Hose gemacht.«

Er rutschte in einiger Entfernung von ihr auf die Bank und streckte den Arm aus, um ihre Hand zu berühren. »Wir haben einen Haufen guter Erinnerungen«, sagte er leise. »Warum schließt du mich dann jetzt aus, Annie? Was läuft denn hier? Bist du immer noch sauer auf mich wegen dieser Geschichte mit Fourcade?«

»Ich bin nicht sauer auf dich.«

»Was bitte dann? Es lief wunderbar mit uns, und jetzt bin ich mit einem Mal Persona non grata. Was –«

»Was soll das heißen: ›lief wunderbar‹?«

»Na ja, du weißt schon –« A. J. stotterte, hatte keine Ahnung, was er Falsches gesagt hatte. Er zuckte die Achseln. »Ich dachte –«

»Dachtest was? Daß ich die letzten neunhundertmal, die ich dir gesagt habe, wir wären nur Freunde, in Code gesprochen habe?«

»Ach, komm schon«, sagte er und runzelte die Stirn. »Du weißt, daß zwischen uns mehr ist –«

Annie sprang auf und starrte ihn mit offenem Mund an. »Welchen Teil von *nein* verstehst du eigentlich nicht? Du hast sieben Jahre höhere Schulbildung gehabt, und du begreifst die Bedeutung eines einsilbigen Wortes nicht?«

»Natürlich kann ich. Ich sehe nur nicht, daß es auf uns zutrifft.«

»Heiliger Jesus«, murmelte sie und schüttelte den Kopf. »Du bist genauso schlimm wie Renard.«

»Was soll das denn heißen? Du nennst mich einen Stalker?«

»Ich sage, Pam Bichon hat ihm auf hundertfache Art *nein* gesagt, aber er hat nur gehört, was er hören wollte. Was ist daran anders, als das, was du hier machst?«

»Also, erstens, ich bin kein angeklagter Mörder.«

»Laß diese Wortklaubereien. Ich meine es ernst, A. J. Ich versuche, dir zu sagen, du willst etwas von mir, was ich dir nicht geben kann! Wie deutlich muß ich noch werden?«

Er sah sie an, als hätte sie ihm eine Ohrfeige verpaßt. Die Muskeln in seinem Kiefer zuckten. »Ich denke, deutlicher geht's nicht.«

Annie ließ sich auf die Bank zurückfallen. »Ich will dir nicht weh tun, A. J.«, sagte sie leise. »Das ist das letzte, was ich will. Ich liebe dich –«

Er lachte höhnisch.

»– nur nicht auf die Art, wie du das brauchst«, endete sie.

»Aber schau«, sagte er, »wir haben diesen Zyklus schon öfter durchgemacht, und du überlegst es dir anders, oder ich überleg es mir anders und dann –«

Annie unterbrach ihn mit einem Kopfschütteln. »Ich kann das nicht, A. J. Nicht jetzt. Es passiert zuviel.«

»Was du mir nicht erzählen wirst.«

»Ich kann es nicht.«

»Du kannst nicht? Warum? Was ist los?«

»Ich kann das nicht tun«, flüsterte sie und haßte die Notwendigkeit, ihm Dinge vorzuenthalten, ihn anzulügen. Besser, ihn wegzuschubsen, damit er es gar nicht wissen wollte.

»Ich bin nicht der Feind, Annie!« explodierte er. »Wir sind doch, verflixt noch mal, auf derselben Seite! Warum kannst du es mir nicht erzählen? *Was* kannst du mir nicht erzählen?«

Sie schlug sich die Hände vors Gesicht. Sich mit Fourcade verbünden, auf eigene Faust recherchieren, versuchen, Renard dazu zu bringen, sich auf sie zu fixieren, damit sie ihn hereinlegen konnte, damit er die häßliche Wahrheit zeigte, die hinter seiner nichtssagenden Maske steckte – sie konnte das A. J. genausowenig erzählen wie Sheriff Noblier. Zwar wollten alle letztendlich dasselbe, aber sie waren nicht alle auf derselben Seite.

»Oh«, sagte er plötzlich, als wäre ihm gerade eine innere Glühbirne aufgegangen, so hell, daß sie weh tat. »Vielleicht hast du ja gar nicht den Job gemeint. Herrgott.« Er holte Luft und sah sie von der Seite an. »Gibt es jemand anderen? Warst du da in letzter Zeit dauernd – bei einem anderen Kerl?«

Annie hielt den Atem an. Da war Nick. Aber eine Nacht war noch keine Beziehung, und sie sah nicht viel Hoffnung, daß es etwas von Dauer werden würde.

»Annie? Ist es das? Gibt es da jemand anderen?«

»Vielleicht«, wich sie ihm aus. »Aber das ist es nicht. Das ist nicht... Es tut mir so leid«, sagte sie, des Kampfes müde. »Du kannst nicht ahnen, wie sehr ich mir wünsche, ich könnte anders empfinden, wie sehr ich mir wünsche, daß das sein könnte, was du haben willst, A. J. Aber vom Wünschen allein wird es nicht wahr.«

»Kenne ich ihn?«

»Oh, A. J., geh nicht dahin.«

Er stand mit den Händen auf den Hüften da, abgewandt von ihr. Sein Stolz war verletzt, sein logischer Verstand versuchte, einen Sinn hinter Gefühlen zu finden, die sich nur selten dem Willen der Vernunft beugten. In dieser Hinsicht unterschied er sich nicht sonderlich von Fourcade – zu analytisch, zu rational, verwirrt von den Irrwegen menschlicher Natur. Annie wollte ihn in die Arme nehmen, ihm Trost als Freund spenden, aber sie wußte, daß er das jetzt nicht zulassen würde. Das Gefühl von Verlust war ein körperlicher Schmerz im Zentrum ihrer Brust.

»Ich weiß, was du willst«, murmelte sie. »Du willst eine Frau. Du willst eine Familie. Ich möchte, daß du diese Dinge bekommst, A. J., und ich bin nicht bereit, die Person zu sein, die sie dir geben kann. Ich weiß nicht, ob ich es jemals sein werde.«

Er rieb sich mit der Hand übers Kinn, blinzelte heftig, sah auf die Uhr. »Weißt du …« Er räusperte sich. »Ich habe im Augenblick keine Zeit für dieses Gespräch. Ich muß heute früh ins Gericht. Ich – äh – ich rufe dich später an.«

»A. J. –«

»Oh – äh – Pritchett will dich heute nachmittag in seinem Büro sehen. Vielleicht sehen wir uns da.«

Annie sah ihm nach, wie er wegging, im Vorbeigehen an der Trinkgeldbox einen Fünfer in den Rachen des Alligators stopfte. Ihr Herz wog schwer wie ein Stein in ihrer Brust.

Ein alter Gärtner schrubbte die Zehen der Jungfrau Maria mit einer Zahnbürste, als Annie vor dem »Our Lady of Mercy« vorfuhr. Auf der anderen Seite der Straße verkaufte eine Frau, die Pfeife rauchte, Schnittblumen aus einem Toyota Pick-up. Annie parkte auf dem Besucherparkplatz, rutschte zum Beifahrersitz und stieg aus dem Jeep. Sie hatte beschlossen, ihn »Schrottschleuder« zu nennen, so zerbeult, wie er war. Bei einem der Zusammenstöße hatte sich die Fahrertür heillos verklemmt.

»Die alte Frau, die stiehlt die Blumen«, sagte der Gärtner und schüttelte erbost die Zahnbürste, als Annie vorbeiging. »Sie stiehlt sie direkt aus dem Garten im Veteranenpark. Ich hab' sie dabei gesehen. Warum verhaften Sie sie nicht?«

»Da werden Sie die Polizei rufen müssen, Sir.«

Sein dunkles Gesicht verkniff sich, die Augen traten vor wie Pingpongbälle. »Sie *sind* doch die Polizei!«

»Nein, Sir, ich arbeite im Sheriffsbüro.«

»Bah! Hunde sind alle Hunde, wenn man sie zum Fressen ruft!«

»Ja, Sir. Was immer das heißen soll«, murmelte Annie, als die Türen sich zischend vor ihr öffneten.

Es war still auf der Intensivstation, bis auf das Geräusch

der Maschinen. Eine Frau mit Kornährenfrisur und lila Brille saß hinter dem Schreibtisch, beobachtete die Monitore und unterhielt sich am Telefon. Sie warf nur einen kurzen Blick auf Annie, als sie vorbeiging. Es stand kein Wachtposten an der Tür von Lindsay Faulkners Zimmer. Gute Nachricht, schlechte Nachricht, dachte Annie. Sie mußte nicht an einer Uniform vorbeikommen... und jemand anderer genausowenig.

Lindsay Faulkner lag in ihrem Intensivstationsbett und sah aus wie ein wissenschaftliches Experiment, das fehlgeschlagen war. Ihr Kopf und ihr Gesicht waren wie das einer Mumie in Binden verpackt. Schläuche gingen in sie rein und wieder raus. Monitore und Maschinen mit rätselhaften Funktionen blinkten und piepten, ihre Displays zeigten glühende medizinische Hieroglyphen. Die Rothaarige mit den abgelaufenen Nummernschildern erhob sich vom Stuhl neben dem Bett, als Annie näher kam.

»Wie geht es ihr?« fragte Annie.

»Eigentlich besser«, sagte sie leise. »Sie ist aus dem Koma. Sie kommt immer wieder kurz zu Bewußtsein. Sie hat ein paar Worte gesagt.«

»Weiß sie, wer ihr das angetan hat?«

»Nein, sie kann sich überhaupt nicht an den Überfall erinnern. Jedenfalls jetzt noch nicht. Der andere Detective war schon hier und hat gefragt.«

Zwei Wunder an einem Morgen. Lindsay Faulkner bei Bewußtsein und Chaz Stokes vor acht Uhr morgens aus dem Bett. Vielleicht bemühte er sich doch. Vielleicht würde das Scheinwerferlicht der Soko seinen Ehrgeiz wecken.

»Hat sie viele Besucher gehabt?«

»Sie lassen hier nur Familie rein«, sagte die Rothaarige. »Wir haben ihre Eltern noch nicht erreichen können. Sie reisen durch China. Bis wir sie finden, hat sich das Krankenhaus bereit erklärt, Ausnahmen der Regel zu gestatten. Belle Davidson war hier, Grace vom Büro und ich.«

»Sie wird jede Hilfe brauchen, um das hier durchzustehen«, sagte Annie. »Sie hat noch einen langen Weg vor sich.«

»Redet nicht... über mich... als ob ich nicht da wäre.«

Beim Klang ihrer schwachen Stimme drehte sich die Rothaarige lächelnd zum Bett. »Vor einer Minute warst du noch nicht hier.«

»Miss Faulkner, ich bin's, Annie Broussard«, sagte Annie und beugte sich über sie. »Ich wollte mal sehen, wie's Ihnen geht.«

»Sie... haben mich gefunden... nachdem...«

»Ja, hab' ich.«

»Ich danke... Ihnen.«

»Ich wünschte, ich hätte mehr tun können«, sagte Annie. »Eine ganze Soko sucht jetzt nach dem Kerl, der Ihnen das angetan hat.«

»Sind Sie... dabei?«

»Nein, ich bin anders eingeteilt worden. Detective Stokes hat die Leitung. Wie ich höre, haben Sie neulich mit ihm zu Mittag gegessen. Hatten Sie ihm etwas über Pam zu erzählen? Haben Sie mich deshalb am Montag angerufen?«

Sie schwieg so lange, daß Annie dachte, sie hätte vielleicht wieder das Bewußtsein verloren. Das Geräusch der Monitore erfüllte den winzigen Raum. Annie wollte sich vom Bett entfernen.

»Donnie«, flüsterte Faulkner.

»Was ist mit Donnie?«

»Eifersüchtig.«

»Eifersüchtig auf wen?« fragte Annie und beugte sich näher.

»Dumm... Es war gar nichts.«

Sie glitt wieder weg. Annie berührte Faulkners Arm, ein Versuch, die Verbindung zur wachen Welt aufrechtzuerhalten.

»Auf wen war Donnie eifersüchtig, Lindsay?«

Das Schweigen hing wieder über dem Raum wie ein kalter Atemhauch in der Luft.

»Detective Stokes.«

33

Donnie war eifersüchtig auf Stokes. Annie ließ ihr Gehirn darauf rumkauen, während sie die Faxe in dem Kasten sortierte und das herauszog, was sie bei der Zulassungsstelle angefordert hatte – eine Liste von Trucks mit Louisiana-Zulassung, von der ein Teil aus den Buchstaben *EJ* bestand.

Es war nicht schwierig, sich vorzustellen, wie Stokes mit Pam flirtete. Um ehrlich zu sein, es wäre unmöglich, sich das nicht vorzustellen. Genau das machte Stokes: jede freie Minute darauf verwenden, seine Verführungskünste zu vervollkommnen. Er betrachtete es als seine Pflicht, mit Frauen zu flirten. Und laut dem, was Lindsay Faulkner Sonntag gesagt hatte, entlockte Pam diese Qualitäten mühelos jedem Mann. Männer fühlten sich von Pam angezogen, fanden sie charmant und süß. Chaz Stokes wäre nie die Ausnahme für diese Regel gewesen.

Nachdem der Stalker längere Zeit sein Unwesen trieb, hatte er genügend Grund gehabt, Pam regelmäßig zu sehen. Hatte Donnie das mit den beiden in den falschen Hals gekriegt? Und wenn ja, was hätte er getan? Stokes zur Rede gestellt? Pam zur Rede gestellt?

Wenn Stokes wußte, daß Donnie eifersüchtig war, dann hätte er diese Schiene nach Pams Ermordung sicher untersucht. Sie könnte heute abend die Aussagen überprüfen, Nick danach fragen. Renard hatte behauptet, Pam hätte Angst vor Donnie gehabt, davor, sich mit einem anderen Mann zu treffen, weil sie fürchtete, was Donnie tun könnte. Donnie hatte mit einem Kampf um das Sorgerecht gedroht, als hätte er Gründe, Pams Recht anzufechten. Aber es war ja nicht so, daß Pam sich mit Stokes gesellschaftlich verabredet hätte.

War es?

»Dumm«, hatte Lindsay Faulkner gesagt. *»Es war gar nichts.«*

Aber Donnie hatte anders gedacht. Hatte er gehört, was er hören wollte, die Situation so interpretiert, wie es ihm paßte – oder seinen Jähzorn weckte? Annie hatte Hunderte von Beispielen in Fällen häuslichen Mißbrauchs gesehen – die eingebildeten Beleidigungen, die Phantomliebhaber, die konstruierten Gründe für Wut. Ausreden, um zuzuschlagen, zu verletzen, zu demütigen, zu bestrafen.

Keiner hatte Donnie je des Mißbrauchs bezichtigt, aber das hieß nicht, daß er nicht in diese Richtung tendierte. Pam hatte sein Ego öffentlich verletzt, hatte ihn aus dem Haus geworfen, die Scheidung eingereicht, versucht, die Firmen zu trennen. Eine eingebildete Affäre mit Stokes hätte der letzte Strohhalm sein können.

Er hatte etwas Abfälliges über Stokes gesagt, als sie Samstag mit ihm geredet hatte, nicht wahr? Etwas, von wegen Stokes wäre faul. Die Bemerkung hatte fast rassistisch geklungen, eine Einstellung, die Stokes sauer aufgestoßen hätte, und das mit Recht. Er hätte sich wie ein Pitbull auf Donnie gestürzt. Aber Marcus Renard war der Verdächtige, den Stokes im Fadenkreuz hatte.

Sie machte sich unnötig Kopfschmerzen. Nick hatte wahrscheinlich recht. Wenn sie die verschiedenen Stränge nicht streng trennte, würde sie mit einem Knoten dastehen – um ihren eigenen Hals. Sie hatte Renard am Haken, genau wie Fourcade es prophezeit hatte. Wenn sie sich weiter darauf konzentrierte, könnte sie ihn einholen wie einen Barsch. Sie beschloß, mittags noch einmal im Krankenhaus vorbeizuschauen und zu sehen, ob Lindsay den Schal identifizieren konnte, den Renard Pam geschickt hatte.

»Wir haben hier keine Zeit für Müßiggang, Deputy Broussard!« verkündete Myron, der auf seinem Posten einmarschierte wie eine Palastwache. »Wir haben unsere Anweisungen für heute morgen. Detective Stokes braucht die Verhaftungsberichte von jedem, der in den letzten zehn Jahren in dieser Parish eines brutalen Sexualdelikts angeklagt wurde. Ich werde die Liste auf dem Computer aufrufen, dann werden Sie die Akten raussuchen. Ich werde ihren Ausgang bestätigen, und Sie werden sie der Soko im Gebäude der Detectives liefern.«

»Ja, Sir, Mr. Myron«, sagte Annie mit ihrem besten Plastiklächeln und schob das Fax von der Zulassungsstelle unter ihre Schreibunterlage.

Sie arbeiteten schnell, aber Unterbrechungen durch die üblichen Aufgaben des Archivs zogen die Aufgabe in die Länge – Anrufe vom Gericht, Anrufe von Versicherungsgesellschaften, das Formular für einen frisch verhafteten Einbrecher ausfüllen, das Beweismaterial für denselben Einbrecher registrieren, den Ausgang des Beweismaterials für den Prozeß eines mutmaßlichen Drogenhändlers bestätigen.

All das war langweilig, und Annie ging es mächtig auf die Nerven. Sie wollte diejenige sein, die die Akten bekam, anstatt die, die in Jahrzehnten von archiviertem Scheiß danach suchte. Sie wollte bei der Soko sein statt in den Papiergräben. Sie hätte sogar lieber mit Stokes gearbeitet als mit Myron, dem Monströsen.

Ihre Mittagspause bestand aus zehn Minuten mit einem Snickerssriegel und einem Telefonhörer am Ohr. Sie überprüfte die hiesigen Garagen danach, ob jemand eine große Limousine mit Schaden auf der Beifahrerseite eingeliefert hätte. Sie fand sie nicht. Ihr Gegner hatte den Wagen entweder gebunkert oder ihn außerhalb der Parish zum Reparieren gebracht. Sie überprüfte die Liste kürzlich gestohlener Autos und fand nichts Passendes. Jetzt erweiterte sie die Parameter ihrer Suche und begann mit der Liste von Garagen im St. Martin Parish.

»He, Broussard«, bellte Mullen und beugte sich über den Tresen. »Hör mit dem Quatschen auf, und mach deine Arbeit, das wär doch mal was.«

Annie warf ihm einen wütenden Blick zu, während sie

einem weiteren Mechaniker für nichts dankte und legte den Hörer auf.

»Die Soko hat absolute Priorität«, sagte Mullen und blies seine knochige Brust auf.

»Ja? Wie bist du denn da reingekommen? Hast du Nacktfotos vom Sheriff mit einer Ziege?«

Er grinste, viel zu selbstzufrieden. »Wahrscheinlich wegen meiner Arbeit bei der Nolan-Vergewaltigung.«

»Deiner Arbeit«, sagte Annie verächtlich. »Ich hab' den Anruf eingefangen.«

»Ja, mal verliert man, mal gewinnt man.«

»Weißt du, Mullen«, sagte sie, »ich würde ja sagen, geh und friß Scheiße und stirb, aber so, wie du aus dem Mund stinkst, gehört das schon zu deiner Diät.«

Sie erwartete, daß er nach dem Köder schnappte, aber er beugte sich statt dessen zurück. »Hör mal, kann ich jetzt den Rest der Akten haben? Und was unsere kleine Fehde angeht, vergessen wir's einfach. Nichts für ungut.«

»Nichts für ungut?« wiederholte Annie. Sie beugte sich zu ihm, sagte mit leiser, harter Stimme: »Du terrorisierst mich, bedrohst mich, kostest mich ein kleines Vermögen an Schaden, kostest mich meine Streife. Ich stehe hier und spiele die gottverdammte glorifizierte Sekretärin, während du die Lorbeeren für einen Fall einstreichst, der meiner hätte sein sollen, und du sagst: ›*Nichts für ungut?*‹ Du widerliches Schwein. Ungute Gefühle sind alles, was ich momentan habe. Und eins kannst du mir glauben, wenn ich auch nur ein Pigment von Lack finde, das dich mit diesem Cadillac oder was immer das war, mit dem du gestern nacht versucht hast, mich umzubringen, in Verbindung bringt, dann hol' ich mir deine Marke und deinen knochgen Arsch.«

»Cadillac?« Mullen sah sie verwirrt an. »Ich weiß nicht, wovon du redest, Broussard. Ich weiß nichts von einem Cadillac!«

»O ja, richtig.«

»Ich hab' dir nichts getan!«

»O spar dir die Show«, sagte Annie verächtlich. »Nimm deine Akten und verschwinde von hier.«

Sie gab den Akten einen Schubs, und sie rutschten über die Kante. Ein Regen von Verhaftungsberichten ergoß sich auf den Boden.

»Verflucht noch mal!« brüllte Mullen, was Hooker aus seinem Büro stürzen ließ.

»Herrgott, Mullen!« schrie er. »Hast du ein Nervenleiden oder so was? Oder ist was faul mit deiner Motorik?«

»Nein, Sir«, sagte er mit zusammengebissenen Zähnen und starrte Annie wütend an. »Es war ein Unfall.«

»Südlou'siana ist traditionell ein Land der Volksjustiz«, predigte Smith Pritchett, während er vor der Anrichte in seinem Büro auf und ab schritt, die Hände in seine feiste Taille gestemmt. »Die Cajuns hatten hier ihren eigenen Kodex, bevor organisierte Polizei und Justiz einen mildernden Einfluß brachten. Der gewöhnliche Verstand hier macht immer noch einen Unterschied zwischen Recht und Gerechtigkeit. Ich bin mir sehr wohl bewußt, daß ein Großteil der Leute in diesem Parish der Meinung sind, daß Detective Fourcades Angriff auf Marcus Renard eine akzeptable Methode war, ein spezielles soziales Problem zu lösen. Sie irren sich jedoch.«

Annie beobachtete ihn mit kaum verhohlener Ungeduld. Das war wohl der grobe Entwurf seiner Eröffnungsrede für Fourcades Prozeß, der erst in Wochen oder Monaten stattfinden würde, falls man ihn offiziell anklagte. Sie saß im Besucherstuhl. A. J. stand auf der anderen Seite des Raums, den Rücken an das Bücherregal gelehnt, und ignorierte den leeren Stuhl, der in einem Meter fünfzig Entfernung von ihr stand. Seine Miene war total verschlossen. Er hatte in den zehn Minuten, die sie hier waren, kein einziges Wort gesagt.

»Den Menschen kann nicht gestattet werden, das Gesetz

selbst in die Hand zu nehmen«, fuhr Pritchett fort. »Das würde in Chaos, Anarchie und Gesetzlosigkeit enden.«

Die Ausführung und die Schlußfolgerung gefielen ihm so gut, daß er unterbrach, um sie auf dem Block auf seinem Schreibtisch zu notieren.

»Das System ist dazu da, Grenzen zu markieren, eine strenge Linie zu ziehen und die Leute dazu anzuhalten«, sagte er. »Es gibt keinen Platz für Ausnahmen. Sie glauben das, Deputy Broussard, sonst wären Sie nie in den Justizvollzug gegangen – habe ich recht?«

»Ja, Sir. Ich denke, das ist bereits festgehalten, und ich habe meine Aussage bereits –«

»Ja, das haben Sie, und ich habe hier eine Kopie.« Er klopfte mit seinem Stift an einen Aktenordner. »Aber ich halte es für wichtig, daß wir uns kennenlernen, Annie. Darf ich Sie Annie nennen?«

»Hören Sie, ich habe einen Job –«

»Wie ich höre, haben Sie einige Schwierigkeiten mit anderen Mitgliedern der Abteilung«, sagte er mit väterlicher Besorgnis und setzte sich auf die Schreibtischkante.

Annie warf einen kurzen Blick zu A. J. »Nichts, womit ich nicht fertig werde –«

»Versucht jemand, Sie unter Druck zu setzen? Sie zu überreden, nicht gegen Detective Fourcade auszusagen?«

»Nicht direkt –«

»Eine gewisse Zurückhaltung Ihrerseits wäre natürlich verständlich, Annie, aber ich möchte Sie mit Nachdruck darauf hinweisen, wie wichtig und notwendig Ihre Aussage in dieser Angelegenheit ist.«

»Ja, Sir, dessen bin ich mir bewußt, Sir. Ich –«

»Hat Detective Fourcade Sie angesprochen?«

»Detective Fourcade hat keinen Versuch gemacht, mich daran zu hindern, auszusagen. Ich –«

»Und Sheriff Noblier? Hat er Ihnen irgendwelche Anweisungen gegeben?«

»Ich weiß nicht, was Sie damit meinen«, sagte Annie und hielt sich stocksteif, um dem Drang, sich zu winden, nicht nachzugeben.

»Er war in dieser Angelegenheit nicht gerade kooperativ. Was ein trauriger Kommentar zu den Auswirkungen seiner langen Amtszeit ist. Ich fürchte, Gus glaubt, diese Parish ist sein kleines Königsreich, und er kann die Regeln machen, wie es ihm paßt, aber dem ist nicht so. Das Gesetz ist das Gesetz, und es gilt für jedermann – Detectives, Sheriffs, Deputys.«

»Ja, Sir.«

Er trat hinter seinen Schreibtisch und setzte sich in seinen Ledersessel, fummelte eine Lesebrille mit Stahlgestell auf die Nase, zog ihre Aussage aus dem Aktenordner und überflog sie.

»Also, Annie, Sie hatten an diesem Abend keinen Dienst, aber A. J. sagt mir, Ihr Privatfahrzeug ist mit Polizeiscanner und Funk ausgerüstet, ist das richtig?«

»Ja, Sir.«

»Er sagt mir, Sie beide hätten an diesem Abend im Isabeau's schön zusammen zu Abend gegessen.« Er beglückte sie mit einem weiteren nachsichtigen, väterlichen Lächeln. »Eine sehr romantische Umgebung. Das Lieblingsrestaurant meiner Frau.«

Annie sagte nichts. Sie glaubte zu spüren, wie sich A. J.s Blick in sie bohrte. Er hatte zwar Pritchett anscheinend alles über ihre Beziehung erzählt, nur nicht, daß sie vorbei war. Pritchett versuchte sie als Hebel zu benützen, um ihre Loyalität zu verrücken. Schleimiger Anwalt.

»Wo sind Sie nach dem Abendessen hin, Annie?«

Bis jetzt hatte sie es geschafft, diesen Teil der Geschichte zu umgehen. Es war nicht relevant für den Vorfall – außer daß Fourcade einen Anruf bekommen und dann die Bar verlassen hatte, was einen Vorsatz andeuten könnte, ganz zu schweigen von geheimen Absprachen mit jemandem. Aber niemand sonst hatte auf Renard eingeschlagen, und Fourcade konnte man nicht zwingen, den Ursprung oder den Inhalt des Anrufs preiszugeben, was hatte es also für einen Sinn, darüber zu reden?

Andererseits gab es Zeugen, die sie im Laveau's gesehen hatten.

»Ich habe Detective Fourcades Wagen gegenüber vom Laveau's stehen sehen. Ich bin hineingegangen, weil ich mit ihm kurz über das reden wollte, was im Gerichtsgebäude vorgefallen war.«

Pritchett sah zu A. J., offensichtlich nicht sehr froh darüber, überrascht zu werden.

»Warum stand das nicht in Ihrer Aussage, Deputy?«

»Weil es dem Vorfall vorausging und keinerlei Einfluß darauf hatte.«

»In welchem Zustand befand sich Fourcade?«

»Er hatte getrunken.«

»War er aggressiv, wütend, feindselig?«

»Nein, Sir, er war... unglücklich, verdrossen, philosophisch.«

»Hat er über Renard geredet? Ihn bedroht?«

»Nein, er hat über Recht und Unrecht geredet.« Und über Schatten und Geister.

»Hat er irgendwie angedeutet, daß er Renard aufsuchen wollte?«

»Nein.«

Pritchett nahm seine Brille ab und nagte nachdenklich am Bügel. »Was ist als nächstes passiert?«

»Wir sind getrennte Wege gegangen. Ich habe beschlossen, mir ein paar Sachen im Quik Pik zu holen. Der Rest ist in meinem Bericht und in der Aussage, die ich bei Chief Earl gemacht habe.«

»Haben Sie zu irgendeiner Zeit auf Ihrem Scanner einen Notruf über einen mutmaßlichen Verdächtigen in der Nähe von Bowen & Briggs aufgefangen?«

»Nein, Sir, aber ich war für mehrere Minuten nicht in meinem Fahrzeug, und dann hatte ich einige Zeit das normale Radio an und den Scanner ausgeschaltet. Ich war außer Dienst. Es war spät.«

Schweigen hing wie Staubflusen in der Luft. Annie zupfte an einer eingerissenen Nagelhaut und wartete. Pritchetts Stuhl quietschte, als er sich erhob.

»Glauben Sie, daß es einen Notruf gab, Deputy?«

Wenn er diese Frage vor Gericht stellte, würde Fourcades Anwalt Einspruch erheben, noch ehe er den Satz ganz ausgesprochen hatte. *Fordert zur Spekulation auf.* Aber sie waren nicht vor Gericht. Der einzige Mensch im Raum, der Einspruch erhob, war Annie.

»Ich habe den Notruf nicht gehört«, sagte sie. »Andere Leute schon.«

»Andere Leute *sagen*, sie hätten«, korrigierte er sie. Seine Stimme wurde mit jeder Silbe lauter. Er beugte sich vor und stemmte die Hände auf Annies Stuhllehnen, sein Gesicht war nur Zentimeter von ihrem entfernt. »Weil Gus Noblier *Ihnen gesagt hat,* Sie sollen das sagen. Weil Sie einen Mann beschützen wollen, der ein großes Verfahren in den Sand gesetzt hat und es dann auf sich genommen hat, den Verdächtigen, den er nicht überlisten konnte, hinzurichten. Es gab keinen Anruf«, sagte er leise und richtete sich wieder auf. Er setzte sich auf den Schreibtisch und ließ sie keine Sekunde aus den Augen. »Haben Sie Fourcade in dieser Nacht verhaftet und ihn in Gewahrsam genommen?«

Welchen Unterschied machte es, wenn die Verhaftung stattgefunden hatte? Fourcade stand unter Anklage. Pritchett war nur auf der Suche nach Munition, die er gegen Noblier einsetzen konnte, und Annie wollte nicht in diese Fehde hineingezogen werden.

Sie beschwor die Worte herauf, die ihr der Sheriff selbst in den Mund gelegt hatte. »Ich bin in eine Situation gestolpert, die ich nicht verstanden habe. Ich habe sie unter Kontrolle gebracht. Wir sind zum Revier gefahren, um sie zu klären.«

»Warum behauptet Richard Kudrow, er hätte ein Verhaftungsprotokoll gesehen, das anschließend verlorenging?«

»Weil er ein stinkendes Wiesel von Anwalt ist und er nichts lieber tut, als Aufruhr zu machen.« Sie sah Pritchett direkt in die Augen. »Warum sollten Sie ihm glauben? Er lebt dafür, im Gerichtssaal Knoten zu knüpfen. Sie können darauf wetten, daß er das genießt – wie Sie und Noblier sich gegenseitig an die Gurgel gehen und die Cops mittendrin.«

Ein Hauch von Befriedigung wärmte ihr das Herz, als sie beobachtete, wie ihre Strategie funktionierte. Pritchett kniff den Mund zusammen und rutschte vom Schreibtisch runter. Das letzte, was er auf dieser Welt wollte, war, daß Richard Kudrow ihn zum Narren machte.

»Wie gut kennen Sie Detective Fourcade, Annie?« fragte er, und seine Stimme klang gar nicht mehr so energisch.

Sie dachte an die Nacht, die sie in Nicks Armen verbracht hatte, ihre verschlungenen Körper. »Nicht sehr gut.«

»Er verdient Ihr Loyalität nicht. Und ganz sicher verdient er keine Marke. Sie sind eine gute Beamtin, Annie. Ich habe Ihre Akte gesehen. Und Sie haben in dieser Nacht etwas Gutes getan. Ich vertraue darauf, daß Sie das Richtige tun, wenn Sie nächste Woche in den Zeugenstand treten.«

»Ja, Sir«, murmelte sie.

Er warf einen Blick auf seine Rolex und wandte sich zu A. J. »Ich werde anderweitig gebraucht, A. J., würden Sie Annie hinausbegleiten?«

»Natürlich.«

Sie wollte aufstehen, Pritchett auf den Fersen nach draußen folgen, aber die Tür ging hinter ihm zu schnell zu.

»Er kommt zu spät zum Abschlag«, sagte A. J., ohne sich vom Regal wegzubewegen. »Warum lügst du uns an, Annie?«

Sie zuckte zusammen, als hätte er ihr die Worte ins Gesicht gespuckt. »Ich habe nicht –«

»Beleidige mich nicht«, sagte er knapp. »Zu allem anderen, beleidige mich nicht auch noch. Ich kenne dich, Annie. Ich weiß alles über dich. Alles. Das macht dir angst, nicht wahr? Deswegen stößt du mich weg.«

»Ich glaube nicht, daß das hier die Zeit und der Ort für ein solches Gespräch ist«, sagte sie.

»Du möchtest nicht, daß irgend jemand so tief in deine Seele eindringt, nicht wahr? Denn wenn ich weggehe oder sterbe wie deine Mutter –«

»Hör auf!« befahl Annie, weil er die schmerzlichsten Erinnerungen ihrer Kindheit hier gegen sie einsetzte.

»Das tut wesentlich mehr weh, als jemanden zu verlieren, der kein Teil von dir ist.« Er ließ nicht locker. »Besser, alle auf Distanz halten.«

»Im Augenblick möchte ich weit mehr als nur Distanz zwischen dir und mir, A. J.«, sagte Annie mit zusammengebissenen Zähnen. Sie fühlte sich, als hätte er unerwartet die Hand ausgestreckt und sie mit einem Rasiermesser aufgeschlitzt, durch Fleisch und Knochen.

»Warum hast du mir nicht erzählt, daß du Fourcade schon vorher an diesem Abend getroffen hast?« fragte er.

»Welchen Unterschied macht das?«

»Welchen Unterschied das macht? Ich bin angeblich dein bester Freund. Wir hatten an diesem Abend eine Verabredung. Du hast mich stehenlassen und hast dich mit Fourcade getroffen –«

»Das war keine Verabredung«, argumentierte sie. »Wir haben zusammen zu Abend gegessen. Punkt. Du bist mein Freund, nicht mein Liebhaber. Ich muß nicht jeden Schritt mit dir absprechen!«

»Du kapierst es nicht, nicht wahr?« sagte er ungläubig. »Hier geht es um Vertrauen –«

»*Wessen* Vertrauen?« fragte sie. »Du machst hier mit mir Verhör auf der harten Schiene! Erst behauptest du, du wärst mein Freund, und im nächsten Moment überlegst du, ob ich dir nicht etwas geben könnte, was du vor Gericht gebrauchen kannst. Du sagst, wir können, wer wir sind, davon trennen, was wir tun, aber nur, wenn es dir in den Kram paßt. Ich habe die Nase voll, A. J. Ich brauche mir diesen Quatsch nicht anzuhören, und was ich wie ein Loch im Kopf brauche, ist, daß du Probeschüsse auf meine Psyche abgibst!«

»Annie –«

Er griff nach ihrem Arm, als sie zur Tür ging, und sie riß sich los. Die Sekretärinnen im Vorzimmer beobachteten mit Eulenaugen, wie sie davonstürmte.

Der äußere Gang war dunkel und kühl. Stimmen schwebten vom zweiten Stock herunter. Die letzten Scharmützel des heutigen Gerichtstages waren ausgetragen, und die letzten Krieger verweilten noch im Korridor, tauschten Geschichten, trafen Abmachungen. Annie ging in Richtung Seitenausgang, trat hinaus in den Sonnenschein, der ihr in den Augen weh tat. Sie tastete nach ihrer Sonnenbrille, und dann wäre sie fast gegen einen Mann geprallt, der am Rand des Gehsteigs stand.

»Deputy Broussard. Das ist wirklich ein glücklicher Zufall, das muß ich sagen.«

Annie stöhnte laut. *Kudrow*. Er lehnte an einem Zeitungsautomaten der *Times Picayune*, seinen Trenchcoat hatte er fest um sich gegürtet, trotz der für die Jahreszeit ungewöhnlichen Hitze und der erstickenden Feuchte des Nachmittags. Seine Pose deutete eher auf Schmerz als auf Faulheit. Sein ausgemergeltes Gesicht hatte die Farbe eines Champignons und glänzte vor Schweiß. Er sah aus, als könnte er auf der Stelle sterben, drapiert über eine Schlagzeile, die den nahen Mardi Gras ankündigte.

»Sind Sie in Ordnung?« fragte Annie, hin- und hergerissen zwischen Besorgnis um ihn als Menschen und Abscheu vor seiner Person.

Kudrow versuchte zu lächeln, als er sich aufrichtete. »Nein, meine Liebe, ich sterbe, aber ich werde es nicht hier machen, falls Sie deshalb besorgt sind. Ich bin noch nicht ganz bereit, zu gehen. Es gibt immer noch Unrecht, das korrigiert werden muß. Sie wissen doch alles darüber, nicht wahr?«

»Ich bin nicht in der Stimmung für Ihre Wortspiele, Anwalt. Wenn Sie mir etwas zu sagen haben, dann sagen Sie es. Ich habe wichtigere Sachen zu tun.«

»Wie zum Beispiel nach Marcus' Alibizeugen suchen? Marcus hat mir erzählt, daß Sie Anteil an seinem Schicksal nehmen. Wie faszinierend. Das fällt aber nicht unter Ihre dienstlichen Pflichten, oder?«

Wieviel Schaden könnte er mit diesem Wissen anrichten? Schweiß sammelte sich zwischen ihren Schulterblättern und sickerte das Tal ihrer Wirbelsäule hinunter. »Ich überprüfe ein paar Sachen aus Neugier, mehr nicht.«

»Durst nach Wahrheit. Zu schade, daß sonst niemand in Ihrem Revier diese Tugend teilt. Es gibt keinen Beweis, daß irgend jemand die gestrige Schießerei am Haus der Renards untersuchte.«

»Vielleicht gibt es da nichts zu finden.«

»Innerhalb einer Woche haben zwei Leute offen versucht, Marcus Schaden zuzufügen. Zahlreiche andere haben ihn bedroht. Die Liste der Verdächtigen könnte sich wie das Telefonbuch lesen, aber meines Wissens ist bis jetzt noch keiner befragt worden.«

»Die Detectives sind momentan sehr beschäftigt, Mr. Kudrow.«

»Sie werden noch einen Mord am Hals haben, wenn Sie das durchgehen lassen«, warnte er. »Diese Gemeinde steht kurz vor der Explosion. Ich kann fühlen, wie die Luft sich immer mehr verdichtet, vor Wut, Angst, Haß. Diese Art Druck kann nur bis zu einem gewissen Punkt in Schach gehalten werden, dann explodiert er.«

Ein rasselnder Husten schüttelte ihn, und er lehnte sich wieder gegen den Zeitungsautomaten; seine Energie war verbraucht, seine Augen wurden stumpf, ein krankes Gespenst der Verdammnis.

Annie ging weg von ihm mit der Erkenntnis, daß er recht hatte. Sie spürte die gleiche Schwere in der Luft, das gleiche Gefühl von Erwartung. Selbst im Sonnenlicht sah alles schwarzgerändert aus, wie in einem schlechten Traum. In einer Seitenstraße waren städtische Arbeiter zu sehen, die hübsche Frühlingsflaggen auf die Lichtmasten hängten, die Stadt für den Mardi-Gras-Karneval schmückten, aber die Gehsteige schienen seltsam leer. Es war keiner im Park südlich des Justizzentrums.

Innerhalb einer Woche waren drei Frauen überfallen worden. Cops verhielten sich wie Kriminelle, und ein mutmaßlicher Mörder war freigelassen worden. Die Leute lebten in Angst und Schrecken.

Annie dachte zurück an den Sommer, in dem der Bayou-Würger hier gejagt hatte, und erinnerte sich an dasselbe ungute Gefühl, dieselbe irrationale Angst, dasselbe Gefühl von Hilflosigkeit. Aber diesmal war sie ein Cop, und all die anderen Gefühle waren durch das Gewicht der Verantwortung komprimiert.

Jemand mußte dem Einhalt gebieten.

Myron begrüßte sie im Archiv mit vorwurfsvollem Blick, der von Annie zur Uhr wanderte.

»Dieser Gentleman von Allied Insurance braucht eine Reihe von Unfallberichten«, sagte er und deutete mit dem Kopf auf einen runden Berg schwitzenden Fleisches in einem zerknitterten Baumwollanzug am anderen Ende des Tresens. »Sie werden ihm holen, was immer er braucht.«

Mit diesem Befehl packte er sein *Wall Street Journal* und marschierte los zur Männertoilette.

»Das ist das Beste, was ich heute gehört hab'!« kicherte der Versicherungsvertreter. Er reichte ihr eine Hand, die aussah wie ein kleines Luftballontier. »Tom O'Connor«, sagte er mit einem widerlichen Grinsen.

Annie verzichtete auf den Händedruck. »Welche Berichte wollten Sie haben?«

Er zog eine zerknitterte Liste aus seiner Jackettasche und reichte sie ihr. »He, Sie sehen vielleicht niedlich aus in Ihrer Uniform! Wie ein kleiner Lady Deputy.«

»Ich *bin* Deputy.«

Seine Augen traten aus den Höhlen, und er ließ eine weitere Lachsalve los. »Ja, da schieß mich doch einer tot!«

»Führen Sie mich nicht in Versuchung«, sagte Annie. »Ich bin bewaffnet, und ich hatte einen ziemlich bösen Tag.«

Sie sah gen Himmel, als sie die Liste zu den Aktenschränken trug. »Das Fegefeuer ist ein Büro, nicht wahr?«

Als sie Tom O'Connor mit seinen Berichten auf den Weg geschickt hatte, klingelte das Fax und schaltete sich ein. Annie beobachtete, wie das Deckblatt herausrollte, der Briefkopf weckte ihr Interesse – das regionale forensische Labor in New Iberia. Die Nachricht war an Det. Stokes adressiert, aber die Faxnummer war die des Archivs statt die der Detectives – eine Zahl verwechselt.

Sie sah zu, wie die Blätter in den Korb rollten, zupfte eins nach dem anderen hoch. Vorläufige Laborergebnisse über das spärliche Beweismaterial, das man am Faulknerschen Tatort und von Lindsay Faulkners Person eingesammelt hatte. Negativ. Nichts von den Vergewaltigungssachen – kein Sperma, keine Haare, keine Haut unter ihren Nägeln, obwohl sie wußten, daß sie sich gewehrt hatte. Die Blutproben von dem Läufer waren anscheinend von ihr. Zumindest dieselbe Blutgruppe. Die genaueren Tests der DNS würden Wochen dauern.

Genau wie Stokes prophezeit hatte, hatten sie nichts, genauso wie sie nichts von der Vergewaltigung Jennifer Nolans und der Kay Elsners hatten. Mangel an Indizien war das einzige, was die Fälle miteinander verband. Und die schwarze Federmaske – falls das Fragment, das Annie auf Faulkners Teppich gefunden hatte, identisch war mit dem, das sie im Trailer Park bei Nolan gefunden hatte. Nolan und Elsner hatten beide ihren Angreifer gesehen, hatten beide die Maske gesehen. Bis jetzt konnte Lindsay Faulkner sich an nichts erinnern. Wenn sich diese Situation nicht verbesserte, dann könnte die Feder aus der Maske die einzige Verbindung zu den anderen Überfällen sein. Sie sah das Fax noch einmal durch, suchte nach der Feder, fand aber keinen Hinweis darauf. Da hätte zumindest eine Notiz sein müssen.

Annie warf einen Blick auf die Uhr. Myron würde noch weitere fünf Minuten in der Abgeschiedenheit des Männerklos zubringen. Die offiziellen Zeitmesser dieser Welt hätten ihre Uhren nach Myrons Stuhlgang einstellen können. Sie wählte die Nummer des Labors von ihrem Schreibtisch aus und ließ sich mit der Person verbinden, die sie brauchte, ratterte die Aktennummer herunter und wonach sie suchte.

Sie wartete, überflog noch einmal die Faxseiten, frustriert vom Mangel an Beweisen. Sie mußten es mit einem Profi zu tun haben, jemand, der gewitzt und eiskalt genug war, die Frauen dazu zu zwingen, sich alle Spuren abzuwaschen, oder wie im Fall Lindsay Faulkner, selbst alles abzuwaschen. Er wußte alles, wonach sie suchen würden, bis zu den Schamhaaren und Haut unter den Fingernägeln.

Sie fragte sich, ob die Task Force etwas in den alten Akten gefunden hätte, fragte sich, ob Stokes etwas von den staatlichen Archiven gehört hatte, fragte sich, ob die NCIC- oder VICAP-Computer irgend etwas ausgegraben hatten. Sie wünschte, sie wäre die Person, die das herausfinden würde, anstatt der Person, die verschwitzte Versicherungsvertreter im Archiv bediente.

»Verzeihung?« Die Frauenstimme am anderen Ende der Leitung meldete sich zurück. »Sie sagten eine schwarze Feder, nicht wahr?«

»Ja. Da war eine beim Nolan-Fall und etwas, das möglicherweise ein Fragment einer schwarzen Feder war beim Fall Faulkner.«

»Ist nicht hier, nein.«

»Was soll das heißen?«

»Das heißt, ich habe die Inventurlisten vorliegen, und ich sehe keine Federn. Sie sind hier nie eingetragen worden. Tut mir leid.«

Annie dankte der Frau und legte auf.

»Keine Federn«, murmelte sie, als Myron zurück ins Büro marschiert kam.

»Deputy Broussard, was murmeln Sie da vor sich hin?« fragte er.

Annie ignorierte ihn und ging zu der Schublade am Tresen und zog die Beweismittelkarte für den Faulkner-Fall heraus. Sie ließ ihren Finger über die Auflistung der Gegenstände gleiten. Die schwarze, federähnliche Faser war an vierter Stelle aufgeführt. Der letzte Name auf der Liste in der Kette Verantwortlicher war Det. Chaz Stokes, der die ganze Liste von Gegenständen abgeholt hatte, um sie dem Labor zur Untersuchung zu bringen.

Sie zog die Karte für Nolan heraus und ließ den Finger wieder über die Zeilen gleiten. Die Feder war aufgelistet. Das Beweismaterial war an Stokes übergeben worden, damit er es ans Labor weiterreichte. Aber das Labor hatte keine Aufzeichnung darüber, daß sie die Feder erhalten hatten.

»Was machen Sie da?« fragte Myron, entriß ihr die Karte und sah sie sich mit zusammengekniffenen Augen an.

Annie packte die Faxe von ihrem Schreibtisch und machte sich auf den Weg zur Tür.

»Wohin wollen Sie denn? Das kommt nicht in Frage«, sagte der Beamte.

»Zu Detective Stokes. Er ist mir ein paar Erklärungen schuldig.«

34

Die Detectives hatten ihr eigenes Gebäude gegenüber dem Haupthaus. Das Haus, mit dem liebevollen Decknamen »Pizza Hut« wegen der Mengen Peperonipizzen mit extra Käse, die dort regelmäßig angeliefert wurden, war eine niedrige, schleimgrüne Betonschuhschachtel, die einmal einer Straßenbaufirma als Büro gedient hatte. Das Sheriffsbüro hatte das Anwesen gekauft, den Parkplatz für das schwere Gerät in eine Pkw-Verwahrstelle verwandelt und das Gebäude der Detective-Abteilung gegeben, die in dem betagten Justizzentrum aus allen Nähten platzte.

Annie drückte den Summer an der Tür und wurde von einem Detective namens Perez hereingelassen, der seinen Namen mit Magic Marker vorne auf seine schußsichere Weste, die er über einem T-Shirt trug, gekritzelt hatte. Sein dunkles Haar war zu einem kurzen Rattenschwanz zusammengezurrt. Der Schnurrbart, der seine Oberlippe bedeckte, war so buschig, daß sich ohne weiteres kleine Nagetiere darin verstecken konnten. Er musterte Annie mit saurer Miene von oben bis unten.

»Ich muß zu Stokes.«

»Hast du einen Durchsuchungsbefehl?«

»Fick dich, Perez.«

Als sie an ihm vorbeiging, legte er die Hand wie ein Sprachrohr um den Mund und schrie: »He, Chaz, du hast das Recht zu schweigen.«

Das Gebäude war kalt wie ein begehbarer Gefrierschrank. Zwei Fensterklimaanlagen stöhnten unter der Anstrengung, die Temperatur zu halten, während elektrische Ventilatoren die gekühlte Luft durch den einzigen vorderen Raum wirbelten. Der Raum, den man der Vergewaltigungssoko zugeteilt hatte, ging nach hinten raus. Wahrscheinlich war das einmal das Büro des Vorarbeiters gewesen. Ein vier mal vier

Meter großer Würfel, der mit billigem Furnier getäfelt war. Jemand hatte auf dem Sims eines vergitterten Fensters mit dem Bau einer Pyramide aus Limodosen begonnen. Die Akten, die Annie und Myron gesammelt hatten, lagen willkürlich verstreut auf dem langen Tisch, der das zentrale Möbelstück des Raumes war. Der harte, cajungewürzte Rocksong von Sonny Landreths »Shootin for the Moon« jaulte aus einem Ghettoblaster auf einem der Aktenschränke.

Mullen war am Telefon. Stokes tänzelte hinter dem Tisch herum, spielte imaginär Gitarre und bewegte die Lippen zu dem Song, sein zerknitterter Hut balancierte auf dem Hinterkopf.

Annie verdrehte die Augen. »Oh, ja, die Frauen im Parish werden viel besser schlafen, wenn sie wissen, daß du hart am Arbeiten bist, Stokes.«

Er drehte sich zu ihr. »Broussard, du bist ein Furunkel auf dem Arsch meines Tages. Verstehst du, was ich meine?«

»Du glaubst wohl, das interessiert mich.« Sie hielt die Faxe hoch. »Deine vorläufigen Laborergebnisse über Faulkner. Wo ist die Feder?«

Er riß ihr die Papiere aus der Hand und überflog sie mit gerunzelter Stirn.

»Spar dir die Mühe, mir vorzuspielen, daß du sie da suchst«, sagte Annie. »Das Labor hat gesagt, es hätte sie nie gesehen und auch nicht die vom Nolan-Tatort. Ich will wissen, warum.«

Mullen hielt den Telefonhörer immer noch an sein Ohr gepreßt, aber sein Blick war auf sie gerichtet.

»Mann, das brauch' ich wie eine Wurzelbehandlung«, murmelte Stokes und wandte sich zur Hintertür. Annie folgte ihm nach draußen. Der Platz hinter dem Gebäude war eine Wüste aus Muschelscherben, Steinen und Unkraut mit Aussicht auf die stehengebliebenen Schrotthaufen in der Verwahrstelle.

»Was hast du mit ihnen gemacht, Chaz?« fragte sie.

»Ich hab' dir gesagt, laß die Finger von meinen Fällen«, zischte er und zeigte drohend mit dem Finger auf sie.

»Damit du ungestraft Scheiße bauen kannst?«

»Halt die Klappe!« schrie er und stürmte auf sie zu. »Halt dein Scheißmaul!«

Annie wich rückwärts an das Gebäude zurück.

»Ich hab die Schnauze ziemlich voll von deinem Scheiß, Broussard«, fauchte er, sein Gesicht war nur wenige Zentimeter von ihrem entfernt. Seine blassen Augen glühten wie Neon vor Zorn. Die Adern an seinem Hals traten vor wie Eisenstangen. »Ich weiß, was ich tue. Wie, glaubst du, hab' ich diesen Job gekriegt? Glaubst du, ich hab' diesen Job gekriegt, weil ich brauner bin als du? Glaubst du, ich hab' den Job nur wegen meiner Hautfarbe gekriegt?«

Annie wich keinen Zentimeter, erwiderte seinen Blick mit einem ebenso bösen. »Nein, ich glaube, du hast ihn gekriegt, weil du ein Mann und voller Scheiße bist. Du spielst hier Supermann, und wenn das einer anzweifelt, dann sind es plötzlich Rassisten. Ich hab' die Nase gestrichen voll von diesem Spiel. Ich hab' nie gehört, daß Quinlan jemand einen Rassisten nennt. Ich höre nicht, daß Ossie Compton jemanden einen Rassisten nennt. Ich höre keinen außer dir, und was du hast, ist nicht mal richtige Sonnenbräune.«

Sie duckte sich unter dem Arm durch, mit dem er an der Wand lehnte, wich vor ihm zurück. »Du bist ein Wichser. Du wärst auch ein Wichser, wenn du schneeweiß wärst. Du wärst ein Wichser, wenn du aussehen würdest wie Mel Gibson. Ende des Themas. Ich will wissen, was du mit dem Beweismaterial gemacht hast, das ich gesammelt habe. Du kannst es mir sagen – oder wir können damit zum Sheriff gehen.«

Stokes rannte hin und her, versuchte, seinen Zorn in Griff zu kriegen oder seine Chancen abzuwägen oder beides. »Droh mir ja nicht, Broussard«, knurrte er. »Du bist nur eine kleine Stänkerin, die Typen anmacht und dann nicht ranläßt.«

»Gus ist noch in seinem Büro«, bluffte Annie. »Ich hätte auch direkt zu ihm gehen können, weißt du.«

Und riskieren, wie ein Idiot dazustehen und jede Aggression, die die Männer ihr gegenüber hatten, wieder neu zu entfachen. Stokes würde Gus dasselbe sagen, was er gerade zu ihr gesagt hatte. Er würde sie eine Unruhestifterin nennen, und es gab keinen einzigen im Revier, der ihm nicht in irgendeiner Hinsicht glauben würde.

»Du hast Beweismaterial weggeworfen«, stocherte sie weiter, wollte ihm keine Zeit zum Nachdenken geben. »Wie, bitte, willst du dich da rausreden?«

»Ich hab' nichts weggeworfen«, begehrte er auf. »Die Federn sind ins staatliche Labor gegangen.«

»Wo ist die Empfangsbescheinigung?«

»Fick dich! Ich muß dir keine Antwort geben, Broussard! Für wen hältst du dich überhaupt?«

»Vielleicht bin ich der einzige Mensch, der aufpaßt«, konterte Annie. »Warum solltest du alles außer den Federn nach New Iberia schicken?«

»Weil ich einen Typen im staatlichen Labor kenne, der mir einen Gefallen schuldet. Deshalb. Sie haben irgendein Superhirn von Faserexperten, der eine Feder anschaut und sofort sagen kann, ob sie von einem Entenhintern in der Äußeren Mongolei stammt. Also hab' ich ihm die gottverfluchten Federn *und* die Maske vom Bichon-Mord geschickt. Nützen wird's sowieso nichts. Diese verdammten Masken gibt's wie Sand am Meer. Was sollen wir tun? Jeden Hersteller in Arschfick-Thailand aufspüren und sie fragen, was? Zu jedem billigen Souvenirladen in Südlou'siana gehen und sie fragen, ob sie eine Maske an einen Vergewaltiger verkauft haben? Hundert gottverfluchte Meilen Beinarbeit, die uns nicht die Bohne bringt.«

»Außer, wenn die Federn zusammenpassen«, sagte Annie. »Dann könntest du die ersten zwei Vergewaltigungen zumindest mit Faulkners in Verbindung bringen. Selbst wenn es nur ein dünner Faden ist, ist es mehr als das, was wir jetzt haben. Faulkner hat keinerlei Erinnerung an den Überfall. Vielleicht wird sie sich nie erinnern.«

Im selben Augenblick wurde ihr klar, daß sie einen Fehler gemacht hatte. Stokes richtete sich auf, sein Blick wurde kalt und hart.

»Woher weißt du das?« fragte er ruhig.

O Scheiße. Annie sprang mit beiden Füßen ins kalte Wasser. »Ich hab' sie heute morgen besucht.«

»Verfluchte Scheiße!« schrie Stokes ungläubig. Dann senkte er seine Stimme zu einem Flüstern, das trotzdem wie eine Feile über ihre Nerven ratschte. »Du hörst einfach nicht zu, du Luder, stimmt's? Das ist *mein* Fall«, sagte er und schlug sich mit der Faust auf die Brust. »*Ich werde* ihn lösen. Ich muß mich dir gegenüber nicht rechtfertigen. Sollte ich rausfinden, daß du das Staatslabor anrufst, um meine Geschichte zu überprüfen, zerr' ich deinen Arsch in Nobliers Büro – und wenn du glaubst, er wär nicht bereit, dich rauszuwerfen, würde ich an deiner Stelle noch mal gut überlegen, Broussard. Wenn ich mit dir fertig bin, wirst du höchstens noch Wache auf einer Alligatorfarm schieben. Faulkner ist mein Opfer, meine Zeugin. Du hältst dich gefälligst von ihr fern. Halt dich ja aus meinen Fällen raus«, warnte er und bohrte seine Zeigefinger in ihr Brustbein. »Halt dich fern von mir.«

Er ging zurück ins Gebäude, die Sturmtür schloß sich zischend hinter ihm. Mullen starrte sie durchs Fenster an. Einen Augenblick später sprang brüllend ein Wagen auf der anderen Seite des Gebäudes an, Reifen quietschten auf dem Pflaster. Sie erhaschte einen Blick auf Stokes' schwarzen Camaro, der in Richtung Bayou davonschoß.

Was nun? Annie konnte sich nicht vorstellen, daß Stokes so gewissenhaft wäre und die Federn zu einem Spezialisten geschickt hatte. Aber wenn sie im Staatslabor anrief, um das zu überprüfen, hätte er sie am Arsch. Wenn er die Federn tatsächlich nach Shreveport gebracht hatte, dann würde er die Empfangsbescheinigung bei der Fallakte aufbewahren, und die war in seinem Besitz. Und wenn er die Federn nicht ins Staatslabor geschickt hatte?

Er gab zu, daß er keine Lust hatte, sich die Hacken abzulaufen, keine Lust, dem Ursprung der Federn nachzujagen. Die Chancen, dabei etwas Nützliches zu finden, waren zu gering. Er wollte nicht, daß die Federn mit der Maske beim Bichon-Mord übereinstimmten, weil das heißen könnte, jemand anders als Marcus Renard hätte Pam Bichon getötet. Er wollte die Arbeit nicht. Er wollte die Kopfschmerzen nicht. Er wollte nicht bewiesen haben, daß er sich irrte.

Ein Wanderer auf dem Weg des geringsten Widerstandes, das war Stokes. Sein Problem hatte wahrscheinlich überhaupt nichts mit seiner Farbe oder mit dem, wie irgend jemand seine Farbe auffaßte, zu tun. Er hätte lieber seine Zeit damit verbracht, Phantasiegitarre zu spielen, als sich der langweiligen Aufgabe zu stellen, einer fadenscheinigen Spur nachzugehen. Er hätte seine Zeit lieber damit verbracht, mit Pam Bichon zu flirten, als die stumpfsinnige Arbeit zu machen, die bewiesen hätte, daß ein Stalker am Werk war. Seiner Meinung nach war sie nicht in Gefahr gewesen, warum also irgend etwas nachgehen?

Annie fragte sich, was er wohl sonst noch alles vermasselt hatte – bei diesem Fall und bei Bichons. Was könnte er übersehen haben, als Pam von dem Stalker verfolgt wurde? Etwas, das man gegen Renard hätte verwenden können, als Pam die einstweilige Verfügung beantragt hatte? Wie anders wären die Dinge verlaufen, wenn jemand anders von Anfang an Pams Fall bearbeitet hätte – Quinlan oder Perez oder Nick?

Jetzt hatte Stokes die Leitung einer Soko, die das Leben von einer Reihe von Frauen beeinflussen könnte. Sie hatten es hier mit einem Kriminellen zu tun, der das System kannte, die Verfahrensweise kannte, ihnen praktisch nichts an den Schauplätzen von drei Vergewaltigungen hinterlassen hatte. Nur ein Profi konnte wissen, was sie brauchten –

Oder ein Cop.

Bei dem Gedanken wurde ihr eiskalt ums Herz. Angst kratzte an ihrem Nacken, und sie wandte sich dem Pizza Hut zu.

Ein Cop wüßte genau, wie man ein Verfahren wegen Vergewaltigung aufbaute.

Stokes ein Vergewaltiger? Das war verrückt. Er hatte mehr Frauen, als er sich merken konnte, gehabt. Aber bei Vergewaltigung ging es nicht um Sex. Viele Vergewaltiger hatten Ehefrauen oder Freundinnen. Sie dachte daran, wie Stokes sie noch vor wenigen Augenblicken angegriffen hatte und wie er sie angesehen hatte, die Wut in seinen Augen. Sie dachte daran, wie er sie vor Monaten angesehen hatte, als sie mit ihm auf dem Parkplatz der Voodoo Lounge gestritten hatte, an die heiße, blaue Flamme des Hasses, die emporloderte, als sie ihn abgewiesen hatte.

Aber es war ein weiter Sprung von Wut zu Aggression zu Vergewaltigung. Es machte mehr Sinn, daß Stokes faul war, als daß er ein Sexualtäter war. Es machte mehr Sinn, daß ihr Vergewaltiger ein erfolgreicher Krimineller war als ein erfolgreicher Cop.

Trotzdem …

Stokes hatte die gesamte Kontrolle über alles Beweismaterial, das Ähnlichkeiten mit Pam Bichons Mord aufwies.

Stokes hatte Pams Beschwerden über den Stalker untersucht.

Donnie Bichon war eifersüchtig auf Pams Beziehung zu dem Detective gewesen. Das behauptete Lindsay Faulkner, die Stokes Montag zum Essen getroffen hatte und der man am selben Abend den Kopf eingeschlagen hatte.

Donnie war eifersüchtig auf Stokes.

»Dumm … Es war gar nichts«, hatte Faulkner gesagt.

Annie fragte sich, wer Stokes diese Nachricht gesteckt hatte.

Sie beendete ihre Schicht in der Bürohölle, zog sich in ihrem Behelfsumkleideraum um, begab sich auf die Suche nach Kostenvoranschlägen für ihre »Schrottschleuder« und hielt dabei Ausschau nach einem Cadillac mit passenden Beulen. Die letzte der drei Garagen stand gegenüber von Po'Richard's Sandwichladen.

Mit knurrendem Magen überlegte sie, wie sie ihr Abendessen regeln sollte. Wenn sie nach Hause fuhr, würde das mit ziemlicher Sicherheit eine Konfrontation mit Onkel Sos geben. Sie war ihm und seinen Fragen heute morgen aus dem Weg gegangen, aber soviel Glück würde sie nicht noch einmal haben. Er würde wissen wollen, warum A. J. heute morgen gekommen und so schnell wieder gegangen war. Wenn sie zu Fourcade fuhr, würde was passieren? Würden sie sich hinsetzen und über das reden, was zwischen ihnen lief, oder würden sie einfach nur in sein Bett fallen, nichts lösen, alles nur noch mehr komplizieren?

Sie fuhr zum Drive-in-Fenster und bestellte gebackene Shrimps und ein Pepsi. Der Junge am Fenster erkannte sie nicht. Er war nicht der Typ, der sich Nachrichten ansah. Sie vermied die Picknicktische, die vor dem Restaurant standen und wo mehrere Leute beim Essen saßen, sondern fuhr die Straße hinunter und parkte auf einem freien Grundstück, das mit Bierdosen und zerbrochenem Glas übersät war. Während sie aß, starrte sie durch ihr zerbrochenes Fenster über die Straße zu Bichon Bayou Development.

Das Büro war schon seit zwei Stunden geschlossen, aber Donnies Lexus stand neben dem Gebäude, und ein Licht brannte in zwei der Fenster. Warum war Donnie auf die Zeit eifersüchtig gewesen, die Pam mit Stokes verbracht hatte? Hatte er erwartet, daß Pam sich an ihn wendete statt an die Cops, während sie der Stalker verfolgte? War das sein Plan gewesen – Pam selbst zu verfolgen, ihr anonym angst zu machen und sie dazu zu bringen, zu ihm zu rennen, damit er sie zurückgewinnen konnte? Ein so infantiler Plan war genau das, was Donnies stehengebliebenes pubertäres Ego ansprechen würde. Und wenn der Plan nicht funktionierte, dann hätte er jemand anderem die Schuld in die Schuhe schieben wollen – Stokes oder Pam selbst.

Annie nahm den letzten Shrimp aus dem Karton, kaute ihn langsam und dachte an Lindsay. Faulkner mochte Donnie nicht. *Haß* war möglicherweise kein zu starkes Wort dafür. Vielleicht hatte sie diese neuerliche Enthüllung nur gebracht, um Donnie Probleme zu machen. Laut der Empfangsdame im Immobilienbüro hatten Donnie und Lindsay Montag morgen gestritten. Lindsay hatte vielleicht gedacht, wenn sie Donnie diffamieren würde, könnte das seinen möglichen Käufer für die Immobilienfirma abschrecken. Und wie hätte Donnie auf diesen Plan reagiert?

Wenn er fähig war, die Mutter seines Kindes zu terrorisieren, wenn er fähig war, sie zu töten, was sollte ihn dann daran hindern, Lindsay Faulkner den Schädel mit dem Telefon einzuschlagen?

Sie stieg aus dem Jeep, überquerte die Straße und ging durch das offene Seitentor in das Büro von Bichon Bayou Development. Sie wählte eine Seitentür in der Nähe des Fensters mit dem Licht, läutete zweimal und wartete. Einen Moment später zog Donnie die Tür auf und starrte sie mit leicht glasigen Augen an.

»Na, wenn das nicht die Hühnerfüllung in meinem Bullensandwich ist«, nuschelte er. Er hatte seine Krawatte abgelegt und das Hemd geöffnet, die Ärmel hochgerollt. Der Geruch von Whisky haftete wie ein schwaches Eau de Cologne an ihm. »Ich hab' Fourcade am Hintern kleben, Stokes im Gesicht und Sie ... Welchen Teil von mir wollen Sie, Miss Broussard?«

»Wieviel haben Sie getrunken, Mr. Bichon?«

»Warum? Gibt es irgendein Gesetz dagegen, daß ein Mann seinen Kummer in der Privatsphäre seines eigenen Büros ertränkt?«

»Nein, Sir«, sagte Annie. »Ich frage mich nur, ob dieses Gespräch meiner Mühe wert ist, mehr nicht.«

Er fuhr sich mit der Hand durch sein braunes Haar, verstrubbelte es und lehnte eine Schulter an den Türrahmen. Sein Lächeln schien dünn und aufgesetzt. Er sah müde aus, körperlich und geistig. Traurig sah er aus, beschloß Annie, obwohl sie darauf achtete, daß diese Einschätzung ihre Gefühle ihm gegenüber nicht färbte. Donnie war der Typ Mann, den viele Frauen sicher gerne bemuttern würden – der ewige kleine Junge im Körper eines Mannes, voller Charme und Schalk und Verwirrung und Potential. War es dieses Knabenhafte, was Pam angezogen hatte? Lindsay Faulkner hatte gesagt, Pam hätte immer ein großes Potential bei Donnie gesehen, hatte sich aber nie vorgestellt, daß er die Erwartungen erfüllen würde.

»Sind Sie immer so direkt, Detective?« fragte er. »Was ist nur aus diesen schüchternen Spielchen geworden, die Frauen unter der weißbehandschuhten Fuchtel ihrer Mutter lernten?«

»Deputy bitte«, verbesserte ihn Annie. »Meine Mutter starb, als ich neun war.«

Donnie zuckte zusammen. »Mein Gott, ich kann momentan aber auch gar nichts richtig machen«, sagte er mit echter Reue. Er trat von der Tür zurück und winkte sie herein. »Ich bin nicht so betrunken, daß ich all meine Manieren oder meinen guten Menschenverstand verloren habe, wenn auch manche behaupten würden, ich hätte vom letzteren nie sonderlich viel gehabt. Kommen Sie rein. Setzen Sie sich. Ich hab' gerade eine Pizza bestellt.«

Eine Schwanenhalslampe war die einzige Lichtquelle in seinem Büro. Sie schimmerte golden auf den polierten Eichenschreibtisch und gab dem Raum etwas Intimes. Eine Flasche Glenlivet Single Malt stand auf der Schreibunterlage neben einer Kaffeetasse, die Donnie zum »Nr. 1 Dad« kürte.

»Haben Sie Josie diese Woche gesehen?« fragte Annie,

während sie langsam durch das Büro ging, sich die Naturkost an den Wänden ansah, die Luftaufnahmen des Qual-Run-Gebiets. Neben der Kaffeetasse stand ein Bild von Josie auf dem Schreibtisch. Sie griente wie eine Elfe.

Donnie ließ sich in seinen Stuhl fallen. »Verflucht, nein. Jeder Abend ist Schulabend. Am Wochenende haut Belle mit ihr ab. Lassen Sie sich eins sagen, das einzige, was schlimmer ist als eine Exfrau, ist eine Exschwiegermutter. Sie lügt mich an, wenn ich anrufe – erzählte mir, Josie wäre in der Badewanne, im Bett, macht Hausaufgaben.« Er goß sich zwei Finger Scotch in die Tasse und trank die Hälfte. »Ich muß zugeben, ich habe finstere Gedanken, was Belle Davidson angeht.«

»Sie sollten darauf achten, wem Sie das erzählen, Mr. Bichon.«

»Richtig. Alles, was ich sage, kann gegen mich verwendet werden. Na ja, im Augenblick ist mir das egal. Mir fehlt mein kleines Mädchen.«

Er nippte an seinem Scotch, strich mit den Fingerspitzen über die Buchstaben auf der Tasse. Irgendwie schien er überrascht, so als hätte er nie damit gerechnet, in seinem Leben mit Schwierigkeiten konfrontiert zu werden und als wäre das, was er momentan durchmachte, ein böser und unwillkommener Schock. Er hatte es immer zu leicht gehabt, vermutete Annie. Er sah gut aus. Er war beliebt. Er war ein Sportler. Er erwartete Liebe und Bewunderung, sofortiges Verzeihen, keine Rechenschaft. In vieler Hinsicht war er genauso ein Kind wie seine Tochter.

»Bitte, setzen Sie sich, Deputy, damit ich meinen Blick auf Sie konzentrieren kann. Und bitte nennen Sie mich Donnie. Ich bin schon deprimiert genug, ohne daß ich denken muß, daß sich attraktive Frauen verpflichtet fühlen, mich ›Sir‹ zu nennen.« Wieder dieses müde Lächeln.

Annie setzte sich in den burgunderfarbenen Ohrensessel gegenüber von seinem Schreibtisch. Er wollte ein Freund sein, sich einreden, sie wäre wegen ihm hier und nicht als Cop – so wie Renard das auch immer versuchte. Aber bei Donnie fand sie das weniger beängstigend, was sich als teurer Fehler erweisen könnte, ermahnte sie sich. Er hatte genausoviel Grund gehabt, Pam zu töten, wie Renard. Sogar mehr. Aber er sah gut aus, war beliebt und charmant, und keiner wollte sich vorstellen, daß er sich etwas Schlimmeres hatte zuschulden kommen lassen, als seine Frau zu betrügen.

Wenn sie Detective spielen wollte, dann war es ihre Rolle, ihn hinter seiner öffentlichen Fassade hervorzulocken. Sie mußte ihn dazu bringen, sich zu entspannen, ihn zum Reden zu bringen, sehen, was er enthüllen könnte. Sie könnte noch einmal die feindselige Haltung, die Stokes und Fourcade ihm gegenüber eingenommen hatten, ausspielen. Sie könnte sein Freund sein.

»Okay, Donnie«, sagte sie. »Was deprimiert Sie?«

»Was nicht? Ich bin von meinem Kind getrennt. Ich werde von einem psychopathischen Cop verfolgt, den *ich* auf Kaution aus dem Gefängnis geholt habe. Und jetzt taucht Stokes hier auf und fragt mich, ob ich Lindsay Faulkner den Schädel eingeschlagen habe – als hätte ich je geglaubt, daß man da auch nur eine Beule reinkriegen würde. Das Geschäft ist …«, er endete mit einem Seufzer. »Und Pam …«

Tränen stiegen ihm in die Augen, und er wandte sich ab. »Das wollte ich ganz bestimmt nicht«, flüsterte er.

»Es läuft für keinen besonders gut«, sagte Annie. »Ich hab' heute früh Lindsay besucht. Ihr Zustand ist ziemlich übel.«

»Aber das hat nichts mit Pam zu tun«, sagte er. »Das war dieser Vergewaltiger.«

Annie gab keinen Kommentar dazu. In der kurzen Schweigepause beobachtete sie, wie seine überzeugte Miene verrutschte. »Ich nehme an, Sie haben gehört, daß gestern abend jemand auf Renard geschossen hat.«

»Das ist Stadtgespräch«, sagte Donnie. »Ich glaube, wenn

er getötet worden wäre, hätten die Rotarier den Schützen zum ›Grand Marshal‹ für die Mardi-Gras-Parade gemacht. Die Leute sind es leid, darauf zu warten, daß der Gerechtigkeit Genüge getan wird.«

»Sind Sie einer von diesen Leuten?«

»Verflucht, ja. Hab' ich den Abzug gedrückt? Verflucht, nein, und dieses eine Mal hab' ich tatsächlich ein Dutzend Zeugen, die das bestätigen. Ich war gestern nacht hier und hab' an dem Wagen für die Parade gearbeitet.«

»Und die Truppe hat heute nacht frei?«

»Er ist fertig. Ich feiere.« Er hob die Flasche und die Augenbrauen. »Wollen Sie mir helfen?«

»Nein, danke.«

»Das ist schon das zweite Mal, daß Sie mir einen Korb geben. Wenn Sie nicht aufpassen, krieg ich noch das Gefühl, daß Sie mich nicht mögen.«

»Und was dann?«

Er zuckte die Achseln und grinste. »Ich werde mir mehr Mühe geben müssen. Ich mag es nicht, wenn ich abgewiesen werde.«

»Wie steht's mit Konkurrenz? Lindsay hat mir erzählt, Sie wären eifersüchtig gewesen, weil Stokes soviel Zeit mit Pam verbrachte.«

Das Grinsen wurde platt. Er goß ein bißchen mehr Scotch ein, nahm die Kaffeetasse und entfaltete seinen schlaksigen Körper aus dem Stuhl. »Der Typ ist ein Wichser, mehr nicht. Er sollte ermitteln. Und alles, was er wirklich wollte, war, sie flachzulegen.«

»Glauben Sie, daß ihm das gelungen ist?«

»Pam hat nicht rumgebumst.«

»Und wenn sie es hätte, was wäre Sie das angegangen?«

»Sie war immer noch meine Frau«, sagte er, und sein Gesicht verzog sich vor unterdrückter Wut.

»Auf dem Papier.«

»Es war noch nicht vorbei.«

»Pam sagte, es war.«

»Sie irrte sich«, sagte er hartnäckig. »Ich habe sie geliebt. Ich habe es vermasselt. Ich weiß, daß ich es vermasselt habe, aber ich habe sie geliebt. Wir wären schon wieder klargekommen.«

Seine Bestimmtheit erstaunte und ärgerte Annie. »Donnie, sie hatte die Scheidung eingereicht.«

»Sie hatte immer noch meinen Namen. Herrgott. Sie trug immer noch meinen Ring.« Wieder stiegen ihm Tränen in die Augen, und seine Hand zitterte ein bißchen. »Und sie geht aus mit diesem –«

Er war nicht betrunken genug, um diesen Satz zu Ende zu sprechen. Er schüttelte den Kopf ob der Versuchung, wandte sich davon ab.

»Was meinen Sie damit – aus mit ihm?« bohrte Annie. »Sie meinen, wie eine Verabredung?«

»Zum Mittagessen, um diesen Aspekt des Falles zu besprechen. Zum Abendessen, um diesen Aspekt des Falles durchzugehen. Ich hab' gesehen, wie er sie angeschaut hat. Ich weiß, was er wollte. Der Fall war ihm scheißegal. Er hat nichts getan, um das, was passierte, zu unterbinden.«

»Woher wissen Sie das?«

Er blinzelte. »Weil ich – ich *weiß* es. Ich war da.«

»Wo?« setzte Annie sofort nach, stand auf, ging auf ihn zu, all ihre Instinkte waren in Alarmzustand. »Sind Sie ihm gefolgt? Haben Sie mit dem Sheriff geredet? Woher wollen Sie wissen, was er getan hat und was nicht, Donnie?«

Wenn Sie nicht beteiligt waren.

Einen Moment lang gab er keine Antwort, sah sie nicht an. »Fragen Sie ihn«, sagte er schließlich. »Fragen Sie ihn, was er getan hat. Fragen Sie ihn, was er wollte. Ich kann nicht glauben, daß er nicht auch dasselbe von Ihnen will.« Sein Blick wanderte über ihr Gesicht. »Er könnte es ja auch gekriegt haben. Vielleicht stehen Sie auf seinen Typ. Was weiß ich schon.«

»Seinen Typ?«

Er nippte an seinem Scotch und lief im Zimmer herum.

»Haben Sie ihn je wegen seines Interesses an Pam zur Rede gestellt?« fragte Annie.

»Er hat gesagt, wenn ich ein Problem mit ihm hätte, sollte ich damit zum Sheriff gehen, aber daß ich wie ein Idiot dastehen würde, weil Pam sich ganz sicher nicht beklagte.«

»Wie hat sich das auf Ihre Gefühle gegenüber Pam ausgewirkt?«

Er gab keine Antwort. Er nahm eine kleine, gerahmte Fotografie aus dem Bücherregal und sah sie an, als hätte er sie sehr lange nicht gesehen. Ein Foto von ihm und Pam und Josie mit etwa fünf. Seine Familie, intakt.

»Sie war so hübsch«, flüsterte er.

Er stellte den Rahmen beiseite und wandte sich wieder zu Annie. »Wie Sie, Detective. Hübsche braune Augen.« Er streckte eine zögernde Hand aus und strich ihren Pony zur Seite. »Hübsches Lächeln.« Er berührte ihren Mund. »Sie sollten aufpassen. Ich werde Sie heiraten wollen.«

Annie hielt sich still, fragte sich, wieviel von diesem Gerede wirklich Donnie war und wieviel der Schnaps. Dann summte die Türglocke, und was immer in Donnies Kopf gewesen war, verschwand.

»Der Pizzamann«, verkündete er und ging hinaus.

Sie fragte sich, wie gefestigt er war. Seine Logik war dem klassischen Muster des besessenen Stalkers, als den jeder Renard sah, gefährlich nah. Sie fragte sich, wie wütend es ihn gemacht hatte, Pam mit Stokes zu sehen. Sie fragte sich, wie ein Mann, der bewiesenermaßen hinter jedem Rock in der Stadt her war, sich moralisch empören konnte, weil seine von ihm getrennte Frau mit einem anderen Mann zum Mittagessen verabredet war. Selbst wenn Stokes' Absichten auf Pam gehabt hatte, Pam hatte sie nicht erwidert. *»Es war nichts«*, hatte Lindsay gesagt. Sie hatte das Thema nur widerwillig angeschnitten, so unbedeutend erschien es ihr.

Und trotzdem hatte sie das Thema mit Stokes angeschnitten, genau an dem Tag, an dem sie mit Donnie gestritten hatte... und in derselben Nacht hatte jemand versucht, sie für immer zum Schweigen zu bringen.

Die Puzzlestücke siebten durch ihren Kopf. Der verzweifelte Donnie, der eine Frau und das Sicherheitsnetz für sein Geschäft verlor. Donnie, der unfähig war, mit dem Gedanken einer Abweisung fertig zu werden. Donnie in finanziellen Nöten. Donnie, wütend, gefährlich, an den Abgrund getrieben durch seine Probleme und den Anblick seiner Frau, wie sie die Gesellschaft eines anderen Mannes genoß – eines Mannes, dessen Rasse vielleicht die Empörung bei Donnie noch gesteigert hatte. An diese dünne schwarze Linie getrieben, könnte er sie in einem Moment des Wahnsinns überschritten haben? Sie in einem Wutanfall getötet haben und das Verbrechen durch Abscheulichkeiten verschleiert, die ihm nie jemand zutrauen würde?

Das plötzliche Läuten des Telefons durchbrach ihre Konzentration. Sie erwartete, daß sich ein Anrufbeantworter einschalten würde, aber das tat er nicht. Wer rief um diese Zeit eine Geschäftsnummer an? Ein Klient? Eine Freundin? Ein legitimer Geschäftspartner? Ein nicht so legitimer?

Sie nahm den Hörer ab, als das Telefon aufhörte zu läuten. Den Blick auf die Tür gerichtet, wählte sie Stern 69 und wartete, während der Anruf sich selbst zurückverfolgte.

Beim vierten Läuten antwortete eine Männerstimme. »Marcotte.«

35

»Wann wirst du das anstreichen, Marcus? Ich möchte nicht mehr daran erinnert werden. Meine Nerven sind immer noch sehr angegriffen. Schlimmer, um ehrlich zu sein. Ich hab' das Gefühl, ich muß alles noch einmal durchmachen, weil wieder Abend ist. Meine Abende werden nie wieder so sein wie früher. Die Freude meiner Abende ist mir geraubt worden. Ich werde nie wieder an diesem Tisch sitzen und nach dem Abendessen eine Tasse Kaffee genießen können. Ganz bestimmt nicht, solange die Wand so aussieht. Wann wirst du sie streichen?«

»Morgen, Mutter.«

Marcus kratzte den Rest Schnellputz von der Wand und in die Dose, in der er die Mischung angerührt hatte. Er war kein Fachmann im Reparieren von Wänden, ganz zu schweigen von Schußlöchern, aber kein Fachmann war bereit gewesen, den Job zu übernehmen. Bei jedem Anruf dasselbe: Sie hörten seinen Namen und legten auf.

Er hatte die kaputte Glastür selbst zugenagelt. Wenn das Ersatzglas kam, würde er wohl lernen müssen, Fenster einzukitten. Bis dahin würden die schweren Vorhänge zugezogen bleiben. Doll hatte jeden Rolladen und jeden Vorhang im Haus geschlossen, um einem potentiellen Voyeur oder Heckenschützen die Sicht zu versperren.

»Das Sheriffsbüro sollte für die Reparatur dieses Lochs bezahlen«, sagte Doll. »Es ist ihre Schuld, daß die Leute auf uns schießen. So wie die dich niedergewalzt haben, wo du dir doch hast nichts zuschulden kommen lassen, außer daß du dich wegen einer Frau zum Narren gemacht hast. Sie sind faul und korrupt, und wegen ihnen werden wir alle noch im Schlaf ermordet werden.«

»Sie sind nicht alle so, Mutter. Annie hat gesagt, sie wird ihr Bestes tun, und das, was gestern nacht passiert ist, genau untersuchen.«

»Annie«, sagte sie mißbilligend. »Mach dir nichts vor, Marcus. Du hältst sie für eine Art Engel. Sie ist auch nicht besser als die anderen.«

Marcus schaltete das Genörgel seiner Mutter aus und kniete sich hin, um den Bereich, in dem er gearbeitet hatte, sauberzumachen. Er stellte sich vor, wie es wäre, hier wegzuziehen und neu anzufangen – ohne die Last seiner Familie oder seines Rufs. Er stellte sich ein Haus nach eigenen Entwürfen vor, vielleicht an der Golfküste in Texas oder Florida. Etwas Offenes, Helles mit einer großen Terrasse zum Wasser.

Er dachte daran, wie es wäre, von der Arbeit nach Hause zu kommen und für Annie das Abendessen zu kochen. Sie war kein häuslicher Typ. Er würde seine Freude daran haben, es ihr beizubringen. Sie würden Seite an Seite in der Küche arbeiten, und er würde ihr zeigen, wie man einen Fisch richtig filettiert. Seine Hand würde die ihre mit dem Messer umschließen und sie führen. Fast konnte er die zarten Knochen ihrer Hand unter seiner fühlen, den glatten Messergriff, der ihre Handfläche füllte. Es würde sie beide an die Nacht vorher erinnern, als er ihre Hand um den Schaft seines Penis gelegt hatte. Wärme durchflutete seinen Unterleib.

»Marcus, hörst du mir zu?«

Dolls schriller Tonfall zerfetzte seine Phantasie, ruinierte sie. Er stellte sich kurz vor, wie es wäre, brüllend aufzuspringen, die Dose mit Schnellputz zu schwingen, sie seiner Mutter ins Gesicht zu schlagen, und wie Schnellputz und Blut über die Wand spritzten, wenn sie zu Boden sank. Aber natürlich tat er das nicht. Es war nur der Wahnsinn eines Augenblicks, da – und schon wieder fort. Er wischte sich die Hände mit einem feuchten Handtuch ab und legte es ordentlich zusammen.

»Was war das, Mutter?«

»Wird die Farbe zur alten passen?« fragte sie ungeduldig. »Ich habe so eine Ahnung, daß der Flecken immer zu sehen sein wird. Daß die Farbe nicht passen wird, egal, was wir tun, und jedesmal, wenn ich die Wand ansehe, wird mich die Angst übermannen.«

Marcus erhob sich mit dem Eimer in der einen und der Werkzeugkiste in der anderen Hand. »Ich bin sicher, sie wird passen – solange wir dem Putz genug Zeit geben, richtig zu trocknen, bevor wir streichen.«

Doll trommelte mit den Fingerspitzen gegen ihr Brustbein und machte ein säuerliches Gesicht. »Ich wünschte, du würdest es heute streichen.«

»Wenn ich es heute streiche, wird der Fleck durchkommen.« Er ging weg, als sie hinter ihm vorwurfsvoll mit der Zunge schnalzte.

Er wollte raus aus diesem Haus, brauchte Luft, brauchte Ruhe. Er wollte Annie sehen. Er hatte versucht, sie anzurufen, um ihr noch einmal zu danken, weil sie ihm zu Hilfe geeilt war, sie zu fragen, ob sie in seinem Fall irgendwelche Fortschritte gemacht hatte, aber sie war nicht zu Hause, und er fragte sich, was sie wohl gerade tat. Sosehr ihm das auch gegen den Strich ging, er konnte nicht umhin, sich zu fragen, ob sie heute nacht mit einem Mann zusammen gewesen war.

Der Gedanke weckte seine Eifersucht. Männer begehrten sie natürlich. Er auch. Vielleicht würde sie sich einen Geliebten nehmen, nachdem ihr noch nicht voll bewußt war, was zwischen ihnen sein könnte. Er stellte sich vor, wie er sie den Armen eines anderen Mannes entriß, sie schlug, sie bestrafte, maßregelte, weil sie ihn verraten hatte, sie sexuell mit Gewalt und Dominanz nahm. Dann würde sie ihren Fehler einsehen. Sie würde erkennen, wie echt seine Gefühle für sie waren. Und in dieser Erkenntnis würde sie sich über ihre eigenen Gefühle klarwerden.

Seltsam, dachte er, während er sich die Putzreste von den Händen wusch, nachdem Elaine gestorben war, hatte er lange Zeit niemanden gewollt, der ihren Platz einnahm. Er hatte nicht erwartet, daß er nach Pams Tod an eine andere Frau denken könnte. Er trauerte immer noch um sie. Sie fehlte ihm immer noch. Aber die Schärfe des Schmerzes war verblaßt und wurde von etwas anderem ersetzt – Hunger, Bedürfnis. Pam hatte ihn letztendlich abgewiesen. Sie hatte den Lügen ihres Mannes und Stokes' geglaubt und die Ehrlichkeit seiner Zuneigung für sie nicht erkannt. Er dachte immer weniger an Pam und immer mehr an Annie, seinen Engel.

Er ging durch sein Schlafzimmer in sein Allerheiligstes und drehte das Licht und das Radio an. Ein Haydn-Streichquartett spielte leise, als er das Porträt aus seinem speziellen Platz in dem kleinen Geheimschrank, der hinter einem Paneel der Täfelung versteckt war, herausholte. Das Versteck gab es schon seit mehr als hundert Jahren. Keiner wußte, was die ursprünglichen Besitzer des Hauses darin geschützt hatten. Marcus füllte die Regale mit Andenken, die er mit keinem teilen wollte. Gehütete Andenken an vergangene Lieben. Dinge, die seine Familie nicht einmal durch ihr Wissen um sie besudeln durfte. Er berührte jetzt einige Stücke.

Nachdem er das Paneel geschlossen hatte, ging er zu seinem Zeichentisch und arrangierte alles zu seiner Zufriedenheit. Die Skizze kam gut voran. Er starrte sie lange an, überlegte, stellte sich vor. Zuerst konzentrierte er sich auf ihre Augen mit ihrer etwas exotischen Form. Dann die schlanke, kesse Nase. Dann der Mund, dieser unglaublich sexy Mund mit seiner vollen Unterlippe und den schmunzelnden Mundwinkeln. Er stellte sich vor, wie er ihren Mund mit seinem berührte, stellte sich vor, wie ihr Mund sich über seinen nackten Körper bewegte. Er stellte sich vor, wie sie ihn berührte. Die Erregung steigerte sich, bis er schließlich zurück zum Geheimschrank ging und mit einer schwarzseidenen Damenunterhose wiederkam. Er öffnete seine Hose und masturbierte mit dem Höschen, den Blick auf das Porträt gerichtet. Er stellte sich vor, wie es wäre, in ihr zu sein, ihren Körper unter seinen zu drücken und seinen Schaft immer und immer wieder zwischen ihre Beine zu rammen, bis sie vor Ekstase schrie.

Als es vorbei war, wusch er sich am Waschbecken in der Ecke, spülte das Höschen aus und legte es wieder zu seinen anderen Schätzen. Er beobachtete die Uhr und wartete, zu rastlos, um an der Zeichnung zu arbeiten. Als es still geworden war im Haus und er wußte, daß seine Mutter und Victor wahrscheinlich schliefen, ließ er sich von seiner Rastlosigkeit aus dem Haus treiben, hinaus in die Nacht.

Nick lief in seinem Arbeitszimmer auf und ab, während Annie ihm die Ereignisse des Abends berichtete, die im Anruf Marcottes bei Donnie gipfelten. Dinge passierten. Es kam Bewegung in die Sache.

Marcotte war jetzt mit drin, und Nick mußte sich fragen, ob er der Auslöser dafür gewesen war. Daß Marcotte sich vielleicht nie für Bayou Breaux interessiert hätte, wenn er ihn nicht darauf hingewiesen hätte, wollte ihm so gar nicht schmecken. Die Möglichkeit, daß Marcotte von Anfang an darin verwickelt gewesen war, gefiel ihm noch weniger.

Die Ermittlungen dehnten sich immer weiter aus, statt sich auf einen immer engeren Kreis zu konzentrieren, was darauf hindeuten könnte, daß er bei der ersten Runde nicht gut genug gearbeitet hatte, und das wollte er nicht glauben. Er hatte zu hart gearbeitet, um sich nach dem Debakel in New Orleans und dem Parmatel-Fall wieder zu etablieren.

»Ich komme mir vor, als würde ich auf einer Stecknadel balancieren und dabei mit Bowlingbällen jonglieren«, murmelte Annie und begann hin- und herzugehen, während Nick langsamer wurde, so, als wäre es unerläßlich, daß einer von ihnen in Bewegung bliebe.

»Wenn Marcotte vor Pams Ermordung Kontakt mit Donnie hatte, dann bekräftigt das nur Donnies Motiv«, sagte sie. »Er war wütend auf Pam, weil sie ihn verlassen hatte. Ich glaube, sie hat ihn wahrscheinlich mit seinen Grundstücken erpreßt, damit er die Sorgerechtsdrohung fallenläßt – bei dem es wahrscheinlich, wie Lindsay Faulkner andeutete, darum ging, daß Pam sich mit männlichen Klienten traf. Ich weiß, daß Donnie wütend war wegen der Beziehung, die er sich zwischen ihr und Stokes einbildete. Falls sie eingebildet war.«

»Was weißt du darüber?« fragte sie. »Hat er im Büro darüber geredet? Hat er irgend etwas zu dir gesagt?«

Nick schüttelte den Kopf. »Nichts, woran ich mich erinnern kann, aber ich hör mir diesen Scheiß sowieso nicht an. Mir ist egal, wer wen bumst, solange es nicht um eine Straftat geht. Und ganz bestimmt hör ich mir nicht an, was Stokes zu sagen hat. Der hat jede Woche eine neue, zumindest eine. Ich weiß, daß er sich gut mit ihr vrtragen hat. Er war stiller nach ihrer Ermordung. Vielleicht wollte er der leitende Ermittler in diesem Fall sein, aber er saß an dem Morgen, an dem du sie gefunden hast, beim Bezirksstaatsanwalt fest. Statt dessen hab' ich den Fall gekriegt, und Noblier hat es so gelassen, obwohl Stokes die Sache mit dem Stalker bearbeitet hatte. Es war eine Frage der Erfahrung. Ich habe mehr Mordfälle bearbeitet als alle anderen zusammen.«

»Aber Stokes hat nie etwas über Pam gesagt, über sie beide?«

»Nicht in sexueller Hinsicht. Er gab zu, daß er bei der Belästigungsgeschichte gerne mehr für sie getan hätte. Er hat es einfach nicht ernst genug genommen.«

»Du machst wohl Witze«, sagte Annie sarkastisch. »Ich habe mir diese Berichte angesehen. Er hat ihr Broschüren über häusliche Gewalt gegeben und ihr gesagt, sie soll die Telefongesellschaft anrufen, um zu sehen, ob ihr die nicht eine Fangschaltung legen würden. Die faule Sau.«

Sie marschierte zurück zu ihm, ihre Augen blitzten vor Wut und Adrenalin. Sie sah aus, als würde sie es im Ringkampf mit jedem Tiger aufnehmen. Ihre Wut gefiel ihm.

»Und was, wenn Stokes etwas Schlimmeres war als nur faul?« fragte Annie leise, sprach den Gedanken zum ersten Mal laut aus. Sie fühlte sich, als hätte sie gerade eine Giftschlange im Raum ausgesetzt.

Fourcade sah sie mißtrauisch an. »Was genau willst du damit sagen, 'toinette?«

»Ich bin gestern mit Stokes aneinandergeraten wegen ein paar Beweisstücken von diesen Vergewaltigungen. Er behauptet, er hätte sie zur Analyse ins Labor in Shreveport geschickt, hat mir aber gedroht für den Fall, daß ich das nachprüfe. Er sagte, er würde zu Noblier gehen und formell Beschwerde darüber einlegen, daß ich in seinen Fällen rumschnüffelte. Aber warum so ein Theater machen, wenn ich anrufe … falls das Zeug wirklich da ist?«

»Du glaubst, er hat es nicht geschickt?« sagte Nick. »Warum sollte er das nicht tun?«

»Der Vergewaltiger weiß alles, wonach wir suchen – Haare, Fasern, Fingerabdrücke, Körperflüssigkeiten. Er geht sogar so weit, daß er die Opfer zwingt, sich die Fingernägel sauber zu machen, wenn er mit ihnen fertig ist. Wer weiß, daß er so vorsichtig sein muß? Ein Profi … oder ein Cop.«

»Du glaubst, Stokes wäre der Vergewaltiger? *Mais c'est fou!* Das ist verrückt!« Er lachte tatsächlich. Annie fand das gar nicht komisch.

»Warum ist das verrückt?« fragte sie. »Weil er alle Frauen kriegt, die er haben will? Du weißt genausogut wie ich, daß es nicht immer so funktioniert.«

»Komm schon, 'toinette. Stokes ist plötzlich ein Vergewaltiger? Über Nacht ist er ein Vergewaltiger? Nie im Leben.«

»Du glaubst, er wäre nicht fähig, einer Frau Gewalt anzutun?« sagte Annie. »Der gute alte Chaz. Jedermanns Kumpel. Ich kann dir aus Erfahrung sagen, daß er das Wort *nein* nicht mag.«

Die Bedeutung dieses Wortes traf Nick schwer, weckte Gefühle von Eifersucht und Beschützerinstinkt, von deren Existenz er nichts geahnt hatte. »Er hat Hand an dich gelegt?«

»Er hat nie Gelegenheit dazu gekriegt«, sagte Annie. »Aber das heißt nicht, daß er es nicht wollte oder daß er seither nicht hundertmal daran gedacht hat. Er ist bösartig, jähzornig und rastet von null auf hundert aus.«

Wie wahr, dachte Nick. Er hatte Stokes Jähzorn erst gestern in Aktion gesehen.

»Du hast gedacht, er wäre dir in den Rücken gefallen«, erinnerte ihn Annie.

Und er war sich immer noch nicht sicher, ob es nicht doch stimmte. Aber Nick konnte sich nicht entscheiden, ob er Stokes in Verdacht hatte, weil Stokes es verdiente, oder weil Nick nicht die hundertprozentige Schuld für den Angriff auf Renard übernehmen wollte.

»Es ist ein großer Sprung, von jemanden linken zur Vergewaltigung«, sagte er.

»Aber schau dir die Verbindungen zu Stokes bei alldem hier an«, sagte Annie. »Jedesmal, wenn ich mich umdrehe, ist er da. Er hat die Kontrolle über die Vergewaltigungssoko, hat Zugang zu allem Beweismaterial. Jetzt hat er die Federn von der Maske in zwei Vergewaltigungsfällen und die Maske vom Mord an Pam Bichon rausgeholt und will nicht, daß ich das Labor anrufe, um zu überprüfen, ob das Zeug da ist.«

Nick hob die Hände. »Oh, mach halblang, 'toinette. Du wirst doch nicht versuchen, ihn mit Bichon in Verbindung zu bringen?«

»Warum nicht?« sagte Annie. »Stokes hat Pams Beschwerden über den Stalker untersucht. Donnie war eifersüchtig, weil Pam soviel Zeit mit ihm verbrachte – so sagt Lindsay Faulkner, die Stokes Montag zum Mittagessen getroffen hat und der man in derselben Nacht den Schädel eingeschlagen hat.«

»Da bist du total ab vom Kurs«, sagte Nick und schüttelte den Kopf. »Ich war dabei, weißt du noch? Bichon war mein Fall. Glaubst du, ich hätte das nicht gesehen?«

»Hast du danach gesucht?« sagte Annie herausfordernd. »Wohin hat Stokes dich dirigiert? Zu Renard.«

»Niemand dirigiert mich. Ich bin zu Renard, weil die Logik mich dahin gebracht hat. Stokes taucht bei alldem immer wieder auf, weil er ein Cop ist, Herrgott noch mal. Wenn du auf deiner Schiene weiterdenkst, könntest du *mich* mit dem Mord in Verbindung bringen, ich dich mit den Vergewaltigungen.«

»Ich bin nicht diejenige, die versucht, Beweismaterial zu verstecken«, konterte Annie.

»Du weißt auch nicht, ob er das ist. Vielleicht will er dich nur vom Hals haben.«

»Und vielleicht habe ich recht, und du willst es nur nicht hören, weil du dann wie ein Narr dastehen würdest.«

»Ich will es nicht hören, weil es Zeitverschwendung ist«, sagte er stur.

»Weil es meineTheorie ist und nicht deine«, argumentierte Annie. »Ich habe dir von Anfang an gesagt, daß ich nicht deine Marionette sein werde, Nick. Mach mich jetzt nicht zur Minna, nur weil ich nicht im selben Tunnel wie du feststecke. Ich halte Stokes für einen legitimen Verdächtigen.«

»Er ist ein Cop.«

»Das bist du auch!« keifte sie. »Es hat dich nicht daran gehindert, das Gesetz zu brechen.«

Ihre Worte brachten schlagartig alles zum Stillstand. Sie verspürte Schuldgefühle, die sie ärgerten. Sie war nicht diejenige, die welche haben sollte. Und trotzdem war da das Gefühl, daß sie ihn verletzt hatte. Fourcade der Granit-Cop, das Monument eiskalter Logik. Keiner sonst hätte geglaubt, er wäre fähig, sich verletzt zu fühlen.

»Tut mir leid«, murmelte sie. »Das war gemein.«

»Nein. Es stimmt. *C'est vrai.*«

Er ging zum Fenster und starrte ins Leere.

»Ich finde nur, es ist eine andere Möglichkeit«, sagte Annie. »Von diesem Blickwinkel aus hat es noch keiner betrachtet.«

Ein Blickwinkel, den er nicht in Betracht ziehen wollte, gab Nick zu. Aus genau den Gründen, die sie genannt hatte. Bichon war sein Fall gewesen. Wenn er Seite an Seite mit ihrem Mörder gearbeitet und es nicht gesehen hatte, was für ein Cop war er dann?

Er ließ sich die Möglichkeit durch den Kopf gehen, versuchte sie, so zu betrachten, als hätte er nie etwas mit dem Fall oder mit Stokes zu tun gehabt.

»Ich kauf es nicht«, sagte er. »Stokes ist schon seit vier oder fünf Jahren hier, plötzlich schlachtet er eine Frau und wird zum Serienvergewaltiger? Ne, ne. So funktioniert das nicht.«

Er drehte sich um und ging langsam zu Annie zurück. »Was gab es sonst noch für Indizien bei den Vergewaltigungen?«

»Kein Blut, kein Sperma, keine Haut. Nichts von den üblichen Untersuchungen.« Dann tauchte eine Erinnerung auf. »Bei der Nolan-Vergewaltigung hab' ich gesehen, wie Stokes mit einer Pinzette Schamhaare aus Jennifer Nolans Badewanne gezupft hat.«

»Überprüf das. Inzwischen besorg mir die Aktennummern der Vergewaltigungen. Ich werde in Shreveport anrufen und mich für Quinlan ausgeben. Hören, was sie zu sagen haben.«

Annie nickte. »Danke«, sagte sie und sah hoch zu ihm. »Es tut mir leid –«

»Es braucht dir nicht leid zu tun, 'toinette«, befahl er, »das ist Energieverschwendung. Dir ist etwas im Kopf rumgespukt, du hast es dargelegt. Wir werden sehen, wohin uns das führt, aber ich möchte nicht, daß du dich ablenken läßt. Diese Vergewaltigungen sind nicht das, worauf du dich konzentrieren mußt. Du konzentrierst dich auf den Mord, und Renard ist dein Verdächtiger Nummer eins. Pam Bichon selbst hat uns das gesagt. Wenn du nicht auf mich hören willst, dann hör auf sie.«

Er hatte recht. Pam hatte Renard als Monster betrachtet, und keiner hatte ihr zugehört. Wenn sie sich jetzt von Renard abwandte, um sich andere Möglichkeiten anzusehen, ignorierte sie da auch Pams Hilfeschreie – oder machte sie einfach ihren Job?

»Warum konnte ich nicht Kellnerin werden?« fragte sie mit einem müden Seufzer.

»Wenn du kein Cop wärst, hättest du nicht die Gelegenheit, diesen heißen Schlitten zu fahren«, erinnerte Nick sie leicht grienend.

Der Witz war unerwartet und willkommen. Annie sah in sein verlebtes Gesicht, die Augen, die zuviel gesehen hatten. Die Logik sagte ihr, halte dich fern von ihm, aber die Versuchung, etwas anderes als Unsicherheit und Angst zu empfinden, war stark. Er hatte die Macht, das alles für ein paar Stunden wegzufegen, sie blind zu machen für alles, außer Leidenschaft und nacktes Bedürfnis. Ein kurzes Zwischenspiel von Vergessen und Besessenheit.

Besessenheit schien nicht gerade erstrebenswert, wenn man bedachte, wohin sie Fourcade gebracht hatte. Aber war es die Besessenheit, vor der sie Angst hatte, oder Fourcade selbst?

Annie zwang sich, zu der Tafel mit den Tatortfotos zu gehen und sich anzusehen, was von Pam Bichon übriggeblieben war. Ein Schauder von Ekel schüttelte ihren Körper, so ernüchternd wie ein Eimer Eiswasser.

Könnte Stokes das getan haben? Mit welchem Motiv? Lindsay Faulkner sagte, er hätte mit Pam geflirtet und Donnie wäre eifersüchtig gewesen. Sie hatte nie gesagt, Pam hätte etwas gegen Stokes' Annäherungsversuche gehabt. Falls Pam ihn abgewiesen hatte, weil sie die Reaktion Donnies fürchtete, hätte er sich nur gedulden müssen, bis die Scheidung durch war. Aber Chaz Stokes war kein geduldiger Mann und nicht immer ein vernünftiger. Hätte er die Linie in einem Augenblick blinder Wut überschreiten können?

Es klang schwach. Vielleicht wollte sie Stokes nur untersuchen, weil er sie reizte, oder weil sie wußte, daß er ein fauler Cop war.

Könnte Donnie das getan haben? Vor ihrem geistigen Auge sah sie ihn im intimen Licht seines Büros, wie er zu nahe bei ihr stand, mit diesem seltsamen Ausdruck falscher Erinnerung und Reue, der schief auf seinem Gesicht hing. In einem Anfall von Wut, vor Eifersucht fast wahnsinnig, hätte er da die Mutter seines Kindes abschlachten können?

Er hatte in der Mordnacht getrunken, genau wie heute

abend. Schnaps war der Schlüssel, der die Schleusen häßlicher Gefühle öffnete. Sie hatte es immer wieder erlebt. Aber bis zu einem solchen Maß an Brutalität?

»Du warst von Anfang an dabei«, sagte sie zu Nick. »Hast du geglaubt, Donnie könnte es getan haben?«

Er stellte sich zu ihr an den Tisch. »Ich habe erlebt, wie Leute zu allen möglichen Greueltaten getrieben wurden. Ich habe Eltern ihre Kinder töten sehen, Kinder ihre Eltern, Männer, die ihre Frauen töteten, Frauen, die ihre Ehemänner anzündeten, wenn sie sich bewußtlos gesoffen hatten. Aber das? Ich hab' nie geglaubt, daß er das Zeug dazu hätte. Das Motiv vielleicht, aber der Rest... nein, ich habe das nie geglaubt. Ich habe mit dem Barkeeper geredet, der Donnie in dieser Nacht in der Voodoo Lounge bedient hat.« Er schüttelte eine Zigarette aus der Packung auf dem Tisch und spielte damit. »Er hat geschworen, daß Donnie mehr als genug intus hatte.«

»Ich weiß. Ich habe die Aussage gelesen. Aber es war Freitag abend. Sie hatten viel zu tun. Kann er sicher sein, daß Donnie all das, was er ihm serviert hat, auch getrunken hat? Und selbst wenn er es getrunken hat, woher wissen wir, ob er nicht einfach auf die Männertoilette gegangen ist und alles rausgekotzt hat? Wenn er fähig ist, das einer Frau anzutun, dann ist er gescheit genug, sich ein Alibi zu basteln.«

»Da gibt es einen großen Stolperstein, *chère. Il a pas d'esprit*. Donnie ist nicht clever«, sagte er. »Er ist ein Winsler, kein Macher, und noch dazu ein Versager. Donnie Bichon könnte nie im Leben ein solches Verbrechen begehen und nicht irgendwann Scheiße bauen. Fingerabdrücke, Fasern, Haut unter den Fingernägeln, Sperma, *irgend etwas*. Da war praktisch gar nichts an diesem Tatort – auf oder um die Leiche herum. Er hat sich mit einer Durchsuchung seiner Stadtwohnung einverstanden erklärt – nichts. Keine blutigen Kleider, keine blutigen Handtücher, keine blutigen Fußabdrücke in der Garage, nirgendwo im Haus Spuren von Blut.«

»Was ist mit dieser möglichen Verbindung zu Marcotte und Marcottes Verbindung zu DiMonti?«

»Das war kein Mafiamord«, sagte er. »Wenn die Mafia jemanden tot sehen will, bringen sie sie hinaus in den Sumpf und erschießen sie. Sie wickeln achtzig Pfund Ketten um die Leiche und werfen sie in den Atchafalaya. Niet sie um, und werf sie über Bord. Kein Gangsterboß würde so einen Psycho auf seiner Gehaltsliste dulden. Killer wie der, die sind zu unberechenbar, sind ein Risiko. Ich hab' es schon die ganze Zeit gesagt, und ich sage es noch mal: Das war persönlich.«

Annie wandte den Fotos den Rücken zu und rieb sich die Hände übers Gesicht. »Mein Gehirn tut weh.«

»Immer den Preis im Auge behalten, 'toinette. Dreh Renard nicht den Rücken zu, weil du andere Möglichkeiten siehst. Er ruft dich an, schickt dir Geschenke – genau wie er es bei Pam gemacht hat. Genau wie bei diesem Mädchen oben in Baton Rouge. Er hat zwei tote Frauen in seinem Kielwasser. Donnie und Marcotte überläßt du mir. Du konzentrierst dich auf Renard. Du hast ihn am Haken, *'tite fille*, hol ihn ein.«

Und was dann, dachte sie, stellte aber die Frage nicht. Sie ließ einfach dem Schweigen seinen Lauf, sie war zu verschwitzt und müde, um das heute noch weiterzuführen. Das Loft war warm und stickig, die unerwartete Hitze des Tages war bis in die Dachsparren hochgestiegen. Die Deckenventilatoren bewegten sich nur müde im Kreis.

»Reicht es dir für heute?« fragte Nick. Er führte die Zigarette an seinen Mund, dann zog er sie wieder weg und warf sie neben die Packung auf den Tisch.

Annie nickte, folgte der Bewegung mit den Augen. Sie fragte sich, ob er seine Meinung geändert oder ob er sie beiseite gelegt hatte, weil er wußte, daß sie es nicht mochte. Gefährliche Gedanken. Törichte Gedanken. Fourcade tat, was er wollte.

»Bleib heute nacht hier«, sagte er. Und die Energie, die er

ausstrahlte, wurde schlagartig erotisch. Sie spürte, wie sie sie berührte, fühlte, wie ihr eigener Körper sich regte.

»Ich kann nicht«, sagte sie leise. »Nach allem, was in letzter Zeit passiert ist, machen sich Sos und Fanchon Sorgen. Ich muß zu Hause sein.«

»Dann bleib eine Weile«, sagte er und hob ihr Kinn. »Ich will dich, 'toinette«, murmelte er und senkte den Kopf. »Ich will dich in meinem Bett.«

»Ich wünschte, es wäre so einfach.«

»Nein, tust du nicht, weil es dann nur Sex wäre, und du würdest dich billig und betrogen und benutzt fühlen. Das willst du nicht.«

»Was ist es denn, wenn es nicht nur Sex ist?« fragte Annie, überrascht von seiner Anspielung auf etwas mehr. In ihren Augen war er ein Mann, der sicher unkomplizierte Affären wollte, schlichten Sex, keine Grauzonen, keine unordentlichen Emotionen.

Er streichelte mit nachdenklicher Miene ihren Wangenknochen mit dem Daumen. »Es ist, was es ist«, flüsterte er und berührte ihren Mund mit dem seinen. Wenn die Antwort da war, dann wollte er sie nicht sehen, oder war nicht bereit, sie zu sehen, genausowenig wie sie bereit war, das Ganze zu definieren.

»Bleib, und wir können die Möglichkeiten erforschen«, murmelte er gegen ihre Lippen.

Er öffnete ihren Mund mit dem seinen, berührte ihre Zunge mit seiner. Ein Schauder durchlief sie wie Quecksilber.

»Ich will dich«, murmelte er und bewegte seine Hände ihren Rücken hinunter. »Du willst mich, ja?«

»Ja«, hauchte sie.

Sein Blick hielt den ihren. »Hab keine Angst davor, 'toinette. Komm tiefer mit mir, *chère*.«

Tiefer, in das schwarze Wasser, das Unbekannte. Versink oder schwimm. Sie dachte an A. J.s Vorwurf, daß sie ihn nur wegstoßen würde, weil er sie zu gut kannte und an Nicks Behauptung, sie hätte Angst, sich selbst kennenzulernen, Angst vor dem, was unter der Oberfläche lag. Sie dachte an das Gefühl von Erwartung, das sie seit Wochen spürte, das Gefühl, daß sie Wasser trat, auf etwas wartete.

Fourcade griff nach ihr. Die Unbekannte war, ob sie ihn an der Oberfläche halten würde oder er sie so tief in seine Dunkelheit ziehen würde, daß sie ertrank.

Er wartete, reglos und gespannt wie eine geballte Faust.

»Ich bleib ein bißchen.«

Er nahm sie in seine Arme und trug sie zum Bett. Sie blieben daneben stehen und zogen sich gegenseitig aus, mit hastigen Fingern fummelten sie an den Knöpfen. Die Hitze des Raums legte sich über sie. Haut begann von der Hitze der Begierde zu glitschen. Ihre Körper küßten sich, heiß und naß, Haut an Haut, Mann an Frau. Seine Hände erforschten sie, die weiche Fülle einer Brust, die perlige Spitze einer Brustwarze, die feuchten Lippen ihrer Weiblichkeit. Sie berührte alles Männliche an ihm: die harten Muskeln seines Bauches, das drahtige Haar, das seine Brust bedeckte, den Schaft seiner Erektion, glatt und hart wie eine Marmorsäule.

Sie fielen auf die frischen Laken, ein Knoten von Gliedmaßen, ihr dunkles Haar ergoß sich über das Kissen. Sie bäumte ihren Körper in die Berührung seines Mundes, als er die Schweißtropfen zwischen ihren Brüsten wegküßte und dem Pfad über ihren Bauch hinunter zum Ansatz ihrer Hüfte folgte, der Falte ihres Schenkels, zu ihrer Kniekehle. Sie öffnete sich der Berührung seiner Hand. Er brachte sie an den Rand der Erfüllung und ließ sie da, schmerzend von dem Bedürfnis, ihren Körper mit dem seinen zu vereinen.

Er zog ein Folienpäckchen aus dem Nachttisch, Annie nahm es ihm aus den Fingern. Nick lehnte sich gegen das Kopfteil und hielt sich reglos unter der exquisiten Folter ihrer kleinen Hände, die das Kondom über seinen Schaft zogen. Sie hob den Blick zu ihm, die Augen weit offen, der Mund geschwollen und kirschrot von seinen Küssen. Sie sah wollüstig, aber auch zögernd aus. Er hatte nie zuvor eine Frau so begehrt – diese Frau, die das Schicksal seiner Karriere in Händen hielt. Diese Frau – die süße, normale Annie, die nie die dunkle Seite gesehen hatte und es wahrscheinlich auch nicht wollte. Er hätte sie ihrem netten Leben überlassen sollen, aber sie war in sein Reich gewandert, und sein Bedürfnis, sie zu berühren, sie an sich zu drücken, überwog bei weitem seine Fähigkeit zum Edelmut.

Er streckte die Hand nach ihr aus. »*Viens ici, chéri*«, murmelte er und zog sie zu sich. »Komm, nimm dir, was du willst.«

Mit den Händen auf ihren Hüften dirigierte er sie auf sich. Sie senkte sich langsam über seinen Schaft, nahm ihn tief in sich auf, ihre Fingerspitzen bohrten sich in seine Schultern. Sie bewegten sich zusammen. Er hielt sie fest. Ihre Küsse schmeckten dunkel und salzig-süß.

Annie fühlte sich im Rhythmus schwebend, verzehrt durch seine Intensität. Sie ließ sich in die Wiege seiner Arme zurückfallen und ließ sich treiben, während er an ihrer Brust nuckelte. Sie schlang ihre Arme um seine Schultern und hielt sich fest, als der Rhythmus immer dringlicher wurde.

»Öffne deine Augen, *chère*«, befahl er. »Öffne deine Augen und sieh mich an.«

Ihr Blick vereinte sich mit seinem, als das Ende für sie beide kam. Zuerst der eine und dann der andere. Machtvoll. Intim. Mehr als Sex.

In einer Woche würde sie gegen ihn aussagen.

Der Gedanke wanderte wie eine Schnecke durch ihren Kopf, während sie an seiner Seite lag. Sie fragte sich, ob sein Anwalt versuchen würde, einen Deal zu machen, aber sie fragte nicht. Sie versuchte, sich vorzustellen, wie es wäre, ihn im Gefängnis zu besuchen. Bei dem Gedanken drehte sich ihr der Magen um.

Sie nahm an, daß ihn keine Jury in Südlouisiana verurteilen würde, dank der falschen Aussage, die zahllose Beamte bereit waren zu machen, um den getürkten 10-70-Notruf in dieser Nacht zu bestätigen, und auf Grund der Tatsache, daß fast jeder in Partout Parish der Meinung war, daß Renard Schlimmeres verdient hatte als Prügel. Und so hoffte sie, daß das Rechtssystem, dem sie geschworen hatte zu dienen, sich selbst korrumpieren würde, um sich ihren Wünschen anzupassen. Irgendwie wäre das auch in Ordnung, obwohl es nicht in Ordnung war, daß Fourcade auf Renard losgegangen war.

Schattierungen von Grau, hatte Noblier gesagt. Wie Schichten von Ruß und Dreck. Sie spürte, wie es auf sie abfärbte.

»Ich muß gehen«, sagte sie, eine Mischung von Widerwillen und Dringlichkeit rangen in ihr. Sie schwang ihre Beine über die Bettkante, setzte sich auf und griff nach ihrem T-Shirt.

Nick sagte nichts. Er erwartete nicht, daß sie bleiben würde – weder heute nacht noch für den langen Weg. Warum sollte sie? Eine Beziehung zwischen ihnen wäre schwierig, und sie hatte einen netten zahmen Anwalt, der in den Kulissen wartete, um ihr ein einfaches, normales Leben zu bieten. Warum sollte sie da nicht zupacken? Er redete sich ein, daß es keine Rolle spielen würde. Er war die Art Mann, die dazu geschaffen war, allein zu sein. Er war daran gewöhnt. Einsamkeit erlaubte ihm Konzentration auf die Arbeit.

Die Arbeit, die man ihm für immer wegnehmen würde, wenn man ihn wegen des Überfalls auf Marcus Renard verurteilte. Die Anhörung war in einer Woche. Die Hauptzeugin stand mit dem Rücken zu ihm und band ihre dunklen Haare zu einem zerrupften Pferdeschwanz zusammen. Seine Anklägerin, sein Partner, seine Geliebte. Er wäre wesentlich besser dran, wenn er sie hassen würde. Aber das tat er nicht.

Er kletterte aus dem Bett und nahm seine Jeans. »Ich werde dir nach Hause folgen. Für den Fall, daß Cadillac Man eine Zugabe bringen will.«

Auf der Fahrt zum Corners hielt er reichlich Abstand. Immer wieder dachte Annie, jetzt hätte er die Verfolgung aufgegeben, und dann erhaschte sie wieder einen kurzen Blick auf die Lichter. Er folgte ihr nicht, um Cadillac Man daran zu hindern, noch einmal auf sie loszugehen, er ließ sie voranlaufen, ein Hase, der ihr Raubtier anlocken sollte. Wenn der Angreifer den Köder aufnahm, wäre Fourcade zur Stelle, um den Wichser festzunageln.

Nicht gerade ein typischer Abschluß für ein romantisches Zwischenspiel zweier Liebender. Aber Fourcade war eben in keinster Weise typisch, und sie waren auch kein typisches Liebespaar. Die meisten Liebenden mußten sich nie im Gerichtssaal gegenüberstehen.

Sie bog an den Corners ein und parkte vor dem Laden. Augenblicke später fuhr Fourcade vorbei, blendete kurz auf. Er blieb nicht stehen.

Sie blieb eine Weile im Jeep sitzen, hörte mit halbem Ohr dem Radio zu – eine Diskussion darüber, ob Frauen in diesen gefährlichen Zeiten eine Pistole mit sich rumtragen sollten oder nicht.

»Sie glauben, daß ein Vergewaltiger einfach stehenbleibt, wenn ihr sagt: ›Oh, warten Sie, ich muß erst meine Pistole aus der Tasche holen, damit ich Sie erschießen kann‹«, sagte der männliche Anrufer in hohem Falsetto. »Klung Fung – das brauchen Frauen.«

»Sie meinen *Kung fu*?«

»Das hab' ich doch gesagt.«

Annie schüttelte den Kopf und zog ihren Schlüssel ab. Sie kletterte auf den Beifahrersitz, sammelte ihr Zeug zusammen, schwang den Riemen ihrer Tasche über eine Schulter und raffte mit dem anderen Arm die Akten zusammen, die Fourcade ihr gegeben hatte. Sie fügte die Überreste ihres Abendessens und eine Sandale hinzu, die sich unter dem Sitz hervorgearbeitet hatte.

Voll beladen, mit rutschendem Taschenriemen, kletterte

sie aus dem Jeep und stieß die Tür mit der Hüfte zu. Die Ladung auf ihrem Arm verlagerte sich bedenklich. Als sie hinten um den Jeep herumkam, rutschte der Schuh von dem Stapel und riß den Essensmüll mit. Der Riemen fiel von ihrer Schulter, und das Gewicht der Tasche riß an ihrem rechten Arm, so daß die Akten und der andere Mist zu Boden fiel.

»Scheiße!« murmelte sie und fiel auf die Knie.

Sie registrierte das Geräusch des Gewehrschusses den Bruchteil einer Sekunde, bevor die Kugel einschlug.

36

Die Kugel fetzte durch das Plastikrückfenster des Jeeps, zerstörte die Windschutzscheibe und zertrümmerte das Vorderfenster des Ladens. Alles in weniger Zeit, als man brauchte, um Luft zu holen – obwohl man nicht behaupten konnte, daß Annie atmete.

Sie ließ sich flach auf den Boden fallen, die Muschelscherben bissen in ihre nackten Arme, als sie unter den Jeep kroch und ihre Tasche hinterherzog. Sie konnte überhaupt nichts hören, so laut dröhnte ihr Puls in ihren Ohren. Die Hitze, die der Jeep ausstrahlte, drückte auf sie. Sie kramte hektisch in ihrer Tasche, holte die Sig Sauer heraus, entsicherte sie und wartete.

Außer dem Boden konnte sie überhaupt nichts sehen. Wenn sie vorne unter dem Jeep herauskroch, könnte sie es bis zur Veranda schaffen. Mit dem Jeep als Deckung könnte sie durch das zerbrochene Fenster klettern, zum Telefon laufen und 911 rufen.

In der Ferne knallte eine Fliegentür.

»Wer ist da?« rief Sos und lud die Schrotflinte durch. »Ich schieße auf unbefugte Eindringlinge – ich schieße zweimal!«

»Onkel Sos!« brüllte Annie. »Geh zurück ins Haus! Ruf 911!«

»Ich würde lieber einem Verbrecher diese Ladung Schrot in den Hintern pusten. Wo bist du, *chère?*«

»Geh zurück ins Haus! Ruf 911!«

»Den Teufel werd' ich tun! Deine *tante* hat schon angerufen! Die Polizei ist unterwegs!«

Und wenn sie Glück hatten, dachte Annie, dann würde vielleicht in einer halben Stunde ein Deputy kommen – außer es war schon ein Deputy auf der anderen Seite der Straße mit einem Gewehr in der Hand. Sie dachte an Mullen. Sie dachte an Stokes. Donnie Bichon kam ihr in den Sinn. Sie überlegte die Möglichkeit Renard. Sie hatte ihn beschuldigt, auf sein eigenes Haus geschossen zu haben. Vielleicht war das die Vergeltung.

Sie packte ihre Sig fester und krabbelte auf das vordere Ende des Jeeps zu. Der Schuß war von der Straße gekommen oder dem Wald dahinter. Sie hatte kein Auto gesehen oder gehört. Ein Schütze im Wald – bei Nacht konnte der sich in kürzester Zeit abseilen. Man bräuchte einen Hund, um ihn zu verfolgen, und bis die K-9-Einheit eintraf, wäre er längst über alle Berge.

In der Ferne hörte sie den Streifenwagen kommen, mit heulender Sirene, so daß alle Kriminellen im Umkreis rechtzeitig vor seiner Ankunft gewarnt waren.

Pitre war der Deputy. Sos und Fanchon gegenüber zeigte er zumindest etwas Respekt. Zu Annie sagte er, er hätte gar nicht gewußt, daß es in der Nachbarschaft so viele schlechte Schützen gab. Er machte einen lakonischen Anruf in der Einsatzzentrale, um jeden über die Lage zu informieren, die gar keine war – sie hatten keine Täterbeschreibung, keine Fahrzeugbeschreibung, nichts. Nachdem Annie darauf bestand, rief er die K-9-Einheit an, wo man ihm sagte, der Beamte wäre unerreichbar. Ein Detective würde am Morgen dem Fall zugeteilt werden – *falls* sie die Sache weiterverfolgen wollte, sagte Pitre.

»Jemand hat versucht, mich zu töten«, sagte sie giftig. »Ja, ich glaube, das will ich nicht einfach so fallenlassen.«

Pitre zuckte mit den Achseln, als wolle er sagen: »Mach, was du willst.«

Die Kugel hatte das Vorderfenster des Ladens durchschlagen, eine Vitrine mit Schmuck aus Nutriazähnen zerschmettert und war dann in eine alte Stahlkasse geknallt, die am Tour-Ticket-Tresen stand. Die Kasse hatte eine beeindruckende Wunde bekommen, aber sie funktionierte noch. Die Patrone war bis zur Unkenntlichkeit verformt. Selbst wenn sich irgend jemand die Mühe machen würde, einen Verdächtigen zu suchen, hätte die Ballistik nicht genügend Material zum Vergleich.

»Ja, also, danke für nichts, *wieder*«, sagte Annie und begleitete Pitre zu seinem Wagen.

Er spielte den Unschuldigen. »He, ich bin mit Blaulicht und Sirene gekommen.«

Annie warf ihm einen grimmigen Blick zu. »Bring mich ja nicht in Fahrt. Es reicht, wenn ich dir sage, daß du ein genauso großes Arschloch wie Mullen bist.«

»Oooh! Willst du jetzt auf mich losgehen?« sagte er. »Wie ich höre, bist du heute schon auf Stokes losgegangen. Was ist denn los mit dir, Broussard? Glaubst du, die einzige Möglichkeit, weiter nach oben zu kommen, wäre, daß du alle anderen umnietest? Was ist nur aus den Frauen geworden, die sich nach oben geschlafen haben?«

»Da würde ich lieber Knochenmark spenden. Geh und pinkle eine Schnur hoch, Pitre.«

Nachdem sie Fanchon zurück zum Haus begleitet hatte, rief sie vom Apparat im Laden Fourcade an. Sie kaute an einem gebrochenen Fingernagel, während sie lauschte, wie das Telefon am anderen Ende der Leitung läutete. Beim sechsten Klingeln nahm sein Anrufbeantworter ab. Er hatte sie gebeten, über Nacht zu bleiben. Jetzt war die Nacht halb weg und Fourcade auch. Wo war er um halb zwei Uhr früh? Die Frage nagte in ihr, während sie Sos half, das Fenster zuzunageln zum Schutz vor plündernden Waschbären.

Es machte ihr zu schaffen, daß sie Nick aus emotionellen Gründen hierhaben wollte und nicht nur als einen weiteren Cop. Wenn sie diesen Schlamassel mit Renard und dem Revier und Fourcades Anhörung durchstehen wollte, dann mußte sie härter werden. Sie mußte lernen, zu trennen. Fast konnte sie ihn hören: *Du bist nicht tot. Saug es auf, und konzentrier dich auf deinen Job, 'toinette.*

Und dann würde er den Arm um sie legen und sie sicher an sich drücken.

Während sie am Fenster arbeiteten, beantwortete sie Sos' Fragen so gut sie konnte, ohne zuviel über die Situation zu verraten, in die sie verstrickt war. Aber er wußte, daß sie ihm Dinge verschwieg, und sie wußte, daß er wußte.

Er warf ihr einen strengen Blick zu, als sie den Laden verließen. Er war immer noch in Rage. »Jetzt schau nur, worauf du dich da wieder eingelassen hast, *'tite fille*. Warum mußt du immer alles auf der harten Schiene machen? Warum heiratest du nicht einfach André und wirst seßhaft? Gibst deiner *tante* und mir ein paar Enkel? *Mais non*, du mußt losrennen und Männerarbeit machen! Du haust ständig mit dem Stock auf das Hornissennest. Und jetzt wirst du gestochen werden. *Ça c'est la couyonade!*«

»Es wird sich geben, Onkel Sos«, versprach Annie und fühlte sich wie ein Wurm, weil sie ihn anlog. Sie hätte tot sein können.

Er machte ein abfälliges Geräusch, nahm aber ihr Gesicht zwischen seine schwieligen Hände. »Wir machen uns Sorgen um dich, *chéri*, deine *tante* und ich. Du bist wie unser eigenes Kind, das weißt du! Warum mußt du das Leben so schwer machen?«

»Ich mache mir nicht absichtlich Probleme.«

Sos seufzte und tätschelte ihre Wange. »Aber wenn die Probleme dich suchen, bist du nicht schwer zu finden, *c'est vrai.*«

Annie sah ihm nach, wie er wegging. Sie haßte es, daß dieser Schlamassel ihn und Fanchon berührt hatte. Wenn ihr Leben weiterhin so kompliziert sein würde, dann mußte sie vielleicht überlegen, ob sie vom Corners wegziehen sollte.

»Wenn mein Leben weiterhin so kompliziert bleibt, werde ich vielleicht überlegen müssen, ob ich in eine Irrenanstalt ziehe«, murmelte sie, als sie von der Veranda stieg und um die Ecke zu ihrer Treppe bog.

Eine kleine Schachtel, in geblümtes Papier gepackt mit einer weißen Schleife, stand auf der dritten Stufe von unten. Renard. Annie erkannte das Papier. Es war das gleiche, in das die Schachtel mit dem Schal gewickelt gewesen war. Ein allzu vertrautes Gefühl von Unruhe durchfuhr sie bei dem Gedanken, daß er hierherkam, als fühle er sich berechtigt, ihr Privatleben anzutasten.

Sie stopfte die Schachtel in ihre Tasche und ging hinauf in die Wohnung.

Schlagartig packte sie das Gefühl, daß ihr Burgfrieden verletzt worden war. Jemand war in ihr Zuhause eingedrungen. Von ihrem Standpunkt an der Eingangstür aus konnte sie das Wohnzimmer überblicken, konnte sehen, daß die Balkontüren geschlossen waren, der Riegel vorgeschoben. Die Luft in der Wohnung war stickig und abgestanden durch den unerwartet heißen Tag mit geschlossenen Fenstern. Ein schwacher Unterton von etwas Erdigem und Faulem haftete im Raum. Der Sumpf, dachte Annie. Oder vielleicht mußte sie den Müll rausbringen. Sie stellte ihre Tasche auf die Bank und zog die Sig heraus. Mit der Pistole im Anschlag, schußbereit, bewegte sie sich ins Wohnzimmer und drückte auf den Abspielknopf ihres Anrufbeantworters. Wenn jemand hier war und glaubte, sie wäre damit beschäftigt, ihre Anrufe abzuhören, könnte er das ausnutzen wollen und sie von hinten angreifen.

Bilder von Lindsay Faulkner huschten ihr durch den Kopf – auf dem Boden liegend wie eine zerbrochene Puppe, den Kopf eingebunden wie eine Mumie.

Die Nachrichten quäkten aus der Maschine. Eine Dame von Mary Kay Cosmetics, die sie in den Nachrichten gesehen hatte und ihr zu ihrem Teint gratulieren wollte. Eine entfernte Doucet-»Cousine«, die sie in den Nachrichten gesehen hatte und die wissen wollte, ob sie ihr helfen könnte, einen Job als Deputy zu kriegen.

Sie bewegte sich aus dem Wohnzimmer und am Rand der Küche entlang. Alles schien in Ordnung. Der alte Kühlschrank summte und stöhnte. Der Alligator auf der Tür grinste sie an. Der Tisch war sauber. Sie hatte ihre Notizen und Akten zusammengelegt, bevor sie heute morgen das Haus verließ, und sie in einen alten Schiffskoffer gesteckt, der in ihrem Wohnzimmer stand – nur für alle Fälle.

Der Anrufbeantworter schnatterte weiter. A. J.s Schwägerin, die Psychologin Serena, wollte ihr ein geneigtes Ohr anbieten, falls Annie reden wollte. Zwei Einhänger.

Zurück im Wohnzimmer, machte Annie die gleiche langsame, leise Runde, suchte nach irgend etwas, das nicht an seinem Platz war, blieb an der Balkontür stehen, um noch mal das Schloß zu überprüfen. Der Alligatorcouchtisch schien sie zu beobachten, als sie daran vorbeischlich.

»Was läuft hier, Alphonse?« murmelte Annie.

Stille. Dann Marcus Renards Stimme. »Ich wünschte, Sie wären zu Hause. Ich wollte Ihnen noch einmal dafür danken, daß Sie gestern nacht vorbeigekommen sind.« Die Stimme war zu herzlich, zu vertraulich. »Es bedeutet mir soviel, zu wissen, daß Ihnen etwas daran liegt.« Wieder Schweigen, und dann sagte er: »Gute Nacht, Annie. Ich hoffe, Sie haben einen angenehmen Abend.«

Ihre Nackenhaare sträubten sich. Sie durchquerte den Raum und machte sich auf in den Korridor, als der Apparat noch zwei Einhänger meldete.

Das Badezimmer war sauber. Ihr Gymnastikraum schien unberührt. Die Spannung verebbte ein bißchen. Vielleicht war es immer noch die Reaktion auf die Schießerei. Vielleicht projizierte sie ihr Gefühl von verletztem Burgfrieden darauf, daß Renard gerade ein weiteres Geschenk für sie hinterlassen hatte. Er hätte es nie schaffen dürfen, in ihr Heim einzudringen. Die Türen waren abgesperrt gewesen.

Dann bog sie um die Ecke und öffnete die Tür zu ihrem Schlafzimmer.

Der Gestank von Fäulnis traf sie voll ins Gesicht, und ihr Magen schlug einen Salto.

Über ihrem Bett hing gekreuzigt eine tote schwarze Katze, die Beine gebrochen und verbogen. Ihr Schädel war eingeschlagen, die Eingeweide ergossen sich aus der Bauchhöhle auf die Kissen darunter. Und darüber war ein Wort, mit Blut gemalt – FOTZE.

»Leute sollten kriegen, was sie verdienen, finden Sie nicht? Gutes oder Schlechtes.

Sie verdient es, mit den Konsequenzen ihrer Sünden konfrontiert zu werden. Sie verdient es, bestraft zu werden. Wie die anderen.

Verrat ist das geringste ihrer Verbrechen.

Angst und Schrecken ist das geringste von meinen.«

37

Er lag auf der Lauer wie ein Panther in der Nacht, Wut und Erwartung durch erzwungene Geduld in Schach gehalten. Die leuchtenden blauen Zahlen auf dem Videorecorder klickten von Minute zu Minute: 1:43. 1:44. Das leise Schnurren eines Motors näherte sich, passierte ein Ende des Hauses und glitt in die Garage.

Das Klirren von Schlüsseln. Die Küchentür schwang auf. Er wartete.

Schritte auf Kacheln. Schritte vom Teppich gedämpft. Er wartete.

Die Schritte passierten sein Versteck.

»Eine richtige Nachteule sind Sie, nicht wahr, Donnie?«

Donnie machte einen Satz, als die Stimme ertönte, und im selben Moment materialisierte sich Fourcade aus dem Dämmerlicht des Wohnzimmers und klatschte ihn gegen die Wand.

»Sie haben mich angelogen, Donnie«, knurrte er. »Das war nicht gerade klug.«

»Ich hab' keine Ahnung, wovon Sie reden!« brabbelte Donnie, Speichel sammelte sich in seinen Mundwinkel. Sein Atem stank nach Scotch. Der Geruch von Schweiß und Angst durchtränkte seine Kleidung.

Nick schüttelte ihn, schlug seinen Kopf gegen die Wand. »Falls Sie es noch nicht bemerkt haben, Donnie, ich bin kein geduldiger Mann. Und Sie, Sie sind nicht besonders gescheit. Das ist eine schlechte Kombination, ja?«

Donnie erschauderte. Seine Stimme wurde weinerlich. »Was wollen Sie von mir, Fourcade?«

»Wahrheit. Sie haben mir gesagt, Sie würden Duval Marcotte nicht kennen. Aber Marcotte, er hat Sie heute abend angerufen, nicht wahr?«

»Ich kenne ihn nicht. Ich weiß, wer er ist«, sagte er. »Und was, wenn er mich angerufen hat? Ich hab' keine Kontrolle über das, was andere Leute machen! Herrgott, hier haben wir doch das perfekte Beispiel dafür – ich hab' Ihnen was Gutes getan, und Sie behandeln mich wie Dreck!«

»Ihnen gefällt nicht, wie ich Sie behandle, Donnie?« sagte Nick und verlagerte sein Gewicht weg von ihm. »So wie Sie mich anlügen, war ich schon lange versucht, Sie windelweich zu prügeln. In der richtigen Perspektive gesehen, war meine Zurückhaltung bis jetzt lobenswert. Perspektive ist der Schlüssel zum Gleichgewicht im Leben, *c'est vrai*?«

Donnie rutschte vorsichtig von der Wand weg. Fourcade blockierte den Weg in die Küche und die Garage. Er warf einen Blick zum Wohnzimmer. Die Möbel waren ein Hinderniskurs von schwarzen Schatten vor einem dunklen Hintergrund; die einzige Beleuchtung war silbriges Straßenlicht, das durch die Stores hereinleckte.

Nick lächelte. »Laufen Sie ja nicht weg vor mir, Donnie. Da machen Sie mich bloß sauer.«

»Das ist mir ja bereits gelungen.«

»Ja, aber Sie haben mich noch nie *stocksauer* gesehen, *mon ami*. Die Käfigtür wollen Sie ganz bestimmt nicht öffnen und den Tiger rauslassen.«

»Wissen Sie was, jetzt reicht's, Fourcade. Diesmal rufe ich die Polizei. Sie können nicht einfach in fremde Häuser einbrechen und die Leute schikanieren.«

Nick lehnte sich an die Rückwand einer großen Liege und dimmte die Lampe daneben. Donnie hatte den »Junger-Geschäftsmann-Look« mit »Städtisch-Freizeit« vertauscht: Jeans und ein Polohemd, das auf der linken Brust einen kleinen roten Krebs eingestickt hatte.

»Warum tragen Sie eine Sonnenbrille?« fragte Donnie. »Es ist mitten in der Nacht.«

Nick lächelte nur.

»Sind Sie sicher, daß Sie das tun wollen, Donnie?« sagte er. »Sie wollen das Sheriffsbüro anrufen? Sie wissen doch wohl, daß wir dann dieses Gespräch in der Stadt führen müssen – dieses Gespräch darüber, wie Sie mich belogen haben und wie Marcotte um das Immobilienbüro herumschnüffelt und das Land haben will, daß da festliegt. Ich«, er hob die Schultern, »ich bin nur ein Freund, der auf ein Pläuschchen vorbeigeschaut hat. Aber Sie...« Er schüttelte traurig den Kopf. »Donnie, Sie haben immer mehr zu erklären. Ist Ihnen klar, wie das aussieht – daß Sie mit Marcotte verhandeln? Ich kann's Ihnen sagen: Es sieht so aus, als hätten Sie ein verdammt gutes Motiv gehabt, Ihre Frau umzubringen.«

»Ich habe nie mit Marcotte geredet –«

»Und jetzt ist die Partnerin Ihrer Frau überfallen worden, als tot liegengelassen worden –«

»Ich habe nie Hand an Lindsay gelegt! Ich hab' es Stokes gesagt, diesem Dreckskerl –«

»Es sieht einfach nicht gut aus für Sie, Donnie.« Nick bewegte sich weg vom Stuhl, stemmte die Hände in die Taille. »Also werden Sie jetzt etwas dagegen tun oder was?«

»*Was* tun?« sagte Donnie verärgert.

»Hat Marcotte Sie kontaktiert, oder war es andersrum?«

Donnies Adamsapfel hüpfte in seinem Hals. »Er hat mich angerufen.«

»Wann?«

»Gestern.«

Nick verfluchte insgeheim seine eigene Dummheit. »Und das ist die Wahrheit?« fragte er.

Donnie hob die linke Hand wie ein Pfadfinder, schloß die Augen und zuckte zusammen. »Das schwöre ich bei Gott.«

Nick packte sein Gesicht mit einer großen Hand und drückte, schob ihn gegen eine andere Wand. »Schauen Sie mich an«, befahl er. »Schauen Sie mich an! Sie können Gott anlügen, soviel Sie wollen, Donnie. Gott ist nicht hier, um Sie in den Arsch zu treten. Schauen Sie mich an, und antworten Sie. Hatten Sie *jemals* Kontakt mit Marcotte, bevor Pam ermordet wurde?«

»Nein. Niemals.«

Und wenn das die Wahrheit war, dann hatte Nick Marcotte selbst ins Bild gebracht. Seine Besessenheit hatte ihn den Möglichkeiten gegenüber blind gemacht. Der Möglichkeit, daß Marcottes Interesse durch Nicks schlecht bestrahlten Besuch geweckt worden war und daß Marcotte vom Schauplatz angelockt würde wie ein Löwe von Blutgeruch.

»Er ist der Teufel«, flüsterte er und ließ Donnie los. Marcotte war der Teufel, und er hatte den Teufel praktisch eingeladen, in seinem eigenen Hinterhof zu spielen. »Mach ja keine Geschäfte mit dem Teufel, Donnie«, murmelte er. »Du endest in der Hölle. So oder so.«

Er ließ den Blick zu Boden fallen und dachte über seine eigene Dummheit nach. Das, was er getan hatte, war nicht mehr zu ändern, jetzt mußte er damit fertig werden.

Langsam materialisierten sich Donnies Arbeitsstiefel vor seinen Augen.

»Wo waren Sie heute abend, Donnie?«

»Hier und da«, sagte Donnie, zupfte mit einer Hand sein Hemd zurecht, mit der anderen rieb er sich die Wange. »Ich war eine Weile auf dem Friedhof. Ich geh da manchmal hin, um mit Gott zu reden, wissen Sie. Und um Pam zu besuchen. Dann bin ich losgefahren und hab' einen Bauplatz überprüft.«

»Mitten in der Nacht?«

Er zuckte die Achseln. »He, Sie laufen gerne mit Sonnenbrille rum. Ich besauf mich gerne und wandere auf halbfertigen Baustellen rum. Da besteht immer die Chance, daß ich in ein Loch trete und mir das Genick breche. Es ist so eine Art russisches Roulett. Ich hab' kaum noch Gesellschaftsleben, seit Pam ermordet wurde.«

»Ich nehme an, ein ungelöster Mord schreckt die Damen ab?«

»Einige.«

»Na ja... passen Sie auf, wo Sie hintreten, *cher*«, sagte Nick und bewegte sich rückwärts zur Küche. »Wir wollen doch nicht, daß Sie ein frühes Ende nehmen – außer, Sie haben es verdient.«

Er verschwand so rasch und so leise, wie er gekommen war. Donnie hörte nicht einmal, wie die Tür zuging. Aber das lag vielleicht auch an dem Hämmern in seinem Kopf. Schüttelfrost packte ihn mit einer Woge von Schwäche, und er stolperte ins Bad, eine Hand gegen seinen brennenden Magen gepreßt. Er ließ sich schmerzhaft auf die Knie fallen und kotzte in die Toilette, dann fing er an zu weinen.

Alles, was er wollte, war ein einfaches, luxuriöses Leben. Geld. Erfolg. Keine Sorgen. Die Bewunderung seiner Tochter. Er hatte erst realisiert, wie nahe er diesem Ideal eigentlich schon war, als er alles mit einem Schlag weggewischt hatte. Jetzt hatte er nur noch Ärger, und jedesmal, wenn er sich umdrehte, schraubte er sich noch tiefer ins Loch.

Er umarmte die Toilettenschüssel, legte den Kopf auf die Arme und begann zu schluchzen. »Pam ... Pam ... Es tut mir so leid!«

Annie träumte, sie hätte eine Kugel mit den Zähnen aufgefangen. Die Kugel hing an einer Schnur. Sie zog sich Hand über Hand die Schnur entlang, flog durch die Nacht, flog durch die Wälder und kam mit einem Gewehrlauf gegen ihre Stirn zum Stehen. Am Kolbenende des Gewehrs stand eine schwimmende Erscheinung mit einer aufwendigen Federmaske, die ihr Gesicht bedeckte. Die Erscheinung entfernte mit einer Hand die Maske und brachte das Gesicht von Donnie Bichon zum Vorschein. Eine andere Hand schälte das Gesicht von Donnie Bichon ab und enthüllte Marcus Renard. Dann wurde Renards Gesicht weggeschält, und Pam Bichons Totenmaske kam zum Vorschein – die Augen nur noch teilweise vorhanden, die Haut verfärbt und verwesend, die Zunge geschwollen und violett. An ihre Brust war die tote Katze genagelt, ihre Gedärme hingen wie eine blutige Halskette herunter.

»Du bist ich«, sagte Pam und feuerte das Gewehr ab. *Bang! Bang! Bang!*

Annie riß sich vom Sofa hoch, rang keuchend nach Luft, fühlte sich, als wäre ihr Herz aus der Brust gesprungen.

Wieder dieses Knallen. Eine Faust auf Holz. Sie tastete mit halboffenen, tränenden Augen nach der Sig auf dem Couchtisch. »'toinette! Ich bin's!« rief Fourcade.

Er stand an der Balkontür und starrte sie wütend an.

Annie ging zur Tür und ließ ihn herein. Sie sparte sich die Mühe, die Frage, die sich als erstes anbot, zu stellen. Natürlich würde Fourcade nicht durch die Vordertür kommen. Ihr Peiniger könnte sie aus den Wäldern beobachten, zum

Schauplatz seiner Verbrechen zurückgekehrt. Sie stellte statt dessen die Frage an zweiter Stelle.

»Wo zum Teufel warst du?«

Nachdem sie die Tür zu dem Greuel in ihrem Schlafzimmer zugeschlagen hatte, war sie ins Wohnzimmer zurückgegangen und hatte sich gesetzt, hatte versucht, zu überlegen, was sie tun sollte. Im Sheriffsbüro anrufen? Pitre wieder hierherholen, damit er sich die blutigen Details einverleibte, um sie beim Schichtwechsel im Revier zu verbreiten? Was könnte er schon ausrichten? Nichts. Sie hatte Fourcade angerufen und ihn in Gedanken verflucht, als sich erneut sein Anrufbeantworter einschaltete.

»Ich habe etwas geregelt«, sagte er.

Er beobachtete, wie sie vor dem Couchtisch mit verschränkten Armen auf und ab lief. Er registrierte alles an ihr – die zerzausten Haare, die dreckigen Jeans und das T-Shirt. Er streckte die Hand aus, als sie auf ihn zukam, zog ihr die Sig aus der Hand und legte sie beiseite.

»Bist du in Ordnung?«

»Nein!« keifte sie. »Jemand hat versucht, mich umzubringen. Ich glaube, wir haben bereits festgestellt, daß ich das nicht gut verkrafte. Dann entdecke ich, daß jemand in meiner Wohnung war, mit Blut an meine Wand geschrieben hat und mir eine tote Katze übers Bett genagelt hat. Und das verkrafte ich auch nicht besonders gut!«

Aus dem Augenwinkel sah sie, wie Fourcade sie beobachtete. Er schien nicht zu wissen, was er tun sollte, außer in den Job zurückzufallen, die Routine abzuspulen. Sie war ein Opfer – Gott, wie sie diese Klassifizierung haßte –, und er war Detective.

»Sag mir, was passiert ist, von dem Zeitpunkt an, an dem du den Jeep geparkt hast.«

Sie ging die Geschichte Punkt für Punkt durch, Fakt für Fakt, so wie man sie gelehrt hatte, vor Gericht als Zeuge auszusagen. Dieser Vorgang beruhigte sie etwas, gab ihr Abstand von der Verletzung ihres Burgfriedens. Sie versuchte, in ihrem Kopf das Opfer in ihr vom Cop zu trennen. Zum ersten Mal erzählte sie ihm auch von der gehäuteten Bisamratte, die man in ihrem Umkleideraum hinterlassen hatte, stellte aber die beiden Vorfälle nicht auf eine Ebene. Ein ekelhafter Scherz am Arbeitsplatz war eine Sache – Einbruch eine andere. Und das, was man in ihrem Schlafzimmer gemacht hatte, schien bedrohlicher, widerwärtiger, persönlicher. Wenn aber wiederum ein Deputy heute nacht hinter diesem Gewehr gestanden hatte, warum nicht auch das?

Nick hörte zu, dann ging er zum Schlafzimmer. Annie folgte, wollte aber nur ungern noch einmal damit konfrontiert werden.

»Hast du etwas angefaßt?« fragte er aus Gewohnheit.

»Nein, du lieber Gott, ich hab's nicht mal fertiggebracht, reinzugehen.«

Er schob die Tür auf, blieb mit den Händen auf den Hüften stehen und schnitt eine Grimasse. *»Mon Dieu.«*

Er ließ Annie an der Tür stehen, ging in den Raum und registrierte die Details mit klinischem Auge.

Das Blut war auf die Wand gepinselt worden. Keine sichtbaren Fingerabdrücke. Das Wort *Fotze* war aus welchem Grund gewählt worden? Als Meinung? Um zu schockieren? Aus Verachtung? Aus Zorn?

Er sah Keith Mullen vor seinem geistigen Auge, mager und häßlich, wie er erst heute morgen in seiner verdreckten Küche gestanden hatte. *»Die hat keine Ahnung, was Loyalität ist, stellt sich einfach gegen einen von uns. Die Fotze hat kein Recht, eine Uniform zu tragen.«*

War das Tier symbolisch? Eine Straßenkatze – sexuell nicht wählerisch. Ihre Gedärme auf das Bett gekippt, wo Annie und er sich erst gestern nacht geliebt hatten.

Und die Stellung des Kadavers, die Nägel durch die Vorderpfoten, das Ausweiden – eine offensichtliche Anspielung auf Pam Bichon. Sollte es ängstigen oder warnen?

Er dachte daran, daß sie um Haaresbreite dem Tod entgangen war, und wollte auf irgend etwas oder irgend *jemanden* einschlagen – hart und wiederholt.

Er kämpfte gegen den Zorn an, während er sich an Donnie Bichons schlammige Stiefel erinnerte. Er stellte den Gedanken für den Augenblick beiseite.

»Diese Katze – war das deine, 'toinette?«

»Nein.«

»Du hast mit deiner *tante* und deinem Onkel darüber geredet, ob sie heute jemanden hier gesehen haben?«

»Wir hatten dieses Gespräch, als wir darüber geredet haben, wer mich wohl erschießen wollte. Sie hatten heute sehr viel zu tun. Touristen, die schon früher zum Mardi Gras anreisen. Sie mußten zusätzliche Tourführer kommen lassen. Sie hatten keine Zeit, irgend etwas Besonderes zu bemerken.«

»Wie konnte jemand hier reinkommen? Waren deine Türen abgesperrt, als du raufkamst?«

»Alles war fest zugesperrt. Man kann die Schlösser vielleicht leicht aufbrechen, aber die Tür von außen ohne Schlüssel absperren ist ein Ding der Unmöglichkeit.«

»Wie ist dann dieses Monster hier reingekommen?«

»Es gibt nur eine Möglichkeit.« Sie führte ihn ins Schlafzimmer, hinter die alte Wanne mit den Klauenfüßen. »Die Treppe geht hinunter ins Lager des Ladens.«

»War hier abgesperrt?«

»Ich dachte schon. Normalerweise ist sie immer abgesperrt, aber ich bin hier nach unten in der Sonntag nacht, als dieser Rumschleicher hier war. Vielleicht habe ich hinterher vergessen, abzusperren.«

Nick stellte sich in die Wanne und untersuchte den Schließmechanismus im Türknopf mit gerümpfter Nase. »Das ist nur ein Knopf. Jeder kann die Tür mit einer Kreditkarte knacken. Aber woher sollte irgend jemand außer Familie und Angestellte von dieser Treppe wissen?«

Annie schüttelte den Kopf. »Durch Glück. Durch Zufall. Die Toiletten sind auf der anderen Seite des Gangs am Fuß der Treppe. Jemand, der sie benutzt hat, hat vielleicht ins Lager geschaut und sie bemerkt.«

Er drückte den Lichtschalter und ging die steile Treppe hinunter, hielt Ausschau nach irgendeinem Zeichen von der anderen Person, die hier gewesen war – einem Fußabdruck, einem Faden, einem verirrten Haar. Da war nichts. Die Tür zum Lager stand offen. Auf der anderen Seite des Korridors konnte er einen Teil der Tür zum Männerklo sehen.

»Ich würde sagen, jemand hat sich eine ziemliche Mühe gegeben, das zu bemerken«, murmelte er.

Er stieg die Treppe wieder hoch und folgte Annie ins Wohnzimmer. Sie kuschelte sich in eine Ecke des Sofas und rieb ihren nackten Fuß unter dem Kinn des Alligatorentisches hin und her. Sie sah klein und verloren aus.

»Was denkst du, ’toinette? Glaubst du, der Schütze und der Katzenkiller sind ein und dieselbe Person?«

»Ich weiß es nicht«, sagte Annie. »Und versuche nicht, mir zu sagen, ich tu es doch. Sind der Schütze und der Katzenkiller ein und dieselbe Person? Ist Renards Schütze auch mein Schütze, oder ist Renard der Schütze? Wer haßt mich mehr? Die Hälfte der Leute, *mit* denen ich arbeite, oder die Hälfte der Leute, *für* die ich arbeite? Und wofür hassen sie mich mehr: dafür, daß ich versuche, diesen Mordfall zu lösen, oder dafür, dich daran zu hindern, einen Mord zu begehen. Ich bin so müde, daß ich nicht mehr gucken kann. Ich habe Angst. Ich bin krank von dem Gedanken, daß jemand das diesem armen Tier antut –«

Irgendwie war das der Tropfen, der das Faß zum Überlaufen brachte. Schlimm genug, daß Gewalt gegen sie gerichtet war, aber daß man ein unschuldiges kleines Tier getötet und verstümmelt hatte, nur um sie zu erschrecken, war zuviel. Sie drückte die Fingerspitzen an ihren Mund und versuchte, den Moment passieren zu lassen. Dann war Fourcade neben ihr, und sie war in seinen Armen, ihr Gesicht an seiner Brust. Die Tränen, gegen die sie so hart angekämpft hatte, tränkten sein Hemd.

Nick hielt sie fest an sich gedrückt, flüsterte leise auf französisch, strich mit den Lippen über ihre Stirn. Ein paar Augenblicke lang gestattete er den Gefühlen freien Lauf – dem Bedürfnis, sie zu beschützen, sie zu trösten, der blinden Wut gegen wen auch immer, der sie terrorisierte. Sie war so tapfer gewesen, so ein Kämpfer in diesem ganzen Chaos.

Er drückte seine Wange gegen ihren Kopf und hielt sie noch fester. Es war so lange her, seit er etwas von sich gehabt hatte, was es wert war, einer anderen Person weiterzugeben. Die Vorstellung, daß er es wollte, war beängstigend.

Annie klammerte sich an ihn, wußte, daß ihm Zärtlichkeit nicht leichtfiel. Dieses kleine Geschenk von ihm bedeutete ihr mehr, als sie hätte zulassen dürfen. Als die Tränen versiegt waren, wischte sie sie mit dem Handrücken vom Gesicht und studierte sein Gesicht. Als sich ihre Blicke begegneten, fragte sie sich … und war voller Angst, sich zu fragen.

Ihr Blick rutschte zu der Geschenkschachtel, die sie auf ihrem Couchtisch gelassen hatte. In der Schachtel lag eine kleine, feingeschnittene Kameenbrosche. Auf der beiliegenden Karte stand: »Für meinen Schutzengel. In Liebe, Marcus.«

Ekel schauderte ihren Rücken entlang.

Fourcade nahm die Schachtel und die Karte und sah sich die Brosche genau an.

»Er hat Pam Geschenke gemacht«, sagte er nüchtern. »Und er hat ihr die Reifen aufgeschlitzt und ihr in der Arbeit eine tote Schlange in die Bleistiftschublade gelegt.«

»Jekyll und Hyde«, murmelte Annie.

Wenn Renard tatsächlich Pams Stalker gewesen war, wie Pam behauptet hatte, dann hatte er sie abwechselnd heimlich terrorisiert und ihr dann wieder Geschenke gemacht, seine Besorgnis für sie gezeigt, behauptet, er wäre ihr Freund. Das

Gegensätzliche dieser Handlungen hatte die Cops daran gehindert, Pams Beschuldigung, Renard wäre derjenige, der sie verfolgte, ernst zu nehmen.

Auf der anderen Seite des Raumes klingelte das Telefon. Annie sah automatisch auf die Uhr. Halb vier Uhr früh. Fourcade sagte nichts, als sie den Anrufbeantworter übernehmen ließ.

»Annie? Marcus hier. Ich wünschte, Sie wären da. Bitte, rufen Sie mich an, wenn Sie können. Jemand hat gerade einen Stein durch eins unserer Fenster geworfen. Mutter ist außer sich. Und Victor. Und ich – ich wünschte, Sie könnten rüberkommen. Sie sind die einzige, die sich interessiert. Ich brauche Sie.«

38

Die Blumenfrau stellte gerade ihren Stand in den Schatten auf der gegenüberliegenden Straßenseite von »Our Lady of Mercy« auf, mit ihrer Pfeife zwischen die Zähne geklemmt. Der Gärtner tigerte auf dem Boulevard auf und ab, in den Händen hielt er krampfhaft einen knatternden Unkrautjäter.

»Hier ist die Polizei, und die wird dich verhaften, du alte Hexe!« schrie er, als Annie in die Einfahrt einbog. Er stürmte auf den Jeep zu. »Polizeimädchen! Holst du sie dir diesmal oder was?«

»Ich nicht!« rief Annie und fuhr vorbei.

Sie parkte den Jeep und machte sich auf den Weg ins Gebäude, den Schal und die Brosche hatte sie in ihrer Handtasche. Falls Pam Renards Geschenke irgend jemandem gezeigt hatte, dann sicher Lindsay. Annie hoffte, daß sich ihr Zustand schon soweit gebessert hatte, daß sie ihr sagen könnte, ob diese Dinge, die Renard ihr geschenkt hatte, recycelte Zuneigungsbeweise an ein neues Objekt seiner Fixation waren.

Im Krankenhaus herrschte rege Geschäftigkeit durch die morgendliche Ausgabe von Mahlzeiten und Medikamenten. Der seltsame Plastikgeruch von Desinfektionsmitteln vermischte sich mit dem von Toast und Haferbrei. Das Klirren von Essentabletts und Bettpfannen unterstrich die gedämpften Gespräche und gelegentlichen Stöhner, als Annie die Korridore entlangging.

Die lange, schlaflose Nacht lag schwer auf ihren Schultern. Der Tag gähnte vor ihr wie achtzig Meilen schlechte Straßen. Sie würde ein Verhör mit dem Detective, dem man ihren Schußvorfall zugeteilt hatte, über sich ergehen lassen müssen und hatte bereits ein GAU-Szenario entworfen, bei dem Chaz Stokes den Fall hatte und sie zum Sheriff gehen müßte, um ihn zu bitten, Stokes den Fall abzunehmen, weil sie nicht nur glaubte, daß er ein Verdächtiger wäre, sondern ihn auch für einen Vergewaltiger und einen Mörder hielt. Sie bräuchte sich dann keine Sorgen mehr machen, ob Stokes oder irgend jemand anders sie umbringen würde. Sie würde Gus Nobliers Büro niemals lebend verlassen.

Ein oder zwei Sekunden lang versuchte sie sich vorzustellen, wie Stokes sich in ihre Wohnung schlich, um eine tote Katze an ihre Wand zu nageln, aber es gelang ihr nicht. Er hatte vielleicht die Veranlagung dazu, aber sie konnte nicht glauben, daß er so ein Risiko eingehen würde. Sie konnte sich keinen im Sheriffsbüro vorstellen, der das würde.

Wer dann? Wer könnte es schaffen, sich in den Laden zu schleichen, die Treppe zu finden und dann unbemerkt bis in ihre Wohnung und wieder zurück zu kommen?

Renard war im Corners gewesen, um Geschenke für sie zu hinterlassen – zweimal. Fanchon hatte ihn beide Male nicht bemerkt. Wenn er Pam verfolgt hatte, dann ohne entdeckt zu werden.

Annie bog um die Ecke zur Intensivstation und lief Stokes direkt in die Arme.

Er starrte sie wutentbrannt an, stürzte sich wie ein Adler

auf sie, packte sie am Unterarm und schob sie aus dem Verkehrsfluß im Korridor.

»Was, verflucht noch mal, hast du hier zu suchen, Broussard?«

»Seit wann regelst du hier die Besucher? Ich bin hier, um meine Maklerin zu besuchen.«

»Ach wirklich«, sagte er verächtlich. »Zeigt sie dir etwas in einem netten kleinen Zweibettzimmer im ersten Stock?«

»Sie ist eine Bekannte, und sie ist im Krankenhaus. Warum sollte ich sie nicht besuchen?« sagte Annie herausfordernd.

»Weil ich das sage!« schrie er. »Weil ich weiß, daß du immer nur Ärger machst, Broussard. Ich hab' dir gesagt, du sollst dich, verflucht noch mal, aus meinen Fällen raushalten.« Er packte ihren Arm noch fester und schob sie noch einen Schritt weiter in die Ecke. »Glaubst du, ich hör mich nur gern reden? Glaubst du, ich spring dir nicht mit nacktem Hintern ins Gesicht?«

»Droh mir nicht, Stokes«, erwiderte Annie, während sie versuchte, ihren Arm loszureißen. »Du bist nicht in der Position –«

Die Alarmglocken am Tresen der Intensivstation schrillte los.

»Oh, Scheiße!« schrie jemand. »Sie hat einen Anfall... Ruft einen Arzt!«

Zwei Schwestern rannten auf ein Zimmer zu. Lindsay Faulkners Zimmer.

Annie riß sich von Stokes los, rannte zu dem Zimmer und starrte voller Entsetzen auf das, was sich da abspielte. Faulkners Arme und Beine flatterten, zuckten wie die einer Marionette an den Schnüren eines verrückten Puppenspielers. Ein gräßliches, fremdartiges Jaulen kam aus ihrem Mund, begleitet vom Gekreische der Monitore. Drei Schwestern schwirrten um sie herum, versuchten sie festzuhalten. Eine packte einen gepolsterten Zungenschützer vom Schwesternwagen und versuchte, sie Faulkner in den Mund zu stecken.

»Holt einen Tubus.«

»Hab' ihn.«

Ein Doktor in blauer OP-Kleidung stürmte an Annie vorbei ins Zimmer und rief: »Diazepam: zehn Milligramm vier im Schuß!«

»Heilige Maria«, hauchte Stokes, drängte sich hinter Annie. »Heiliger Scheiß-Jesus!«

Annie warf einen Blick über ihre Schultern. Er sah wahrscheinlich genauso aus wie sie – schockiert, entsetzt, voller ängstlicher Erwartung.

Ein weiterer Monitor begann, eine Warnung zu piepen, und das Team ließ eine weitere Salve Flüche vom Stapel.

»Herzstillstand!«

»Standardwiederbelebungsmaßnahmen«, keifte der Arzt, schlug der Frau auf die Brust. »Phenytoin: zweihundertfünfzig-vier im Schuß. Phenobarbital: fünfundfünfzig-vier im Schuß. Ich möchte eine Chem-sieben-Blutanalyse aus dem Labor und Blutgaswerte, sofort! Intubieren, Infusion anlegen!«

»Kammerflimmern.«

»Scheiße!«

»Aufladen!«

Eine der Schwestern drehte sich herum mit einem Röhrchen Blut in den Händen. »Tut mir leid. Ihr Leute müßt hier raus.« Sie trieb Annie und Stokes von der Tür weg. »Bitte, gehen Sie in den Wartebereich.«

Stokes Gesicht war kalkweiß. Er rieb sich seinen Ziegenbart. »Heilige Mutter Maria«, sagte er wieder, zog seinen Hut vom Kopf und zerknüllte ihn zwischen den Fingern.

Annie schlug ihm mit beiden Händen auf die Brust. »Was hast du ihr angetan?«

Er sah sie an, als hätte sie ihm einen toten Karpfen ins Gesicht geschlagen. »Was? Nichts!«

»Du kommst aus ihrem Zimmer, und zwei Minuten später passiert das!«

»Red nicht so laut!« befahl er und griff nach ihrem Arm.

Sie riß sich von ihm los. Was, wenn Stokes der Vergewaltiger war? Was, wenn er etwas Schlimmeres war?

»Ich bin reingegangen, um mit ihr zu reden«, sagte er, als sie den Wartebereich erreicht hatten. »Sie war nicht wach. Frag die Schwester.«

»Das werde ich.«

»Herrgott, Broussard, was ist denn los mit dir? Glaubst du, ich bin der Killer?« fragte er. Röte stieg an seinem Hals hoch. »Denkst du das etwa? Denkst du, ich würde einfach in ein Krankenhaus spazieren und eine Frau umbringen? Du hast deinen Scheißverstand verloren!«

Er fiel in einen Stuhl und ließ seine langen Hände und den zerquetschten Hut zwischen seinen Knien baumeln.

»Vielleicht solltest du dich hier einweisen lassen«, sagte er. »Du solltest dir dein Hirn untersuchen lassen. Zuerst gehst du auf Fourcade los, dann auf mich. Du bist total irre. Du bist so irre wie die verrückte Alte in *Fatal Attraction*. Besessen – das bist du.«

»Gestern ging es ihr besser«, sagte Annie trotzig. »Ich habe mit ihr geredet. Warum sollte das passieren?«

Stokes hob hilflos die Schultern. »Seh ich aus wie George Scheiß-Clooney? Ich bin kein Nothilfearzt. Herrgott, jemand hat ihr den Kopf mit einem Telefon eingeschlagen. Was erwartest du denn?«

»Wenn sie stirbt, ist es Mord«, verkündete Annie.

Stokes stand auf. »Ich hab' dir *gesagt*, Broussard –«

»Es ist Mord«, wiederholte sie. »Wenn sie auf Grund ihrer Verletzungen stirbt, wird aus dem Überfall eine Mordanklage.«

»Ja, klar.« Er fuhr sich mit dem Jackenärmel über seine schweißnasse Stirn.

Annie ging wieder zurück zu Faulkners Zimmer, versuchte einen Blick auf sie durch die Körper des Rettungsteams zu erhaschen. Dem elektrischen Summen und Klacken des Defribillators folgte ein weiteres Sperrfeuer von Befehlen.

»Epinephrine und Lidocain! Dobutamine – weit offen laufenlassen. Labor?«

»Noch nicht zurück.«

»Laden!«

»Zurück!«

Stumm. Klack!

»Null Linie!«

»Wir verlieren sie!«

Sie wiederholten den Vorgang so oft, daß es schien, als hätte sich die Zeit und die Hoffnung in einer Endlosschleife verfangen. Annie hielt sich starr aufrecht, projizierte ihren Willen auf Lindsay Faulkner. *Lebe. Lebe. Wir brauchen dich.* Aber die Schleife riß. Die Bewegung im Raum verlangsamte sich, kam zum Stillstand.

»Sie ist tot.«

»Verdammt.«

»Uhrzeit.«

Annie sah auf die Wanduhr. Todeszeit: 7:49 Uhr. Einfach so war alles vorbei. Lindsay Faulkner war tot. Eine dynamische, fähige, intelligente Frau war gestorben. Sie war schockiert von der Plötzlichkeit. Sie hatte geglaubt, Faulkner würde es überstehen, ihr Leben wieder in den Griff kriegen, helfen, die Rätsel zu lösen, die ihr Leben besudelt und ihre Partnerin weggerafft hatten. Aber sie war tot.

Das Team verließ langsam das Zimmer, die Gesichter zeigten Niederlage, Widerwillen, Leere. Annie fragte sich, ob irgendeiner Lindsay Faulkner außerhalb der Mauern des Krankenhauses gekannt hatte. Vielleicht hatte sie ihnen ein Haus verkauft, oder sie kannten sie aus der Juniorenliga. Die Stadt war klein genug.

Der Arzt kam zum Wartebereich, sein langes Gesicht war ernst, die Stirn gerunzelt. Er sah aus wie fünfzig, mit dichten stahlgrauen Augen. Auf seinem Namensschild stand: Forbes Unser. »Gehört einer von Ihnen beiden zur Familie?«

»Nein«, sagte Annie. »Wir sind vom Büro des Sheriffs. Ich bin Deputy Broussard. Ich – äh – ich kannte sie.«

»Tut mir leid, sie hat es nicht geschafft«, sagte er knapp.

»Was ist passiert? Ich dachte, es geht ihr besser.«

»Das ist richtig«, sagte er. »Der Anfall wurde wahrscheinlich von dem Trauma an ihrem Kopf ausgelöst. Er führte zum Herzstillstand. Solche Dinge passieren. Wir haben getan, was wir konnten.«

Stokes reichte ihm die Hand. »Detective Stokes. Ich leite die Ermittlungen im Fall Faulkner.«

»Also, ich hoffe, Sie kriegen die Bestie, die sie überfallen hat«, sagte Unser. »Ich habe eine Frau und zwei Töchter im Teenageralter. Ich lasse sie momentan nur selten aus den Augen. Madeline möchte, daß ich mir nachts eine Pistole unters Kissen lege.«

»Wir tun, was wir können«, sagte Stokes. »Wir möchten, daß ihre Leiche zur Obduktion nach Lafayette gebracht wird. Routine. Das Sheriffsbüro wird sich mit dem Leichenhaus in Verbindung setzen.«

Unser nickte, dann entschuldigte er sich und wandte sich wieder seinen normalen Pflichten an diesem Tag an. Der Tod einer Frau war nur ein kleiner Ausrutscher im Tagesplan. *»Solche Dinge passieren.«*

Annie verschwand in der Damentoilette, als Stokes sich auf den Weg den Korridor hinunter machte. Sie wusch sich die Hände und spritzte sich kaltes Wasser ins Gesicht, versuchte die Bilder von Lindsay Faulkners Anfall wegzuwischen. Wie konnte es Zufall sein, daß die Frau, keine zehn Minuten nachdem Stokes bei ihr im Zimmer war, einen Anfall bekommen hatte? Aber es würde eine Autopsie geben. Das wußte Stokes. Er war derjenige, der davon angefangen hatte.

Unser kam gerade aus einem anderen Krankenzimmer mit einer Tabelle in der Hand, als Annie zurück in den Korridor trat.

»Geht's Ihnen gut, Deputy?« fragte er. »Sie sehen ein bißchen blaß aus.«

»Ich bin in Ordnung. Es war nur ein Schock. Keine sehr angenehme Art zu sterben, so wie das aussah.«

»Sie hat dagegen gekämpft, aber es war vorbei, bevor wir wirklich etwas für sie tun konnten.«

»Passiert das normalerweise so?«

»Es besteht immer die Möglichkeit bei einem Kopftrauma.«

»Ich denke, das, was ich fragen will, ist: War da irgend etwas Ungewöhnliches an ihrem Tod? Irgendwelche seltsamen Werte, irgend etwas Ungewöhnliches von … was immer?«

Unser schüttelte den Kopf. »Nicht daß ich wüßte. Der Bluttest ist immer noch nicht zurückgekommen. Sie können das direkt beim Labor nachfragen.« Er ging zum Tresen und reichte die Tabelle dem Monitortechniker. »Wenn die die Probe nicht ganz verloren haben, könnten sie Ihre Frage vielleicht beantworten.«

Annie ging zum Labor und hinterließ die Nummer des Archivs bei einer Frau, die den Eindruck machte, als hätte sie gerade zufällig vorbeigeschaut und hätte angeboten, aufzupassen, während alle anderen Kaffeetrinken gingen. Wußte sie, ob die Ergebnisse des Faulkner-Bluttests eingetroffen waren? Nein. Wußte sie, wo sie sein könnten? Nein. Kannte sie den Namen des Präsidenten der Vereinigten Staaten? Wahrscheinlich nicht.

»Bloß nicht hier krank werden«, murmelte Annie, als sie ging.

Draußen wurde die Hitze allmählich drückend, ein unwillkommener Scherz von Mutter Natur. Der Sommer war lange genug ohne eine frühe Hitzewelle. Sofort sammelte sich Schweiß zwischen ihren Brüsten und ihren Schulterblättern. Die Sonne brannte in ihre Kopfhaut.

»Wirst du mich jetzt verhaften?«

Stokes stand neben seinem Camaro in der Abschleppzone und rauchte eine Zigarette. Er hatte sein Jackett abgelegt, so daß sein limegrünes Hemd jeden, der es direkt ansah, blind machen konnte.

»Tut mir leid«, sagte Annie mit wenig Überzeugung. »Ich hab' überreagiert.«

»Du hast mich beschuldigt, ein gottverdammter Mörder zu sein.« Er schleuderte den Zigarettenstummel auf den Asphalt hinunter, neben ein zerknülltes Snickerspapier, und trat ihn mit der Spitze seiner braun-weißen Schuhe aus. »Das nehm ich dir persönlich übel. Weißt du, was das heißt?«

»Ich hab' gesagt, es tut mir leid.«

»Ja, das macht den Kohl auch nicht fett. Ich hab' die Schnauze voll von dir, Broussard.«

»Und was willst du dagegen tun?« fragte sie leise. »Mich erschießen?«

»Wie ich höre, muß ich mich da anstellen. Ich hab' Besseres zu tun.«

»Wie zum Beispiel das Beweismaterial von diesen Vergewaltigungsfällen verlieren?«

»Leg dich nicht mit mir an, Broussard. Ich sorge dafür, daß du deine Marke verlierst. Das ist mein Ernst.«

Er rutschte hinter das Steuer des Camaro und ließ den Motor mit lautem Getöse an. Annie stand auf dem Gehsteig und sah ihm nach, wie er davonfuhr. Er hatte gerade ein Opfer verloren, und seine größte Sorge war, daß sie gefeuert würde. Ein charmantes, mitfühlendes Individuum, dieser Chaz.

Der Gärtner tauchte hinter der Statue von Maria auf und schoß mit seiner Heckenschere auf Annie zu. »Polizeimädchen! He, ich zahl' meine Steuern! Ich bin Veteran! Du gehst jetzt und verhaftest die alte Hexe! Stiehlt Blumen aus dem Veteranenpark!«

»Tut mir leid, Sir«, sagte Annie, den Blick immer noch auf Stokes' Wagen gerichtet, der jetzt in die Dumas einbog. »Hat sie jemanden ermordet?«

»Was?« quäkte er. »Nein, die hat keinen umgebracht, aber –«

»Dann kann ich Ihnen nicht helfen.«

Sie ging weg von ihm zu ihrem Jeep, ihre Gedanken waren bei Stokes, während Donnie Bichons perlweißer Lexus aus dem Parkplatz hinter ihr kam und über eine Nebenstraße davonfuhr.

Donnie zitterte wie ein Mann im Delirium, obwohl es noch gar nicht so lange her war seit seinem letzten Drink. Er hatte sich selbst stündlich einen Schuß erlaubt, seit Fourcade ihn verlassen hatte. Ein Versuch, seine Nerven in den Griff zu kriegen. Das einzige, was es bewirkte, war, daß es als Beschleuniger für den Streß agierte, der ein Loch in seine Magenwände brannte. Die Blutflecken in seinem Erbrochenen hatten diesen Verdacht bestätigt.

Nach Fourcades erstem Besuch hatte er im Badezimmer das Bewußtsein verloren und von Pam geträumt. Dunkle Haare und strahlende Augen. Ein sonniges Lächeln. Eine Zunge wie eine Viper. Hände mit Klauen, die sich in ihn bohrten, seine Eier packten, seine Männlichkeit würgten. Er liebte sie, und er haßte sie. Sie war erwachsen geworden, und er wollte das nie sein. Das Leben schien am besten, als er zwanzig war, die Welt am Schwanz hatte und ihn keine Verantwortung gedrückt hatte. Jetzt hatte die Welt *ihn* am Schwanz.

Dann hatte Fourcade ihn plötzlich am Kragen gepackt, und Donnie mußte kopfüber in eine strudelnde Pfütze von Kotze tauchen. Erschrocken versuchte er eine halbe Sekunde zu spät, nach Luft zu schnappen, füllte seinen Mund und kaum würgend und keuchend wieder hoch.

»Ja, erstick dran«, knurrte Fourcade. Er beugte seinen Körper über Donnies, ritt ihn fast in die Porzellanschüssel. »So schmecken deine Lügen bei der zweiten Wiederholung.«

Donnie spuckte in die Toilettenschüssel. Der Geruch von

frischem Urin breitete sich aus, als seine Blase losließ. »Heilige Muttergottes!« keuchte er, spuckte noch mal, versuchte, die kalten Brocken Kotze aus seinem Mund zu kriegen.

»Wo warst du heute nacht?« fragte Fourcade.

»Sie sind verrückt!«

Nick drückte seinen Kopf zurück in die Schüssel. »Falsche Antwort, Donnie. Wo waren Sie heute nacht? Woher kommt der Schlamm auf Ihren Stiefeln?«

»Ich hab's Ihnen gesagt!«

»Verarsch mich nicht, Donnie. Ich bin nicht in der Stimmung. Wo waren Sie?«

»Ich hab's Ihnen gesagt!« schrie Donnie. Tränen strömten durch die Kotze auf seinen Wangen. »Ich weiß nicht, was Sie von mir wollen!«

»Sie werden mir die Schlüssel zu Ihrem Wagen geben, Donnie. Und ich werde ihn Zentimeter für Zentimeter absuchen. Und wenn ich ein Gewehr finde, bring ich es hier rein, steck es Ihnen in den Hintern und blas Ihnen den Schädel weg. Haben wir uns verstanden?«

Donnie kramte seine Schlüssel aus seiner Jeanstasche und warf sie auf den Boden. »Ich hab' nichts getan!«

»Beten Sie zu Gott, daß das die Wahrheit ist, Donnie«, sagte Fourcade, als er sich bückte, um die Schlüssel aufzuheben. »Weil ich glaube, daß Sie die Wahrheit nicht mal erkennen, wenn sie Ihnen den Schwanz abbeißt.«

Völlig verängstigt, von Übelkeit geschüttelt, angewidert von sich selbst, zwang sich Donnie aufzustehen und folgte Fourcade in die Garage. Unterwegs schnappte er sich ein Küchentuch und wischte sich den Dreck aus dem Gesicht. Er sah sich von der Tür aus an, wie Fourcade den Kofferraum öffnete und das Gerümpel durchwühlte – eine Tasche mit Golfschlägern, ein Paar Golfschuhe, eine dreckige Kühlbox, Handschuhe, zerknitterte Quittungen, ein Werkzeugkasten, ein halbes Dutzend Baseballmützen mit dem Logo von Bichon Bayou Development.

»Wissen Sie was? Sie sind genauso mies, wie alle sagen, Fourcade«, sagte er. »Sie haben keinen Durchsuchungsbefehl. Sie haben keine Veranlassung, mich so zu behandeln. Sie sind kein Cop. Sie sind ein gottverdammter Schläger. Ich hätte Sie im Gefängnis verrotten lassen sollen.«

»Sie werden sich wünschen, Sie hätten es, Donnie. Falls ich irgend etwas in diesem Auto finde, was Sie mit dem Schuß auf Annie Broussard gestern nacht in Verbindung bringt.«

»Ich hab' keine Ahnung, wovon Sie reden. Und was schert Sie Broussard?«

»Ich hab' meine Gründe.« Er schloß den Kofferraum und ging zur Beifahrertür. »Wissen Sie, Sie haben ausnahmsweise mal recht, Donnie, ich bin kein Cop, ich bin suspendiert. Das macht mich zu einem Privatmann, was heißt, daß ich keinen Durchsuchungsbefehl brauche, um belastende Indizien sicherzustellen. Ist das nicht ein Tritt gegen den Kopf?«

»Sie begehen Hausfriedensbruch«, verkündete Donnie, als Fourcade eine Hintertür des Wagens öffnete.

»Ich? Hausfriedensbruch bei meinem guten Freund, der mich auf Kaution aus dem Gefängnis geholt hat? Wer würde das glauben?«

»Gibt es irgendein Gesetz, daß Sie *nicht* brechen?«

Fourcade schloß die Wagentür und schlenderte zurück zu Donnie, richtete den Strahl der Lampe in Donnies Gesicht. »Also, ich sage Ihnen, Donnie, ich meinerseits glaube, daß das Leben eine Reise der Selbsterforschung ist, und in letzter Zeit entdecke ich, daß mir die Gerechtigkeit mehr am Herzen liegt als das Gesetz. Wissen Sie den Unterschied zu schätzen?«

Er stieg die zwei Stufen zur Küchentür hoch und packte Donnie am Hemd, bevor er ausweichen konnte. »Das Recht würde diktieren, daß ich Sie heute abend von jemand anderem abführen und im Zusammenhang mit dieser Schießerei verhören lasse.«

»Ich habe niemanden erschossen –«

»Während Gerechtigkeit die Formalitäten links liegenlassen und der Sache direkt auf den Grund gehen würde.«

»Es steht Ihnen nicht zu, Richter und Geschworener zugleich zu sein.«

»Sie haben den Henker vergessen.« Er zog eine Augenbraue hoch. »War das zweckdienlich oder freudianisch? Das ist sowieso egal. Ich finde es amüsant, daß Sie den Punkt jetzt zur Sprache bringen, Donnie. Sie haben anscheinend gedacht, es wäre richtig gut gewesen, wenn ich Renard neulich abends zur Hölle befördert hätte. Jetzt stehen Sie auf dieser Linie, und plötzlich möchten Sie genausogern auf der rechtmäßigen Seite stehen. Ich würde Sie einen Hypokriten nennen, aber ich habe meine eigenen Probleme mit dem Weiß und Schwarz bei dieser Geschichte.«

Er ließ Donnies Hemd los und machte einen halben Schritt zurück. »Ich werde es diesmal bei einer Warnung belassen, Donnie. Ich hab' nicht gefunden, was ich vielleicht zu finden glaubte. Aber wenn ich auch nur ein leises Flüstern höre oder auf ein Haar stoße, das Sie möglicherweise damit in Verbindung bringt, dann werde ich Sie finden, Donnie, und ich werde nicht in philosophischer Laune sein.«

Dieser wahnsinnige Hundesohn.

Donnie war direkt zurück ins Badezimmer gegangen, nachdem Fourcade fort war, und hatte noch mal gekotzt, dann hatte er sich auf den Wannenrand gesetzt und die Blutrinnsale in der Schüssel angestarrt. Scotch, Nerven und die drohende finanzielle Katastrophe waren keine gute Mischung.

Er beschloß, daß er etwas Pharmazeutisches brauchte, um sich zu beruhigen, damit er sich einen Ausweg aus diesem Schlamassel überlegen konnte. Der alte Doc Hollier hatte ihn liebenswürdigerweise versorgt, voller Mitgefühl für die Tragödie in seinem Leben. Er hatte ja keine Ahnung, dachte Donnie, was für Tragödien es da noch gibt.

Lindsay Faulkner war tot, und Fourcade wußte von Marcotte.

Nachdem die Königskobra von Bayou Breaux tot war, war der Weg offen für einen Deal über die Firma – bis auf ein Hindernis: Fourcade.

Wie konnte es angehen, daß Fourcade von diesem Anruf wußte? Paranoia hatte Donnie zu einer Reihe von wilden Schlußfolgerungen getrieben, wie angezapfte Telefone, die er aber alle anschließend in nüchterneren Momenten wieder verworfen hatte. Fourcade wußte nur von einem einzigen Anruf, den von gestern nacht, sonst nichts, und er war momentan nicht in der Position, Fangschaltungen anzuordnen. Er war suspendiert, wartete auf seinen Prozeß. Wegen Körperverletzung. Er hatte Renard fast totgeprügelt.

Bei dieser speziellen Erinnerung griff Donnie nach der offenen Flasche Maalox, die er in seinen Tassenhalter geklemmt hatte. *Hätte nie die Kaution bezahlen dürfen.* Er hatte angefangen, zu hoffen, Fourcade würde nächste Woche offiziell angeklagt und wieder ins Gefängnis geworfen werden, aber Donnies Anwalt hatte ihn informiert, daß der Detective weiterhin auf Kaution frei sein würde, egal, ob ihm ein Prozeß drohte oder nicht.

Pam hatte ihm immer gesagt, daß er zuerst handelte und zu spät an die Konsequenzen dachte. Er fragte sich, ob ihr je klargeworden war, wie recht sie gehabt hatte.

39

»Sie kommen *wieder* zu spät.«

Myron stand in starrer Habachtstellung mitten im Raum, die Hände über seinem mageren schwarzen Gürtel verknotet, mit äußerst säuerlicher Miene.

»Tut mir leid, Myron«, sagte Annie. Sie würdigte ihn

kaum eines Blickes, als sie seine Domäne betrat und zur Karteischublade ging.

»*Mr.* Myron«, tönte er. »Ich möchte, daß Sie wissen, daß ich mit dem Sheriff über Ihre schwache Leistung gesprochen habe, seit Sie *mir* hier als *meine* Assistentin zugeteilt wurden. Sie kommen regelmäßig zu spät und laufen nach Lust und Laune davon. Das ist ein Archiv. Archive sind ein Synonym für Stabilität. Ich kann in meinem Archiv kein Chaos erlauben.«

»Tut mir leid«, murmelte sie, während sie durch die Beweiskarten blätterte.

Myron beugte sich mit verkniffener Miene über ihre Schulter. »Was machen Sie da, Deputy Broussard? Hören Sie mir überhaupt zu?«

Annie hielt den Blick weiter starr auf die Karten gerichtet. »Ich bin ein Versager. Sie sind sauer. Sie möchten, daß Gus mich hier abzieht, aber ich werde versuchen, es besser zu machen, ehrlich.«

Sie zog die Beweiskarte für die Nolan-Vergewaltigung heraus und fuhr mit dem Finger die Bestandsliste entlang. Da, in der dritten Zeile: HAARE. Die Schamhaare, die Stokes aus Jennifer Nolans Badewannenabfluß gefischt hatte.

Sie klopfte ungeduldig mit einem Fuß. Myron bewegte sich wieder in ihr Gesichtsfeld, sah etwas verunsichert aus durch ihre mangelnde Reaktion auf seine Standpauke.

»Was sehen Sie sich da an?« fragte er. »Was machen Sie da?«

»Meine Arbeit«, sagte sie schlicht und steckte die Karte wieder an ihren Platz.

Die Haare waren im Labor eingetragen und ihr Ausgang wieder bestätigt worden. Das bedeutete nicht, daß die Haare vom Vergewaltiger stammten. Jennifer Nolan war rothaarig. Ihr Schamhaar hätte von irgendwelchen dunkleren Haaren im Abfluß abgestochen. Stokes hätte herauspicken können, was er wollte, und den Rest zurücklassen – seine eigenen zurücklassen und sie wegspülen.

Annie drehte sich der Magen um. Sie stand knapp davor, einen Detective als Serienvergewaltiger anzuklagen. Wenn sie recht hatte, dann war Chaz Stokes nicht nur ein Vergewaltiger, sondern auch ein Mörder – entweder indirekt oder direkt. Wenn sie sich irrte, würde er dafür sorgen, daß sie ihre Marke verlor. Sie brauchte Beweise, und er hatte jedes einzelne Stück in seiner Verwahrung.

»Was ist denn los mit Ihnen, Broussard?« quäkte Myron. »Sind Sie krank oder was? Haben Sie getrunken?«

»Ja, also, wissen Sie, ich fühle mich nicht sehr gut«, murmelte Annie. »Ich könnte krank sein. Entschuldigen Sie mich.«

»Ich hab' mit Trinkern nichts am Hut«, warnte Myron, als sie sich entfernte. »Für so etwas ist im Archiv kein Platz. Alkohol ist ein Werkzeug des Teufels.«

Annie schlängelte sich durch die Gänge zu ihrem Umkleideraum, ging hinein und setzte sich auf den Klappstuhl unter den dumpfen Schein der nackten Glühbirne. Jemand hatte ein neues Loch in die Wand gebohrt – in Brusthöhe. Sie würde die Spachtelmasse hervorholen müssen, aber jetzt brauchte sie erst einmal ein paar Minuten für sich, um die Fäden in ihrem Kopf zu entwirren.

»Trenne die Fäden, 'toinette, sonst hast du am Ende einen Knoten.«

Den Knoten hatte sie inzwischen, und sie war mittendrin gefangen. Renard schickte ihr Geschenke. Donnie Bichon steckte mit Marcotte unter einer Decke, der steckte mit der Mafia unter einer Decke. Stokes war bestenfalls ein schlechter Cop und schlimmstenfalls ein Killer.

»Du wolltest es ja so«, murmelte sie. »Du wolltest Detective sein. Du mußtest das Rätsel lösen.«

Immer ein Rätsel nach dem anderen. Stokes schien momentan das dringlichste Problem. Falls ihre Vermutungen über ihn richtig wären, dann waren andere Frauen in Gefahr.

»*Ich* werde in Gefahr sein«, sagte sie, als die Erinnerung an gestern nacht in grellem Schwarzweiß zurückkam: die

Tintenschwärze der Nacht, die blassen Muschelscherben des Parkplatzes, die weißen Papiere zu ihren Füßen verstreut, als sie die Akten fallen ließ. Der scharfe Knall eines Gewehr, das Klirren zerbrechenden Glases.

Die Erinnerung blutete in eine andere zurück und in noch eine andere. Die Wut in Stokes' Augen, als sie über das fehlende Beweismaterial gestritten hatten. Sein zorniges Gesicht, als er mit ihr auf dem Parkplatz der Voodoo Lounge gestritten hatte, weil sie nicht daran interessiert war, mit ihm auszugehen. Die aggressive Art, wie er auf sie zugekommen war, als wollte er sie schlagen oder anpacken.

Er war ein Mann, der zu schlagartiger, heftiger Wut fähig war, was er mit lockerem, lässigem Charme kaschierte. Er war abwechselnd irrational und eiskalt logisch, wie er es brauchte. Unberechenbar. Ein Chamäleon. Das waren die Charakterzüge, die sich im Lauf seines Lebens ausgebildet hatten, Charakterzüge, die er mitgebracht hatte, als er vor vier Jahren aus Mississippi hierhergekommen war. Wie es der Zufall wollte, kurz bevor der Bayou-Würger sein Terrorregime begonnen hatte. Möglicherweise hatte er sogar bei einem oder bei beiden Partout-Parish-Morden mitgearbeitet, die mit dem Würger in Verbindung gebracht wurden: Annick Delahoussaye und Savannah Chandler.

Das war leicht zu überprüfen, obwohl Annie keine Veranlassung dazu sah. Trotz der wilden Gerüchte seit Pams Tod glaubte sie den Mutmaßungen, die Cops hätten die Beweise im Würgerfall manipuliert, nicht. Nein, dieses Übel war aus Partout Parish herausgebrannt worden... und ein neues faßte Wurzel in der Asche.

Was hatte Stokes überhaupt hierhergebracht? fragte sie sich. Und noch wichtiger, was hatte er hinterlassen? Eine gute Personalakte? War sein letzter Vorgesetzter traurig gewesen, ihn zu verlieren – oder froh, ihn loszuwerden? Hatte es in der Stadt oder im County, in dem er arbeitete, einen plötzlichen Einbruch bei Sexualstraftaten gegeben, nachdem

Stokes weg war? Hatte er irgendwelche Opfer in seinem Kielwasser hinterlassen?

Es war selten, daß ein Mann Mitte Dreißig sich in einen Sexualtäter verwandelte. Diese Art von Verhalten begann im allgemeinen früher – kurz vor den Zwanzig oder Anfang Zwanzig – und zog sich durchs ganze Leben. Trotz der Behauptungen verschiedener, durch Steuergelder finanzierter Programme wurden Sexualtäter nur selten rehabilitiert. Ihre Gehirne waren falsch verdrahtet, ihre bösartige Einstellung Frauen gegenüber war für immer in steinerne Herzen eingemeißelt.

Sie mußte an Stokes' Personalakte rankommen, den Namen der letzten Einheit kriegen, bei der er in Mississippi gedient hatte. Personalakten wurden im Büro des Sheriffs unter den giftigen, mit blauem Lidschatten gespickten Blicken von Valerie Comb aufbewahrt.

Eine Faust schlug mit der Wucht eines geschleuderten Steins gegen die Tür des Umkleideraums. Annie machte vor Schreck einen Satz.

»Broussard? Bist du da drin?«

»Wer will das wissen?«

»Perez.« Er zog die Tür auf und steckte den Kopf herein. »Scheiße, ich hab' mir gedacht, das mindeste, was dabei für mich rausspringt, ist, daß ich dich nackt sehe.«

»Wobei rauskriege?« sagte sie spitz.

»Bei dem Fall. Dein Schütze. Ich bin dein Detective, ich Scheißglückspilz. Komm schon. Ich brauche deine Aussage, und ich habe nicht den ganzen Tag Zeit.«

Perez war an ihrem Fall ungefähr so interessiert wie sie an der Politik von Uruguay. Er kritzelte auf seinem Block herum, während Annie nicht nur den Vorfall mit dem Schuß erzählte, sondern auch ihren Zusammenstoß mit dem Cadillac Man am Abend vorher, nachdem die Möglichkeit bestand, daß die beiden Vorfälle in Zusammenhang standen.

»Hast du eine Zulassungsnummer erkannt?«

»Nein.«

»Hast du den Fahrer gesehen?«

»Er trug eine Skimaske.«

»Kennst du jemanden mit einem so großen Auto?«

»Nein.«

»Warum hast du das nicht gestern nacht gemeldet?«

»Hättet ihr was getan?«

Sein Blick war wie eine Wand.

»Ich habe am nächsten Tag einen schriftlichen Bericht gemacht«, sagte sie. »Habe in den Karosseriewerkstätten angerufen und nach dem Wagen gesucht. Nichts. Ich habe die Journale nach einem gestohlenen Cadillac oder so etwas wie einem Caddie überprüft. Nichts.«

»Und du hast den Schützen gestern abend nicht gesehen?«

»Nein.«

»Hast sein Fahrzeug nicht gesehen?«

»Nein.«

»Irgendeine Ahnung, wer es hätte sein können?«

Annie sah ihn lange an. Sie wußte, daß sie die Hauptverdächtigen nicht nennen konnte, ohne den Schlamassel preiszugeben, in das sie sich manövriert hatte, und ganz bestimmt nicht, ohne Perez sauer zu machen, weil sie zwei Cops anschwärzte.

»Ich bin im Augenblick nicht sehr beliebt.«

»Was für eine interessante Meldung.« Er kniff die Augen zusammen und strich mit dem Finger seitlich über seinen buschigen Schnurrbart. »Ich hab' gedacht, du zeigst mit dem Finger auf Fourcade. Er muß dich mehr hassen als alle anderen. Und wir wissen alle, was du von ihm hältst.«

»Einen Scheiß weißt du von mir. Es war nicht Fourcade.«

»Woher weißt du das?«

»Weil Fourcade Manns genug wäre, sein Gesicht zu zeigen, und wenn er mich umbringen wollte, dann würden wir jetzt nicht miteinander reden«, sagte sie und erhob sich aus ihrem Stuhl. »Sind wir fertig, Detective? Wir wissen beide, daß das nichts bringt, und ich habe zu arbeiten.«

Perez zuckte die Achseln. »Ja, ich weiß ja, wo ich dich finden kann… bis jemand endlich durchblickt und deinen knackigen kleinen Hintern hier raustritt.«

Annie verließ den Verhörraum. Sie war froh, daß sie sich die Mühe gespart hatte, ihm von der gekreuzigten Katze zu erzählen. Im Archiv war Myron kurz davor, in Flammen aufzugehen.

»Schauen Sie nur, wie spät es ist«, tobte er und wieselte im Büro herum wie ein durchgedrehtes Aufziehspielzeug. »Schauen Sie, wie spät es ist! Sie sind den halben Tag weggewesen!«

Annie verdrehte die Augen. »Entschuldigen Sie, daß ich das Opfer eines Verbrechens wurde. Wissen Sie, Myron, Sie sind ein extrem gefühlloses Individuum. Heute morgen mußte ich praktisch mitansehen, wie jemand stirbt. Gestern abend hat jemand auf mich geschossen. Mein Leben hier ist praktisch den Ausguß runter, und alles, was Sie können, ist, mich zur Schnecke machen.«

»Sie wollen Mitgefühl? Mitgefühl?« Er zwitscherte das Wort, als wäre es ein fragwürdiger Begriff aus einer anderen Sprache. »Warum sollte ich Mitgefühl zeigen? Sie sind *meine* Assistentin. Ich bin derjenige, der Mitgefühl braucht.«

»Mein ganzes Mitgefühl gehört Ihrer Frau«, sagte Annie und rutschte den Stuhl unter ihrem Schreibtisch heraus. »Sie müssen ihr schon alle Möbel ruiniert haben mit dem Stock, den Sie im Arsch haben.«

Myron schniefte indigniert. Annie ignorierte ihn. Sie war nicht mehr fähig, um seine Gunst zu buhlen. Bei allem, was passierte oder passieren würde, würde sie wohl bis zum Ende der Woche tot oder gefeuert sein. Eins würde sie aber auf keinen Fall: in der Bürohölle des Archivs versauern.

Zwei Minuten später kam die Aufforderung, in Nobliers Büro zu kommen.

Valerie Comb war nicht auf ihrem Posten, als Annie im Büro des Sheriffs ankam. Das Zimmer war leer, die Aktenschränke mit den Personalakten unbewacht. Die Tür zu Gus' Büro war verschlossen. Annie ging hin und drückte ihr Ohr an das blonde Holz. Keine Geräusche von Konversation. Kein Stuhl, der ächzte. Nichts.

Sie warf erneut einen sehnsüchtigen Blick auf die Aktenschränke. Es würde höchstens eine Minute dauern – die S-Schublade öffnen, Stokes finden, ein Blick, und damit wäre es erledigt. Vielleicht würde sie nie wieder eine solche Chance kriegen.

Sie schluckte gegen den harten Klumpen Angst, der ihr wie ein Hühnerknochen im Hals steckte, an, ging quer durch den Raum zu den Schränken und streckte die Hand nach der *S*-Schublade aus.

»Kann ich Ihnen helfen?«

Annie fuhr herum, als sie die scharfe Stimme hörte, und verschränkte hastig die Arme über der Brust. Valerie Comb stand mit einer Hand am Türknopf da, in der anderen hielt sie eine dampfende Tasse Kaffee. Ihre heftig geschminkten Augen waren mißtrauisch zusammengekniffen, der Mund war eine schmale, bemalte Linie.

»Ich will zum Sheriff«, sagte Annie und versuchte, Unschuld zu verbreiten.

Valerie ging ohne Kommentar zu ihrem Schreibtisch, stellte den Kaffee ab und arrangierte ihren Po auf ihrem Stuhl. Den Blick auf Annie gerichtet, zog sie einen Stift aus ihrem Rattennest gebleichter Haare und drückte den Knopf der Gegensprechanlage mit dem Radierende des Stifts, damit sie ihre schlampenroten Nägel nicht beschädigte. Gerüchten zufolge hatte sie es mit der Hälfte aller Männer im Revier getrieben. Wahrscheinlich auch mit Stokes.

»Sheriff, Deputy Broussard ist hier.«

»Schick sie rein!« brüllte Gus, seine Stimme war zu mächtig für die Plastikschachtel.

Mit drei Takten zu schnellem Puls betrat Annie Nobliers Allerheiligstes. Die Rolläden waren heruntergelassen. Er lehnte in seinem Stuhl und rieb sich die Augen, als wäre er gerade aus einem Mittagsschläfchen erwacht.

»Sie sind wohl auf der Jagd nach irgendeinem Rekord, Deputy«, sagte er und schüttelte den Kopf.

»Sir?«

Er winkte sie zu einem Stuhl gegenüber von seinem Schreibtisch. »Setzen Sie sich, Annie. Myron winselt mir die Ohren voll. Er sagt, Sie wären unzuverlässig und würden während der Arbeit trinken.«

»Das ist nicht wahr, Sir.«

»Das ist das zweite Mal innerhalb einer Woche, daß ich Ihren Namen und Alkohol in einem Atemzug höre.«

»Ich habe nicht getrunken, Sir. Ich werde mich gern einem Test unterziehen, wenn Sie wollen.«

»Ich will nur eins: Ich möchte wissen, wie es kommt, daß ich vor zwei Wochen kaum mehr als Ihren Namen wußte, und jetzt sind Sie plötzlich jedermann ein Dorn im Hintern.« Er lehnte sich auf seine Unterarme. Zu seiner Rechten stapelten sich Papiere wie der Schiefe Turm von Pisa. Zu seiner Linken lag eine riesige Schere für offizielles Bänderdurchschneiden, wie etwas aus *Gullivers Reisen*.

»Ein unglücklicher Zufall?« schlug Annie vor.

»Deputy, es gibt drei Dinge, an die ich nicht glaube: Ufos, gemäßigte Republikaner und Zufälle. Was zum Teufel ist denn los mit Ihnen? Jedesmal, wenn ich mich umdrehe, stecken Sie mitten irgendwo drin, wo Sie nicht sein sollen. Sie arbeiten im Archiv, in Gottes Namen. Wie zum Teufel kann man Ärger kriegen, wenn man im Archiv arbeitet?«

»Schlichtes Pech.«

»Sie stolpern über Leichen, bekriegen sich mit anderen Deputys. Stokes war heute morgen hier und hat mir erzählt, daß Sie im Krankenhaus waren, als diese Faulkner starb. Wie kommt das?«

Annie erklärte ihre Abwesenheiten aus dem Archiv so gut sie konnte, malte ein Bild der Unschuld, das Myron falsch verstanden hätte. Es gelang ihr, sich im Fall und beim Tod von Lindsay Faulkner als unschuldiger Zuschauer hinzustellen – zur falschen Zeit am falschen Ort. Noblier hörte zu, aber seine Skepsis war unübersehbar.

»Und diese Geschichte, daß Sie gestern nacht angeschossen wurden? Worum ging's da?«

»Ich weiß es nicht, Sir.«

»Das bezweifle ich ernsthaft«, sagte Gus und erhob sich aus seinem Stuhl. Er rieb sich einen Knoten im Kreuz und ging weg vom Schreibtisch. »Hat Detective Fourcade seit seiner Entlassung auf Kaution versucht, Kontakt mit Ihnen aufzunehmen?«

»Sir?«

»Er hat noch ein größeres Hühnchen mit Ihnen zu rupfen, Annie. Sosehr ich Nicks Fähigkeiten als Detective respektiere, Sie und ich, wir wissen beide, daß der Mann ein Pulverfaß ist.«

»Bei allem Respekt, Sir, die Schikanen, denen ich seit Detective Fourcades Verhaftung ausgesetzt bin, haben einen anderen Ursprung.«

»Ja, Sie haben es geschafft, daß viele Leute sich von ihrer schlechtesten Seite zeigen.«

Annie verkniff es sich, darauf hinzuweisen, daß es heutzutage politisch unkorrekt war, dem Opfer die Schuld zu geben. Je weniger sie den Sheriff zu diesem Zeitpunkt in den Schlamassel mit hineinzog, desto besser. Sie hatte keinen Beweis von irgend etwas gegen irgend jemanden. Er hatte bereits entschieden, daß sie mehr Ärger machte, als sie wert war. Wenn sie anfing, Anschuldigungen gegen Stokes vorzubringen, würde ihn das vielleicht über die Toleranzgrenze schubsen.

»Vielleicht sollten Sie sich ein bißchen Zeit für sich selbst nehmen, Annie«, schlug er vor und kam an den Tisch zurück. Er zog eine Akte aus dem oberen Teil des Stapels und schlug sie auf. »Laut Ihrer Personalakte haben Sie noch alle Urlaubstage vom letzten Jahr. Sie könnten ein bißchen Ferien machen.«

»Das würde ich lieber nicht tun«, sagte Annie und setzte sich kerzengerade in ihren Stuhl. »Ich glaube, das würde keinen sehr guten Eindruck machen. Es könnte für die Presse so aussehen, als würden Sie versuchen, mich wegen der Fourcade-Geschichte rauszudrängen. Die einzige Streifenpolizistin bestrafen, weil sie einen schlechten Cop daran gehindert hat, einen Verdächtigen zu töten – eine ziemlich explosive Geschichte.«

Gus riß den Kopf hoch, und sein Blick bohrte sich in ihre Augen. »Drohen Sie mir etwa, Deputy Broussard?«

Sie gab sich größte Mühe, Rehaugen zu machen. »Nein, Sir. Niemals. Ich sage nur, wie das für manche Leute aussehen würde.«

»Leute, die meinen Kopf wollen«, murmelte er zu sich selbst. Er kratzte seine nachmittäglichen Bartstoppeln. »Das würde Smith Pritchett gefallen, diesem undankbaren Schwein. Er würde mir vorwerfen, ich wäre korrupt, ein Rassist *und* ein Sexist. Kleinkariert, das ist er. Sieht die großen Zusammenhänge nicht. Das einzige, was er wirklich will, ist Rache an Fourcade, weil er diese Durchsuchung bei Renard vermasselt hat. Er wollte der Ankläger bei einem großen Medienzirkusfall sein, der sonnenklar ist, Mr. Schlagzeile.«

Er nahm eine gefaltete Zeitung von seiner Schreibunterlage hoch und richtete einen anklagenden Finger auf ein Foto von Pritchett auf der Pressekonferenz am Dienstag, wo er sehr streng und autoritär dreinschaute. Die Schlagzeile war: »Soko übernimmt Mardi-Gras-Vergewaltigerfälle.«

»Sehen Sie sich das an«, beklagte sich Gus. »Als wäre es Pritchetts Soko. Als ob er irgend etwas mit der Lösung dieser Fälle zu tun hätte. Da glaubt man, man kennt einen Menschen...«

Annie schaltete sein Klagelied ab. Sie nahm dem Sheriff die Zeitung aus der Hand, als er resigniert den Raum verließ. Die Soko hatte es auf Seite zwei in der Mittwochsausgabe des *Daily Advertiser* in Lafayette geschafft. Der Artikel gab eine kurze Zusammenfassung der Pressekonferenz und Einzelheiten der drei Überfälle, die sich in der letzten Woche in Partout Parish ereignet hatten. Aber es war die kleine Seitennotiz, die Annies Aufmerksamkeit auf sich zog. Nur zwei Absätze mit der Überschrift: »Soko-Leiter mit Erfahrung.«

Leiter der Partout-Parish-Soko bei den Ermittlungen in den Fällen, die unter dem Namen »Mardi-Gras-Vergewaltiger«-Fälle bekannt sind, wird Detective Charles Stokes sein. Stokes, 32, ist seit 1993 im Sheriffsbüro von Partout Parish tätig und wird von Sheriff August F. Noblier als »gewissenhafter und gründlicher Ermittler« geschildert.

Bevor er sich der Polizei von Partout Parish anschloß, diente Stokes bei der Polizei von Hattiesburg (Mississippi), wo er ebenfalls als Detective arbeitete und Teil eines Teams war, das dafür verantwortlich war, die Fälle von sexuellen Überfällen auf weibliche Studenten auf dem Campus des William Carey College aufzuklären.

Chaz Stokes wußte alles über Vergewaltigungsfälle. Er hatte das schon einmal durchgemacht. Die Frage war: Hatte er die Vergewaltigungsfälle am William Carey College gelöst, oder hatte er sie begangen?

40

Die alte Andrew-Carnegie-Bibliothek hatte donnerstags bis neun Uhr geöffnet. Annie lungerte ungeduldig ab Viertel nach fünf hinter den drei provisorischen Computerkonsolen, bis die Junior-High-Idioten, die die Geräte dazu benutzten, um im Internet nach Dingen herumzusurfen, für die sie eigentlich noch zu jung waren, zum Abendessen nach Hause gingen. Dann setzte sie sich an den Computer, der am weitesten von neugierigen Augen entfernt war, und machte sich an die Arbeit.

Die Computer waren das Geschenk eines hiesigen populären Autors, Conroy Cooper, an die Bibliothek. Eine neue Bibliothek wäre ein besseres Geschenk gewesen. Die Carnegie war schon alt gewesen, als Jesus noch kurze Hosen trug. Es war ein modriger, schummrig erleuchteter Ort, der Annie immer unheimlich gewesen war. Die Luft war abgestanden, und es roch nach schimmelndem Papier. Jede hölzerne Oberfläche war schwarz vor Alter oder ausgebleicht vom vielen Gebrauch. Selbst die Bibliothekarin, Miss Stitch, erschien etwas angeschimmelt.

Aber die Computer waren neu, und das war alles, was zählte. Annie konnte sich in die William-Carey-College-Bibliothek einklinken, und nachdem sie im System war, Artikel aus dem *Hattiesburg American* aufrufen, die sich mit den Collegevergewaltigungen von 1991 und 1992 befaßten. Sie las sie auf dem Monitor und suchte nach Ähnlichkeiten zwischen diesen Fällen und den frisch getauften »Mardi-Gras«-Fällen.

Ihre Opfer, insgesamt sieben, waren alle Collegestudentinnen oder Angestellte des Colleges gewesen. Die physischen Merkmale der Frauen variierten, Alter knapp zwanzig, Anfang Zwanzig. Die Überfälle hatten spätnachts in ihren Schlafzimmern stattgefunden. Jede Frau lebte in einer Wohnung im Erdgeschoß. Die Überfälle fanden bei warmem Wetter statt, der Vergewaltiger verschaffte sich Zugang durch die Fenster. Er benützte abgeschnittene Strumpfhosenteile, die er mitbrachte, um seine Opfer zu fesseln. Er sagte nur sehr wenig, seine Stimme wurde als »barsches Flüstern« beschrieben. Keine der Frauen hatte den Vergewaltiger deutlich gesehen, weil er eine Skimaske trug, aber einige spekulierten, daß er seiner Stimme nach ein Schwarzer hätte sein können. Der Vergewaltiger benutzte ein Kondom, das er nicht am Tatort entsorgte, und weder Sperma noch Schamhaare waren als Beweismaterial sichergestellt worden. Bevor er sein letztes Opfer verließ, hatte sich der Angreifer ihr Bargeld und ihre Kreditkarten geschnappt.

Evander Darnell Flood, der Mann, der wegen dieser Verbrechen verhaftet wurde, hatte die Visakarte des Opfers seiner Freundin gegeben. Laut eines Bekannten, den man wegen eines nicht in Zusammenhang stehenden Drogendelikts verhaftete, hatte Flood ihm gegenüber mit den Vergewaltigungen geprahlt. Sein Vorstrafenregister war zwar vor Gericht nicht als Beweis zulässig gewesen, aber Evander hatte schon vorher in der Justizvollzugsanstalt Mississippi in Parchman gastiert, wo er sieben Jahre wegen Vergewaltigung abgesessen hatte. Zwei weitere Anklagen waren aus Mangel an Beweisen fallengelassen worden.

Die Anklage baute einen Indizienprozeß gegen Flood auf, mit Beweismaterial, das die Detectives der Hattiesburg Police sichergestellt hatten. Evander beschwor zwar bis zuletzt, daß die Polizei ihm die Beweise untergeschoben hätte, daß man ihm das nur anhängen wollte, aber die Jury verurteilte ihn, und der Richter schickte ihn für den Rest seines natürlichen Lebens zurück nach Parchman.

Annie saß vor dem Computermonitor und rieb sich die Augen. Es gab Unterschiede bei diesen Fällen und auch Übereinstimmungen zu den hiesigen, aber dasselbe könnte man wohl vom Großteil aller Vergewaltigungsfälle behaupten. Eine gewisse Methodik hatten all diese Verbrechen gemein. Die Unterschiede waren eher persönlicher Natur: Ein Vergewaltiger redete ununterbrochen obszönes Zeug, das ihm half, zu kommen, der nächste schwieg. Einer zog es vielleicht vor, das Gesicht seines Opfers zu bedecken, um sie abstrakt zu machen, ein anderer bedrohte sie mit gezücktem Messer, damit sie die Augen offenhielt, so daß er ihre Angst sehen konnte.

Hier fand sie mehr Übereinstimmungen als Unterschiede, aber es waren die Umstände bei Floods Verhaftung und Verurteilung, die Annie beunruhigten. Flood schwor, daß er unschuldig wäre, wie 99,9 Prozent allen Abschaums im Gefängnis. Aber die Beweise gegen ihn waren nicht so zwingend gewesen. Sein Bekannter hätte leicht lügen können als Teil eines Deals, um Strafmilderung in seinem eigenen Fall zu bekommen. Zeugen, die behaupteten, sie hätten einen Mann, auf den Floods Beschreibung paßte, in der Nähe mehrerer Vergewaltigungstatorte gesehen, erzählten schwache, widersprüchliche Geschichten. Flood behauptete, er hätte die Kreditkarte des letzten Opfers im Korridor seines Wohnhauses gefunden. Er behauptete, die Cops hätten ihn niedergemacht, weil er ein Vorstrafenregister hatte und in einem Viertel lebte, in dem die Verbrechen passiert waren.

Er wäre ein leichtes Ziel für eine Manipulation gewesen. Wegen seiner Vorstrafen wußten die Cops von Anfang an Bescheid über Evander. Er lebte in diesem Viertel, hatte einen Teilzeitjob als Hausmeister im College. Seine Freundin, mit der er zusammenlebte, arbeitete nachts, wodurch er keinen Zeugen für sein Alibi hatte.

Annie schloß die Augen und sah Stokes. Als Detective, der diesen Fällen zugeteilt war, wäre es für ein ein leichtes gewesen, Beweise unterzuschieben. Er war an Ort und Stelle gewesen in Renards Haus in der Nacht, als Fourcade Pams Ring gefunden hatte. Alle waren auf Nick losgegangen, hatten ihn beschuldigt, den Beweis untergeschoben zu haben, weil er früher schon einmal deswegen beschuldigt worden war. Keiner hatte Chaz Stokes eines Blickes gewürdigt.

Sie wies den Computer an, die Artikel auszudrucken, dann drehte sie sich im Stuhl um, während der Drucker losschnatterte. Am hinteren Ende einer Reihe von Nachschlagewerken starrte sie ein Gesicht an und huschte dann in die Schatten zurück. Victor Renard.

Annies Herz machte einen Satz. Die Bibliothek war fast

menschenleer. Der wenige Verkehr, der noch herrschte, war im Erdgeschoß: ein Leseclub blauhaariger Damen, die versuchten, satanische Botschaften in der Celestine-Prophezeiung zu finden. Im ersten Stock, wo Annie war, war es still wie in einer Kirche.

Victor lugte um die Ecke eines anderen Regales herum, merkte, daß sie ihn direkt ansah, und huschte weg.

»Victor?« sagte Annie. Sie überließ den Drucker seiner Arbeit, stand auf und ging vorsichtig auf die Bücherregale zu. »Mr. Renard? Sie brauchen sich nicht vor mir zu verstecken.«

Sie ging langsam eine Reihe hinunter, mit angespannten Muskeln und Lungen, die vom Luftanhalten schmerzten. Die Beleuchtung hier hinten war schlecht. Gänsehaut kroch ihr den Nacken hoch.

»Ich bin's, Annie Broussard, Victor. Erinnern Sie sich an mich? Ich versuche, Marcus zu helfen«, sagte sie, obwohl sie ihr Gewissen plagte, weil sie eine geistig behinderte Person anlog. Würde sie sich einen weiteren Tag im Fegefeuer einhandeln, obwohl ihr Ziel letztendlich gut war? *Der Zweck heiligt die Mittel.*

Sie wollte am Ende der Reihe für Humanwissenschaften nach rechts abbiegen und sah ihn aus dem Augenwinkel in der linken Ecke kauern.

»Wie geht es Ihnen, Victor?« fragte sie, versuchte freundlich zu klingen, als wolle sie mit ihm plauschen. Sie wandte sich ihm langsam zu, wollte ihn nicht verschrecken.

Ihre Nähe beunruhigte ihn anscheinend. Sie war kaum einen Meter von ihm entfernt. Er machte ein kleines, nervöses Klagegeräusch in der Kehle und begann sich hin- und herzuwiegen.

»Das alles hat Sie ganz schön mitgenommen, nicht wahr?« sagte Annie. Ihr Mitgefühl für ihn war echt.

Laut dem wenigen, was sie über Autisten gelesen hatte, weil sie versuchen wollte, Marcus Renards Bruder besser zu verstehen, wußte sie zumindest, daß ihnen Routine heilig war. Und trotzdem war Victors Leben seit dem Tod von Pam Bichon eine endlose Reihe von Aufregungen gewesen. Die Presse, die Cops, verärgerte Bürger, alle hatten ihre Aufmerksamkeit und ihre Spekulationen auf die Familie Renard gerichtet. In der Stadt hatten reichlich Gerüchte kursiert, daß Victor vielleicht selbst gefährlich wäre. Sein Zustand verunsicherte und verängstigte Leute. Sein Verhalten war bestenfalls seltsam und oft unpassend.

»Maske, Maske. *Keine Maske*«, murmelte er und schielte sie aus dem Augenwinkel an.

Maske. Seit Pams Tod hatte das Wort eine bedrohliche Bedeutung bekommen, die durch die kürzlichen Vergewaltigungen noch verstärkt wurde. Die Tatsache, es von jemandem zu hören, dessen Verhalten so seltsam war, jemand, der zufällig auch noch der Bruder des Mordverdächtigen war, machte es noch unheimlicher.

Er hob das Buch in seinen Händen hoch, eine Sammlung von Audubons Stichen, um sein Gesicht zu bedecken, und klopfte mit dem Finger gegen das Bild auf dem Umschlag, eine fein ausgearbeitete Darstellung einer Nachtigall. »*Mimus polyglottus, Mimus, Mimik*. Maske, keine Maske.«

Er senkte langsam das Buch und lugte sie über den Rand an. Seine Augen waren wie Glas, hart und klar, und sie blinzelten nicht. »Transformation. *Transmutation.* Veränderung. *Maske.*«

»Finden Sie, ich sehe aus wie jemand, der ich nicht bin? Ist es das? Erinnere ich Sie an Pam?« fragte Annie behutsam. Wieviel von dem, was passiert war, war in Victors Kopf eingesperrt? Welches Geheimnis, welcher Hinweis könnte in diesem seltsamen Labyrinth, das sein Gehirn war, gefangen sein?

Er bedeckte erneut sein Gesicht. »Rot *und* weiß. Dann *und* jetzt.«

»Ich verstehe nicht, Victor.«

»Ich glaube, er ist verwirrt«, sagte Marcus.

Annie wirbelte erschrocken herum. Sie hatte ihn überhaupt nicht kommen hören. Sie waren hier in der hintersten, finstersten Ecke der Bibliothek. Sie hatte Victor an seiner Seite, Marcus an der anderen, eine Wand im Rücken.

»Weil Sie Pam ähnlich sehen, aber nicht Pam sind«, schloß Marcus. »Er kann sich nicht entscheiden, ob das gut oder schlecht ist, Vergangenheit oder Gegenwart.«

Victor wiegte sich, schlug sich das Audubon-Buch immer wieder gegen die Stirn und murmelte: »Rot, rot, Eintreten raus.«

»Wieviel von seiner Sprache verstehen Sie?« fragte Annie.

»Ein bißchen.« Er sprach immer noch mit zusammengebissenen Zähnen wegen seines verdrahteten Kiefers, aber mit weniger Schwierigkeiten. Die Schwellungen in seinem Gesicht waren abgeklungen. Die Blutergüsse sahen im schwachen Licht gelb und schwarz aus. »Es ist eine Art Code.«

»Sehr rot«, murmelte Victor unglücklich.

»*Rot* ist ein Vorsichtswort für Dinge, die ihn aufregen«, erklärrte Marcus. »Ist schon gut, Victor. Annie ist eine Freundin.«

»Sehr rot, sehr rot«, sagte Victor und spähte über das Buch zu Annie. »Sehr weiß, sehr rot.«

»Weiß ist gut, rot ist schlecht. Warum er die beiden so zusammenbringt, ist mir ein Rätsel. Er ist sehr durcheinander seit der Schießerei neulich abends.«

»Das kann ich ihm nachfühlen«, sagte Annie und konzentrierte jetzt ihre Aufmerksamkeit direkt auf Marcus. »Jemand hat gestern abend auf mich geschossen.«

»Du lieber Himmel.« Sie konnte nicht sagen, ob sein Schock echt war oder nicht. Er machte einen Schritt auf sie zu. »Wurden Sie verletzt?«

»Nein, ich habe mich zufällig gerade geduckt.«

»Wissen Sie, wer das getan hat? War das wegen mir?«

»Ich weiß es nicht.« *Warst es du?* fragte sie sich.

»Es ist schrecklich, daß Ihnen jemand weh tun will, Annie«, sagte Marcus, sein Blick war etwas zu eindringlich. Er rückte ihr näher, indem er nur sein Gewicht verlagerte. »Besonders, wenn man weiß, daß es jemand war, der Sie dafür bestrafen will, daß Sie das Richtige getan haben. Leider muß ich sagen, so ist der Lauf der Welt. Das Böse versucht, das Gute auszumerzen. Waren Sie allein?« Seine Stimme wurde sanfter. »Sie müssen ja so verängstigt gewesen sein.«

»Das wäre gelinde gesagt untertrieben«, sagte sie und widerstand dem Drang, von ihm wegzurücken. »Ich sollte mich wohl an solche Dinge gewöhnen. Momentan scheine ich die beliebteste Zielscheibe zu sein.«

»Das kann ich Ihnen nachfühlen, ich weiß genau, was Sie durchgemacht haben, Annie«, sagte er. »Wenn ein Fremder einfach in Ihr Leben eingreift und einen Akt der Gewalt begeht. Es ist eine Verletzung Ihrer Privatsphäre. Es ist Vergewaltigung. Man fühlt sich so verletzlich, so machtlos. So allein. Sie etwa nicht?«

Ein Schaudern vibrierte direkt unter Annies Haut. Er sagte nichts Bedrohliches, nichts, was Gefahr vermuten ließ. Er bot sein Verständnis und seine Besorgnis ... auf eine Art, die einfach ein bißchen zu intensiv war. Er tupfte sich seine Mundwinkel mit dem Taschentuch ab, als würde ihm bei dem Thema der Speichel im Mund zusammenlaufen. Seine Augen schienen fast erregt, als würden sie ein Geheimnis verbergen. Keiner hätte ihre Erklärung verstanden – keiner außer Pam Bichon. Und möglicherweise Elaine Ingram vor ihr.

»Ich weiß, wie es ist«, sagte er. »Das wissen Sie. Sie waren so oft für mich da, ich wünschte, ich wäre für Sie dagewesen. Ich komme mir jetzt so egoistisch vor – ich rufe Sie an, weil jemand gestern nacht einen Stein durch eins unserer Wohnzimmerfenster geworfen hat, und frage mich, warum Sie mich nicht zurückgerufen haben. Und dabei waren Sie die ganze Zeit in Gefahr.«

»Haben Sie das Sheriffsbüro angerufen wegen dem Stein?«

»Das hätte ich mir sparen können«, sagte er verbittert. »Sie benutzen wahrscheinlich den Stein heute schon als Briefbeschwerer. Und ich bin überzeugt, die Notiz haben sie weggeworfen.«

»Welche Notiz?«

»Die, die mit einem Gummiband um den Stein gebunden war. Darauf stand: DU STIRBST ALS NÄCHSTER, MÖRDER.«

Victor machte wieder dieses seltsame quietschende Geräusch und hielt sich sein Buch vors Gesicht.

»Es hat uns alle sehr erschreckt«, fuhr Marcus fort. »Jemand terrorisiert meine Familie, und das Sheriffsbüro hat nichts getan. Ich werde genauso verfolgt, wie Pam von einer geisteskranken Person verfolgt wurde, und das Sheriffsbüro würde sich freuen, wenn mich jemand umbringen würde. Sie sind die einzige, die um mich besorgt ist, Annie.«

»Na ja, ich fürchte, gestern nacht war ich damit beschäftigt, mich nicht umbringen zu lassen.«

»Es tut mir ja so leid. Das letzte, was ich will, ist, daß man Ihnen weh tut, Annie, ganz besonders um meinetwillen.« Er rutschte näher, neigte seinen Kopf in den Winkel, in dem man Geheimnisse mit jemandem teilt. »Sie bedeuten mir sehr viel, Annie«, murmelte er. »Das wissen Sie.«

»Ich hoffe, Sie meinen das nicht persönlich, Marcus«, sagte sie, um ihn zu testen. Ein Stockwerk tiefer waren Leute, und sein Bruder stand drei Meter entfernt, beobachtete sie über die Kante seines Bilderbuchs. Er würde hier nichts riskieren. »Ich arbeite an Ihrem Fall. Mehr nicht.«

Für den Bruchteil einer Sekunde sah er schockiert aus, dann lächelte er erleichtert. »Ich verstehe. Interessenkonflikt. Daß Sie mir das Leben gerettet haben – zweimal –, war nur im Rahmen Ihrer Pflichterfüllung.«

»Richtig.«

»Und daß Sie mein Alibi überprüft haben und neulich nachts zu mir nach Hause gekommen sind, obwohl es offiziell nicht Ihr Fall war – das haben Sie nur gemacht, weil Sie eine gute Polizistin sind.«

»Richtig«, sagte Annie, und wieder durchfuhr sie ein Schauer von Unruhe. Schon wieder interpretierte er etwas in ihre Handlungen hinein, das einfach nicht wahr war. Und trotzdem war seine Reaktion so, daß sie nicht mal hätte sagen können, sie wäre unangemessen.

»Ich bin nur ein Deputy«, sagte sie. »Mehr kann ich nicht für Sie sein, Marcus. Verstehen Sie, was ich damit sagen will? Sie sollten mir keine Geschenke schicken.«

»Eine einfache Bezeugung meiner Dankbarkeit«, sagte er.

»Ihre Steuern bezahlen mein Gehalt. Mehr Dankbarkeit brauche ich nicht.«

»Aber Sie haben weit mehr getan, als es Ihre Pflicht wäre. Sie haben mehr verdient, als Sie kriegen.«

Victor wimmerte und wiegte sich hin und her. »Dann *und* jetzt. Eintreten raus. Zeit und Zeit *jetzt*, Marcus. *Sehr* rot.«

»Es ist unangemessen, daß Sie mir Geschenke machen.«

»Haben Sie einen Freund?« fragte er und richtete sich auf. Ein Hauch von Irritation schärfte seine Stimme. »Hat es ihn wütend gemacht – daß ich Ihnen Dinge schicke?«

»Das würde Sie nichts angehen«, sagte Annie. Sie wagte kaum zu blinzeln, aus Angst, sie könnte eine kleine Nuance seines Gesichtsausdrucks verpassen, die ihn verraten könnte.

»Sehr rot!« jammerte Victor. Er hörte sich an, als würde er jeden Moment weinen. »Eintreten raus, *jetzt*!«

Marcus warf einen Blick auf seine Uhr und runzelte die Stirn. »Ah, wir sollten besser gehen. Es geht auf acht Uhr zu. Victors Schlafenszeit. Wir können den Zeitplan nicht durcheinanderbringen, nicht wahr, Victor?«

Victor drückte sein Buch an die Brust und eilte zur Tür zum Korridor.

Marcus machte eine kleine, steife Verbeugung vor Annie,

versuchte, den Galan zu spielen. »Darf ich Sie hinausbegleiten, Annie? Offensichtlich müssen Sie vorsichtig sein.«

Sie verkniff es sich, ihn darauf hinzuweisen, daß es wohl kaum sehr sicher wäre, sich von ihm begleiten zu lassen. Er war entweder ein Mörder oder möglicherweise das Ziel eines Mörders. »Ich bleibe noch ein bißchen. Ich muß noch etwas arbeiten.«

Er drängte sie nicht weiter, als sie den Gang hinunter zum vorderen Teil des Raumes und zu besserem Licht gingen. »Haben Sie irgendwelche Fortschritte bei der Suche nach dem Fahrer, der mir geholfen hat, gemacht?«

»Nein, ich war sehr beschäftigt.«

»Aber Sie versuchen es.«

Die Liste der Zulassungsstelle lag immer noch unter der Schreibunterlage auf ihrem Schreibtisch. »Ich werde tun, was ich kann.«

»Das weiß ich, Annie«, sagte er, als sie den leeren Schreibtischbereich erreicht hatten, wo Victor in der Tür zum Korridor stand und sich hin- und herbewegte. »Ich weiß, daß Sie Ihr Bestes für mich tun, Annie. Sie sind etwas ganz Besonderes.«

Bevor Annie erneut protestieren konnte, sagte er: »Haben Sie schon jemand, der Sie am Freitag zu dem Straßentanz begleitet?«

Als ob er sie bitten wollte, ihn zu begleiten, dachte Annie unbehaglich. Sie wich noch einen Schritt von ihm zurück. »Ich werde in Uniform da hingehen, wenn sie ihn überhaupt abhalten. Ich habe Dienst.«

Marcus seufzte. »Zu schade. Sie haben in letzter Zeit so hart gearbeitet.«

Wegen dir, dachte Annie, aber sie würde nicht diejenige sein, die ihn zu einer neuerlichen Runde klebrigsüßer Dankbarkeit anstiften würde.

Sie sah den Renard-Brüdern nach, wie sie sich entfernten. Victor schlich an der Wand entlang, mit dem Vogelbuch vor dem Gesicht. *Maske.*

Er wollte hinter einer anderen Fassade verstecken, wer er war. Sein Bruder könnte sehr gut sein Alter ego hinter seinem nichtssagenden, gewöhnlichen Gesicht verstecken. Annie wandte sich dem Drucker zu und dem Stapel von Artikeln, die sich mit Chaz Stokes befaßten, der seine Marke dazu benutzte, um Gott weiß was zu verstecken. *Maske.*

»Ja, Victor«, murmelte sie und sammelte ihre Sachen zusammen. »Da scheint ein Haufen unterwegs zu sein.«

»Es paßt nicht«, nörgelte Doll. »Ich hab' dir gesagt, daß sie nicht passen würde. Ich hatte eine Vorahnung.«

»Sie ist naß, Mutter«, sagte Marcus und tupfte mit einem Schwamm über die Farbe, in der Hoffnung, daß sie sich dem Rest der Wand besser anpassen würde. »Farben sehen immer heller aus, wenn sie noch naß sind.«

Doll musterte die Speisezimmerwand. Ihr mageres Gesicht war ganz verkniffen vor Konzentration. Sie verschränkte die Arme und verkündete: »Ich glaube nicht, daß es dieselbe Farbe ist. Wie heißt sie? Heißt sie *Forstgrün*?«

»Ich weiß es nicht Mutter. Auf der Dose steht eine Nummer, kein Name.«

»Also, da sollte *Forstgrün* draufstehen. Ich erinnere mich genau, daß ich die Farbe *Forstgrün* ausgesucht habe. Wenn da nicht *Forstgrün* draufsteht, woher willst du dann wissen, daß es derselbe Farbton ist?«

»Ich *weiß*, daß es derselbe Farbton ist.«

Er spürte, wie seine Geduld zerfranste wie ein altes Seil, und haßte sie dafür. Er war aus der Bibliothek nach Hause gekommen, den Kopf voll mit Annie, eine wohlige Wärme glühte direkt unter seiner Haut. Er hatte Victors unaufhörlichen Lärm einfach ausgeschaltet und die Fahrt nach Hause damit verbracht, die Begegnung im Geiste noch mal durchzuspielen, angefangen von Annies überraschtem Gesicht, als sie sich zu ihm umgedreht hatte, bis hin zu den subtilen Botschaften im Tonfall ihrer Stimme. Sie konnte seine Werbung nicht öffentlich akzeptieren, bis sie seine Unschuld an Pams Mord bewiesen hatte. Er verstand das. Er würde diskret sein müssen. Es würde wie ein Spiel zwischen ihnen sein, ein weiteres Geheimnis, das nur sie beide teilten.

»Es ist nicht *Forstgrün*«, murmelte Doll und ging, um sich den Fleck aus einem anderen Winkel anzusehen. »Es ist genau, wie ich es bei meiner Vorahnung gesehen habe. Die Farbe wird nicht passen, egal, was wir tun, und jedesmal, wenn ich diese Wand ansehe, wird mich die Furcht vor der Nacht packen. Furcht und Scham – das ist aus meinem Leben geworden. Ich bringe es momentan fast nicht fertig, das Haus zu verlassen.«

Marcus verkniff sich die Worte, die ihm sofort auf der Zunge lagen. Sie hatte ihn den ganzen Morgen schikaniert, sie doch in die Stadt zu fahren, weil sie in den Drugstore mußte und in den Supermarkt. Sie traute ihm nicht zu, daß er ihr die Lebensmittel, die sie mochte, bringen würde, und sie weigerte sich, die Markennamen aufzuschreiben, weil sie nicht unbedingt nach Namen ging, sondern nach Farben und den Grafiken auf den Packungen. Und natürlich konnte sie nicht ihr eigenes Auto nehmen wegen ihrer Nerven und den mysteriösen, nicht diagnostizierten Schüttelkrämpfen, die sie in letzter Zeit heimsuchten – wegen ihm und der ungewollten Aufmerksamkeit, die er der Familie eingehandelt hatte.

»Alles wegen deiner Schafsliebe für diese Frau«, sagte sie jetzt, als würde sie einfach in das Gespräch zurückspringen, das sie vor neun Stunden geführt hatte. »Ich weiß, warum du dich nicht zufriedengeben kannst, Marcus.«

Zufriedengeben womit? Mit dir? Er verfolgte sie aus dem Augenwinkel, als sie von der Hockerleiter herunterkletterte und mit Saubermachen begann. Er stellte sich vor, wie er ihren Kopf in die Farbdose quetschen und sie in ihrer verdammten *forstgrünen* Farbe ertränken würde. Aber natürlich würde er das genausowenig tun, wie ihr den farbgetränkten Schwamm ins Maul stopfen und sie ersticken, oder ihr den Schraubenzieher, mit dem er die Dose aufgemacht hatte, in den Hals rammen.

»Schau, was passiert ist. Schau, was es mit unserem Leben gemacht hat.«

»Was passiert ist, war nicht meine Schuld, Mutter«, sagte er und klopfte den Deckel der Dose mit einem Gummihammer zu. Wenn er ihn mit genügend Wut schwang, würde er genausoviel Schaden anrichten wie ein normaler Hammer?

»Natürlich ist es das«, sagte Doll stur. »Du warst in diese Frau verknallt, und jetzt ist sie tot, und natürlich glaubt jeder, du hättest es getan. Du hättest sie in Ruhe lassen sollen.«

»Es war ein Mißverständnis«, sagte er und raffte sein Werkzeug und die Farbdose zusammen. Der Fleck würde eine zweite Farbschicht brauchen, aber er konnte die Farbe nicht stehenlassen. Victor mochte die Konsistenz und die Dickflüssigkeit von Farbe und würde seine Hände reinstecken und sie umkippen und zusehen, wie sie auf dem Boden eine Pfütze bildete. »Annie wird das für uns aufklären. Sie arbeitet Tag und Nacht an diesem Fall.«

»Annie.« Doll schüttelte den Kopf und folgte ihm in die Küche. »Sie ist auch nicht besser als die übrigen, Marcus. Denk an meine Worte. Sie ist nicht dein Freund.«

Er blieb an der Hintertür stehen und sah seine Mutter trotzig an. »Sie hat mir das Leben gerettet. Sie macht alles, um mir zu helfen. Ich glaube, das würde das Wort *Freund* definieren.«

Er schob die Tür mit dem Ellenbogen auf und ging hinaus zu dem kleinen abgesperrten Schuppen, wo er Dinge wie Farben und elektrisches Werkzeug aufbewahrte. Eine einzelne Glühbirne beleuchtete die rauhen Zypressenwände. Er räumte die Farben und das Werkzeug weg und schaltete das Licht aus. Er wußte, wenn er lange genug wartete, würde seine Mutter zu Bett gehen, und er würde erst morgen früh wieder mit ihr reden müssen. Es war fast zehn Uhr. Sie mußte zum Anfang der Nachrichten in ihrem Zimmer sein, obwohl er sich nie vorstellen konnte, warum. Die Nachrichten schafften es jedesmal, sie aus irgendeinem Grund aufzuregen oder anzuwidern. Rituale. Sie war genauso daran gefesselt wie Victor.

Sie konnte das mit Annie nicht verstehen, sagte er sich, während er darauf wartete, daß das Küchenlicht ausging. Was wußte seine Mutter von Freunden? Sie hatte nie welche gehabt, soweit er wußte. Er bezweifelte, daß sein Vater ein Freund für sie gewesen war. Sie würde das mit Annie nie begreifen.

Die Lichter in der Küche verlöschten, dann die im Speisezimmer. Marcus ging quer über die Terrasse zu seinem Arbeitszimmer und öffnete eine der Glastüren mit dem Schlüssel, den er unter einem Blumentopf aufbewahrte. Als erstes holte er sich ein Percodan aus seinem Schlafzimmer, um seine Schmerzen und seine Nerven zu beruhigen, dann ging er zurück ins Studio und holte seine Sachen aus seinem privaten Schrank.

Das Medikament wirkte schnell, entspannte ihn, gab ihm das vage Gefühl, dahinzutreiben, isolierte ihn sowohl von physischem Schmerz als auch von emotionellen Unannehmlichkeiten. Er fixierte seine Skizze und verdrängte alles aus seinem Kopf, außer Annie.

Natürlich war er von ihr angetan. Sie war hübsch. Sie war intelligent. Sie war fair. Sie war sein Engel. So nannte er sie, wenn er sich sie beide zusammen vorstellte – *Angel*. Das würde sein geheimer Name für sie sein, ein weiteres kleines Etwas, das nur sie miteinander teilen könnten. Er strich mit dem Finger über seine Lippen, als würde er einen Reißverschluß zuziehen, dann lächelte er. Das war inzwischen ein Lieblingssignal zwischen ihnen geworden. Sie mußten vorsichtig sein. Sie mußten diskret sein. Es war für sie ein so großes Risiko, ihm zu helfen.

Er hob das kleine Andenken vom Zeichentisch und ließ es

von seiner Fingerspitze baumeln, lächelte, weil es so albern war. Es war ein albernes Ding, wohl kaum das richtige für eine erwachsene Frau mit einem ernsten Beruf, und trotzdem paßte es zu ihr. Sie war in vieler Hinsicht noch ein Mädchen – frisch, unverdorben, spaßig, unsicher. Er erinnerte sich ganz genau an die Unsicherheit in ihrem Gesicht, als sie sich heute abend in der Bibliothek umgedreht und ihn gesehen hatte. Zu gerne hätte er sie in den Arm genommen. Statt dessen hielt er den komischen kleinen Plastikalligator mit der Sonnenbrille und dem roten Barett, den er vom Rückspiegel in Annies Jeep genommen hatte.

Sie würde nichts dagegen haben, daß er ihn genommen hatte, redete er sich ein. Es war nur ein weiteres kleines Geheimnis zwischen ihnen. Er hauchte einen Kuß auf die Schnauze des Alligators und lächelte. Das Percodan fühlte sich an wie warmer Wein, der durch seine Adern floß. Er schloß für einen Moment die Augen und fühlte sich, als würde sein Körper jeden Moment aus dem Stuhl schweben.

Er hatte einige seiner Schätze herausgeholt. Er stellte den Alligator an den Rand des Zeichentischs, nahm den kleinen, reich verzierten Fotorahmen und strich mit einer Fingerspitze am Filigranrand entlang, lächelte traurig die Frau auf dem Foto an. Pam. Pam und ihre bezaubernde Tochter. Die Dinge, die hätten sein können, wenn Stokes und Donnie Bichon sie nicht gegen ihn vergiftet hätten …

Voller Bedauern stellte er das Foto beiseite und nahm das Medaillon. Es hätte eine gewisse Symbolik, wenn er es an Annie weitergeben würde. Ein Faden von Kontinuität.

»Ich hab's gewußt.«

Drei anklagendere Worte konnte es nicht geben. Trotz des Schmelzeffekts des Medikaments richtete sich Marcus beim Klang dieser Stimme schlagartig auf. Seine Mutter stand direkt hinter ihm. Er hatte nicht gehört, wie sie durchs Schlafzimmer gekommen war, war so in seine Phantasien vertieft gewesen.

»Mutter –«

»Ich habe es *gewußt*«, sagte Doll noch einmal. Sie starrte an ihm vorbei auf die Zeichnung auf dem schrägen Tisch. Tränen stiegen ihr in die Augen, und sie begann zu zittern. »O Marcus, nicht schon wieder.«

»Das verstehst du nicht, Mutter«, sagte er und rutschte von seinem Stuhl, das Medaillon baumelte noch in seiner Faust.

»Ich verstehe, daß du erbärmlich bist«, fauchte sie. »Glaubst du etwa, diese Frau will dich? Sie will dich ins Gefängnis bringen! Gehörst du da hin, Marcus?«

»Nein! Mama!«

Sie hechtete an ihm vorbei, packte das gerahmte Foto vom Tisch und hielt es so fest, daß das Metall in ihre Finger schnitt. Sie starrte das Foto von Pam an, am ganzen Körper zitternd, dann schleuderte sie den Rahmen schluchzend quer durch den Raum.

»Warum?« schrie sie. »Wie konntest du das tun?«

»Ich bin kein Mörder!« rief Marcus, seine eigenen Tränen brannten in seinen Augen. »Wie kannst du das denken, Mama?«

»Lügner!« Sie schlug ihn mit der flachen Hand auf die Brust und hinterließ einen Blutfleck auf seinem Hemd. »Du bringst mich jetzt um!«

Sie drehte sich schreiend um und wischte mit einer wilden Handbewegung alles vom Zeichentisch.

»Mama, nein!« rief Marcus und packte ihren Arm, als sie nach dem Porträt griff.

»O Marcus!« Doll fuhr sich mit der Hand die Wange hinunter, verschmierte ihr Gesicht mit Blut. »Ich verstehe dich nicht.«

»Nein, das tust du nicht!« schrie er, Schmerz zerrte an seinem Gesicht, als er die Drähte in seinem Kiefer überdehnte. »Ich liebe Annie. Du kannst Liebe nicht verstehen. Du verstehst nur Besitz. Du verstehst Manipulation. Liebe kennst du nicht. Raus hier. Verschwinde aus meinem Zimmer. Ich habe dich nie hier hereingebeten. Es ist der einzgie Ort, an dem ich frei von dir sein kann. Raus! Raus!«

Er schrie das Wort immer wieder, während er durch den Raum taumelte, auf Dinge einschlug, Dinge blindlings zerschlug, ein Puppenhaus zu Boden warf, wo es zu Kienspänen zersplitterte. Und bei jedem Schlag stellte er sich vor, daß er auf dem Gesicht seiner Mutter landete, die säuerliche Maske zerschmetterte, ihren Körper traf, ihre Knochen brach.

Schließlich fiel er über seinen Arbeitstisch, schluchzend, hämmerte mit den Fäusten, und langsam verließ ihn die Wut. Er blieb lange so liegen, mit verschwommenem Blick ins Leere. Nach einer Weile merkte er, daß seine Mutter gegangen war. Er richtete sich auf und sah sich im Zimmer um. Die Zerstörung schockierte ihn. Seine besonderen Dinge, seine Geheimnisse lagen zerbrochen um ihn verstreut. Das war seine Zuflucht, und jetzt war sie verletzt und ruiniert worden.

Ohne auch nur einen umgefallenen Stuhl aufzurichten, nahm Marcus seine Schlüssel und verließ das Haus.

Victor saß zwischen den Scherben und wiegte sich winselnd hin und her. Das Haus war dunkel und still, was bedeutete, daß alle anderen schliefen, was hieß, daß sie aufgehört hatten, zu existieren. Marcus verbot ihm den Zutritt zu seinem Eigenraum, aber Marcus schlief, und deshalb waren seine Wünsche aus wie das Fernsehen. Außerdem wußte er, wo Marcus seine geheimen Dinge aufbewahrte, und manchmal öffnete Victor die geheime Tür und holte sie heraus, nur um sie zu berühren. Das Wissen um die geheime Tür, und die geheimen Sachen zu berühren, ohne daß es jemand wußte, gaben ihm das Gefühl, stark zu sein. Es gab ihm ein Gefühl von roter *und* weißer Intensität, und das war sehr aufregend.

Heute abend fühlte Victor nur *sehr* rot. Es war ihm nicht gelungen, seinen Verstand überhaupt auszuschalten, selbst nicht zu seiner regelmäßigen Zeit. Die roten Farben schwirrten und schwirrten, schnitten und bohrten an seinem Gehirn herum. Und seine Kontrolleure – die kleinen Gesichter, die er sich in seinem Kopf vorstellte, die Gebieter über Emotionen und Etikette – beobachteten ihn nur mit mißbilligenden Gesichtern. Die Kontrolleure waren immer wütend, wenn er die roten Farben nicht aufhalten konnte. *Rot, rot, rot.* Dunkel *und* Licht. Immer im Kreis. Schneidend und schneidend.

Er hatte versucht, sich mit dem Audubon-Buch zu beruhigen, aber die Vögel hatten ihn wütend angesehen, als *wüßten* sie, was in seinem Kopf vorging. Als hätten sie die Stimme gehört. Emotion füllte ihn wie Wasser, ertränkte ihn mit ihrer Heftigkeit. Er hatte das Gefühl, nicht atmen zu können.

Er hatte die Stimmen vorher gehört. Sie waren durch den Boden in sein Zimmer gekommen. *Sehr* rot. Victor mochte keine Stimmen ohne Gesichter, ganz besonders rote Stimmen nicht. Er hörte sie von Zeit zu Zeit, und was sie sagten, war nie weiß, *immer* rot. Er hatte auf seinem Bett gesessen, die Füße vom Boden weggehalten, weil er Angst hatte, daß die Stimmen durch seine Pyjamabeine hochklettern und durch sein Rektum in seinen Körper eindringen würden.

Victor wartete darauf, daß die Stimmen weggingen. Dann wartete er noch ein bißchen mehr. Er zählte dreimal mit Sechzehnteln bis zur magischen Zahl, bevor er sein Zimmer verließ. Er war durch Marcus' eigenen Raum heruntergekommen, angezogen vom Bedürfnis, das Gesicht zu sehen, obwohl es ihn aufregte. Manchmal war es so. Manchmal konnte er nicht verhindern, daß er mit der Faust gegen die Wand schlug, obwohl er wußte, daß es ihm weh tat.

Die Unordnung des Raumes regte ihn auf. Er konnte zerbrochene Dinge nicht ertragen. Es schmerzte ihn im Gehirn, zerbrochenes Glas oder zersplittertes Holz zu sehen. Er hatte das Gefühl, er könnte jedes zerrissene Molekül sehen und ihren Schmerz fühlen. Und trotzdem blieb er wegen des Gesichtes in dem Raum.

Er schloß die Augen und sah das Gesicht, öffnete sie und sah das Gesicht wieder – das gleiche, das gleiche, das gleiche, aber anders. Maske, keine Maske. Das Gefühl, das es ihm gab, war *sehr* rot. Er schloß wieder die Augen und zählte in Bruchteilen zur magischen Zahl.

Annie. Sie war »Die andere«, aber *nicht* »Die andere«. Pam, aber nicht Pam. Die Intensität steigerte sich. Seine Sinne waren zu scharf. Jeder Teil von ihm war hart vor Spannung, selbst sein Penis. Er machte sich Sorgen, daß Panik zuschlagen und ihn einfrieren würde, die rote Intensität in sich einfangen würde, wo sie weiter und weiter gehen würde, und keiner könnte es aufhalten.

Er hob die Hände, berührte seine Lieblingsmaske und wiegte sich. Tränen rannen über sein Gesicht, während er die Bleistiftzeichnung seines Bruders von Annie Broussard ansah und den zackigen, blutigen Riß, der durch die Mitte verlief.

41

Kim Young war Stammgast in der Voodoo Lounge. Sie arbeitete von drei bis elf als stellvertretende Geschäftsführerin im Quik Pik auf La Rue Dumas in Bayou Breaux und war der Meinung, sie hatte sich ein oder zwei Bier verdient, nachdem sie acht Stunden lang Benzinpumpen freigeblasen, Lotterietickets verkauft und Teenager aus dem Laden gescheucht hatte, bevor sie mit ihrer Klauerei den Laden in den Bankrott getrieben hatten. Außerdem war Icky Kebodeaux, der Junge, den sie direkt unter sich hatte, sehr seltsam, stank wie ein Waschkorb aus einem Sportumkleideraum und hatte so schlimme Akne, daß sie dachte, sein ganzes Gesicht würde eines Tages explodieren und einfach wegtriefen. Nach acht Stunden in Ickys Gesellschaft war ein Bier das mindeste, was sie verdient hatte.

Also hielt sie auf dem Heimweg immer auf einen Gutenachttrunk in der Lounge an, wenn Mike auf der Tristar-Bohrinsel im Golf war. Sie lebten am Rand von Luck in einem ordentlichen kleinen Backsteinhaus mit einem großen Garten. Sie waren knapp ein Jahr verheiratet, und bis jetzt war das Eheleben für Kim sowohl gute Nachrichten als auch schlechte Nachrichten gewesen. Mike war ein echter Fang, aber sie war wochenlang allein, wenn er auf der Bohrinsel war. Er war gerade fort und würde erst in einer Woche wiederkommen.

Er würde den Karneval in Bayou Breaux verpassen, und Kim war deshalb stocksauer. Mit ihren dreiundzwanzig feierte sie noch gerne und hatte beschlossen, daß sie, verdammt noch mal, ohne Mike feiern würde, wenn er nicht bereit war, Urlaub zu nehmen. In der Jagdsaison war er immer bereit, Urlaub zu machen, wenn *er* Spaß haben wollte.

Scheiß auf ihn. Sie würde nicht ewig in engen Jeans gut ausschauen. Sie hatte sich bereits für den Karneval mit Jeanne-Marie und Candace verabredet. Damenabend. Es gab immer genug Typen, mit denen man beim Straßentanz Spaß haben konnte – wenn die Stadtväter den Tanz dieses Jahr überhaupt erlaubten.

Alle hatten Angst wegen diesem Vergewaltiger. Eines seiner Opfer war heute gestorben. Sie hatte es im Radio gehört.

Kim hätte es nie zugegeben, aber sie hatte in der letzten Woche auch nicht sonderlich gut geschlafen. Sie hatte überlegt, ob sie zu ihrer Schwester ziehen sollte, so lange, bis Mike wieder nach Hause kam, aber Becky hatte ein ein Monat altes Baby mit Koliken, und damit wollte Kim nichts zu tun haben. Auf jeden Fall war sie ja nicht hilflos.

»Was ich wissen will, wenn die Baptisten wegen der Schwulen nicht nach Disneyland dürfen, können sie denn in die Busch Gardens gehen?« fragte der Anrufer im Radio. »Woher wissen die, daß in Busch Gardens oder Six Flags keine Schwulen arbeiten? Der Cousin meines Schwagers arbeitet im Six Flags, der ist so schwul, daß die Mädels vor Neid erblassen.

Das ist doch alles einfach albern, wenn Sie mich fragen. Welcher gute Christ läuft schon rum und versucht rauszufinden, ob vollkommen Fremde so rum oder so rum sind?«

»Na, das ist eine echte Schlangengrube. Irgendwelche Baptisten da draußen, die dazu was sagen möchten? Hier ist KJUN, Talk rund um die Uhr. Heimat des Giant Jackpot. Wir sind gleich wieder bei Ihnen.«

Kim hätte nichts dagegen gehabt, den Jackpot zu gewinnen. Sie und Mike hatten darüber geredet, daß sie Geld für ein neues Boot sparen wollten. Sie hatte, Gott weiß, oft genug bei dieser dämlichen Show angerufen. Erst heute abend hatte sie vom Quik Pik aus angerufen, um ihre Meinung zur Absage des Straßentanzes zu geben. Dämlich, das war diese Idee. Keiner würde beim Straßentanz vergewaltigt werden. Das Schlimmste, was je passierte, waren Schlägereien.

Sie steuerte ihren alten Caprice auf den Abstellplatz neben dem Haus, während Zachary Richard einen Zydeco Jingle für ein Casino flußabwärts sang.

Das Haus war heil und in Ordnung, genau, wie sie es verlassen hatte. Auf dem Küchentisch stand ein Korb mit Wäsche, bereit zum Zusammenlegen. Sie nahm ihn hoch, trug ihn in ihr Schlafzimmer und erledigte das, während sie auf dem winzigen Farbfernseher, den sie sich für ihre Kommode gekauft hatte, eine Wiederholung von *Cheers* ansah.

Sie ging gegen halb eins zu Bett und lag lange wach. Sie horchte angestrengt auf Geräusche im Haus. Draußen war der Wind stärker geworden, und sie wurde ganz nervös durch den Versuch, den Unterschied zwischen dem Rascheln von Bäumen und dem Scharren von Schritten vor dem Fenster festzustellen. Gegen ein Uhr fünfzig dämmerte sie mit grimmiger Miene weg, die rechte Hand hatte sie unter Mikes Kissen gerammt.

Um 2:19 Uhr schreckte sie hoch. Sie fühlte eine Präsenz, dunkel und bedrohlich. Ihr Puls raste außer Kontrolle. Sie blieb absolut reglos liegen, wartete.

Sie hatte im Badezimmer am Ende des Ganges das Nachtlicht angelassen, und ein schwacher Lichtstrahl ergoß sich durch die halbgeöffnete Tür in den Gang.

Sie sah ihn kommen. Die schwarze Gestalt des Verhängnisses. Kein Gesicht, stumm wie der Tod.

Tod.

Warum ich? fragte sich Kim, als er ins Schlafzimmer schlich. *Warum hat er mich ausgesucht? Womit hab' ich das verdient?*

Sie würde es später erfahren, dachte sie, als er auf das Bett zukam. Sie würde es rausfinden, nachdem sie ihn umgebracht hatte.

In einer geschmeidigen Bewegung, ohne zu zögern, setzte sich Kim auf, schwang die abgesägte Flinte unter dem Kissen ihres Mannes hervor und drückte ab.

42

Der Traum wurde in gefilterte Schattierungen von Rot getaucht. Weiches rotes Licht, so körnig wie Staub. Tiefrote Schatten, flüssig wie Blut. Sie stand vor dem, was sie für einen Spiegel hielt, aber das, was sie anstarrte, war nicht ihr Gesicht. Lindsay Faulkner schaute sie durch die Scheibe an, mit anklagender, verachtungsvoller Miene. Annie streckte die Hand aus, um den Spiegel zu berühren. Die Erscheinung kam durch das Glas und strich über sie, strich durch sie *hindurch*.

Sie drehte sich um und versuchte, wegzulaufen, aber ihr Körper war durch nackte rote Muskeln gefesselt, die aus dem Boden wuchsen und aus den Wänden griffen. Auf der anderen Seite des Raums fiel die Erscheinung plötzlich rückwärts zu Boden, schreiend. Dann bäumte sich der Boden auf und wurde eine Wand, und die Erscheinung wurde Pam Bichon; Blut strömte wie Wein aus ihren klaffenden Wunden, ihre dunklen Augen brannten sich ausdruckslos in Annie.

Mit einem Schrei krallte Annie sich aus dem Traum, aus dem Schlaf. Das Laken war wie ein Sarong um ihren Körper gewickelt. Sie befreite sich mühsam daraus und setzte sich mit hochgezogenen Knien auf der Couch auf, den Kopf in die Hände gestützt. Ihr Haar war zerzaust und feucht von Schweiß. Ihr T-Shirt war tropfnaß. Die Klimaanlage schaltete sich ein und blies ihren kalten Atem über sie, generierte Gänsehaut. Das Grauen des Traumes haftete an ihr wie Körpergeruch. Schatten und Blut. *Schattenland.*

»Ich tue mein Bestes, Pam«, flüsterte sie. »Ich gebe mein Bestes.«

Sie war zu aufgezogen, um sich wieder hinzulegen, also ging sie in ihr Schlafzimmer und zog sich ein anderes T-Shirt an. Fourcade hatte den Saustall für sie aufgeräumt, aber sie hatte es noch nicht fertiggebracht, in diesem Bett zu schlafen. Vielleicht, wenn die Bilder ein bißchen Zeit gehabt hatten, aus ihrem Kopf zu verblassen. Vielleicht, wenn das alles vorbei war und sie Gelegenheit gehabt hatte, die Wand frisch zu streichen und ein paar Kissen zu kaufen... Oder vielleicht war das nur eins der sichtbareren Zeichen dafür, daß ihr Leben nie wieder dasselbe sein würde.

Sie ging zur Küche, um sich einen Drink zu holen, zog aber statt dessen ein Snickers aus dem Gefrierschrank. Sie knabberte an der gefrorenen Schokolade und wanderte durch ihr Wohnzimmer, schaltete nur das Licht der Stereoanlage und den Scanner ein, damit sie nirgendwo gegenstieß. Nick war irgendwo draußen. Überwachungsdienst. Sie wollte ihn nicht alarmieren, indem sie um halb drei Uhr früh das Licht einschaltete, obwohl es schön wäre, ein bißchen Gesellschaft zu haben. Sie fürchtete, daß sie allmählich etwas zuviel Gefallen an seiner Gesellschaft fand.

Sie setzte sich aufs Sofa und rieb dem ausgestopften Alligator liebevoll die Schnauze mit dem Fuß.

»Vielleicht brauche ich ein lebendiges Haustier, was Alphonse?« murmelte sie. Der Alligator schenkte ihr sein übliches zähnefletschendes Grinsen.

Auf der anderen Seite des Raums tönte ein Ruf aus dem Scanner.

»Alle Einheiten in der Umgebung: Wir haben einen möglichen 245 und einen 261 in 759 Duff Road in Luck. Es wurde geschossen. Code 3.«

Ein möglicher Überfall und Vergewaltigung. Alle Deputys sollten so schnell wie möglich mit Blaulicht und Sirene kommen.

»Die Anruferin sagt, sie hätte ihn erschossen«, sagte die Einsatzleitung. »Wir haben einen Krankenwagen losgeschickt.«

Luck war nur die Straße hinunter auf der anderen Seite des Bayous. Und wenn Annies Ahnung richtig war, könnte möglicherweise Chaz Stokes in einer Blutlache in 759 Duff Road liegen.

Zwei Streifenwagen waren vor ihr am Tatort. Die Wagen standen forsch schräg in der Einfahrt des kleinen Backsteinhauses mit blitzenden Lichtern. Ein Beamter saß auf der Vordertreppe aus Beton, hielt Ausschau nach dem Krankenwagen oder übergab sich. Das letztere vermutete Annie, als sie den Rasen überquerte.

Er packte das Schmiedeeisengitter und zog sich langsam hoch. Das Verandalicht glänzte auf seinen roten Haaren wie die Sonne auf einem Kupferpfennig, und Annie dankte Gott für kleine Gnaden. Dieser Beamte war ein Doucet. Und Blut war dicker als die Bruderschaft. Blut war dicker als alles andere in Südlouisiana.

»He, Annie, bist du das?«

»He, Tee-Rouge, wie läuft's denn so?«

»Mir ist grade mein Abendessen aus dem Gesicht gefallen. Was machst du denn hier, *chère*?«

»Hab's auf dem Scanner gehört. Ich dachte, das Opfer wäre dankbar, wenn noch eine Frau hier wäre«, log sie.

Tee-Rouge prustete und winkte ab. »Das ist vielleicht ein Opfer. Jemand sollte dem Mädchen mal das Nachthemd hochheben und nachschauen, ob es nicht ein Kerl ist. Die hat vielleicht Mumm. Die hat dem Hurensohn direkt ins Gesicht geschossen, mit einer abgesägten Flinte.«

»Autsch? Wo ist er?« fragte Annie, versuchte, lässig zu klingen, was ihr aber überhaupt nicht gelang. Vor ihrem geistigen Auge stellte sie sich vor, wie Stokes sich an das Bett der Frau anschlich, die Frau die Flinte hob, wie Stokes' Gesicht explodierte.

Tee-Rouge zuckte die Achseln. »*Chère*, den würde nicht mal seine Mama erkennen, selbst wenn er sich aufsetzt und ihren Namen ruft. Er hat keinen Ausweis dabei, aber er hatte eine Maske auf. Der ganze verdammte Tatort voller Federn. Das ist unser Abschaum der Saison, da gibt's keinen Zweifel.«

»Hast du die Detectives angerufen?«

»Ja, alle außer Stokes, er ist wer weiß wo. Im Bett mit irgendeiner Schnecke wahrscheinlich – nichts für ungut.«

Annies Puls beschleunigte. »Er reagiert nicht auf seinen Piepser?«

»Bis jetzt noch nicht. Quinlan ist unterwegs, aber der wohnt ganz oben in Devereaux. Der braucht einige Zeit, bis er hier ist.«

»Wer ist da drin?« fragte sie und ging los zur Tür.

»Pitre.«

Annie ging innerlich stöhnend zum Haus, als ein dritter Streifenwagen kreischend die Straße entlangkam. Jede Streife in der Parish ließ alles stehen und liegen, um die Aufregung eines heißen Tatorts nicht zu verpassen. Alle wollten dabei sein, wenn der Mardi-Gras-Fall gelöst wurde.

Das Wohnzimmer war leer. Vom Opfer war nichts zu sehen. Das Schlafzimmer war offensichtlich geradeaus den Gang hinunter links. Pitre stand gleich an der Tür, vor ihm lag der gefällte Angreifer. Annie holte tief Luft und marschierte den Gang hinunter.

»Ich werd' so bald keine Pizza mögen«, murmelte Pitre, dann hob er den Kopf und sah, wer da gekommen war. »Broussard, was zum Teufel hast du hier zu suchen? Du hast heute nacht keinen Dienst. Mann, du bist ja fast nicht mehr bei der Polizei.«

Annie ignorierte ihn, drehte sich, um den toten Mann anzusehen. Es war nicht ihr erster Toter. Nicht einmal der erste, der's mit der Schrotflinte gekriegt hatte. Aber er war der erste, der auf kurze Distanz getroffen worden war, und der Anblick war alles andere als schön.

Der Vergewaltiger lag mit ausgebreiteten Armen auf dem Boden. Er war schwarz angezogen, jeder Zentimeter seines Körpers war davon bedeckt, auch seine Hände. Er könnte schwarz, weiß oder Indianer sein – keiner konnte das sagen. Von seinem Gesicht war praktisch nichts übrig. Die Fleisch- und Knochenmaske, die einen Menschen vom anderen unterschied, war ausgelöscht worden. Das rohe Fleisch, zerschmetterte Knochen und die offen daliegende Gehirnmasse hätten jedem gehören können. Das Haar war blutgetränkt, die Farbe nicht feststellbar. Ein Fragment der schwarzen Federmaske klebte an einem Stück Schädeldecke. Der Gestank gewaltsamen Todes hing schwer in der Luft.

»Oh, mein Gott«, hauchte Annie, ihre Knie wurden ein bißchen weich. Der Snickers drohte mit seiner Rückkehr, und sie mußte sich zusammenreißen, um nicht alles über den Tatort zu speien.

Fetzen und Brocken vom Gesicht des Angreifers waren an die Decke gespritzt und auf die blaßgelbe Wand. Die abgesägte Schrotflinte lag verlassen neben dem Bett.

»Wenn du's nicht verträgst, Broussard, dann verschwinde. Keiner hat dich gerufen«, sagte Pitre und ging um das Bett herum, um sich die Flinte anzusehen. »Stokes wird nicht gerade erfreut sein, dich hier zu sehen.«

»Ach ja? Na ja, vielleicht hat er diesmal die Lacher gegen sich«, murmelte Annie und versuchte vorauszudenken. Sollte sie Quinlan beiseite nehmen, wenn er eintraf und ihm von der Möglichkeit erzählen? Oder sollte sie sich einfach raushalten und der Sache ihren Lauf lassen? Keiner würde ihr danken, daß sie Stokes verdächtigt hatte.

»He«, sagte Pitre mit der Begeisterung eines Kindes, das den versteckten Preis in den Cornflakes gefunden hat. »Wir wissen, daß der Typ ein blaues Auge hatte.«

»Wie das?«

Er beugte sich mit einem bösen Grinsen übers Bett und sah sich seinen Fund an. »Weil es hier ist. Schau dir das an! Das Ding muß ihm glatt aus dem Kopf gesprungen sein, als sie ihn erschossen hat! Es hockt da wie ein kleines Osterei!«

Stokes' türkisblaue Augen tauchten klar und deutlich vor Annies innerem Auge auf, als sie um die Leiche herumging. Aber bevor sie sich Pitres Preis genauer ansehen konnte, ertönte eine vertraute Stimme hinter ihr.

»*Mann ohne Gesicht.* Hat einer den Film gesehen? Der Typ hier ist noch häßlicher. Ich will tot umfallen, wenn ich lüge.«

Annie fuhr schockiert herum. Stokes stand da, schaute hinunter auf die Leiche und kaute an einem Stück Salami, auf seinem Hinterkopf balancierte eine Ragin-Cajun-Baseball-Mütze. Er sah hinüber zu ihr und schnitt eine Grimasse.

»Mann, Broussard, du bist wie ein gottverfluchter Tripper – ungewollt, nicht willkommen und einfach nicht loszuwerden.«

»Da spricht sicher die Stimme der Erfahrung«, brachte Annie mit einiger Mühe heraus. Ihr war bis zu diesem Augenblick gar nicht bewußt gewesen, wie sehr sie sich auf Stokes' Schuld versteift hatte. Eine Mischung von Gefühlen schwappte über sie, während sie beobachtete, wie er um die Leiche herumstieg – Enttäuschung, Erleichterung, Schuldbewußtsein.

»Wer hat dich überhaupt zum Tanz eingeladen?« fragte Stokes. »Wir brauchen hier keine Sekretärinnen und auch keine Verbrechenshunde.«

»Ich dachte, das Opfer wäre vielleicht froh, wenn eine andere Frau hier ist.«

»Ja, wahrscheinlich, wenn er nicht tot wäre.«

»Ich meinte die Frau.«

»Dann geh und such sie, und schwing deinen Hintern von meinem Tatort.« Er sah ihr direkt in die Augen und sagte, ohne die Miene zu verziehen: »Können doch nicht zulassen, daß du irgendwelches Beweismaterial kaputtmachst.«

Als Annie in den Korridor ging, beugte sich Stokes übers Bett und sah sich die Schrotflinte an. »Mann, das nenne ich effektive Geburtenkontrolle. Weißt du, was ich meine?«

Pitre lachte.

Das Opfer, Kim Young, war in ihrer ordentlichen kleinen Küche. Sie lehnte mit dem Rücken am Tresen und zitterte, als käme sie gerade aus einem Gefrierschrank. Das hellblaue Baby-Doll-Nachthemd, das sie trug, bedeckte gerade ihren Schenkelansatz und war über und über mit Blut und Gewebeteilchen bespritzt. Das Zeug klebte auch auf ihrem Gesicht und in ihren dunkelblonden Locken.

»Ich bin Deputy Broussard«, sagte Annie behutsam. »Möchten Sie sich setzen? Wie geht es Ihnen?«

Sie hob den Kopf und sah sie mit glasigen Augen an. »Ich – ich habe diesen Mann erschossen.«

»Ja, das haben Sie.«

Von ihrem Standpunkt aus konnte Annie die offene Patiotür zum Eßzimmer sehen, wo sich der Angreifer Zutritt verschafft hatte. Ein ordentlicher Halbmond war neben dem Türgriff aus der Scheibe geschnitten worden.

»Haben Sie sein Gesicht gesehen, bevor Sie abgedrückt haben?«

Sie schüttelte den Kopf, wobei sich ein Knochenfragment aus ihren Haaren löste und neben ihren nackten Fuß auf den

Kachelboden fiel. »Es war zu dunkel. Etwas hat mich aufgeweckt und – und – Ich hatte solche *Angst*. Und dann stand er direkt vor meinem Bett, und ich – ich –«

Tränen erstickten ihre Stimme. Ihr Gesicht rötete sich. »Was, wenn es Mike gewesen wäre? Es hätte Mike sein können! Ich hab' einfach abgedrückt –«

Ohne sich um das Blut und sonstiges zu scheren, legte Annie den Arm um Kim Youngs Schultern, als dieser langsam dämmerte, daß sie genausogut versehentlich einen geliebten Menschen hätte erschießen können. Dann wäre sie, statt als Heldin gefeiert zu werden, sicherlich in die Pfanne gehauen worden, wenn die Presse von der Geschichte Wind bekommen hätte. Man hätte sie als dumm und hysterisch hingestellt, eine irregeleitete Vigilantin, die gezwungen war, einen schrecklichen Preis zu bezahlen. Der Unterschied lag im Ergebnis, nicht in der Tat. Nur wieder eine der kleinen Objektstudien des Lebens.

Der Name des Täters war Willard Roache, von seinen alten Freunden im Strafvollzug kenntnisreich »Cock« Roache genannt. Er hatte ein langes, häßliches Register von sexuellen Gewaltdelikten und war zweimal verurteilt worden. Seine letzte Strafe hatte er in Angola abgesessen und war 1996 entlassen worden. Seine letzte Adresse, laut Gefängnisverwaltung, war in Shreveport, wo er seinen Bewährungshelfer und seine Identität hatte sitzenlassen.

Unter dem Namen William Dunham war er Ende Dezember nach Bayou Breaux gezogen und hatte einen Job als Techniker bei KJUN Radio gefunden mit Hilfe eines falschen Lebenslaufes, den zu überprüfen sich keiner die Mühe gemacht hatte. Roache arbeitete in der Nachtschicht mit Owen Onofrio, wo er die Anrufe entgegengenommen und Namen und Adressen der Anrufer für den Giant Jackpot notiert hatte. Aus dieser Liste hatte er seine Opfer ausgewählt.

Zu den Beweisen, die man in Roaches Wohnung fand,

gehörten Fotokopien der Listen mit persönlichen Notizen, die er an den Rand gekritzelt hatte. Neben Lindsay Faulkners Namen hatte er »sexy Luder« geschrieben. Außerdem fand man in seiner Wohnung eine Schachtel mit Unmengen schwarzer Mardi-Gras-Federmasken, die von einem Großhändler für Scherzartikel in New Orleans stammten.

Die Informationen kamen Stück für Stück während des Tages, angefangen mit dem Fund von Roaches Wagen, der in der Nähe von Kim Youngs Haus stand. Auf Anweisung des Sheriffs wurden Roaches Leiche am Tatort Fingerabdrücke abgenommen und durch den staatlichen Computer gejagt, mit höchster Priorität – die Priorität war eine für vier Uhr anberaumte Pressekonferenz. Noblier wollte den Fall vor dem Beginn des Karnevals geschenkverpackt abgelegt haben, womit die beste PR-Wirkung zu erzielen war.

Annie tigerte den ganzen Tag wie eine Katze im Käfig im Archiv herum. Sie wollte ein Teil des Teams von Deputys und Detectives sein, die Roaches Wohnwagen durchsuchten, Beweise zum regionalen Labor in New Iberia brachten, Anrufe tätigten, um das Umfeld des Vergewaltigers abzugrenzen. Myron erlaubte ihr nur zähneknirschend, das Beweismaterial zu katalogisieren, das in ihre Asservatenkammer eingeliefert wurde.

Der Frust war fast unerträglich. Sie wollte die Beweise mit eigenen Augen sehen, die einzelnen Komponenten von Roaches Schuld identifizieren, damit sie die Theorie, die sich in ihrem Kopf festgesetzt hatte, endgültig exorzieren könnte: nämlich, daß Chaz Stokes die Verbrechen begangen hatte und daß diese Verbrechen sie zu Pams Mord hätten zurückführen können.

Aber es war eben nur eine Theorie gewesen. Wie Fourcade ihr gesagt hatte: Sie hatte keine Beweise, nur Ahnungen, Mutmaßungen, Spekulation. Die Arbeit eines Detectives war es, unwiderlegbare Beweise zu finden, den Fall solide und wasserdicht aufzubauen – was Stokes bei Willard Roache längst hätte tun können, bevor er Gelegenheit gehabt hatte, Kay Elsner und Lindsay Faulkner und Kim Young anzugreifen, wenn Stokes nach dem Angriff auf Jennifer Nolan geneigt gewesen wäre, etwas härter zu arbeiten.

Statt dessen stellte Stokes die Nachforschungen über Roache nach der Tat an und nahm bereitwillig Gratulationen für seine Detektivarbeit entgegen. Nachdem alle so froh waren, daß die Angst und der Schrecken, die dieser Mann in der Parish verbreitet hatte, ein Ende hatten, ignorierten die Leute bis jetzt die Tatsache, daß Roache im selben Wohnwagenpark wie Jennifer Nolan gewohnt hatte und am Tag ihrer Vergewaltigung nicht vernommen worden war. Er war an dem Morgen, an dem die Ermittlungen begonnen hatten, nicht zu Hause gewesen. Annie hatte selbst an seine Tür geklopft und Stokes berichtet, daß sie ihn nicht angetroffen hatte. Weder Stokes noch Mullen hatten sich die Mühe gemacht, noch einmal dorthin zu fahren. Wenn sie das getan hätten, hätten sie ihn möglicherweise später erkannt, als der Staat die Beschreibungen und Fotos von Sexualtätern, die im letzten Jahr aus dem Vollzug entlassen worden waren, gefaxt hatten.

Nach all den furchtbaren Dingen, die in den letzten Wochen passiert waren, brauchte das Revier etwas zum Feiern. Der Tod von William Roache wurde als Triumph behandelt, obwohl weder das Revier noch die Soko an der Beendigung von Roaches Verbrechensorgie beteiligt gewesen waren. Wenn überhaupt, dann hätten sie das Ganze als Schande registrieren müssen. Es hatte einer hundertzwanzig Pfund schweren Verkäuferin vom Quik Pik mit einer abgesägten Schrotflinte bedurft, um diesen Verbrecher aufzuhalten. Sie hätten genauso leicht Kim Youngs Tod betrauern können, wenn es Roache gelungen wäre, ihr die Waffe zu entreißen. Aber niemand sonst schien das so zu sehen.

Am Ende des Tages präsentierte der Sheriff das Ende des Falls wie ein aufwendig eingepacktes Geschenk. Nur Smith

Pritchett schien nicht gerade hingerissen, aber das nur, weil Noblier die ganzen Lorbeeren einheimste und es keinen Bösewicht zum Anklagen mehr gab. Trotzdem nützte er die Gelegenheit, um zu dozieren und zu verkünden, daß die Welt ohne Willard Roache ein besserer Ort wäre. Gegen Kim Young würde keine Anklage erhoben werden dafür, daß sie sich in ihrem eigenen Heim verteidigt hatte.

Alle sind Sieger, dachte Annie, die am Rand des Rudels stand, das die Pressekonferenz auf dem Apparat im Pausenraum verfolgte. Alle außer Jennifer Nolan, Kay Elsner und Lindsay Faulkner und Kim Young –, die sich zwar vor einem schlimmeren Schicksal bewahrt, aber einem Mann den Kopf weggeschossen hatte und jetzt den Rest ihres Lebens damit leben mußte.

Annie wanderte zurück zum Archiv und wußte nicht so recht, wohin mit sich. *Konzentriere dich auf ein Ziel*, würde Fourcade sagen. Die Vergewaltigungsfälle waren abgeschlossen, aber die Vergewaltigungen waren nicht ihr Ziel. Ihr Ziel war der Mord an Pam. Und da gab es Marcus Renard und Donnie Bichon, auf die sie sich konzentrieren konnte.

»Sie haben keine Achtung vor diesem Büro«, begrüßte Myron sie mit säuerlicher Miene. »Hier muß Arbeit erledigt werden, und Sie gehen weg und schauen fern.«

Annie verdrehte die Augen, als sie die Nachmittagspost vom Tresen nahm. »Herrgott, Myron, gehen Sie und leeren Sie Ihre Därme, machen Sie schon. Das ist das Archiv. Wir hüten hier nicht die Bundeslade!«

Die Augen des Beamten traten aus den Höhlen. Seine Nüstern blähten sich, und sein drahtiger Körper zitterte vor Empörung. »Das war's, Deputy Broussard! In *meinem* Büro sind Sie fertig. Ich laß mir das *nicht* mehr bieten.«

Er stürmte aus dem Raum, knallte die Tür hinter sich zu und machte sich auf den Weg zu Nobliers Büro. Annie beugte sich über den Tresen und schrie hinter ihm her: »He, wenn Sie schon mal dabei sind, bitten Sie ihn doch um meinen alten Job für mich!«

Schuldgefühle nagten an ihr, als er außer Sichtweite rannte. Sie hatte Myron immer als das geschätzt, was er war – bis sie mit ihm arbeiten mußte. Sie hatte sich gegenüber Älteren und ihren Vorgesetzten immer respektvoll verhalten, mit wenigen Ausnahmen. Vielleicht hatte Fourcade einen schlechten Einfluß auf sie. Oder vielleicht hatte sie einfach Wichtigeres im Kopf, als Myron in seinen mageren Hintern zu kriechen.

Sie sortierte die Post durch, wohlwissend, daß Myron durch die Decke gehen würde, wenn sie etwas öffnete, was ihm wichtig erschien. Das meiste sah aus wie Versicherungssachen: Anfragen für Unfallberichte und so weiter. Ein Umschlag hatte den Briefkopf von »Our Lady of Mercy« und war an sie adressiert.

Annie riß das Ende mit dem Daumen auf und zog etwas heraus, was wie ein Laborbericht aussah. Eine Kopie der Chem-7-Blutanalyse von Lindsay Faulkner, die Dr. Unser während Faulkners Anfall angefordert hatte. Der Test, um den Annie nach Lindsays Tod gebeten hatte. Der Test, den das »Our Lady« scheinbar verloren hatte.

Sie überflog die Reihen undechiffrierbarer Symbole und passender Zahlen, die für sie keine Bedeutung hatten. K+: 4.6 mEq/L. Cl-: 101 mEq/L. Na++: 139 mEq/L. BUN: 17 mg. Glucose: 120. Es war jetzt ohnehin nicht mehr wichtig. Man würde Willard Roache sowohl den Überfall auf Faulkner als auch ihren Tod zur Last legen, außer, die Autopsie, die Stokes angeordnet hatte, würde irgendeine Anomalie zutage bringen.

»Ich habe eine Nachricht bei Sheriff Nobliers Sekretärin hinterlassen«, verkündete Myron. »Ich erwarte, daß Ihre Position hier bis zum Ende des Tages terminiert sein wird.«

Annie sparte sich die Mühe, ihn zu korrigieren, obwohl sie damit rechnete, daß es zumindest bis Montag dauern würde, bis man sie auf einen neuen Posten eingeteilt oder suspendiert hatte, je nachdem, wie Gus' Laune war. Nachdem heute Freitag war und nur noch eine Stunde bis Feierabend und er einen großen Gewinn zu verbuchen hatte, war der Sheriff zweifellos unterwegs und trank mit den Stadtvätern auf sein Wohl.

»Dann kann ich ja genausogut gehen, nicht wahr?« sagte Annie. »Als letzter offizieller Akt als Ihre Assistentin werde ich diesen Bericht zu den Detectives rüberbringen. Nur um Ihnen einen Gefallen zu tun, Myron.«

Annie betrat den Pizza Hut und sparte sich die Mühe zu läuten. Perez war am Telefon, sah hoch zu ihr, und seine dunklen Augen zuckten ungeduldig. Sie wedelte mit dem Bericht und zeigte auf den Raum der Soko.

Die Mitglieder der Soko waren alle zur Pressekonferenz eingeladen gewesen, damit Noblier mit ihnen angeben und noch mehr Lob ernten konnte, weil er so weise gewesen war, ein solches Spitzenteam auszusuchen. Ihr verlassenes Kommandozentrum sah aus, als wäre es von Dieben verwüstet worden. Aus einem Radio auf dem Aktenschrank plärrte »Wild Tchoupitoulas«.

Annie ging am Tisch entlang und überflog die Aktenmarkierer, bis sie an den kam, auf dem Faulkner, Lindsay stand. Die Akte schien erbärmlich dünn dafür, daß sie den gewaltsamen Tod einer Frau enthielt. Es würde auch nicht mehr viel dazukommen, bevor der Fall abgeschlossen war und in Myrons Domäne wanderte. Der Autopsiebericht, Stokes' abschließender Bericht, das war's dann.

Sie schlug die Akte auf, zog den Laborbericht heraus, den Stokes schon eingesammelt hatte, und überflog das Dokument, um sicherzugehen, daß dieser und der, den sie gekriegt hatte, identisch waren. K+: 4.6 mWq/L. Cl-: 101 mEq/L. NA++: 139 mEq/L. BUN: 17 mg. Glukose: 120.

»Was zum Teufel ist das nur mit dir, Broussard?« fragte

Stokes, der gerade den Raum betrat. »Verfolgst du mich? Ist es das? Dagegen gibt's Gesetze. Verstehst du, was ich sage?«

»Ach ja? Na, wer hätte gedacht, daß du dich damit so gut auskennst, nachdem du letzten Herbst bei Pam Bichon abgeblitzt bist?«

»Ich bin nicht bei Pam Bichon abgeblitzt. Also, warum sagst du mir nicht einfach ins Gesicht, warum du mir ständig auf die Zehen trittst, und gehst dann von meinen Füßen runter? Ich hatte einen verdammt guten Tag ohne dich.«

»Das ›Our Lady‹ hat ein Duplikat des Chem-sieben-Bluttests von Lindsay Faulkner geschickt. Ich dachte, der sollte in der Akte sein, was dir wahrscheinlich egal ist. Warum sich die Mühe machen, einer Sache nachzugehen, wenn du von Anfang an kaum dran gearbeitet hast?«

»Leck mich, Broussard«, sagte er und riß ihr den Bericht aus der Hand. »Es war nur eine Frage der Zeit, bis ich Roache festgenagelt hätte.«

»Ich bin mir sicher, das ist ein großer Trost für all die Frauen, die er nach Jennifer Nolan überfallen hat.«

»Hast du nicht ein paar Büroklammern, die du zählen kannst?«

Mullen trat in die Tür, sah von Stokes zu Annie. »Kommst du, Chaz? Sie können die Party nicht ohne uns starten.«

Stokes setzte sein bestes Colgate-Lächeln auf. »Ich bin dabei, Mann. Ich bin *dabei.*«

Annie schüttelte den Kopf. »Eine Party, um die Tatsache zu feiern, daß ein Zivilist euren Fall für euch abgeschlossen hat. Ihr müßt ja so stolz sein.«

Stokes setzte seinen Hut wieder auf und rückte seine lila Krawatte zurecht. »Ja, Broussard, das bin ich. Das einzige, was ich bedauere, ist, daß Roache dich nicht zuerst erwischt hat.«

Er scheuchte sie aus dem Zimmer und aus dem Gebäude. Annie ging widerwillig weiter zum Justizzentrum, die Augen auf Stokes und Mullen gerichtet, wie sie in ihre jeweiligen

Gefährte stiegen, aus dem Parkplatz rasten und zur Feier wie verrückt hupten.

Ein Zivilist hatte ihren heißesten Fall geklärt, und Pam Bichons Mörder lief noch immer frei herum. In ihren Augen gab es nur wenig Grund zur Freude.

»Oder vielleicht bin ich ein schlechter Verlierer.«

43

»Sie hören KJUN. Talk rund um die Uhr. Unser Thema: Sicherheit kontra Bürgerrechte – sollten zukünftig Angestellte sich die Fingerabdrücke abnehmen lassen? Carl in Iota –«

Nick schaltete das Radio aus und richtete sich hinter dem Steuer seines Trucks auf, als Donnie sein Büro verließ und in seinen Lexus stieg. Er sah so blaß aus wie sein Wagen. Sein ohnehin gebeugter Gang war noch ein bißchen schlurfender geworden. Der Druck holte ihn ein. Er würde bald etwas unternehmen, vielleicht heute nacht, und Nick wollte dabei sein, wenn es passierte. Er drückte seine Zigarette neben dem Berg der anderen Kippen im Aschenbecher aus, legte den Gang ein und wartete, bis der Lexus an der Dumas um die Ecke gebogen war.

Geduld war hier die Losung. Unerläßlich bei Überwachungen. Unerläßlich in allen Aspekten des Lebens. Ein nützliches Instrument, das schwer zu beherrschen war. Männer wie Donnie lernten nie, damit umzugehen. Er hatte zu schnell versucht, Pams Geschäft loszuwerden. Hast brachte ungewollte Aufmerksamkeit. Aber war das nun Donnies Werk oder Marcottes gewesen? Oder meines? fragte sich Nick. Die Vorstellung brannte wie ein Geschwür in seinem Magen. Er selbst beherrschte Geduld immer noch nicht so ganz.

Auf La Rue Dumas herrschte reger Betrieb. Autos säumten die Gehsteige, die voller Menschen waren. Der Lexus war vier Autos vor ihm und wartete an einer grünen Ampel zum Linksabbiegen. Freitagabend zog es die Menschen immer in die Stadt. Nick hatte gehört, daß der Karneval von Bayou Breaux Menschen aus ganz Südlouisiana anlockte, zum Straßentanz und verschiedenen anderen Festivitäten, die von heute abend bis Faschingsdienstag stattfinden würden. Der Abgang des Vergewaltigers würde dem Ganzen noch eine andere Würze geben, eine wilde Euphorie der Erleichterung.

Den ganzen Tag waren die Nachrichten voll von »soeben nachgereichten« Informationen über die Erschießung von Willard Roache, der anschließend als der Mardi-Gras-Vergewaltiger identifiziert worden war. Soviel zu Annies Theorie über Stokes als Sexualtäter. Trotzdem mußte ihr Nick Bewunderung zollen, weil sie sich für die harte Schiene entschieden hatte. Sie besaß unzweifelhaft Leidenschaft für die Arbeit, die sie gerade erst angezapft hatte. Nachdem jetzt der Vergewaltiger aus dem Weg war, würde sie sich besser darauf konzentrieren können, Renard ein Bein zu stellen.

Renard war immer noch sein Favorit. Donnie führte nichts Gutes im Schild, aber das roch eher nach schmutzigem Geld als nach Tod. Bei Renard stellten sich Nicks Nackenhaare auf. Jedesmal, wenn er sich den Fall durch den Kopf gehen ließ, führte die Spur, die Logik zurück zu Renard. Jedesmal. Die Story war da. Es war ihm nur noch nicht gelungen, den Schlüssel zu finden, der das Buch öffnete. Bis Annie auftauchte.

Eine zweischneidige Geschichte war das. Ursprünglich hatte er vorgehabt, sie als Köder zu benutzen, um Renard aus der Reserve zu locken. Aber je besser der Plan funktionierte, desto weniger gefiel er ihm. Vor seinem geistigen Auge tauchte das grausige Tableau in ihrem Schlafzimmer auf. Er hatte die selbe Verbindung gehabt wie sie, das wußte er, nämlich sich an den Anblick von Pamela Bichon erinnert, wie sie an den Boden dieses Hauses draußen am Pony Bayou genagelt war.

Die Vorstellung, daß Renard Annie auf diese Weise terrorisieren könnte, die Vorstellung, daß Renard Annie so sehen könnte, die Vorstellung, daß Renard Annie irgendwie berühren könnte, brachte einen Schwall von Gefühlen, mit denen Nick nicht so recht umgehen konnte. Er wußte, daß es nicht klug war, aber die Gefühle waren da, und er war nicht geneigt, einfach zu kneifen.

In sechs Tagen würde sie gegen ihn aussagen.

Er bog auf die Fifth ein, als der Lexus nach rechts abbog, um in Richtung Süden die Bayoustraße entlangzufahren.

Der Parkplatz vor der Voodoo Lounge war fast voll. Nick entdeckte den Lexus und parkte seinen Truck oben an der Straße. Zydecomusik blies durch die Wände der Kneipe. Das ganze Gebäude war mit chinesischen Lampions verziert. Kostümierte Partygänger tanzten auf der halbfertigen Veranda. Eine kurvenreiche Blondine mit grüner Paillettenmaske öffnete ihr Oberteil und schüttelte ihre Brüste wie Wasserballons, als Nick die Treppe hochging. Er ging ohne jede Reaktion an ihr vorbei.

»Mann, Nicky, du hast ja Eiswasser in den Adern! Wenn ich lüge, will ich tot umfallen«, rief Stokes und schlug ihm auf den Rücken.

Nick sah ihn kurz an und registrierte den heftigen Kontrast von Zorromaske und Halbmelone.

Stokes zuckte die Achseln. »He, laß mir ein bißchen Leine, Partner. Das ist ein besonderer Anlaß!«

»Hab' ich gehört.«

»Drinks für Cops gehen heute aufs Haus. Du hast dir die richtige Nacht ausgesucht, um aus deiner Höhle zu kriechen, Nicky.«

Sie schlängelten sich durch die Menge zur Bar. Der Energielevel war hoch, eine fast greifbare Elektrizität, die den Geruch frittierter Shrimps, warmer Körper und billigen Parfüms noch verstärkte. Nick kämpfte sich zur nächsten Ecke durch und hielt Ausschau nach Donnie, der etwa in der Mitte der Längsseite der Bar einen Platz gefunden hatte. Er sah nicht aus wie ein Mann, der zum Feiern gekommen war. Er nippte seinen Whisky, als würde er ihn für medizinische Zwecke einsetzen.

Stokes reichte Nick ein Schnapsglas und hob sein eigenes: »Auf das rechtzeitige Ende eines weiteren Abschaums.«

»Jetzt kannst du dich auf Renard konzentrieren«, sagte Nick und beugte sich näher, damit er nicht schreien mußte, um den Lärm zu übertönen.

»Das habe ich auch vor. Mir wäre nichts lieber, als dieser Situation ein Ende zu machen, glaub mir.« Er kippte seinen Drink hinunter, schnitt eine Grimasse, als er den Kick im Magen spürte, und schüttelte sich wie ein nasser Hund. »Du bist nicht gerade ein Partytiger, Mann. Warum bist du in einer so verrückten Nacht unterwegs?«

»Muß etwas im Auge behalten«, sagte Nick, ohne sich festzulegen. »Da braut sich was zusammen. Ich muß schließlich was tun, um mir die Zeit zu vertreiben.«

Stokes schnaubte verächtlich.»Du brauchst ein Hobby, Mann. Ich schlage Valerie von draußen auf der Veranda vor. Das Mädchen ist ein echter Teufelsspielplatz für untätige Hände. Verstehst du?«

»Was ist denn los? Langweilt sie dich?«

Sein Grinsen war etwas steif an den Kanten. »Meine Dienste sind heute nacht anderweitig gefragt.«

»Meine auch«, sagte Nick, als Donnie von der Bar aufstand und in Richtung Tür ging, ein einsamer Botschafter des Trübsals in einem Meer lächelnder Gesichter.

Nick drehte dem Raum den Rücken zu, als Bichon vorbeiging, und stellte sein Glas auf die Bar.

»Nimm doch noch einen«, bot ihm Stokes an, immer großzügig mit dem Geld anderer Leute.

»Einer ist heute mein Limit. Wir sehen uns später.«

Er arbeitete sich zur Veranda vor und sah den Lexus, wie er vorsichtig aus der Reihe von Pick-ups und Trucks herausfuhr. Er wartete, bis er zur südlichen Ausfahrt des Parkplatzes losfuhr, dann joggte er zur Straße am nördlichen Ende und sprang in den Truck.

Der Verkehr lenkte Donnie ausreichend ab, als sie in Richtung Stadtgrenze fuhren. Trotzdem hielt Nick großen Abstand. Geduld. Er wollte sehen, was sich da entwickelte, Donnie Spielraum lassen, um zu sehen, ob er sich kompromittierte.

Das Zwielicht hatte vor dem Abend kapituliert. Nebel hing über dem Wasser. Der Lexus bog nach Osten ab, überquerte den Bayou, dann fuhr er wieder Richtung Süden und die Hauptstraße von Luck entlang. Am Rand der Stadt bog er zu einem Restaurant namens Landry's ein.

Nick rollte am Restaurant vorbei, und sein Blick fiel auf einen silbernen Lincoln Town Car, der abseits von den anderen Autos auf dem Parkplatz stand; der Fahrer war ein massiver schwarzer Schatten hinter dem Steuer. Er bog zwei Straßen weiter um die Ecke, kehrte um und fuhr zum Personaleingang auf der rückwärtigen Seite des Anwesens.

Er betrat das Restaurant durch die offenstehende Küchentür, durch die das reiche Aroma von Steaks und guter Cajunküche hinaus in die Nacht stieg. Das Küchenpersonal zog es vor, ihn zu ignorieren, als er ihr Reich durchquerte.

Der Speiseraum von Landry's war groß und schwach beleuchtet. Ein offener Kamin, in dem künstliche glühende Scheite Ambiente verbreiteten, stand in der Mitte. Etwa zwei Drittel der weißdrapierten Tische waren besetzt, zumeist von älteren Paaren der Mittelklasse, die sich für ihren großen Abend herausgeputzt hatten. Der Raum war erfüllt vom leisen Summen von Gesprächen, Besteckklirren gegen Porzellan untermalte es wie kleine Glöckchen.

Donnie und Marcotte saßen in einer Sitznische in einer Ecke. Zu Marcottes Linker saß einer von DiMontis Schlägern über einen Tisch für zwei gebeugt und ließ ihn aussehen wie etwas aus einer Puppenküche. DiMonti war nirgends zu sehen.

Nick rückte sein dünnes Jackett zurecht, damit nur der Griff der Ruger in ihrem Schulterhalfter zu sehen war, setzte seine Sonnenbrille auf und schlenderte lässig auf den Tisch zu. Donnie entdeckte ihn, als er noch drei Meter entfernt war, und seine Farbe wechselte von aschfahl zu kalkweiß.

»Wollten Sie die Party etwa ohne mich anfangen, Donnie?« sagte Nick und rutschte neben ihm auf die gepolsterte Bank.

Donnie machte einen Satz zur Seite und hätte fast seinen Drink verschüttet. »Was zum Teufel machen Sie hier, Fourcade?« flüsterte er.

Nick zog die Augenbrauen über die Ränder seiner Sonnenbrille hoch. »Na ja, ich wollte mal mit eigenen Augen sehen, was für ein verlogenes Wiesel Sie sind, Donnie. Ich würde sagen, ich bin enttäuscht von Ihnen, aber mehr habe ich auch nicht erwartet.«

Er griff in sein Jackett, um seine Zigaretten herauszuholen, und Donnie riß die Augen auf, als er die Ruger sah.

»Das ist ein Nichtrauchertisch«, sagte er mit dümmlicher Miene.

Nick fixierte ihn durch die verspiegelten Gläser seiner Sonnenbrille und zündete seine Zigarette an.

Marcotte beobachtete den Austausch amüsiert, entspannte sich und legte seine Arme auf den Tisch. Er wirkte in dieser Umgebung gar nicht fehl am Platz. Mit seinem schlichten weißen Hemd und der konservativen Krawatte hätte man ihn nie für einen Geschäftsmagnaten gehalten. Im Gegensatz dazu hätte selbst der größte Tölpel keine Schwierigkeiten gehabt, den Schläger als das zu identifizieren, was er war. Der Mietmuskelmann drehte sich in seinem Stuhl, um besser sehen zu können, und dabei wurde eine zerquetschte Nase, dick verpflastert, sichtbar. Brutus. Nick lächelte ihm zu und nickte.

»Das ist ein privates Treffen, Nick«, sagte Marcotte freundlich. Er warf einen Blick auf Donnie. »Der gute Nick hat eine gewisse Lernschwäche, Donnie. Der muß seine Lektion immer zweimal kriegen.«

Nick blies Rauch durch die Nase. »O nein, ich habe meine Lektion beim ersten Mal kapiert. Deswegen bin ich heute abend als Ratgeber für meinen guten Freund Donnie gekommen, der mich noch gar nicht lange her auf Kaution aus dem Gefängnis geholt hat.«

»Eine schlechte Wahl«, sagte Marcotte.

»Also unser Donnie ist nicht besonders helle für einen, der am College war. Stimmt's, Donnie? Ich sag' ihm immer wieder, wie schlecht es ist, den Teufel in seinem Garten spielen zu lassen, aber ich weiß nicht, ob er mir zuhört. Er ist zu beschäftigt mit dem Geräusch von Geld, das ihm in den Ohren klimpert.«

»Ich fühl' mich nicht gut«, murmelte Donnie und schickte sich an, aufzustehen. Schweißperlen sammelten sich auf seiner talgigen Stirn.

Nick legte eine Hand auf seine Schulter. »Setzen Sie sich, Donnie. Das letzte Mal, als ich Sie in der Nähe einer Toilette sah, hatten Sie Ihren Kopf drin. Wir wollen doch nicht, daß Sie ertrinken ... noch nicht.«

»Wollen Sie jetzt auch noch Nötigung auf die Liste Ihrer Verbrechen setzen, Nick?« sagte Marcotte mit einem nachsichtigen Lacher.

»Ganz im Gegenteil. Ich mache nur meinen Freund Donnie darauf aufmerksam, wie nachteilig es sein kann, mit Ihnen Geschäfte zu machen. Welch unangenehme Publicity ein Handel mit Ihnen für ihn und den verfrühten Tod seiner Frau bringen würde.«

Donnies Augen füllten sich mit Tränen. »Ich hab' Pam nicht umgebracht.«

Diese Aussage handelte ihm neugierige Blicke von zwei anderen Tischen ein.

Nick ließ Marcotte keine Sekunde aus den Augen. Er schnippte seine Zigarette in Donnies Drink ab und nahm noch einen tiefen Zug. »Auch wenn man an etwas keine Schuld hat, kann es einem das Leben ruinieren, Donnie. Und die Schuldigen zahlen auch nicht unbedingt immer für ihre Verbrechen. Sehen Sie, wie gut ich meine Lektion gelernt habe, Marcotte?«

»Das sieht mies aus, Donnie – daß Sie versuchen, diesen Deal zu machen«, fuhr er fort. »Mann, das Geschäft gehört Ihnen noch gar nicht richtig, technisch gesehen. Das sieht aus wie etwas, das meine Freunde im Sheriffsbüro mit der Lupe untersuchen möchten. Die wollen sicher Ihre gesamten Aufzeichnungen und so weiter durchgehen. Sie machen ja schon seit längerem Geschäfte. Wer weiß, was sie sonst noch alles zutage fördern?

Wenn die Leute von so was Wind bekommen, dann fangen sie vielleicht an zu denken, Sie hätten sie betrogen und möchten Sie vielleicht vor Gericht zerren. Und, he, Sie haben doch das viele Geld, das Duval Marcotte Ihnen bezahlt hat, warum sollten Sie sich da nicht ein bißchen was davon holen? Inzwischen reden die Davidsons mit einem Anwalt über das Sorgerecht für Ihre Tochter.

Sehen Sie, wohin das führt, Donnie?« fragte er, den Blick immer noch auf Marcotte gerichtet. »Donnie hat manchmal Schwierigkeiten, das ganze Bild zu sehen. Er ist unfähig, das Potential für Katastrophen zu erkennen.«

»Und Sie, Nick, mein Junge, sehen den Zug kommen und werfen sich trotzdem davor«, sagte Marcotte kopfschüttelnd. »Sie sind zur falschen Zeit auf die Welt gekommen, Fourcade. Ritterlichkeit ist schon seit langem unmodern. Jetzt heißt das ›sträflicher Leichtsinn‹.«

»Wirklich?« Scheinbar völlig desinteressiert drückte Nick seine Zigarette aus und ließ die Kippe in Donnies Whisky fallen. »Ich bin mit Trends nicht auf dem laufenden.«

»Ich muß zur Toilette«, murmelte Donnie, inzwischen etwas grau um die Kiemen.

Nick rutschte aus der Bank. »Lassen Sie sich Zeit, Donnie. Denken Sie schön nach, während Sie dort sind.«

Donnie schlurfte mit einer Hand auf dem Bauch weg vom Tisch. Nick setzte sich wieder und sah Marcotte an. Marcotte lehnte sich zurück und verschränkte die Arme. Seine dunklen Augen glänzten wie polierte Steine.

»Ich glaube, Sie haben möglicherweise meine Chancen für ein Geschäft ruiniert, Nick.«

»Das hoffe ich inständig. Es ist das mindeste, was ich tun kann, wenn man bedenkt.«

»Ja, das ist es wohl. Und das mindeste, was ich tun kann, ist, die Niederlage mit Anstand hinnehmen. Für den Augenblick.«

»Sie geben leicht auf.«

Marcotte hob die Schultern, schürzte die Lippen. »*Que sera, sera.* Es war amüsant. Ich wäre nie hierhergekommen, um mir das anzusehen, wenn Sie nicht mein Interesse geweckt hätten, Nick. Es gibt mir eine gewisse Befriedigung, zu wissen, daß Sie das verdauen müssen. Und wissen Sie was? Bei der Fahrt hierher habe ich gerade wieder gemerkt, wie sehr ich das Land liebe. Einfaches Leben, einfache Freuden. Es könnte sein, daß ich wiederkomme.«

Nick sagte nichts. Er hatte geglaubt, er hätte Marcotte wie ein Krebsgeschwür aus seinem Leben geschnitten. Aber es war gerade genug von der alten Besessenheit wieder hochgebrodelt, um ihn erneut über diese Grenze zu zerren, und jetzt würde Marcotte geifernd am Rand seiner Zuflucht hecheln wie ein Wolf, der seine Chance abwartet.

Die Kellnerin kam vorsichtig an den Tisch, sah Nick mißtrauisch an und sagte: »Kann ich Ihnen einen Drink bringen, Sir?«

»Nein, danke«, sagte er und stand auf. »Ich werde nicht bleiben. Bei der Gesellschaft hier dreht sich mir der Magen um.«

Donnie hing schluchzend und würgend über dem Waschbecken, als Nick die Männertoilette betrat.

»Können Sie noch fahren, Donnie?«

»Ich bin ruiniert, Sie Schwein!« jaulte er. »Ich bin total pleite! Marcotte hätte mir Geld vorgeschossen.«

»Und Sie wären trotzdem ruiniert, aus all den Gründen, die ich Ihnen gerade da drin genannt habe. Sie hören nicht gut zu, Donnie«, sagte Nick, der sich die Hände wusch. Nach jedem Treffen mit Marcotte hatte er das Gefühl, er hätte mit Schlangen jongliert. »Es gibt bessere Methoden, aus dem Schlamassel zu kommen, als seine Seele zu verkaufen.«

»Sie verstehen nicht. Pams Lebensversicherung kommt nicht rüber. Ich hab' zwei große Aufträge verloren, und ein großer Kredit ist fällig. Ich brauche Geld.«

»Hören Sie auf zu jammern, und seien Sie einmal in Ihrem Leben ein Mann«, sagte Nick bissig. »Ihre Frau ist nicht mehr hier, um Ihren Hintern zu retten. Es ist Zeit, erwachsen zu werden, Donnie.«

Er holte sich ein Papierhandtuch aus der Maschine an der Wand und trocknete sich sorgfältig die Hände ab. »Hören Sie – Sie wissen es nicht, aber ich, ich bin der beste Freund, den Sie heute abend haben, Donnie. Aber ich sag' Ihnen eins, wenn ich rausfinde, daß Sie mir einen Linken reinwürgen und versuchen, wieder mit Marcotte ins Bett zu steigen, und ich rausfinde, daß Sie neulich nachts diesen Schuß auf Broussard abgefeuert haben, dann werden Sie sich wünschen, Sie wären nie geboren worden.«

Donnie lehnte den Kopf gegen den Spiegel, zu schwach, um ohne Hilfe zu stehen. »Das wünsche ich mir schon seit Tagen. Fourcade.«

Nick hörte, wie hinter ihm die Tür zur Männertoilette aufging. Er sah Brutus in einer Ecke des Spiegels, verlagerte sein Gewicht auf die Fußballen und hielt sich still.

»Alles in Ordnung hier drin, Mr. Bichon?« fragte der Schläger.

»Wohl kaum«, stöhnte Donnie.

»Alles ist bestens hier, Brutus«, sagte Nick. »Mr. Bichon, er hat nur ein bißchen Wachstumsschmerzen, mehr nicht.«

»Dich hab' ich nicht gefragt, Arschloch.« Brutus griff in seine schwarze Jacke, holte einen Messingschlagring heraus und steckte ihn über die dicken Finger seiner rechten Hand. Nick sah ihm im Spiegel zu.

»Ich würde nicht an Familienstammbäume klopfen, King Kong«, sagte er. »Du bist gerade im Begriff, aus deinem zu fallen.«

Er wirbelte herum, als Brutus auf ihn zukam, erwischte den großen Mann seitlich am Kopf. Brutus knallte mit dem Gesicht voraus gegen die Handtuchmaschine, mit einem Knall, der die Kachelwände fast klirren ließ. Blut spritzte aus seiner Nase und seinem Mund, und dann fiel er bewußtlos zu Boden.

Nick schüttelte den Kopf, als der Geschäftsführer in den Raum stürzte und voller Entsetzen seinen zerbrochenen Handtuchspender und die Masse blutender Mensch auf dem Kachelboden sah.

»Der Boden ist naß«, sagte Nick und bewegte sich locker in Richtung Tür. »Er ist ausgerutscht.«

44

»Big Dick Dugas and the Iota Playboys« drehten die Lautstärke ihrer schlachtengezeichneten Gitarren hoch und starteten eine schnelle und hektische Version von »C'est Chaud«. Die Menge johlte, und Körper begannen sich zu bewegen – junge, alte, betrunkene, nüchterne, schwarze, weiße, arme und solche der Plantagenbesitzerklasse.

Mindestens tausend Leute drängten sich in dem fünf Blocks langen Stück der La Rue France, das für das jährliche Ereignis abgesperrt war, und alle bewegten irgendeinen Teil ihrer

Anatomie zum Rhythmus. Lächelnde Münder, Gesichter, die von der ungewöhnlichen Hitze des Abends und der Freude, sich gehenzulassen, glänzten. Die Arbeitswoche war vorbei, die Fünftageparty hatte gerade erst angefangen, und die Quelle kollektiver Angst war vom Planeten radiert worden.

Annie fand die Partyatmosphäre grotesk, eine Reaktion, die ihr sauer aufstieß. Sie hatte die Mardi-Gras-Feiern in Bayou Breaux immer geliebt. Haltloser heidnischer Spaß und Frivolität vor den herben Tagen der Fastenzeit. Der Straßentanz, die Imbißbuden, die Verkäufer, die Ballons und billigen Tand verkauften, die Paraden und Spiele. Es war ein Frühlingsritual und ein Faden von Kontinuität, der sich von frühester Erinnerung an durch ihr Leben zog.

Sie erinnerte sich daran, wie sie als Kind zu dem Tanz gekommen war, mit ihren Doucet-Cousins herumgerannt war, während ihre Mutter etwas abseits der Menge stand und die Musik auf ihre eigene stille Art genoß, aber nie ein Teil der kollektiven Freude war.

Die Erinnerung war heute nacht besonders schmerzlich. Annie fühlte sich, als wäre sie auf ihre eigene Art kein Teil der Feiernden hier. Nicht wegen der Uniform, die sie trug, sondern wegen der Dinge, die sie in den letzten zehn Tagen erlebt hatte.

Ein stämmiger bärtiger Mann in rosa Kleid und Perlen, mit einer Zigarre im Mundwinkel, versuchte, ihre Hand zu grabschen und sie zu einem Two-Step auf den Gehsteig zu zerren. Annie winkte ab.

»Ich bin kein solches Mädchen!« rief sie feixend.

»Ich auch nicht, Schätzchen!« Er hob seinen Rock und erlaubte ihr einen Blick auf seine weiten, mit Herzchen bedruckten Boxershorts.

Die Menge um ihn herum brüllte und johlte. Eine als männlicher Bauarbeiter verkleidete Frau pfiff ihm nach und versuchte, ihn in den Hintern zu zwicken. Er brach in Indianergeheul aus, packte sie, und sie tanzten davon.

Annie mußte lachen. Als sie sich zum Gehen wandte, wurde sie von einem weiteren kostümierten Feiernden aufgehalten. Dieser trug eine weiße, lächelnde Maske, die klassische Theaterdarstellung der Komödie. Er reichte ihr eine einzelne Rose und verbeugte sich steif, als sie sie nahm.

»Danke.« Sie steckte den Stiel der Rose durch ihren Dienstgürtel neben ihren Schlagstock und entfernte sich.

Als Cop mochte sie den Straßentanz nicht so gerne wie als Zivilist. Personal vom Sheriffsbüro und der Polizei von Bayou Breaux arbeiteten gemeinsam bei den Karnevalsveranstaltungen. Eine vereinte Front gegen Hooligans. Feste Regel war, Schlägereien aufzulösen, aber nur solche Betrunkene zu verhaften, die dumm genug waren, sich mit den Cops anzulegen. Jeder mit einer Waffe wanderte über Nacht ins Gefängnis, und das Büro des Staatsanwalts konnte dann frei unter der Ausbeute wählen.

Aber trotz der Betrunkenen und der Messerstechereien machte die ausgelassene Unschuld eines Kleinstadtkarnevals die schlimmen Momente wieder wett. Heute abend schien es, als würden alle die Erschießung von Williams Roache feiern und nicht Karneval. Die Luft vibrierte von der berauschenden Erregung siegreichen Vigilantentums, und das hielt Annie für gefährlich.

In Louisiana waren Verbrechen meist persönlich, von Mann zu Mann. Die Leute hier hatten ihren eigenen Begriff von Gerechtigkeit und einen mehr als reichlichen Vorrat an Feuerwaffen. Sie mußte an Marcus Renard denken und die Vorfälle in seinem Haus in den letzten zehn Tagen. Die Schießerei, der Stein durchs Fenster. Wenn er diese Vorfälle nicht selbst inszeniert hatte, wenn sie das Werk eines der vielen Leute waren, die dachten, man hätte Fourcade erlauben sollen, ihn totzuschlagen, dann bestand die echte Möglichkeit, daß sich jemand durch die Erregung durch den Tod eines Verbrechers hinreißen lassen würde und den eines anderen in die Wege leiten wollte. Und wer im

Sheriffsbüro außer ihr würde sich einen Dreck drum scheren?

O Gott, vielleicht bin ich tatsächlich sein Schutzengel.

Der Gedanke war kein tröstlicher, aber sie konnte ihn auch nicht einfach abtun. Je tiefer sie in diesen Fall einstieg, desto komplizierter wurde er, desto mehr Möglichkeiten gab es offenbar. Dadurch wurde Annie nur noch klarer, daß Gerechtigkeit über die dafür vorgesehenen Kanäle abgewickelt werden mußte und nicht willkürlich durch mangelhaft Informierte.

Wie beliebt mich diese Einstellung heute abend machen würde, dachte sie, wenn alle in der Parish Kim Young als Heldin des gemeinen Volkes feierten.

Sie versuchte, der Schießerei etwas Positives abzugewinnen, dachte daran, was für ein Pulverfaß dieser Straßentanz wäre, wenn da nicht Kim Young und ihre getreue Schrotflinte gewesen wären. Die Mehrzahl der Feiernden kam in vollem Mardi-Gras-Ornat zum Straßentanz: Kostüme, Make-up, Masken in allen Formen und Farben, angefangen von toten Präsidenten bis zu Monstern und heidnischen Fruchtbarkeitsgöttern. Pailletten und Federmasken gab es im Überfluß. Dieses Fest hatte seinen Ursprung in uralten Frühlingsfruchtbarkeitsriten und hatte sich durch die Jahrhunderte diesen Unterton von Sexualität bewahrt. Hier draußen in den Cajun Parishes war das Fest aber längst nicht so obszön wie im French Quartier von New Orleans, wo viel nackte Haut im Lauf der Nacht geboten wurde.

Sich vorzustellen, daß ein Sexualtäter wie Willard Roache in dieser Atmosphäre frei herumlaufen könnte, ließ Annie das Blut in den Adern gefrieren. Ein Vergewaltiger in einer Mardi-Gras-Maske inmitten eines Meers von Masken... und eine schwerbewaffnete Bürgerschaft, die vor jedem Schatten zusammenzuckte... Das hätte ohne weiteres ein Leichenschauhaus voller von Kugeln durchsiebter Leichen ergeben können statt nur einen toten Roache.

Annie tastete sich zwischen der Menge und den Ladenfronten entlang, hielt die Augen offen nach Leuten, die übertriebenes Interesse an den Schaufenstern zeigten. Eine Gruppe kleiner Jungs von neun oder zehn stürmte vorbei und feuerte Wasserpistolen ab. Sie wehrte einen Strahl ab und stand plötzlich wieder der weißen, gemalten Maske gegenüber.

Er stand kaum einen halben Meter von ihr entfernt, nahe genug, daß sie bei seinem Anblick zusammenschreckte.

»Kenne ich Sie?« fragte sie.

Sein gemaltes Gesicht grinste sie an, als er ihr einen herzförmigen Ballon überreichte. Er drückte die Hände an die Brust, hielt sie ihr dramatisch entgegen: Er überreichte ihr symbolisch sein Herz.

Annie sah sich ihren maskierten Bewunderer etwas verwirrt an – seine Größe, seine Statur. Und dann wurde ihr mit einem eisigen Schauer über den Rücken klar, wer es war.

»Marcus?«

Er hob einen Finger an seinen gemalten Mund und wich zurück, verschwand in der Menge, anonym. Aber sie wußte, wer es war. Natürlich war er hier. Die Maske bot ihm sowohl Freiheit als auch die Anonymität, die er brauchte. Seit Monaten hatte er nicht mehr über die Straßen dieser Stadt gehen können, ohne ungewollte Aufmerksamkeit zu erregen. Jetzt bewegte er sich unbemerkt an Leuten vorbei, die ihn angespuckt hätten oder noch Schlimmeres, wenn sie gewußt hätten, daß er hinter der lächelnden Maske steckte.

Und was würden die guten Leutchen von Bayou Breaux tun, wenn sie sahen, daß sie romantische Liebesbeweise von Marcus Renard annahm? Was würden ihre Kollegen bei der Polizei tun? Sie würde noch mehr ausgelacht und bestraft werden. Das verband sie beide bereits, sie und Marcus.

Annie sah den Ballon an. Er hatte ihr sein Herz gegeben, und sie hatte es angenommen. Gott allein wußte, welche Bedeutung er dem gab. Er wollte glauben, daß er ihr etwas bedeutete, genauso, wie er hatte glauben wollen, daß Pam etwas für ihn empfand. Er glaubte, ihr Job würde sie von ihm fernhalten, genauso, wie er geglaubt hatte, Donnie wäre die Schranke zwischen ihm und Pam. Romeo und Julia.

Sie reichte den Ballon einem kleinen Mädchen mit einem *Pocahontas*-T-Shirt und einem schokoladeverschmierten Gesicht und ging weiter.

Ein Clown mit einer Regenbogenperücke stolperte auf dem schmalen Band des Gehsteigs auf sie zu. Sein aufgemaltes Lächeln hing schief unter einer Schweineschnauze. Annie wich nach rechts aus. Der Clown bewegte sich mit ihr. Sie trat gleichzeitig mit ihm nach links. Sie drehte sich zur Seite, um ihn vorbeizuwinken. Statt dessen schwankte er auf sie zu, prallte gegen ihre Schulter und schüttete sein Bier über den vorderen Teil ihrer Uniform.

»He, Bozo, paß auf!« sagte sie streng.

»Tut mir leid, Officer!« sagte er ohne einen Funken Reue.

Von links stolperte jetzt ein zweiter Betrunkener gegen sie, dieser trug eine Reagan-Maske mit einem idiotischen Grinsen. Ein weiterer halber Liter Bier ergoß sich über ihren Rücken.

»Scheiße!« schrie sie. »Paß auf, wo du hingehst!«

»Tut mir leid, Officer«, sagte er mit scheinheiliger Fistelstimme. Er sah den Clown an, und die beiden kicherten wie alberne Kinder.

Annie starrte wütend das Gummigesicht an, das auf sehr knochigen Schultern saß. Sie sah hinunter auf die Streichholzbeine und engen Jeans.

»Du Scheißkerl!« schrie sie und packte ihn am Hemd. »Mullen, bist das du in dem leeren Kopf?«

Der Clown brüllte: »Scheiße!«

Reagan stolperte weg von ihr, riß sich los. Die beiden stürzten sich lachend in die tanzende Menge.

»Verflucht!« zischte Annie und zupfte an ihrem tropfnassen Hemd.

Das Bier sickerte in das Taillenband ihrer Hose, vorne und

hinten. Es lief vorne in ihre schußsichere Weste und durchtränkte den Rücken. Jeder, der eine Nase voll davon bekam, würde glauben, die Geschichten über ihren kürzlichen traurigen Abstieg in den Alkoholismus wären mehr als nur Gerüchte.

»Sergeant, Broussard hier«, sagt sie in ihr Walkie-talkie, als sie sich wieder auf den Weg machte. »Ich bin gerade unter eine Dusche geraten. Ich bin 10-7 auf dem Revier. Bin in ein paar Minuten zurück. Out.«

»Beeil dich gefälligst.«

Sie arbeitete sich in Richtung Norden auf der Rückseite der Menge entlang, wollte dann weiter nach Osten, zur Ecke der Seventh Street, wo sie ihren Streifenwagen in einer Seitenstraße geparkt hatte.

»Annie!«

Sie hörte A. J.s Stimme und blieb stehen. Er hatte drei Nachrichten auf ihrem Anrufbeantworter zu Hause hinterlassen und hatte zweimal versucht, sie in der Arbeit zu erreichen, seit man auf sie geschossen hatte. Sie hatte nicht zurückgerufen. Sie wollte nicht erklären. Sie wollte nicht lügen. Sie wollte nicht, daß er einen Knoten in die Verbindung zwischen ihnen machte, die sie durchtrennt hatte.

Er kam aus dem gelben Licht eines Imbißstandes auf sie zu, mit einer rot-weiß karierten Pappschachtel mit gebackenen Austern in einer und einer Flasche Abita in der anderen Hand. Er trug noch seinen Geschäftsanzug, nur die Krawatte hatte er gelockert.

»Ich dachte, du wärst weg von der Straße.«

Annie hob die Schultern. »Ich geh' dahin, wo sie mich schicken. Jetzt bin ich gerade auf dem Weg zum Revier. Ich hab' ein Bierbad genommen.«

»Ich bring' dich zu deinem Wagen.«

Er ging neben ihr her, und sie sah hoch zu ihm, versuchte seine Stimmung abzuschätzen. Sein Gesicht war verhärmt, und zwischen seine Brauen hatte sich eine tiefe Falte eingegraben. Der Lärm der Band und der Menge verebbte, als sie um die Ecke bogen und sich vom grellen gelben Licht des Festes entfernten.

»Warum hast du so lange gearbeitet?« fragte Annie. »Es ist doch Freitag abend. Der große Tanz und so weiter.«

»Ich – äh – habe sozusagen mein Dauerdate verloren.«

Sie versetzte sich im Geist einen Tritt, weil sie so dumm gewesen war, diese Tür zu öffnen.

»Die Soko hat sich ja mit Lichtgeschwindigkeit bewegt, um die Hintergrundinformationen über Roache zu kriegen, nicht wahr?«

»Ja«, sagte sie. »Zu schade, daß sie diese Begeisterung nicht früher entwickelt haben. Vielleicht hätten sie seinen Arsch schon nach Jennifer Nolan festnageln können.«

»Du hättest es«, sagte er und stellte sein Abendessen auf die Haube ihres Streifenwagens.

»Ich hätte es zumindest versucht. Das stinkt mir bei Stokes am meisten – er schlittert über alles drüber, und am Ende riecht er doch wie eine Rose. Von mir aus könnte er der Wichser Nummer eins von Amerika sein, wenn er nur seine Arbeit anständig machen würde.«

A. J. zuckte mit den Schultern. »Manche machen ihren Job, manche leben ihren Job.«

»Ich lebe meinen Job nicht«, zischte sie. Ihr gefiel die Verbindung zu Fourcarde nicht, von der A. J. unmöglich wissen konnte. »Aber ich gebe Gas, wenn ich ihn mache. Das sollte doch anerkannt werden.«

»Das sollte es.«

Aber sie wußten beide, daß das einzige, was für sie zählen würde, ihre Zeugenaussage am Donnerstag sein würde. Annie wandte sich ab und seufzte.

»Und, wirst du mir erzählen, worum's da neulich nachts ging?« fragte er. »Jemand hat auf dich geschossen? Mein Gott, Annie.«

»Jemand wollte mir angst machen, mehr war das nicht«,

sagte sie, vermied es aber immer noch, ihm in die Augen zu sehen.

»*Mehr* nicht? Du hättest tot sein können!«

»Das war Angstmachetaktik. Ich bin nicht sehr beliebt als Zeugin der Anklage.«

»Du glaubst, es war Fourcade?« fragte er. »Dieser Bastard! Ich lasse seine Kaution widerrufen –«

»Es war nicht Fourcade.«

»Woher weißt du das?«

»Er war es eben einfach nicht«, sagte sie hartnäckig. »Laß es sein, A. J. Du hast keine Ahnung von der Geschichte.«

»Weil du mir nichts erzählen willst! Herrgott, jemand versucht dich zu erschießen, und ich muß das von Onkel Sos hören! Und wenn ich anrufe, um zu sehen, wie's dir geht, machst du dir nicht einmal die Mühe, zurückzurufen –«

»Hör mal«, sagte sie und versuchte, ihre Wut zu zügeln. »Können wir diesen Streit ein andermal durchziehen? Ich bin 10-7. Hooker reißt mir den Kopf ab, wenn ich mich nicht beeile.«

»Ich will nicht streiten«, sagte A. J. erschöpft. Er packte ihre Hand und hielt sie fest, als sie zurückweichen wollte. »Nur noch eine Minute, Annie. Bitte.«

»Ich bin im Dienst.«

»Du bist 10-7. Deine persönliche Zeit. Das hier ist persönlich.«

Sie holte Luft, um zu protestieren, und er legte ihr einen Finger auf den Mund. Im gefilterten Licht der Straßenlaterne sah sie, wie ernst seine Miene war.

»Ich muß das sagen, Annie. Du liegst mir am Herzen. Ich möchte nicht, daß dir irgend jemand aus irgendeinem Grund weh tut. Ich möchte nicht, daß du irgendwelche verrückten Risiken eingehst. Ich möchte mich um dich kümmern. Ich möchte dich beschützen. Ich weiß nicht, wer dieser andere Kerl ist –«

»A. J., bitte –«

»Und ich weiß nicht, was er hat, was ich nicht habe. Aber ich liebe dich, Annie. Und ich werde nicht einfach davor weglaufen, vor *uns* weglaufen. Ich liebe dich.«

Sein Eingeständnis ließ sie schockiert verstummen. In letzter Zeit waren sie sich nicht so nahe gewesen. Es hatte Zeiten gegeben, in denen sie erwartet hatte, es von ihm zu hören – und er hatte es nie getan. Jetzt wollte er, daß sie es sagte, und sie konnte es nicht – nicht mit der Bedeutung, die er wollte. Die Geschichte ihres Lebens. Sie waren nie direkt zur selben Zeit am selben Ort. Er wollte etwas von ihr, was sie nicht geben konnte, und sie wollte einen Mann, den sie möglicherweise in einer Woche auf den Weg ins Gefängnis schicken würde.

»Ich kenne dich besser als irgend jemand anderer, Annie«, murmelte er. »Ich werde dich nicht kampflos aufgeben.«

Er senkte den Kopf und küßte sie, langsam, süß, eindringlich. Er zog sie an sich, ohne sich um ihr biergetränktes Hemd zu scheren, drückte sie an sich – Brust an Brust, Bauch an Unterleib. Sehnsucht an Bedauern.

»Mein Gott, du glaubst, das ist dein Ernst, nicht wahr?« flüsterte er, als er den Kopf hob. »Daß es vorbei ist.«

Der Schmerz in seinen Augen trieb die Tränen in Annies. »Tut mir leid, A. J.«

Er schüttelt den Kopf. »Es ist *nicht* vorbei«, schwor er leise. »Ich werde es nicht zulassen.«

Genau wie Donnie Bichon, dachte Annie. Entschlossen, sich an Pam zu klammern, selbst nachdem sie ihm die Scheidungspapiere hatte zustellen lassen. Wie Renard – sehen, was er sehen wollte, die Realität verbiegen, um Möglichkeiten für den Ausgang, den er wollte, zu eröffnen. Der Unterschied war, daß A. J.s Sturheit sie nur frustrierte, aber ihr keine Angst machte. Er hatte die Grenze von Hartnäckigkeit zu Terror noch nicht überschritten.

»Faire Warnung«, sagte er. Er trat von ihr zurück, nahm seine gebackenen Austern und sein Bier. »Wir sehen uns.«

Annie lehnte sich an den Wagen, als er sich entfernte. »Das brauch' ich wie ein Loch im Kopf.«

Sie ließ sich einen Augenblick Zeit, um sich von dem Gedanken zu befreien, daß sie irgendwie Teil einer Dreiecksgeschichte geworden war. Sie versuchte, sich statt dessen wieder auf die Welt um sie herum zu konzentrieren: den Lärm der Band, das Knallen von Feuerwerkskörpern, die warme, feuchte Luft, der silberne Schein der Straßenlaterne und die Dunkelheit außerhalb ihrer Reichweite.

Das Gefühl, beobachtet zu werden, kroch über sie. Das Gefühl, daß sie mit einem Mal in dieser verlassenen Seitenstraße nicht mehr allein war. Sie richtete sich langsam vom Wagen auf und versuchte, etwas in den Schatten hinter dem Farbengeschäft zu erkennen, neben dem sie geparkt hatte. An der Mündung der dunklen Gasse schien ein weißes Gesicht in der Luft zu schweben.

»Marcus?« sagte Annie, wandte sich weg von dem Streifenwagen und ging langsam auf das Gebäude zu.

»Sie haben ihn *geküßt*«, sagte er. »Diesen dreckigen Anwalt. Sie haben ihn *geküßt*!«

Wut vibrierte in seiner Stimme. Er machte einen Schritt auf sie zu.

»Ja, er hat mich geküßt«, sagte Annie. Sie versuchte, mit rasendem Puls ihre Hände lässig an die Hüften zu legen – die rechte Hand in Griffweite ihres Schlagstocks, der Dose mit Pfefferspray, dem Griff ihrer Sig. Die Spitze ihres Mittelfingers drückte gegen den Stiel der Rose, die ihr Renard gegeben hatte, und ein Dorn nagte sich tief in ihre Haut, ein scharfer, überraschender Schmerz.

»Regt Sie das auf, Marcus? Daß ich mich von ihm habe küssen lassen?«

»Er ist – er ist einer von *denen*!« stammelte er, preßte die Worte durch seine Zähne, daß sie undeutlich wurden. »Er ist gegen mich. Wie Pritchett. Wie Fourcade. Wie konnten Sie das tun, Annie?«

»Ich bin auch einer von *denen*, Marcus«, sagte sie. »Das habe ich von Anfang an gesagt.«

Er schüttelte den Kopf. Seine grinsende Maske war ein makabrer Kontrast zu dem Schock und der Wut, die in Wellen von ihm ausvibrierten. »Nein. Sie versuchen, mir zu helfen. Die Arbeit, die Sie gemacht haben. Wie Sie mir zu Hilfe gekommen sind. Sie haben mein Leben gerettet – zweimal!«

»Und ich sage es Ihnen immer wieder, Marcus. Ich mache nur meine Arbeit.«

»Ich bin nicht Ihre Arbeit«, sagte er. »Sie sind mir immer und immer wieder zu Hilfe gekommen, obwohl Sie es gar nicht mußten. Sie wollten nicht, daß es jemand erfährt. Ich dachte ...«

Er verstummte, unfähig, die Worte auszusprechen. Annie wartete, voller Erstaunen darüber, mit welcher Leichtigkeit er in seinem Kopf alles verdreht hatte, damit es seinen Wünschen entsprach. Es war verrückt, und trotzdem klang es völlig rational, als könnte jeder Mensch dieselben Schlüsse ziehen, als hätte er jedes Recht dazu, wütend auf sie zu sein, weil sie ihn an der Nase herumgeführt hatte.

»Sie dachten was?« bohrte sie.

»Ich dachte, Sie wären etwas Besonderes.«

»So, wie Sie dachten, daß Pam etwas Besonderes ist?«

»Sie sind eben doch genau wie sie«, murmelte er und griff tief in die Tasche seiner weiten Hose.

Annies Hand glitt zu dem Griff ihrer Sig, und sie schob den Sicherungsriemen beiseite. Keine siebzig Meter entfernt feierten tausend Leute eine Party, und sie stand hier allein mit einem mutmaßlichen Mörder. Der Lärm der Band verblaßte zu nichts.

»Wie meinen Sie das?« fragte sie, während ihr Verstand fieberhaft arbeitete. Würde er ein Messer ziehen? Würde sie ihn gleich hier erschießen müssen, gleich jetzt? Ein solches Ende hatte sie nicht erwartet. Sie wußte nicht, was sie erwartet hatte. Eine Tonbandaufnahme eines Geständnisses? Die kampflose Übergabe der Mordwaffe?

»Sie hat meine Freundschaft genommen«, sagte er. »Sie hat mein Herz genommen. Und dann hat sie sich gegen mich gewandt. Und Sie machen es genauso.«

»Sie hatte Angst vor Ihnen, Marcus. Das waren doch Sie, der da bei ihr angerufen hat, um ihr Haus geschlichen ist, ihre Reifen zerschnitten hat – nicht wahr?«

»Ich hätte ihr nie weh getan«, sagte er, und Annie fragte sich, ob die Antwort Schuldgefühle oder Verdrängung war. »Sie hat meine Geschenke angenommen. Ich dachte, sie hat Spaß an meiner Gesellschaft.«

»Und als sie Ihnen gesagt hat, Sie sollen verschwinden, dachten Sie was? Daß Sie sie vielleicht anonym verängstigen und ihr dann persönlich Trost spenden könnten?«

»Nein. Sie haben sie gegen mich aufgehetzt. Sie konnte gar nicht sehen, wieviel sie mir wirklich bedeutete. Ich habe versucht, es ihr zu zeigen.«

»Wer hat sie gegen Sie aufgehetzt?«

»Ihre traurige Entschuldigung von einem Ehemann. Und Stokes. Sie wollten sie beide, und sie haben sie gegen mich aufgehetzt. Was ist Ihre Entschuldigung, Annie?« fragte er verbittert. »Sie wollen diesen Anwalt? Er benutzt Sie, damit Sie seine Drecksarbeit für ihn machen. Sehen Sie das denn nicht?«

»Er hat nichts mit dem hier zu tun, Marcus. Ich will Pams Mord aufklären. Das habe ich Ihnen von Anfang an gesagt.«

»Das wird Ihnen noch leid tun«, sagte er leise. »Am Ende werden Sie es bereuen.«

Er begann, seine Hand aus der Tasche zu ziehen. Annie zog mit hämmerndem Herzen die Sig und zielte auf seine Brust.

»Langsam, Marcus«, befahl sie.

Er zog langsam seine Hand frei, die zu einer Faust geballt war, und streckte sie zur Seite.

»Was immer es ist, lassen Sie es fallen.«

Er öffnete seine Hand und ließ etwas Kleines fallen, das mit einem zarten Rasseln auf dem Gehsteig landete. Annie zog mit ihrer linken Hand ihre Taschenlampe und machte einen Schritt auf ihn zu, die Sig immer noch im Anschlag. Renard wich in Richtung Gasse zurück.

»Rühren Sie sich nicht vom Fleck.«

Sie ließ den Strahl der Taschenlampe über den Beton gleiten, und da blitzte ein Stück Goldkette auf wie eine weggeworfene Schnur, mit einem herzförmigen Medaillon daran.

»Ich dachte, Sie wären etwas Besonderes«, sagte er noch einmal.

Annie steckte die Sig ins Halfter und hob die Kette auf.

»Ist das die Kette, die Sie versucht haben, Pam zu schenken?«

Er starrte sie durch die leeren Augen der lächelnden Maske an und wich einen weiteren Schritt zurück. »Ich muß Ihre Fragen nicht beantworten, Deputy Broussard«, sagte er kühl. »Und ich glaube, es steht mir frei zu gehen.«

Damit drehte er sich um und ging die Gasse hinunter.

»Toll«, sagte Annie und ballte die Faust um das Medaillon.

Ihr Vorteil bei ihm war ihre Ähnlichkeit zu Pam gewesen, der Frau, in die er sich verliebt hatte. Sie hatte sein Vertrauen gewonnen, seinen Respekt, er hatte sich zu ihr hingezogen gefühlt. Mit einem Herzschlag war das alles weg. Jetzt war sie mehr wie Pam, die Frau, die er möglicherweise geschlachtet hatte.

Ihr Walkie-talkie krächzte an ihrer Hüfte, und sie machte vor Schreck einen Satz. »Broussard? Wo bist du, verdammt noch mal? Bist du wieder drauf oder was?«

Annie zupfte an ihrem nassen Hemd und verkniff sich ein Stöhnen. »Bin unterwegs, Sergeant. Out.«

Sie sog an der Fingerspitze, die der Dorn zerfetzt hatte, und arbeitete sich durch die Menge über die France zur alten

Canal-Tankstelle. Sie war seit der Ölkrise geschlossen, und die Pumpen waren längst abgebaut worden. Jetzt wucherte Unkraut da, wo sie einst gestanden hatten. Das Schild GESCHÄFTSRÄUME – GELEGENHEIT lehnte schon so lange im Fenster, daß es völlig vergilbt war. Ein Haufen Teenager in weiten Klamotten und umgedrehten Baseballmützen trieb sich auf dem von Rissen durchzogenen Beton herum, biertrinkend und zigarettenrauchend. Sie beäugten Annie mißtrauisch und stoben auseinander wie ein Rudel räudiger Hunde, als sie durch sie hindurchging.

Sie ging zur Seite des Gebäudes, wo es ein noch funktionierendes Münztelefon gab. Sie wählte Fourcades Nummer und wedelte mit ihrer nassen Hemdenbrust, während das Telefon am anderen Ende klingelte und klingelte. Sein Anrufbeantworter schaltete sich mit einem knappen »Hinterlassen Sie eine Nachricht« ein.

»Annie hier. Ich hatte gerade einen Zusammenstoß mit Renard. Es ist eine lange Geschichte, aber der langen Rede kurzer Sinn ist, daß ich ihn möglicherweise über die Kante geschubst habe. Er hat ein paar Sachen gesagt, die mich beunruhigen. Ähm – ich sitze hier fest, hab' Dienst bei dem Tanz, anschließend gehe ich nach Hause. Morgen hab' ich frei. Wir sehen uns.«

Sie legte mit einem etwas mulmigen Gefühl auf. Sie hatte möglicherweise einen Killer über die Linie zwischen Liebe und Haß gedrängt. Was jetzt?

Sie beobachtete die Party von der Ecke der leeren Tankstelle aus, so abgekapselt, als stünde sie hinter einer Glaswand. In ihrem Kopf hörte sie weder die Musik der Band noch die Geräusche der Menge.

»Ich hätte ihr nie weh getan.«

Er sagte nicht, daß er Pam *nicht* weh getan hatte. Diesen verbalen Unterschied hatte er schon einmal gemacht.

»Sie hat nicht verstanden, wieviel sie mir bedeutete. Ich hab' versucht, es ihr zu zeigen.«

Wie hatte er versucht, es ihr zu zeigen? Mit seinen Geschenken oder mit der Besorgnis, die er gezeigt hatte, nachdem er sie halb zu Tode erschreckt hatte? Dieselbe unheimliche, voyeuristische Besorgnis, die er Annie gezeigt hatte, nachdem sie ihm erzählt hatte, daß jemand auf sie geschossen hatte.

»Waren Sie allein? Sie müssen so verängstigt gewesen sein... Wenn ein Fremder einfach in Ihr Leben eindringt und einen Akt der Gewalt begeht – das ist eine Schändung. Das ist Vergewaltigung. Man fühlt sich so verletzlich, so machtlos... so allein... Nicht wahr?«

Worte des Trostes, die überhaupt nicht tröstlich waren. Er hatte ihr das Gefühl gegeben, verletzlich zu sein, das Gefühl, geschändet worden zu sein, und das gleiche hatte er bei Pam gemacht. Das wußte sie.

»Ich dachte, Sie wären etwas Besonderes.«

»So, wie Sie dachten, Pam wäre etwas Besonderes?«

»Sie sind ja doch genau wie sie... Das wird Ihnen noch leid tun... Am Ende werden Sie es bereuen.«

Genauso, wie Pam es sicher bereut hatte? Bereut hatte, daß kein anderer das Monster in ihm erkannt hatte. Bereut hatte, daß keiner ihr Flehen um Hilfe angehört hatte. Bereut, daß keiner in dieser Nacht am Pony Bayou ihre Schreie gehört hatte.

Annie kramte die Halskette aus ihrer Tasche, hielt sie hoch und beobachtete, wie das kleine Goldmedaillon hin- und herpendelte. Renard hatte, zwei Wochen bevor sie getötet wurde, versucht, Pam eine Halskette zum Geburtstag zu schenken .

»Officer Broussard?«

Die leise Stimme durchbrach Annies Konzentration. Sie schloß die Faust um das Medaillon und drehte sich um. Doll Renard stand neben ihr in einem gefängnisgrauen June-Cleaver-Hemdenblusenkleid, das für eine Frau mit Busen und Hüften gedacht war. Ihre Hände spielten nervös mit einer zarten Schmetterlingsmaske, die mit irisierenden Pailletten bestickt war. Die elegante Schönheit der Maske stand in scharfem Kontrast zu der Frau, die sie hielt – unattraktiv, ungeschmückt, der Mund ein verbitterter Knoten.

»Mrs. Renard, kann ich etwas für Sie tun?«

Doll wandte ängstlich den Blick ab. »Ich weiß nicht, ob Sie das können. Ich schwöre Ihnen, ich weiß gar nicht, was ich hier zu suchen habe. Es ist ein Alptraum, das ist es. Ein furchtbarer Alptraum.«

»Was denn?«

Tränen schimmerten in den Augen der Frau. Eine Hand ließ den Stiel der Maske los und legte sich auf ihr Herz. »Ich weiß es nicht. Ich weiß nicht, was ich tun soll. Die ganze Zeit habe ich gedacht, man hätte uns Unrecht getan. Die ganze Zeit. Meine Jungs sind alles, was ich habe, wissen Sie. Ihr Vater hat uns verraten, und jetzt sind sie alles, was ich auf dieser Welt habe.«

Annie wartete. Bei ihren früheren Zusammentreffen mit Doll hatte sie die Frau als melodramatisch und schrill empfunden, aber der Streß, der jetzt Dolls Stimme verzerrte, klang echt. Ihre kleine, spitze Nase war gerötet, die Augen scharlachrot gerändert vom Weinen.

»Ich wußte, daß Mutterschaft eine Last und eine Plage sein würde«, sagte sie und rieb sich die Nase mit einem Taschentuch. »Aber all die Freude daran ist mir geraubt worden. Und jetzt fürchte ich, daß sie zum Alptraum wird.« Tränen rannen über ihre schmalen, blassen Wangen. »Ich habe solche Angst.«

»Angst wovor, Mrs. Renard?«

»Vor Marcus«, gestand sie. »Ich fürchte, mein Sohn hat etwas schrecklich Böses getan.«

45

»Könnten wir irgendwo hingehen und reden?« fragte Doll mit einem ängstlichen Blick auf die maskierten Feiernden, die sich die Straße auf und ab bewegten. Sie hob ihre Maske, um ihr Gesicht teilweise zu verstecken. »Marcus ist hier irgendwo. Ich möchte nicht, daß er sieht, daß ich mit Ihnen rede. Wir hatten gestern abend einen furchtbaren Streit. Es war entsetzlich. Ich bin heute den ganzen Tag im Bett geblieben, so durcheinander war ich. Ich weiß nicht mehr, was ich tun soll. Sie waren so gütig, so fair zu uns. Ich dachte…«

Sie hielt inne, kämpfte gegen das Bedürfnis zu weinen. Annie legte eine Hand auf ihre Schulter, hin- und hergerissen zwischen fraulichem Mitleid und Erregung als Polizistin.

»Ich fürchte, ich bin im Dienst –«, begann sie.

»Ich würde nie verlangen – ich will nicht – o Gott…« Doll hob eine Hand an den Mund und schloß für einen Augenblick die Augen, kämpfte um ihre Fassung. »Er ist mein Sohn«, flüsterte sie in gequältem Ton. »Ich kann den Gedanken nicht ertragen, daß er möglicherweise –« Sie verstummte erneut, schüttelte den Kopf. »Ich hätte nicht hierherkommen sollen. Tut mir leid.«

Sie wandte sich zum Gehen, den Kopf zwischen die Schultern gezogen.

»Warten Sie«, sagte Annie.

Wenn Marcus Renards Mutter etwas, irgend etwas hatte, was ihn mit dem Mord in Verbindung brachte, konnte sie es nicht aufschieben, das zu erfahren. Es war offensichtlich, daß Dolls Gewissen die innere Schlacht gewonnen hatte, sonst wäre sie nie soweit gekommen, und genauso klar war es, daß sie im Bruchteil einer Sekunde wieder alles widerrufen könnte, um ihren Sohn zu retten.

»Wo parken Sie denn?«

»Die Straße runter. In der Nähe von Po'Richard's Sandwichladen.«

»Wir treffen uns da in fünf Minuten. Was halten Sie davon?«

Sie schüttelte den Kopf ein klein wenig. Sie zitterte am ganzen Körper. »Ich weiß nicht. Ich glaube, ich mache einen Fehler. Ich hätte nicht –«

»Mrs. Renard«, sagte Annie und berührte ihren Arm. »Bitte, machen Sie jetzt keinen Rückzieher. Wenn Marcus etwas Schlechtes getan hat, muß er aufgehalten werden. So kann es nicht weitergehen. Sie dürfen das nicht zulassen.«

Sie hielt den Atem an, als Doll erneut die Augen schloß, in sich nach einer Antwort suchte, die das Herz einer Mutter in Stücke riß.

»Nein«, flüsterte sie. »Es kann nicht weitergehen. Ich kann es nicht zulassen.«

»Wir treffen uns an Ihrem Auto«, sagte Annie. »Wir können eine Tasse Kaffee trinken. Reden. Wir finden eine Lösung. Was für einen Wagen fahren Sie?«

Doll schniefte in ihr Taschentuch. »Er ist grau«, sagte sie resigniert. »Ein Cadillac.«

Annie konnte Hooker in dem Meer von Menschen nicht finden. Aber das war auch gut so. Sie wollte nicht, daß er sah, wie sie in entgegengesetzter Richtung des Reviers lief. Sie duckte sich in eine Tür, ein gutes Stück eine Seitenstraße hinunter, und rief ihn über ihr Walkie-talkie, um ihm zu sagen, sie wäre krank geworden.

»Was zum Teufel ist denn los mit dir, Broussard? Hast du gesoffen?«

»Nein, Sir. Muß diese Magengrippe sein, die momentan umgeht.« Sie hielt inne und stöhnte dramatisch. »Es ist furchtbar, Sergeant. Out.«

Hooker fluchte wie immer, daß einem die Ohren abfielen, gab ihr aber frei. Deputys, die in der Öffentlichkeit kotzten, waren schlecht für das Image des Reviers. »Wenn ich höre, daß du getrunken hast, suspendier ich deinen Hintern! Out.«

Sie verbannte die Drohung aus ihrem Kopf, ging zu ihrem Streifenwagen und legte das Funkgerät ab, aus Angst, das Geschnatter könnte Doll verängstigen oder ablenken. Sie packte ihr Diktiergerät, steckte es in die Hosentasche und eilte die dunkle Seitenstraße hinunter zu Po' Richard's.

Doll Renard fuhr einen grauen Cadillac. Wenn die Beifahrerseite beschädigt war, dann war Marcus derjenige, der sie in jener Nacht auf der Straße terrorisiert hatte. Das würde Annies Jekyll-und-Hyde-Theorie bestätigen. Der Adrenalinschub, den dieser plötzliche mögliche Durchbruch auslöste, war unglaublich. Ihr war geradezu etwas schwindlig davon. Renards eigene Mutter würde ihn auffliegen lassen. Ihr gegenüber. Wegen der Arbeit, die *sie* an dem Fall geleistet hatte. Es spielte keine Rolle mehr, daß sie Marcus' Vertrauen verloren hatte.

Als sie den Gehsteig zwischen den geschlossenen Geschäften und geparkten Autos entlangeilte, zuckte sie bei jedem Schatten zusammen, rannte an den Mündungen der Gassen vorbei. Marcus lauerte irgendwo, verletzt und wütend über das, was er als ihren Verrat sah.

Gott allein wußte, wozu er fähig war, wenn er sie mit seiner Mutter sah. Diese Beziehung war zu verkorkst, um sie zu ergründen. Die Mutter, die von der Unterstützung eines Sohnes abhängig war, den sie ständig kritisierte und runtermachte, der erwachsene Mann, der aus Verpflichtung für eine Frau blieb, die er bis ins Mark haßte. Die Grenze zwischen ihrer Liebe und ihrem Haß konnte höchstens haaresbreit sein. Was würde es bei ihm auslösen, wenn er wüßte, daß seine Mutter dabei war, den absoluten Verrat zu begehen? Der Zorn, der Schmerz würden unglaublich sein.

Annie hatte gesehen, was sein Zorn Pam Bichon angetan hatte.

Der Wagen parkte am Randstein, knapp östlich von Po'

Richard's. Doll Renard lief davor auf und ab, den Arm an die Taille gepreßt, als würde ihr der Magen weh tun, mit der anderen rieb sie sich das Brustbein. Selbst bei dem wenigen Licht, das aus dem Restaurant fiel, konnte Annie die Schrammen entlang der Seite des Cadillacs erkennen.

»Hatten Sie einen Unfall, Mrs. Renard?«

Doll sah sie verständnislos an, dann warf sie einen Blick auf den Wagen. »Ach das«, sagte sie und bewegte sich weiter. »Das muß Marcus gemacht haben. Ich fahre nur selten. Es ist ein so *großes* Auto. Mir ist es ein Rätsel, warum er mir ein so *großes* Auto gekauft hat. So auffällig. Wirklich vulgär. Und schwer zu parken. Es geht mir auf die Nerven, es zu fahren. Ich habe eine leichte Schüttellähmung vor lauter Nervosität, wissen Sie. Sie können sich gar nicht vorstellen, was für eine Belastung das war. Mich ständig fragen, glauben wollen... Und dann gestern nacht... Ich kann es nicht mehr länger ertragen.«

»Warum setzen wir uns nicht und reden darüber?« schlug Annie vor.

»Ja, ja«, wiederholte Doll, als würde sie mit sich selbst reden, sich in ihrer Entscheidung bestätigen. »Ich war so frei, uns Kaffee zu holen. Steht gleich hier drüben am Tisch.«

Die billigen Gartentische, die vor dem Restaurant standen, waren leer und schlecht beleuchtet. Ein handgeschriebenes Schild im Ladenfenster verkündete: WEGEN KARNEVAL GESCHLOSSEN. NUR STRASSENVERKAUF.

Doll setzte sich auf die Bank und nestelte mit ihrem Rock herum wie eine Debütantin auf einem Ball. Annie setzte sich ebenfalls, rührte ihren Kaffee um und probierte ihn. Schwarz und bitter wie immer, heiß, aber trinkbar. Sie nahm einen kräftigen Schluck, wollte mit dem Koffein die Müdigkeit von zu vielen langen Nächten wegbrennen. Sie mußte jetzt alle Sinne geschärft haben, durfte aber nicht zu gierig scheinen. Sie ließ ihr Notizbuch in der Hemdtasche. Unter dem Tisch drückte sie den Aufnahmeknopf ihres Diktaphons.

»Ich bin wirklich nicht stolz darauf«, begann Doll. Sie legte eine Hand auf den Tisch, das Taschentuch in Bereitschaft umklammert. »Er ist mein Sohn. Meine Loyalität sollte meiner Familie gehören.«

»Es wäre nicht im Interesse Ihrer Familie, das weiter zuzulassen, Mrs. Renard. Sie tun das, was am besten ist.«

»Das sage ich mir auch immer wieder. Ich muß das tun, was das beste ist.« Sie hielt inne, nahm einen Schluck Kaffee, um sich zu sammeln.

Annie trank und wartete, rieb gedankenverloren den Schnitt an ihrer Fingerspitze. Sie saß mit dem Rücken zum Restaurant und mit Aussicht auf die Umgebung. Sie ließ, ohne den Kopf zu drehen, den Blick die Straße entlangschweifen, den Gehsteig, über das leere Grundstück hinter dem Anwesen von Po' Richard's, versuchte, jeden Schatten auszumachen. Keine Spur von Marcus, aber er war ja sehr geschickt darin, sich knapp außer Reichweite zu halten, knapp außer Sichtweite. Sie stellte sich vor, wie er sie jetzt beobachtete, wie seine Wut langsam den Siedepunkt erreichte.

»Es war sehr schwer für mich«, sagte Doll, »die beiden Jungs alleine aufzuziehen. Besonders mit Victors Schwierigkeiten. Der Staat hat einmal versucht, ihn mir wegzunehmen und ihn in ein Heim zu stecken. Ich habe es nicht zugelassen. Er wird bei mir sein, bis ich sterbe. Er ist mein Kind, meine Last, die ich zu tragen habe. Ich habe ihn so, wie er ist, zur Welt gebracht. Ich habe mir die Schuld an seinem Zustand gegeben, obwohl die Ärzte sagen, daß niemand dran schuld ist. Wie können wir wirklich wissen, was von einer Generation an die nächste weitergegeben wird?«

Annie gab keinen Kommentar, dachte aber kurz an ihre eigene Mutter und den Vater, den sie nie gekannt hatte. »Was ist denn überhaupt aus Mr. Renard geworden?«

Dolls Miene verhärtete sich. »Claude hat uns verraten. Das ist viele Jahre her. Und jetzt sitze ich hier und werde meinen Sohn verraten.«

»So sollten Sie das nicht sehen, Mrs. Renard. Warum erzählen Sie mir nicht, was Marcus Ihrer Meinung nach Falsches getan hat?«

»Ich weiß nicht, wo ich anfangen soll«, sagte sie und starrte hinunter auf ihr zerknülltes Taschentuch.

»Sie sagten, Sie hätten gestern nacht einen Streit mit Marcus gehabt. Worum ging es denn?«

»Um Sie, fürchte ich.«

»Um mich?«

»Ich bin mir sicher, Ihnen ist klar, daß Marcus von Ihnen sehr angetan hat. Er macht das, wissen Sie. Er – er setzt sich etwas in den Kopf, und da kann keiner was dran rütteln. Ich sehe, wie es mit Ihnen wieder genauso geht. Er ist überzeugt, da könnte etwas sein... etwas *Persönliches* zwischen Ihnen beiden.«

»Ich habe ihm gesagt, daß das nicht möglich ist.«

»Das wird keine Rolle spielen, das hat es noch nie.«

»Das ist schon öfter passiert?«

»Ja. Mit dieser Bichon. Und vor ihr – als wir in Baton Rouge gelebt haben –«

»Elaine Ingram?«

»Ja. Liebe auf den ersten Blick hat er es genannt. Innerhalb einer Woche, nachdem er sie kennengelernt hatte, war er nur noch mit ihr beschäftigt. Ist ihr auf Schritt und Tritt gefolgt. Hat sie Tag und Nacht ständig angerufen. Sie mit Geschenken überhäuft. Peinlich war das.«

»Ich dachte, sie hätte seine Gefühle erwidert.«

»Eine Zeitlang ja, aber es wurde ihr zuviel. Dasselbe hat er mit dieser Bichon gemacht. Er hat plötzlich beschlossen, er müßte sie haben, obwohl sie nichts mit ihm zu tun haben wollte. Und jetzt sehe ich, wie es wieder anfängt, mit Ihnen. Ich habe ihn deswegen zur Rede gestellt.«

»Was hat er gesagt?«

»Er wurde wütend und ist in sein Arbeitszimmer gegangen. Dort soll ihn niemand stören, aber ich bin ihm gefolgt«, gestand sie. »Ich habe nie glauben wollen, daß es mehr als eine Vernarrtheit war, aber ich muß zugeben, ich hatte eine Vorahnung. Ich bin in der Hinsicht äußerst sensibel, ich hatte diese *Gefühle*, aber ich wollte ihnen einfach nicht glauben.

Ich habe Marcus von der Tür aus beobachtet, ohne daß er es merkte. Er ist zu einem Schrank gegangen und hat ein paar Dinge rausgeholt, und dann habe ich es *gewußt*. Ich habe es einfach *gewußt*.«

»Was für Dinge?«

Doll beugte den Kopf über die Handtasche in ihrem Schoß. Sie griff in die Tasche und packte etwas, zögernd, nahm es langsam heraus.

Als sie ihr den kleinen Bilderrahmen reichte, fühlte Annie, wie ein seltsames Kribbeln ihre Arme hoch und in ihren Kopf schoß. Sie packte eine Stuhllehne, als aus dem Kribbeln eine Woge von Schwindel wurde. Der Bilderrahmen war der, der aus Pam Bichons Büro fehlte. Einer der Gegenstände, nach dem die Detectives gesucht hatten, um Renard wenigstens mit der Anklage wegen Stalking in Verbindung zu bringen. Keiner der Gegenstände war je gefunden worden.

Annie nahm ihn jetzt und betrachtete ihn im künstlichen Licht, das aus dem Vorderfenster des Restaurants sickerte. Der Rahmen war aus zartem antiken Silberfiligran, das Glas war angeknackst. Das Foto war knapp sechs auf neun Zentimeter, aber auf dieser winzigen Fläche war eine Flut von Emotionen festgehalten – die Liebe zwischen einer Mutter und ihrem Kind. Josie war höchstens fünf Jahre alt, saß auf dem Schoß ihrer Mutter und sah mit einem engelsgleichen Lächeln zu ihr hoch. Pam hatte die Arme um ihren Schatz gelegt und sah sie mit überschäumender Liebe an.

Marcus Renard hatte dieses Foto gestohlen und die darin abgebildete Beziehung zerstört. Er hatte einem Kind seine Mutter weggenommen. Er hatte den Geist einer Frau ausgelöscht, die geliebt hatte und von so vielen Menschen geliebt worden war.

Wieder packte sie dieses Schwindelgefühl. Eine Reaktion auf das Foto, nahm Annie an. Oder das Koffein. Ihr war ein bißchen übel... von der sicheren Erkenntnis, daß der Mann, der sich in sie verliebt hatte, tatsächlich der Mann war, der der Frau auf diesem Foto Unsägliches angetan hatte. Fourcade hatte von Anfang an recht gehabt: die Spur, die Logik, führten zu Renard.

»Marcus hat das gestohlen, nicht wahr?« sagte Doll.

»Ja.«

»Da waren noch andere Sachen, aber ich hatte Angst, sie zu nehmen. Ich glaube, er hat auch mir Sachen gestohlen«, gab sie zu. »Eine Kamee, die aus der Familie meiner Mutter stammt. Ein Medaillon, das ich seit Jahren hatte – seit Victor zur Welt kam. Gott weiß, was er damit gemacht hat.«

Gott und ich, dachte Annie und erschauerte innerlich. Und Pam Bichon. Und wahrscheinlich Elaine Ingram vor ihr. – Ein klammer Schauder lief über ihre Haut. Sie versuchte, tief von der feuchten Nachtluft einzuatmen, und starrte das Foto an, das ihr ein bißchen vor den Augen verschwamm, als sie erneut dieses Schwindelgefühl packte.

»Ich wollte nicht glauben, daß er es wieder tun würde«, sagte Doll. »Diese Besessenheit und so.«

»Glauben Sie, er hat all diese Frauen umgebracht?« fragte Annie, die Worte klebten an ihrer Zunge. Sie nahm noch einen Schluck Kaffee, um den Geschmack der Frage wegzuspülen. Wie furchtbar für eine Mutter, sich vorzustellen, daß ihr Sohn ein Mörder war.

Doll drückte sich eine Hand vors Gesicht und begann zu weinen, mit zitterndem Körper. »Er ist mein Sohn. Er ist alles, was ich habe. Ich will ihn nicht verlieren!«

Und trotzdem hatte sie den Beweis gebracht.

»Tut mir leid«, murmelte Annie. »Aber wir werden das zum Sheriff bringen müssen.«

Sie schob ihren Stuhl zurück und stand auf, schwankte benommen, das Schwindelgefühl schwirrte um ihren Kopf wie ein Schwarm Bienen. Sie fühlte sich, als könnte sie vom Boden hochschweben und hätte keine Kontrolle darüber. Als sie vom Tisch wegtrat, schien der Boden sich vor ihr zu senken, und sie stolperte.

»Ach du meine Güte!« Doll Renards Stimme schien weit entfernt. »Geht es Ihnen gut, Deputy Broussard?«

»Ach, mir ist ein bißchen schwindlig«, murmelte Annie.

»Vielleicht sollten Sie sich wieder setzen?«

»Nein, ist schon gut. Zuviel Koffein, sonst nichts. Wir müssen jetzt zum Sheriff.«

Sie versuchte einen weiteren Schritt und fiel hart auf ein Knie. Der Bilderrahmen glitt aus ihrer Hand.

»Oje!« keuchte Doll. »Lassen Sie sich helfen!«

»Das ist mir wirklich peinlich«, sagte Annie und stützte sich gegen die alte Frau, als sie sich aufrichtete. »Tut mir so leid.«

Doll schnupperte und rümpfte die Nase. »Haben Sie etwa getrunken, Deputy?«

»Nein, nein, das war ein Unfall.« Sie erschrak vor ihrer eigenen Stimme, die plötzlich ganz undeutlich war. Ihr Körper fühlte sich schwer, als würde sie sich durch eine Wanne mit Götterspeise bewegen. »Ich fühl' mich nur nicht gut. Wir werden zum Revier fahren. Ich komm schon wieder in Ordnung.«

Sie bewegten sich langsam auf den Cadillac zu, Doll Renard zu Annies Rechten, mit einem stützenden Arm um sie. Die Frau war soviel stärker, als sie aussah, dachte Annie. Oder vielleicht lag es daran, daß sie plötzlich überhaupt keine Kraft mehr hatte. Ein elektrisches Summen vibrierte durch ihre Arme und Beine. Die Fingerspitze, die sie an dem Rosenstiel verletzt hatte, pochte wie ein schlagendes Herz.

Der Rosendorn. Die Rose, die ihr Marcus gegeben hatte.

Vergiftet. O Gott, damit hatte sie nicht gerechnet. Aber es war wirklich poetisch – daß ein Liebesbeweis zum Instrument des Todes wurde, wenn die Liebe abgewiesen wurde. So würde er denken, dieser verkorkste, kranke Dreckskerl.

»Missess Renard?« nuschelte sie, als sie auf dem Beifahrersitz des Wagens zusammenbrach. »Ich glaube, wir sssssollten zum Krankenhaussss fahren. Ich glaube, ich sterbe vielleicht.«

Er wollte sie umbringen. Er wollte seine Hände um Annie Broussards Hals legen und ihr Gesicht beobachten, während er sie erwürgte. Sie hatte ihn zum Narren gehalten. Der letzte Lacher würde gegen sie sein. Die brutale Phantasie kleckste in grellen Farben durch Marcus' Kopf, während er sich durch die Menge drängte.

Der Lärm der Party war eine dissonante Kakophonie in seinen Ohren. Die Lichter und Farben waren zu hell, zu grell gegen das Schwarz der Nacht und das Schwarz seiner Stimmung. Gesichter schwammen vor seinen Augen, lachende Münder und grauenhafte Masken. Er stolperte gegen einen Ronald Reagan, verschüttete das Bier des Mannes in einer Fontäne.

»Scheißbesoffener!« brüllte Reagan. »Paß auf, wo du hintrittst!«

Der Mann rächte sich mit einem kräftigen Schubs, und Marcus stieß gegen einen weiteren Feiernden mit Zorromaske und Halbmelone. Stokes.

Stokes stolperte rückwärts, ruderte mit den Beinen. Marcus fiel mit ihm, fiel in einem Wald von Beinen *auf* ihn. Er wünschte, er hätte ein Messer. Er stellte sich vor, wie er Stokes im Fallen erstach, dann aufstand und einfach wegging, bevor irgend jemand etwas merkte. Aber er hatte kein Messer.

»Dämliches Arschloch!« schrie Stokes und stand auf.

Bevor Marcus sich aufrichten konnte, trat ihm Stokes in die Rippen. Marcus hielt sich die Brust und ging weiter, gekrümmt, Gelächter folgte ihm. Er drängte sich durch die Menge, bog um die Ecke und eilte eine Seitenstraße entlang in Richtung Bowen & Briggs.

Die dicke, feuchte Luft brannte in seiner Lunge. Sein Brustkorb fühlte sich an, als wäre er in ein Stahlband gequetscht, der Druck lastete auf seinen angeknacksten Rippen. Mit jedem Atemzug durchzuckten ihn kleine Schmerzpfeile. Sein Gesicht brannte. Er riß die bemalte Maske vom Gesicht und warf sie in den Rinnstein. Es war keine Verkleidung im Vergleich zu der Maske, die Annie getragen hatte. Verrat mit dem Anwalt war noch das geringste ihrer Verbrechen. Die Schlampe. Er hatte übersehen und rationalisiert und Ausreden für sie erfunden, überzeugt, daß sie am Ende einsehen würde, wie richtig das zwischen ihnen sein könnte. Sie verdiente es, für das, was sie ihm angetan hatte, bestraft zu werden. Er bestrafte sie im Geiste, während die Gefühle in seinem Inneren tobten. Liebe, Zorn, Haß. Sie würde es bereuen. Am Ende würde sie es bereuen.

Er fühlte sich, als hätte man ihn ausgeweidet. Warum passierte ihm das immer und immer wieder? Warum konnten die Frauen, die er liebte, seine Liebe nicht erwidern? Warum fraßen sich seine Gefühle so fest und konnten nicht wieder loslassen? Liebe, Leidenschaft, Bedürfnis, Bedürfnis, *Bedürfnis*. Er war ansonsten ein normaler Mann. Er war intelligent. Er hatte Talente. Er hatte einen guten Job. Warum überwältigte ihn, dieses Bedürfnis zu haben, immer und immer wieder.

Während er seinen Volvo aufsperrte, rollten ihm die Tränen übers Gesicht, sengend vor Schmerz und Scham. Sein Körper war starr und zitterte vor Wut, die Spannung ließ seine verschiedenen Verletzungen neu auflodern, der körperliche Schmerz demütigte ihn noch mehr. Was für eine Art Mann war er überhaupt? Einer von der Sorte, die andere Männer traten und verachteten, von der Sorte, die Frauen links liegenließen, die Sorte, gegen die Frauen einstweilige Verfügungen erwirkten. Er glaubte, das nicht mehr länger ertragen zu können. Seine Gefühle waren zu heftig, zu groß, zu schmerzlich. Und im Hinterkopf hörte er die spöttische Stimme seiner Mutter, die ihm sagte, er wäre erbärmlich.

Er *war* erbärmlich. Diese Wahrheit erdrückte ihn fast mit ihrem Gewicht.

Er schluchzte, als er an der Einfahrt zu dem Haus, in dem Pam gestorben war, vorbeifuhr. Ihr Tod würde den Rest seines Lebens wie ein Schatten über ihm liegen.

Was war das schon für ein Leben, das ihn erwartete? Ein mutmaßlicher Mörder, ein erbärmlicher Tropf, der bei seiner Mutter lebte, der immer und immer wieder von den Frauen, die er liebte, verschmäht worden war. Wie oft hatte er sich gewünscht, weit weg von hier zu sein, sich ein besseres Leben vorgestellt – mit Elaine, mit Pam, mit Annie? Aber er würde nie weggehen, und das bessere Leben würde nie stattfinden. Er würde nie in einem Strandhaus am Golf leben und seine Abende mit Annie oder irgendeiner anderen Frau verbringen. Er würde nur noch erbärmlicher werden, isolierter, verabscheuter. Was hatte das noch für einen Sinn?

Er steuerte den Volvo in seine Einfahrt und trat aufs Gas. Ein Gefühl von Dringlichkeit hatte sich zu den anderen Emotionen gesellt, die sich wie Schlangen in ihm wanden. Er knallte den Schalthebel neben dem Haus auf Parken und ging hinein.

Victor saß auf dem Treppenabsatz der Vordertreppe mit einer der Federmasken ihrer Mutter und wiegte sich hin und her. Er sprang auf und donnerte die Treppe hinunter, schoß nur ein paar Zentimeter entfernt an Marcus vorbei und kreischte: *»Rot! Rot! Rot!«*

»Hör auf!« keifte Marcus und schubste ihn weg. »Du wirst Mutter aufwecken.«

»Jetzt nicht. Eintritt aus, Mutter. Rot! *Sehr* rot!«

»Wovon redest du überhaupt?« fragte Marcus und ging quer durch das Eßzimmer. Ohne es zu wollen, warf er einen Blick auf die Wand. Natürlich paßte die Farbe nicht. »Es ist nach Mitternacht. Mutter ist im Bett.«

Victor schüttelte heftig den Kopf. »Dann *und* jetzt. Eintritt aus, Mutter. *Rot!*«

»Ich hab' keine Ahnung, was du meinst«, sagte Marcus ungeduldig. »Wo sollte sie denn hingehen? Du weißt doch, daß Mutter nachts nicht fährt. Du bist lächerlich.«

Victor packte der Frust, als sie die Tür zu Marcus' Zimmern erreicht hatten, und er blieb neben der Wand stehen und schlug den Kopf dagegen, jaulte laut.

Marcus packte ihn an den Schultern. »Victor, hör auf! Geh in dein Zimmer und beruhige dich. Geh und schau dir eins deiner Bücher an.«

»*Dann* und jetzt. Dann *und* jetzt. Dann und *jetzt*!« skandierte er.

Marcus seufzte, erfüllt von tiefer Traurigkeit für seinen Bruder. Armer Victor, eingesperrt in seinem eigenen Verstand. Aber vielleicht war ja Victor der Glücklichere.

»Komm mit«, sagte er leise.

Er nahm Victor an der Hand und führte ihn nach oben in sein Zimmer, redete unterwegs beruhigend auf ihn ein.

»Rot! Rot!« krächzte Victor wie ein Vogel mit Kehlkopfentzündung.

»Nichts ist rot, Victor«, sagte Marcus und zündete die Lampe an.

Victor setzte sich auf die Bettkante und wiegte sich hin und her. Die Pfauenfedern, die sich von der Ecke der Maske hochwölbten, wippten auf und ab wie Antennen. Er sah absurd aus.

»Ich möchte, daß du mit Sechzehnteln bis fünftausend zählst«, sagte Marcus. »Und wenn du fertig bist, laß es mich wissen. Kannst du das machen?«

Victor starrte mit glasigen Augen an ihm vorbei. Die Chancen standen gut, daß er, wenn er bei fünftausend war, den Anlaß für seine Erregung vergessen hatte.

Marcus verließ den Raum und blieb stehen, schaute zur Tür des Zimmers seiner Mutter, das ein Stück weiter den Gang hinunterlag. Natürlich würde sie da drin sein, die Spinne in ihrem Nest. Sie würde immer da sein – körperlich, psychologisch, metaphorisch. Es gab nur einen Ausweg für sie alle.

Er ging zielstrebig zu seinem Schlafzimmer, sperrte die Tür hinter sich zu und ging zu der Schublade, wo er sein Percodan aufbewahrte. Der Arzt hatte ihm ein Rezept für fünfundsiebzig Pillen gegeben, wahrscheinlich in der Hoffnung, er würde sie alle auf einmal nehmen. Er hatte in den Tagen und Nächten, seit man ihn zusammengeschlagen hatte, eine Reihe davon genommen, aber es waren immer noch reichlich übrig. Mehr als genug. Wenn er die Flasche finden konnte. Sie war aus der Schublade verschwunden.

Victor? Nein, wenn Victor eine Überdosis Percodan genommen hätte, dann wäre er jetzt nicht so erregt. Er wäre lethargisch oder tot – und beides wäre besser als sein jetziger Zustand.

Marcus wandte sich vom Bett ab und ging weiter zu seinem Arbeitszimmer. Er hatte das Durcheinander aufgeräumt, das er letzte Nacht in seiner Wut veranstaltet hatte. Alles war wieder an seinem Platz, ordentlich und aufgeräumt. Das Bleistiftporträt von Annie lag auf dem Zeichentisch. Wie passend, daß es zerrissen war, dachte er und strich mit einem Finger über die zerfetzte Papierkante. Er stellte sich vor, daß das darüber verschmierte Blut ihres wäre.

Jetzt wandte er sich seinem Arbeitstisch und den Werkzeugen zu, die präzise wie chirurgische Instrumente aufgereiht dalagen, und sah sich die rasiermesserscharfe Klinge des Allzweckmessers an. Er hob es auf, strich mit dem Daumen die Klinge entlang und beobachtete, wie sein Blut scharlachrot entlang des Schnittes erblühte. Wieder kamen Tränen, nicht wegen des körperlichen Schmerzes, sondern durch die ungeheure emotionelle Bürde dessen, was er vorhatte. Er legte das Messer beiseite, es kam für seine Aufgabe nicht in Frage. Ein Metzgermesser wäre genau das richtige für den Zweck, symbolisch und buchstäblich. Aber zuerst wollte er die Pillen.

Er ging zu dem versteckten Paneel in der Täfelung, öffnete

den Schrank, stellte sich seiner Vergangenheit und seiner Perversität. So würden andere Leute seine Liebe zu Frauen, die ihn nicht wollten, nennen – Perversion, Besessenheit. Sie ahnten ja nicht, was Besessenheit war.

Die kleinen Liebespfänder, die er Elaine und Pam und Annie abgenommen hatte, lagen in Häufchen auf den Regalen. Erinnerungen an Dinge, die hätten sein können. Eine Woge bittersüßer Wehmut brandete über ihn, als er einen schönen, gläsernen Briefbeschwerer wählte, der Pam gehört hatte. Er hielt ihn in seinen Händen und berührte damit sein Gesicht. Er war kühl auf seinen Tränen.

»Laß es fallen, du schleimiger, kranker Schweinehund.« Die Stimme war leise und troff vor Haß. »Das hat meiner Tochter gehört.«

Der Briefbeschwerer rollte aus Marcus' Händen und fiel zu Boden. Er hob den Kopf und sah in das Gesicht von Hunter Davidson.

»Ich hoffe, du bist bereit, zur Hölle zu fahren«, sagte der Alte und spannte den Abzug der .45er in seiner Hand. »Weil ich gekommen bin, um dich auf den Weg zu schicken.«

46

Er hatte von Anfang an recht gehabt. Die Spur, die Logik führten zurück zu Renard. Und wenn er seine Konzentration bewahrt hätte, nicht zugelassen hätte, daß seine Vergangenheit in seine Gegenwart leckte, dann wäre Marcotte eine ferne, böse Erinnerung geblieben.

Nick zündete sich eine Zigarette an und zog heftig daran, versuchte, den bitteren Geschmack der Wahrheit aus seinem Mund zu brennen. Der Schaden war angerichtet. Er würde sich mit den Nachwehen befassen, falls und sobald sie sich zeigten. Jetzt mußte er sich mit dem, was anlag, befassen: Renard.

Annie hatte offensichtlich etwas zu heftig an seiner Leine gezogen. Sie brauchte Unterstützung, und genau das hätte er die ganze Zeit schon machen sollen, statt halbherzig hinter irgendwelchen Schatten herzurennen. *Konzentration. Kontrolle.* Er hatte sich ablenken lassen, als er sich auf seinen Bauch hätte verlassen sollen. Die Spur, die Logik, führten zurück zu Renard.

Er parkte in einer Seitenstraße und trat in die Karnevalsmenge ein, suchte die wogende Masse nach Broussard ab. Wenn sie Renard über eine Kante geschubst hatte, dann könnte sie in Schwierigkeiten sein, und er hatte nicht die Absicht, bis zum Morgen abzuwarten oder auch nur, bis sie Dienstschluß hatte, um das herauszufinden. Egal, welche Konfrontation stattgefunden hatte, sie hatte stattgefunden, während sie arbeitete. Das bedeutete, daß Renard hier war, sie beobachtete.

Die Menge war rüpelhaft und betrunken, die Musik laut. Die Straße war erfüllt von Kostümen, Farbe und Bewegung. Nick suchte nur nach schieferblauen Uniformen der Sheriff Deputys. Er arbeitete sich systematisch eine Seite der La Rue France hinunter und die andere hoch, blieb nur Sekunden stehen, um sich die stupiden guten Wünsche seiner Kollegen für die kommende Anhörung anzuhören. Von Annie war nichts zu sehen.

Sie könnte im Gefängnis sein, irgendeinen Betrunkenen einliefern. Er könnte sie in der Menge verpaßt haben, sie war so klein. Oder sie steckte in Schwierigkeiten. In den letzten zehn Tagen hatte sie mehr Zeit in Schwierigkeiten verbracht als ohne. Und heute abend hatte sie ihn angerufen, um ihm zu sagen, daß sie einen Mörder zu weit getrieben hätte.

Er konnte Hooker in der Nähe eines Verkäufers, der gebackene Shrimps verkaufte, rumstehen sehen. Der fette Sergeant machte ein grimmiges Gesicht, klopfte aber den Takt der Musik mit dem Fuß. Hooker würde wissen, wo Annie war, aber Nick bezweifelte, daß Hooker ihm diese Information geben würde. Er würde zuviel Potential für Katastrophen sehen.

»Nicky! Mein Bruder, mein Mann. Wie läuft's denn?«

Stokes schwankte auf ihn zu, die Melone keß schief über einem maskierten Auge balancierend. Beide Arme waren mit je einer Frau mit knapp pobedeckendem Minirock besetzt – eine Wasserstoffblondine in Leder und eine Brünette in Jeansstoff. Offensichtlich hielten sie sich gegenseitig aufrecht.

»Das ist mein Mann, Nick«, sagte Stokes zu den Frauen, »er kann mit einer Party genausowenig anfangen wie mit einer zweiköpfigen Ziege. Möchtest du, daß eine dieser Damen dein Geisterführer in die Partywelt wird, Nicky? Wir können irgendwo hingehen und unsere eigene Party machen. Weißt du, was ich meine?«

Nick fixierte ihn grimmig. »Hast du Broussard gesehen?«

»Broussard? Was zum Teufel willst du denn von der?«

»Hast du sie gesehen?«

»Nein, und dafür danke ich Gott. Diese Schnecke macht nur Ärger, Mann. Du solltest es wissen. Sie – ooohh!« johlte er, als die Möglichkeiten sein schnapsbenebeltes Hirn durchdrangen. »Retourkutsche ist fair, was? Willst du sie ein bißchen erschrecken oder so was?«

»Oder so was?«

»Das ist cool. Find' ich total coool. Ja, das Luder hat's verdient.«

»Also geh da rüber, und frag Hooker, wo sie ist. Denk dir eine gute Entschuldigung aus.«

Stokes grinste übers ganze Gesicht. »Paß mal auf meine Damen auf, Nicky. Mädels, seid nett zu Nick. Er ist Mönch.«

Die Blondine schaute hoch zu Nick, als Stokes wegging. »Sie sind doch nicht *wirklich* ein Mönch, oder?«

Nick setzte seine Sonnenbrille auf, schloß die Schnepfe aus und sagte nichts, beobachtete, wie Stokes sich dem Sergeant näherte. Die beiden unterhielten sich kurz, dann kaufte Stokes sich eine Portion Shrimps und kam kauend zurück.

»Dein Glück hat dich verlassen, Freund. Sie hat ihren knackigen kleinen Hintern zusammengepackt und ist nach Hause gegangen.«

»Was?«

»Hooker sagt, sie hat sich vor 'ner Weile krankgemeldet. Er glaubt, sie hat vielleicht was getrunken.«

»Warum sollte er das glauben?«

Stokes zuckte die Schultern. »Keine Ahnung, Mann. Diese Gerüchte kursieren eben. Du weißt, was ich meine? Auf jeden Fall ist sie nicht hier.«

Die Angst krallte sich noch fester in Nicks Gedärme. »Welche Nummer hat sie?« fragte Nick.

»Was macht das schon für einen Unterschied? Sie sitzt nicht in ihrem Wagen.«

»Ich bin am Revier vorbeigekommen. Ihr Jeep steht auf dem Parkplatz. Verflucht noch mal, welche Nummer hat sie?«

Stokes' Verwirrung wich Besorgnis. Er hörte auf zu kauen und schluckte. »Was hast du vor, Mann?«

Nick riß der Geduldsfaden. Er packte Stokes an beiden Schultern und schüttelte ihn, ein Regen gebackener Shrimps ergoß sich über den Gehsteig. »Wie ist ihre verfluchte Nummer!«

»Eins Anton Charlie!«

Er machte auf dem Absatz kehrt und stürmte durch die Menge los. Stokes' Stimme tönte ihm hinterher.

»He, tu nichts, was ich nicht auch tun würde!«

Nick drängte sich durch die Feiernden, stieß Leute mit gesenkter Schulter und steifem Unterarm beiseite. Masken huschten am Rand seines Gesichtsfelds vorbei, gaben der ganzen Szene etwas Surrealistisches. Als er endlich an seinem Truck angelangt war, sägte sein Atem glühendheiß in seiner Lunge. Die Muskeln in seinen Rippen und seinem Rücken, die immer noch von DiMontis Prügeln empfindlich waren, bohrten sich wie Krallen in sein Fleisch.

Er riß das Mikrofon aus seiner Halterung, rief die Einsatzzentrale, identifizierte sich als Stokes und bat darum, zu Eins Anton Charlie durchgestellt zu werden. Die Sekunden vertickten, jede schien länger als die vorhergehende.

»Detective?« meldete sich die Einsatzleitung. »Eins Anton Charlie antwortet nicht. Laut dem Logbuch ist diese Einheit außer Dienst.«

Nick hängte das Mikrofon ein und startete den Truck. Wenn Annie außer Dienst war und ihr Jeep noch auf dem Parkplatz des Reviers, wo zum Teufel war dann sie?

Und wo zum Teufel war Renard?

Annie lehnte den Kopf gegen das Seitenfenster und kämpfte gegen eine Woge von Übelkeit, als Doll den Cadillac in Gang setzte und er mit einem Ruck anfuhr. Als sie an dem leeren Grundstück neben Po' Richard's vorbeifuhren, glaubte Annie, Marcus' lächelnde weiße Maske in der Dunkelheit zu sehen, wie sie sie auslachte.

Sie überquerten die France eine Kreuzung nach der Party. Die Farben und Lichter gellten in der Ferne, dann verschwanden sie. Annie stöhnte ein bißchen, als der Wagen nach rechts abbog, der Richtungswechsel verschlimmerte ihr Schwindelgefühl. Sie fragte sich, was es wohl für ein Gift wäre, ob es ein Gegenmittel gäbe, fragte sich, ob die ungeschickten Tölpel im Labor von »Our Lady« etwas ausrichten könnten, bevor sie einen gräßlichen schmerzhaften Tod starb.

Sie ermahnte sich, nicht in Panik zu geraten. Marcus hätte die Ereignisse des Abends nicht voraussehen können. Er hätte ihre absolute Abweisung nicht einplanen können. Wenn er seinem eigenen Muster folgte, dann hatte er wahrscheinlich vorgehabt, sie krank zu machen, damit er ihr später Trost spenden könnte. Das war sein Muster.

Das Geschäftsviertel ging in Wohnblocks über. Blocks von kleinen ordentlichen Häusern im Ranchstil, viele mit einem selbstgebastelten Schrein für die Jungfrau Maria im Vorgarten. Alte Badewannen mit Klauenfüßen waren halbiert und im Boden versenkt worden als Grotten für Totems von Maria. Die Totems wurden in einer Stadt unweit von Bayou Breaux in Massen gefertigt und wie Feuerholz in dem Fabrikhof neben den Eisenbahnschienen gestapelt. Wenn man das gesehen hatte, nahm es einem etwas von dem Zauber, dachte Annie, deren Gehirnwellen zerbröckelten.

Sie sollten bald im Krankenhaus sein. Der alte Gärtner würde die Zehen der riesigen Marienstatue mit einer Zahnbürste schrubben.

»Ich bin Ihnen wirklich dankbar, Missess Renard« lallte sie.

»Ich werde den Sheriff vom Krankenhaus anrufen. Er wird kommen und Sssssiee abholen. Siiiiie haben das Richtige getan, indem Sie zu mmmiirr gekommmen sind.«

»Ich weiß. Ich mußte es. Ich konnte das nicht weiterdulden«, sagte Doll. »Ich habe gesehen, wie alles wieder genauso passiert. Wie Marcus sich in Sie verliebt hat. Sie – eine Frau, die ihn nie haben wollte. Eine Frau, die mir nur meinen Sohn wegnehmen und ihn ins Gefängnis stecken will – oder Schlimmeres. Das kann ich nicht zulassen. Meine Jungs sind alles, was ich habe.«

Sie drehte sich um und sah Annie direkt in die Augen, als sie die Abzweigung zum »Our Lady of Mercy« passierten. Der Haß in ihren Augen schien im Licht des Armaturenbrettes rot zu glühen.

»Keiner nimmt mir meine Jungs weg.«

47

Ich bin auf dem Weg zur Hölle.

Die Zivilisation lag hinter ihnen. Vor ihnen erstreckte sich das Bayouland, tintenschwarz, weit und abweisend, eine Wildnis, wo gewaltsamer Tod die harsche, tägliche Realität war. Hier holte sich das Raubtier seine Beute in einem endlosen blutigen Zyklus, und kein Überlebender betrauerte den Tod eines weniger Glücklichen. Nur die Starken überlebten.

Annie hatte sich in ihrem Leben noch nie so schwach gefühlt. Die Übelkeit kam in Wogen. Das Schwindelgefühl wollte sich nicht legen. Ihre Wahrnehmungen begannen sich zu verzerren. Die Welt um sie herum sah flüssig und belebt aus. Muß etwas in dem Kaffee gewesen sein, beschloß sie, etwas Starkes.

Sie versuchte, ihre Augen quer über die Breite des Wagens auf die Frau zu konzentrieren. Doll Renard erschien ihr in die Länge gezogen und so dünn, daß sie aus Stöcken bestehen könnte. Sie sah nicht so aus, als besäße sie die körperliche Kraft für gewalttätigen Zorn. Aber Annie erinnerte sich daran, daß Doll jünger war, als sie aussah, stärker, als sie aussah. Außerdem war sie eine Mörderin. Die zerbrechliche, schäbige Fassade war genauso eine Maske wie der paillettenbesetzte Domino, der neben ihr auf dem Sitz lag.

»*SSSSssie* haben Pam umgebracht? Sie haben Pam das angetan?« nuschelte Annie ungläubig. Die grausigen Bilder vom Tatort huschten grell und blutig durch ihren Kopf. Sie hatte die Möglichkeit eines weiblichen Täters praktisch von Anfang an ausgeschlossen. So töteten Frauen nicht – mit Brutalität, mit Grausamkeit, mit Haß auf ihr eigenes Geschlecht.

»Sie hat gekriegt, was sie verdient hat, die Hure«, sagte Doll verbittert. »Die Männer sind hinter ihr hergehechelt wie Hunde hinter einer läufigen Hündin.«

»Mein Gott«, hauchte Annie. »Aber Ssssie mußten doch wissen, daß man Mmmarcus verdächtigen würde.«

»Aber Marcus hat sie nicht getötet«, sagte Doll. »Er ist unschuldig – des Mordes zumindest. Ich habe beobachtet, wie er von ihr besessen wurde«, sagte sie angewidert. »Genau wie bei dieser Ingram. Ihm war es egal, daß sie ihn nicht wollte. Er setzt sich diese Sachen in den Kopf, und die kriegt man nicht wieder raus. Ich hab's versucht. Ich hab' versucht, daß *sie* ihn aufhält, aber er konnte einfach nicht glauben, daß sie versuchen würde, ihn verhaften zu lassen. Ihre Angst hat ihn anscheinend noch mehr zu ihr hingezogen.«

»Sssie waren diejenige ... die sie verfolgt hat?«

»Sie hätte ihn mir weggenommen – so oder so.«

Und so hatte Doll Pam Bichon erstochen, gekreuzigt und verstümmelt. Um eine Besessenheit zu beenden, die die Aufmerksamkeit ihres Sohnes von ihr abgelenkt hatte.

»Ich wußte natürlich, daß die Polizei ihn vernehmen würde«, fuhr sie fort. »Das war seine Bestrafung, weil er versucht hat, mich zu verraten. Ich dachte, das wäre ihm eine Lektion.«

Annie versuchte zu schlucken. Ihre Reflexe waren abgestumpft. Ihre rechte Hand tastete sich langsam an der Armlehne entlang, die Fingerspitzen suchten nach dem Griff der Sig. Die Pistole war weg. Doll mußte sie genommen haben, als sie Annie in den Wagen »geholfen«, sie sicher in den Beifahrersitz geschnallt hatte.

Sie warf einen Blick in den Rückspiegel, hoffte gegen jede Hoffnung, Lichter hinter sich zu sehen, aber die Nacht schloß hinter ihnen ihre Türen, und vor ihnen erstreckte sich der Sumpf. Zahllose Plätze, an denen man eine Leiche in den Sumpf werfen konnte.

Die Droge zerrte an ihr, zog sie auf die Bewußtlosigkeit zu.

»Wwwie h-haben Sie Pam ... zu dem Haus gebracht?« fragte sie, zwang ihren Kopf, sich zu beschäftigen. Sie würde sich nicht retten können, wenn sie nicht bei Bewußtsein bliebe, und kein anderer würde das für sie tun. Sie verlagerte ihr Gewicht, legte ihren rechten Arm um ihren Bauch und stöhnte, während ihre Fingerspitzen sich heimlich zum Löseknopf des Sitzgurtes tasteten.

»Es war erbärmlich einfach. Ich habe sie unter falschem Namen angerufen und sie gebeten, mir das Anwesen zu zeigen«, sagte Doll und lächelte über ihre eigene Klugheit.

»Gieriges kleines Luder. Sie wollte alles – Geld, Schönheit, Männer. Sie hätte mir meinen Sohn weggenommen, und sie wollte ihn nicht einmal.«

So einfach war es gewesen: nur ein Anruf. Pam hätte nie Bedenken gehabt, einer älteren Frau ein ländliches Anwesen zu zeigen, selbst bei Nacht nicht. Probleme hatte sie immer nur mit Männern gehabt – das hatte sie zumindest geglaubt. Das hatten sie alle geglaubt. Fourcade hatte die ganze Zeit recht gehabt. Die Spur, die Logik führten zu Renard. Er hatte nur nicht erkannt, welcher Renard. Keiner hatte einen Gedanken an Marcus Renards flatterhafte, schrille Mutter verschwendet.

Und jetzt wird mich diese Frau töten. Der Gedanke rauschte wie ein Wirbelsturm durch Annies Bewußtsein. Sie glaubte, die Buchstaben des Satzes in der Luft schweben zu sehen. Sie mußte etwas tun. Bald. Bevor die Droge sie ganz hinunterzog.

»Du bist auch nicht besser«, sagte Doll. »Marcus will dich. Er versteht nicht, daß du ein Feind bist. Sein Verlangen nach dir zieht ihn weg von mir. Ich habe versucht, dich daran zu hindern, ihn zu wollen. Genau wie ich es bei dieser Bichon gemacht habe.«

»Siiie waren an dem Abend in dem Auto. Sie sind in meine Wohnung gekommen«, sagte Annie. Die Puzzlestücke trieben an die Oberfläche ihres Gehirns. Sie stellte sich vor, wie sie durch den Batz nach oben schwebten, klebrig und naß von Blut. »Wie sind Siiie... reingekommen? Woooher wußten Sie... von der Treppe?«

Ein selbstzufriedenes Grinsen umspielte Dolls schmale Lippen. »Ich habe deine Mutter gekannt. Sie hat in einer Saison Heimarbeit für mich gemacht, meine Kostüme genäht. Das war, bevor Claude uns verraten hat, bevor ich die Jungs von hier wegbringen mußte. Damals wollten alle meine Kostüme.«

Doll Renard hatte ihre Mutter gekannt! Bei diesem Eingeständnis krachte eine weitere Woge von Schwindelgefühl durch Annie. Doll Renard war in ihrem Zuhause gewesen, als sie noch ein Kind war. Sie suchte in ihrem Bewußtsein nach irgendeiner Erinnerung, wie sie und Marcus sich als Kinder begegnet waren. Könnte das möglich gewesen sein? Könnte irgendeiner von ihnen geahnt haben, daß sich ihre Wege als Erwachsene wieder kreuzen würden? Daß eine Bekanntschaft vor so langer Zeit mit einer unschuldigen Begegnung begonnen hatte, dann vergessen worden war und jetzt mit Mord enden würde?

»Sie war eine Hure, genau wie du«, sagte Doll. »Das schlechte Blut kommt durch.«

Blut kommt durch. Annie sah die Phrase in Form einer dicken roten Schlange aus Dolls Mund fließen.

Sie schluckte heftig, als sie die Übelkeit erneut packte, dann warf sie sich nach vorne und übergab sich auf den Boden. Doll machte ein angewidertes Geräusch. Annie hing da, vom Gurt befreit und versuchte, Luft zu holen. Mit einer Hand stützte sie sich am Armaturenbrett ab. Sie mußte etwas tun. Die Droge zog sie tiefer in ihre Umarmung, die samtene Schwärze der Bewußtlosigkeit lockte sie.

Sie raffte all ihre verfügbaren Kräfte zusammen, warf sich quer durch den Wagen und packte das Lenkrad. Der Cadillac schlingerte mit quietschenden Reifen scharf nach rechts. Annie zog sich am Steuerrad über den Sitz und preßte mit der Hand auf die Hupe.

Doll schrie vor Empörung, schlug Annie mit einer Hand ins Gesicht, während sie versuchte, das Steuerrad wieder nach links zu reißen. Ein Vorderrad des Wagens fiel über das Bankett und sprang wieder zurück, schlitterte über die Mittellinie. Die Scheinwerfer schienen auf die glänzende Oberfläche schwarzen Wassers.

Annie duckte den Kopf, um den Schlägen auszuweichen, und griff wieder nach dem Lenkrad. Sie drängte Doll mit ihrem Körper gegen die Tür, tastete blindlings nach dem Türgriff. Wenn es ihr gelänge, die Tür zu öffnen, könnte sie Doll vielleicht hinausstoßen. Vor ihrem geistigen Auge konnte sie es deutlich sehen: Dolls brüchiger Körper, der wie eine Testpuppe auf den Asphalt krachte, abprallte, der Kopf aufbrach, ihr Gehirn auf die Straße platzte. Sie erhaschte den Griff mit zwei Fingerspitzen.

Der Wagen fing plötzlich kreischend an zu schleudern, als Doll auf die Bremsen trat. Annie flog gegen das Armaturenbrett, ihr Kopf prallte von der Windschutzscheibe ab, die Schulter knallte gegen das Armaturenbrett. Der Lärm, die Bewegung, der Schmerz, der Schwindel purzelten wie eine Lawine durch ihren Körper. Sie versuchte, sich vom Boden hochzustoßen, als der Wagen auf das Bankett rammte und stehenblieb. Sie versuchte, etwas zu erhaschen, an dem sie sich festhalten konnte, sich zu orientieren, versuchte, den Blick auf etwas zu konzentrieren – den Lauf einer Pistole.

Ihrer Pistole. In Doll Renards Hand. Zehn Zentimeter vor ihrem Gesicht. Sie holte einfach aus, schlug die Pistole zur Seite, und die Sig ging mit einem ohrenbetäubenden *Pop!* los und zerschmetterte irgendwo im Wagen eine Scheibe.

»Luder!« kreischte Doll.

Sie packte Annie mit der linken Hand an den Haaren und schlug ihr mit aller Kraft einmal, zweimal mit der Pistole gegen die Schläfe und den Wangenknochen.

Sternenexplosionen von Farben schossen wie ein Meteoritenschauer durch Annies Kopf. Für den Augenblick ergab sie sich, fiel zu Boden, gebrochen und schlaff, Blut tropfte in dünnen Rinnsalen über ihre Wange. Sie spürte, wie ihr das Bewußtsein entglitt. Sie glaubte zu spüren, wie die Welt unter ihr wegrutschte, aber es war nur der Wagen. Sie fuhren wieder, weg von der Hauptstraße. Sie hörte das leise Flüstern von Gras, das gegen die Seiten des Cadillacs strich, das Geräusch von Reifen, die über Steine knirschten.

Sie blieb reglos auf dem Boden liegen, alle Energien verbraucht, wohlwissend, daß sie neue finden mußte, alles zusammenkratzen, was sie hatte, um noch einen Vorstoß zu machen – oder zu sterben. *Waffen.* Der Gedanke war ein schwaches Licht in ihrem Bewußtsein. *Doll hat die Sig. Doll hat die Sig.* Sie wußte, daß da noch etwas sein mußte, eine weitere Antwort, dämlich einfach, aber sie konnte nicht denken.

So müde.

Ihre Gliedmaßen waren so schwer wie die einer Steineiche. Ihre Hände fühlten sich so groß an wie Baseballhandschuhe. Sie versuchte zu schlucken um eine Zunge, die so groß war wie eine Natter. Vielleicht war die rote Schlange, die sie aus Dolls Mund hatte kommen sehen, in ihren eigenen gekrochen, um sie zu ersticken. Ein Geschmack so bitter wie Säure erfüllte ihren Mund.

Säure. Das wäre eine Waffe, dachte sie. Sie stellte sich vor, wie sie sie Doll Renard ins Gesicht warf, stellte sich vor, wie das Gesicht bis auf die Schädelknochen runterbrannte, während der Rest des Körpers eine irre Todespolka tanzte.

Säure.

Der Wagen blieb stehen. Doll öffnete das Schloß des Kofferraums, stieg aus und knallte die Tür zu. Annie tastete sich langsam zur rechten Seite ihres Dienstgürtels, an dem leeren Halfter vorbei, zu dem Nylonetui dahinter. Sie öffnete den Klettverschluß und zog den kleinen Zylinder mit ungeschickten Fingern aus der Halterung.

Hinter ihr öffnete sich die Tür. Annies Kopf schnellte zurück, als Doll sie an den Haaren packte und nach rückwärts zu ziehen begann.

»Steh auf! Steh auf!«

Annie fiel auf den Boden, zuckte zusammen, als Doll sie fluchend in den Rücken trat. Sie rollte sich zusammen und versuchte, ihren Kopf zu schützen. Die Finger ihrer rechten Hand krallten sich um den Zylinder in ihrer Handfläche.

Die Tür des Cadillac schwang zu, verpaßte nur knapp Annies Kopf, dann hatte Doll sie wieder an den Haaren, versuchte, sich an der Seite des Wagens abzustützen, während sich alles in ihrem Kopf wie ein Kreisel drehte. Die Scheinwerfer des Wagens lieferten die einzige Beleuchtung, aber es genügte. Vor ihr schwankte und drehte sich das Bild eines Hauses, heruntergekommen, mit gebrochenen Fenstern, die wie Zahnlücken im Lächeln einer alten Vettel klafften.

Sie waren am Pony Bayou. Das war das Haus, in dem man Pam das Leben herausgeschnitten hatte.

»Ich habe Pam nicht getötet«, sagte Marcus leise.

Hunter Davidsons breites Gesicht verzog sich angewidert. »Steh nicht einfach da und lüg mich an. Hier gibt es keinen Richter außer Gott. Hier gibt es keine Verfahrensfehler, keine Schlupflöcher, durch die du und dein verdammter Anwalt springen können.«

»Ich habe sie geliebt«, flüsterte Marcus, und Tränen strömten ihm über die Wangen.

»Sie geliebt?« Davidsons massiger Körper zitterte vor Wut. Schweiß sammelte sich in den Achseln seines Hemds. Sein dünnes Haar war dunkel und glänzendnaß. »Du hast keine Ahnung, was Liebe ist. *Ich hab' sie gemacht!* Meine Frau hat sie zur Welt gebracht! Sie war unser Kind! Du hast keinen blassen Dunst von solcher Liebe. Sie war unser Baby, und du hast sie uns genommen!«

Das Ironische war, dachte Marcus, daß er alles über diese Art von Liebe wußte. Er war sein ganzes Leben lang in einer kranken Mutation dieser Art von Liebe gefangen gewesen. Heute abend hätte er es beendet. Jetzt würde es Pams Vater für ihn beenden.

»Du hast keine Ahnung, wie oft ich dich schon getötet habe«, sagte Davidson leise, bewegte sich auf ihn zu. Seine Augen waren glasig vom Fieber des Hasses. »Ich hab' davon geträumt, dich auf den Boden zu nageln und dich die Hölle durchleben zu lassen, die mein Baby durchgemacht hat.«

»Nein«, flüsterte Marcus, er weinte jetzt noch heftiger vor

Angst. Speichel schäumte zwischen seinen Lippen heraus und tropfte sein Kinn hinunter. Unwillkürlich huschte sein Blick zu dem großen Holztisch, wo seine Messer wie chirurgische Instrumente ausgelegt waren. Er schüttelte den Kopf. »Bitte nicht.«

»Ich wollte hören, wie du um dein Leben bettelst, so wie Pam sicher um das ihre gebettelt hat. Hat sie nach mir gerufen, als sie im Sterben lag?« fragte Davidson mit gequälter Stimme. Tränen so groß wie Regentropfen rollten über seine roten Wangen. »Hat sie nach ihrer Mama gerufen?«

»Ich weiß es nicht«, murmelte Marcus.

»Ich höre sie. *Jede Nacht.* Ich höre, wie sie nach uns ruft, nach mir ruft, sie doch zu retten, und ich kann überhaupt nichts tun! Sie ist weg. Sie ist für immer weg!«

Er war jetzt nur noch einen halben Meter entfernt. Die Hand, die die Pistole hielt, war groß wie eine Bärenpfote, die Knöchel weiß, zitternd.

»Du solltest so sterben«, flüsterte er verbittert. »Aber ich bin nicht hier, um mich zu rächen, ich bin hier um der Gerechtigkeit willen.«

Die Pistole knallte zweimal. Marcus riß überrascht die Augen auf, als die Wucht der Kugeln ihn rückwärts warf. Er fühlte nichts. Selbst als er auf seinen Zeichentisch fiel, dann zu Boden, sein Kopf von dem Hartholzboden abprallte, fühlte er nichts. Sein Körper bäumte sich immer und immer wieder auf, als Davidson eine Kugel nach der anderen feuerte. Marcus kam sich vor, als würde er die Szene auf einer Kinoleinwand verfolgen.

Er starb. Wiederum so ironisch. Er hätte sich heute abend selbst getötet. Er hätte die leise, perverse Tyrannei seiner Mutter beendet. Er hätte Victor eine Zukunft ohne Schutz erspart. Statt dessen würde er hier auf dem Boden sterben, getötet für ein Verbrechen, das er nicht begangen hatte, selbst im Tod noch ein Versager.

»Sie werden denken, Mmmmarcus hat es getan«, sagte Annie.

»Nein, das werden sie nicht«, korrigierte sie Doll. »Sie werden genau wissen, wer es getan hat: du. Steh auf!«

Annie stemmte sich gegen den Cadillac, erhob sich langsam, ungeschickt.

Denk. Versuch zu denken. Brauchst einen Plan.

Denken war so ermüdend und schwierig wie gegen eine starke Strömung anschwimmen. Denken und gleichzeitig gehen war fast unmöglich. Der Boden hob und senkte sich irrwitzig unter ihren Füßen. Das Haus schimmerte wie eine Fata Morgana im grellen Licht der Scheinwerfer. Das Atmen wurde immer schwieriger. Sie konnte fühlen, wie ihr Herzschlag sich verlangsamte – wie das Ticken einer ablaufenden Uhr. Es war nur noch eine Frage der Zeit, bis sie die Droge ganz hinunterzog, dann würde ihr Doll die Sig in den Mund stecken und abdrücken. Selbstmord.

Ihre berufliche Laufbahn war am Scheitern gewesen. Sie hatte Schwierigkeiten mit ihren Kollegen gehabt. Eine Reihe von Leuten hatten berichtet, daß sie in letzter Zeit ein Alkoholproblem entwickelt hatte. Wäre es dann noch sehr schwierig, sich vorzustellen, daß sie zu dem Haus gefahren war, in dem sie Pam Bichons verstümmelte Leiche gefunden hatte, eine Handvoll Beruhigungstabletten eingeworfen und sich mit ihrer Dienstpistole den Schädel weggeblasen hatte?

»Aber wwwwiee bin ich ... hierhergekommen?« fragte sie, blieb am Fuß der Verandatreppe stehen.

»Halt die Klappe!« keifte Doll und rammte ihr die Sig in den Rücken. »Geh ins Haus.«

Das Fahrzeug war nur ein geringfügiges Hindernis, dachte Annie, als sie die Treppe zur Veranda hochstolperte. Doll Renard war ein alter Hase, wenn es um Mord ging. Sie war bereits zweimal damit durchgekommen.

Die Tür stand offen, als würde sie jemand erwarten. Annie trat in den Eingang, ihre Schritte hallten durch den leeren Korridor. Der Strahl einer tragbaren Laterne durchschnitt die Finsternis, erleuchtete denWeg zu ihrem Tod. Der Boden war von einer dicken Staubschicht überzogen. Spinnweben verzierten die Türen. Die Nase der Sig bohrte sich in ihren Rücken. Annie bewegte sich den Gang hinunter, die linke Hand an der Wand, tastete sie sich wie eine Blinde voran.

»Wie viele… wwwerden Sie umbringen?« murmelte sie. »Wiiie lange wird es dauern, bevor Marcus es erfährt? Er wird Sie hassen.«

»Er ist mein Sohn. Meine Söhne lieben mich. Meine Söhne brauchen mich. Keiner wird sie mir je wegnehmen.« Die Vehemenz in Dolls Stimme klang routiniert, so als hätte sie diese Worte seit Jahren immer und immer wieder skandiert.

»Wer hat versucht, sie Ihnen wegzunehmen?« fragte Annie. Ihre Beine fühlen sich wie Gummi an. Ihr Körper wollte zu Boden sinken und sich ergeben.

Sie trat durch eine Tür und fand sich im Speisezimmer. Der Strahl der Laterne strich über den Boden, als Doll sie absetzte, und beleuchtete den hastigen Rückzug einer langen schwarzen Indigoschlange über den dreckigen alten Zypressenboden. Einen Augenblick lang sah sie Pam daliegen mit ausgebreiteten Armen, der Körper brutal verstümmelt. Der Kopf hob sich, und das modernde Gesicht wandte sich ihr zu, der Mund bewegte sich.

»Du bist ich. Hilf mir. Hilf mir. Hilf mir!« Die Worte wurden zu einem Kreischen, das sich quer durch Annies Kopf bohrte.

Hilf mir, dachte sie, wußte, daß es keiner tun würde, wußte, daß auf Hilfe zu hoffen vergeblich war. Die Zeit lief ihr davon.

Sie beugte sich vornüber, lehnte ihre rechte Schulter gegen die Wand und versuchte, ihre letzten Kräfte zusammenzuraffen. Doll stand einen halben Meter vor ihr. Die Tür zum Korridor war unmittelbar rechts von Doll, direkt daneben war die Treppe zum ersten Stock, die hinauf in die Finsternis führte. Sie brauchte einen Plan. Sie brauchte eine Waffe.

Doll hat die Sig. Doll hat die Sig.

Ihr Schlagstock war weg. Ihre Finger schlossen sich um den schlanken Kanister in ihrer Hand. Sie versuchte zu atmen, versuchte zu denken, starrte ihre schwarzen Polizistenschuhe an.

Dämlich einfach.

»Claude hätte es«, sagte Doll. »Er hat uns verraten. Er hätte mir meine Jungs weggenommen. Das konnte ich nicht zulassen.«

»Ihr … Mann?«

»Er hat mich dazu gezwungen. Er hat uns verraten. Er hat gekriegt, was er verdient hat. Das hab' ich ihm gesagt«, sagte sie. »Unmittelbar bevor ich ihn umgebracht habe.«

Doll machte einen Schritt auf sie zu. »Zeit für Sie, sich hinzulegen, Deputy.«

»Warum die … Maske?« fragte Annie, ignorierte den Befehl. »Die hat uns direkt zu Ihnen geführt.«

»Ich weiß nichts von dieser Maske«, sagte sie ungeduldig und winkte mit der Pistole, um Annie zu zeigen, daß sie sich bewegen sollte. »Da rüber, Deputy. Da, wo die andere Fotze gestorben ist.«

»Ich glaube, ich kann mich nicht bewegen«, sagte Annie und beobachtete Dolls Füße, als die vernünftigen Matronenschuhe noch einen Schritt näher kamen.

»Ich hab' dir gesagt, du sollst dich bewegen«, sagte sie in herrischem Ton. »Beweg dich!«

Annie nahm den Befehl als ihr Zeichen, sammelte ihre letzten Reserven. Mit der Rechten schlug sie die Sig zur Seite. Die Pistole knallte, spuckte einen Schuß in die Decke. Gleichzeitig riß Annie ihre rechte Hand mit der Dose hoch und sprühte.

Doll schrie, als das Pfefferspray ihr rechtes Auge traf. Sie stolperte rückwärts, fuhr mit der freien Hand in ihr Gesicht, brachte mit der anderen die Pistole wieder in Stellung. Die Sig knallte erneut, die Kugel traf Annie unten in die Brust, schleuderte sie gegen die Wand. Der Aufprall des Geschosses gegen ihre kugelsichere Weste preßte ihr die Luft aus der Lunge, aber ihr blieb keine Zeit, sich zu fassen. Sie mußte sich bewegen. Jetzt.

Vornübergekrümmt rannte sie zur Treppe und warf sich hinauf in die Finsternis, als die Pistole erneut feuerte. Mit wildwedelnden Armen und Beinen strampelte sie sich zum ersten Stock hoch, rutschte, fiel hin, schlug sich das Knie auf, prellte sich den Ellbogen. Die Droge hatte ihren Gleichgewichtssinn zerstört. Sie konnte oben nicht mehr von unten, von flach, unterscheiden. Als sie den oberen Treppenabsatz erreicht hatte, schlug sie mit dem Gesicht voraus auf dem Boden auf. Das Geräusch, als ihr Kinn auf das Holz aufprallte, war fast so scharf wie das des Schusses, den Doll von unten auf sie abgab – aber längst nicht so scharf wie der sengende Schmerz der Kugel, die von hinten ihren linken Oberschenkel durchschlug.

Annie schlängelte sich wie ein Alligator auf dem Bauch durch die nächstgelegene Tür. Hustend von dem Staub, den sie aufgewirbelt hatte, kämpfte sie schluchzend gegen den Schmerz und lehnte sich mit dem Rücken gegen die Wand hinter der Tür. Sie tastete nach Eintritts- und Austrittswunde, ihre Hand wurde naß von Blut, aber es war keine Arterienblutung – eine kleine Gnade. So würde sie länger zum Sterben brauchen. Der Schwindel ließ sie wie einen Kreisel schwanken, und die Finsternis machte alles noch schlimmer. Das einzige Licht im Raum kam durch das einzelne Fenster, schwach und grau.

Die Zeit verrann. Sie riß am Aufschlag ihrer Uniformhose. Ihre Finger fühlten sich so riesig und unbeweglich wie Würste an. Sie glaubte, Doll die Treppe hoch gehen zu hören, das Geräusch der Schritte wechselte sich mit dem Hämmern ihres Pulses in ihren Ohren ab.

Sie richtete sich mit dem Rücken an der Wand auf und wartete. Ihr linkes Bein war totes Gewicht, total unbrauchbar. Das Adrenalin und die Droge spielten munteres Tauziehen in ihr. Ihr Brustkorb fühlte sich an, als hätte ihr jemand eins mit einem vierzig Pfund schweren Hammer verpaßt. Sie fragte sich, ob die Wucht des ersten Geschosses eine Rippe angeknackst hatte, und wußte, daß es keine Rolle mehr spielen würde, wenn sie tot war.

Die Sig knallte, den Bruchteil einer Sekunde bevor die Kugel durch die Tür splitterte, zwanzig Zentimeter vor Annies Gesicht. Sie verkniff sich einen Überraschungsschrei, drückte sich flach an die Wand und hielt den Atem an. Ihre Hände waren schweißnaß, ihr Griff unsicher. Sie sagte rasch ein Gebet und versprach, öfter zur Beichte zu gehen. Der unvermeidliche Handel mit Gott. Aber wenn Gott nicht auf Pam Bichons Schreie gehört hatte, als Doll sie gefoltert und getötet hatte, wieso sollte er dann jetzt zuhören?

Irgendwo auf der anderen Seite des Ganges hörte sie das Kratzen von Ratten oder Waschbären oder irgendwelchen anderen tierischen Hausbesetzern. Die Sig schickte eine weitere Kugel in diese Richtung, weg von dem Raum, in dem Annie stand. Sie hielt ihre Stellung, versteckt durch die halboffene Tür. Das Fenster auf der anderen Seite des Raums gab ihr genug Licht, so daß sie zumindest Umrisse ausmachen konnte.

Eine solide Chance hatte sie. Sie konnte sich für eine Chance zusammenreißen. Und wenn sie die nicht nützte, dann würde sie tot sein.

Nick trat das Gas durch und raste mit dem Truck das gerade Stück Straße entlang. Wälder und Sumpf huschten verschwommen an ihm vorbei. Er fuhr so schnell, daß er die Reichweite seiner Scheinwerfer überholte, aber nicht die seiner Phantasie.

Annie war nicht in ihrem Streifenwagen. Ihr Jeep stand auf

dem Parkplatz hinter dem Revier. Ihre Sachen waren in ihrem Schließfach. Sie hatte sich krankgemeldet, hatte Hooker gesagt. Was zum Teufel bedeutete das? Hatte Renard sie geschnappt und mit vorgehaltener Pistole gezwungen, anzurufen? Hatte sie dienstfrei haben wollen, um etwas zu überprüfen? Nick hatte keine Möglichkeit, es zu wissen. Er wußte nur, daß er eine Faust der Angst in seinem Magen hatte und ihn eine andere am Hals gepackt hatte.

Er trat auf die Bremse und schlitterte an der Einfahrt der Renards vorbei, rammte den Rückwärtsgang hinein und raste los. Ohne einen Gedanken an die einstweilige Verfügung zu verschwenden, bog er in die Renard-Einfahrt ein und trat das Gas durch.

Lichterschein war im Erdgeschoß im hinteren Teil des Hauses zu sehen. Nur eins der Fenster im Obergeschoß war erleuchtet. Renards Volvo stand schräg neben der vorderen Veranda, die Innenbeleuchtung brannte. Nick kam das seltsam vor. Renard war ein klassischer Fall von zwanghaftem Ordnungswahn. Irgend etwas schief- oder offenzulassen widersprach seinem Charakter.

Er stellte Motor und Lichter des Trucks ab und stieg aus. Er hatte geglaubt, wenn er Renard zu Hause anträfe, würde das seine Angst um Annie beschwichtigen. Renard würde sie sicherlich nicht hierherbringen. Aber die Nachtluft hing träge und spannungsschwer um das alte Haus. Die Stille war die unnatürliche Stille einer Welt, die den Atem anhielt.

Und dann kamen die Schüsse.

Die Schritte kamen näher. Annie holte Luft und wischte sich mit dem Handrücken den Schweiß von der Stirn. Schwindel. Übelkeit. Schwächer und schwächer. Ihre Sicht trübte sich. Die Zeit verrann.

»Du stirbst heute nacht, so oder so.« Dolls Stimme ertönte vom Korridor.

Sie weinte, fluchend. Das Pfefferspray brannte sicher wie ein heißes Feuereisen in ihrem Auge.

»Du wirst sterben, du wirst sterben«, versprach sie immer und immer wieder.

Die Schritte schlurften näher.

Annie konnte sie auf der anderen Seite der Tür spüren. Und vor ihr erschien mit einem Mal Pam. Ihr faulender Körper stand aufrecht da, glühte wie eine heilige Vision. Ihr Mund klaffte auf, und ein einzelnes Wort ergoß sich in einer Flut von Blut – *Gerechtigkeit.*

Doll ging an der Tür vorbei, drehte sich um und trat in ihr Gesichtsfeld. In diesem Moment schien es Annie, als wäre ein Scheinwerfer auf sie gerichtet. Dolls Augen waren weit aufgerissen, traten aus den Höhlen. Sie riß ihren Mund auf. In Zeitlupe hob sie die Pistole.

Und Annie drückte ab.

Die Neun-Millimeter-Kurz-Reservewaffe bäumte sich in ihrer Hand, und Doll Renards Gesicht zerbarst wie Glas. Die Wucht schleuderte sie quer durch den Raum. Sie war tot, bevor sie auf dem Boden aufschlug.

Annie ließ sich schlaff gegen die Wand fallen, ihr Kopf drehte sich, alles verschwamm vor ihren Augen. Sie blinzelte heftig und beobachtete, wie die Erscheinung von Pam geradewegs durch die Decke schoß und verschwand.

Gerechtigkeit. Sie war in die Sache eingestiegen, um Gerechtigkeit zu finden – für Pam, für Josie.

Der Gerechtigkeit sollte Genüge getan werden.

Sie war zu schwach, um die Kurz wieder in das Knöchelhalfter zu stecken, also rammte sie die Pistole in das Taillenband ihrer Hose und versuchte dann, in sich die Kraft zu finden, nicht zu sterben.

48

»Er hat mein Baby getötet«, murmelte Hunter Davidson. »Er hat mein kleines Mädchen getötet.«

Er kniete auf dem Boden von Marcus Renards Studio, schweißgebadet, blaß und zitternd. Er hob den Kopf zu Nick, und der Schmerz in seinen Augen war das Elendeste, was Nick je gesehen hatte.

»Sie verstehen es doch, nicht wahr?« sagte Davidson. »Ich mußte es tun. Er hat mein Mädchen umgebracht.«

Nick behielt die Pistole an seiner Seite, als er sich dem Mann vorsichtig Schritt für Schritt näherte. Eine .45er hing in der schlaffen linken Hand des Mannes, die auf seinem Schenkel lag. Marcus Renard lag auf dem Boden, die Arme ausgebreitet, die Augen halb offen und leer.

»Warum legen Sie die Pistole nicht auf den Boden und schieben sie zu mir rüber, Mr. Davidson?« sagte Nick.

Hunter Davidson saß einfach da, den Blick starr auf den Mann gerichtet, den er getötet hatte. Nick bückte sich langsam, nahm ihm die .45er weg und steckte sie in das Taillenband seiner Jeans. Er verstaute seine eigene Waffe im Halfter, dann brachte er Davidson behutsam dazu aufzustehen und lenkte ihn weg von der Leiche.

»Sie haben das Recht zu schweigen, Mr. Davidson«, begann er.

»Ich mußte es tun«, murmelte Davidson, mehr zu sich selbst als zu Nick. »Er mußte bezahlen. Wir haben Gerechtigkeit verdient.«

Das System hatte sie ihm nicht schnell genug gegeben. Und jetzt würde das Recht gegen ihn angewandt werden. Die Tragödie hatte gerade einen weiteren Kreis auf dem Teich ausgelöst.

Nicks Blick wanderte vom leblosen Körper Renards zu Pams Vater und fühlte nichts außer tiefer Traurigkeit.

Victor hielt sich vor Marcus' eigenem Raum mucksmäuschenstill. Marcus hatte ihm einen Auftrag gegeben. Er versuchte immer, Marcus zufriedenzustellen, obwohl Victor nicht so direkt verstand, was es bedeutete, zufrieden zu sein. *Zufrieden* war ein weißes Gefühl – das wußte er. Aber die Geräusche hatten ihn aus seinem Zimmer getrieben, bevor er seine Zählaufgabe erledigt hatte. Die Stimmen waren durch den Boden hochgekommen – *sehr rot.*

Das Haus war jetzt still – aber die Stille gab ihm nicht das weiße Gefühl wie normalerweise. Die Kontrolleure in seinem Kopf machten grimmige Gesichter. *Rot* sickerte an den Kanten seines Gehirns durch wie Bakterien. Dann *und* jetzt. Wie zuvor. Victor kannte dieses Gefühl. Er hob die Hände, um seine besondere Maske zu berühren. Die Federn fühlten sich an seinen Fingerspitzen weich, *weiß* an, wie *fließendes Wasser.* Und trotzdem konnte er die schwere *Röte* überall um sich herum spüren. Er konnte sie in der Luft schmecken, sie an seiner Haut fühlen, wie sie sich an ihn drückte, jedes einzelne Haar an seinem Körper berührte, an seine Ohren vordrang – ein Geräusch, das kein Geräusch war. Spannung. Ton *und* Schweigen.

Mutter schlief nicht, wie Marcus glaubte. Dann *und* jetzt. Wie zuvor. Sie war fort. Eintritt aus. *Sehr* rot. Sie war ihre Mutter, aber manchmal *nicht* ihre Mutter. Maske, keine Maske. *Maske* war gleich *Veränderung* und manchmal *Täuschung.* Victor hatte versucht, es zu erzählen, aber Marcus hatte ihn nicht gehört. Marcus sah nur eins von Mutters Gesichtern, und er hatte nie *Die Stimme* gehört. Ton und Stille.

Victor stand direkt vor der Tür, starrte herein. Er fühlte, wie die Zeit verging, spürte, wie die Erde sich in winzigen Rucken unter seinen Füßen bewegte. Marcus lag auf dem Boden, neben der geheimen Tür. Schlafend, aber nicht schlafend. Marcus hatte aufgehört zu existieren. Seine Augen waren offen, aber er sah Victor nicht. Sein Hemd war rot von Blut. *Sehr rot.*

Victor bewegte sich zögernd in den Raum, ohne die anderen Leute anzusehen. Er kniete sich neben Marcus und berührte das Blut, die Löcher berührte er aber nicht. Löcher waren immer böse. Bakterien und Viren. Rote Löcher waren *sehr* böse.

»Nicht jetzt, Marcus«, sagte er leise. »Nicht jetzt Eingang aus.«

Marcus bewegte sich nicht. Victor hatte versucht, ihn von Mutter und den Gesichterfrauen zu erzählen – Elaine und Pam und Annie –, aber Marcus hörte ihn nicht. Er hatte heute abend versucht, ihn von dem wartenden Mann zu erzählen, aber Marcus hörte ihn nicht. *Sehr, sehr* rot.

Victor berührte die Stirn seines Bruders mit blutigen Fingern und begann sich zu wiegen. Er wußte, daß es ihm nicht gefiel, daß Marcus für immer aufhörte zu existieren. Er wußte, daß ihm nicht gefiel, wie sich das Gesicht seines Bruders verändert hatte. Die Kontrolleure zogen grimmige Gesichter in seinem Kopf.

»Nicht jetzt, Marcus«, flüsterte er. »Nicht jetzt Eingang aus.«

Er hob langsam die Hand, nahm die Federmaske von seinem Gesicht und legte sie über das seines Bruders.

Nick beobachtete das seltsame, traurige kleine Ritual mit schwerem Herzen. Jetzt fragte er sich zum ersten Mal, wo Renards Mutter war, wieso sie nicht beim ersten Anzeichen von Ärger angerannt gekommen war. Dann durchschnitt das Röhren des Motors eines großen Wagens seine Gedanken, und er ging los zum vorderen Teil des Hauses, begann zu rennen, als er hörte, wie Metall auf Metall knallte.

An der Seite des Hauses war der Cadillac breitseits gegen Renards Volvo gekracht. Als Nick auf die Veranda trat, ging die Tür des Wagens auf, und der Fahrer fiel auf den Rasen. Nick sprang von der Veranda und joggte näher an das Auto, die alte Faust der Furcht packte ihn erneut, als er die Uniform und den Mop dunkler Haare sah.

»’toinette!« schrie er und sprintete die letzten paar Meter.

Er fiel neben ihr auf den Boden, nahm ihr Gesicht zwischen seine zitternden Hände. Zwei Finger glitten an ihrem Hals hinunter und suchte nach einem Puls, betete, flehte.

Annie schlug die Augen auf und sah hoch zu ihm. Nick. Es war schön, ihn ein letztes Mal zu sehen, egal, ob sein Bild echt war oder nicht.

»Doll«, murmelte sie, ein Schaudern bebte durch ihren Körper. »Doll hat Pam getötet. Und mich hat sie auch getötet.«

49

Die Kante des Abgrunds des Todes war ein Ort von Finsternis und Licht, Ton und Stille. Sie schwebte da, glitt von einer Welt in die nächste und wieder zurück.

Der Krankenwagen, die Hektik der Sanitäter, die Lichter, die Sirenen.

Völlige Stille, eine Gefühl von Ruhe und Resignation.

Der Lärm und die Bewegung der Notaufnahme.

Der unheimliche Frieden der Nichtexistenz.

Annie sah die Landschaft als unwirtlich und reglos, die Nachwehen eines Schlachtfelds, Leichen auf dem Boden verstreut, der Himmel, der schwer und bleiern darüberhing, alles in die Zwielichtfarben eines Alptraums getaucht. Pam war da. Und Doll Renard. Und Marcus. Ihre Seelen stiegen wie Rauch aus dem sterbenden Feuer auf und trieben direkt über dem blutgetränkten Boden. Sie stand an der Seitenlinie und beobachtete.

»Es ist kalt da, nicht?« flüsterte Fourcade.

»Wo?«

Er hob seine linke Hand mit gespreizten Fingern und streckte sie aus, berührte sie nicht ganz. Er ließ langsam seine Hand vor den Augen passieren, seitlich an ihrem Kopf vorbeistreichen, strich mit den Fingerspitzen über ihr Haar.

»Im Schattenland.«

Er redete, als ob er an diesem Ort lebte. Und trotzdem fühlte Annie, wie sie weg von ihm gezogen wurde, tiefer in die Schwärze.

»Laß mich nicht hier, 'toinette«, murmelte er, und seine dunklen Augen füllten sich mit Traurigkeit. *»Ich, ich war zu lange allein.«*

Sie streckte ihre Hand seiner entgegen, konnte sie aber nicht ganz erreichen. Dann packte sie Panik. Sie spürte, wie sie rückwärts gezogen wurde, über die Linie zwischen Leben und Tod. Sie glaubte nicht, daß sie die Kraft hatte auszubrechen. Sie war so müde, so schwach. Aber sie wollte nicht sterben. Sie war nicht bereit zu sterben.

Die Dunkelheit, so dick und flüssig wie Öl, begann sie hinunterzusaugen. Sie zapfte eine Kraftreserve an, von deren Existenz sie nichts geahnt hatte, und dann konzentrierte sich Annie auf die Oberfläche und versuchte, sich freizuschwimmen.

Das erste, was sie sah, als sie die Augen aufschlug, war Fourcade. Er saß neben ihrem Bett und starrte sie an, als glaube er, daß ihr wackliges Band zur lebendigen Welt zerreißen würde, wenn er wegsah. Sie war sich der Monitore neben ihrem Bett bewußt und der Nacht hinter dem Fenster.

»Hallo«, flüsterte sie.

Er beugte sich näher, ohne sie aus den Augen zu lassen. »Ich dachte, ich hätte dich da verloren, *chère*«, sagte er leise.

»Wo?«

»Im Schattenland.«

Den Blick unverwandt auf ihre Augen geheftet, hob er ihre Hand an seinen Mund und küßte sie. »Du hast mir angst gemacht, 'toinette. Ich, ich mag es nicht, wenn ich Angst habe. Es macht mich sauer.« Seine Mundwinkel zuckten den Bruchteil eines Zentimeters nach oben.

Annie lächelte verträumt. »Na ja, das haben wir wenigstens gemeinsam.« Er beugte sich näher und berührte ihren Mund mit seinen Lippen, und Annie sank mit einem Seufzer tiefer Erleichterung in den Schlaf. Als sie wieder aufwachte, war er fort.

»Sie hören KJUN. Talk rund um die Uhr. Unsere Topstory zur vollen Stunde. Hunter Davidson, hiesiger Pflanzer, Vater des Mordopfers Pam Bichon, wird heute morgen im Gericht von Partout Parish des Mordes an Marcus Renard, Architekt aus Bayou Breaux, angeklagt.

»Davidsons neuer Anwalt, Wily Tallant, hat angedeutet, daß er auf Unzurechnungsfähigkeit plädieren wird und erwartet, daß das mutmaßliche Geständnis Davidsons von Sonntag morgen vom Gericht für unzulässig erklärt werden wird.

Davidson wurde vor kurzem aus dem Gefängnis von Partout Parish entlassen, nachdem er sich der versuchten Körperverletzung an Marcus Renard für schuldig erklärt hatte. Bezirksstaatsanwalt Smith Pritchett stand für einen Kommentar nicht zur Verfügung. Eine offizielle Verlautbarung wird im Laufe des Vormittags erwartet.«

Annie schaltete das Radio aus. Während der zwei Tage, die sie im Krankenhaus lag, waren ihre Sinne von dieser Story bombardiert worden. Im Fernsehen, im Radio, in den Zeitungen. Genau, ungenau, verdreht und sensationalisiert – sie hatte jede Version von Hunter Davidsons Drama und ihrem eigenen gehört. Sie war mit Bitten um Interviews belagert worden, die sie allesamt abgelehnt hatte. Es war vorbei. Zeit für alle, zu versuchen, den angerichteten Schaden zu reparieren und weiterzuziehen.

Dr. Van Allen hatte sich zögernd bereit erklärt, sie nach Hause gehen zu lassen. Die Droge, die ihr Doll Renard verabreicht hatte, war effektiv neutralisiert worden. Das Blut, das sie verloren hatte, ersetzt. Der Schmerz in ihrem Schenkel war ständig da, aber erträglich. Die Kugel hatte den

Schenkel glatt durchschlagen, hatte sowohl den Knochen als auch die lebenswichtige Femurarterie verpaßt. Sie würde eine Weile lang hinken, aber alles in allem hatte sie verdammtes Glück gehabt.

Glück, noch am Leben zu sein. Ob sie auch das Glück hatte, noch einen Job zu haben, würde sich zeigen.

Gus hatte sie Sonntag besucht, um persönlich ihre Aussage zu Doll Renard aufzunehmen. Er hörte ohne Kommentar zu, während Annie von den Ereignissen der letzten zehn Tage berichtete, sein Gesicht zerfurcht von gespannter Emotion, die zu benennen sie sich fürchtete.

Sie dachte jetzt darüber nach, während sie sich auf die Bettkante setzte, um sich einen Augenblick von der Anstrengung, sich auszuziehen, auszuruhen. Was war bei alldem gewonnen und was verloren worden? Ein Mörder war entlarvt und aufgehalten worden. Annie hatte Einblick in ihre eigenen Stärken und Fähigkeiten gewonnen. Aber die Verluste schienen unangemessen schwer. Sie hatte eine unschöne Seite der Männer kennengelernt, mit denen sie arbeiten und auf die sie sich verlassen mußte. Leben waren verändert worden, einige unreparierbar beschädigt.

Sie hinkte aus dem Krankenhaus, hinein in einen kühlen, grauen Tag, der Regen versprach, und rutschte unbeholfen in den Beifahrersitz des Streifenwagens, den Noblier ihr geschickt hatte. Der Deputy war Phil Prejean. Er rutschte auf seinem Sitz herum wie ein Fünfjähriger mit voller Blase.

»Ich – ich – äh möchte mich für alles, was passiert ist, entschuldigen, Annie«, sagte er. »Ich hoffe, du bist bereit, meine Entschuldigung anzunehmen.«

»Ja, klar«, sagte sie ohne große Überzeugung und richtete ihren Blick aus dem Fenster.

Sie fuhren aus dem Parkplatz, und das Schweigen hing schwer in der Luft.

Nachrichtenfans von Fernsehstationen aus ganz Louisiana drängten sich vor dem Gerichtsgebäude, obwohl die

Anklageerhebung erst in einer Stunde stattfinden würde. Der Parkplatz war von Autos verstopft. Annie fragte sich, wie die Reporter, die Hunter Davidson vor zehn Tagen als Volkshelden gefeiert hatten, ihn wohl heute nennen würden, nachdem er einen unschuldigen Mann getötet hatte.

Die Geschichte eines Verbrechens ging so viel tiefer als das, was die Menschen in den Zeitungen lasen oder in den allabendlichen Nachrichten sahen. Kein Reporter konnte in eine Kolumne oder einen Sechzigsekundenspot das hineinpacken, welche Nachbeben von einem einzelnen gewalttätigen Epizentrum ausgingen und die Leben so vieler Menschen erschütterten – das der Familie der Opfer und des Täters, der Cops und der Gemeinde.

Josie Bichon hatte keine Mutter mehr. Ihr Großvater würde wegen Mordes vor Gericht gestellt werden. Belle Davidson hatte eine Tochter verloren und würde jetzt wahrscheinlich auch noch ihren Mann verlieren. Victor Renard hatte die einzigen Menschen verloren, die zumindest teilweise verstanden, was in seinem beschädigten Gehirn vorging. Die Menschen von Bayou Breaux hatten unreparierbare Schäden an ihrem Gefühl von Vertrauen und Sicherheit erlitten.

Prejean stellte den Wagen auf einem Besucherparkplatz in der Nähe des Hintereingangs des Justizzentrums ab. Annie hoffte, daß das nicht prophetisch war. Hooker starrte ihr mit mißtrauischer, grimmiger Miene nach, als sie an seinem Schreibtisch vorbeihumpelte, als hätte man sie als Spion in seiner Schicht entlarvt. Eine Variation des gleichen Blicks lieferte Myron, als sie am Archivtresen vorbeikam. Valerie Comb in Nobliers Vorzimmer sah sie immer noch an, als wäre sie ein Stück schlechtgewordenes Fleisch.

Der Sheriff hatte zu Ehren der Medien seinen Beerdigungsanzug angelegt, einen anthrazitgrauen Nadelstreifen, der etwas seltsam auf seinen grobknochigen Schultern hing. Die Krawatte hatte er bereits gelockert. Er sah älter aus, als Annie ihn von vor einer Woche in Erinnerung hatte.

»Wie geht's Ihnen, Annie? Werden Sie das durchstehen?«

Alarmglocken vibrierten in ihrem Bauch. »Kommt drauf an,was *das* ist, Sir.«

»Setzen Sie sich«, bot er an und zeigte auf einen seiner Besucherstühle. »Der Arzt hat Sie entlassen?«

»Ja, Sir.«

»Er hat eine Entlassung unterschrieben? Sie verzeihen meine Skepsis, aber in letzter Zeit haben Sie sich die schlechte Angewohnheit angeeignet, sich Befehlen zu widersetzen.«

»Sie haben mir keine Kopie davon gegeben«, sagte Annie und holte mit zusammengebissenen Zähnen Luft, als sie sich auf die Stuhlkante setzte. »Sie haben mir eine Rechnung gegeben.«

Nachdem er sein Verslein über ihre Insubordination losgeworden war, bedrängte sie Noblier nicht weiter um einen schriftlichen Beweis. Er setzte sich in seinen Stuhl und sah sie einen Augenblick lang scharf an. Annie erwiderte den Blick ruhig.

»Wir haben übers Wochenende eine Hausdurchsuchung bei den Renards durchgeführt«, begann er schließlich und öffnete die Bleistiftschublade seines Schreibtisches. »Bei den Dingen, die wir in Marcus Renards Arbeitszimmer gefunden haben, waren Gegenstände, die, wie man weiß, Pam Bichon gehörten. Außerdem haben wir das gefunden.«

Er wies auf einen tanzenden Plastikalligator auf dem Schreibtisch. Annie hob ihn auf, etwas beschämt, weil das Ding mit seinem albernen Grinsen und dem roten Barett so kindisch war. Dann überkam sie ein Schauder. Er hatte ihre persönliche Bannmeile verletzt. Renard hatte ihr dieses unschuldige Spielzeug als Liebespfand weggenommen. Er hatte ihn gestreichelt, gehalten und an sie gedacht, ihn besudelt.

»Deputy Prejean hat es erkannt. Hat gedacht, Sie möchten es vielleicht zurück.«

»Danke, Sir.« Sie steckte ihn in ihre Jackentasche, wohlwissend, daß sie ihn, sobald sie diesen Raum verlassen hatte, wegwerfen würde.

»In Doll Renards Schlafzimmer haben wir ein fünfundzwanzig Zentimeter langes Metzgermesser gefunden. Zwischen der Matratze und den Federn«, fuhr er fort. »Wir haben es nicht früher gefunden, weil der Durchsuchungsbefehl nie Mrs. Renards Schlafzimmer einschloß. Das Messer ist ins Labor geschickt worden.«

»War es sauber?«

Noblier wägte die Antwort kurz ab, dann beschloß er, daß sie eine verdient hatte. »Nein, war es nicht.«

Bei der Vorstellung drehte sich Annie der Magen um. Doll Renard hatte unter ihrer Matratze ein blutiges Messer aufbewahrt, damit sie es herausnehmen und sich an die Greueltaten erinnern konnte, die sie im Namen der Mutterschaft begangen hatte. Aber trotzdem war sie dankbar für das Beweismaterial, das es liefern konnte. Einen Abschluß – für Pam, für ihre Familie, für die Cops, die den Fall bearbeitet hatten. »Sie werden Blut und Gewebeübereinstimmungen feststellen können.«

»Das erwarte ich.«

»Gut.«

Der Sheriff verstummte erneut, runzelte die Stirn. Ein schlechtes Zeichen, dachte sie.

»Ich habe in den letzten Tagen sehr viel über diese Sache nachgedacht, Annie«, begann er. »Ich kann nicht dulden, daß meine Deputys auf eigene Faust losziehen und in Fällen ermitteln, denen sie nicht zugeteilt sind.«

»Nein«, murmelte Annie.

»Sie waren schon immer eine, die ihre Nase in Dinge gesteckt hat, wo sie nicht hingehört.«

»Ja, Sir.«

»Nichts als Ärger. Das schafft Unmut. Unterwandert die Befehlsgewalt.«

Annie sagte nichts. Sie hatte das perverse Bedürfnis, das

Gefühl zu genießen, wie ihre Karriere ihr unter den Fingern zerrann.

»Andererseits zeigt das Initiative, Mumm, Ehrgeiz«, sagte er und schwang das Pendel wieder nach oben. »Sagen Sie mir eins, Annie. Warum sind Sie in dieser Nacht hinter Fourcade her?«

»Weil es das richtige war.«

»Und warum sind Sie auf eigene Faust hinter Renard her?«

Jetzt war Annie an der Reihe, die Antwort abzuwägen. Sie hätte sagen können, daß sie Stokes nicht zutraute, die Arbeit richtig zu machen, aber das war es eigentlich nicht. Nicht vom Bauch her. Nicht in ihrer Seele, wo es am meisten zählte.

»Weil ich das Gefühl hatte, es Pam schuldig zu sein. Ich war die erste, die gesehen hat, was ihr ihr Mörder angetan hatte. Das war irgendwie… sehr persönlich. Ich hatte das Gefühl, ich bin es ihr schuldig. Ich habe ihre Leiche gefunden. Ich wollte auch Gerechtigkeit für sie finden.«

Gus nickte, spitzte den Mund. »Sie haben nicht mit der Presse geredet.«

»Nein, Sir.«

»Bei der Pressekonferenz heute nachmittag werde ich ihnen erzählen, wie Sie verdeckt ermittelt haben, um zu helfen, diesen Fall zu knacken. Ihre Überstunden werden auf Ihrem nächsten Gehaltsscheck honoriert werden.«

Annie bekam vor Schreck große Augen. Das hörte sich ganz nach Bestechung an.

Noblier las ihr Gesicht wie ein offenes Buch und kniff seine kleinen Augen zusammen. »Ich werde nicht dulden, daß meine Autorität unterwandert wird, Annie. Meine Deputys arbeiten *für* mich, nicht um mich herum. Die Überstunden sind ein Bonus – betrachten Sie's als Gefahrenzulage. Kapiert?«

»Ja, Sir.«

»Sie müssen noch viel darüber lernen, wie die Welt funktioniert, Broussard.« Er hatte sie bereits im Geist abgefertigt, seine Aufmerksamkeit wandte sich wieder den Notizen zu, die er sich für die Pressekonferenz zusammengekritzelt hatte. »Melden Sie sich bei mir, wenn Sie wieder gesund sind. Dann erledigen wir den Papierkram für Ihre Versetzung – Detective.«

Detective Broussard. Annie probierte im Geiste, wie das klang, während sie den Korridor hinunterhumpelte. Es klang gut. Sie zog den Plastikalligator aus ihrer Tasche und warf ihn in den Müll, als sie am Schreibtisch des Sergeants vorbeikam.

Draußen vor der Tür wartete Fourcade auf sie. Er lehnte mit gekreuzten Beinen am Gebäude, die Hände in seine Jakkentaschen, die Augen voller Besorgnis.

»Noblier hat mich zum Detective gemacht«, verkündete sie, hörte aber selbst, wie ungläubig das klang.

»Ich weiß. Ich hab' dich vorgeschlagen.«

»Oh.«

»Da gehörst du hin, 'toinette«, sagte er. »Du machst gute Arbeit. Du gräbst mit Hingabe. Du glaubst an den Job. Du suchst die Wahrheit, kämpfst für Gerechtigkeit – genau darum sollte es gehen.«

Annie zuckte ein bißchen mit den Achseln und wandte sich ab. Sein Lob machte sie verlegen. »Na ja, ich verlier eine coole Uniform und einen heißen Schlitten.«

Er lächelte nicht. Große Überraschung. Er richtete sich von der Wand auf und berührte mit einer sanften Hand ihre Wange. »Wie geht es dir, 'toinette? Bist du okay?«

Die Last, die auf ihrer Seele lag, entlockte ihr einen Seufzer. »Nicht so ganz.«

Sie wollte sagen, daß sie nicht mehr derselbe Mensch war, der sie vor zehn Tagen gewesen war, aber sie hatte das unbestimmte Gefühl, Nick würde ihr da nicht beipflichten. Er würde einfach sagen, daß sie vorher noch nie so tief in sich gegangen war. Sie fragte sich, was er sah, wenn er so tief in sich ging.

»Gehst du ein Stück mit mir?« sagte sie. »Hinunter zum Bayou?«

Er runzelte die Stirn und sah über den Parkplatz zu dem Streifen grünen Boulevards, der etwa fünfzig Meter entfernt lag. »Bist du sicher?«

»Ich war zwei Tage lang im Bett. Ich muß mich bewegen. Langsam, aber ich muß mich bewegen.«

Sie ging ohne ihn los. Er schloß sich ihr an. Keiner von beiden sagte ein Wort, bis sie das Ufer erreicht hatten. Eine kleine Gruppe Enten flog hoch, dann landeten sie wieder im schokoladebraunen Wasser, tanzten wie Korken am Rand des Schilfs herum. Auf der anderen Seite des Bayous führte ein alter Mann einen Dackel spazieren.

Annie setzte sich vorsichtig an das Ende einer Parkbank und streckte behutsam ihr linkes Bein aus. Fourcade nahm das andere Ende der Bank. Der Platz zwischen ihnen war von Marcus Renard besetzt.

»Er war unschuldig, Nick«, sagte sie leise.

Er hätte widersprechen können. Marcus Renards Besessenheit mit Pam war der Auslöser für die Gewalttätigkeit seiner Mutter gewesen. Aber darum ging es hier nicht, und das wußte er. Er hatte die Spur zu Marcus zurückverfolgt, war dort stehengeblieben und hatte seine eigene Bestrafung ausgeteilt.

»Hätte es denn einen Unterschied gemacht, wenn er schuldig gewesen wäre?«

Annie ließ sich das einen Augenblick durch den Kopf gehen. »Zumindest wäre es leichter gewesen, das alles zu rationalisieren.«

»*C'est vrai*«, murmelte er. »Das ist wohl wahr. Aber er war nicht schuldig. Ich hab's vermasselt. Ich hab' die Perspektive verloren. Ich hab' die Kontrolle verloren. Falsch ist falsch, und deshalb ist ein Mann gestorben. Wegen mir. Das muß ich für den Rest meines Lebens mit mir herumschleppen.«

»Du hast den Abzug nicht gedrückt.«

»Aber ich hab' die Pistole geladen, nicht wahr? Davidson war zum Teil deshalb so überzeugt, daß Marcus Renard seine Tochter umgebracht hat, weil ich so überzeugt war, daß Marcus Renard seine Tochter umgebracht hat. Mein Ziel ist sein Ziel geworden. Du solltest wissen, wie das funktioniert – ich hab' auch versucht, es dir aufzuzwingen.«

»Nur weil es Sinn machte. Keiner kann deine Logik bemängeln, Nick.«

Ein Lächeln huschte über sein Gesicht, mit harten Rändern innerer Verbitterung. »*Mais non.* Meine Fehler liegen tiefer. Ich glaube, es ist besser, in Leidenschaft zu irren, als in Apathie.«

Er war zu sehr mit dem Herzen dabei. Der Job war sein Leben, seine Mission. Alles andere war zweitrangig. Eingetaucht in diese Besessenheit, war es für ihn nur allzu leicht, die Perspektive zu verlieren und seine Menschlichkeit. Er brauchte einen Anker, ein Alter ego, eine Stimme, die seine Motive in Frage stellte, ein Gegengewicht für seine Eingleisigkeit.

Er brauchte Annie.

»Ich höre, Pritchett will die Anklage gegen dich fallenlassen«, sagte sie.

Er legte seine Unterarme auf seine Schenkel und beobachtete den Mann mit dem Dackel. »*Oui.* Ich bin also nicht nur der indirekte Anlaß für Renards Tod, ich profitiere auch noch davon.«

»Genau wie ich. Ich bin vom Haken, muß nicht mehr aussagen. Und glaube mir, das ist mehr als eine kleine Erleichterung«, sagte sie und dachte: Schau mir in die Augen. Er drehte den Kopf und sah sie an. »Ich wollte es nicht, Nick, aber ich hätte es getan.«

»Ich weiß. Du bist eine Frau mit Prinzipien, 'toinette.«

Sein Lächeln war jetzt sanfter, liebevoll, fast traurig. »Und wo bleib ich dann?«

»Das weiß ich nicht.«

»Klar weißt du das.«

Annie sparte sich die Mühe, das abzustreiten. Er hatte recht. Er war ein komplizierter und schwieriger Mann. Er würde sie bedrängen. Er würde sie testen. Es wäre für sie soviel einfacher gewesen, sich A. J. zuzuwenden, zu nehmen, was er ihr geben wollte, ein einfacheres Leben zu leben. Ein nettes, einfaches Leben, nur knapp an der Erfüllung vorbei. Vielleicht würde mit der Zeit die Rastlosigkeit zu Zufriedenheit verblassen. Oder vielleicht war es besser, in Leidenschaft zu irren.

»Du bist kein einfacher Mann, Nick.«

»Nein, das bin ich nicht«, gab er zu, ohne sie aus den Augen zu lassen. »Also, wirst du mir dabei helfen, *chère*, oder wie sieht's aus? Gehst du das Risiko ein? Kühn zu sein?«

Er hielt den Atem an und wartete, betete, daß sie die Herausforderung annahm.

»Ich weiß nicht, was ich in mir habe, was ich dir bieten kann, 'toinette«, gestand er ihr leise. »Aber ich hätte gern die Chance, das herauszufinden.«

Annie sah vorbei an seiner Entschlossenheit zu seinem Bedürfnis. Sie sah sich das harte Gesicht an, die dunklen Augen, die sich in ihre brannten. Er war zu heftig, zu getrieben, zu allein. Aber sie hatte das bestimmte Gefühl, daß er genau das war, worauf sie gewartet hatte. Ihr stärkster Instinkt war, ihm die Hand entgegenzustrecken.

»Ich auch«, flüsterte sie, überspannte den Raum zwischen ihnen und legte ihre Hand auf seine. »Wenn wir Partner sind …«

Er drehte die Hand um und schlang seine Finger um die ihren, die Berührung war warm und so richtig. »… wir sind Partner.«

Epilog

Victor saß an einem kleinen Tisch in seinem Zimmer und schnitt mit einer abgestumpften Schere Papier. Das Haus war nicht sein Familienheim. Riverview war ein Gruppenheim für autistische Erwachsene. Es war ein seltsamer Ort voller Leute, die er nicht kannte. Einige waren gut zu ihm. Einige nicht.

Es gab eine große Rasenfläche, umgeben von einer hohen Backsteinmauer und vielen Bäumen drum herum und einen sehr schönen Garten. Ein guter Plan, um Vögel zu beobachten, obwohl es hier nicht annähernd so viele verschiedene gab wie bei Victor zu Hause. Und hier konnte er kein Boot auf den Bayou rausfahren, um mehr zu suchen. Und es war ihm auch nicht erlaubt, nachts rauszugehen, um den Nachtvögeln zu lauschen oder die anderen Kreaturen zu beobachten, die die Dunkelheit dem Licht vorzogen. Davon gab es viele. Manche waren Raubtiere, manche nicht.

Die meiste Zeit war Victors Leben an diesem Ort ruhig und friedlich. Irgendwo zwischen *Rot* und *Weiß*. *Grau* hatte er beschlossen. Die meisten Tage fühlten sich sehr grau an. Wie schlafend, aber doch wach. Er dachte oft an Marcus und wünschte, er hätte nicht aufgehört zu existieren. Er dachte oft an Mutter.

Er legte die Schere beiseite, nahm die kleine Flasche Kleber und legte letzte Hand an seine Kreation an. Mutter hatte aufgehört zu existieren, hatte ihm Richard Kudrow erzählt, obwohl Victor sie nicht gesehen hatte und nicht wußte, ob das tatsächlich stimmte. Manchmal träumte er, sie würde nachts zu ihm kommen, wie sie es oft getan hatte, und sich neben ihn aufs Bett setzen und ihm die Haare streicheln, während sie mit ihrer Nachtstimme sprach.

Ein leises Summen von Spannung vibrierte durch seinen Körper, als er sich an die Nachtstimme erinnerte. Die Nachtstimme sprach von roten Dingen. Die Nachtstimme sprach von *Gefühlen*. Besser, sie nicht zu haben.

Liebe,

Leidenschaft,

Gier,

Zorn,

Haß.

Ihre Macht war *sehr* rot. Die Menschen, die sie berührten, hörten auf zu existieren. Wie Vater. Wie Mutter. Wie Marcus. Wie Pam.

Manchmal träumte Victor von der dunklen Nacht und den Dingen, die er gesehen hatte. *Sehr* rot. Mutter, aber *nicht* Mutter, wie sie Dinge tat, von denen die Nachtstimme sprach. Allein die Erinnerung brachte eine so heftige Röte, daß er wie gelähmt war, wie in jener Nacht. Er war hinterher stundenlang erstarrt vor dem Haus gestanden, versteckt in der Dunkelheit, unfähig zu sprechen oder sich zu bewegen. Schließlich war er hineingegangen, um nachzusehen.

Pam, aber *nicht* Pam. Sie hatte aufgehört zu existieren. Ihre Schreie blieben in Victors Kopf eingesperrt, hallten und hallten. Ihm gefiel nicht, wie ihr Gesicht sich verändert hatte. Langsam nahm er seine Maske ab und legte sie über ihre Augen.

Liebe,

Leidenschaft,

Gier,

Zorn,

Haß.

Gefühle. Besser, sie nicht zu haben. Besser, eine Maske zu tragen, dachte er, als er eine neue anlegte und zu seinem kleinen Fenster ging, um in eine Welt hinauszusehen, die in die intensiven Farben und weichen Schatten des Zwielichts getaucht war.

Liebe,

Leidenschaft,

Gier,

Zorn,

Haß.

Die Linie dazwischen ist dünn und düster.

Anmerkung der Autorin

Dunkle Pfade ist in einer Umgebung angesiedelt, die, wie meine treuen Leser wissen, zu meinen liebsten Landschaften gehört – das sogenannte »French Triangle«, also das französische Dreieck von Louisiana. Es gibt nichts in diesem Land, was damit vergleichbar ist – ökologisch, soziologisch, kulturell, linguistisch. Ich habe versucht, Ihnen so gut wie möglich die Vielfältigkeit dieser Gegend zu vermitteln, teils durch den Gebrauch von Cajunfranzösisch, einem Dialekt, der so einmalig ist wie der »Louisiana Gumbo«, einem köstlichen Eintopf in Hühnerbrühe mit all den Schalentieren und Gemüsen des Landes. Am Ende des Buches finden Sie ein Glossar dieser Wörter und Ausdrücke. Zu meinen Quellen gehören *A Dictionary of the Cajun Language* von Rev. Msgr. Jules O. Daigle und *Conversational Cajun French* von Randall P. Whatley und Harry Jannise.

Mein aufrichtiger Dank gilt Sheriff Charles A. Fusilier aus St. Martin Parish, Louisiana, für die Großzügigkeit, mit der er seine Zeit opferte und sein Wissen teilte, und dafür, daß er mir eine echte Tour des Bayou-Landes bot und eine Lektion in Lou'sianas Politik. Die Geschichten waren toll, das Essen noch besser. *Merci!* Dank auch an Deputy Barry Reburn, meinem Berater über polizeiliche Methoden. Eventuelle Fehler oder Freiheiten im Rahmen der Erzählung sind meine eigenen.

Dank an Kathryn Moe, Coldwell Banker Real Estate, Rochester, Minnesota, dafür, daß sie ahnungslos den Samen der grausigen Idee bei mir pflanzte, als sie mir anbot, auf den Heizungsinspektor zu warten. Ich hoffe, Sie kriegen keine

Alpträume von dieser Vorstellung. Und noch einmal Dank an Diva Dreyer für den Traumajargon.

Dank an dich, Rat Boy, wo immer du sein magst.

Und zu guter Letzt meinen ganz speziellen Dank an Dan, der es mir nie zum Vorwurf macht, daß ich immer im Zeitdruck bin.

Anmerkung der Übersetzerin

Der Begriff »Stalker« = Verfolger, Jäger, ist im amerikanischen Recht bereits als Bezeichnung für eine bestimmte Art von Verbrecher bekannt. »Stalking« ist strafbar. »Stalking« nennt man es, wenn ein Mann oder eine Frau jemanden verfolgt, seine Privatsphäre verletzt, weil er oder sie sich einbilden, ihre Liebe zu dem Verfolgten müsse erwidert werden, auch wenn der Verfolgte sich entschieden dagegen wehrt. In Los Angeles existiert bereits eine »Stalker Squad«, eine Sondereinheit, die sich ausschließlich damit befaßt, da dieses Phänomen besonders in Großstädten sehr weit verbreitet ist und laut Statistik bei dreißig Prozent der Fälle in Vergewaltigung und Mord endet.

Glossar für Cajunfranzösisch

allons	gehen wir
arrête	halt
c'est assez	das reicht
c'est chaud	es ist heiß
c'est une affaire à plus finir	das ist eine Geschichte ohne Ende
c'est vrai	das ist wahr
chère 'tite bête	Liebes
coonass	ein manchmal abfälliges Wort für Cajun
éspèce de tête dure	du stures Ding
fils de putain	Hurensohn, Dreckskerl
foute ton quante dici	hau ab
grenier	Speicher
ici on parle français	hier spricht man französisch
il a pas d'esprit	er ist unvernünftig
je t'aime	ich liebe dich
jeune fille	Mädchen
loup-garou	Cajunmythos: Werwolf
ma 'tit fille	mein kleines Mädchen
mais	aber, wird oft zur Unterstreichung mit ja oder nein verwendet
mais non	aber nein
mais ça c'est fou	aber das ist ja verrückt
merde	Scheiße
mon ami	mein Freund
mon Dieu	mein Gott
pou	Laus

pur Cajun	reines Cajun
que sera sera	was sein wird, wird sein
ça c'est la couyonade	das ist Leichtsinn
s'il vous plaît	bitte
t'es trop grand pour tes culottes	du bist zu groß für deine Hosen
t'es en erreur	du irrst dich
tcheue poule	Hühnerarsch
'tite chatte	kleine Katze
'tite belle	kleiner Schatz
T- oder Tee	vor einem abgekürzten Namen statt petite oder 'tite, zeigt einen Kosenamen an
viens ici	komm her

ISBN 978-3-442-37032-0